Die Entdeckung des Ostpols

Nippon-Trilogie

Gesamtausgabe

Erster Teil

Shiboruto

Zweiter Teil

Geheime Landkarten

Dritter Teil

Der Weg in den Krieg

Higashi kyouku no hakken

PERLEN ● VERLAG

Für Mayumi,
mit der alles begann.

Notiz an die Leser

Die Nippon-Trilogie *Die Entdeckung des Ostpols* beruht zum größten Teil auf wahren Begebenheiten. Fast alle Personen, die im folgenden weltgeschichtlichen Drama eine Rolle spielen – es sind über hundert an der Zahl –, gab es wirklich. Auch die Kette von Ereignissen, in die sie verwickelt waren, ist nicht frei erfunden, sondern wurde Glied für Glied von der Geschichte selbst geschmiedet. Die Naturkatastrophen, von denen zu berichten sein wird, haben sich so ereignet, wie sie hier auf der Grundlage zeitgenössischer Chroniken beschrieben sind. Selbst die mythischen und religiösen Momente sowie die sie tragenden Figuren waren ein lebendiger Bestandteil der damaligen Wirklichkeit. Der fiktive Anteil dieses Romans liegt bei weniger als einem Zehntel. Deshalb ist die *Entdeckung des Ostpols* der erste **historische Tatsachenroman**. Wie es dazu kam und was dieses neue literarische Genre ausmacht, darüber gibt das *Nachwort des Autors* genauere Auskunft.

Der Anhang enthält ein Personenverzeichnis mit Kurzbiographien zu allen historischen *Dramatis personae*, sowie ein umfangreiches *Glossarium*, in dem die medizinischen und naturwissenschaftlichen Begriffe und die japanischen Fremdwörter erklärt werden. Diese Namen, Begriffe und Wörter sind kursiv gesetzt, wenn sie erstmals im Text erscheinen.

Die Reiserouten Siebolds finden sich im Kapitel mit den *Land- und Seekarten*. Die *Chronologie* und eine kurze Aufstellung der *Maß- und Währungseinheiten* vervollständigen die Instrumente zu einer besseren Orientierung im alten Japan und Europa.

Wer durch die Lektüre von der Faszination für die japanische Kultur und Sprache ergriffen wird, kann im Kapitel *Japanische Silbenalphabete* damit beginnen, *Hiragana* und *Katakana* lesen und schreiben zu lernen.

REGINALD GRÜNENBERG

DIE ENTDECKUNG DES OSTPOLS

SHIBORUTO

– NIPPON-TRILOGIE 1 –

„Lucifer begehrte ein Künstler zu seyn, er sah die Schöpfung und
verstund den Grund, darinnen wolte er ein eigener Gott seyn, und mit
der Centralischen Feuers–Macht in allen Dingen herrschen und sich mit
allen Dingen bilden, auch sich selber wollen in alle Formen bilden, daß
er wäre was er wollte, und nicht
was der Schöpfer wollte."

Jakob Böhme, *Quaestiones theosophicae*, 1624

„Als das Christentum gerade erst mit offensichtlich wohlwollender
Billigung in Japan aufgenommen worden war, bewaffnete Satan, von
dieser Angelegenheit wohl alarmiert und ihre Folgen befürchtend, die
Japanesen sofort mit solch wütender Raserei dagegen, dass sie es gleich
wieder vertrieben. […] Einige Gelehrte haben angedeutet, dass eine
Zeit kommen wird, in der die Wut des Teufels und das von ihm
angerichtete Unheil größer sein werden, als es ihm bislang je gestattet
war; ob er dann seine Ketten sprengt oder nur für eine Zeit von ihnen
befreit wird, das können sie nicht sagen, genauso wenig wie ich."

Daniel Defoe, *The Political History of the Devil*, 1726

Prolog

Im ersten Monat des vierten Jahres der Regierung *Kansei* erhoben sich an einem Spätnachmittag im Süden Japans auf der Halbinsel *Shimabara* Vogelschwärme kreischend aus den Baumkronen. Die Sonne neigte sich den Bergen im Westen zu und der Wind wehte frisch vom Meer her durch das Fischerdorf Himi. Die Blütenkelche der Blumen waren weit geöffnet, die Azaleen flüsterten in der salzigen Brise und die Zikaden, erschöpft von ihrem Gesang in der Hitze des Nachmittags, sehnten die Dämmerung herbei und glitten in ein langsameres Moll. Alle Zeichen bezeugten die Ankunft eines warmen Frühlingsabends über der Ariake-Bucht. Still lag der alte Vulkan *Unzen* hinter dem Dorf. Nur die Schwärme von Rauchschwalben und Sperlingen wurden immer größer, und ihr Geschrei immer lauter.

Die blinde Seherin des Dorfes tastete sich aus der Tür, wackelte von einem Stock gestützt auf die Straße und rief mit kräftiger Stimme in Richtung des Ladens, in dem ihre Schwiegertochter arbeitete. Sie verkaufte alles, was ihr Mann, der Fischer Tatsu, an Beifang mitbrachte und das durch Trocknen haltbar gemacht werden konnte, vor allem Braunalgen, Seegurken und manchmal sogar Abalone.

„Natsu-chan, komm schnell. Etwas passiert gerade. Komm schon! Beeil dich!"

Dann sprach sie leiser zu sich selbst.

„Ohohoh, ich fühle es. Ich fühle es so stark."

Ihre Schwiegertochter schob die Vorhänge im Eingang zurück, die als Sonnen- und Blickschutz dienten, und kam eilend heraus. Auch sie hatte das ungewöhnliche Vogelgekreische gehört und war beunruhigt.

„*Okā-san*, was ist das?" rief sie, während sie über die Straße lief und der alten Frau ihren Arm als zusätzliche Stütze anbot, was diese sonst ablehnte. Diesmal nicht. Fest umklammerte sie mit drahtigen Fingern den ihr angebotenen Unterarm.

„Hör auf die Vögel! Sie haben Angst, sagen sie! Etwas Großes und Böses kündigt sich an. Oh, meine Knochen schmerzen, als ob ein Felsen auf mir läge. Tochter, ich kenne dieses Gefühl. Es bedeutet nichts Gutes. Wo ist Tatsu!"

„Er hat sich mit Habu zum Nachtfischen aufgemacht. Sie fangen Tintenfische."

In diesem Moment durchzuckte ein Beben die Erde, dann dröhnte die

Luft.

„Was siehst Du?" fragte die Alte, ihre milchigen Augen weit aufgerissen.

„Nichts! Nichts!"

„Sieh nach dem Unzen. Sag mir, was da ist!"

Natsu blickte hoch zum Gipfel des Vulkans, wie ihre Schwiegermutter sie es geheißen hatte. Zunächst kam kein Wort über ihre Lippen. Dann schrie sie nur noch. Die alte Frau stierte in dieselbe Richtung und fixierte den Feuerberg mit ihren toten Augen. Sie schien mehr zu sehen als ihre Schwiegertochter, denn der Ausdruck ihres Gesichts versteinerte. Der Berggipfel rauchte und zitterte, dann erhob er sich, als ob der ganze Berg betrunken wäre und versuchen wollte, von seinem Felsenthron aufzustehen. Doch unsichtbare Ketten hielten ihn dort fest. Aus der Ferne wurden Steinlawinen erkennbar, die sich aus platzenden Felsenbeulen ergossen und geräuschlos die Hänge hinab glitten. Nach kurzem Innehalten begann der Gipfel zu taumeln und die Spitze zeichnete einen Kreis in den Himmel. Die Alte flüsterte ganz für sich, während ihre Schwiegertochter mit den inzwischen aus ihren Häusern auf die Straße geeilten Nachbarn hektisch durcheinanderschrie.

„Oh, Ihr Götter der Erde und des Himmels, steht uns bei! Etwas Schreckliches kündigt sich an. Etwas Schreckliches! Zerstörung und Untergang! Ich kenne diesen fremden Geist nicht. Bitte, helft mir! Ich habe Angst."

Plötzlich richtete sie sich auf, ihr krummer Rücken spannte sich, sie grinste mit ihrem zahnlosen Mund, drehte sich langsam um ihre eigene Achse und begann fürchterlich zu schreien.

„Hara, hara, hara memosama! Sukkurebusu gogamu! Sukkurebusu *Abaddonu*! Sukkurebusu kollokami!"

Entsetzt sah die Tochter dem spastischen Tanz zu und auch die Nachbarn blickten verwirrt hin und her zwischen dem Berg und der verrückt gewordenen Alten. Niemand verstand ihre Worte. Es war kein Japanisch. Sie tanzte immer wilder und wiederholte die schauerlichen Verse, lauter und mit einem kreischenden, unmenschlichen Lachen. Dann erfüllte sich ihre Prophezeiung und das Werk der Zerstörung begann. Der Felsendom des alten Berges Unzen stürzte ein, der Gipfel versank langsam in einem sich öffnenden Schlund. Die Landschaft, seit hundert Generationen den Menschen vertraut, veränderte in wenigen Atemzügen für immer ihr Gesicht. Rauch stieg aus dem Berg auf. Die alte Frau brach tot zusammen und blieb unnatürlich verrenkt liegen. Ekelerregende Dämpfe krochen langsam zu Tal.

Viele Wochen vergingen. Im Kessel des Unzen kochten gewaltige Glutmassen. In immer kürzeren Abständen spie der Berg Asche und Fontänen flüssigen Steins, die wie Erbrochenes an seinen zerklüfteten Hängen hinunterflossen. Damit begannen auch die Beben, leise aber ständig. Nach Einbruch der Dunkelheit flatterten panisch schreiende Raben durch die Nacht. Die Menschen waren bleich und erschöpft. Sie fanden unter dem bösen Flüstern der Erde keinen Schlaf. Mit offenen Augen lagen sie nachts auf ihren *Futon*, das Ohr immer wieder auf dem Boden im fiebrigen Versuch, die Botschaft der *Kami* in den Tiefen des Berges zu verstehen. Mit dem Einsturz des alten Vulkandachs mussten die guten Kami, die bis dahin dort auf dem Gipfel wohnten, in die überfüllten Kerker der Hölle hinuntergefallen sein, wo sie nun in der Gewalt ihrer bösen Artgenossen waren.

Der Präfekt von Nagasaki sandte in Erwartung einer größeren Katastrophe eine Botschaft an das *Bakufu*, die Regierung in der Hauptstadt *Edo*. Dort herrschte der junge *Shōgun Ienari*, gerade einmal neunzehn Jahre alt und schon seit vier Jahren im Amt. Umgehend schickte er seinen erfahrenen Minister *Matsudaira Sadanobu* nach Nagasaki. Auf einem Segelschiff wagte er die gefährliche Seereise an Japans wilder Ostküste entlang nach Süden. So erreichte er Nagasaki zwei Wochen früher als auf dem Landweg. Sadanobu hatte veranlasst, die von ihm landesweit eingeführten Reisvorratslager aus den benachbarten Lehen *Chikuzen* und *Chikugo* zu mobilisieren und jederzeit zum Abruf bereitzuhalten. Er hatte zu viel gesehen in der Ära *Temmei*: den Ausbruch des Vulkans *Asama* in Shinano und die darauf folgende große Hungersnot, die Dürre in den Zentralprovinzen und die Überschwemmungen in *Kantō*. Er wusste, der Wille der Götter ließ sich nicht lenken, nicht einmal besänftigen. Doch die Folgen für die Menschen konnten gelindert werden. Das war seine Überzeugung. Kaum älter als der Shōgun in Edo hielt *Tennō* Morohito von der Kaiserstadt Kyōtō aus Wacht über die Ereignisse, folgte den Zeremonien der *Shintō*priester und meditierte. Die *Kuge,* der kaiserliche Hofrat, begann unterdessen, ein feines, weit verzweigtes Netz zu knüpfen. Wie politische Spinnen wirkten sie lautlos und zogen geschickt die Bahnen ihres Kokons von Kyōtō aus über das Land. Sie spürten, dass ihre Stunde gekommen sein könnte. Im Machtkampf zwischen dem Shōgunat, der Militärregierung in Edo, und dem spirituellen Oberhaupt des Landes, dem Tennō in Kyōtō, schien der wütende Vulkan im Süden des Landes eine neue Runde einzuläuten. Wenn die Götter auf diesem Weg ihren Unwillen zeigten, dann war das eine denkbar günstige Gelegenheit für eine Neuordnung des Staatswesens. Die Götter, das waren die Verwandten des Tennō. Morohito, der direkte Nachfahre der Sonnengöttin *Amaterasu*, war das einzige menschliche Wesen, das direkt zu ihnen sprechen konnte. Wenn der Shōgun diese Sache nicht in den Griff bekäme, müsste eine ältere, eine mystische Macht angerufen werden, der Tennō auf dem Chrysanthementhron.

Der alte Berg auf Shimabara wollte sich indessen nicht mehr beruhigen. Im acht Fußstunden entfernten Nagasaki, das umgeben von Bergen in einem Fjord lag, pilgerten die Menschen jeden Tag auf die umliegenden Anhöhen, um den grollenden Unzen ehrfürchtig aus der Ferne zu betrachten und zu beten. Die schmalen Pfade hinauf zu den Aussichtspunkten auf den Bergen Hokazan, Hikosan und Tomachidake im Osten der Stadt waren breitgetrampelt. Die einzigen, die sich nicht dorthin begeben konnten, waren die Holländer. Ihre Delegation von Kaufleuten und Beamten war wie seit fast zweihundert Jahren auf der künstlichen Insel *Dejima* im Hafen von Nagasaki unter strenger Bewachung kaserniert und durfte die Insel nicht verlassen. Die Bewohner der Stadt waren von den andauernden Beben so beunruhigt, dass sie keine Gedanken an die Barbaren auf der Insel verloren. Auch den Holländern begann man die Strapazen anzusehen. Der Mangel an Schlaf und die zunehmende Ungewissheit setzten ihnen zu und verschlimmerten das triste, eintönige Dasein auf der winzigen Kolonie im Hafen.

Am ersten Tag des vierten Monats Kansei, über acht Wochen nach dem Einsturz des Gipfels des Unzen, begann in Shimabara die Erde um die Mittagsstunde leicht zu zittern. Mehrmals hintereinander waren unregelmäßig feine und dumpfe Stöße zu spüren, aber noch nicht zu hören. Dann wurden die Abstände kürzer und schienen sich in eine rhythmische Regelmäßigkeit zu fügen: Lauter Stoß… lange Pause… leiser Stoß… kurze Pause… noch lauterer Stoß. Die Stöße schwollen allmählich zu Beben an, als würde sich von unten her eine riesige Hacke durch das Erdreich emporarbeiten, immer heftiger und schließlich so stark, dass die ersten Häuser einstürzten. Die Menschen konnten sich nicht mehr auf den Beinen halten. Männer, Frauen, Kinder und Greise lagen wimmernd und schreiend im Staub. Die Fischerboote vor der Küste auf der Rückkehr vom Fang spürten die dumpfen Schläge des tiefen Meeresbodens gegen ihre Rümpfe. Kein Windhauch regte sich. Nur kräuselnde Wellen hoben sich im Takt der Beben und trieben die Boote langsam auf das Land zu. Die Fischer starrten in Richtung des bösen Berges, als ob er sie rufen würde. Tatsu, dessen Mutter beim Einbruch des alten Vulkandaches das einzige zu beklagende Opfer gewesen war, dümpelte mit Habu auf dem gemeinsamen Boot draußen in der Flaute. Sie sammelten mit langen Stangen Seetang. Als auch sie die Beben spürten, bekam Tatsu Angst um seine schwangere Frau Natsu.

"Komm, Habu, lass uns schnell zurückfahren."

"Bist du wahnsinnig! Schwimm zurück, wenn du willst. Ich bleibe auf dem Boot. Hier auf dem Wasser sind wir sicher."

"Habu, ich muss zu Natsu! Lass sie uns holen! Wir fahren auch gleich wieder raus in die Bucht." Habu, nur mit einem leinenen Lendenschurz und einem großen Sonnenhut aus Stroh bekleidet, erhob sich mit einem heftigen Ruck, der das schmale Boot zum Wanken brachte, und baute sich vor Tatsu auf.

"Mach was du willst. Dieses Boot fährt jedenfalls nicht an Land. Ich setze mein Leben nicht für Natsu aufs Spiel. Sei mir lieber dankbar, dass ich dir das Leben rette, du Narr", fauchte Habu ihn an.

Tatsu wusste, dass er gegen den kräftigen, untersetzten Habu keine Chance hat. Er war erschrocken über die Kälte, die ihn aus den Augen seines Freundes anfunkelte. Verzweifelt blickte er hinüber zum Dorf, hinter dem sich die wüste Ruine des eingestürzten Vulkans erhob. Während er aus der Ferne zunächst nur ein bedrohliches Grollen hörte, das über das friedlich schillernde Meer gekrochen kam, wurde die Luft an Land von titanischem Donnerschlägen zerrissen. Die Holzhütten knickten eine nach der anderen ein wie Spielzeug. Die Dorfbewohner liefen schreiend und taumelnd durcheinander, bis sie hinfielen und nicht mehr auf die Beine kamen. Immer heftiger bewegte sich das Erdreich und der Rhythmus der Schläge schien sich dem Höhepunkt zu nähern, als plötzlich der Takt abriss und ins Leere stürzte. Stille. In der Bucht glätteten sich die Wogen. Bald wagten die Menschen es wieder aufzustehen, die Gesichter noch voll Schrecken und nass von Tränen. Einige dachten, es sei schon vorbei, standen vor ihren eingefallenen Hütten und weinten um ihr Hab und Gut. Die Empfindsamen und die Ängstlichen blieben stumm und horchten angespannt in Richtung des Berges. Die Sonne stand fast im Zenit und strahlte mit aller Kraft auf das zerschlagene Gesicht der Landschaft. Die Hitze trieb Wolken von süßlichem Gestank aus den Shintō-Schreinen über die Dörfer. Die im Übermaß erbrachten Opfergaben der um Schonung bittenden Bewohner waren im Laufe der Wochen zu Haufen aus vergorenem Reis, schleimigem Gemüse, madigem, faulem Fisch und giftig verwelkten Blumen zusammengesunken, umnebelt von Wolken fetter, metallisch-blauer Schmeißfliegen. In der Mittagshitze bewegten auch sie sich nicht mehr. Selbst die Zikaden, deren Gesang um diese Stunde sonst am schrillsten ist, schwiegen, als würde es sie nicht mehr geben. Die Natur war erstarrt und die Welt schien den

Atem angehalten zu haben. Nur das erschöpfte Weinen von Kindern, das leise Lamentieren ihrer Mütter und das Rollen losgelöster Steine war hier und da zu hören. Dann explodierte der Berg.

Das ganze Land schien sich zu erheben und Wellen zu schlagen. Felsbrocken so groß wie Häuser, Schollen fruchtbarer Erde und gerade getrockneter Lava flogen hoch in die Luft, verdunkelten den Himmel und blieben dort wie schwerelos einen kurzen Moment lang stehen. Der Schlag war so gewaltig, dass den Dorfbewohnern die Trommelfelle platzten. Die Explosion wurde bis jenseits des Meeres auf dem chinesischen Festland gehört. Koreanische Küstenwachen schickten von Panik ergriffen sofort Reiter nach dem Hof mit der Botschaft, dass die Japaner einen Krieg vorbereiteten und dazu mit dämonischen Kräften im Bunde seien. Am Fuße des Berges hörten die Menschen schon nichts mehr, als die herunterfallenden Gesteinsmassen sie erschlugen. Es regnete Schwefel und Feuer vom Himmel. Der Untergang der Welt nahm seinen Lauf. Die riesige Magmakammer, die sich wochenlang gefüllt hatte, sprengte den zuvor versunkenen Gipfel weg, der dem Berg wie ein riesiger Pfropfen im Hals gesteckt hatte. Sie riss einen schnell wachsenden Spalt in den Osthang, der sich bis in die Ebene, zum Strand hinunter und unter der Wasseroberfläche schließlich weit ins Meer hineinfraß. Der Strand, der in dem Maße abgesunken war wie der Berg sich erhoben hatte, wurde vom angesaugten Meerwasser überschwemmt. Die Wassermassen stürzten landeinwärts, der aufgerissenen Flanke des Berges entgegen und ergossen sich auf ganzer Länge in den riesigen Spalt. Als sie im Inneren des Vulkans auf das Magma trafen, explodierte das Gemisch aus flüssigem Stein und Wasser. Riesige, dämonisch heulende Fontänen aus Wasserdampf schossen aus dem zu einer Schlucht aufgespreizten Spalt in den Himmel und rissen Bomben glühender Lava mit sich. Die Flut schwoll zu einem tosenden Wasserfall an. Dem Berg entwich nun auch das kochende Wasser, das als Oberströmung in dem Spalt zurück ins Meer floss. Dort traf es auf das kühlere Meerwasser. Es bildeten sich Strudel, die zunehmend größer und schneller werdend Trichter ins Wasser gruben, bis sie den Grund erreichten und aufwühlten. Die Strudel hatten alle dieselbe Strömungsrichtung und tanzten zuerst getrennt voneinander vor dem Strand. Dann vereinigten sie sich zu einem Mahlstrom, der alles in die Tiefe zog. Wie ein wilder, wankender Kreisel stieg das Wasser über die Uferlinie, türmte sich auf über die Wipfel der höchsten Bäume und riss alles hinweg was er berührte. Die Küstenbewohner um die Halbinsel herum sahen sich eingeschlossen zwischen dem weiter explodierenden Berg und dem tosenden Meer. Der Lärm war so ungeheuerlich, dass bis in die benachbarten Dörfer hinein niemand die eigene Stimme mehr hören konnte. Die bebende Luft griff mit stählernen Fäusten nach den Menschen, schüttelte sie wie willenlose Strohpuppen auf und ab und ließ sie den eigenen Atem nicht mehr spüren. Derweil schossen *pyroklastische* Ströme die Hänge des Unzen hinab, Glutlawinen und Wolken aus glühendem Gesteinsstaub. Wo sie nicht hinreichten, weil der Untergrund sie in einen anderen Kanal leitete, dahin krochen unsichtbare Gasschwaden und erstickten alles Leben. Zuletzt würgte der Berg mit einer fürchterlichen Eruption die zähen Magmen aus seinem Krater. Sie kamen herunter wie eine Walze und versiegelten die toten Schluchten, die ihre Vorhut hinterlassen hatte, unter einem glühenden Mantel. Die übrig gebliebenen Felder und Grasnaben an den Hängen verbrannten zu weißer Asche.

Als der Berg in seinen zerschmetterten Thron zurückfiel, erhob sich der Meeresboden um die Halbinsel auf seiner ganzen Fläche. Diese Bewegung der Erde entfesselte im Verborgenen die größte aller Naturgewalten.

Ganze Gebirge aus Wasser wurden vom aufsteigenden Meeresboden wie nichts emporgehoben und mussten abfließen. Es formte sich eine gigantische, unterseeische Welle. Sie pflanzte sich in der dunklen Tiefe fort mit der Geschwindigkeit eines rasenden Pfeils und wühlte das Meer bis zum Grund auf. Die immer noch ruhig schillernde Wasseroberfläche verriet nichts von der planetarischen Kraft, die unter ihr entfesselt war und ausbrechen musste. Die Halbinsel Shimabara ragt nicht ins offene Meer hinaus, sondern wird im Abstand einiger *Meilen* vom Festland umschlossen. So konnten die Bewohner der umliegenden Küstenstriche das Ereignis des Ausbruchs vom ersten Moment an beobachten. Die Schaulustigen aus den Ortschaften Kumamoto und Saga versammelten sich an den Stränden, um den weiteren Ausbruch des Vulkans aus vermeintlich sicherer Entfernung zu verfolgen. Sie spürten die Erde zittern, hörten das Donnern und Grollen des Berges und sahen am Nachmittagshimmel die Rauchsäule, die aus dem Massiv, seinen Hängen und Nebengipfeln senkrecht aufstieg. Auch aus dem Hinterland waren die Menschen an die Strände gekommen, um dieses Schauspiel zu verfolgen. Als sich das Meer zurückzog, wussten sie nicht, ob und auf welche Weise das mit dem Vulkanausbruch zusammenhing. Innerhalb kürzester Zeit sank der Meeresspiegel um mehrere Meter, immer weiter und so schnell, dass man zusehen konnte. Die Fischerboote lagen auf dem Trockenen, das Seegras lag schlaff in großen Haufen herum, Fische sprangen japsend im Schlick, riesige Seespinnen suchten Schutz in den aufgetauchten Felsen und eine steile Unterwasserklippe kam zum Vorschein. Die Küstenbewohner sahen fassungslos in den sich immer weiter öffnenden Bauch des Meeres, das einen Grund freigab, den sie noch nie zuvor gesehen hatten. Einige von ihnen näherten sich neugierig dieser fremdartigen Landschaft, manche kletterten sogar hinunter und fingen an, früher einmal versunkene Gegenstände einzusammeln. „Der Berg trinkt das Meer aus!" riefen andere verängstigt. Sie beschrieben damit genau, was sie beobachteten, doch diese Erscheinung hatte eine andere Ursache. Um die Vulkaninsel breitete sich kreisförmig eine Unterwasserwelle aus. Sie erreichte über die Ariake-, die Tachibana- und die Shimabara-Bucht hinweg die gegenüberliegenden Ufer zuerst mit einem Wellental. Die immensen Wassermassen, die von der ganzen Küste weggesogen wurden, bauten eine unsichtbare unterseeische Gewalt auf. Die vorsichtigen Frauen wollten dem bloßgelegten stinkenden Meeresgrund nicht näherkommen, standen etwas höher am Strand und behielten den Berg im Auge. Sie bemerkten es als erste und riefen: „Seht doch, seht doch was da kommt! Da ist etwas." Die Männer blieben stehen, blickten wieder aufs Meer hinaus und sahen nun auch weit draußen die weiße Linie, die sich schnell auf den Strand zu bewegte. Von da an dauerte es nur noch einen Augenblick bis der zarte, weiße Kamm zu einer mächtigen Schaumkrone auf einem großen Wellenberg angeschwollen war. Ein Brüllen begann die Luft zu erschüttern, das nicht vom Unzen herkam und wie es noch niemand von den Küstenbewohnern je gehört hatte. Dieser rollende Donner schwoll immer weiter an und ließ nun auch die Erde erzittern, während hinter der immer weiterwachsenden Wasserwand der Horizont mit dem rauchenden Berg verschwand. Bis dahin hatten die Menschen sich kaum von der Stelle gerührt, Faszination und Schrecken hatten sie festgehalten. Doch nun erkannten sie die tödliche Gefahr. Aus dem stillen Gewässer in der Bucht stieg eine Flutwelle auf – etwas, das sich die Küstenbewohner ohne einen aufpeitschenden Orkan nie hätten vorstellen können. In Panik versuchten die Männer aus dem Schlick und aus dem sich immer noch weiter leerenden Meeresbecken über die Felsen wieder hochzusteigen. Die oben Gebliebenen liefen schreiend vom Strand weg und hofften, in Sicherheit zu sein, wenn sie nur ihre Hütten erreichten. Der immer noch fallende Wasserspiegel hatte einen Stand erreicht, der die aufgerissenen Augen derer, die noch nicht geflohen waren, in ein finsteres Tal von gähnender Tiefe blicken ließen. Dahinter hatte sich die senkrechte Wand eines Gebirges aus Wasser aufgebaut, vor der es nun kein Entrinnen mehr gab. Es war keine Flutwelle, wie man sie schon einmal gesehen hätte. Es war eine Urgewalt, von der noch nie ein Mensch berichten konnte, weil keiner, der sie je sah, überlebt hatte. Fassungslos und vor Angst gelähmt starrten die winzigen Menschen ins Angesicht dieser Sintflut, die sich vor ihren Augen unter ohrenbetäubendem Grollen auftürmte und nun auch den Himmel verdunkelte. Das war das Ende der Welt. Die Wasserwand hatte jetzt ihre ganze Kraft gesammelt und erhob sich beinahe senkrecht über dem leer gesogenen Meeresboden. Wie ein zorniger Gott stieg dieses Gebirge nun aus den Tiefen empor und schlug mit einer unvorstellbaren Gewalt gegen die Küste. Die Geschwindigkeit, mit der das empörte Meer heranraste, machte es selbst hart wie Stein und ließ es ohne Ausnahme alles mit sich reißen. Die Wasserwand jagte über den Strand hoch landeinwärts, rasierte Dörfer weg, entwurzelte alle Bäume und riss Felsen, auf die sie mit ganzer Wucht prallte, von ihrer Basis. Es gab kein Entkommen. Sekunden später war das ganze Land meilenweit unter Wasser. Die erste Welle hatte das ganze Werk der Zerstörung schon vollendet und zog sich bereits zurück. Der Rücksog nahm die Ertrinkenden mit in die Tiefe. Sie kehrten noch mehrmals zurück an Land – als Leichen. Die zweite und die dritte Welle, die schon kein lebendes Auge mehr sah, spülte sie noch einmal als Treibgut landeinwärts, nahm die meisten dann wieder mit und ließ sie für immer im Bauch des Meeres verschwinden.

Gegen Abend wurde es um den Unzen herum still. Wolken aus Asche, feinem Bimsstaub und stinkendem Schwefel verdunkelten den Himmel. Die Fischer, die sich wie Tatsu und Habu während des Ausbruchs draußen auf dem Meer befanden, waren die einzigen, die überlebt hatten. Sie mussten dem grausamen Spektakel des Berges wie gelähmt zuschauen und wagten sich erst in der Dämmerung zurück an Land. Dort erwarteten sie nur die stummen Zeugen der Verheerung. Wo einst ihre Hütten standen, erhoben sich rauchende Petrefakte als Monumente einer bösen Natur. Tatsu fand Natsu, zermalmt und halb verkohlt von einer Lavabombe, die immer noch glühend heiß auf ihr lag, sodass er sich ihr nicht einmal nähern konnte. Der Anblick raubte ihm den Verstand. Schreiend und hasserfüllt, die Augen verschleiert von Tränen, lief er den Hang hinauf, dem Unzen entgegen, dem er mit den Fäusten und wilden Flüchen drohte. Seine nackten Füße verbrannten auf den heißen Steinen, doch er spürte es nicht. An einem Grat verlor er den Halt, glitt ab und fiel in eine Mulde, die gefüllt war mit geruchlosem, tödlichem Vulkangas. Er verendete qualvoll im Wahn. In der Nacht zogen Wolken vom Meer herauf, die sich mit den restlichen giftigen Gasen verbanden und als Schwefelsäure abregneten. Niemand konnte die Leichen beseitigen. Die wenigen Überlebenden mussten sofort fliehen, um nicht auch zu ersticken oder bei lebendigem Leib im Säurebad zersetzt zu werden. Am nächsten Morgen stand der bleierne Geruch zerfressener Kadaver in der Luft. Die Leichen, die am Strand lagen oder im Wasser trieben, wurden bereits von Krabben und Fischen vertilgt.

Die Fischer der umliegenden Küstenstriche fanden nach ihrer Rückkehr ihre Dörfer nicht mehr. Sie stießen nur auf entwurzelte Bäume und die wenigen verstreuten Leichen der Ertrunkenen. An einer Stelle, wo sich zuvor ein kleiner Ort mit zweihundert Seelen befunden hatte, lag nun ein riesiger gestrandeter Korallenblock im angeschwemmten Sand. Sie hatten bis dahin gedacht, das böse Schauspiel habe sich am Fuße des Unzen ereignet und sie fühlten sich als Zuschauer aus der Ferne. Die riesige, verheerende Grundwelle, die ihre Häuser und Familien vernichtet hatte, war unbemerkt unter ihren Booten hinweggegangen. Diese Fischer waren es, die ihr den Namen ‚Tsunami‘ gaben, die Hafen-Welle, weil sie glaubten, sie sei nur an ihrer Küste und in ihrem Hafen erschienen, als Strafe der Götter. Dieses Ereignis, welches sich nach christlichem Kalender am 12. Juni 1792 zutrug, nahm zwölftausend Menschen aus dem Leben.

Das Sonnenlicht drang fahl und kalt durch die Glocke aus giftigem Staub und Gas. Kein Stöhnen. Keine Bewegung. Kein Seufzen mehr über den Leichenfeldern und nicht ein einziger Vogel. Nur das gedämpfte Gurgeln der siedend heißen Quellen zwischen den Felsen an den zerklüfteten Südhängen des Berges pflanzte sich durch diese Ödnis fort. Sie wurden Jigoku genannt, was Hölle bedeutet und daran erinnern sollte, dass früher dort japanische Christen gekocht wurden, die sich nicht unterwerfen wollten. Sie hatten ihre Treue dem ‚Goddo‘ aus dem Westen, dessen Sohn ‚Kirisutosu‘ und einem Shōgun namens ‚Pōpu‘ geschworen. Daher waren sie als Untertanen des japanischen Kaisers verloren. Selbst durch eine ordentliche Hinrichtung konnten sie nicht mehr dem Totenreich der Kami überantwortet werden. Daher sollten sie wenigstens im Diesseits noch einen Eindruck von der Art des Jenseits bekommen, um welches sie sich nach Ansicht des in religiösen Fragen konsequenten und strengen Bakufu verdient gemacht hatten. Der leise zischende Monolog der Geysire untermalte die Stille über der toten Landschaft. Da erklang aus einer Schlucht im Westen des zerschlagenen Berges ein anderes Murmeln und Grollen, das nicht vom Felsgeröll und auch nicht von dem leisen Krachen der kristallisierenden Lava herrührte. Es klang wie – ein Schimpfen. Regelmäßig und eruptiv wie die Ausbrüche zuvor, doch lange nicht so gewaltig. An einer anderen Stelle wurde der Nebel in Fetzen gerissen von einer großen Gestalt, die sich lautlos schnell bergauf bewegte, scheinbar ohne den felsigen Boden zu berühren und als ob keine Hindernisse auf ihrem Weg lägen. Unterhalb des Kraters hatte der Ausbruch eine Höhle freigelegt. Ihr Eingang war ein gähnend rauchender Schlund, eingefasst von zu Stein erstarrten Tränen der Erde. In kurzem Abstand zogen nacheinander zwei Schatten durch den Höhleneingang, die so groß waren, dass sie ihn für einen Moment lang ganz ausfüllten. Von dort ausgehend führten mehrere Gänge hinab in eine Reihe von Kammern im Inneren des Berges. Die Hauptkammer, die am tiefsten Punkt dieses Systems lag, war größer als jedes Bauwerk, das je von Menschen geschaffen wurde und größer als jeder Raum, den je ein Mensch gesehen hatte. Sie erhob sich dem Innenraum einer Kathedrale gleich über einem See aus flüssiger, orange und gelb glühender Lava, deren wechselndes Licht die bizarren Formen an den Wänden und unter der Decke beleuchtete, die sich wie im Fels gefangene Lebewesen bewegten. In dem Lavasee waren mehrere Inseln aus festem Gestein, die wiederum verbunden waren durch breite Stege. Auf der größten dieser Inseln im Zentrum des vulkanischen Palastes erhob sich eine funkelnde, schwarze Säule, die eine so unbestimmte Form hatte, dass sie auch ein Schatten hätte sein können. Vom Rand der Kammer her bewegten sich aus unterschiedlichen Richtungen zwei große Gestalten auf die zentrale Insel zu. Dort angekommen blieben sie mit einem schweren Ruck vor der Säule stehen.

Eine von ihnen war ein riesiger, grimmig dreinblickender Mann mit zotteligen Haaren und wilden Augen. Die nackten Beine, die unter dem gerafften, derben Gewand hervorschauten, waren fette, behaarte Quader aus Marmor und Muskeln. Sein Bart war gestutzt und die Finger seiner Hände wie auch die Zehen seiner Füße hatten keine Nägel, sondern nur blutige Enden. Sein ganzer Ausdruck war wütend und schnaubend, in dem verzerrten Mund unter seiner riesigen Hakennase standen spitze, hässlich Zähne. Er wandte sich an die Säule und sprach donnernd, dass die ganze Kammer erzitterte:

„Ich bin Takehaya *Susanoo no mikoto*, der Zeremonienmeister und Herrscher über alle Ahnenreihen von Geistern und Seelen seit Meine Sonnenschwester, die große Amaterasu, in den Himmel stieg um die Nacht vom Tag zu trennen. Mir gehorchen die Geister ohne Zahl, die Kami der Berge, Wälder, Winde, Flüsse und Meere, der Pflanzen, Tiere und Steine. Ich habe den achtköpfigen Drachen von Yamata erschlagen. Über alle Menschengeschlechter hinweg wird Mir gehuldigt und geopfert. Ob *Jōmon* oder *Yayoi*, die Stämme von *Yamato* oder die *Ainu*, gehorsam befolgen sie Meinen Ritus. Die Dynastien ihrer Völker kommen und vergehen, ihr Dienst an Meinen Altären ist ohne Grenzen in der Zeit. Ich bin der Weg der Götter und habe die Macht, die Menschen der Natur zurückzugeben. Ich bin die Sehnsucht nach dem Frieden im Einklang aller belebten und unbelebten Wesen. Die Seelen der Menschen zwinge Ich zum Gehorsam und zur Fron mit den Ahnenketten ihrer Vorfahren, die den Eingang in Mein Reich gefunden haben. Der Mensch ist Mir nichts bevor er Mir als Kami dient. Bis dahin erlaube Ich ihm von Mir Schutz vor den bösen Geistern zu erbitten." Dann schrie er laut: „Und dieses hier ist MEIN Werk!" wobei er mit dem nackten, nagellosen Fuß auf den Boden stampfte und über den Berg hinaus das ganze Land erzitterte. „Ich habe dieses Inselreich aus dem Meer fast bis in den Himmel gehoben und will nun wissen, was Du, fremder Geist, hier zu schaffen hast."

Nachdem er das gesagt hatte, ließ er sich mit seinem mächtigen Hinterteil zwischen den Knien hindurch in die Hocke fallen. Darauf setzte sich auch die zweite Gestalt, schlug die Beine übereinander und begann zu sprechen. Es war ein Koloss. Das in riesigen Falten herabhängende Gewand, das mit einer einfachen Kordel zusammengehalten wurde, umschmeichelte seine üppigen Formen. Alles an dieser Erscheinung war gleichmäßig und weich. Er hatte ein rundes, nachdenkliches Gesicht mit riesigen Augen. Die Ohrläppchen hingen ihm beinahe bis zu den Schultern und seine Stimme war tief und ruhig.

„Ich bin *Buddha*. Ich bin der Weg der Güte und der Liebe. Ich erlöse die vom Leid, die vom Leiden lassen können. Ich erlöse die, die von sich selbst lassen können. Ich bringe die Botschaft, dass das Verlangen nach Bindung das Verhängnis ist. Susanoos Herrschaft kenne und respektiere Ich. Ich zeige den Seelen, die von sich lassen können, einen edlen und schönen Weg in Sein Reich. Auch Mir ist der Mensch nichts, solange er sich nicht vergessen hat. Und wer bist Du, neuer Geist aus der Erde?"

Die Säule veränderte ihre Form und wurde schlanker. Es schälte sich eine hohe, dunkle Gestalt mit bleichem Gesicht heraus und die Silhouette der Säule verwandelte sich auf ihren Schultern in einen langen Umhang aus Schatten. Aus dem dünnen Mund flüsterte eine Stimme:

„Ich bin *Shatanu*, der gefallene Engel Satanael, Lucifer, der Lichtträger, der Verführer, der Ankläger und Fürst der Finsternis. Ich bin der Morgenstern und komme hernieder auf die Welt, zuerst und zuletzt.

Viele Namen trage Ich. Belial, Beezebul, Gadreel, Asasel, Inkubus, Sukkubus. Wenige dienen Mir im Ritus, doch Ich bin der Herrscher über die Leidenschaften der Menschen. Ich will den Teil der Seelen, den ihr verachtet. Ich lebe von den Samen des Bösen in diesen späten Wesen. Ich pflege und hege sie, bis sie reif sind für die Ernte. Meine Nahrung ist die Schwäche und Bosheit der Menschen, ihr Begehren groß und wichtig zu sein, ihr Irrglaube, dass die Götter sich für sie interessierten. Ich quäle ihre Seelen für alle Zeiten, wenn sie in Mein Reich gefallen sind. Das Leiden der Hoffnungslosen in meinen Höllen ist ohnegleichen."

Der neue Geist der Erde, der sich Shatanu nannte, machte eine lange Pause. Seine bleichen Hände zogen den Schattenumhang enger zusammen.

„Ihr Brüder des Ostens, Ich bringe Euch schlechte Nachricht aus dem Westen. Ich, einst ein mächtiger Herrscher, verliere die Macht über die Menschen. Sie vergessen die alten Religionen, vergessen ihre Leidenschaften für Ehre, Rache und Opfer. Der Mangel, Mein stärkster Verbündeter, beginnt zu schwinden. Die Knappheit weicht wachsendem Wohlstand. Was waren das noch für Zeiten, als Hungersnöte und Plagen die Menschen zu mir trieben!"

„Was haben Wir damit zu tun? ", grunzte Susanoo, „Euren lächerlichen Christengott gibt es hier schon lange nicht mehr."

„Ja, Ich schätze euer japanisches Reich, in dem es heilige Pflicht der Untertanen ist, auf das Kreuz zu treten und den Gottessohn zu bespucken. Euer *Fumi-e* halte Ich für einen guten Brauch und vielleicht habe Ich auch deshalb so viel Vertrauen, dass Wir im Bunde mehr erreichen als jeder für sich. Und Ihr habt mich ohne es zu wissen schon reich beschenkt. Abertausende selbsternannter Christen, die Ihr hier an den Hängen des Berges in Euren Jigoku kochen ließet, haben sich unerwartet vor den Toren Meines Reiches versammelt. Sie verstanden die Botschaft des Wüstengottes nicht, bemäntelten mit seiner Lehre nur die Bosheit ihrer kleinen Natur. Ihre Seelen fanden keinen Einlass an den Pforten des ersehnten Paradieses. *Abaddon*, Mein Knecht, Engel des Abgrunds und Verwalter der Finsternis, berichtete Mir von dieser Heerschar der Gefallenen, deren Art in den Tiefen der Hölle noch nie gesehen wurde und derer auch keine mehr folgten. Alle holte Ich sie vor mein Angesicht und prüfte sie ein letztes Mal, bevor die glühenden Kammern sich für immer über ihnen schlossen. Sie waren es, die Mich auf den Gedanken brachten, Euch aufzusuchen – um Euch einen Pakt vorzuschlagen."

„Wozu brauchen Wir einen Pakt mit einem Erdgeist des Westens? Sollen Wir uns an Kreuze nagoln lassen wie es bei Euch Sitte zu sein scheint? Unwürdiges, ehrloses Walten wahnsinniger Götter" fauchte Susanoo ungeduldig.

„Offenbar weißt Du noch immer nicht, mit wem Du sprichst", zischte Shatanu leise, und sein Schatten wuchs gewaltig, bis zur Decke der Kammer. Dann sprach er donnernd so voller Macht und Hass, dass der Berg erzitterte.

„Ihr Narren! Ihr fetten Geister der Provinz! Zu lange schon kocht Ihr in Eurem asiatischen Saft. Nichts wisst ihr vom Kampf mit den Göttern der Offenbarungen. Den Sohn des Gottes ans Kreuz zu nageln war MEIN Plan, er war MEIN Bruder. Ein blutiges Fest wollte ich bereiten für das Ende dieses Christengottes, der aus der Wüste kam vor viertausend Jahren. Schlau wie eine Schlange hat Er sich geteilt in einen Geist, einen Menschensohn und sich Selbst. Einen Teil von Ihm ließ Ich am Kreuz bluten, und Er wandelte Meine Tat unter der Hand in die größte Waffe, die je gegen Mich erhoben wurde. Die Gottesschlange hat noch immer drei Köpfe. Nicht einen konnte Ich abschlagen." Dabei schrie er in die Kuppel der vulkanischen Kathedrale. Ein fürchterliches Heulen stieg aus den Tiefen seiner höllischen Brust. Er spürte die Nägel des Kreuzes, die nun ihn durchbohrten.

„Der Christengott" brüllte er, „befehligt ein Heer, das jetzt schon hundert Mal so groß ist wie die Zahl Eurer Lebenden und Toten zusammen. Dieses Heer überzieht die Erde wie eine Plage. Ihr könnt sie nicht aufhalten. Sie werden diesmal wie Heuschrecken über Euer Land herfallen." Dann wurde Shatanu wieder leiser.

„Du, Buddha, hast Dich bereits vor Jahrhunderten von Meiner primitiven Schwester Kali, der Blutgöttin, aus Deiner indischen Heimat vertreiben lassen müssen. Vergiss das nicht! Das war wahrlich kein großer Gegner, gegen den Du zu bestehen hattest – und dennoch ist es Dir nicht gelungen. Nun kommt eine ganz andere Macht auf Euch zu. Dieser Gott der Christen, Er entfremdet die Menschen der Natur, den alten Geistern, den ehrwürdigen Riten, und dem Glauben schlechthin. Er versteckt sich tief in ihren Herzen, nimmt ihre Seelen für das Paradies gefangen und verlangt von ihnen nichts mehr im Tausch. Er sagt *Ich bin die Güte und die Allmacht, Ich liebe euch und wie Ich sollt ihr gütig und mächtig sein*. Jeder von ihnen ist Sein Abbild. Jeder ist ein kleiner Gott."

Susanoo blickte angewidert. Buddha wirkte versteinert.

„Sie haben tiefe Blicke in die Zusammenhänge der Natur getan. Auch das war anfangs Mein Plan. Ich überließ ihnen Waffen und machte sie gierig nach Macht und unermesslichem Reichtum. Ich wollte sie für Jahrtausende der Erschaffung von Gold nachjagen lassen, aber sie bändigten schnell das Feuer in jeder Form, fanden Quellen der Kraft und Gesetze in der Natur. Ich sagte ihnen *Bereichert euch an der Welt!* Sie verstanden *Sucht Mich in Meiner Schöpfung!* und hielten es für ein Wort des Wüstengottes. Vielleicht war es sogar Seine List, dass er Meine Botschaft verwandelte. Jetzt macht die Kenntnis der Natur sie reich und ihren glaubenslosen Glauben stark. Ein Menschenalter ist es her, da erschütterte Ich die Erde unter einer großen *Stadt an der Küste von Yōroppa*, begrub Tausende und Tausende ertränkte ich. Das Leid war groß. So sehr, dass jedes denkende Wesen unter der Herrschaft diese Gottes Zweifel bekommen musste an seiner Macht und Güte. Wie konnte der Allmächtige so ein Unglück zulassen? Wie konnte Gott sie lieben und doch so fürchterlich strafen? Doch das Werk ward nicht vollendet. Es reichte nicht aus, um den Glauben zu erschüttern."

„Wann werden Seine Heere unsere Küsten erreichen?" fragte Susanoo grimmig.

„Bald. Sehr bald."

„Was für einen Rat hast Du?" setzte er nach.

„Ich biete Euch ein Bündnis an. Wir können dieser Macht nur gemeinsam Einhalt gebieten. Ich habe einen Plan. Es wird eine große Strafe für die Menschheit sein."

Buddha erwachte aus seiner Starre.

„Fürwahr, Du bist ein mächtiger Fürst der Finsternis. Das glaub ich Dir nun aufs Wort. Doch ich bin Buddha. Ich bringe kein Leid und keine Strafe. Es ist nicht Mein Wesen. Ich lehre die Menschen das Leiden ertragend zu überwinden. Eine größere Plage als diese Welt gibt es nicht. Das Dasein und das Leben sind beide so wie Du. Es ist eins mit Dir. Gott und Gegen-Gott ist eins für Mich. Du bist Mein Feind, Shatanu, und Ich, Buddha, lache über Dich, denn Du hast keine Gewalt über Mich."

Buddha spürte Shatanus glühende Augen auf sich ruhen und hörte seine Stimme flüstern: "Ehrwürdiger Bruder des Ostens, Wir haben mehr gemeinsam, als Du denkst. Glaubst Du vielleicht, ich genieße diesen Menschenpfuhl, diese stinkende, kotige Welt? Was meinst Du, wer dafür verantwortlich ist? Nein, oh Buddha, Mein Freund, weder Du, noch Ich, noch Susanoo oder Unsere mächtigen Brüder in *Ahurika* vermögen die Welt so schlecht zu machen wie sie ist. Der Gott aus der Wüste, das ist der Erschaffer dieser Welt, die Wir nicht wollen. Er legt es so fest, ohne Uns zu fragen. Er macht Uns alle Sphären streitig, im Diesseits wie im Jenseits. Er ist ein Unruhestifter, der alles erobern und alles verändern will. Er wird Euch die Seelen rauben, er wird Eure Himmel entvölkern und verwüsten. Er akzeptiert Dein Nirwana nicht, Buddha, sowenig wie Er die Seelen als Geister in der Natur ruhen lassen wird. Wacht auf, verflucht! Ich prophezeie Euch, Euer Ende naht!"

„Ich sage Dir, Ich bin kein Geist, der verneint. Meine Kraft ist die Duldung, das Ertragen des Leids. In Mein Reich gelangen die Seelen, sobald sie geläutert sind von der Verneinung, vom Willen zum Handeln, vom Denken" entgegnete Buddha und schwieg einen Moment.

„Doch in einem gebe Ich Dir Recht. Wenn die Menschen in der Offenbarung des Wüstengottes oberste Zwecke erkennen, die sie wieder in das große Rad des Schicksals fesseln, dann hat das Verlangen nach Bindung und Sinn wieder gesiegt. Dann werden sie nicht mehr aus dem ewigen wiederkehrenden Fluss des Leids aussteigen können. Ich suche stets ein großes Zeichen der Sinnlosigkeit des menschlichen Tuns. Um das Nirwana zu füllen, brauche Ich die Kraft von Bildern, die Ich selbst zu schaffen nicht in der Lage bin. Ein Bild, ein Ding oder eine Tat, die sie allen Ehrgeiz und alle Hoffnung fallen lässt, das wäre Mir ein großer Dienst."

„Siehst Du, Mein Bruder", antwortete Shatanu zufrieden, „so finden Wir doch eine Übereinkunft. Ich werde nichts von Dir verlangen, was Deinem Wesen widerspricht."

„Was verlangst Du?" bellte Susanoo.

„Nichts. Ihr müsst Mich nur walten lassen auf Eurer Insel. Und Ihr sollt die, die ihr Barbaren nennt, nicht zu früh vertreiben. Mein Plan soll nicht behindert werden. Und Du, großer Susanoo, wundere Dich nicht, denn Ich werde Dich dafür mächtiger machen als je zuvor. Wache über Deine Schreine und die Befolgung des Ritus. Das ist die Hilfe, die Ich von Dir dafür erwarte."

„Worin besteht Dein Vorhaben? Was ist Dein Plan?" fragte Susanoo.

„Beizeiten werdet Ihr es erfahren. Ihr würdet nichts verstehen, wenn Ich es Euch jetzt schon offenbarte. Nur so viel: Ich bringe Euch ein Schwert aus Feuer, wie es seit Anbeginn der Welt nicht mehr gesehen wurde. Es wird aus den Kammern unseres Feindes kommen. Nun, seid Ihr einverstanden? Haben Wir einen Bund?"

„Ich willige ein", grunzte Susanoo. Buddha nickte stumm.

„So sei es. Wir treffen uns hier wieder. Mein Plan muss noch reifen, Vorkehrungen sind zu treffen. Zum Abschluss und zur Besiegelung unseres Bundes will Ich Euch die Seelen geben, die Ich hier genommen habe. Es sind die Besten und die Schlechtesten dabei, die Größten und die Geringsten. Ich habe keinen Unterschied gemacht. Es sind Eure und Ich achte Eure Herrschaft an diesem Ort." Er kniete vor Susanoo und Buddha, öffnete die Hand und blies in die darin liegende Asche der Seelen.

„Sie sollen weiterleben in Euch und Ihr sollt über sie verfügen." Susanoo sog die seinen in die riesigen Nasenlöcher, Buddha atmete die Seelen der Geläuterten durch den Mund ein. Beide waren zufrieden mit der Gabe und beschwichtigt. Sie verließen den Ort wie sie gekommen waren.

Shatanu sank hinab in die Felsen zu den glühenden Adern tief unter der Erde, wo er die dunklen Kanäle wiederfand, in denen er ungestört in sein Reich im Westen zurückkehren konnte. Finstere Gedanken begleiteten ihn.

Ich will ein Ereignis schaffen, ganz nach Meiner Art. Darin will ich die Lehren aus Meinen Niederlagen einfließen lassen. Das Gute soll daniederliegen und unter Schmerzen das Böse gebären. Die beiden Enden der Welt und der Zeit sollen zusammengebunden werden, damit Ich nicht wieder der Plagegeist bin, der stets das Böse will und nur das Gute schafft. Keine Wetten gehe Ich mehr ein mit dem Schöpfer. Alle habe Ich verloren. Ich habe mich auf Spiele eingelassen, deren Regeln Er diktierte. Auch als Ich von Judas Seele Besitz nahm, überschaute ich nicht Gottes Plan. Er hat die Macht, weit vorauszuschauen in der Zeit. Und Er sieht etwas in den Herzen der Menschen, das Mir verborgen bleibt. Deshalb ist dieser Plan, den Ich gefasst habe, größer als alle anderen zuvor.

Ich werde Mich offenbaren. Es soll keinen Zweifel mehr geben an Meiner Existenz. Meine Offenbarung wird über alle Himmel strahlen und eine neue Menschheit erschaffen, die den heutigen Geschlechtern überlegen ist. Wenn das nicht gelingt, soll alle Menschheit enden. Denn sie werden die Stimme Gottes nicht mehr hören und kein Paraclet, auch kein Phanuel wird mehr für sie sprechen. Die Tafeln der Gebote sollen zu Staub zerfallen, das Kreuz soll zerbrechen, der Bund soll untergehen und niemand wird sich an den Wahnsinn erinnern, den der Wüstengott über die Welt gebracht hat. Am Ende der Zeit wird sich zeigen, welche Offenbarung stärker ist; ob Mein Bruder Jesus und unser Vater nicht nur der Durchgang waren, um Meine Schöpfung vorzubereiten. Mein Samen ist kalt, ja, aber Meine Gedanken sind lodernde Feuer, und Ich schaffe mit ihnen eine neue Welt.

Würzburg

Napoleons Zorn – Don Mastema
Alexander von Humboldt – Mensur – Siebold hat Pläne

„Nun, die Gelehrten sind höchst zerstritten darüber, wie der Teufel seine Instrumente zur Erzeugung des Unheils verwaltet; denn Satan stehen eine ganze Menge von Agenten im Dunkeln zur Verfügung, die weder den TEUFEL in sich haben noch besser bekannt sind mit ihm. Und doch bedient er sicher ihrer, sei es mittels ihrer Torheit oder mittels dieser anderen Schwäche, die man Schläue nennt. Das ist ihm alles eins, er lässt sie seine Arbeit ausführen, während sie denken, dass sie ihre eigene erledigen. Er ist so durchtrieben in seiner Führung dieses geistig schwachen Teils der Welt, dass die Betroffenen ihm sogar dann dienen, wenn sie gar glauben, gerade Gott zu dienen. Es gehört zum erstaunlichsten und überraschendsten Teil seines Wirkens, sie glauben zu machen, dass sie Gott dienen, während sie für ihn arbeiten."

Daniel Defoe, *The Political History of the Devil*, 1726

Napoleons Zorn

Zu der Zeit, als der Unzendake auf der südjapanischen Insel Kyūshū ausgebrochen war, bereitete sich das revolutionäre Frankreich noch auf seinen ersten Krieg mit den europäischen Monarchien vor. Ein Vierteljahrhundert später lag über ganz Europa der Schatten der Restauration. Nach der Niederlage Napoleons bei Waterloo hatte der Wiener Kongress 1815 die Landkarte des Kontinents neu gezeichnet und das endgültige Scheitern der französischen Revolution erklärt. Die Legitimität des Adels wurde wiederhergestellt und in vielen Ländern die alten Herrscher in ihre vormaligen Ämter wiedereingesetzt. Deutschland war immer noch ein unüberschaubares Gewimmel kleiner Fürsten- und Königtümer, alle mit eigenen Währungen, Gesetzen, Zöllen und meist unfähigen Despoten. Die Befreiungskriege gegen die Franzosen hatten kein starkes, vereinigtes Volk von Bürgern geschaffen, das Freiheit, Verfassungen und Parlamente gefordert hätte, sondern ein auf Behaglichkeit bedachtes Spießertum, das sich in dieser Zeit einnistete, die man später Biedermeier nennen sollte. Die deutsche Sprache war gestelzt und man drückte sich umständlich aus, weil es keine Kultur der freien Rede gab. Reisende Franzosen und Engländer, die Madame de Staëls Buch *De l'Allemagne* gelesen hatten und hofften, einem Volk von Dichtern und Denkern zu begegnen, wunderten sich über den Mief der geistigen Beschränktheit, der über dem Land lag. Es herrschte ein provinzieller Geist, der alles Große, Öffentliche und Erhabene mied, vor allem Gefühle, Ideen und Gedanken, dagegen im Kleinkram des Privatlebens sein harmloses Glück fand. Nur an den Universitäten gab es Unzufriedenheit über den Einzug dieser reaktionären, alles Freiheitliche, Ehren- und Heldenhafte erstickenden Haltung. Viele Studenten hatten in den Befreiungskriegen als Freiwillige gedient und eine Ahnung davon bekommen, was den Unterschied zwischen einem Untertan und einem Bürger ausmacht. Auf der Wartburg trafen sich Hunderte von ihnen zu einem großen Fest, alle aus den gerade gegründeten Burschenschaften gekommen, um sich im Schein der Fackeln mit dem Ruf nach der Einheit aller deutschen Länder in einen nationalen Rausch hinein zu feiern und den *Code Napoleon* zusammen mit preußischen Uniformen und Soldatenzöpfen zu verbrennen.

Im Jahr darauf stand in der Würzburger Keilkneipe *Smolensk* der Tabakqualm wieder dick in der Luft. Gesang und wildes Gerede wechselten einander ab, vermischten sich und wurden abgelöst von lautem Gelächter aus zwei Dutzend Männerkehlen. Die studenttische Verbindung *Corps Moenania* feierte den Geburtstag eines Korpsbruders.

„Wellmann, du hast es nur dem Umstand zu verdanken, dass wir heute deinen Geburtstag feiern müssen, wenn ich dich nicht zum Parforceritt herausfordere. Dein großes Maul stopfe ich dir aber gerne nächste Woche. Bis dahin spül es dir noch gründlich mit Bier aus. Dem schließ ich mich übrigens an. Prost, Wellmann. Meine besten brüderlichen Wünsche zu deinem neunzehnten Geburtstag."

Korpsbruder Spegg setzte sich, alle hoben die Krüge und prosteten Wellmann zu „Leben sollst Du, leben, leben, leben, drei Mal hoch." Einen Moment lang war es still, bis auf das Gurgeln der durstigen Studentenkehlen.

Dann stand von Siebold auf.

„Korpsbruder Wellmann, ich brauche dich zum Glück nicht mehr herauszufordern. Im Reiten, das weiß jeder hier, habe ich dich schon lange überrundet, so wie auch alle anderen...", worauf er eine Kunstpause lies um die „Heyda"- und „Hohoo"-Rufe und die gespielte

Entrüstung der Tischgenossen zuzulassen.

„...und zwei Mensuren haben wir tapfer gemeinsam geschlagen. Ich schätze dich als mutigen Patrioten und teile deine politischen Ansichten. Somit wünsche auch ich dir einen erfolgreichen Fortgang deiner fleißigen Studien und vor allem eine Frau, welche die Macht hat, dich endlich vom nächtlichen Streunen in unseren Straßen abzuhalten."

Darauf johlte die Gesellschaft auf, schlug sich auf die Bäuche und manche verschluckten sich an ihrem Gelächter. Die Sache mit der Tochter des Universitätsbibliothekars und der Witwe eines erst kürzlich verstorbenen Notars, denen Wellmann zur selben Zeit nachgestellt hatte, war erst am Tag zuvor herausgekommen und es war die erste Gelegenheit für Korpsbrüder, sich darüber mit der gebotenen Lebhaftigkeit auszutauschen. Es wäre sicherlich auch zu gefährlich gewesen für einen gemeinen Trinkspruch, wenn Wellmann sich als liebeshungriger Student bei seinen nächtlichen Annäherungsversuchen nicht so stümperhaft angestellt hätte und diese dadurch nicht folgenlos geblieben wären. Wellmann selbst grinste breit in die Runde und nahm den freundschaftlichen Spott mit Humor.

Alle Korpsbrüder hatten nun reihum ihre Glückwünsche ausgesprochen, mit mehr oder weniger sarkastischen Bemerkungen, Erinnerungen und Anekdoten gewürzt und schließlich dem Geburtstagskind zugeprostet. Jetzt war Wellmann selbst an der Reihe, eine Rede zu halten. Da er bereits drei Krüge Bier geleert hatte, fühlte er sich aufgerufen, einen großen Gedanken vorzutragen, der ihn schon lange beschäftigte.

„Verehrte Brüder, hier sitzen wir nun an diesem achtzehnten Juno im Jahre 1816 des Herren an einem beschaulichen Ort und nichts scheint unsere Idylle trüben zu können. Wenn ihr mir erlaubt, möchte ich mich wie ein großer Vogel – vorzugsweise ein majestätischer Räuber der Lüfte, der ich gerne wäre...", worauf auch er eine Kunstpause für Applaus und Gelächter lies um dann umso entschlossener fortzufahren:
„...von diesem Platz für einen Moment erheben. Ich fliege langsam höher und sehe das liebliche Würzburg unter mir liegen, die Residenz und den Botanischen Garten, ich sehe das Haus meines verehrten Lehrers Professor Schmeller und die Brücken, unter denen der Main durch unsere Stadt fließt. Dann tragen mich die Winde in Kreisen immer höher, bis ich die deutschen Lande erblicke von den Alpen im Süden bis zur Meeresküste im Norden. Eine Bewegung der Gemüter geht durch dieses ganze Land. Mit meinen überscharfen Vogelaugen sehe ich die Gesichter der Menschen, über Bayern hinaus in Sachsen, in Holstein, in Hannover und natürlich in Preußen. Diese Menschen sind erleichtert, dass der große

europäische Krieg nun vorüber ist, dass der Wiener Kongress uns allen eine Friedensordnung gegeben hat und dass Napoleon Bonaparte für immer verbannt ist. Dann fliege ich noch höher und überblicke nun die europäischen Königreiche und Fürstentümer. Auch dort sind viele Menschen zufrieden, dass die Herren wieder Herren und die Knechte wieder Knechte sind, dass das Recht der Herkunft durch Geburt wieder in Kraft gesetzt und der Staatswille wieder identisch ist mit dem Herrscherwillen. Ich fliege nun noch höher, immer weiter, bis dahin, wo der Weltenraum anfängt. Nun entdecke ich am Horizont im Südwesten eine kleine Insel. Mehr als tausend *Meilen* vor der afrikanischen Küste, mitten in den tiefen Wassern des Atlantiks, hat der Meeresboden sich als vulkanischer Felsen bis in den trüben Himmel dieser Gegend aufgeworfen. Dort, auf der Insel Sankt Helena, sehe ich einen Mann im Regen an den Felsen stehen, die vor ihm viele hundert *Fuß* steil abfallen in die dunklen Wellen. Er blickt nach Europa. Es ist der Weltgeist in seiner Gefangenschaft. Dort wartet Napoleon, das Monster, das Kriegsgenie, das die Fackel der Revolution durch ganz Europa getragen hat, auf seinen Tod. Sein Blick ist zornig, ich sehe ihn schimpfen und die Faust gegen Europa heben. Nun, wir müssen keine Angst mehr vor seinen Drohungen haben. Vielleicht will er uns auf die erzürnte Art einer entthronten Majestät davor warnen, was verloren geht und was mit uns passiert, wenn wir sein Werk zerstören. Es ist, meine lieben Brüder, in der Tat meine größte Sorge, dass der französische Bluthund mit einer solchen Verwünschung über sein Grab hinaus Recht behalten könnte. Unter den Älteren hier am Tisch, das weiß ich, ist kaum einer, der nicht gerne ein Franze gewesen wäre, als die Armeen der deutschen Tyrannen von der Marseillaise und dem Freiheitswillen der Revolutionäre überrannt und in Paris die Menschenrechte als universelles Gesetz verkündet wurden. Es hätte eine wundervolle Epoche werden können, ein Fest der Völker. Die Revolutionäre konnten es dann nicht unterlassen, die Geschichte zur Schlachtbank zur machen. Sie ermordeten erst ihren König, dann ihr eigenes Volk und schließlich überzogen sie Europa mit Krieg. Ich will hier nicht im Einzelnen darauf eingehen, wer diesen Krieg begonnen hat, denn nur zu gut kann ich mir vorstellen, was die Wortgewaltigen jener Tage, jene Dantons und Robespierres, aber vor allem was der schlaue Napoleon mir völlig zurecht hätten entgegnen können. Die Europäer, allen voran die Könige und Fürsten des Heiligen römischen Reichs deutscher Nation, haben dem revolutionären Frankreich unter Leitung des Herzogs von Braunschweig den Krieg aufgezwungen. Es geht mir jedoch um etwas ganz anderes. Napoleon hat mit seiner Eroberung des Deutschen Reiches gezeigt, dass wir schwach sind. Warum waren wir schwach? Weil wir kein wirkliches Reich und keine geeinte Nation, sondern ein unüberschaubarer Flickenteppich von Königreichen und Fürstentümern waren. Was hat Napoleon gemacht, nachdem er diese überrannt und erobert hatte? Er hat ihre Zahl von über tausend reichsunmittelbaren Territorien auf gerade einmal dreißig begrenzen lassen. Unter seiner Verwaltung sind viele Zollbarrieren und landeseigene Münzprägungen verschwunden. Er hat den Klerus entmachtet und wollte uns mit dem *Code Civile* eine einheitliche Rechtsprechung geben. Doch das blutrünstige Genie wollte den Partikularismus nicht vollständig abschaffen, sondern nur gerade so weit, als es ihm zur besseren Kontrolle des aufzulösenden Reiches diente. Deshalb bevorzugte er einige Herzöge und Fürsten, indem er ihnen Königreiche schenkte. Er wollte eine dritte Kraft zwischen Österreich und Preußen. So entstand schließlich auch unser Königreich Bayern. Nun, ich will nichts gegen unseren geliebten König Maximilian sagen, den ich doch schon als Kind verehrte, auch wenn er damals nur ein Kurfürst war. Es ist auch anzuerkennen, dass unter der Regierung seines Ministers Montgelas gute Fortschritte gemacht wurden, um mehr bürgerliche Freiheiten und Rechte in unserem Gemeinwesen zu etablieren. Doch den entscheidenden Schritt, mit dem das napoleonische Werk seine Erfüllung jenseits des kurzfristigen Machtstrebens seines Schöpfers gefunden hätte, nämlich die Vereinigung aller Länder deutscher Sprache in einem Deutschland, in einer einzigen Nation, das haben sie alle vereitelt. Wäre ich damals schon alt und kenntnisreich genug gewesen, dann hätte ich vor zwei Jahren eines nachts Korpsbruder von Siebolds schöne Stute entführt und wäre mit ihr wie der Teufel nach Wien zum Kongress geritten, um die Entstehung der neuen Ordnung in Europa und vor allem des verlogenen *Deutschen Bundes* zu verhindern, den wir Fürst Metternich zu verdanken haben. Natürlich wäre ich dort nicht angehört worden. Doch ich hätte meine Tarnkappe dabei gehabt – dieselbe, die ich aufhabe, wenn ihr meine Anwesenheit in mancher Vorlesung vermisst – und wäre so der heimliche Bauchredner aller Gesandten der deutschen Staaten geworden, die verwundert gewesen wären, wenn sie sich selbst gehört hätten, wie sie entgegen der Weisungen ihrer egoistischen Landesherren eine starke Zentralregierung und die nationale Einheit Deutschlands fordern. Aber ach, es ist alles anders gekommen und meine Rede schlägt nur wie eine ohnmächtige Welle gegen den Felsen des neuen Systems, das leider ohne mich beschlossen wurde. Was will ich mit alldem sagen? Wenn wir hier auch gemütlich in einer Gastwirtschaft sitzen, die mit ihrem Namen *Smolensk* an die Schlacht erinnert, die den Beginn von

Napoleons Untergang im Russlandfeldzug einläutete, so sollten wir wach genug bleiben um zu bemerken, wie viele Versprechungen der Französischen Revolution und ihres größten Verbreiters, der ihre Fackel auch zu uns getragen hat, noch unerfüllt sind."

Damit setzte er sich, sichtlich bewegt von der eigenen Rede. Applaus schwoll an, manche schlugen mit der Faust auf die Tafel, um ihre Zustimmung kundzutun. Zwei Senioren flüsterten sich hinter vorgehaltener Hand zu:

„Er ist ein wirklich mäßig begabter Mediziner, bis auf die Präparate, wo er einiges Geschick beweist. Reden kann er dagegen gut."

„Ja, seinesgleichen wird das Land vielleicht mehr verändern als wir mit unseren juristischen oder medizinischen Künsten. Wir sollten ihn bei der Jenaer Burschenschaft empfehlen. Die suchen begabte Redner und patriotische Köpfe. Da braut sich was zusammen."

Don Mastema

Nachdem er fest applaudiert hatte, stand Siebold von der Tafel auf. Das Bier drückte auf die Blase und er ging Wasser abschlagen. Auf dem Weg zum Abort sah er das Licht der Spätnachmittagsonne durch das Fensterkreuz auf einen Tisch fallen, an dem ein Mann in einem Buch las. Er fiel auf durch seine ungewöhnliche Tracht und streng anliegende, glänzende Haare. Auf dem Rückweg, entleert und durch den Enthusiasmus von Wellmanns Rede erhoben, sah er wieder neugierig hinüber zu dem Fremden. Der hob plötzlich seinen Kopf, sah gerade heraus in Siebolds Gesicht und rief ihm freundlich zu: "Herr von Siebold! Was für ein angenehmer Zufall. Bitte, leisten Sie mir doch kurz Gesellschaft." Dabei wies seine linke Hand auf den ihm gegenüberliegenden Platz am Tisch, während die rechte vorsichtig das Buch schloss. Siebold trat an den Tisch und stellte sich vor.

„Philipp Franz von Siebold, Student der Medizin und Bruder des Corps Moenania, den Sie dort hinten zechen hören und sehen können. Mit wem habe ich die Ehre?"

Der Mann erhob sich von seinem Platz und überragte Siebold, der selbst von stattlicher Größe war, um mehr als einen Kopf. Siebold war überrascht, dass er die Augen heben musste um seinem Gegenüber ins Gesicht blicken zu können wie es sich gehörte.

„Don Mastema, Handelsreisender und passionierter Freund der Wissenschaften aus dem Baskenland", worauf sich sein schwarzer

Samtumhang öffnete und er ihm die Hand reichte. Siebold musste sie ansehen, als er sie nahm, denn sie war groß, unvergleichlich schön und fühlte sich an wie kühles Elfenbein. Die langen, schlanken Finger umfassten seine ganze Hand und erschienen auf ihrem Rücken wieder, sodass er deutlich die mandelförmigen Fingernägel sehen konnte. Der Druck dieser Hand war kräftig, männlich und doch beinahe intim. In diesem Moment nahm Siebold einen eigentümlichen Geruch wahr, der von dieser Gestalt auszugehen schien. Er war süßlich und herb zugleich, angenehm und stimulierend. Siebold fühlte eine unbestimmte Erinnerung aufsteigen und überlegte, ob es nur die vage Vorstellung davon war, wie Moschus riecht, das Drüsensekret des gleichnamigen Hirschs, von dessen vorzüglichen Eigenschaften für die Parfümherstellung er gelesen, das er in Reinform aber noch nie gerochen hatte. Vielleicht war es auch etwas ganz anderes. Sie setzten sich und Don Mastema sah ihn aus den feinen Linien seines bemerkenswert blassen Gesichts heraus freundlich musternd an.

„Sie sind eine stattliche Erscheinung geworden, Siebold, ein schneidiger Mann. Ich sehe, dass erste Schmisse Sie zieren. Es geht wohl nichts über eine Mensur mit einem wackeren Korpsbruder", sagte er verspielt und Siebold wunderte sich, ob er es ernst meinte, denn nichts an Herrn Mastemas edler Erscheinung ließ vermuten, dass er den gefährlichen und von den höheren Ständen verachteten Mutproben der Studenten zugetan sein könnte.

„Sie kennen mich nicht nur dem Namen nach?"

„Ich will Sie nicht verwirren. Ja, ich kenne Sie. Ihr Name fiel vorhin in der geselligen Runde, der ich Sie jetzt vorenthalte. Das letzte Mal als ich Sie sah waren Sie jedoch noch ein Kind. Ich war mit Ihrem Vater bekannt."

„Da haben Sie mir gegenüber einen Vorteil, denn ich kann mich an meinen Vater Christoph Siebold leider nicht erinnern" sagte er darauf, bemüht, dem Fremden keinerlei Bewegung zu zeigen.

"Er starb im Januar 1798, kurz vor meinem zweiten Geburtstag, an Lungenschwindsucht."

„Das ist mir bekannt. Ich lernte ihn leider erst kurz vor seinem Tod kennen. Es ist bedauerlich, wenn ein Mann in so jungen Jahren aus dem Leben gehen muss. Er war erst zweiunddreißig Jahre alt, wenn ich mich recht erinnere."

„Das stimmt. In welcher Verbindung standen Sie mit ihm?"

„Das will ich Ihnen gerne sagen. Jedoch habe ich eine Bedingung, nämlich dass Sie niemandem von dem Folgenden berichten werden.

Können Sie mir das zusagen?"

„Nun, ja, das will ich tun" antwortete Siebold verwundert.

„Ich suchte ihn auf, weil er den Ruf hatte, ein ehrgeiziger und an wissenschaftlichen Neuerungen hochinteressierter Kopf zu sein. Damals hatte ich schon mit einer ganzen Reihe deutscher Ärzte über eine Entdeckung gesprochen, die ich auf einer meiner Reisen in England machte. Die Engländer haben ein Gas, das sie *Lachgas* nennen. Damit veranstalten die gebildeten Kreise sogenannte Partys, auf denen dieses Gas mit Vorliebe mutigen Damen verabreicht wird, die zum Amüsement der anderen Gäste in einen Zustand des Schwindels fallen und ungehemmt zu lachen beginnen. Meiner Meinung nach hat diese Substanz jedoch eine viel wichtigere Eigenschaft. Ich halte sie für ein potentes Schmerzmittel. Doch die meisten Ärzte nahmen diesen Hinweis nicht ernst, da ich nicht den Titel eines Doktors der Medizin vorweisen konnte. Daher suchte ich das Gespräch mit einem fähigen Chirurgen, der diese Wirkung des Lachgases wissenschaftlich untersuchen und es schließlich seinen Kollegen anempfehlen würde. Für die Chirurgie wären Operationen der Knochen und der inneren Organe ohne Zweifel eine große Errungenschaft. Mein Interesse in dieser Sache war der Import oder die Herstellung des Gases. Damit hätte Ihr Vater ein reicher Mann werden können. Wir hätten ein Vermögen verdient."

Siebold war erstaunt und plötzlich hellhörig bis zur Schmerzhaftigkeit. Bestimmend fragte er weiter.

„Das ist eine faszinierende Angelegenheit. Seien Sie doch bitte so freundlich und sagen Sie mir noch: Wie reagierte mein Vater? Und woran scheiterte dieses Vorhaben schließlich?"

„Wie ich es vermutet hatte war Ihr Vater dieser Idee gegenüber mehr als aufgeschlossen. Wir waren uns damals ebenfalls einig, die Sache noch für einige Zeit geheim zu halten. Er begann sofort mit den Versuchen an schwerverwundeten oder todkranken Patienten. Bevor er die Ergebnisse systematisch erfassen konnte, starb er."

Ja, er starb vor Erschöpfung, die zu seiner Lungenschwindsucht führte. Tag und Nacht ließ ich ihn arbeiten, immer mit der Versprechung, er werde den Ruhm dieser bahnbrechenden Entdeckung ganz für sich allein beanspruchen dürfen. Dabei verdarb ich die Proben des Gases und ließ die schmerzlindernde Wirkung für seine Patienten immer gerade so stark sein, dass er mit den Experimenten fortfahren musste. Er arbeitete sich zu Tode. Ich stand an seinem Bett in der Nacht als er starb und blies den letzten Rest seines Lebenslichts aus. Er hinterließ mir diesen vaterlosen Sohn, den ich brauchte und der sich nun wie von selbst für seine Aufgabe vorbereiten wird. Mein Vorhaben, ihn zur ersten Ursache einer langen und unfehlbaren Kette von weiteren Wirkungen bis zu einer lichten, alles erfüllenden und überstrahlenden Endwirkung zu machen, nimmt in seiner Person endlich eine brauchbare Gestalt an.

Siebold war bewegt. Empfänglich dafür machte ihn auch das Bier, das er zuvor getrunken hatte. Ehre und Reichtum, so knapp an seinem Vater und ihm vorbeigegangen? Wie viel leichter hätte er es im Studium haben können, wenn er väterlicherseits bereits ein Vermögen besessen hätte. Seine adligen Kommilitonen machten ihm das Leben schwer, indem sie ihn seine Herkunft fühlen ließen. Junger Adel ohne Land zählte kaum und ein Vermögen hätte beträchtlich sein müssen, um einen Spross der Familie Thurn und Taxis oder Battenberg auch nur die geringfügigste Geste der Anerkennung zu entlocken.

„Ich kannte übrigens auch Ihren Großvater, Carl Caspar Siebold. Das war zu einer Zeit, bevor Ihre Familie den Adelstitel tragen durfte. Er war einer der wenigen Männer im Deutschen Reich, die mir auf Augenhöhe begegnen konnten" schmunzelte Don Mastema. Siebold erinnerte sich. In der Tat, sein Großvater war beinahe ein Riese, ein gut aussehender Mann von fast sieben *Fuß* bis zum Scheitel. Eine Lichtgestalt und ein Lebemann mit eigenem Weinanbau im Garten, ein Musiker und hervorragender Tänzer. Vor allem aber war er einer der angesehensten Chirurgen Deutschlands. Er erhielt von den medizinischen Fakultäten für seine Entwicklung neuer chirurgischer Techniken und Instrumente den außerordentlich ehrenvollen Titel *Chirurgus inter Germanos princeps*. Für seine hervorragenden Leistungen während der Napoleonischen Kriege in den Feldhospitälern wurde er vom Kaiser in den Reichsadel erhoben.

„Ich begegnete ihm hier in Würzburg auf dem Ball einer Familie, die vom Krieg inzwischen ausgelöscht wurde. Er war eine imposante Erscheinung und ich hatte große Bewunderung für ihn. Im Gespräch erwies er sich als einer der wärmsten und klügsten Menschen, denen ich in diesen Breiten begegnen durfte. Nur darf ich Ihnen verraten..." hier zögerte er, " – und dabei möchte ich keinesfalls pietätlos sein – dass die Damen der Gesellschaft das ganz anders sahen! Sie hatten trotz seiner außerordentlichen männlichen Schönheit beinahe Angst vor ihm."

„Ja, ich habe von dieser Irritation gehört. Mein *Oheim* berichtete mir davon. Dergleichen gibt es auch heute noch" erläuterte Siebold verschlossen.

Er wollte nicht ins Detail gehen. Es war für ihn eine tiefe Kränkung, dass die besseren Kreise der Gesellschaft einen Arzt, vor allem einen

Chirurgen, immer noch für einen Handwerker hielten, der einem blutigen Geschäft nachgeht, das mit Unglück und Schmerzen verbunden ist. Chirurgen wurden gelegentlich sogar mit Metzgern verglichen. Im Falle seines Großvaters ging die Gehässigkeit noch weiter. Die feinen Damen erinnerten stets daran, dass noch sein eigener Großvater nur der Koch eines Grafen war. Dieser wundervolle Mann, der im Hospital und auf dem Schlachtfeld Hunderten von Menschen das Leben gerettet hatte, war für sie ein Parvenü. Seine Auszeichnungen, Medaillen und seine Familie, in der alle Kinder die Universität besuchten und die Wissenschaften mit weiteren Neuerungen bereicherten, sein Vermögen und schließlich sein durch Fleiß und Mut erworbener Adelstitel, all das machte es nur noch schlimmer. Carl Caspar von Siebold selbst hatte das immer kalt gelassen. Er scherte sich nicht um das Gerede der höheren Kreise und fühlte sich unabhängig von ihnen. Siebolds Vater Christoph hingegen, der es selbst schon mit vierundzwanzig Jahren zu einer außerordentlichen Professur in Medizin und bald darauf schon zum Ersten Arzt am Juliusspital gebracht hatte, litt unter der Geringschätzung, der sein Vater häufig ausgesetzt war. Dabei war er für ihn ein überlebensgroßes Vorbild, dem nachzueifern er sich zur Lebensaufgabe gemacht hatte. Siebolds Mutter Apollonia hatte ihm diese Hintergründe seiner Familiengeschichte erst am zehnten Todestag seines Vaters geschildert. Er war noch nicht zwölf Jahre alt, sein kindlicher Verstand aber war bereits hellwach und wurde von diesem Eindruck nachhaltig geformt. Kein Wort konnte er vergessen, das sie an jenem Abend nach dem gemeinsamen Gebet zu ihm gesprochen hatte. Denn bis dahin gab es nicht die Spur eines Schattens auf dem Leben seines Vaters.

Alexander von Humboldt

„Von welcher interessanten Lektüre haben Sie sich durch mich ablenken lassen?" erkundigte Siebold sich, um nicht weiter über diesen Teil der Familiengeschichte sprechen zu müssen.

„Ich habe gerade den neuesten Band eines umfangreichen Werkes über eine berühmte wissenschaftliche Expedition nach Südamerika aus den Händen des Autors empfangen."

„Sie meinen etwa *Alexander von Humboldts* Voyage aux régions équinoxiales du Nouveau Continent? Sie kennen den Freiherrn von Humboldt persönlich?"

„Zur Ihrer ersten Frage: Ja, um dieses Werk handelt es sich. Sie sind also im Bilde über seine Arbeiten – und sie beherrschen die französische Sprache, wie ich höre. Das ist beachtlich für einen jungen Mediziner. Nun, Ihre zweite Frage kann ich ebenfalls bejahen. Ich bin Herrn von Humboldt inzwischen einige Male begegnet. Zuletzt trafen wir uns kürzlich in London anlässlich seiner Aufnahme als Fellow der Royal Society. Ich bin nicht wenig stolz darauf, denn ich halte ihn für den größten Naturforscher unserer Zeit."

„Dürfte ich einmal in dieses Buch hineinsehen?"

„Natürlich, bitte sehr."

Siebold nahm den in blaues Leinen geschlagenen Band, auf dem der Titel und der Name des Autors in goldener Prägung zu lesen war, und schlug ihn andächtig auf. Das war also ein Buch des großen Alexander von Humboldt, dass dieser selbst einmal in den Händen gehalten hatte! Allein das Inhaltsverzeichnis gab schon einen Eindruck davon, wie vielfältig die Natur und das Leben auf dem südamerikanischen Kontinent sein mussten, aber auch von Humboldts Beobachtungsgabe und enzyklopädischer Bildung. Instinktiv blätterte Siebold weiter und fand, was er vermutet und insgeheim erhofft hatte, nämlich eine Widmung aus der Feder des Autors.

Pour mon cher ami Don Mastema, qui est un fin connaisseur de toutes les matières traitées ci-suivantes, qui a plus d'une fois dirigé ma curiosité dans la bonne direction, à qui je dois plus d'une faveur et qui est en même temps toujours resté un énigme pour moi car je n'ai jamais compris comment un seul homme peut en savoir autant!

Die Unterschrift lautete einfach *humboldt*.

„Das ist eine wirklich außerordentlich schmeichelhafte Widmung, Don Mastema!" rief Siebold aus.

„Sie müssen wissen, Humboldts *Ansichten der Natur* waren das erste wissenschaftliche Buch, das ich gelesen habe. Mein Oheim und Vormund Pfarrer Lotz, der mich bereits im Alter von acht Jahren in mathematischer Geographie unterrichtete und in dessen Haus ich meine Kindheit verbrachte, hat es mir anlässlich meiner Einschulung ins Würzburger Gymnasium gegeben. Er sagte, ich müsse einen unbekannten Gönner haben, denn das Buch sei ihm von einem Kurier mit einer Notiz ausgehändigt worden, ich solle damit das Studium der Natur beginnen."

Der Zufall soll keine Macht über meinen Plan haben. Alles wurde gut vorbereitet.

„Es gab wohl von Anfang an Menschen, die von Ihren Fähigkeiten überzeugt waren" sagte Don Mastema und lächelte dabei anspielungsreich.

„Ich habe das Buch mehrfach gelesen und viel daraus gelernt. Seit ich bei meinem Lehrer Professor Ignaz Döllinger wohne, studiere ich nicht nur Medizin, sondern auch die anderen Wissenschaften, die Alexander von Humboldt als hilfreich und sogar notwendig erachtet, um die Natur umfassend zu verstehen. Ich beschäftige mich daher seit einiger Zeit auch mit Botanik, Zoologie und Geologie."

„Was für berufliche Ziele verfolgen Sie mit Ihrer Ausbildung?"

„Ich habe gerade erst mit dem Studium begonnen. Das unmittelbare Ziel ist natürlich eine ärztliche Tätigkeit, beispielsweise im Bereich der Pädiatrie. Doch ich vertraue Ihnen gerne an, dass ich am liebsten auch ein Forschungsreisender werden möchte. Ich habe dabei an Brasilien gedacht. Dort ist Humboldt noch nicht gewesen und ich könnte dennoch auf seinem Werk aufbauend dort als naturkundiger Mediziner reisen und forschen."

Es ist der richtige Zeitpunkt für diese Begegnung. Hier muss ich regelnd eingreifen.

„Junger Freund, Ihr Vorhaben ist sicher aussichtsreicher, wenn Sie sich dem Fernen Osten widmen. Humboldts Reisegefährte Aimée Bonpland ist gerade erst wieder nach Südamerika aufgebrochen. Ich vermute, dass er diesmal wesentlich weiter nach Süden reisen wird, nach Brasilien und Argentinien. Und nun verrate ich Ihnen ein Geheimnis. Humboldt spricht seit Jahren von einer Expedition nach Asien. Doch ihn interessieren nicht *Java*, die Philippinen oder Korea, sondern die Innere Mongolei. Deswegen möchte ich Ihnen heute einen Rat geben, so wie ich es auch damals bei Ihrem werten Herrn Vater tat, der daraus leider keinen Gewinn mehr schlagen konnte. Gehen Sie nach Japan! Dort können Sie als Wissenschaftler zu Ruhm und Ehren gelangen, vielleicht sogar zu einem eigenen Vermögen. Das Land ist nun seit über zwei Jahrhunderten vom Rest der Welt abgeschlossen und wir wissen fast nichts darüber."

Siebold sah Don Mastema mit nachdenklichem Erstaunen an. Könnte das tatsächlich eine tragfähige Idee sein? Ihm war keine Verbindung zwischen Bayern oder anderen süddeutschen Ländern und dem Japanischen Reich bekannt, sodass es sicher schwer zu erreichen war. Er wusste in der Tat auch selbst fast gar nichts über dieses Land. Das war ein Indiz für die Stichhaltigkeit von Don Mastemas Argument.

„In der Angelegenheit mit meinem Vater verfolgten Sie, wie Sie sagten, durchaus ein eigenes Ziel. Was ist Ihr Interesse in dieser Sache, wenn ich fragen darf?"

Das war frech. So viel Zudringlichkeit hatte der Mann im Gewand eines baskischen Edelmannes nicht erwartet, eher eine an dem vorgeschlagenen Reiseziel ausgerichtete Neugierde, unmittelbare Dankbarkeit für den Hinweis oder schlichte Zurückhaltung. Doch dieser junge Mensch schien von einem massiven Selbstvertrauen erfüllt zu sein, und das trotz der Keime des Zweifels, die planvoll bereits in sein frühes Leben gelegt wurden, um ihn als einen talentierten, aber leicht beeinflussbaren Mann aufwachsen zu lassen. Don Mastema war dennoch nicht verlegen um eine Antwort.

„Es ist völlig richtig, dass Sie diese Parallele ziehen. Sehen Sie, ich bin nur ein Kaufmann. Und als solcher denke ich, wie meine Natur es mir gebietet, ständig darüber nach, wie ich mein nicht unbeträchtliches Vermögen weiter vermehren kann. Dazu brauche ich immer wieder fähige Partner. Im Falle Japans wäre es durchaus möglich, dass wir ins Geschäft kommen, wenn Sie sich entschließen sollten, dort tätig zu werden. Bisher habe ich keine Möglichkeit gefunden, seltene japanische Pflanzen oder die Kunstwerke dieses Landes zu importieren. Dabei habe ich die Schriften der Japanforscher Thunberg und Kaempfer gelesen, die meiner Phantasie einen starken Impuls gegeben haben. Ich bin sicher, dass ich die Produkte dieses fernen und fremden Landes gewinnbringend in ganz Europa verkaufen könnte. Ist Ihnen das Motiv genug?" fragte er kokett zurück.

„Ja, durchaus" bekannte Siebold ein wenig beschämt, weil auch ihm die Dreistigkeit seiner Frage aufgefallen war, jedoch erst nachdem er sie gestellt hatte.

„Ich werde mich jetzt wieder meinen Korpsbrüdern anschließen. Es wäre mir eine große Freude, wenn wir in Verbindung bleiben könnten. Ich würde Sie gerne über den Fortgang meiner Bemühungen unterrichten können, denn ich ziehe es in Betracht, Ihrem Rat zu folgen."

„Machen Sie sich keine Sorgen, ich werde öfter auf Durchreise in Würzburg absteigen und lasse Sie es dann wissen. Ich werde meine Reise nun auch fortsetzen" sagte er und stand vom Tisch auf. Siebold erhob sich, um Don Mastema zu verabschieden. Als er die ganze imposante Gestalt noch einmal vor sich sah, fiel ihm etwas auf.

„Ah, ich sehe, pes equino-varus congenitus, zu Deutsch Klumpfuß. Wie Napoleons Außenminister, Fürst von Talleyrand, wenn ich richtig informiert bin. Haben Sie als Kind nicht die entsprechende Behandlung erfahren?" fragte er mit der Routine eines geborenen Arztes.

„Ja, ein Klumpfuß, junger Siebold. Ich habe leider keine entsprechende Behandlung erfahren. Die Deformierung ist auch operativ nicht mehr zu regulieren."

„Darf ich mir das bei Gelegenheit einmal ansehen?" fragte Siebold fürsorglich.

„Nein, lieber nicht. Leben Sie wohl, mein Freund, und seien Sie fleißig! Ich wünsche mir, dass bald von Ihren Erfolgen zu hören sein wird", worauf er sich mit vollkommener höfischer Eleganz noch einmal tief vor Siebold verbeugte, umdrehte und ging.

Mensur

„Sie haben den Basken getroffen? Ja, ich erinnere mich an ihn. Wie hätte ich ihn vergessen können? Ihr Vater sprach voller Bewunderung von ihm", berichtete Apollonia von Siebold ihrem Sohn stockend. Sie saßen beim Frühstück zusammen auf der schattigen Terrasse des Pfarrhauses. Siebold war beruhigt, dass sich Don Mastemas Behauptung, er habe seinen Vater gekannt und mit ihm in einer vielversprechenden geschäftlichen Beziehung gestanden, von seiner Mutter bestätigt wurde. Gleich am ersten Wochenende nach seiner Begegnung mit dem faszinierenden Fremden ist er in der Früh bei schönstem Juniwetter in das nahgelegene Heidingsfeld geritten, um seine Mutter zu besuchen, die seit dem Tod des Vaters bei seinem Onkel und Vormund, dem Pfarrer Doktor Franz Josef Lotz wohnte.

„Welchen Eindruck hatten Sie damals von ihm", erkundigte er sich.

„Ach, ich habe nur wenige Worte mit ihm gewechselt. Wenn er kam, schlossen Ihr Herr Vater und er sich sofort im Arbeitszimmer ein und durften nicht gestört werden. Jedes Mal, wenn sie nach langen Besprechungen wieder herauskamen und der fremde Mann sich verabschiedete, dann glühte Ihr Vater geradezu vor Enthusiasmus. Er wollte sich aber nicht zu dem Inhalt seiner Gespräche mit dem Besucher äußern. Deshalb kann ich nur sagen, dass Herr Mastema, wie er wohl heißt, einen belebenden Einfluss auf ihn hatte und dass er ein verbindliches und überaus kultiviertes Auftreten hatte." Siebold schlug die Beine übereinander, lehnte sich zurück, verschränkte die Arme vor der Brust und blickte hinaus in den blühenden Obstgarten der Pfarrei, in dem er einen Horizont suchte, an dem seine allmählich höher fliegenden Gedanken und Pläne festhalten könnten. Apollonia fiel auf, wie gut er jetzt aussah, da er Student war und bei Professor Döllinger lebte. Seine Erscheinung war überaus elegant. Das blütenweiße Hemd mit moderaten Rüschen an der Knopfleiste und die kurze, grüne Jacke mit Bordüre und hohem Stehkragen waren makellos sauber und geplättet, die enge Reithose unterstrich die muskulöse Ausprägung der Oberschenkel und seine kniehohen Stiefel glänzten wie schwarzes Gold. Sein braunes Haar war ordentlich geschnitten, füllig und leicht gewellt. Er hatte eine gesunde Gesichtsfarbe und mit der geraden, etwas spitze Nase, den geschwungenen Lippen und dem markanten Kinn erschien er ihr nun viel kräftiger und männlicher als sein eigener Vater, den sie groß, dünn und hohlwangig in Erinnerung hatte. Und so wie er gerade still dasaß, musste er Großes im Sinn haben. Das waren ihre kurzen Momente des Glücks, denn sie war stolz, dass ihr im Leben wenigstens dieser Sohn so gut gelungen war. Den frühen Tod ihres Mannes Christoph hatte sie nie verwunden und sie fühlte sich in der Schuld ihres Bruders, dem Pfarrer, weil sie nun schon seit über sechzehn Jahren in seinem Haus und auf seine Kosten lebte. Dabei empfand sie ihm gegenüber die tiefste Dankbarkeit, denn kein Vater hätte für ihren Sohn besser sein können als dieser fürsorgliche und gebildete Mensch. Er widmete mit Freude seine ganze Aufmerksamkeit dem lebhaften, kleinen Philipp, seit dieser mit seiner Mutter bei ihm eingezogen war. Im Garten des Pfarrhauses lernte der Junge die Natur kennen. Sein Onkel verbrachte dort Stunden und Tage mit ihm, erklärte ihm die Namen und Eigenarten jeder Pflanze und sie beobachteten gemeinsam das Leben der Vögel und Insekten. Lotz hatte zum ersten Mal in seinem Leben Zeit, solche Dinge mit Muße zu tun und die Anwesenheit des unersättlich neugierigen Jungen war ihm mehr als willkommen. Er unterwies ihn auch frühzeitig in Latein, Geographie und Geschichte, sodass dieser keinerlei Schwierigkeiten hatte, dem anspruchsvollen Schulunterricht der Würzburger Lateinschule und später dem des Gymnasiums zu folgen.

Siebold war zu sehr in Gedanken, um weiter mit seiner Mutter zu sprechen. Sie nahm es ihm nicht übel, denn sie war selbst keine Person, die viele Worte machte. Der kurze Besuch war ihr Freude genug. Er verabschiedete sich von ihr und bat sie, seinen Onkel zu grüßen, der bereits am frühen Morgen mit zwei Jungen aus dem Dorf zu einer Exkursion in die umliegenden Wälder aufgebrochen war. Am darauffolgenden Montag kam es am späten Nachmittag im Anschluss an die Vorlesung in Pharmazie zu einem Wortwechsel zwischen Siebold und Baust, der ebenfalls Medizinstudent war und demselben Corps wie Siebold angehörte. Siebold war zu Pferde in die Universität gekommen, weil er später noch ausreiten wollte. Als er gerade seine schöne Stute, die er *Alexandra* nannte, für das lange Warten mit ein paar Handvoll Hafer belohnte und leise mit ihr sprach, kam Baust mit mehreren Kommilitonen an ihm vorbei.

„He, Siebold, ist das die Frau, für die Du dich immer so herausputzt? Ich meine, ist das nicht ein bisschen übertrieben?", worauf alle lachten.

„Weißt Du, Baust, so ungewaschen wie Du herumzulaufen ist nicht nur eine Beleidigung für die Menschheit, sondern auch eine Respektlosigkeit gegenüber den Tieren", antwortete Siebold gelassen, und wieder lachten die Umstehenden. Er wusste schon lange, dass er für Conrad Baust eine ständige Provokation war. Baust war ehrgeizig und hatte einen gefährlichen Hang zum Neid. Gleichzeitig war er weder übermäßig begabt, fleißig oder wohlhabend. Siebolds stets makellos modische Erscheinung und die Tatsache, dass er sich als Student den Luxus eines Pferdes leistete, während Baust sich mit einem Bernhardiner zufriedengeben musste, den er auch noch verwahrlosen ließ, bis sein Fell völlig verfilzte, diese Umstände schürten bei ihm, der von Natur aus schon leicht erregbar war, einen wachsenden Widerwillen und unberechenbare Schübe von Hass gegen Siebold.

„Ich halte dich ja für nichts weiter als einen Stenz und einen eitlen Geck, der gerne Schürzen jagen würde, aber nur den warmen Hintern seines Gauls streicheln darf. Doch es gibt nicht wenige Leute, die meinen, Du seiest ein echter Hundsfott."

Niemand lachte. Das war eine formelle Injurie. Selbst in indirekter Rede und im Konjunktiv formuliert war dieser Ausdruck eine unerträgliche Beleidigung, ein klassischer Tusch, der zwingend eine Forderung zur Mensur nach sich ziehen musste. Der Pauk-Comment des Corps Moenania schrieb dieses Ehrenhandeln für seine Mitglieder vor. Siebold ging auf Baust zu. „Baust, hast Du mich einen Hundsfott genannt?" fragte er förmlich mit strenger Miene. Baust konnte nicht zurück. Er wollte seinen Zorn mit diesem Wortspiel maskieren, um nicht die Folgen einer offiziellen Beleidigung tragen zu müssen. Er wollte sich gefahrlos über Siebold lustig machen und ihn verhöhnen. Das war ihm gründlich misslungen.

„Ja, ich habe gesagt, dass es Leute gibt, die dich einen Hundsfott nennen."

„Hast Du diese Leute zur Rechenschaft gezogen, oder bist Du bereit, mir ihre Namen zu nennen, damit ich sie für diese Beleidigung fordern kann?"

„Nein und noch einmal nein."

„Dann fordere ich dich. Morgen um sechs Uhr abends auf dem

Mensurplatz im Guttenberger Wald. Mein Sekundant ist Spegg. Die Fechtwaffe ist der Säbel."

„Einverstanden. Mein Sekundant ist Roxin. Als Unparteiischen wähle ich Wellmann."

„Nein, Wellmann lehne ich ab. Ich habe eine unabgeschlossene Wette mit ihm. Er ist nicht unparteiisch."

„Gut, dann Schwab."

„Einverstanden" antwortete Siebold, drehte sich um, stieg auf sein Pferd und würdigte die Gruppe um Baust keines Blickes mehr.

Am nächsten Tag galoppierte Siebold am frühen Abend über die Wiesen und Feldwege zum geheimen Mensurplatz im Wald. Die bewaffneten Kämpfe der Studenten, insbesondere die Duelle mit dem gefährlichen Säbel, waren polizeilich verboten. Wer sich dabei erwischen ließ, musste mit einer hohen Geldstrafe rechnen. Dabei kam es gar nicht darauf an, ob es sich um ein freundschaftliches Kräftemessen zwischen Kameraden oder um die ernsthafte Regulierung einer Ehrenfrage handelte, die wesentlich häufiger zu schweren Verletzungen führte. Die studentischen Corps hielten die Mensuren daher grundsätzlich an Orten ab, an denen sie nicht entdeckt werden konnten.

Siebold dachte seit dem Vorfall an der Universität an nichts anderes mehr. Früh morgens trainierte er noch einmal auf dem großen Speicher von Döllingers Haus. Dabei durfte er nicht zu laut sein, denn Döllinger und seine Familie sollten nicht bemerken, was er dort vorbereitete. Die meisten Leute außerhalb der studentischen Corps hatten wenig oder gar kein Verständnis für dieses barbarische Ritual. Dabei wollte er vor allem die Ehre der Familie verteidigen. Der dahergelaufene Baust durfte doch keinen von Siebold beleidigen! Schließlich hatten mehrere Generationen der Siebolds an der Universität den Wissenschaften gedient, und die medizinische Fakultät wurde häufig Facultas Sieboldiana genannt. Siebold fühlte sich kampflustig und völlig im Recht, auch wenn er befürchtete, diese Auseinandersetzung könnte erstmals wirklich gefährlich werden. Bisher waren seine Mensuren streng geregelte und zurückhaltend ausgetragene Wettkämpfe mit Korpsbrüdern gewesen. Dabei hatte er bereits ein paar Schmisse abbekommen. Dies war nun sein erster echter Ehrenhändel und er erwartete, dass die Schläge härter und bösartiger geführt würden. Siebold fühlte eine Anspannung in seiner Brust, die seit der Begegnung mit Don Mastema nicht nachlassen wollte. Er hatte die Ahnung, dass er in diesem Kampf endlich diese ihn erfüllende, nervöse Energie loswerden könnte.

Auf dem Mensurplatz, einer kleinen Lichtung mitten in einem

Eichenhain, waren bereits mehr als zwei Dutzend Korpsmitglieder versammelt, unter anderem sein Freund und Sekundant Spegg. Er begann sofort, Siebold die Paukhose mit dem schweren Lederschurz umzubinden, die bis zur Herzgrube hinaufreichte, die Armbandagen und die steife Halskrause anzulegen und ihm den Lederhandschuh für die Schlaghand überzustreifen. Siebold sagte kein Wort und ließ seinen Freund gewähren, dem man ansah, dass er sich diesmal wohl Sorgen machte. Baust war schon längst fertig eingekleidet und hieb mit seinem Säbel immer wieder schreiend und mit aller Kraft die Luft vor sich entzwei. Er brachte sich in Rage und sein blutrünstiges Getue erschreckte sogar jene, die als Zuschauer gekommen waren und von ihm nichts zu befürchten hatten. Dann befahl Schwab, der Schiedsrichter und Unparteiische, den Paukanten anzutreten. Sie waren beide am ganzen Körper gut bandagiert, nur der Kopf musste ungeschützt bleiben. Der Schiedsrichter forderte sie auf, zuerst ihn und dann sich gegenseitig mit vor dem Gesicht senkrecht nach oben gehaltenen Säbel ehrenvoll zu grüßen. Dann sollten sie mit gestrecktem Arm die Spitzen ihrer Säbel die lederbewamste Brust ihres gegnerischen Paukanten berühren lassen, um den Regelabstand zu messen, in dem sie sich aufzustellen hatten. Von dieser Position aus mussten sie schließlich noch das linke Bein so weit wie möglich nach hinten setzen, damit von den Sekundanten mit einer dünnen Mehlspur die rückwärtige Linie festgelegt werden konnte, die sie keinesfalls übertreten durften, was ansonsten als Verschiss gewertet würde.

„Paukanten, ich erwarte von euch ein ehrenhaftes Duell, streng gemäß den Regeln unseres Comments. Der Kampf geht über sechs Gänge, die jeweils mit dem ersten Stoß oder Hieb enden, der trifft. Der Kampf wird abgebrochen, wenn einer der Paukanten einen *Anschiss* einsteckt, was einer Wunde von mindestens einem *Zoll* Länge entspricht. Und nun – *Silentio!... Pugnat!"*

Die beiden Kombattanten richteten die Säbel aufeinander und kreuzten sie. Mit gebeugten Knien, auf der Stelle federnd und mit der linken Hand in der Hüfte abgestützt, suchten sie eine günstige Ausgangsstellung für einen Ausfall und Angriff. Dann klirrten die Säbel in rhythmischen Schlägen schwer aufeinander. Baust stieß wenig und schlug dafür umso heftiger, Siebold parierte schnell und geschickt. Er hielt sich mit den Ausfällen zurück und wich seitwärts oder rückwärts aus, soweit es ihm erlaubt war. Es gingen schon über dreißig Schläge auf Siebold nieder, als er über dem rechten Wangenknochen, gefährlich nah am Auge getroffen wurde. Die Wunde war weniger als ein Zoll lang und schmerzte nicht, blutete aber heftig. Der erste Gang war damit vorüber und Siebold ließ sich vom Mensurarzt die Wunde mit *Alaun* behandeln. Die *adstringierende* Wirkung des Salzes stillte die Blutung sofort. Siebold war ruhig und zufrieden. Er kannte jetzt den Stil, den Baust focht. Beim nächsten Gang hieb auch Siebold fest auf Baust ein und ließ ihn die Kraft seines muskulösen Schlagarms spüren. Dann machte er einen Ausfall und traf Baust schwer mit der Spitze auf den Lederpanzer knapp unter dem Brustbein, was einem Streich gleichkam. Baust musste um Atem ringen, war aber nicht verletzt. Jetzt glaubte er wiederum, Siebolds Technik erkannt zu haben und stellte sich auf einen alles entscheidenden Streich ein, den er ihm als nächstes verpassen wollte. Als sie zum dritten Gang antraten, kam Siebold jedoch überraschend aus der Reserve und zeigte sein Können. Er battierte, legierte und parierte in schneller Folge. Mit feinen Finten reizte er Baust und lockte ihn aus der Deckung. Er zeigte nun die ganze Kunst des Fechtens, wie sein Großvater sie ihm heimlich beigebracht hatte. Carl Caspar Siebold, der noch mit mehr als sechzig Jahren von athletischer Statur war, hatte bei dem legendären Göttinger Fechtmeister Christian Kastrop gelernt. Und der junge Phillip Franz war sein begeisterter Schüler gewesen. Auch diesen Unterricht mussten sie vor der ganzen Familie geheim halten, denn vor allem Pfarrer Lotz hätte diese kriegerische Ertüchtigung seines Mündels niemals geduldet. Siebold hatte seinen Gegner jetzt gänzlich unter Kontrolle, verleitete ihn mit einer schnellen Finte zu einer unvorsichtigen Blöße auf seiner Linken und traf ihn mit einem Hieb, der ihm den Schädel hätte spalten können. Baust fasste sich erschrocken mit der Hand an den Kopf, doch sein abgeschlagenes Ohr lag schon am Boden. Ein Aufschrei ging durch die Zuschauermenge. Das war ein schwerer Streich und galt als vollkommener Anschiss, womit der Kampf vorüber und Siebolds Ehre wiederhergestellt war. Der Mensurarzt legte Baust auf eine Decke, stillte wieder die Blutung, desinfizierte die Wunde mit Alkohol und begann sofort, das abgetrennte Ohr wieder anzunähen.

Siebold hat Pläne

Von diesem Tag an war Siebold nur noch auf sein Studium konzentriert. Die Unruhe nach der Begegnung mit Don Mastema war verschwunden. In Corps Moenania genoss er hohes Ansehen, denn er hatte die Mensur fair und technisch brillant geschlagen. Die Neckereien wegen seines geputzten Äußeren hörten zwar nicht auf, doch niemand wagte mehr daraus ernsthaft einen Kasus zu machen, weder im Corps noch unter den sonstigen Studenten. Siebold hatte nun ein Ziel vor Augen. Die ersten zwei Semester war er der Tradition seiner Familie gefolgt und studierte Medizin, weil es ihm in die Wiege gelegt zu sein schien. Er fühlte dabei immer einen Überschuss an Interesse und Leidenschaft, der nicht unterzubringen war in der Erfüllung einer gerade zur familiären Tradition gerinnenden Selbstverständlichkeit. Wenn sein Ziel von vornherein der Beruf des niedergelassenen Arztes, des Krankenhausarztes oder des Professors für Medizin gewesen wäre, dann hätte das zu einer vollständigen Deckung seines Ehrgeizes mit dem von ihm eingeschlagenen Studienweg geführt. Doch es gab da für ihn von Anfang an einen Mangel an Evidenz. „Warum soll ich *nur* Mediziner sein?" fragte er sich. Am Ende würde ihn das vielleicht so weit eingeschränkten, dass er nur als Chirurg arbeiten könnte. Siebold machte sich ernsthafte Sorgen, dass die um sich greifende Spezialisierung, die er beobachtete, auch seinen Berufs- und Lebensweg bestimmen könnte. Seine wissenschaftliche Neugierde reichte so weit, dass sie schon längst nicht mehr allein von der medizinischen Fakultät befriedigt werden konnte. Er beobachtete an sich keine Konsolidierung der Wissensgebiete, die ihn anzogen, sondern vielmehr das ständige Hinzukommen neuer wissenschaftlicher Forschungsgegenstände und Interessen. Bis zu diesem Zeitpunkt der denkwürdigen Begegnung mit Don Mastema hatte er noch keinen Polarstern gefunden, um den er den imaginären Sternenhimmel seines möglichen Lebens hätte kreisen lassen können. Zudem wusste er, dass Don Mastema Recht hatte, was die Aussichten betraf, als Forschungsreisender nach Brasilien zu gehen. Er wollte es ihm nicht erzählen, aber zwei Monate zuvor hatte er mit der jüngst gegründeten Senckenbergischen Naturforschenden Gesellschaft Verbindung aufgenommen, um sich pro forma nach solchen Möglichkeiten zu erkundigen. Er dachte dabei, dass eine neu konstituierte Gelehrtengesellschaft besonders fortschrittlich und interessiert an ehrgeizigen Forschungsprojekten sein müsste. Der gute Name Siebold öffnete ihm die Tür zumindest so weit, dass man ihm dort zu dem abschlägigen Bescheid eine ausführliche Begründung gab. Von einer Reise Aimée Bonplands war da jedoch noch keine Rede. Es war vielmehr die Hoffnung oder Befürchtung der Gesellschaft, dass der berühmte Alexander von Humboldt selbst noch diese Forschungsreise unternehmen würde. Damit wäre das Vorhaben eines jungen Medizinstudenten, ganz gleich, ob es sich nur in Planung befinden oder bereits durchgeführt werden würde, bedeutungslos. Mit dieser Absage hat der viel bewunderte Humboldt ihm ohne Zutun eine erste Niederlage zugefügt und seinem Forscherehrgeiz die gesamte Neue Welt versperrt. Eine Zeit lang wollte

Siebold sich nicht eingestehen, dass dieser Weg für ihn nun definitiv verschlossen sein würde. Anders als Humboldt, den sein Vermögen unabhängig machte und der seine Expeditionen vollständig aus eigenen Mitteln finanzieren konnte, musste Siebold für die Verwirklichung einer Forschungsreise die finanzielle Unterstützung von Universitäten, Stiftungen oder fürstlichen Mäzen gewinnen. Das alles waren natürlich noch Träume, die er keinem Menschen mitzuteilen wagte. Man hätte ihn wahrscheinlich für verrückt gehalten. Dann kam aber dieser Baske aus dem Nichts und pflanzte Siebold Worte in sein Herz, die er schon lange hören wollte.

Jetzt, wo sein Ziel neu bestimmt war, verflüchtigte sich auch seine Sorge, wie er es erreichen könnte. Vor allem wollte er mehr über Asien im Allgemeinen und über Japan im Speziellen erfahren. Er begann von dem Geld, was ihm nach Abzug der Aufwendungen für Kost, Logis, Kleidung und sein Pferd übrigblieb, alle verfügbare Literatur über Reisen nach Asien zu kaufen. Er bestellte diese Bücher bei seinem Buchhändler Knopp auch von weit her und es vergingen manchmal Wochen, bis die Lieferung eintraf. Besonders ungeduldig erwartete er den dreibändigen Nachdruck der *Neuesten Kunde von Asien* von Theophilius Friedrich Ehrmann und Friedrich Ludwig Lindner, der in der Diesbachischen Buchhandlung in Prag erschienen war. Der dritte Band enthielt das gesamte Wissen seiner Zeit über Japan. Zwei Nächte lang schlief er nicht, weil er das Buch in einem Zug durchlesen musste. Er erwarb auch Originalwerke von Japanreisenden wie *Engelbert Kaempfers* History of Japan, erschienen in London 1727, und die berühmten Reisebeschreibungen Resa uti Europa, Africa, Asia förrat aren 1770-1779 des Schweden *Carl Peter Thunberg*, die 1788 in Uppsala aufgelegt wurden. In diesem Fall wurde er jedoch enttäuscht, denn er hatte sich zugetraut, die schwedische Sprache in der Schrift so weit zu verstehen, dass er das Buch mit Gewinn lesen könnte. Doch das war nicht der Fall. Eines Tages traf ein unerwartetes Paket ein. Siebold war aufgeregt. Es war von Don Mastema und enthielt eine kurze Nachricht.

Verehrter Herr von Siebold,

mit dem beiliegenden kleinen Fund wollte ich den Ihnen gegebenen Ratschlag noch einmal unterstreichen. Sie werden die Studien des Varenius nirgendwo zitiert finden. Daher handelt es sich hier um exklusives Wissen vom Beginn aller Japankunde. Ich wünsche Ihnen viel Erfolg bei Ihren weiteren Studien.

Hochachtungsvoll

Mastema

Das beigefügte Buch war die *Descriptio Regni Japoniae* von Bernhardus Varenius, erschienen 1649 in Amsterdam. Siebold hatte noch nie von diesem Buch gehört. Er verschlang es. Der Autor, der kurz nach der Niederschrift im Alter von achtundzwanzig Jahren verstorben war, hatte sein Werk den Senatoren der Stadt Hamburg gewidmet und erzählte ausführlich von den Sitten und Gebräuchen der Japaner. Dabei fand Siebold das Buch auf rührende Weise unwissenschaftlich, denn alles, was Varenius zu berichten hatte, war ausgeschmücktes Hörensagen. Er bezog sich unter anderem auf die Zeugnisse des belgischen Schiffsjungen und Kochs François Caron, der von seinem Kapitän in Japan allein zurückgelassen worden war, wo er die Sprache so einwandfrei lernte, dass er sich seinerzeit nicht nur gewandt in ihr ausdrücken konnte, sondern auch Dokumente in ihrer Schrift schreiben und übersetzen konnte. Dennoch las Siebold das Buch mit großem Gewinn, denn er vermutete, damit eines der weltweit ältesten Werke in der Hand zu halten, in denen die Anfänge einer zur Wissenschaft heranwachsenden physischen und mathematischen Geographie zu finden waren.

Während er seinen Wissensdurst nach Reiseliteratur stillte, vernachlässigte er sein medizinisches Studium nicht, denn darauf sollte schließlich sein ganzer im Reifen befindlicher Forschungsplan aufbauen. In Pathologie wurde er von Professor Spindler unterrichtet, der selbst ein Schüler seines Vaters Christoph Siebold war, an den er sich vor den versammelten Studenten mehr als einmal wehmütig erinnerte. Siebolds Vater war daher, obwohl schon lange tot, doch häufig anwesend. Doch auch seine noch lebende Verwandtschaft begleitete ihn durch sein Studium. Professor d'Outrepont unterrichtete ihn in Geburtshilfe an der ersten deutschen Gebäranstalt, die sein Onkel Elias von Siebold gegründet hatte, bevor er einem Ruf an die Berliner Charité gefolgt war. Siebold verfolgte von da an aufmerksam die Arbeiten seines brillanten Onkels, der in Berlin zwei weitere Polikliniken für Frauenheilkunde und Geburtshilfe gründete und in seinem Forschungsfeld maßgebliche Aufsätze und Lehrbücher veröffentlichte. In seinem Hauptfach Chirurgie wurde er von Professor Cajetan Textor unterrichtet, der unumstrittenen Autorität in diesem Bereich, und hier bewies Siebold außerordentliches handwerkliches Geschick. In die Arzneiwissenschaften wurde er von Professor Ruland eingeführt und bei den Heller, Pickel und Rau studierte er Chemie und Botanik.

Den weitaus größten Einfluss auf ihn hatte jedoch der Professor und Hofrat Ignaz Döllinger, in dessen Haus er lebte. Mehr und mehr wurde dieser hervorragende Anatom und Physiologe, der einen ungewöhnlich herzlichen und liberalen Umgang mit seinen Studenten pflegte, auch sein väterlicher Freund. Da die Räume für die Anatomie im Universitätsgebäude nicht ausreichten, führte Döllinger mit den Studenten wissenschaftliche Übungen und Untersuchungen zur Entwicklungsgeschichte in seiner eigenen Wohnung durch. Dort hatte er auch vielfältige Sammlungen und ein umfangreiches *Herbarium* angelegt. Siebold beteiligte sich an dieser Arbeit, indem er Schulkinder aus der Nachbarschaft damit beauftragte, auffällige Insekten, Blumen und Gräser der umliegenden Felder und Wälder einzusammeln und ihm zur Begutachtung vorzulegen. Wenn sich darunter noch nicht erfasste *Specimen* befanden, wurde die Sammlung um diese bereichert und die Kinder erhielten einen kleinen Finderlohn. Siebold verbrachte Stunden und Tage mit Döllinger in den Sammlungen, im anliegenden Gewächshaus und in dem systematisch angelegten Garten des Anwesens. Mit einer nicht enden wollenden Neugierde und Detailversessenheit erforschten und erörterten sie morphologische Unterschiede und versuchten, klare Entwicklungslinien von Arten und Gattungen anschaulich nachzuvollziehen. Mit den Studenten zogen sie zu Exkursionen hinaus in den Gramschatzer oder in den Guttemberger Wald. Andere Male erkundeten sie die botanisch schier unerschöpflich reichen und vorbildlich kultivierten Schlossgärten von Werneck und Veitshöchheim. Döllinger und seine kluge, hellwache Frau Ilse waren zudem überaus gesellige Menschen, deren großzügig ausgestattetes Haus immer offen stand und häufig durchreisende Wissenschaftler und Honoratioren beherbergte. So lernte Siebold viele bekannte deutsche, niederländische, französische, englische und schwedische Forscher aus allen naturwissenschaftlichen Disziplinen zwanglos beim Mittagstisch oder abends beim Bier kennen. Er begleitete dann auch Ilse Döllinger am Klavier, die temperamentvoll Violine spielte. Dabei fühlte er sich manchmal weit in seine Kindheit zurückversetzt, als er noch mit seiner Mutter und den vielen Onkel und Tanten im Haus des Großvaters sang und musizierte. Nachts schlief er wenig, denn er las weiter in seinen Büchern oder in denen, die er aus der Bibliothek Döllingers mit auf die Stube nehmen durfte. Seine Interessen wanderten dabei einen weiten Horizont ab, denn er las alles über die Geschichte der europäischen Staatenwelt, die Entwicklung der Physik seit Sir Isaac Newtons *Principiae mathematicae,* die Anwendungen und Apparaturen zur Ausnutzung des Dampfdrucks, die Entdeckungen und Erfindungen im Bereich der Optik, der optischen Messgeräte und Fernrohre, Lamarcks neue Abstammungslehre in seiner *Philosophie zoologique* oder die Neuigkeiten über die gerade eingeführte Gasbeleuchtung in der Londoner Innenstadt. Die Welt des Wissens schien ihm in außerordentlich schneller und heftiger Bewegung zu sein. Er konnte sich des Gefühls nicht erwehren, auf der Schwelle eines aufregenden und anspruchsvollen Zeitalters zu leben, das schon am Eintritt hervorragende Kenntnisse erforderte, wenn man damit Schritt halten und es vielleicht sogar durch neue Erkenntnisse, Entdeckungen und Erfindungen mitprägen wollte. Seine robuste Natur und das geringe Bedürfnis nach erholsamem Schlaf erlaubte es ihm, über dieses erstaunliche Arbeitspensum hinaus auch seine sportlichen Übungen im Fechten und Reiten sowie die Geselligkeiten des studentischen Korpslebens zu pflegen. Er schlug in den folgenden Jahren beinahe dreißig Mensuren, aus denen er mit über einem Dutzend kleinerer Verletzungen und Schmisse als bleibenden Erinnerungen hervorging. Ende 1818 focht er die letzte Mensur mit seinem Seniorbruder Doktor Vincenz Wachter. Dieser verabschiedete sich nämlich kurz darauf mit einem standesgemäßen Gelage, weil er seine erste Stelle als Marinearzt in Holland antreten durfte. Wachter war darüber glücklich und Siebold, der sich mit ihm in der Mensur nur freundschaftlich gemessen hatte, fragte ihm förmlich Löcher in den Bauch, wie er es geschafft habe, an diese begehrte Position zu gelangen. Da Wachter aber mehr oder weniger durch einen Strom von Zufällen dorthin gespült wurde, konnte er keine hilfreiche Auskunft geben. Für Siebold verging die Zeit weiterhin unfassbar schnell. Bald waren weitere zwei Jahre vorüber und am 8. Oktober 1820 stand er tadellos gekleidet und nicht ganz frei von Nervosität mitten im Auditorium der medizinischen Fakultät. Ihm gegenüber saßen die Professoren Textor und Ruland sowie drei seiner Kommilitonen. Die Ränge waren voll besetzt mit weiteren Professoren und Studenten, denn das Ereignis der Promotion eines von Siebolds wollte sich niemand entgehen lassen. Alle Augen waren auf ihn gerichtet. Es war die öffentliche Disputation und damit der wichtigste Teil der Promotion, wodurch ein Student den Titel des Doktors erwerben konnte. Er hatte fünfunddreißig Thesen über die Durchführung chirurgischer Eingriffe an der Zunge aufgestellt, die er nun gegen die nahliegenden oder auch weniger plausiblen Einwände seiner Prüfer verteidigen musste. Er bestand dieses wissenschaftliche Streitgespräch mit Bravour und erhielt vom Vorsitzenden des Promotionsausschusses Ruland das Prädikat *summa cum laude*, mit höchstem Lob. Er versprach, eine schriftliche Dissertation über das Thema *De lingua* nachzureichen. Nun durfte er sich Doktor der Medizin, Chirurgie und Entbindungskunst nennen. Das darauffolgende abendliche Besäufnis mit den Brüdern des Corps Moenania in der Kneipe *Harmonie* wurde legendär. Die zechenden Studenten und Professoren leerten fassweise Bier und Wein, bis der Wirt bereits um Mitternacht bekennen musste, dass seine Vorräte erschöpft waren. Da er gute Beziehungen zu seinen Berufsgenossen pflegte, konnte er aus dem nahegelegenen *Smolensk* Nachschub herankarren lassen und die Gäste soffen weiter bis in die frühen Morgenstunden. Siebold erholte sich schnell von dem Gelage und ritt am nächsten Wochenende stolz zu seiner Mutter nach Heidingsfeld. Auch dort war der Tisch festlich gedeckt und Pfarrer Lotz hatte sogar die Nachbarn eingeladen, denn es gab nicht alle Tage einen so großen Anlass zu feiern. Siebolds Mutter Apollonia glühte vor Glück und Seligkeit, und zwar umso mehr, als sie oder besser gesagt ihr Bruder eine Überraschung bereithielt. Als die Gesellschaft an der Tafel versammelt war und man sich mit süßem Porto zugeprostet und dem jungen Doktor Glückwunsche ausgesprochen hatte, eröffnete Lotz ihm, dass die Stelle eines Arztes im Ort ab sofort neu zu besetzen sei und dass der Stadtmagistrat sie auf Anraten des Pfarrers gerne mit dem frisch promovierten Philipp Franz von Siebold besetzen sehen würde. Siebold konnte es zuerst nicht fassen, denn trotz seines akademischen Erfolges hatte er sich doch Sorgen gemacht, wo er denn mit seinem erworbenen Abschluss beruflich tätig werden könnte. Denn es gab nicht nur in Würzburg viele Ärzte und wenige freie Stellen. Damit war jedenfalls sein Auskommen für die nächste Zeit gesichert und er konnte in der Nähe seiner Mutter leben und arbeiten. Zwei Wochen später war er bei Döllinger ausgezogen und hatte bereits eine eigene Praxis in Heidingsfeld eröffnet. Nach dem anstrengenden Studentenleben erholte er sich jetzt bei der Arbeit, die ihm außerordentliche Freude machte. Die Patienten, die anfangs dem neuen und ziemlich jungen Arzt noch nicht recht trauen wollten, empfahlen ihn bald vorbehaltlos und begeistert weiter. Siebold verhalf im folgenden Jahr über einem Dutzend Kindern, gesund zur Welt zu kommen, versorgte eine Reihe komplizierter Brüche, behandelte Syphilitiker und operierte viele bösartige Geschwüre. Eine Häufung von Fällen verschiedener Augenleiden brachte ihn zu einer erheblichen Vertiefung seiner Kenntnisse in der *Ophthalmologie*. Hier erprobte er unter anderem die neuesten chirurgischen Techniken und Erkenntnisse im Bereich der Staroperation. Er war dabei so erfolgreich, dass er bis auf wenige Ausnahmen die Krankheiten oder Deformationen aller seiner Patienten heilen oder korrigieren konnte. Da die Arbeit in dem kleinen Ort von wesentlich geringerem Umfang war als seine vorherigen Pflichten im Studium, hatte er deutlich mehr Zeit für seine weitergehenden naturwissenschaftlichen Interessen. Er war zufrieden, dass er sich abends und an den Wochenenden nun auch mit Geologie, Mineralogie und angewandter Physik beschäftigen konnte. Über dieses beschauliche Leben, in dem Siebolds Erfahrungen als Arzt genauso unaufhörlich wuchsen wie seine wissenschaftlichen Kenntnisse, verfloss auch das zweite Weihnachtsfest in Heidingsfeld, das er wie immer bei seiner Mutter verbrachte. In diesem dunklen Winter meldete sich wieder die Unruhe, die er am Beginn seines Studiums erstmals gespürt hatte. Er war jetzt zwar auf niedrigem Niveau finanziell gesichert und in der Gestaltung seines Berufes sowie der Verfolgung seiner Interessen weitgehend unabhängig. Doch allmählich hungerte auch das angesammelte Wissen aus seinen vielfältigen naturwissenschaftlichen Studien nach praktischer Anwendung. Es war kein Zweifel, dass die Arztpraxis in diesem Dorf keinerlei Perspektiven für solche Pläne bot. Allmählich begann er sich vorsichtig zu beklagen und die Aussicht, auf unabsehbare Zeit in seiner jetzigen Tätigkeit dort verharren zu müssen, begann auf seine Stimmung zu schlage. Erstmals in seinem Leben lernte er die Langeweile kennen und fürchten. Doch dann überschlugen sich die Ereignisse, als ihm im Frühling 1822 eine ganz neue Perspektive eröffnet wurde. Der gute Lotz, inzwischen Domkapitular zu Würzburg, und Siebolds einflussreicher Onkel Elias in Berlin waren sich einig, dass der offensichtlich hochbegabte und inzwischen ungeduldige junge Mann in die Welt hinausgeschickt werden müsste. Sie nahmen Kontakt auf mit Doktor *Franz Joseph Harbaur*, einem alten Freund der Familie, der Siebolds Vater und Großvater noch gut gekannt hatte und nun Generalinspekteur des Sanitätswesens in den Niederlanden war. Die wohlwollende Verschwörung der beiden Onkel ging auf. Bereits Mitte Februar hatte Siebold ein Schreiben von Harbaur vor sich liegen, worin dieser ihm das Angebot machte, als Militärarzt in den Dienst des niederländischen Kolonialministeriums zu treten und sich noch in diesem Jahr nach dem ostindischen *Java* einschiffen zu lassen. Das war der glücklichste Moment seines bisherigen Lebens.

2. Kapitel

Seereise nach Java

Besuch bei den Koryphäen – Die Jonge Adriana läuft aus Lovis Verhoeven – Der weiße Fleck – Batavia

Besuch bei den Koryphäen

Gleich nachdem Siebold die Depesche mit der freudigen Zusage an Harbaur abgeschickt hatte, begann er mit den umfangreichen Vorbereitungen der bevorstehenden Reise. Aus dem jahrelangen Studium der wissenschaftlichen Reiseberichte wusste er, dass er in der Heimat vielfältige Kontakte öffnen und pflegen musste, damit die Ergebnisse seiner Forschungstätigkeiten – welche auch immer das sein sollten, denn das war bis dahin noch völlig ungewiss – veröffentlicht werden. Von der Senckenbergischen Naturforschenden Gesellschaft hatte er sechs Jahre zuvor noch als Student mit seiner ehrgeizigen Anfrage zu einer Brasilienexpedition schon einmal eine Ablehnung erhalten. Diesmal wollte er vorsichtiger agieren, um zumindest Mitglied der Gesellschaft zu werden. Man zeigte zu seiner Überraschung sofort Interesse an der Anfrage, denn das von der Gesellschaft gerade neu errichtete Museum in Frankfurt suchte für den weiteren Aufbau der Sammlungen noch Naturalien jeder Art. Somit war er bereits Ende März korrespondierendes Mitglied der Senckenbergischen Gesellschaft.

Ähnlich verfuhr Siebold bei der Kaiserlich Leopoldinisch-Carolinischen Akademie der Naturforscher, der ältesten und renommiertesten deutschen Gelehrtengesellschaft, kurz Leopoldina genannt. Im ersten Schritt schrieb er an Christian Nees von Esenbeck, den Präsidenten der Akademie, den er im Hause Döllinger anlässlich einer Geburtstagsfeier seines Lehrers unter den günstigsten Bedingungen kennengelernt hatte. Nees von Esenbeck, der mit seinem eisgrauen Backenbart aussah wie ein alter Seebär, entdeckte in Siebold sein jung gebliebenes Alter Ego und sagte schon damals zu, ihm in jeder erdenklichen Weise helfen zu wollen, wenn es in seiner Macht steht. Jetzt war es so weit und er instruierte Siebold, seinen Lehrer Döllinger oder ein ihm bekanntes Mitglied der Akademie um ein Empfehlungsschreiben zu bitten. Denn da er noch keine wissenschaftlichen Schriften veröffentlicht oder herausragende Ämter bekleidet hatte, war eine Referenz das Mindeste, was er brauchte, um in den erlauchten Kreis aufgenommen zu werden. Den Rest würde Nees von Esenbeck als Präsident der Akademie schon regeln. Die erforderliche Referenz erhielt Siebold schließlich von dem Botaniker Ambrosius Rau, der ihn wärmstens empfahl. Siebold war erleichtert, denn er hatte nun einige Gewissheit, dass er seine zukünftigen naturkundlichen Entdeckungen und Abhandlungen in Deutschland der Wissenschaft und der Öffentlichkeit zugänglich machen konnte.

Im Mai traf dann der Pass ein, ein Laissez-Passer für die vielen Landesgrenzen, die er überschreiten musste für die *Reise in wissenschaftlicher Hinsicht über Frankfurt am Main nach den Niederlanden bis Den Haag und retour*, wie es im Wortlaut hieß. Doch das war noch nicht alles. Ungeduldig erwartete er die schriftliche Erlaubnis seines Regierungskreises und deren Bestätigung durch seinen Landesherren König Max I. Joseph von Bayern, dass er in die Dienste der Niederlande übertreten dürfe. Am letzten Tag im Mai hielt er endlich das entscheidende Schriftstück in der Hand. Es war zugleich eine formelle Militär-Entlassungsbescheinigung, die ein Portrait in amtlich-medizinischen Begriffen enthielt, das er mit dem Bild, welches er von seiner eigenen Person hatte, nicht vollständig zur Deckung brachte.

Größe 6 Schuh 1 Zoll (=177,5 cm), Haar braun, Stirn oval, Augenbrauen braun, Augen blau, Nase mittelmäßig, Mund mittelmäßig, Bart braun, Kinn oval, Gesicht oval, Gesichtsfarbe gesund, Körperbau stark.

Am 7. Juni küsste er zum Abschied seine weinende Mutter Apollonia, in deren Augen Angst und Freude miteinander kämpften, ließ sich vom alten Lotz noch einmal väterlich umarmen und stieg in die Kutsche nach Frankfurt, das Dach voll beladen mit Truhen und Koffern. Zum ersten Mal überschritt er die Grenzen seines Landes, das er durch die Vielzahl von Wanderungen, Ausritten und Exkursionen seit seiner Kindheit gut kannte. Die vertraute Landschaft zog an ihm vorüber und es war ein Moment tiefer Bewegung für ihn. Er war aufgebrochen von zu Hause, jetzt war er auf großer Reise. Sie sollte ihn um die halbe Welt führen. Die Natur seiner Heimat verabschiedete sich an diesem Sommermorgen mit glühenden Farben von ihm und er fragte sich, wann er dieses Bild je wiedersehen würde. Bis dahin wollte er jeden Fuß des Planeten unter sich vorbeiziehen spüren, jede Minute und Stunde als ein Geschenk betrachten und in Erinnerung behalten. Hinter dem Spessart beobachtete er durch das offene Fenster aufmerksam die allmähliche Veränderung der

Vegetation, die Formation der Hügel und den Verlauf der Flüsse und Bäche.

In Darmstadt war schon seine erste Station. Er besuchte für einige Tage Freunde der Familie und ehemalige Studienkollegen, denn er konnte nicht genug Leuten erzählen, in welch großer Mission er jetzt unterwegs war. In Frankfurt traf er die Anatomen Samuel *Thomas Sömmerring* und *Philipp Jakob Cretzschmar*, von denen letzterer ein begeisterter Tierbeobachter und Initiator der Senckenbergischen Stiftung war. Siebold wurde nun belohnt für die umfangreichen Vorbereitungen seiner Reise, war froh, dass er so viel Zeit eingeplant hatte und blieb über eine Woche. Die Begegnung mit diesen beiden Gelehrten war für ihn unschätzbar wertvoll. Sömmerring, ein lebhafter Mann von weit über sechzig Jahren, war bereits vor der Jahrhundertwende ein berühmter Wissenschaftler, denn seine Dissertation über das Gehirn war bahnbrechend. Sein nächstes ehrgeiziges Werk, *Über das Organ der Seele*, wurde überraschender Weise von dem großen *Alleszermalmer*, dem berühmten Königsberger Philosophen *Immanuel Kant* wahrgenommen und besprochen. Dieser machte daraus – unter höchster Anerkennung der in dem Buch enthaltenen neuen Erkenntnisse über die Zusammensetzung des Gehirns – ein Paradestück des Streits zwischen der medizinischen und der philosophischen Fakultät, womit er klarstellte, dass die Mediziner nie eine Seele finden werden, wo auch immer sie diese lokalisieren und wie auch immer sie eine solche definieren. Bei Weißwein und Pfeife erzählte der alte Sömmerring amüsiert, wie sehr er die Strategie des alten Fuchses bewundert hatte und welche Freude es für ihn war, die Augen eines so großen Geistes auch nur für einen kurzen Moment auf sich gelenkt zu haben. Er hatte ihm schließlich das Werk mit einer Bitte um eine Stellungnahme zugesandt. Auch der Weimarer Geheimrat Goethe, mit dem Sömmerring in regem und freundschaftlichem Briefverkehr stand, sah in der Idee, die Seele könnte in der zirkulierenden Hirnflüssigkeit liegen, eine abwegige Vermischung von Philosophie und Medizin. Doch Sömmerring hielt Kants kritische Beurteilung seiner Arbeit für ungleich eleganter und souveräner, denn seine Einwände waren bestens fundiert. Es war auch zu deutlich, wie Goethe sich auf diese Weise dafür rächen wollte, dass Sömmerring zuvor seine Entdeckung eines vermeintlichen Zwischenkieferknochens beim Menschen aus prinzipiellen Gründen abgelehnt hatte. Siebold hörte voller Bewunderung seinen Geschichten zu und fühlte sich unwiderstehlich angezogen von der Gesellschaft der großen Geister, die dieser gemütliche Mann völlig zwanglos zu pflegen schien. Er hatte zuvor schon so viel von ihm gelernt. Seine beinahe poetisch zu nennende Abhandlung über die Schönheit der Embryonen, die *Icones embryonum humanorum* von 1799, war maßgeblich für Siebolds Interesse an der Entbindungskunst und Kinderheilkunde. Außerdem war Soemmerrings reiches und unvergleichlich kunstvoll illustriertes Standardwerk zur Physiologie der Sinnesorgane die Grundlage für seine Disputationsthesen über die Zunge gewesen.

„Sie hören sich nicht so an, als ob Sie tatsächlich einen schon längst verdienten Ruhestand vorbereiten würden. Haben Sie aktuell noch weitere wissenschaftliche Pläne?" erkundigte sich Siebold.

Der Alte lachte verschlagen.

„Wenn Sie wüssten, junger Held auf Indienreise! Je älter ich werde, desto verrückter werden meine Ideen. Und da meine Reputation – Nur Gott weiß wie ein Störenfried wie ich so weit kommen konnte! – mir inzwischen praktisch alle Hindernisse aus dem Weg räumt, kann ich sprichwörtlich machen, was ich will. Sehen Sie, ich bin noch kein Jahr in Frankfurt, aber ich habe es durchgesetzt, dass die Pockenimpfung hier jetzt eingeführt wird. Das Serum dafür gewinnt man, wie Sie sicher wissen, inzwischen nicht mehr aus der Lymphflüssigkeit der Blasen von schwer Pockenkranken, sondern aus den Blasen von Patienten, die sich die viel harmloseren Kuhpocken eingefangen haben. Sie können sich die Widerstände nicht vorstellen, auf die ich hier anfangs noch traf! Aber einem alten Starrkopf wie mir kann man offensichtlich nichts mehr abschlagen. Ich konnte die Leute davon überzeugen, indem ich zuerst nur kräftige und kerngesunde Freiwillige impfte, die mit den Symptomen der kontrollierten Ansteckung leicht fertigwurden. Alle anderen kamen in den folgenden Monaten ganz von selbst. Was der ehrwürdige *Edward Jenner* in England und *Hufeland* in Weimar meines Erachtens falsch gemacht hatten, das war die Auswahl der Schwächsten und Bedürftigsten zuerst. Ich weiß auch von Fürstenhäusern aus ganz Europa, die mit Vorliebe geistig und körperlich labile Waisenkinder oder gleich Behinderte infizierten, um mehr Serum zu gewinnen. Dadurch haben sie die Epidemien erst ausgelöst! Der Frankfurter Magistrat hatte mir zuerst angedroht, dass ich die fünfzig Reichstaler Strafe bezahlen müsse, welche immer noch auf die *Vakzination* stehen. Ich verhandelte mit ihnen, dass ich wohl zahlen werde, aber nur dann, wenn es mindestens zehn Fälle akuter Pockenerkrankung gibt. Als tatsächlich einige Personen durch die Impfung ernsthaft erkrankten, isolierte ich sie sofort auf einem eigens dafür eingerichteten Bauernhof weit draußen auf dem Land. Dort wurden sie intensiv gepflegt und bekamen das beste Essen, um ihre körperlichen Abwehrkräfte zu stärken. Den engen Zusammenhang zwischen

Kost und Krankheit sollte man auch hier nicht unterschätzen. Sie haben alle überlebt – und sie werden sicher nie an Pocken sterben. Die Wette habe ich wohl gewonnen. Jetzt begeistert mich mehr und mehr die Astronomie. Vor einigen Jahren hat mich der großartige *Fraunhofer* in München mit seinen Studien über die Zerlegung des Spektrums des Sonnenlichts beeindruckt und mir von einem verrückten Apotheker aus Dessau berichtet, der seinen Beruf aufgegeben hat, um innerhalb der Merkurbahn noch einen weiteren Planeten im Sonnensystem zu finden. Verrückte sind ja genau mein Fall und ich schrieb dem Mann, ein gewisser *Samuel Schwabe*, er solle mir doch mehr davon berichten. Zu meiner Überraschung waren seine Ausführungen zu den Flecken auf der Sonnenscheibe viel interessanter als seine Planetenjagd. So besorgte ich mir die besten Fernrohre und seitdem beobachte ich vor allem die Sonne. Denn Schwabe könnte Recht haben, dass da Regelmäßigkeiten vorliegen. Das Interesse am Weltenraum rechne ich übrigens ganz nüchtern – also, so nüchtern, wie man nach diesen soundsoviel Schoppen noch sein kann – meinem Alter zu, denn ich erkunde wahrscheinlich nur die Dimension, in die ich mich bald verflüchtigen werde. Allerdings nur, wenn ich nicht doch, wie Thomas Hobbes es formulierte, durch ein Loch aus der Welt kriechen muss." Darauf lachte er prustend, bis er beinahe zu erstikken drohte. Während Cretzschmar ihm therapeutisch auf den Rücken schlug, damit er sich wieder fängt, wandte er sich an Siebold. „Also, wir meinen das ganz im Ernst: Schicken Sie uns nicht nur Berichte aus fernen Ländern, sondern vor allem Fundstücke. Java ist ein höchst interessantes Forschungsgebiet, wissenschaftlich noch kaum erschlossen, denn die Holländer haben da offensichtlich ihre Mühe, sich einigermaßen zivilisiert einzurichten. Japan, das sie vorhin erwähnt haben, ist praktisch ein weißer Fleck, und zwar nicht nur auf den Landkarten, sondern auf dem Globus unseres Wissens schlechthin. Wir haben keinerlei Kenntnis über den heutigen Zustand der Kultur und der Natur auf dieser großen Insel. Vor allem haben wir nicht einen einzigen materiellen Beleg für das handwerkliche, künstlerische oder wissenschaftliche Können dieser Nation. Siebold, sollten Sie irgendwann dort hinkommen, dann haben Sie viel zu tun, das verspreche ich Ihnen."

Mit diesen Worten im Ohr reiste Siebold weiter nach Hanau, verbrachte dort einige Tage bei dem Botaniker Karl Friedrich von Gärtner, Experte für die Sexualität der Pflanzen, und fuhr weiter nach Bonn, wo er mit einer Herzlichkeit willkommen geheißen wurde, die ihn überraschte. Nees von Esenbeck hatte ihn schon ungeduldig erwartet, denn er wollte ihm endlich das Diplom als Mitglied der Leopoldina überreichen. Siebold fühlte eine Art intellektueller Höhenangst, die ihm für einen Moment lang die Knie weich machte, als er das Dokument aus der Hand des zufriedenen Präsidenten der ehrwürdigen Gesellschaft entgegennahm. Innerhalb der Akademie trug er nun den Namen *Casserius*. In Bonn traf er auch den Anatomen Joseph d'Alton sowie den Philologen August Wilhelm von Schlegel, der ihm von seinen Reisen mit Madame de Staël durch Deutschland erzählte. Siebold wusste von der großartigen Leistung seiner unübertrefflichen Shakespeare-Übersetzung und interessierte sich für seine Arbeiten in altindischer Philologie, dem Fach, das Schlegel an der Universität zu Bonn lehrte. Doch bemerkte er eine gewisse weltanschauliche Distanz zu diesem bedeutenden Mann, der in allen Erscheinungen entweder erhabene Gefühle, alte Geister oder verborgen lebende Kräfte vermutete. Dieser Hang zum Wunderbaren und Phantastischen war Siebold eher peinlich, denn er wusste gar nicht, wie er sich dazu verhalten sollte. Die Welt, wie er sie durch die Brille seiner wissenschaftlichen Neugierde betrachtete, war ihm rätselhaft und erstaunlich genug. Dennoch schlug ihm auch von Schlegel so wie von allen Menschen, denen er in Bonn begegnete, so viel Interesse und Wohlwollen entgegen, dass er sich nicht entscheiden konnte, ob er zufrieden oder beschämt sein sollte. Nees von Esenbeck und dessen Bruder, der auch Naturforscher war, sagten ihm denn auch für die Zukunft alle erdenkliche Hilfe zu. Bevor er in Richtung Holland aufbrach, schrieb er noch bewegt an seine Mutter.

„Meine Familie ist hier bekannt und geschätzt. Es ist wie eine Verbindung, die schon seit Generationen besteht. Ich bin erstaunt, wie viel mehr der Name Siebold hier gilt als in meiner bayrischen Heimat!"

Am 9. Juli 1823 traf er in Den Haag ein. Er wurde umgehend beim Amt des Generalinspekteurs vorstellig, der noch auf Dienstreise war. Der Sekretär machte Siebold mehrere angenehme Mitteilungen. Nicht nur, dass Doktor Harbaur ihn bereits mit Wirkung zum 11. Juni zum Chirurgyn-Major ernannt hatte, also zum Stabsarzt. Er würde dafür auch noch ein jährliches Gehalt von dreitausendsechshundert Gulden beziehen, was etwa dem Vierfachen seiner Bezüge als Arzt in Heidingsfeld entsprach. Außerdem war er bis zur Rückkehr Harbaurs freigestellt. So hatte er Zeit, die Stadt kennenzulernen und vor allem zum ersten Mal in seinem Leben das Meer zu sehen. Er fand auch die Gelegenheit, nach Amsterdam zur fahren und war fasziniert von der kaufmännischen Vitalität dieser prächtigen Stadt, die Menschen aus allen Völkern der Welt zu beherbergen schien. Als Harbaur schließlich zurück war und Siebold in Den Haag vorsprechen ließ, machte er ihm ein Geständnis, das Siebold zutiefst rührte.

„Herr von Siebold, Sie stehen hier nicht vor mir als ein arrivierter Bittsteller. Es ist umgekehrt vielmehr so, dass ich es Ihrem Großvater und Ihrem Vater verdanke, Sie in einer so verantwortungsvollen Stellung hier empfangen zu können, um Ihnen behilflich sein zu dürfen. Ihre Vorväter waren meine Lehrer und Unterstützer. Jetzt bin ich dabei, gegenüber der Familie Siebold in Ihrer Person endlich eine nicht unbedeutende Schuld abzutragen." Nach dieser kurzen Ansprache, die Harbaur feierlich im Stehen hielt, setzten sie sich in die tiefen Ledersessel am Fenster seines Kabinetts und der joviale Generalinspekteur erzählte von seinen Begegnungen mit Siebolds Verwandtschaft. Als Harbaur ihn verabschiedete und ihm eine gute Reise wünschte, hatte er feuchte Augen von den Erinnerungen an seine Lehrer.

Kurz bevor Siebold in Utrecht eintraf, wo er vorläufig zur 1. Division kommandiert worden war, empfing ihn Oberst Casimir Murmann mit allergrößter Freude und Ehrerbietung, denn er verdankte Carl Caspar von Siebold sein Leben. Anno 1800 hatte der große Chirurg und Wundarzt in Würzburg bei Murmann eine schreckliche Schusswunde behandelt, die ihn anderenorts mit Sicherheit umgebracht hätte. Die Dankbarkeit des Obersts übertrug sich nun vollständig auf den Enkel und so richtete er es ein, dass Siebold weiterhin beurlaubt blieb, damit er sich Holland ansehen und noch nach Paris reisen konnte. Siebold schrieb Döllinger und berichtete ihm von dieser wunderbaren Kette freundschaftlicher und hilfreicher Begegnungen, die zwei Generationen vor ihm geschmiedet worden war. Döllinger antwortete umgehend. „Es ist gar tröstlich, wenn ich daran denke, wie ich so protektionslos meine Zootomie mit einem Taubenskelett begonnen habe und wie jetzt ein Freund in Ostindien und ein Sohn in Afrika für die Vermehrung der Wissenschaft sorgen wollen; nur schade, dass ich so alt bin." Siebold legte auch seinem Onkel Elias in Berlin noch einmal Rechenschaft ab, denn seiner Initiative verdankte er es, aus dem Stand heraus einen so hohen Rang in der holländischen Armee bekleiden zu dürfen, für den Gleichgestellte bis zu zwanzig Jahre gedient haben mussten.

„In meinen in Holland gefundenen Verhältnissen fühle ich mich unendlich glücklich. Ich kann mich endlich unbeschränkt und selbständig der ärztlichen Praxis zuwenden oder mich in leicht zu verschaffender Muße mit den geliebten Fächern der Naturwissenschaft beschäftigen, sodass ich glaube, bald manches Gute im menschlichen Wissen und Forschen stiften zu können; und dies um so

eher, als ich mit innerer Ruhe und hohem, sich immer gleichbleibendem Mute dies Werk begonnen habe und es ebenso bis zu seinem noch unbestimmten Ziel fortführen werde. Wissenschaft, Ehre und Vermögen, gelegt in die Waagschale des menschlichen Lebens, überwiegen bei weitem Gefahr, Entsagung und Entbehrung!"

Die Jonge Adriana läuft aus

Zu den geplanten Reisen nach Paris und Brüssel kam es nicht mehr, denn sein Schiff sollte früher auslaufen als vorgesehen. Er fuhr nach Rotterdam, wo am 23. September 1822 die *Jonge Adriana* landeinwärts im geschützten Hafen lag. Es wehte ein frischer Wind. Das erste Laub tanzte über den Landungssteg und schillerte im Schein der frühmorgendlichen Herbstsonne. Siebold hatte seine Koffer und Truhen bereits tags zuvor verstauen lassen und die Nacht in einer komfortablen Herberge verbracht. Er war einer der ersten, die bei Sonnenaufgang mit leichtem Gepäck die Gangway hinaufkamen. Für eine noch unbestimmte Zahl von Jahren hatte er gerade zum letzten Mal europäischen Boden unter den Füßen gehabt. Er war wie betrunken vor Glück, dass alle seine Wünsche sich so schnell verwirklicht hatten. Er musste sich zurückhalten, um nicht vor Begeisterung jeden anzusprechen und seine Freude mitzuteilen. Zugleich betrat er zum ersten Mal ein Schiff. Alles in diesem Augenblick war neu für ihn. Seine Forscherneugier war sofort vollauf beschäftigt mit der Wahrnehmung der Mechaniken, Vorrichtungen und Geräte, die er noch nicht kannte. Dazu durchdrang ihn förmlich der starke Geruch von Salz und Algen, feuchtem Holz, irgendwoher auch Fisch und frischem Teer.

Gegen acht Uhr verwandelten die letzten Vorbereitungen das Schiff in einen Termitenbau. Die Mitglieder der Besatzung liefen eilig hin und her und riefen sich rau Anweisungen zu. Als die Soldaten eintrafen, war es der erste übersichtliche und geordnete Vorgang an diesem Morgen. Sie kamen anmarschiert in Reih und Glied, passierten einzeln die Gangway und sortierten sich sofort in vier Blöcke zu jeweils fünf Mal fünf Mann. Sie waren eines der vielen Ersatzkontingente für die in Niederländisch-Ostindien stationierten Truppen, die durch Krankheiten regelmäßig hohe Ausfälle hatten. Der Offizier kommandierte sie ab, damit sie sich in ihre Quartiere einweisen ließen. Zum Schluss kamen noch einige Frauen mit ihren Kindern an Bord, die ihren Männern folgten, weil diese sich dazu entschlossen hatten, in den Kolonien zu bleiben und dort eine neue Existenz aufzubauen. Zusammen mit der Besatzung und den Soldaten trug das Schiff nun über hundertfünfzig Passagiere. Als die vierhundert Tonnen schwere Fregatte unter den ermutigenden Zurufen und Winken der Zuschauer ablegte, beobachtete Siebold fasziniert die ersten Bewegungen des riesigen, voll beladenen Schiffes, wie es sich Zentimeter um Zentimeter von der Pier entfernte. Vorsichtig glitt die Jonge Adriana durch die Fahrrinne der flachen Maas, die allmählich breiter wurde, bis sie nach einer Stunde das offene Meer erreichte. Sobald sie aus der Mündung herausgefahren waren, dreht das Schiff auf südwestlichen Kurs und segelte entlang der Küste in Richtung der Straße von Dover. Siebold ging zur Steuerbordseite, die in Fahrtrichtung rechts liegt, wie er in seiner Reiseliteratur gelernt hatte, und sah auf das Meer hinaus. Er war so überwältigt, dass er sich an der Reling festhalten musste. Er war nicht nur von der Aussicht auf das ruhig vor ihm liegende Meer bewegt, das vom Schiff aus noch viel größer erschien als vom Land. Der Anblick dieser funkelnden Weite, die er hier zum ersten Mal in seinem Leben sah, wurde ihm wie in einem plötzlichen Rausch zum inneren Bild seiner bevorstehenden Abenteuer und die Grenzenlosigkeit dieses Panoramas der Natur erzeugte in ihm ein majestätisches Gefühl, das die Gedanken an seine Zukunft und seine Mission für einen Moment lang in schwindelnde Höhen trug.

Nach ein paar Stunden bemerkte er, wie langsam das Schiff sich bei leichter Brise vorwärtsbewegte. Es war immerhin eine Fregatte, ein schnelles Kriegsschiff mit schlankem Rumpf und drei Masten unter vollen Segeln. Er hatte den Eindruck, eine Kutsche auf einer befestigten Landstraße wäre etwa doppelt so schnell. Stift und Block zur Hand setzte er sich hin und rechnete mit den Größen, die ihm bekannt waren. Von Rotterdam bis *Batavia* waren es rund einundzwanzigtausend *Seemeilen*. In der Regel brauchten diese Truppentransporte zwischen vier und fünf Monaten bis zum Ziel. Er setzte vorsichtig eine Reisedauer von hundertvierzig Tagen an und erhielt nach entsprechender Division eine durchschnittliche Reisegeschwindigkeit von hundertfünfzig Seemeilen pro Tag oder 6 ¼ Seemeilen pro Stunde, die man in der Schifffahrt *Knoten* nennt. Das war etwas mehr als ein strammer Fußmarsch! Siebold, der die Geschwindigkeit liebte und nur deshalb schon während seines Studiums so sparsam war, um sich ein Pferd leisten zu können, war verblüfft über diese Langsamkeit. Da die Länge der Route beinahe dem Äquatorumfang der Erde entsprach, befremdete ihn der Gedanke, diese Strecke wie ein Spaziergänger zurücklegen zu müssen.

Das Wetter war zunächst sonnig und es wehte ihnen weiterhin ein angenehmer, herbstlich frischer Wind aus Südwesten entgegen. Sie konnten also nicht einfach geradeaus segeln, sondern mussten gegen den Wind kreuzen. Da die Fregatte speziell für Kurse hart am Wind ausgelegt war, fielen die einzelnen Schläge des Kreuzens lang und nahe an der Linie der idealen Route aus. Am Morgen des dritten Tages, als sie den Ärmelkanal passierten, tauchte die Sonne nicht mehr aus dem Grau der tiefhängenden Wolken auf. Siebold beobachtete über Backbord die Küste Frankreichs und ihre vorgelagerten Inseln. Er dachte dabei an das weiter rückwärtig in einer Bucht und außerhalb seiner Sicht liegende St. Malo, von wo aus die gefürchteten Korsaren früher mit den Kaperbriefen Ludwigs XIV. ausliefen, um den Engländern aufzulauern. Die Besatzungen dieser Schiffe bestanden fast ausschließlich aus Maloinern, die im zivilen Leben Bauern, Fischer und Handwerker waren, die sich mit solchen von seiner Majestät abgesegneten Beutezügen ein Zubrot verdienten. So wie die Schweizer Bauern, die sich nach der Ernte in den Tälern sammelten und ihre Dienste als wohlgenährte, kampferprobte und gefürchtete Söldner in ganz Europa den Fürsten zur Verfügung stellten und die als Lohn außer dem Sold häufig das Recht zur Plünderung erhielten. Die Maloiner waren dementsprechend die Schweizer der Meere. Im Winter verwandelten sich Tausende ansonsten friedliche Menschen in grausame Räuber und Mörder. Das alles gehörte schon zur Geschichte, denn die wilden Zeiten der Söldner und Piraten waren längst vergangen.

Die See war dunkel geworden. Ein kühler, feuchter Wind fegte nun über das Vordeck und die Wolken waren zu grauen Streifen zerrissen. Die älteren unter den Seemännern blickten hinaus aufs Wasser und schüttelten stumm ihre schweren Schädel. Die Passagiere, die solche Vorboten zwar bemerkten, sich aber keinen Reim darauf machen können, erfuhren nichts von den scheuen Matrosen. Der Maat schickte, die Vertäuung und den Verschluss der Ladung zu kontrollieren; der Erste Offizier schlug vor, die Segel vorsorglich leicht zu reffen und die Sturmsegel klarzumachen; der Kapitän aber befahl, seine Jonge Adriana unter vollen Segeln weiterlaufen zu lassen. In Rotterdam hatte er in den Matrosenkneipen den Ruf eines faden Beamten, aber auch eines ungefährlichen Mannes in der christlichen Seefahrt. Die Plätze auf seiner Heuerliste waren begehrt. Selten starben Matrosen auf seinen Schiffen. Die Mangelerkrankungen forderten nur noch wenig Tribut seit Cooks Weltreisen, und dessen Erkenntnisse über Lebensmittelkonservierung in tropischen Gewässern waren ein wichtiges Kapitel in Kapitän Bonns Katechismus der Seefahrt. Er wollte dem Sog der Straße von Gibraltar ausweichen und die nordafrikanische Küste im Osten wissen.

Die Soldaten waren unruhig. Es war ihre erste Seereise und sie ahnten, dass ihnen noch nie Erlebtes bevorstand. Zum ersten Mal spürten sie auch die Krängung des Schiffes, denn mit dem Regen hatte auch ein neuer Wind eingesetzt und der legte die Fregatte in die Schräge wie seit der Abfahrt nicht. Noch immer war die Drohung der unsichtbaren Naturkraft nur ein Flüstern, das sie aber schon mit feiner Gewalt auf den Planken des Schiffes geigte. Seitdem sie den Ärmelkanal passiert hatten, wo sie noch gegen den Wind kreuzen mussten, kam das Schiff nun schneller vorwärts. Als sie die Höhe von Portugal erreichten, bot sich den Reisenden das grandiose Schauspiel der Natur, das sich tage- und nächtelang angekündigt hatte. Die Wellen des Atlantik schoben immer mächtiger wie breite Rücken, türmten sich langsam auf, stiegen unter- und übereinander, verschlangen den Horizont und der immer lauter fauchende Wind riss ihnen bald die Schaumkronen vom Kamm, die mit der Gischt durch die Luft schossen, quer über Deck jagten oder an den Holzwänden der Aufbauten horizontal niederprasselten. Der Schiffskörper wurde zu einem Instrument, auf dem Sturm und Meer ihre höllischen Klänge spielten. An den Luken der Kajüten drängelten sich einige Soldaten, die nicht mehr unter Deck bleiben wollten, solange keiner der Offiziere es ausdrücklich befahl. Dabei durfte die Besatzung nicht bei der Arbeit behindert werden, denn jetzt mussten alle Winschen festgemacht, alle Taue und Tampen in Bereitschaft gelegt und das Ölzeug angelegt werden. Wenige Minuten brauchte das immer dickere Wetter, um die Neugierigen zu durchnässen. Die weit gerefften Segel killten hart und ihre Schläge knallten wie Peitschenhiebe über die Köpfe der Besatzung hinweg. Die Soldaten bemerkten mit Erleichterung ein Zeichen, das dem Ereignis etwas von seiner Außerordentlichkeit nahm. Aus den zwei spitz überdachten Blechrohren über der Kombüse kam Rauch, der vom Wind weggerissen wurde. Das hieß für jene, die von der Seekrankheit verschont geblieben waren, dass es bald Essen gibt. Dadurch fühlten sie sich mindestens durch eine Mahlzeit von der Apokalypse getrennt. Der Kapitän stand in vollem Ölzeug auf dem Achterdeck, sprach mit dem Steuermann und gab ihm Anweisungen für die nächste Stunde. Wenn der Sturm seine erwartete Stärke erreichen sollte und durchhält, könnten sie den 30° nördlicher Breite in ungefähr siebzig Stunden überschreiten. Wie einen Katapult wollte Kapitän Bonn diesen willkommenen Sturm benützen, um ein wenig Zeit zu gewinnen. Ab Ende Oktober gäbe es keine Hoffnung mehr, dass die gefürchtete Windstille, die Kalmen des Äquators, noch von Monsunwinden durchbrochen werden. Er wollte die

langwierige Durchquerung der südlichen Rossbreiten in ihrer wind-
ärmsten Jahreszeit unbedingt vermeiden.

Lovis Verhoeven

Die meisten Soldaten des Kontingents, unterschiedlich in ihrem Wuchs,
aber fast alle blond, waren Bauernjungen und kamen aus dem Landesinneren der Niederlande. Sie hatten nicht die Erfahrung der Küstenbewohner. So war es für sie auch die erste Begegnung mit der salzigen Welt
des Atlantiks und der Blick in den offenen Bauch des Meeres machte
ihnen Angst. Mit wirren Augen suchten sie nach etwas Vertrautem,
manche sprachen leise zu ihrem Schöpfer oder im Geist mit den daheim-
gelassenen Eltern und Freunden, beschworen sie, ihnen beizustehen, sie
nicht zu vergessen. Jene unter Deck, die über den Schüsseln und Eimern
würgend für solche Gedanken keine Kraft mehr hatten und auch nicht
fähig waren, sich auf die bevorstehende Mahlzeit zu freuen, durchliefen
die härtere Schule der Seefahrt. Einer der Neugierigen auf Deck war klug
genug gewesen, sein eigenes Ölzeug für die Reise mitzunehmen, klam-
merte sich dafür umso fester an seinen breitkrempigen Hut aus wei-
chem, schwarzen Filz, das wohl unpassendste Kleidungsstück an Deck
bei diesem Wetter. Doch Siebold war zufrieden hinter der Fratze, die der
nasse Wind ihm schlug. Jetzt fuhr das Schiff wenigstens schneller und
machte mindestens zwölf Knoten.

Nach über zwei Wochen, in denen Siebold die meiste Zeit in seiner
Kajüte verbracht hatte, um Malaiisch und Holländisch zu lernen, riss der
Himmel an einem Nachmittag auf und es war wie der Eintritt in eine
andere Welt. Das Meer beruhigte sich, die Sonne schien heiß herab und
die Jonge Adriana machte bei gleichmäßigem, kräftigen Nordwind gut
Fahrt. An Bord ließen sich nun auch die Passagiere blicken, die wegen
ihrer Seekrankheit aussahen, als seien sie nach langer Zeit doch noch den
inneren Kreisen der Hölle entkommen. Wie abgemagerte Gespenster
hielten sie sich fest an der Reling oder legten sich einfach auf die Lade-
klappen, um sich an der frischen Luft zu erholen. Siebold, der an Bord
als Chirurgyn-Major zugleich der Schiffsarzt war, kümmerte sich darum, dass diese geschwächten Passagiere, die vor allem stark dehydriert
waren, genug aßen und tranken, damit sie nicht in Lebensgefahr gerie-
ten, wenn bald darauf das nächste schwere Wetter folgte. Die Sorge war
unbegründet, denn von da an verlief die Reise gleichmäßig und ruhig,
sodass er sich eher etwas stärkere Winde gewünscht hätte. Siebold kam

nach und nach mit den meisten Passagieren in Kontakt. Er war auch angewiesen auf Gespräche mit seinen Mitreisenden, denn er musste sein Holländisch unbedingt voranbringen. Er wollte die Sprache seiner Dienstherren fließend sprechen, wenn sie in Batavia ankommen. Außerdem hatte er den Ehrgeiz, sich auf Java in der Landessprache zu bewegen. Zu seinem Bedauern fand er an Bord niemanden, mit dem er Malaiisch hätte sprechen können. Ein junger Rekrut des Kontingents versuchte seit einigen Tagen seine Aufmerksamkeit zu erregen, hatte aber offensichtlich Scheu, den ranghöheren Deutschen anzusprechen. Dabei hatte Siebold ihn schon länger beobachtet und ein vielsagendes Gespräch unbemerkt verfolgt. Als es noch sehr stürmisch an Deck und auch darunter zuging, versuchte der Rekrut seinen Kameraden das Historische des Moments nahe zu bringen. Er bewies damit seine höhere Bildung, denn es dürfte kaum einer der anderen Rekruten das Gymnasium besucht haben. Er sah sich selbst auf den Spuren Cristobal Colons, des großen Kolumbus, wie er erläuternd hinzufügte. So wurden die uninteressierten Zuhörer von ihrem Kameraden belehrt, dass sie sich jetzt und hier auf der Route befanden, von der aus Kolumbus bei den Kapverdischen Inseln, die sie bald passieren würden, westlich abgedreht sei, um sich vom Nordostpassat *raumschots* wie auf Flügeln bis in die Neue Welt tragen zu lassen. Die Bildungsbeflissenheit des jungen Soldaten ohne Bartwuchs, vorgetragen in der unverdorbenen Hochsprache des Holländischen, machte ihn nicht gerade beliebt, obwohl seine pädagogische Mission wirklich gut gemeint und ganz uneigennützig war. Wer ihn genau beobachtete, konnte den sich einschleichenden Ton der Verzweiflung heraushören, den das Ringen um Anerkennung erzeugt, wenn seine Aussicht auf Erfolg immer schlechter wird. Nach zehn Tagen Seereise ist ihm klar geworden, wie tief der Graben zwischen ihm und seinen Kameraden war, und Panik überfiel ihn nachts, wenn er wach in seiner Koje lag. Er, der das Militärleben für den Höhepunkt der Zivilisation hielt, hatte sich mustern lassen in der Hoffnung, so in die Kolonien zu gelangen und den indischen Ozean zu befahren. Er wollte seinen eigenen Charakter finden und ihn dann militärisch härten. Er hatte diese fixe Idee, dass er sein eigener Lehrer werden könnte, wenn die Welt ihm nur das erforderliche Material dafür zur Verfügung stellte. Eine große Reise in die fernen Kolonien schien die Lösung für alles zu sein. Nun fürchtete er sich vor den Wochen und Monaten, die noch vor ihm lagen. Als Zivilist wäre es ihm wahrscheinlich besser ergangen, aber nie hätte er die Mittel aufgebracht für die Reise. Die Unterstützung seiner Familie hatte er schon verloren, vielleicht für immer.

Siebold war neugierig und erkundigte sich schließlich in der Messe bei dem Offizier des Kontingents nach dem auffälligen Rekruten. Wie er erfuhr, war der junge Mann aus einer angesehenen Familie ausgebrochen, die wohl aus traditionellen, wenn nicht sogar religiösen Gründen kein Interesse am Fernhandel zeigte. Kapitän Bonn hatte das Gespräch verfolgt.

„Sie werden sehen, Herr Doktor von Siebold, dass es viele von dieser und ähnlicher Art gibt, die in den Kolonien ihr Glück suchen. Überhaupt sind die Kolonien voll von Abenteurern, Glücksrittern, Banditen und Falschspielern. Ich empfehle Ihnen, alles, was Sie über Kultur, Zivilisation, Ordnung und Werte zu wissen glauben, bis zu unserer Ankunft in Batavia zu vergessen. Sonst, so befürchte ich, werden Sie schon auf der ersten Rückfahrt wieder auf der Passagierliste stehen."

„Ja, ich kann das bestätigen. Ich war bisher erst einmal auf Java, doch es war ein gehöriger Schreck für mich, wie das Leben aussehen kann, wenn es Grimassen zieht", assistierte der Offizier.

„Ist das ein Problem, das speziell auf Java existiert?" erkundigte Siebold sich vorsichtig, obwohl er gerne fragen wollte, ob es mit der Art und Weise zusammenhängt, wie die Niederlande ihre Kolonien verwalten. Bonn antwortete ihm.

„Nein. Ich habe schon viele Kolonien bereist, auch die englischen und französischen, als unser Land von Napoleon annektiert war und nachdem Frankreich selbst wieder von ihm befreit wurde. Ich habe überall dieselben Erscheinungen des Verfalls und der Korruption gesehen. Alles im Zeichen der Raffgier des Handels, häufig noch durchtränkt mit einem verlogenen religiösen Missionseifer. Und wissen Sie, das geht seit Generationen so. Mein Vater fuhr schon zur See und hat mir damals nichts anderes berichtet als was ich später selbst vorfand. Ich kann nicht leugnen, dass die Gewinne hoch sind, die die Ostindische Handelskompanie in unseren Kolonien gemacht hat, gerade in unserer Kronkolonie Niederländisch-Indien. Aber als gläubiger, seefahrender Christ ist es jedes Mal eine Qual für mich zu sehen, was aus den Völkern und aus uns selbst wird, wenn wir diese Länder von der Küste her erobern und unterwerfen. Sie haben großes Glück, junger Mann, dass sie mit diesem Transport nach Java kommen. Sie können sich nicht vorstellen, wie viel Abschaum ich schon in Batavia ausladen musste. Und genau so machen es alle europäischen Länder, die der Waffenkunst und der Seefahrt mächtig sind. Sie exportieren Sträflinge, Abenteurer, Waffen, Schnaps und Laster. Dafür importieren sie Gewürze, edle Stoffe, Tabak, Tee, Sklaven, Gold und Silber. Deshalb noch einmal zurück zu Ihrer Frage, wie Sie sie vielleicht gerne gestellt hätten: Nein, die holländische Verwaltung ist keine spezielle Form der Misswirtschaft. Es ist der Kolonialismus als Ganzes, ein schreckliches Übel, das wir über die Menschheit bringen."

Siebold war tief beeindruckt und hatte das Gefühl, jedes Wort dieses ehrlichen Mannes mit dem Herzen gehört zu haben. Mit dem Herzen? So etwas Romantisches hatte er noch nie gedacht.

Am Nachmittag des nächsten Tages traf er an Deck wieder auf den jungen Rekruten.

„Herr Verhoeven, könnten Sie mir bitte einen Moment assistieren?" bat er ihn wie selbstverständlich. Dieser wunderte sich, dass der Arzt seinen Namen kannte, trat verlegen heran und fragte, was er tun solle.

„Verzeihen Sie, ich habe vergessen mich vorzustellen. Philipp Franz von Siebold, Doktor der Medizin, Chirurgyn-Major und Schiffsarzt. Ich habe soeben mit unerhörtem Glück diesen kleinen fliegenden Fisch gefangen, einen Exocoetus volitans. Ich würde ihn gerne zeichnen, aber er legt die Flügel immer wieder an, wenn man sie nicht mit beiden Händen festhält."

Rekrut Verhoeven hielt also die Flügel des seltsamen Fisches gespreizt und Siebold ließ seinen Blick immer wieder zwischen seinem Zeichenblock und dem Fisch hin und her wandern.

„Wussten Sie, junger Verhoeven, dass Kolumbus einen Schock bekam, als er zum ersten Mal diese Spezies sah? Nach der Lehre des Aristoteles und der Heiligen Kirche durfte es solche Wesen gar nicht geben. Es sei denn an jenem Ort, wo die Welt zu Ende ist und Ungeheuer die Herrschaft übernehmen. Nun, ist das nicht ein niedliches kleines Ungeheuer?"

„Ja, ich habe Schwärme dieser Fische heute Mittag fliegen sehen. Das war beeindruckend", gab er begeistert zurück. So begann eine Reisefreundschaft zwischen Siebold und dem einfachen Rekruten Lovis Verhoeven, der von nun an nicht mehr von seiner Seite wich.

Am 16. Oktober überquerte die Jonge Adriana auf dem 10° westlicher Länge den Äquator. In dieser Nacht stand Siebold mit Verhoeven auf Deck und sie beobachteten gemeinsam den Nachthimmel. „Wissen Sie, was hier anders ist als sonstwo in der Welt?", fragte Siebold den jungen Mann.

„Nein. Sagen Sie es mir!"

„Hier gehen die Sterne und ihre Bilder senkrecht am Horizont im Osten auf. Sie wandern direkt über unsere Köpfe hinweg und gehen im Westen wieder unter. Entsprechend beschreiben sie auch um den Nord- und Südpol jeweils einen perfekten Halbkreis. Die Bahn der Sterne ist hier konzentrisch zu den Breitengraden der Erde. Es ist das Gegenteil von einer Beobachtung der Sterne an einem der Pole, denn da tanzen für alle Ewigkeit immer dieselben Sterne Tag und Nacht um Sie herum. Lassen Sie es mich noch einmal anders formulieren: An keinem Ort unseres Planeten aus kann man mehr Sterne sehen als am Äquator. Von hier können Sie mit ihren Augen das Weltall wie ein Signallicht an der Küste einmal um die Erdachse herum ausspähen."

So standen sie eine ganze Weile da und beobachteten wie zuerst das Sternbild Orion, dann gegen Mitternacht das Einhorn im Osten erschien, und sie verabschiedeten sich vom Nachhimmel erst, als der *Sextant* am Schnittpunkt des östlichen Horizonts mit dem Äquator auftauchte.

Zehn Tage später weckte Siebold den tief schlafenden Verhoeven um zwei Uhr nachts und zerrte den Schlaftrunkenen aus seinem Mannschaftsquartier an Deck.

„Wir Naturforscher müssen häufig früh aufstehen, wissen Sie?" sagte er und lachte dabei frech. „Ich wollte es mir nicht nehmen lassen, Ihnen heute Nacht endlich das *Kreuz des Südens* zu zeigen. Es wurde erst 1679 den bisher bekannten Sternbildern der Antike hinzugefügt. Da, da kommen sie gerade! Delta Crucis und Acrux. Und wie sie strahlen. Das Kreuz liegt auf der Seite."

Wieder standen sie unter dem leuchtenden Dach des gigantischen Sternenhimmels über dem Atlantik. Im Nordosten ging die Sichel des Drittelmondes auf.

„Herr Major, kennen Sie viele Frauen?"

„Wie bitte?"

„Entschuldigen Sie, aber ich dachte, ich dürfte Sie vielleicht so etwas fragen, da Sie wenig älter sind als ich und mich schließlich mitten in der Nacht aufsuchen. Und dann sehe ich Sie, einen gutaussehenden Mann auf großer Reise und frage mich, wen Sie zurückgelassen haben." Siebold lachte.

„Wie kommen Sie darauf, dass ich Ihnen darüber Rechenschaft ablege?"

„So von Mann zu Mann? Warum nicht? Ich sage Ihnen auch, weshalb ich frage. Außer den Gründen, die Ihnen bekannt sind, habe ich den Weg in die Kolonien gewählt, weil die Frau, die ich liebte, einen anderen geheiratet hat", was Verhoeven mit einem bekümmerten Gesichtsausdruck unterstrich.

„Sehen Sie, da sind wir gewissermaßen auf demselben Weg. Ich fahre in die Kolonien, um endlich eine Frau zu finden, die mir gefällt." Und plötzlich dachte er, dieser junge Kerl ist vielleicht doch genau der richtige Beichtvater in einer Sache, die ihn schon lange beschäftigt. Und das Meer, das er unter dem Sternenzelt glitzern sah und flüstern hörte, öffnete den Käfig seiner Brust, wo er diesen Gedanken schon lange gefangen hielt.

„Es ist mir nämlich nicht gelungen, eine der Frauen, die ich bisher kennenlernen durfte, zu lieben. Dabei hatte ich nicht darunter zu leiden, wie Sie richtig vermuteten, dass es mir an Gelegenheit mangelte. Irgendetwas hat mich immer gestört. Ob es die einfachen Mädchen waren, die sich zum Spiel anboten oder die Damen, die mit ihrem offenherzigen Verhalten bereits ernsthafte Absichten verknüpften – sie waren nicht in der Lage, meine Aufmerksamkeit zu fesseln. Dabei ist es nicht so, dass es mir Spaß macht, wie eine uneinnehmbare Festung dazustehen. Im Gegenteil, ich will auch diese bedingungslose Ergriffenheit spüren, die man den Liebenden nachsagt. Mir ist jedoch aufgefallen, dass die Frauen, die ich kannte und die in die nähere Auswahl hätten kommen können, durchweg männliche Züge hatten. Ja, ich muss sagen, ich finde die Frauen meines Standes insgesamt ausgesprochen herb. Möglicherweise ist es also doch eine Frage der Gelegenheit. Denn wissen Sie, ein Arzt gilt nicht viel da, wo ich herkomme. Als Mediziner hat man heute zwar ein Wissen und eine Kultur, die man im Geburtsadel seit langem vermisst. Doch das hilft nichts, die Herkunft entscheidet alles und so bleiben einem Arzt wie mir die Türen zu den edlen und schönen Frauen der höchsten Kreise verschlossen. Ich bin nicht sicher, ob es dafür eine Lösung gibt. Es ist gewiss nicht der entscheidende Grund, warum ich unterwegs bin in die Kronkolonie Ihrer niederländischen Majestät. Doch gewissermaßen hat auch das ewig Weibliche an den Ursachen meiner Reise mitgewirkt."

Verhoeven war überrascht von diesem Bekenntnis, das einerseits ernsthaft und vertraulich war, andererseits nichts mehr mit seinem Anliegen zu tun hatte. Er wollte gerade anheben, die leidvolle Geschichte von sich und Adelaide Overdiek zu erzählen, doch Siebold winkte deutlich ab, dass er davon gerade nichts hören wollte. Inzwischen waren auch Gacrux und Mimosa über dem Horizont erschienen und das Kreuz des Südens stand in all seiner Pracht am Nachthimmel vor der afrikanischen Küste.

Der weiße Fleck

Starke Winde und heftiger Regen begleiteten sie noch einmal, als sie am

22. Dezember die Südspitze Afrikas passierten, das Kap der Guten Hoffnung. Dort erlebten sie ein bedrohliches Schauspiel der Natur. Aus dem tiefgrauen Nord-Osten bewegten sich nicht weniger als acht Windhosen gleichzeitig auf sie zu. Diese einzelnen Wirbelstürme tanzten wie rauchende Säulen in einem unberechenbaren Zickzackkurs über die aufgewühlte See. Das achtfache Heulen und Brausen in verschiedenen Tonlagen näherte sich dem Schiff und schwoll zu einem orkanartigen Donnern an. Diese schreienden Derwische aus Wind und Wasser, von denen jeder die Mastspitze mindestens um das Doppelte überragte, glitten in unvorhersehbaren Schwüngen am Schiff vorbei. Bonn kümmerte sich erstaunlich wenig um diese Erscheinungen. Er war vielmehr höchst zufrieden, denn er freute sich über den prasselnden Regen, den er in trichterförmig aufgespannten Planen aus ölgetränktem Stoff auffangen und direkt in die Fässer leiten ließ. Damit waren die Frischwasservorräte aufgefüllt, ohne an Land gehen zu müssen. Bis dahin lag die Jonge Adriana gut in der Zeit. Östlich von Mauritius nahm der Wind beständig ab und die Hitze zu. Eines Morgens kam Siebold an Deck und hörte – nichts. Die See war spiegelglatt, das Schiff machte keinerlei Fahrt mehr und die Segel hingen bewegungslos in den Masten. Zum ersten Mal seit ihrer Abreise waren sie in eine vollständige Flaute geraten. Die Ruhe war entspannend und faszinierend, denn Siebold merkte nun, mit wie viel Lärm die Seefahrt verbunden ist. Er machte sich mit Verhoeven daran, Fische zu fangen und sie versuchten, mit der Lotleine und Blei- und Talgklumpen Tiefenmessungen vorzunehmen. Doch die Leine war zu kurz. Sie banden dann alle Reserveleinen zusammen, sodass sie das Lot in eine Tiefe von einer halben Meile senken konnten. Sie berührten aber immer noch keinen Grund. Erfolgreicher verlief die Positionsmessung nach Längen- und Breitengraden mit einer Genauigkeit von Bogensekunden. Der Kapitän nahm sich die Zeit, Siebold den Sextanten zu erläutern und ihn damit üben zu lassen. Da Siebold viel von Geographie verstand und sich auch für die Kartographie der Seefahrt interessiert zeigte, nahmen sie zusammen Peilungen und Messungen vor. Dann trugen sie die Werte in die Karten ein. Die Sorge des Kapitäns war nicht so sehr das Ausbleiben des Windes als vielmehr die Drift durch die Strömung. In einer Flaute kann das Schiff nicht mehr navigieren, weil es keinen Vortrieb hat. Die Strömung kann es weit vom Kurs abtreiben lassen, ohne dass man es merkt, wenn nicht laufend exakte Positionsmessungen gemacht werden, erklärte Bonn, und zeigte Siebold weitere Karten in seiner Kajüte.

„Die Meere der Welt bilden zusammen einen riesigen Unterwasserkontinent. Damit ich dort navigieren kann, brauche ich nicht nur die

Beschaffenheit des Grundes und die Küstenlinien auf meinen Karten, sondern auch die Luft- und Wasserströmungen. Diese Kartensammlung, die Sie hier sehen, das ist mein großer Schatz. Mein ganzes Wissen, ja, mein ganzes Leben ist verzeichnet in diesen Karten. Dort habe ich alle Erfahrungen und Messungen eingetragen, die ich auf meinen Reisen gemacht habe. Dieses Wissen macht einen Kapitän mächtig und unersetzlich. Wissen Sie, weshalb es in der Geschichte der Seefahrt so wenig Meutereien gab? Die Besatzung ist immer in der Gefangenschaft des Kapitäns! Der Kapitän allein weiß, wie man navigiert, und nur er kennt die Gewässer so gut, dass das von der Mannschaft erbeutete Schiff keine Chance hat, den nächsten Hafen zu finden. Meuterei ist, abgesehen von den harten Strafen, die einen erwarten, nicht viel besser als Selbstmord."

„Wie weit sind die Weltmeere kartographiert? Was schätzen Sie?"

„Nun, es fehlen nicht mehr viele Gewässer. Wir haben in den letzten dreißig bis vierzig Jahren enorme Fortschritte erlebt. Das Problem liegt nicht in den erfassten Flächen, sondern in der Qualität der Karten. Sehen Sie, jede Karte ist, wie diese hier, eine Kompilation. Generationen von Seefahrern schreiben ihre Messungen und Erfahrungen übereinander und häufig widersprechen sie sich oder sie sind zusammenhangloses Stückwerk. Deshalb würde ich am liebsten keiner Karte trauen, die ich nicht selbst gezeichnet habe. Am gefährlichsten sind die Seekarten, in denen Landmassen nicht durch exakte Küstenlinien und den Wassertiefen in ihrer unmittelbaren Nähe ausgewiesen sind."

„Wie verhält es sich damit in den japanischen Gewässern?"

„Japan? Die Schifffahrt an den japanischen Küsten ist lebensgefährlich, denn wir verfügen bisher über keine einzige geeignete Karte. Da man dort nicht an Land gehen darf, konnten bisher keine annähernd brauchbaren Messungen vorgenommen werden. Japan ist von der See aus gesehen ein weißer Fleck auf unseren Karten – und das heißt nichts Gutes. Alles, was wir genau kennen, ist die Route zu einer Bucht, in der die Stadt Nagasaki liegt. Und das nur, weil wir das einzige Volk der Welt sind, das noch Handelsbeziehungen mit Japan unterhält. Ich bin jedoch noch nicht dagewesen."

Später am Abend holte Siebold Kaempfers *History of Japan* aus einer seiner Büchertruhen und las darin nach.

„Es besteht aber dieses Reich nicht aus einer Insel, sondern aus mehreren, die durch viele enge Öffnungen des Ozeans voneinander getrennt liegen. Die Natur hat dieses Reich mit einer unbezwinglichen Schutzmauer umgeben und

diese gleichsam unüberwindlich gemacht, da es allenthalben von einem für den Seefahrer feindseligen Meer umgeben ist."

Das war der Stand der Erkenntnis von 1690. Es hatte sich offensichtlich nichts geändert seit jener Zeit.

Siebold hatte nun auch als Arzt mehr zu tun. Die Passagiere bekamen Fieber, Durchfallerkrankungen oder eitrige Entzündungen von kleineren Verletzungen. Zum Teil kamen diese von Schlägereien, die unter der Mannschaft ausbrachen. Die Männer hatten nichts zu tun und vertrieben sich die Zeit mit Glücksspielen, wobei es immer wieder zu Streit kam. Die Langeweile ergriff auch die Soldaten, Frauen und Kinder und es wurde zur Qual, in der bewegungslosen Hitze die Tage ohne Ereignisse zu überstehen. Siebold und Verhoeven waren als einzige immer beschäftigt. Es gab tausend Dinge zu entdecken, und wenn es die Populationen von Ungeziefer waren, die sich in den Lagerräumen, in der Bilge und auch im Proviant einnisteten. Es gab nichts, was nicht gesammelt werden konnte. Siebold entdeckte rund einhundert Arten von Insekten, Spinnen und Würmern, die er noch nicht kannte und die er mit Verhoeven unter dem Mikroskop betrachtete. Ebenso reich an Leben war das Meer, und sie waren aufgeregt, als ein Weißer Hai im Wasser gesichtet wurde, *Carcharodon carcharias*, ein Ungetüm mit einer Länge von mehr als zwanzig *Fuß*.

Nachts lag Siebold in seiner Koje und versuchte sich die Tiefe unter sich und die Lebewesen darin vorzustellen, von denen ihn nur wenige *Zoll* geteertes Holz trennten. Einige Passagiere hatten wie er Bücher dabei und es wurde ein reger Tauschhandel betrieben, denn nie hatte man so viel Zeit zum Lesen wie in diesen ruhigen, feuchtheißen Tagen auf dem Indischen Ozean. Selbst die Matrosen, zumindest jene die lesen konnten, lagen tagsüber mit Ritterromanen und Seefahrergeschichten im Schatten der Segel. Die unangenehmste Folge der Flaute in diesem Klima war die dramatische Verschlechterung der hygienischen Bedingungen an Bord und der immer stärker werdende Gestank von Fäkalien und Fäulnis. Das Schiff trieb die meiste Zeit in seiner eigenen Kloake. Alle zwei Tage wurde ein Beiboot gefiert und die Matrosen schleppten das Schiff rudernd etwa eine halbe Meile weit aus der Abwasserlache heraus.

Eines Abends bemerkte Siebold ein schwaches Licht im Wasser, dessen Quelle er nicht richtig lokalisieren konnte. Sie schien direkt unter dem Schiff zu liegen, als ob der Kiel leuchten würde. Bonn lachte, als Siebold ihn holte, um ihm das Phänomen zu zeigen.

„Das sind Algen. Sie werden sehen, das wird jetzt schnell zunehmen."

Bonn hatte Recht. Nach wenigen Tagen war die *Jonge Adriana* nachts von einem wundervoll grün glühenden Teppich umgeben, der immer weiterwuchs. Wie ein einziges großes Lebewesen folgte er dem Schiff, wenn es bewegt wurde. Siebold beobachtete, dass tote Fische in dem leuchtenden Wasser schwammen. Es schien giftig zu sein. Siebold bat Bonn um die Erlaubnis, sich mit einem Seil an der Bordwand hinablassen zu dürfen, damit er Proben des Wassers entnehmen und die Erscheinung aus der Nähe beobachten kann. In einer Art Schaukel aus Tauen wurde er dann hinuntergelassen. Als er knapp über der Wasserfläche anhielt, staunte er über den Anblick, der sich ihm bot. Er sah einen weiteren Grund für den üblen Geruch, der sich um das Schiff ausbreitete. Oberhalb der Wasserlinie hatte sich eine dicke Schicht von winzigen, Fleischfressenden Mollusken gebildet, die von dem Zeitpunkt an, als keine Wellen mehr gegen den Rumpf schlugen, abgestorben waren und nun langsam in der Hitze verfaulten. Unterhalb der Wasserlinie entdeckte er eine faszinierende Landschaft aus bunten Röhrengewächsen, Muscheln, Wolken von kleinen, schnellen Krebsen und Seetangfäden, die sanft in dem grünen Licht schwebten. Der gesamte Rumpf war von einer dicken Kruste aus Unkraut und Meerestieren überwuchert, die in der Bewegungslosigkeit während der Flaute noch schneller wuchs als sonst. Die parasitische Flora ernährte sich vom Holz des Schiffes, dessen Rumpf im Unterschied zu den neueren Schiffen noch nicht mit schützenden Kupferplatten beschlagen war, während die Fauna von vorbeitreibenden Algen und Plankton lebte. Siebold, der sich nur schwer von diesem stillen Schauspiel der Natur lösen konnte, nahm eine Probe des Wassers und zwei tote Fische mit, die noch nicht in Verwesung übergangen waren. Am nächsten Tag untersuchte er beides zusammen mit seinem jungen Assistenten, den er inzwischen bei seinem Vornamen Lovis nannte. Sie fanden heraus, dass diese Algenart, ähnlich wie Glühwürmchen, eine kalte Leuchtkraft in ihrem Körper hatte, aber in viel größeren und dichteren Mengen als jene auftreten konnten. Am späten Abend ereignete sich etwas Spektakuläres. Delphine tauchten auf und spielten in der grünen Algenwolke. Die Meeressäuger hatten dabei offensichtlich großen Spaß. Jede ihrer Bewegungen erzeugte elegante Wirbel und Strömungen in der leuchtenden Substanz, die dem Auge sonst verborgen blieben. Sie sprangen in hohen Bögen über das Wasser, zogen die kühl glühenden Schlangen mit sich hoch in die Luft, spritzten beim Wiedereintauchen so weit wie möglich um sich und erzeugten so ein einzigartiges Feuerwerk aus explodierender Fluoreszenz. Die Passagiere versammelten sich an Bord und klatschten zu den Kunststücken der Tiere. Siebold vermutete, dass das Algengift den Delphinen nicht schadet, weil sie, anders als die Fische, keine Kiemen haben, durch das es in die Blutbahn eintreten kann. Dieses kleine Ereignis verbesserte die Stimmung an Bord erheblich. Am nächsten Tag schlug Siebold Kapitän Bonn und dem Offizier vor, den Passagieren und der Besatzung etwas mehr Unterhaltung anzubieten. Sie besorgten Stöcke und ließen Soldaten wie Matrosen auf dem Hauptdeck ungefährliche Fechtkämpfe ausführen. Siebold erläuterte den jungen Rekruten, wie das Mensurfechten abläuft und machte bei den Wettkämpfen fleißig mit. Die ganze Besatzung johlte, applaudierte und war ausgelassen. Am nächsten Tag kam nach mehr als zwei Wochen Flaute endlich der erlösende Wind auf. Von da an verbrachte Siebold wieder mehr Zeit mit dem Studium in seiner Kajüte. Abends registrierte er mit Lovis die Sternbilder des Südhimmels und hörte sich nun auch die Geschichte seiner enttäuschten Liebe zu Adelaide an. Obwohl ein stetiger Wind wehte, wurde es immer heißer, sie näherten sich wieder dem Äquator, diesmal von Süden her. Die Tage vergingen jetzt schnell, die Mannschaft hatte zu tun und die Soldaten übten regelmäßig den Stockkampf, den Siebold zur Unterhaltung und Ablenkung eingeführt hatte. Eines Nachmittags war es so weit. Aus dem Krähennest wurde Sicht auf Sumatra und Java gemeldet. Kurz darauf waren alle Passagiere und die Besatzung an Deck versammelt. Man rang um Plätze am Schanzkleid, auf den Treppenstufen und den frei zugänglichen Aufbauten. Als sich am Horizont das verheißene Land endlich aus dem Meer erhob, brach Jubel aus.

Batavia

Am Abend des 13. Februar 1823, nach einer Reise von hundertdreiundvierzig Tagen, legte die Jonge Adriana auf der Reede von *Batavia* an. Siebold hatte den Eindruck, inzwischen ein anderer Mensch zu sein. Nach fast einem halben Jahr auf dem Wasser, eingesperrt in diesem Schiff, das er nun besser kannte als jeden anderen Ort der Welt, und einer Stecke von rund zwanzigtausend Seemeilen, fühlte er sich älter und erfahrener. Nun kam der Abschied von all den Menschen, mit denen er auf der Fahrt Bekanntschaft und manchmal sogar Freundschaft geschlossen hatte. Lovis war anzusehen, dass es für ihn ein furchtbarer Moment war. Er würde seinen Siebold schmerzhaft vermissen, gestand er ihm. So einen wie ihn hätte er sich als großen Bruder gewünscht. Dann musste er mit seinem Kontingent schon in die nahgelegene Kaserne abrücken. Auch Kapitän Bonn verabschiedete sich so herzlich von Siebold, dass er es als eine Auszeichnung empfand. Es bedeutete Siebold viel, von diesem Mann geschätzt zu werden, der so geradeaus war.

Der Generalgouverneur von Niederländisch-Indien hatte alles für Siebolds Ankunft vorbereitet. Er wurde zuerst in einem holländisch geführten Gasthaus untergebracht, wo er vor allem mit gutem Essen und Wein versorgt wurde. Man wusste wohl um die karge Kost an Bord bei so einer langen Reise. Schließlich waren alle Niederländer irgendwann einmal auf dieser Route auf Java angekommen und keiner hatte vergessen, mit welchem Genuss er das erste Stück gebratenes Fleisch mit frischem, gedünsteten Gemüse und einer Flasche Wein verzehrte. Siebold hatte stark abgenommen auf der Fahrt und freute sich über diese Aufmerksamkeit. Man ließ ihn ein paar Tage in Ruhe, damit er sich stärken konnte und er nutzte die Zeit, um die Stadt kennenzulernen. Die ersten Begegnungen waren exotisch, er begegnete einer ihm fremden Tierwelt. Geckos liefen ungeniert über die Wände seines Zimmers und verfolgten fette Käfer, die vor ihnen flohen. Prächtige Schmetterlinge von der Größe von Amseln flogen vor seinem Fenster vorbei und ihm schien, dass die Natur hier wohl ins Riesenhafte neigte. Dann wunderte er sich bei seinen Spaziergängen über die Ähnlichkeit zwischen Batavia und Amsterdam. Es gab dieselben großzügigen Bürgerhäuser und protestantischen Kirchen, nur dass sie von der Form her irgendwie entartet erschienen. Die ganze Stadt war streng symmetrisch angelegt und wie in Holland von Grachten durchzogen, über die kleine Hängebrücken führten. Der ganze Eindruck war grell und pompös. Unheimlich waren wiederum die riesigen Krokodile, die in den Grachten mitten durch die Stadt schwammen. Moskitowolken zogen über diese stehenden Gewässer und die Feuchtigkeit war atemberaubend.

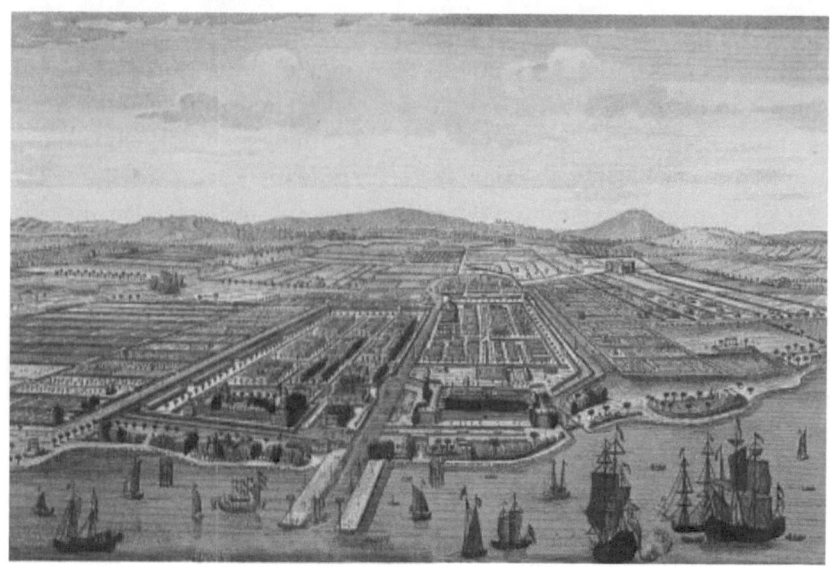

Batavia

Siebold ging zum Postamt und besuchte einige Wirtshäuser, um die Menschen zu beobachten. Auch die hiesige Vielfalt der Volksgruppen glich den Verhältnissen in Amsterdam, nur mit dem Unterschied, dass die Europäer hier in der Minderheit waren. Es gab viele Menschen, die chinesisch, thailändisch oder indisch aussahen. Er sah aber keine bäuerlichen Siedler oder weiße Frauen. Dagegen unzählige Soldaten, Matrosen, Kaufleute und Subjekte, die ganz offensichtlich zum Gesindel gehörten. Er war erschrocken über den Umgang der Europäer miteinander und vor allem über ihr Verhalten gegenüber den Eingeborenen. Es herrschte ein brutaler Ton und mehrmals wurde er Zeuge offener und ungeahndeter Gewaltanwendungen gegen Javanesen. Die Niederländer führten sich auf wie großmäulige Ritter auf Beutezug und es schien die schlimmste Sorte von ihnen zu sein, die hier zu Reichtum gekommen war. Siebold passierte unwirkliche, protzige Ziergärten und architektonische Ungetüme, die sich nicht entscheiden konnten, ob sie Hütte oder Palast sein wollten und bei denen er vermutete, dass sie die Spiegelbilder des Charakters ihrer Besitzer waren. Er sah fette, neureiche Nabobs, die in einem Gefolge von Sklaven durch die Straßen der Stadt pflügten und bei jeder Gelegenheit unflätige Beschimpfungen auf ihren grotesken Hofstaat oder andere Passanten regnen ließen. Die Stadt war ein Moloch, eine grauenhafte Missgeburt der Zivilisation. Siebold war enttäuscht und angewidert. Jetzt verstand er, wovor Kapitän Bonn ihn vor Monaten warnen wollte. Damals fehlte ihm die Phantasie, um sich ein solches Sodom des Kolonialismus vorzustellen. Er war daher erleichtert, als ein Abgesandter bei ihm in der Herberge erschien und ihm seine Zuteilung als Truppenarzt im 5. Artillerie-Regiment in Weltevreden übermittelte. Er begab sich unverzüglich dort hin und war froh, dass er die Stadt verlassen konnte. Weltevreden lag nur eine halbe Stunde außerhalb der Stadtgrenze, aber es herrschte dort eine zivilisierte Ordnung wie er sich das von einem militärischen Stützpunkt erwartet hatte. Ihm wurde ein geräumiges, helles Haus zur Verfügung gestellt. Am nächsten Tag trat er seinen Dienst in einer gut eingerichteten Praxis im Hauptgebäude an. Er war erstaunt über den Krankenstand im Regiment. Viele Patienten litten unter schweren Hautekzemen, Sor im Mund- und Rachenraum, hatten offene Entzündungen, Geschlechtskrankheiten oder Fieber. Einer seiner Patienten hat Siebold wahrscheinlich angesteckt, denn schon nach wenigen Tagen konnte er nicht mehr aufstehen. Er war von einem schweren rheumatischen Fieber gepackt und musste wochenlang im Bett bleiben, wobei sein Körper immer schwächer wurde.

Inzwischen hatte der Generalgouverneur von Niederländisch-Indien, *Baron van der Capellen*, die Empfehlungsschreiben der deutschen Gelehrten und des Generalinspekteurs Harbaur sowie ein schriftliches Zeugnis von Kapitän Bonn über Siebolds Person erhalten. Er ließ sich berichten, wie sich der junge Arzt einlebt und als er hörte, dass er erkrankt war, ließ er ihn sofort auf seinen Landsitz nach Buitenzorg bringen. Die Reise von achtzehn Stunden ging in eine Region im Gebirge, wo das Klima dem europäischen ähnlich war. Dort sollte Siebold in den nächsten Wochen genesen.

Nachdem er einige Tage das Bett gehütet hatte, machte er die ersten Spaziergänge und bewunderte die Landschaft, inmitten derer van der Capellens großzügiges Anwesen lag. Dazu gehörte ein gut ausgestatteter botanischer Garten, der Siebold an seine Heimat Würzburg erinnerte. Van der Capellen bat Siebold bald zu sich an die Tafel, wo er von da an täglich mit dem Direktor des botanischen Gartens von Buitenzorg, Caspar Reinwardt, einem Kommissar des Indischen Hohen Rates und Alexandra, der jugendlichen Tochter des Gouverneurs speiste.

„Ich habe gehört, Sie haben zweiundfünfzig Patienten auf der Überfahrt behandelt, und sie haben alle überlebt. Überhaupt gab es keine Toten auf dieser Reise, was äußerst selten ist", eröffnete der Baron das Gespräch.

„Manchmal muss man die Kranken durch Pflege zu ihrer Genesung zwingen. Wenn sie einmal entkräftet sind, dann verlieren sie den Appetit und bemerken nicht, wie ausgetrocknet sie sind. Dann setzte ich mich zu ihnen und löffelte ihnen Wasser und Suppe ein, auch wenn sie es gar nicht wollten."

„Kapitän Bonn hat mir ausführlich davon berichtet. Sie waren sehr fürsorglich. Zudem berichtete er, dass Sie ohne Unterlass beschäftigt waren."

„Ich freue mich, dass der Kapitän mich so gut beleumundet hat. Ja, ich habe die Zeit genutzt, um Sprachen zu lernen, meine Studien in vergleichender Anatomie fortzusetzen und eine Sammlung von Meerestieren anzulegen. Für das Ungemach einer langen Seereise kann man sich am besten schadlos halten, wenn man sich mit der Natur zu unterhalten weiß."

„Da ich das nicht kann, was soll ich machen, wenn mir diese grässliche Fahrt zurück nach den Niederlanden bevorsteht?" erkundigte sich die junge Dame.

„Nehmen Sie eine Kiste voller Bücher mit und vielleicht ein paar Theaterstücke. Davon können sie eins oder sogar zwei aufführen mit Besatzung und Passagieren. Diese Menschen, egal welcher Herkunft, werden für jede Ablenkung dankbar sein. Möglicherweise entdecken Sie mit so willigen Schauspielern am Ende Ihr Talent als Theaterdirektorin."

Alexandra strahlte bei dem Gedanken und die anderen Gäste der Tafel fühlten sich gut unterhalten von Siebolds Ideen, der nun deutlich die Rückkehr seiner Lebensgeister spürte. Die schöne, feingliedrige und lebhafte Tochter des Gouverneurs war wie ein Tonikum für ihn. Sie erschien Siebold nach den vielen Monaten unter meist grobschlächtigen Männern wie eine Elfe. Auch ihre weiteren Fragen und Bemerkungen, die ein wenig die Intelligenz und Verwöhntheit einer Prinzessin verrieten, hatten eine kokette Spitze und Siebold fühlte jedes Mal einen kleinen Kitzel im Herzen.

Die Tage vergingen in einem Wechsel von geselligem Beisammensein, stiller Erholung und erneutem Studium. Direktor Reinwardt hatte mehrmals Gelegenheit, über Siebolds umfangreiche Kenntnisse in Botanik und Zoologie zu staunen, und auch der Baron war begeistert von der Weltläufigkeit und dem historischen Wissen seines Gastes. Mit jedem weiteren Zusammentreffen wuchs die neugierige Sympathie des Barons, und allmählich floss darin eine milde Dosis väterlicher Liebe ein. Van der Capellen entdeckte an Siebold bald die Züge des Sohnes, den er sich immer gewünscht hatte. Wie um diese imaginären familiären Bande zu stärken, ließ er Siebold wissen, dass er mit dessen Großvater zusammen in Göttingen studiert hatte. Siebold sonnte sich geradezu in der männlichen Zuneigung und Freundschaft dieses eleganten, bewunderungswürdigen Mannes, der nicht einmal davor zurückwich, ihn anzufassen und die Hand auf seinen Arm oder seine Schulter zu legen, sobald irgendein Vorwand dafür ausreichend Anlass bot. Siebold merkte, wie damit ein starker Wunsch, ein lange gefühltes Bedürfnis in ihm befriedigt wurde. In ihren Gesprächen kamen sie jetzt immer wieder auf Japan. Auch hier zeigte sich Siebold gut informiert und der Baron ergänzte sein Wissen mit Berichten über die neuesten Entwicklungen aus politischer Perspektive. Im niederländischen Kolonialministerium hatte sich seit einiger Zeit die Meinung gebildet, dass der Handel mit Japan zu sehr vernachlässigt wurde und beim Vergleich der Dokumente und Zahlen der vergangenen einhundert Jahre musste man einen deutlichen Rückgang verzeichnen. Das war keine isolierte Erscheinung, denn die gesamten Zahlungsbilanzen der einst unendlich machtigen Vereinigten Ostindischen Kompanie hatten sich seit 1770 dramatisch verschlechtert. Nachdem die Kompanie 1800 Bankrott gemacht hatte und von der Krone übernommen worden war, wollte man die Geschicke der Kolonien nicht mehr nach rein wirtschaftlichen Gesichtspunkten steuern, sondern militärische, strategische und politische Ziele einfließen lassen. Die Regierung der Niederlande hatte entdeckt, dass die Kolonien von nationalem Interesse sind. Java wurde unter die Verwaltung der Krone und ihrer Ministerien gestellt und der gesamte Handelsverkehr sollte nun auch nach politischen Maßgaben planvoll gestaltet werden. Dann kam die französische Besatzung der Niederlande, die in Batavische Republik umbenannt wurde. Die Engländer übernahmen daraufhin die niederländischen Kolonien Kapstadt, Ceylon und Java. Bis zu Napoleons Niederlage und dem Wiener Kongress, wo die Niederlande wiederhergestellt wurden und Java zurückerhielten, war die kleine Insel Dejima, dort am Rande der Welt im Hafen von Nagasaki, zehn Jahre lang der letzte Flecken auf der Erde, auf dem die holländische Flagge wehte. In diesem Bewusstsein, das auch eine gewisse Form von nationaler Dankbarkeit enthielt, wollte man die Beziehungen zu Japan neu beleben.

Am Abend des 14. April 1823 versammelte sich die Buitenzorger Gesellschaft wieder an der reich gedeckten Tafel und es waren diesmal noch einige auswärtige Gäste hinzugekommen. Van der Capellen ergriff gleich eingangs das Wort.

„Verehrte Gäste, liebe Freunde, ich habe Ihnen eine Neuigkeit mitzuteilen. Nach gewissenhafter Abwägung und ausführlicher Rücksprache mit dem Indischen Hohen Rat habe ich beschlossen, die wichtigste Position, die ich zu vergeben habe, neu zu besetzen. Herr von Siebold, mein junger Freund, ich würde mich freuen, wenn Sie in meinem Auftrag als Leibarzt des Residenten von Dejima nach Japan gehen würden. Alles, was ich von Ihnen zu hören und zu sehen bekam, unter anderem Ihre literarischen Ausarbeitungen, die Systematik Ihrer Studien und Ihr tadelloses Auftreten, hat bei mir die Meinung gefestigt, dass Sie der richtige Mann für diese wichtige und anspruchsvolle Mission sind."

Es gab einen Applaus an der Tafel und Siebold war sprachlos. Als er sich gefangen hatte, bedankte er sich und willigte ein. Der Baron teilte ihm daraufhin mit, dass er bereits im Juni mit dem neu gewählten Residenten die Reise antreten würde.

In derselben Nacht schrieb Siebold einen Brief an Lotz, der am besten geeignet war, um diese gute Nachricht in Würzburg unter seinen Freunden und Verwandten zu verbreiten.

„...Es hätte noch viele Jahr dauern können, bis ich von hier aus nach Japan komme – wenn überhaupt! Doch ich scheine unter einem guten Stern zu stehen und gerade – vielleicht auch nur für einen Augenblick – das zu haben, was man *fortune* nennt, diese magische Form von Glück, die einem das Unmögliche gelingen lässt. Es ging viel schneller als ich es mir hätte erträumen lassen. Es ist mir gelungen, was ich wollte. Meiner harrt jetzt der Tod oder ein glückliches, ehrenvolles Leben!.... Wissen Sie, lieber Lotz, was der Baron van der Capellen an der Tafel vor den versammelten Gästen noch sagte? *,Wir erwarten von ihm ein tüchtiges Werk, denn unser Herr von Siebold',* und dabei wandte er sich an mich, *,wird ein zweiter Kämpfer und Thunberg'.*"

Siebold verschwieg Lotz die letzten Worte des Barons, obwohl es genau jene waren, die ihn in dieser Nacht nicht mehr schlafen ließen: *„...wenn nicht sogar ein zweiter Alexander von Humboldt, der Humboldt des Fernen Ostens."*

3. Kapitel

Japan

Die Reise geht weiter – Ein Schöngeist mit Stethoskop
Secretum tabularorum magnorum – Aaron Mendelssohn
Die Schiffbrüchigen – Der große Sturm – Die Ankunft

Die Reise geht weiter

Der Sekretär des Gouverneurs überbrachte ihm bereits am folgenden
Nachmittag ein Schreiben, das alle Details regelte. Siebold hatte noch am
Rande des Dinners mit van der Capellen besprochen, was er an Ausrüstung und finanzieller Ausstattung brauchen würde für diese Expedition.
Van der Capellen beruhigte ihn und bemerkte nur, dass es dafür bereits
eine großzügige Regelung gäbe. In der Tat, denn ab sofort erhöhte sich
sein Gehalt von dreitausendsechshundert auf fünftausenddreihundert
Gulden pro Jahr, er würde einen Anteil von zehn Prozent an dem von
ihm persönlich generierten Handelsumsatz erhalten sowie freie Unterkunft und Verpflegung auf der Inselkolonie Dejima. Zudem stellte ihm
die Regierung für die wissenschaftlichen Vorbereitungen der Reise einmalig einen Betrag von tausendachthundert Gulden zur Verfügung.
Mitte Mai kehrte er vom Landsitz des Gouverneurs zurück nach Batavia.
Ausgeruht und voller Tatendrang fühlte er sich lange nicht mehr so bedroht von der Stadt wie bei seinem ersten Aufenthalt. Er konnte sich sogar amüsieren über die grotesken Figuren, die ihm dort wieder
begegneten. Die Häuser und Menschen schienen den wilden, grellbun-
ten Bildern entsprungen zu sein wie Kinder sie gerne malen. Er konzentrierte sich auf die Zusammenstellung der Ausrüstung für seine
Expedition. Der Hauptdirektor der Finanzen ließ ihm das Geld dafür
auszahlen und besorgte ihm Material aus dem Militär-Arzneilager in
Weltevreden. Die Lagerverwaltung half Siebold auch dabei, einige physikalische und geometrische Instrumente in kürzester Zeit zu besorgen,
darunter eine Luftpumpe, eine *Elektrisiermaschine* und einen *galvanischen*
Apparat, um die Japaner zu beeindrucken. Besonders glücklich war er
über den Erwerb eines zusätzlichen, wesentlich verbesserten

Mikroskops, auf dessen Fertigstellung er lange gewartet hatte. Denn er wusste schon seit seinem Studium, dass man aus Flint- und Kronglas inzwischen *achromatische* Linsen herstellen konnte. Sie wurden bereits vor 1800 für den Bau von Teleskopen eingesetzt. Achromatische Linsen haben den erheblichen Vorteil, dass die dadurch beobachteten Objekte nicht mehr von einem Ring aus Regenbogenfarben umgeben sind, was bis dahin unvermeidlich war. Siebold war bekannt, dass man inzwischen versuchte, diese neuen Linsen auch bei Mikroskopen einzusetzen. Nun war er endlich im Besitz eines solchen fabelhaften Instruments.

Bei dem der Militärverwaltung zuarbeitenden Buchhändler bestellte er eine Liste wissenschaftlicher Handbücher und neuester Standardwerke aus den Bereichen Biologie, Physik, Medizin, Geographie und Botanik. Außerdem ließ er ihn die jüngsten Reiseberichte über Japan besorgen, die 1799 von dem Franzosen *Lapérouse*, 1812 von dem Deutschen Langsdorff sowie 1812 und 1817 von den Russen *Krusenstern* und *Golownin* erschienen waren. Sie alle hatten Anfang des Jahrhunderts versucht, eine Verbindung zu Japan herzustellen. Vergeblich. Golownin war dabei sogar in Gefangenschaft geraten. Der letzte naturwissenschaftliche Bericht über Japan, die *Resa uti Europa, Africa, Asia förrat aren 1770-1779* des Schweden *Carl Peter Thunberg*, war schon ein halbes Jahrhundert alt. Thunberg arbeitete 1774 ein Jahr lang als Faktoreiarzt auf der Insel Dejima und war somit einer von Siebolds Vorgängern. Siebold besaß noch das Original dieses Buches, das er vor Jahren erworben hatte, jedoch nur mit größter Mühe lesen konnte. Diesmal bestellte er die holländische Übersetzung. Zu guter Letzt ließ er eine ordentliche Ladung von Bier und Wein zusammenstellen, immer darauf bedacht, die japanischen Gastgeber jederzeit bei Laune halten zu können. Das Bier war in Flaschen abgefüllt und in Gips gelagert, sodass es leicht zwölf Jahre und älter werden konnte. Natürlich durfte auch sein Fortepiano nicht fehlen, dass er aus Weltevreden bringen ließ. Er hatte seit seiner Abreise aus Würzburg nicht mehr darauf gespielt, da es auf der ersten Schiffsreise im Laderaum verstaut war und ihm auch die Muße zum Klavierspielen gefehlt hatte. Jetzt freute er sich darauf, es in Japan dabei zu haben.

Zwei Handelsschiffe, die *Drie Gezusters* und die *Onderneeming*, lagen auf Reede bereit für die Seereise nach Japan, doch aus unerfindlichen Gründen verzögerte sich die Abfahrt immer wieder. Kapitän Jacometti von der größeren *Drie Gezusters*, mit der Siebold reisen sollte, war kein bisschen gesprächig und so blieb Siebold nichts anderes übrig als zu warten. Doch das Warten wurde belohnt, denn ein Schiff aus Rotterdam traf ein und brachte überraschenderweise ein Paket für Siebold, das ihm umgehend zugestellt wurde. Es war ein Buch mit einer Nachricht von Don Mastema.

Sehr geehrter Herr Major Dr. von Siebold, werter Freund;

mit großer Genugtuung habe ich vernommen, dass Sie dem Pfade gefolgt sind, den ich Ihnen einst gewiesen hatte. Um mich Ihnen auch weiterhin in guter Erinnerung zu halten, habe ich noch einmal in meiner wissenschaftlichen Schatzkammer nach einem angemessenen Souvenir gesucht, und dabei das beiliegende gefunden. Ich hoffe, dass es Ihnen die Dienste leistet, die Sie für die Bewältigung der nun vor Ihnen liegenden Etappe benötigen.

Ihr ergebenster

Don Mastema

Donnerwetter, dachte er, nur der Teufel wusste, wie der Baske seine Spur bis hierher verfolgen und ihn mit dieser Sendung so präzise abpassen konnte. Weder das Paket noch das Schreiben trugen die Adresse des Absenders – wie damals, als Don Mastema ihm das Japan-Werk des Bernhardus Varenius zustellen ließ. Das noch einmal gesondert in Seidenpapier verpackte Buch war ein schwerer, in Leder gebundener Foliant. Siebold packte es aus, klappte den Buchdeckel auf und traute seinen Augen nicht. Der Titel lautete *Secretum Tabularorum Magnorum* von einem gewissen Aventinus Meyerbeer. Siebold hatte weder von Autor noch Titel jemals gehört. Was könnte das sein, das *Geheimnis der Großen Karten*? Noch erstaunlicher war jedoch die Tatsache, dass das Frontispiz, auf dem ein Mönch umgeben von Engeln, Dämonen und geometrischen Instrumenten bei der kartographischen Arbeit zu sehen war, nicht gedruckt, sondern mit Hand gemalt war. Es war makellos schön und schien zu leben. Die räumliche und sinnliche Anmutung der Szene war so intensiv, dass er Bewegungen darin zu sehen glaubte. Siebold blätterte weiter und seine Vermutung bestätigte sich. Es war ein Original! Das ganze Buch, kunstvoll von Hand geschrieben und voller detaillierter Zeichnungen von rätselhaften Landkarten, war möglicherweise sogar ein Unikat. Es wurde immer berichtet, dass die Mönche im Mittelalter heilige Bücher so geschrieben und kopiert hatten. So gab es handschriftliche Exemplare der antiken Heil- und Arzneimittelkunde von Hippokrates bis Galen, die in Klöstern fleißig kopiert wurden. Siebold hatte zwar noch nie ein Werk aus der Zeit, bevor die Gutenbergsche Druckmaschine ihren Siegeszug antrat, in den Händen gehalten, doch er konnte mit Sicherheit sagen, dass dieses Exemplar nicht aus dem

Mittelalter stammte. Denn es war weder auf Mittelhochdeutsch noch auf Frühneuhochdeutsch verfasst, sondern im geläufigen Neuhochdeutsch geschrieben.

Am 28. Juni 1823 war es endlich so weit. Die *Drie Gezusters* und die *Onderneeming* waren bereit zum Auslaufen. Siebold sollte mit Oberst *de Sturler* reisen, dem neu ernannten Residenten auf der Insel Dejima. Er hatte sich kurz vor der Abfahrt mit ihm in einem batavischen Offiziersclub getroffen. Sturler war Mitte Vierzig und trotz seines vierschrötigen Aussehens ein intelligenter Mann. Er hatte sich im Krieg gegen die Franzosen als Kanonier mehrfach ausgezeichnet. Während seiner Karriere, die ihn als dauerhafter Lohn für seinen außerordentlichen soldatischen Einsatz bis zum Oberst brachte, hatte er erfolgreich die Mängel seiner einfachen Herkunft und Bildung ausgeglichen. Er reifte zu einem für seine Verhältnisse überaus gebildeten Mann heran. Jetzt war er unterwegs als oberster Gesandter in der niederländischen Japan-Mission und als solcher Siebolds unmittelbarer Vorgesetzter. Siebold, der ansonsten einen guten Zugang zu den verschiedensten Charakteren hatte, konnte bei Sturler jedoch die Grenzen zwischen Höflichkeit und Sympathie nicht überschreiten. Sturler zeigte seinerseits kein Bedürfnis, ihr förmliches Verhältnis in ein freundschaftliches zu verwandeln. Er war interessiert an Siebolds Plänen für seinen Aufenthalt in Japan und er wusste auch, dass dieses Vorhaben Unterstützung von höchster Stelle genoss. Es war daher sein fester Vorsatz, Siebold in allen Punkten zu unterstützen und für alle wissenschaftlichen und kulturellen Belange der Mission immer ansprechbar zu sein. Gemessen an den meisten seiner Vorgänger war Sturler ein liberaler, kluger und umgänglicher Resident. Zu Zeiten der Vereinigten Ostindischen Kompanie wurden die Holländer in Japan beinahe ausschließlich von geldgierigen, opportunistischen und derben Kaufleuten vertreten. Siebold wusste das und war froh über die neue, aufgeklärte Handelspolitik, mit der das Volumen der geschäftlichen Transaktionen zwar wieder zunehmen sollte, aber diesmal begleitet von einem regen wissenschaftlichen, kulturellen und diplomatischen Austausch. Er war auch erleichtert, dass eine so gesetzte und angenehm zurückhaltende Persönlichkeit wie Sturler die Leitung der Mission übertragen bekommen hatte.

Der Ankerplatz der Schiffe auf der Reede lag etwa eine halbe Seemeile vom Festland entfernt. Zahlreiche voll besetzte Ruderboote hatten Besatzung und Passagiere beim Einschiffen begleitet. Sie riefen ihren Verwandten, Bekannten und Freunden zu, johlten Glückwünsche für die Reise und winkten unermüdlich. Als die Ankerwinde endlich ächzte und die massiven Kettenglieder klirrend aufeinanderschlugen, erklangen die Glocken auf den umliegenden chinesischen Schiffen und riefen zum Morgengebet auf. Siebold beobachtete das hektische Treiben an Bord und das Hissen der Segel mit naivem Herzklopfen. Es war das berauschende Gefühl, wieder schwankende Schiffsplanken unter den Füßen zu haben, Tag und Nacht das Meer zu spüren, dabei in unaufhörlicher Fortbewegung zu sein, wieder auf einer großen Reise, die ihn noch weiter weg von seiner Heimat führt. Er war überrascht, wie er das Leben auf dem Schiff schätzen gelernt und bereits vermisst hatte, auch wenn dieses Vermissen in der kurzen Zeit und unter den vielen Eindrücken seines Aufenthaltes auf Java noch nicht zu einer akuten Sehnsucht heranwachsen konnte. Am ersten Abend saß er in der Kabine, die wieder für Monate sein Zuhause sein würde, las in den Tagebuchaufzeichnungen der ersten Reise und fasste die Mission noch einmal mit dem Pathos zusammen, der ihr gebührte.

„Der erzwungene Müßiggang einer Seereise führt unwillkürlich zu tieferem Nachdenken, und die Seele, schwankend zwischen Hoffnung und Furcht, beschäftigt sich mit den mannigfaltigsten Bildern der Zukunft. Vor neun Monaten habe ich Europa verlassen, fünf Monate auf dem weiten Ozean geschwankt und glücklich das Land meiner Bestimmung erreicht. Als Neuling in einem tropischen Klima wurde ich gleich von einer schweren Krankheit heimgesucht und fand mich als Militärarzt öfter missvergnügt. Unerwartet sehe ich mich nun diesen Verhältnissen entrückt. Dem Ziel, das ich mir bei meiner Reise nach Ostindien gesteckt hatte, werde ich nun nähergebracht, denn ich stehe im Begriff, in das merkwürdigste und fernste Land zu segeln, das Europäer besuchen. Aber leider! nicht in ein Land, wo diese als freie Männer leben; nein, in ein Land, wo die Staatsklugheit einer asiatischen Nation uns ausgeschlossen hält von allem freien Verkehr mit Land und Volk! Doch die Beispiele von Enthusiasmus und Ausdauer, welche uns die Geschichte aus dem Leben der Naturforscher und Reisenden aufbewahrt, halten meinen Mut aufrecht. Und wenn die ohnehin aufgeregte Einbildungskraft eines jungen Reisenden sich entschließt, wie die ehrwürdigen Vorbilder jede Mühseligkeit zu ertragen und sich Gefahren hinzugeben, dann fühlt er sich unwiderstehlich angetrieben, diesem Ort entgegenzueilen, wo auch für ihn als Verehrer und Beförderer der Wissenschaft ein Opferherd lodert, auf dem er seine geringen Gaben niederlegen darf."

Er merkte, wie gespreizt sein Stil wurde, wenn er über sich selbst schrieb, wie getragen und beinahe schwerblütig die Melodie aus den Zeilen klang. Doch im Angesicht der Geschichte, die er von nun an mitschreiben und in der er einen wichtigen Platz haben würde, schien ihm diese Feierlichkeit doch gerechtfertigt. Er konnte nun endgültig mit seiner *Bibliomorphose* beginnen, mit der Verwandlung seines eigenen Lebens in einen großen Abenteuer-, Forscher- und Entdeckerroman.

Am nächsten Morgen kam Sumatra in Sicht, die Hauptinsel Ostindiens. An ihrer Küste entlang fuhren sie in Richtung der kleineren, vorgelagerten Insel Bankga und passierten die Wasserstraße zwischen den zwei Landmassen. Die Hitze und Feuchtigkeit nahmen in einem ungeheuerlichen Maße zu. Jeden Tag, ja, beinahe mit jeder Seemeile, die sie sich dem Äquator näherten, schien die Quecksilbersäule weiter zu steigen. Der leichte und stetige Süd-West-Monsunwind verschaffte der Besatzung ein wenig Kühlung. Für Siebold war die Reise recht abwechslungsreich und lenkte ihn von dem Leiden an der Hitze ab, denn noch war Land in Sicht und die Küstenstriche ließen sich mit den starken Fernrohren gut erkunden. Die Besatzung und einige Passagiere sahen ihm erstaunt zu, als er barfuß kraftvoll und geschickt in das Krähennest unterhalb der Mastspitze kletterte. Dort angekommen blickte er allerdings nach unten und die Höhe wurde ihm unheimlich. Plötzlich hatte er mit einer Angst zu kämpfen, die er noch nicht kannte. Doch sobald er das Fernrohr genommen hatte und den Horizont absuchte, war er abgelenkt und das Schwindelgefühl legte sich. Was ihm nicht erspart blieb war der Rückweg, der ihm nun deutlich schwerer fiel als der Aufstieg. Weniger anstrengend war die Beobachtung des Meeresgrundes, der in wenigen *Faden* Tiefe mal grün, gelb oder blau schimmerte. Er sah riesige Schwertfische, *Xiphias,* und Meeradler, *Myliobates,* durch das Wasser gleiten, deren Gewicht er zwischen fünf- und sechshundert Pfund schätzte. Er bedauerte es, nicht näher an diese majestätischen Tiere heranzukommen und dachte über einen Glaskäfig nach, den man zu diesem Zweck entwickeln müsste.

Die volle Wucht des tropischen Klimas erfuhren sie, als am 5. Juli die Mündung des großen Stromes von Palembang in Sicht kam und die Schiffe bei Fort Mentok vor Anker gingen. Sie lagen jetzt geschützt unter Land in der Windstille. Siebold beobachtete, wie der Teer zwischen den Planken anfing sich zu verflüssigen und die Sonne die letzten Reste von Harz aus dem Holz des Schiffsköpers herauskochte. Am Abend wehte dann eine überraschend milde und duftende Brise vom Land her. Die Sonne ging hinter den Bergen Sumatras unter und am Ufer zeigte sich in diesem warmen Licht ein tropisches Gemälde aus prächtig leuchtenden Büschen und üppigen Waldungen, die immer wieder von Palmen überragt wurden. Dazwischen blinkten auf den Anhöhen die roten Dächer des Forts. Siebold verfolgte kurz darauf, wie jeden Abend, die Verständigung zwischen den beiden Schiffen, die mit Hilfe von Sprachrohren und Flaggensignalen stattfand, um die wechselseitigen Besuche der Kapitäne vorzubereiten. Diesmal war es Kapitän Lells von der *Onderneeming*, der herüberkam auf die *Drie Gezusters*. Zur Feier des Tages ließ Kapitän Jacometti die Bediensteten der Offiziersmesse die Tafel auf dem Vordeck aufbauen, damit die Kapitäne und Offiziere während des Abendessens gemeinsam die wundervolle Aussicht genießen können. Oberst de Sturler wandte sich in einem unbeobachteten Moment lächelnd zu Siebold.

„Das war meine Idee. Ein Haudegen wie Jacometti wäre niemals von selbst darauf gekommen, uns mit einer solchen Annehmlichkeit zu verwöhnen. Ich freue mich, dass er darüber hinaus meinen Vorschlag angenommen hat, die übliche Runde etwas zu erweitern und auch andere Passagiere an die Tafel der Offiziere zu laden. Sie als Süddeutscher müssten diese informelle Geselligkeit doch schätzen, oder? Nennt man das nicht *Gemütlichkeit* im jungen Königreich Bayern?" wobei er das Wort mit holländischem Akzent wie ein gegurgeltes *Chemuiitliich-chaiit* aussprach.

„Ja, völlig richtig", antwortete Siebold amüsiert. "Ich bin Ihnen sehr dankbar für diesen Einfall. In meiner Studentenzeit haben wir im Biergarten zu Würzburg so mit unseren Professoren zusammengesessen". Als sie sich mit zwei Dutzend Offizieren und Gästen an die Tafel setzten, die mit weißen Tischtüchern, goldumrandetem Porzellan und Silberbesteck gedeckt war, fuhr Sturler fort. „Ich werde morgen an Land gehen und dem Residenten von Bankga einen Besuch abstatten. Normalerweise ist er auf seiner Insel, die wir passiert haben, und schürft Zinn in den Gruben. Doch in diesen Tagen hält er sich in Fort Mentok auf. Zinn ist ein wichtiges Handelsgut für unsere Geschäfte mit den Japanern. Deshalb wollte ich mit dem Residenten über die voraussichtlichen Preise und Mengen in den kommenden Jahren sprechen. Es gibt in Fort Mentok auch einen interessanten jungen Mann, der wie Sie Stabsarzt ist. Wollen Sie mich nicht begleiten, wenn wir morgen übersetzen? Ich werde Sie für keinerlei protokollarische Pflichten in Anspruch nehmen. Ich dachte nur, Sie könnten die Gelegenheit nutzen, an Land zu gehen, ein paar unmittelbare Eindrücke zu sammeln und Chirurgyn-Major Fritze kennenzulernen."

„Mit größter Freude!" antwortete Siebold, obwohl er genau verstand, dass Sturler mit allem, was er tat und sagte, keineswegs versuchte, ihm zu gefallen, sondern am Ende nur gute und inhaltsvolle Berichte an van der Capellen abliefern wollte. Sturler pflegte damit eine hoch entwickelte Form unpersönlicher Verbindlichkeit, die Siebold zwar irritierte, an die er sich aber, wie er glaubte, wohl gewöhnen müsste. Das Dinner unter freiem Himmel wurde sehr gut aufgenommen. Es gab mariniertes Rindfleisch mit Schalotten, Ingwer und Backpflaumen, dazu Rotwein mit Zimt oder auf Wunsch Bier. Die Stimmung war heiter und man unterhielt sich deutlich ausgelassener als in der Messe unter Deck. Kapitän Jacometti ließ die Matrosen nicht verkommen und ordnete an, auch für sie zwei Bierfässer zu öffnen. Siebold hatte sich bei der Durchsicht der Proviant- und Vorratslisten schon gewundert, dass beide Schiffe fast doppelt so viel Bier wie Trinkwasser geladen hatten. Sturler erklärte ihm, dass in der Hitze dieser Breitengrade, in der das Essen häufig einfach kein Genuss ist, die Seeleute mit Bier zugleich bei Kräften und bei Laune gehalten werden.

Ein Schöngeist mit Stethoskop

Am nächsten Morgen gingen sie an Land. Die beiden Ruderboote kamen wegen der Mangroven nicht ganz bis zum Strand und Siebold musste sich auf den Schultern eines kräftigen Matrosen durch das flache, morastige Wasser tragen lassen, was er als peinlich und beinahe erniedrigend empfand. Sturler, der selbst auf den Schultern eines Mannes saß, der allerdings kleiner und weniger fest gebaut war als er selbst, sah Siebold das Unbehangen an und lachte leicht mokant. Vom Strand aus gingen sie direkt zum Spital, das am Rande des Forts auf einem Hügel gelegen war. Sturler verabschiedete sich vor dem Eingang und ging weiter zu seinem Treffen mit den beiden Residenten von Bankga und Sumatra. Siebold trat in das flache, weiträumig angelegte Holzgebäude ein. Im Hauptsaal, in dem etwa einhundert Pritschen standen von denen weniger als die Hälfte belegt waren, sah er einen zierlichen Mann mit wilden Haaren und einem enormen Schnurrbart, der gerade eine *Auskultation* bei einem Patienten vornahm. Er hörte bei einem Patienten offensichtlich die Lunge ab, doch er benützte dazu ein Gerät, das Siebold noch nie gesehen hatte. Es steckte in den Ohren des Arztes wie eine große Klammer, von der ein Schlauch zu einer Dose führte, die er ruckweise über den Rücken des Patienten gleiten ließ. Siebold trat näher und stellte sich vor.

„Herr Major Fritze, gestatten Sie, Major Doktor von Siebold, Stabsarzt und Leibarzt des Residenten in Japan auf Reisen dahin selbst." Fritze drehte sich um, nahm das Instrument aus seinen Ohren, stand auf und sah Siebold verblüfft an. Dann lachte er breit. „Sehr angenehm. Fritze, Stabsarzt zu Mentok. Ich... Sie müssen entschuldigen, ich bin etwas sprachlos. Ich freue mich außerordentlich, Sie so unerwartet kennenlernen zu dürfen. Niemand hat mir gesagt, dass Sie auf dem Weg nach Japan hier an Land gehen würden. Wissen Sie, welcher Ruf Ihnen vorauseilt? Und dann... nun, wie soll ich es sagen? Was für eine Erscheinung Sie sind! Ich muss mich zurückhalten, dass ich nicht einen chinesischen Dreiviertel-Kotau vor Ihnen mache, was bedeutet, dass man beim Verbeugen beinahe die eigenen Füße küsst aus lauter Ehrfurcht vor dem Gegenüber. Ich kenne so viele Geschichten über die von Siebolds, und nun stehe ich dem jüngsten hoffnungsvollen Spross dieser großen Familie gegenüber. Lassen Sie uns ein Stück gehen, ich will Ihnen meine bescheidene Einrichtung zeigen." Dabei legte er eine Hand auf Siebolds Rücken und schob ihn vorsichtig in die Richtung, die er ihm mit der anderen Hand wies.

„Ich danke Ihnen ganz herzlich für dieses Kompliment, auch wenn es noch völlig unverdient ist. Denn als Arzt sind Sie mir mindestens einen Schritt voraus. Was ist das für ein Gerät, das Sie da gerade benutzt haben?"

„Ah, Sie meinen das *Stethoskop*", wobei er das Instrument von seinem Hals losmachte und Siebold gab.

„Das ist eine wundervolle neue Erfindung und erst vor wenigen Wochen hier eingetroffen. Es ist eine ausgezeichnete Hilfe zur Verstärkung der organischen Geräusche. Vor allem dient es natürlich zum besseren Abhören von Herz und Lunge."

„Darf ich es einmal ausprobieren?"

„Natürlich. Suchen Sie sich einen Patienten aus." Siebold näherte sich einem jungen Mann, der eigentlich recht gesund aussah und bat ihn auf Malaiisch, kurz eine Untersuchung an ihm durchführen zu dürfen. Dieser öffnete wortlos sein weißes, leichtes Hemd und ließ Siebold bereitwillig mit dem Gerät seine Brust berühren.

„Jetzt bin ich wirklich platt. Sie sprechen ja auch schon Malaiisch! Sie werden ihrem Ruf wirklich gerecht." Dann schwieg er, damit Siebold sich auf die Herztöne und Lungengeräusche des Patienten konzentrieren konnte.

„Das ist tatsächlich eine außerordentliche Verbesserung. Ich kann beinahe das Rauschen seines Blutes hören."

„Ja, aber Sie sollten nicht übersehen, dass dieses Instrument noch viel mehr leistet als eine verbesserte medizinische Diagnose. Es hat zugleich die Wirkung eines Zauberstabs. Seitdem ich das Stethoskop verwende, habe ich bei den Eingeborenen, die sich selbst *Orang Gunong* nennen, also *Bergmenschen*, den Status eines echten Medizinmannes mit magischen Kräften. Mein Charisma und damit das Vertrauen der Patienten in meine Heilkunst sind mit dem Instrument erheblich gewachsen und ich stelle mir vor, dass dieser Vorgang bei allen Völkern zu beobachten wäre, die mit unserer westlichen Medizin nicht vertraut sind." Dabei lachte er Siebold, der um einiges größer war als er, komplizenhaft an. Siebold war jedoch an einem anderen Aspekt von Fritzens Bemerkung interessiert.

„Die Orang-Gunong sind die Bergmenschen, wie Sie sagten. Dann sind die *Oran-Utan* in ihrer Sprache *Waldmenschen*?"

„Ja, genau so ist es."

„Heißt das, die Malaien sehen keinen wesentlichen Unterschied zwischen sich und den Affen?"

„In der Tat. Die Orang Gunong behaupten sogar, die Orang-Utan würden nur deshalb nicht sprechen, damit sie nicht arbeiten müssen." Beide lachten. Siebold ließ der Gedanke jedoch nicht los.

„Ich muss Ihnen gestehen, dass ich verblüfft bin", sinnierte Siebold. „Noch nie habe ich von einer derartigen Intimität zwischen menschlichen Wesen und dem Schoß der Natur gehört. Es stellt sich doch ernsthaft die Frage, ob sie, wenn sie zwischen sich und den Tieren nicht unterscheiden können, selbst schon Menschen sind."

„Werter, hochverehrter Kollege. Sie müssten einen Orang-Utan einmal aus der Nähe erleben. Sie müssen den gutmütigen, haarigen Waldmenschen in die Augen sehen und sie bei ihrem Umgang miteinander beobachten. Dabei wird sich auch Ihnen unweigerlich die Frage stellen, ob diese Wesen tatsächlich so grundverschieden von uns sind wie die akademische Lehre es fordert. Dann werden Sie auch Ihre Frage noch einmal überdenken." Siebold sah ihn nachdenklich an und hatte das Gefühl, eine wichtige Lektion erhalten zu haben von diesem kleinen, hellwachen Mann. Unter all diesen eher rauen und wenig zur Nachdenklichkeit neigenden Kolonisten, die er bisher auf seiner Reise getroffen hat, lebte hier dieser bescheidene, liebenswürdige Arzt, der bereit war, den Begriff der Humanität für Lebewesen aus dem Tierreich zu öffnen, sobald sie sich durch ihr Verhalten dazu qualifizieren. Schlagartig, beinahe in Form einer Erleuchtung en miniature begriff Siebold, wie wenig menschlich die Menschen selbst häufig sind. Dabei erinnerte er sich in aller Deutlichkeit an den Ekel, den er bei seiner Ankunft in Batavia empfand. Hatte er damals nicht in Momenten der Empörung die Menschen mit blinden Würmern und Ungeziefer verglichen? Natürlich lehren das Christentum und der Humanismus, dass es einen Kern von Würde gibt, der auch in dem elendsten und verdorbensten Subjekt einen unveräußerlichen Anteil am Menschsein bildet. Hatte Fritze dann aber nicht Recht, dass auch andere Wesen, nämlich durch ihr Verhalten, sich um diese Würde verdient machen oder ihrer sogar immer schon teilhaftig gewesen sein könnten? Dabei respektierte er zugleich die Auffassung der Eingeborenen, dass es zwischen ihnen und den Orang-Utan keinen wesentlichen, sondern nur einen graduellen, einen akzidentiellen Unterschied gibt. Anstatt die Eingeborenen für Tiere zu erklären, wozu auch Siebold kurz neigte und sich damit unweigerlich in die geistige Gesellschaft etwa der grausamen Holländer von Batavia begeben hätte, sah Fritze unter den Tieren Lebewesen, die im besten Sinne menschlich sein könnten, sogar menschlicher als viele Exemplare der eigentlichen Spezies Mensch. All das, gedacht in einem kurzen Moment, ließ in Siebold Bewunderung aufkommen für die beispiellose Vorurteilslosigkeit des kleinen Stabsarztes Fritze.

Sie gingen weiter durch die Anlage des Spitals. „Wir behandeln hier hauptsächlich *Dysenterien*, Leberkrankheiten und Fußgeschwüre. Es gibt natürlich auch Fälle von *Syphilis* und Augenentzündungen. Hier haben wir einen Patienten, dem ich vor zwei Wochen das Bein amputieren musste." Sie betrachteten zusammen den bereits gut geheilten Stumpf des Beines und waren sich einig, dass bei den indischen Völkern der Prozess der Wundheilung wesentlich schneller vorangeht als bei den Europäern. Siebold fiel auf, wie ordentlich und sauber die Einrichtungen waren und wie sehr das trockene Klima in den flachen Holzbauten genau dem entsprach, was er zur Genesung von Patienten für erforderlich hielt. Fritze erzählte, dass er diese Bauweise den Engländern in Indien nachgemacht hätte, wo die Kolonisten fast ausschließlich in solchen sogenannten *Bungalows* lebten, weil sie die feuchte Hitze sonst nicht überleben würden. Wichtig waren die allseitigen Öffnungen der Gebäude für die ständige Belüftung und die Position der ganzen Hospitalanlage auf dem Hügel, wo sie dem gesunden Wechsel von Land- und Seewind ausgesetzt war. So lernte Siebold in Fritze einen durch und durch praktischen Menschen kennen, der auf diese Dinge achtete und planvoll die neuesten Entwicklungen auf den Gebieten der Diagnose, Therapie, Diätetik, Hygiene und Krankenpflege in seinen Spitalbetrieb einfließen ließ.

Nach dem Mittagessen kam Sturler wieder vorbei und wollte Siebold abholen. Fritze entschuldigte sich kurz und kam mit zwei schmalen Kartons in der Hand zurück.

„Mein lieber Herr von Siebold, ich würde gerne unsere Freundschaft

hiermit besiegeln und bitte Sie, dass wir von nun an in Verbindung bleiben. Ich bin über alle Maßen neugierig, wie es Ihnen in Japan ergeht und
würde mich über briefliche Nachrichten von Ihnen freuen. Nehmen Sie
diese beiden Stethoskope mit auf Ihre Reise, denn sie werden Ihnen
nützlich sein. Ich gebe Ihnen zwei Exemplare, denn in einem fremden
Land werden Sie eins für sich und ein zweites als Geschenk für hochstehende Persönlichkeiten oder weitere gute Freunde brauchen."

„Ich danke Ihnen herzlich und verbinde damit das Versprechen, Sie
über alle wichtigen und interessanten Vorgänge in Japan auf dem Laufenden zu halten" antwortete Siebold sichtlich bewegt. Sturler beobachtete aufmerksam diese kleine Zeremonie zwischen den beiden Männern,
die stattfand, als ob er gar nicht anwesend wäre.

Secretum tabularorum magnorum

Am nächsten Tag stachen die beiden Schiffe wieder in See und Siebold
fuhr mit seinen Naturbeobachtungen fort. Die Fahrt ging langsam voran,
denn der Wind erhob sich nur morgens und abends zu einer leichten
Brise. Tagsüber standen sie oft still und die Segel hingen wie nasse Laken
an den Masten. Wenn die Sonne unterging, lag das südchinesische Meer,
das sie inzwischen erreicht hatten, vor ihnen wie ein riesiger Kessel, in
dem leise das Blut der Welt brodelte. Siebold, ganz im Gegensatz zum
Rest der Mannschaft, genoss diese Zeit, weil er in Ruhe jedes Stück Treibgut analysieren konnte und fasziniert die riesigen Fischschwärme beobachtete, die unter dem Schiff hinwegschwammen, immer verfolgt von
Scharen gefräßiger Seeschwalben, Möwen und Sturmvögel. Außerdem
hatte er begonnen, Japanisch zu lernen und sein Holländisch zu perfek-
tionieren. Seine Aussprache war immer noch mit süddeutschem Akzent
eingefärbt und er war in der Grammatik noch unsicher. Es blieb ihm nun
auch genug Zeit, sich mit Don Mastemas Geschenk zu befassen, dem *Secretum Tabularorum Magnorum*. Siebold wunderte sich über das Latein, in
dem der Autor Aventinus Meyerbeer das Buch verfasst hatte. Der Stil
ähnelte weder dem klassischen, ciceronischen Vorbild, das sich trotz
komplizierter, hypotaktischer Satzbauten durch Klarheit und Eleganz
auszeichnete, noch dem scholastischen, manieriert pedantischen Ausdruck, wie man ihn seit dem Mittealter in ganz Europa kannte. Es war
eine einfache und sinnliche Sprache, die sich dem Leser unmittelbar ein-
prägte. In ihr lag eine salbungsvolle Melodie, die, wenn Siebold den Text
probeweise für sich laut vorlas, eine sakrale Atmosphäre entfaltete. Sie

war wie ein Geist, der sich über die Seiten legte, wenn sie gelesen wurden. Sie erinnerte ihn an – die Bibel.

Meyerbeer erzählte ein großes Epos über die Kunst der Kartographie seit der Zeit des Ptolemäus, der im zweiten Jahrhundert nach Christi in Alexandria wirkte. Ptolemäus hatte in seinem Buch *Almagest* nicht nur das ganze Himmelsgebäude mit allen Sternen als Karte dargestellt. Er hat auch die Positionen der wichtigsten Orte der damals bekannten Welt tabellarisch aufgeführt und die Grundlage für die spätere wissenschaftliche Geographie geliefert. Dann war da die großartige Arbeit des flämischen Geographen *Gerhardus Mercator*, der 1567 zum ersten Mal der Erde eine Kugelform unterstellte und diese auf eine Ebene projizierte. Damit wurde endlich das Problem der ungleichmäßigen Verteilung der Längen und Breitengrade gelöst. Zu dieser Zeit hatten die großen Entdeckungsreisen längst begonnen, doch die Kapitäne wagten sich dabei ohne eine einzige brauchbare Karte immer an den vermeintlichen Rand der Welt. Es gab zwar die *Roteiros* der Portugiesen, die waren jedoch streng geheim und nur Eingeweihte konnten sie lesen. In diesen Büchern, die Karten unterschiedlichster Qualität und detaillierte Reiseberichte der Navigatoren enthielten, war die ganze Seemacht dieser stolzen Nation enthalten. Als die Niederländer begannen, sich gegen das katholische Spanien und Portugal aufzulehnen, wollten sie auch in den Rang einer Seemacht aufsteigen. Zwar waren sie bereits hervorragende Segler und Schiffbauer, jedoch kannten sie die Meere nicht. Sie schafften es, einige Roteiros in ihren Besitz zu bringen. Doch beinahe ein Dutzend Expeditionen mit noch mehr Schiffen waren auf Grund gelaufen, an der Küste zerschellt oder ihre Besatzungen auf dem offenen Meer verdurstet und verhungert. Die Portugiesen hatten die gestohlenen Roteiros absichtlich gefälscht, um die Niederländer in die Irre zu führen. Die Niederländisch-Ostindische Kompanie erstellte und sammelte darauf hin ein Jahrhundert lang zuverlässige Karten, die sie in einem *Geheimen Atlas* zusammenstellte, mit dem sie um 1700 die Vorherrschaft der Portugiesen im Südwestpazifik endgültig brachen.

Atemlos folgte Siebold der Geschichte der geographischen Karten, denn ihm war bis dahin nicht klar gewesen, wie viel Macht in ihnen schon immer lag. Er hatte sie bis dahin nur nach ihrer Nützlichkeit und Exaktheit beurteilt. Doch sie waren, wie auch der *Geheime Atlas* der Niederländer, höchstes Staatsgeheimnis und viele, die sie gestohlen, verkauft oder verloren hatten, mussten dafür mit dem Leben bezahlen. Siebold fiel dabei auf, dass Meyerbeers schönes Buch gar nicht datiert war. Inhaltlich reichte es fast bis zur Gegenwart, aber von seiner ganzen

Machart her hätte es fünfhundert Jahre alt sein können.

Die Geschichte der Kartographie war nur die Vorbereitung des eigentlichen Themas. Meyerbeer wollte vordringen zum Geheimnis der Karten schlechthin. Er wollte zeigen, wodurch sich die Großen Karten von allen anderen unterschieden. Seine zentrale Lehre war einfach. Das Geheimnis der Großen Karten ist nicht der Kampf um Macht und Reichtum, sondern die Suche nach Gott. Sie sind die Wegweiser durch die Schöpfung zu ihrem Schöpfer. Dass man mit ihnen reich und mächtig werden kann, das sei nur eine willkommene Begleiterscheinung. Tatsächlich sind die Karten aber der Schlüssel zum Paradies, postulierte Meyerbeer. Er räumte dabei ein, dass er wohl wisse, wie sehr er sich mit solchen ketzerischen Ansichten um den Scheiterhaufen verdient machen würde. Doch er glaubte, dass die Aufschließung dieses Geheimnisses eine Offenbarung ist, die direkt von Gott zu ihm kam und die er deshalb nicht für sich behalten durfte. Die Großen Karten haben, meinte er weiter, wie bei Ptolemäus, mit der Vermessung des Himmels begonnen, und dort werden sie auch wieder enden. Das wichtigste Werk dazu hätte Mercator nach seinen ersten winkeltreu projizierten Weltkarten verfasst. Sein *Atlas Sive Cosmographicae Meditationes De Fabrica Mundi Et Fabricati Figura* von 1595, zu Deutsch ‚Atlas oder kosmographische Betrachtungen über die erschaffene Welt und die Gestalt des Erschaffenen', war eine auf fünf Bände angelegte Kosmographie der Schöpfung, die jedoch unvollendet blieb. Doch sie zeigte das einzig wahre Ziel aller kartographischen Forschung.

ATLAS
SIVE
COSMOGRAPHICÆ
MEDITATIONES
DE
FABRICA MVNDI ET
FABRICATI FIGVRA.

*Gerardo Mercatore Rupelmundano,
Illustrißimi Ducis Iuliç Cliviç & Mõ-
tis &c. Cosmographo Autore.*
Cum Privilegio.

DVISBVRGI CLIVORVM.

Wenn die Erde als das Diesseits der Schöpfung vollständig erfasst ist, dann geht die Erforschung des Himmels und des Jenseits weiter. Diese Suche kann aber erst beginnen, wenn die Erde *genau* vermessen ist. Dazu waren nach Meyerbeer drei Qualitäten notwendig, die ein Geograph unbedingt braucht, um ein *Große Karte* zu erschaffen. Zum einen muss er seinen Standort gut vermessen können, also jederzeit in der Lage sein, Längen- und Breitengrade sowie Höhen und Wassertiefen exakt zu erfassen. Zum anderen muss er fehlerfrei zeichnen, denn ein falscher Strich verdirbt eine ganze Karte und damit die Arbeit von Monaten und Jahren. Die dritte und wichtigste Eigenschaft sei jedoch der Glaube an die Perfektion der göttlichen Schöpfung und der völlig ungetrübte Willen, diese bis in die letzte, versteckte Ecke des Universums aufzudecken, zu vermessen und zu verstehen.

Siebold hielt sich zuerst einmal an das Naheliegende. Die Beherrschung der kartographischen Zeichenkunst kann die Erstellung von Karten wesentlich beschleunigen – und sie ermöglicht es, schnell Kopien anzufertigen. Daher nahmen Zeichenübungen und die Auflistung von Standardformen für die Führung der Feder beim Zeichnen fast die Hälfte des Buches ein. Siebold, fasziniert von dieser praktischen Anleitung, übte täglich stundenlang auf unzähligen Blättern das schnelle und fehlerfreie Zeichnen vertikaler Ansichten von Gebirgen, Felsformationen, Schluchten, Wegen, Straßen, Siedlungen, Flüssen, Küstenlinien, Riffen und Untiefen. Nach kurzer Zeit hatte er ein beachtliches Geschick im Kartenzeichnen entwickelt.

Aaron Mendelssohn

In diesen Tagen erschien am Mittagstisch in der Offiziersmesse ein Mann, der Siebold schon während des großen Dinners auf Deck vor Fort Mentok aufgefallen war. Wie damals hatte er beste Laune und sprach beinahe ohne Unterlass. Sein fließendes Holländisch hatte einen leichten Akzent, einen etwas härteren Zungenschlag, der ihn als Deutschen auswies. Dennoch hörten die Offiziere ihm sichtlich gerne zu. Er war, wie Siebold erfuhr, von den Offizieren mit Erlaubnis des Kapitäns zu ihrer Unterhaltung in die Messe eingeladen worden und schien mit sympathischer Stimme interessante Dinge zu erzählen. Siebold setzte sich auf einen frei gewordenen Platz näher am Geschehen, nachdem einige Offiziere bereits wieder auf ihre Posten oder in ihre Kajüten gegangen waren. Von den Ureinwohnern Grönlands und von der Schönheit der

Kristalle handelte der Vortrag des Fremden, über die Planetenbahnen und die Vulkane in der Tiefsee. Die Offiziere und Leutnants machten erläuternde Bemerkungen und stellten ihm Fragen. Dabei zog er zwischen seinen Beobachtungen immer wieder kurze Verbindungslinien, um ihre Bedeutung für die Entwicklung der menschlichen Kultur deutlich zu machen.

Am frühen Abend desselben Tages sah Siebold den Mann auf dem Vordeck. Er saß mit Blick auf die anderen Decks auf einem dreibeinigen Falthocker vor einer Staffelei und zeichnete mit Kohlestiften. Siebold stieg die Treppen hinauf und ging auf ihn zu.

„Guten Tag wünsche ich Ihnen, mein Herr", kam er ihm zuvor.

„Sie sind der Arzt aus Bayern, der für das Kolonialministerium tätig ist, nicht wahr?"

„Sie sind gut im Bilde. Ja, der bin ich und mein Name ist Philipp Franz von Siebold, Chirurgyn-Major im Dienste ihrer holländischen Majestät."

„Sehr angenehm. Ich bin Aaron Mendelssohn, Kaufmann und Reisender."

„Kaufmann? Das ist erstaunlich. Ich war beeindruckt von Ihrer Konversation in der Offiziersmesse. Die hatte gar nichts Kaufmännisches an sich. So wenig wie Ihre künstlerische Tätigkeit, der Sie hier gerade nachgehen."

Mendelssohn lachte verlegen.

„Vielen Dank. Nun, es gelingt mir nicht besonders gut zu verbergen, dass meine Eigenschaft als Handelsreisender nur ein Mittel ist, um meinen wissenschaftlichen und schöngeistigen Neigungen folgend möglichst unbehindert die Welt erkunden zu können. Sehen Sie, es wäre schwierig gewesen, diese Reise nach Japan im Auftrag einer Universität zu unternehmen. Ich hätte viele Gönner versammeln müssen, um das zu ermöglichen", wobei er kokettierend sein Gesicht säuerlich verzog.

„Womit handeln Sie, um dieses Abenteuer zu finanzieren?"

„Ich bin von mehreren Verlagshäusern in Amsterdam, Paris und London beauftragt worden, literarische Werke aus Japan zu besorgen, die gegebenenfalls in Europa übersetzt und veröffentlicht werden können. Wir haben bisher keinerlei Kenntnis von der japanischen Literatur, Philosophie und Wissenschaft. Wir wissen aber, dass die Gelehrten dort die wichtigsten europäischen Werke kennen."

„Wie können Sie für mehrere Verlage zugleich arbeiten, ohne in einen Konflikt zu geraten bei der Auswahl der Vorlagen und Manuskripte? Jeder möchte die Besten haben, wenn ich mich nicht täusche."

„Es ist recht einfach, denn jeder Verlag will ein bestimmtes Wissensgebiet oder eine bestimmte literarische Gattung von mir erkundet wissen."

„Sprechen Sie denn Japanisch?"

„Das ist kein ganz unwichtiger Punkt. Nein, noch nicht."

„Wie konnten Sie dann glaubhaft machen, dass Sie diese Aufgabe überhaupt erfüllen können?" Siebold merkte, dass er über Gebühr zudringlich wurde mit seinen Fragen. Doch Mendelssohn nahm es mit Humor und antwortete lächelnd.

„Ich spreche und schreibe fließend Russisch, Französisch, Hebräisch, Arabisch, Portugiesisch, Latein – und wie Sie gehört haben spreche ich auch Holländisch. Ich bin von der Natur in dieser Hinsicht beschenkt worden. Die Aneignung einer Sprache fällt mir leicht. Ich werde schätzungsweise sechs Wochen brauchen, um fließend mit den Japanern sprechen zu können."

Mendelssohn schien kaum älter zu sein als er. Seine dunklen, halblangen Haare wehten in der leichten Abendbrise wild um seinen Kopf, aus dem zwei große, lebendige Augen Siebold freundlich und neugierig ansahen. Er war in feinem, grauem Tuch gekleidet, das dünn und luftig seine eher *leptosome* Statur kleidete. Ideal für diese Seereise im schwülen Chinesischen Meer.

„Nun lassen Sie mich zur Abwechslung einmal Fragen stellen", bemerkte Mendelssohn liebenswürdig nach einer kurzen Pause.

„Sind sie wirklich ein Arzt, also, nur ein Arzt, oder reisen Sie in dieser Verkleidung wie ich?"

„Mendelssohn, Sie erstaunen mich schon wieder. Woher haben Sie solche Ahnungen? Wir sind uns noch nie begegnet und ich wüsste nicht, aus welcher Quelle sie schöpfen könnten, um verborgene Motive für meine Reise zu vermuten."

„Besorgen Sie sich nicht. Ich bin schlicht ein Menschenkenner. Und vielleicht ein guter Beobachter dazu."

„Ich will es nicht spannend machen. Ja, ich habe viel mehr vor als nur einfacher Arzt in Nagasaki zu sein. Ich habe einen umfangreichen Auftrag und noch umfangreichere Vorstellungen über die tatsächlichen Forschungen, die ich in Japan anstellen will. Die Ziele Ihres Vorhabens konvergieren deutlich mit meinen Plänen. Im Übrigen bin ich bisher so wenig wie Sie der japanischen Sprache mächtig. Vielleicht könnten wir hier ein gemeinsames Thema finden. Das würde mich freuen, und zwar umso mehr als ich sicher mehr davon profitieren würde als Sie", gab er lachend und erleichtert zu verstehen.

„Einverstanden. Aber nur, wenn Sie aufhören, so gestelzt zu sprechen. Die Deutschen, und deshalb auch Sie, neigen dazu, Sprechen und Schreiben für dasselbe zu halten. Entspannen Sie sich! Wenn Sie mit mir sprechen, dann bitte nicht in diesem offiziösen Gelehrtendeutsch."

„Ich werde mich bemühen."

Dieser Mann gefiel ihm und er könnte auch nützlich sein. Doch in Wirklichkeit, das spürte Siebold, ging es um etwas ganz anderes. Nach der herzlichen Nähe van der Capellens auf Java und der kurzen, eine spontane Seelenfreundschaft begründenden Begegnung mit dem Stabsarzt Fritze auf Sumatra, suchte Siebold eine Fortführung solcher Bekanntschaften. Die väterliche Seele des alten Generalgouverneurs hatte Siebold erstmals empfänglich gemacht für diese Art männlicher Intimität und er konnte sich selbst nur schwer verheimlichen, dass er sich mit einer gewissen Melancholie danach sehnte, mehr davon zu bekommen. Es war nur ein durchsichtiger Versuch des Selbstbetrugs, sich die Nützlichkeit dieses Mannes besonders genau zu erklären, damit er das Gefühl schwellender Sympathie innerlich nicht weiter rechtfertigen musste.

Die Fahrt war bis dahin ohne Zwischenfälle oder Unannehmlichkeit verlaufen. Siebold erklärte Mendelssohn, den er jetzt täglich sah, was für Untersuchungen er durchführte. Zusammen beobachteten sie gefräßige Doraden, die fliegenden Fischen nachjagten oder einen großen Hai, der seit Tagen hinter dem Ruder des Schiffes lauerte, fingen Seeschlangen mit der Harpune und nahmen mit der Logleine Geschwindigkeitsmessungen vor. An deren Ende befand sich ein Holzbrett, das wie ein Drachen befestigt war. Einmal ins Wasser geworfen, stellte sich das Holzbrett bei Zugeinwirkung sofort senkrecht auf und leistete Widerstand, sodass die Leine über eine Trommel ablief. Die Länge der abgewickelten Leine innerhalb von fünfzehn Sekunden ergab dann die Grundlage für die Berechnung der Geschwindigkeit. Sie verglichen die Ergebnisse dieser Methode mit den Messungen, die sie mit Hilfe von vorbeitreibendem Seetang oder sonstigem Treibgut vornahmen.

Allmählich begann sich die Dauer des Aufenthalts auf See wieder bemerkbar zu machen. Wie bei Siebolds letzter Reise verschlechterten sich die hygienischen Bedingungen, der Gestank kam wieder und die Lebensmittel wurden bereits knapp. Letzteres wurde frühzeitig dadurch verursacht, dass die Ungeziefer die Herrschaft an Bord übernommen hatten. Die verschiedenen Ladungen, die das Schiff in den vergangenen Jahren in Ostindien transportiert hatte, insbesondere Brennholz und Zucker, haben eine ständige Bevölkerung von Skorpionen, Tausendfüßlern und Spinnen entstehen lassen. Diese hatten sich wiederum stark vermehrt, nachdem es ihnen gelungen war, an die Lebensmittelvorräte zu gelangen. Doch die wirkliche Plage waren die Schaben, die *Blattae orientalis*. Sie waren zu Hunderttausenden an Bord und ihr ekelhafter Geruch blieb an allem hängen, was sie berührten. Wo sie mit Nahrungsmitteln in Kontakt kamen, war alles hoffnungslos verdorben. Doch auch Kleidung, Hängematten, Tauwerk und alle Gebrauchsgegenstände wurden mit ihrem Gestank infiziert. Siebold kam eines Abends mit einer Schale in der Hand in Mendelssohns Kajüte. Nachdem er erfolglos versucht hatte, das Getier mit dem stärksten Cajeputöl zu verjagen, ein nach Kampfer und Eukalyptus riechendes ätherisches Öl aus einer indonesischen Myrtenart, hatte er den Seeleuten einen einfachen Trick abgeschaut. Er zeigte Mendelssohn, wie sie das ekelhafte Ungeziefer zur Strecke brachten. Er füllte die Schalen halb mit Wasser und bestrich ihren Rand mit in Rotwein gelöstem Zucker. Dieses Angebot war für die Schaben völlig unwiderstehlich. Am nächsten Morgen war die Schale voll mit den ertrunkenen Biestern. Es war zwar kein angenehmer Anblick, doch als Siebold und Mendelssohn ihre Schalen ins Meer ausleerten empfanden sie eine gewisse Genugtuung, dass sie in dieser Schlacht nicht nur den lästigen Feind besiegt hatten, sondern mit seinen Kadavern auch noch die Fische füttern konnten. Im Scherz reichten sie sich feierlich die Hand. Die gewonnene Schlacht war ein kleiner Triumph, den Krieg würden sie jedoch nie gewinnen.

Als sie am 18. Juli die kleine Inselgruppe Pulo Condore passierten, kreuzte eine chinesische Dschunke ihren Kurs. Siebold beobachtete fasziniert das schwerfällige Segelschiff. Es war plump und breit, hatte kaum Tiefgang und war roh gezimmert. Kapitän Jacometti meinte, dass dort etwa achthundert Chinesen unter schlimmsten hygienischen Bedingungen zusammengepfercht seien. Es war eines von vielen Schiffen, auf denen die Verzweifelten nach Java gebracht wurden, wo sie ihr Glück versuchen wollten.

Am 22. Juli überquerten sie die Macclesfield Bank, ein riesiges Riff aus roten Korallen. Es war noch tief genug, dass es überall befahren werden konnte. In einigen Jahren oder Jahrzehnten würde sich das jedoch ändern, da die Korallen immer weiterwuchsen. Siebold wünschte sich nichts mehr, als die Unterwasserlandschaft besser beobachten zu können. Er hoffte auf eine totale Flaute. Noch besser wäre eine Konstruktion gewesen, an die er zuvor schon einmal gedacht hatte, als er die Fische beobachten wollte: Ein Holzkasten, in dessen Boden ein Fenster aus Glas eingelassen ist. Dafür gab es jedoch keinerlei Vorrichtungen auf dem Schiff und er wagte es nicht einmal, Jacometti diesen Vorschlag zu machen. Zwei Tage später wurde plötzlich voraus auf offener See derselbe hohe Wellengang mit Brandung gesichtet wie zuvor auf dem Riff. Das war ein deutliches Zeichen für untiefes Wasser. Jacometti stürzte in seine Kajüte, kontrollierte seine Karten und blätterte hektisch in seinen Aufzeichnungen. Dann lief er genauso schnell wieder hoch und schrie dem Steuermann mit aller Kraft zu, sofort abzudrehen. Sie liefen gerade unter vollen Segeln auf die Praters-Klippe zu! Der Maat feuerte mit der Kanone sofort einen Warnschuss für die Onderneeming. Beiden Schiffen gelang es gerade noch, die messerscharfen Unterwasserfelsen zu umsegeln, die nur einen *Faden* oder sogar weniger tief unter der Wasseroberfläche lauerten. Erst als die Panik an Bord sich wieder gelegt hatte, begriff Siebold, dass dies die gefährlichste Situation seiner ganzen bisherigen Reise war.

Die Schiffbrüchigen

In den folgenden Tagen verdichtete sich ein zuerst feiner Dunst in dicken, wolkigen Nebel, der immer wieder von starken Böen durchzogen wurde. Das Schiff machte zeitweise viel Fahrt, doch man konnte die Position nicht bestimmen. Jacometti teilte seine Sorge mit, dass sie plötzlich auflaufen oder sogar mit einem anderen Schiff kollidieren könnten. Am 27. Juli lichtete sich der Nebel endlich und die vulkanischen Gestade von *Formosa* kamen in Sicht. Sehnsüchtig spähten die Holländer hinüber zur Küste dieser schönen Insel, die einst zu den niederländischen Kolonien zählte. Für die Verbindung zwischen Java und Japan hätte Formosa sich zu einer strategisch bedeutenden Zwischenstation entwickeln können. Doch 1683 fiel es unter die Herrschaft chinesischer Piraten. Sie durften sich daher der Küste nicht nähern und wollten sie doch in Sichtweite behalten, um sich noch für eine Weile an ihr orientieren zu können. Dann änderte sich das Wetter in merkwürdiger Weise. Windrichtung und Strömung standen plötzlich gegeneinander. Die Wellen wurden dadurch immer kürzer und bildeten rund um das Schiff gleichsam eine Brandung. Das erzeugte ein lautes, monotones Stampfen, das mehrere Tage und Nächte lang die Nerven der Besatzung aufs äußerste anspannte. Die Männer konnten nicht mehr schlafen. Der ganze Bootskörper diente dem Schlag der Wellen als Trommel. Am Morgen des 5. August, als sie gerade die in Wolken verhüllte Nordspitze von Formosa erreichten, sichtete der Späher leicht ab vom Kurs ein treibendes Schiff ohne Mast und Segel. Jacometti entschied, das havarierte Fahrzeug anzusteuern. Als sie sich vergewissert hatten, dass noch Menschen an Bord waren, drehte die Drie Gezusters bei und setzte eine Schaluppe aus. Jacometti, der die Rettung selbst überwachen und mit in das Boot steigen wollte, gab Siebold nach dringendem Bitten die Erlaubnis, ihn zu begleiten. Der Wind war stark und die Wellen gingen hoch. Nur unter größten Anstrengungen gelang es ihnen, zu dem kleinen treibenden Wrack zu gelangen. Dann verschlug es Siebold beinahe den Atem, als er die Besatzung sah. Es waren Japaner! Die ersten Japaner, die er zu sehen bekommen sollte, waren Schiffbrüchige. Niemand hätte damit gerechnet, sie so weit ab von ihren eigenen Küsten anzutreffen. Die Japaner hatten keine hochseetüchtigen Schiffe und beschränkten sich auf die Küstenschifffahrt. Die Männer des manövrierunfähigen japanischen Seglers jubelten, als sie erkannten, dass es Holländer waren, die sie aufnehmen wollten. Sie wussten, dass ihr Land mit den Niederlanden als einziger Nation noch gute Beziehungen pflegte und sie durften ebenso vermuten, dass ihre Retter unterwegs in ihre japanische Heimat waren. Zur gleichen Zeit näherten sich zwei weitere Schaluppen, die die Onderneeming ausgesetzt hatte. Der japanische Kapitän haderte noch eine Weile mit sich und seiner Besatzung, ob sie das Schiff überhaupt verlassen dürfen. Mit Gebärdensprache teilte er den Holländern mit, dass sie unbedingt ein Loch in den Boden des Schiffes schlagen sollten, damit es sinkt. Jacometti verstand nicht recht, was damit bezweckt werden sollte, stimmte aber zu. Nachdem die vierundzwanzig japanischen Seeleute mit dem nötigsten Gepäck auf die drei Schaluppen verteilt waren, schlug der Bootsmann das japanische Gefährt so leck, dass es schnell sank. Betroffen sahen die Japaner zu, wie das Meer ihr Schiff verschluckte. Dann begaben die Boote sich unverzüglich zurück zu den Schiffen. Einer der Japaner setzte sich neben Siebold und lachte ihn lebhaft an. Siebold war etwas verlegen, denn er fürchtete, seine Neugierde könnte ihm ins Gesicht geschrieben sein und unhöflich wirken. Doch obwohl man dem etwa dreißig Jahre alten Mann mit dunkler Hautfarbe die Anstrengung und Verzweiflung der Tage im Sturm ansah und obwohl seine Kleidung zerrissen und schmutzig war, machte er wie seine Schicksalsgenossen nicht nur einen gesunden, kräftigen und gepflegten Eindruck, sondern er strahlte auch immer noch Würde und Selbstbewusstsein aus. Als die Schiffbrüchigen an Bord der *Drie Gezusters* kamen, machten sie sich sofort an ihren Sachen zu schaffen, rollten wie selbstverständlich Matten an Deck aus, holten ihr persönliches Reisegepäck hervor und begannen, was die meisten umstehenden Holländer als äußerst merkwürdig empfanden, mit ihrer Toilette. Sie säuberten sich gründlich und rasierten mit größter

Geschicklichkeit ihre Gesichter und Schädel, auf deren Mitte sie einen breiten Haarkamm stehen ließen. Danach packten sie ihren Proviant aus, aßen eingelegtes Gemüse mit Reisbrei und tranken von ihrem ebenfalls geretteten Reiswein, den sie *Sake* nannten. Siebold beobachtete nun mit unverhohlener Neugier das Benehmen der Fremden, denn sobald sie gereinigt und gestärkt waren und frische Gewänder angelegt hatten, liefen auch sie freundlich lächelnd an Bord herum und betrachteten ausgiebig jeden Gegenstand, der ihnen unbekannt war und ihre Aufmerksamkeit erregte. Sie bewunderten die gesamte Konstruktion des holländischen Schiffes, denn etwas Vergleichbares hatten sie noch nie gesehen. Siebold und Mendelssohn versuchten gemeinschaftlich, sich mit den Japanern mittels einer improvisierten Gebärdensprache zu verständigen, was ihnen recht schnell gelang. Siebold machte ihnen klar, dass er der Arzt an Bord sei und bat sie, sich untersuchen zu lassen. Er konnte jedoch bei keinem der Schiffbrüchigen irgendwelche Krankheiten oder Mängel finden. Bis zum späten Nachmittag hatten sie einiges über die Herkunft und das Schicksal der Japaner in Erfahrung gebracht. Sie waren aus *Satsuma*, der südlichsten Landschaft der großen Insel Kyūshū. Im Auftrag ihres Fürsten hatten sie auf den noch weiter südlich liegenden Ryūkyū-Inseln Reis und Zucker gekauft. Mit dieser Ladung waren sie auf dem Rückweg in heftigen Gegenwind gekommen, der zum Sturm anschwoll, ihnen Segel, Mast und Anker fortriss und das kleine Schiff weit nach Westen abtreiben ließ. Sie wären zweifellos weit hinaus aufs Meer getrieben worden und dort verhungert oder verdurstet. Die Haarzöpfe, die manche von ihnen am Gürtel trugen, waren ihre eigenen, die sie sich zuvor in ihrer hoffnungslosen Situation abgeschnitten hatten, um sie im Falle einer Rettung in ihrer Heimat dem Schutzgott der Seefahrer zu opfern. So verging die Zeit bis zum Abend in einer anstrengenden, aber ebenso amüsanten und interessanten Unterhaltung mit den gut gelaunten Japanern. Für Mendelssohn und Siebold waren es ihre ersten Lektionen in der japanischen Sprache. Sie konnten gar nicht lassen von diesen heiteren, geselligen Leuten, die gerade dem Tod entronnen waren und doch unter lautem Gelächter die komischsten theatralischen Gesten machten, um ihre Geschichte zu erzählen.

Der große Sturm

Plötzlich fiel das *Barometer*. Der Maat verständigte den ersten Offizier und dieser sofort den Kapitän. Ein enormes Tiefdruckgebiet bewegte sich genau auf sie zu. Wenige Minuten später setzte kühler Wind ein und der Himmel nahm eine gespenstische, tiefgraue Farbe an. Siebold wurde gebeten, den Japanern zu übersetzen, dass sie mit ihrem Gepäck unter Deck gehen müssten. Angespannt wartete Jacometti neben dem Steuermann auf die weitere Entwicklung des Wetters. Dann entschied er, dass die Sturmsegel gesetzt werden sollten. Die Böen waren jedoch schon so stark, dass es den Matrosen beinahe nicht mehr gelang, die Segel zu bergen. Erst nach über einer Stunde waren die Sturmsegel gehisst. Heftiger Regen setzte ein und das Stampfen gegen die Schiffswand, das sie schon seit Tagen verfolgte, ging in ein rhythmisches Donnern über. Nur mit Fock-, Vormars- und Sturmbesansegel trieben sie jetzt beinahe manövrierunfähig vor dem wütenden Wind her. Bei Einbruch der Nacht mussten alle das Deck verlassen. Nur die kräftigsten und erfahrensten Seemänner blieben dort, legten Taue um ihre Hüften und machten sie an der Reling fest, um nicht weggespült zu werden. Die Wasserberge wurden immer gewaltiger und das Schiff kippte, je nachdem wie eine Welle es traf, vorwärts, rückwärts oder seitwärts, als wollte es sich überschlagen. Der Vorsteven tauchte lang und tief ins Wasser ein und die Matrosen bangten jedes Mal darum, ob er wiederauftauchen würde. Wind und Wellen waren ein einziges Brüllen. An Deck verständigten sich die Männer nur noch mit Handzeichen. Man konnte die eigene Stimme nicht mehr hören. Siebold war unruhig. Er wollte an Deck gehen, um sich einen Überblick zu verschaffen, bekam jedoch zuerst die Luke nicht auf. Die Gewalt, die ihm dort entgegentrat, raubte ihm schier den Atem. Gischt, Spritzwasser und Regen peitschten durch die Luft und schlugen wie tausend Nadeln in sein Gesicht. Besorgt sah er hinauf in die schwere Takelage, die klirrend gegen die Masten schlug. Der Fuß des Hauptmastes ächzte gefährlich unter der Last des enormen Hebels, der in einer rührenden Bewegung an seiner Verankerung zerrte. In diesem Moment sah Siebold, wie die Fock mit einem scharfen Zischen zerriss und nach wenigen Sekunden nur noch ihre Fetzen wie wahnsinnig im Wind flatterten. Dann flog das Beiboot, in dem sie noch vor wenigen Stunden die Japaner gerettet hatten, um die eigene Achse wirbelnd quer übers Deck und zerbarst krachend an der Kajütenwand unterhalb des Vordecks. In diesem Moment spürte er zum ersten Mal Angst. Nach der langen Reise von Rotterdam nach Java hatte er sich eingebildet, dass er der Macht der Winde und des Meeres bereits mutig ins Auge gesehen hätte. Doch nun wurde ihm klar, dass er bisher nur den ruhigen Verlauf einer ganz normalen Seereise erlebt hatte. Er erinnerte sich, wie er sich über die stoische Gelassenheit von Kapitän Bonn gewundert hatte, als das Meer in

Sturzbächen über die *Jonge Adriana* hinweg tobte. Diesmal lagen die Dinge anders. Die Wellen begruben das Schiff in dieser stockfinsteren Nacht und es war vielleicht nur eine Frage der Zeit, bis es unter der Einwirkung dieser Kräfte einfach zerbersten würde. Unter Deck war die Hölle los. Die Matrosen und Passagiere wurden wie Puppen umhergeworfen. In den Kajüten lösten sich die Betten, Regale und Schränke und tanzten gespenstisch durch Räume und Gänge. Siebold musste sich vorsehen, nicht von schweren Gegenständen getroffen zu werden, die, einmal aus der Verankerung gerissen, selbst wie Wellen hin und her wogten. Er versuchte mit größter Mühe, in die Kajüte des Kapitäns zu gelangen. Als er dort eintraf, sah er einen erloschenen Mann stumm dasitzen im Kreis seiner stehenden Offiziere. Sie stellten ihm immer wieder Fragen, was als nächstes zu tun sei und wie die Aussichten sind, doch er antwortete nicht. Als er auch noch Siebold eintreten sah erhob er sich plötzlich von seinem Stuhl, ging zu seiner Koje und legte sich einfach hin. Die Offiziere waren sprachlos. So ein Verhalten hatten sie noch nie erlebt. Sind sie wirklich dem Tode schon so nah, dass der Kapitän sich ihm bereits vorab überantwortet? Würden sie wirklich untergehen und ertrinken müssen? Dann stürzte der Maat zur Tür herein und berichtete atemlos, dass die Matrosen wacker an den Pumpen schuften würden und dass trotz des schrecklichen Sturms nur sechzehn Zoll Wasser stünden. Anklagend richteten sich alle Blicke auf den Kapitän, der sich umgedreht und seiner Mannschaft den Rücken zugekehrt hatte. Der erste Offizier übernahm die Initiative und wies seine Leute an, die Äxte rauszuholen. Im Notfall sollten sie die Maste zu kappen, damit das Schiff nicht von seinen eigenen Aufbauten in die Tiefe gezogen wird. Diese Nachrichten beruhigten Siebold und beendeten den kurzen Moment, in dem auch in ihm die Verzweiflung gesiegt und er Angst um sein Leben gehabt hatte. Ihm kam der Gedanke, dass man ihn als Arzt brauchen würde, sollten sie diesen Orkan überleben. Er hatte eine Verantwortung und musste ausgeruht sein, wenn er gebraucht wird. Daher suchte er sein Quartier auf und band sich ein Seil um die Hüfte, das er an der Koje festmachte. Später sollte er in seinem Tagebuch notieren: *Ich versuchte in meine Schlafstätte zu kommen, befestigte mich, so gut ich konnte, auf dem Ruhebett und ergab mich unter lebhaften Erinnerungen an alles, was mir Liebes und Wertes im Vaterlande zurückgeblieben, dem Schicksal. Erschöpft fiel ich alsbald in den Schlaf, aus dem mich der Ruf vom anbrechenden Tag erweckte.*

Es stürmte immer noch heftig. Die Wellen rollten haushoch durch die schaurige Morgendämmerung, doch sie waren nicht mehr so steil wie in der Nacht. Siebold ging zuerst in die Mannschaftsräume und sah sich die Verwundungen und Prellungen der Besatzungsmitglieder an. Es war nicht so schlimm, wie er befürchtet hatte. Er schiente einen gebrochenen Arm, renkte einen anderen ein und nähte mehrere Platzwunden. Vom Kapitän war keine Spur zu sehen. An Deck galt die erste Sorge der Offiziere dem Schwesterschiff. Hatte die Onderneeming den Orkan überstanden? Erst mittags tauchte sie plötzlich auf. Sie stand bewegungslos auf einer riesigen Welle, als Siebold sie erblickte, und stürzte kurz darauf in das nächste Tal. Große Erleichterung machte sich breit und es schien, dass alle den *Taifun* überstanden hatten. Wind und Regen waren noch so heftig, dass nicht daran zu denken war, unter Segel zu gehen. Stattdessen erledigte der Bootsmann mit seinen Gehilfen die notwendigen Reparaturen und Instandsetzungen. Gegen Abend beruhigte sich das Wetter. Der Wind blies jetzt kräftig und gleichmäßig aus Südsüdost. Die Japaner freuten sich, als sie Siebold erblickten und grüßten förmlich und fröhlich zugleich. Sie gaben ihm zu verstehen, wie sehr sie die Konstruktion des Schiffes bewunderten. Dabei versicherten sie ihm, ernst und mit großen Augen, dass sie sich abermals bereits auf den Tod vorbereitet hatten, was sie mit heftigem Kopfnicken und lautem *„Hai! Hai!"* unterstrichen. Dann erschien auch Mendelssohn. Siebold war glücklich, seinen Reisegefährten wiederzusehen.

„Mein Gott, Mendelssohn, Sie sehen ja aus, als sei Ihnen der Klabautermann leibhaftig begegnet! Sie sind totenbleich. Und Sie haben da eine Beule und Schürfwunden. Zeigen Sie mal."

„Ich gestehe, das war die am wenigsten unterhaltsame und schöngeistige Begegnung mit der Natur, die ich je hatte", antwortete er mit einem erschöpften Lächeln. „Ich wollte zwischendurch sterben. In einem Zustand schlimmster Übelkeit und tiefster Verzweiflung schwebte ich stundenlang zwischen Leben und Tod. Es ist so erniedrigend, dass man nicht mal mehr ein bisschen Haltung bewahren kann, wenn es dem Ende zugeht. Ich war so elend wie noch nie", resümierte Mendelssohn die letzte Nacht.

„Sie waren nicht der Einzige. Der Kapitän war derart resigniert, wie ich das von so einem wackeren Seemann nicht erwartet hätte. Und ich mache Ihnen auch ein Geständnis. Letzte Nacht habe ich die Grenzen meines Mutes und meiner Zuversicht erfahren. Jetzt möchte ich Sie erst einmal bitten, mich gleich in meiner Kabine aufzusuchen. Ich muss Ihre Verletzungen säubern und desinfizieren. Gegen die Beule kann ich allerdings nichts machen, die wird sie noch eine Weile zieren."

„Wissen Sie, wann wir wieder Land sehen werden? Oder genauer gefragt: wann wir ankommen und wieder festes Land unter den Füßen haben werden?", fragte Mendelssohn mit gespielt sehnsüchtigem Seufzen. Siebold lachte.

„Die Japaner meinen, dass wir morgen oder übermorgen die ersten Inseln erreichen müssten. Es handelt sich also nicht mehr um Wochen, sondern um Tage."

Am nächsten Morgen erspähten sie tatsächlich die Mesima-Inselgruppe und schon bald darauf die ersten Berge des japanischen Festlandes. Siebold spürte beim Anblick dieser erhabenen, umwölkten Gipfel in der Ferne eine süße Unruhe in sich aufsteigen, ein Kitzeln im Magen und ein nervöses Glück. Doch dann setzte wieder Gewitter mit starkem Wind und heftig prasselndem Regen ein. Bei diesem steifen Wetter durften sie sich der Küste nicht nähern. Kapitän Jacometti, der mürrisch das Kommando wieder übernommen hatte und offensichtlich kein Wort über den Vorfall verlieren wollte, ordnete an, einen Teil der Segel einzuholen und in sicherem Abstand vor der Küste zu lavieren.

Die Ankunft

Am nächsten Tag, es war der frühe Morgen des 8. August 1823, kam endlich Kap Nomosaki in Sicht, der Orientierungspunkt zum Anlaufen der Bucht von Nagasaki. Kapitän Jacometti rief Besatzung und Passagiere an Deck, verteilte Bibeln und hielt die letzte Messe. Die Holländer durften in Japan ihren Glauben nicht praktizieren und nicht einmal eine Bibel mit an Land nehmen. Inbrünstig sangen die Reisenden zusammen mit den Seeleuten holländische Psalmen und Siebold versuchte so gut es ging einzustimmen. Seine Gedanken waren woanders. Von der Onderneeming war seit dem Vortag keine Spur mehr zu sehen. Als die Messe gelesen war und sie sich der Einfahrt der Bucht näherten, standen zu ihren beiden Seiten wie Wächter die schroffen Felsen der beiden Berge Nomosaki und Osaki. Im Hintergrund trohnte wie zu Verstärkung dieses Vorpostens der mächtige, den Horizont beherrschende Vulkan Unzen.

Jacometti ließ an der Mastspitze die holländische Flagge und einen geheimen Signalwimpel setzen. Minuten später sahen sie eine Leuchtrakete hoch in den blauen Himmel schießen, die der Hafenwache von Nagasaki die Ankunft des Schiffes signalisierte. Gleichzeitig wurde am höchsten Punkt des Kaps ein großer Feuerherd entzündet, der einen Tag und eine Nacht lang brennen sollte, um über eine lange Kette weiterer Signalfeuer auf den Gipfeln der japanischen Gebirge die Botschaft bis nach *Edo* zu tragen. Das Wetter war zum ersten Mal seit Wochen wieder klar und frisch, es ging ein gleichmäßiger Wind aus Südost und der Bug der Drie Gezusters machte einen lautlosen, schnellen Schnitt durch das ruhige Wasser. Als sie den Eingang passierten und sich ihnen mit der Sonne dieses frühen Sommervormittags im Rücken der erste Blick auf die große Bucht von Nagasaki eröffnete, dachte Siebold, so muss die Ankunft im Paradies sein. Was für eine unermesslich hohe Entschädigung war dieser Anblick für alle erlittenen Anstrengungen und Entbehrungen! Jahrelang hatte er diesem Moment entgegengefiebert und ihn in seiner Phantasie so lebhaft ausgemalt, wie er nur konnte. Doch nun bemerkte er, wie viele Farben und Formen seiner Palette gefehlt hätten, um etwas auch nur annähernd Vergleichbares in der Phantasie entstehen zu lassen. Das Panorama dieser Küstenlandschaft, das sich ihm darbot, war grandioser und schöner als alles, was er je gesehen hatte. Im Vordergrund lagen zu beiden Seiten der Bucht lebhafte, grüne Hügel und stufenweise bebaute Bergrücken, dazwischen Siedlungen mit blinkenden, weißen Häusern und schimmernden Tempeldächern, die sich über den Zedern, Tannen und Fichten erhoben. Im fernen Hintergrund lag das tiefblaue Gebirge wie ein wohlwollender, kühler Schatten. Der glatte Spiegel des Meeres war von einzelnen Felsen in wechselnden Farben durchbrochen. Überall waren kleine Kähne, Fischerboote und seltsame Segelfahrzeuge mit dreieckigen Segeln zu sehen. Es herrschte ein reges Treiben in dieser wunderschönen Bucht. Die Fischer waren fast nackt, nur mit einer Art Lendenschurz bekleidet und aus allen Richtungen winkten sie dem Schiff freudig zu. Den Japanern an Bord sah man nun an, wie ergriffen sie waren und dass sie ihr Glück kaum fassen konnten, ihr Land noch einmal lebend sehen zu dürfen. Der Wind nahm allmählich ab, bis nur noch eine sanfte Brise ging. Auf einem der Hügel machte ein Wachtposten auf sich aufmerksam, indem er die holländische Flagge zur Begrüßung an einem hohen Mast aufzog. Voraus erschien am Horizont allmählich das Ende der Bucht, und man konnte die Umrisse von Nagasaki erahnen.

4. Kapitel

Nagasaki

Die japanische Prozedur – Der Berg-Holländer

Die japanische Prozedur

Der Hafen war nur noch wenige Seemeilen entfernt. Siebold wunderte sich, dass Jacometti in so großer Entfernung alle Segel bis auf Fock und Mars einholen ließ. Der Lotgast meldete eine Tiefe von achtzig *Faden*. Dort konnten sie den Anker nicht werfen. Er würde keinen Grund fassen, die Kette war nicht lang genug. Da aber keine Strömung ging und der Wind sich völlig gelegt hatte, konnten sie so liegen bleiben. Die Segel, die Jacometti stehen ließ, würden ausreichen, um zu navigieren und auf dieser Höhe vor dem Hafen zu lavieren. Dann wurden Boote gesichtet, die direkt auf die Drie Gezusters zuhielten. Die *Sampan* der Abgesandten des Hafenkommissariats, lange, flache Kähne mit einem hohen Bug und zwei Rudern, die durch Dollen geführt wurden, glitten geschmeidig über das Wasser. Drei Offiziere und zwei Übersetzer kamen an Bord. Sie standen würdevoll und streng dreinblickend mitten auf dem Hauptdeck, wo Kapitän Jacometti ihnen mit zwei von seinen Offizieren gegenübertrat. Es war nun ganz still an Bord. Dann sprach einer der japanischen Offiziere mit lauter, beinahe herrischer Stimme und ohne eine Spur von Freundlichkeit. Dieser Eindruck stand in schmerzlichem Widerspruch zu der herzlichen und einladenden Atmosphäre, die von der faszinierenden Landschaft, dem ersten Flaggengruß und den Gesten der Fischer ausging. Der erste Übersetzer sagte dann auf Holländisch in einem weniger autoritären, aber dennoch bemüht gleichgültigen Ton, die japanische Regierung habe hier die ersten Anweisungen für das holländische Schiff, die zwingend befolgt werden müssen, bevor es in den Hafen geschleppt werden darf. Dabei überreichte der japanische Offizier Jacometti eine Schriftrolle, der sie mit einer steifen Verbeugung entgegennahm. Der Übersetzer erläuterte weiter, dass in dieser Schriftrolle außerdem allgemeine Fragen zu Besatzung und Ladung enthalten seien, die bis zum Mittag des nächsten Tags schriftlich beantwortet sein müssten. Für diesen Zeitpunkt kündigte er das Eintreffen des *Gobanjosi* an, des Gesandten des Statthalters von Nagasaki. Des Weiteren müsse der Kapitän des Schiffes oder einer seiner Offiziere als Geisel mitkommen und sich unter Arrest stellen lassen, solange die militärischen Sicherheitsmaßnahmen andauern. Einer der holländischen Offiziere trat vor, verabschiedete sich von Jacometti mit einem Kopfnicken und gliederte sich in die Formation der Japaner ein. Diese verneigten sich darauf stumm, wandten sich ab und fuhren mit ihrer Geisel genauso schnell wieder davon, wie sie gekommen waren. Siebold und Mendelssohn waren sich einig, dass es Kapitän Jacomettis Pflicht gewesen wäre, sie auf die Begegnung mit den japanischen Ordnungskräften und diese Prozedur vorzubereiten. Er hatte auf der ganzen Fahrt kein Wort darüber verloren. Die Stimmung war nach dieser überraschend bedrohlichen Szene gedrückt. Zwei Stunden später kam die Onderneeming zum ersten Mal seit dem Gewitter bei Kap Nomo wieder in Sicht. Sie näherte sich nur langsam. Es herrschte immer noch beinahe Windstille. Kurz darauf erschienen dieselben Sampan wie zuvor und kamen dem Schwesterschiff entgegen. Diesmal wurden sie von einem Schwarm größerer Kähne begleitet, die sich durch einen Wimpel und die Form ihrer Laternen als bewaffnete Wachboote auswiesen. Auf dem Weg zur Onderneeming teilte sich der Zug und etwa ein Dutzend dieser Polizeiboote steuerten die Drie Gezusters an, die sie von da an ununterbrochen umkreisten. Zu Siebolds Erstaunen war es den Fischerbooten weiterhin erlaubt, sich dem Schiff zu nähern und sogar mit der Besatzung zu sprechen. Mittschiffs, wo die Bordwand am niedrigsten war, unterhielten sich die Schiffbrüchigen und die Mannschaft weit über die Reling gebeugt lebhaft mit den Fischern, die auf ihren schmalen Booten standen. Sie legten Fische und Schalentiere aus ihrem Fang in die heruntergelassenen Körbe hinein. Die seltenen Gäste sollten bei ihrer Ankunft gut zu Abend speisen. Außerdem war es auch eine Art Entschädigung für die grobe Behandlung durch die japanischen Behörden, die das einfache Volk von Nagasaki immer wieder bedauerte. Die hungrigen Seefahrer waren zutiefst dankbar für diese Gaben. Die Kost der letzten drei Wochen war schmal, weil Ungeziefer einen großen Teil des Proviants befallen hatte. Der Maat und Mendelssohn boten ihnen Geldstücke für diese Köstlichkeiten, doch die Fischer lehnten das ab. Die schiffbrüchigen Japaner an Bord versuchten zu erklären und schließlich einfach zu zeigen, was die Fischer sicher gerne im Tausch akzeptieren würden: gewöhnliche grüne Weinflaschen! Alles andere wäre als ausländische Schmuggelware verdächtig gewesen, vor allem hier, unter den wachsamen Augen der Hafenpolizei. Als der Schiffskoch von seinen Gehilfen kistenweise Flaschen anschleppen ließ, brach Begeisterung auf dem Wasser aus, wo die Fischer ihre Boote zu einer kleinen, schwimmenden Siedlung zusammengebunden hatten. Siebold entspannte sich allmählich wieder und beschloss mit Mendelssohn, Sturler zu befragen, was derzeit vor sich geht und was noch kommen wird.

„Wissen Sie das nicht? Verzeihen Sie, ich dachte Sie seien im Bilde. Es ist recht einfach. Vor einigen Jahren, genau gesagt im Jahre 1808, lief das englische Kriegsschiff *Phaeton* unter dem Kommando von Kapitän Pellew hier in dieser Bucht ein – unter holländischer Flagge! Dass die Engländer alle diplomatischen Regeln der Japaner und der internationalen Seefahrt missachtet hätten, wäre wirklich zu höflich ausgedrückt. Es war Seeräuberei. Eigentlich eine Kriegserklärung. *Hendrik Doeff*, der damalige *Opperhoofd* der Faktorei auf Dejima, schickte nämlich ahnungslos seine Leute in Begleitung von drei japanischen Delegierten der Hafenwache an Bord. Die Engländer nahmen sie einfach gefangen.“

„Was war der Zweck dieser Aggression?“ fragte Siebold, der bereits ahnte, was Sturler antworten würde und welcher Zusammenhang sich auftun könnte, der das Verhalten der Japaner erklärt.

„Ganz einfach. Die Niederlande existierten in Europa nicht mehr. Zur Zeit der Batavischen Republik, die 1795 unter dem Schutz des revolutionären Frankreich auf holländischem Boden entstanden war und später während der napoleonischen Besatzung hatte das Land keine Kraft mehr, sein Kolonialsystem aufrecht zu erhalten. Die Engländer glaubten, dass sie die Gunst der Stunde nutzend unseren Posten auf Dejima auf dieselbe Weise übernehmen könnten wie unsere Kolonien Ceylon, Kapstadt und Java. Insofern wäre es eine Kriegserklärung gegen einen Staat gewesen, den es nicht mehr gab, außer hier auf der kleinen Insel, die Sie da hinten bald sehen werden. Die Engländer hatten aber nicht verstanden, dass wir uns hier nicht unter Anwendung von Gewalt niedergelassen haben, sondern seit Jahrhunderten als Freunde der Japaner sogar geschätzt werden. Wir sind, wie Sie sicher wissen, seit 1639 die einzige Nation, die offiziell zum Handel mit Japan zugelassen ist. “

„Und was passierte dann mit den Engländern?“ fragte Mendelssohn ungeduldig, der lieber die Piratengeschichte als die Chronik der japanisch-niederländischen Handelsbeziehungen hören wollte.

„Ach so, ja. Die Japaner riegelten kurzerhand die gesamte Bucht ab mit allem, was zu Wasser fuhr. Sie befahlen sogar den schweren chinesischen Dschunken, die Blockade zu verstärken. Die Engländer begriffen schnell, dass sie in der Falle saßen. Sie hatten gegen solche Gegner keine Chance, denn die schnellen, kleinen Boote hätten die Phaeton ohne

Federlesen einfach mit Pfeilen in Brand stecken können. Was wollen Sie mit Kanonen und Gewehren gegen diese flinken Gegner anstellen? Dann drohten sie ihrerseits, alle Schiffe im Hafen zu versenken, wenn sie nicht Nahrungsmittel, Wasser und Holz erhielten. Die Japaner sahen das als einen akzeptablen Kompromiss, da sie wussten, wie wichtig es war, dem Gegner die Chance zu geben, sein Gesicht zu wahren. Die Engländer gaben also ihre Gefangenen wieder frei, erhielten den verlangten Proviant sowie freien Abzug. Pellews Mission war gescheitert. Der damalige Hafenkommissar Matsudeira Genpei hat übrigens nach dem Vorfall beschlossen, die volle Verantwortung zu übernehmen. Er machte sein Testament und tötete sich selbst. Trotz dieses glimpflichen Ausgangs stand das Shōgunat unter Schock. Es befahl den sieben Beamten, die dem Hafenkommissar unterstellt waren, ebenso Selbstmord zu begehen und verstärkte die Sicherheitsvorkehrungen. Seitdem" – und dabei zog er in Richtung des Hafens mit dem Finger eine unsichtbare Linie quer über die Bucht –„liegt dort knapp unter der Wasseroberfläche eine schwere Eisenkette, die im Bedarfsfall das Hafenbecken vor eindringenden Schiffen schützen kann. Aber ich bitte Sie dringend, das für sich zu behalten, denn die Japaner glauben, nicht einmal wir wüssten von dieser Vorrichtung. Und noch etwas." Diesmal zeigte er auf die Hügel zu beiden Seiten der Bucht auf der Höhe, wo die verborgene Kette liegen sollte. „Sehen Sie diese vielen Fahnen auf den Wachposten? Kurz dahinter liegen in vom Wasser aus uneinsehbaren Senken große Aufmarschplätze. Dort sind wegen unserer Ankunft gerade die Truppen der Fürsten Nabeshima und Kuroda versammelt. Sie sind dem mächtigen Shōgun persönlich verantwortlich dafür, dass niemand unbefugt in den Hafen eindringt. Ganz Nagasaki untersteht wegen seiner großen Bedeutung für Japans Handel und den Verkehr mit anderen Nationen unmittelbar dem Shōgunat in Edo."

„Dann sind all diese Maßnahmen zu unserem eigenen Schutz?" fragte Siebold.

„Ja. Ich bitte Sie das so zu betrachten. Wir sind den Japanern zu größtem Dank verpflichtet, denn sie haben uns nicht nur damals beschützt. Sie wollen mit der Prozedur, die wir heute durchmachen, nichts anderes als unsere Sicherheit gewähren. Sie werden es sehen. Wenn die Formalitäten vorbei sind und wir als Freunde der japanischen Nation identifiziert sind, wird sich alles ändern."

„Ich bin beeindruckt. Das macht den neuen Ton, den wir bisher ertragen mussten, tatsächlich erträglicher. Doch sagen Sie uns bitte noch eins, Herr Oberst", setzte Mendelssohn nach, da die Seeräubergeschichte der Engländer abgeschlossen schien. „Wieso gibt es hier chinesische Dschunken und somit auch chinesische Kaufleute, wenn doch behauptet wird, die Niederlande seien die einzige Nation, mit der Japan Handelsbeziehungen hat?"

„Auch das ist einfach zu beantworten. Die chinesischen Händler sind alle auf eigene Rechnung und sozusagen privat hier. Japan und China unterhalten jedoch keinerlei offizielle Beziehungen. Dieser Unterschied wird am deutlichsten in der großen Hofreise zum Shōgun nach Edo, die uns in drei Jahren bevorsteht. Nur die Niederländer dürfen mit einer offiziellen Gesandtschaft in die Mauern der Regierungsstadt einziehen. Die Chinesen werden also geduldet, nicht aber als Vertreter ihres Landes angesehen, sondern nur als Handelsreisende."

„Und wie steht es mit den chinesischen Ärzten, die in Japan tätig sein sollen?" erkundigte sich Siebold, der sein Erstaunen darüber, wie gut Sturler informiert war, kaum verbergen konnte.

„Herr Doktor von Siebold, Sie werden sehen, es gibt erstaunlich viele von ihnen und sie werden Ihre ärgsten Feinde sein. Stellen Sie sich am besten jetzt schon darauf ein."

Siebold bemerkte in dieser Feststellung eine Spur von Genugtuung, die ihn aufhorchen ließ. Er wollte Sturler eigentlich auch in der Sache widersprechen, denn weshalb sollten chinesische Ärzte sich den Erkenntnissen der europäischen Medizin verschließen. Doch er hielt sich zurück, da er fürs Erste die größeren Kenntnisse und die Erfahrung seines Vorgesetzten respektieren wollte.

Gegen Abend, als Jacometti mit seinen Offizieren unter Deck bereits die umfangreichen Listen für die japanischen Behörden ausfüllte, saßen Mendelssohn und Siebold wieder an der Reling und unterhielten sich abwechselnd miteinander und mit den Fischern, die gar nicht mehr von ihrer Seite weichen wollten. Sie machten zusammen Fortschritte bei ihren Japanisch-Lektionen, die sie nun von diesen einfachen Leuten erhielten.

„Haben Sie bemerkt", fragte Mendelssohn, „dass sie das Wort ‚Ich' gar nicht gebrauchen?"

„Ja, und nicht nur das. Sie beugen die Verben auch nicht nach der Person. Es heißt nicht: ich esse, du isst, er-sie-es isst, wir essen und so weiter, sondern es gibt für essen nur ein Wort, *taberu*, das immer in derselben Form benutzt wird. Nur in der Vergangenheit heißt es dann *tabeta*. Das macht es einfach, wenn man diese Grundform des Verbs kennt."

„Sehr gut beobachtet. Sie sind doch nicht so unbegabt in den exotischen Sprachen, wie Sie mir bei unserer ersten Begegnung weismachen wollten. *Taberu* ist übrigens ein guter Ansatz. Ich habe einen solchen Hunger, dass ich befürchte, alle lieben Fischlein, die uns diese herzlichen Leute im Laufe des Tages gegeben haben, allein essen zu müssen."

„Was soll ich da erst sagen! Sehen Sie sich das an." Siebold zog den Hosenbund und den Gürtel, dessen Schnalle schon im letzten Loch eingehakt war, weit vom Bauch weg. Er hatte seit seiner Abreise aus Rotterdam so stark abgenommen, dass seine Kleider schlotterten. Die langen Seereisen und die Krankheit auf Java hatten seine rustikale Würzburger Stämmigkeit abgeschmolzen.

„Ja, Sie haben Recht", gab Mendelssohn lachend zurück, „in diese Hose passt noch ein ganzer Fischer und ein fetter Engländer mit rein. Aber glauben Sie nicht, dass Sie auf diese Weise einen Vortritt an der Tafel erschleichen können."

Bald läutete die Glocke, die zum Dinner in der Offiziersmesse rief. Es gab zu den frischen Fischen und den großen Krebsen nur noch eine dünne Suppe und eingelegte Gurken, weil die Vorräte an Gemüse und Früchten entweder verbraucht oder verdorben waren. Mit Einbruch der Dämmerung zündeten die Wachboote ihre Laternen an und auf den umliegenden Hügeln wurden in den Fernwachen die großen Feuerstellen entzündet, die weit über die Bucht leuchteten. Dazu kamen noch die kleinen Feuer, welche die Fischer in ihren Booten auf Rosten machten, um mit dem Nachtfischen zu beginnen. So verwandelte sich die dunkle, Spiegelglatte Wasserfläche der Bucht im Widerschein der vielen Lichter von nah und fern in ein faszinierend flackerndes Schauspiel. Siebold und Mendelssohn beobachteten bis in die späte Nacht die Fischer, die mit Netzen, Angeln, Stechgabeln und größter Geschicklichkeit die reichen Gaben des Meeres einsammelten.

Der Berg-Holländer

Am nächsten Tag kam mittags wie angekündigt der Gobanjosi, der Vertreter des Gouverneurs von Nagasaki, diesmal in Begleitung von vier Dolmetschern. Jacometti hatte Sturler und Siebold darauf vorbereitet, dass sie bei der bevorstehenden Unterredung anwesend sein müssten. Der Gobanjosi wurde von Jacometti persönlich in seine Kabine geleitet, in der für die Gesandtschaft, die Offiziere, Sturler und Siebold eine Tafel hergerichtet war, um die japanischen Gäste mit dem Besten zu bewirten, was es an Bord noch gab. Dabei ging es um ein umfangreiches Angebot an Likören, Weinen, Weinbränden, Rumsorten, Whiskys und Bier. Die Japaner waren sichtlich erfreut, ja, sogar in bester Stimmung. Ihnen wurde nun ein Privileg zuteil, um das sie jeder Fürst in ganz Japan nur beneiden konnte. Der Gobanjosi sprach dem Rotwein zu. Er war äußerst vornehm gekleidet, oder – wie Siebold dachte – „in Stoff gehüllt". Überall sahen Ecken einer neuen Stoffart oder -farbe aus dem Gewand des Kommissars heraus, sodass es schwerfiel, sich einen Überblick der darin verwickelten Kleidungsstücke zu machen. Der Gobanjosi, der eine dunkle Hautfarbe und stärker geschlitzte Augen hatte als die Japaner, die Siebold bisher gesehen hatte, war ein feinsinniger Mann. Nachdem er zwei Gläser des roten Goldes mit geschlossenen Augen genossen hatte, sprach er leise und höflich zu Jacometti. Die Übersetzer ließen diesen wissen, wie sehr man sich in der Regierung und natürlich auch in der ganzen Stadt Nagasaki über die Ankunft des Schiffes freue. Die Holländer seien seit jeher die einzigen und die besten Freunde der Japaner gewesen. Es bestehe ein großes Interesse, den Umfang des wirtschaftlichen und kulturellen Austauschs wachsen zu lassen. Jacometti ließ ihn darauf hin wissen, dass die Ankunft der niederländischen Schiffe dieses Jahr genau unter diesem Stern stehe. Damit stellte er Oberst von Sturler und Major von Siebold vor. Er versicherte dem Gobanjosi, der die Pause für ein weiteres Glas des vor zehn Jahren im Bordeaux abgefüllten Weines nutzte, dass die niederländische Regierung der japanischen Nation damit ihre besten Männer geschickt habe. Der Gobanjosi wurde gut gelaunt und fragte frech zurück, ob es früher also doch nur Halsabschneider und Sträflinge auf Dejima gab. Da lachte Jacometti laut und zum ersten Mal seit Siebold ihn kannte. Das hätte das Signal sein können, um den offiziellen Teil der Besprechung zu beenden, um zum schrankenlos geselligen Teil überzugehen, was auch und vor allem den Japanern nur Recht gewesen wäre. Doch eine eiserne Hand der Pflicht rief sie wie aus dem Unsichtbaren zur Ordnung und das Gesicht des Gobanjosi und seiner Dolmetscher wurde noch einmal ernst. Er wandte sich Sturler zu, der als Ranghöchster nach dem Kapitän als nächster Anspruch auf seine Aufmerksamkeit hatte. Er ließ ihn wissen, dass er sich freue, demnächst wieder einen fähigen und gut beleumundeten Mann als Ansprechpartner zu haben in allen Angelegenheiten, die Dejima betreffen. Er ließ seine Übersetzer unterstreichen, wie sehr er persönlich die Anwesenheit des weisen Opperhoofd *Jan Cock Blomhoff* bisher geschätzt hatte. Als er das sagte, bemerkte Siebold, dass alle Mitglieder der Gesandtschaft ihre Farbe verändert hatten. Sie waren plötzlich alle krebsrot! Siebold machte sich Sorgen, dass insgeheim ein großer Zorn aufgestiegen sei in diesem freundlichen Menschen und seinen Begleitern. Er überlegte angestrengt, ob irgendetwas von dem, was bisher gesagt wurde, für sie eine Beleidigung hätte darstellen können. Oder ob es doch nur eine physiologische Reaktion auf den Alkoholgenuss war. Sturler blieb davon unbeeindruckt und antwortete ganz ausgeschlafen.

„Verehrter Gobanjosi-*sama*, ich würde mir niemals zutrauen, einen weisen Mann ersetzen zu können. Ich bin nur ein Mann, auf dessen Wort man sich verlassen kann und der von seiner Mutter mit einem unbeirrbaren Sinn für Ordnung ausgestattet wurde. Weisheit ist nicht mein Fach. Dafür habe ich eigens einen Mann mitgebracht, dem man trotz seiner jungen Erscheinung mehrfach attestiert hat, er sei zumindest im Reich der Natur schon ein Weiser." Damit wies er direkt auf Siebold. Die Übersetzer kicherten, denn sie fanden diese Antwort geistreich und perfide, wussten aber zugleich nicht, wie sie angemessen übersetzt werden könnte, ohne dass der Gobanjosi schallend loslachen würde. Die Vorstellung, es gebe einen *Weisen der Natur*, war für Japaner lächerlich, weil jeder Japaner im Schoße der Natur weilte. Es war beinahe so, als ob Sturler gesagt hätte, der Arzt und Major von Siebold empfehle sich dadurch, dass er eine Pflanze sei. Die Übersetzer flüsterten untereinander und einigten sich, dass Sturler sagen wollte, Herr von Siebold sei der Weisheit näher als er selbst, weil er viele Pflanzen kenne. Der Gobanjosi verstand ganz offensichtlich nicht, was damit gemeint war, doch er hatte auch keine Lust zu insistieren. Er wandte sich direkt an Siebold. Er sah ihn freundlich und forschend an. Dann sprach er erheblich länger als vorher. Die Übersetzer waren konzentriert, um sich den ganzen Vortrag merken zu können. Wieder steckten sie ihre Köpfe zusammen und flüsterten. Dann hob einer von ihnen an, der bisher noch gar nicht gesprochen hatte.

„Shiboruto-san, der Gobanjosi heißt Sie willkommen in Japan und er hofft, dass Sie und ihre Mitreisenden in Kürze aus dem Status der Kriegsgefangenen in den Status der Staatsgäste übertreten können. Mit den Ärzten auf Dejima haben wir hier in mehreren Jahrhunderten die besten Erfahrungen gemacht. Sie sollen wissen, dass Nagasaki für Sie im Rahmen der gesetzlichen Möglichkeiten eine offene Stadt ist und es viele Menschen gibt, die höchst interessiert sind an den Neuigkeiten, die Sie aus dem Westen bringen. Außerdem möchte der Gobanjosi Sie wissen lassen, dass er Ihren Blick schätzt. Sie haben etwas, das wir in Japan den *Blick durch die Berge* nennen. Es gibt wenige Menschen, die damit ausgezeichnet sind. Deshalb möchte der Gobanjosi Herrn Oberst de Sturler gerne glauben, dass in Ihnen ein Weiser steckt." Siebold war wie vom

Donner gerührt. Er hatte in Sturlers Ausführung wieder diese feine Spitze gegen seine Person wahrgenommen. Doch er hätte nicht im Traum damit gerechnet, dass der Gobanjosi Sturler sein eigenes Wort im Mund verdrehen würde. Darüber hinaus konnte er sich auch nicht der Sympathie erwehren, die er vom ersten Moment an für den Gobanjosi empfand, der ihn mit seiner Haltung und der luxuriösen Unterlippe trotz seines ansonsten ausgeprägt asiatischen Aussehens an das Portrait eines römischen Senators erinnerte. Er war auch überrascht, dass solche subjektiven Eindrücke in eine diplomatische Unterredung einfließen durften, die sich bis dahin durch ihren formalen Charakter ausgezeichnet hatte. Nachgerade verblüffend fand er das akzentfreie und völlig fließende Holländisch, das dieser Übersetzer sprach. Er hörte sich an wie ein gebürtiger Holländer. Nun war es an Siebold, sich für diese Freundlichkeit zu bedanken.

„Verehrter Kurato-sama. Sie sind ein mächtiger Mann. Ihre Duldung und ihr Wohlgefallen an unserer Präsenz ist die Quelle vieler günstigen Bedingungen, von denen unsereins profitieren will, um ein noch besseres Verhältnis zwischen Japan und den Niederlanden zu begründen. Ich werde mich wie der gehorsamste Untertan des japanischen Volks zu benehmen wissen und dadurch unsere Nation als ein Vorbild an Disziplin und Ordnung verscheinen lassen. Wir sind Ihnen und ihrer Nation zu tiefstem Dank bepflichtet."

Er war stolz darauf, dass er den Gobanjosi mit seinem Namen und dem Ehrentitel -*sama* ansprechen konnte, den er aus den vorherigen Wortwechseln zwischen ihm und seinen Übersetzern herausgehört hatte. Die Übersetzer sahen Siebold mit erstaunt an. Er konnte aus dem Augenwinkel sehen, wie Jacometti kurz seufzend die Augen niederschlug.

„Entschuldigung, Shiboruto-san, was meinen Sie mit ,verscheinen lassen' und ,zu Dank bepflichtet'? Ich kenne diese Ausdrücke nicht. Sind das vielleicht Redewendungen, die in den letzten Jahren geprägt wurden?" fragte der Übersetzer in perfektem Holländisch.

Siebold fühlte, wie eine heiße Röte sich auf sein Gesicht legte. Auf diese Situation war er nicht vorbereitet. Es war ihm nicht in den Sinn gekommen, dass ein Japaner ihn als Nicht-Holländer entlarven könnte. Warum hatte ihn niemand vor den talentierten Übersetzern gewarnt? Er hatte die Japaner auch unterschätzt, wie er erkennen musste. Diese Präzision ihrer Gedankenführung und ihres sprachlichen Ausdrucks hatte er nicht erwartet. Es war das Klischee von der allgemeinen Zurückgebliebenheit und der Naivität, in dem alle nicht-europäischen Länder sich noch befinden mussten, das er für sein Missgeschick verantwortlich machte. Da kam ihm – auch angeregt durch den Whisky, den er sich bereits genehmigt hatte – eine Idee.

„Oh, verzeihen Sie, das ist ein Dialekt, den ich spreche. Ich bin Hochdeutscher und wir benützen teilweise andere Präfixe. Ich meinte natürlich ‚ERscheinen' und ‚VERpflichten'".

Kurato bestand darauf, dass die Übersetzer unverzüglich berichteten, welche Irritation aufgekommen war. Da wurde er plötzlich hellwach. Könnte es sein, dass sie sich mitten in einer Falle befanden? Dass die Leute an der Tafel, die sich als Holländer ausgaben, in Wirklichkeit alle Engländer oder Russen sind? Dass die Getränke, die ihm und seinem Gefolge gereicht wurden, nur ihren Widerstand lähmen und ihre Gefangennahme erleichtern sollten? Sein Leben stand auf dem Spiel, denn für einen solchen kapitalen Fehler würde der Shōgun seinen Kopf verlangen. Oder eher noch müsste er dieses Opfer unaufgefordert bringen, um seinen Namen und die Ehre der Familie zu retten, wie damals Matsudeira Genpei nach dem Angriff der Engländer. Die Hand am Schwertgriff befahl er den Übersetzern und Offizieren scharf, äußerste Wachsamkeit walten zu lassen und jede Bewegung der Fremden zu beobachten. Die Holländer, die bis auf Jacometti den Anlass nicht verstanden hatten, waren entsetzt über die heftigen und lauten Gesten der Japaner. Dann richtete Kurato sich mittels des Übersetzers wieder an Siebold.

„Shiboruto-san, wie können Sie glaubhaft machen, dass Sie Holländer sind? Wie können Sie uns davon überzeugen, dass Sie alle Holländer sind und nicht verkleidete Spione Englands oder Russlands?"

„Kurato-san, was meine eigene Person angeht, so bitte ich Sie zu glauben, dass ich aus einer Region Hollands komme, die nicht am Meer liegt, die sich weiter südlich auf dem europäischen Festland befindet und wo man Hochdeutsch spricht, das ein paar Abweichungen vom Holländischen kennt. Ich vermute, dass die Menschen hier auf der Insel Kyūshū einen anderen japanischen Dialekt sprechen als die Menschen weiter im Norden auf Honshu, nicht wahr? Und es ist dennoch dieselbe Sprache und dasselbe Land."

„Ja, in der Tat, die Abweichungen sind manchmal so stark, dass die Leute einander nicht verstehen. Wenn Sie also Hochdeutsch sprechen, dann leben Sie dort im Landesinneren irgendwo auf den Bergen, da wo es hoch ist?"

„Ja, das kann man so sagen."

„Dann sind Sie ein *Yamahollanda*, ein Bergholländer. Nun gut, das überzeugt mich. Und wie steht es mit Ihren Gefährten?"

„Glauben Sie, dass wir, wenn wir kriegerische Absichten hätten, mit zwei schwerfälligen Handelsschiffen hier einlaufen würden, von denen jedes wiederum nur zwei Kanonen hat? Ich versichere Ihnen, die neuen europäischen und amerikanischen Kriegsschiffe sind so mächtig und gefährlich, dass wir sicher nicht auf sie verzichten würden. Zwei dieser Schiffe könnten Nagasaki mit Kanonen zerstören und..." – da biss er sich auf die Zunge, denn er wollte davon sprechen, dass auch schwere Unterwasserketten da nicht mehr helfen würden. Doch er hatte Sturler zugesagt, das Geheimnis, das schon lange keins mehr war, für sich zu behalten.

„Und was?", bohrte der Übersetzer nach.

„...und die Stadt mit dreihundert bis an die Zähne bewaffneten Soldaten einnehmen. Ich verbürge mich persönlich mit meinem Leben dafür, dass die Niederlande nichts dergleichen vorhaben. Nur das Gegenteil davon ist die Wahrheit. Der Generalgouverneur von Ostindien hat mir selbst gesagt, dass wir auf dieser Mission erstmals den wissenschaftlichen Austausch mit der japanischen Nation suchen sollen. Die Niederlande sind selbst gerade erst befreit worden aus der Gefangenschaft und Besatzung durch ein fremdes Land. Wir wollen keinen Krieg mehr in die Welt bringen, sondern nur noch Frieden, Handel und Wissenschaft. Ihre Gefolgschaft wird sowieso als Nächstes das Schiff durchsuchen. Achten Sie darauf, wie viele Bücher, Medikamente und Instrumente in meiner Kammer und in den Lagerräumen verstaut sind. Ein großer Teil davon sind Geschenke für die besten und klügsten Ihrer Landsleute. Wir wären wirklich seltsame Spione, die erst einmal ihr ganzes Wissen mit dem Land teilen, bevor sie es auskundschaften."

Während der Übersetzer dies alles Kurata mitteilte und dieser mehrfach ein zustimmendes Grunzen hören ließ, suchte Sturler die Augen von Siebold und nickte ihm anerkennend zu. Dann, als der Übersetzer beim letzten Satz von Siebold angelangt war, lachte Kurato laut auf. Das gefiel ihm. Spione, die mehr Geheimnisse verraten als erfahren. Damit war das Eis gebrochen und so schnell wie Kurata misstrauisch und brüsk wurde, so schnell fand er den geselligen Ton wieder, in dem alles so angenehm begonnen hatte. „Yamahollanda, mhhmhh", sagte Kurato noch mehrmals, wobei er Siebold grinsend ansah und seine Übersetzer immer wieder lachten.

Der Übersetzer, mit dem Siebold gesprochen hatte, bat ihn darum, doch gelegentlich in die Regeln des Dialektes der Yamahollanda eingeführt zu werden, in das Hochdeutsch. Siebold sicherte ihm das lächelnd zu, während er in Wirklichkeit nur noch Aufmerksamkeit für den Whisky hatte, den er sich gerade zum Mund führte. Das war knapp. Dann fragte er ihn doch, warum der Gobanjosi sich über den Begriff Yamahollanda so amüsierte.

„Na ja, das Wort bedeutet nicht nur ‚Bergholländer', sondern auch ‚wilder Holländer' oder auch nur ‚Wilder'. Ohne unhöflich sein zu wollen findet der Gobanjosi den Gedanken an einen ‚wilden Spion aus den Bergen, der mehr Geheimnisse verrät als erfährt' recht erheiternd."

Später, als sechs Inspektoren der Hafenwache das ganze Schiff gründlich durchsuchten, die Bestände an Waffen, Proviant und Handelswaren mit den ausgefüllten Listen verglichen und der Gobanjosi mit dem Verhör der Schiffbrüchigen Japaner eine förmliche Untersuchung einleitete, besuchte Siebold Oberst de Sturler in seiner Kabine.

„Herr Oberst, ich möchte mich nicht unbotmäßig in Ihre Pläne einmischen oder Ihre Entscheidungen in Frage stellen. Doch es gibt etwas, das mich beschäftigt. Wäre es nicht sinnvoll gewesen, mich auf dieses Verhör und die darin liegenden Gefahren hinzuweisen? Ich muss Ihnen gestehen, dass ich für einen Moment lang das Gefühl hatte, meine Nerven seien angespannt wie die Saiten meines Fortepianos." Mit der letzten Bemerkung versuchte er die Anmaßung spaßhaft zu mildern, die trotz der vorausgeschickten Respektbezeugung unübersehbar in der Frage an seinen Vorgesetzten lag.

„Ich dachte, es würde Sie nur nervös machen. Sie haben die Situation doch sehr gut gemeistert. Oder um bei Ihrem Bild zu bleiben: Sie haben doch ein wundervolles Stück gespielt, in dem jeder Ton saß." Dieser Gedanke amüsierte Sturler.

„Und wenn es anders gekommen wäre? Wenn mir die Geschichte mit dem Hochdeutschen und Bergholländer nicht eingefallen wäre?"

„Dann wäre es Ihnen ergangen wie dem belgischen Arzt, der vor vier Jahren auf Befehl der japanischen Regierung zurückgeschickt wurde – weil die Übersetzer des Gobanjosi ihn nicht verstanden. Deshalb werden Sie hier auf Dejima auch keinen Arzt antreffen, den Sie ablösen und der mit diesen Schiffen zurück in die Heimat fährt. Wussten Sie übrigens nicht, dass auch Ihr berühmter Vorgänger, der Schwede Thunberg, vor fünfzig Jahren ebenfalls die größten Schwierigkeiten hatte, von den Japanern als Holländer akzeptiert zu werden?"

„Nein. Das ist mir alles neu, was Sie da sagen. Und vielleicht haben Sie Recht. Es hätte mich beunruhigt zu wissen, wie streng die Regeln hier gehandhabt werden. Ich hätte das Erlernen der holländischen Sprache sicher nicht noch mehr beschleunigen können und somit wäre es mir auch gar nicht möglich gewesen, den Verlauf des höflichen Verhörs, wenn wir es einmal so nennen wollen, zu beeinflussen."

Die gesamte Inspektion war zufriedenstellend verlaufen, sodass der Gobanjosi dem Kapitän die schriftliche Erlaubnis überreichte, mit der Drie Gezusters in den Hafen einzulaufen. Damit verabschiedete er sich und fuhr mit seinen Leuten zur *Onderneeming*, wo er dasselbe Verfahren einschließlich des geselligen Teils wiederholen würde. Kurz darauf erschienen viele Ruderboote, die kompakter als die Sampan waren. Es waren Bugsierfahrzeuge. Erst waren es zwanzig bis dreißig, aber es wurden immer mehr, bis sie von über fünfzig Booten umgeben war. Sie sammelten die Taue auf, die die Matrosen ihnen hinunterließen, damit sie das Schiff in den Hafen ziehen können. Das vollbeladene Schiff war auch für diese große Zahl von Ruderbooten nur schwer zu bewegen. Doch schon nach kurzer Zeit wurden die Umrisse von Nagasaki und der Hafenanlage schärfer. Dann sahen sie die winzige, vorgelagerte Insel Dejima und konnten die Gebäude mit ihren in der Sonne funkelnden Glasfenstern und den grünen Jalousien erkennen. An einem hohen Mast hing die niederländische Fahne. Siebold war ergriffen von diesem Anblick. Je näher sie kamen, desto atemberaubender wurde die Aussicht. Eingebettet in die üppige Vegetation aus immergrünen Eichen, Zedern und Lorbeerbäumen wechselten sich majestätische Tempelhaine und freundliche Wohnhäuser ab. Getreidefelder und Gemüsegärten lagen vor schroffen Felswänden auf den Stufen, die in die fruchtbare vulkanische Hügellandschaft eingezogen waren und das innige Zusammenleben von Mensch und Natur an diesem Ort augenfällig machten. Die Hafenanlage blickte ihnen freundlich entgegen mit den symmetrisch angeordneten, weißen Lagerhäusern und den großzügigen Anlegestellen. Siebold konnte sich nicht mehr beruhigen. Er war beim Anblick seines Zieles so aufgewühlt, dass er für einen Moment achtern gehen musste. Hinter dem Rücken des Steuermanns blickte er der glatten Spur des Schiffes folgend zurück auf das hinter ihnen liegende Meer – und weinte. Er presste ein paar heftige Tränen der Erregung heraus. Wie viele Hindernisse hatte er überwunden! Wie oft stand alles, selbst sein Leben, auf dem Spiel; und wie oft hat nur wenig gefehlt, dass er diesen großen Moment niemals erlebt hätte! Er sammelte sich und schloss sich wieder der Mannschaft an, die auf dem Hauptdeck auf die ersten Boote der Niederländer von Dejima warteten. Mit neun Kanonenschüssen wurde der Stadt die Ankunft des holländischen Schiffes angekündigt, während der Lotgast diesmal fünfundzwanzig Faden unter dem Kiel meldete. Jacometti ließ den Anker werfen. Sein Aufschlag auf dem Wasser, gefolgt von dem ohrenbetäubenden Rasseln der schweren Kette, war ein unmissverständliches Zeichen – das klingende Symbol einer Erfüllung. Sie waren in Japan angekommen. Siebold wurde noch einmal übermannt von seinen Gefühlen. Mitten in dem Lärm und dem Jubel der Besatzung trafen seine Augen die von Mendelssohn. Sie lachten sich an, beide mit feuchten Spuren von Freudentränen auf den Wangen.

5. Kapitel

Dejima

Die Gefängnisinsel – Hokusai und Bakin
Spaziergang mit Mendelssohn – Das Holländer-Gespräch
Die Staroperation – Misuzu Inukawa

Die Gefängnisinsel

Damit war der Kriegszustand offiziell beendet, in dem die *Drie Gezusters* und die *Onderneeming* sich bis dahin befunden hatten und dementsprechend als Schiffe einer feindlichen Nation mit kriegerischen Absichten behandelt werden musste. Das regierungsseitig verordnete Misstrauen hörte sofort auf und selbst die streng dreinblickenden Posten auf den Wachbooten zeigten sich jetzt freundlich und hilfsbereit. Als erstes durften der als Geisel zurückbehaltene Offizier und einige holländische Lieferanten an Bord kommen, die *Comparadores*, wie man sie noch nach alter portugiesischer Art nannte. Sie brachten mit Empfehlungen des Oberhauptes von Dejima körbeweise Früchte, Gemüse und Brot als Begrüßungsgeschenk an Bord. Die Besatzung stürzte sich wie ausgehungerte Wölfe auf die frische Ware. Wenig später begann das Übersetzen auf die Insel. Die Japaner mussten diesen Transport organisieren, da der Taifun vor der chinesischen Küste beide Schaluppen der *Drie Gezusters* zerstört hatte und die Holländer auf Dejima keine eigenen Boote besitzen durften. Ein Dutzend Sampan brachte in mehreren Touren die Mannschaft und die Passagiere auf die Westseite der Insel, wo die *Hatoba* lag, die Landestelle für den ankommenden Schiffsverkehr. Die schwerer gebauten Holländer brauchten viel Geschick, um aus den schmalen Booten der Japaner auszusteigen. Es gelang nicht allen. Fiel einer von ihnen ins Wasser, gab es jedes Mal ein großes Gelächter, doch selbst die unfreiwillig Gebadeten nahmen es mit Humor. Die Freude über die Ankunft ließ alles andere vergessen. Die Matrosen allerdings mussten an Bord bleiben, sie hatten kein Recht, an Land zu gehen.

Auf der *Onderneeming* verlief die Inspektion unkomplizierter, und so sammelten sich die holländischen Besatzungen beider Schiffe an der Hatoba. Bevor sie einquartiert wurden, mussten sie freilich noch feierlich empfangen werden. Siebold staunte, als plötzlich eine Prozession mit großem Tamtam um die Ecke kam und sich auf die Versammelten zu bewegte. An der Spitze dieses Begrüßungskomitees ging im großen, schwarzen Seidenornat das Oberhaupt des niederländischen Handels in Japan, der legendäre Opperhoofd und Ritter Jan Cock Blomhoff, das üppige blonde Haar unter einer schweren Samtmütze gebändigt und mit einem Lachen auf dem Gesicht, dem man alles ansehen konnte: Erleichterung, Freude, Bewegtheit, Rührung und Dank. Mit der Ankunft dieser jungen Männer, die ihn ablösen und sein Werk weiterführen sollten, breitete sich eine hoffnungsvolle Zukunft vor ihm aus. Er würde noch ein paar Jahre im Auftrag des Kolonialministeriums die Ergebnisse seines Aufenthalts in Japan auswerten und niederschreiben, um sich dann zur Ruhe zu setzen. Der Verkauf seiner privaten Sammlung von Japanalia würde sein Einkommen verbessern. Den weiteren Verlauf der niederländischen Bemühungen in Japan würde er mit Wohlwollen verfolgen und wo immer es ginge mit seinem Wissen und seinen Beziehungen unterstützen.

Die anderen Teilnehmer der Prozession waren nicht weniger spektakulär gekleidet. Sie trugen bestickte Samtröcke, schwarze Mäntel und Federhüte, Stahldegen prangten an ihrer Seite und jeder hielt elegant und autoritär ein spanisches Rohr mit goldenem Knopf in der Hand. Die Passagiere der beiden Schiffe machten große Augen, sahen sich wechselseitig mit fragenden Blicken an. Manch einer konnte sich nicht zurückhalten und kicherte deutlich hörbar. Dieser Aufputz ihrer Landsleute, der noch dem alten Zeremoniell des siebzehnten Jahrhunderts auf Dejima entsprach, wirkte trotz der Strenge und Würde der Uniformen auf die Ankömmlinge grotesk. Es war offensichtlich, dass sich nicht nur in Japan, sondern auch auf Dejima seit zweihundert Jahren nichts geändert hatte. Hier hatte die Zeit stillgestanden.

Der Opperhoofd trat feierlich auf Major von Sturler zu und sie begrüßten sich, indem sie sich beide Hände reichten. Blomhoff war ein Riese, aber wirklich kein schöner Mann. Sein weiches, etwas schwammiges, hellhäutiges Gesicht war übersät mit Sommersprossen oder frühen Altersflecken. Wenn er lachte und seine wulstigen Lippen sich öffneten, kamen riesige, gelbe Zähne zum Vorschein und eine breite Lücke zwischen den beiden vorderen Schneidezähnen. Siebold sah sofort die Physiognomie eines durch Krankheiten und vielleicht zusätzliche Leiden geprüften Mannes, dessen Aura von Herzlichkeit und Zuversicht diese Makel überstrahlte. Seine ganze Erscheinung stand in verwirrendem Widerspruch zu dem altmodischen und irgendwie anmaßenden Aufzug seines Gefolges. Blomhoff bat Sturler, ihn zum Oberhaus der Faktorei von Dejima zu begleiten, seinem zukünftigen Amtssitz und Arbeitsplatz. Der karnevaleske Menschenzug folgte den beiden. Erst als der alte und der neue Vorsteher der holländischen Gesandtschaft die Tür des Oberhauses hinter sich geschlossen hatten, löste sich die Prozession auf und es wurde mit der Einquartierung begonnen. Siebold wurde in ein kleines, doppelstöckiges Haus japanischer Bauart geführt, das nach europäischem Standard eingerichtet war. Auf ihr persönliches Gepäck mussten die Ankömmlinge noch warten, denn vorschriftsmäßig wurden zuerst alle Waffen und das Pulver von Bord gebracht und zu eigens dafür errichteten Lagerhallen transportiert, die auf dem Festland in den Anhöhen lagen. Dann wurde das Steuerrad abmontiert und zur Verwahrung ins Hafenkommissariat gebracht. Erst danach durften die Holländer ihr Gepäck erhalten. Als die Träger die Koffer, Truhen und das Fortepiano im Ärztehaus abgestellt hatten, war es bereits früher Abend. Siebold richtete nur noch sein Bett und fiel sofort in tiefen Schlaf.

Am nächsten Morgen wachte er früh auf. Es war noch ganz ruhig auf der Insel. Sein Haus hatte im oberen Stockwerk eine Ecke mit zwei Fenstern, jeweils mit Blick auf die Bucht und die seitlich liegenden Landungsstege des Hafens von Nagasaki. Draußen sah er die holländischen Segelschiffe vor Anker liegen. Die chinesischen Dschunken und japanischen Lastboote am Quai der chinesischen Faktorei schaukelten ruhig in den Wellen. Siebold hörte außer dem sanften Schlag der Brandung in der Ferne die leise klappernden Geräusche der Takelage, eine Melodie, die ihn vor dem Hintergrund der morgendlichen Stille in einen hypnotischen Zustand versetzte. Süße Schauer liefen ihm die Wirbelsäule hoch und krochen über seine Kopfhaut. Er zog sich an und ging aus dem Haus zur Seeseite der Insel, wo die ersten Strahlen der Sonne vom Osten her zwischen den Bergen hindurch auf die Bucht fielen, und warme, schillernde Flecken malten. Der erste Eindruck war unbegreiflich, flüchtig, wie ein Duft. Nachdem am Vortag alle administrativen Anstrengungen und der prosaische Verlauf der Eingliederung auf der Insel von niederländischer und japanischer Seite gleichermaßen abgeschlossen waren, begann das Land seine Wirkung auf ihn zu entfalten. Zur Seeseite über die flache Basaltmauer hinausblickend lag vor ihm zu seiner Rechten der weiße, flache Strand von Oura. Links sah er die dicht bewaldete Küste von Inasa, die sich steil über der Bucht erhob. Dazwischen lag wie eine wahre, ruhig atmende Urkraft das Meer, in dem sich die Berge und der Himmel spiegelten. Siebold war wie betäubt von der außerordentlichen atmosphärischen Durchsichtigkeit, der Klarheit des Lichtes und der unvergleichlichen Schärfe aller Umrisse. Er fühlte sich, als habe man ihm endlich eine Brille aufgesetzt, die ihn alles viel deutlicher und in intensiveren Farben sehen ließ. Dieser Eindruck hob sich auch so vorteilhaft ab von der Erinnerung an die vielen bleichen Tage auf dem Chinesischen Meer. Es war, als könne er viel weiter blicken als bisher, denn selbst das weit entfernte Ende der Bucht im Süden, dort wo sie auf das offene Meer hinausführt, sah er scharf und wie zum Greifen nahe. So stand er allein am Ufer dieser winzigen Insel, die auf Jahre hinaus nun seine Heimat sein würde, und hatte den Eindruck, als würde nicht er auf die stille Bucht, den Himmel und die Berge schauen, sondern vielmehr sie auf den kleinen Menschen, der von so weit hergekommen war, um ihre Geheimnisse zu erforschen. Noch nie hatte er die Natur so wesenhaft wahrgenommen, als sei sie eine Gemeinschaft großer Persönlichkeiten. Er spürte dabei, wie eine große, alles umfassende Anspannung, die ihm als solche gar nicht bewusst gewesen war, nachließ. Erst mit ihrem Verschwinden fühlte er zum ersten Mal dieses Drängen, das viel tiefer lag als der einfache Wunsch, nach Japan zu kommen. Der Anblick dieser Landschaft oder vielmehr die Art, wie diese Landschaft ihn ansah, löste eine Klammer, die sein bisheriges Leben zusammengehalten hatte und irgendwie mit allem im Zusammenhang stand, was er bis dahin getan oder gedacht hatte. Eine ihn treibende Kraft hatte ihr Ziel gefunden und stellte ihn nun frei für neue Aufgaben. Er fühlte sich wie gereinigt und bereit für einen neuen Anfang, für ein weiteres Leben.

Er spazierte über die Insel, um sich ein Bild von ihr zu machen. Sie hatte die Form eines Fächers. Die dem Meer zugewandte Südseite maß rund sechshundert Fuß, auf der Landseite waren es fünfhundert Fuß und zwischen den beiden lagen gerade einmal zweihundert Fuß. Es gab etwa zwei Dutzend meist doppelstöckige Häuser aus Holz, von denen sieben oder acht für die niederländischen Beamten vorgesehen waren. Die anderen waren Unterkünfte für die Kaufleute, Magazine und Lagerhäuser. Das größte davon war der Zuckerspeicher, denn Zucker war seit Beginn der Handelsbeziehungen das Produkt, für das die Japaner die höchsten Preise zahlten. Es gab einen kleinen Platz um die Fahnenstange herum und einen begehbaren, verwilderten Gemüsegarten. Da war viel Arbeit zu tun! Er kam an der einzigen Brücke vorbei, wo zwei stumme Wächter ihn regungslos ansahen. Auf der anderen Seite lag das Hafenviertel, wo an sauberen Straßen hübsche, weiße Häuser mit vielen Fenstern und großen Schiebetüren standen. Dahinter erhob sich allmählich die Stadt Nagasaki, die sich mit gewundenen Straßen, von Häusern und Tempeln eng umbauten Plätzen und gepflegten Gärten an den Berg schmiegte. Die Insel war also eine kleine und etwas trostlose Welt, auf die er sich einstellen musste. Sie stand ganz im Gegensatz zu den herrlichen Ausblicken, die man rundherum auf das Meer und das Festland hatte.

Dejima in der Bucht von Nagasaki

Den Tag verbrachte er mit dem Auspacken. Er musste seine vielen Instrumente, Medikamente, Bücher und Kleider ordnen und verstauen. Siebold hatte Glück, denn ihm war eine Wohnung nach neuestem Standard mit allen europäischen Bequemlichkeiten zugewiesen worden. Sein Londoner Fortepiano von *Rolfs & Sons* hatte die Reise im Laderaum unbeschädigt überstanden. Hier fand er zum ersten Mal seit seiner Abreise aus Heidingsfeld die Gelegenheit und ausreichend Platz, um es aufzustellen. Für seine Praxis, die er sogleich einzurichten begann, war ein eigenes Haus gleich nebenan vorgesehen. Später kam Blomhoff vorbei und lud ihn mit Sturler zum Abendessen in sein Haus ein. Als Siebold in der Dämmerung sein Haus verließ und zu Blomhoff hinüberging, erfüllte von überall her der schrille, rhythmische Gesang der Zikaden die Luft. Er gab dem feucht-heißen japanischen Sommer einen unverwechselbaren Klang. Im Schein eines mächtigen Kandelabers unterhielt Blomhoff seine Gäste bei Wein und knusprigem Lammbraten mit allerlei Geschichten über die Japaner, die kleine Insel und seine Jahre während der Isolation.

„Zu dieser Zeit war Doeff hier noch Opperhoofd und ich sein Assistent. Ein großartiger Kerl, eine Legende von Mann. Sie hätten ihn sehen sollen, als er 1813 den Engländern gegenübertrat und den Befehl verweigerte, die Insel aufzugeben und nach Batavia zurückzukehren. Die ganze holländische Kolonie Ostindien war 1811 von den Engländern übernommen worden. Doeff bestand darauf, dass hier die Niederlande sind und er diesen Boden nicht verlassen wird."

„Sind die Engländer nach dem Vorfall mit der *Phaeton* also noch einmal hier aufgetaucht?" fragte Siebold.

„Ja, in der Tat, es war ein weiterer Versuch, die Niederlande um ihre Handelsniederlassung zu bringen. Und wieder war es der grandiose Doeff, der sich von den Engländern den Schneid nicht abkaufen ließ. Er misstraute ihnen. Sie erzählten den Japanern, dass die Niederlande als autonomes Land nicht mehr existierten und England die Kontrolle über die ehemals niederländischen Kolonien übernommen hätte. Schlimmer war noch, dass die Engländer den früheren Leiter unserer Faktorei *Willem Wardenaar* bestochen hatten, der diese Verhandlungen für sie führte. Wardenaar genoss immer noch hohes Ansehen bei den Japanern. Doeff blieb jedoch hart. Er traute auch Wardenaar nicht. Schließlich fand er eine Lösung. Ein leitender Beamter der Faktorei sollte zurück nach Java fahren, um sich von den Engländern Beweise vorlegen zu lassen, dass sie die Wahrheit sagen. Die Japaner waren damit einverstanden. So kam es, dass ich praktisch als Geisel nach Java gebracht wurde, denn die Wahl für den Gesandten fiel natürlich auf mich. Und was glauben Sie, was mich dort erwartet hat? Ich hatte eine Reihe von Gesprächen mit *Thomas Raffles*, den die britische Krone als Gouverneur eingesetzt hatte. An sich ein hochgebildeter, intelligenter und liberaler Mann."

„Er ist darüber hinaus ein anerkannter Forscher geworden, denn er entdeckte während seiner Amtszeit auf Java die zweitausendsechshundert Jahre alte Tempelstadt Borobudur. Georg IV hat ihn dafür inzwischen zum Ritter geschlagen", ergänzte Siebold. „Sein zweibändiges Werk *History of Java* finde ich übrigens vorbildlich. Und warten wir ab, was aus dieser Stadt namens Singapur wird, die er für die East India Company an der Straße von Malakka gegründet hat."

„Ja, er ist ein interessanter und ehrgeiziger Abenteurer, wofür unsereins sicher mehr als nur passives Verständnis haben sollte", antwortete Blomhoff mit einem vielsagenden Grinsen. „Doch ich musste feststellen, dass die Engländer dreist gelogen hatten. Zum Zeitpunkt, als sie in

Dejima auftauchten, war die französische Herrschaft in den Niederlanden bereits beendet und die batavische Republik aufgelöst. Raffles versuchte dennoch eiskalt, nach Wardenaar auch mich zu bestechen – mit der nicht zu verachtenden Summe von fünfzehntausend spanischen Dollars. Mein Herz jubelte jedoch angesichts der guten Nachrichten aus Europa. Ich empfahl Raffles, er solle sein Anliegen doch besser mit meinem König besprechen, der bald wieder den Thron besteigen würde. Raffles schäumte vor Wut und warf mich als Kriegsgefangenen in einen der schrecklichen batavischen Kerker. Mit dem nächsten Schiff wurde ich nach England gebracht und wartete dort im Londoner Gefängnis auf ein Verfahren vor dem Kriegsgericht. Raffles wollte mich dort verurteilt sehen. Doch es kam anders. Napoleon war bereits unterwegs in sein Exil nach Elba und der niederländische Botschafter protestierte bei der britischen Krone gegen meine Inhaftierung. Die Angelegenheit war den Engländern äußerst peinlich. Ich wurde sofort freigelassen, mit einer ausdrücklichen Entschuldigung der Regierung und dem Angebot einer freien Passage zurück nach Batavia. Ich hatte allerdings kein Bedürfnis mehr nach englischen Reisegefährten und fuhr nach Hause in die Niederlande.

Sie können sich nicht vorstellen, wie es damals hier zuging. Wissen Sie, wir hatten nichts mehr. Selbst Doeff lief herum in Schuhen aus Stroh und grobem Ziegenleder. Viele mussten sich aus ihrer bereits vergilbten Bettwäsche Hosen und Hemden nähen, weil ihnen die Kleidung in Fetzen herunterhing. Es gab kaum noch etwas zu Essen. Und davon...", wobei er eine Pause machte und sein Glas mit dem Rotwein aus den edlen Trauben Teneriffas hochhielt, das er sehnsüchtig anlächelte, „...gab es gar nichts mehr. Es war ja nicht so, dass dieser Zustand nur ein paar Wochen oder Monate angehalten hätte. Nein, es ging drei, vier, fünf Jahre lang immer weiter. Können Sie sich vorstellen, wie die moralische Verfassung war? Und dazu noch tagein, tagaus gefangen auf dieser Insel, immer in der Ungewissheit, wie es den Familien in der Heimat ergeht, ja, wie es um die Heimat selbst bestellt ist! Es war grauenhaft. Was ich nach meiner Rückkehr zu sehen bekam und was Doeff mir erzählte, half mir zu begreifen, wie die Japaner wirklich sind. Denn während sie nach außen hin die strengste Miene wahrten, unterliefen sie die Anweisungen und Gesetze zur Behandlung der Ausländer wo sie nur konnten zu unseren Gunsten. Sogar die Beamten selbst ließen heimlich einfache, kleine Segelboote und Flöße bauen, die sie mit Reis- oder Getreidesäckchen beluden und bei günstigem Wind vom Strand aus auf die Insel zu und durch die Absperrung treiben ließen. Da sie dafür kein Geld bekamen, war es kein Schmuggel, und niemand musste einen Fuß auf die Insel set-zen oder einen Holländer persönlich begunstigen. Sie hätten sagen kön-nen, dass es schwimmende Opfer sind, die sie ihren Göttern entgegenbringen oder etwas Ähnliches. So entdeckten unsere bedau-ernswerten Kollegen unter der Maske der Autorität und der Strenge die große Sympathie und das Mitleid, das die Japaner mit ihnen hatten. Seit-dem bin ich diesen Menschen zutiefst dankbar. Ich darf sagen, dass in-zwischen einige der Beamten zu guten Freunden geworden sind, die ich schmerzlich vermissen werde, wenn ich dieses Land verlasse."

„Erwartet Sie zuhause eine Familie?" erkundigte Siebold sich beiläu-fig. Doch die Wirkung seiner Frage erschreckte ihn. Blomhoffs Erschei-nung veränderte sich innerhalb eines Augenblicks. Seine Gesichts-muskeln erschlafften und das viele Fleisch in seinem Gesicht hing grau herab, er sah plötzlich aus wie ein gealterter Jagdhund und antwortete mit müder und resignierter Stimme.

„Ach, ich hoffte dieses Kapitel überspringen zu dürfen. Aber wenn Sie schon fragen. Nicht alles ist mit den Japanern so gut gelaufen, wie ich es Ihnen gerade erzählt habe. Vor sechs Jahren, mit dem ersten Schiff nach der langen Isolation, kam ich mit meiner Frau und meinem kleinen Sohn hierher zurück. *Titia* hieß sie. Sie war eine wundervolle Person und für mich das schönste Weib unter dem Himmel. Sie war temperament-voll – und starrköpfig. Ich konnte sie damals nicht abbringen von dem Plan, mich nach Japan zu begleiten. Es war von vornherein nicht nur ris-kant, sondern unmöglich. Die Regeln für Dejima und den Verkehr mit Ausländern schließen den Aufenthalt von ausländischen Frauen hier ausdrücklich aus. Doch meine Euphorie war grenzenlos und ich war mir daher völlig sicher, dass ich die Japaner überreden könnte, diese alther-gebrachten Regeln zu modernisieren. In meiner Verblendung glaubte ich sogar, dass sie es mir schuldeten, weil ich so viel Schaden von ihnen ab-gewendet hatte durch meine Bereitstellung als Geisel der Engländer. Am Tag der Ankunft wurde bereits offensichtlich, wie vermessen das war. Sie machen sich kein Bild von dem Skandal, den es gab. Die Japaner ver-loren völlig den Kopf, als sie Titia sahen. Sie war die erste Europäerin in Japan und sie war anders als alles, was man sich hier vorstellen konnte. Ich stellte einen förmlichen Antrag auf ein Bleiberecht für meine Frau und meinen Sohn. Doch das Bakufu war rigoros in seiner Entscheidung. Titia musste das Land binnen zwei Wochen mit demselben Schiff wieder verlassen, mit dem sie gekommen war. Ach, was für ein Abschied, was für ein Jammer! Wir waren beide so unglücklich und mein kleiner Sohn verstand gar nichts. Drei Matrosen mussten Titia, die sich mit Händen und Füßen wehrte, zurück aufs Schiff bringen. Sie wollte bis zum letzten Moment nicht einsehen, dass wir den Kampf verloren hatten. Doch damit nicht genug. Tagelang konnte das Schiff die Bucht wegen eines Sturms nicht verlassen. Ich konnte es immer noch dort draußen sehen und wusste, welche zusätzliche Qual das für Titia sein musste. Die Seereise nach Europa muss für sie ein langer Weg durch die Hölle gewesen sein. Zwei Monate nach ihrer Rückkehr starb sie in Den Haag, krank und verzweifelt. Sie ist der Preis, den ich für den kleinen Ruhm bezahlt habe, den mir meine hiesige Aufgabe eingetragen hat. Als Erinnerung bleibt mir mein Sohn, der mich im Haus meiner Schwester erwartet."

Blomhoff, dessen Gesicht wie ein verlassener Steinbruch im Regen aussah, kämpfte mit den Tränen. Oberst de Sturler fühlte sich unwohl in der Erwartung, den Anblick seines weinenden Kollegen ertragen zu müssen, den er hier ehrenhaft ablösen sollte. Er hatte kein Verständnis für dergleichen Sentimentalitäten, zumal nicht vor Gästen, die man an die eigene Tafel geladen hat. Siebold, der Sturlers wachsende Kälte spürte, hatte über seine Sympathie hinaus nun auch Mitleid mit dem gütigen Blomhoff. Er fühlte sich aufgerufen, ihn vor der Verachtung zu schützen, die sich bei Sturler profilierte.

„Als Halbwaise kann ich Ihren Verlust gut nachempfinden. Er wird durch die räumliche Trennung von der geliebten Person und von dem eigentlichen Todesereignis natürlich noch verschlimmert. Ein Tod ohne Abschied und in der Ferne ist immer noch etwas anderes als das Ausscheiden eines nahestehenden Menschen aus dem Leben nach langer Krankheit. Doch warum bestand Ihre Frau auf die mühsame und gefährliche Reise nach Japan?"

„Es war ihr Temperament – und ihre Liebe."

Hokusai und Bakin

„Herr Iitsu! Herr Iitsu! Was für ein verfluchter Blödsinn! Warum muss ich wie ein Trottel durch die ganze Stadt rennen, um dich zu finden, nur weil du dir wieder ein neues Pseudonym ausgedacht hast. Und dann auch noch so einen gewöhnlichen Namen, hinter dem man einen Fischhändler, Korbflechter oder Kerzendreher vermuten würde. *Katsushika Hokusai* ist ein ordentlich klingender Name, den man nicht mit solchen Kindereien verhunzen muss."

„Reg dich ab, alter Freund. Es ging nicht anders, ich musste meinen Namen an einen jüngeren Künstler weitergeben. Außerdem habe ich doch überall Spuren für dich ausgelegt! Ich habe allen Leuten gesagt, dass sie dich zu mir schicken sollen, wenn Du kommst. Weißt Du übrigens, wie ich dich ihnen beschrieben habe, damit sie dich erkennen?"

„Nein."

„Wenn ein alter Mann kommt, der vor lauter schlechter Laune gelbe Augen hat und der so aussieht und so geht, als ob er überall nur durch eure Scheiße waten müsste, dann schickt ihn zu mir. Das kann nur *Bakin*-san sein", äffte er sich selbst nach und lachte darauf derb aus dem Bauch heraus. „Setz dich und trink mit mir. Es ist die rechte Stunde dafür", schob er dann besänftigend nach, weil Bakin seinen Witz nicht genießen konnte und er seinen empfindlichen Freund nicht weiter verärgern wollte. Die Dienerin des Gasthauses, die bis dahin stumm in der Tür saß, brachte eine Karaffe mit *Sake*, zwei kleine Trinkschalen und eine weitere Schale mit Schnitzen von getrocknetem und gesalzenem Aal.

„Was führt dich denn hierher? Ich habe nur durch Zufall erfahren, dass Du im Suwa-Schrein gesehen wurdest. Du lebst doch immer noch in Edo und ich kann mich nicht daran erinnern, dass Du gerne lange Reisen machst wie unsereins."

Bakin verzog schmerzlich sein Gesicht, denn seit einigen Jahren fiel ihm nach dem Laufen auch das Sitzen nicht mehr leicht. „Erinnere mich nicht daran. Hämorrhoiden und Furunkel haben meinen Weg von Edo bis hierher gepflastert. Ich weiß nicht, welcher Dämon hinter meinem Arsch her ist." Dabei strich er grimmig mit seiner trockenen, knochigen Hand über den kahlen Schädel. „Ich kam hierher, weil mir Freunde berichtet hatten, ein Agent verschiedener ausländischer Verleger käme dieses Jahr mit einem der holländischen Schiffe hier an." Hokusai band den Gürtel seines Kimonos fester zusammen, der seinen runden Bauch freizugeben begann. „Und? Suchst Du Ärger mit dem Bakufu? Lass mich raten. Du willst deine Bücher im Ausland veröffentlichen lassen." „Natürlich. Ich ärgere mich seit vielen Jahren über die hiesigen Verleger. Das ganze Land liest meine Geschichten und ich erhalte dafür eine Einladung zum Essen, bestenfalls ein Handgeld."

„Übertreibst Du nicht ein wenig? Ich habe gehört, dass Du recht erfolgreich warst in letzter Zeit. Du sollst einen großen Zyklus begonnen haben. Verzeih mir, wenn ich nichts davon lese. Ich male von früh morgens bis in die Nacht – wenn ich nicht gerade mit alten Freunden zusammensitze." Bakin sah ihn forschend an, um zu erfahren, ob das Ernst, eine Schmeichelei oder ein weiterer Sarkasmus war. Sie hatten sich seit vielen Jahren nicht gesehen und er war nicht mehr sicher, ob er Hokusai noch kannte. Auch stellte er mit einigem Neid fest, dass Hokusai sich in dieser Zeit gut gehalten hatte und viel weniger vom Alter gezeichnet worden war als er selbst. Hokusai sah rund und gesund aus, seine Hautfarbe war beinahe golden und sein streng nach hinten gekämmtes Haar war immer noch füllig und schwarz.

„Es stimmt. Ich habe viele Menschen erreicht mit meinem neuen Werk. Es sind Zehntausende. Es stimmt auch, dass ich erstmals einen ordentlichen Haushalt finanzieren kann und meine Frau mich gelegentlich in Ruhe lässt. Es ist aber gerade so viel wie ein Unterbeamter der Brückenaufsicht oder ein fahrender Händler verdient."

„Geld interessiert mich nicht. Erzähl mir von deinem neuen Werk. Und trink vor allem."

Bakin nahm gehorsam seine Schale, trank sie aus, stellte sie bedächtig wieder hin, streckte das Kinn in die Luft, kratzte sich am Hals und bleckte dann mit einer schmerzlichen Grimasse seine Zähne – eine mehrschichtige Geste, die unvermeidlich war, wenn er von seinem Werk erzählen musste.

„Es heißt *Die Legende der acht Hundekrieger* oder einfach *Hakkenden*. Ich habe bereits vor zehn Jahren damit angefangen und inzwischen zwei Dutzend Bände geschrieben. Und ich habe mindestens noch zwei weitere Dutzend vor mir. Ich kann dir also noch nicht die ganze Geschichte erzählen. Sie beginnt mit der Belagerung der Burg des Fürsten Satomi in *Awa* durch die Armee des Fürsten Anzai. Sieben Tage leiden die Belagerten bereits Hunger. Satomi, der den Untergang auf seine Familie, sein Gefolge und sich zukommen sieht, sagt zu seinem Jagdhund Yatsufusa nachts mit dem galligen Humor des Todgeweihten, dass er ihm seine Tochter Fuse-hime zur Frau gibt, wenn er den Feind tötet. Am nächsten Morgen wacht Satomi auf und sieht Yatsufusa auf dem *Tatami*. Zwischen den Beinen des riesigen Hundes liegt der Kopf des Fürsten Anzai, der Satomi mit toten Augen anstarrt. Satomi ist über diesen Sieg mehr als verlegen, denn nun muss er seine Tochter Fuse-hime mit einem Hund vermählen. Denn es hat sich herausgestellt, dass Yatsufusa kein gewöhnlicher Hund ist, sondern ein Hundegott. Fuse-hime selbst besteht darauf, dass die Hochzeit stattfindet, denn sie findet es unerträglich, wenn das Versprechen eines Fürsten nichts mehr gilt. Die Vermählung findet statt und der Yatsufusa nimmt Fuse-hime mit zum Berg Tomisan. Dort träumt Fuse-hime kurz darauf, dass sie schwanger ist, obwohl sie noch Jungfrau war. Diese Schmach, die Kinder eines Hundes zu gebären, kann sie jedoch nicht mehr ertragen. Als sie *Seppuku* begeht, bricht ihr buddhistischer Rosenkranz mit Hunderten von Perlen auf, den ihr genau ein Jahr zuvor ein Priester geschenkt hatte und damit die

Prophezeiung eines einzigartigen Schicksals für sie verband. Unter den vielen verstreuten Perlen beginnen acht blau zu leuchten, steigen auf und schweben fort. Es sind die wahren Söhne von Fuse-hime, die von anderen Frauen aus verschiedenen Provinzen als Menschen geboren werden. Jeder von ihnen besitzt eine der magischen Perlen mit einer heiligen Inschrift und sie werden alle Krieger, die acht Hundekrieger, von denen jeder eine konfuzianische Tugend verkörpert. Gemeinsam und mit Hilfe der magischen Perlen sollen sie eine neue, gerechtere Ordnung in der Provinz Awa herstellen. Sie werden ihre Aufgabe so lange verfolgen, bis irgendwann die heiligen Inschriften auf den Perlen verschwinden." Ergriffen von seinen eigenen Worten blickte Bakin mit großen Augen an die Decke und durch sie hindurch in den Himmel, wo er die Macht vermutete, die er in dieser Geschichte wirken lassen wollte.

„Das ist eine sehr gute Geschichte, eine wirklich großartige Erzählung, Bakin! Schenk uns nach, Frau, schneller. Wir sind alt und sterben bald, also beeil dich, ich will dann nicht nüchtern sein." blaffte er die Dienerin beiläufig an. „Du hast mir sogar schon mehr erzählt als Du bisher geschrieben hast. Das habe ich herausgehört. Mir ist sofort aufgefallen, dass deine Hundekrieger keine Samurai sind, dieses hochnäsige und nutzlose Pack."

„Ja, das stimmt. Die Zeit der Samurai ist längst vorbei. Sie verkörpern nichts mehr von dem, was mir als junger Mann noch heilig war."

„Ich danke Dir, mein alter Freund. Vor meinem geistigen Auge entstehen sofort dramatische, wüste Bilder, die in ihrer Größe deinem Sujet würdig sind. Ich frage mich nur, warum du heimlich meinen Schwiegersohn Shigenobu Yanagawa beauftragt hast, die Zeichnungen dafür zu machen. Aber lass uns lieber trinken."

„Hör bloß auf! Nie mehr wirst Du meine Geschichten illustrieren! Die Erfahrung mit meinem *Chinsetsu Yumihari-Zuki* hat mich kuriert. Du wolltest nicht verstehen, was für Bilder ich von dir erwartet habe. Ich ärgere mich immer wieder, wenn Leser mir Briefe schreiben und mich beglückwünschen zu den Illustrationen. Sie begreifen nicht, dass ich mir etwas völlig anderes vorgestellt habe." Hokusai lachte. Bakin war in seine alte Wut über ihre schwierige Zusammenarbeit von damals zurückgefallen, als sei das alles gerade erst passiert.

„Du bist wirklich immer noch derselbe ekelhafte Knochen der du immer warst. Und wahrscheinlich hast du sogar Recht. Wir sollten keine gemeinsame Arbeit mehr in Angriff nehmen. Du bist genauso eitel geworden wie ich. Obwohl wir beide nur ein wenig den Pöbel amüsieren dürfen mit unserer Kunst. Kein Edelmann würde jemals unsere Werke wahrnehmen. Trink, komm trink schon!"

„Nein, nein, es reicht", wehrte Bakin ab. Er hatte Angst vor Hokusais pathetischen Verbrüderungsversuchen im Rausch – weil er wusste, wie anfällig er selbst dafür war. So trank er dann doch wieder seine Schale aus und Hokusai lächelte zufrieden. „Was hast Du in der Zwischenzeit gemacht?" fragte Bakin, der trotz ihres damaligen Streits durchaus wusste, dass er mit dem größten Maler seiner Zeit zusammensaß – was auch immer die Aristokraten davon halten mochten.

„Lass mich dir ein paar Bilder zeigen", wobei er eine große Holzkassette öffnete und mehrere auf geschöpftes Papier gezogene und in Stoff eingeschlagene Holzdrucke hervorholte. „Das hier ist eines aus der Reihe meiner *Ansichten des Fuji*. Ich habe beinahe fünfzig davon gemacht und sie sind sehr beliebt. Hier, dieses ist auch ein häufig gekauftes Motiv aus dieser Reihe, *Die große Woge.*"

„Sehr beeindruckend", hauchte Bakin nur und strich, ohne das Papier zu berühren, darüber, entlang des Kamms der großen Welle im Vordergrund und hinunter ins Tal, wo taumelnde Boote und am fernen Horizont der Fuji zu sehen waren, der viel kleiner erschien als die Berge der empörten See.

„Dann habe ich noch diese Studien über die Wasserfälle aller Provinzen gemacht, die als *Shokoku Taki Meguri* bekannt geworden sind. Inzwischen verkaufe ich sogar meine Skizzenbücher, die *Manga*. Zum Glück stehe ich nicht mehr selbst auf dem Markt um meine *Ukyio-e* und die Manga anbieten zu müssen. Es sind so viele Kopien auf Vorrat, dass ich immer andere Leute damit beauftragen kann. Und es kommen Anfragen von Händlern aus allen Teilen des Landes."

„Wäre es nicht auch für dich interessant, wenn unsere Regierung die Beziehungen zu den Ausländern erweitern und verbessern würde? Vielleicht können die Barbaren in *Yōroppa* mit deinen Bildern eine Ahnung von den höheren Werten unserer Kultur bekommen."

„Was meinst du, warum ich hier bin! Letztes Jahr hat mir der Chef-Holländer von der Truppe, die im Hafen zusammengepfercht ist, einen schönen Auftrag gegeben. Er hat ein faszinierendes Gesicht, sieht aus wie ein alter Hund, was sage ich, wie ein Hundegott, ganz wie in deiner Geschichte. Aber... nun ja, ich bin noch nicht fertig mit dem Auftrag. Ehrlich gesagt habe ich nicht einmal angefangen. Ich bin aus einem ganz anderen Grund hier. Ich will noch einmal ein solches Weib sehen wie damals, als die erste Ausländerin für kurze Zeit auf Dejima war. Wir kampierten tagelang am Ufer in der Nähe der Brücke, um wenigstens einmal aus der Ferne einen Blick auf sie werfen zu dürfen. Und was soll ich dir sagen! Ich habe sie gesehen! Und wie! Du kannst dir das nicht vorstellen! Eine Frau wie ein Tier, ein Dämon! Ich konnte wochenlang nicht richtig schlafen. Sie war ganz in der Nähe der Brücke, umringt von einer Schar von unseren Übersetzern, die sie um mehr als einen Kopf überragte. Sie war riesig. Ihre Augen glühten wie frische Lava und ihr Mund, aus dem sie unfassbare Laute von sich gab, war so groß, dass sie einen Japanerkopf mit einem Biss abtrennen und verschlucken konnte. Darin waren viele große weiße Zähne und der Rand war gesäumt von fleischigen Lippen wie bei keimenden Früchten."

„Du machst dich lustig über mich. Du hast zu viel getrunken", warf Bakin mürrisch ein – und leerte eine weitere Schale, die die stumme Dienerin sogleich wieder füllte.

„Bakin, bei dir werden Prinzessinnen schwanger von Hunden. Du hast keine Ahnung, was sich die Natur sonst noch ausgedacht hat. Deshalb hör zu." Hokusai schloss die Augen und ließ das Bild der Dämonin wieder vor sich aufsteigen, bevor er weitersprach.

„Ihre Haare waren wie wilde Büsche im Sturm. Sie wirbelten in Kreisen durch die Luft und waren ganz ineinander verschlungen. Sie hatte darin Zwirbel und wuchernde Locken wie im Bart eines Mannes. Ihr Körper war beinahe in der Mitte durchgeschnitten. Es liefen von ihren Hüften aus, die etwa auf Brusthöhe unserer Dolmetscher waren, breite Stoffbahnen bis hinunter über ihre Füße. Nach oben hin, zu den Schultern, wurde ihr Körper auch breiter, aber der Stoff schmiegte sich eng an die darunterliegenden Formen. Du kannst dir nicht vorstellen, was für Brüste sie hatte! Zwei große Fujis nebeneinander, jeder sicher so groß wie ein Kürbis. Ich dachte, ich werde ohnmächtig. Noch nie habe ich etwas Ähnliches gesehen. Diese Gestalt und der Höllentanz, den sie aufführte, das war so schauerlich und so erregend! Ich wünschte mir, dieser Dämon würde übers Wasser auf mich drauf springen und mich verspeisen. Ich hoffte nur noch, dass sie sich viel Zeit ließe, wenn sie mein lechzendes Fleisch verschlingt, und dass meine Knochen ihr süß genug wären. Zum ersten Mal konnte ich mit Lust an den Tod denken."

„Du bist abartig, das wusste ich schon immer. All die weibliche Schönheit unseres Landes ist verschenkt an dich. Aber ich danke dir für die Beschreibung, denn es stimmt, das hat mich auch interessiert. Ich bin zufrieden zu hören, dass nichts dem lieblichen *Urisane-gao* unserer zarten Frauen gleich kommt. Diese wundervollen Melonensamengesichter, wie sie die Maler aus *Heian* uns überliefert haben, sind für mich der Inbegriff ewigen Entzückens."

„Das ist doch alles aristokratischer Mist. Mir ist jede dralle Dirne vom

Markt lieber als diese betulichen Fürstenweiber, jede Stunde im Freudenhaus ziehe ich der mühsamen Lektüre dieser langweiligen und immer gleichen chinesischen Moralpredigten vor, aus denen die noblen Ansichten unserer hohen Herren sich nähren. Und weißt du was? Ha! Meine *Shunga* kaufen sie liebend gerne, unter der Hand, versteht sich. Sie schicken ihre als Kaufleute verkleideten Diener und zahlen ohne zu fragen die Preise, die ich mir ausdenke. Ich würde zu gerne wissen, was sie damit machen."

Bakin hatte wieder eine Schale geleert und setzte sie gerade ab, als er ohne Ansatz loskeifte.

„Ich habe eins dieser Bücher gesehen. So ein Schund! So eine Entwürdigung! Komm, zeig mir mal, ob dein *Dankon* so groß ist wie du ihn zeichnest, das will ich doch wissen", womit er sich wütend auf Hokusai stürzte und versuchte, seine Genitalien durch den *Yukata* in den Griff zu bekommen. Der viel kräftigere Maler war überrascht, verlor das Gleichgewicht nach hinten, zog Bakin förmlich auf sich drauf und versuchte ihn abzuschütteln. So rauften sie sich und rollten über den Tatami. „Hör auf, du verrückter alter Mann! Was ist in dich gefahren?" schrie er, wobei er lachte. „Bist du neidisch oder was? Soll ich dich auch mal so zeichnen? Ist es das was du willst?" Dann bekam er Bakin zu fassen und setzte ihn wieder aufrecht hin, was er willig mit sich geschehen ließ. Beide waren außer Atem. Die Dienerin füllte ungerührt die Schalen.

Hokusai schüttelte grinsend den Kopf. „Wo waren wir? Ach ja, die Chinesen. Ja, die bringen mich zum Kochen. Ich wünschte mir, unser Land würde weit, weit weg abtreiben aufs Meer, damit sie nicht mehr herkommen. Ich muss ihre Schrift schreiben, ich muss mich von ihrer Medizin heilen lassen und dann muss ich auch noch die Bilder in ihrem Stil ansehen."

„Ach was? Du malst doch selbst noch wie die Chinesen!"

„Was meinst du damit?"

„Wie ich arbeitest du doch nur in deinem Haus, in deiner Werkstatt. Du solltest dir den jungen *Hiroshige* einmal ansehen. Seine Bilder werden schon neben deinen angeboten. Der nimmt sein ganzes Material mit und arbeitet unter freiem Himmel, wenn er die Natur malt. Du bist noch ein ganz klassischer Studiomaler und damit nur ein japanischer Chinese." Hokusai rümpfte die Nase und verzog widerwillig das Gesicht. Im Freien malen? Was für eine abwegige Vorstellung. Bakin freute sich über seine kleine Bosheit.

Spaziergang mit Mendelssohn

„Menderuson-san! Menderuson-san!" rief Siebold frech die japanische Aussprache dieses Namens imitierend die Straße hinunter, wo er Mendelssohn entdeckt hatte, der unentschlossen herumlief. Sie hatten sich nach der langen Reise zum ersten Mal drei Tage lang nicht gesehen.

„Ach, Siebold, Sie habe ich schon gesucht. Ich brauche Ihre Hilfe."

Siebold kam näher und war erschrocken über Mendelssohns Blässe.

„Was kann ich für Sie tun?"

„Ich fühle mich nicht wohl. Seit unserer Ankunft hier komm ich nicht richtig auf die Beine. Ich habe Kopfschmerzen und bin müde."

„Na, kommen Sie gleich mit in meine Praxis. Sie ist heute eigentlich schon geschlossen. Bei so ernsten Fällen fühle ich jedoch die harte Spitze meines hippokratischen Eids auf der Brust. Aber ich untersuche Sie nur, wenn Sie mit mir danach einen kleinen Spaziergang machen! Ich werde Sie auch stützen." Mendelssohn sah ihn mit einer Mischung aus Missbilligung und Befremden an. Er hatte gerade gar keinen Humor. Die Untersuchung kam schnell zu einem überraschenden Ergebnis. Mendelssohn hatte nicht Siebolds robuste Konstitution. Die Erschöpfung von der Seereise und die mangelhafte Ernährung forderten jetzt ihren Tribut, auch wenn das Abenteuer überstanden war. Die Kopfschmerzen aber hatten einen anderen Grund.

„Mendelssohn, ich habe eine gute und eine schlechte Nachricht für Sie. Welche wollen sie zuerst hören?"

„Die Schlechte bitte", antwortete er tonlos. Er fühlte sich elend.

„Sie brauchen eine Brille!" sagte Siebold mit gespieltem Ernst. „Sie sind in den letzten Wochen, ohne es zu merken, kurzsichtig geworden. Das ist kein Problem. Wir haben genügend Brillen an Bord. Sie gehören zu den Waren, die den Japanern verkauft werden sollen. Ich werde sehen, ob wir in der Stadt einen guten Linsenschleifer auftreiben können, der eine davon für sie anpassen kann"

„Und was ist die gute Nachricht?" fragte Mendelssohn nach.

„Sie müssen noch nicht sterben und Sie sind nicht einmal ernsthaft krank. Nur auf regelmäßiges und gesundes Essen sollten Sie achten. Außerdem würde ich Ihnen gerne ein wenig Bewegung und körperliche Ertüchtigung verschreiben. Etwas anderes als Spazierengehen oder Fechten kann ich Ihnen in unserer Lage aber kaum anbieten."

„Herrje, Fechten, nein, das können Sie mit mir nicht machen. Dann lassen Sie uns lieber um diesen Erdhaufen spazieren. Mir geht es auch schon besser. Es ist doch interessant, wie ein körperlicher Zustand einerseits und die Sorge darum andererseits sich kumulieren und nur als Einheit fühlbar werden. Die Kunst eines Arztes besteht nicht nur in der Heilung der physischen Ursachen eines Leidens, sondern auch in seiner möglichst weitgehenden Dissoziation von der damit verbundenen Sorge."

„So gefallen Sie mir schon besser. Kaum ist die Ungewissheit weg, da sind sie wieder ganz der Philosoph."

Siebold schloss seine Praxis ab und ging mit Mendelssohn zur Seeseite der Insel.

Dort stand eine verwitterte Bank, die einst von einem seinen Pariser Jahren nachtrauernden Schöngeist aufgestellt, von den praktisch denkenden und wenig flanierfreudigen Holländern jedoch nie benutzt wurde.

Sie reinigten sie mit bloßen Händen und setzten sich in der warmen Dämmerung vor das Panorama der Bucht.

„Sie leben sich also gut ein, wie ich es Ihrer ungetrübten Laune entnehmen kann", erkundigte sich Mendelssohn.

„Ja, ich bin selbst überrascht. Es ist für mich, als sei ich am Zielpunkt meiner Bestimmung angekommen. Trotzdem achte auch ich darauf, genügend Ruhe nach den Strapazen zu bekommen. Nur die räumliche Enge unseres Gefängnisses bedrückt mich ein wenig. Und ich denke über fast nichts anderes nach, als wie ich an Land kommen und meine Forschungen beginnen kann."

„Sagen Sie, was wissen Sie über die Geschichte der Beziehungen zwischen Japan und den Ausländern? Dank Ihnen weiß ich jetzt zwar eine Menge über die Morphologie der Atmungsorgane von Knochenfischen und ich habe als Ihr gelehriger Schüler mehr Ungezieferarten kennengelernt als ich Gulden mit mir führe, aber wir haben auf See angesichts des Reichtums der Natur dieses historische Thema ganz vergessen."

„Das trifft sich gut", sagte Siebold und lehnte sich zurück.

„Anlässlich eines Abendessens beim Opperhoofd vor zwei Tagen sprachen wir genau darüber. Blomhoff hat nicht nur meine Erinnerungen aufgefrischt, sondern noch einiges über unsere Mission und ihre Geschichte erzählt, was mir bislang unbekannt war. Sie müssen sich vorstellen: Diese prächtige Stadt Nagasaki war 1543, als zum ersten Mal schiffbrüchige Portugiesen hier in der Nähe landeten, noch ein kleines Fischerdorf. Kapitän Bernao Mendez Pintu hatte einen Chinesen aus Macao mitgebracht, der sich mit einem hier lebenden Chinesen unterhalten konnte. Der mit Pintu angespülte Chinese beschrieb die Portugiesen als harmlose Händler. Die hatten allerdings lange Rohre aus Metall dabei, die für die Japaner bald von größtem Interesse waren – Gewehre. Die Einfuhr von Feuerwaffen entschied damals den seit Jahrhunderten andauernden Bürgerkrieg, denn sie fielen in die Hände von *Oda Nobunaga*, einem von vielen Fürsten mit eigenen Ländereien – oder *Daimyō*, wie die Japaner sagen – dessen Ziel die Einigung des Landes war. Die Portugiesen waren daher überaus willkommen in Japan. Sie durften Handel treiben und sich im Land frei bewegen. Die europäischen Gäste konnten es jedoch nicht lassen, die Japaner auch noch mit dem Christentum zu beglücken. Der Jesuitenpater *Francisco de Xavier* begann seine Missionsarbeit 1549. Erstaunlicherweise konvertierten die Japaner geradezu massenhaft zum Christentum, auch wenn sie von unserer Religion nur eine höchst ungenaue Vorstellung hatten. Das ist aber wohl überall so gewesen, wo die frommen Brüder ihre Füße auf neues Land setzten."

„Sind Sie denn ein gläubiger Christ?" unterbrach Mendelssohn ihn. Er hatte seine Abneigung gegen die Jesuiten deutlich herausgehört.

„Bin ich hier vor der Heiligen Inquisition?", fragte Siebold tückisch lachend zurück. Doch er wusste schon, wie er die Frage zu verstehen hatte.

„Sie bringen mich ein wenig in Verlegenheit, wissen Sie. Ich gebe zu, es fällt mir trotz einer gründlichen religiösen Erziehung schwer, mir einen Begriff von jenem wohlwollenden höheren Wesen zu machen, das die Heilige Schrift den Schöpfer von Himmel und Erde nennt. Ich habe die Bibel, vor allem das Neue Testament, eher als eine bewegende Legende von einem gerechten Helden verstanden, die ein schlimmes Ende nimmt. Und Sie, sind Sie gläubiger Jude?"

„Ach, ein Jude ist leider immer gläubig, ob er will oder nicht. Ich wäre froh, wenn ich die Wahl hätte. Aber ein Jude wird in seine Religion hineingeboren. Er muss sich nicht erst zu ihr bekennen, er braucht keine Taufe, keine Konfirmation und keine Kommunion. Der Jude entkommt dem jüdischen Glauben nicht. Dabei hätte mein Herz viel höher geschlagen für ein Christentum, wie der großartige Leibniz es vertreten hat. Oder Kant."

„Wollen wir zum Thema zurückkehren?" erkundigte Siebold sich höflich-desinteressiert, mit einem Hauch von Ironie.

„Ja, ja, natürlich", hastete Mendelssohn, als wollte er die unnötige Glaubensfrage rückwirkend überflüssig machen. Siebold fuhr mit seinem historischen Vortrag fort.

„Nun, wo waren wir? Ach ja. Allmählich wurde dem Shōgunat der Einfluss der Jesuiten unheimlich. Bald waren es nicht mehr nur über hunderttausend einfache Leute, die sich zum Christentum bekannten, sondern auch eine wachsende Zahl von *Daimyō* konvertierte. Der Daimyō Omura Sumitada schenkte den Jesuiten sogar die Stadt Nagasaki. Inzwischen hatte der Generalissimus *Hideyoshi Toyotomi* die Zentralisierung Japans vorangetrieben und Korea mit hundertsechzigtausend Soldaten angegriffen. Dieser Feldzug war allerdings ein Misserfolg. Dafür erließ er das erste Edikt, das die Verbannung aller Ausländer vorsah. Es wurde zwar noch nicht ausgeführt, doch einige Jahre später ließ Hideyoshi als Warnung sechsundzwanzig Jesuiten und christlich gewordene Japaner hinrichten. Außerdem nahm er den Jesuiten Nagasaki wieder weg und brachte die Provinz unter seine Kontrolle. Nach seinem Tod übernahm der große *Ieyasu Tokugawa* die Regierungsgewalt, vernichtete 1600 in der großen Schlacht von *Sekigahara* alle innenpolitischen Gegner und schloss damit die Einigung Japans zu einer Nation mit einer zentralen Regierung ab. Er übernahm wieder den Titel des Shōgun. Damit war die neue Dynastie der Tokugawa begründet, die ununterbrochen bis heute herrscht. Edo wurde zur neuen Hauptstadt des Reiches. Und dort machte man sich zunehmend Sorgen, wer denn dieser Herrscher im fernen Europa sei, den die Ausländer ,Papst' nannten, und vor allem, wie groß seine Armeen sind. Dem Shōgun und seinen Beratern war natürlich auch nicht entgangen, dass das Christentum in Asien meist als Vorreiter die kolonialen Truppen ankündigte. Entscheidend war jedoch die Furcht, die Loyalität der japanischen Untertanen und Daimyōs zu einem Kaiser des Christentums könnte die gerade mächtig werdende Zentralregierung wieder schwächen. Dann kamen erst die Niederländer ins Spiel. Die erste Faktorei wurde von uns 1609 etwa hundert *Seemeilen* nördlich von hier auf der Insel Hirado errichtet. Ähnlich wie die Engländer hatten wir an Missionierung kein Interesse. Bald darauf wurden die Spanier als Erste endgültig des Landes verwiesen.

Dann ereignete sich eine Geschichte, die ich in den gelehrten Abhandlungen zuvor nicht finden konnte. Blomhoff erzählte von dem Aufstand der zum Christentum bekehrten Bauern in der Nachbarprovinz Shimabara. Das war im Jahr 1638. Der Daimyō dieses Lehens wollte ein Schloss bauen und presste das Geld aus seinen Untertanen, die sich zunehmend verweigerten. Er schickte sogar seine Truppen, doch der Widerstand war viel erbitterter als er erwartet hätte. Es kam zu einer großen Schlacht bei der Festung von Hara. Nach einer langen Belagerung gaben die Rebellen auf. Es waren vierzigtausend Männer, Frauen und Kinder.

Sie fanden alle, ohne Ausnahme, einen qualvollen Tod. Sie wurden erstochen, aufgespießt oder in den heißen, schwefeligen Quellen des Vulkans Unzen gekocht, den wir bei der Einfahrt in die Bucht sehen konnten. Kurz darauf wurden auch die Portugiesen für immer verbannt. Die Niederlande haben dabei auf wenig ruhmreiche Weise das Privileg erhalten, in Japan bleiben zu dürfen. Denn sie haben die örtlichen Autoritäten unterstützt und die Aufständischen von einem Schiff aus mit Kanonen beschossen. Diese Loyalität bei der Verfolgung der Christen wurde den Niederländern mit einem Bleiberecht auf der Insel Dejima vergolten. Sie mussten die Faktorei auf Hirado auflösen und hierher umziehen. Wir haben Dejima also von den Portugiesen übernommen, die diesen Erdhaufen ein paar Jahre zuvor hier im Hafenbecken aufschütten mussten. Denn die japanische Regierung fing an, ihre eigenen früheren Edikte ernst zu nehmen. Kein Ausländer sollte mehr den Fuß auf japanischen Boden setzen."

„Wahrlich, wahrlich, das war kein Triumph der Tugend", seufzte Mendelssohn philosophisch.

„Das ist vornehm ausgedrückt. Auch nur eine Kugel gegen Christen abzufeuern war Verrat an unserer eigenen Zivilisation. Glauben Sie denn, dass überhaupt irgendwelche Tugend oder Vernunft in den kolonialen Unternehmungen unserer Nationen zu finden ist?"

„Ich habe jedenfalls noch von keinem Volk gehört, das glücklicher ist, seitdem es unsere Bekanntschaft gemacht hat. Und ich kann nur hoffen, dass unsere Gewalttätigkeit, unsere Gier nach Handelsprivilegien und unser Missbrauch aller Formen von Gastfreundschaft nicht für Jahrhunderte als europäische Schande im Gedächtnis der Menschheit weiterlebt."

„Wissen Sie, der Aufenthalt auf Java hat mich sehr beeindruckt. Dort beschloss ich, dass es keine andere Berechtigung für unsere Tätigkeit gibt als die Bereicherung der Wissenschaften und den kulturellen Austausch. Natürlich gehört dazu auch der Handel, aber nur so lange, wie er in einem wechselseitigen Interesse ist. Deswegen bin ich den Japanern gewissermaßen dankbar, denn sie haben ihre eigenen Interessen so rigide unter Kontrolle, dass ich hier mit gutem Gewissen arbeiten kann. Wenn ich auch nicht wirklich froh bin über die schier unüberwindlichen Hindernisse, die vor mir liegen."

„Ja, damit wären wir wieder beim Thema. Wie ging es weiter mit den Ausländern in Japan?" insistierte Mendelssohn.

„Das ist recht schnell erzählt. Ab dem Jahr 1638 war das Land völlig abgeschottet vom Rest der Welt. Offiziell gab es nur noch den Kontakt zu den Niederlanden auf Dejima. Die Chinesen, die sie hier treffen werden, gelten nicht als Ausländer, denn sie sind nicht akkreditiert. Das heißt, sie gelten hier nicht als unter dem Schutz der chinesischen Regierung stehend und sind damit Unpersonen. Der deutlichste Unterschied zu den Niederländern ist jedoch, dass sie nicht alle Jahre beim Shōgun in Edo ihre Aufwartung machen dürfen. Niemand außer den Holländern hat dieses Privileg."

„Ich kann mir nicht vorstellen, dass so große Seefahrernationen und Kolonialmächte wie England sich das auf Dauer haben bieten lassen."

„Völlig richtig. Es gab auch eine ganze Reihe von Zwischenfällen. Manche französischen, russischen und englischen Schiffe sind an der japanischen Küste einfach gestrandet oder zerschellt. Andere wollten mit mehr oder weniger Gewalt den Zugang zu einem der Häfen öffnen. Sie sind alle gescheitert. Die japanische Regierung ist geradezu besessen von der Idee, die Isolation des Landes aufrecht zu erhalten. Das muss man vor dem Hintergrund einer seit bald zwei Jahrhunderten andauernden Friedenszeit sehen. Der letzte Krieg wurde in Japan im August 1600 mit der bereits erwähnten Schlacht bei *Sekigahara* beendet. Die Weigerung Japans, mit dem Ausland zu korrespondieren und in den weltweiten Handel einzutreten, wird mit einer gewissen Berechtigung als ein bewährtes Modell betrachtet."

„Und was wissen Sie über den heutigen Shōgun?"

„Er heißt *Ienari* und regiert seit 1786. Er soll größenwahnsinnig sein, die Staatskasse mit seiner prunksüchtigen Lebensführung plündern und er hat bereits sagenhafte zweiundfünfzig Kinder gezeugt. Der junge Kaiser, den die Japaner *Tennō* nennen, heißt Ayahito und regiert seit 1817. Er ist das religiöse Oberhaupt des Landes und der höchste Priester des Shintō-Glaubens. Die beiden sollen sich gut verstehen, weil der Shōgun eine edle Frau aus dem Geschlecht der Shimatsu geheiratet hat, was ihn unweigerlich dem hohen Adel am Hofe des Kaisers nähergebracht hat."

„Vielen Dank für diese Belehrungen. Ich sehe jetzt doch deutlich klarer. Wir befinden uns hier also am Ende der Welt in einem höchst seltsamen Land, das eigentlich nichts von uns wissen will. Wenn schon, dann möchten die Japaner den Zucker, den wir mitgebracht haben. Das sind keine rosigen Aussichten."

„Warten Sie es ab, Mendelssohn. Ich habe gehört, dass es hier in der Stadt viele kultivierte und an holländischem Wissen interessierte Menschen geben soll. Und ich habe auch schon einen Plan, wie wir diese Leute gewinnen können. Warten Sie es ab."

Das Holländer-Gespräch

Die neue holländische Gesandtschaft war bereits eine Woche auf der Faktoreiinsel einquartiert, als Blomhoff seinen Nachfolger Oberst de Sturler und Major Dr. von Siebold dem versammelten Kollegium der Übersetzer vorstellte. Anlass war der traditionelle, von den Japanern mit größter Spannung erwartete Bericht über die Weltlage, den sie das Holländer-Gespräch nannten. Denn es durfte natürlich nicht mehr als ein informeller Austausch sein, der dem ausführlichen schriftlichen Protokoll vorausging, das dem Shōgun später vom Vorstand der Faktorei im Zuge einer großen Hofreise persönlich überbracht werden musste. Doch insgeheim nahm das Holländer-Gespräch den gesamten Bericht voraus, womit die zeitweise mehr als fünfzig Übersetzer der außenpolitisch bestinformierte Zirkel Japans waren. Viele seiner Mitglieder waren schon in der dritten, vierten oder sogar fünften Generation Übersetzer für die Holländer aus Dejima. Die Familien, die schon auf eine lange Tradition der Übersetzungsarbeit zurückblicken konnten, waren außerordentlich kultiviert und wurden durch dieses Wissen einflussreich. Ihr Rat war weit über den Stadtkreis von Nagasaki hinaus gefragt. Jeder Übersetzer und jede Übersetzerfamilie hatten sich im Laufe der Zeit auf ein wissenschaftliches oder künstlerisches Gebiet spezialisiert, sodass diese Leute hervorragend ausgebildete Ansprechpartner für die Holländer waren und keine einfachen Handlanger.

„Ich hatte Oberst de Sturler bereits auf Batavia schriftlich angekündigt, dass von ihm hier eine Skizze des Weltgeschehens erwartet würde", erklärte Blomhoff, „und ich fand es angebracht, dass Sie, Herr Major, der Veranstaltung beiwohnen. Sie sind auch eingeladen, Ihre eigenen Beobachtungen und Kenntnisse über die europäische Politik weiterzugeben, wenn Oberst de Sturler damit einverstanden ist." Sturler nickte stumm. „Ich bitte Sie jedoch, das Thema der Kolonialpolitik möglichst auszuklammern. Die Japaner sind ungeheuer aufmerksame und besorgte Zuhörer. Wir müssen unsere Worte gut abwägen, denn es gibt eine große Empfindlichkeit in diesem Themenkreis. Sie müssen wissen, dass diese Nachrichten sich von hier aus über das ganze Land verbreiten. Außerdem müssen wir etwas von unserem Wissen zurückhalten, damit der Shōgun nicht schon alles über seine Spitzel und Geheimdienste erfahren hat, was er anlässlich der Hofreise in dem schriftlichen Bericht erhält." Derart instruiert begab Siebold sich mit seinen Vorgesetzten in den Empfangssaal der Faktorei, wo die Übersetzer sich erhoben und vor dem Dreigestirn verbeugten. Blomhoff und Siebold setzten sich, Sturler blieb stehen und begann unmittelbar mit seinem Vortrag.

„Sehr geehrte Herren des Kollegiums, wir freuen uns, Ihnen zum zweiten Mal in Folge von den günstigen Entwicklungen in Europa nach Beendigung der französischen Revolution und der nachfolgenden Kriege berichten zu dürfen. Um Ihnen das Wichtigste vorab mitzuteilen: Der irdische Gott des Krieges, das französische Monster, der Zwerg, der ganz Europa beherrschte, ist nicht mehr. Napoleon Bonaparte ist tot!"

Ein Raunen ging durch den Raum. Auch Siebold sah Sturler erstaunt an und bewunderte ihn für die theatralische Art, mit der er diese Nachricht würzte. Zugleich erinnerte er sich an den Tag, an dem er von Napoleons Tod erfahren hatte. Die Nachricht stand im Würzburger Kurier auf der ersten Seite. Ein Aufatmen ging durch Europa. Endlich war der Spuk vorbei, die Französische Revolution endgültig beendet. In Österreich stiegen die Rentenpapiere um zwei Taler. Und doch war Siebold damals bedrückt. Er dachte an die schöne Rede seines Kommilitonen Wellmann, den Adlerflug in Gedanken zur Insel St. Helena, wo Napoleon zornig auf dem Felsen stand. Ja, dachte er, es könnte sein, dass Wellmann Recht behält, wenn wir Napoleon und sein gesamtes Werk dem Vergessen übergeben. Er hatte Europa neu geformt, ein einheitliches Rechtssystem eingeführt, den Adel entmachtet und die Folter abgeschafft. Doch das Wichtigste, so dachte Siebold, war Napoleons Förderung der Wissenschaft. Frankreich wurde durch ihn das europäische Zentrum der Forschung, und das nicht nur, weil die anderen Länder mit Kriegen überzogen wurden. Napoleon war ein durch und durch moderner Mensch, eine große, zukunftweisende Persönlichkeit. Allein schon diese Größe machte seinen Untergang unermesslich traurig und pathetisch. Siebold empfand damals ein Mitgefühl, als ob etwas Ungerechtes in diesem Ende lag. Diese Teilnahme empfand er so heftig und er nahm sie so persönlich, dass er sich eine verdeckte Mischung von Furcht und Hoffnung eingestehen musste, ihm könnte einmal ein vergleichbares Schicksal zuteilwerden. Zugleich wurde er sich damals vollkommen bewusst, dass er politisch dem Liberalismus zuneigte, ja, dass er ein Liberaler und Demokrat war. Im Gegensatz zu den Befürwortern des konservativen Systems, das Metternich in Europa errichtet hat, das die Freiheiten einschränkte und die Monarchien vor den Forderungen nach Mitspracherechten bewahren sollte, kurz, zu diesem System, das versuchte die Zeit anzuhalten, glaubte Siebold an die Notwendigkeit von Verfassungen, an die Souveränität der Völker, an die Unveräußerlichkeit der Menschenrechte, an die Einschränkung der Regierungs- und Staatsmacht durch Institutionen wie Parlamente und schließlich auch an den freien Handel in der ganzen Welt. Er hatte Respekt vor den Erbmonarchien, er verstand, dass man die Macht nicht dem Pöbel überlassen darf, und er sah die Unausweichlichkeit des Wettbewerbs der Kolonialreiche. Doch das waren nur noch Durchgangsstadien auf dem Weg in eine neue Epoche. Europa durfte dort nicht stehenbleiben. Napoleon war für ihn das Symbol eines unvermeidlichen Fortschritts geworden, der vorübergehend auch sein schreckliches Gesicht zeigen konnte.

„Er starb am 5. Mai 1821 in englischer Gefangenschaft auf der Insel St. Helena, mitten im Atlantik, von allen verlassen", fuhr Sturler in diesem Ton fort, der so gar nicht seinem sonstigen Temperament entsprach.

„Die neue Ordnung in Europa, die auf dem Wiener Kongress 1815 beschlossen wurde, hat sich bewährt. Es hat seit unserem letzten Bericht keinen Krieg mehr in Europa gegeben. Die Politik der Restauration, deren Ziel die Wiederherstellung der europäischen Ordnung von 1792 war, ist ein großer Erfolg. Die Heilige Allianz, die von den Großmächten gegründet wurde, um ein Gleichgewicht der europäischen Kräfte auf den Prinzipien des Gottesgnadentums zu sichern, hat 1818 Frankreich aufgenommen. Die revolutionären, liberalen und nationalistischen Umtriebe wurden in allen Ländern gestoppt. Großbritannien hat sich in den letzten Jahren allerdings aus dem Konzert der europäischen Mächte merklich zurückgezogen. In ihrer *splendid isolation*, wie die Briten ihre Politik nennen, widmen sie sich der Industrialisierung und dem Sklavenhandel. Das frühere Heilige römische Reich deutscher Nation, das Napoleon 1806 aufgelöst hatte, ist allerdings bisher nicht wiederhergestellt worden. Es gibt keinen deutschen Kaiser mehr, sondern nur noch einen Deutschen Bund von neununddreißig Fürsten und Königen, dem sich auch Seine Majestät, König Wilhelm I. der Vereinigten Niederlande, als Großherzog von Luxemburg angeschlossen hat."

Sturler fuhr fort mit seinem Bericht, bis er zum Schluss zur neuen Ausrichtung der niederländischen Politik in Richtung Japan kam. Neben einer Belebung des Handels war es das ausdrückliche Ziele dieser Mission, den wissenschaftlichen Austausch auf ein bisher noch nicht gekanntes Niveau zu heben. Wenn diese Worte aus seinem Mund von nun an das Land durcheilen sollten, dann konnte für Siebolds Vorhaben daraus kein Nachteil entstehen. Im Gegenteil. Er selbst hielt sich wohlweißlich zurück mit eigenen politischen Beobachtungen. Dazu saß ihm der Schreck noch zu tief in den Knochen, den die Japaner ihm zugefügt hatten, als sie ihn beinahe als Nicht-Holländer entlarvt hatten.

Die Staroperation

Wenige Tage später betrat ein Kommiss Siebolds chirurgische Praxis und meldete den Besuch eines alten Priesters vom Festland in Begleitung eines akkreditierten Übersetzers. Es waren schon mehrere Japaner über die Brücke auf die Insel gekommen und hatten sich von Siebold behandeln lassen. Sie hatten geringfügige Leiden wie Hautkrankheiten oder Geschwüre.

„Guten Tag, Isha-san, und willkommen in Nagasaki. Ich möchte Ihnen Meister Shigetsugu Yoshisada vorstellen, den ehrwürdigen Priester des Sofukuji-Tempels", begrüßte der junge Übersetzer Siebold in einwandfreiem Holländisch. Daraufhin verneigte sich der Alte und murmelte einen Gruß, den Siebold nicht verstand.

„Meister Yoshisada hat vor über zehn Jahren sein Augenlicht weitgehend verloren. Er möchte sich erkundigen, ob der ehrenwerte holländische Arzt etwas für ihn tun kann. Sie sollten noch wissen, dass Meister Yoshisada eine hochangesehene Persönlichkeit in Nagasaki ist und seine Bekanntheit reicht weit über die Stadtgrenze hinaus. Er ist der erste Priester seit langer Zeit, der Dejima betreten darf."

„Bitte setzen Sie sich auf diesen Stuhl", sagte Siebold freundlich zu dem Alten und führte ihn zu dem Stuhl. Der Übersetzer erklärte dem Priester, was ein ‚Stuhl' ist, denn die wenigsten Japaner kannten diese Erfindung der Ausländer. Vorsichtig und steif ließ er sich auf der Sitzfläche dieses Möbels nieder, das er noch nie gesehen hatte und jetzt nur mit den Händen ertasten konnte. Siebold beugte den Kopf des Mannes nach hinten, hielt mit Daumen und Zeigefinger Ober- und Unterlied beider Augen nacheinander, um so die Pupillenweite und den Zustand der Linsen zu begutachten. Die Linsen waren von dichten, weißen Schleiern durchzogen. Siebold bot sich das typische Bild des Alterskatarakts, gemeinhin auch ‚Grauer Star' genannt.

„Bitte kommen Sie morgen wieder", sagte Siebold zu dem Priester, „und bringen Sie ein paar Männer mit sowie einen ansässigen Arzt aus der Stadt, der Sie später weiterbehandeln kann. Ich werde Sie hier operieren. Das wird etwa eine halbe Stunde dauern. Danach können Sie sich von Ihren Helfern nach Hause bringen lassen." Der Übersetzer wiederholte die Worte auf Japanisch und der Priester nickte nur stumm und ergeben.

Am nächsten Morgen blickte Siebold durch das Fenster erwartungsvoll zu der bewachten Brücke hinüber, die schräg gegenüber seiner Praxis lag und die ihn wie eine unsichtbare Mauer vom Festland trennte. Es war sein fester Entschluss, dass diese Brücke schon bald kein Hindernis mehr für ihn sein sollte. Wie verabredet erschien der Priester mit vier Begleitern, dem Übersetzer und einem jungen Arzt. Alle mussten sich der strengen Durchsuchung unterziehen, bevor sie passieren durften. Als sie die Räume der Praxis betraten und sich vor Siebold verneigt hatten, bat er den Priester wieder, sich hinzusetzen. Dann holte er eines der Stethoskope hervor, die Major Fritze ihm geschenkt hatte, wobei er unwillkürlich an dessen Worte denken musste. Tatsächlich murmelten die Anwesenden andächtig, als er mit dem beeindruckenden Instrument die Herztöne und die Lunge des Alten abhörte – eine Diagnose, die er sich für die bevorstehende Operation wohl hätte sparen können, die aber sein Publikum, das erfreulicherweise so zahlreich erschienen war, beeindrucken sollte. Dann bat er seinen Patienten, sich auf den Operationstisch zu legen und erklärte ihm, was er machen würde. Der Übersetzer wiederholte es für alle Anwesenden auf Japanisch.

„Ich bitte Sie, ehrwürdiger Priester, zuerst diesen Saft zu trinken. Er enthält ein Beruhigungsmittel, damit Ihre Augen sich nicht so stark bewegen. Dann werde ich Ihre Augen mit dieser Lösung desinfizieren und mit dieser lokal betäuben", wobei er auf die beiden Arzneimittelflaschen auf dem sauber vorbereiteten Instrumententisch deutete. „Und schließlich bekommen Sie noch ein paar Tropfen von diesem Mittel in die Augen." Er hielt das Fläschchen mit theatralischer Geste hoch. „Es ist das wichtigste Medikament." Daraufhin reichte er dem Priester den Beruhigungssaft, den er ohne zu zögern und mit ernster Miene trank. Dann träufelte er hintereinander die verschiedenen Lösungen mit Pipetten in die Augen seines Patienten, der darauf blinzeln musste und ein Teil der Flüssigkeit rann aus den Augenwinkeln über die Schläfen.

„Wenn alle Mittel ihre Wirkung zeigen, beginne ich mit der Operation. Ich werde mit diesem Skalpell ein Stück Ihres Auges entfernen. Sie werden dabei keine Schmerzen haben. Auch später werden ihre Augen nur etwas tränen und müssen für einige Tage unter einem Verband bleiben, bis die Wunden auf den Augen verheilt sind." Siebold setzte sich an seinen Schreibtisch und machte sich einige Notizen, während der Priester still dalag und seine Begleiter vor Neugierde nicht an sich halten konnten. Vor allem der junge Arzt vergaß seine Zurückhaltung und inspizierte die Instrumente, den Arzneimittelschrank, die anatomischen Karten an der Wand und die Handbibliothek mit den medizinischen

Standardwerken. Sein besonderes Interesse weckte das Mikroskop, das Siebold mit einigen ausgesuchten Präparaten gut sichtbar auf einem eigens dafür mitgebrachten Tisch aufgestellt hatte. Die Begleiter des Priesters tuschelten wie summende Fliegen, kaum hörbar und doch sehr aufgeregt. Keiner von ihnen hatte jemals die Praxis eines europäischen Arztes gesehen. Es war lange her, dass der große schwedische Naturforscher Carl Thunberg als einer von Siebolds Vorgängern in diesem Raum japanische Patienten behandelt hatte.

Siebold warf einen Blick auf den Priester, der bereits einen entspannten Eindruck machte. Die Wirkung des *Morphins* war eingetreten. Siebold wollte bei dieser wichtigen Operation kein Risiko eingehen und hatte für seinen Patienten deshalb ein verlässliches *Sedativum* gewählt. Er stand auf, ging zu einem der Schränke und nahm einen handtellergroßen Hohlspiegel an einem Band heraus, das er sich über den Kopf zog, sodass der Spiegel vor seiner Stirn fest angebracht war. Die Japaner blickten einander erstaunt an, denn Siebold sah plötzlich aus wie ein Shintō-Priester vor einem heiligen Ritual. Dann zündete er eine helle Öllampe an, die mit einem weiteren beweglichen Spiegel versehen war. Er richtete beide Spiegel so aus, dass das Licht der Lampe und das durch das Fenster eintretende Tageslicht so gut wie möglich auf das Gesicht seines Patienten gelenkt wurde. Er nahm eine Augenklammer und befestigte sie an den Lidern des ersten Auges, sodass der Priester es nicht mehr schließen konnte. Siebold war zufrieden mit den verlangsamten Reflexen. Ohne die Droge und das Lokal*anästhetikum* hätte das intensive Licht den Priester stark geblendet. Siebold hatte das Auge nun gut im Blick. Das *Atropin* hatte gewirkt. Die Pupille war maximal geweitet und damit war die wichtigste Voraussetzung für einen exakten Schnitt gegeben. Er nahm das Augenskalpell und trug mit einer einzigen, durchgehenden Bewegung die ganze Hornhaut mit der darunterliegenden Linse ab. Der Priester bewegte sich nicht und schien ganz ruhig. Doch Siebold bemerkte den kalten Schweiß in der sehnigen Halsgrube unter seinem Kehlkopf. Unbeirrt wiederholte er die Prozedur am zweiten Auge. Dann ließ er ihn beide Augen schließen und legte den Verband an.

„Bitte ruhen Sie sich aus und behalten Sie den Verband etwa eine Woche an. Dann kommen Sie wieder und wir werden weitersehen", sagte er zu dem Priester. Der Übersetzer tat seine Arbeit und wieder nickte der alte Mann stumm, diesmal aber mit offenem Mund und mit einer Haltung des Kopfes, als wollte er in der vor ihm liegenden Dunkelheit etwas erkennen. Er würde jetzt für mehrere Tage ganz blind sein. Die vier Begleiter des Priesters versuchten ihn alle gleichzeitig hinaus und über die

Brücke zu geleiten, wobei sie ihn wie etwas sehr Zerbrechliches in ihre Mitte nahmen und sanft vorwärts schoben. Als sie die Brücke passiert hatten, war Siebold zufrieden. Jetzt musste er nur noch abwarten.

Misuzu Inukawa

Es war noch keine Woche vergangen, da erhielt Siebold eine schriftliche Nachricht, die ihm vom stellvertretenden Hafenkommissar selbst überbracht wurde. Er möge sich am Morgen des nächsten Tages zu der Wohnung des von ihm zuvor behandelten Priesters begeben. Dieser hätte Schmerzen und sähe sich außerstande, auf die Insel Dejima zu kommen. Zu seiner Eskorte würde das Hafenkommissariat drei Polizisten bereitstellen. Siebold jubelte innerlich vor Glück. Er konnte das Eiland verlassen. Wenn auch nur für ein paar Stunden. Doch zugleich hoffte er inständig, dass es bei dem alten Mann keine Komplikationen im Heilungsprozess gegeben hatte. Das wäre ungünstig gewesen für seine Pläne. Eine Entzündung der Augen, die er nicht in den Griff bekäme, wäre fatal. Abends beschworen Blomhoff und Sturler ihn noch, keinen Fehler zu machen. Das sei der erste Landbesuch eines Inselbewohners seit sehr langer Zeit.

Am nächsten Morgen stand er ungeduldig in tadelloser Uniform mit geputzten Stiefeln in seiner Praxis und wartete auf die Eskorte. Die drei Hafenpolizisten kamen erst kurz vor der Mittagsstunde über die Brücke, wo sie ein Schreiben des Kommissars vorweisen mussten. Sie traten bei Siebold ein und stellten sich mit ihren bedrohlichen Lanzen und finsteren Gesichtern in einer Reihe auf. Einer von ihnen sprach Holländisch und bat Siebold, seine Instrumente zu nehmen und ihnen zu folgen. Siebold nahm seinen Arztkoffer und verließ mit den Polizisten die Praxis. An der Brücke musste er sich durchsuchen lassen. Zwei *Saguriban* kontrollierten jeden Passanten, tasteten ihn ab, durchsuchten alle Taschen, so auch bei Siebold. Auf der festländischen Seite stand vor dem Passierpunkt eine Tafel mit japanischen Zeichen, die den Verkehr mit den Fremden in strengem Ton regelte.

ERSTENS
Frauen ist der Zutritt verboten – ausgenommen Kurtisanen

ZWEITENS
Priestern und *Yamabushi*, mit Ausnahme der *Kōyasan*,
ist das Passieren des Tores verboten

DRITTENS
Spendensammlern und Bettlern ist der Eintritt verboten

VIERTENS
Über die Verbotsstange hinaus oder unter der Brücke
durchzufahren ist verboten

FÜNFTENS
Ohne besondere Erlaubnis ist den Holländern
das Verlassen der Insel verboten

Er kannte die Übersetzung aus dem holländischen Kommandobuch für das Inselleben auf Dejima. Die Originalaufschrift sah er zum ersten Mal, da das Schild der Insel abgewandt aufgestellt war. Dann war es endlich so weit. Er machte die ersten Schritte auf japanischem Festland. Kurz nach seiner Ankunft auf Dejima war ihm schmerzlich bewusst geworden, dass er sich immer noch nicht offiziell auf japanischem Boden befand, dass Dejima eine Art territoriales Fegefeuer war, nichts Wahres und nichts Falsches. Und jetzt: Japan! Er war endlich, wirklich und wahrhaftig auf japanischem Boden. Wie vielen Menschen war es in den letzten zwei Jahrhunderten vergönnt gewesen, ihren Fuß hier hinzusetzen, und zwar mit der ausdrücklichen Einladung einer lokalen Autorität? Siebold fühlte sich wie ein Entdecker, der an unbekannten Gestaden feststellt, dass das Land vor ihm noch nicht von seinesgleichen betreten wurde. Vielmehr hatte das Land beschlossen, mit ihm eine exklusive Verbindung aufzunehmen und er war ein willkommener Gast, weil man sich für ihn und sein Wissen interessierte. Diese Ausnahme, die das autoritäre Selbstbewusstsein der japanischen Nation für ihn machte, adelte ihn. Er fühlte sich auf sentimentale Weise zugleich heimgekehrt und verstanden. In diesem Moment wurde die tiefe Sehnsucht nach Japan bei ihm von einer tiefen Liebe zu diesem Land abgelöst. Das Ziel seiner Wünsche war erreicht. Er befand sich von nun an im Zustand ihrer fortwährenden Erfüllung. Er musste lachen, konnte ein glückliches Grinsen kaum unterdrücken. Er ahnte – nein, er wusste, dass nun endlich der neue Abschnitt in seiner Geschichte beginnt, den er seit Wochen erwartet hatte.

Derart bewegt ging er zum ersten Mal durch die Straße, deren Verlauf er bisher immer nur aus der Ferne folgen durfte. Sein geschulter Blick als Naturforscher ließ ihn eine solche Menge von detaillierten Eindrücken erfassen, dass er kaum Gelegenheit hatte, die Leute in der Straße mit Blicken zu würdigen. Die wunderten und amüsierten sich über den verträumten *Orandajin* in diesem schon lange nicht mehr gesehenen, blendenden Aufzug, dessen Uniform so farbenprächtig und sauber war und dessen Fußbekleidung aus Tierhaut so glänzte, als ob er ein König wäre, der eine Sänfte verdiente. Wer war dieser Mann? Die grellweiß geschminkten Frauen unter ihren wachsbeschichteten Schirmen drehten sich nach ihm um wie die Bauern in ihren leichten Strohsandalen, die so etwas auch noch nie gesehen hatten. Die Straße war gesäumt von Läden und Boutiquen aller Art, eine ganze Reihe von Fischhändlern, in deren erstaunlichen Auslagen bizarre, zum Teil noch zappelnde, zum Teil schläfrig-erstickende Meerestiere lagen, die Siebold nicht kannte, sowie Stoff-, Elfenbein-, Gewürz- und Porzellanhändler, die in die vorbeiziehende Menschenmenge hineinriefen. Arbeiter, die bis auf einen Lendenschurz nackt waren, grinsten frech zu ihm hinüber. So hatte sich Siebold einen orientalischen Bazar vorgestellt und war beeindruckt vom regen Treiben. Als sie eine Art Apothekenstand passierten, in dem Kräuter aller Art aushingen, stand dort eine Frau in einem hübschen Kimono mit einem Wolkenmotiv vor der Auslage und sprach mit dem Verkäufer. Siebold konnte sie nicht sehen, sagte aber zu dem Holländisch sprechenden Polizisten, dass er in diesem Geschäft nach Heilkräutern sehen müsste, die für die Behandlung des Priesters von Vorteil sein könnten. Dieser hatte keine Einwände und Siebold stellte sich neben die Dame auf den Holztritt von dem Stand. Darauf drehte sie sich um, sah ihn an und öffnete ihr Gesicht zu einem bezaubernden Lächeln. Die runden Augen verliehen ihr einen kindlichen und klaren Ausdruck, den er in der Physiognomie der erwachsenen Europäerinnen nicht kannte. Es fehlten die langen Wimpern und die starken Augenbrauen. Die Lider waren glatt und liefen wie gespannte Segel in die Augenwinkel. Das Weiß der Augäpfel war verdeckt und die rehbraune Iris beherrschte ganz ihren Blick. Ihre Zähne strahlten dafür umso heller. Ihr Lächeln war genau so bemessen, dass es die Augen nicht verkleinerte und sich keinerlei Falten um sie herum abzeichnen konnten. Dieses Gesicht war ein Kunstwerk wie

Siebold es noch nie zuvor gesehen hatte, umrahmt von blauschwarzem, glattem Haar, das sie am Hinterkopf elegant mit einer Schildpattnadel zusammengesteckt trug. Es war die erste Frau seit langer Zeit, die er wirklich wahrnahm und die ihn unvorbereitet verzauberte. Siebold war für diesen Augenblick so in seinen Gedanken gefesselt, dass er sie nur ansah und ihm nichts einfiel. Sie grüßte ihn lächelnd, um sich aus der Verlegenheit zu befreien: „Konichiwa *Ijin*-san."

„Wie bitte?" fragte er wie ein Automat auf Holländisch zurück, obwohl er genau verstanden hatte, was sie sagen wollte.

„Guten Tag, Herr Barbar?" wiederholte sie ihre Worte kichernd auf Holländisch, wobei sie ihren lachenden Mund hinter ihrer rechten Hand versteckte.

„Sie sprechen Holländisch?" fragte er unter Vernachlässigung der gebotenen Höflichkeit zurück, anstatt eine vernünftige Antwort zu geben. Zudem war diese Frage überflüssig und geradezu idiotisch, da sie sie doch schon beantwortet hatte.

„Natürlich. Wer tut das nicht?" Ihr Holländisch war besser als das des Polizisten, der sich währenddessen mit seinen beiden Kollegen unterhielt.

„Wollen Sie damit sagen, dass alle Einwohner von Nagasaki Holländisch sprechen?"

„Selbstverständlich. Nun ja, zumindest sehr viele. Wussten Sie das nicht?"

„Nein, ehrlich gesagt nicht", wobei ihm ein unerhörter Verdacht kam.

„Sie meinen, ich könnte diesen Herren hier auf Holländisch fragen, ob er getrocknete Salbeiblätter hat?"

„Salbei habe ich leider nicht, Orandajin-san", antwortete der Verkäufer ungefragt, „stattdessen könnte ich Ihnen jedoch Ginseng-Wurzel anbieten."

Siebold blieb zunächst sprachlos. Das war doch überraschend, obwohl er es sich hätte denken können. Er hatte Mendelssohn doch die ganze Geschichte erzählt. Seit Generationen stand die Bevölkerung von Nagasaki in engem, wenn auch streng kontrollierten Kontakt zu den Ausländern auf Dejima. Die Stadt, ursprünglich ein bedeutungsloses Fischerdorf, war durch die Niederländer groß und wohlhabend geworden. Warum sollten die Japaner also nicht deren Sprache erlernt haben in dieser langen Zeit.

„Darf ich Sie etwas fragen, Ijin-san?", erkundigte die Frau sich neugierig.

„Natürlich, bitte sehr."

„Was machen Sie auf Dejima? Und wie heißen Sie?"

„Das sind zwei Fragen, junge Dame."

„Oh, ich bitte um Verzeihung. Wie unhöflich von mir!" Sie war wirklich peinlich berührt und sah dabei so reizend aus wie ein reumütiges Kind. Dennoch hätte Siebold seine logische Rechthaberei gerne rückgängig gemacht.

„Ich bin Chirurgyn-Major und damit der Arzt der holländischen Gesandtschaft. Mein Name ist Doktor Philipp Franz von Siebold, gnädige Frau." Er war nicht sicher, ob er den richtigen Ton getroffen hatte, als er das sagte, denn die *gnädige Frau* war so jung, dass er eher an ein Mädchen dachte. Doch war sie zugleich, soweit er das unter dem Kimono sehen konnte, gut entwickelt und hatte selbstsichere, wohlerzogene Manieren.

„*Hirippu Hurantsu hon Shiboruto*. So viele Namen! Welcher davon ist denn der wichtigste, mit dem ich Sie rufen kann, wenn Sie wieder einmal so laut durch unsere Stadt spazieren?"

"Siebold, schätze ich."

„Gut, dann sind Sie von nun an Shiboruto-san."

„Zu Befehl, Gnädigste", antwortete Siebold in einem Anflug von Ironie. Der Verkäufer war dem Hin- und Her dieser Konversation mit hypnotischer Konzentration und der entsprechenden Kopfbewegung gefolgt und lachte wie über das Ende einer lustigen Geschichte. Sie dagegen schlug noch einmal die Augen nieder, verneigte sich und wandte sich zum Gehen ab.

„Warten Sie! Wie heißen Sie!" rief Siebold ihr nach.

„Shiboruto-san", sagte sie sanft und leise, während sie sich nur mit dem Kopf und den Schultern langsam wieder zu ihm drehte, "in unserem Land ruft man Frauen nicht auf offener Straße hinterher. Wussten Sie das nicht? Wir wollen jedoch gastfreundlich sein mit unseren holländischen Besuchern. Misuzu Inukawa ist mein Name. Ich hoffe, Sie werden unser Haus, das Hikidaya, im Laufe Ihres Aufenthaltes beehren und sich dann meines Namens erinnern." Mit diesen Worten und einem letzten schwebenden Lächeln wandte sie sich endgültig ab, öffnet einen Schirm und ging in kleinen Schritten auf ihren klappernden Holzpantinen die gepflasterte Marktstraße hinauf.

Als er mit der Eskorte einen prächtigen Tempel mit Pagodendach erreichte, postierten die Polizisten sich vor dem Seiteneingang, womit sie genau ihren Anweisungen folgten. Ein Diener öffnete die dünne

Schiebetür, bat Siebold lächelnd herein und bedeutete ihm, dass er seine Stiefel vorher noch ausziehen möchte. Dann führte er ihn durch mehrere lange Gänge, die teils von einer, teils von beiden Seiten durch Pergamentwände mit Tageslicht erleuchtet waren. Die Wohnung des Priesters lag in einem abgelegenen Flügel des Sofukuji-Tempels. Als Siebold eintrat, fand er eine Gesellschaft von nicht weniger als einem Dutzend Männern vor, die alle aufstanden und ihn mit tiefen Verbeugungen begrüßten. Der Priester selbst saß vor einem schmalen Tisch am Boden, verneigte sich ebenfalls und lächelte zufrieden. Es schien ihm gar nicht schlecht zu gehen, im Gegenteil.

„Setzen Sie sich, Shiboruto-san", forderte der Priester ihn auf. Siebold ließ sich ihm gegenüber am Tisch nieder und versuchte, mit seinen bestrumpften Beinen in den Schneidersitz zu kommen, wie er ihn beim Priester sah. Es war also die Wahrheit. Viele Leute sprachen oder verstanden zumindest Holländisch. Der alte Mann eingeschlossen. Die anderen Anwesenden ließen sich um die beiden herum im Kreis auf den flachen Fußboden nieder, wobei sie sich mit geschlossenen, angewinkelten Beinen auf ihre Fersen in den *Seiza* setzten. Sogleich kam eine kleine, alte Dame herein, verteilte zierliche Schalen und schenkte behutsam durchsichtigen Tee ein.

„Seien Sie herzlich willkommen in meiner unwürdigen Behausung. Es ist eine viel zu große Ehre für mich, einen so bedeutenden Mann bei mir zu empfangen." Er machte eine kurze Pause. Siebold wusste bereits, dass Japaner sich in langen und unterwürfigen Ausdrücken der Höflichkeit ergingen, bevor sie zur Sache kamen.

„Ich weiß nicht, ob Sie mir mein Augenlicht zurückgeben können, Shiboruto-san. Doch meine Begleiter haben gesunde Augen, und die haben erstaunliche Dinge im Haus des ehrenwerten Arztes gesehen. Sie möchten Ihnen mitteilen, dass sie Interesse an einer engen Zusammenarbeit haben."

Die Situation wirkte immer noch wie ein Ritual, denn der blinde Priester sprach laut und rhythmisch, wobei er Siebold und die anderen mit seinen verbundenen Augen fixierte, als könnte er durch die Bäusche und Stoffbandagen hindurchsehen.

„Es ist mir eine unermesslich große Ehre, Meister Yoshisada".

„Sie müssen wissen, meine Gäste hier sind nicht nur die besten Ärzte von Nagasaki, einige sind auch von weit her gekommen. Keiner von ihnen hätte diese Operation gewagt, der Sie mich unterzogen haben. Wir warten alle gespannt auf das Ergebnis. Und ohne Zweifel haben Sie bereits verstanden, dass ich Sie nur unter dem Vorwand eines Unwohlseins hierhergebeten habe. *Okagesama de* fühle ich mich kerngesund. Ein Mann meines Alters ist im Übrigen sowieso nicht mehr allzu sehr auf seine Augen angewiesen. Ich habe alles gesehen. Doch nun will ich nicht zu viel reden, schon gar nicht von mir. Meine Gäste sind viel zu ungeduldig. Erlauben Sie mir, Ihnen den ehrwürdigen *Ryōsai Kō* vorzustellen, einen ehrgeizigen jungen Arzt, der aus der fernen Provinz *Awa* zu uns gekommen ist. Ich nenne ihn an erster Stelle, weil er Spezialist der Augenheilkunde ist und weil sein Begehren, Sie kennenzulernen, so groß war, dass ich fürchtete, er würde sich hier mitten unter uns, in meinem bescheidenen Haus, in einen Vulkan verwandeln, wenn ich ihm dieses Privileg verweigerte. Und Sie müssen wissen – mit Vulkanen kennen wir uns aus."

Die Gäste brachen in herzliches Gelächter aus, aber nicht alle. Auch Ryōsai Kō lachte zuerst, fasste sich aber schnell und sprach dann ernst.

„Ehrwürdiger Shiboruto-san, wir haben seit langem darauf gewartet, dass endlich wieder ein überragender holländischer Arzt auf Dejima weilt. Sie werden wohl wissen, dass unsere Regierung den Umgang mit Ausländern streng geregelt hat. Gleichwohl sind wir begierig zu erfahren, was die holländischen Wissenschaften in den letzten Jahrzehnten für Neuerungen erfahren haben. Deshalb waren unsere Kollegen zu Ihnen gekommen mit dem für uns unlösbaren Fall der nebligen Erblindung unseres ehrenwürdigen Meisters Yoshisada." Dabei nickte er in Richtung der drei Begleiter des Priesters, die ebenfalls anwesend waren und sich vor Siebold nochmals verneigten. Sie waren also selbst Ärzte.

„Sie berichteten uns von Instrumenten, die sie noch nie gesehen hatten, von anatomischen Karten, die präziser sind als alles, was wir bisher kennen – und von der Selbstverständlichkeit, mit der sie eine für uns unmögliche Operation durchgeführt haben. Wir kennen das letztendliche Resultat noch nicht, doch wir haben kaum Zweifel an ihrem Erfolg und wollten nicht mehr warten. Können Sie uns, wenn es Ihnen genehm ist, einen kurzen Bericht darüber geben, was es für bedeutende Entdeckungen gegeben hat, seit Ihr Vorgänger *Kempuhueru-san* hier auf Dejima weilte?" Siebold war bewegt von diesem Empfang – und frappiert, was für ein gebildetes und akzentfreies Holländisch der junge Arzt sprach.

„Verehrter Kō-san, verehrte Kollegen, ich habe in der Tat Neuigkeiten aus den europäischen Wissenschaften zu berichten. Es gab seit *Engelbert Kaempfers* Aufenthalt in Japan erstaunliche Fortschritte, insbesondere in den Bereichen der Anatomie, Chirurgie, Pharmazie, Physik und Botanik, um nur einige zu nennen. Ich habe viele Bücher mitgebracht und eine Vielzahl von Instrumenten, die Ihnen noch unbekannt sein dürften. Darüber hinaus werde ich Ihnen erstmals ein *Vakzin* gegen Pocken zu Verfügung stellen. Haben Sie schon einmal vom Prinzip der Vakzination gehört?" Seine Zuhörer sahen sich wechselseitig an und schüttelten nur den Kopf.

„Es ist ein Verfahren, mit dem man gefährlichen Krankheiten vorbeugen kann, indem man die gesunden Menschen mit winzigen Mengen des Wundsekrets von Erkrankten infiziert. Sie bekommen dann vielleicht leichte Symptome der Krankheit, die jedoch schnell abklingen. Wenn sie diese Phase überstanden haben, können sie sich nie mehr mit dieser Krankheit anstecken." Ein leises Raunen ging durch den Raum und die Ärzte nickten nachdenklich. Diese Beschreibung leuchtete ihnen ein.

„Dies ist nur ein kleiner Teil dessen, was ich Ihnen allen anbieten möchte. Doch ich werde Monate brauchen, um Sie mit den Einzelheiten vertraut zu machen. Es wird schwierig sein, Ihnen diese neuen Erkenntnisse zu vermitteln und die Instrumente vorzuführen, wenn ich jedes Mal unter diesen restriktiven Bedingungen zu Ihnen hierher komme."

„Wir wissen, wie viele Hindernisse Ihnen, sowie uns selbst, in den Weg gelegt werden", antwortete Kō. „Ganz ohne Einfluss sind wir aber doch nicht. Wir werden es einrichten, dass alle hier Anwesenden sich regelmäßig in Ihrer Praxis auf Dejima einfinden können, wenn Sie einverstanden sind. Ebenso werden wir dafür sorgen, dass Sie so oft wie möglich in die Stadt gerufen werden, etwa bei schwierigen Fällen. So können wir Sie bei der Arbeit beobachten und Ihnen gegebenenfalls assistieren." Siebold hatte gerade den grünen Tee probiert, der leicht beizend schmeckte.

„Das ist eine vorzügliche Idee", freute er sich. „Ich sehe auch mit großer Erwartung dem entgegen, was ich von Ihnen lernen kann. Wann wollen wir mit dem Austausch beginnen?"

„Gleich morgen", sagte Kō mit einem vielsagenden Lächeln.

6. Kapitel

Sonogi

Embryotomie – Der Durchbruch – Takis Heiratsantrag
Hochzeit auf Dejima

Embryotomie

„Sehen Sie, die Säfte müssen fließen. Sonst beeinträchtigt das bald Ihre Arbeitsfähigkeit hier. Dieses Inselleben ist keine reine Freude, wie Sie sicher bemerkt haben." Oberst de Sturler wollte Siebold am Rande der morgendlichen Lagebesprechung, während Blomhoff das Direktions-büro kurzzeitig verlassen musste, gute Ratschläge für den Umgang mit japanischen Frauen geben. Siebold war ungeschickt genug, ihm gegen-über seine Begegnung mit der reizenden Misuzu Inukawa erwähnt zu haben.

„Ich habe mich bereits erkundigt. Es gibt Damen hier in Nagasaki, die sich beruflich um die niederländische Gesandtschaft kümmern. Es ist nicht das was Sie vielleicht denken, also gewöhnliche Prostitution. Nein, diese Damen gehen eine Ehe auf Zeit ein mit ihren ausländischen... Kun-den. Die Frau, die Sie getroffen haben, ist eine dieser sogenannten Kur-tisanen. Das Hikidaya ist dafür das beste Haus in Nagasaki, eine Institution. Es liegt im *Maruyama*-Viertel. Sie sollten sich überlegen, ob ein solches Arrangement für die nächsten vier Jahre sich nicht am besten mit Ihren Bedürfnissen und unseren Aufgaben vereinbaren ließe."

„Ich danke Ihnen für Ihre Sorge und den guten Rat, den Sie mir ertei-len möchten. Für meinen Teil bin ich an einem Arrangement dieser Art nicht interessiert. Es liegt viel Arbeit vor mir und im Zweifel werde ich gar keine Zeit haben, mich mit einer dieser sicher höchst unterhaltsamen Damen zu zerstreuen."

Er hätte sich ein Verhältnis mit einer Frau wie Misuzu in Wirklichkeit durchaus vorstellen können. Nur allein der Gedanke, dass er es auf An-raten Sturlers und dazu noch unter seinen Augen tun würde, nahm ihm jede Lust dazu. Die Intimität, mit der dieser sich gerade als Kuppler für die absehbaren, typisch männlichen Nöte seines Organismus aufspielte, beleidigte Siebold. Und in der Tat übten seine Lehr- und Forschungsvorhaben gerade einen weitaus größeren Reiz auf ihn aus als eine Frau dies möglicherweise jemals tun könnte. Insofern fühlte er sich in diesem Moment sicher und war überzeugt, dass er nicht in die peinliche Situation kommen würde, Sturlers Ratschlägen eines Tages notgedrungen Folge leisten zu müssen.

Er hatte Sturler auch von seiner Verabredung mit den japanischen Ärzten berichtet, was dieser anerkennend quittierte. Am Nachmittag erschien dann tatsächlich eine ganze Delegation an der Brücke und die *Saguriban* hatten zu tun, alle zu durchsuchen. Als sie in Siebolds Praxis eintraten und ihn mit Verbeugungen grüßten, stellte er fest, dass es die vollständige Versammlung der Ärzte vom Vortag war.

„Es war eigentlich gar nicht so schwierig. Wir haben uns alle als Diener des Oberdolmetschers eintragen lassen, der unser Anliegen unterstützt. Er selbst hat nur die Brücke mit uns passiert und ist jetzt zum Direktor gegangen, um andere Dinge zu erledigen. Wir haben also etwa eine Stunde Zeit", berichtete Ryōsai Kō, der auch weiterhin Sprecher der Gruppe blieb. Ohne Umschweife machte sich Siebold daran, seine gewitzten und wissbegierigen Besucher in die neuesten wissenschaftlichen Erkenntnisse des Westens einzuführen. Allein schon auf einem der Stühle zu sitzen, wurde für manche von ihnen zum Erlebnis. Fasziniert blickten sie vor allem durch das Mikroskop, mit dem Siebold ihnen an ausgesuchten Präparaten wie lebenden Wasserflöhen, feinem Meeressand und Anschnitten von Rosenblättern lupenreine Bilder einer bizarren Welt im Kleinen zeigte, von der sie bis dahin keine Ahnung hatten. Darauf war er besonders stolz, denn dieses erste Mikroskop mit *achromatischen* Linsen war tatsächlich das beste Instrument seiner Art. So verging die Stunde wie im Flug und seine japanischen Kollegen waren tief beeindruckt.

Die nächste Gelegenheit für eine Begegnung ließ nicht lang auf sich warten. Schon in derselben Nacht wurde er von einem der Ärzte, der sich als *Choei Takano* vorstellte, in Begleitung eines Dolmetschers und des zweiten Hafenkommissars aus dem Bett geholt. Ein Notfall lag vor und er wurde gebeten, in die Stadt zu kommen. Takano sprach von einer Frau, die ihre Schwangerschaft verschwiegen hatte und nun schwer erkrankt war. Für Siebold war das eine wichtige Auskunft. Er packte in seine Arzttasche alle Instrumente für die Geburtshilfe. Die schriftliche Genehmigung lag bereits vor. Eilig machten sie sich auf den Weg. Im Stadtteil Doza kamen sie zu einem großen, ansehnlichen Haus. Eine ältere Dame und ein junges Mädchen erwarteten sie am Eingang. Die

Hausherrin versuchte Haltung zu bewahren, doch ihr Gesicht war tränennass und verzweifeltes Schluchzen erstickte ihre Stimme. Da sie auch die holländische Sprache nicht beherrschte, übernahm das junge Mädchen die Begrüßung.

„Ehrwürdiger *Isha-sama*, bitte treten Sie ein zu dieser späten Stunde in das unglückliche Haus der Familie Kusumoto. Unser ehrenwerter Vater ist verreist und meine Schwester liegt im Sterben. Die Ärzte haben gesagt, dass nur noch der holländische Doktor ihr helfen kann. Wir bitten Sie unterwürfig, all Ihre Künste anzuwenden, um unsere Tochter und Schwester zu retten. Sie ist noch so jung und so schön. Sie soll noch nicht zu unseren Ahnen gehen. Das soll ich Ihnen von meiner Mutter ausrichten. Wenn Sie mir bitte folgen wollen. Die anderen Ärzte sind schon eingetroffen."

Sie war ungeschminkt, trug ein einfaches Nachtgewand und hielt ihren Kopf tief gesenkt, während sie leise sprach, ohne Siebold auch nur einmal anzusehen. Ihre langen Haare waren auf der Höhe ihrer Schulterblätter nachlässig zusammengesteckt. Siebold zog der japanischen Sitte entsprechend seine Stiefel aus und betrat das Haus. Die beiden Hafenpolizisten blieben wieder vor der Tür postiert, während Choei Takano Siebold in das Krankenzimmer begleitete, wo Ryōsai Kō und zwei andere Ärzte sie erwarteten. Mutter und Tochter blieben vor dem Zimmer mit eingeschlagenen Beinen auf dem Boden sitzen. In dem mit *Tatami* ausgelegten Zimmer lag eine junge Frau von etwa zwanzig Jahren mit angezogenen Knien und vor dem Bauch verschränkten Armen kauernd auf einem Futon. Kō berichtete ihm, dass niemand von ihrer Schwangerschaft gewusst hatte, bis sie erkrankte. Sie delirierte, stöhnte leise und war im Fieberschweiß gebadet. Siebold bat seine Kollegen, vier Öllampen um das Krankenlager aufzustellen, die Patientin ganz auszuziehen und sie in Rückenlage zu bringen. Es war immer noch wenig Licht in dem Raum. Er setzte das Stirnband mit dem Hohlspiegel auf und begann die Untersuchung, indem er ihre Augenlider hochschob und die Reflexe ihrer Pupillen im Fokus des gebündelten Lichts beobachtete. Das Ergebnis war besorgniserregend. Sie war bereits im Übergang vom Delirium zum Koma. Dann tastete er mit den Fingerspitzen Mundhöhle, Schilddrüsen und Achseln ab, setzte das Stethoskop auf und auskultierte Lunge und Herz. Als er den stark verhärteten Unterleib mit flachen Händen abtastete, stellte er fest, dass die Schwangerschaft schon weit fortgeschritten war. Er wunderte sich, wie der Zustand der jungen Frau so lange unbemerkt bleiben konnte. Doch er erklärte sich das mit den weiten Gewändern, die japanische Frauen trugen. Dann spreizte er ihre

Beine und untersuchte Vulva und Scheide. Dort fand er einen braun-wässrigen, übelriechenden Ausfluss. Takano sagte ihm, dass es keine Monatsblutung sein könnte. Das hatte Siebold auch nicht vermutet. Er bat seine Kollegen, warmes Wasser und Tücher herbeizuschaffen. Sie gaben den Auftrag weiter an die beiden Frauen vor der Tür. Mit mehreren eingerollten Futons betteten die Männer die Patientin höher, ähnlich wie auf einem Gebärstuhl, einem Möbelstück, das die Japaner nicht kannten. Siebold hatte damit einen besseren Zugang zu ihrem Unterleib und die Schwerkraft sollte die weitere Behandlung unterstützen. Er wusch die Scheide von außen und inwendig ab, wobei ein fauliger Geruch aufstieg. Dann nahm er eine Zange aus seiner Tasche, deren runde Blätter schnabelförmig zuliefen.

„Das ist ein Spekulum. Damit kann ich den Unterleib der Patientin visuell untersuchen und muss mich nicht allein auf den Tastsinn verlassen."

Er führte das Spekulum in die Scheide ein, spreizte sie mit der gegenläufigen Bewegung der Blätter, richtete den Fokus seines Stirnspiegels entlang des geöffneten Scheidengangs aus und konnte so auf dessen Grund den Muttermund erkennen. Nur zu gerne hätte er den japanischen Ärzten diesen für sie erstmaligen Anblick eines weiblichen Organs gezeigt, doch dafür war keine Zeit. Es war wichtiger, ihnen die Diagnose und die nächsten Schritte zu erklären.

„Wir müssen sie operieren. Die Fruchtblase ist geplatzt und das Kind bereits tot. Ich schätze, sie hat versucht, eine Abtreibung vorzunehmen. Es ist schwer zu sagen, ob sie einen Gegenstand oder starke Kräuter verwendet hat. Das ist jetzt auch nicht wichtig, denn Eile ist geboten. Ihre Krankheit ist eine Vergiftung durch den Fötus, der nicht abgegangen ist. Sie ist im sechsten Monat und der Tod der verfaulten Frucht liegt schon einige Tage zurück. Es grenzt an ein Wunder, dass der Exitus der Mutter noch nicht eingetreten ist. Wir werden den Fötus extrahieren, was wir in der westlichen Medizin *Embryotomie* nennen. Die Sectio caesarea, der Kaiserschnitt, kommt nicht in Frage. Die Patientin ist zu labil."

Seine Kollegen nickten ehrfürchtig. Siebold wusste, dass die Embryotomie als Form der akuten Geburtshilfe für die japanischen Ärzte völlig neu war. Den Kaiserschnitt kannten sie zwar in der Regel, doch nur die wenigsten beherrschten ihn und die meisten hatten eine fast heilige Furcht vor dem Blutbad, dass sie durch mangelhafte Kenntnis dabei anrichteten.

„Zunächst müssen wir den Fötus in der Gebärmutter drehen, denn er ist noch nicht in der erforderlichen Kopflage. Dann besteht die

Herausforderung darin, den Muttermund der Patientin so weit zu öffnen, dass wir an den Fötus herankommen. Wenn uns das nicht gelingt, sehe ich keine Hoffnung für sie. Schließlich werden wir den Kopf öffnen und entleeren. Erst dann können wir den Fötus aus der Gebärmutter extrahieren. Meine Herren, bereiten Sie sich auf eine lange Nacht vor."

Die Ärzte sahen einander betroffen an. Keiner von ihnen hatte jemals einen derart drastischen Eingriff in den Körper eines Menschen vorgenommen. Auch für Siebold war es ein Extremfall, der seine ganze ärztliche Kunst erforderte, wobei er zusätzlich noch improvisieren müsste. Er beglückwünschte sich, dass er durch die Lehre und die Schriften seines Onkels Elias von Siebold, dem inzwischen berühmten Geburtshelfer und Frauenarzt an der Berliner Charité, der ihn auch beim niederländischen Kolonialministerium für den Dienst als Truppenarzt empfohlen hatte, bestens vorbereitet war. Zum anderen war er heilfroh, dass der tote Fötus ihn nicht vor die schwerste moralische Entscheidung stellte, die er sich vorstellen konnte: Darf ein Arzt das lebende Kind im Körper der Mutter töten, um deren Leben zu retten? War das nicht Mord? Sein Onkel hatte in seinem *Lehrbuch der praktischen Entbindungskunde*, dessen Manuskript er ihm noch vor der Veröffentlichung zur Lektüre mit auf die Reise nach Java gegeben hatte, unmissverständlich festgestellt: „Die Embryotomie an der lebenden Frucht ist nicht angezeigt." In diesem Fall war immer eine Sectio caesarea vorzunehmen.

Die erste Aufgabe war das Drehen des Fötus in der Gebärmutter. Siebold massierte den verhärteten Bauch der Patientin und versuchte, den Kopf der Kindsleiche in Richtung des Geburtskanals zu bewegen. Das erwies sich als schwierig, da der Fötus nicht mehr im flüssigen Medium der Fruchtblase schwamm, sondern wie ein Organ fixiert in der Bauchhöhle lag. Nur mit Geduld und Kraft gelang es ihm dann doch. Dabei entleerten sich Reste aus Blase und Darm der Patientin und die Tücher mussten gewechselt werden. Der Ausspruch *Inter faeces et urinam nascimur* des Heiligen Augustinus kam Siebold dabei in den Sinn, und er erweiterte ihn um die Pointe, dass es uns sogar totgeboren nicht besser geht. In diesem Moment stöhnte die Patientin laut auf und sprach wimmernd im Delirium. Bei einem Wort, das sie mehrmals wiederholte, erschraken die japanischen Ärzte. Kō erklärte Siebold flüsternd, dass es der Name eines Generals des mächtigen *Shimazu*-Clans sei, der das Fürstentum *Satsuma* regiert. Siebold ließ sich davon nicht ablenken und erklärte den Ärzten, dass er Äthertinktur mithilfe einer Pipette durch den Kanal des Speculums auf den Muttermund aufbringt, damit dieser sich entspannt. Danach würde er den Muttermund mit der Hand massieren, um ihn so weit zu öffnen, dass er die weiteren Instrumente zum Einsatz bringen kann. Zuerst flößte er der Patientin einen Schluck Wasser mit einer hohen Dosis *Morphin* ein und verband ihre Augen mit einer Stoffbinde. Sie durfte auf keinen Fall die anstehenden Verrichtungen und schon gar nicht den toten Fötus sehen, wenn sie während des Eingriffs unerwartet aus der Narkose aufwachen sollte. Dann begann er mit der Operation. Nachdem er den Äther auf den Muttermund aufgetragen und das Spekulum wieder entfernt hatte, ölte er seine Hände und die Scheide der Patientin ein. Diese bearbeitete er dann mit kräftigen, massierenden Bewegungen. Dabei versuchte er, seine Hand immer tiefer in den Unterleib der Patientin hineinzuschieben. Er musste den Kanal zur Gebärmutter in dem engstehenden Becken weiten. Doch auch bei Anwendung aller Kraft seines Arms schaffte er es nicht, die Hand einzuführen. Sie war zu groß für die Öffnung zwischen dem Schambein und dem knöchernen Beckenausgang der zierlichen Frau. Schwer atmend setzte er sich aufrecht hin und überlegte einen Moment. Dann sah er seine Kollegen der Reihe nach an.

„Wie ist Ihr Name?" fragte er den jüngsten und schmächtigsten von den vier Männern.

„Mogami, Sensei", antwortete er erschrocken, „mein Name ist Mogami."

„Ich brauche Ihre Hilfe. Meine Hände sind zu groß. Ihre dagegen könnten den Muttermund erreichen. Ich bitte Sie, die Massage vorzunehmen und ihn zu weiten." Er rückte zur Seite und deutete Mogami, seinen Platz einzunehmen. Der junge Arzt rutschte auf Knien zögernd näher. Dann wusch auch er seine rechte Hand und ölte sie ein. Als er die Finger wie einen Storchenschnabel zuspitzte und die Hand so einführen wollte, konnte Siebold sehen, dass sie zittert.

„Nur Mut, mein junger Freund."

Mogami musste seine Hand ebenfalls drehen und schieben, doch bald verschwanden seine Knöchel in der Scheide und sie schloss sich über seinem Handgelenk. Er hatte Schweißperlen im Gesicht und auf den rasierten Stellen seines Kopfes.

„Spüren Sie den Muttermund?"

„Ja, Sensei", antwortete Mogami tonlos.

„Dann versuchen Sie, ihn mit Daumen und Zeigefinger weiter zu spreizen. Wenn es geht, dann massieren Sie ihn auch mit drei Fingern und versuchen ihn zu passieren. Durch diese Öffnung müssen wir den toten Fötus extrahieren. Je größer sie ist, desto besser."

Mogami tat wie ihm befohlen. Zur Angst kam jetzt die Anstrengung hinzu, und Schweißtropfen lösten sich von seiner Nasenspitze. Plötzlich schrie er auf.

„Aaaaahhhhhh! Aaaaaahhh!" Panisch versuchte er, seine Hand zurückzuziehen, bewegte sich dabei jedoch unkontrolliert und wurde von dem Vakuum in der Scheide festgehalten. Siebold griff schnell zu, packte seinen Unterarm und zog ihn langsam im richtigen Winkel fixiert aus dem Unterleib der Patientin. Wimmernd hielt Mogami die übelriechende Hand von seinem Körper weg. Siebold wusch sie und fragte, was passiert sei.

„Ich habe den Schädel des toten Fötus gespürt! Ich habe den Leichnam berührt!" Mogami weinte hemmungslos. „Ich kann das nicht, Sensei, ich kann das nicht." Er rutschte auf dem Tatami weg und drehte sich mit dem Gesicht zur Wand, wo er vor Scham zusammengekauert schluchzte. Siebold sah die anderen Ärzte besorgt an. Kō versuchte, ihm die Situation zu erklären.

„Wir Japaner betrachten den toten Körper eines Menschen als das Unreinste, was es in dieser Welt gibt. Früher hatten wir nicht einmal Begräbnisse oder Feuerbestattungen, sondern die Leichen wurden einfach in den Wald geworfen und den wilden Tieren überlassen. Verzeihen Sie bitte meinem Kollegen, er ist noch jung und unerfahren." Dann rutschte Kō näher, zwischen die Beine der Patientin.

„Ich mache das. Mogami-san hat gute Vorarbeit geleistet."

In den nächsten Stunden schaffte Kō es, den Muttermund so weit zu öffnen, dass Siebold wieder übernehmen konnte. Nun kam ein neues Instrument zum Einsatz, der *Trepan*. Es war ein langes Kupferrohr, aus dessen einem Ende ein kreisförmiges Sägeblatt herausgeschoben wurde. Mit einem Griff am anderen Ende konnte es vor- und zurückgeschoben und rotierend bewegt werden. Hermann Friedrich Kilian, ein brillanter junger Arzt und Medizinprofessor aus Sankt Petersburg, der häufig zu Besuch in Würzburg war, hatte Siebold im Hause seines Onkels den Prototypen des Trepans vorgestellt. Er gab ihm auch praktische Hinweise für die Embryotomie und speziell für die Anwendung seiner Erfindung. Während seiner Zeit in Heidingsfeld ließ Siebold das Gerät mit Kilians Genehmigung nachbauen, hatte aber vor seiner Abreise keine Gelegenheit mehr, es auszuprobieren. Die japanischen Ärzte, darunter auch Mogami, der sich wieder beruhigt hatte, nachdem Kō ihn vor dem Verlust seines Gesichts bewahrt hatte, betrachteten fasziniert dieses Instrument, das aussah wie ein Wurm aus Metall mit scharfen Zähnen.

Siebold wies Takano und Kō an, auf den Unterleib der Patientin zu drücken und den Fötus im sich öffnenden Muttermund zu fixieren.

Dann führte er den Trepan mit zurückgezogenem Sägeblatt in die Scheide ein, um sie nicht zu verletzen, und setzte ihn am Schädel des Fötus an. Als er den harten Widerstand spürte, schob er mit dem Griff das Sägeblatt vor und fing vorsichtig an zu kurbeln. Nach wenigen Umdrehungen war der Widerstand verschwunden und das Sägeblatt war in die Gehirnmasse eingedrungen. Er zog den Trepan aus der Scheide. Die Ärzte sollten ihre Position halten, ihm aber etwas Platz lassen. Siebold legte dann beide Hände oberhalb des Schambeins aufeinander, richtete sich auf und drückte plötzlich mit durchgedrückten Armen, aller Kraft und seinem ganzen Körpergewicht auf diese Stelle. Sie konnten es nicht hören, aber alle spürten in ihren Händen das Zusammenbrechen des Schädels im Geburtsgang. Siebold drückte weiter mit heftigen Bewegungen, denn die Gehirnmasse musste vollständig ausgeleert werden. Die Japaner waren entsetzt von der Brutalität dieses Vorgehens. Doch sie waren noch lange nicht fertig und sollten weiter in ihrer blockierenden Haltung verharren. Siebold schob durch die Röhre des wiedereingeführten Trepans eine Stange mit einem scharfen Widerhaken, den er durch den zerquetschten Kopf tief in den Fötus rammte. Während er daran zog, mussten die Ärzte weiter auf den Unterleib drücken und ihn so allmählich durch den Geburtsgang schieben. Schlagartig löste sich der Fötus, schoss aus der Scheide heraus und ergoss sich mit einem Schwall aus Blut und Gehirnmasse auf den Laken in einer Pfütze, die nach Tod und Fäulnis stank. Siebold zog an der Nabelschnur und die Plazenta kam sofort in einem Stück nach. Er atmete erleichtert auf. Wenn diese Druck- und Zugmethode nicht funktioniert hätte, dann wäre als letzte Mittel das Zersägen des Leichnams in der Gebärmutter erforderlich gewesen. Er besaß auch dafür ein neues Instrument, ein spezielles Fetotom, ähnlich aufgebaut wie der Trepan, mit einem zackenbewährten Draht, dessen Schlaufe um den Fötus gelegt werden musste, um ihn zu zersägen. In der Hoffnung, dieser zusätzliche, mühsame und für die Mutter lebensgefährliche Eingriff würde nicht nötig sein, hatte er es gar nicht aus seinem Arztkoffer genommen. Außerdem hatten seine Schüler in diesen Stunden bereits genug erlebt. Er spülte die Leichenteile in einem Wasserbad und legte sie säuberlich angeordnet auf einem frischen Tuch aus. Der verrenkte Fötus, an dem das Gesicht nur noch als Hautlappen hing, die Bruchstücke des Schädels, Nabelschnur und Plazenta wurden wie ein Schnittmuster zusammengesetzt, um sicherzustellen, dass nichts in der Gebärmutter geblieben war. Dann säuberte er Gebärmutter und Scheide mit Wasser, das er mit einer großen Kolbenspritze einschoss, auf deren Spitze ein beweglicher *Kautschuk*schlauch angebracht war.

Schließlich bat er die Kollegen, von den Frauen Tücher in kochend heißem Wasser bringen zu lassen. Diese legte er der Patientin in mehreren Lagen als heiße Leberwickel eng an. Die Operation war vorbei.

Siebold überreichte das Bündel mit den Überresten des Kindes dem jungen Mädchen, das immer noch mit tief gebeugtem Kopf sprach und nicht wagte, ihn anzusehen.

„Unser Dank ist unermesslich groß. Wir hoffen, dass unsere Tochter und Schwester Tsune noch bei uns bleiben wird. Wir können aber zumindest den *Kami* dieses Geschenk zurückgeben. Das Kind wird eine schöne Stelle im Garten als Grab bekommen. Selbstverständlich werden wir Sie für Ihre Dienste angemessen bezahlen. Es ist uns äußerst unangenehm, aber wir bitten Sie, noch etwas Geduld aufzubringen, bis unser ehrenwerter Vater zurückgekehrt ist."

„Junge Dame, ich erwarte keinen Lohn. Es ist meine Aufgabe und Berufung dies zu tun. Mein Geld verdiene ich auf andere Weise. Im Übrigen ist deine Schwester noch nicht außer Gefahr. Ich werde versuchen, jeden zweiten Tag zu kommen, um nach ihr zu sehen. Bitte wechselt nur alle vier Stunden diese Wickel aus, die ihr vorher kurz in heißes Wasser einlegen müsst. Das unterstützt ihre Leber, denn ihr Körper ist noch voll mit gefährlichen Giften."

„Ich werde tun, was Sie sagen, Isha-sama."

„Mein Name ist Philipp Franz von Siebold. Nenn mich bitte Shiboruto. Mir gefällt die japanische Aussprache meines Namens. Und wie heißt du, wenn ich fragen darf?"

Sie blickt überrascht auf und für einen kurzen Moment konnte er im Halbdunkeln ihre schönen Augen und ihr hübsches, kluges Gesicht erahnen.

„Taki, mein Herr, Taki Kusumoto."

„Gute Nacht, Taki, gehe jetzt schlafen. Wir sehen uns bald wieder."

„Gute Nacht, Shiboruto-sama."

Der Durchbruch

Zwei Tage später stand für Siebold ein Ereignis von größter Wichtigkeit bevor. Er musste wieder in die Stadt und hatte dafür bereits zwei verschiedene Aufträge. Für jeden einzelnen erhielt er einen Laissez-Passer der Hafenkommandantur. Die Dolmetscher-Assistenten hatten alles vorbereitet. Sturler registrierte diese raschen Fortschritte in Siebolds Arbeit mit Zurückhaltung. Siebold sollte erst von anderen niederländischen Beamten erfahren, dass selbst das Faktorei-Oberhaupt nur ein-, höchstens aber zweimal pro Jahr an Land gehen durfte, und zwar nur unter strengster Bewachung. Siebold hatte sich also in kürzester Zeit eine unerhörte Freizügigkeit seitens der Japaner erworben, die seinen Mitbewohnern auf Dejima nicht verborgen blieb.

Der erste und überaus wichtige Auftrag führte ihn wieder zum Sofukuji-Tempel. Die Polizisten blieben wie befohlen vor der Tür stehen und im Inneren traf er auf die versammelte Ärzteschaft. Natürlich war Ryōsai Kō anwesend und sein noch jüngerer Kollege Choei Takano. Die Schiebetüren und -wände wurden mit einem kurzen, linearen Geräusch von raschelndem Samt aufgeschoben. Der alte Priester saß nun mitten in dem lichtdurchfluteten Raum auf dem Boden. Alle wussten, was jetzt kommen würde. Niemand sprach. Siebold stellte seinen Arztkoffer ab, kniete sich ebenfalls hin und holte die Instrumente heraus, die er jetzt brauchen würde. Er zelebrierte mit entschiedener Langsamkeit seine ärztliche Kunst. Kein Atmen war zu hören, nur das vorsichtige Knirschen der Schere durch den Augenverband des Alten. Siebold nahm die Bäusche von seinen Augen und rieb deren Ränder mit einer Salbe ein. Dann bat er den Priester, die Augen zu öffnen. Dieser folgte der Anweisung und öffnete im selben Moment ungewollt den Mund, in dem noch wenige Zähne standen, und atmete schwer.

„Haben Sie Schmerzen, ehrwürdiger Yoshisada?"

„Nein, überhaupt nicht."

„Und was sehen Sie?"

„Licht! Ich sehe viel helles Licht. Doch ich kann nichts erkennen."

„Natürlich nicht. Klimpern Sie zuerst einmal ein wenig mit den Lidern und gewöhnen Sie sich wieder an die Helligkeit." Dann nahm Siebold ein Gestell aus einem weichen Lederetui, setzte es Yoshisadas auf die Nase und klemmte es hinter den Ohren fest.

„Was sehen Sie jetzt?"

Der Priester antwortete nicht und atmete heftiger als zuvor. Dann sagte er laut etwas auf Japanisch zwei, drei Mal hintereinander in den Raum. Schließlich wandte er sich wieder an Siebold.

„Bei meinen Ahnen, noch nie in meinem Leben habe ich so viel gesehen! Noch nie in meinem Leben! Meine Augen sind schärfer als je zuvor. Ich sehe wie ein Falke, wie ein Adler", rief er aus. Er erhob sich und blickte gestreckt wie ein Leuchtturm in alle Richtungen. Dann sprach er wieder auf Japanisch, woraufhin sich die anwesenden Ärzte in Siebolds Richtung mit vor der Stirn gefalteten Händen niederwarfen, bis diese den Boden berührten. Zuletzt kniete sich auch der Priester wieder hin und verbeugte sich ebenso tief vor ihm.

Welch ein Glück! Welcher Triumph! Die Operation war gelungen. Zudem schien der Priester eine angeborene Fehlsichtigkeit gehabt zu haben, die nie diagnostiziert wurde. Die Starbrille ersetzte die kranken Linsen, die Siebold vollständig entfernt hatte. Es hätte kein besseres Ergebnis geben können. Das war der Durchbruch, er wusste es. Dann erhoben sich alle und Meister Yoshisada begann feierlich zu sprechen.

„Shiboruto-san, Sie haben einem alten, unbedeutenden Mann das Licht der Welt zurückgegeben. Sie haben mir die Sonne geschenkt und ich werde in diesem Leben doch noch einmal meinen Garten sehen. Dafür musste ich nicht einmal die geringsten Schmerzen erleiden. Meine Freunde hier und mich selbst haben Sie von Ihrem überragenden Können überzeugt. Wir wissen natürlich auch alle von Ihrer Behandlung der älteren Kusumoto-Tochter. Sie wäre heute gewiss tot, wenn Sie sie nicht operiert hätten. Obwohl ich selbst kein Arzt bin, habe ich daher die große Ehre, Ihnen im Namen der hier anwesenden Kollegen Ihres Standes Folgendes mitzuteilen: *Kein Arzt in Japan ist würdig, sich mit einem so großen Heilkünstler wie Sie es sind zu vergleichen. Sie bringen uns neue wissenschaftliche Erkenntnisse und Praktiken, von denen wir ohne Sie vielleicht nie erfahren würden. Sie können Menschen heilen, die in unserem Land nur noch ein trauriges Schicksal, vielleicht sogar der Tod erwarten würde. Deshalb heißen Sie von heute an' Shiboruto-sensei'. Sie sind der Meister, hier sind ihre gehorsamen Schüler."*

Dann verneigten sie sich wieder vor ihm. Siebold war überwältigt und so ergriffen, dass er kaum noch atmen konnte. Er rang um Fassung. Damit war die Zeremonie zum Glück auch schon zu Ende und die Versammlung musste sich umgehend auflösen. Jeder einzelne dankte ihm beim Hinausgehen noch einmal mit einer tiefen Verbeugung. Der Priester nahm ihn dann beiseite und bat ihn, sich noch kurz zu setzen.

„Shiboruto-sensei, ich weiß bereits, dass Sie kein Geld nehmen wollen für die Behandlung. Sie werden aber sicher verstehen, dass ein armer Mensch wie ich, dem Sie in unvergleichlicher Weise Gutes angetan haben, nicht mehr leben wollen würde, wenn er sich nicht dankbar zeigen dürfte. Deshalb möchte ich Ihnen diese kleine Gabe überreichen. Es ist nur ein bescheidener Kuchen, aber es ist eine heilige Speise. Sie ist sehr selten und wird nur von wenigen Leuten in ganz Japan hergestellt. Sie ist für Menschen verboten und wird nur den Göttern geopfert. In den vergangenen Tagen, als ich völlig blind war, habe ich zu den Göttern und Ahnen gesprochen und bat sie, diese Speise zu segnen, sodass ausnahmsweise ein auserwählter, großer Mensch sie zu sich nehmen darf, um ihn stark zu machen und ihm Glück zu bringen. Natürlich musste ich dabei von Ihnen erzählen, Shiboruto-sensei, zumindest, soweit mir bekannt war. Doch das war nicht schwer für mich. Ich wusste viel von Ihnen, allein aus Ihrer Stimme. So, und nun nehmen Sie bitte diese Gabe an und beginnen Sie Ihr großes Werk, auf das wir alle warten."

Als die Polizisten den Arzt zum Kusumoto-Haus eskortierten, war er noch ganz benommen. Er fühlte sich mutig, stark und zu mächtiger Größe emporgewachsen; zugleich aber klein und voller Angst vor der Herausforderung, diese Größe auf Dauer auszufüllen. Der Erfolg seiner Operation, die er von Anfang an bewusst in Szene gesetzt hatte, übertraf all seine Erwartungen. Als Taki ihm die Tür öffnete, waren diese Gedanken plötzlich wie weggewischt. Vor ihm stand eine wunderschöne junge Frau, von der er glaubte, sie noch nie gesehen zu haben. Sie trug einen faszinierenden Kimono. Auf weißem Hintergrund zeigte er den Abflug hellblauer Kraniche aus einem Schilf in einen Horizont aus Orange und Rot. Ihre Haare waren diesmal hochgesteckt und wurden von einer Schildpattnadel zusammengehalten. Sie war geschminkt, doch lange nicht so stark, wie er das bei Misuzu und den anderen Frauen beobachtet hatte, die ihm begegnet waren. Ihr mildes Lächeln zeigte die Spannung höchster Zurückhaltung. Zur Begrüßung verbeugte sie sich tief.

„Herzlich willkommen in unserem bescheidenen Haus, Shiboruto-sensei."

„Konnichiwa, Otaki-san. Woher wissen Sie jetzt schon von meinem neuen Beinamen?"

„Bitte, Sensei, sprechen Sie nicht so zu mir. Sie haben mich das letzte Mal einfach Taki genannt und mit ‚Du' angeredet. Bleiben Sie bitte dabei. Dann werde ich Ihnen auch erzählen, woher ich davon weiß."

„Gut, Taki, ich freue mich, dich zu sehen. Ich möchte sagen...", worauf er sich verlegen räusperte und neu ansetzte.

„Ich habe mich dazu verführen lassen, dich mit ‚Sie' anzureden, weil du heute ganz anders aussiehst als bei meinem ersten Besuch."

„Wie meinen Sie das, Sensei?"

„Nun, ich dachte, du seist ein kleines Mädchen, als du das letzte Mal vor mir standst. Offensichtlich bist du aber schon eine Frau, und eine sehr schöne dazu."

„Sie sind zu freundlich, Shiboruto-sensei. Ich bin ein ganz einfaches Mädchen, gerade einmal sechzehn Jahre alt. Nun, ich wollte Ihnen doch erzählen, wie ich schon von Ihrem großen Erfolg unterrichtet sein kann. Choei Takano ist ein guter Freund der Familie. Er war von Anfang an besorgt um meine Schwester, denn er liebt sie, wissen Sie? Nach Ihrem Treffen bei dem hochehrwürdigen Sofukuji-Priester kam er sofort zu uns und berichtete von Ihrem Erfolg. Er wollte uns Mut machen. Bitte, verzeihen Sie ihm, ja?"

„Nun, das ist sicher kein Verbrechen. Lass uns jetzt zu deiner Schwester Tsune gehen."

Sie kamen an einem Zimmer vorbei, aus dem heraus die Mutter Siebold ehrfürchtig anlächelte, und fanden dann die Schwester im komatösen Schlaf vor. Sie war noch nicht ansprechbar. Taki ließ sich in der Ecke des Zimmers nieder, um ja nicht aufzufallen oder zu stören. Siebold untersuchte die Schwester. Er sah sich wieder die Augen an, die Mundschleimhaut und betrachtete ihre Scheide, die er dazu freilegte. Dann hörte er mit dem Stethoskop Herz und Lunge ab. Er war noch nicht sicher, aber er hatte den Eindruck, dass er die Rückkehr der Lebenskräfte bereits hören konnte. Die Unterscheidungsfähigkeit des Gehörs ist erstaunlich, dachte er. Mit diesem Gerät würde er mit der Zeit viele Krankheitsbilder erkennen lernen. Auch der Verlauf von Krankheiten lässt sich über die Körpergeräusche ausgezeichnet verfolgen. Aus der Scheide trat nur noch wenig Sekret aus und der Unterleib war bereits nicht mehr so verhärtet wie in der Nacht der Operation. Allerdings hatte sie mehrere Blutergüsse von den kräftigen Männerhänden, die den Fötus zerbrochen und aus der Gebärmutter gedrückt hatten. Die Lymphknoten waren schon ein wenig abgeschwollen. Die Augen verrieten jedoch weiter heftige Lebertätigkeit. Er war froh, denn eine positive Prognose war jetzt vertretbar. Er wollte sie keinesfalls verlieren, nicht jetzt, wo er gerade einen so großen Vorschuss an Vertrauen und Anerkennung erhalten hatte. Wenn er sie verlöre, würde er sich zwangsläufig miserabel und überschätzt fühlen. Sie musste leben.

„Otaki, kannst du mir sagen, wie es zu dieser Abtreibung gekommen ist? War sie heimlich? Hat deine Familie nichts davon gewusst? Ich verspreche dir, es bleibt unter uns. Aber ich sollte es wissen, um die Krankheit deiner Schwester besser behandeln zu können."

Otaki schwieg und sah ihn nicht an. Dann hob sie ihren Kopf und eine ernste, besorgte Frau blickte Siebold geradeaus in die Augen.

„Meine Schwester ist ein Freudenmädchen, eine *Yūjo*. Sie hat mit ihrer Ausbildung angefangen, als sie so alt war wie ich jetzt. Wie Sie sehen, ist sie eine begehrenswerte junge Frau. Sie hatte mächtige und reiche Gönner. Ihr Name als Kurtisane ist Chitose, was ‚1000 Jahre Freude' bedeutet. Bald wäre sie so weit gewesen, sich ihre Freier selbst auszusuchen. Bis hinauf zu den Höfen der Daimyōs. Sie war sehr ehrgeizig. Deshalb war diese Schwangerschaft eine große Gefahr für sie. Wissen Sie, selbst wenn sie regulär abgetrieben hätte, dann wären viele Leute eingeweiht gewesen und es hätte sich herumgesprochen, dass sie den Kamis etwas schuldig ist."

„Was hat das mit den Kamis zu tun, wenn eine Frau abtreibt?"

„In unserem *Shintō*-Glauben sind Kinder ein Geschenk. Wenn dieses Kind durch den Willen der Eltern, insbesondere durch den der Mutter nicht lebend geboren wird, dann sprechen wir davon, dass wir ein Geschenk zurückgeben an die Götter und Ahnen. Wir nennen es ‚*Mabiki*', was so viel heißt wie ‚Baumschneiden'. Das allein ist noch keine Schande. Doch noble Freier befürchten, dass sie beschmutzt werden könnten durch solche Schulden. Denn sie können nicht wissen, ob das Geschenk entsprechend den Riten zurückgegeben wurde. Deshalb war die Operation, die Sie vorgenommen haben, für uns ein Segen. Dadurch, dass wir dieses ungeborene Wesen rituell beerdigen konnten, ist meine Schwester ohne Schuld gegenüber den Kami. Das werden ihre noblen Freier aber nicht mehr glauben. Deshalb wird sie in Zukunft eine ganz einfache Kurtisane sein, obwohl sie wirklich eine ihrer Größten hätte werden können."

„Kurtisanen bieten ihre Dienste auch uns Holländern an. Was sind das für Frauen?"

„Wir nennen sie auch Yūjo. Sie zählen zu den Besten ihres Berufsstandes. Die japanische Regierung hat befohlen, dass die Holländer als einzige Ausländer einen besonders guten Eindruck von Japan bekommen müssen. Am Anfang der Zeit, als die Holländer sich hier niederließen, war das ein schreckliches Urteil über diese armen Frauen, die sich trotz ihrer Talente an die Barbaren verschenken mussten. Doch allmählich stieg ihr Ansehen, denn Sie müssen wissen, die Holländer haben viele

Freunde hier in unserem Land. Für manchen Japaner, ja, sogar für manche edlen Herren, wurde es zu einem Privileg, eine Kurtisane zu heiraten, die bereits in den Armen eines Holländers gelegen hatte."

„Was sind deine Pläne? Was willst du aus deinem Leben machen?"

„Ach, Herr, vor einiger Zeit wollte ich auch eine Kurtisane werden und im ehrwürdigen Hikidaya registriert sein. Das ist das angesehenste Haus für Kurtisanen in der Stadt. Meine Schwester führte ein wundervolles Leben. Sie wurde begehrt von stolzen Kriegern und hohen Räten. Sogar Daimyōs interessierten sich für sie, wie ich bereits erwähnte. Doch ich habe immer mehr ihre innere Leere und völlige Abhängigkeit gesehen. Sie hatte sich verändert, seit wir beide jung waren, ich meine richtig jung, wie Kinder. Ich bemerkte auch, wie sehr es sie verletzte, wenn sie ihrem Beruf gemäß mit vollendeter Höflichkeit und Unterhaltungskunst Männern begegnete, die sie ungleich schlechter behandelten als sie von ihr behandelt wurden. So wuchsen Zweifel in mir, ob das wirklich der richtige Weg für mich ist. Ich bin ein bescheidenes Mädchen. Ich bin aber auch stolz. Als meine Schwester krank wurde, da ahnte ich schon das Schlimmste. Jetzt bin ich sicher, dass ich keine Kurtisane sein möchte. Ich will ihr Schicksal nicht teilen."

Otaki zeigte ihm noch die Kräuter, aus denen sich ihre Schwester einen Sud gebraut hatte, der für den Abgang der Frucht hätte sorgen sollen. Es war, wie Siebold bereits vermutet hatte, eine Mischung aus Sennes- und Beifußblättern. Draußen senkte sich die Dämmerung über das Land, und mit jedem Moment wurde Taki in Siebolds Augen schöner. Dieses Mädchen, das er beinahe übersehen hätte.

Otakis Heiratsantrag

Die Nachricht von der erfolgreichen Augenoperation an dem alten Sofukuji-Priester verbreitete sich wie ein Lauffeuer in der Stadt. Der Name Shiboruto-sensei war in aller Munde, in jeder *Izakaya* wurde die Geschichte aufgeregt erzählt. Da war tatsächlich einer von diesen Holländern gekommen, der den Japanern etwas beibringen konnte. Damit stieg das Interesse an der kleinen Holländer-Kolonie im Hafen, die seit vielen Jahren aus dem Zentrum der öffentlichen Aufmerksamkeit verschwunden war. Doch damit nicht genug. Der große, kräftige Barbar mit gelben Haaren und prächtiger Uniform saß nun an manchen Abenden mitten auf der Insel im Freien auf einem dieser seltsamen Möbel, vor dem ein noch seltsamerer Kasten auf dünnen Beinen stand, aus dem Töne kamen, die noch nie jemals irgendwer in der Stadt gehört hatte. Siebold hatte eines Tages sein Londoner Fortepiano raustragen lassen und machte das Eiland zu einer Bühne zwischen der festländischen Stadt und der offenen Meeresbucht, wo er in der Abenddämmerung unter den ersten aufflammenden Sternen höfische Feuerwerksmusik von Händel und göttliche Sonaten von Mozart spielte. Manche Zuhörer, die sich am Ufer versammelten, machten ein erstauntes Gesicht und wunderten sich über die Kaskaden klirrender Töne. Andere weinten, ohne zu wissen warum.

Siebold besuchte wie angekündigt alle zwei Tage das Haus Kusumoto. Innerhalb von zwei Wochen befand sich die Schwester zu seiner großen Erleichterung deutlich auf dem Weg der Besserung. Sie war aus dem Koma aufgewacht, als das Fieber nachließ und nach wenigen Tagen konnte sie wieder Nahrung zu sich nehmen. Bei Taki war es schieres Glück, das aus ihrem Gesicht strahlte, wenn sie ihrer Schwester beim Schlürfen der Suppe zusehen durfte. Sie versäumte es nie, Siebold nach der Untersuchung in das Gartenzimmer zu führen, wo sie sich angeregt und ungestört noch eine Weile unterhalten konnten. So lernte er, dass die klappernden Holzpantinen *Geta* heißen, wie wichtig der Garten für die Seele der Menschen ist oder Taki spielte ihm ein kleines Stück auf dem *Shamisen* vor, einem zierlichen Musikinstrument mit nur drei Saiten.

Der Vater, ein rundlicher, wohlproportionierter Kaufmann und Holzhändler mit jovialem Auftreten, war inzwischen auch von seiner Reise zurückgekehrt und bot Siebold mehrmals Geld für seine Arbeit. Siebold lehnte immer wieder dankend ab. Er konnte nicht leugnen, dass er sich in dieser großmütigen Pose gefiel. Bald ging es Tsune so gut, dass sie aufstehen konnte. Sie hatte deutlich an Gewicht verloren, ihr Gesicht war eingefallen und in ihre Haare hatten sich graue Strähnen eingeschlichen, was sie sehr unglücklich machte. Doch sie hatte einen starken Lebenswillen und ließ keinen Zweifel daran, dass es für sie ein größeres Glück bedeutete, so entstellt am Leben zu bleiben, als schön und tot zu sein.

Doch mit ihrer Genesung ging auch die Zeit der regelmäßigen Besuche Siebolds im Hause Kusumoto und der intimen Gespräche mit Taki zu Ende. Er hatte weiß Gott viel zu tun und jeder Tag, den die Götter über der Bucht von Nagasaki aufsteigen ließen, vermehrte sein Ansehen und seinen Ruhm. Er behandelte inzwischen viele japanische Patienten in seiner Praxis und sein Ruf ging weit über die Stadtgrenzen hinaus. Dennoch merkte er, wie ein unsichtbarer Haken sich immer tiefer in sein lebendiges Herz bohrte. Der Gedanke, Taki von einem Tag auf den anderen nicht mehr sehen zur dürfen, auf ihre feminine, kluge Aufmerksamkeit verzichten zu müssen – und, ja, den Duft ihrer Haare nach Iriswurzel nie wieder zu riechen, dieser Gedanke begann ihn zutiefst zu deprimieren. Abends lag er wach in seinem Bett auf Dejima, die Bettdecke übersät mit Schriftstücken und Büchern. Er dachte fieberhaft darüber nach, ob es für ihn nicht einen Ausweg aus dieser schrecklichen Situation gab. Er begann zuerst, die japanische Regierung zu verfluchen, dann wieder seine eigenen Pläne. Er würfelte in Gedanken, um auf eine neue, unerwartete Kombination zu kommen, die alles gleichzeitig möglich machen sollte. Noch nie zuvor hatte er diese Kraft gespürt, dieses Drängen in der Brust, das ihn unwiderstehlich in die Arme dieser Frau zu treiben schien. Je länger er grübelte, umso tiefer prägte sich ihm dieser Name mit süßem Schmerz ein: O-ta-ki.

Als er sich zur letzten Konsultation zum Hause Kusumoto eskortieren ließ, dachte er, so müsse sich ein Bauchschuss anfühlen. Er litt bei dem Gedanken daran, wie er sich diesmal von der wunderschönen Taki unerträglich förmlich und unter Erduldung all der leeren Höflichkeitsbezeugungen seitens ihrer Eltern würde für immer verabschieden müssen. Als er dort ankam wurde er feierlich empfangen. Es sah nicht so aus, als ob seine medizinischen Dienste noch erforderlich wären. Er wurde eingeladen, sich zusammen mit der Familie im Hauptzimmer niederzulassen, wo die Mutter ihm ungefragt warmen Sake in einer winzigen Schale und dazu ein mit Sesamkörnern dekoriertes Amuse-bouche von mariniertem Gemüse und gegrilltem Aal servierte. Taki sah bezaubernd aus, als ob sie sich für ein Fest schön gemacht hätte. Doch sie sprach kein Wort und wagte nicht, ihn anzusehen.

„Shiboruto-sensei, es ist eine Ehre ohnegleichen, den berühmten holländischen Arzt in meinem unwürdigen Haus empfangen zu dürfen", setzte ihr Vater an. „Sie haben das Leben unserer geliebten ältesten Tochter gerettet. Nicht einmal die Götter hätten das hier in unserem Lande vermocht. Wie Sie wissen, habe ich Ihnen mehrfach einen hohen Geldbetrag als Lohn für Ihre Tat angeboten. Das haben Sie stets abgelehnt und ich musste auch von anderen Patienten erfahren, dass Ihre Dienste nicht mit Geld zu bezahlen sind. Deshalb weiß ich nur noch einen Weg, wie wir unsere Schuld bei Ihnen begleichen können. Würden Sie uns die große Ehre erweisen und unsere jüngere Tochter Taki zur Frau nehmen?"

Dabei sah Kusumoto ihm geradeaus ins Gesicht. Siebold war wie vom Donner gerührt, fühlte die Erde unter sich schwanken. Alles hätte er erwartet, alles hatte er durchdacht, nur das nicht. Er versuchte sich zu konzentrieren, um seine Verwirrung zu verbergen und keine schlechte Figur zu machen.

„Ehrenwerter Kusumoto-san, ich fühle mich geschmeichelt von Ihrem Angebot. Hierzulande ist es wohl so üblich, dass die Eltern die Heiratsabsichten für ihre Töchter bestimmen und auch mit dem Bräutigam besprechen. Ich will nicht verheimlichen, dass es bis vor nicht allzu langer Zeit in meiner Heimat ebenso Sitte war. Doch so wie ich Ihrem Land die neuesten Nachrichten der westlichen Wissenschaften bringe, so muss ich Ihnen auch davon berichten, dass es bei Männern meiner Generation und meines Alters kaum noch gelitten wird, wenn die Braut sich ausschließlich dem Willen ihrer Eltern folgend vermählt. In unserem Land ist es vielmehr ein sich immer weiter verbreitender Brauch, dass Braut und Bräutigam ihre Absichten ausführlich miteinander besprechen und erst danach ihre Eltern davon in Kenntnis setzen. Deshalb ersuche ich Sie, mir eine kurze Unterredung mit Ihrer Tochter zu gestatten."

So bestimmt wie er das gesagt hatte blieb, dem Vater keine andere Wahl, auch wenn Siebold die Verwirrung im Raum spürte, als er ihn mit Taki verließ. Sie suchten ein anderes Zimmer auf und setzten sich auf den Boden an einen kleinen Tisch. Sie wagte nicht zu sprechen.

„Otaki, was bedeutet das? Ich... ich weiß nicht, wie ich es sagen soll. Ich fühle mich wirklich geehrt von diesem Angebot. Ich wäre sogar der glücklichste Mensch, wenn ich es annehmen könnte. Doch weiß ich zum einen nicht, ob es deinen eigenen Wünschen entspricht. Zum anderen weiß ich dagegen ganz genau, dass ich dein Leben zerstören würde. Bitte sag mir, was das bedeutet."

„Herr, ich habe sehr viel nachgedacht. Seit Sie hier zum ersten Mal erschienen sind und ich Ihnen ungeschminkt und unfrisiert in meiner Nachtwäsche unter die Augen treten musste. Zwischen jedem Augenaufschlag habe ich mehr nachgedacht als in all den Jahren zuvor. Fieberhaft habe ich gehofft, dass die Götter mir einen Weg weisen möchten, der zu Ihnen führt. Mein Vater hat Ihnen dieses Angebot auf meine Bitte hin gemacht."

„Aber du weißt doch, dass ich Ausländer bin und dass du nur als Kurtisane und dann auch wieder nur für eine begrenzte Zeit mit mir leben könntest. Hast du nicht gesagt, dass du auf keinen Fall mehr eine Kurtisane werden möchtest?"

Otaki brach plötzlich in Tränen aus, schluchzte und konnte sich kaum noch aufrecht halten.

„Doch, doch, das habe ich gesagt. Und das wollte ich auch. Aber jetzt... ich würde eher sterben wollen, wenn ich Sie nicht mehr sehen darf. Sie können sich das gar nicht vorstellen. Ich habe solche Schmerzen gehabt, wenn Sie nicht hier waren. Ich habe Tag und Nacht geweint und gebetet, dass Sie bald wiederkommen, dass Sie sich nicht anderen, wichtigeren Dingen zuwenden. Ich sah, wie der Zustand meiner Schwester sich so wunderbar verbesserte und wünschte doch, dass der Tod wieder an ihrem Lager stehe, nur damit Sie auch sicher wiederkommen... Oh, wie schrecklich. All die Tage, die Sie hier waren, sind die schönsten meines Lebens gewesen. Ich habe nie zuvor mit einem Menschen so gesprochen wie mit Ihnen. Und ich muss über eine dämonische Kraft verfügen, die mich daran hinderte, dass ich mich Ihnen nicht sogleich an die Schulter, in die Arme werfe. Ich will, ich will, ja, ich will. Ich will Kurtisane werden, um mit Ihnen leben zu dürfen. So wie meine Schwester sich über ihr Leben freut, das sie mit ihrer Schönheit bezahlt hat, so will ich damit bezahlen, Kurtisane zu werden, um bei Ihnen zu sein."

Otaki war völlig aufgelöst in Tränen, ihre Schminke verlief und ihre Haare lösten sich. Doch in dieser Verzweiflung war sie für ihn schöner als je zuvor. Er war ergriffen, dass sie beide so ähnliche Gefühle füreinander hatten und doch sie es war, die sich trotz aller Etikette zu offenbaren wagte. Sie hatte ihm gerade das Liebesgeständnis gemacht, das er ihr schuldete. Doch mit einem Mal wurde alles völlig klar vor seinen Augen. Jetzt sah er den Weg. Auch wenn nicht er es war, der ihn gefunden hatte, sondern dieses mutige, zarte Wesen. Siebold kroch um den Tisch herum zu ihr und nahm sie in den Arm. Wie sehr hatte er sich danach gesehnt! Sie krallte sich an seinen Schultern fest und konnte den Strom von Tränen nicht aufhalten.

„Otaki, ich werde dich zur Frau nehmen. Sei unbesorgt. Ich habe dich all die Tage vermisst. Und ich bitte dich um Verzeihung, dass du diesen Weg allein gehen musstest, dass ich dich der Sorge und der Angst überlassen habe, zurückgewiesen zu werden. Du konntest nicht wissen, dass ich dich schon liebe, obwohl wir uns kaum kennen."

Als sie mit der Familie im Gästeraum wieder zusammen Platz nahmen, teilte Siebold den Eltern feierlich mit, dass er ihr Angebot mit großer Freude annehmen werde. Die Eltern und die Schwester lachten glücklich und alle hoben die Sakeschalen, um auf die Vermählung zu trinken. Dann war es auch schon wieder Zeit, auf die Insel zurückzukehren, um keine Sanktionen zu riskieren. Obwohl Taki und er nun in die Heirat eingewilligt hatten, war der Abschied doch so höflich und formell wie zuvor. Sie verneigten sich voreinander und Taki geleitete ihn zum Eingang. Nur ihr Lächeln hatte sich verändert. Es war Zärtlichkeit und grenzenloses Glück, das daraus zu ihm sprach.

Oberst de Sturler war äußerst zufrieden über diese Entscheidung, da Siebold seine Darstellung so diplomatisch formuliert hatte, dass sein Vorgesetzter annehmen durfte, seine gut gemeinten Ratschläge hätten dies bewirkt. Die weiteren Schritte waren jedoch schwieriger als erwartet. Taki durfte die Insel nur betreten, wenn sie eine Kurtisane ist. So viel war auch Siebold bewusst gewesen. Allerdings hatte er sich vorgestellt, dass ein einfacher Stempel in ihrem Pass dazu ausreichen würde. Da aber das Gewerbe der Kurtisanen hoch angesehen und wie eine Zunft organisiert war, musste Taki erst von einem der zugelassenen Häuser anerkannt und registriert werden. Dies hätte eine jahrelange Ausbildung erfordert wie jene, die ihre Schwester durchlaufen hatte. Das war natürlich nicht möglich, sodass Siebold seine Ärzte bat, in seinem Namen mit einem der angesehenen Häuser in Verbindung zu treten, um zu erfahren, ob er den Titel der Kurtisane für Taki käuflich erwerben könnte. Mit Rücksicht darauf, dass auch das spätere Leben von Taki nach seiner Abreise aus Japan durch den Ruf des Hauses geprägt sein würde, das sie als Kurtisane anerkennt, kam für ihn nur das Beste in Frage, das Hikidaya im Maruyama-Viertel. Dort signalisierte die Herrin nach einigen Tagen, dass diese Möglichkeit bestünde. Siebold konnte über seine Vertrauensleute in Erfahrung bringen, dass seine Anfrage zu heftigen Auseinandersetzungen geführt hatte. Es gab keinen Präzedenzfall für diesen Handel mit dem Kurtisanen-Titel, und die Frauen, die im Hikidaya registriert waren, zeigten sich äußerst empört und eifersüchtig. Das trieb den Preis in die Höhe. Daher bekam Siebold einen Schreck, als ihm das Angebot übermittelt wurde, für viertausend holländische Gulden könne Taki als Kurtisane zugelassen werden. Das war ein Vermögen für ihn, beinahe ein ganzes Jahresgehalt. Doch er zögerte nicht, willigte ein und ließ sich mit Sturlers Zustimmung den Betrag vom Schatzmeister der Niederlassung auszahlen. Genau eine Woche später erschien Taki abends in Begleitung einer Dienerin des Hikidaya und zwei Trägern an der Brücke. Die stoisch dreinblickenden Saguriban untersuchten gründlich alle Taschen und Schachteln. In Takis Pass mit dem roten Stempel lasen sie zum ersten Mal den Namen, den sie als Kurtisane vom Hikidaya erhalten hatte. Sie hieß von nun an Sonogi.

Hochzeit auf Dejima

Sonogi wurde von einem stattlichen jungen Mann in prächtiger Uniform empfangen, der von nun an *pro tempore*, wie die Holländer es nannten, ihr Ehegatte sein würde. Philipp Franz von Siebold war an diesem Herbstabend, der sich sanft über die Bucht von Nagasaki legte, sechsundzwanzig Jahre alt, bereits ein erfahrener Arzt und Major, als Forscher schon um die halbe Welt gereist – und er hatte Angst. Dieses zarte, hübsche Wesen, ein Mädchen von gerade einmal sechzehn Jahren, in einem kostbaren Seidenkimono mit weißen und schwarzen Kranichen auf ihrem Flug durch ein Meer von Pflaumenblüten auf rotem Grund, kam ihm durch die warmen Strahlen der goldenen Abendsonne in winzigen Schritten lächelnd entgegen wie das Frau gewordene Versprechen von Glück und Liebe. So gut es ihm bisher gelang, die Angelegenheit der Vermählung sachlich zu behandeln und Oberst de Sturlers Empfehlung folgend doch auch als eine notwendige Etappe seines Aufenthaltes auf der Faktoreiinsel zu betrachten, so wenig konnte er jetzt, im Anblick dieser Nymphe, die Japans Götter für ihn geschaffen hatten, seine Fassung bewahren. Nicht nur das Wissen um die grenzenlose Zuneigung und Ergebenheit, die diese zauberhafte junge Frau ihm gestanden hatte und seine eigene, immer stürmischer werdende Liebe zur ihr wogten mächtig gegen die stoische Haltung, die er gerne eingenommen hätte. Es war auch die Erwartung der vor ihm liegenden Stunden bis zum nächsten Sonnenaufgang, die ihn verunsicherte. Die Umstände hatten den beiden keine Gelegenheit gegeben, die nun auf sie zukommende erste Liebesnacht als unerwartete, im Einzelnen nicht genau vorhersehbare Folge einer Verführung zu erleben, als ein natürlich scheinendes Zusammenspiel von Hingabe und Eroberung, gleichsam getrieben in einem Rausch der Sinne. Ja, Siebold war nervös, denn er war, so selbstbewusst und entschlossen er auch auftrat, alles andere als ein erfahrener Liebhaber. Er wusste, dass er einen ausgezeichneten Eindruck auf Frauen machte. Nicht wenige weibliche Bekanntschaften in Würzburg hätten dem geschmeidigen, stolzen Junggesellen schon damals gerne ihre Gunst erwiesen. Doch das Sensorium des durchaus nicht kaltblütigen Jünglings für Frauen war zu fein, seine Ansprüche an das schöne Geschlecht einfach zu hoch. Was ihm sein eigener Stand an weiblichen Reizen zu bieten hatte, war einfach nicht geeignet, seine Leidenschaft von anderen Beschäftigungen wie der studentischen Kameraderie und der

Wissenschaft abzulenken, schon gar nicht, ihn körperlich in Erregung zu versetzen. So hatte das japanische Mädchen Taki, das nun Sonogi hieß, das große Glück, einen erwachsenen, kräftigen, gutaussehenden und jungfräulichen Mann aus dem fernen Deutschland zu bekommen. Diese Tatsache wurde ihm gerade schmerzlich bewusst, denn er würde sich Sonogi keinesfalls als ein in Liebesdingen gereifter Partner vorstellen können. Mehr als genaue anatomische Kenntnisse konnte er nicht bieten. Als Naturwissenschaftler hatte er über die Formen des Aktes und die wechselseitige Manipulation der Geschlechtsteile zwar einiges gehört, doch wie bei jedem Hörensagen, das kein wirkliches Vertrauen verdient, waren seine Vorstellungen davon nur schemenhaft geblieben. Während ihm dieser beunruhigende Gedanke durch den Kopf ging, hatten seine Gehilfen Sonogis Gepäck übernommen und waren bereit, den beiden zu seinem Haus zu folgen. Siebold bot Sonogi seinen Arm. Sie sah den waagrecht gehaltenen Arm und fixierte ihn nur, als ob sie versuchen würde, etwas daran zu entdecken. Dann sah sie ihn mit großen, fragenden Augen an und es dauerte einen Moment, bis er verstand. Natürlich! Sie kannte diese Geste nicht, hatte sie noch nie gesehen. Er nahm ihre Hand und wollte ihr zeigen, was er damit bezweckt hatte.

„Siehst Du, so gehen Mann und Frau in Europa zusammen auf der Straße. Die Dame legt ihre Hand von der Innenseite her auf den Unterarm und hakt sich so bei dem Mann ein. Damit soll verhindert werden, dass die Frau hinfällt, und der Mann kann zugleich voller Stolz aufrecht an ihrer Seite eine starke Stütze sein."

„*Anata-sama*, bitte, ich kann nicht an Ihrer Seite gehen" sagte sie plötzlich in einem Anflug von Verzweiflung. „Das ist ganz unmöglich. Ich bin eine Japanerin. Ich muss drei Schritte hinter Ihnen gehen." Siebold war bestürzt über seine Ahnungslosigkeit sowie über die Vorstellung, Sonogi immer hinter sich herlaufen lassen zu müssen. Er wollte von ihr auch nicht derart förmlich Anata-sama genannt und in der dritten Person angesprochen werden. Doch es war nicht der richtige Moment für Einwände. Er wollte seine junge Geliebte, deren armes Herz schlug wie das eines verängstigten Vogels, nicht noch mehr verunsichern. Er ging also voraus, ohne weitere Umstände zu machen, auch wenn er sich dabei unhöflich fühlte wie noch nie zuvor gegenüber einer Dame. Er dachte an Orpheus, der sich nicht umdrehen durfte, als er seine Eurydike aus dem Hades herausführte, und nun glaubte er die Last dieses Fluches zu verstehen. In seinem Haus angekommen, zeigte er Sonogi wie einer neugierigen Besucherin alle Zimmer und erklärte ihr die Verwendung der Möbel, die sie noch nie gesehen hatte. Sie stand fasziniert vor dem

Fortepiano – und dann mit noch größerem Staunen vor dem riesigen französischen Bett, das Siebold in der Zwischenzeit hatte zimmern lassen. Es kam ihr vor wie ein schwebender Kasten, so seltsam fand sie den Gedanken, dass eine Schlafunterlage nicht direkt auf dem Boden liegt, so wie sie das von den japanischen Futons kannte. Und sie fragte sich insgeheim, ob ihr da oben, auf diesem schwankenden Matratzenschiff, nachts nicht schwindlig wird. Sie waren beide in einer unterdrückt exaltierten Stimmung. Siebold versuchte so entspannt wie möglich zu sein, doch er streifte mit derselben Verlegenheit um Sonogi herum mit der sie sich durch die Räume bewegte. Sie vollführten einen Tanz, machten unscheinbare Pirouetten, entwichen dem anderen mit einem Schwung und versuchten doch immer wieder sich einander zu nähern. Siebold kam sich albern vor, aber er wusste nicht, wie er sich anders verhalten sollte. Er hatte für diese höchst delikate Situation keine Lösung. Sonogi war so schön und elegant, äußerlich so gefasst und verbindlich, dass er nicht anders konnte als in diesem Moment eine große Schüchternheit an sich zu entdecken. Er zeigte ihr die Schminkkommode und die Schränke, die nun zu ihrer Verfügung standen. Voll Bewunderung berührte sie ganz vorsichtig mit den Spitzen ihrer schlanken Finger den Spiegel auf der Kommode. Sie hatte noch nie einen echten Spiegel gesehen, eines der Güter, die die Japaner gerne bei den Holländern kauften, auch wenn sie ein Vermögen kosteten. Siebold war dankbar, dass sie und ihre Dienerin aus dem Hikidaya sich zunächst mit dem Auspacken ihrer Toilettenartikel und dem Einräumen ihrer Wäsche beschäftigen wollten, während er im Erdgeschoss noch Vorbereitungen für den Abend traf. Nach einer Weile kam die kleine Dienerin herunter, verabschiedete sich unterwürfig und schlich davon. Jetzt war er allein mit Sonogi. Er wartete darauf, ihre Schritte zu hören. Und dann kam sie. Langsam stieg sie die Treppe herab und ging mit gesenktem Kopf auf ihn zu.

„Anata-sama, ich bin bereit für die Zeremonie. Möchtet Ihr die Zeugen jetzt zu uns bitten?" flüsterte sie beinahe.

„Darf ich dich einen Moment allein lassen? Ich komme gleich wieder mit ihnen." Sonogi nickte stumm, ging zu dem großen, mit schwarzem Samt bezogenen Empiresofa, setzte sich dort vorsichtig auf den Rand, faltete die Hände im Schoß und schien in dieser Haltung auf Siebold und den Zeugen warten zu wollen. Siebold beobachtete jede ihrer Bewegungen und war entzückt von ihrer mit Fassung getragenen Verunsicherung. Dann riss er sich von diesem Anblick los und ging aus dem Haus. Wenige Minuten später kam er wieder in Begleitung von zwei Männern, die ganz anders aussahen als er selbst. Der erste trat mit einem erstaunten und hocherfreuten Ausdruck auf Sonogi zu, nahm, ohne sie zu fragen, ihre Hand, bückte sich über sie und schien sie mit dem Mund berühren zu wollen. Doch er tat es zum Glück nicht und Sonogi spürte nur einen Hauch, eine kurze Wärme von seinen Lippen und seinem Atem.

„Willkommen auf Dejima, liebe Sonogi. Wir freuen uns sehr, eine solche Zierde Japans auf unserer bescheidenen Inselkolonie begrüßen zu dürfen. Mein Name ist Jan Cock Blomhoff und ich bin der scheidende Opperhoofd der Faktorei. Ich bitte zugleich die Abwesenheit unseres neuen Opperhoofd Oberst de Sturler zu entschuldigen. Er ist leider krank, sendet Ihnen beiden aber dennoch seine besten Wünsche für die Zukunft." Dann trat der zweite Mann an sie heran und wiederholte das *Auf-die-Hand-atmen*, wie Sonogi diese Geste in Gedanken nannte.

„Ich bin entzückt, Ihre Bekanntschaft machen zu dürfen, liebe Sonogi. Mein Name ist Aaron Mendelssohn und ich fühle mich geehrt, dass Sie und Dr. von Siebold mir eine so wichtige Aufgabe anvertrauen."

„Ich bin sicher, dass Shiboruto-sensei den richtigen Mann für den Anlass ausgewählt hat und dass er gute Gründe dafür hatte, Euch um diesen Gefallen zu bitten." Wie erwachsen sie spricht! Und wie schön sie ist! Mendelssohn und Blomhoff konnten es sich nicht verkneifen, Siebold mit einem einzigen kurzen, aber doch offensichtlichen Blickwechsel höchste Anerkennung für die Entdeckung einer so bezaubernden Frau auszudrücken. Blomhoff sah sofort, dass Siebold ein besonders großes Glück zuteilwurde. Sie war ganz anders als die herkömmlichen Kurtisanen, die auf der Insel verkehrten. Sonogi war ernst und distinguiert, hatte trotz ihrer Jugend eine noble Haltung und war daher ganz anders als die gewöhnlichen Freudenmädchen, die häufig albern und auf anzügliche Weise frech waren.

„Nun, es war einfach", antwortete Siebold etwas verzögert in die Stille, die sich mit der Bewunderung seiner Gäste für seine Verlobte angefüllt hatte. „Herr Mendelssohn kann nicht Klavier spielen. Deshalb muss er die Aufgabe des Geistlichen übernehmen. Ich glaube, dass wir ihm hiermit einen großen Gefallen tun, denn in diesem Mann brodelt ein großer spiritueller Ehrgeiz." Diese kleine Frechheit amüsierte alle und das Lachen half Sonogi, etwas von ihrer Anspannung wegzuatmen.

„Dann fällt es mir als Zeremonienmeister nun zu, das Brautpaar zu bitten, hier vor mich zu treten. Oberst Blomhoff bitte ich, das Klavier zu besetzen." Sonogi und Siebold stellten sich nebeneinander vor Mendelssohn und Blomhoff trat an das Fortepiano, auf dem er sogleich eine Messe von Bach spielte. Sonogi sah ihm dabei fasziniert zu, denn sie hat noch nie so viele klimpernde Töne auf einmal gehört, die sich wie eine Schlange immer höher in die Luft schraubten. Dann hob Mendelssohn an.

„Verehrte Sonogi, sehr geehrter Major Dr. von Siebold. Ihr seid hier vor mir erschienen, um miteinander, wie es seit Jahrhunderten auf dieser Insel Sitte ist, für eine begrenzte Zeit den Bund der Ehe zu schließen. Fern dem christlichen Europa und doch auch nicht ganz im Schoße der japanischen Religionen habt Ihr beschlossen, ein eigenes Eheversprechen abzulegen in der Hoffnung, dass alle Götter dieser Welt Eure Verbindung mit Wohlwollen sehen werden. Deshalb bitte ich Sie, Dr. von Siebold, Ihr Versprechen vorzutragen. Bitte sprechen Sie diese Worte unmittelbar zu Ihrer Braut." Siebold holte ein beschriebenes Blatt aus seiner Rocktasche, drehte sich Sonogi zu und las feierlich die von ihm vorbereiteten Worte.

„Liebste Sonogi, ich stehe hier vor dir als der glücklichste Mann, denn du hast mich aus einem langen Schlaf erweckt. Es war der Schlaf der Liebe. Ich habe nie zuvor solche Gefühle kennengelernt und musste erst in dieses ferne Land, in deine Heimat kommen, um sie zu erfahren. Du hast mich mein Herz entdecken lassen. Es wird dies auch nicht die letzte Entdeckung sein und ich wünsche mir, dass wir die gemeinsamen Jahre, die vor uns liegen, damit verbringen werden, dein Land zu erforschen. Denn so sehr wie ich an deiner Seite leben will und alles mit dir teilen möchte in dieser Zeit, so sehr brauche ich deine Liebe und deine Unterstützung für die Arbeit, die mich hier erwartet. Deshalb bitte ich dich, meine Frau zu werden. Ich verspreche dir, dein treuer und sorgender Ehemann zu sein. Eingedenk des großen Opfers, das du gebracht hast, damit wir uns lieben und die kommenden Jahre zusammenleben können, verspreche ich dir darüber hinaus, dass ich dich auch nach dem Ende meines Aufenthaltes in Japan immer versorgen werde. Und zuletzt will ich dir noch versprechen, dass ich alles tun will, was ein Mensch nur tun kann, damit unsere Ehe über diese Zeit hinaus weiterbesteht, bis nur noch der Tod uns scheiden kann." Sonogi sah ihn betroffen an. Auf eine solche Liebeserklärung war sie nicht gefasst. Sie hatten vereinbart, dass jeder ein Eheversprechen formuliert, welches sie einander nicht vorher zu Kenntnis bringen. Siebolds Worte hatten sie jedoch so bewegt, dass sie dabei war zu vergessen, ihr eigenes Versprechen vorzutragen, das viel einfacher, vorsichtiger und unpersönlicher gehalten war. Mendelssohn sah ihre Verwirrung und zwinkerte ihr freundlich zu. Dann las sie, mit leiser, hoher Stimme und einem japanischen Akzent, der das derbe Holländisch feminin und zerbrechlich klingen ließ, ihre Worte vor.

„Ehrenwerter Shiboruto-sensei, Major-san und Doktor-san, ich bin ein unwürdiges Mädchen von einfacher Herkunft..." setzte sie an, doch dann ließ sie ihr Blatt sinken, hielt einen Moment inne und sprach weiter, ohne zu lesen. „...doch haben die Götter beschlossen, mir ein besonderes Schicksal zuteilwerden zu lassen. Als ich Euch das erste Mal sah, hörte ich eine Melodie, einen Gesang. Er erzählte mir die Legende von diesem großen Mann, der vor mir stand. Ich wusste, dass ich zu ihm gehöre. Ich wusste, es ist Bestimmung. Und ich war überglücklich, dass mir ein so eindeutiges Zeichen gegeben wurde. Ich will Eure Frau werden, weil es mein Schicksal ist, in das ich mich dankbar füge. Als Eure treue, gehorsame und fleißige Frau werde ich für Euch das sein, was Ihr wünscht, ich werde dort sein, wo Ihr mich braucht, und ich werde Euch Kinder gebären, so viele Euch Freude machen. Dass unser Bund nur wenige Jahre gelten soll, daran will ich nicht denken, denn mein Versprechen gilt für alle Zeit. Ich will Euch als Frau gehören, wie eine Frau überhaupt einem Mann gehören kann, nicht nur in diesem, sondern auch in unseren nächsten Leben." Während sie diese Worte sprach, veränderte sich die Atmosphäre in dem Zimmer, löste sich alles auf, als ob es nur noch einen einzigen, leuchtenden Gedanken gäbe. Es waren nur noch die beiden Liebenden, die sich in die Augen sahen. Mendelssohn und Blomhoff spürten es wie einen sanften Schauer der Ergriffenheit, die Offenbarung eines höheren Willens, der alles zusammenführte und dieses Paar vor ihnen emporhob. Siebold fühlte sich wie berührt von etwas Heiligem, ein weiteres Gefühl, das er noch nie gekannt hatte. Er spürte die Anwesenheit eines Geistes, der so viel größer war als alles andere. Es war darin Schrecken und Schönheit, denn er spürte erstmals mit aller Macht die Vergänglichkeit seines Daseins und zugleich die Rettung, die Liebe, die Unendlichkeit und die Ewigkeit, die in den Worten und in dem Wesen dieser zarten, jungen Frau lagen.

Als der Zauber des Moments allmählich wich, reichte Mendelssohn den beiden die Goldringe, die sie sich wechselseitig anziehen sollten. Sonogis grazile, hellbraune Hand mit den langgliedrigen Fingern sah aus wie ein Kunstwerk, als der Ring seinen Platz gefunden hatte. Dann erklärte der Zeremonienmeister die beiden nach den guten Sitten der zivilisierten Völker zu Mann und Frau und wollte das Brautpaar gerade auffordern, den Bund mit einem Kuss zu besiegeln, als das Fortepiano ihn plötzlich übertönte. Blomhoff hatte im Eifer den Übergang verpasst und spielte bereits temperamentvoll aus der heiteren Sonate in Es-Dur von Joseph Haydn. Mendelssohn wagte nicht, den Oberst zu unterbrechen, zumal er genauso beeindruckt war wie Siebold von dem Geschick und der Eleganz, mit der Blomhoff spielte. Nachdem der Oberst die letzten Tasten angeschlagen hatte und die Melodie allmählich verhallte, applaudierten alle, auch Sonogi, die die Geste des Klatschens vorsichtig nachahmte. Dann bat Siebold nebenan zu Tisch, wo die malaiischen Diener festlich aufgetragen hatten. Im Schein großer Silberkandelaber speisten sie vorzüglich und genossen den besten französischen Rotwein, einen Cheval Blanc aus St. Émilion, der im Depot der Faktorei für besondere Anlässe lagerte. Sie hatten das größte Vergnügen dabei, der überwältigten Sonogi die Benutzung von Geschirr und Besteck zu erklären, die Zutaten des Roastbeefs und des Puddings zu erläutern und ihr zuzusehen, wie sie den ersten Schluck Wein in ihrem Leben trank und schlagartig errötete. Mendelssohn und Blomhoff verstanden sich prächtig, ja, sie entdeckten sogar eine Art Seelenverwandtschaft und Mendelssohn begann offen zu bedauern, dass Blomhoff bald abreisen würde. Sonogi folgte der Unterhaltung so gut sie konnte und sprach nur, wenn sie etwas gefragt wurde. Sie war ganz beschäftigt mit den unzähligen neuen Eindrücken, die auf sie eingestürmt waren, seit sie wenige Stunden zuvor die Brücke vom japanischen Festland auf die holländische Insel passiert hatte und damit in eine andere Welt eingetaucht war. Da die Männer bestens gelaunt waren und viel von dem köstlichen Wein tranken, wollte sie nicht unhöflich sein und ließ sich nachschenken. Siebold konnte die ganze Zeit über, auch wenn er sich angeregt mit den Gästen unterhielt, seine Augen nicht von ihr lassen. Deshalb fiel ihm bald auf, wie Sonogi allmählich müde wurde. Er signalisierte Blomhoff und Mendelssohn diskret, dass er sich mit Sonogi gerne zurückziehen würde, worauf die beiden sich erhoben, noch einmal Glück und Gesundheit wünschten und das Haus verließen. Sonogi war bereits ganz aufgelöst vor Erschöpfung – und dann endlich nahm er sie in den Arm. Sie waren nun allein und auf sie wartete das Ehebett. Er fühlte sich deutlich mutiger als noch bei ihrer Ankunft und der Wein machte ihn sogar verwegen.

„Weißt Du, Sonogi, bei uns gibt es einen schönen Brauch. Der Bräutigam trägt die Braut über die Schwelle ins Haus hinein, wenn die beiden aus der Kirche kommen. Da wir das nicht machen können, so will ich dich wenigstens ins Bett tragen dürfen", worauf er sie ohne zu fragen mit seinen starken Armen aufhob und die Treppe hochtrug. Sonogi seufzte protestierend vor Empörung und Verlegenheit, strampelte ein wenig mit den Beinen, doch gleichzeitig kicherte sie amüsiert über den

Übermut ihres euphorischen, nicht mehr ganz nüchternen Kavaliers. Sie hielt ihre Arme um seinen Hals geschlungen, bis er sie auf dem Bett ablegte.

„Weihst du mich jetzt in die Kunst ein, wie man einen Kimono auszieht?" Sie sagte nichts und sah nur zu den Lampen, die den Raum hell erleuchteten. Er verstand diesmal, stand auf und drehte die Dochte runter bis sie erloschen. Es war eine helle, sternenklare Nacht, und das bleiche Licht des Mondes schien durch die Fenster herein, sodass sie einander gut sehen konnten. Dann setzte er sich auf die Bettkante. Sie stand vom Bett auf, stellte sich vor ihn, löste einen Knoten ihres *Obi* und gab ihm das Ende des Seidengürtels in die Hand. Er begann vorsichtig zu ziehen und sie drehte sich, drehte sich immer weiter, entlang der Stoffbahnen, die um sie gelegt waren. Abwechselnd kamen ihre nackten Arme, Füße und Beine, dann die Schenkel und schließlich auch ihre Hüften und ihr Po immer wieder zum Vorschein, bis sie gleich wieder von dem immer länger werdenden Seidenband verdeckt wurden. Dann verhüllte sie sich mit dem letzten Rest des breiten Stoffes, der nur noch lose über ihren Schultern hing, beugte sich vor und schob die Jacke seiner Uniform weg und öffnete sein Hemd. Er bemühte sich unterdessen, seine Stiefel abzustreifen, damit sie diese störende schwere Arbeit nicht übernehmen muss. Als er das geschafft hatte, stand auch er auf, um seine Hose auszuziehen, wobei sie ihm helfen wollte, das System der Knöpfe aber nicht verstand, das sie festhielt. Sie stieß einen kurzen Laut des Erstaunens aus, als sie unter der Hose noch eine weitere Hose entdeckte.

In dieser Hochzeitsnacht führte Sonogi ihren älteren und doch unerfahrenen Ehemann in die Liebe ein. Siebold spürte, wie gut sie sich in der Körperlandschaft eines Mannes auskannte, wie genau sie bereits wusste, welche Berührungen seinen Gefallen finden könnten. Er genoss die Zartheit ihrer weizenfarbenen Haut und ihre langen Haare, die sie geöffnet hatte und die nun wie ein schwarzer Fluss auf dem Kissen lagen, das sie teilten. Sie bewunderte seinen kräftigen Körperbau, strich zart über seine wohlproportionierten Muskeln und sog seinen männlichen Geruch gierig ein. Als er sie zum ersten Mal küsste merkte er, wie sie sich aufbäumte unter einer ersten Woge süßester Erregung. Er war gebannt von den schönen Rundungen ihres festen Körpers, diesen verführerischen Formen, die er noch nie mit Lust berühren durfte, von der duftenden, unendlich zarten Haut, die dieses Naturwunder kleidete. Die japanische Sitte hätte es wohl gefordert, dass sie sich in diesem Moment noch mit einem gehauchten ‚Nein, nein!' ziert, um den Mann erst recht anzufeuern. Doch sie spürte seine Unentschlossenheit und verstand, dass es ihre Aufgabe sein würde, ihn anders zu stimulieren. Sie überlegte, während er ihren Körper streichelnd erkundete, dass die Liebesdienste der Frauen in Holland vielleicht mehr in der Aktion als in der Passion liegen und wartete nicht erst ab, was als nächstes passieren würde. Sie schlang ihre Beine um seinen Schoß und zog seinen Stamm geschickt und mit aller Kraft in sich hinein, wo ihn heißer Samt umfing. Er war überrascht von der Initiative seiner Geliebten, aber noch mehr von diesem Prickeln der Lust, das von seinem Glied aus durch den Körper schoss und von seinem Gehirn Besitz ergriff. Sie zog ihn sanft in eine wogende Bewegung, in die er sich ergab und in der er allmählich seine Kraft fühlte, bis er die Führung übernahm und die Wellen immer höher peitschte. Dieser Sturm ließ nicht eher nach, als beide vor Erschöpfung glücklich in tiefen Schlaf fielen.

„Sonogi, nicht dass es mir etwas bedeuten würde, aber du warst keine Jungfrau mehr, nicht wahr?"

„Ja, mein Liebster, das stimmt. Bist du wirklich nicht böse?" Er hatte ihr in der letzten Nacht noch ein weiteres Versprechen abgerungen, nämlich dass sie ihn Philipp nennt, oder ‚Firippu', wie sie es aussprach, und ‚Du' zu ihm sagt.

„Nein. Ich war nur überrascht, dass ein so junges Mädchen wie du schon so erfahren ist in der Liebe."

„Möchtest du wissen, woher das kommt?"

„Natürlich, ich brenne darauf!"

„Aber nur wenn du mir versprichst, nicht eifersüchtig zu sein."

„Ich verspreche es."

„Und du darfst mich nicht verraten. Versprichst du das auch?"

„Ich verspreche auch, dich nicht zu verraten", antwortete er zunehmend neugierig.

Sie stand auf, ging zu ihrer Kommode, holte ein gebundenes Heft heraus und setzte sich neben ihn.

„Weißt du, das erste Mal habe ich das Kopfkissen geteilt mit einem Jungen aus der Nachbarschaft, kurz nachdem ich meine erste Blutung hatte. Wir waren fast noch Kinder, aber doch ganz verliebt. Er ist dann eines Nachts zu mir gekommen und danach öfter. Meine Eltern wussten das oder sie ahnten es zumindest. Es ist auch nichts Schlimmes dabei. Wir nennen das *Yobai*, das bedeutet ,heimliches Nachtkrabbeln'. Dann habe ich später diese Hefte von meiner Schwester entdeckt. Sie sind für die Ausbildung von Kurtisanen gedacht, damit sie lernen, was ihre Kunden mögen. Sie heißen *Enpon* und ich habe gehört, dass sie manchmal auch jungen adligen Frauen zur Hochzeit geschenkt werden. Dies hier ist das Geschenk meiner Schwester." Sie öffnete die Schleifen des Heftes und entfaltete eine Reihe von Bildern – die Siebolds Atem stocken ließen. Es waren schockierend detaillierte Darstellungen des Beischlafs, die Männer mit riesigen, geäderten Geschlechtsteilen, die Frauen, in derselben anatomischen Genauigkeit und Übertreibung, tropfend vor Lust, in allen erdenklichen Stellungen. Dabei schienen die Umschlungenen die größte Freude in diesen teilweise wüsten Liebeskämpfen zu empfinden. Siebold staunte und wusste nicht, wie er reagieren sollte. Solch groteske und anstößige Bilder menschlicher Paarung hatte er noch nie gesehen. Sonogi lächelte ihn an und war sichtlich stolz auf das geheime Hochzeitsgeschenk ihrer Schwester. „Wir nennen diese Bilder *Shunga*. Gefallen sie dir?" Hieran hatte Sonogi sich also zur Liebhaberin ausgebildet, um damit ihren Ehemann in dieselbe Kunst einzuführen. Sie verband keinerlei Scham damit, nur die Sorge, dass der Besitz des Enpon nicht ihrem Stand entspricht. „Siehst du, das hier ist sein *Dankon*. Deiner ist zum Glück nicht so groß, da hätte ich Angst bekommen. Und das hier ihr *Inmon*. Sehe ich auch so aus?", wobei sie kicherte. „Wie nennt man das in eurer Sprache? Ich habe die Worte dafür noch nie gehört." Ihre Unbefangenheit gab ihm den Mut ihr zu gestehen, dass ihm diese Freizügigkeit völlig unbekannt war, ja, dass das ganze christliche Abendland sie nicht kennt, er aber vielleicht Gefallen daran finden könnte. Sie freute sich. Sein nächstes Geständnis verblüffte sie allerdings. Sie konnte kaum glauben, dass ihr um zehn Jahre älterer Vermählter erst mit ihr in der vergangenen Nacht sein Zölibat aufgegeben hatte.

Einige Tage später schrieb er seinem Onkel Lotz den ersten ausführlichen Bericht über seinen bisherigen Aufenthalt im fernen Japan. Am längsten feilte er an dem Satz, in dem Sonogi ihre Erwähnung fand. Wie sollte er all das mitteilen, was er mit ihr erlebte, ohne seinen *Oheim* in Verlegenheit zu bringen?

„Auch ich habe mich der alten holländischen Sitte unterworfen und mich pro tempore mit einer liebenswürdigen sechzehnjährigen Japanerin verbunden, die ich nicht gegen eine Europäerin tauschen würde."

7. Kapitel

Narutaki

Japanisch lernen – Der erste Ausflug
Das Haus am Wasserfall – Umzug nach Narutaki
Siebold unterrichtet
Gespräch mit Japanern über das Christentum
Mendelssohn philosophiert
Matsudeira und der Arzt Udagawa

Japanisch lernen

In den Herbsttagen nach der Ankunft von Sonogi auf Dejima wurde Siebold bewusst, wie sehr sich mit dieser Frau sein ganzes Leben verändern würde. Er verbrachte die meiste Zeit in seiner Praxis und behandelte die ständig wachsende Zahl von Japanern, die vermittels des Übersetzerkollegiums eine Genehmigung zum Betreten der Insel erwirken konnten. Doch sobald er in sein eigenes Haus zurückkehrte, wo sich seine Bibliothek sowie alle Studien- und Forschungsdokumente befanden, war Sonogi bei ihm. Ihre Nähe war in einer Art wohltuend und stimulierend, die er nicht kannte. Obwohl sie sich äußerst zurückhaltend bewegte, kaum sprach und jeden Lärm vermied, war sie die ganze Zeit beschäftigt und erhob in keinem Moment den Anspruch, dass er sich um sie kümmere. Im Gegenteil, er fühlte sich vollkommen umsorgt von ihrer Aufmerksamkeit und ihrem Dasein. Sie wurde bald eine große Hilfe für ihn. Immer häufiger stellte er ihr Fragen, zur japanischen Sprache, zu den Landessitten und zu ihrem eigenen Leben. Je mehr er merkte, wie intelligent und vielseitig sie war und wie viel Freude es ihr machte, ihm von sich, ihrem Leben und ihrem Land erzählen zu dürfen, desto mehr fragte er nach. Seine Neugier war bald kaum mehr zu stillen und er schöpfte aus ihr wie aus einem Brunnen. Allmählich lernte er sie kennen und mit seinem Respekt gewann auch die Zuneigung an Tiefe. Sein anfängliches, auf das exotische ovale Gesicht, den elfenhaften Körper und die süße, flüsternde Stimme konzentriertes Begehren und seine naive

Verliebtheit nahmen allmählich eine reifere, geistigere Prägung an.

Das Leben auf der Insel verlief in diesen Tagen hektisch. Die Handelsperiode ging zu Ende und die Schiffe mussten bald auslaufen, um auf der Rückreise nicht in die Winterflauten auf dem Chinesischen Meer zu geraten. Doch die Verhandlungen um den Verkauf des letzten Teils der Ladung zogen sich hin. Die Japaner feilschten ohne Unterlass. Die Wasserlinie der inzwischen überholten Schiffe war jetzt beträchtlich niedriger als bei ihrer Ankunft. Eine überschaubare Menge an Kisten mit Kupfer war an die Stelle der in Kubikmetern, Hektolitern und Tonnen gemessenen Importware getreten. Die Erlöse aus dem Verkauf von holländischer Baumwolle, chinesischer Seide, indischen Gewürzen, Portwein und Bier, Rohmaterialien wie Gummi, Zinn, Leder, Elfenbein, tropische Edelhölzer und holländische Manufakturwaren wie Spiegel, Uhren, Brillen und Glaswaren waren erheblich leichter als die von den Holländern aus der Ferne herbeigeschafften Waren. Gern hätten die Holländer sich wieder in Gold und Silber bezahlen lassen, doch seit 1671 gab es das strikte Verbot, diese Edelmetalle als Zahlungsmittel einzusetzen. Die Japaner hatten bemerkt, dass der Handel mit den Ausländern, am Ende nur noch mit den Holländern, die Geldmenge und somit die Liquidität im Inland in dem Maße schrumpfen ließ, wie sie die teuren europäischen Waren mit Gold und Silber bezahlten. Japanische Gelehrte hatten den Wert des Geldmittelabflusses auf über eine Milliarde niederländische Gulden berechnet. Um ihr Anliegen verständlich zu machen, erklärten sie, dass die Mineralien und Edelmetalle das Knochengerüst des Landes seien. Im Gegensatz zu den handwerklichen Produkten und den Nahrungsmitteln, die im nationalen Organismus seinem Fleisch, der Haut und den Haaren entsprächen, könne sich dieses Skelett aber nicht erneuern. Später wurde sogar das Kupfer als Zahlungsmittel kontingentiert.

Doch diesmal hatte das Shōgunat zusätzlich eine seit 1818 fällige Menge an Kupfer für bereits gelieferten Zucker bezahlt. Das geschah zu Blomhoffs großer Freude, denn zurück in Batavia würde man ihm das als einen weiteren persönlichen Erfolg hoch anrechnen. Die Waren, die nicht sofort im vollen Umfang verkauft wurden, wie etwa Zucker, füllten die Speicher der Insel, damit der Handel in kleineren Mengen auch in der Zeit zwischen den Lieferungen weiterläuft. Nur die Verhandlung um das Zinn aus Banka zog sich hin, und das war kein Zufall, denn es machte in Tonnagen einen großen Teil der Ladung aus und die beiden Schiffe würden erst aufbrechen können, wenn auch das Zinn gelöscht und verkauft ist. Das Zinn war zu teuer, um es lange in den Speichern einzulagern. Der Erlös wurde sofort bei der Rückkehr der Schiffe in Batavia erwartet, nicht erst im nächsten Jahr. Die Japaner wussten genau um den Zeitdruck der Holländer und machten sie lächelnd zu ihren Geiseln, bis der Preis dort war, wo sie ihn haben wollten. Die kalkulierten Gewinnmargen schmolzen so in der warmen japanischen Herbstsonne. Diese schlechte Verhandlungsposition der Holländer war neben dem Gold- und Silberverbot ein weiterer Grund, warum der Handel mit Japan seit seinen Anfängen vor über zweihundert Jahren immer weiter zurückgegangen war. Die Holländer waren erpressbar, und so verloren sie häufig noch Geld bei diesen Transaktionen. Sie konnten sich glücklich schätzen, wenn sie nach Abzug aller Kosten eine Marge von zwanzig Prozent erreichten. Gemessen an den enormen Risiken des Fernhandels, ganze Schiffe oder sogar Flotten zu verlieren, war das ein magerer Lohn. Wie anders war das auf dem indischen Subkontinent oder vor allem in China! Fünfhundert- bis tausendprozentige Gewinne hatte es dort in den besten Zeiten gegeben. Sie waren der Grundstock der von London aus agierenden East Indian Company und der inzwischen untergegangenen Vereinigten Niederländisch-Ostindischen Handelskompanie. Davon konnten die holländischen Kaufleute in Japan nur träumen. Deshalb war der andere Teil des Handels, nämlich der Einkauf japanischer Güter und Waren für den europäischen Markt, von so großer Bedeutung. Besonders gefragt war Porzellan aus Imari und Arita, zwei Städte im Nordwesten von Kyūshū. Siebold, der daran dachte, dass er einmal zurückkehren würde in die Heimat, wollte herausfinden, mit welchen japanischen Kultur- und Naturprodukten er selbst später würde handeln können. Fasziniert hatte er festgestellt, dass es in Japan weder Milchkühe, und somit keine Milch- und Käseprodukte, noch essbare Äpfel gab. In diesen Tagen erinnerte er sich an Don Mastema, der ihm vor sieben Jahren in Würzburg von seinem Interesse am Fernhandel mit Japan erzählte.

In folgenden Winter begann Siebold ein intensives Japanisch-Studium. Das Erlernen der Sprache bereitete ihm jedoch größere Schwierigkeiten als er erwartet hatte. So wurde er beinahe verrückt über das System der Zahlwörter. Es gab die einfachen Kardinalzahlen, die nur für sich standen oder den Stamm für die Zahlwörter von Personen bildeten, und die Zahlwörter für Sachen. Die Kardinalzahl ‚acht' hieß daher ‚hachi'; wenn man aber Sachen damit bezeichnen wollte, musste man ‚yattsu' sagen. Dazu kamen jeweils eigene Zählungssuffixe für Personen ‚nin', Bücher und Hefte ‚satsu', Tassen oder Schalen mit Getränken ‚hai', flache Gegenstände ‚mai', lange Gegenstände ‚hon', und vierfüßige Tiere

‚hiki' – aber nur, wenn sie nicht zu groß sind! Dann bestand die japanische Schrift nicht aus einfachen Buchstaben, sondern erst einmal aus fünfundvierzig japanischen Symbolen, die zu einem System von einhundert phonetischen Silben kombiniert werden konnten, dem *Hiragana*: -ka, -ki, -ku, -ke, -ko, -ga, -gi , -gu, -ge, -go, -kya, -kyu, -kyo und so weiter. Damit konnte alles geschrieben werden, doch war man damit erst auf dem Ausdrucksniveau des einfachsten Volkes und der Kinder. Dazu kam noch ein weiteres Silbenalphabet mit derselben Aussprache, aber nur für ausländische Worte, das *Katakana*. So schrieb sich Siebolds Name auf Japanisch statt mit Hirgana しいぼると in Katakana シーボルト. Die größte Mühe hatte Siebold jedoch mit der edleren Form des schriftlichen Ausdrucks, der chinesischen Zeichenschrift *Kanji*, deren komplizierte Ideogramme die phonetischen Werte der Silbenschrift zu Worten, Bildern oder ganzen Satzteilen zusammenfassten. Je distinguierter ein Japaner war, desto mehr Kanji benutzte er in der Schrift. Aristokraten und Gelehrte beherrschten mindestens sechstausend Zeichen – und mit diesen Personen wollte er schließlich ohne sprachliche Hindernisse verkehren. Siebold setzte sich zum Ziel, innerhalb des ersten Jahres mindestens zweitausend Kanjizeichen zu lernen. Er studierte Tag und Nacht und übte mit Sonogi, die große Geduld und viel Geschick beim Unterricht bewies. In ihrer Wohnung und in seinem großen Forschungszimmer hingen Exemplare des *Iroha*, ein Merkgedicht für das Hiragana. Er wusste, dass sein Wunsch, die Sprache des Gastlandes zu erlernen, für Irritationen sorgen könnte. Schließlich bestand ein wesentlicher Teil der japanischen Diplomatie darin, Fremde über die inneren Verhältnisse des Landes im Unklaren zu lassen. Die Japaner gaben etwas Preis, wenn ein Ausländer ihre Sprache erlernen durfte. Doch er erinnerte sich an Blomhoffs Geschichten über den großen Opperhoofd *Doeff*, der fließend Japanisch sprach und bei den Japanern bis heute im höchsten Ansehen stand. Dann war er überrascht, mit wie viel Freude nicht nur seine Schüler, sondern auch die Dolmetscher diese Nachricht aufnahmen. Bei Letzteren wäre es sogar verständlich gewesen, wenn sie sein Vorhaben als die Entstehung einer unbequemen, ja, vielleicht sogar gefährlichen Konkurrenz begriffen hätten. Doch sie schienen das nicht einmal bemerken zu wollen. Siebolds Ansehen war inzwischen so gewachsen, dass er nicht mehr zu der Kategorie von Ausländern gehörte, auf die man kluge – und das hieß: verschlagene politische Maximen der internationalen Politik und des Handels anwendete. Der Oberdolmetscher selbst, *Sinsajemon Sujenaga*, bestand schließlich darauf, die Ehre zu haben, ihn persönlich weiter unterrichten zu dürfen. Zu Beginn ihrer ersten Unterrichtsstunde malte er in feiner kalligraphischer Manier den Namen Shiboruto-sensei mit einem Pinsel in japanischen Katakana-Zeichen und in Kanji, von oben nach unten.

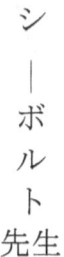

Dann reichte er Siebold den Pinsel und forderte ihn auf, seinen Namen selbst zu schreiben. Der war mit dem Ergebnis nicht zufrieden, obwohl – oder vielleicht gerade weil – Sujenaga lächelnd meinte, auch das sei ein Anfang.

Unterdes war Fujiwara, dem Statthalter von Nagasaki, zugetragen worden, dass das Übersetzerkollegium auf über fünfzig Personen angewachsen war. Er erkundigte sich nach den Gründen hierfür und er hörte viele Stimmen, die den holländischen Arzt als Wohltäter und Freund der Japaner lobten. Die Nachricht von Siebolds Heilkünsten schien auf dem Rücken des Windes durch das Land gereist zu sein, denn schon bald waren unter den angeblichen Übersetzern auch Ärzte und Wissenschaftler, die dem Ruf gefolgt und aus entfernten Gegenden nach Nagasaki gekommen waren. Der Statthalter, ein in der Tradition der Stadt, die fern von Edo seit jeher für andere Landstriche Japans undenkbare Freiheiten in Reserve hielt, liberal gesonnener Mann, war in der schwierigen Position, dass seine Person der verlängerte Arm einer despotischen Regierung zu sein hatte, die den Umgang mit Ausländern nach genauen, Jahrhunderte alten Regeln aufs strengste zu überwachen hatte. Zudem fand er sich umgeben von einem Stab übereifriger niederer Beamter, die es als ihre Aufgabe sahen, misstrauisch und argwöhnisch nicht nur gegen die Ausländer, sondern auch gegen ihren Vorgesetzten zu sein. Fujiwara suchte trotz der feindseligen politischen Stimmung Mittel und Wege, um dem jungen ausländischen Arzt, den er persönlich noch nicht kannte, die Begegnung mit seinen Patienten, vor allem aber mit den interessierten japanischen Wissenschaftlern zu erleichtern. Er fand bald eine Lösung. Gelegentlich eines Besuches des Abgesandten vom Hofe des *Daimyō* von Satsuma erörterte er mit diesem die Angelegenheit informell und bat ihn um Rat. Dazu stellte er ihm einige Fragen bezüglich der Haltung des Satsuma-Clans zum Ausländerproblem und bat um eine schriftliche Antwort. Der Abgesandte verstand natürlich die Funktion des von ihm erbetenen Schreibens und unterstützte Fujiwara, indem er es sofort nach seiner Rückkehr nach Kagoshima ausfertigte und es ihm mit dem Eilkurier schicken ließ. Bei der Ankunft der Schriftrolle ließ Fujiwara alle Sekretäre zusammentreten und den Inhalt von seinem ersten Sekretär vortragen. Zufrieden hörte der Statthalter, dass darin alles geschrieben gestand, was er dem Abgesandten gewissermaßen wortlos diktiert hatte. Das mächtige Haus der Satsuma, dessen Vorherrschaft nicht nur den Süden des Landes prägte, sondern seit dem Beginn Herrschaft der Tokugawa auch immer der gefährlichste Herausforderer der Zentralmacht in Edo geblieben war, ließ unmissverständlich verkünden, dass im Verkehr mit den Ausländern mehr gewonnen als verloren werden kann. Die Beziehungen zu der Holländer-Kolonie sollte so intensiv und zugleich so vorsichtig wie möglich betrieben werden. Das war nun keine Stellungnahme des Fürsten selbst, sondern eher ein Stimmungsbild vom Hofe in Kagoshima, doch dieses verfehlte seine Wirkung nicht. Den bei der Verlesung des Dokumentes anwesenden Beamten ließ er drei Tage Zeit, bis sie es unaufgefordert in allen Rängen der Verwaltung beinahe wortwörtlich verbreitet hatten. Niemand unterschätzte die Nachricht vom Hofe des einzigen Fürsten, der möglicherweise der nächste Shōgun sein könnte. Damit hatte Fujiwara, wenn auch innerhalb eines eng gesteckten Rahmens, weitgehend freie Hand bei der Gestaltung der behördlichen Umgangsformen mit den Holländern, insbesondere mit dem jungen Arzt auf der Inselkolonie. Als erstes gestattete er den japanischen Wissenschaftlern und Ärzten, Siebolds Vorlesungen auf der Insel ohne besondere Anträge und Passierdokumente zu besuchen. Siebold unterrichtete von da an drei Mal wöchentlich in holländischer Sprache. Bald erweiterte das Statthalteramt die Freizügigkeit auf die Erlaubnis für Siebold, regelmäßig Krankenbesuche an Land zu machen. Sein Ansehen wuchs täglich und immer mehr Menschen in der Stadt wussten von seinen Taten zu berichten. Erfüllt von seiner Arbeit, den Vorlesungen, seinen Studien und von Sonogis liebevoller Unterstützung verging dieser erste Winter wie ein einziger kühler Vormittag. Der Frühling kam beinahe schneller als es ihm recht war, denn er hatte noch so viel vorzubereiten für die geplanten botanischen Studien während der Blütezeit. An das Umgraben und die Neubepflanzung des Gartens auf Dejima war nicht einmal zu denken. Es fehlte Siebold schlicht die Zeit dazu, und die holländischen Inselbewohner hätten keinen Handschlag getan für solche, in ihren Augen nutzlosen Einrichtungen. Das war auch schon der einzige Aspekt seines bisherigen Aufenthaltes, in dem er einen leisen, doch ahnungsvollen Schatten über seinen täglichen Erfolgen aufziehen sah. Die Holländer standen seinen ehrgeizigen Bemühungen um wissenschaftliche Verständigung gleichgültig bis skeptisch gegenüber. Doch sie missgönnten ihm deutlich den wachsenden Umfang seiner Privilegien, von denen nichts für sie abfiel. Blomhoff war im Dezember nach Batavia aufgebrochen. Seitdem gab es keine vermittelnde Instanz mehr zwischen Siebold und dem ständig kranken und schlecht gelaunten Oberst de Sturler, den die strotzende Gesundheit und der Enthusiasmus seines Stabsarztes bald mehr reizte als sein eigentliches körperliches Leiden. Schon bald bildete sich im Gewölk seiner argwöhnischen, misanthropischen Grübeleien der Verdacht, Siebold, der Wunderarzt, heile ihn mit Absicht nicht, damit er in seiner Krankheit gefangen bleibe und der Arzt ungehindert alle Freiheiten genießen kann. Sturler glaubte schon bald zu fühlen, dass sein Rang als politisches und militärisches Oberhaupt der Gesandtschaft in Gefahr sein könnte. Siebold hatte das wohl bemerkt, doch die Anerkennung, die ihm aus allen anderen Richtungen entgegengebracht wurde, erlaubte es ihm, diese Verstimmungen mit Gelassenheit hinzunehmen. Insgeheim gestand er sich auch einen leichten Kitzel der Genugtuung ein, denn es schmeichelte ihm doch, die Holländer mit seinen Erfolgen so mühelos in Wallung zu bringen, ohne dass sie ihn behindern durften. Nur Mendelssohn, den er nun seltener sah, war ihm wirklich freundschaftlich verbunden. Doch gerade dieser wies Siebold regelmäßig darauf hin, vorsichtiger zu sein, denn er würde es noch einige Jahre mit den Inselbewohnern aushalten müssen. In dieser langen Zeit könnte sich das Schicksal durchaus auch einmal gegen ihn wenden. Da Siebold außerordentlich beschäftigt war, konnten sie sich nur selten sehen, und wenn, dann meistens an Mendelssohns Krankenbett. Wie Oberst de Sturler hatte auch er große Schwierigkeiten, sich an Essen und Klima zu gewöhnen. Er wollte von Anfang an nicht richtig auf die Beine kommen und lag oft tagelang leicht fiebernd, von Kopfschmerzen oder Übelkeit geplagt auf seinem Matratzenlager, wobei er sich viele Gedanken machte, von denen er wenigstens einige seinem Arzt mitteilen wollte, der der einzige war, den er mit dergleichen aus kränkelnder Schwäche geborenen Reflexionen behelligen konnte. Wenig an Mendelssohn erinnerte in diesen Tagen an den leichtfüßigen, frech philosophierenden Kosmopoliten, den Siebold in ihm kennen und schätzen gelernt hatte.

Der erste Ausflug

In der ersten Aprilwoche, in Europa schrieb man inzwischen das Jahr 1824, besuchten eines Morgens seine treuesten Schüler Ryōsai Kō und Choei Takano Siebold in der Praxis. Nach der höflichen Begrüßung konnten sie ihre Aufregung kaum noch verbergen. Sie hatten die Ehre, ihm eine so wichtige und erfreuliche Nachricht zu übermitteln, dass sie hilflos grinsen mussten, bis Siebold sie aufforderte, nun doch bitte endlich zu sprechen.

"Sensei", begann Kō, "durch Vermittlung von drei Ärzten, namentlich Kōsai Yoshio sowie der Brüder Eiken und Sōken Narabayashi, ist es Ihrer ergebenen Schülerschaft gelungen, zwei Privilegien zu erwirken, die in der Geschichte ihresgleichen suchen. Zuerst dürfen wir Ihnen mitteilen, dass Bürgermeister Takashima und dank seiner Fürsprache wiederum auch Statthalter Fujiwara es dem Arzt der holländischen Gesandtschaft gestatten werden, die Krankenhäuser zu besuchen, die von den vorgenannten Ärzten geleitet werden, um dort Behandlungen durchzuführen und darüber hinaus Studenten der Medizin mit praktischen Übungen zu unterrichten." Darauf folgte eine kurze Kunstpause, denn seine Besucher wollten wohl den Ausdruck auf Siebolds Gesicht abwarten, ob er wirklich so überrascht sein würde wie sie es erhofft hatten. Sie konnten zufrieden sein, denn Siebold strahlte, wie sie es noch nie bei ihm gesehen hatten.

"Die zweite Nachricht betrifft Ihre botanischen Studien. Der Statthalter hat ebenso bewilligt, dass Sie von nun an unter unserer persönlichen Aufsicht Exkursionen in das Umland von Nagasaki machen dürfen."

"Exkursionen...?" entfuhr es Siebold tonlos. Das war wahrlich mehr als er sich erhofft hatte. Natürlich hatte er sich täglich Gedanken gemacht, wie er seinen Wirkungskreis erweitern könnte, denn die Gefangenschaft auf der Insel war im höchsten Maße hinderlich für seine geplanten wissenschaftlichen Studien, trotz der Art von Freigang die ihm mit den gelegentlichen Patientenbesuchen gewährt worden war.

"Liebe Freunde, das ist die beste Nachricht seit Jahren, genau genommen seit dem Tag, an dem ich erfuhr, dass ich gen Japan reisen werde!" rief er aus, wobei er die Männer, die erheblich kleiner waren, am liebsten in die Arme geschlossen hätte. Er unterdrückte diesen Impuls jedoch, da er seine treuen, aber doch schüchternen Schüler nicht mit seinem Ungestüm in Verlegenheit bringen wollte. Bis zum Abend hatte sich die

Nachricht auf Dejima herumgesprochen. Und wieder mischten sich in den Tischgesprächen allenthalben Bewunderung angesichts dieses Durchbruchs, der wenigstens einem von ihnen den halbwegs würdigen Umgang mit den japanischen Gastgebern ermöglichte, mit blankem Neid und Unverständnis, warum ausgerechnet der Arzt solche Privilegien genießt, der doch bei einer kaufmännischen Mission bestenfalls Hilfsdienste anzubieten hätte. Die Holländer witterten eine weitere Anmaßung dieses Mannes, der nicht einmal aus Holland stammte, ein Ausländer, der nur durch Protektion zu seinem Rang gekommen war. Oberst de Sturler war besonders verbittert, denn er war unmittelbar übergangen worden. Weder war ihm diese Bewegungsfreiheit angeboten worden, noch hatte sich der Statthalter mit ihm in Verbindung gesetzt, um diese Maßnahme abzustimmen. Siebold, der diese Ressentiments schon ahnte, dachte auch daran, dass diese Nachricht und die zwangsläufig darauf folgende Gallenausschüttung Sturlers an sich schon problematische Diagnose sicher nicht günstig beeinflussen würde. Mit Siebold freuen konnte sich von ganzem Herzen nur Sonogi, die förmlich bebte als er sie einweihte. Sie hatte sich angewöhnt, seine Erwartungen und Hoffnungen ganz zu ihren eigenen zu machen, und so kam es wie von selbst, dass sie bald all seine Gefühle verdoppelte und verstärkte. Sie machte sich, soweit sie konnte, zu einem Spiegel seiner Seele, wodurch er immer gerne zu ihr kam und über alles berichtete, denn die Anteilnahme seiner jungen Frau erlaubte ihm, ein Bild von sich selbst zu sehen, wie niemand es ihm zeigen konnte. Er wusste noch nicht, dass genau dies die Kunst der Konversation japanischer Frauen war, die ihnen anerzogen wurde, um später ihren Ehemännern zu gefallen. Doch es war auch kein Irrtum von ihm, diese Art der Gefälligkeit ganz persönlich zu nehmen, denn Sonogi ging wirklich ganz mühelos in ihrer gelernten Rolle auf und war glücklich, dass ihr Mann zufrieden und erfolgreich war.

Drei Tage später war es so weit. Der Beschluss des Statthalters war ergangen und ein umständliches, weil diplomatisch formuliertes Dokument war Siebold ausgestellt worden, das ihm regelmäßige Landgänge erlaubte und zugleich die alten Gesetze zum strengen Umgang mit Ausländern zu respektieren vorgab, die solche Freizügigkeiten ausdrücklich und kategorisch ausschlossen. Kō und Takano kamen früh morgens an die Brücke zur Insel, wo sie Siebold abholten. Er hatte seine Praxis für den ganzen Tag geschlossen. Mit einem Tornister auf dem Rücken, der Proviant, botanisches Werkzeug sowie eine Reihe von Gefäßen für Insekten, Schnecken und Pflanzen enthielt, machte er sich auf zu einer Wanderung, von der er jahrelang geträumt hatte. Er dachte an seinen berühmten Vorgänger Thunberg, der es als einziger vor ihm geschafft hatte, die Stadtgrenze von Nagasaki zu überschreiten. Thunberg, erinnerte er sich, war es insgesamt bedeutend schlechter ergangen als ihm, denn zu seiner Zeit war die holländische Mission in Japan noch viel ausschließlicher dem merkantilistischen Geist verpflichtet und nur die unangenehmsten und ignorantesten Subjekte waren auf Dejima stationiert. Thunberg hatte es in dieser schwierigen Zeit als einziger geschafft, einen freundschaftlichen Kontakt mit den Japanern aufzubauen. Diesmal waren die Vorzeichen anders, denn der wissenschaftliche und diplomatische Charakter der Mission stand im Vordergrund, sodass Siebolds Position in der Gesandtschaft von vornherein wesentlich besser war als die Thunbergs. Solcherlei Gedanken machte er sich noch, solange er die Straßen von Nagasaki durchquerte und seine fröhlichen Studenten wie auch die verwunderten Blicke der Einwohner ihn begleiteten. Manch einer wollte sie ansprechen und den inzwischen bekannten Arzt um Rat bitten, aber seine Aufpasser, obwohl in der Sache ungeübt, wollten die erworbene Gunst nicht leichtfertig aufs Spiel setzen und hielten sich an die Anweisung, Kontakte zwischen Siebold und den Japanern in der Öffentlichkeit strikt zu unterbinden. Allmählich wurde die Besiedlung dünner, hier und da leckten von der Kälte der Wintermonate wieder auferstehende Grasnarben in die Stadt hinein und an den Hängen standen verstreut dunkle Nadelbäume bereit, wie um die Wanderer am Eingang ihres Reiches abzuholen. Die Gefährten überquerten Gebirgsbäche, die jahreszeitgemäß alle viel Wasser führten, über kleine Brücken, deren Bogenformen an buckelnde Katzen erinnerten. Kein Gedanke lenkte Siebold mehr ab. Er tauchte mit allen Sinnen ein in den intensivsten Zustand der Beobachtung, offen für alles, was auf ihn zuströmte, zugleich suchend nach den Zusammenhängen von Pflanzen- und Tierwelt, ohne dabei die Verbindungen mit den mineralogischen und geologischen Gegebenheiten außer Acht zu lassen. In der milden Kühle des Vormittags stiegen sie, den Rücken immer gewärmt von der Aprilsonne, auf die Anhöhen im Nordwesten von Nagasaki. Noch bevor die Sonne den Zenit erreichte, blickte Siebold zum ersten Mal auf die Bucht in ihrer ganzen Größe und Weite. Die Aussicht war grandios, eine Erinnerung und Vertiefung des unvergesslichen Eindrucks, als er an jenem Augustmorgen nach seiner Ankunft zum ersten Mal am Ufer von Dejima stand und in die Bucht hinausblickte – und sie in ihn hinein. Ein kurzer Schauer schoss ihm über die Kopfhaut, begleitet von einem leichten Schwindel. Zum ersten Mal in seinem Leben hatte er ein unwillkürliches und unmittelbares Gefühl, ein Werk der Schöpfung zu sehen. So erhaben, ruhig und schön lag sie vor ihm, dass Natur, Zufall oder Evolution für einen Moment lang keine Begriffe mehr waren, um das Wunder des Daseins dieser erhabenen Formation von Land, Meer und Flora zu fassen. Sie war mehr wie ein Zeichen, das über sich selbst hinauswies, durch das ein unendlicher, zeitloser Wille seine Absichten kundtun und seine ursprüngliche Güte zeigen wollte. Solchermaßen von metaphysischen Gefühlen ergriffen, verweilte er eine Zeit lang stumm mit seinen Begleitern, die in ihrer eigenen Meditation versunken waren, von der er vermutete, dass ihr Zentrum näher bei der großen Leere Buddhas, den Naturgöttern des Shintō oder ihren eigenen Ahnen lag.

Anschließend machten sie eine Pause und aßen im Gras sitzend ihre Mittagsverpflegung, Siebold kleine Weizenfladen mit Schmalz und eingelegte Gurken, seine Studenten die landestypischen Reisbälle in Lotusblättern. Dann begannen sie mit der botanischen und zoologischen Arbeit, sammelten aber auch auffällige Gesteinsproben. So viel Unbekanntes bot sich Siebolds Augen, dass er nicht wusste, wo er anfangen sollte. Er untersuchte Gräser, Blumen, Büsche und Bäume, machte schnelle, kryptische Notizen; grub hier und dort mit einer kleinen Schaufel Exemplare interessant scheinender Pflanzen aus; analysierte die Formationen, in denen Gewächse auftraten; sammelte Käfer und andere Insekten; inspizierte Baumrinden, fand dahinter wieder Larven und Puppen von neuen Insekten; vermaß die Länge von Wurzeln und zündete manches Kraut mit einem Schwefelholz an, um den Geruch zu prüfen; sammelte Wasserproben, deren Mineral- und Eisengehalt er später in seinem Labor untersuchen würde. Kō und Takano bewunderten die Konzentration und Gründlichkeit, mit der Siebold bei seiner Arbeit vorging. Sie verstanden unmittelbar, dass dahinter ein System der Naturbeobachtung stehen musste, mit dem sich mehr und andersartiges Wissen aus den Dingen gewinnen ließ als mit ihren eigenen japanischen Methoden.

An diesem Abend lag Siebold erschöpft vom ersten Tagesmarsch seit seiner Abreise aus Deutschland auf dem Sofa, den Kopf in Sonogis Schoß geborgen. Sie hatten sich einen freizügigen, zärtlichen Umgang miteinander angewöhnt, der zwischen japanischen Eheleuten undenkbar war, der aber auch in den bürgerlichen Kreisen in Deutschland als anstößig, wenn nicht gar als unzüchtig beurteilt worden wäre. Sie strich ihm über die Haare, lachte über seinen leichten Sonnenbrand auf Stirn und Nasenrücken, während er immer noch atemlos von seinen Beobachtungen und Funden erzählte.

"Auf dem Rückweg, meine Liebste, da habe ich allerdings den größten Fund gemacht. Wie gerne würde ich dir davon schon berichten! Doch es ist noch ein streng zu hütendes Geheimnis. Die Sache ist noch nicht reif."

"Du Schuft! Das ist eine grenzenlose Gemeinheit. Raus mit der Sprache! Du weißt genau wie unersättlich neugierig ich bin."

"Warte es ab, bevor du den Dolch zückst. Du wirst, wenn alles gut geht, mehr als entschädigt werden für diesen kleinen Aufschub. Ich hätte aber eine Idee, wie ich dich vorläufig anderweitig entschädigen könnte..."

"Du brauchst dir nicht einzubilden, dass du mich so einwickeln kannst! Aber wo du jetzt schon einmal davon gesprochen hast..."

Das Haus am Wasserfall

"Mendelssohn, wie schön Sie so gesund zu sehen! Sind Sie bereit?" Siebold war früh morgens an seine Tür gekommen, um Mendelssohn abzuholen. Beide waren für eine weitere Exkursion gekleidet, denn Siebold hatte erwirken können, dass er von einem Zeichner begleitet werden darf. Und so hatte er Mendelssohn, um dessen Lebensgeister wieder zu wecken, angeboten, ihn auf dem nächsten Ausflug ins Umland zu begleiten, wenn es seine Gesundheit zuließe. Tatsächlich war Mendelssohn bereits weitgehend genesen und er befand sich zum ersten Mal seit seiner Ankunft in Japan recht wohl.

"Ich bin bereit. Doch welche Überraschung erwartet mich auf unserer Wanderung? Ich weiß, Sie wollen mir etwas zeigen. Sie konnten es ja nicht verheimlichen."

"Geduld, mein Freund, enttäuschen Sie mich nicht. Ein Philosoph zeichnet sich doch durch Gelassenheit und Langmut aus, oder? Die Weisen der römischen Antike lehrten jedenfalls noch nichts von philosophischer Neugierde, auch wenn mich die Philosophie unter diesem Blickwinkel vielleicht mehr interessieren würde."

"Gut, dann lassen Sie uns gehen, bevor wir hier eine Disputation beginnen, die uns den Tag verkürzt und um schöne Aussichten beraubt, von denen Sie geschwärmt haben."

Kō und Takano waren wieder pünktlich an der Brücke, die Saguriban ließen Siebold und Mendelssohn nach der üblichen doppelten Prüfung des Laissez-Passer und der zusätzlichen Erlaubnis für den Zeichner aufs Festland und die kleine Gesellschaft machte sich wieder auf die Wanderschaft. Diesmal staunten die Einwohner in den Straßen von Nagasaki noch mehr, denn einen langhaarigen Ausländer wie Mendelssohn hatten sie schon lange nicht mehr gesehen. Und sie rätselten über das Gerät, das er mit sich führte, seitlich an seinem Rucksack festgeschnallt. Ein etwa zwei Ellen langer Holzgegenstand, der aus mehreren Teilen zusammengesetzt war. War das eine Waffe? Nein, eine Staffelei.

Sie erreichten bald die Anhöhen, doch stiegen sie weiter hinauf als das letzte Mal. Siebold wollte einen höher gelegenen Aussichtspunkt erreichen, um auf die benachbarten Landschaften blicken zu können. Mendelssohn war schon außer Atem, als sie den höchsten Punkt erklommen hatten, den Himi-Toge-Pass. Von dort aus sahen sie nicht nur die Bucht von Nagasaki, sondern endlich auch die hinter der östlichen Hügelkette liegende Tachibana-Bucht. Die Luft war trocken und unter dem wolkenlosen Himmel war die Sicht hervorragend. In einer Entfernung von etwa fünfzehn Meilen erhob sich der mächtige Unzen, dessen flache Spitze eingehüllt war von feinen Nebelschleiern. Das war der erste Vulkan, den Siebold und Mendelssohn zu sehen bekamen. Lange blickten sie dort hinüber und Siebold berichtete seinen Gefährten, was die europäische Geologie an neuen Erkenntnissen über die Entstehung und die Mechanik von Vulkanen gewonnen hatte.

"Sie finden hier überall Zeichen des vulkanischen Ursprungs dieses ganzen Landstrichs. Wir haben schon beim letzten Ausflug Basalt mit porphyrartiger Struktur eingesammelt, gemischt mit Hornblende."

"Man hat vulkanische Gebirge ja auch auf dem Mond vermutet", ergänzte Mendelssohn.

"Ja, das stimmt, *Sir William Herschel* hat vor über dreißig Jahren davon berichtet. Wussten Sie übrigens, dass er vor zwei Jahren gestorben ist? Ich las davon, in Rotterdam, kurz vor unserer Abfahrt."

"Nein, sehr bedauerlich, das war mir nicht bekannt. Ich wollte allerdings auf etwas anderes hinaus. Seine These von den Vulkanen auf dem Mond erschien 1783. Im Jahr darauf veröffentlichte der Philosoph Immanuel Kant eine kurze und wenig beachtete Abhandlung unter dem Titel *Über die Vulkane auf dem Mond*. Darin bezweifelte er, dass es auf dem Mond Vulkane geben könnte. Und wissen Sie was? Er hatte Recht! Es ist inzwischen bewiesen, dass die Gebirge auf dem Mond nicht vulkanischen Ursprungs sind, sondern von Kometeneinschlägen gigantischen

Ausmaßes erzeugt wurden."

„Interessant! Ein Philosoph, der ohne seine Schreibstube zu verlassen einen berühmten Naturforscher korrigieren kann. Ich hoffe ehrlich gesagt, dass das eine Ausnahme bleibt" gab Siebold augenzwinkernd zurück. Kō und Takano folgten den gelehrten Ausführungen über Vulkane auf der Erde und dem Mond mit fassungslosem Staunen und es entging ihnen kein Wort. Für einen Augenblick bekamen sie ein Gefühl dafür, wie weit die westlichen Wissenschaften ihnen voraus waren und wie viel Japan in der jahrhundertelangen Isolation verpasst hatte.

Mendelssohn baute die Staffelei auf und begann einige Zeichnungen anzufertigen. Er machte nur erste Skizzen, denn sein Geschick war nicht so groß, dass er die geschulten Zeichner aus Siebolds Gefolgschaft hätte ersetzen können. Einer von ihnen könnte diese Entwürfe später weiterbearbeiten. Auf jeden Fall mussten sie einige Blätter mit glaubhaften Abbildungen mitbringen, falls sie bei der Rückkehr kontrolliert werden sollten.

Siebold setzte unterdes mit seinen Studenten die botanischen, zoologischen und mineralogischen Arbeiten ihrer letzten Exkursion fort. Er hatte diesmal einen genauen Plan, welche Pflanzengattungen er suchen und welche Exemplare er einsammeln würde. So verging die Zeit beinahe unbemerkt bis in den Nachmittag hinein. An einem Bach tranken sie frisches Wasser und verzehrten ihren Proviant mit großem Appetit. Vor Anbruch der Dämmerung machten sie sich auf den Rückweg. Sie wichen allerdings von den Pfaden ab, auf denen sie gekommen waren, und Mendelssohn bemerkte, dass der Weg nicht mehr geradewegs zur Stadt hinunter, sondern entlang einer Höhenlinie in Richtung der nördlichen Abhänge führte. Er fragte Siebold nach dem Sinn dieses Umwegs, der aber antwortete nicht und lachte ihn vielsagend an. Da lichteten sich die Bäume und sie näherten sich einer Art Gehöft mit mehreren Gebäuden, das sich an den Berg schmiegte. Hinter dem Hauptgebäude sahen sie bald einen kleinen Wasserfall, der von einem der Gebirgsbäche gespeist wurde. Hecken waren terrassenförmig um das Grundstück herum angelegt. Alles war wohlproportioniert, Bäume und Büsche umstanden die Anlage in lockerer Anordnung, weiter oberhalb wuchs ein Bambuswald, überall wechselten sich Licht und Schatten einladend ab und die Natur strahlte ihre ganze Fruchtbarkeit und Vollkommenheit aus. Es hätte Mendelssohn nicht verwundert, wenn in dieser wahrhaften Perle von verwunschenem, märchenhaftem Anwesen einige von Japans unzähligen Göttern wohnten.

„Das ist es!" teilte Siebold endlich seinem verunsichert staunenden

Begleiter mit. "Das ist Narutaki, das *Haus am rauschenden Wasserfall*".

„Das ist ein wirklich außergewöhnlich schönes Landhaus. Sind Sie bei Ihrem letzten Ausflug hier vorbeigekommen?"

"Nun, das auch. Aber wissen Sie, warum ich es Ihnen zeige?"

"Nein, gewiss nicht. Vielleicht weil es unbewohnt ist und Sie mir etwas über Ihre geheimsten Wünsche erzählen wollen?" antwortete Mendelssohn, der seinen schwebenden Unernst wiederfinden wollte.

"Das wird meine zukünftige Wohn- und Arbeitsstätte", gab Siebold stolz zurück. "Hier werde ich eine Schule einrichten und meine Praxis weiter betreiben. Gestern, so habe ich gehört, erging der Erlass, der es mir gestattet, mich hier auf dem Festland niederzulassen. Ich erwarte das Dokument heute bei unserer Rückkehr." Kō und Takano grinsten dazu hocherfreut, denn sie kannten diesen Plan vom ersten Moment an und sahen nun, wie er aufging.

"Das ist wirklich unglaublich! Wie in aller Welt haben Sie das geschafft? Seit über zweihundert Jahren durfte doch kein Ausländer außerhalb der Insel wohnen."

"Meine japanischen Freunde hier und viele ihrer Kollegen haben das bewirkt. Der Statthalter hat mir zwar nur die Genehmigung erteilt, eine Schule zu betreiben, doch das Haus erwerbe ich demnächst mit seiner Zustimmung unter einem japanischen Decknamen, damit die Regierung in Edo nicht nervös wird."

"Unfassbar. Die Verwaltung in Nagasaki riskiert wirklich viel zu Ihren Gunsten. Und ich muss anerkennen, dass man Sie wohl wirklich nicht überschätzen kann. Doch ich weiß jetzt schon, wie das bei unseren 'Mitgefangenen' ankommen wird, insbesondere bei Oberst de Sturler."

"Kommen Sie, gehen wir weiter. Es wird spät. Ja, ich weiß, ich mache mir damit unter den Holländern wieder keine Freunde. Aber ich hoffe, Sie verstehen, dass ich mich dadurch nicht behindern lassen kann. Ich bin sicher, dass ich in Kürze weitere Unterstützung vom Generalgouvernement in Batavia bekommen werde. Es ist ein großer Durchbruch für die niederländische Diplomatie, die erstmals den Weg der Wissenschaft genommen hat. Der Handel mag wichtig sein, doch unsere Zeit erfordert auch noch andere Verknüpfungen der Interessen zwischen zivilisierten Nationen. Im Handel werden wir noch lange am Misstrauen der Japaner und an der Abschottung ihrer Märkte scheitern. In den Wissenschaften sind sie dagegen geradezu begierig, von uns unterwiesen zu werden. Wir habe mit unseren wissenschaftlichen Erkenntnissen einen Rohstoff, den sie auf keine Weise ersetzen können und auf den sie auch nicht verzichten wollen."

Abends war Sonogi außer sich vor Freude, als Siebold ihr zunächst wortlos den Erlass vorlegte, der wie erhofft im Laufe des Tages eingetroffen war. Als er ihr daraufhin aber den größeren Zusammenhang erläuterte, der aus dem Dokument nicht hervorging, und vom bevorstehenden Umzug in das Landhaus Narutaki berichtete, da brach sie in Tränen aus. Sonogi konnte ihr Glück nicht fassen. Sie hatte sich damit abgefunden, dass sie mit ihrem Mann nur einige Jahre auf der Hafeninsel eingesperrt leben dürfte, um danach als Kurtisane in ihre Gesellschaft zurückzukehren. Nun sah sie, wie das Unmögliche möglich wird. Das Ansehen ihres Mannes, das sie nur selten unmittelbar erfahren konnte, musste so groß sein, dass es selbst uralte Gesetze ihres Landes bezwingen konnte. Sie war unendlich stolz auf ihn und beglückwünschte sich im Nachhinein noch einmal für ihre kluge Wahl.

Umzug nach Narutaki

"Herr Major, ich wünsche Ihrer Mission allen Erfolg. Sie unterrichten mich wie besprochen einmal wöchentlich. Sie betreiben ihre hiesige Praxis weiter an drei Tagen in der Woche je vier Stunden. Ansonsten behalten Sie natürlich zu jeder Zeit freien Zugang zur Insel sowie zu Ihren bisherigen Wohn- und Arbeitsräumen. Wir werden Sie verständigen, sobald wir Neuigkeiten aus Batavia erhalten haben." Sturler saß grau und resigniert hinter seinem Schreibtisch. Er war ein weiteres Mal übergangen worden, doch er hatte sich damit abgefunden. Es hatte in der gegenwärtigen Situation keinen Sinn, sich gegen Siebolds Erfolge aufzulehnen. Sturler war bei allem Affekt gegen den Parvenü klar, dass ihm ein solches Verhalten im Konfliktfall von unbefangenen Dritten zweifelsfrei als Neid und Böswilligkeit ausgelegt werden müsste.

"Danke, Herr Oberst", antwortete Siebold pflichtschuldig, dem die kalte Förmlichkeit seines Vorgesetzten einschließlich der dahinter zurückgedrängten Gefühle nicht entgangen war. Doch Siebold hatte die Oberhand, und das wollte er noch einmal aus Sturlers Mund hören.

"Wie sehen Sie die Chancen, dass Batavia meiner Bitte entspricht?"

"Gut", gab Sturler trocken zurück.

Siebold hatte kurz zuvor einen ausführlichen Bericht für den Generalgouverneur *van der Capellen* niedergeschrieben, gefolgt von einer Bitte um weitere finanzielle Mittel zum Erwerb von Objekten für die wissenschaftlichen Sammlungen sowie zum Anlegen eines botanischen

Gartens mit Gewächshäusern. Es ging um einen beträchtlichen Betrag, mehr als vier Mal so hoch wie sein erster Etat, der ihm bei der Abreise von Batavia zur Verfügung gestellt worden war. Doch das war noch nicht alles. Siebold hatte darüber hinaus darum gebeten, dass ihm ein Zeichner, ein Geologe – und ein weiterer Arzt zu seiner Verfügung geschickt werde. Das war ziemlich verwegen, denn dazu gab es keinen Präzedenzfall in der Geschichte der niederländischen Auslandsbeziehungen. Siebold wollte jedoch diese Gelegenheit nicht ungenutzt lassen, seinen Status zu verbessern und seinen Handlungsspielraum zu erweitern. So eine Chance, das wusste er, würde sich so bald nicht noch einmal bieten. Sturler wiederum erkannte natürlich die atemberaubende Anmaßung und hoffte nur, Siebold habe den Bogen damit so weit überspannt, dass er in Ungnade fällt. Deswegen dachte er in Kenntnis des Schriftsatzes gar nicht daran, Siebold zur Zurückhaltung aufzufordern. Im Gegenteil, er freute sich über die leichtsinnige Maßlosigkeit seines ehrgeizigen Stabsarztes.

Am nächsten Tag begann der Umzug, der große Aufmerksamkeit in Nagasaki erregte. So etwas hatten selbst die Alten in ihrem ganzen Leben noch nicht gesehen. Die den Wegesrand säumenden Menschen erblickten zum ersten Mal europäische Möbel, Teppiche, Haushaltsgegenstände und Koffer. Am Ende des Trecks schritt Siebold inmitten einer Gruppe von Soldaten des Statthalters in seiner prunkvollen Galauniform. Drei Schritte hinter ihm lief auf ihren Getas trippelnd, wie es die japanische Tradition forderte, Sonogi in ihrem blauen Kranich-Kimono, begleitet von ihrer Dienerin aus dem Hikidaya. Der feierliche Umzug erreichte erst nach über einer Stunde Narutaki. Dort wurden sie von Siebolds Studenten, deren Familien und den dankbaren Patienten erwartet. Alle wollten mithelfen und Siebold war gerührt, als er mit Sonogi von etwa einhundert Menschen empfangen wurde. Auch für die Versammelten war dieses Ereignis einmalig, denn im ganzen Land hätte man keine Zusammenkunft unter freiem Himmel von dieser Größe erlaubt. Die Polizei wäre sofort eingeschritten. Auch in diesem Fall hielt der Statthalter wieder seine schützende Hand über der Sache. Zweihundert Hände richteten bis zum Abend das ganze Haus ein und es sah dann so aus, als würden Siebold und Sonogi schon lange dort leben. Essen war zubereitet, die Betten gemacht und man hatte den beiden nicht erlaubt, ihren Hausrat auch nur anzufassen. Vor allem die ehemaligen Patienten wollten sich bedanken. Sie glaubten nämlich immer noch, dass Siebold aus reiner Großzügigkeit kein Geld für seine Behandlungen nahm. Als Delegationsarzt auf Dejima war es ihm jedoch streng untersagt, außerhalb seines Solds Honorare für ärztliche Leistungen einzustreichen. Einige wenige Male versuchte er halbherzig, seine Patienten über dieses Verbot aufzuklären. Sie hielten trotzdem stur an ihrer Auffassung fest, der holländische Arzt sei ein wohltätiger Mann. Siebold wusste, dass er sich nicht wirklich bemüht hatte, diesen schönen Schein mit der Wahrheit zu trüben. Doch sofort stand ihm die Rechtfertigung zur Seite, dass er diese Vorteilsnahme immer im Sinne des Zuwachses der wissenschaftlichen Erkenntnisse betrieb. Die vielen Geschenke seiner Patienten sollten später schließlich wichtige Exponate in Europas Museen und wissenschaftlichen Sammlungen sein.

Schon am nächsten Tag öffnete Siebold seine neue Praxis und begann mit dem Unterricht. Zuvor machte er in aller Frühe einen Rundgang auf seinem neuen Anwesen, das einstmals dem Oberpriester des großen Suwa-Schreins von Nagasaki gehörte. Es umfasste etwa zwei Hektar und war damit größer als die ganze Hafeninsel Dejima. Die Räumlichkeiten waren auf zwei Haupt- und zwei Nebengebäude im japanischen Stil verteilt, die nun mit europäischen Möbeln eingerichtet waren. Das zweistöckige Hauptgebäude gegenüber dem Gartentor hatte auf jeder Etage jeweils einen großen, gedielten Raum. Den unteren würde er als Arbeits- und den oberen als Studierzimmer nutzen. Sie enthielten sein Forschungsmaterial, die Naturaliensammlungen, Arzneimittel sowie seine europäischen und japanischen Bücher. Nach außen waren die Zimmer durch halbtransparente, *Shōji* genannte Schiebetüren aus Pergament abgeschlossen, sodass die Räume außerordentlich hell waren, vor allem wenn sie tagsüber weit geöffnet wurden und ein sublimes Panorama des grünen, von wenigen Häusern besiedelten Tals boten. Siebold hatte schon bemerkt, dass die Japaner kein Fensterglas kennen. Aus den Aufzeichnungen seiner Vorgänger konnte er schließen, dass es in ganz Japan keine Glasindustrie gab. Links von diesem Gebäude stand das andere, einstöckige Haupthaus, in dem sich zwei weitläufige Räume nebeneinander befanden, die nun Sonogi und ihm als Wohnräume dienten, wobei der größere von den beiden zugleich Unterrichts-, Untersuchungs- und Behandlungsraum war. Die weiteren Nebengebäude waren ein fester Bücherspeicher mit einer daran anschließenden Küche und ein großer Schuppen. Es gab zwei Brunnen, einen beim Behandlungszimmer, einen bei der Küche. Schmale Kieswege verbanden die Gebäude. Dazwischen waren Bambusbüsche und Bäume über das ganze Grundstück verteilt. Daraus plante er innerhalb der nächsten zwei Jahre einen zusammenhängenden botanischen Garten mit Heilkräutern und einer Sammlung der wichtigsten Exemplare der japanischen Flora zu machen.

Siebold unterrichtet

Der erste Tag verlief hektisch, denn seine vielen Studenten kamen gleichzeitig mit den ersten Patienten. Er stellte einen Stundenplan auf, um die verschiedenen Tätigkeiten zu koordinieren und vernünftig arbeiten zu können. In Narutaki wurde von nun an theoretische und praktische Medizin unterrichtet, insbesondere Gynäkologie, Pädiatrie, Ophthalmologie und Chirurgie, sowie Naturgeschichte und Pharmakologie. Siebold propagierte ein System des praktischen Lernens und seine Schüler arbeiteten gemeinsam mit ihm an den Fällen, welche täglich in die Praxis kamen. Das hatte für die Patienten einen großen Vorteil, denn sie mussten nicht mit dem Fremden allein im Behandlungsraum sein. Die Anwesenheit der japanischen Ärzte flößte ihnen Vertrauen ein. Denn auch wenn die meisten glaubten, der holländische Sensei verfüge über magische Kräfte, so hatten sie doch Angst vor dem großen, kräftigen Mann mit den starken Händen. Vor allem die Frauen. Siebold nahm auch weiterhin kein Geld für seine Behandlungen. Da seine Patienten ihm dennoch nichts schuldig bleiben wollten, brachten sie ihm viele wertvolle Geschenke, Kunstwerke und Gebrauchsgegenstände, aber auch seltene Pflanzen, Steine und Insekten.

Die ostasiatische Medizin befand sich bereits auf einem hohen Niveau, vor allem im Bereich der inneren Medizin. Auf dem Gebiet der Anatomie und der Chirurgie hatten die Europäer dagegen einen großen Vorsprung. Das wussten die japanischen Gelehrten seitdem die *Anatomischen Tafeln* des Johann Adam Kulmus 1774 unter dem Titel *Kaitaishinsho* erschienen waren. Sie wurden ursprünglich 1722 in Danzig publiziert und erreichten Japan nur, weil Shōgun *Yoshimune Tokugawa* die Einfuhr von holländischen Büchern genehmigt hatte. Die beiden Übersetzer Genpaku Sugita und Ryotaku Maeno wohnten der Leichensektion eines öffentlich hingerichteten Verbrechers in einem Gefängnis in Edo bei und erkannten, dass die anatomischen Lehren in den chinesischen Büchern falsch waren.

Die japanische Medizin war stark von der chinesischen Tradition geprägt, die *Kampo* genannt wurde, was nichts anderes als ‚Behandlungsanweisung' bedeutete. Die Heiler stellten sich den menschlichen Körper als eingebunden in astrologische und kosmologische Gegebenheiten vor. Dazu kam eine Lehre der Elemente, die mit der europäischen Alchimie vergleichbar war. Gesundheit war für sie ein Gleichgewicht dieser vielen widerstrebenden Kräfte und Säfte. Entscheidend war die ungehemmte Zirkulation der Lebenskraft ‚Goto'. Diese Zirkulation konnte durch die Einwirkung eines nicht näher spezifizierten Giftes ‚Doku' beeinträchtigt werden. Der Einfluss der europäischen Medizin begann etwa um 1600, als die Portugiesen chirurgische Praktiken wie Amputation und Gefäßunterbindung einführten. Seit der Isolation des Landes unter den Tokugawa konnten nur noch die Holländer medizinisches Wissen nach Japan bringen. Caspar Schamberger etwa, der 1649 an der ersten Reise nach der Hauptstadt Edo teilnahm, wurde schnell bekannt und es gründete sich die *Kasuparuyugeka,* eine ‚Kaspar-Schule der Chirurgie'. Engelbert Kaempfer, der 1690 bis 1692 auf Dejima lebte, hatte die ersten wissenschaftlichen Aufzeichnung über die japanische Medizin gemacht, die in seiner Heimat jedoch nicht ernst genommen wurden. Sein Buch *History of Japan* erschien auf seltsamen Umwegen zunächst 1724 posthum in englischer Sprache in London und wurde schließlich 1774 in Deutschland veröffentlicht. Es behandelte erstmals ausführlich die Akupunktur und die Moxibustion. Siebold hatte diese Kapitel des Buches während seiner Reise nach Java mit großer Aufmerksamkeit gelesen. Nun lernte er von seinen Studenten die praktische Durchführung dieser asiatischen Heilmethoden. Die Moxa war eine Wärmetherapie, bei der ein kleiner Kegel aus getrocknetem Beifuß oder anderen Heilkräutern an bestimmten Stellen der Haut auf einer pfenniggroßen Fläche abgebrannt wurden. Das sollte die Gewebedurchblutung stärken, vor allem aber die Organfunktionen verbessern und so einstellen, dass der Körper sich besser gegen alle Art von Leiden wehren kann. Mit Interesse stellte Siebold fest, dass die Moxa auch zur Erziehung eingesetzt wurde, nämlich als letztes Mittel zur Beruhigung wilder und lauter Kinder. Die Hautstellen waren im Übrigen dieselben, die der Akupunkteur kennen musste, um seine Nadeln zu platzieren. Diese Heilmethode faszinierte Siebold besonders und er ließ umgehend die Übersetzung der maßgeblichen Schrift des kaiserlichen Akupunkteurs *Ishizaka Sotetsu* erstellen.

Er lernte in kürzester Zeit außerordentlich viel über japanische Medizin. Er revanchierte sich mit der Unterweisung seiner Studenten in der Benutzung des Stethoskops und des Mikroskops, was den jungen Männern Erfahrungen bescherte, die sie tief beeindruckten. Das deutliche Hören der Organbewegungen im Inneren des menschlichen Körpers sowie der Blick in den Mikrokosmos der Körperflüssigkeiten, Pflanzen und Insekten waren von einer neuen und intensiveren Sinnlichkeit, als sie das aus der chinesischen Medizin kannten. Auch in der Pharmakologie konnte Siebold ihnen von wichtigen Neuerungen berichten. Die

Arznei, die ganz neue Möglichkeiten der Augenoperation eröffnete und für seine weitere Arbeit entscheidende Bedeutung gewann, war das Atropin. Er hatte es bereits bei der Operation des alten Priesters Yoshisada eingesetzt. Der Erfolg hatte ihn selbst überrascht, vor allem sein dadurch entstandener Ruhm als Wunderdoktor. Fast tat es ihm ein wenig Leid, dass er die Natur seines Zaubermittels nun seinen Studenten offenbaren musste. In Europa hatte man das giftige Alkaloid um 1800 in allen Nachtschattengewächsen entdeckt, besonders stark konzentriert in der Tollkirsche und im Stechapfel. Atropin hat eine krampflösende und entspannende Wirkung und kann etwa gegen Krämpfe der Bronchialmuskeln bei Asthma eingesetzt werden. In den Augen bewirkt es eine starke Erweiterung der Pupillen. Damit konnte man zum ersten Mal den Augenhintergrund beobachten. Siebold hatte so bei der Staroperation eine erheblich bessere visuelle Kontrolle über die abzutragende Hornhautschicht. Der Rest war eine ruhige, sichere Hand – und die machte ihm so schnell niemand nach.

In diesen ersten Monaten unterrichtete Siebold seine Studenten in der Kunst der Zangengeburt, vor allem aber des Kaiserschnitts. Regelmäßig starben gebärende Frauen unter schrecklichsten Schmerzen, weil die Operation entweder gar nicht oder aber von verängstigten Ärzten ungeschickt durchgeführt wurde. Siebold zeigte den Studenten, wie sie mit der *Sectio caesarea* durch kleine Schnitte in Bauchdecke und Gebärmutter fast alle Kinder und auch die meisten Frauen retten konnten. Er brachte ihnen bei, wie sie den Neugeborenen, damit sie nicht ersticken, das Fruchtwasser aus der Lunge absaugen, das bei einer natürlichen Geburt im engen Geburtskanal aus ihnen herausgepresst worden wäre. Beeindruckt waren die Studenten auch von dem Bruchband, in dessen Gebrauch Siebold sie einführte. Es war ein federndes, gürtelartiges Band mit Druckkissen zum Zurückhalten eines Eingeweidebruchs, etwa bei Leistenbruch. Solche Brüche kamen besonders häufig bei Gepäck- und Sänftenträgern vor. Auch Schwertkämpfer, die zu alt waren für die harten Übungen ihrer Kunst, erlitten sie häufig. Die wichtigste medizinische Neuerung in Siebolds Gepäck war jedoch die Kuhpockenlymphe, die er von Java mitgebracht hatte. Damit konnte er seine Studenten in der Pockenimpfung unterweisen und ihnen zugleich das allgemeine Prinzip der Vakzination demonstrieren. Er erinnerte sich dabei dankbar an die Ausführungen Sömmerrings, der ihm von *Edward Jenners* und *Christoph Hufelands* Erfahrungen mit der Pockenimpfung sowie von seinen eigenen Verbesserungen erzählt hatte.

Mit den Monaten wuchs der Themenkreis, mit dem man sich in

Narutaki beschäftigte, weit über die Medizin hinaus. Siebold fand mehr Zeit für die botanischen und zoologischen Studien, zumal er die ihm als Dankesgaben überreichten Gewächse und das Getier einordnen und katalogisieren musste. Das Klima, der Boden und die Bewässerung in Narutaki waren ideal, um einen Garten anzulegen. Zuerst zog Siebold wichtige Apothekerpflanzen, damit die von weither angereisten Ärzte und seine Studenten ihre Heilmittel selbst zubereiten konnten. Darüber hinaus unterrichtete er nun auch Geologie und Mineralogie sowie Linguistik. Er wollte bald zu den Human- und Kulturwissenschaften durchdringen, um mehr über die Geschichte, Kunst, Religion und Politik des Landes zu erfahren. Das gelang ihm eher zufällig, indem er sich auf seine Kollegen einließ. Die Gespräche mit ihnen eröffneten ihm einen Einblick, der ansonsten schwer zu bekommen war in einem Land wie Japan. Es gab nur wenige Bücher über japanische Geschichte und Kultur, und Politik war eine geheime Angelegenheit, ganz so wie die *Arcana imperii* in Europa vor der Entstehung von Presse und den ersten Parlamenten. Das wirksamste Mittel, um über das japanische Staatswesen, die Kulte und Bräuche mehr in Erfahrung zu bringen, war die Eröffnung eines Gesprächs mit dem eigenen, aus Europa mitgebrachten Wissen, vorzugsweise verbunden mit persönlichen Eindrücken.

Am Ostpol

So lud Siebold einige seiner gelehrten Freunde und Schüler aus Nagasaki und den umliegenden Gegenden nach Narutaki ein. Er bat zuvor Mendelssohn, sich doch der Gesellschaft anzuschließen. Den Passierschein für ihn konnte er ohne Schwierigkeiten besorgen. Er wollte einen gebildeten Europäer an seiner Seite haben, wenn er seinen japanischen Gästen gegenübersitzt. Diese kamen in der Dämmerung und brachten Geschenke mit, seltene Blumen, kleine Lackarbeiten, Kräuter und Früchte. Sie hatten sich verabredet und vorher Auskunft eingeholt, welche Exemplare dem Garten seines Hauses noch fehlten. Für die Japaner war es ein unvergleichliches Erlebnis, auf Stühlen an einem europäischen Tisch zu sitzen, wo neben den Stäbchen ein Besteck aus Messer und Gabel bereit lag, falls sie es versuchen wollten. Die japanische Dienerschaft – für die malaiischen Köche, Kellner und Hilfskräfte von Dejima war das Betreten des Festlandes völlig ausgeschlossen – richtete das Essen an, während man sich am Tisch bereits lebhaft über allerlei Belanglosigkeiten unterhielt und viel lachte. Siebold und Mendelssohn waren angetan von dieser zwanglosen, geselligen Art, die im deutschen Bürgertum zu solchen Anlässen undenkbar war. Es glich eher einem Treffen von zechenden Studenten, weshalb Siebold auch mit einem kurzen Stich der Wehmut an seine Gelage mit den Korpsbrüdern denken musste. Doch als die Speisen aufgetragen waren, siegte der Appetit über die Melancholie und er stürzte sich beinahe unmanierlich auf die holländischen Spezialitäten, erst die deftige Erbsensuppe, dann den in der Bucht frisch gefangenen Hering, der wie Matjes fünf Tage lang in einer Salzlake eingelegt und so leicht fermentiert worden war, und schließlich auf das gegrillte Rindersteak. Letzteres war eine Sensation für Siebolds japanische Kollegen. Wegen des buddhistischen Glaubens an die Heiligkeit des Lebens war der Verzehr von Fleisch offiziell seit Jahrhunderten verboten und es gab keinerlei Schlachtvieh in ganz Japan. Nur auf dem Land wurden heimlich Wildschweine, Bären, Affen, Pferde und Hunde verzehrt und es gab Abdecker. Sie verwerteten die Kadaver verendeter Tiere und boten meistens minderwertiges, schon angewestes Fleisch an. Schweine waren noch nicht domestiziert und Rinder waren ausschließlich Arbeitstiere, die wie Familienmitglieder behandelt wurden. Deshalb bedurfte es bei diesem Gang einigen guten Zuredens, bis die japanischen Ärzte sich trauten, die Fleischstücke des auf Dejima geschlachteten Rindes mit den Messern zu zerschneiden und zu essen. Der Geschmack faszinierte sie, wobei die gute Röstung, Salz und Pfeffer jeweils ihren Teil dazu beitrugen. Einer von ihnen, Sakamoto, war geradezu begeistert.

„Wenn die Götter gewollt hätten, dass wir keine Tiere essen, dann hätten sie sie doch nicht aus Fleisch gemacht, oder!" rief er in gespielter Ekstase aus.

Siebold sah Sonogi mit Dankbarkeit an, ohne sie anzusprechen, während sie die Gäste bediente. Sie hatte ihre japanischen Gehilfen in der Zubereitung und dem Auftischen europäischer Speisen unterwiesen und das Ergebnis war köstlich anzusehen.

So wie es in dieser kleinen Gesellschaft von einem Dutzend Japanern einige stille Gesellen gab, die aus Schüchternheit im Hintergrund bleiben wollten und nur lächelnd zuhörten, so saßen dort auch markante Köpfe mit eigenwilligen Lebensgeschichten und Temperamenten, die sich gerne mitteilten. Es war kein Geheimnis, dass etwa Jinichiro Sakamoto ein Lästerer war, dem nichts zu entgehen schien, was sich auf den Burgen der Daimyōs, in Edo und in Kyōtō ereignete. Oder dass der lederhäutige Sajūrō Baba ein Trinker war, der schnell auftaute nach dem zweiten oder dritten Becher Sake, wonach kein Auge trocken blieb ob seines skurrilen Witzes. Schließlich war da noch Bansui Otsuki, dem eine philosophische, schwermütige Neigung nachgesagt wurde. Seine buddhistische Melancholie war aber intelligent und von seinen Kollegen geschätzt. Er galt schon als eine Art lebender Heiliger, allerdings einer mit einem riesigen Appetit, der ihn geselliger machte als manchen Schwätzer.

„Erzählt uns doch etwas von der Welt da draußen, Sensei! Wie sieht sie aus? Wie groß ist sie? Gibt es noch anderes Land, das wie Japan ist?" warf Baba bereits angeheitert in die Runde.

„Nun, die Erde ist eine große Kugel, deren Meere, Kontinente und Länder schon recht gut erforscht sind. Das japanische Inselreich ist sicher einzigartig und zugleich das noch am wenigsten erkundete Gebiet zwischen dem Nord- und dem Südpol."

„Aha. Hat diese Kugel denn auch einen West- und einen Ostpol?" hakte Baba listig nach. Es folgte ein kurzes Schweigen. Die Japaner überlegten, was er damit wohl meinte, während Siebold sich nicht entscheiden konnte, ob er Babas Frage absurd oder genial finden sollte. Dann beendete er die erwartungsvolle Stille mit einem herzlichen Lachen, dem sich die Gäste anschlossen.

„Nein, verehrter Baba-san, es gibt keinen Westpol und auch keinen Ostpol. Aber wenn es letzteren gäbe, dann müsste er gewiss hier in Japan sein. Denn östlich des japanischen Kaiserreichs ist man ja schon im äußersten Westen."

„Ob es ihn wirklich gibt, ist doch gar nicht so wichtig, Sensei. Verkünden Sie einfach in Yōroppa, dass Sie den Ostpol entdeckt hätten! Dann kommen noch mehr großartige Ausländer wie Sie nach Japan und werden nach ihm suchen. Dabei können wir viel lernen und vielleicht noch mehr von diesen Köstlichkeiten genießen, die Sie uns mitgebracht haben."

Da johlte die ganze Gesellschaft vor Freude, denn der gewitzte Baba sprach ihnen aus dem Herzen. Es war der noch nüchterne Sakamoto, der, nachdem das Geschirr abgeräumt und die Getränkeschalen wieder gefüllt waren, von den albernen zu den ernsten Themen wechseln wollte.

„Shiboruto-sensei, lassen Sie uns heute Abend etwas mehr über die Christen erfahren. Wir haben zwar einige Kenntnis aus früherer Zeit, bis das Bakufu den Glauben an Iesusu und Gotto verbot. Sie wissen sicher, dass das *Fumi-e* mit dem ‚Iesusu-Treten' und die harten Strafen bei einer Weigerung uns von den neueren Praktiken in eurem Glauben abgeschnitten haben."

„Ja, ich würde auch gerne wissen, wie ihr auf die Idee kamt, den Sohn eures Gottes an einem Kreuz aus Holz sterben zu lassen. Wenn ich es richtig in Erinnerung habe, dann hattet ihr auch noch die Wahl zwischen ihm und einem gewöhnlichen Dieb gehabt", ergänzte Baba.

„Das war ein notwendiger Teil der Leidensgeschichte des Gottessohnes", erwiderte Siebold. „Ihr müsst verstehen, dass er den Tod am Kreuz als Ziel hatte, denn damit wollte er unsere Sünden auf sich nehmen und Gott mit den Menschen versöhnen. Er hat mit *Satan* gekämpft, hat Wunder vollbracht und ist dabei ein treuer Vasall seines Vaters geblieben. Und am Kreuz ist er gestorben, um die Menschheit als Ganzes zu retten. Er ist der wichtigste Kami in unserer Kultur, sozusagen der *Kamisama*, denn die Verehrung seiner Person kann dem Menschen, der an ihn glaubt, nach dem Tod einen Platz im Paradies sichern, das ihr *Land der Reinheit* nennt."

„Wer ist Satan?" fragte der in ein Verdauungsschläfchen hinüberdämmernde Otsuki leise.

Siebold zögerte, bevor er antwortete: „Er ist ein gefallener Engel des Schöpfers Gotto und hat das Böse in die Welt gebracht. Zu ihm, in sein Reich, eine brennende Hölle, kommen die Seelen aller bösen Menschen nach ihrem Tod. Die Hölle ist das andere Jenseits. Man könnte es entsprechend auch das *Land des Schmerzes* nennen, wo eine ewige Bestrafung der bösen Taten zu Lebzeiten auf den Sünder wartet."

„Und wie sieht Satan aus?" fragte Otsuki ungerührt weiter mit halboffenen Augen.

„Es gibt viele Vorstellungen von ihm", antwortete Siebold, „das macht ihn so gefährlich. Satan kann seine Form verwandeln, hat viele Namen wie *Teufel, Beelzebub, Belial, ‚Luzifer, Mephisto* oder *Herr der Fliegen,* und er ist ein mächtiger und listiger Zauberer. Oft hat man ihn in Bildern mit gespaltener Zunge, Hörnern und einem Pferdefuß dargestellt."

„Das klingt wie unser Susanoo no mikoto, der Bruder der Sonnengöttin Amaterasu. Er ist der Herrscher der Totenwelt und ein riesiger, wilder Mann. Die Nagelbette seiner Finger und Zehen sind blutig, denn die Nägel wurden ihm einst als Strafe für seine wüsten Taten herausgerissen. Und seine Zähne sind spitz und scharf wie die eines Haifischs", entgegnete Sakamoto, um dann lachend zu fragen „Gibt es diesen Teufel denn wirklich? Glaubt Shiboruto-sensei an ihn, den *Shatanu*?"

„Eine interessante Frage, lieber Sakamoto-san. Darüber habe ich noch nie nachgedacht. Es fällt mir schon schwer genug, dass es einen Schöpfer der Welt geben soll und dass das ausgerechnet der Christengott ist. Aber nein, es gibt den Teufel nicht. Nicht wirklich. Das heißt – ich glaube nicht an ihn", antwortete Siebold.

Mendelssohn mischte sich ein und wollte auf das vorherige Thema zurückkommen. „Die Sache mit dem Kreuztod von Iesusu kann man allerdings auch anders deuten", begann er, wobei er sich verlegen räusperte. Siebold sah ihn erstaunt an. Was würde er jetzt zu hören bekommen, nachdem er so *irenisch* und unverfänglich wie möglich zwischen den Glaubenszugehörigkeiten hindurch manövriert hatte? Vor allem hoffte er, dass Mendelssohn jetzt nicht aus jüdischer Sicht alles kompliziert machte, indem er die Bedeutung von Christus als Messias in Abrede stellt.

„Seht ihr, diese Geschichte beruht im Wesentlichen auf einem einzigen Buch, der Bibel. Nun, dieses Buch besteht aus zwei wichtigen Teilen, dem Alten Testament, das die Geschichte der Welt von ihrer Schöpfung durch Gotto bis zum Zeitalter des Tennō Sujin erzählt, und dem Neuen Testament, welches die Geschichte des in diesem Zeitalter geborenen Iesusu erzählt. Es gibt vier große Autoren, die diese Lebensgeschichte erzählen, und viermal wird auch sein Weg zum Tod am Kreuz erzählt. Nun, es ist so, dass ich auch bei genauester Lektüre gerade dieser letzten Abschnitte der sogenannten *Evangelien* kein Wort finden konnte, das aus dem Munde von Iesusu gekommen sein soll, das irgendwie einen Entschluss des Betroffenen zu diesem Schicksal belegen könnte."

„Aber, lieber Mendelssohn, wie deuten Sie etwa den Evangelisten Matthäus, wenn er berichtet, dass das versammelte Volk von Pilatus verlangt, das Blut des Christus soll vergossen werden?" entgegnete Siebold.

„Pilatusu-san, der Daimyō des römischen Kaisers in Palästina, wusste, dass Iesusu aus Neid und Missgunst verraten und ihm übergeben wurde. Der Statthalter des Imperiums war der Gerechteste in der ganzen Saga, denn er hatte dem Schicksal einen Ausweg gezeigt, der kein Opfer des Gottessohnes erfordert hätte. Er wollte den Dieb Barnabas verurteilt sehen. Seine Frau kam noch vor dem Richtspruch zu ihm und bekniete ihn, Iesusu nicht zu schaden, da sie in der Nacht zuvor von ihm geträumt hatte. Pilatusu ging sogar so weit, dass er sich vor den Augen dieses selben Volkes die Hände wusch und sagte: ‚Ich bin unschuldig am Blut dieses Gerechten! Das ist euer Los.' Er sah den jüdischen Pöbel vor sich und es widerte ihn an."

Mendelssohn merkte, dass er an seine Grenzen kam, wie die Selbstverleugnung so zu schmerzen begann, dass er an Umkehr denken musste. Doch was half es? Selbst wenn er und seine Glaubensgenossen nicht an Christus als den Messias glaubten, an seine Ankunft zur damaligen Zeit: Wie konnte er dieser Überlieferung widersprechen, die auch im Evangelium des Johannes bezeugt war? Insbesondere, wenn er sich so treu an die Texte halten wollte, wie er es sich vorgenommen hatte. Es bestand für ihn nie ein Zweifel, dass der Jude Jesus ein Opfer des jüdischen Pöbels war. Er war darüber hinaus davon überzeugt, dass das Menschenopfer die tiefste Wurzel der menschlichen Kultur war – und dass Iesusu, wie die Japaner seinen Namen so erfrischend naiv aussprachen, ein Aufklärer war, der die Menschheit für immer vom kollektiven Mord abbringen wollte.

„Wie meint Ihr das, Menderuson-san? Ist die Verurteilung nicht gerecht gewesen? Hat der Daimyō Pilatusu-san nur aus Feigheit und Gefälligkeit so gehandelt? Was ist das für eine Art, das Volk über das Schicksal eines Menschen urteilen zu lassen? Gab es keine strengen Gesetze?", fragte Sakamoto mit spürbarer Empörung.

„Doch, doch, es gab strenge Gesetze. Aber es war ein Feiertag, an dem der Daimyō einem verurteilten Verbrecher die Strafe ersparen wollte um dem Volk seine Großzügigkeit und Gnade zu beweisen."

„Und wie steht es mit der *Offenbarung* des Johannes, wo gleich eingangs über Iesusu zu lesen ist ‚...der uns geliebt hat und gewaschen von den Sünden mit seinem Blut?'" fragte Siebold engagiert, weil er sich mit Mendelssohns Religionskritik nicht zufrieden geben wollte.

„Es ist fraglich, ob die Offenbarung tatsächlich zur Bibel gezählt werden kann", begann Mendelssohn. „Die Väter der katholischen Kirche hatten sich dafür entschieden. Vielleicht weil dieser Text nur dem Zweck diente, den Menschen gehörig Angst zu machen. Wussten Sie, dass Erasmus von Rotterdam sich geweigert hat, die Offenbarung zu übersetzen? Er hielt sie für einen *apokryphen* Text, der in der Heiligen Schrift nichts zu suchen hat."

Dann fuhr er fort, indem er sich den anderen Gästen zuwandte: „Shiboruto-sensei und ich, wir sind uns in dieser Frage offensichtlich nicht ganz einig. Wie und wozu sollte ein heiliger Mann, welcher der Sohn des Schöpfers der Welt zu sein glaubt, sich freiwillig an ein Kreuz nageln lassen? Das ist doch auch eure Frage gewesen, nicht wahr Sakamoto-san? Ich glaube es einfach nicht. Die katholische Religion kennt auch viele andere Märtyrer, die vom Papst heiliggesprochen wurden, dem Tennō oder auch dem Shōgun der katholischen Kirche. Doch wenn nur der Hauch eines Verdachtes aufgekommen wäre, dass ein Märtyrer sich offenen Auges in Gefahr gebracht und absichtlich geopfert hätte, wäre er für verrückt anstatt für heilig erklärt worden. Zu Recht, wie ich meine. Das ist kranker Fanatismus. *Eli, Eli, lama asabthani* – ‚Vater, Vater, warum hast du mich verlassen?' Das sagte Iesusu in seiner letzten Stunde. Sind das etwa die Worte eines Mannes, der sich freiwillig kreuzigen lässt? Der Freude oder vielleicht sogar Lust empfindet, weil ihm sein messianisches Vorhaben gelingt? Nein, das glaub ich nicht. Wenn es diesen Mann gegeben hat, wenn er gekreuzigt wurde, wenn er wirklich danach auferstanden ist vom Tod und wenn die Christen seit seinem Aufstieg in den Himmel seine Wiederkehr erwarten, dann kann diese Geschichte nur einen Sinn haben. Iesusu, der Unschuldige, das Lamm, hat ein Leben in kompromissloser Gerechtigkeit, Aufrichtigkeit und Wahrheit geführt. Dieser heilige Lebenswandel hat ihn da hingebracht, wo er sterben sollte, ans Kreuz. Es war eine logische Kette von Ereignissen, ganz in der Logik einer sündigen Welt, die das Gute nicht erträgt. Er wollte es nicht und war verzweifelt über die Menschen, die einen Unschuldigen wie ihn opfern. Er hat die Menschheit getestet, sie hat versagt. Von da an muss sie allein zurechtkommen, ohne einen Mensch gewordenen, gütigen Gott. Seine Wiederkehr kann also nur zu einem einzigen Zeitpunkt sein, nämlich wenn auch ein Gottessohn wie er unbehelligt und unverfolgt unter den Menschen leben kann."

Siebold, von Mendelssohns Darstellung tief beeindruckt, war dennoch erleichtert, dass kein römischer Katholik mit am Tisch saß und er sah vor seinem geistigen Auge ein Europa aufsteigen, das durch solche religiösen Auslegungsfragen im Dreißigjährigen Krieg zerstört wurde. Währenddessen sahen die japanischen Gäste sich befremdet an. Sie hatten von diesem Vortrag nichts verstanden, es ergab alles keinen Sinn. Sie verstanden nicht, warum ein Sohn nicht gerne für seinen Vater und die Ehre einer göttlichen Familie stirbt, warum er in der Stunde des Todes so unmännlich jammert und was das Ganze mit seiner Auferstehung und Wiederkehr bedeuten soll. Keiner von ihnen hatte jemals die Bibel gelesen, obwohl einige holländische Bibeln aus den Fässern entwendet und geschmuggelt worden sein sollten, in denen sie bei jeder Ankunft eines neuen Schiffes von den japanischen Autoritäten auf Dejima eingesammelt und vernagelt wurden. Siebold hatte eines dieser Exemplare von einem seiner jüngsten Schüler stolz gezeigt bekommen und war starr vor Schreck. Er empfahl ihm, es sofort zu vernichten, wenn ihm etwas an seinem Leben und dem seiner Familie läge. Die Geheimnisse des Christentums zu kennen ist nicht mehr so wertvoll, als dass es sich lohnen würde, dafür zu sterben. Die Holländer waren schließlich nur deshalb von der japanischen Regierung geduldet, weil sie nicht versuchten, ihre Untertanen zu missionieren.

„Das sehen viele Japaner anders, verehrter Menderuson-san, vor allem die Edelleute, die Aristokraten und die Samurai", mischte sich der philosophische Otsuki mit ruhiger Stimme wieder ein. „Das Leben ist nichts wert im Vergleich zur Ehre und zur Treue. Sich zu opfern ist eine edle Tat. Es rettet die Seele und das Ansehen der Familie für Generationen. Dieser Gedanke hat daher sicher keine Rolle gespielt, als zu Beginn der Tokugawa-Dynastie noch zigtausende Japaner Christen wurden. Aber was war es dann?"

Mendelssohn schwieg betreten, denn er verstand nun, dass er über die Köpfe der japanischen Gäste hinweg mit sich selbst und vielleicht Siebold gesprochen hatte. Hilfesuchend blickte er zu ihm.

„Soweit wir wissen, waren diese einfachen Japaner, in ihrer Mehrzahl Bauern, Fischer und Dörfler, besonders beeindruckt von der christlichen Vorstellung des Paradieses", übernahm Siebold. „In diesem *Land der Reinheit* wird der Mensch nach seinem Tod für sein ordentliches, fleißiges, gottesfürchtiges und gehorsames Leben belohnt. Dort werden all seine Wünsche erfüllt, die ihm vor dem Tod verwehrt blieben. Außerdem lebt die Seele des Gestorbenen dort für alle Ewigkeit an der Seite von Gotto weiter. Die Seele und ihr Heil sind im Christentum viel wichtiger als der Körper und sein Tod. Man könnte sogar sagen, dass es eine Botschaft von Iesusu ist, dass der Glauben den Tod besiegen kann."

„Das wiederum ist verständlich, denn das *Land der Reinheit* ist eine buddhistische Vorstellung, die viele Leute im einfachen Volk kaum kennen und selten verstehen. Sie sind stärker von Shintō geprägt. Der kennt kein wirkliches Land nach dem Tod, es sei denn man lebt weiter in der Verehrung als Kami. Im Gegenteil, der Tod selbst ist unrein. In den altvorderen Zeiten wurden die Toten im Wald einfach den wilden Tieren und den Insekten überlassen. Sogar der Tennō wurde derart barbarisch bestattet. Heute werden die Toten wenigstens eingeäschert wie bei den Buddhisten. Doch der Ort des Todes muss noch immer mit aufwändigen Ritualen gereinigt werden. Es ist nicht sehr tröstlich, wenn man seine Eltern und dann die ganze Familie auf diese Weise allmählich verliert."

Draußen ging der Wind in der Dunkelheit ums Haus und es war kühl geworden. Sonogi kam in den Gastraum und schenkte allen nach, diesmal heißen Sake aus einer eleganten Porzellanflasche, die sie in ein Tuch gewickelt hielt. Danach stellte sie sie auf dem Tisch ab, damit die Gäste sich wechselseitig nachschenken konnten, kleine Gesten der Aufmerksamkeit und Freundschaft, welche die Männer sich nicht nehmen lassen wollten. Es wurde Tabak angeboten und so zechte man vergnügt weiter. Nach diesen ernsten Erörterungen schlug die Stunde des Trinkers Baba, der schon in Fahrt war und mit seinen Abenteuern im Bordell prahlte. Dabei vergaß er nicht, sich auch über seine eigene Ungeschicklichkeit und gelegentliche Impotenz lustig zu machen. Es wurde gegrölt, geprostet, gehustet und gelacht. Alle Japaner hatten rote Köpfe und waren so heiter, wie man das diesseits des Irrsinns wohl überhaupt sein konnte. Siebold und Mendelssohn grinsten sich verschworen an und hatten denselben Gedanken: Diese Art von Konversation und Geselligkeit war im steifen Deutschland unter wohlerzogenen Leuten völlig unvorstellbar. Sie teilten dabei auch die Zufriedenheit, dass Deutschland und Europa gerade weit weg waren. Zu späterer Stunde wurde als Souper und Trinkgrundlage nach japanischer Art Schwertfisch in hauchdünnen Scheiben an mildem Rettich serviert. Ganz zum Schluss gab es noch für jeden eine zeremonielle Schale warmen Reis und etwas grünen Tee. Glücklich und betrunken verließen die Gäste Narutaki weit nach Mitternacht. Der Wind hatte sich gelegt, aus dem Bambuswald hinterm Haus kam der einsame Gesang einer einzelnen Zikade herüber. Glühwürmchen schwebten durch das ruhige Meer der Dunkelheit und erinnerten daran, dass der Sommer bald kommen würde.

Mendelssohn philosophiert

Siebold kam mit dem Garten, den Gewächshäusern, der Katalogisierung seiner rasant wachsenden Sammlungen und den Studien gut voran. Sein Ruf als Wunderarzt lockte nun auch Patienten aus höheren Schichten der Gesellschaft und aus immer ferneren Provinzen nach Narutaki. Als der Sommer kam, wurde er noch heißer und feuchter als im Vorjahr. Europäische Kleidung war unter diesen Bedingungen äußerst unzweckmäßig, denn schon vor dem Anziehen der zweireihigen Weste war das Hemd nass, von der Uniformjacke ganz zu schweigen. Jede Bewegung erhöhte den Schweißfluss, aber selbst bewegungslos musste der an tropische Feuchtigkeit nicht gewöhnte Körper ununterbrochen schwitzen. Siebold kleidete sich deshalb legerer und war meist im einfachen, weißen Baumwollhemd mit hochgekrempelten Ärmeln anzutreffen. Zu seiner Überraschung beeinträchtigte dieses Klima nicht seine physische Energie, seine Konzentration und seinen Schlaf. Im Gegenteil, etwas an diesem schwülen Sommerwetter schien ihn geradezu zu beflügeln. Er bewegte sich hier, anders als noch auf Batavia, durch die feuchte Hitze wie ein Fisch im Wasser, die sogar die Japaner zu quälen und so sehr einzuschränken schien, dass sie ihrem Tagwerk nur träge, langsam und mit Mühe nachgehen konnten. Er verrichtete wie verabredet seinen Dienst dreimal in der Woche jeweils vier Stunden in der Arztpraxis auf

Dejima. Außerhalb dieser festgelegten Zeiten musste er sich mit seinen Assistenten um den kleinen Garten auf der Insel kümmern, was er manchmal auch allein tat, denn er betrachtete diese Zeit als seine Mußestunden. An einem frühen Augustabend – die *bürgerliche Dämmerung* war in der Bucht schon in Sicht, während die umliegenden Hügel und Bergspitzen noch glühten – kam Mendelssohn vorbei, während Siebold noch Knollen umbettete und bis zu den Ellenbogen mit Erde beschmutzt war.

„Guten Abend, lieber Doktor. Ich sehe, beim Botanisieren sind Sie ganz entrückt. Ich habe Ihnen schon eine kleine Weile zugesehen."

„Ja, Herr Philosoph, es stimmt, hier kann ich meine Gedanken ordnen."

„Das ist sehr weise von Ihnen, denn jeder gute Philosoph wird auch, wenn Sie sich an das Ende von Voltaires *Candide* erinnern wollen, irgendwann ein Gärtner. Nur nicht heute, bitte! Mir steht der Sinn gerade nicht nach praktischer Arbeit. Lassen Sie uns lieber philosophieren."

Siebold lachte, sprang auf die Befestigungsmauer der Insel, die den Garten begrenzte, hinunter auf die großen Steine und wusch sich Hände und Arme im Meer, das leise gegen die künstliche Insel platschte. Als er wieder hochkam, ging er zu seiner Arzttasche und holte etwas heraus.

„Haben Sie Ihre Pfeife dabei? Ich hätte Lust, dort auf unserer Holzbank Feierabend zu machen und mit Ihnen den Göttern dieses Landes eine Prise Tabak zu opfern."

„Vorzügliche Idee! Ja, ich bin mit Pfeife bestückt", sagte er und holte sie auch gleich aus seiner schachtelförmigen Lederumhängetasche, die ihn überallhin begleitete. Sie staubten die Bank ab, ließen sich nieder und begannen ihre Pfeifen zu stopfen. Dieser Aussichtspunkt und seine Sitzgelegenheit schienen wirklich von niemand außer den beiden genutzt zu werden, und das letzte Mal war fast schon ein Jahr her. Sie sahen hinaus auf die Bucht, die ruhig in der aufziehenden Dämmerung lag und saugten an ihren kleinen Rauchopfern. „Haben Sie sich schon einmal Gedanken über den Ursprung des Lebens gemacht?" erkundigte sich Mendelssohn plötzlich nach längerem Schweigen. Er wollte offensichtlich erstmals ein Thema anschneiden, bei dem er sich nicht sicher war, ob man Siebold darauf ansprechen könnte. Dieser sah ihn an und dachte erst einmal darüber nach, wie er die Frage wohl zu verstehen hätte.

„Ich will gerne versuchen, Ihnen zu antworten, aber ich hoffe Sie erwarten von mir jetzt keinen dogmatischen Kommentar zu dem, was darüber in der Genesis geschrieben steht."

„Sie verstehen mich ganz recht. Ich möchte wissen, wie Sie als gebildeter Bürger und Wissenschaftler darüber denken."

„Sehen Sie, ich bin ein ganz unphilosophischer Mensch und habe mich von allen metaphysischen Streitigkeiten immer so fern gehalten wie nur möglich. Das ist einer der Gründe, warum ich nicht Theologie studieren wollte, was dem Wunsch meines Onkels und Vormundes entsprochen hätte – vermutlich, weil er Domkapitular ist. Zum Glück ist die Tradition der medizinischen Arbeit und Forschung so tief in unsere Familie eingeschrieben, dass ich bei der Wahl des Studienfachs nicht zögerte. Nun aber zurück zu Ihrer Frage. Ich glaube, dass das organische Leben auf der anorganischen Materie aufbaut."

„Können Sie mir das erklären?"

„Wie es im Einzelnen geschieht, kann ich natürlich nicht erklären. Wer könnte das? Mein Lehrer Professor Döllinger, sicher einer der fähigsten Mediziner Europas und vielleicht sogar der Welt, hängt immer noch der Philosophie eines gewissen *Schelling* an. Dieser lehrt wohl auch einen Aufbau der lebendigen auf der toten Materie, doch glaubt er an einen Geist, der das Tote und das Lebendige der Materie zusammenhält. So etwas kann ich mir gar nicht vorstellen."

„Sehen Sie im Leben dann eine blinde Kraft, die sich ziellos entfaltet?"

„Diese Idee einer ursprünglichen Lebenskraft gibt es schon lange. Alexander von Humboldt hatte als junger Forscher noch an die *vis vitalis* geglaubt und hoffte, damit den Ursprung organischen Lebens beschreiben zu können. Doch er gab es auf, weil er feststellte, dass sie sich nicht beweisen lässt. Ich bin ganz seiner Meinung. Wozu soll ich einer wissenschaftlichen Theorie anhängen, die ich nicht beweisen kann?"

„Wissen Sie, dass Sie darin einer Meinung sind mit dem Königsberger Philosophen Immanuel Kant?"

„Oh, bitte verschonen Sie mich mit den Lehren dieser Kants, Hegels und Fichtes! Ich hielt schon Schellings spekulative Naturphilosophie für überspannt. Doch ihn verstand man wenigstens noch. Die anderen Idealisten kann man sich dagegen nicht einmal bei bester Beherrschung der deutschen Sprache zugänglich machen. Und hat sich nicht ein Schriftsteller wegen der Lektüre von Kants Philosophie umgebracht? Von Kleist war sein Name, glaube ich. Er hat sich einmal eine Phimose in Würzburg bei einem Freund unserer Familie operieren lassen. Jedenfalls, die Philosophen sollten besser bei der Erforschung der Lebensweisheiten der Antike bleiben. Ich finde nicht, dass sie die wissenschaftliche Kenntnis der Natur tatsächlich bereichern können, es sei denn, man zählt die Gespenster und Kräfte hinzu, die sie in die Natur hineindichten."

215

Mendelssohn richtete sich auf und blickte Siebold nun frech und herausfordernd an.

„Würden Sie es als eine anerkennenswerte Leistung gelten lassen, wenn ein Philosoph die Menschheit über die Herkunft der Sterne und die Form unserer Galaxie belehren könnte?"

Siebold lachte und Mendelssohn hörte in diesem Lachen eine unangenehme Note der Überheblichkeit.

„Allerdings. Das wäre eine große Leistung. Meines Wissens ist das jedoch, was die Gestalt der Milchstraße angeht, schon von *William Herschel* besorgt worden, von dem wir kürzlich sprachen, als wir diese Aussicht auf die Bucht von Shimabara und den Vulkan Unzen genossen."

„Stimmt. Nun, wie fänden Sie es, wenn ich Ihnen sagte, dass Sir Herschel, der seine Beobachtungen über die räumliche Ausdehnung der Sternenpopulation in der Milchstraße 1785 veröffentlichte, damit nur die erste Bestätigung lieferte für die Ausarbeitung eines gewissen Philosophen namens Immanuel Kant, der bereits 1755 in seiner Schrift *Allgemeine Naturgeschichte und Theorie des Himmels* physikalisch herleitete und darlegte, warum die Milchstraße die Form eines Spiralnebels haben muss, den wir wegen der Lage unseres Sonnensystems in einem der Spiralarme nur von der Seite beobachten können? Wenn ich Ihnen sage, dass derselbe Philosoph der erste war, der davon sprach, dass die milchigen Flecken im Sternbild Andromeda – er nannte sie ‚Plätzchen' – möglicherweise riesige Sternenhaufen und Welteninseln sind, die für sich genommen noch einmal genauso groß sind wie die Milchstraße? Und dass er der erste war, der zeigte, wie alle Sonnen und Planeten aus dem Zusammenwirken von staubiger Materie und Gravitation entstanden sind?"

Siebold sah Mendelssohn erstaunt an. Wenn das stimmen sollte, dann hatte er tatsächlich Anlass dazu, von den naturwissenschaftlichen Leistungen dieses Philosophen beeindruckt zu sein. Zugleich war er erschrocken über das Ausmaß seiner Unterschätzung – und seiner Ignoranz. Warum wusste er davon nichts? Warum konnte ein Schöngeist wie Mendelssohn ihn, den Arzt, Forscher und Entdecker, in naturwissenschaftlichen Fragen belehren?

„Sie bringen mich in Verlegenheit", gestand er. „Ich gebe zu, dass es sich wohl um einen großen Denker im besten Sinne handeln muss. Doch bitte helfen Sie mir. Erklären Sie mir, wie man allein mit Philosophie, eingesperrt mit Büchern in einer staubigen Gelehrtenstube, solche Entdeckungen machen kann."

Mendelssohn, der sich zuvor etwas echauffiert hatte, beruhigte sich wieder und war zufrieden, dass Siebold tatsächlich Einsicht zeigte. „Philosophie, das sind nur Worte, könnte man meinen. Aber was sind Worte? Sind sie nur Namen für Dinge und Gedanken? Nein, manche Worte sind auch Begriffe. Und wenn man den richtigen Begriff von etwas hat, dann kann man auf diesem aufbauen und den nächsten Begriff entwickeln. Am Ende kann man mit Begriffen die gesamte Natur demonstrieren und in dieser Demonstration selbst erforschen. Das war es, was Kant in Königsberg entdeckt hat. ‚Gebt mir nur Materie, ich will euch eine Welt daraus bauen!' – kennen Sie diese materialistische Spekulation, die der Philosoph Epikur vor Jahrtausenden anstellte? Nun, Kant ging weiter indem er sagte ‚Gebt mir nur Materie, und ich will euch zeigen, wie eine Welt sich selbst erschaffen muss, ohne dass ich oder sonst jemand – auch kein Gott – etwas dazutut!' Denn er hatte anders als Epikur nicht nur den Begriff der Materie, sondern auch die Begriffe der Bewegung, der Trägheit, der Masse und der Schwerkraft. Diese Begriffe stehen für Gesetze der Natur, und seit dem genialen Galileo Galilei können wir diese Gesetze mit Zahlen verbinden, wir können sie quantifizieren. Wir müssen den Flug einer Gewehrkugel nicht mehr abschauen vom fliegenden Objekt. Stattdessen können wir berechnen, wie diese Kugel fliegen *muss*. Wissen Sie, unter welches Motto Kant seine berühmte *Kritik der reinen Vernunft* gestellt hat?"

„Nein, ich habe sie auch nicht gelesen."

„Es ist die Vorrede zur *Instauratio Magna* von Francis Bacon, einem weiteren Philosophen. Darin kündigte er nicht weniger an, als dass sein *Novum Organum*, seine ‚neue Form der Wissenschaft', das Ende und der rechtmäßige Schluss endlosen Irrtums sei, wie er es formulierte. Er suchte eine neue Art der Logik, eine, die nicht nur einzelne Sätze zergliedert um herauszufinden, wie viel Wahrheit in ihnen enthalten ist, sondern eine, die neue Wahrheiten entdeckt, die noch nirgends enthalten sind. Er glaubte nicht, dass in den überbrachten Wissensschätzen der Antike schon alles Wissen dieser Welt enthalten sei, dass die Wahrheit dort überall schon ‚eingewickelt' vorlag und dass man sie nur ‚entwickeln' müsste. Das war eine Revolution des Denkens, die Kant völlig zu Recht als eine *kopernikanische Wende* bezeichnete. Nicht zu vergessen ist, dass Bacon zugleich der Erfinder dessen war, was wir heute *Experiment* nennen."

„Das Experiment wurde von Philosophen erfunden? Das wird in den naturwissenschaftlichen Fakultäten nie erwähnt!"

„Genau so ist es. Auch wenn es Ihnen bei den vielfältigen naturwissenschaftlichen Forschungen, die Sie betreiben, nicht bewusst war: Die

Vorstellung, dass man an die Natur herantreten und ihr mit der Autorität eines dazu bestallten Richters Fragen stellen kann, auf die sie antworten muss, wenn man es nur richtig anstellt – das ist eine durch und durch philosophische Praxis, dabei höchst voraussetzungsvoll. Wir, als die jüngsten Kinder der Aufklärung, haben es schon wieder vergessen, wie viele Jahrtausende das Wissen im Dunkeln lag und die menschliche Neugier nur durch Zufall hier und da auf etwas Wissenswertes gestoßen ist. Jetzt, wo wir das Wissen systematisch in alle Richtungen erweitern, stehen wir an einer Epochenschwelle. Sie werden sehen, der dampfbetriebene Webstuhl war nur der Anfang; bald wird es auch dampfgetriebene Transportmittel geben. Und schließlich wird eines Tages die gesamte menschliche Arbeit und Existenz von Kraftquellen wie Dampf und Elektrizität beherrscht werden. Ich habe in London zwei junge Forscher kennen gelernt, den Deutschen *Georg Ohm* aus Köln und *Michael Faraday*. Die beiden werden die Wissenschaft von der Elektrizität revolutionieren, verlassen Sie sich darauf."

„Sicher, sicher" antwortete Siebold etwas überfordert, obwohl zugleich irgendwie zufrieden, dass er, dem das Dozieren trotz seiner Jugend – er war im Februar erst achtundzwanzig Jahre alt geworden – schon zur zweiten Natur geworden war, auch einmal wieder von jemandem unterrichtet wurde, dessen Autorität unzweifelhaft war. Genau in diese Position rückte Mendelssohn während dieser intensiven Konversation in Siebolds Gedankenwelt auf.

„Aber, und damit kommen wir wieder zu der Frage nach dem Ursprung des Lebens, derselbe Philosoph Immanuel Kant stellte in einem Buch, das nur wenige kennen und noch weniger verstanden haben, auch fest, dass eher das ganze Universum mit seinen Körpern und Kräften erklärt werden könnte als die Erzeugung einer einzigen Raupe oder eines Krauts. So steht es in einer Fußnote seiner *Kritik der Urteilskraft*. Das ist nun der Punkt, an dem er mich überrascht hat, denn ich hätte gedacht, dass das Rätsel um den Ursprung und die Herkunft des Lebens auch nur eines von vielen ist, auf welches schon eine Lösung wartet. Doch Kant scheint es kategorisch auszuschließen, dass wir diese je erfahren werden. Warum? Wenn doch auch sonst alles in Zeit und Raum erfahrbar und damit dem Wissen zugänglich ist! Deswegen, lieber Doktor, fragte ich Sie als meinen naturwissenschaftlichen Freund so naiv nach dem Ursprung des Lebens. Es ist ein Hilferuf. Der Philosoph, den ich über alles bewundere und der, wie ich Ihnen zu zeigen versucht habe, die höchsten Meriten eines Naturforschers verdient, genau dieser Denker schiebt einen Riegel vor das Rätsel des Lebens. Das verstehe ich nicht. Und ich wollte gerne wissen, wie Sie darüber denken."

Die ablandige Brise trieb die kleinen Pfeifenrauchwolken hinaus aufs Wasser, wo sie wie eine unentschlossene Herde stehen blieben, um in Schleier zerrissen zu werden und sich schließlich aufzulösen. Siebold ließ sich Zeit mit der Antwort, denn er fühlte, dass Mendelssohn ihm gerade eine der wichtigsten Fragen aller philosophischen und wissenschaftlichen Forschung stellte.

„Ihre Frage erinnert mich an etwas, das ich erlebte als ich begann, Insekten zu sammeln. Ich war sehr jung, vielleicht sieben Jahre alt. Ich fragte mich, warum ich die Käfer und Schmetterlinge in Essigäther eintauchen muss, bevor ich sie mit den Nadeln aufspießen durfte. Ich dachte, die Lösung sei nur dazu da, damit die Tiere sich während des Einnadelns nicht zu sehr bewegen. Es war mir nicht klar, dass diese Behandlung das Tier bereits getötet und für die Jahrhunderte während Konservierung vorbereitet hatte. Ich erwartete ernsthaft, dass die Insekten wieder anfangen sich zu bewegen, wenn sie einmal in die verglasten Sammelkästen eingenadelt waren. Als ich mein Missverständnis bemerkte, schloss sich die Grenze zwischen Leben und Tod. Bis dahin hatte der Tod nichts Absolutes für mich, er war nur ein Zustand unter anderen. Ich musste in diesen Tagen lernen zu verstehen, dass es aus dem Tod keinen Weg zurück gibt ins Leben. Jahre später, als Jugendlicher, begann ich das Phänomen des Lebens als solches zu bewundern. Ich war erstaunt, dass überhaupt etwas lebt und nicht alles tot ist. Vor allem war ich überwältigt von der Vielfalt des Lebens, das sich in alle Winkel dieses Planeten eingegraben hatte. Die Palette der Farben und Formen im Pflanzen- und Tierreich, so scheint es mir heute mehr denn je, kennt keine Grenzen. Verstehen Sie? Ich bin dabei zu verzweifeln an dieser Aufgabe, die Erscheinungen der Natur in all ihren Formen zu dokumentieren und zu katalogisieren. Als ich Student war, da glaubte ich noch, das sei eine endliche Aufgabe, denn auch die Natur ist endlich. Jetzt zweifle ich daran. Ich freue mich über jede Entdeckung, aber es gibt ihrer einfach zu viele! Könnte es sein, dass die Formenvielfalt der Flora und Fauna doch unendlich ist? Dass meine Arbeit hier eitler Wahn ist und dass wir niemals erschöpfende Daten sammeln und entsprechende Register anlegen können?"

„Nicht schlecht, Herr Doktor. Sie haben meine Frage geschickt auf ein Feld geführt, das Sie interessiert und von dort aus mit einer Gegenfrage beantwortet, die nichts mehr mit meiner ursprünglichen Frage zu tun hat. Ich will sie deshalb noch einmal stellen und Ihnen diesmal keine Ausweichmöglichkeiten mehr offenlassen: Können Sie sich vorstellen, dass das Leben ein für alle Zeiten unerklärliches Wunder bleiben wird, das wir nie verstehen werden, so wie es der ehrwürdige Philosoph Kant andeutet?"

Siebold fiel die Antwort zu seiner eigenen Überraschung ganz leicht. „Ja!"

Matsudeira und der Arzt Udagawa

Auf dem Friedhof des Sengakuji-Tempels in Edo standen zwei alte Männer betend mit Rauchopferschalen in den Händen vor den Gräbern der siebenundvierzig *Rōnin*. Sie wisperten leise einige Sutren für die legendären Helden, die im ganzen Land als höchste Verkörperung der Loyalität galten. Sie waren einst Samurai, die herrenlos wurden, weil ihr Herr, der Fürst Asano, sich im Jahre 1700 im Palast des Shōgun zum Ziehen seines Schwertes verleiten ließ. Es war eine Intrige des Adligen Yoshinaka Kira, die Asano dazu gebracht hatte, dieses schwere Verbrechen zu begehen. Er hatte damit seine Ehre verloren und konnte diese nur durch Seppuku wiederherstellen. Die mittellos gewordenen Gefolgsleute Asanos streunten von da an als bedauernswerte Landstreicher, Spieler und Trunkenbolde durch das Land. Der misstrauische Kira schickte Spione aus, um zu erfahren, ob diese Rōnin ihm noch gefährlich werden könnten. Die Sache war für ihn erst erledigt als er erfuhr, dass ihre Schwerter in den Scheiden Rost angesetzt hatten. Doch zwei Jahre später stürmten an einem Dezemberabend alle siebenundvierzig Rōnin das Schloss von Kira und köpften ihn. Die ganze Stadt war am nächsten Tag auf den Beinen und begleitete die Rōnin zum Grab ihres Herren, vor dem sie Kiras Kopf niederlegten und sich schließlich, einer nach dem anderen, selbst entleibten.

Die beiden Männer hatten sich erhoben und wandelten mit ernster Miene durch den Schrein. „Eure Exzellenz, habt Ihr gehört, wie viel über den neuen Arzt der Barbaren geredet wird? Es sind noch sechs Monate, bis die Gesandtschaft vor dem Shōgun zu erscheinen hat, doch die Gerüchte über seine Wundertaten haben uns schon längst erreicht", leitete Yōan Udagawa das Gespräch ein. Der Leibarzt des Shōgun traf sich mit dem ehrwürdigen Sadanobu Matsudeira, um diese politische Entwicklung mit ihm außerhalb des Hofes zu bereden, wo die Wände Ohren hatten. Matsudeira, der zwar schon längst kein offizielles Amt mehr innehatte, galt immer noch als die graue Eminenz am Hofe.

„Ich verstehe, dass Ihr euch Sorgen macht" murmelte er gedankenverloren, „denn der Barbar entwertet eure chinesische Heilkunst. Doch ehrlich gesagt, mein lieber Udagawa, interessiere ich mich nicht besonders für eure verletzte Eitelkeit als Wissenschaftler. Lasst uns über die größeren Zusammenhänge sprechen, über das Wohl und die Politik unseres Landes. Darüber, wie wir weiter mit den Barbaren zu verfahren haben. Dann.., nur dann... vielleicht.... finden wir ein gemeinsames Thema." Matsudeira war zu alt und zu erfahren, um sich auf die kurzsichtigen Winkelzüge der politischen Dilettanten bei Hofe einzulassen. Die Leibärzte, die der Tradition der chinesischen Medizin folgten, hatten bereits einen miserablen Ruf und es war für Matsudeira nicht ungefährlich, sich überhaupt mit einem von ihnen zu treffen. Sie galten als verschlagen und verschwörerisch. Manch einer glaubte sogar, dass die chinesischen Ärzte ihre Gegner mit Zaubermitteln und Bannsprüchen kontrollieren können. Matsudeira gehörte nicht dazu und er hatte wenig Achtung vor diesen Ärzten, die mit Mysterien herumhantierten und jeden Aberglauben ausnutzten, wenn sie den Shōgun behandelten. Doch er wollte ausprobieren, ob er die chinesische Ärzteschaft nicht als nützliche Verbündete für seine Interessen einspannen könnte, denn ihre eigenen Anliegen waren ihm völlig gleichgültig.

„Wir werden übrigens", fuhr Matsudeira fort, „kein leichtes Spiel haben. Die Partei jener Adligen, die mit der Tradition des Sakkoku zugunsten einer engeren Zusammenarbeit mit den Barbaren brechen wollen, ist gerade in den letzten Jahren beängstigend gewachsen. Da kommt es gerade ungelegen, dass die Holländer so einen ehrgeizigen und erfolgreichen Arzt mitbringen."

„Ich verspreche Eurer Exzellenz, dass seine Fähigkeiten überschätzt werden. Die Leute sind leichtgläubig. Wenn er herkommt, dann könnten wir sicher seine Tricks und Täuschungen offenlegen."

"Ihr versteht das immer noch nicht, Udagawa. Darum geht es nicht. Die Leute bewundern ihn, weil sie ihn bewundern wollen. Im schlimmsten Fall würde er euch noch zeigen, dass seine medizinische Kunst der euren tatsächlich überlegen ist. Nein, auf einen solchen wissenschaftlichen Disput dürft Ihr euch nicht einlassen. Ihr werdet ihn mit ausgesuchter Höflichkeit behandeln, um nicht einmal den Anschein von Missgunst oder Neid aufkommen zu lassen! Habt Ihr mich verstanden!"

„Ja, Eure Exzellenz, ich habe verstanden. So werden wir es machen, wenn Ihr es sagt."

„Um den Rest kümmere ich mich. Erwartet weitere Befehle von mir."

Udagawa verneigte sich tief und Matsudeira wandte sich wortlos ab. Sie verließen den Friedhof auf getrennten Wegen.

REGINALD GRÜNENBERG

DIE ENTDECKUNG
DES OSTPOLS

GEHEIME LANDKARTEN

– NIPPON-TRILOGIE 2 –

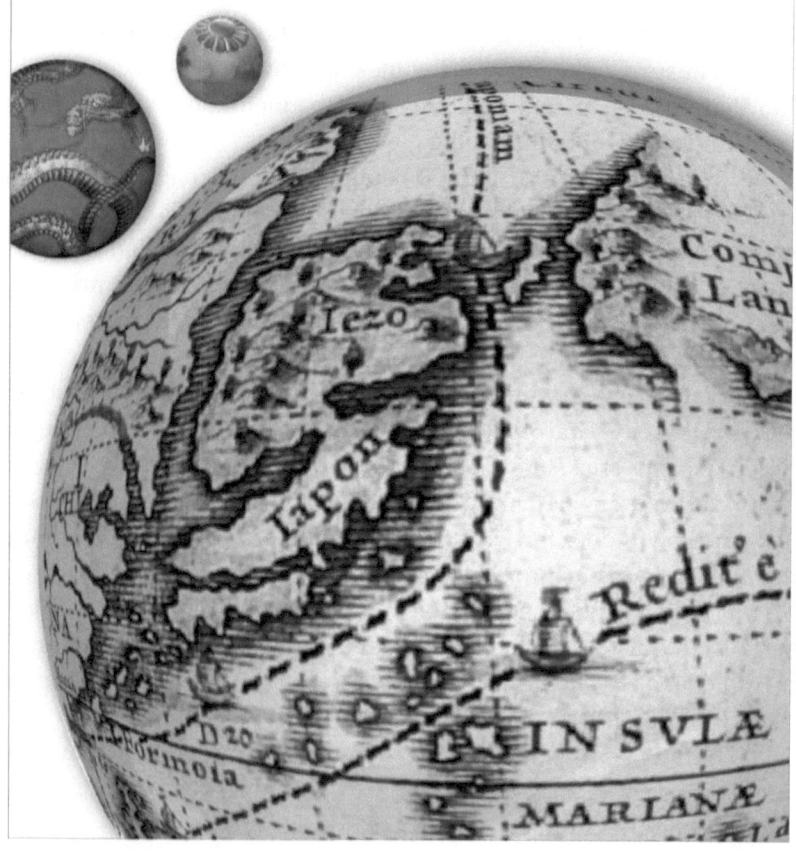

Hofreise nach Edo

Das Zeitvertreibsmädchen – Eine seltsame Krankheit
Reise durch Kyūshū – Shimonoseki – Das Inlandmeer Kai-
seki – Der Landarzt Umeso – Osaka – Kyōtō
Auf nach Edo

Das Zeitvertreibsmädchen

An einem warmen Septembermorgen brachte Sonogi ihrem deutschen Mann, der sich weiterhin als Holländer ausgeben musste, um nicht, gemäß der zweihundert Jahre alten *Sakoku*-Edikte, aus Japan verbannt zu werden, eine wichtige Nachricht. Sie war schwanger. Siebold und Sonogi erwarteten ein Kind. Der junge Arzt und Naturforscher, ein angehender Held unter japanischen Gelehrten, der sich schon daran gewöhnt hatte, stets Herr der Lage zu sein, bewegte sich an diesem Tag wie in Trance. Er schwebte. Stimmen drangen wie von fern zu ihm durch. Die Wirklichkeit fühlte sich unwirklich an. Wie durch eine Eihaut hindurch blickte er auf die Welt, als ob *seine* Geburt bevorstünde. Inzwischen ein Experte in den medizinischen Künsten der Gynäkologie und *Pädiatrie,* erinnerte er sich, wie viele ungewollte Kinder freudlos von ihren Eltern empfangen wurden. Das war in Japan nicht anders als in Deutschland. Doch er wollte! Ja, er wollte ein Kind mit dieser wundervollen Frau, die er inzwischen mehr liebte als Worte es sagen konnten. Das war die wichtigste Nachricht seines Lebens und es fiel ihm schwer, Sonogi seine Begeisterung darüber in einer Weise mitzuteilen, dass sie ihn nicht gleich für verrückt erklären würde. Sie war erleichtert, denn sie hatten nie über eine mögliche Schwangerschaft gesprochen. Auch kannte sie die Geschichten von den japanischen Frauen, die von den Holländern verstoßen wurden, sobald sie ein Kind erwarteten. Siebold war anders, er war glücklich und es wurde für beide ein Herbstgeschenk.

Doch schon bald stellte sich heraus, dass diese Schwangerschaft auch mit Einschränkungen verbunden sein sollte. Sobald der Bauch von Sonogi sich zu wölben begann, verweigerte sie sich ihrem Mann. Die Scham über die zunehmende Unförmigkeit ihres Körpers machte es ihr unmöglich, sich von ihm berühren zu lassen. Dabei war er inzwischen daran gewöhnt, jede Nacht mit Sonogi zu schlafen, seit sie ihn in die Freuden der Lust eingeweiht hatte. Außerdem waren die Zuneigung und Zärtlichkeit des werdenden Vaters für seine Frau in diesen Tagen natürlich besonders stark. Die Japaner kannten dieses Dilemma und hatten dafür etwas, das sie für eine praktische Lösung hielten. Sonogi holte eines Tages im Winter eine neue Haushaltshilfe nach Narutaki, ein hübsches und flinkes Mädchen, das auf den Namen Kyoko hörte. Sie war, anders als die anderen japanischen Bediensteten, kein bisschen schüchtern. Selbst Siebold, der ständig in seine Arbeit und seine Studien vertieft war, konnte es nicht entgehen, dass sie ihn beim gelegentlichen Vorübergehen auf eine Weise anlächelte, die nicht ganz dem entsprach, was er von den unterwürfigen Dienstmädchen gewohnt war. Doch er machte sich keine Gedanken darüber. Er war vollauf beschäftigt mit der Vorbereitung des wichtigsten Ereignisses seines Aufenthalts in Japan, die Hofreise in die Hauptstadt *Edo* zur Audienz beim *Shōgun*. An einem kalten Dezemberabend fragte Sonogi ihn, ob er nicht ein heißes Bad nehmen wolle im *Ofuro*. Das war ein hoher Bottich aus Holz, der wie ein Fass mit einem Reifen aus Eisen zusammengehalten wurde. Über Treppenstufen konnte man von zwei Seiten einsteigen. Das Ofuro befand sich in einem kleinen Anbau des Haupthauses. Die Dienerin Kyoko hatte das Wasser in einem großen Zuber aus Kupfer auf dem Herd an der Außenmauer des Hauses zum Kochen gebracht und trug es in Holzkübeln zum Ofuro, wo sie es mit lautem Platschen in die Wanne goss und mit kaltem Wasser mischte, damit das Bad nicht zu heiß wurde. Als der Bottich bis zum Rand voll war, traten Sonogi und Siebold barfüßig in einem weiten *Yukata* gekleidet ein. Doch seine Hoffnung, dass sie das Bad mit ihm nimmt, wurde enttäuscht. Sie forderte ihn auf, den Yukata auszuziehen und sich von ihr mit Schwämmen abwaschen zu lassen, bevor er in den Bottich steigt. Dabei nahm sie die von ihm mitgebrachte Seife statt dem üblicherweise verwendeten Kalk. Die Japaner kannten keine Seife und die glitschigen, parfümierten Würfel der Holländer waren für sie so seltsam wie begehrt. Sonogi bestand darauf, ihn nackt am ganzen Körper einzuseifen, wobei sie auch seine Geschlechtsteile nicht ausließ. Es kostete Siebold immer noch größte Überwindung, zumal sie diesmal angezogen blieb. Diese Abwesenheit jeglichen Schamgefühls bei ihr faszinierte ihn und machte ihm zugleich Angst. Er stellte sich jedes Mal vor, was seine Mutter sagen würde, wenn sie ihn so zu sehen könnte. In Deutschland war eine derartige Intimität zwischen Verheirateten undenkbar. Auch für Geld wären solche Dienste dort nicht zu haben gewesen, denn die

Prostituierten zogen sich selbst für den Geschlechtsverkehr nicht ganz aus. Unter dem Einfluss der Puritaner war Nacktheit in ganz Europa, trotz des Zeitalters der Aufklärung, ein absolutes Tabu geworden. So waren die Seefahrer, Handelsreisenden und Kolonisatoren schockiert, wenn sie etwa in Indien oder Ozeanien auf Nationen, Stämme und Kulturen trafen, die frei von sexueller Scham lebten und an Nacktheit einfach nichts Besonderes fanden, weder im Guten noch im Schlechten. Dafür waren die Schamschwellen in anderen Bereichen viel höher. Das ‚Gesicht zu verlieren' konnte das eigene Leben und sogar das der ganzen Familie oder Sippe wertlos machen.

Sonogi spülte ihn mit klarem Wasser ab und forderte ihn dann lächelnd auf, ins Ofuro zu steigen. Es hat nicht dieselbe Funktion wie die Badewannen oder der Waschzuber in Europa. Es dient nicht zur Reinigung, sondern ausschließlich zum Aufwärmen und Entspannen. An der Innenwand des Bottichs war zum Sitzen eine umlaufende Stufe angebracht. Dort ließ sich Siebold nieder und nur sein Kopf ragte noch aus dem dampfenden Wasser heraus. Plötzlich schob sich die Tür zum Hof auf und Kyoko trat ein. Sonogi, die nicht überrascht war, lächelte sie an und wies ihr mit der Hand wortlos den Platz vor sich, wo sie sich hinstellen sollte. Als die beiden Frauen sich gegenüberstanden, fing Sonogi an, Kyoku auszuziehen. Niemand sprach ein Wort. Siebold starrte aus seinem Ofuro auf die beiden lächelnden Frauen. Kyoko stand nun nackt da mit ihren spitzen, kleinen Brüsten und den milchweißen Schenkeln, die dem Delta ihrer Scham entsprangen. Sonogi wusch sie, strich zärtlich mit den Schwämmen über Kyokos Rundungen, was diese sich gefallen ließ, und blickte, wie um Zustimmung bittend, zu Siebold hinüber. Dann sprach sie es auch aus, aber auf Holländisch: „Ist das nicht ein schönes Mädchen?" und schob, ohne die Antwort abzuwarten, gleich nach: „Gefällt sie dir?"

„Ob sie mir gefällt? Was meinst du damit? Was macht sie hier?"

Er war ungehalten und verstand offensichtlich die Situation nicht. Er glaubte, dass Kyoko das Badehaus von Narutaki vielleicht für ihre persönliche Körperhygiene nutzen wollte, was ihm nicht gefiel. Sonogi sagte nichts. Seine Verwirrung war vollkommen, als Kyoko völlig ungeniert zu ihm ins Ofuro stieg. Sie schmiegte sich an ihn, während Sonogi den beiden lächelnd zusah. Dann packte Siebold das Entsetzen als Kykos Hand sein Glied fand und sich daran zu schaffen machte.

„Was für ein dicker Rüssel!" rief sie lachend aus, „Tut das denn nicht weh, Sonogi-san?"

„Warte es ab, Kyoko-chan, es wird dir gefallen."

Siebold wurde von Panik ergriffen. Er war in keiner Weise mehr Herr der Lage. Zwei Frauen, eine davon die seine, sprachen über ihn, als ob er abwesend wäre und hatten offensichtlich ohne sein Wissen und seine Zustimmung seinen Beischlaf mit der Dienerin arrangiert. Er riss Kyokos Hand weg, die sich gerade daran machte, seine Hoden mit Kennerschaft zu massieren. Er sprang aus dem Ofuro, sein erigiertes Glied vor ihm auf- und abfedernd, bis er sein Yukatta erreichte, an sich riss und sofort überzog. Wortlos stürmte er aus dem Bad ins Haupthaus.

Etwas später kam Sonogi nach. Er saß vor dem *Hibachi*, einem großen, aus edlem Holz verfugten Kasten, auf dem ein Kupferbecken mit einer Feuerstelle eingelassen war. Siebold starrte in die schimmernde Glut.

„Firippu, was habe ich falsch gemacht? Warum bist du wütend? Ich wollte dir nur etwas Gutes tun." Sie war den Tränen nahe. Siebold hatte sie noch nie weinen gesehen und hätte es auch jetzt gerne vermieden. Doch er war immer noch zu betroffen und verwirrt, um auf sie einzugehen.

„Was meinst du damit, ‚etwas Gutes tun'? Warum bringst du eine fremde Frau in mein Haus? Weshalb willst du mich mit einer Dienerin verkuppeln?" fragte er ohne sie anzusehen.

„Sie ist keine einfache Dienerin. Sie ist eine gelernte *Yūjo*, ein ‚Zeit- vertreibsmädchen' aus einer *Jorōya* im Maruyama-Viertel. Ich habe mit Absicht keine Yūjo aus dem Hause Hikidaya gewählt, weil ich bemerkt hatte, dass du nicht zufrieden warst mit dem hohen Preis, den du letztes Jahr dort für mein Kurtisanen-Patent bezahlen musstest. Auch wenn du mich das nicht spüren lassen wolltest. Kyoko-chan sollte sich in Narutaki einleben und dir mit ihrem Körper zur Verfügung stehen, solange ich unser Kind austrage. "

Nun sah er sie doch an, als ob ihm endlich ein Licht aufgegangen wäre.

„Du hast eine Prostituierte bestellt, die mich befriedigen soll für die Zeit deiner Schwangerschaft?"

„Ja, es sollte eine Überraschung sein, mit der ich dir zeigen wollte, dass ich mich um dich kümmere. Es ist gar nichts Ungewöhnliches! Jede gute Ehefrau würde das für ihren Mann tun, damit es ihm an nichts fehlt während der Monate, in denen sie hässlich ist. Ich wollte nicht, dass du mit mir unzufrieden bist." Dann weinte sie doch schluchzend, denn ihr ganzer liebevoller Plan war gescheitert und ihr Mann nur verärgert.

Siebold stand auf, ging zu ihr und nahm sie in den Arm. Dann er- klärte er ihr, dass er nur sie liebe und Angst hatte, dass sie ihn loswerden wollte an eine andere Frau. Dass er nichts, aber auch gar nichts verstanden hatte von ihren guten Absichten und dass es nach den europäischen Sitten völlig undenkbar war, dass eine Frau ihren Mann mit Lustdienerinnen versorgte. Nun seien sie aber in Japan und er entschuldigte sich für sein Unwissen. Er küsste sie und wusste, dass sie so schnell getröstet sein würde. Denn so aufregend für ihn die Entdeckung der Geschlechtsliebe mit Sonogi war, so sehr war der Kuss mit zärtlicher Berührung der Zungen, der das Gefühl der Liebe ausdrücken sollte, für sie eine Offenbarung. Die Japaner hatten nicht einmal ein Wort für ‚Küssen'.

Am nächsten Tag gingen Siebold und Taki – sie hatten beschlossen, ihren Kurtisanennamen *Sonogi* außer für amtliche und offizielle Anlässe nicht mehr zu verwenden – zu einem nahe gelegenen Shintōschrein, um sich ihre Orakel und rituelle Willkommenssprüche für das zu erwartende Kind abzuholen. Der Tradition gehorchend hätte Taki mit ihrer Schwiegermutter und beiden Großmüttern in den Tempel gehen müssen. Die eine war jedoch nicht in Japan und die beiden anderen hatten diese Welt bereits verlassen. Deshalb nahm sie Siebold mit, der sich davon in seiner Neugier sowieso nicht hätte abbringen lassen. Der Priester vollführte eine beschwingte, kleine Zeremonie, ließ ein paar Reiskörner über Takis Kopf rieseln und überreichte ihr feierlich den Hara-obi, eine Bauchbinde zum Schutz des Kindes, den die Schwangere im fünften Monat bekommt.

Eine seltsame Krankheit

Siebold war in den folgenden Wochen völlig absorbiert von den Vorbereitungen für die Hofreise nach Edo, die alle vier Jahre stattfand. Sie kündigte sich komplizierter an als erwartet – doch nur weil Siebold sich bereits daran gewöhnt hatte, dass er seine Wünsche dank dem guten Willen der Japaner in der Regel durchsetzen konnte. Es ging in erster Linie um die Zusammensetzung der Gesandtschaft. Seit der Abschließung des Landes waren auf den zunächst noch jährlichen Hofreisen genau drei Holländer zugelassen, nämlich der Gesandte, in diesem Fall *Oberst von Sturler*, ein Arzt, natürlich Major von Siebold, und ein Sekretär. Alle übrigen Teilnehmer der Reisegesellschaft hatten Japaner zu sein: Träger, Pack- und Quartiermeister, drei Köche, Übersetzer, Sekretäre, Unteroffiziere, Offiziere und der *Yakunin* oder *Gobanjosi*, der Führer der Mission. Nun begab es sich, dass der von Sturler als anmaßend empfundenen Bitte, die Siebold zum Zeitpunkt seines Umzugs nach Narutaki an das Generalgouvernement geschickt hatte, tatsächlich weitgehend entsprochen worden war. Er hatte bereits zusätzliche finanzielle Mittel für die Gewächshäuser und den Aufbau der Sammlungen erhalten und mit dem letzten holländischen Schiff waren auch zwei neue Mitarbeiter für Siebold eingetroffen, der Zeichner *Hubert de Villeneuve* und der Geologe *Heinrich Bürger*, der zuvor als Apotheker auf Batavia gearbeitet hatte. Nur der zusätzliche Arzt, der Siebold entlasten sollte, war ihm verwehrt worden. Doch insgesamt war Siebold über diese Erweiterung seiner Möglichkeiten in dem Maße erfreut, wie sein Vorgesetzter Oberst de Sturler frustriert. Denn dieses Engagement des Gouverneurs für den wissenschaftlichen und kulturellen Ansatz Siebolds empfand er als Herabstufung der ihm viel wichtiger erscheinenden Handelserfolge. Doch bei seinen Versuchen, die beiden Neuzugänge für die Gesandtschaft der Hofreise registrieren zu lassen, scheiterte Siebold erstmals. Er bekam zu spüren, dass dort, wo die Verwaltung des Shōgunats über ihre Beamten und Edikte direkt involviert war, keinerlei Toleranz zu erwarten war. Die Verhältnisse in Nagasaki waren also bislang ausgesprochen günstig für seine Arbeit und die gesamte lokale Verwaltung übte ihre Aufsicht über die Aktivitäten der Holländer mit größter Sympathie und unter Ausschöpfung aller Gestaltungsspielräume aus. Man nannte diese Praxis von Arrangements unter der Hand auf Holländisch „Binnenkant", die informelle und immer etwas gestaltbare ‚Innenseite' in allen Angelegenheiten der Verwaltung. Der Gegensatz dazu war die offizielle „Buitenkant", bei der die äußerliche Form vollkommen gewahrt werden musste. Diese privilegierte Behandlung durfte Siebold jedoch nicht überall im Land erwarten, und zwar umso weniger, je näher er der Hauptstadt Edo kam. So musste er zunächst auf mindestens einen seiner Assistenten verzichten. Die Wahl fiel auf den Zeichner Villeneuve. Das ergab sich schon aus der Tatsache, dass er seit seiner Ankunft kaum das Krankenlager verlassen hatte. Er war geschwächt von der acht Monate langen Reise. In Batavia durfte er nur wenige Tage an Land verbringen, und war so erschöpft nach Japan weitergereist. Doch auch mit dem Geologen Heinrich Bürger zeichneten sich Schwierigkeiten ab. Ende Januar kam er auf Dejima in die Praxis von Siebold und klagte über starke Kopfschmerzen. Siebold verschrieb ihm einen Tee aus Mutterkraut, einem seit der römischen Antike gängigen Heilmittel gegen Kopfschmerzen. Zwei Tage später stand Bürger wieder in seiner Praxis und klagte über dieselben Schmerzen, die nicht nachließen, sondern schlimmer wurden. Siebold holte aus seinem Depot ein stärkeres Heilkraut, die Silberweidenrinde. Auch die sollte Bürger als Tee zu sich nehmen. Es half nichts. Anfang Februar kam Bürger wieder zu ihm und beschrieb in aller

Ausführlichkeit wie der Schmerz durch seinen Kopf wanderte. Siebold bemerkte bei seinem Patienten kalten Schweiß und Nervosität. Er mochte Bürger gerne, der ihm mit äußerstem Fleiß bei seinen Arbeiten in Narutaki unterstützte und sich alle Menschen um ihn herum zu Freunden zu machen wusste. Außerdem war er, was die japanischen Autoritäten nicht ahnten, ein Deutscher wie Siebold und so sprachen die beiden Deutsch miteinander, wenn sie allein waren. Siebold griff zu seinem letzten Mittel. Er träufelte eine durchsichtige Flüssigkeit, die er als ein neues Kopfschmerzmittel bezeichnete, aus einem kleinen Fläschchen auf einen Löffel und gab sie ihm zu trinken. Danach legte Bürger sich wie ihm von Siebold geheißen auf die Pritsche, um sich auszuruhen und die Wirkung abzuwarten. Siebold verließ für ein paar Minuten den Behandlungsraum. Als er wiederkam, setzte er sich zu Bürger.

„Wie fühlen Sie sich jetzt? Geht es besser?"

Bürger wirkte entspannt, suchte aber mit seinen Augen an der Decke nach einer Antwort.

„Es ist genauso wie vorher. Ich spüre keine Besserung. Nur einen leichten Schwindel, vielleicht Übelkeit."

„Das wundert mich nicht." Dann machte Siebold eine Pause. „Lieber Bürger, Sie sind vollkommen gesund. Ihnen fehlt nichts – jedenfalls nichts Körperliches."

„Wie... wie kommen Sie darauf? Ich bilde mir diesen stechenden Kopfschmerz doch nicht ein!" Bürger lallte jetzt ein wenig.

„Nein, Sie bilden ihn sich nicht ein. Sie erfinden ihn."

Bürgers Augen weiteten sich. Siebold erwiderte den Blick streng.

„Sie können keine Kopfschmerzen haben. Ich habe Ihnen eine Dosis *Morphin* verabreicht. Es tut mir leid, es Ihnen sagen zu müssen, aber Sie sind ein Simulant."

„Das können Sie nicht beweisen!" flüsterte Bürger betäubt. Siebold blickte nur an Bürgers Arm entlang auf die seitlich liegende Hand. In der Kuppe des Mittelfingers steckte eine lange, halbrund gebogene Wundnadel, die Siebold dort unbemerkt platziert hatte. Bürger blickte zuerst verwundert, als ob er nicht begreifen würde, dass diese Hand zu ihm gehörte. Dann zog er seine Hand langsam zurück und die Nadel löste sich.

„Sie haben das stärkste Schmerzmittel verabreicht bekommen, das es gibt. Ich könnte Ihnen jetzt den Arm amputieren, ohne dass Sie etwas spüren. Nochmals, Sie können keine Kopfschmerzen haben, verstehen Sie. Ich weiß, dass Sie kein schlechter Kerl sind. Genau deshalb sind Sie ein schlechter Lügner. Sagen Sie mir jetzt bitte, was los ist. Vielleicht kann ich Ihnen ja doch helfen. "

Bürger sah ihn aus stecknadelkopfgroßen Pupillen verzweifelt an und war trotz der *sedierenden* Wirkung der starken Droge den Tränen nahe.

„Ich kann an der Expedition nach Edo nicht teilnehmen. Ich kann nicht so lange von hier weg."

„Es erstaunt mich natürlich, das zu hören, denn genau das war der Zweck Ihrer langen Reise hierher. Sie werden mir hoffentlich wenigstens den Grund dafür verraten. Denn gegen Ihren Willen kann ich Sie nicht zwingen, mit uns zu kommen."

„Es ist *Tsune*. Wir lieben uns."

„Takis Schwester, Tsune!" rief Siebold aus. Er dachte kurz nach und lachte dann: „Mein Gott, was für ein Esel ich bin. Natürlich! Ich hätte es längst bemerken müssen."

Tsune, die unter dem Namen Chitose eine Karriere als Kurtisane begonnen hatte, war nach der misslungenen Abtreibung und Siebolds rettendem Eingriff wieder voll genesen. Sie war immer noch eine schöne Frau, aber sie lebte nun still und zurückgezogen im Haus ihrer Eltern. Nur ab und zu kam sie nach Narutaki, um ihrer Schwester zu helfen. Allmählich ging sie auch Siebolds Studenten und Assistenten in den Gewächshäusern zur Hand. Bei einer dieser Gelegenheiten musste Bürger, der auch beinahe täglich in der kleinen Universität von Narutaki mitarbeitete, sie kennengelernt haben. Von da an trafen sie sich regelmäßig und Taki hatte schon bemerkt, dass ihre Schwester plötzlich häufiger zu Besuch kam, als es nötig gewesen wäre. Ihr war auch nicht entgangen, dass sie unaufgefordert damit begonnen hatte, Bürger in Japanisch zu unterrichten. Doch bei Siebold zeigte sich wieder einmal, dass sein Forscherenthusiasmus alle Aufmerksamkeit für die Angelegenheiten des Herzens um ihn herum verbrauchen konnte. Er war tagein, tagaus in seine Studien und die Besprechungen mit seinen Studenten vertieft. Zugleich war er der erste, der Verständnis für so eine Romanze haben musste, die ihn an seine eigenen Erlebnisse mit Taki erinnerte. Er entließ Bürger aus der Praxis und riet ihm, sich zuhause noch hinzulegen, das Morphin würde noch ungefähr vier Stunden wirken. Zugleich sagte er ihm zu, sich um eine Lösung für dieses Problem zu bemühen. Benommen entschuldigte Bürger sich für das Vortäuschen einer Krankheit als Notlüge, bedankte sich bei Siebold für sein Verständnis und zog sich zurück.

„Lieber Freund, ich brauche Ihre Hilfe. Zugleich kann ich Ihnen dafür etwas geben, wofür Sie mir hoffentlich für alle Zeit dankbar sein werden" leitete er am Tag darauf seinen Besuch bei Mendelssohn ein.

Mendelssohn schmunzelte. „Na, wenn Sie mich im ersten Schritt Ihnen gegenüber mit Dankbarkeit verschulden, bevor Sie mir sagen, worum es überhaupt geht, dann habe ich ja gar keine Wahl mehr. Es muss schon etwas sehr Wichtiges sein, wenn Sie mich offen mit derselben Verhandlungstechnik einschüchtern, die sie sonst verdeckt mit den Japanern benutzen. Was könnte das sein?"

Siebold und Mendelssohn hatten sich daran gewöhnt, ehrlich und ohne Rückhalt ihre Gedanken auszusprechen. Insbesondere Mendelssohn ersparte Siebold nicht die kritischen Beobachtungen und die unangenehmen Wahrheiten, die sich ihm aufdrängten. Damit wurde er mehr und mehr zu Siebolds sprechendem Gewissen. Siebold schätzte Mendelssohns feines moralisches Gespür, weil es etwas ergänzte oder ersetzte, das ihm selbst fehlte. Ihm war neben seinem gelegentlichen Mangel an Aufmerksamkeit auch aufgefallen, dass er nicht immer alle Konsequenzen seines Sprechens und Handelns im Blick hatte.

„Mendelssohn, ich möchte Sie als meinen Assistenten für die Hofreise registrieren lassen. Kommen Sie mit mir auf eine Reise von etwa sechs Monaten durch das unentdeckte japanische Inselreich in die Hauptstadt Edo."

„Aber... Sie haben doch Ihre Helfer. Gut, ich weiß, dass es Villeneuve nicht gut geht. Doch ist Heinrich Bürger für Sie nicht unersetzlich?"

„Bürger ist ebenfalls erkrankt. Er hat ein fiebriges Nervenleiden. Ich kann glücklicherweise beide durch einige meiner Studenten ersetzen, die gut zeichnen können. Sie sind auch in Mineralogie und Geologie bereits gut geschult. Was ich wirklich brauche, das ist ein Kollege, auf dessen Fähigkeit zum Mitdenken ich mich verlassen kann. Sie haben mir ja bereits hinlänglich bewiesen, dass Ihnen die mannigfaltigen Erscheinungsformen der Natur durchaus nicht fremd sind. Ja, Sie haben sich durch unsere philosophischen Unterhaltungen, die sich regelmäßig ins Naturwissenschaftliche erweiterten, für diese Aufgabe qualifiziert. Ich bin sicher, dass Sie Dinge und Zusammenhänge beobachten, erkennen und mir mitteilen werden, die mir anderenfalls entgehen würden. Sie könnten auf dieser Reise auch Ihrem eigenen Geschäft nachgehen, dem Sammeln von literarischen und wissenschaftlichen Druckwerken, die so endlich ihren Weg nach Europa finden könnten."

„Das ist in der Tat eine verlockende Aussicht, Siebold. Geben Sie mir bitte einen Tag Bedenkzeit."

„Sie haben großes Glück, Bürger. Ich habe aus Deutschland eine Apo-thekerpflanze mitgebracht, die ich hier bisher nicht finden konnte. Sie bekommen von mir ein Mistelextrakt, das Sie bis zu unserer Abreise täg-lich einnehmen müssen. Es wird deutliche Symptome bei Ihnen erzeu-gen, die es für jeden nachvollziehbar machen, dass Sie nicht reisefähig sind. Sie werden unter anderem Fieber, gerötete Augen und eine fleckige Haut haben. Ich weiß, dass die hier ansässigen Ärzte und nicht einmal meine Studenten dieses Krankheitsbild und seinen Auslöser kennen. Sie und vor allem Sturler werden es vermutlich für ansteckend halten und von mir erwarten, dass ich sie für mindestens drei bis vier Wochen unter Quarantäne stelle. Das muss natürlich unser Geheimnis bleiben. In der Zwischenzeit konnte ich für Sie Ersatz beschaffen, also machen Sie sich keine Sorgen. Ich brauche Ihnen das wohl kaum zu sagen, aber küm-mern Sie sich um Tsune-chan solange wir verreist sind. Und vergessen Sie nicht: Kein Wort zu niemandem über unsere kleine Verschwörung!"

Erst wenige Tage vor der Abreise stand die endgültige Zusammenset-zung der holländischen Gesandtschaft und des japanischen Geleits fest. Mendelssohn hatte sich, wie erwartet, selbst überredet, an der Reise teil-zunehmen. Die Aussicht, das Innere dieses geheimnisvollen Landes er-forschen und dabei zugleich Meisterwerke der japanischen Literatur entdecken zu können, war unwiderstehlich. Viel schwieriger war es, Oberst de Sturler davon zu überzeugen, dass der Privatmann Mendels-sohn als ‚Sekretär' der Gesandtschaft zugelassen wird, wobei es sich als entscheidend erwies, dass Sturler den Geologen Bürger für gefährlich er-krankt hielt. Außerdem hatte Sturler inzwischen vom Generalgouverne-ment in Batavia die so unmissverständliche wie herabsetzende Anweisung bekommen, Siebold in jeglicher Hinsicht und mit allen Mit-teln zu unterstützen. Er fragte sich inzwischen ernsthaft, wer hier wessen Vorgesetzter ist. Den Ersatz für Villeneuve fand Siebold in dem Maler Kawahara Keiga, genannt *Tojosuke*. Als er sich um die Stelle bewarb und seine Referenzarbeiten vorlegte, erkannte Siebold unter den Arbeiten das Portrait der schönen Titia, der inzwischen verstorbenen Ehefrau des letzten *Opperhoofd* Jan Cock *Blomhoff*. Siebold erinnerte sich an den Abend, als Blomhoff Sturler und ihm von dem Drama seiner Frau, der ersten Europäerin in Japan berichtete. Tojosuke schien ihm eine gute Wahl, denn dieser war nicht nur hervorragend in der detaillierten Ab-bildung von Pflanzen und Tieren, was für die wissenschaftliche

Publikation der Ergebnisse in Europa unerlässlich war. Darüber hinaus konnte er auch Landschaften genau und zugleich stimmungsvoll wiedergeben. Sein wirklich entscheidender Vorzug war allerdings, dass er Menschen auf eine realistische Weise portraitieren konnte, wie man es in Europa schon seit Jahrhunderten tat. Japanische Zeichner und Maler hatten ausgesprochen wenig Talent im Portraitieren, denn es fehlte nicht nur die Tradition des physiognomisch geschulten Blicks, wie er über Michelangelo, Leonardo da Vinci und schließlich die holländische Malerei auch in den Wissenschaften Eingang gefunden hat. Die japanische Malerei bildete auch Räume und Raumtiefen noch ganz flächig ab, es fehlte die Perspektive. Neben diesen technischen Einschränkungen gab es noch einen konzeptionellen Unterschied zur europäischen Porträtmalerei. Die Gesichter der Abgebildeten waren in japanischen Portraits durchweg schematisch und wenig individualisiert. Den Japanern war die Vorstellung fremd, dass ein Gesicht etwas Einzigartiges und Persönliches ausdrückt; dass es den Charakter, die Stimmung und die Seelenlage wiedergeben könnte und dass ein Zeichner, Maler oder Bildhauer genau dieses Besondere einfangen sollte. Die Kleidung der Person als Ausdruck ihres sozialen Status war viel wichtiger. Siebold konnte zu diesem seltsamen kulturellen Phänomen Erfahrungen aus erster Hand sammeln, denn manchen Zeichnern, die sich für die Hofreise bewarben, gab er die einfache Aufgabe, ihn zu portraitieren. Das Ergebnis war meistens verblüffend fremdartig, denn die Zeichner portraitierten Siebold mit struppigem Haar, Schlitzaugen, einer riesigen Nase und einem schmallippigen Mund. Er war in dieser Darstellung für einen Europäer beim besten Willen nicht zu erkennen.

Siebolds Portrait, gezeichnet von Kawahara Keiga

Siebold konnte einige seiner wichtigsten japanischen Studenten und Mitarbeiter in den Reihen der Dolmetscher unterbringen. Das waren neben seinem persönlichen Assistenten *Ryōsai Kō* die Ärzte *Keisaku Ninomiya*, *Keitarō Nishi* und *Sōken Ishii*. Das war nicht ganz einfach, denn die bestallten Dolmetscher, denen das in der Regel mehrere Generationen alte Privileg auf diese Reise zukam und die nun durch japanische Ärzte und Naturforscher ersetzt werden sollten, mussten erst einmal davon überzeugt werden, dass sie ihrem Land einen größeren Dienst erwiesen, wenn sie in Nagasaki blieben. Hier half es, dass Siebold praktisch alle Japaner in dieser Gegend auf seiner Seite hatte, einschließlich des Yakunin, der angesehensten und wichtigsten Person des japanischen

Geleits. Dieser Polizeioffizier des Shōgunats namens *Genzō Kawasaki* war bereits im September des Vorjahres aus Edo angereist, um alle Vorbereitungen für die Hofreise zu überwachen. Siebold war bei ihm vorstellig geworden und die beiden Männer verstanden sich auf Anhieb. Genzō sagte Siebold in diplomatischem Ton alle Unterstützung zu, die er ihm legal gewähren könnte. Er besprach die Zusammensetzung des Übersetzercorps ausführlich mit seiner rechten Hand, dem Oberdolmetscher und Kassenwart der Reisegesellschaft Suenaga Shinsaemon. Der wiederum setzte Unterdolmetscher Yashiro Iwase ins Bild, der das Anliegen von Siebold mit allen anderen Übersetzern besprechen sollte. Siebold lernte, dass man diese Art der Entscheidungsfindung, bei der alle Betroffenen beteiligt werden und die im Kontrast zu den ansonsten stählernen Befehlsketten der öffentlichen Verwaltung stand, *Nemawashi* oder ‚die Wurzeln bündeln' nannte. So beugten sich zur Erhaltung der Harmonie die drei jüngsten Dolmetscher dem unausgesprochenen Druck der ‚Holländerfreunde' und verzichteten freiwillig auf das Abenteuer der Hofreise, allerdings in der Erwartung, dass sie dafür das nächste Mal auf jeden Fall dabei sein würden. An ihre Stelle durften die drei Schüler von Siebold treten. Dazu kam noch sein persönliches Gefolge aus zwei Dienern, die er für Tätigkeiten wie Pflanzentrocknen und Präparieren von Tierfellen geschult hatte, und einem Gärtner. Die Gesandtschaft war mit allen Offizieren, Übersetzern und ‚Scheinübersetzern', Straßen- und Quartiermeistern, Schiffswächtern, Trägern und Dienstpersonal inzwischen siebenundfünfzig Mann stark und würde einen stattlichen Tross bilden. Ebenso umfangreich war das Reisegepäck. Siebolds wissenschaftliche Ausrüstung umfasste Baro-, Hygro-, Thermo- und *Chronometer*, *Torricellis Glasröhren* zur Höhenmessung, *Sextanten*, Mikroskope, elektrische und *galvanische* Geräte, einen künstlichen Horizont, chirurgische Instrumente und eine gut ausgestattete Apotheke. Nicht zu vergessen die *Bussole*, die Siebold sorgfältig in seinem Hut verstecken musste. Im Gegensatz zu den anderen Instrumenten kannten die Japaner dieses Gerät bereits in seiner einfachen Form als Kompass, und den Holländern waren Messungen und Peilungen zur Ortsbestimmung strengstens verboten.

Dazu kam noch eine große Zahl an Büchern, als Geschenke holländische Luxusartikel wie Parfüms, Seifen und Handspiegel, prachtvolle Tafelservices aus Silber, Kristallgläser und schließlich eine ganze Sammlung moderner europäischer Möbel, einschließlich Siebolds Fortepiano. Das alles musste zusammen mit dem Lebendgewicht der hohen Herren der Gesandtschaft von ein paar Packpferden und vielen Trägern über eine meist bergige und unwegsame Strecke von dreihundert japanischen *Ri* getragen werden, was einer Entfernung von etwa siebenhundertfünfzig *Meilen* entsprach. Der Reiseplan und die Ankunft in Edo waren genau festgelegt, und Siebold sah einer achtwöchigen Expedition durch ein unentdecktes Land entgegen, dessen Geheimnisse, so hoffte er, sich ihm offenbaren würden.

Reise durch Kyūshū

Die Hofreise begann am frühen Morgen des 15. Februar 1826. Die Reisegesellschaft versammelte sich am Hafen auf dem Platz vor der Dejima-Brücke. Viele Japaner erwarteten sie dort, die ihren mitreisenden Freunden und Verwandten die traditionellen *Omiage*, kleine und häufig nützliche Geschenke, mit auf den Weg geben wollten. Sonogi war jetzt im sechsten Monat schwanger und trug elegant einen kleinen Kugelbauch vor sich her. Siebold hatte sich schon in Narutaki zärtlich von ihr verabschiedet. Hier in der Öffentlichkeit durfte sie sich nur noch einmal kurz vor ihm verneigen, worauf er mit einem Kopfnicken antworten musste. Sie war für die Zeit seiner Abwesenheit und vor allem ihrer Niederkunft bei der befreundeten Familie Narabayashi untergebracht.

Dann setzte sich der Zug in Bewegung. Die fünf *Kago* genannten Reisesänften der Holländer und für die japanischen Leiter der Reisegruppe, die von je vier Trägern getragen wurden, blieben zunächst leer. Sturler, Siebold und Mendelssohn wollten lieber zu Fuß gehen, und so mussten auch ihre japanischen Kollegen anstandshalber und mehr nolens als volens auf den ihnen gewohnten Komfort des Kago verzichten. Die Straßen waren an diesem wichtigen Festtag von vielen Zuschauern gesäumt, die den Reisenden zuwinkten und ihnen gute Wünsche zuriefen. Die Hauptstadt Edo war für diese Menschen unvorstellbar weit entfernt, und kaum ein Bewohner von Nagasaki war jemals dort gewesen, in der sagenhaften Residenz des allmächtigen Shōgun. Beim Ifukujitempel wurde noch einmal haltgemacht, denn die Japaner wollten sich dem Schutz des himmlischen Geistes Tenjin empfehlen. Außerdem war es seit Jahrhunderten Brauch, dass sich die japanischen und holländischen Gefährten in der Halle des Tempels in flachen Schalen aus lackiertem Holz wechselseitig *Sake* reichten, einem aus Reis gebrauten Bier, um auf einen guten Verlauf der Reise zu trinken. Dazu gab es gesalzenen Fisch, Früchte, Rettich, Champignons, Gebäck und omeletteartige Eierspeisen, die in kleine Stücke geschnitten auf zierlichen Porzellanschalen aufgetragen wurden.

Nach dieser Stärkung bewegte sich der Zug weiter durch das Spalier der Zuschauer, hinaus in die Vorstadt Sakura-baba und schließlich in die offene, bergige Landschaft Kyūshūs. Es war noch Winter, nur einzelne Pflaumenbäume blühten, hier und da begrünten sich Felder mit der gerade erst ausgetragenen Rübensaat. In der vorigen Nacht hatte es gefroren und leicht geschneit, doch mittags stand das Thermometer bei überraschenden 57° *Fahrenheit*. Der Naturbeobachter Siebold versäumte es nicht, diese Abweichung von der bisher gemessenen Durchschnittstemperatur für Mitte Februar um 7° nach oben zu notieren und seinen neuesten Erkenntnissen über das ungewöhnliche Temperaturprofil des gesamten japanischen Inselreichs hinzuzufügen. Alexander von Humboldt hatte bereits bemerkt, dass die Temperaturen im Inneren des asiatischen Kontinents und in seinen Ostteilen erheblich niedriger sind als in den entsprechenden Gegenden in Europa und Nordafrika, die auf denselben Breitengraden liegen. Nun ist Japan eine Insel am Rande eines großen Ozeans und man dürfte überall in diesem Reich ein mildes, pazifisches Inselklima erwarten. Doch es verhält sich ganz anders. Die dem chinesischen Festland zugewandte Westküste Japans wird durch die kalten Winde, die vom Kontinent über das Meer kommen, stark abgekühlt. Zudem bleiben die von China herüberziehenden Wolkenmassen an den hohen Gebirgsketten hängen, die den Westen und den Osten Japans scharf trennen, wo sie im Sommer und Herbst abregnen oder im Winter und manchmal auch noch im Frühling als große Schneefälle niederkommen. Auf der dem Pazifik zugewandten Ostküste könnten die Luftmassen zwar deutlich wärmer sein, doch hier tun vom hohen Norden bis hinunter nach Edo kalte Polarströme im Meer ihren Dienst, streifen die Küste entlang und kühlen auch diesen Teil des Landes ab. So kommt es, dass die Hauptstadt Edo, die auf demselben Breitengrad wie etwa Zypern, Kreta oder das nordafrikanische Atlasgebirges liegt, ein unvergleichlich milderes Klima als das südliche Mittelmeer hat und einen ausgeprägten Wechsel zwischen den vier Jahreszeiten aufweist.

Durch eine lange Tannenallee stiegen sie allmählich hinauf zum Pass von Nagasaki-toge, den sie überschritten, während aus der dortigen Herberge die Gäste auf die Straße kamen und ihnen zuwinkten. Siebold war erwartungsvoll und ungeduldig, denn mit dem Abstieg auf der anderen Seite des Passes verließ er zum ersten Mal seit seiner Ankunft vor drei Jahren auf Dejima seinen engen Wirkungskreis. Der Reisegesellschaft eröffnete sich als erstes eine grandiose Aussicht auf den Golf von *Shimabara* und den Vulkan *Unzendake*, die Siebold auf seinem Ausflug mit Mendelssohn schon einmal bewundert hatte. Diesmal ließ er sich von seinem Maler Tojoske ausführlich berichten, was es mit dieser dramatischen Landschaft auf sich hat, wobei dieser sich als ein wahrer Experte erwies. Tojoske erzählte von der kleinen Kapelle, die Kaiser Mommu am Meeresstrand errichten und dem Geist des Berges weihen ließ. Siebold überschlug, dass dies nach christlichem Kalender etwa um das Jahr Siebenhundert geschehen sein musste. Die Menschen aus der Gegend kamen seit mehr als tausend Jahren regelmäßig zu dieser Kapelle und leisteten *Kami*dienste zur Besänftigung des Feuerberges, indem sie von jeder Ernte die Erstlinge opferten. Allein dieses Bauwerk und der daran geknüpfte Brauch weisen darauf hin, dass es in der Geschichte des Landes mindestens einen Ausbruch gegeben haben muss vor jenem gewaltigen Ereignis, das nicht nur in den japanischen Schriftrollen und Archiven gut dokumentiert war, sondern für das es auch eine große Zahl noch lebender Augenzeugen gab. Tojoske wusste auch zu berichten, dass von diesem Kreis der unmittelbaren Zeugen ein Gerücht oder vielmehr eine inzwischen weit verbreitete Sage ausging. Der letzte Ausbruch des Vulkans vor rund drei Jahrzehnten sei nämlich nicht durch den Geist des Berges selbst veranlasst worden, sondern durch die Ankunft eines fremden und mächtigen Dämons. Mehrere Seher und vor allem Auguren, Meister in der Deutung des Vogelflugs, wie man sie auch in der römischen Antike kannte, hätten das unabhängig voneinander wahrgenommen; eine Seherin soll darüber wahnsinnig geworden sein und in der Höllensprache des Eindringlings gesprochen haben. Andere wollen den großen, wütenden Gott *Susanoo no Mikato* gesehen haben, den Herrscher des Totenreichs und Bruder der Sonnengöttin *Amaterasu*. Er soll erst nach dem Ausbruch als wütender Riese erschienen und in den Berg hineingegangen sein. Dem Volksmund nach war es dort zu einem Treffen mehrerer Gottheiten gekommen. Über Anlass, Inhalt und Ausgang dieser Versammlung gab es viele Spekulationen, die wie jeder Aberglaube natürlich ohne jeden wissenschaftlichen Wert seien. Siebold hörte interessiert zu, während ihre Route sie nahe an diesem schönen Ort der großen Katastrophe vorbeiführte, sodass er ihn selbst in Augenschein nehmen und auch riechen konnte. Die schwefeligen Ausdünstungen eines noch heißen Vulkans können so ätzend sein, dass sie einem den Atem rauben. Mendelssohn machte sich schließlich auf um den Geysiren verschiedene Wasserproben zu entnehmen, die Siebold anschließend analysierte. Sie erwiesen sich alle als Eisenwasser und gehörten damit mineralogisch zu den Vitriol- oder Alraunwässern. Zurück in seiner Sänfte, hielt Siebold später in seinen Reisenotizen fest, was ihm von all diesen Eindrücken wichtig erschien.

„Seit einem fürchterlichen Ausbruch im Jahre 1792 ist der Unzendake den Bewohnern dieser Gegend ein Schreckensbild geworden. Sein schroffes, wüstes Aussehen, der eingestürzte weite Krater, aus dem fortwährend Rauch und Dampf ausströmen, die sich zu nebligen Wolken ansammeln, verkünden weithin, dass einst große Verheerungen aus diesem Feuerschlund hervorgegangen und neue mit jedem Tag zu befürchten sind. Und diese Besorgnis scheint umso begründeter, wenn man dem Küstenland, das in zerrissenen Formen diesen Feuerherd umgibt, genähert, eingestürzte Bergmassen aus der See hervorragen und neue Krater da gebildet sieht, wo nicht Landmasse genug vorhanden war, um dem Ausbruch des im Inneren kochenden vulkanischen Fluidums Widerstand zu leisten, und alsbald die zahlreichen siedend heißen Quellen gewahr wird, die sich rund um den Anhang des Gebirges ergießen. Die Gefahr neuer Zerstörung wird umso drohender durch die fortwährenden Erderschütterungen, die sich oft zu Erdbeben steigern und von Ausbrüchen alter und neuer Krater begleitet werden."

Er wollte gerade ansetzen, die mit dem Vulkan und seinem letzten Ausbruch verbundene Volkssage niederzuschreiben, als etwas ihn davon abhielt. Er wusste nicht, was er von dieser Geschichte halten sollte, die ihm einerseits zu mystisch und erfunden, andererseits zu konkret und schlüssig vorkam, sodass er am Ende entschied, es handele sich doch nur um ein Gerücht, das es nicht verdiente dokumentiert zu werden.

Ihr Weg führte die Reisegesellschaft weiter durch eine abwechslungsreiche Landschaft aus Hügeln, Wäldern und Reisfeldern. Abends kamen sie im Schein der Laternen in dem Dorf Isahaya an. Dort hatte der Quartiermeister eine Unterkunft in einem buddhistischen Tempel vorbereitet. Die Mönche gehörten der angesehenen und einst kämpferischen Ikko-Sekte an, die sich um 1580 mit *Oda Nobunaga*, dem stärksten Daimyō und gefährlichsten Feldherren der kriegerischen *Sengoku*-Zeit angelegt hatten, weil sie sich von den Christen bedroht fühlten, die der Herrscher für seine Zwecke einsetzen wollte. Es gab nach der fürchterlichen Schleifung der Burg Nagashima, wo zwanzigtausend Aufständische im Feuer umkamen, einen Friedensschluss. Von da an lebte die Ikko-Sekte ungestört weiter, behielt jedoch einige weltliche Besonderheiten, nämlich dass sie als einzige buddhistische Sekte in Japan den Verzehr von Fleisch und die Heirat erlaubte. Nach dem Abendessen mit den Mönchen suchten der Yakunin und der Oberdolmetscher Sturler und Siebold auf, um ihnen für diesen ersten Reisetag zu gratulieren und den nächsten Tag zu besprechen. In dieser Nacht schlief Siebold zum ersten Mal auf einem japanischen Bett, einem *Futon*. Das ist eine dünne Matratze aus mehreren

Lagen Baumwolle, die auf dem Boden ausgerollt wird, der wiederum aus elastischen Reisstrohmatten besteht, den *Tatami*. Dadurch sollte die Schlafunterlage einigermaßen weich sein, doch für die Holländer, die größer und schwerer gebaut waren als Japaner, wurde es eine schmerzhafte und schlaflose erste Begegnung mit dieser japanischen Tradition.

Nachdem sie am nächsten Morgen in aller Frühe ihre müden Knochen sortiert und auf europäische Weise mit Brot, Käse, der gerade in Mode gekommenen englischen Bitterorangenmarmelade und Kaffee gefrühstückt hatten – das japanische Morgenmahl aus Reis, gebratenem Fisch, *Misosuppe* aus salziger Sojapaste und dem Fischsud *Dashi* sowie der vergorenen, klebrigen Sojabohnenspeise *Natto* kam nicht in Frage – machten sie sich auf den Weg und waren froh, dass sie in die Kago steigen durften. Sturler und Mendelssohn schliefen in ihren wankenden Reisesänften ein und wachten erst mittags wieder auf. Siebold hatte dafür keine Zeit. Er schob die Vorhänge seines Kago beiseite und machte im Schneidersitz über ein kleines Schreibpult gebeugt Notizen, während draußen die wilde Landschaft Kyūshūs vorbeizog. Die Berge wurden höher, die Wege verschlungener und die Reisfelder kleiner, sodass sie sich als kleine Parzellen in vielen Stufen an den Hängen festhalten mussten. Siebold erkannte die große Mühe, mit der die Bauern das Land urbar machen mussten, um daraus genügend Früchte für ihr tägliches Überleben zu erhalten. Als Sturler und Mendelssohn ausgeschlafen waren, marschierten sie wieder zu Fuß. Während der nächsten Tage ging die Reise gemächlich voran. Sie wanderten über den schönen Strand in der Bucht von Omura, wo sie den Perlfischern bei der Arbeit zusehen durften. Beim Mittagsmahl im pittoresken Städtchen Omura biss der Glückspilz Mendelssohn auf eine dieser berühmten Perlen, die leider nur so groß war wie ein Hirsekorn und ihm mehr Schmerz als Freude bereitete. In Sonogi – gleichklingend wie Takis Kurtisanenname, doch anders geschrieben – sahen sie riesige Zedern, Ginkos und Kampferbäume; in Uresino fanden sie sich umstellt von unzähligen kegelförmigen Bergen vulkanischen Ursprungs, vollständig überwachsen mit undurchdringlichem Grün; in Tsukasaki bewunderten sie heiße Quellen, aus denen kristallklares Wasser in die sauber und hübsch angelegten öffentlichen Heilbäder sprudelte; der großen Stadt Saga näherten sie sich auf einer viele Meilen langen Allee, die auf beiden Seiten von Kirschbäumen gesäumt war; in Kansaki wurde dem Oberdolmetscher und Zahlmeister *Sujenaga* nachts die Kasse gestohlen, was die Gesandtschaft im weiteren Verlauf der Reise jedoch nicht zu spüren bekam, weil Sujenaga alle weiteren Ausgaben aus seiner privaten Schatulle bezahlte, damit nicht ruchbar wird, dass er nachlässig gewesen war. Wo sie auch hinkamen, nahm Siebold immer einige Patienten an, die seine Ankunft schon lange erwartet hatten. Er behandelte sie vor allem, um zu erfahren, was die typischen Krankheiten der jeweiligen Gegend waren. Er behandelte Pocken und traf häufig auf Kretinismus, Gesichts- und Schädeldeformationen, traurige Spuren jahrhundertelanger Inzucht in den entlegenen Bergregionen.

Siebold bestieg immer wieder seine Reisesänfte, um alle Beobachtungen und Messungen schriftlich zu dokumentieren. Die Kago waren für Japaner geräumig. Man konnte in ihnen Speisen servieren oder Schreibgeräte und Bücher ausbreiten. Sie ersetzten die europäischen Kutschen, die in den bergigen und zerklüfteten Landschaften Japans nicht eingesetzt werden konnten. Für die größeren und schwereren Holländer, die das Sitzen auf dem Boden mit gekreuzten Beinen oder gar den noblen *Seiza*, das Sitzen auf den Fersen mit untergeschlagenen Beinen, nicht gewohnt waren, wurde dieser Luxus zur Folter. Da half es nichts, dass sie durch die Lektüre der Aufzeichnungen früherer Reisen gewarnt waren. Sie vermieden es, wenn immer möglich, sich in diese Kisten aus geflochtenem Stroh und lackiertem Holz zwängen zu lassen. Doch häufig blieb ihnen nichts anderes übrig, etwa wenn es regnete oder sie sich Ortschaften näherten und der Yakunin sie höflich, aber bestimmt dazu aufforderte. Es konnte nicht geduldet werden, dass so hohe Persönlichkeiten wie ausländische Gesandte zu Fuß gehen. Solange der Zug der Gesandtschaft in Bewegung war, konnten sie auch mit keinem der vielen Reisenden und der Neugierigen am Straßenrand sprechen. Diese mussten sich vor den hohen Herren aus Holland, die wie Daimyōs anzusehen waren, niederwerfen und jeden Blick meiden. Selbst die ihnen begegnenden Samurai mussten sich tief verbeugen und durften keinem Mitglied der Gesandtschaft ins Gesicht sehen. So schrieb es das Gesetz vor.

Die Träger waren kräftige Männer, trugen breite Strohhüte und ein Oberteil aus dunkelbrauner Baumwolle. Um die Hüften hatten sie farbige Binden gewickelt, mit denen sie das hinten überhängende Oberkleid hochschürzten. Ihre nackten Beine staken in Gamaschen und Sandalen. Diese einfachen Sandalen, *Zōri* genannt, waren nicht so solide wie Schuhe aus Leder und mussten häufig gewechselt werden, doch auf felsigem Untergrund und vor allem bei Regen gaben sie den besten Halt. Man kannte in Japan keine Hufeisen, sodass auch die Hufe der Packpferde nur mit geflochtenen Strohschuhen geschützt waren, die ihnen einen festen Tritt gaben. Die Träger trugen die Sänften an manchen Tagen dreißig, manchmal sogar vierzig Meilen weit. Die japanischen

Entfernungen wurden in *Ri* gemessen, wobei ein Ri etwa zweieinhalb Meilen entsprach. Die japanischen Entfernungsanzeiger, *Ichiritsuka* oder ‚Meilenhügel', gab es auf allen öffentlichen Straßen, die das Land durchzogen. Sie bestanden aus zu beiden Seiten des Weges aufgeworfenen Erdhaufen, auf denen eine Tanne oder orientalische *Celtis* gepflanzt war. Siebold erfuhr von dem seltsamen Brauch, dass Wegstrecken, die durch einen von *Eta* bewohnten Landstrich führten, weder zur Entfernung eines Ortes zu einem andern gezählt noch in den Kosten für Transporte berechnet wurden. *Eta* waren Ausgestoßene, die ursprünglich aus den als unrein geltenden Berufen der Schlächter, Abdecker, Gerber und Henker kamen. Die Regierung stigmatisierte sie, damit die Bauern und Kaufleute eine Gruppe hatten, auf die sie herabschauen konnten. Zugleich tat man so, als ob sie und sogar der Raum, den sie bewohnten, nicht existierten. Diese Auslöschung ging so weit, dass es für die Eta im Japanischen kein Schriftzeichen gab. Nachdem seine Schüler ihn auf einige Eta am Wegesrand aufmerksam gemacht und ihm Näheres über die Volksgruppen der Ausgestoßenen berichtet hatten, notierte Siebold seine Beobachtungen und Überlegungen dazu mittags in seinem Kago.

„Es wohnen in dieser Landschaft viele sogenannte Eta, welche sich ausschließlich mit der Bereitung des Leders beschäftigen. Diese Leute, welche eine eigene, die niedrigste, allgemein verabscheute Kaste bilden, leben gewöhnlich in abgesonderten Straßen ohne jede bürgerliche Gemeinschaft mit den übrigen Dorfbewohnern, deren Wohnungen sie nicht einmal betreten dürfen. Eine andere verstoßene und noch mehr verkommene Kaste ist in Japan die der Hinin oder vulgo Kojiki, welche ohne eigene Wohnung als Bettler an der Landstraße lagern und die Vorübergehenden um Almosen anflehen, wobei sie ihre Gebrechen und Krankheiten auf eine Abscheu erregende Weise zur Schau tragen. Wenn man die Haut- und Haarfarbe und andere körperliche Verschiedenheiten dieser durch eigene Schuld oder aus Vorurteil aus der menschlichen Gesellschaft verbannten, verkümmerten und verwilderten Menschen betrachtet, welche oft durch Elend und Entbehrung jeglicher Art auf eine tiefere Stufe herabgesunken sind, als das sich in freier Natur im vollen Lebensgenusse befindliche Tier; wenn man die klimatischen Einflüsse und andere auf das organische Leben einwirkende Potenzen betrachtet, die solche auffallende Verschiedenheit oft in kurzer Zeit hervorgebracht haben; alsdann gelangt man zu Ergebnissen, welche die unendliche Verschiedenheit der Volksstämme auf dem natürlichen Wege langer Wanderungen, unter mannigfaltigen klimatischen und tellurischen Einwirkungen, durch Lebensweise und eigentümliche Gewohnheiten erklären lassen. So erinnert uns bei einigen dieser Hinin die dunkle Hautfarbe, die oft ins rötliche

und kupferfarbige spielt, und das braune, verschossene, stellenweise braunrötli-
che Haar und die groben Gesichtszüge an die indianischen Urbewohner des
nördlichen Teils der Neuen Welt, während uns bei anderen die wenig entwickel-
ten Muskeln der Arme und Beine, überhaupt das verkümmerte Aussehen und
der geistlose Gesichtsausdruck anscheinend Stammesverwandte von Australien
und den Bewohnern von Tasmanien erkennen lassen, diesen beiden von allen
Stämmen der Erde auf der niedrigsten Kulturstufe stehenden Völker. Solche
Metamorphosen des menschlichen Geschlechts unter dem gebildetsten Volke
von Asien, welche sich sozusagen unter unseren Augen abspielen, verdienen
eine besondere Beachtung des Ethnographen. Auf den Menschenfreund macht
ein solches Beispiel des Rückgangs der Menschheit auf dem Wege der Gesittung
einen schmerzlichen Eindruck."

Nachmittags lief Siebold wieder neben dem Kago her oder eilte mit einem seiner Helfer voraus, um die Landschaft rundherum auszuspähen
und auf einem kleinen Block, den er ständig mit sich führte, weitere Notizen zu machen. So lernte er etwa, dass alle geographischen Entfernungen in Japan geeicht waren, indem sie von einem zentralen Punkt aus
gemessen wurden, nämlich abgehend von der großen Brücke *Nihonbashi*
in der Hauptstadt Edo. Fasziniert studierte Siebold abends das Karten-
material und die Reisehandbücher, welche die japanischen Leiter der
Gesandtschaft mitführten. Solche Reiseunterlagen waren viel umfangreicher und detaillierter als in Europa. Sie enthielten eine gedrängte
Übersicht aller für einen japanischen Reisenden wissenswürdigen
Dinge, etwa Angaben zum Reisebedarf, Pferde- und Trägertaxen, Formen der Pässe, die Namen der berühmtesten Berge und Wallfahrtsorte,
Regeln der Wetterkunde, Tabellen über Ebbe und Flut, chronologische
Übersichtstafeln, einen Abriss der gebräuchlichsten Maßstäbe und sogar
eine aus Papierstreifen aufstellbare Sonnenuhr war darin enthalten.

Siebold konnte in diesen Tagen ungestört die Flora und Fauna studieren. Sie fanden in den Bäumen und Gebüschen Amseln, Finken, Krä-
hen, Sperlinge und die seltenen Elstern; auf den gefluteten Reisfeldern
waren Bachstelzen, Wildenten, Wildgänse und Kraniche zu sehen. Außer ein paar Wieseln und Hasen zeigte sich kein Haarwild, bis sie auf
einen Otter stießen, der sich bei ihrem Anblick in den Bach stürzte, an
dem die kleine Karawane gerade entlang zog. Die als Jäger ausgebildeten japanischen Begleiter eilten weit voraus und fingen die vielen *Specimen*, die für Siebolds geplante Sammlung erforderlich waren. Da das
Jagen mit Waffen während der gesamten Hofreise aufs Strengste verboten war, umgingen Siebolds Gehilfen diese Regel, indem sie Fallen

aufstellten. Er selbst machte sich danach sogleich an das Ausbalgen und Präparieren der Beute, die nicht verderben durfte. Die Gesellschaft übernachtete weiterhin bei Mönchen in karg eingerichteten, doch sauberen Tempeln. Allmählich gewöhnten sich die Holländer auch an den dürftigen Schlafkomfort, nicht jedoch an die japanische Frühstückskultur. Am 19. Februar nahm Siebold die erste wissenschaftliche Ortsbestimmung vor.

„Gegen Mittag erreichten wir die Ortschaft Todoroki und nahmen die Sonnenhöhe. Eine Bestimmung dieses Flecken ist umso wichtiger, als in seiner Nähe die Grenzen der drei Fürstentümer Hizen, Chikuzen und Chikugo zusammentreffen. Mendelssohn und ich waren dem Zug vorausgegangen, um ungestört unsere Beobachtungen machen zu können. Doch hatten wir kaum unseren Sextanten zum Vorschein gebracht, als einige Polizeidiener auf uns zukamen und sich nach unserem Vorhaben erkundigten. Wir halfen uns diesmal mit der glücklich gefundenen Ausrede, dass unser Gesandter Sturler uns aufgetragen habe, zur pünktlichen Einhaltung des Reiseplans seine Uhr mittels astronomischer Instrumente jeden Mittag zu justieren. Unsere Beschäftigung erregte die Neugier des Volkes, das uns immer dichter umschloss. Es herrschte eine feierliche Stille, und auf den Gesichtern wechselten Staunen und Ehrfurcht. Sahen wir doch abwechselnd mit bloßen und bewaffneten Augen in die Sonne, das Gestirn, dessen schöpferische Kraft vergöttert wird, und dann nach ihrem Widerschein in dem künstlichen Horizont, einem Spiegel, wie er als Sinnbild der Reinheit auf dem Altar der Sonnengottheit steht."

Die Überwachung solcher Tätigkeiten war eine der wichtigsten Aufgaben der japanischen Begleiter. Dabei musste Siebold ihnen ständig dankbar sein, denn sie erfüllten diese Pflichten so gut wie nötig und zugleich so schlecht wie möglich, um ihm Freiraum für seine Forschungsarbeit zu lassen. Das war ein gefährliches Spiel, denn der Yakunin Genzō Kawasaki wie auch alle Offiziere und Dolmetscher mussten detaillierte Tagebücher führen. Damit sollten sich die Verantwortlichen der Hofreise gegenseitig kontrollieren. Sie führten auch die Kopien der Journale früherer Reisen mit, um sich an deren Mustern zu orientieren und nach Präzedenzfällen zu suchen, die ihnen zeigten, wie sie über schwierige Situationen und Verfehlungen zu berichten hatten.

Am 21. Februar erreichten sie Kokura, die nördliche Spitze von Kyūshū und Hauptstadt des Fürstentums Buzen. Der Frühling zeigte sich jeden Tag stärker, viele Pflanzen begannen zu treiben und Siebold hatte am Abend der Ankunft das Gefühl, dass er die erste Etappe der Reise mit einer naturwissenschaftlichen Ode an die Jahreszeiten abschließen sollte.

„Der Wechsel der Jahreszeiten in Japan unterscheidet sich von dem mitteleuropäischen darin, dass die Übergänge vom Sommer zum Herbst und von diesem zum Winter fließend sind, jener zum Frühling jedoch eher einer Explosion der Natur gleicht. Die unter rauen Nordwinden und Schneegestöber eingeschlummerte Vegetation erwacht mit einem Schlag. In wenigen Wochen kleidet sich die Landschaft in ihr Frühlingsgewand. Bereits Ende Januar blühen in den Gärten Aprikosen, Mispeln und Kornelkirschen. Dazu gesellen sich im Februar Veilchen, Anemonen und Löwenzahn, sowie im März Seidelbast, Jasmin, Primeln und zahlreiche Arten und Spielarten von Pflaumen, Kirschen und Pfirsichen. Die immergrünen Lorbeer-, Myrthen- und Eichenarten erneuern im April ihr Laub, und die Wälder prangen im Schmuck blühender Azaleen, Deutzien, Magnolien und Päonien. Die Arbeitsamkeit des Landmannes wetteifert mit der Zeugungskraft der Natur. Weit ziehen sich an den Hängen der Berge mühsam stufenweise angelegte Felder hinan, die sorgfältig gepflegten Gärten gleichen – ein erstaunliches Werk tausendjähriger Kultur. Das Vieh ist dabei von großer Hilfe, denn es wird nicht geschlachtet und gegessen, sondern zum Transport und bei der Feldarbeit eingesetzt. Ansonsten leben Rinder und Pferde wie Familienmitglieder in der häuslichen Gemeinschaft und ihr Ableben wird lange betrauert. Milchkühe kennen die Japaner nicht, weshalb es im ganzen Land weder Milch noch Käse gibt.

Im Juni wird das Laub der Bäume allmählich dichter, überschattet die blühenden Sträucher, und das sich zu immer dunkleren Abstufungen wandelnde Grün kündigt den Sommer an. Eine brütende Hitze treibt im Juli aus dem Wurzelstock des Bambus riesenhafte Sprossen, die zur Seite der Mutterpflanze so üppig aufwachsen, dass sie diese bald an Größe übertreffen. Die einzelstehenden Palmen breiten ihre Fächer aus; Orangen, Tuberosen, Orchideen und andere stark duftende Pflanzen blühen, prächtige Liliengewächse und in Purpur prangende Celosien und Armande schmücken die Gärten, Winden und Malven die Felder, und der heilige Lotos bedeckt mit seinen schwimmenden Blättern und herrlichen Blüten sumpfige Stellen.

Die mit Sehnsucht erwartete Regenzeit tritt ein. Nun jätet und verpflanzt der Bauer, sät Hirse und gewinnt dem weniger fruchtbaren Boden eine zweite Ernte ab, Gerste und Weizen wurden schon im Juni geerntet und an ihrer Stelle Reis, Süßkartoffeln, Tabak und dergleichen gepflanzt. In den Tälern reift der Reis, an den sonnigen Hängen Kürbisse und Melonen. Im August reifen Baumfrüchte, die Reisfelder erbleichen, und wo im Frühling Veilchen und Anemonen blühten, zeigen sich im September Strahl- und Glockenblumen sowie Genan tien. Einige frühblühende Staudengewächse, die Forsythie, Deutzia, Rosen und Jasmin bringen zum zweiten Mal einzelne Blüten und zieren mit den beliebten Spielarten der Chrysanthemen, Herbstanemonen, Riesenhuflattich und Astern die Gärten. Pomeranzen, Zedern und einige andere Nadelbäume erneuern jetzt, oft schon beim ziemlich kühlen Nordwind, ihre Belaubung, gleich als wollten sie in dem frisch angelegten Kleid den Winter besser ertragen. Die Erdfrüchte, weiße und gelbe Rüben, Rettiche und Kartoffeln, gedeihen jetzt am besten. Das sich verfärbende Laub zeigt den Winter an. Ein großer Teil der Bäume und Sträucher verliert seine Blätter, die Stängel perennierender Staudengewächse verdorren im November. Nur einzelne Chrysanthemen, Kamelien, Teesträucher und Rosen blühen noch in den Gärten und auf den Feldern. Aus lichten Gehölzen schimmern die roten und schwarzen Beeren der Lorbeerbäume und Stechpalmen.

Schon wochenlang sind die Gipfel hoher Berge mit Schnee bedeckt, es herrscht ein kalter Nordwestwind, es friert, schneit und hagelt. Doch der Winter dauert nur kurze Zeit. Schon Anfang Januar regen sich einige Bäume und Kräuter, und man sieht es als Vorhersage für ein gesegnetes Jahr an, wenn am Neujahrstag ein blühender Pflaumenzweig den Altar der Hausgötter schmückt."

Shimonoseki

Am nächsten Morgen machten Siebold und Mendelssohn unter Aufsicht der Polizeioffiziere einen Spaziergang durch die wenig spektakuläre, etwas vergessen wirkende Stadt mit etwa sechzehntausend Einwohnern und vielen gleichförmigen Straßen voller Krämerläden. Aus der Ferne bestaunten sie dagegen die in der Sonne gleißende weiße Burg des Fürsten, der sie nicht empfangen konnte, weil er sich gerade entsprechend seiner Lehnspflicht in Edo aufhielt. Sie erhob sich prächtig über das Einerlei der Holzhütten und gab dem Ort einen unerwarteten Glanz. Mittags bestieg die Reisegruppe mehrere kleine Schiffe, auf denen sie die sieben Meilen breite Wasserstraße überquerten, die Kyūshū von Japans Hauptinsel Honshu trennte. Das ist der Beginn der zweiten Etappe dieser Reise, dachte Siebold. Endlich Honshu, endlich der Grund, auf dem die Kaiserstadt Kyōtō und Edo, die Residenz des Shōgun, errichtet sind! Sie fuhren an einem einsamen Felsen vorüber, auf dem eine Gedächtnissäule an den Fährmann Josibe erinnerte. Der hatte bei einer Überfahrt das Leben des großen Feldherren Hideyoshi in Gefahr gebracht und sofort die Verantwortung für dieses Missgeschick übernommen, indem er sich entleibte. Siebold schrieb darüber in seinem Reisetagebuch.

„Ein Windstoß brachte uns dem Felsen näher. Eine Menge Seevögel, meist Möwen und Seeraben, umschwärmten das Felsendenkmal, das eben von einer dunkeln Wolke beschattet, aus der schäumenden Brandung hervorragte. Ein schauerlicher Anblick, besonders wenn man daran die Sage knüpft, dass sich hier zeitweise der Geist des hochherzigen Seemanns zeige."

Siebold und Mendelssohn nahmen Lotungen mit dem Senkblei vor und stellten fest, dass die Wasserstraße teilweise stark versandet war; an manchen Stellen hatten sie nur einen *Faden* unter dem Kiel. Das war auch der Grund, weshalb sie zuvor zum Auslaufen die Flut abwarten mussten. Die Dolmetscher wussten wohl, was die beiden Männer dort machten. Doch als der Yakunin, der sonst so oft wie möglich wegsah, seine Untergebenen danach fragen musste, was dort vor sich geht, weil er es nun mal gesehen hatte, taten sie es als simple Neugierde, als ein Spiel ab. Das war genau die Antwort, die er für sein polizeiliches Tagebuch brauchte und er war zufrieden. Doch Siebold wusste schon zu diesem Zeitpunkt, in welche Gefahr es ihn und auch alle anderen brachte, wenn er seinem Wissensdrang nachgab und solche verbotenen Forschungsaktivitäten entfaltete.

„Auskundschaftungen des Landes, Nachforschungen über Staats- und Kirchenverfassung, Kriegswesen und andere politische Verhältnisse und Einrichtungen sind Fremdlingen aufs strengste untersagt, und die schärfsten Gesetze verbieten den Untertanen, ihnen darüber Mitteilung zu machen oder gar auf irgendeine Weise bei ihren Nachforschungen behilflich zu sein. Unsere japanischen Begleiter auf der Reise nach dem Hofe werden zur genauen Beobachtung solcher Verordnungen eidlich verpflichtet, und strenggenommen dürfen und können sie uns keinen Schritt über die Schranken des buchstäblichen Gesetzes erlauben, ohne ihre eigene Existenz aufs Spiel zu setzen. Diese Leute jedoch, welche durch den Kontakt mit gebildeten Europäern den Kreis ihrer politischen Ansichten erweitert haben und nur zu gut die Engherzigkeit solcher Vorkehrungen seitens ihrer Regierung einsehen, halten sich in den meisten Fällen an die bloße Form des Gesetzes und lassen uns walten, wo immer es möglich ist. Ohne solche Nachsicht wäre dem Fremden in Japan jede wissenschaftliche Forschung rein unmöglich, denn streng genommen ist jede Berührung mit Land und Volk untersagt."

Am frühen Abend gab es am anderen Ufer auf dem Anlegersteg einen feierlichen Empfang. Wie schon seit über zweihundert Jahren üblich wurden die Gesandten bei einem der beiden Bürgermeister untergebracht. Diesmal war die Reihe an Bürgermeister Saho-*sama*, und wiewohl das schon lange feststand, konnte sein Kollege Itō Jun seine Enttäuschung darüber nicht weglächeln, denn er wurde schon als leidenschaftlicher Verehrer der holländischen Kultur angekündigt und hätte die Gesandten nur zu gerne bei sich beherbergt. Das Haus von Sahosama lag gleich neben dem Anleger. Sturler, Siebold und Mendelssohn waren dankbar, nach mehreren Nächten in kargen buddhistischen Klöstern endlich die Gastfreundschaft in einem bürgerlichen Haus mit komfortabler Einrichtung, hübschem Wandschmuck, Bildern, lackierten Möbeln und einem üppigen Abendmahl aus einer unüberschaubaren Zahl kleiner, wenn auch unterschiedlich köstlicher Speisen genießen zu dürfen. Gleich am nächsten Morgen empfing Siebold seine ehemaligen Schüler und Freunde, allen voran den jungen Kosai. Siebold empfand große Eile, denn er befürchtete, dass sie sehr bald weiterreisen müssten. Doch er hatte Glück. Oberst de Sturler hatte die Hofbarke für die Weiterreise inspiziert und für völlig unzureichend erklärt. Schließlich sollte sie dem Privileg der Gesandtschaft entsprechend unter holländischer Flagge segeln. Er teilte dem Yakunin durch die Dolmetscher mit, dass er einige Umbauten für einen besseren Komfort veranlassen solle, was dieser umgehend und ohne jeden Einwand tat. Diese Arbeiten würden jedoch einige Tage dauern, und niemand freute sich darüber mehr als Siebold, der davon mittags erfuhr. Abends notierte er die erfreulichen Zugänge seiner Sammlungen.

„Kosai und meine übrigen Schüler brachten mir nach Landessitte Begrüssungsgeschenke, einige ihnen interessant erscheinende Naturalien und sonstige Erzeugnissen ihres Landes. Darunter befanden sich eine seltene wilde Ente (Anas tadorna), Seekrabben (Dorippe callida, sima und quadridens), Seepferdchen und Seenadeln und eine neue Art Flusskrebse (Astacus Japonicus), nebst vielen getrockneten Pflanzen, Keulenschwämmen und Mineralien. Alle diese Naturerzeugnisse waren in den Augen meiner japanischen Freunde große Seltenheiten. Diese Krabbenarten hält das japanische Volk übrigens für Metamorphosen jener Helden des Samuraiclans Heike, die bei der Seeschlacht bei Dan no ura im Jahre 1185 vom Clan der Minamoto vernichtend geschlagen wurden und hier in den Wellen ihr Grab fanden; sie heißen daher auch Heike Gani, Heike-Krabben. Es gehört wirklich nicht viel Phantasie dazu, in den symmetrischen Wölbungen und Einkerbungen des Rückenschildes dieser Tiere menschliche Gesichtszüge zu erkennen."

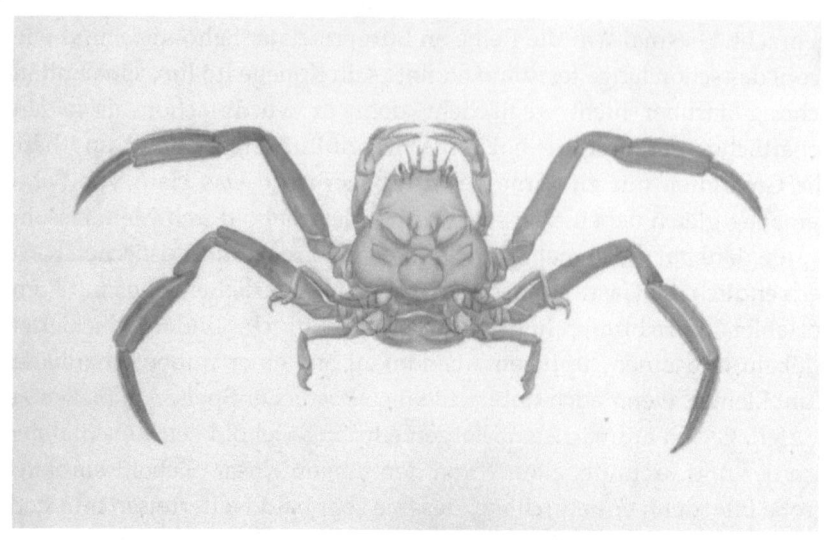

Heike-Krabbe

Den nächsten Tag nutzte die Gesandtschaft zum Besuch beim berühmten Tempel des Amida, wo *Buddha* verehrt wurde. Es gab eine grandiose Aussicht auf das umliegende Festland, die ganze Wasserstraße vor Shimonoseki und auf die Gestade von Kyūshū. Siebold nutzte die Gelegenheit und wählte mit dem Zeichner Tojoske verschiedene Motive aus, die dieser zu Papier bringen sollte. Am Nachmittag gab es einen ungewöhnlichen Ausflug. Auf Drängen von Siebold hatte der Yakunin es genehmigt, dass die holländischen Gesandten mit einer verkleinerten japanischen Wachmannschaft auf Booten nach Kap Hayatomo übersetzen, die nördlichste Spitze von Kyūshū. Dabei bestand er darauf, dass diese nicht vorgesehene Abweichung von der streng geregelten Reiseroute von keinem der Offiziere und Dolmetscher in ihren Tagebüchern erwähnt werden dürfe. Am Kap angekommen, machte die Gruppe einen ausgedehnten Spaziergang am Strand, sammelte Muscheln und Siebold nahm eine Positionsbestimmung vor.

Am Abend schlug endlich die Stunde von Itō Jun, dem zweiten Bürgermeister von Shimonoseki. Die Gesandten waren zusammen mit einigen Schülern Siebolds in seinem Haus zum Abendessen eingeladen und staunten nicht schlecht über seinen theatralischen Auftritt. Er zeigte sich als ein wahrer Kenner holländischer Mode – allerdings der des vergangenen Jahrhunderts. So hatte er als lebendes Museum einen äußerst altmodischen holländischen Lebensstil vollständig übernommen. Er trug einen roten Samtrock mit goldenen Bordüren, eine bestickte Weste, kurze Hosen, silberne Strümpfe und Pantoffeln. Stolz führte er seinen Spazierstock mit goldenem Griff vor. Er überreichte Sturler und Siebold mit sichtbarem Stolz jeweils eine übergroße Visitenkarte – auch eine inzwischen vergessene Mode – auf welcher der holländische Name *Van den Berg* prangte. Dieser war ihm von Opperhoofd *Doeff* anlässlich seiner letzten Hofreise von 1814 verliehen worden. Der launige Van den Berg zeigte Siebold auch sein gut verstecktes Raritätenkabinett, in das man durch ein enges Loch hineinkriechen musste. Es war wohl eine doppelte Wand, in deren Hohlraum Jun europäische Möbel, Teeservices, Taschenuhren, Zeichnungen, Bücher, Degen und anderen Waffen sowie eine Zipfelperücke aus den besseren Zeiten des holländischen Handels mit Japan gesammelt hatte. Diese Schätze mussten seit Generationen angehäuft worden sein. Sie stellten auch eine große Gefahr für die ganze Familie des Bürgermeisters dar, denn wenn man in Edo von dieser Sammlerleidenschaft erfahren hätte, dann wäre ihre Existenz sicher verwirkt gewesen. Doch die Neugier des liebenswürdigen Van den Berg war wie bei vielen Japanern einfach zu groß und auch er verließ sich auf das wortlose Zusammenspiel aller Mitwisser. So war der kluge Yakunin an diesem Abend gar nicht erst erschienen und die reduzierte Wachmannschaft vergnügte sich im Vorzimmer mit Sake und dazu passenden Zechspeisen. Währenddessen ging im Gastraum die holländische Soiree bei reich gedeckten Köstlichkeiten aus Meeresfrüchten, Gemüse und Reis, einem Wodka ähnlichen Destillat namens *Shōchū*, den Klängen der *Shamisen* und dem Lachen der hübschen Damen, die zur Unterhaltung der Gesellschaft eingeladen waren, allmählich über in eine japanischen Lustpartie, wie sie noch keiner der Holländer erlebt hatte. Sogar Oberst de Sturler schien sich zu amüsieren, obwohl er sich immer noch unwohl fühlte ohne seine Schuhe, ganz besonders in der Gegenwart von Damen. Die japanische Sitte, sich in Häusern, Speise- und Gasträumen auf Strümpfen oder sogar barfuß zu bewegen, widersprach zutiefst seinem anerzogenen Sinn für Anstand und Schicklichkeit, sodass es ihm nicht gelang, sich an diese japanische Eigenart zu gewöhnen. Doch an diesem Abend sollte ihm nicht einmal das die gute Laune verhindern, die sich schon selten genug zeigte.

In den folgenden Tagen konnten Siebold und Mendelssohn weitere Ausflüge in die Umgebung von Shimonoseki unternehmen, wobei es Siebold vor allem um die genaue Vermessung der Wasserstraße zwischen Kyūshū und Honshu ging. Er empfing auch seine Freunde und Schüler, die nicht nur ihre Patienten mitbrachten, die von dem sagenhaften holländischen Wunderdoktor geheilt werden wollten. Auf Dejima und in Narutaki hatte er in kurzer Zeit viele junge Ärzte ausgebildet und jedem von ihnen vor ihrer Rückreise in ihre Heimatorte jeweils ein vorläufiges Diplom für ihr anstehendes Doktorat ausgestellt. Damit war für jeden Doktoranden zunächst die Pflicht verbunden, eine Dissertation zu verfassen und abzuliefern. So hatte Siebold jedem seiner Schüler ein Thema aufgegeben, über das er mehr wissen wollte, als er selbst hätte in Erfahrung bringen können. Er hatte eine ganze Systematik entwickelt, welcher Doktorand für ihn welches Sachgebiet erschließen sollte. Nun war die Zeit der Ernte gekommen und Siebold war gespannt, welche Früchte diese Saat tragen würde. Mendelssohn war skeptisch. Er konnte sich nicht vorstellen, dass die japanischen Ärzte sich als ernstzunehmende wissenschaftliche Forscher einsetzen ließen. Er traute es ihnen einfach nicht zu. Doch Siebold sollte wieder einmal Recht behalten und selbst seine kühnsten Erwartungen wurden noch übertroffen. Einer nach dem anderen unterbreiteten seine Schüler ihm die zu Heften gebundenen Papiere, die beschrieben und wo nötig mit Zeichnungen versehen waren. Kawano Kosaki überreichte seine *Geographisch-statistischen Beschreibungen der Fürstentümer Nagato und Suwo*, Sugiyama Soryu hatte eine Arbeit über *Die Salzgewinnung durch das Gradieren von Seewasser* verfasst, die Studie *Von den Farbstoffen und vom Färben* reichte *Bunkyō* ein und *Choei Takano* erfreute Siebold mit einem illustrierten Bericht *Von den Walfischen und vom Walfischfang*. Es gab noch dergleichen mehr, etwa *Die merkwürdigsten Krankheiten Nippons* von seinem Lieblingsschüler Ryōsai Kō und verschiedene Untersuchungen über Volksbräuche, Geographie, Flora und Fauna des Landes. Beim Überfliegen der Texte lachte Siebolds Herz, denn seine Schüler hatten genau abgeschätzt, was er alles noch nicht wusste, und so waren ihre Arbeiten ein wissenschaftlicher Schatz voller neuer Einsichten und Erkenntnisse für ihn.

Den letzten Tag in Shimonoseki verbrachten Siebold und Mendelssohn mit dem Ordnen der Naturalien und dem Versenden einer großen Zahl von Zier- und Nutzpflanzen nach Dejima. Sie saßen im Schneidersitz zu beiden Seiten eines langen, flachen Arbeitstisches vor den Töpfen für die Pflanzen und den Lehmknollen für die Samen, die sie zu transportfähigen Paketen zusammenschnürten.

„Wir sind gerade einmal zwei Wochen unterwegs. Doch mir kommt es vor wie zwei Jahre, so viel haben wir inzwischen erlebt", sinnierte Mendelssohn.

„Ja, es geht mir ähnlich. Diese Vielzahl neuer Eindrücke und Begegnungen verändert die Qualität der Zeit. Keine Minute ähnelt der nächsten oder der vorangegangenen. Stellen Sie sich vor, die meisten Teil-

nehmer der früheren Hofreisen ließen all das unbeeindruckt, ja, eher gelangweilt an sich vorbeiziehen! Im Übrigen nicht ganz unähnlich unserem Gesandten", womit Siebold ihn vielsagend ansah. Es bedurfte
keiner Worte mehr. Mendelssohn seufzte. Beide hätten diese Hofreise
gerne mit einem der großen Vorgänger des Obersts gemacht, mit Doeff
oder Blomhoff, die sich beide hervorragend mit den Japanern verstanden und auch wussten, wie man ihnen schmeicheln musste, damit man
an sein Ziel gelangt. Dazu hatten sie sich umfangreiche Kenntnisse in
Geschichte, Religion und Sprache des Landes zugelegt, die sie bei jeder
Gelegenheit zum Besten gaben, was die Japaner immer wieder beeindruckte und bis dahin verschlossene Türen öffnete. Nicht so Sturler, der
sich als unfähig erwies, einen freizügigen Umgang mit den japanischen
Autoritätspersonen zu pflegen und in jeder Konversation stets trocken
und angespannt blieb.

„Sie, lieber Siebold, sind das vollkommene Gegenteil dazu. Ich war
einigermaßen sprachlos, als Ihre Schüler um Sie standen und einer nach
dem anderen seine Forschungsarbeit in Ihre Hände legte. Diese Männer
waren glücklich! Sie lösen bei diesen Menschen irgendetwas aus, ich
weiß nicht was, aber es scheint mir manchmal, als hätte man hier schon
lange auf jemanden wie Sie gewartet."

„Sie werden es vielleicht nicht glauben, aber ich bin selbst überrascht
von diesem Erfolg. Inzwischen habe ich auch eine Theorie dazu. Mal sehen, was Sie dazu sagen. Also, wir Europäer begegnen uns immer mit
großer Vorsicht, Skepsis oder blankem Misstrauen. Es gibt immer eine
Unmenge an Hintergedanken bei jeder Begegnung, umso mehr, als wir
uns nie sicher sind, ob wir uns der Situation, dem sozialen Stand oder
der moralischen Integrität des Gesprächspartners gemäß verhalten. Die
Japaner haben viel stärker hierarchisierte Beziehungen untereinander.
Jeder weiß, was wann und wie gesagt werden darf oder muss. Die strengen Gesetze des Benehmens regeln alles, es gibt keine Unsicherheit, alles
ist klar definiert. Nun treffen diese klar strukturierten Japaner auf uns
unbestimmte Europäer. Meine These ist, dass sie sofort unsere Unsicherheit und unsere Hintergedanken spüren, denn ob als Holländer, Franzosen, Engländer oder Deutsche, wir begegnen ihnen doch immer mit
irgendeinem Vorurteil oder verstecktem Interesse. Wir wollen etwas von
ihnen, ohne uns auf ihre Stufe zu stellen und uns auf sie einzulassen.
Diese Zurückhaltung deuten sie ganz zu Recht als einen persönlichen
Vorbehalt, und dann behandeln sie uns ganz förmlich, bürokratisch und
kalt. Darin sind sie stark, wie Sie wissen. Doch wenn wir ihnen das Gefühl geben, sie zu mögen und Interesse an ihnen zu haben, dann

schmelzen sie wie Wachs in unseren Händen. Wir bieten ihnen die einmalige Chance, sich jenseits ihrer eigenen Zwänge einem Fremden zu öffnen. Doch das tun sie nur, wenn sie das dafür erforderliche Vertrauen gewinnen. Dazu brauchen sie, anders als das bei uns in Europa der Fall ist, nur einen kurzen Moment. Vertrauen bedeutet für sie im privaten Umgang nicht absolute Zuverlässigkeit und eine lange Geschichte guter Erfahrungen, sondern das spontane Gefühl, dass ihr Gegenüber wohlwollend ist und nichts im Schilde führt. Genau das passiert zwischen mir und den Japanern. Ich habe eine ganz naive Zuneigung zu ihnen und es fällt mir nicht im Mindesten schwer, auch Bewunderung für sie persönlich sowie ihre kulturellen und wissenschaftlichen Leistungen auszudrücken. Das kommt ganz aufrichtig. Wissen Sie, wie ich darauf gekommen bin?"

„Nein, erzählen Sie's mir."

„Oberst de Sturler. Er ist genau der Typ von Ausländer, der niemals eine tragfähige Bekanntschaft, geschweige eine Freundschaft mit einem Japaner aufbauen könnte. Was halten Sie von meiner Theorie?"

„Bis auf weiteres hätte ich auch keine bessere Erklärung. Ja, ich kann mir vorstellen, dass da etwas dran ist. Doch gerade vor diesem Hintergrund gibt es etwas, das mir Sorge macht."

„Nun, die Sorge ist doch Ihre zweite Natur!" erwiderte Siebold lachend, bemerkte dabei den Anflug von Großspurigkeit und fragte wie zum Ausgleich verständnisvoll "Was ist es denn?"

„Sehen Sie, es gelingt Ihnen, unsere japanischen Freunde zu vielen Dingen zu bewegen, die für Sie, für uns alle und meistens für die Japaner selbst von größtem Nutzen sind. Das muss ich anerkennen. Doch ich beobachte auch, dass selbst unser kluger und liebenswürdiger Yakunin sich allmählich zu Taten hinreißen lässt, die eindeutig gegen die Gesetze dieses Landes verstoßen. Er überschreitet für Sie und Ihre Wünsche die Grenzen der Legalität. Ich selbst bin auch schon ein Teil Ihres Systems. Denn was machen wir hier gerade? Diese Teenüsse, die wir nach Dejima schicken, gehen doch sicher nach Batavia, wo sie angepflanzt und vermehrt werden sollen. Sie wissen doch so gut wie ich, dass dies unter die Bestimmungen zur Ausfuhr nicht genehmigter Gegenstände und Pflanzen fällt und gegen Gesetze des Shōgun verstößt, die im schlimmsten Fall mit dem Tod bestraft werden können. Wie lange geht das gut? Verschwenden Sie gar keinen Gedanken daran, wie sehr Sie sich selbst und alle um Sie herum, Holländer wie Japaner, in Gefahr bringen? Ich will wirklich kein Spielverderber sein und ich neide Ihnen auch bestimmt nicht Ihre Erfolge. Aber finden Sie nicht, dass das ein heißes Spiel ist, für das Sie irgendwann einmal zur Verantwortung gezogen werden könnten?"

„Lieber Mendelssohn, natürlich mach ich mir darüber Gedanken. Ich mag diese Menschen, wie ich Ihnen gerade erzählt habe. Es wäre schrecklich für mich, wenn diese kleinen Schleichwege einmal auffliegen sollten und wir selbst, sowie unsere japanischen Freunde, dafür bestraft würden. Doch ist es nicht die Regierung, das patriarchalische, verbohrte Shōgunat, das uns immer wieder zum Einsatz von List und Komplizenschaften zwingt? Sehen Sie, wir haben hier eine doppelte Aufgabe, zum einen die Handelsmission, zum anderen die Forschungsmission. Wenn wir uns an den Buchstaben des Gesetzes halten würden, dann könnten wir gleich wieder nach Hause fahren. Es gäbe keinen Fortschritt, das haben sogar unsere japanischen Freunde begriffen, weshalb sie ja auch mitmachen. Sie wissen selbst, worauf sie sich einlassen, wenn sie mich unterstützen. Deshalb sollten Sie die Japaner vielleicht nicht bevormunden. Sie sind keine Kinder und haben sich entschieden, wenn nötig, auch ihre Opfer auf dem Altar der Wissenschaft zu bringen."

„Nun, das ist für den Moment eine befriedigende Antwort. Zumindest ist Ihnen bewusst, was Sie da anstellen. Ich werde Ihnen weiterhin dabei helfen und drücke Ihnen die Daumen, dass es gut geht. Auch die Mutigen brauchen das Glück auf ihrer Seite."

Am 1. März bei Sonnenaufgang war die Hofbarke bereit für die Weiterreise nach Muro und Osaka. Die Schüler, Freunde und Bekannten von Siebold kamen in gespannter Erwartung der landsüblichen Gegengeschenke. Er war darauf vorbereitet. Die Ärzte bekamen chirurgische Geräte, holländische Medizinbücher und Arzneien, alle anderen Schmuckstücke, Glaswaren oder Stücke von Goldleder. Besonders ausgezeichnet wurden jene Schüler, die ihre schriftlichen Forschungsarbeiten abgeliefert hatten. Siebold hatte bis spät in die Nacht hinein fasziniert in diesen Dissertationen gelesen, den Erkenntnisgewinn in dem jeweiligen Sachgebiet in einer langen Liste von Stichpunkten notiert und für jeden Anwärter in schöner Handschrift ein Promotionsurkunde verfasst. Nun erhielten die Schüler, denen eine Mischung aus Nervosität, Rührung und Verehrung ins Gesicht geschrieben stand, diese Urkunden in einer feierlichen Zeremonie aus den Händen ihres Lehrers. Siebold ließ die Verleihung derart öffentlich stattfinden, damit weitere Ärzte ihr beiwohnen und bei dieser Gelegenheit ihre eigene Kandidatur auf die Doktorwürde anmelden konnten.

Mit dem Ablegen der Barke von der Pier, auf der eine jubelnde Menge von Japanern der Gesandtschaft winkend gute Wünsche nachrief, begannen die angenehmsten Tage dieser Hofreise nach Edo. Die Route führte zunächst nach Osten durch eine Wasserstraße, die Kyūshū von der japanischen Hauptinsel Honshu trennt. Siebold hatte schon beim Übersetzen nach Shimonoseki festgestellt, dass sie in keiner der bekannten Landkarten verzeichnet war. Er hatte bis dahin über zweihundert neue Pflanzen- und Tierarten in Japan entdeckt und nach europäischen Standards der Wissenschaft katalogisiert, doch das war die erste Landschaft, die er benennen durfte. Als ihr geographischer Entdecker nahm er sich das Recht, die Wasserstraße nach seinem Gönner auf Batavia zu benennen. Dementsprechend ergriffen war er von diesem lange ersehnten Gefühl historischer Bedeutsamkeit, das ihn durchdrang, als er in seiner Koje endlich Folgendes notierte:

„Mehr als zweihundert Jahre blieb diese Straße unbeachtet von den Niederländern, welche sie auf jeder Reise nach Edo befahren haben. Doch von nun an soll sie ihnen ein Denkmal werden, und Jahrhunderte möge an diesem schroffen Felsen der Ruf widerhallen: ‚Hier die Straße van der Capellen!'"

Das Inlandmeer

Anders als bei vielen früheren Hofreisen war diesmal das Wetter auf der Seite der Gesandtschaft. Tag um Tag schien die Frühlingssonne von einem frischen blauen Himmel auf sie herab, nur gelegentlich durchzogen von den Schleiern und Fäden der *Cirruswolken*, die von der bewegten Atmosphäre in großer Höhe berichteten. Dazu gab es einen ordentlichen Westwind, der ihre nach europäischen Maßstäben schwerfällige Barke zügiger als geplant durch die japanische Inlandsee schob. Siebold musste zwischen den vielen Aufzeichnungen, Lotungen und Ortsbestimmungen immer wieder innehalten, denn die Schönheit dieser Landschaft übertraf doch alles, was er sich vorgestellt hatte. Iwajima, Yashima, Oojima, Kurahashijima, Inoshima – wahrscheinlich hunderte noch in keiner europäischen Landkarte verzeichneter Inseln, die den breiten Meereskorridor säumten, der sich zwischen Nippons Festland zur Linken und der wilden, bergigen Rieseninsel Shikoku zur Rechten erstreckte. Dann schrieb Siebold hastig weiter die Namen der Inseln auf, die seine kundigen Helfer ihm zuflüsterten. Nicht nur von Stunde zu Stunde, sondern vielmehr von Augenblick zu Augenblick veränderte sich die Aussicht, wenn immer neue, andersartige Inseln auftauchten und die Küste jäh wieder erscheinen und verschwinden ließen, die sich ebenso unaufhörlich verwandelte. Waren da gerade noch hinter Sandstränden sanfte, grüne Hügel mit Bauern- und Fischerhütten neben goldenen Rapsfeldern, so schoss im nächsten Moment das Ufer als senkrechte Felswand aus der Tiefe, gekrönt mit einer undurchdringlichen Böschung, von der aus ein Wasserfall sich ins Meer warf. Auf der Festlandseite waren viele Tempel und Klöster zu sehen, im Hintergrund oft die weißen Zinnen fürstlicher Schlösser, welche das Baumdach überragten. Noch weiter entfernt lagen im feinen Dunst mächtige Bergketten. Die Inseln in der Wasserstraße waren entweder karge, unfruchtbare Felsen oder dicht bewaldete Eilande. Doch fast alle hatten steile, felsige Ufer und es war leicht zu erkennen, dass sie alle nur die Spitzen eines unterseeischen Gebirges sind, das schon vor Millionen von Jahren mit vulkanischer Gewalt gefaltet und aufgeworfen worden war. Die Strömungen in diesen engen Inselschluchten waren so stark, dass die Barke gelegentlich festmachen musste. Die pazifischen Wassermassen schoben sich bei Flut gewaltig durch dieses Inselmeer und erzeugten Stromschnellen und Wirbel, die das Schiff schnell außer Kontrolle geraten ließen und gegen eines der schroffen Felseilande hätten werfen können.

Die Küsten der östlich an ihnen vorbeiziehenden Insel Shikoku waren ganz anders anzusehen als das Festland. Es gab kaum Spuren der Zivilisation, das Ufer war an den meisten Stellen unzugänglich, bewacht von zyklopischen, abweisenden Bergen und wirkte schattiger, dunkler und mysteriöser. Hinter vorgehaltener Hand ließ sich Siebold von Ryōsai Kō berichten, dass Shikoku so etwas wie eine unbezwingbare Festung sei. Die raue Natur dieser Insel bot jenen Menschen Schutz, die sich seit Jahrzehnten und sogar Jahrhunderten der allgegenwärtigen Herrschaft der Tokugawa entzogen hatten, um in Freiheit leben zu können. Immer wieder waren Adelige mit ihrem ganzen Hof und Gefolge übergesetzt und haben sich im Inneren der Insel niedergelassen, weil selbst der mächtige Arm des Shōgun von Edo nicht bis dorthin reichte. Oft soll es die Liebe gewesen sein, die den Grund für dieses Exil gab, etwa wenn der Fürst einer Provinz seine Frau entgegen alle politischen Gepflogenheiten tatsächlich liebte und nicht bereit war, sie und auch seine Kinder als Geisel bei seinem Lehnsherren in der Hauptstadt zu lassen, wie es das *Sankin Kotai* forderte, unter den Tokugawa die tragende Säule ihrer eisernen Staatsordnung. Kō, der aus Awa auf Shikoku stammte, berichtete auch, dass es auf der Insel einen verwunschenen Pilgerweg gibt, der sich über sechshundert Meilen durch die Berge windet und den *Henro*, wie der buddhistische Pilger genannt wird, an achtundachtzig Tempeln vorbeiführt. Eine alte Sage berichtete davon, dass sich, wenn man diesen Pfad

in umgekehrter Richtung beschreitet, das Jenseits öffnet und man die Toten wieder ins Leben rufen kann – dabei aber immer Gefahr läuft, die
Pforten nicht mehr schließen zu können. Dann würden die Armeen des
Todes über die Welt herfallen und sie von den Lebenden übernehmen.
Während Kō dies erzählte, zogen Kraniche über sie hinweg und ließen
einen Gesang zurück, der nach Fern- und Heimweh zugleich klang. Sie
kamen vom Festland, das in der goldenen Abendsonne glühte, und verschwanden in der Schattenwelt Shikokus.

Derart schwankend zwischen Schönheit und Erhabenheit, zwischen
der Ruhe und Friedlichkeit dieser gemächlich vorübergleitenden Landschaft aus Meer, Inseln und Bergen einerseits, und den Spuren ihrer
Wildnis, Gewalt und Dramatik andererseits, dachte Siebold wieder einmal darüber nach, ob dieser Anblick der Natur ihm etwas sagen wollte,
ob sie ein Symbol für etwas ist, das über das Sichtbare hinausweist. Dabei waren sie nicht einmal allein, sodass es nicht die Einsamkeit war, die
ihn derlei Gedanken nachhängen ließ. Hunderte von Handelsschiffen
und Tausende von Fischerbooten kreuzten rudernd oder segelnd ihren
Kurs in diesen Tagen, ständig singend oder zur Hofreisebarke hinüber
jubelnd, während sie abends in Ufernähe vor Anker gingen und die ruhige See mit Fackeln erleuchteten. Siebold konnte auch diesmal wieder
– gegen alle strikten Regeln des Shōgunats für die Hofreise und mit still-
schweigender Duldung der japanischen Beamten – seine Wünsche
durchsetzen und mehrmals an Land gehen, um Küstenorte zu besichtigen, die noch nie zuvor ein Ausländer betreten hatte. Das war nur möglich, weil die Gesandtschaft durch die günstigen Winde ihrem Reiseplan
etwa einen Tag voraus war. Das Leben an Bord der Barke war ausgesprochen gesellig. Diese angenehme Art des Fortkommens ohne große
Mühen schien auch die Hierarchien aufzuweichen. Alle Besatzungsmitglieder bewegten und benahmen sich wie Gleichberechtigte, vom Träger
bis zum Yakunin. Nur Oberst de Sturler konnte sich mit diesem freizügigen Umgang nicht anfreunden und sah mit größtem Missfallen, wie
die anderen sich vorzüglich verstanden und die gemeinsame Reise genossen, allen voran sein Stabsarzt, der ihm immer unerträglicher wurde.
Siebold schrieb an einem Abend, nachdem er seine wichtigsten Beobachtungen, Eindrücke und Empfindungen notiert hatte, besorgt in sein Tagebuch.

„Düsterer und düsterer wird jeden Tag die Stimmung unseres Gesandten."

In dieser Nacht sahen sie große Feuer auf einigen hohen Berggipfeln.
Oberdolmetscher Shinsaemon erklärte, dass ein ausländisches Schiff in

Nagasaki angekommen sein musste. Die Geographie des japanischen Reichs, das im Wesentlichen aus Bergen, Bergketten und Inseln besteht, wurde für die Errichtung eines optischen Telegrafensystems zur schnellen Verbreitung von Nachrichten genutzt. Es bestand aus *Hokadai*, Feuerherden, die sich auf den höchsten Bergen im ganzen Reich befanden und die bei kritischen Ereignissen für den Staat, etwa bei der Landung ausländischer Schiffe, weithin sichtbar entzündet wurden. Mit den Kettenreaktionen dieser Signalfeuer gelangten Nachrichten über Tausende von Meilen innerhalb weniger Stunden bis in die Hauptstadt. Bei weniger wichtigen Vorfällen feuerte man Raketen ab, die in China und Japan seit Jahrhunderten bekannt waren.

Die Landgänge brachten immer neue Eindrücke und Erkenntnisse. So bei den Salinen von Himi, wo das Seesalz durch einen Prozess der Sonnengradierung gewonnen wurde, den man in Europa nicht kannte. Siebold, seine Schüler und Mendelssohn inspizierten diese Anlagen, die aus großen Becken am Meeresufer bestanden. Sie waren umgeben von niedrigen Deichen, die je nach Verdunstungsgrad des gestauten Wassers geöffnet wurden, um die Becken für die nächste Verdunstungsstufe wieder zu fluten. Man kannte Gradierwerke in Holland und Deutschland, doch diese hier waren erheblich effizienter. Der kleine Trupp kundschaftete auch die nähere Umgebung der Salinen aus, was bei Siebold einen bleibenden Eindruck hinterließ, den er am späten Abend in seinen Aufzeichnungen festhielt.

„Wir besuchten die beiden Dörfer Mukohimi und Himi, deren Bewohner sich durch Wohlstand auszeichnen. Die Leute staunten uns neugierig an, und wir erfuhren von ihnen, dass noch nie ein Ausländer an diesen Orten gesehen wurde. Dabei bestätigte sich eine bereits mehrfach gemachte Beobachtung. In Japan herrscht in jenen Regionen, wo irgendein Zweig der nationalen Industrie im großen Stil fabrikmäßig betrieben wird, allgemeiner Wohlstand. Jene dürftige, an Leib und Seele verarmte Volksklasse, welche den europäischen Fabrikstädten das Siegel menschlichen Elends und der Verworfenheit aufdrückt, gibt es nicht. Man findet aber auch nicht jene Fabrikkönige, welche, im Besitz unermesslicher Schätze, das goldene Zepter über dem halb verhungerten Auswurf der Bevölkerung schwingen. Arbeiter und Herren sind hier durch noch strengere Konvenienzen als in Europa voneinander getrennt, aber, als Mitmenschen, durch die Bande wechselseitiger Achtung und Gefälligkeit wieder umso enger miteinander verbunden. Die Zentralisierung einer arbeitenden Menschenmasse zur Erreichung des einseitigen, meist rein persönlichen Zweckes des Profits, so wie bei uns in Europa, bleibt immer eine fragwürdige Maßnahme,

welche Entmenschung und Unmenschlichkeit jeder Art zur unvermeidlichen Folge hat."

Ansonsten, so stellte er fest, war die Wirtschaft des Landes so aufgebaut und gegliedert, dass sie die Ideologie der Herrscher aus der Dynastie der Tokugawa spiegelte. In ausführlichen Gesprächen zeichneten Siebolds Schüler ihm ein detailliertes Bild der japanischen Gesellschaft. Die höchste soziale Klasse bildeten die Adeligen, die entweder dem Hof- oder dem Schwertadel zugehörten. Sie mussten in Burgen oder in großen Städten leben, einschließlich der Samurai, die schon lang keine eigenen Lehen auf dem Land mehr besitzen durften. Wer auf dem Land lebte, war zwangsläufig Bauer und gehörte somit der zweithöchsten sozialen Schicht an. Unter den Bauern standen die Handwerker, und unter diesen die niedrigste Schicht, die Kaufleute. In der japanischen Regierung herrschte die Vorstellung, dass außer der Schicht der großen Herren mit ihren Soldaten und Samurai, die für Ordnung sorgte, nur den Bauern großer Wert zukam, weil sie die Natur dazu brachten, die Menschen zu ernähren. Deshalb etwa wurden alle Werte, Einkünfte und Vermögen nicht mit Geldbeträgen ausgedrückt, sondern in Naturalien, genauer gesagt Reismengen. Damit waren – darauf wies Mendelssohn ihn hin – die Ansichten der Japaner durchaus vergleichbar mit den Lehren der europäischen *Physiokraten,* die im Zeitalter der Aufklärung die Früchte und Erträge von Grund und Boden ins Zentrum der wirtschaftlichen Ordnung stellen wollten. Doch die Wirklichkeit, so versicherten Siebolds Schüler, war ganz anders als die schöne Theorie der Regierung. Die Geldwirtschaft setzte sich immer stärker durch, die Reisscheffel *Koku* waren nur noch symbolische Recheneinheiten. Vor allem die Kaufleute, die eigentlich eine Unterschicht bilden sollten, weil sie nur Waren hin- und herschoben und keine Werte erzeugten, waren schon längst reicher als die Samurai, oft auch reicher als der Adel. Nur für die Bauern hatte die Reiswährung noch eine existentielle Bedeutung. Siebold war höchst überrascht zu hören, dass die Bauern so gut wie keinen Reis aßen, sondern fast ausschließlich Hirse, einfaches Gemüse und, wenn sie in Küstennähe lebten, Fisch. Reis war viel zu wertvoll zum Essen. Sein Anbau war mühsam, die Bauern bezahlten damit ihre Steuern an die Grundherren, und was für sie übrig blieb, musste auf dem Markt teuer verkauft werden. Nur Händler, Handwerker, Bordellbesitzer, Sakebrauer, Beamte, Samurai – sofern sie nicht ganz verarmt waren – und Adelige konnten sich Reis als tägliche Speise leisten. Wenn die Bauern den Reis verzehren würden, erklärte man Siebold, dann wäre das, als ob sie ihr eigenes bisschen Geld aufäßen. Es war also nur ein von der Regierung gepflegter Mythos, dass Reis das Nationalgericht der Japaner sei, denn nur das wohlhabendste Zehntel des japanischen Volkes hatte Reis auf dem Speiseplan.

Kaiseki

Am 7. März erreichte die Hofbarke das Ziel der Seereise, die Küstenstadt Muro mit ihrem natürlichen Hafen. Sie war eingerichtet für den regelmäßigen Verkehr der großen Herren aus Kyūshū auf ihrem Weg nach Edo, sodass die Gesandtschaft in einem asketisch-vornehmen Gasthaus untergebracht werden konnte, einem weitläufigen *Ryokan*. Sturler nahm die Fürstensuite, bestehend aus drei leeren, mit Tatami ausgelegten Räumen, die mit den *Shōji* frei eingeteilt werden konnten. Siebold war in einem deutlich kleineren Zimmer untergebracht, hatte aber Sicht auf denselben, bis ins Detail liebevoll arrangierten Nebengarten. Knorrige Olivenbäume spendeten Schatten und Wasser plätscherte aus einem wippenden Bambusrohr über bemooste Steine in einen Teich, in dem *Koi* schwammen, hell-gelbe Karpfen, deren Farbmutationen den Naturforscher sofort interessierten. Auch bemerkte er, dass alles um ihn herum feiner war als in Kyūshū, sowohl die Ausstattung der Räume, die Verarbeitung der Tatamis, der Shōji und der polierten Hölzer, die Kleidung und die Umgangsformen des Dienstpersonals. Das Nachtmahl sollte diesen Eindruck noch verstärken. Sturler, Mendelssohn, der Yakunin Genzō Kawasaki und Siebold selbst wurden in den großen, mit Laternen erleuchteten und von dem Gebäude wie ein Atrium vollständig umbauten Zentralgarten geführt, durch den ein glucksender Bach lief. Sie überquerten ihn auf einer winzigen, katzbuckelnden Brücke und erreichten ein kleines Häuschen mit Veranda, das, zu allen Seiten offen, nur ein einziger großer Speiseraum war. So speisen die großen Herren in diesem Land, genießen dabei die Aussicht auf die anmutige Gartenlandschaft, sehen im Winter die Schneeflocken langsam fallen und hören im Sommer dem Gesang der Zikaden zu, dachte Siebold. Dann begann eine Prozession hübscher, junger Dienerinnen in Kimonos, die den Gästen atemberaubend kunstvoll angerichtete Speisen auf kleinen Tellern oder in Schalen servierten und ständig Sake nachschenkten. Diese Speisen und ihre Abfolge beschrieben ein Thema, wie der Yakunin stolz erläuterte. Das sei das Prinzip des *Kaiseki*, das ansonsten ausschließlich von japanischen Aristokraten genossen wurde. In diesem Fall war es der

Frühling. Den Anfang machten Schälchen mit jeweils einer eingelegten, fleischig-salzigen Pflaume, überzogen von einem weißen Schaum, der sich auf Nachfrage Mendelssohns als Fischmilch erwies, passierter Samen der männlichen Meerbrasse. Das war die Kehrseite der japanischen Raffinesse. Dieses Entree reichte bereits, um dem Oberst für die weitere Mahlzeit den Appetit zu verderben. Sturler hasste das japanische, fleischarme Essen sowieso, doch diese zweifelhaften Früchte des Meeres fand er nur noch widerlich. Siebold blieb tapfer und probierte alle weiteren Speisen der nachfolgenden Gänge. Mendelssohn fühlte sich offensichtlich unwohl, wollte lieber nicht mehr wissen, woraus die einzelnen Spezialitäten bestanden, und schluckte sie einfach runter. Er zögerte nur, als man ihm einen prächtigen Schmetterling vorsetzte, doch der Yakunin beruhigte ihn unaufgefordert, dass dies nur eine mit Flocken aus Eigelb bemalte Yamswurzel sei. Siebold dagegen wünschte sich, doch vorher gefragt zu haben, was diese dunklen, dicken Schleimfäden waren, deren Geschmack so stark war, dass man meinte, ein ganzes Meer im Mund zu haben. Genzō grinste ihn an und teilte ihm mit, dass er gerade rohen Seegurkendarm gegessen habe, eine Lieblingsspeise der Feinschmecker in dieser Region. Die gesalzenen Kirschbaumblätter, die winzigen Tintenfische in einer Mischung aus Essig und ihrer eigenen Tinte, die als Ganzes gegessen wurden, und schließlich der ölige, orange Seeigelrogen auf gegrilltem Barsch – das alles sah wundervoll aus, doch der Gesandtschaft hätte der Sinn mehr nach gekochter Ochsenbrust und Bier gestanden. Für einen Moment lang sehnten sich alle drei nach Dejima zurück, als gebackene und mit Misopaste bestrichene Tofuwürfel auf kleinen Spießen kamen, die sich als ungefährlich, essbar und sogar recht herzhaft erwiesen. Auch die feine Erbsensuppe mit frittierten Bällchen von Krebsfleisch wies wieder in die richtige Richtung. Seltsam, aber doch irgendwie akzeptabel waren zum Abschluss die *Mochi*, klebrige Reisküchlein in der Farbe und mit dem Geschmack von grünem Tee. So waren wenigstens Siebold und Mendelssohn doch gesättigt; nur Sturler ging mit knurrendem Magen ins Bett und schwor sich, am nächsten Tag in der Stadt einen der vielen Stände mit *Yakitori* zu plündern.

Der folgende Tag war Spaziergängen durch die Stadt und ihre Umgebung gewidmet. Nachmittags besuchten die Holländer mit verkleinerter Wachmannschaft den Chunzi-Schrein der Sekte Shiodo. Für Sturler und Mendelssohn war es die erste Besichtigung eines shintōistischen Schreins. Alle Tempel, die sie auf ihrer Reise besucht und oft auch bewohnt hatten, waren buddhistische *Otera*. Die religiösen Stätten des *Shintō* waren Schreine und wurden *Jinja* genannt. Nach dem Rundgang und der Besichtigung machten die Priester ein überraschendes Angebot.

„Wir folgen der freundlichen Einladung der Priester in ihre Wohnung. Sie führen uns in einen geräumigen Saal, wo uns eine herrliche Aussicht auf das Meer in der Bucht von Muro überrascht. Eines der schönsten Seebilder, die wir bis dahin in Japan genossen. Die Gestalt und Einrichtung des Saales, wie ist sie auf den großartigen, packenden Eindruck dieses Panoramas ausgelegt! Er öffnet sich nach vorne und nach beiden Seiten, man sitzt gleichsam auf einem Balkon, der auf einem in die See überhängenden Felsen erbaut ist. Zur Rechten hat man Kap Jamane, welches mit dem Vorgebirge, worauf man sich selbst befindet, den Eingang in den Hafen bildet. Gerade vor sich sieht man in einen Abgrund hinab, woraus Felsen ragen, die mit einzelnen Tannen bewachsen sind, deren immergrüne Gipfel die gerade Linie der zierlich geschnitzten Balustrade des Balkons unterbrechen und einen schwebenden Garten vorzaubern. Durch diesen Feenwald hat man eine weite Aussicht auf das inselreiche Meer, das gerade vom schwachen Landwind bewegt und von den Strahlen der untergehenden Sonne beleuchtet wird. Nah und fern sind Inseln zu sehen, unzählige Eilande liegen vor uns. Sie erglänzen in hell- und dunkelgrünen, azur- und hellblauen Farben je nach ihrer Entfernung, und weit im Hintergrund blinken im Gold- und Silberglanz die noch mit Schnee bedeckten Gipfel der Gebirge von Shikoku. Weiße Segel schimmern zahllos da und dort – sie nahen in wachsender Größe dem Hafen, wohin der sinkende Abend sie einlädt.

In harmonischem Einklang mit der großartigen Szene stehen die einfache, geschmackvolle Einrichtung des Saales und die heitere, offene Stimmung unserer Gastwirte. Es sind keine buddhistischen Mönche, sondern weltliche Priester des Kamidienstes in der Shintōreligion. Sie haben Frauen und Kinder. Diese gesellten sich zu uns – auch die Frauen sind Priesterinnen, die Kinder geborene Novizen. Wir unterhielten uns vortrefflich, machten einige nützliche Peilungen, leerten die zum wiederholten Male gefüllten Teetassen, beschenkten die Priesterfamilie und zogen nach Hause."

Am 9. März brach die Gesandtschaft wieder auf. Es ging weiter auf dem Landweg in Richtung Osaka und Kyōtō. Das Wetter war nun deutlich kühler, es war windig und morgens lag Schnee auf den Straßen und Feldern, der im Laufe des Vormittags taute. Siebold lief die meiste Zeit neben dem Kago her. Sie hatten steile Hänge und eng verschlungene Wege durch Felsenschluchten zu passieren. Die Geschicklichkeit der Träger war beeindruckend, aber Siebolds Sorge, dass sie im Gebirge einmal ausrutschen und er dann in seiner Sänfte dem Spiel der Kräfte und einem der vielen Abgründe hilflos ausgeliefert wäre, ließ ihn lieber zu

Fuß gehen. Zumal genau das dem Oberst auch schon passiert war und nur das reine Glück ihn davor bewahrt hatte, nicht in die Schlucht zu stürzen. Der Yakunin hat daraufhin die Träger mit einer Gerte gezüchtigt, die er sich von seinem Diener aus dem Unterholz bringen ließ. Das war kein Anblick, der Sturler gefiel, und er intervenierte beim Vorsteher der Hofreisegesellschaft, der diesmal aber darauf bestand, dass die Strafe vollständig ausgeführt wird. Zum wiederholten Male wurden die Holländer Zeugen der scheinbar grenzenlosen Folgsamkeit und Unterwürfigkeit der Japaner. Denn die Träger selbst hielten die Ausländer zurück und verlangten die volle Bestrafung. Nur dadurch konnte das Geschehene in ihren Augen und denen des Yakunin wieder ungeschehen gemacht werden. Tatsächlich war der ganze Vorfall kurz darauf von allen japanischen Beteiligten vergessen.

Der Landarzt Umeso

In einem armseligen Dorf, das auch von den ausgestoßenen Eta bewohnt wurde, machte die Gruppe Rast und kehrte in ein Gasthaus ein, das spezialisiert war auf Udon, dicke weiche Weizennudeln, die mit lauten Geräuschen aus einer würzigen Brühe herausgeschlürft werden. Für Siebold war ein separater Raum reserviert worden, denn wie an vielen anderen Orten hatte auch hier der Landarzt Siebold bereits erwartet. Anders als an den vorangegangenen Stationen wollte Genzaku Umeso dem holländischen Sensei nicht seine schwierigsten und hoffnungslosesten Patienten vorstellen. Umeso, ein kleiner, hagerer Mann mit kahlem Kopf und einer Haut aus Leder grinste Siebold mit erstaunlich gut erhaltenen, gelbweißen Zähnen an und legte ihm ein paar Hefte mit Zeichnungen vor. Mendelssohn und der Oberdolmetscher Shinsaemon waren anwesend, obwohl Siebolds gesprochenes Japanisch bereits so gut war, dass er diese Unterstützung kaum noch brauchte. Für alle schriftlichen Dokumente dagegen waren die Dolmetscher unerlässlich. Siebold hätte noch Jahre gebraucht, um die zahllosen und komplizierten chinesischen *Kanji* zu lernen. Der Arzt Umeso berichtete, dass er seit seiner Jugend die gesamte holländische Schule studiert hatte, die man in Japan *Rangaku* nannte, beginnend mit den Aufzeichnungen von Caspar Schambergers *Kasuparuyugeka*, die bald zweihundert Jahre alt waren. Besonders hatte Umeso die Anatomie interessiert. Er konnte sich schon als junger Mann nicht vorstellen, dass die chinesische Lehre vom Körperbau der Wahrheit auch nur entfernt nahekommt. So hatten die Chinesen noch gar keinen Begriff von den Organen, ihren Funktionen und einem zusammenhängenden Organismus. Selbstverständlich kannte er das *Kaitaishinsho*, die Übersetzung der *Anatomischen Tafeln* des Johann Adam Kulmus. Er war sogar, so behauptete er, persönlich bekannt mit einem der Übersetzer dieses wichtigen Werks, Genpaku Sugita. Der hatte mit seinem Kollegen Ryotaku Maeno die ersten Leichensektionen an hingerichteten Verbrechern vorgenommen. Danach arbeiteten sie gemeinsam jahrelang an der schwierigen Übersetzung der *Anatomischen Tafeln*, bis sie 1774 endlich erschienen. Siebold hörte dieser Geschichte gespannt zu und wunderte sich zugleich, denn dieser rüstige und energische Mann, der ihm gegenübersaß, musste ein Methusalem sein, mindestens neunzig Jahre alt. Die Zeichnungen in seinen Heften waren nicht so fein wie entsprechende anatomische Skizzen in Europa, aber doch umfangreich und voller interessanter Details. Siebold sah sofort, dass eine der Zeichnungen innere Organe mit einem geschwollenen Blinddarm darstellte, einen akuten Fall von Appendizitis, vermutlich beobachtet bei der Sektion des Opfers eines Blinddarmdurchbruchs. Der operative Eingriff bei entzündetem Blinddarm, die Appendektomie, war auch in Europa gerade erst von Bernhard Riedel eingeführt worden, einem Chirurgen aus Jena.

„Umeso-san, das ist alles sehr interessant. Wie haben Sie diese Dinge studiert? An welchen Objekten?" erkundigte sich Siebold.

„Oh, da gibt es viele. Ich mache das schon seit Jahrzehnten. Warten Sie. Ja, seit über vierzig Jahren studiere ich den menschlichen Körper."

„Ich meine, woher bekommen sie die Leichen?"

„Nein, keine Leichen!" Dann redete Umeso aufgeregt auf den Oberdolmetscher ein. Er drängte darauf, dass die Herrschaften sein Haus besuchen, das ganz in der Nähe liegt. Er wollte ihnen unbedingt seine ,Werkstatt' zeigen. Shinsaemons Gesichtsausdruck zeigte seinen Unwillen, dieser Einladung zu folgen, doch Siebold war bereits zu neugierig und der Dolmetscher musste folgen. Da Umeso keine Patienten mitgebracht hatte, mit denen Siebold sich in mehr oder weniger langwierigen Konsultationen hätte beschäftigen müssen, blieb ihnen genug Zeit für den Abstecher, zu dem Siebold den Dolmetscher und Mendelssohn mitnahm. Umesos Haus bestand aus einem ordentlichen Hauptgebäude mit kleinem Garten und einem großen Hinterhof, auf dem zwei Hütten oder Scheunen standen, deren Zweck nicht sofort erkennbar war. Umeso führte sie in das größere der beiden Hintergebäude. Darin war es dunkel, aber Siebold erkannte sofort am Geruch, dass hier Leichen seziert werden. Umeso zündete mit Schwefelhölzern zwei Talglichter an.

„Hier, Shiboruto-sensei, das sind meine Aufzeichnungen. Ich konnte nicht alle mitbringen zu unserem Treffen."

Tatsächlich befanden sich auf dem niedrigen, langen Arbeitstisch mehrere Stapel mit gebundenen Heften und Kisten mit Textrollen, voller anatomischer Zeichnungen und Erläuterungen. Am Boden standen Krüge, Porzellanschüsseln und Holzkisten. Dann fiel Siebolds Blick auf ein höheres Gebilde, das aussah wie eine kreuzförmige Werkbank. Die Enden waren verlängerbar und auf ihnen waren Lederschnallen angebracht. Darunter waren mehrere Wannen aus Kupfer befestigt.

„Das habe ich selbst entworfen. Ein Zimmermann und der Schmied haben es zusammen nach meinen Anweisungen gebaut", sagte Umeso sichtlich stolz.

Siebold schluckte. Ihm kam ein fürchterlicher Verdacht. Mendelssohn, der neben ihm stand, brauchte nur einen Moment länger, dann wurde er bleich. Wozu die Lederschnallen? Wenn man Leichen seziert, dann müssen die doch nicht mehr fixiert werden.

„Wozu brauchen Sie diese Schlaufen, Umeso-sensei?" fragte Siebold tonlos. Umeso sah ihn verständnislos an.

„Natürlich damit sie sich nicht mehr bewegen können."

„Wer?"

Umeso schüttelte den Kopf und ging wortlos hinaus. Er deutete den anderen ihm zu folgen und ging hinüber in die zweite Scheune. Ein fürchterlicher Gestank empfing sie. Umeso zündete wieder ein Talglicht an und ging zu einem niedrigen Käfig aus Bambusrohren. Umeso erklärte es dem Dolmetscher.

„Nicht *Wer*, sondern *Was* ist die Frage. Das hier ist die Grundlage meiner Arbeit, das sind meine Studienobjekte."

Im Schein des Talglichtes ließen sich in dem Käfig eine Frau und ein Kind erahnen, beide tief in eine Ecke gekauert. Ob es ein Junge oder Mädchen war, konnte man nicht erkennen. Beide waren vollkommen mit Dreck und Kot überzogen, die Haare lang, verklebt und zottelig.

„Das sind Menschen! Was haben sie verbrochen? Was machen Sie hier mit ihnen?" Siebold war nun sichtlich empört.

„Nein, nein, keine Menschen", sagte Umeso beschwichtigend. „Das sind Eta. Sie haben keine Sprache und leben mit den Hunden, obwohl selbst die nichts von ihnen wissen wollen. Sie verbreiten Krankheiten, sind sehr gefährlich und ansteckend. Mit etwas Essbarem sind sie leicht zu fangen. Ich untersuche sie schon lange, um die anatomischen Unterschiede zum Menschen herauszufinden. Das geht aber nicht mit ihren toten Körpern. Das war der Fehler von Sugita und deshalb ist auch das

Kaitai-shinsho veraltet. Wenn man die Organe richtig untersuchen und verstehen will, dann muss die Lebensenergie noch in ihnen fließen. Shiboruto-sensei, haben Sie schon einmal ein Herz gesehen, das noch schlägt?"

Als Shinsaemon das übersetzt hatte, stürzte Mendelssohn ins Freie und übergab sich unter erbarmungswürdigen Lauten. Auch Siebold verließ ohne ein weiteres Wort den Schuppen. Er wartete kurz, bis Mendelssohn sich wieder gefangen hatte, nahm ihn unter den Arm und ging mit ihm zurück in das Gasthaus, während der Dolmetscher verwirrt hinter ihnen herlief. Der schlimme Verdacht, der beiden beim Anblick der Lederschnallen gekommen war, hatte sich bewahrheitet. Umeso hatte an den armen Kreaturen Vivisektionen vorgenommen, ohne jegliche Betäubung. Wahrscheinlich waren es Hunderte gewesen. Dieser kleine Landarzt mit seiner krankhaften Leidenschaft für Anatomie war ein Mörder, ein Monster der Wissenschaft und der falsch verstandenen Aufklärung. Mendelssohn war völlig verstört von dieser Begegnung. Er erzählte Siebold von Gilles de Rais, dem französischen Marschall und Kampfgefährten der Jeanne d'Arc, der in einem Prozess der Inquisition überführt worden war, über hundertvierzig Kinder gefoltert, missbraucht und ermordet zu haben. Neben seiner Lust, die er damit befriedigte, wollte er über *nekromantische* Zaubereien von den Seelen der Ermordeten etwas über seine eigene Zukunft erfahren. Mendelssohn glaubte, gerade der modernen Version davon begegnet zu sein, einem japanischen Gilles de Rais.

Siebold begab sich zum Yakunin und berichtete ihm von dem Arzt und Serienmörder. Er bat ihn, die örtlichen Autoritäten einzuschalten, um dem Treiben dieses gefährlichen Mannes ein Ende zu setzen. Genzō Kawasaki war ein bedächtiger und vernünftiger Mann, dem Mitgefühl nicht fremd war und der Siebolds Anliegen verstand. Doch ihm waren die Hände gebunden. Zum einen war es praktisch unmöglich, jemanden rechtlich zu belangen, der sich an Eta vergeht, wie scheußlich diese Taten auch gewesen sein mochten. Doch viel wichtiger war noch die Tatsache, dass diese Begegnung und vor allem das Betreten von Umesos Haus nach den Regeln der Hofreise gar nicht hätte geschehen dürfen. Wenn der Yakunin tatsächlich die örtliche Polizei verständigte, dann sei er auch verpflichtet, darüber in seinem Tagebuch zu berichten, das anschließend mit den Tagebüchern der anderen mitreisenden Japaner verglichen würde, allen voran dem des Oberdolmetschers Shinsaemon. Eine Menge Fragen würden auftauchen und am Ende würde mit Sicherheit herauskommen, dass die japanischen Aufseher der Hofreisegesellschaft ihre Pflichten vernachlässigt hätten. Genzō entschuldigte sich bei Siebold, dass er in dieser Sache nichts unternehmen könne. Der zog sich deprimiert zurück und verbrachte den Rest des Tages in seinem Kago. Er wusste, dass es auch in Europa immer wieder Menschenversuche gab, besonders zur Untersuchung von ansteckenden Krankheiten. So wurden etwa die *Vakzine* immer noch an Verbrechern, Bettlern oder Mittel- und Obdachlosen ausprobiert. Doch die Vivisektion war durchgehend, sogar im Mittelalter, streng verboten gewesen und er hatte noch nie von einem vergleichbaren Fall gehört. Nur die alte und schon lange nicht mehr praktizierte Todesstrafe des Ausdärmens kam dem nahe, wobei dem Delinquenten bei vollem Bewusstsein Bauch und Brust aufgeschnitten wurden und sein Magen und Darm vor seinen Augen auf eine Walze aufgewickelt wurden. In der folgenden Nacht träumte er von der Frau und dem Kind im Käfig. Auch am nächsten Tag konnten weder Siebold noch Mendelssohn dieses Erlebnis hinter sich lassen. Unter einem stahlblauen Himmel passierten sie in der kühl funkelnden Frühlingssonne die Stadt Himeji, die von einer prunkvollen Burg beherrscht wurde. In einem Ring von Wehrwällen und Gräben erhob sich das Fundament aus zyklopischen Felsenbrocken, auf dem sich schneeweiße Mauern bis zu den hohen, geschwungenen Pagodendächern des *Donjons* auftürmten, perforiert von kleinen Fensteröffnungen und Schießscharten. Die beiden Männer blieben den ganzen Tag lang verschlossen und desinteressiert. Nicht einmal dieses beeindruckende Monument japanischer Festungsarchitektur konnte sie von den Bildern und Empfindungen ablenken, die das schreckliche Ereignis bei ihnen hinterlassen hatte.

Osaka

Am 13. März erreichten sie Osaka, die wichtigste Handelsstadt des Reiches und eine der fünf Städte, die dem Shōgun direkt unterstanden. Hier gab es endlich gute Nachrichten, die Siebolds gedrückte Stimmung hoben. Er hatte auf Dejima und in Narutaki ein kleines pharmazeutisches Handbuch verfasst, das japanische Ärzte mit den wichtigsten Arzneien aus Europa vertraut machen sollte. Sein Schüler Ryōsai Kō hatte es auf Japanisch übersetzt und für den Druck nach Osaka vorausgeschickt. Das Buch war gerade fertig geworden und Siebold, der am Tag der Ankunft bis spät in die Nacht Besuche von Ärzten erhielt, konnte jedem von ihnen eines als Geschenk überreichen. Am nächsten Tag machte die Gesandtschaft einen Spaziergang durch die Stadt, die ganz anders war als

Siebold sie sich vorgestellt hatte. Ihr Grundriss war vom Schachbrett-muster großer chinesischer Städte inspiriert und ihre geografische Lage im vielarmigen Delta des Yodoflusses erinnerte an Venedig oder Amsterdam. Über eintausend Brücken, weitläufige Alleen und großzügige Plätze fand man zwischen den eng besiedelten Arbeiter- und Händlervierteln und den noblen Residenzen der reichen Kaufleute. Auffällig waren der große Baumreichtum und die Vielzahl der hervorragend gepflegten Gärten, die in ihrer ganzen Frühlingspracht blühten. Die Menschen in Osaka waren auch viel weniger förmlich und zugleich temperamentvoller als die Holländer es von den Japanern bisher gewohnt waren. Mendelssohn fasste seinen Eindruck so zusammen, Osaka sei wohl das Venedig des Ostens, ihn erinnere hier alles an Italien. Von Osaka aus erstreckte sich ein Postsystem über das ganze Land. Diese Stafettenpost bestand aus Schnellläufern, die das Postpaket an einem Stock befestigt von Station zu Station transporttierten. Sie brauchte sieben Tage von Osaka bis Nagasaki. Siebold hatte große Sehnsucht nach seiner Frau und schrieb Taki in der Nacht vor ihrer Weiterreise einen Brief.

„Je tiefer ich eindringe in die Schönheit und in die Geheimnisse deines Landes, umso mehr entdecke ich auch dich. Jeder Tag, jede Stunde verändert mein Bild von dir. Es ist die ganze Zeit so, als ob du mit mir durch meine Augen schauen würdest und ich finde mich unaufhörlich in einem inneren Gespräch mit dir, in dem erst du mir all das erklärst, was meine Sinne und meinen Verstand entzückt."

Er schickte auch die Geschenke seiner japanischen Besucher und Freunde zurück nach Dejima und Narutaki, um sich damit auf der Reise nicht zu belasten. Außer einer Vielzahl von den derzeit in Osaka blühenden Pflanzen erhielt er auch Hasen, Vögel, eine Schildkröte sogar Wölfe, was ihm die getarnte Jagd mit Fallen weitgehend ersparte. Dann brach die Gesandtschaft wieder auf. Der Abschied aus dem hellen und fröhlichen Osaka fiel Siebold und Mendelssohn schwer. Sturler hatte davon wieder einmal nichts mitbekommen und wäre schon früher weitergezogen, wenn Siebold nicht vehement darauf bestanden hätte, zuerst alle Ärzte, Freunde und Bekannte zu sehen, um seine Sammlungen zu vervollständigen.

Auf halbem Weg nach Kyōtō begegneten sie an einer großen Wegkreuzung einer seltsamen Prozession. Es waren Kinder, hunderte von Jungen und Mädchen im Alter von sechs bis etwa zwölf Jahren. Erwachsene Begleiter waren nicht zu sehen. Sie waren unterschiedlich gekleidet, manche in sauberem Tuch mit ordentlichen Strohsandalen, andere in

Lumpen, barfuß und am ganzen Körper mit Schmutz bedeckt. Als die Hofreisegesellschaft auf die Kreuzung kam, blieben die Kinder stehen, machten den Platz für die Passage frei, warfen sich in den Staub und wagten keinen Blick in Richtung der Gesandtschaft. Der ankommende Zug stockte, während die bereits vorübergezogenen Kinder unbeirrt weitergingen. Es herrschte eine unnatürliche Stille, keines der Kinder sprach auch nur ein Wort. Siebold rief Kō zu sich, der ihm erklärte, dass diese Kinder nach einem Streit mit ihren Eltern, vielleicht wegen ihrer Missetaten, von zuhause weggelaufen waren und nun zum Schrein von Ise pilgerten, dem höchsten Heiligtum Japans. Dort konnten sie sich nach Reinigung und Gebet von den Priestern kleine Briefe abholen, in denen die Götter bestätigten, dass sie gute Kinder sind und dass die Eltern sie wieder mit Liebe und Fürsorge aufnehmen sollten. Das geschah in der Regel auch. Diese kleinen Pilger kamen aus allen Richtungen des Landes, teilweise von sehr weit her. Sie waren allein von zuhause aufgebrochen, und je näher sie Nara kamen, zu desto größeren Reisegruppen scharten sie sich zusammen. Siebold erinnerte sich an die mysteriösen Kinderkreuzzüge im Mittelalter, bei denen viele Tausend Kinder aus ganz Europa in Richtung Jerusalem pilgerten. Diese Völkerwanderungen endeten immer an der Mittelmeerküste, wo die meisten verhungerten oder versklavt wurden. Für die japanischen Kinder gab es dagegen Hoffnung, dass sie ein besseres Los haben werden.

Kyōtō

Am 18. März trafen sie ohne Zwischenfälle in der Kaiserstadt Kyōtō ein. Wie anders als das fröhliche Osaka die heilige Stadt Kyōtō doch war, die Wiege der japanischen Geschichte und Kultur! Wegen der Anwesenheit des *Tennō*, seines Hofstaates und seines engsten Beraterkreises, der *Kuge*, war die Bewegungsfreiheit aller Bürger eingeschränkt und die Rituale der Ergebenheit, Höflichkeit und Verfeinerung durchwirkten den Alltag. Auch der Strom der Ereignisse selbst floss langsamer als anderswo in Japan. Die Kleidung der Menschen war prächtig, ihre Bewegungen auf künstliche Weise gemessen und anders als in den anderen großen Städten gab es hier nicht das Geschrei der Händler und *Chindonya*, wandernde Musikkapellen, die laut singend und musizierend durch die Straße zogen und neuerdings Produkte von Manufakturen oder ansässigen Händlern bewarben. Siebold hatte diese lärmenden Umzüge erstmals in Osaka beobachtet, als auf diese Art die Kerzen eines neuen

Herstellers besungen wurden. Kyōtō war dagegen ruhig, distinguiert und voller atemberaubend schöner Tempel und Schreine. Überall in der Stadt waren Mönche der vielen verschiedenen Sekten zu sehen. Siebold hatte wieder jeden Tag eine Vielzahl von Besuchen und Konsultationen abzuarbeiten, aber ein paar kurze Ausflüge mussten sein. So besuchte er mit Mendelssohn, dem Maler Tojoske und einer verkleinerten Wachmannschaft den Kinkakuji, einen märchenhaften Pavillon ganz in Gold in einem kleinen Teich, unweit davon den poetischen Steingarten im Ryōan-ji, dem Tempel der Drachenruhe, und schließlich Kiyomizu, eine Verschmelzung buddhistischer Tempel- und shintōistischer Schreinarchitektur mit einer riesigen Holzveranda, die an eine Felswand der Berge gebaut war, die die Stadt im Osten eingrenzen. Dort spazierten sie auch durch die verschlungenen Gassen von Gion, dem Viertel der *Geishas*, von denen am frühen Abend hunderte die Straßen bevölkerten. Noch nie hatten sie so viele in festlichen Kimonos gekleidete und wie Statuen geschminkte Japanerinnen gesehen. Sie bewegten sich meist in Gruppen und mit winzigen, klappernden Schritten trippelten sie zu ihren jeweiligen Abendgesellschaften. Alle lächelten liebenswürdig zu den Ausländern hinüber. Der Dolmetscher Shinsaemon wies Siebold darauf hin, dass diese Geishas keine Prostituierten seien, sondern Unterhaltungskünstlerinnen. Bei Banketten mit Adeligen oder reichen Kaufleuten, die es sich leisten konnten, betrieben sie amüsante und schmeichelhafte Konversation mit den Gästen, sangen, musizierten und machten Spiele. Mehr nicht. Ganz anders ginge es in dem Vergnügungsviertel *Shimabara* im Südwesten der Stadt zu, erzählte Shinsaemon weiter. Es war von einer hohen Lehmmauer umgeben und man konnte es nur durch ein großes bewachtes Haupttor betreten. Darin lebten die registrierten, ordentlichen Huren und befriedigten jeden Wunsch ihrer Gönner und Gäste. Auch dort konnte das im Rahmen großer Gelage und Festessen geschehen, aber es gab für jede *Jorō*, wie die Freudenmädchen derb genannt wurden, getrennte Zimmer, wohin sie sich mit ihren Freiern zurückziehen konnten. Doch man konnte auch direkt von der Straße mit einer von ihnen in einem Hinterzimmer verschwinden. Von diesen lizenzierten Vierteln für Prostitution gab es zwei Dutzend im ganzen japanischen Reich, von denen *Shinmachi* in Osaka, Shimabara in Kyōtō und *Yoshiwara* in Edo die größten und berühmtesten waren. Prostitution hatte in Japan nichts Anrüchiges und das Shōgunat hatte die Errichtung solcher ,Städte ohne Nacht', wie sie genannt wurden, zu Beginn von Tokugawa nicht aus moralischen Gründen unternommen, sondern um die Zunft der Prostituierten besser unter Kontrolle zu haben. Denn vorher war Prostitution noch viel weiter verbreitet und viele einfache Frauen aus privaten Häusern gingen dieser Beschäftigung sozusagen im Nebenberuf nach, um die Haushaltskasse aufzubessern. Das sollte unterbunden werden. Wenn jetzt unlizenzierte Frauen bei der privaten Prostitution erwischt wurden, dann mussten sie damit rechnen, in die abgeschlossenen Vergnügungsviertel verbannt zu werden, wo sie keine andere Wahl mehr hatten, als professionelle Huren zu werden, um zu überleben. Shinsaemon erzählte all das mit großem Stolz auf das wohlgeordnete Staatswesen des japanischen Reiches und seiner beruflichen Zünfte. Prostitution war ein Beruf wie jeder andere und musste der öffentlichen Ordnung unterworfen sein. Man sagt sogar, berichtete er noch, dass ehemalige Prostituierte, die von einem ihrer Gönner ausgelöst wurden, danach die besten Ehefrauen seien.

Nach diesem Exkurs stand Siebold plötzlich nicht mehr der Sinn nach Tempeln, Schreinen und züchtigen, gepflegten Damen. Er wollte Shimabara erleben, noch in dieser Nacht. Doch als sie zurückkamen zu ihrem Ryokan, wurden sie vom Yakunin informiert, dass der Gesandte die Abfahrt für den nächsten Tag festgelegt hatte. Sturler hatte genug von den vielen Verzögerungen und Vergnügungen. Vor allem aber wollte er nicht mehr ein Instrument der Interessen seines Stabsarztes sein, der ständig um Aufschub bat.

Edo

Am Morgen des 25. März brach die Gesandtschaft wieder auf und beschritt den *Tōkaidō*, die große ‚Ostmeerstraße' zwischen Kyōtō und Edo. Es gab zwischen den beiden Städten noch eine weitere wichtige Verkehrsader im Inneren des Landes, den *Nakasendō*, doch der führte weit in die Berge hinein und der Tōkaidō war für politische Reisegruppen wie die der Daimyō und des holländischen Gesandten gesetzlich vorgeschrieben. Von nun an ließ Sturler nicht mehr nach und trieb die Hofreisegesellschaft Tag für Tag zu Gewaltmärschen an. Siebold, den er mied wo es nur ging, hatte kaum noch Gelegenheit, Messungen vorzunehmen und auch das Sammeln von Tieren und Pflanzen wurde erheblich schwieriger. Die berühmten dreiundfünfzig Stationen des Tōkaidō ließen sich auf diese Weise kaum genießen, denn nun flogen all diese Sehenswürdigkeiten mit den in ganz Japan bekannten Landschaften an ihnen vorbei. Seit Jahrhunderten hatten Maler und Zeichner diese große Heerstraße, die alle Fürsten des Landes mit ihrem Gefolge Jahr für Jahr nehmen mussten, in tausenden von Bildern verewigt, die als beliebte Holzdrucke zusammen mit der umfangreichen Reiseliteratur auf den Märkten an Samurai und einfache Leute verkauft wurden. Der Tōkaidō war viel besser ausgebaut als die Straßen in Kyūshū oder von Muro nach Osaka, die oft nur einfache, kaum befestigte Pfade oder steinige Feldwege waren. Wenn sich zwei Reisegruppen begegneten war genug Platz, dass jede sich an die linke Seite halten konnte, um die andere passieren zu lassen. Es gab zahllose Teehäuser, Gastwirtschaften, einfache Herbergen und noble Ryokan entlang des Weges, wo man überall schnell und gut bedient wurde. Das Reisen war auf diese Weise so komfortabel, wie man es in Europa nicht kannte. Doch da für Siebold die Reise selbst seine tägliche Arbeit war, konnte er diese Annehmlichkeiten kaum genießen. Das vertraute er auch seinem Tagebuch an.

„Ich bin, da ich nur die Nacht für meine Untersuchungen habe, diesen Nachmittag in meinem Kago eingeschlafen, wodurch mir sicherlich manche interessanten Ausblicke verloren gegangen sind."

Er schaffte es dennoch, größere Mengen wichtiger chinesischer Heilpflanzen und zwei abgezogene Bälger von Ibissen zu kaufen. Im Küstenort Okitsu konnte er in mehreren Häusern studieren, wie das Schöpfen von wertvollem Papier betrieben wird – aber nur, weil der Fluss Okitsugawa angeschwollen und über die Ufer getreten war, sodass eine Passage unmöglich erschien. Doch schon am nächsten Tag zwang Oberst de Sturler den Yakunin, die japanischen Diener und Träger eine Notbrücke mit einem Damm aus Sandsäcken, starken Balken und Brettern bauen zu lassen, worauf die Reise mit unverminderter Eile weiterging. Tags drauf erschien bei klarem Wetter zum ersten Mal der heilige Berg *Fujisan*, dessen schneebedeckter Gipfel in der Sonne gleißte. Siebold bewunderte gemeinsam mit Mendelssohn die Erhabenheit dieses Vulkans, dessen Flanken unmittelbar aus Meereshöhe in sanften, gleichmäßigen Linien majestätisch anstiegen und hoch über den umliegenden Bergen im tiefen Blau des Himmels zu einer weißen Krone zusammenliefen. Bald passierten sie den Fujisan zu dessen Füßen, wo er noch mächtiger erschien, und schwenkten landeinwärts. Als sie endlich nach einem mühsamen Aufstieg die Grenzwache in den Bergen von Hakone erreichten, zeigte sich, warum alle Fürsten aus dem Süden des Landes diesen Weg nehmen müssen. Das Gebirge faltete sich von allen Seiten um den Tōkaidō zu einem Pass, sodass die Schlucht an seinem Ausgang, gleich neben den Ufern des romantischen Ashi-Sees, perfekt von einem solchen Posten überwacht werden konnte. Die Berge von Hakone waren bereits ein Teil des Schutzwalls, in dessen innerstem Kreis der Shōgun residierte. Das machte sich auch an der Behandlung der Reisenden bemerkbar, die diese Wache passieren wollten. Die Gesandten mussten wie selbst alle Fürsten des Landes, nach deren Rang sie behandelt wurden, die Grenze zu Fuß durchschreiten, was nicht nur eine befohlene Geste der Unterwerfung sein sollte. Alle Kago wurden aufgeklappt und die mitgeführten Waren und Gepäckstücke einmal umgeschichtet und durchsucht. Bei Frauen wurden sogar die Haare nach versteckten Waffen durchkämmt. Es war die strengste und gründlichste Leibesvisitation, die Siebold bisher erlebt hatte. Das wachsende Misstrauen machte den schrumpfenden Abstand zum Zentrum der japanischen Macht spürbar.

In Yokohama, etwa zwei Tagesreisen vor Edo, kamen dem Zug die Diener der Fürsten von *Satsuma* und Nakatsu entgegen um der Gesandtschaft anzukündigen, dass ihre Herren den holländischen Arzt Shiboruto-sensei auf dem Weg bereits erwarteten und ihr Geleit nach Edo anbieten wollten. Siebold konnte seine grenzenlose Genugtuung darüber einfach nicht verbergen. Er wurde besser behandelt als der Gesandte, der ihm seit der Abreise aus Kyōtō mit allen Mitteln das Leben schwer gemacht hatte. Sturler dagegen war anzusehen, dass er kurz davorstand, wegen dieser Zurücksetzung und vor blankem Neid wieder gallenkrank zu werden. Der Diener des Fürsten von Satsuma wies Siebold noch auf den berühmten Garten von Hara hin. Der lag auf dem Weg der Gesandtschaft und Siebold holte sich beim Yakunin, der dem Enthusiasmus des offensichtlich auch in Edo schon bekannten Arztes in diesem Moment nichts entgegensetzen konnte, die Erlaubnis, mit Mendelssohn und Ko Ryosai vorausgehen zu dürfen. Der Garten von Hara gehörte zu einem großen Grundbesitz und war von der Familie bereits vor über dreihundert Jahren angelegt worden. Seit Beginn der Dynastie der Tokugawa waren die reisenden Daimyō, die den Grenzposten bei Hakone passieren mussten, regelmäßige Besucher. Doch in all den Jahren hatte noch keine holländische Gesandtschaft diese Idylle zu sehen bekommen.

„Der stille Garten ist nach japanischem Geschmack angelegt und wirklich der schönste und an Ziergewächsen reichste, den ich jemals hierzulande gesehen habe. Am Eingang erheben sich auf hölzernen Terrassen und einzelnen Felsen kleine Tannenbäume mit kunstvoll getrimmten Zweigen. Aprikosen, Kirschen, die Apfelarten Pyrus japonica und Pyrus baccata, Primeln, Haselwurz und Orchideen wachsen in geregelten Reihen. Hier eine Gruppe Azaleen, dort Kamelien und Sasanqua, kleine, aus Fels gehauene, von Gardenien und Farnen umwachsene Fischteiche, in denen bunte Goldkarpfen ihre Kreise ziehen. In

besonderen Beeten sind die beliebtesten Gartengewächse angepflanzt, Päonien, *Lilien, Primeln, Chrysanthemen und verschiedene Arten von Lychnis. Die un-* *zähligen schönen Arten und Abarten von Ahorn, die sich gerade erst die Blätter* *entfaltend in vielfachen Schattierungen zeigen, stehen in anmutigen Hainen zu-* *sammen. In der Mitte diese Parks warten auf uns eingehüllt in Blumenstaffagen* *von Andromeden und Nandinen ein Garten- und ein Winterhaus, in denen rei-* *che Sammlungen von Bladhien, Asarum und Gewächsen von den Ryūkyū-Inseln* *gegen die kalte Frühlingsluft geschützt werden. Nach einer anderen Seite führt* *ein kleiner Wald von Eichen, Taxus, Zypressen, Thujen, Kirschen und Arme-* *nica zu eleganten Pavillons und freistehenden, auf kurzen Pfählen angehobenen* *Sitzflächen, wo etwa im Herbst zum Mondfest unter dem Nachthimmel traditi-* *onelle Kuchen gereicht werden. Der ganze Garten ist nach einem harmonischen* *Prinzip organisiert, denn die Anordnung der Blumen, Beete, Sträucher und* *Bäume ist nichts anderes als eine lebende Uhr für die Jahreszeiten, deren Zeiger* *gerade auf Frühling steht. Diese malerisch von Menschenhand arrangierte* *Landschaft lädt zum Ruhen ein; man möchte diesen Ort, wenn man ihn einmal* *betreten hat, nicht mehr verlassen."*

Doch sie mussten weiterziehen, selbst wenn es Mendelssohn, der endlich auch zum Blumenfreund konvertiert war, beinahe schwerer fiel als Siebold. In dem Dorf Omori machte die Hofreisegesellschaft, wie es Tradition war, die letzte Rast vor dem Ziel. Dazu gehörte auch, die bequeme Reisekleidung gegen die Uniformen zu tauschen, die immer großen Eindruck auf die Japaner machten. In dem geräumigen Gasthaus wurden die Holländer von den angekündigten hohen Herren empfangen. Der Fürst von Satsuma, Shigehide *Shimazu*, ein rüstiger, gesunder und fröhlicher Mann von vierundachtzig Jahren mit der Physis eines Sechzigjährigen, war zeitlebens ein so großer Freund der Europäer, dass er sich vorzeitig zur Ruhe gesetzt hatte, um mit den Ausländern verkehren zu dürfen. Sonst wäre ein solches privates Treffen mit dem mächtigsten aller Daimyō und dem einzigen potenziellen Herausforderer der Macht der Tokugawa völlig undenkbar gewesen. Der Fürst, der seine Leibärzte mitgebracht hatte, sprach ein wenig Holländisch. Um die Form zu wahren, unterhielt er sich zuerst mit dem Gesandten, dessen Verstimmung er nicht bemerkte, um sich kurz darauf an Siebold zu wenden. Er liebe Pflanzen und Tiere, besonders Vögel, und würde von dem holländischen Arzt gerne das Ausbalgen und Präparieren von vierfüßigen Tieren und das Sammeln von Insekten lernen. Nichts lieber als das, antwortete Siebold. Dann zeigte der Fürst ihm eine entzündete Stelle an der Hand und fragte, ob er ihm helfen könne. Siebold erkannte, dass es sich um einen unsachgemäß behandelten Rotlauf handelte. Er holte eine Salbe aus seiner Reiseapotheke, die er dem Fürsten diplomatisch als mögliches, aber nicht sicheres Heilmittel anbot, damit dessen Leibärzte nicht gekränkt sind. Siebold war noch keinem leibhaftigen japanischen Daimyō so nahe gekommen, auch wenn dieser hier schon außer Dienst war. Er musste an Kapitän *William Adams* und dessen legendäre Freundschaft zum heiligen Ieyasu denken, dem Begründer der Tokugawa-Dynastie. Adams wurde von dem ersten aller Shōgune nicht nur zum Samurai ernannt und hatte ein Lehen erhalten, sondern Ieyasu machte ihn auch noch zum *Hatamoto*, ein Ehrentitel für die Vertrauensleute aus den Familien, die in der Entscheidungsschlacht von *Sekigahara* im Jahr 1600 an der Seite des großen Tokugawafürsten gekämpft hatten. Damit wurde Williams sogar unter den Samurai und den Daimyō einer der ganz hohen Herren im japanischen Reich. Dann nahm der Fürst von Satsuma Siebolds Hand und zog ihn zu sich rüber.

„Kom bij mij Dokter Siebold, ik dank U voor de ontvangen brieven en geschenken" sagte er augenzwinkernd, um darauf hinzuweisen, dass auch er etwas Holländisch sprach. Dann schob er einige Fragen hinterher, die der Dolmetscher übersetzte. Er wollte wissen, was die Abzeichen, Epauletten und vor allem der Degen bedeuteten. Siebold hatte das Degengehänge absichtlich angelegt, um diese hohen Herren wissen zu lassen, dass er durch seinen militärischen Rang dazu berechtigt war – in Japan war es unvorstellbar, dass ein Arzt eine Waffe trägt. Danach zog die Gesandtschaft in Begleitung der sympathischen Fürsten weiter am Strand entlang. Allmählich wurden die Straßen breiter und die einzelnen Ortschaften gingen ineinander über, bis sie, ohne es zu merken, schon in Edo waren. Um zwei Uhr nachmittags erreichten sie Nagasakiya, das ‚Nagasakihaus', traditionelles Ziel aller Hofreisen im Stadtteil Shinagawa.

2. Kapitel

Geheime Landkarten

Mendelssohns Beute – Expedition nach Yoshiwara
Die Tayū – Der Hofastronom – Besuch des alten Malers
Japanische Mathematik – Audienz beim Shōgun
Die Rōnin aus Mito – Gefährliche Tauschhandel
Der leere Palast

Mendelssohns Beute

Edo machte einen atemberaubenden Eindruck auf die holländische Gesandtschaft. Diese Stadt war weit größer als alles, was Sturler, Siebold und Mendelssohn jemals gesehen hatten. Ein Meer von Häusern und Palästen, soweit das Auge reichte, nur unterbrochen von den großen Gärten der Tempel und Schreine, überragt vom Edo-jō, der Residenz des Shōgun mit ihrem weithin sichtbaren Donjon. Ein weitmaschiges Netz breiter, befestigter Hauptstraßen und Alleen gliederte die Stadt. Die daraus geschnittenen Häuserblöcke waren von kleineren Straßen und Gassen durchzogen. Edo war mit mehr als einer Million Einwohnern seit den Sakoku-Edikten vor zweihundert Jahren im Verborgenen – im Ausland kannte man nicht einmal ihre geographische Lage – auf die doppelte Größe von Paris und London angewachsen und damit die größte Stadt der Welt. Der Tag nach der Ankunft war einem ausgedehnten Spaziergang und Besichtigungen in Begleitung der Wachen und zwei für die Gesandtschaft abgestellten Führern gewidmet. Eine glückliche Fügung wollte, dass dies auch der erste Tag der *Sakura* war, der Beginn der lang erwarteten Kirschblüte. Praktisch über Nacht hatte sich ein blendend weißer Blütenteppich mit rosa Tupfern über die riesige Stadt gelegt. Die Menschen waren heiter, ausgelassen, ja, glücklich. Diese Zeit war die wichtigste des Jahres für sie, die große, wundervolle und beinahe magische Unterbrechung des streng regulierten Alltags durch die Natur, die sich als Freund des Menschen und von ihrer schönsten Seite zeigte. Besonders die vielen Burggräben, welche die Stadt als Teile einer gigantischen Befestigungsanlage in mehreren Ringen durchzogen, waren reich an blühenden Kirschbäumen. In jedem Viertel, das sie durchstreiften, gab es eine der obligatorischen *Shotengai*, die brodelnden Geschäfts- und Ladenstraßen mit Ständen, Märkten und den Passagen, die irgendwo ins Innere unüberschaubar großer Handelshäuser führten. Solche Menschenmassen hatten die europäischen Neuankömmlinge noch nie gesehen, geschweige denn am eigenen Leib gespürt, denn es war kaum noch ein Vorankommen in diesem beängstigenden Gedränge. Abends notierte Siebold seine Eindrücke.

„Wie schon bei unserem Einzug in die Stadt wurden wir der breiten und lebhaften Straßen gewahr, die zu beiden Seiten mit reichen Kaufläden prangten. Es gab alles zu kaufen, Porzellan- und Tongeschirre, Eisenläden mit Guss- und Schmiedearbeiten, Holzschuhe, Schreib- und Zeichengerätschaften, Sonnen- und Regenschirme, fertige Kleider, Bambusarbeiten, Körbe, Frauentoiletten, Bücher und Landkarten, Holzdrucke, Papier, Reis, Tee, Messer, Säbel, Puppen, Lackwerk, Metallspiegel, Tabakgeräte, Haarschmuck aus Schildpatt, dünnes Glas, Sake, Kinderspielzeug, getrockneten Fisch, Götzenbilder, Laternen, Teegeräte, Pelzwerk, Regenkleider, eingelegtes Gemüse und getrocknete Früchte, Öl, Gemüse, Apotheken, Silber- und Goldfische in weißen Flaschen, Matten und Fußteppiche aus Stroh, Strohseile, Pferdegeschirr, Schwämme, Blumensträuße und -gebinde und Schmuckwaren. Dann kamen wir zu Mitsukoshi, einem riesigen Warenhaus, in dem über siebenhundert Menschen arbeiten und wo es alle vorgenannten Produkte noch einmal unter einem Dach gibt. Dergleichen hat man in Europa noch nicht gesehen! Es ist eine Lust, dort zu wandeln und Geld auszugeben – etwas, das die Bürger von Edo reichlich zu haben scheinen. Ich verstehe jetzt, wie die Kaufleute, die unterste Klasse dieses Landes, ihre immensen Vermögen einsammeln konnten. Zumal sie, wie mir Ryōsai Kō nochmals bestätigte, von Steuerzahlungen vollständig befreit sind. Ein seltsames Privileg, das nur der Tokugawa-Ideologie geschuldet ist, die besagt, dass der Handel selbst nichts produziert und es deshalb keine Grundlage für die Besteuerung gibt. Die Regierung hält gegen die Realität des florierenden Kommerzes und der längst allgemein gewordenen Geldwirtschaft immer noch an der Fiktion des Naturalienhandels fest und berechnet alle fürstlichen Vermögen, die Gehälter der Staatsbediensteten und die Apanagen für die Samurai in der Reiswährung ‚Koku'. Allmählich drängt sich mir der Verdacht auf, dass die japanische Regierung nicht nur zum eigenen Schaden unvernünftig streng mit Ausländern umgeht und so jeden Fortschritt hemmt, sondern viel schlimmer noch: blind für das eigene Land und Volk ist. So erklärt es sich auch, dass seine Bürger, abgesehen vom offiziell zur Schau gestellten Gehorsam, einem Teil der herrschenden ‚Tatemae', ihre Regierung hinter vorgehaltener Hand nicht mehr ernst nehmen.

Denn jeder hier sieht, dass eine Ordnung, in der die Ärmsten und Herunterge-
kommensten, nämlich die Samurai, die Elite darstellen sollen, während die
Reichsten, Kultiviertesten und Prächtigsten, nämlich die Kaufleute, nur die
Unterklasse bilden dürfen, mit Vernunft und gesundem Menschenverstand
nichts zu tun haben kann."

Vom folgenden Tag an wurde Siebold in der Nagasakiya förmlich
überrannt von Ärzten, Gelehrten und höheren Beamten, die sich alle als
Freunde Hollands zeigen wollten und neugierig auf den neuen Wunderarzt waren. Wie schon auf der Reise kamen sie teilweise mit Patienten,
an denen er seine Künste beweisen sollte. Siebold zögerte nicht und
führte sofort seine spektakuläre Staroperation vor, zuerst an einem toten
Schwein, das die Ärzte ihm eigentlich als Geschenk zum Essen mitgebracht hatten, dann an Patienten. Er wagte sogar eine andere, komplizierte und viel gefährlichere Operation, nämlich das Schließen einer
Hasenscharte. Er hatte diesen Eingriff während seiner Zeit in Würzburg
aus den Schriften von *Bernhard Schreger* gelernt, den er dann in Erlangen
besuchte, um sich seine erworbenen Kenntnisse vom Meister in der Praxis begutachten zu lassen. Schreger, ein kleiner, so überaus dicker wie
heiterer Mann, hatte wenige Jahre zuvor mit geringsten Mitteln ein chi-
rurgisches Institut an der Universität Erlangen gegründet, wo vor allem
arme Patienten operativ behandelt wurden, darunter viele Kinder. Die
Gefahr lag in der Größe und Form der Wunde, die nur schwer genäht
und nicht richtig verbunden werden konnte. Dadurch blieben Teile des
Gewebes bis zur Schleimhautheilung und Hautbildung offen liegen.
Noch gefährlicher wurde der Eingriff, wenn der Oberkieferknochen
oder der Gaumen korrigiert werden mussten. Insgesamt war stets eine
hohe Wahrscheinlichkeit für Wundfäule gegeben. Deswegen beschloss
Siebold, bei einem Jungen von acht Jahren, der eine Lippen- und Gau-
menspalte hatte, nur die Lippe und die vordere Zahnreihe des Oberkie-
fers zu schließen und den Gaumen zu belassen. Die Hauptsache war, das
Stigma der gespaltenen Lippe aus seinem Gesicht zu entfernen. Damit
das Kind dennoch eine Chance bekäme, sprechen zu lernen, fertigte
Siebold die Zeichnung einer passenden Gaumenplatte aus Silber an, die
er dem Arzt übergab, in dessen Begleitung der Junge in die Nagasakya
gekommen war. Der lächelte nur hilflos und meinte, die Eltern des Jungen wären niemals in der Lage, das Silber und die Herstellung dieser
Gaumenprothese zu bezahlen. Siebold gab ihm darauf einen holländischen Gulden aus seiner Privatschatulle, dessen zwei *Unzen* Silbergehalt
nach der Einschmelzung nicht nur genug Material für die Gaumenplatte

ergeben, sondern auch noch die weiteren Behandlungs- und Anpassungskosten abdecken sollten.

Darüber hinaus begann Siebold sofort, Lesungen vor versammelten Ärzten zu halten. Vor allem die neuesten Entwicklungen in der *Vakzination* unterrichtete er, obwohl er höchst enttäuscht war, dass die Kuhpockenlymphe, die er von Batavia mitgebracht hatte, ihre Wirksamkeit für eine erfolgreiche Impfung verloren hatte. Großes Aufsehen erregte auch seine Vorlesung über die Unwirksamkeit, ja sogar Schädlichkeit des Aderlasses, denn diese in Europa fast universell gewordene Behandlungsmethode hatten die japanischen Ärzte aus holländischen Schriften und von früher auf Dejima stationierten Ärzten übernommen. Siebold erläuterte zunächst die Funktion des Blutkreislaufs, den *William Harvey* bereits 1628 entdeckt hatte. Dann berichtete er den japanischen Ärzten über eine wichtige neue Entwicklung, von der er selbst erst durch einen Brief von *Sömmering* erfahren hatte, der vor vier Monaten mit einem holländischen Schiff ankam. Es ging um die *numerische Methode*, mit welcher der französische Arzt *Pierre Charles Alexandre Louis* aufgrund des statistischen Vergleichs von Krankheitsverläufen beweisen konnte, dass der Aderlass bei Lungenentzündung und vielen Fieberarten wirkungslos ist. Siebold war auch in seiner eigenen Praxis zu der Überzeugung gelangt, dass das Öffnen von Venen eine veraltete Behandlung ist, die schlicht auf Aberglauben beruht. Er erklärte den Zuhörern auch, dass die Herausforderung jetzt darin besteht, die Krankheiten besser zu verstehen und andere Behandlungsmethoden zu entwickeln, auch wenn sie weniger beeindrukkend sind als der Aderlass, der von den Patienten immer wieder als eine magische Handlung des Arztes geachtet wurde. Bei all diesen Aktivitäten vergaß Siebold nie, so viel Unterstützung wie möglich für sein wichtigstes Ziel zu sammeln. Siebold hatte vor, wesentlich länger als die Gesandtschaft in Edo zu bleiben und sogar das Innere Japans zu bereisen, das noch nie ein Fremder gesehen hatte. Für ihn begann unmittelbar vor den Toren von Edo eine unendliche Schatzkammer der Kultur und Natur. Er träumte davon, als erster Europäer das ganze Land zu erforschen und die wissenschaftliche Erschließung Japans für immer mit seinem Namen zu verbinden.

In der Zwischenzeit war sein Freund Mendelssohn einer ganz anderen Beschäftigung nachgegangen. Er zog sich jeden Tag mehrere Stunden mit einem der gerade verfügbaren Unterdolmetscher zurück und ließ sich von ihm endlich seine literarische Beute übersetzen und vorlesen. In Kyōtō und Osaka hatte er bereits Bücher eingesammelt, teils von Verlegern, teils von Autoren oder einfach in Boutiquen und

Markständen erworben, wenn ihm die Titelbilder gefielen. Da er die Schrift nicht lesen konnte, wusste er nicht, welchen Fang er eigentlich gemacht hatte. In Edo war nun endlich Zeit, diese Sichtung mit Hilfe der Dolmetscher vorzunehmen. Eines späten Abends in der Nagasakiya bat er Siebold, ihn in seinen Räumen aufzusuchen. Er sei zu aufgeregt und zu begeistert, um seine Funde weiter für sich zu behalten.

„Und sehen Sie hier!" wobei er in der einen Hand ein Buch hielt und mit der anderen in seinen Aufzeichnungen auf dem Tisch blätterte. Er hatte jeweils eine kurze Zusammenfassung der Werke aufgeschrieben, die ihm als Gedächtnisstütze diente, um ausführlicher darüber erzählen zu können.

„*Tōkaidōchō Hizakurige* oder ‚Zu Fuß über den Tōkaidō', ein herrlich komischer Roman von einem *Jippensha Ikku*. Darin erzählt er im gröbsten Edo-Dialekt, wie die beiden Taugenichtse Kitahachi und Yajirobei in Edo alles stehen und liegen lassen und sich unter dem Vorwand der Pilgerschaft zum heiligen Schrein von Ise aufmachen. Doch der ist ihnen in Wirklichkeit herzlich egal. Sie holen sich so nur die erforderlichen Passierscheine und vergnügen sich auf dem Tōkaidō mit ihren Streichen und den unzähligen Freudenmädchen. Dabei machen sie sich über alle Autoritäten lustig, Samurai, Daimyōs und vor allem Priester. Das alles in der Sprache des einfachen Volkes, derb, frech und stolz." Dann griff er nach einem anderen Buch aus dem Stapel. Siebold nickte zustimmend und wollte vielleicht etwas sagen, doch Mendelssohn ließ ihn gar nicht erst zu Wort kommen.

„Oder dieses hier. Das wird Ihnen gefallen. Es ist von *Hiraga Gennai*, einem berühmten Arzt, Erfinder, Maler und Schriftsteller, eine Art Universalgenie wie Leonardo Da Vinci. Auch das ist ein äußerst ungehorsames Werk. Es heißt *Fūryū Shidōken den*, ‚Das elegante Leben des Shidōken' und erschien erstmals 1763. Es ist die so phantastische wie fiktive Biographie des damals weithin bekannten Straßenschauspielers und Geschichtenerzählers Shidōken, der seine Vorstellungen noch als alter Mann hier in Edo im Viertel von Asukusa gab. Gennai erzählt, wie der junge Shidōken von seinen Eltern in ein buddhistisches Kloster geschickt wird, wo er zum Mönch ausgebildet werden soll. Shidōken findet die buddhistische Lehre jedoch unerträglich langweilig und würde viel lieber mehr über das Leben erfahren. Als er sich an einem sonnigen Nachmittag in seinem Zimmer eingesperrt wieder einmal mit der ‚Sutra des unendlichen Lebens' quält, kommt plötzlich ein Vogel durchs Fenster hereingeflogen, setzt sich auf Shidōkens Pult und legt dort ein Ei. Der Vogel fliegt wieder weg und aus dem Ei schlüpft – eine winzige, wunderschöne Frau. Allmählich wächst sie zu menschlicher Größe heran und gibt Shidōken durch Zeichen zu verstehen, ihr zu einem geheimen Ort zu folgen, und so steigen sie gemeinsam aus dem Fenster. Sie führt ihn zu einer Höhle, wo sie beide von einem Einsiedler empfangen werden, der Shidōken einen magischen Fächer mit Federn schenkt. Mit diesem Fächer kann man fliegen und sich ohne Mühe an jeden Ort auf der Welt bringen lassen. Und so beginnt die lange Reise des Shidōken, der zuerst einmal das *Kabuki*-Theater, die Bordelle und die Teehäuser von Yoshiwara hier in Edo besucht und dann alle Vergnügungsviertel in ganz Japan. Dann macht er sich auf und fliegt mit seinem Fächer in seltsame Länder, das Land der Riesen, das Land der Zwerge, das Land der Menschen mit den langen Armen und das Land der Menschen mit Löchern in der Brust. Dort soll er die Tochter des Kaisers heiraten, weil man ihn so schön findet. Doch als man ihn bei Hofe von Dienerinnen entkleiden lässt und herauskommt, dass er kein seinem Stand gemäßes großes Loch in der Brust hat, und schlimmer noch, dass er gar kein Loch hat, gibt es einen Skandal und er muss fliehen. Schließlich verschlägt es ihn auf die sagenhafte Insel der Frauen. Alle Männer, die jemals einen Fuß auf diese Insel gesetzt hatten, mussten sterben. Dort beschläft er eine Unmenge von Frauen, bis zu fünfzig pro Tag, was ihm zunächst das Leben rettet. Doch eines Tages taucht der Einsiedler wieder auf und zeigt Shidōken im Spiegel, dass er inzwischen siebzig Jahre verlebt hat. Er bringt ihn zurück nach Edo und trägt ihm auf, von seinen Erlebnissen zu berichten. Shidōken ist zufrieden, denn er hat als alter Mann zwar immer noch nicht die buddhistische Erleuchtung erlangt, dafür aber eine Menge über die Welt, das Leben und die Menschen gelernt. Als Erzähler wird er die berühmte Figur des Straßentheaters von Asakusa, als die man ihn heute noch kennt und in Erinnerung hält. Wie finden Sie das?"

„Sie haben Recht, auch das ist ein beinahe aufwieglerisches Buch. Es erinnert mich an Swifts *Gullivers Reisen* oder auch an die *Hochzeit des Figaro* von Beaumarchais. Ich wundere mich, dass die Zensur so eine freche anti-buddhistische Satire durchgehen lässt. Lassen Sie mich raten! Die Menschen mit den Löchern sind doch bestimmt Karikaturen der Adeligen des hiesigen *Bakufu*-Systems, die trotz all ihrer Makel die größten Privilegien genießen, nicht wahr?"

„Völlig richtig, das haben mir auch die Dolmetscher bestätigt. Diese Vorstellung ist ziemlich populär geworden."

„Je näher wir Edo gekommen sind, umso mehr hat sich das Bild Japans als einem Volk gehorsamer, unterwürfiger Untertanen gewandelt, finden Sie nicht?" sinnierte Siebold.

„Ja, in Nagasaki dachte ich noch, dass die Japaner nur uns gegenüber aus Sympathie großzügig sind, ansonsten aber die strengen Gesetze ihrer alles überwachenden Regierung nach dem Buchstaben befolgen. Hier in Edo, im Zentrum der Macht, sieht das paradoxerweise ganz anders aus. Wir können jetzt immer klarer erkennen, dass das japanische Herrschaftssystem eine Fassade ist, ein Lack, der schon seit einiger Zeit Kratzer und Risse bekommen hat. Doch warten Sie, ich habe noch mehr. Was mich nämlich am meisten überrascht, das ist die Genussfreude und die Vergnügungssucht der Japaner. Einige Hinweise darauf haben wir ja schon auf unserer Reise bekommen. Doch das geht noch viel weiter! Sehen Sie das hier. Das ist ein detaillierter Führer für Yoshiwara, das lizenzierte Vergnügungsviertel von Edo."

„Ich erinnere mich noch genau, was uns Shinsaemon in Kyōtō über die Prostituierten von Shimabara erzählt hat."

"Nun, mit diesem *Yūjo Hyōbanki* genannten Buch – oder nennen wir es besser Prospekt – findet man seinen Weg durch die Gänge und Höhlen der *schwankenden Welt*. So nennt sich Yoshiwara selbst. Hier stehen alle Kurtisanen und Freudenmädchen drin, mit ausführlichen Beschreibungen und aufgelistet nach Rang und Preis. Es wird über die neuesten Aufführungen von Kabuki-Theaterstücken berichtet und eine Menge Klatsch und Tratsch aus Bordellen und Teehäusern, welche Prominenz trotz Verkleidung erkannt wurde und welche Dichter in welchen Häusern verkehren, wo man die verbotene erotische Literatur und die Bilder dazu bekommt. Hier sehen Sie, die Zeichnungen beeindruckender Frisuren und der prächtigsten Kimonos der Kurtisanen. Außerdem ist dieses Dokument, so haben die Dolmetscher mir ganz aufgeregt berichtet, die einen großen Prospekt von Yoshiwara zum ersten Mal gesehen haben, gespickt mit geheimen Botschaften, Versammlungsterminen, politischen Codewörtern und verdeckten Kontaktanzeigen reicher Kaufleute und Adeliger. Es ist alles ein riesiges Spiel, bei dem es um viel mehr als nur um Prostitution und dummes Theater geht. In diesen lizenzierten Vergnügungsvierteln scheint sich eine japanische Parallelwelt herausgebildet zu haben, die wenig zu tun hat mit der Tokugawa-Illusion eines ordentlichen und streng regierten Staates. In wenigen Tagen wird übrigens die *Königin des Frühlings und der Nacht* gekürt, was eines der größten und wichtigsten Spektakel des Jahres ist."

„Auf nach Yoshiwara! Noch nie ist ein Ausländer dort gewesen. Die bisherigen Gesandtschaften wussten nicht einmal von der Existenz dieser *schwankenden Welt* hier mitten in Edo, so wenig wie von dem landesweiten System lizenzierter Vergnügungsviertel. Kommen Sie, Mendelssohn, lassen Sie uns wieder einmal ein Opfer auf dem Altar der Wissenschaften bringen. Es ist unsere heilige Pflicht, auch diese Terra incognita zu erforschen!" trompetete Siebold seinen Schlachtruf mit gespielter Übertreibung.

Expedition nach Yoshiwara

Siebold informierte Kō, Nishi, Ninomiya und Ishii von dem Plan, der ansonsten geheim bleiben sollte. Sturler musste selbstverständlich auch informiert werden, aber die japanischen Polizisten und Beamten einschließlich des Yakunin Genzō Kawasaki durften nichts bemerken. Siebolds Schüler, die begeistert waren von diesem Streich, konnten in Erfahrung bringen, dass die *Okappiki*, die Spione des Bakufu, an einem bestimmten Tag aus dem Viertel abgezogen wurden, um ihre Berichte zu verfassen und abzuliefern. Die Geheimpolizei änderte diese Tage immer wieder, um vermeintliche Aufwiegler und Verschwörer keine Regel erkennen zu lassen. Doch für die schlauen Bewohner von Yoshiwara war es nie ein Geheimnis, wer die Okappiki waren, von denen es zwei Dutzend gab und deren Gesichter bekannter waren als die mancher höheren Kurtisanen. Man kümmerte sich darum, dass sie nur das erfuhren, was sie wissen sollten und das niemandem schaden konnte. Auch auf die bürokratische Regelmäßigkeit konnte man sich verlassen, denn diese Stichtage wechselten höchstens einmal im Jahr. Es war ein Katz-und-Maus-Spiel, das die Yoshiwarako, die ‚Kinder von Yoshiwara', wie sie sich selbst nannten, schon längst zu ihren Gunsten entschieden hatten. Deshalb war es halb Spaß und halb Routine, wenn unerlaubte Gäste nach Yoshiwara hineingeschmuggelt oder verbotene Aktivitäten dort ungestört im Schutz der Nacht und des bunten Trubels organisiert werden sollten. Offiziell war den Kriegern und Samurai der Zugang zu den lizenzierten Vierteln verboten, damit die gewöhnlichen *Chōnin* sich unbeschwert amüsieren und zerstreuen konnten. Doch gerade die Samurai, eine traurige, meist verarmte und melancholische, weil nutzlose Klasse, waren auf diesen Menschenschmuggel nach Yoshiwara hinein angewiesen, um sich wenigsten hier ein wenig ins Vergessen stürzen zu können. Da ihnen der eine regelmäßige Tag, den sie natürlich auch schnell in Erfahrung bringen konnten, nicht reichte, verkleideten sie sich regelmäßig als Bauern, oder schlimmer, als Kaufleute, wodurch sie sich noch schlechter fühlten. Denn anstatt stolz, bewaffnet, breitbeinig und raumgreifend durch die Straßen zu pflügen und von jedermann Gruß und Unterwerfung erwarten zu dürfen, wie das den Samurai außerhalb des Viertels zustand, mussten sie sich eine unbewaffnete, bescheidene Haltung geben und häufig auch noch den o-beinigen Gang der Provinzler imitieren.

Sturler winkte die ganze Aktion teilnahmslos durch und freute sich insgeheim nur, dass dies wieder einmal eine Chance für Siebold war, sich zu kompromittieren. So verließen Siebold, seine vier Schüler und Mendelssohn eines Abends unbemerkt die Nagasakiya durch den großen Garten. Sie gingen zu Fuß in Richtung des nördlich gelegenen Vergnügungsviertels, vorbei am imposanten Edo-jō, das in der Dämmerung lauerte. Siebold und Mendelssohn waren nicht nur wie Japaner gekleidet, um keine Aufmerksamkeit zu erregen. Sie trugen auch den innerhalb von Yoshiwara üblichen *Amigasa*, einen geflochtenen Strohhut mit breiter Krempe, mit dem selbst *Daimyōs* ihre Anonymität wahrten, wenn sie die Lustmeile besuchten. Dann kam das große Eingangstor in Sicht, das Omon, auf dem der Vers eines unbekannten Dichters geschrieben stand, der vor mehr als hundert Jahren betrunken und glücklich in den Armen einer Hure gestorben sein sollte.

Ein Traum von Frühling
oder ein Hauch von Herbst.
Die Blumen dieser Straße blühen immer,
und im Schein der Laternen
verwandeln sie jede Nacht
in pures Glück.

An den Wachposten vorbeizukommen war leichter als erwartet. Diese hatten vor allem dafür zu sorgen, dass die Bewohnerinnen den ummauerten Bezirk nicht verlassen und dass keine Waffen hineinkommen. Da die sechsköpfige Gruppe offensichtlich keine Schwerter trug und Siebolds Schüler mit lautem Lachen und verrückten Gesten glaubhaft die überdrehten Chōnin spielten, die es nicht erwarten konnten, sich ins Vergnügen zu stürzen, ließen die Wachen sie einfach das Tor passieren. Dahinter öffnete sich das wilde, bunte und laute Treiben der Tausend und ihrer Venusjünger auf einer langen Allee mit Kirschbäumen, von denen die letzten Blüten der diesjährigen Sakura regneten. Die Hauptstraße, genannt *Hanamachi*, war zu beiden Seiten gesäumt von dreigeschossigen Holzhäusern, deren von Lampions erleuchtete Balkone bevölkert waren mit Männern in entspannter Unterhaltung, lachend schwatzenden Frauen und ins Gespräch versunkenen Pärchen.

Hier sah das zivile Leben ganz anders aus als außerhalb des Bezirks. Mitten in Japan, diesem traurigen Ozean konfuzianischer Biederkeit und buddhistischer Gleichgültigkeit, war Yoshiwara eine Insel der Freude, der Lust und der Zerstreuung. Vor allem die Unterschiede des Standes und der Herkunft spielten hier keine Rolle. Entscheidend war nur, dass man entweder genügend Geld hatte oder ein interessanter Künstler, Dichter, Schauspieler oder Erzähler war. So erfüllten die Japaner sich in diesem Vergnügungs- und Bordellbezirk den Traum einer Gesellschaft ohne Kasten. Dafür unterwarfen sie sich immer wieder für höchstens einen Tag und eine Nacht – die Aufenthaltsdauer war streng geregelt – der Herrschaft von Schönheit, Talent und Geld. Siebold und Mendelssohn staunten über den Glanz der grellen, extravaganten Mode und die architektonischen Wunder an Haartrachten bei den Kurtisanen, die mit kleinem Gefolge vor ihnen herliefen. Sie gehörten zur Oberklasse in der Hierarchie der erotischen Angebote. Diese Frauen musste man erst nach festen Regeln umwerben und erobern, bevor sie sich mit einem Freier abgaben. Die Freudenmädchen der untersten Klasse wurden dagegen einfach in vergitterten Käfigen ausgestellt, aus denen man sie für einen festen Preis herausholen und in eines der dafür reservierten Zimmer mitnehmen konnte. Der Handel in Yoshiwara florierte offensichtlich, denn es gab Seidenhändler, Tuchmacher, Maskenbildner, Friseure, Boutiquen für Getas, Juweliere, Pinsel- und Papierhändler, kleine Läden für Holzschnitte, Buchhändler, Stände mit Süßigkeiten aus gezuckerter Bohnenpaste und kandierten Früchten, natürlich Sake- und Shōchū-Händler, die mit trommelförmigen Fässern im Ladeneingang auf sich aufmerksam machten, und schließlich Schreiber, bei denen man sich Billets mit Gedichten anfertigen lassen konnte, mit denen man als Freier eine begehrte Dame oder auch die *Tobiko* genannten jungen Kabuki-Schauspieler beeindrucken konnte. Denn das war eine weitere erstaunliche Freizügigkeit in diesen belebten Straßen, die offen gelebte Männerliebe.

Szene in Yoshiwara

„Wie sieht der Plan für heute Abend aus?" fragte Siebold in die Runde seiner Schüler, während sie an den vielen bunten Läden vorbeischlenderten. Mendelssohn sah ihn belustigt an, denn er schätzte, dass er selbst in der japanischen Verkleidung nicht weniger albern aussah als Siebold, dem die Kluft auch noch sichtlich zu klein war. Ryōsai Kō erklärte dann, was für ein Programm sie sich ausgedacht hatten.

„Wir wollen zuerst im Teehaus *Rauchschwalbe* einkehren. Dort sind wir mit ein paar Freunden aus Edo verabredet. Mit ihnen werden wir erst einmal speisen und ordentlich trinken. Sie sollen uns etwas mehr über Yoshiwara erzählen, denn sie sind echte Kenner. Danach möchten wir dem Sensei gerne das beste Kabuki-Theater von Yoshiwara zeigen. Und dann sehen wir weiter...", wobei Kō so lachte, als ob er bereits mehr wüsste als er sagen durfte.

Als sie bei der *Rauchschwalbe* ankamen, wurden sie in einen weitläufigen Raum mit wenigen großen Tischen geführt, um die plaudernde und lachende Abendgesellschaften von Kaufleuten mit ihren Damen saßen. An einem der Tische sprangen drei Männer auf und begrüßten ihre Freunde aus Nagasaki sowie die beiden vermeintlichen Holländer. Erstaunlicherweise scherte sich sonst niemand um die verkleideten Ausländer, die ohne ihre Amigasa als solche zu erkennen waren. Die Gäste an den anderen Tischen waren ganz mit sich und ihren Frauen beschäftigt. Ungewöhnliche Leute schien man hier jede Nacht zu sehen. Die Männer aus Edo stellten sich als Ärzte und *Habitués* von Yoshiwara vor.

Man hockte sich zum Essen an den Tisch und sofort kamen Getränke, eingelegte Gemüse und gesalzener Fisch. Auch Frauen wurden zur Unterhaltung angeboten, aber die Männer wollten erst einmal unter sich bleiben. Als die Runde sich zuprostete, bemerkte Siebold am Nachbartisch einen vierschrötigen Japaner mit einem quadratischen Narbengesicht, der ihn breit angrinste. Dann hob der Fremde eine kleine Schale an und saugte geräuschvoll eine klebrige, weiße Masse ein. Siebold hatte den Eindruck, dass er ihm damit etwas zeigen oder sagen wollte und fragte Yamaguchi, der sich von den dreien als echter *Edokko* vorgestellt hatte, ein Bewohner Edos, der nicht vom Land kam, sondern schon seit Generationen in der Stadt lebte. Die Frage amüsierte Yamaguchi.

„Sensei, ich glaube Sie gefallen diesem Mann. Es sieht aus, als würde er gerne die Nacht mit Ihnen verbringen."

„Was? Wie... Wie können Sie das wissen?" fragte Siebold sichtlich schockiert.

„Ganz einfach. Er schlürft deutlich sichtbar und hörbar *Tororo*. Das ist hier ein Zeichen für die Anbahnung unter Männern. Damit schickt er Ihnen eine Einladung. Wahrscheinlich mag er Ihr blondes Haar. Gefällt er Ihnen denn auch?" fragte Yamaguchi mit vorgetäuschter Naivität und der ganze Tisch lachte. Nur Siebold nicht, für den diese Begegnung die peinlichste und unangenehmste war, an die er sich erinnern konnte. Er sah sich noch nie in seinem Leben dem schamlos erotischen Werben eines anderen Mannes ausgesetzt, vor allem nicht als Lustobjekt eines verlebten japanischen Bordellbesuchers.

„Lassen Sie ihn einfach", meinte dann Tanizaki, der jüngste der drei Ärzte, der ihn aus dieser Situation befreien wollte. „Es ist ganz normal, wenn man sich mit dieser Anmache hier einen Korb holt. Er hat es gleich vergessen. Machen Sie sich keine Gedanken."

Sie wechselten das Thema und Yamaguchi zeigte seinen Yoshiwara-Führer herum, der deutlich schöner gestaltet war als das Exemplar von Mendelssohn. In diesem Buch machten *Shunga*, pornographische Zeichnungen von Prostituierten und ihren Freiern, die explizit waren bis hin zur Darstellung wüster Orgien, fast die Hälfte des Umfangs aus.

„Wie kommen solche Bilder hier rein? Das ist doch streng verboten?" fragte Siebold einerseits neugierig, andererseits stolz, dass man ihn damit nicht mehr überraschen konnte. Ganz anders dagegen Mendelssohn, der solche obszönen Bilder fassungslos zum ersten Mal sah.

„Ja, schon. Doch die Hefte werden zuerst dem Zensor vorgelegt, der sie genehmigt. Danach werden diese Blätter eingefügt", antwortete Yamaguchi schelmisch.

„Ihr nehmt also die Zensur nicht wirklich ernst?" fragte Siebold weiter. Diesmal antwortete Sekiguchi-sensei, der erfahrenste Habitué von Yoshiwara.

„Das stimmt. Es gibt eine ganze Menge von Gesetzen, die in diesem Land von niemandem oder nur von wenigen Schwachköpfen befolgt werden. Sehen Sie doch raus auf die Straße! Wer verstößt da nicht alles gegen die Luxusgesetze! Mindestens die Hälfte aller Besucher und Bewohner von Yoshiwara präsentieren sich auf eine Art und Weise modisch, prunkvoll und mit Schmuck beladen, die vom Bakufu schon vor über dreißig Jahren streng verboten wurde. Sehen sie raus, wie ernst wir das nehmen!"

„Doch warum lässt die Regierung das Volk ausgerechnet hier gewähren und duldet es sogar, dass Gesetze übertreten werden?" setzte Mendelssohn nach. Yamaguchi übernahm wieder.

„Das ist ausnahmsweise eine wirklich durchdachte und bewährte Strategie des Bakufu, das sich ansonsten durch viel gesetzlichen Unsinn lächerlich gemacht hat. Denn es geht um nichts anderes, als die Chōnin und solche Leute wie uns zu beschäftigen, zu zerstreuen und mit Hilfe unserer Vergnügungssucht in unserer Harmlosigkeit gefügig zu halten. Das Bakufu lässt uns hier austoben wie Kinder, damit wir draußen, in der wirklichen Welt Japans, nichts anstellen und weiter so funktionieren, wie Ieyasu Tokugawa sich das einst ausgedacht hatte. Und siehe da! Es funktioniert. Seit über zweihundert Jahren lassen wir uns auf diese Weise an der Nase herumführen. Jeder, der irgendwie künstlerisch oder politisch den großen, japanischen Konsens von Konfuzianismus, Buddhismus und Shintō überschreitet, muss irgendwann hier landen. Und hier wird jeder dieser Paradiesvögel willkommen geheißen, mit Sake abgefüllt und mit Nutten versorgt, bis er kaum noch denken kann. Ist das nicht ein Erfolg! Sind wir nicht herrliche Beispiele für die Untertanen eines überschlauen Staatswesens!" Eine verräterische Röte war Yamaguchi ins Gesicht gestiegen, die er, wie um zu bestätigen, was er gerade gesagt hatte, mit noch mehr Sake zu löschen versuchte. In dem Moment kamen vier Frauen, die den Herren in Sojasauce gekochten Fisch mit leicht angebratenem Gemüse brachten. Über dem Essen fragte Siebold weiter.

„Woher kommen all die Frauen hier? Wie leben sie?"

„Die allermeisten kommen schon als Kinder vom Land", erklärte Sekiguchi „wo sie von ihren Eltern verkauft wurden, häufig weil es einfach nichts mehr zu essen gab. Am Anfang sind sie alle gleich. Doch dann hängt es von ihrer Schönheit und noch mehr von ihrer Intelligenz ab, was aus ihnen wird. Das entscheidet, ob sie es auf die höchste Stufe der Kurtisanen erster Klasse schaffen, zu den mächtigen *Oiran*, die viele Künste beherrschen und damit Männer verzaubern, oder ob sie ihr Leben lang eine einfache Hure bleibt, eine Jorō, die nichts anderes kann als in billigen Bordellen Männern die Benutzung ihres Körpers zu verkaufen."

„Das ist faszinierend!" unterbrach Mendelssohn. „Dann ist Yoshiwara der Ort in Japan, wo nicht Geburt und Herkunft das ganze zukünftige Leben bestimmen, sondern das Können, die wirkliche Leistung einer jeden Person, also ich meine: einer jeden Frau?"

„Ja, genau. Nur sehen Sie das nicht zu rosig. Die *schwankende Welt* ist für uns Männer vielleicht ein Paradies. Doch hinter den Kulissen gewährleistet eine Hölle voller Teufel den reibungslosen Betrieb. Manche sagen, die Frauen sind hier so unglücklich, dass sie sich umbringen würden, wenn sie nur ein Messer hätten. Andererseits heißt es auch, dass eine freigekaufte Prostituierte die beste Ehefrau abgibt. Ihr kommt das harte Los, mit einem stets untreuen, trinkenden und stinkenden Mann und vielleicht sogar noch Kindern unter einem Dach leben zu müssen, wie eine Gnade und das Paradies auf Erden vor. Das kann man nur verstehen, wenn man weiß, wie hart die Regeln hier sind. Wird eine Frau in den niederen Rängen krank oder sie gefällt ihrem Patron nicht mehr, dann ist ihr Leben nichts mehr wert. Man lässt sie ohne ärztliche Versorgung sterben oder einfach verhungern. Ihre Leiche wird dann zu einem nahegelegenen Tempel verfrachtet, den man hier *Nagekomidera* nennt, was so viel bedeutet wie ‚Wegwerf-Tempel'."

„Wie steht es mit den Krankheiten? Ist das nicht ein idealer Ort für Epidemien?" fragte Siebold.

„Das stimmt. Wir hatten in den letzten Jahrzehnten immer wieder schlimme Tuberkulose-Epidemien. Aber die schlimmste Geisel von Yoshiwara ist die chinesische Krankheit."

„Sie meinen die *Syphilis*?"

„Ja, so heißt sie wohl bei euch. Alle Krankheiten zusammen bewirken, dass nur wenige Frauen ihren dreißigsten Geburtstag erleben. Und je niedriger ihr Rang ist, desto jünger sterben sie. Ihre einzige Chance ist es, dass sie von einem wohlhabenden Gönner, der sich in sie verliebt, freigekauft werden. Das passiert auch gar nicht so selten, sodass es den Mädchen wie ein tatsächlich erreichbares Ziel erscheint, das sie vor dem Verzweifeln bewahrt. Es ist wie eine große Lotterie des Lebens, aber immer noch besser als auf dem Land zu verhungern."

„Sekiguchi-sensei, Sie empfinden Mitgefühl für diese Frauen, nicht wahr?" wollte Siebold wissen. Sekiguchis Blick trübte sich ein.

„Das Leben hat mich auf seine Weise geprüft. Ich bin genau einer derjenigen, die sich in eine Hure verliebt haben. Sie war jung, schön und verzweifelt. Ich aber war erst seit kurzem Arzt und noch arm, kein reicher Kaufmann. Ich konnte sie nicht auslösen bei ihrem brutalen Patron, der sie regelmäßig missbrauchte. So musste ich zusehen, wie sie vor meinen Augen zugrunde ging. Sie starb vor bald zehn Jahren an den furchtbaren Schmerzen einer Eileiterschwangerschaft. Möglicherweise war es sogar mein Kind. Ich werde es nie erfahren."

„Wie konnten Sie diese Komplikation diagnostizieren?" frage Siebold überrascht, der seinem Kollegen dieses Wissen nicht zugetraut hätte.

„Ich habe ihren Leichnam im Nagekomidera aufgesammelt und ihn obduziert."

„Jetzt reicht's aber!" rief Yamaguchi mit gespielter Empörung. „Diese Geschichte kennen wir schon in- und auswendig. Lass uns nicht unsere hohen Gäste aus Nagasaki mit deinen alten Liebesgeschichten langweilen. Außerdem wollen wir langsam von der Theorie zur Praxis schreiten, nicht wahr?"

„Ja, es stimmt, es ist an der Zeit. Die Vorstellung beginnt gleich. Lasst uns zahlen und gehen", sekundierte der junge Tanizaki, der es schon länger nicht mehr aushalten konnte, dem wilden Treiben der Straße und den Frauen fernzubleiben.

„Eine Frage noch, Sekiguchi-sensei. Wie kann man denn eine Yūjo von einer Geisha unterscheiden?" fragte Mendelssohn naiv, worauf die Schüler laut lachten, obwohl es eine berechtigte Frage war, denn im Vergnügungsviertel von Kyōtō kamen sie nicht mehr dazu, das zu klären.

„Es ist ganz einfach, Menderuson-sama. Die Yūjo bindet ihren *Obi* vorne, die Geisha hinten", antwortete Sekiguchi ihm verständnisvoll, wie um sich für seine Kollegen aus dem Süden zu entschuldigen. „Versuchen Sie bitte nicht, eine Geisha um Liebesdienste zu bitten. Das ist für eine Geisha äußerst peinlich – und für Sie auch!"

„Geisha hinten, Yūjo vorne" wiederholte Mendelssohn wie in Gedanken. „Ja, natürlich, ich werde es mir merken."

Siebold und Mendelssohn setzten beim Verlassen der *Rauchschwalbe* ihre Amigasa wieder auf. Als sie auf die Hauptstraße kamen, waren sie berauscht von der Menschenmenge, in der unzählige hübsche Frauen ständig lachten, kokette Blicke in alle Richtungen warfen und sich nicht scheuten, die Kavaliere auch anzufassen und in Richtung ihrer Zimmer zu zerren. Die wohlgenährten und bezechten Chōnin durften sich ständig begehrt fühlen von den hübschen Mädchen der Unterschicht.

Yamaguchi meinte, dass man eigentlich gar kein Geld ausgeben müsste, denn allein schon dieser Wettstreit der Frauen um die Freier, den man ganz umsonst genießen kann, ist eine Reise nach Yoshiwara wert. Aber in Wirklichkeit ist es so, berichtete er, dass viele wohlhabende Männer, vor allem Kaufleute, ihr ganzes Vermögen an eine der besseren Frauen verloren haben. Wenn einer dann arm und mittellos geworden ist, hängt er immer noch in Yoshiwara rum, hechelt wie ein Hund seiner Angebeteten nach, die sich natürlich nicht mehr um ihn schert, und trauert den fetten Zeiten nach. Es gibt immer wieder Fälle von solchen Männern, die wahnsinnig werden oder einfach verhungern. Nicht nur für die Huren, auch für ihre Freier hält das Leben hier Grausamkeiten bereit.

„Da! Da kommt eine Oiran" rief Tanizaki. Aus der Menge ragten ein paar Fahnen und die turmhohe Frisur einer großen Frau, die sich langsam und schwankend näherte. Sie kam mitten in einem großen Gefolge, das für sie mit Gesang im Klang kleiner Trommeln, Schellen und Pfeifen Platz machte. Außer den zwei Fahnenträgern, die vorweg liefen, waren es etwa ein Dutzend Frauen, alle ihre Dienerinnen. Ihr Kimono war prächtiger und schillernder als alles, was Siebold und Mendelssohn bis dahin gesehen hatten. Und es war genau wie Sekiguchi gesagt hatte: ihr Obi war vorne zu einem riesigen Knoten geschürzt. Als die Oiran zu ihnen kam, konnte Siebold sehen, warum sie so groß war. Sie lief auf den Plateaus seltsamer hoher Schuhe aus Holz, ähnlich wie Getas, nur viel größer, schwarz lackiert und zum Boden hin verbreitert. Jeden Schritt zelebrierte sie, indem sie den Fuß hob und den Schuh zuerst nach hinten schwang, dann seitlich in einem Halbkreis langsam nach vorne führte und wieder absetzte. Siebold lugte fasziniert unter seinem Amigasa hervor auf das Gesicht der Oiran. Unter dem mit Schildpattnadeln, Iriswurzeln und perlenbesetzten Silberkämmen streng hochgesteckten blauschwarzen Haar und den wimpernlosen Augen war auf das makellos strahlende Weiß ihrer geschminkten Haut ein unbestimmtes, entrücktes Lächeln aus purpurroten Lippen gemalt, als ob sie einen spitzen Mund machte. Sie war eine lebende Skulptur, die Schönheit, Stolz und Unerreichbarkeit ausstrahlte. Als der Zug vorüber war, fragte Siebold, woraus die Schminke gemacht wird. Sekiguchi wusste es.

„Aus Bleiweiß und Nachtigallenkot. Das ist übrigens eine weitere Quelle häufiger Krankheiten in diesem Bezirk. Das Bleiweiß ist hochgiftig, und wenn die Frauen es zu oft nehmen und zu dick auflegen, was leider häufig vorkommt, dann wachsen ihnen furchtbare Geschwüre im Gesicht."

„Na großartig. Ganz die Ärzte!" mokierte sich Mendelssohn. „Da sehen wir endlich einmal eine wirklich atemberaubend schöne Frau, doch anstatt dieses Bild genießen zu dürfen, muss ich mir medizinische Scheußlichkeiten anhören. Vielleicht sollte ich mir doch andere Gesellschaft suchen", worauf er theatralisch zum Weggehen ansetzte, sich aber doch nur einmal um die eigene Achse drehte. Die Japaner prusteten vor Lachen und freuten sich, mit Mendelssohn einen weiteren Schalk in ihrer kleinen Bande zu haben, der sie nicht nur mit naiven Fragen amüsiert.

„Menderuson-san hat Recht, so werden wir nie in Stimmung kommen. Lasst uns gehen."

Die Tayū

Vor dem Theater drängelten sich die Menschen. Beim Reingehen versuchte Siebold noch, unerkannt zu bleiben. Drinnen wollte er aber seinen Amigasa absetzen und keine Maske tragen. In dem großen Theatersaal mit niedrigen Tischen am Boden gingen sie deshalb in ein geräumiges Separee gegenüber der Bühne. Dort waren sie vor den Blicken des Publikums während der Vorstellung weitgehend geschützt. Yamaguchi bestellte zusammen mit weiterem Essen und Getränken auch neun Frauen, für jeden Gast eine. Er suchte sie nach Rang und Preis in einem Heft aus, das genauso aussah wie die Speisekarte. Als die Damen kichernd herein getrippelt kamen und sich eine nach der anderen brav vorstellte und verneigte, wurde Siebold unruhig. Sie waren unterschiedlich alt, aber alle recht hübsch in ihren bunten Kimonos. Jede setzte sich zu einem der Männer, als wüssten sie schon genau, wer zu wem gehört. Als sie bemerkten, dass zwei *Ijin* am Tisch waren, stießen sie spitze Schreie aus. Die jüngste und schönste, die für Siebold reserviert war, näherte sich ihm nur zögernd und war noch eingeschüchterter als er selbst. Alle sahen zu den beiden, wobei die Ärzte aus Edo ganz offensichtlich den Anblick genossen und sich amüsierten. Sie stellte sich als Yuki vor, schenkte Siebold gleich Sake in die kleine Trinkschale ein und reichte sie ihm lächelnd mit beiden Händen. An ihren geweiteten, fast randlosen Pupillen konnte Siebold erkennen, dass ihr die nackte Angst im Nacken saß. Die anderen Männer begannen mit ihren Damen zu sprechen und zu albern. Auch Mendelssohn war gleich vertieft in eine niedliche kleine Frau mit rundem Pfirsichgesicht.

„Beruhige dich. Du musst dich vor mir nicht fürchten", sagte Siebold in perfektem Japanisch. Da riss sie die Augen noch weiter auf.

„*Anata-sama*, Ihr sprecht auch noch Japanisch?"

„Ja, und ich freue mich, eine so hübsche und schüchterne Begleiterin für heute Abend zu haben."

„Anata-sama, ich muss gestehen, ich habe noch nie einen Ausländer gesehen. Uns wurde immer erzählt, dass sie wie Teufel aussehen. Nicht so wie Ihr."

So fingen auch sie eine Unterhaltung an und die Tische im Parkett füllten sich. Als alle schon saßen, ging plötzlich ein Raunen durch das Publikum. Die Leute riefen etwas, und Siebold verstand sofort, worum es ging.

„Oiran!"

Als sie den Saal betrat, wandten sich alle Blicke ihr zu. Sie wirkte, wie sie auf ihre einzigartige Weise langsam durch die Menge schritt, noch größer und prächtiger als zuvor auf der Blumenstraße, hinter ihr das Gefolge wie eine lange Schleppe. Sie ging in Richtung der zentralen und größten Loge gegenüber der Bühne. Um sie zu erreichen, musste sie zuvor den Gang entlang auf das Separee der verkleideten Ausländer und ihrer Freunde zugehen. Die sahen sie nun direkt auf sich zukommen. Und dann passierte es. Um sie besser zu sehen, rückte Siebold etwas hervor aus dem Halbschatten, der seine Deckung vor den Blicken des Publikums sein sollte. Als die Oiran direkt vor ihnen stand, um sich ihrem Platz zuzuwenden, trafen sich ihre Blicke. Siebold erstarrte. Er schaute auf zu ihr und hielt den Atem an. Auch sie blieb kurz stehen. Ihre Augen tasteten ihn ab, ihre Miene zeigte keinerlei Regung. Er hatte das Gefühl, als kleiner Mensch, behaart und barfüßig am Boden hockend, von einer Göttin betrachtet zu werden. War es ein wohlwollender, milder Blick? Oder war es Gleichgültigkeit, vielleicht sogar Abscheu vor dem Barbaren? Dieser kurze Moment schien nicht enden zu wollen. Dann wandte sie sich ab und schwebte weiter zu ihrem Separee. Siebold war immer noch wie gelähmt, und auch das Mädchen Yuki hatte bemerkt, was passiert war.

„Ist sie nicht wundervoll? Wir sind alle stolz auf sie."

„Ja, beeindruckend" sagte er tonlos.

Yamaguchi trennte sich kurz von seiner Unterhalterin und rückte zu Siebold.

„Sie ist ein Kunstwerk, nicht wahr? Ihr Name ist *Azuma II.*, nach ihrer legendären Vorgängerin, der Yoshiwara schon einmal vor über einhundert Jahren zu Füßen lag, in der goldenen Zeit des *Genroku*. Sie hat sie alle, die *Kokono-tokoro*, die neun Aspekte der Schönheit. Augen, Mund, Kopf, Hände, Füße, Geist, Haltung, Anziehungskraft und Stimme, das alles in Perfektion nennen wir *Hari*. Azuma II. gilt über ihre Schönheit

hinaus als besonders scharfsinnig, geistreich und gebildet – und als eine
große Künstlerin der Verführung. Sie hat es, sie hat Hari."

Dann begann das Spiel, zuerst mit Tanz und Musik. Kō setzte sich
näher zu Siebold, um ihm die Handlung zu erklären und die Dialoge zu
übersetzen, die er nicht verstand. Die Frauenrollen wurden von hübschen jungen Männern gespielt, den Tobiko, die sich nach der Aufführung ebenso an Freier verkauften wie die Yūjo. Das Stück hieß *Der gute
Zensor* und war voller Ironie und Spott gegen die Obrigkeit. Der Held
der Geschichte ist ein Zensor namens Genpei. Der sieht und versteht
wohl alle Anspielungen auf Korruption, Intrigen, Inkompetenz und ho-
mosexuelle Günstlingswirtschaft im Bakufu in den Theaterstücken, Bildern und Versen, die ihm vorgelegt werden. Er stellt sich aber herrlich
dumm und lässt die Yoshiwarako und ihre Maler, Dichter und Kabuki-
Schreiber meistens gewähren. Als seine Frau ihn plötzlich wegen eines
dummen Seitensprungs verlässt und sofort einen höheren Beamten heiratet, mit dem sie schon lange heimlich ein Verhältnis hatte, steht er kurz
vor dem Zusammenbruch. Doch das edle Kurtisanenhaus Kranichnest,
in dem viele der Künstler ein- und ausgehen, deren Werke er durchge-
wunken hatte, erweist sich im Namen seiner Kunden als dankbar. Genpei bekommt eine viel schönere und klügere Frau geschenkt, ohne das
Vermögen bezahlen zu müssen, das ihre Auslöse sonst gekostet hätte.
Von da an verbietet er neben den Werken, die wirklich schlecht sind und
die sowieso keiner haben will, vor allem solche, die besonders genehm
und linientreu nach den Vorgaben der Zensur geschrieben sind. Schließlich beginnt er auch noch selbst, satirische Geschichten unter dem Pseudonym *Kitsune*, der Fuchs, zu veröffentlichen. Und das Leben in
Yoshiwara, wo übrigens schon lange der Fuchsgott Inari verehrt wird,
geht ungestört weiter. Es wurde erzählt, so berichtete Kō weiter, dass der
Besitzer des Theaters viel *Handsalbe* bei dem echten Zensor einsetzen
musste, der für die Genehmigung dieses Stücks zuständig war. Selbst
der schmeichelhafte Titel des Stücks, mit dem der Zensor gewonnen
werden sollte, machte die Sache nicht billiger. Aber der Spaß war es dem
Theaterbetreiber offensichtlich wert. Und die Begeisterungsstürme des
Publikums, die nun schon fast ein Jahr anhielten, gaben ihm Recht. Er
hatte längst ein Vielfaches des investierten Bestechungsgeldes zurück-
verdient.

Als das Stück vorbei war, kam noch während des langen Applauses
eine Dienerin aus dem benachbarten Separée, wandte sich an Yamaguchi
als den offensichtlich Ältesten der Gruppe und flüsterte ihm etwas ins
Ohr. Auf seinem Gesicht sah man das Erstaunen über das, was sie ihm

mitteilte. Er nickte immer wieder dienstbeflissen und sagte mehrmals „Hai, hai". Dann ging die Dienerin wieder hinaus. Yamaguchi krabbelte über den Tatami zu Siebold. Nebenan begann der Auszug der Oiran und ihres Gefolges aus dem Theater.

„Sensei, es wäre jetzt eigentlich an der Zeit gewesen, dass sich jeder mit seiner Dame amüsiert und sie einer eingehenden Untersuchung unterzieht. Ich meine das ganz im Ernst, die Damen lieben unsere Doktorspiele. Die Räume dafür stehen bereit. Doch nun ist etwas passiert, das sicher einmalig in der Geschichte von Yoshiwara ist. Die Herrin nebenan, die große Azuma II., wünscht Sie in ihren Gemächern zu empfangen. Sie will aber nicht Tee trinken mit Ihnen, sondern das Kranichkopfkissen teilen. Ich bin ehrlich gesagt sprachlos."

„Und ich erst", sagte Siebold ungläubig, während das Mädchen Yuki gebannt zuhörte.

„Wissen Sie, Sensei, üblicherweise müssen selbst so mächtige Männer wie Daimyōs einer Oiran wochenlang den Hof machen und sie mit Geschenken überschütten, bevor sie auch nur bis an die Tür ihrer Gemächer vorgelassen werden. Es gibt für sie feste Regeln, die sie genau beachten müssen, wenn sie sich einer Oiran nähern wollen. Diese Regeln scheint sie persönlich für den holländischen Sensei außer Kraft gesetzt zu haben. Dafür hat sie neue aufgestellt und erwartet deren strengste Befolgung, wenn Sie ihre Einladung annehmen."

„Darf ich erst diese Bedingungen hören, bevor ich mich entscheide?"

„Natürlich. Zuerst einmal wird sie nicht mit Ihnen sprechen und verlangt auch, dass Sie nicht das Wort an sie richten. Dafür gibt es einen Grund, denn Sie würden sowieso nicht verstehen, was sie sagt. Sie ist nicht nur eine Oiran, sondern gehört auch innerhalb dieser Kategorie zu den edelsten Kurtisanen. Sie ist eine Tayū. Daher spricht sie nicht das gewöhnliche Japanisch des Volkes und nicht einmal das höfliche Keigo, sondern Kyūtei kotoba, die Hochsprache des feinsten kaiserlichen Adels. Entschuldigen Sie bitte, wenn ich das so sage, aber sie will auch Ihr einfaches Japanisch nicht hören, das nur das Bild ruinieren würde, das sie sich von Ihnen machen möchte. Dann wäre die zweite Bedingung, dass Sie sich im Vorzimmer ihrer Gemächer so einkleiden lassen, dass ihre Augen nicht von dieser armseligen Aufmachung beleidigt werden", wobei er an Siebolds derbem Yukatta zupfte. Siebold dachte an seine exquisite Uniform, die bisher alle Japaner beeindruckt hatte. Die hätte er jetzt gerne angelegt, um sofort loszustürmen zur Eroberung dieser japanischen Überfrau.

„So weit, so gut. Gibt es noch mehr Bedingungen?" Siebold hatte Yuki schon vergessen, die immer noch zuhörte.

„Ja. Sie müssen auch einen Preis bezahlen."

„Ich wusste doch, dass die Sache einen Haken hat", sagte er mit schlecht unterdrückter Enttäuschung. „Vermutlich würde mich die großzügige Einladung eines dieser Vermögen kosten, die schon viel reichere Männer als mich in den Mauern Yoshiwaras zu Bettlern gemacht haben."

„Auch in dieser Hinsicht ist das ein wohl einmaliger Vorgang, denn ich kann mir vorstellen, dass Sie den Preis durchaus bezahlen könnten. Sie müssen es nur wollen."

„Was ist der Preis?"

„Eine Strähne Ihres blonden Haares, genau zweimal die Länge von Azumas kleinem Finger."

Die kleine Yuki schlug die Hände vor den Mund und Yamaguchi schien sie erst in diesem Moment wahrzunehmen. Er sah sie missbilligend an und ärgerte sich darüber, dass er dieses überflüssige Augenpaar nicht vorher bemerkt hatte. Siebold konnte man atmen hören, wie jemanden, der sich wieder aufpumpen muss, nachdem man die Luft aus ihm gelassen hatte.

„Nun, was sagen Sie?"

„Ich bin nicht sicher. Was würden Sie mir raten?"

„Ich? Hören Sie, mein Freund, ich bin vielleicht kein gutes Beispiel, denn ich hänge am Leben. Aber es gibt allein heute Abend bestimmt hunderte von Männern da draußen, die sich dafür den Kopf abschlagen lassen würden, und die ihrer Ehefrauen und Kinder dazu. Nun, Sie müssen eine Strähne Ihres Haares bezahlen, um ein Privileg zu erhalten, das Sie mit wenigen Adeligen unseres Landes teilen. Was soll ich anderes tun, als Sie zu beneiden?"

Die anderen Ärzte aus Edo und die Schüler von Siebold waren näher gerückt. Yuki hatte ihnen flüsternd das Unglaubliche erzählt. Sie blickten Siebold mit großen Augen an und nickten lebhaft.

„Nun, dann wirst du heute Abend wohl noch Zeit für einen weiteren Kunden haben", sagte Siebold zu Yuki gewandt. Er hatte wieder seine Fassung gewonnen. „Du wirst von mir natürlich voll bezahlt." Yuki nickte hörig und Siebold spürte ihre Erleichterung. Ihr war dieser große blonde Barbar unheimlich, auch wenn er so freundliche Augen hatte, die nichts Böses zu kennen schienen. Siebold blickte zu Mendelssohn, der offensichtlich glücklich war mit seiner lustigen Pfirsichdame. Yamaguchi gab Siebold dann noch die letzten Instruktionen.

„Sie sollten jetzt dem Zug der Oiran folgen. Ich werde ihrer Dienerin, die vor dem Theater wartet, Ihre Antwort mitteilen. Man wird Sie vor ihrem Haus dann einweisen. Wir treffen uns zu Beginn der *Stunde des Tigers* am Großen Tor. Verspäten Sie sich nicht! Wir müssen den Ort unbedingt gemeinsam und noch vor Sonnenaufgang verlassen." Dann machte er eine kurze Pause. „Ich brauche Ihnen nichts Gutes mehr zu wünschen, denke ich, denn über Ihnen wird sich gleich das Füllhorn des Glücks und der Freude ergießen", schloss er seinen kleinen Vortrag schmunzelnd ab. Siebold verabschiedete sich kurz und zahlte Yuki noch aus, während die anderen Männer sich schon aufmachten, um sich mit ihren Frauen zurückzuziehen. So auch Mendelssohn. Siebold setzte seinen Amigasa auf und machte sich in gebückter Haltung auf den Weg, um nicht durch seine Größe aufzufallen. Die Prozession der Oiran war noch in Sichtweite, umgeben von einer Menge schaulustiger Passanten. Siebold ging in eine der Seitenstraßen, um über einen Umweg den Zug zu überholen und vor ihm am Ziel zu sein, dem *Haus der Seerosenblüte*. Dort angekommen, versuchte er in einigem Abstand so unscheinbar wie möglich auf die Herrin des Hauses zu warten. Die Prozession traf wenig später ein und löste sich auf, sobald die Oiran das Tor durchschritten hatte. Nun näherte sich auch Siebold dem Eingang und blieb an dem vereinbarten Punkt stehen, wo er abgeholt werden sollte. Doch nichts passierte.

Er lehnte sich zusammengekauert gegen die Hauswand und wartete. Betrunkene Männer stolperten vorbei, gestützt von ihren Huren. Sie würden die Trunkenbolde auf ihre Zimmer schleppen und ausnehmen. „Was mache ich hier?" dachte Siebold. „Worauf warte ich, ein verheirateter Mann, dessen Frau hochschwanger ist?" Er gab sich selbst die Antwort, indem er sich erinnerte, dass sie ihm schließlich eine Frau zum Zeitvertreib besorgt hatte. Sie war es doch, die nicht wollte, dass er auf den Beischlaf verzichten muss, nur weil sie schwanger ist. Doch hatte er ihr danach nicht versucht beizubringen, dass er Europäer und Christ sei und deshalb die Treue zur Ehefrau vor das sexuelle Vergnügen ginge? Dass er keine andere Frau wolle, gerade und vor allem solange sie ihr gemeinsames Kind austrägt? Ja, das stimmt schon – aber jetzt war die Situation eine andere. Er hat schließlich gar keine Frau gesucht und mit der kleinen Yuki wäre es mehr eine Geste der Geselligkeit, fast der Höflichkeit gewesen, weil alle Männer es hier in Japan so machen. Und jetzt? Das war noch einmal etwas anderes, denn die Oiran hatte ihn ausgewählt. Und war er nicht hier als Forscher? Ist es das nicht wert, in das Geheimnis der edelsten Kurtisanen des japanischen Reiches einzudringen? Hätte man als deutscher Forscher oder Historiker eine verbindliche

Einladung ins Bett einer Madame de Pompadour ablehnen können? Vielleicht würde eine Beziehung zur einflussreichen Azuma noch wichtig werden für seine politischen und wissenschaftlichen Ziele. Ja, vielleicht könnte es ihm gerade durch sie gelingen, länger als die Gesandtschaft in Edo zu bleiben!

Da kamen endlich zwei Dienerinnen aus dem Haus, gingen auf ihn zu und baten ihn hereinzukommen. Er wurde durch einen Vorraum geführt, der mit Stofftapeten voller mythischer Götterszenen in explodierenden Farben bespannt war. Siebold erkannte den wilden Susanoo, der den Drachen von Yamata tötet. Danach beschritten sie einen überdachten Holzsteg, der durch einen Bambusgarten zu einem weiteren Gebäude führte, auf dessen rundum laufender Veranda er in einen Raum geleitet wurde, der nicht sofort verriet, dass er eine Garderobe war. Normalerweise legten hier die hohen Herren, welche Azuma II. beehrten, ihr Obergewand und ihren Amigasa ab, wenn sie einen trugen. Das tat auch Siebold. Zudem wurde ihm wie verabredet ein Herrenkimono von beeindruckender Größe und Pracht gebracht. Die Dienerinnen halfen ihm, das mehrlagige Kleidungsstück anzulegen. Und in der Tat – Siebold fühlte sich ganz anders in dem noblen Kostüm, das seiner Würde viel mehr entsprach als der einfache Yukatta. Seine Schultern wurden verbreitert, die nackten Füße sah man nicht mehr und die Ärmel waren nicht mehr zu kurz. Die japanischen Aristokraten mussten kräftiger und größer gebaut sein als die durchschnittlichen Japaner. Das Motiv auf dem Kimono war ein dunkelblauer Hirsch mit mächtigem Geweih, der durch einen hellblauen Wald sprang, was Siebold an seine bayerische Heimat erinnerte. Auch die Dienerinnen sprachen nicht mit ihm, sodass er ihre Anweisungen vermittels ihrer Gesten verstehen musste, was nicht schwer war. Er hatte bereits beobachtet, dass die Gebärdensprache der Japaner hoch entwickelt war und sie sich auch ohne Worte gut verständlich machen konnten, ganz wie die Italiener, nur nicht wild gestikulierend, sondern innerhalb eines allgemein als bekannt vorausgesetzten Gebärdenalphabets. Die Dienerinnen führten ihn durch zwei, drei weitere Räume, bis sie vor einem großen Tor mit Flügeltüren ankamen, das innerhalb von gewöhnlichen Gebäuden selten war und eher einen Palast hätte vermuten lassen. Sie wiesen Siebold an, sich vor diesem Tor hinzusetzen, und zwar nicht im bequemen Schneidersitz, sondern im ehrerbietigen Seiza. Dann verschwanden sie und eine Zeit lang passierte nichts. Siebold spürte den Schmerz dieser ungewohnten Sitzhaltung bis in die Zehen, alle Sehnen und Muskeln seiner Beine schmerzten. Plötzlich schritten links und rechts kräftige japanische Männer in Lendenschurzen vorbei, stellten sich vor das Tor und trommelten mit riesigen Schlägern dagegen, ähnlich wie jene wattierten Schlagstöcke, die man in Europa zum Spielen der Pauke benutzt, nur viel größer. Danach zogen sie sich zurück. Siebold wollte sich nur noch aus dem peinigenden Seiza befreien, seine Waden und die gestreckten Füße krampften. Als das Tor endlich nach innen aufging und er sich durch Erheben von den Schmerzen erlösen durfte, wurde Siebold gewahr, dass er jetzt das Innerste des Heiligtums betreten würde. Aus dem Raum kamen weitere Dienerinnen. Sie lächelten freundlich, sprachen aber kein Wort. Sie deuteten ihm an, ihnen zu folgen und sich im Schneidersitz an einen niedrigen Tisch zu setzen, auf dem verschiedene Lackschalen mit Deckeln standen. Siebold bemerkte den Duft in diesem Raum, der ihn betäubend umfing. Es war eine leicht salzige Süße, die zu flüstern schien. Darin waren Rosen, Sandelholz und vielleicht Honig vermischt mit dem Geruch eines unbekannten Tieres. Er hatte so etwas noch nie gerochen. In möglichst würdiger Haltung bewegte er sich zu dem Tisch und setzte sich. Der Raum war eine Schatzkammer, voller antiker Bildnisse, Stoffe, Truhen, Schränke und vermutlich venezianischer Spiegel. Dann erblickte er die Oiran. Sie saß mit dem Rücken zu ihm in all ihrer Pracht vor dem größten der Spiegel, in dem er ihr Gesicht sehen konnte. Alles war wohl geplant, die Gerüche, die Sichtachsen, die Kleidung. Was würde als nächstes kommen? Das Tor zu den Gemächern wurde wieder geschlossen. Dann gingen die Dienerinnen zu ihrer Herrin und begannen damit, den Kopfschmuck, die Iriswurzeln, die Kämme und die Nadeln aus ihren Haaren zu entfernen. Diese Handlung wurde zelebriert und die künstliche Langsamkeit der Bewegungen der Helferinnen versetzte ihn in Trance. Etage für Etage, Lage für Lage sank die hohe Frisur der Oiran zusammen und ihre Haare wurden immer länger. Azuma beobachtete Siebold dabei aufmerksam durch den Spiegel. Zwischendurch, so bildete er sich ein, schickte sie ihm einen Anflug von Lächeln. Eine Dienerin kam zu ihm und deutete ihm an, dass er sich von den Speisen und Getränken bedienen sollte, die auf dem Tisch vorbereitet waren. Obwohl es die dritte Mahlzeit in dieser Nacht war, ließ Siebold sich nicht lange bitten. Er war hungrig und wollte mehr trinken. Als er den Sake kostete, den die Dienerin einschenkte, bemerkte er darin einen Geschmack, den er in Verbindung mit diesem Getränk noch nicht kannte. Azuma ließ sich ihre Haare sanft bürsten, bis sie wie ein dunkler, stiller Fluss glatt über ihre Schultern liefen. Ihr Gesicht sah jetzt ganz anders aus, kleiner und verletzlicher, auch sanfter. Sie war nicht mehr die große Herrin, sondern eine schöne Frau bei ihrer Toilette. Dann stand sie auf und die Dienerinnen fingen an, sie von ihrem Obi und schließlich von ihrem Kimono zu befreien. Eine von ihnen hielt die Haare hoch, die andere lief langsam um Azuma herum und sammelte die Stoffbahnen ein, die ihren Körper umfingen. Siebold lauschte dem Atem der Frauen und dem Rascheln der Seide. Er hörte auf, das Essen zu kauen, um dieses Geräusch zu genießen, das bei ihm einen prickelnden Schauer auf der Kopfhaut auslöste und sein Rückgrat hinunter rieselte. Dann hielten beide Dienerinnen zusammen den Kimono wie einen Theatervorhang hoch, hinter dem Azuma sich wieder setzte. Die Dienerinnen ließen den Stoff fallen, wobei eine von ihnen das lange Haar der Oiran zärtlich über ihre Schulter nach vorne legte. Sie saß nun nackt vor dem Spiegel, Siebold konnte aber nur ihren Rücken und das Spiegelbild ihres Gesichts sehen. Ihre schmale Taille ging in sanften Bögen über in ihre Hüfte. Ihr Becken war breit, die Rundungen ihres Hinterns fest, und wie sie ihren Rücken leicht nach vorne durchdrückte, war es ein Bild der Lust und der Fruchtbarkeit. Siebold erinnerte die schöne Form ihres Körpers an ein Musikinstrument, an ein Cello oder eher eine zierliche Viola. Dann nahmen die Dienerinnen aus einer Truhe ein weites Gewand, bestickt mit Gold und rotgelben Blumenmotiven, legten es der Oiran vorsichtig um die Schultern und nahmen ihre Haare wieder nach hinten, um sie nun glatt den Rücken hinunter fließen zu lassen. Sie stand auf und zog den Umhang vor sich zusammen, wobei Siebold im Spiegel einen Augenblick lang ihre Brüste sehen konnte, die größer waren als er gedacht hätte. Ihre Haare reichten bis zum Boden. Dann drehte sie sich um und schwebte langsam auf ihn zu. Wieder das Rascheln des Stoffes, diesmal durch das leise Schleifen der Schleppe des Umhangs. Sie setzte sich ihm gegenüber im vornehmen Seiza an den Tisch. Dabei sah sie ihn nicht an, sondern schlug die Augen nieder und Siebold blickte auf das zarte, orangerote Bild eines Sonnenuntergangs auf ihren Lidern. Eine Dienerin schenkte ihr parfümierten Tee ein, während sie die Schale in den schlanken, langen Fingern ihrer linken Hand hielt und zugleich die rechte mit nach oben gekehrter Handfläche unter dem Gefäß flach aufspannte. Sie nippte einen winzigen Schluck und setzte die Teeschale wieder ab. Dann hob sie den Blick und sah ihn an, geradeaus und ganz so wie im Theater. Da war sie, Azuma II., die in diesen Gemächern und ohne ihre prächtige Aufmachung weniger einschüchternd, aber nicht weniger stolz und entschlossen auf ihn wirkte. Ihre Augen waren braun wie Kastanien, ihr Blick warm und verständnisvoll. Sie hatte längst die Aufregung und Verlegenheit bei ihrem Gast bemerkt und sah es jetzt als ihre Aufgabe, dass er sich vollkommen angenommen und wohl fühlt. Natürlich wusste sie, was ein Mann über sie erzählt bekommt und zu wissen glaubt, bevor er die Schwelle zu ihrem Schlafgemach erreicht. Das alles würde sie ihn nun vergessen lassen. Natürlich wollte sie ihm, dem Ausländer, dem Barbaren, die Schönheit, Eleganz und das ganze Können ihres Standes zeigen, die hohe Kunst der Tayū. Doch das durfte nicht um den Preis seines Wohlbefindens und auf Kosten seines Genusses gehen. Nur beides zusammen entsprach *Hari*, das sie jetzt, wo sie es schon hatte, nicht leichtfertig verlieren wollte. Sie entschied sich etwas zu tun, das sie ihren japanischen Gönnern nur äußerst selten gewährte. Die musste sie, da sie ihrem meist herrischen Naturell entsprechend aufdringlich waren, ständig auf Distanz halten und ihre Wünsche nach Nähe und Intimität durch Verzögerungen und Verwirrungen stets unerfüllt lassen, damit sie hungrig bleiben. Das hier war eine andere Angelegenheit, ein Mann, dem sie überlegen war, der die erotische Etikette nicht kannte, den sie aber besitzen wollte. Deshalb lachte sie ihn an, kein Lächeln, sondern ein offenes, heiteres Lachen. Siebolds Herz machte einen Satz, denn diese Geste sprengte nicht nur all das Formale und Künstliche der bisherigen Situation. Vielmehr sah er plötzlich noch einmal eine andere Frau vor sich, temperamentvoll und schön, deren Zähne ihn weiß wie Schnee in der Sonne anfunkelten. Er bemerkte nun, dass sie abgeschminkt war, denn unter der schweren Maske der Schminke, die sie vorher aufgetragen hatte, wäre ihr dieses Lachen kaum möglich gewesen. Er war darüber hinaus froh, dass Azuma nicht, wie viele andere Kurtisanen und verheiratete Frauen in Kyōtō und Edo die er schon gesehen hatte, ihre Zähne schwarz färbte; er verstand auch sofort, warum sie diese Behandlung nicht brauchte. Yamaguchi hatte ihm während des Theaterstücks erklärt, dass vor allem Frauen, die sich oft stark schminken müssen, wie etwa die Kurtisanen, die Zähne nur deshalb färben, weil diese sich sonst unvorteilhaft vom grellen Weiß der Schminke abheben und so gelb aussehen wie bei Pferden. Dagegen hilft am besten die schwarze Farbe auf den Zähnen, die sie einfach im Dunklen der Mundöffnung verschwinden lässt. Doch Azumas Zähne waren von einem solch überirdischen Weiß, dass man wahrscheinlich eher Mühe hatte, die Schminke im Verhältnis zu ihnen nicht ins Gelbe oder Graue absacken zu lassen. Siebold lachte befreit zurück und fühlte sich tatsächlich schlagartig wohler, denn er war die Anspannung dieses rituellen Vorspiels, so sehr es ihm auch gefiel, nicht gewohnt. Azuma rutschte etwas näher an den Tisch heran, griff mit ihren beiden Händen vorsichtig nach seiner rechten Hand und zog sie zu sich rüber. Es war die erste Berührung, und Siebold glaubte plötzlich tausend Dinge über diese Frau zu wissen, ohne dass er auch nur ein Wort davon hätte sagen können. Die Wärme, die Spannung, die Kraft, der sanfte Druck, die Art ihres Zugriffs, der Zug, den sie ausübte, die Beschaffenheit ihrer Haut, so viele Eindrücke flossen von ihr zu ihm, dass er einen leichten Schwindel spürte. Azuma drehte seine Hand um, las in ihr, strich mit ihren Fingerkuppen über seine Handfläche, drehte sie wieder, betrachtete die Fingernägel, die kleinen weißen Monde über den Nagelbetten und strich dann mit ihren Fingerspitzen über die blonden Haare des Unterarms. Sie zog dann auch noch die linke Hand zu sich herüber und begutachtete sie nebeneinander. Siebold hatte starke, männliche Hände, aber eine feine Haut und keinerlei Schwielen. Selbst die höchsten Herren, die sie beehrten, hatten knollige, trockene Hände, wie mit Sandpapier bespannt. Sie konnte erkennen, dass er mit den Händen keine harten Arbeiten erledigt und dass er nicht regelmäßig mit Waffen übt. Doch sie fühlte die Energie und die Fähigkeiten darin, die ganz andere waren als nur Lasten zu tragen oder das Schwert zu schwingen. Sie spürte die Intelligenz dieser Hände. Das gefiel ihr. Sie wusste nicht, dass sie die Hände eines außergewöhnlichen Chirurgen untersuchte, des besten, der je japanischen Boden betrat, aber sie hatte ein sicheres Gefühl dafür, dass sie es mit besonderen, hoch entwickelten Werkzeugen eines menschlichen Körpers zu tun hatte. Sie begann zu sprechen, ganz leise, eigentlich nur zu flüstern. Siebold verstand kein Wort. Er hatte nicht den Eindruck, dass sie mit ihm sprach. Dann bedeutete sie ihm, indem sie ihn vorsichtig zu sich hin winkte, dass er seinen Kopf vorbeugen sollte. Er schob seinen Kopf folgsam vor und richtete seinen Blick nach unten auf den Tisch, als er Azumas Finger in seinen Haaren spürte. Ihr Flüstern wurde aufgeregter, aber er verstand noch immer nichts. Die Berührung seiner Kopfhaut und der sanfte Klang ihres unverständlichen, säuselnden Singsangs hypnotisierten ihn. Er nahm wahr, dass ihre Stimme nicht hoch und zwitschernd war wie bei den gewöhnlichen Huren, sondern ganz im Gegenteil tief und rau, eine Tonlage im vollkommenen Alt. Er wollte sie richtig sprechen hören, um sich ein Bild von ihr zu machen, doch sie war ganz mit sich selbst und der Seltsamkeit seines Körpers beschäftigt. Er war als Person gar nicht anwesend. Als er einmal ungebeten aufblickte, lachte sie ihn einfach wieder so bezaubernd an wie zuvor und bedeutete ihm damit, dass sie noch nicht fertig sei mit ihrer Untersuchung. Seltsam, dachte er sich, das war das Gegenteil dessen, was Yamaguchi ihm vor dem Abschied erklärt hatte. Nicht er, Siebold, der Arzt, durfte einer Frau mit einer ärztlichen Untersuchung der erotischen Art Freude bereiten, nein, er selbst musste sich einer solchen unterziehen und schien damit gerade eine edle Tayū glücklich zu machen. Plötzlich klatschte sie einmal leise in die Hände, die Dienerinnen erschienen, zogen eine Überdecke von ihrem Bettlager ab und schlugen die unteren Decken so auf, dass es wie eine Einladung aussah. Azuma zögerte kurz, nahm dann aber den sprachlosen Barbaren einfach bei der Hand und zog ihn hinter sich her zu ihrem Bett. Er bemerkte nun, dass sie auch ohne die hohen Schuhe größer war als die meisten japanischen Frauen. Er fühlte sich so fremdbestimmt wie bei der peinlichen Situation mit dem Zeitvertreibsmädchen in Narutaki. Doch er vertraute Azuma. Die kurze Zeit des Betrachtens, Flüsterns und der Berührung hatten die Grundlage geschaffen für alles Weitere. Sein Gefühl sagte ihm, dass er sie schon etwas kennt und ihr ohne Gefahr weiter folgen kann. Während er noch stand und sich den Kimono von den Dienerinnen öffnen ließ, sank sie bekleidet auf den Futon. Dann schob sie ihren Umhang beiseite, gewährte ihm einen kurzen Blick auf ihren nackten Körper und hüllte ihn mit ihrem langen Haar wie einen halbdurchsichtigen Schleier wieder ein. Als sie seinen kräftigen Körper und sein halb erigiertes Glied durch einen Spalt des geöffneten Kimonos sah, fing sie wieder an zu flüstern. So wie sie den Umhang behielt er den geöffneten Kimono an, legte sich zu ihr, nahm sie in den Arm und zog sie an sich. Jetzt war es an ihm, sie zu erkunden. Und sie ließ es sich gefallen. Er legte seine sehnige, starke Hand vorsichtig auf ihre Brust, die so groß war, dass er sie nicht ganz fassen konnte. Er massierte sie mit sanftem Druck. Sie sah ihn an und stöhnte leise. Er spürte, wie ihre Brustwarzen hart wurden und sich auf ihren kleinen, braunen Tellern aufrichteten. Sie standen kerzengerade und waren länger und schöner als er es jemals gesehen hatte. Sie drückte die Brust durch und bot sie so seinem Mund an. Er schloss seine Lippen um die herrlichen Nippel auf ihren milchweißen Makronenhügeln, saugte und biss zart hinein. In dem Moment fand ihre Hand seinen *Dankon* und umschloss ihn fest. Mit der anderen führte sie seine Hand entlang ihrer Hüfte, öffnete ihre Schenkel wie eine Auster und legte sie auf ihr feuchtes *Inmon*. Siebold spürte etwas Seltsames, ließ mit seinem Mund von ihrer Brust ab und folgte mit dem Blick seiner Hand. Sie hielt ein Bein angewinkelt in der Luft, ihr schöner Fuß drehte sich langsam wie zu einer unhörbaren Melodie, und ihre Schenkel waren weit gespreizt, um ihm die Pracht ihres kleinen Kunstwerks zu zeigen, auf dem sie immer noch seine Hand festhielt, damit er sie ja nicht zurückziehe. Ihre Vulva lag nackt und frei, er spürte die zarte Haut um sie herum, ihre Scham war zwischen den Schenkeln rasiert. Doch auf ihrem Venushügel zeigte ein dreieckiges Vlies aus Perlen, die im Schamhaar verflochten waren, auf den Eingang, nach dem sich die höchsten Herren des Landes verzehrten, der aber jetzt in den Farben der rosa Kirschblüte nur auf ihn wartete. Von da an führte sie ihn durch alle acht Kapitel des *Himitsu no Tayū no Ichiki*, dem Buch der geheimen Liebeskünste der Tayū.

Der Hofastronom

Siebold, seine Schüler und Mendelssohn verließen Yoshiwara wie verabredet zu Beginn der Stunde des Tigers durch das Omon und blieben unentdeckt, indem sie als lärmende Trunkenbolde, ohne Respekt für die Wachen, an diesen einfach vorbeitorkelten. Kurz vor Sonnenaufgang erreichten sie die Nagasakiya und konnten sich nicht einmal mehr ausziehen. Als die Diener in ihre Räume kamen, um sie zu wecken, lagen Siebold und Mendelssohn noch in voller Verkleidung unter ihren Decken und stellten sich schlafend. Als Siebold sich umzog und für das umfangreiche Tageswerk bereit machte, wollte er sich vergewissern, dass die vergangene Nacht nicht nur ein Traum war. Er suchte im Spiegel nach der Stelle in seinem Haar, wo eine Strähne fehlte. Als er sie fand, dachte er noch einmal an Azuma, an die Freuden, die sie ihm geschenkt hatte und wie gerne er mit ihr sprechen wollte.

Kurz nach dem Frühstück begannen die Konsultationen und die Besuche der Ärzte aus Edo. All diese Menschen, die Siebold sehen wollten, brachten Geschenke, und als ob sie sich abgesprochen hätten, gab es kaum zwei von ihnen, die ihm dasselbe offerierten. So wuchs seine Sammlung von Specimen aus Fauna und Flora, Mineralien und kulturellen Gegenständen des Handwerks, der Kunst, der Religion und der Literatur unaufhörlich. Siebold war trotz der Müdigkeit in bester Stimmung. Seine Schüler, auch nicht ganz frisch nach der durchlebten Nacht, aber ebenso heiter wie ihr ‚Meester', wie sie ihn auf Holländisch nannten, hatten für den Nachmittag einen Ausflug zur Sternwarte in Asakusa organisiert. Diesmal ging die Gruppe, die erst vor wenigen Stunden von der Expedition nach Yoshiwara zurückgekehrt war, mit dem Wachtrupp und dem Yakunin durch dieselben Straßen, die auch zum Vergnügungsviertel führten. Siebold, seine Schüler und Mendelssohn sahen sich immer wieder vielsagend an und mussten ständig lachen. Der gutmütige Genzō Kawasaki war nicht dumm und bemerkte die heitere Verschwörung natürlich. Er wollte wieder einmal lieber nichts davon wissen, denn dieser Ausflug sowie auch alles andere, was den Aufenthalt der Gesandtschaft in Edo betraf, lag in seiner Verantwortung. In seinem amtlichen Tagebuch würde er am Abend nur vermerken, dass sich die holländischen gemeinsam mit den japanischen Ausflüglern über diese Abwechslung freuten und deshalb recht ausgelassen waren. Dass sie sich in einer Weise albern und unernst benahmen, die auf eine ganz andere Ursache hinwies, das musste er nicht schreiben.

Bevor sie an ihrem Ziel ankamen, ließ Siebold sich von Kō die Bedeutung der Sternwarte von Asakusa erklären. Sie war mehr als nur ein Ort für astronomische Beobachtungen und Messungen, die nachts von einer erhöhten Plattform aus auf dem Dach des weitläufigen Gebäudes vorgenommen wurden. Im Laufe der vergangenen Jahrzehnte war sie das Zentrum der gesamten Kartographie Japans geworden, bis sie schließlich auch noch mit der Überwachung und Übersetzung aller ausländischen Bücher beauftragt wurde. Diese Erweiterungen waren im Wesentlichen dem Talent, den wissenschaftlichen Arbeiten und den politischen Bemühungen eines einzigen Mannes zu verdanken, *Kageyasu Takahashi*, auch Sakusaemon genannt, seinen Titeln nach Regierungsbeamter an der Reichssternwarte und Oberaufseher des Reichsbuchwesens. Er war ein vielseitiger und zugleich gründlicher Kenner von Astronomie, Geographie, Botanik und Physik. Opperhoofd Doeff war bei seinem Besuch in Edo vor acht Jahren so beeindruckt von Takahashi und seinen Sammlungen, dass er ihm den lateinischen Ehrennamen *Johannes Globius* gegeben hatte. Als Kō von den Karten erzählte, wurde Siebold ganz wach und konzentriert. Takahashi schien der Mann zu sein, den er schon lange gesucht hatte. Jemand, der sich mit Geographie beschäftigte, mit dem er als Wissenschaftler auf Augenhöhe sprechen könnte und der möglicherweise die Autorität hatte, ihm Zugang zu Archiven und politischen Gönnern zu verschaffen, die er so dringend brauchte, um seine Studien über Japan zu vervollständigen. Ein japanischer Universalgelehrter mit Macht und Einfluss war genau das, was ihm bisher gefehlt hatte.

Siebold war voll nervöser, freudiger Erwartung, als sie die Sternwarte erreichten und von Dienern in die inneren Räume geleitet wurden. Als sie Takahashis weitläufiges Studierzimmer betraten, erhob dieser sich von seinem niedrigen Arbeitstisch und ging als erstes auf Siebold zu. Takahashi hatte schon viel von Siebold gehört und hegte bereits große Bewunderung für den universell gebildeten und wissenschaftlich passionierten Mann, den er für einen Holländer hielt und der dazu noch ein großer Arzt zu sein schien. Eine solche Lichtgestalt der europäischen Aufklärung hatte man in Japan noch nicht gesehen. Für Takahashi war Siebold die Verkörperung der westlichen Überlegenheit und der Bereitschaft der holländischen Regierung, die Früchte jahrhundertelanger europäischer Forschung und Entwicklung mit Japan zu teilen. Kein anderes Land hatte Japan bis dahin etwas gegeben, im Gegenteil. Portugal, England, Frankreich und Russland hatten wiederholt nur eines gefordert, nämlich die Öffnung des Landes. Sie hatten dafür nie etwas angeboten, was diese Öffnung für Japan interessant gemacht hätte. Takahashi war von kräftiger Statur und gesunder brauner Hautfarbe, strahlte Vitalität aus und bewegte sich energisch und federnd wie jemand, der seinen Körper nie vernachlässigt. Siebold war von seiner Jugend überrascht, denn in Japan, wo Seniorität entscheidend ist für die Berufung in höhere Ämter, war es ungewöhnlich, dass jemand mit etwa vierzig Jahren bereits so viel Verantwortung trägt. Siebold war gerade dreißig Jahre alt geworden, und Takahashi erschien ihm vom ersten Augenblick an wie sein älterer Bruder, den er nie hatte. Als die beiden sich zuerst japanisch voreinander verneigten, um danach europäisch mit aller Herzlichkeit die Hände zu schütteln, spürten die Anwesenden, dass das eine Begegnung von zwei großen Männern war, die schon miteinander zu sprechen begonnen hatten, bevor sie auch nur ein Wort gesagt hatten.

„Darf ich Sie und Ihre Kollegen als erstes durch unsere Räume und zu unserem Observatorium führen?" fragte Takahashi in einwandfreiem Holländisch.

„Wenn Sie es nicht angeboten hätten, hätte ich jetzt darum gebeten", gab Siebold mit einem Anflug von Unverschämtheit zurück, um die Gefahr eines formellen Tons für die weitere Konversation gar nicht erst aufkommen zu lassen. Sie gingen weiter zu den Archiven und Übersetzungsstuben. Siebold und seine Schüler staunten über die Sammlungen holländischer, französischer, russischer und chinesischer Bücher aus über zwei Jahrhunderten, deren Originale in ganz Japan nur an diesem Ort zugänglich waren. An langen Tischen hockten Schreiber und Übersetzer vor dicken Folianten und Pergamentrollen, übersetzten und vervielfältigten die wertvollen Vorlagen, damit sie von den japanischen Autoritäten im Bedarfsfall genutzt werden können. Im nächsten Saal fanden sich die Kartensammlungen, und hier spürte Siebold eine Erregung, die ihm schier den Atem raubte. Um seine glühende Freude darüber zu verbergen, endlich in der Schatzkammer der japanischen Geographie zu stehen, lenkte er die Aufmerksamkeit auf einige alte Globen, die er entdeckt hatte und von denen er wusste, dass sie schon vor über hundert Jahren von der holländischen Gesandtschaft als Geschenke an den Shōgun mitgebracht worden waren. Er dozierte darüber, wie sehr sich seitdem die Küstenlinien der Kontinente verschoben haben und dass der fünfte Kontinent, die Terra Australis, darauf noch gar nicht verzeichnet war. Die Holländer seien zwar mehrmals an der australischen Küste gelandet, hätten 1642 unter Abel Tasman sogar eine Expedition zur Erforschung des Landes unternommen, um es Neu-Holland zu nennen und dabei auch noch das heutige Tasmanien entdeckt. Doch das Land war so menschenleer, öde und trocken, dass die holländische Regierung kein Interesse daran zeigte, sich weiter auf dem Südkontinent zu engagieren. Er wurde nicht einmal ordentlich kartographiert. Das hat erst viel später James Cook besorgt, der Australien und Tasmanien 1770 offiziell als die Kolonie New South Wales in das britische Empire einfügte.

Takahashi führte die Gruppe durch weitere Säle, dann hinein in einen Turm, wo sie über eine steile Treppe hinauf die astronomische Beobachtungsplattform auf dem Dach des Gebäudes erreichten. Die Sicht über die große Stadt, die Region *Kantō* und auf den majestätischen Fuji-san im Westen war atemberaubend. Was Siebold aber noch viel mehr faszinierte, das war die riesige *Armillarsphäre* mit Ekliptikring in der Mitte der Plattform. Mit ihr konnten alle Koordinaten von Himmelserscheinungen wie Planeten- und Sternenbewegungen oder Kometen genau beobachtet werden. Er hatte dieses Messgerät noch nie in einer so großen Ausführung gesehen. Takahashi lächelte zufrieden.

„Ich habe sie selbst nach europäischen Vorbildern anfertigen lassen. Allerdings wollte ich sie nicht auf meinen Arbeitstisch stellen, sondern – Ihnen kann ich das ja sagen – die Regierungsbeamten und vor allem die Fürsten beeindrucken. Die hohen Herrschaften wollen gerne gut unterhalten werden, wenn sie sich mit den Wissenschaften beschäftigen. Nur so bekomme ich die notwendige Unterstützung und Förderung für diese Einrichtung."

„Ich weiß genau, wovon Sie sprechen", gab Siebold immer noch gebannt von der faszinierenden Konstruktion zurück und dachte an das, was Major *Fritze* über das *Stethoskop* gesagt hatte und wie er selbst seine Operationen und Impfungen inszeniert, manchmal bis an die Grenze der Scharlatanerie, wenn er etwa ein unwirksames Impfserum verwendet.

Torigoe no Fuji
Sicht vom Dach der Sternwarte von Asakusa mit großer Armillarsphäre

Um in nichts nachzustehen, bat Siebold seine Schüler, die Instrumente für eine Höhenmessung zu bringen. Er zeigte Takahashi, wie man mit einem *Barometer* oder *Torricellis* Glasröhren mittels des Luftdrucks, der auf eine Quecksilbersäule wirkt, die Höhe über dem Meeresspiegel bis zu einer Genauigkeit von einigen Metern messen kann. Dazu müsse man berücksichtigen, erklärte Siebold, bei welcher Wetterlage man die

Messung vornimmt und eine Standardatmosphäre als Ausgangswert eichen. Takahashi staunte, denn von diesem *geodätischen* Verfahren, das es in Europa schon seit fast zwei Jahrhunderten gab, hatte er noch nie gehört. Siebold beschämte seinen neuen Freund zunächst, indem er ihm die beiden Messgeräte einfach als Geschenke überließ. Genau zu diesem Zweck hatte er diese Doppel in seiner eigenen Ausrüstung mitgeführt. Takahashi wollte die wertvollen Gaben zuerst nicht annehmen, doch schon im nächsten Moment war das Glück über diese Erweiterung seiner Instrumentensammlung auf seinem Gesicht unübersehbar. Die Höhenmessung war eine der schwierigsten und mühsamsten Unterfangen bei der Erstellung von Landkarten, meistens nur zu bewältigen mit komplizierten Vergleichswerten und trigonometrischen Berechnungen, die kaum einer außer ihm beherrschte. Diese Ausrüstung aus den Händen Siebolds könnte manche Expedition zur Vermessung entlegener Landstriche erheblich erleichtern.

Wissenschaft macht hungrig. Und so lud Takahashi seine Besucher in ein nahegelegenes, bescheidenes Gasthaus ein. Der Eingang war wie so häufig keine Tür, auch kein Shōji, sondern man trat durch einen Vorhang ein, der die obere Hälfte gerade so abdeckte, dass man nicht hineinsehen konnte und der mit dem Namenszug des Gasthauses in großen Kanji bedruckt war. Die Spezialität des Hauses war das beliebte Tempura – Gemüse, Fisch und Meeresfrüchte frittiert in einem dünnen, knusprigen Teigmantel. Die einzelnen frittierten Stücke werden entweder leicht mit Salz bestreut oder in eine Tunke aus Gemüsefond, süßem Reiswein und Sojasauce getaucht, in der Rettich und Ingwer schwimmt. Siebold kannte dieses Gericht seit seinen ersten Tagen in Narutaki. Es bot eine willkommene Abwechslung zu den ansonsten exotischen rohen Speisen der gehobenen japanischen Küche, die Europäer mit ihren Essgewohnheiten und ihrer Vorliebe für Gekochtes und Gebratenes auf harte Proben stellten.

„Schon dafür müssen wir Europa danken!", rief Takahashi theatralisch aus, während er mit seinen Stäbchen eine frittierte Garnele hochhielt.

„Was meinen Sie damit?", fragte Mendelssohn, vor Überraschung ein wenig verständnislos.

„Ach, Sie wissen es gar nicht? Tempura ist ursprünglich kein japanisches Gericht. Wir kannten das Frittieren von Speisen in Öl nicht, bis uns die Portugiesen vor etwa zweihundertfünfzig Jahren diese Garmethode zeigten."

„Erstaunlich! Die Portugiesen haben das japanische Reich also nicht nur mit Feuerwaffen, sondern auch mit Tempura bereichert – und es dafür um viel Gold und Silber erleichtert. Dann ist das hier eine wahrlich wertvolle, ähem... zumindest teuer bezahlte Speise" sagte Siebold mit gespieltem Ernst, während auch er mit den Stäbchen gekonnt ein Stück Fisch hochhob und es übertrieben bewunderte. Alle lachten. Siebold hatte nicht oft komische Sprüche locker sitzen. Doch wenn ihn einmal der Schalk ritt, dann kam das umso überraschender und in sympathischem Kontrast zu seiner sonstigen Ernsthaftigkeit und seinem ständigen Bemühen um einen würdevollen Auftritt.

Nach dieser Demonstration von Siebolds komischem Talent ging das Gespräch über Geographie und Weltgeschichte. Siebold berichtete Takahashi mit gemischten Gefühlen über die Entwicklung in den europäischen Kolonien Sumatra, Indien, Afrika und Australien, vor allem aber über die wachsenden Spannungen in China, das immer stärker von England bedrängt wurde, den Handel mit Opium auszuweiten. Die Handelsbilanz war für die Engländer bis vor wenigen Jahren dramatisch negativ gewesen. Sie hatten in viel größerem Umfang Seide, edles Porzellan und Tee gekauft, als sie Güter an die Chinesen verkaufen konnten. Silber wurde deshalb als Zahlungsmittel in Europa schon knapp. Doch mit dem Verkauf von Opium, das sie aus Bengalen bezogen, konnten die Engländer den Spieß umdrehen. Damit wuchs wiederum der Widerstand der chinesischen Verwaltung, die nun ihrerseits das chinesische Silber nach England abfließen sah. Sie hatte außerdem begonnen, die Konsumenten von Opium wegen des offenbaren Verfalls der Sitten zu verhaften und Opiumpfeifen zu beschlagnahmen. Doch der Handel blühte weiter und der Umschlag an Opium verdoppelte sich jedes Jahr.

„Das könnte zu einem ernsthaften Konflikt führen. Was meinen Sie, Sensei?" fragte Takahashi besorgt.

„Ich halte das auch für möglich. Die Engländer zwingen mit ihrer Freihandelsdoktrin die größte asiatische Nation, eine gefährliche Droge in großen Mengen und zu Höchstpreisen zu kaufen, die sie in ihrem eigenen Land niemals legal zulassen würden. Das kann nicht gut gehen. Andererseits hat das chinesische Reich den aggressiven Engländern an Militär und Waffen nichts entgegenzusetzen. Wenn es zu einer Zollrebellion, einem bewaffneten Handelsstreit oder offenem Krieg kommt, dann wird China die ganze Macht des britischen Empires zu spüren bekommen – ohne die geringste Aussicht auf einen Sieg, befürchte ich."

Noch war China unabhängig und hatte den Handelsverkehr mit den westlichen Nationen weitgehend unter Kontrolle. Siebold war jedoch überzeugt, dass der für China unerträgliche Opiumhandel zu einer Auseinandersetzung führen muss, die das Riesenland zu einer weiteren Kolonie der britischen Krone degradieren könnte. Die Konsequenzen für das Verhältnis Japans zum westlichen Ausland wären fatal. Das Bakufu hätte eine weitere Bestätigung für seine Isolationspolitik. Alle bisherigen Bemühungen, die japanische Regierung in Richtung einer geregelten Öffnung zu beraten, wären zunichte gemacht. Diesen Gedanken behielt er vorläufig für sich. Stattdessen erläuterte er ausführlich die Verhältnisse der europäischen Mächte untereinander. Er begann mit Napoleon, seiner korsischen Herkunft, seinem Feldherrentum und den Eroberungszügen, die den Kontinent politisch umgeformt hatten. Weiter berichtete er von der Hegemonie Frankreichs bis zum Niedergang des genialen Korsen, von der Schicksalsschlacht bei Waterloo, Napoleons Ende auf der einsamen Insel Sankt Helena und dem Wiener Kongress, auf dem eine Neuordnung Europas nach den alten Maßstäben feudaler Herrschaft beschlossen wurde, weshalb man es eine ‚Restauration' nannte. Takahashi kannte diese Ereignisse zum Teil aus den Protokollen der sogenannten ‚Holländer-Gespräche' in Nagasaki. Es war jedoch etwas ganz anderes, all dies im Zusammenhang und aus dem Munde eines berufenen Beobachters zu hören. Über Russland, den nördlichen Nachbarn Japans berichtete Siebold, was für ein riesiges, wildes und barbarisches Land das sei, obwohl es seit über einem Jahrhundert von aufgeklärten Fürsten regiert wird, die das Los der ungebildeten Masse verarmter Bauern und Leibeigener verbessern wollen. Die drei Zaren Peter I., genannt ‚der Große', Katharina II., ebenso ‚die Große', und Alexander I. bilden das erleuchtete Dreigestirn dieses Landes, dessen ganze Macht in seiner immensen Größe liegt. Damit hat es sogar den Eroberungsdrang des für unbesiegbar gehaltenen Napoleons aufgehalten und seinen Untergang eingeleitet. Siebold führt aus, wie dünn besiedelt der Osten Russlands sei, Sibirien, die Kamtschatka und die Halbinsel Sachalin, für die es einen japanischen Namen gab, *Karafuto*. Diese Gegenden seien wenig erforscht und noch nicht einmal richtig kartographiert. Er sehe von dort keine Bedrohung für Japan ausgehen, sagte Siebold, nur müssten die Grenzen zwischen beiden Reichen einmal vereinbart werden, damit es nicht irgendwann zu Streitigkeiten kommt.

„Karafuto ist keine Halbinsel, Sensei. Es ist eine Insel, getrennt vom russischen Festland durch eine Meerenge von etwa zwei *Ri*", ergänzte Takahashi so beiläufig wie möglich, um den Fluss von Siebolds Erzählung nicht mit wichtigtuerischen Einzelheiten zu unterbrechen. Doch Siebold war zuerst perplex, dann wie elektrisiert.

„Takahashi-sama, wie seid Ihr zu dieser Erkenntnis gelangt, wenn ich fragen darf?"

„Mein Kollege *Rinzō Mamiya*, der nicht nur Geograph ist, sondern auch ein erfahrener Seefahrer, hat im fünften Jahre *Bunka*, nach eurer Zeitrechnung 1809, eine Expedition unternommen, um die Festlandbrücke zwischen Karafuto und der Tatarei genau zu bestimmen. Doch er hat sie nicht gefunden, sondern nur einen Sund an der engsten Stelle zwischen der Insel und dem Festland. Wir waren auch überrascht."

„Lieber Freund, darüber müssen wir bei nächster Gelegenheit unbedingt sprechen. Das ist eine große und wichtige Neuheit für die europäischen Wissenschaften!"

Siebold sammelte sich kurz und erzählte, durch diese Neuigkeit angeregt, enthusiastisch vom Freiheitskampf der nordamerikanischen Kolonisten unter George Washington gegen das Mutterland England, von der Unabhängigkeit der Vereinigten Staaten seit 1775 und von ihrem rasanten geographischen Wachstum. Aus den ursprünglich dreizehn Gründerstaaten an der Europa zugewandten Atlantikküste waren inzwischen vierundzwanzig Bundesstaaten geworden. Es gab keinen Zweifel mehr, dass die junge amerikanische Nation einen unwiderstehlichen Drang nach Westen spürte, der irgendwann die Pazifikküste erreichen würde. Es gab bereits Bestrebungen, den Mexikanern, die sich 1821 auch von ihrem Mutterland Spanien unabhängig erklärt hatten, die ganze Westküste einfach abzukaufen. Bisher lebten in diesem riesigen Territorium, das Kalifornien genannt wurde, nur wenige Tausend Europäer und Indianer. Doch bald schon würde nur noch der Pazifik zwischen Japan und den Vereinigten Staaten von Amerika liegen. Siebold berichtete auch von der zunehmend brutalen Vertreibung der Ureinwohner Nordamerikas, deren kriegerische Kultur er bildhaft und eindrucksvoll beschrieb. Mit Schaudern lauschten nicht nur Takahashi, sondern auch die Schüler Siebolds, als er von der amerikanischen Sklaverei berichtete und wie die englischen Truppen bis zum Unabhängigkeitskrieg das Vertrauen der Indianer erschlichen hatten, indem sie ihnen als Gastgeschenke Jacken und Hosen von pockeninfizierten Soldaten gaben. Zusammen mit der Beschreibung des chinesischen Dilemmas ließ Siebold keinen Zweifel daran, was passieren würde, wenn Engländer und Amerikaner einen unkontrollierten Zugang zu Japan bekämen. Damit fand er die Überleitung zu seinem eigenen Anliegen, die Einführung der Vakzination in Japan. Denn vor diesem Hintergrund, dass nicht nur Gewehre und Kanonen, sondern auch Drogen und vor allem Seuchen als Waffen eingesetzt werden könnten, war es wichtig, so viele Ärzte wie möglich, vor allem die am Hofe des Shōgun, mit dem Prinzip der Impfung und ganz speziell mit der Pockenimpfung vertraut zu machen. Dasselbe Verfahren werde man, so versprach er, sicher bald auch für andere weit verbreitete Krankheiten wie Typhus, Cholera und Syphilis finden. Takahashi war völlig gebannt von diesen Nachrichten aus fernen Ländern. Er hatte noch nie einen so aktuellen und zugleich dramatischen Bericht der Weltlage gehört und hätte stundenlang dort sitzen und lauschen können. Als Siebold plötzlich laut und unwiderstehlich gähnen musste, bemerkte Takahashi, dass zwei von Siebolds Schülern bereits im Sitzen schliefen. Draußen war die Sonne bereits untergegangen, die *bürgerliche Dämmerung* wich allmählich der astronomischen und sie saßen nur noch im Schein der Öllampen um den abgeräumten Tisch des Gasthauses.

„Soro-soro kaerimashō", sagte Mendelssohn müde unter Aufbringung seiner Japanischkenntnisse, womit er korrekt ausdrückte, dass sie vielleicht langsam aufbrechen sollten.

„Ja", sagte Siebold, zu Mendelssohn hinüberblinzelnd „das war ein langer Tag. Takahashi-sama, wir möchten uns bedanken für Ihre Einladung zu diesem ersten Gedankenaustausch. Da unsere Zeit in Edo eng bemessen ist, würde ich Sie gerne sobald als möglich bei uns in der Nagasakya als Gast empfangen dürfen, damit wir dieses Gespräch fortführen können."

„Kochira koso, Shiboruto-sensei, es wäre mir eine große Freude. Wir haben uns sicher noch viel zu erzählen."

Mit diesen Worten und einem äußerst verbindlichen, direkt an Siebold gerichteten Lächeln schloss Takahashi die Konversation und bezahlte für seine Gäste. Draußen verabschiedete man sich auf der belebten Straße. Wortlos schleppten sich die Ausflügler der vergangenen Nacht zurück in ihre Herberge und Genzō Kawasaki, der im Gasthaus während der ganzen Zeit mit befreundeten Beamten aus Asakusa an einem anderen Tisch gesessen hatte, musste sich wieder einen neuen Reim auf den seltsamen Stimmungswechsel machen. Er beschloss, folgendes in seinem amtlichen Tagebuch zu notieren: „Erschöpft von der Begegnung mit einem unserer größten und brillantesten Wissenschaftler, der Takahashi Sakusaemon ohne Zweifel ist, haben die Gesandten die Grenzen ihres eigenen Wissens erfahren und ziehen sich schweigend zurück in die Nagasakiya, um zu überdenken, was sie von dem *Rangakusha* Takahashi zurückbekommen und was sie von den ehrwürdigen Wissenschaften unseres japanischen Reiches alles noch lernen können."

Auch Siebold notierte noch etwas in seinem Tagebuch, obwohl er todmüde war und die Feder kaum noch halten konnte.

„Ich stand heute wie Ali Baba in seiner sagenhaften Schatzhöhle. Wie schwer es war, die Sternwarte von Asakusa wieder zu verlassen! Alles nur kurz erblicken zu dürfen, nichts anzufassen, geschweige den zu studieren oder sogar – zu kopieren. Ich sah die detailliertesten Landkarten des verborgenen japanischen Reiches mit allen Grenz- und Nebenländern! Der Astronom Takahashi, ein hervorragender Mann und ganz nach meinem Geschmack, herrscht über diese Kartenbibliothek umsichtig und vorsichtig wie ein Fürst der Wissenschaft über seinen kleinen Staat. Beiläufig ließ er die Bemerkung fallen, dass Sachalin keine Halbinsel, sondern eine Insel sei. Welche Geheimnisse werden diese Karten Nippons wohl noch bergen? Dieses Mal brauche ich ein ‚Sesam öffne dich!‘, um mir noch einmal Zugang zu diesen Schätzen zu verschaffen.“

Besuch des alten Malers

Am nächsten Tag machte sich Siebold ausgeschlafen und erholt wieder an die Arbeit. Der Strom von Besuchern setzte schon am frühen Morgen ein, Ärzte und ihre Patienten warteten in den Vorräumen der Nagasakiya, bis sie an der Reihe waren. Das Mittagessen nahm er mit Oberst de Sturler und dem Yakunin Kawasaki in der Herberge ein, wo ihre mitgebrachten Köche sie mit holländischer Küche versorgten. Dabei besprachen sie den Ablauf der nächsten Tage und vor allem die Vorbereitungen für die Audienz beim Shōgun. Um sich etwas Bewegung zu verschaffen, machte Siebold danach mit einem Übersetzer, einem jungen Arzt aus Edo und zwei Polizisten einen Spaziergang zu einem nahegelegenen Markt, wo sie Arzneipflanzen aussuchten, die er für seine Apotheke kaufte. Der Frühling hatte die Herrschaft über das Wetter errungen und die Sonne schien nicht mehr nur gleißend hell aus dem pazifischen Blau herab, sondern wärmte alles Leben bis ins Innerste, um den Winter vergessen zu machen. Von der Bucht strömte immer wieder etwas kühlere Luft über die Stadt, ganz so, als ob das Meer mit den salzigen Brisen auf sich aufmerksam machen wollte. Siebold bemerkte zum wiederholten Mal, wie unterschiedlich das Straßenbild in Edo im Vergleich zu Osaka und Kyōtō war. Während letztere weitgehend zivile Städte waren, wo man im urbanen Treiben hauptsächlich Händler, Mägde, Dienerinnen, Hilfsarbeiter und Bauern antraf, so wurde der Alltag in den Straßen Edos von den Samurai beherrscht, die mit zwei Schwertern bewaffnet, einem kurzen und einem langen, einherstolzierten, in aller Regel mit ihrer Frau, Schülern oder Bediensteten in Gefolge, die drei Schritte hinter ihrem Herren gehen mussten. Es war wie eine endlose Parade von eitlen

Pfauen, die das gemeine Volk keines Blickes würdigten und nur untereinander grüßten, wenn sie miteinander bekannt waren. Das Seltsame dabei war, dass dieses gemeine Volk, Bauern, Handwerker oder Kaufleute, sich nicht im Geringsten um die herrisch dreinblickenden Samurai kümmerten. Man vermied es nur, ihren Weg zu kreuzen oder ihren Blicken zu begegnen. Einem Samurai ins Gesicht zu sehen war bereits eine Beleidigung, und diese Mitglieder der schon lange beschäftigungslosen Kriegerkaste hatten immer noch das Recht, jeden zu züchtigen oder gar auf der Stelle hinzurichten, der ihnen Respekt und Unterwerfung verweigerte. Der junge Arzt an der Seite von Siebold erklärte ihm, dass rund die Hälfte aller Einwohner von Edo dem Stand der Samurai angehörte, dass die allermeisten von ihnen jedoch in einfachen Verhältnissen lebten, weil es in ihrem erlernten Beruf, dem Kriegshandwerk, zu wenig Arbeit gab. Adelige leisteten sich kaum noch die Dienste von mehreren Samurai als Leibwachen, denn ihre Burgen, für die sie tatsächlich die Bewachung durch fähige Krieger brauchten, waren weit draußen in der Provinz. Deshalb waren viele Samurai als Höflinge oder als Verwalter und Beamte für das Bakufu tätig. Wenn ein fähiger Samurai der Spitzenklasse von seinem Herrn ein Reisstipendium von vierhundert *Koku* erhielt, dann galt er schon als wohlhabend, konnte seine Familie ernähren und ein eigenes Anwesen unterhalten. So einen Samurai konnte sich nur ein *Daimyō* leisten, der selbst Einnahmen von mindestens zwanzig-, eher sogar dreißigtausend Koku hatte. Auch mit 150 Koku hatte ein Samurai noch ein ordentliches Auskommen, doch die meisten verdienten nicht mehr als 50 bis 100. Grundsätzlich mussten sie sich für geringsten Lohn einem Herrn anbieten, denn sonst wurden sie ehrlose Rōnin oder ‚Wellenmenschen', herrenlose Samurai, die umherstreifen mussten, um irgendwie jemanden zu finden, der sie in seine Dienste aufnimmt. Diese Leute waren besonders gefährlich, denn ihre Verzweiflung über den Verlust des Ansehens machte sie aufbrausend und gewalttätig. Häufig sah man ihnen die fortgeschrittene Deklassierung und Verwahrlosung auch an, vor allem wenn sie schon jahrelang auf der Suche waren, denn anders als die Samurai banden sie ihre Haare nicht mehr streng nach hinten zu einem sauberen Zopf oder rasierten sich nicht einmal mehr die Stirn. Alles, was ihnen blieb, war das Privileg, einfache Bürger drakonisch zu bestrafen, wenn sie das Gefühl hatten, dass man ihnen nicht genug Respekt erwies. Diese Auskunft des jungen Arztes ließ Siebold nicht unbeeindruckt. Er hätte nicht gedacht, dass die Grenze zwischen friedlichem, zivilen Leben und brutaler Gewalt in dieser riesigen, wohlgeordneten Metropole, die zugleich Herrschersitz des militärischen

Oberhaupts der japanischen Regierung war, so fragil ist. An diesem Tag trug er seine Uniform mit dem imposanten Säbel nicht, und so fühlte er sich plötzlich unangenehm schutzlos und angreifbar. Vorsichtshalber kehrte er mit seiner Begleitung wieder zurück in die Herberge.

Später am Nachmittag unterrichtete er wieder die Ärzte aus der Stadt. Diesmal war es eine denkbar anschauliche und angenehme Lektion, denn er führte ihnen das Stethoskop vor und erklärte ihnen die Prinzipien der *Auskultation*. Wie immer, wenn Siebold japanischen Wissenschaftlern neue Kenntnisse vermitteln und diese mit ihnen bis dahin unbekannten sinnlichen Erfahrungen verbinden konnte, so wie hier ein neues Gerät die Geräusche des Körperinneren erfahrbar machte, waren sie ganz gebannt von diesen neuen Eindrücken. Siebold bemerkte dabei immer wieder, wie stark Japaner an der Praxis orientiert und auf ihre Intuition angewiesen sind, dass sie immer handfeste, unmittelbare Wahrnehmungen brauchen. Diese Aufgeschlossenheit machte ihm große Freude, denn dadurch waren sie wirklich leicht zu überzeugen, wenn man ihnen etwas zeigen und vorführen konnte. Zugleich begriff er, dass diese Haltung etwas Konservatives hatte, denn auf diese Weise würden sie nie selbst auf grundlegende Erkenntnisse stoßen. Dafür waren sie zu sehr am Althergebrachten, Bewährten, Selbstverständlichen und Offensichtlichen orientiert. Um die verborgenen Zusammenhänge der Natur zu entschlüsseln, sei es in der Medizin, der Pharmazie oder der Physik, mussten Entdecker gerade gegen ihre eigene Intuition und noch mehr gegen die ihrer Kollegen forschen. Das schien Siebold ein europäisches Talent zu sein, aus dem die Theoriefreudigkeit der westlichen Wissenschaften kommt. Natürlich waren auch dort viele Entdeckungen dem Zufall geschuldet, die etwa durch einfaches Probieren, Bauen, Basteln und planloses Werkeln entstanden waren. In den letzten Jahrhunderten wurden jedoch immer mehr Erkenntnisse durch gezieltes Experimentieren gewonnen. Und wer ein Experiment macht, der braucht vorher eine Theorie, die in diesem Experiment bestätigt oder widerlegt werden soll. Diese *Heuristik* genannte ‚Logik des Findens neuer Erkenntnisse' war den Japanern, so wie er sie bis dahin kennengelernt hatte, ganz fremd. Erst durch das Verständnis dieser Fremdheit konnte er richtig ermessen, wie wenig selbstverständlich die europäischen Wissenschaften waren und welche seltsame wie großartige Leistung des menschlichen Geistes darin lag, die Natur der Dinge auf diese ganz spezielle Art und Weise zu erforschen. Er wollte bei nächster Gelegenheit einmal mit Mendelssohn darüber philosophieren, um diese Überlegungen mit ihm zu überprüfen. Zunächst aber war er über alle Maße zufrieden, dass die japanischen Gelehrten sich wieder einmal als enthusiastische und so vorurteilslose wie begabte Schüler erwiesen, die keinerlei Schwierigkeiten damit hatten, die Überlegenheit der westlichen Wissenschaften neidlos anzuerkennen. Er dachte dabei auch an Alexander von Humboldt, der bei seiner großen Forschungsreise nach Südamerika nicht das Glück gehabt hatte, eine indigene Schicht wissenschaftlich ausgebildeter Gelehrter vor sich zu haben, mit denen er das Wissen Europas teilen konnte, während er selbst von ihnen lernen konnte, sondern der sich unter ständiger Bedrohung durch Jaguare, Boas und Vogelspinnen, geplagt von Moskitos und verfolgt von kannibalischen Eingeborenen, durch den tiefsten, heißesten und feuchtesten Dschungel schlagen musste. Ja, im Vergleich zu Humboldts entbehrungsreicher Entdeckungsfahrt hatte Siebold ein deutlich komfortableres Los gezogen, zumal ihn nichts glücklicher machte als der wechselseitige Austausch von Wissen und Erfahrung mit seinen japanischen Kollegen, von denen immer mehr auch seine Freunde wurden. Allen voran der erstaunliche Hofastronom Takahashi. Das Wiedersehen mit ihm konnte er in seiner freudigen Ungeduld gar nicht erwarten.

So verlief auch dieser Tag voller neuer Eindrücke und Gedanken für Siebold angenehm, bis eine größere Gesellschaft von akkreditierten Ärzten und Beamten sich nach Sonnenuntergang im Gästehaus der Gesandtschaft einfand, um den Abend gesellig bei holländischen Speisen, französischen Weinen und spanischen Likören ausklingen zu lassen. Man zog sich früh in die Gemächer zurück und damit war der offizielle Teil des Tagewerks abgeschlossen. Was die japanischen Wachen und der Yakunin nicht wussten, war die Tatsache, dass es beinahe an jedem späteren Abend ein weiteres Programm für Siebold gab. Denn dann war die Stunde der inoffiziellen und nicht genehmigten Besucher in der Nagasakiya. Sie traten nie über das Haupttor ein, sondern über den Hinterhof und den Garten der Herberge. Es war so einfach, dass Siebold und Mendelssohn schon längst eine uneingestandene und gutwillige Mitwisserschaft der japanischen Beamten vermuteten. An diesem Abend jedenfalls brachte Siebolds Zeichner Tojosuke unangekündigt einen Überraschungsgast. Dieser wurde zuerst in die Gemächer von Oberst de Sturler geführt, wo er sich zusammen mit dem Übersetzer nur kurz aufhielt. Als das Shōji von Siebolds eigens eingerichteten Gastraum mit einem leisen Rauschen wie von Samt geöffnet wurde, führte Tojosuke einen älteren, rüstigen, aber schon etwas gebückten Mann herein, der Siebold mit großen, klugen Augen von unten heraufschauend anlachte.

„Sensei, ich möchte Ihnen Iitsu-san vorstellen. Herr Iitsu ist bekannt mit dem vormaligen Opperhoofd Jan Cock Blomhoff."

„Hajimemashite. Dōzo yoroshiku onegai shimasu" sagte Siebold höflich zur erstmaligen Begrüßung und die beiden Männer verbeugten sich kurz voreinander. „Bitte nehmen Sie doch beide Platz."

Alle drei setzten sich um den niedrigen Teetisch und eine Dienerin, die bis dahin still in der Ecke saß, schenkte gekühltes Bier aus *Java* in kleine Tontassen ein. Nichts war den japanischen Besuchern der holländischen Gesandtschaft, den offiziellen wie den inoffiziellen, wichtiger als die einzigartige Gelegenheit, fremdländische und für sie exotische Speisen und Getränke aus Europa zu kosten. Siebold wusste das und bot seinen Gästen immer etwas aus dem eigens dafür mitgeführten Proviant an. Herr Iitsu, wie er sich nannte, starrte in die Tasse, in der man nur weißen Schaum und nichts Trinkbares sah. Dann blickte er verwirrt zu Tojosuke und Siebold, die ihre Tassen erhoben und ihm zuprosteten. Er nahm seine Tasse, sprach als erstes Wort ein deutliches *„Kanpai!",* setzte das Getränk dann aber recht unentschlossen an seine Lippen, schielte nach rechts und links, um zu sehen, was die anderen machen, schloss die Augen, riss sich zusammen und nahm den ersten Schluck. Als er die Tasse absetzte grinste er mit immer noch geschlossenen Augen und Schaum auf den Lippen.

„Oishii!" rief er aus, was bedeutete, dass ihm das Getränk schmeckte. Das Ungewöhnliche an Bier war, dass es ein durch Gärung perlendes und prickelndes alkoholisches Getränk ist, das dazu noch eine Schaumkrone hat. Beides kannten die Japaner nicht und es war für jeden, der es zum ersten Mal kostete, ein unvergessliches Geschmackserlebnis. Siebold und Tojosuke lachten zusammen mit dem glücklichen Herrn Iitsu. Dann übernahm Tojosuke wieder seine Rolle als Übersetzer und Moderator.

„Iitsu-sama begegnete wie gesagt Opperhoofd Blomhoff anlässlich des letzten Aufenthalts der holländischen Gesandtschaft hier in Edo, also vor rund vier Jahren."

Als Herr Iitsu Blomhoffs Namen hörte, nickte er lächelnd und anerkennend. Er hatte offensichtlich gute Erinnerungen an Oberst de Sturlers Vorgänger.

„Nun, Herr Iitsu ist ein anerkannter, um nicht zu sagen in ganz Japan berühmter Maler und Zeichner." Siebold wurde hellhörig. „In dieser Qualität ließ er sich vom damaligen Opperhoofd mit einer Reihe von Bildern beauftragen. Nun, geschuldet der Tatsache, dass Herr Iitsu in der darauffolgenden Zeit außerordentlich beschäftigt war, konnten diese bestellten Bilder nicht wie vereinbart fertig gestellt werden. Doch inzwischen sind sie vollständig ausgefertigt, auch wenn ihr Auftraggeber nicht mehr auf Dejima weilt. Iitsu-sama möchte sich für diese Unpünktlichkeit aus tiefstem Herzen entschuldigen. Zugleich möchte er sich bei Ihnen, Shiboruto-sensei, erkundigen, ob Sie bereit wären, ihm eine Hälfte der Charge an Bildern, die Opperhoofd Blomhoff bestellt hatte, zu übernehmen. Die erste Hälfte hat Opperhoofd Oberst de Sturler bereits übernommen." Während Tojosuke das ausführte, nickte Herr Iitsu unterwürfig und wie vom schlechten Gewissen geplagt in Siebolds Richtung, unterbrach sich dann aber selbst, setzte eine ganz andere Miene auf und griff gierig nach der Biertasse, die er in einem Zug leerte.

„Darf ich die Bilder einmal sehen", fragte Siebold aufgeräumt. Wenn es um Geld ging, von dem er sich trennen sollte, dann wurde er vorsichtig. Seine Ausgaben für all die botanischen, zoologischen und ethnographischen Objekte, aus denen er eines Tages in Europa die größte Sammlung zum Verständnis von Japan machen wollte, waren inzwischen immens. Außerdem war er grundsätzlich misstrauisch bei japanischen Malern. Er hatte gesehen, wie schwer es ist, unter ihnen wirklich fähige Leute zu finden. Tojosuke selbst war für ihn schon eine herausragende Ausnahme, denn er war von den vielen Zeichnern, die sich in Nagasaki für die Hofreise beworben hatten, der Einzige, der sich über die Abbildung von Pflanzen, Tieren und Landschaften hinaus mit Portraits von Menschen qualifizieren konnte. Bei diesem alten Mann, Herrn Iitsu, befürchtete Siebold sogar, dass es sich eher um einen Freizeitmaler und Liebhaber schöner Bildchen handelt als um einen echten Künstler, und insgeheim ärgerte er sich bereits, dass Tojosuke ihn so unangemessen hochgejubelt hatte.

„Selbstverständlich", antwortete Tojosuke und bat Herrn Iitsu, die Bilder zu zeigen. Der nahm eine längliche Holzkassette aus seinem Beutel, schob den Deckel beiseite, der wie ein Schlitten eingefügt war, und entnahm mehrere Bildrollen. Siebold und Tojosuke räumten Tassen und Schalen beiseite, um genug Platz auf dem Teetisch zu machen. Langsam und andächtig zog Herr Iitsu mit beiden Händen eine der Bildrollen im Schein der Öllampe auseinander, sodass ganz allmählich das Motiv erkennbar wurde. Was Siebold zu sehen bekam, war wie ein Fenster zu einer anderen Welt. Ihm blieb der Mund offen stehen, denn er wollte etwas sagen, wusste aber nicht was. Er war sprachlos. Vor ihm lag zart geglättet eine Tintenzeichnung, die drei halbnackte Frauen mit offenem Haar zeigte, Perlentaucherinnen, die, nur mit Tüchern um die Hüften geschlungen, am pastellfarbenen Meeresboden tauchen, große Muscheln von den Felsen lösen und sie an die Oberfläche zu einem Fischerboot bringen. Die ganze Szenerie, die Perspektiven unter Wasser vereinigt mit dem Blick auf das Boot im Wellengang, muteten an wie ein Traum. Siebold hatte etwas derart Phantastisches noch nie gesehen. Langsam streckte er die Hand aus uns strich über das edle, bemalte Papier. Herr Iitsu lächelte zufrieden. Auch Tojosuke war erleichtert über Siebolds offensichtliches Gefallen an dem Bild.

Die Perlentaucherinnen

„Sehr schön", flüsterte Siebold.

„Das hier, das kennen Sie vielleicht besser", sagte Herr Iitsu jetzt auf Japanisch und sehr geschäftsmäßig direkt zu Siebold, da er begriffen hatte, dass er ihn verstehen konnte. Dabei nahm er eine andere, größere Rolle aus der Kassette und breitete sie direkt über dem ersten Bild aus. Es war ein Holzdruck, gehalten in prangendem Blau und Weiß. Das Bild zeigte eine riesige, sich schäumend überschlagende Welle, die zwei große Boote mit vor Angst kauernden Passagieren und gleich dazu den Fuji-san zu verschlingen droht, der winzig am Horizont zu sehen war. *Die große Welle von Kanagawa*, ein berühmtes Bild. Ein Bild, das in ganz Japan bekannt und verbreitet war. Das erste aus dem bereits legendären Zyklus *36 Ansichten des Fujisan*. Noch einmal stockte Siebold der Atem. Er hatte es endlich begriffen.

„Iitsu-sama, Ihr heißt mit anderem Namen nicht zufällig auch noch..... *Hokusai*?"

„Hai, so hieß ich auch schon einmal. Sie kennen diesen Namen? Gut.

Dann können Sie mich gerne so nennen."

Siebold war immer noch wie gelähmt, denn er saß zusammen mit dem größten lebenden Künstler des japanischen Reiches, berühmt für seine Landschafts- und Genrebilder, vor allem seine atemberaubenden Panoramen der schönsten Wasserfälle und Brücken des Landes sowie für die Sammlung *Berühmte Ansichten von Edo*. Doch sein Werk reichte noch viel weiter, denn er unterrichtete schon seit vielen Jahren die Kunst des Schnellzeichnens, die er *Manga* nannte. Außerdem sollte er ein begnadeter Zeichner hocherotischer *Shunga* sein. Hokusai war bereits eine lebende Legende. Und hier saß der arme Mann zusammen mit dem falschen Holländer Siebold, dem Ignoranten, der keine Ahnung von der Prominenz seines Gastes hatte. Siebold schämte sich für seine zuvor beiläufig entsponnenen Vorurteile und bei Tageslicht hätte man gesehen, dass er errötete.

Hokusai bemerkte diese eigentlich wenig subtile Stimmungsschwankung nicht, sondern war ganz mit seinen Bildern beschäftigt.

„Sensei, Ihnen gefallen die tauchenden Frauen? Dann habe ich noch etwas anderes für Sie. Hier, das sind die *Zwei Oktopoden und die Muscheltaucherin*, das Lieblingsmotiv unserer Damen. Sie lieben dieses Bild!"

Er entfaltete ein weiteres Bild, und diesmal erschien ein glupschäugiges Monster, das zwischen schwarzen Felsen eingebettet mit seinen Tentakeln eine Frau zu verspeisen schien. Doch nein! Es waren nicht nur zwei dieser Ungetüme auf dem Bild zu sehen, die wie Oktopoden mit menschlichen Zügen aussahen. Sie fraßen die Frau auch nicht auf, sondern befriedigten sie sexuell, der riesige Krake zwischen ihren Beinen, indem er ihr *Inmon* stimulierte und gierig ausleckte, der kleinere, indem er in dem vom Stöhnen geöffneten Mund an ihrer Zunge saugte und mit seinen Tentakeln ihre linke Brustwarze massierte. Es war ein Skandal!

Siebold hatte inzwischen einige Shunga gesehen und sich an den Anblick dieser unbeschwerten japanischen Pornographie gewöhnt. Doch
etwas so Orgiastisches, ein solches Bild zügelloser Lust und völlig hem-
mungsloser Sodomie war ihm noch nicht untergekommen. Er rang mit
dem Atem und mit seinem Gewissen. Als europäischer Christ hätte er
dieses Werk augenblicklich verurteilen, verdammen, sich wegdrehen
und seinen Gast, den berühmten Hokusai, sofort aus seinen Räumen entfernen müssen. Zugleich überfielen ihn ganz andere Bilder. Er sah
Azuma II., die sich über ihm auftürmte. Er blickte von unten auf ihren
perlenbestickten Venushügel, ihren Nabel, weiter oben die Halbmonde
ihrer Brüste mit den kleinen, harten Stiften und im Fluchtpunkt dieses
Ausblicks ihr nach hinten geworfenes Kinn. Währenddessen saugte sich
die Tayū mit ihrem Becken kreisend an Siebolds Mund fest, auf dem sie
mit ihrem offenen Schoß saß. In seiner Retrospektive fiel ihm auf, dass
sie – und nicht er – der Oktopus aus Hokusais Bild war. Doch die Erinnerung ließ ihn noch nicht los. Da tauchte eine Dienerin von der Seite
aus den Schatten auf. Azuma nahm, ohne ihren langsamen Tanz auf seinem Gesicht zu unterbrechen, seine rechte Hand von ihrem Schenkel
und tunkte deren Finger in ein Schälchen, das die Dienerin ihrer Herrin
hinhielt. Es war eine ölige Tinktur oder eine Creme, die seine Finger be-
netzte. Dann führte Azuma seine Hand mit sanfter Gewalt nach hinten

um ihr kreisendes Gesäß herum. Das drückte sie nach hinten durch, damit sie den ersten Finger seiner Hand leichter in ihren Anus schieben konnte. Ihre weiteren Gesten befahlen ihm, sie dort von innen zu massieren. Er gehorchte. In dem Moment stöhnte sie laut auf und ihr Körper bebte. Er wollte etwas sagen, irgendetwas, um sich bei dieser göttlichen Frau für dieses unerhörte Spiel mit ihren intimsten Stellen zu rechtfertigen, besser noch zu entschuldigen. Doch das ging gerade nicht mit den Lippen ihrer Scham in seinem Mund, die dort wogten wie Seetang in der Brandung der stürmischen Pazifikküste. Und das war nur das erste der acht Kapitel aus dem *Himitsu no Tayū no Ichiki.*

Tojosuke und der alte Hokusai grinsten den geistesabwesenden Siebold fröhlich-komplizenhaft an, neugierig sein Urteil abwartend, was ihn noch mehr verwirrte, als er aus seiner Erinnerungsstarre erwachte. Er räusperte sich und nickte anerkennend mit dem Kopf. Sogar die Dienerin, die im Seiza bislang stumm in der Ecke saß, lächelte vielsagend und zufrieden. Sie hörte und sah also die ganze Zeit genau zu! Dann nutzte sie auch schon die Gelegenheit, rutschte auf Knien über den Tatami an den Teetisch heran, schenkte allen Bier nach und warf dabei ungeschminkte Blicke auf dieses überwältigende Werk der Erotik. Ihr Gesichtsausdruck bestätigte, was Meister Hokusai zuvor gesagt hatte. Frauen schienen diese Art von erotischer Darstellung zu mögen. Die drei prosteten einander wieder mit frischem Bier zu und sahen sich dann die Bilder der bestellten Charge an, die gänzlich unverfänglich waren. Es waren einige Genrebilder im Stil des *Ukiyo-e,* Szenen des täglichen Lebens. Blomhoff war daran offenbar schon ebenso interessiert wie Siebold jetzt, vier Jahre später. Tojosuke machte Anstalten, wieder zum Anliegen des Besuchs von Meister Hokusai zu kommen. Doch statt ihn auf Holländisch übersetzen zu lassen, sprach Hokusai für sich selbst auf Japanisch zu Siebold, der die Sprache zwar nicht schreiben konnte – er hatte es aufgegeben, die vielen Tausend Kanji auswendig zu lernen und schrieb nur *Katakana* –, inzwischen aber gut sprach und noch besser verstand.

„Sensei, die andere Hälfte der Bilder hat Ihr Vorgesetzter Oberst de Sturler bereits gekauft. Würden Sie mir die Freude machen, der neue Eigentümer dieser zweiten Hälfte der Charge zu werden?"

„Wie viel sollen sie kosten, verehrter Meister?"

„Nun, ich hatte mit Opperhoofd Blomhoff damals einhundert *Ryō* für alle Bilder zusammen ausgemacht. Das wären fünfzig Ryō für diesen Teil hier." Schuldbewusst sah Hokusai den Arzt an. Er hatte diese Vereinbarung nicht mit ihm getroffen und war nun auf das Wohlwollen

Siebolds angewiesen. Oder er ahnte vielleicht, was jetzt passieren würde. „Fünfzig Ryō für vier Rollen, die Illustrationen enthalten, wie sie mein Freund Tojosuke sowieso ständig macht? Ich weiß, dass Sie ein großer Künstler sind, Hokusai, aber ich kann unmöglich so viel Geld für so wenige Bilder ausgeben. Für diesen Preis könnte ich in meiner Heimat ein geräumiges Haus für ein ganzes Jahr lang mieten!"

Siebold schüttelte den Kopf. Diese Summe war völlig utopisch. Fünfzig Ryō entsprachen in Japan nach offiziellem Umtauschkurs fast einem Kilogramm reinen Goldes. Die Preistreiberei nimmt kein Ende, dachte er sich. Schmerzhaft erinnerte er sich an das Hirschalbino, das er in Osaka für 150 Ryō erwerben musste. Das entsprach 790 Gulden oder über zweieinhalb Kilo in Gold! Ein einfaches Seeotterfell wurde ihm hier in Edo gerade für 70 Ryō oder 370 Gulden angeboten – und er konnte sich noch nicht dazu entschließen. Das Teuerste bisher waren aber die beiden Riesensalamander. Für diese zwar außergewöhnlichen Tiere, ein Männchen und ein Weibchen, in ihrer Gattung noch Zeugen aus der Frühzeit der Erde, als es vom Menschen noch keine Spur gab, musste er mit 460 Ryō oder 2400 Gulden einen Preis bezahlen, der die Schmerzgrenze überschritten hatte. Der schlaue Verkäufer hatte diese noch nicht ausgewachsenen Exemplare – sie sollten noch die Reise nach Europa antreten und überstehen – hochgerechnet auf ihr maximales Gewicht und die entsprechende Größe, nämlich achtzig Pfund bei über fünf *Fuß* Länge. Der *Cryptobranchus maximus* war dabei nicht nur eine beliebte Delikatesse, die in Kyōtō und Osaka verkauft wurde, sondern man hielt ihn auch noch für ein potentes Heilmittel, das in kleinsten Portionen getrocknet angeboten wurde. So berechnete der schlitzohrige Händler den Preis der zwei Molche nach dem möglichen Erlös aus dem Verkauf ihres seltenen Fleisches und des restlichen Körpers als Arzneimittel. Siebold hatte es bislang nicht verwunden, dass er sich derart über den Tisch ziehen lassen musste. Doch er wollte diese neuen und einzigartigen Tiere unbedingt haben, denn er wusste, dass sie ihn in Europa als zoologischen Entdecker berühmt machen würden. Bei den Bildrollen des Malers Hokusai, so meinte er, lag die Sache ganz anders.

„Hokusai-sama, es freut mich für Sie, dass Oberst de Sturler Ihnen den von seinem Vorgänger zugesagten Kaufpreis für seinen Teil der Bilder bezahlt hat. Doch mein Einkommen in holländischen Gulden ist wesentlich niedriger als das meines Vorgesetzten. Außerdem muss ich es sparsam darauf verwenden, hier so viele kulturelle, zoologische und botanische Objekte wie möglich zu kaufen, damit ich in Europa eine große Sammlung über Japan aufbauen kann. Deshalb kann ich Ihnen diese Bilder nicht zu einem so hohen Preis abkaufen. Allerdings hätte ich einen Kompromiss vorzuschlagen." Hokusai nickte aufmerksam.

„Wenn Sie mir zusätzlich zwei Dutzend Tuschezeichnungen anfertigen – Motive aus dem täglichen Leben, aus Handwerk, Handel und Adel, von Märkten, Kleidungen, Kindern, Theater und Soldaten sowie einige Ansichten von Edo – dann will ich Ihnen den vereinbarten Preis bezahlen."

„Zwei Dutzend?" Der alte Hokusai machte in dem Moment ein so naives wie erstauntes Gesicht.

„Zwei Dutzend und nicht weniger." Siebold war überrascht, seine eigene Stimme so sprechen zu hören, denn er tat gerade etwas, das ihm bislang völlig fremd war, nämlich feilschen. Hokusai blickte ihn nun forschend an. Dann bleckte er seine Zähne, grinste und richtete sich aus seiner gekrümmten Haltung auf.

„Sie gefallen mir, junger Sensei! Es macht mir viel mehr Spaß für einen ernsthaften Menschen wie Sie etwas zu Papier zu bringen als für die vielen Schmeichler, die mich inzwischen umgeben. Ich bin ein einfacher

Mann, ein Arbeiter, und so will ich auch behandelt werden. Ich bin einverstanden. Aber ich habe noch eine Bedingung."

„Was wünschen Sie noch?"

„Ich möchte auf holländischem Papier zeichnen. Deshalb brauche ich von Ihnen oder Ihren Mitreisenden zwei Dutzend Bögen vom besten holländischen Papier. So lerne ich dann auch etwas von diesem Auftrag und kann vergessen, für wie wenig Geld ich ihn erledigen muss." Dabei lachte er Tojosuke an, um sich Verständnis für sein Anliegen und die kleine Kränkung seines Stolzes zu holen.

Man wurde handelseinig. Die Zeichnungen waren Siebold bis zur Abreise der Gesandtschaft vorzulegen. Damit war das Geschäft abgeschlossen und der gesellige Teil des Abends konnte beginnen. Siebold ließ noch drei Flaschen Bier holen, was seine Gäste in beste Stimmung versetzte. Tojosuke bat Hokusai, noch ein paar Schwänke aus seinem langen Leben zu erzählen. Dieser rüstige Künstler war immerhin schon weit über Sechzig. Hokusai war darum nicht verlegen und erinnerte sich, wie er vor über zwanzig Jahren bei einem großen buddhistischen Fest in Edo ein beeindruckendes Bild des ehrwürdigen *Daruma* malen sollte, dem legendären Patriarchen des Zen-Buddhismus Bodhidharma, der auch als Glücksbringer verehrt wurde in Form eines runden, arm- und beinlosen Stehaufmännchens. Die Mönche, die ihm diesen Auftrag gegeben hatten, waren entsetzt, als er daraus ein sechshundert Fuß großes, monumentales Portrait machte, dass er auf Steinplatten malte. Als Pinsel benutzte er dazu einen Besen und die Farbe musste ständig in großen Kübeln herangeschafft werden. Noch mehr amüsierte ihn selbst aber die Geschichte von dem Malerwettbewerb, der am Hofe des gegenwärtigen Shōgun *Ienari Tokugawa* stattgefunden hatte. Hokusai sollte seine Kunst gegen andere Maler verteidigen, die noch mit traditionellen Pinseln und Strichtechniken arbeiteten, womit sie nach seiner Ansicht zwar zierliche, aber doch nur kraftlose und lebensferne Bilder zustande brachten. Er nahm die Herausforderung an, indem er vor dem Shōgun auf einem Stück Papier in großem Bogen blaue Farbe ausgoss. Dann nahm er ein Huhn, dessen Füße er zuerst in rote Tinte tauchte und das er dann über das blau eingefärbte Papier laufen ließ. Diese Landschaft, erklärte er, sei der Fluss Tatsuta im Herbst, auf dem das Laub der Ahornblätter treibt. Damit hatte er den Wettstreit gewonnen. Nach dieser Geschichte war es Zeit zum Aufbrechen. Siebold verabschiedete sich herzlich von Hokusai und Tojosuke stützte den alten Herren beim Hinausgehen, wobei er mehr Mühe damit hatte, den geheimen Gast vom Singen abzuhalten, als sein wankendes Gewicht vor einem Sturz zu bewahren.

Japanische Mathematik

Seit den Geschichten von den gefährlichen, weil herrenlos marodierenden Samurai, die sein Begleiter ihm tags zuvor auf dem Markt erzählt hatte, verließ Siebold die Herberge nicht mehr ohne Uniform. Es war nicht so, dass er sich nur bewaffnet sicher fühlte. Siebold war vielmehr davon überzeugt, dass eine würdevolle Haltung und die beeindruckende Erscheinung seines militärischen Rocks jeden Aggressor, vor allem ehr- und arbeitslose Samurai, schon im Vorfeld entmutigen würden. Während der Reise, so schien es ihm nun, hatte er sich sowieso viel zu sehr an die leichte und formlose Kluft gewöhnt, in der er wie ein wandernder deutscher Student aussah. Die Uniform gab ihm eine ganz andere Haltung, er drückte das Kreuz durch und setzte entschlossen und bewusst jeden Schritt vor den anderen. Er spürte allenthalben die neugierigen Blicke der Menschen, die ihn dazu aufforderten, nicht nur sich selbst, sondern auch seinen Stand, seinen Beruf und seine Nation zu repräsentieren – die jetzt natürlich die Niederlande waren. In diesen Überlegungen befangen, stand er morgens vor dem kleinen Spiegel, den er mitgebracht hatte, und bereitete sich für die Pflichten des Tages vor, als Kō hereinkam und berichtete, dass ein Bote Nachricht von Takahashi aus Asakusa gebracht hat. Der Astronom kündigte sich für den späten Nachmittag an. Er war natürlich einer der offiziellen Besucher der Holländer-Herberge und konnte so auch tagsüber empfangen werden. Siebold freute sich, endlich wieder über mehr als nur Medizin sprechen zu können. Er ließ Mendelssohn ausrichten, dass er ihn gerne bei diesem Gespräch dabeihätte, denn er wollte heute über grundsätzliche Fragen von Wissenschaft und Forschung in Japan sprechen. Niemand schien ihm dafür geeigneter als Takahashi für die japanische Seite – und zu seiner eigenen Verstärkung Mendelssohn als Vertreter des europäischen Geistes, sobald Fragen der Philosophie, Methoden, Physik und Kosmologie verhandelt werden sollten. Dann ging er wieder auf den Markt, diesmal nur in Begleitung von zwei Polizisten, ließ sich von den Menschen bestaunen und kaufte wieder Apothekerpflanzen ein. Am Nachmittag hielt er wie üblich Vorlesungen vor einem Dutzend Ärzte, diesmal über den Einsatz von Heilbädern, vor allem mit Quecksilber bei Syphilis. Außerdem erläuterte er die Anwendung von Torf und seine Wirkung in den gerade im Deutschen Reich beliebt gewordenen Moorbädern, worüber die japanischen Ärzte nur staunen konnten, denn diese Art der Bäderkur war ihnen gänzlich unbekannt, obgleich es wegen des vulkanischen Ursprungs des japanischen Inselreichs überall im Land heiße Quellen gab, die *Onsen* genannten wurden. Je nach chemischer Zusammensetzung des jeweiligen Wassers entfaltete es unterschiedliche Heilwirkungen. Wichtiger war den Japanern aber die Entspannung, die man im heißen Bad finden konnte. Vor allem in den unzähligen öffentlichen Badehäusern, den *Sentō*, und den beliebten, meist in Fels gehauenen Badestellen unter freiem Himmel an Berghängen, in den Wäldern und an Flussufern, den *Rotemburo*, wo Männer und Frauen immer gemeinsam nackt badeten. Aus diesem Grund hatte der Gesandte Oberst de Sturler während der ganzen Hofreise den Besuch von Onsen verboten, deren Freizügigkeit allen Standards europäischer Sittlichkeit widersprach. Auch das ließ Siebold die verwunderten japanischen Ärzte wissen, die den Sinn und Zweck der Trennung öffentlicher Bäder nach Geschlechtern schlicht nicht verstanden.

Am Nachmittag traf Takahashi mit seinen beiden Assistenten in der Nagasakiya ein. Die Begrüßung zwischen Siebold und ihm war so freundlich und herzlich wie zwischen zwei guten alten Freunden. Takahashis Helfer hatten eine auffällig große Tasche mitgebracht, was Siebold zufrieden bemerkte. Sie begaben sich gleich in das große Gäste- und Teezimmer in den Räumen des Arztes, von wo aus man den Blick in zwei weitere Arbeits- und Behandlungsräume hatte. Siebold hatte die Shōji dahin ganz bewusst offen gelassen. Takahashi und seine Begleiter waren vor Neugier ganz unruhig. Siebold nickte lächelnd, womit er ihnen die Erlaubnis gab, seine provisorische Praxis zu inspizieren. Der Astronom bewegte sich trotz seines reifen Mannesalters zwischen all den Büchern, Gefäßen, Vitrinen, Schachteln und Instrumenten wie ein junger Hund, der eine Fährte aufgenommen hatte. An den Wänden hingen verschiedene anatomische Zeichnungen und Bilder von seltenen Tieren und Pflanzen, die Tojosuke angefertigt hatte. Auf einem der Tische lagen mehrere dicke, zum Teil aufgeschlagene Kladden, in denen Siebold säuberlich seine laufenden Aufzeichnungen zu all den Forschungsgebieten machte, die seiner Auffassung nach – und auch dem Beispiel Alexander von Humboldts folgend – zu einer echten Universalwissenschaft gehörten. Darin waren Tabellen, Zeichnungen, Formeln und Texte in flüssiger, nach rechts kippender *Kurrentschrift* zu erkennen, die Takashi bislang selten gesehen hatte und auch kaum lesen konnte, da er ausschließlich in einzelnen Lettern gedruckte Werke aus dem Holländischen zur Übersetzung vorgelegt bekam.

Mendelssohn kam auch dazu und zwei Dienerinnen trugen grünen

Tee mit *Senbei* auf, knackige Reiskekse, die mit Sojasauce bestrichen und mit *Nori* belegt waren, feinen, papierartigen Blättern aus gerösteten Algen. Die Assistenten von Takahashi ließen leise und freundlich durch einen Übersetzer anfragen, ob sie die wichtigsten Punkte der Unterhaltung notieren dürften, um später ein Protokoll für den Hofastronomen verfassen zu können. Damit war auch klar, dass sie an dem Gespräch nicht teilnehmen, sondern sich aufs Zuhören beschränken würden. Auch der Übersetzer blieb nur für den Fall, dass einem der Gesprächspartner der richtige Begriff oder ein passender Ausdruck fehlen sollte. Ansonsten wollte man sich auf Holländisch unterhalten.

„Verehrter Takahashi-sama", eröffnete Siebold, „nach unserem letzten Treffen in Asakusa habe ich viel darüber nachgedacht, was ich einen eminenten Wissenschaftler wie Sie fragen sollte und wie ich die wenige Zeit, die wir haben, am besten nutzen kann. Ich habe mit Freude bemerkt, dass meine Nachricht Sie noch rechtzeitig erreicht hat und dass Sie daher etwas mitgebracht haben" – dabei blickte er in Richtung der großen Tasche. „Doch zu diesen praktischen Dingen wollen wir später kommen. Zuerst würde ich gerne verstehen, wie die japanischen Gelehrten grundsätzlich ihre Wissenschaften betreiben, was sie sich darunter vorstellen und was für zukünftige Entwicklungen sie sich erwarten. Es geht also um die allgemeine wissenschaftliche Methode in Japan, nicht so sehr um die einzelnen Wissenschaften. Deshalb habe ich auch Menderuson-san eingeladen, denn dieses Thema hat eine philosophische Dimension, in der er vielleicht mehr zuhause ist als ich. Außerdem wüsste ich nur allzu gerne, wie die Regierung der japanischen Nation darüber denkt, welche Pläne das Bakufu hat und wie meine bescheidene Tätigkeit dazu beitragen könnte, dass diese Pläne gelingen mögen."

„Es überrascht mich nicht, dass Sie mit Ihren Fragen auf das Große und Ganze zielen. Ich habe eigentlich nichts anderes von Ihnen erwartet – und, ehrlich gesagt, sogar darauf gehofft", sagte Takahashi, wobei er sich versonnen das Kinn rieb und offensichtlich nachdachte, wie er anfangen sollte. „Sie wissen ja, dass ich gegenüber den westlichen Wissenschaften nicht nur aufgeschlossen bin. Ich hege große Bewunderung für die Leistungen der Europäer. Doch mein Land steht natürlich viel stärker in der Tradition der chinesischen Wissenschaften. Und hier beginnen die Verwicklungen, die mich seit einigen Jahren beunruhigen. Denn viele der klügsten Köpfe des japanischen Reichs sehen eines ihrer wichtigsten Ziele darin, sich von dieser kulturellen Schuld gegenüber China zu befreien. Ich meine jetzt nicht die vielen Ärzte, mit denen Sie zu tun haben und von denen die meisten noch fest in der chinesischen Tradition stehen. Das ist eine gesonderte Gruppe, auf die genau das nicht zutrifft, was ich gerade zeigen möchte. Diese Traditionalisten sind die einzigen, welche die europäischen Wissenschaften, vor allem die Medizin, als Bedrohung empfinden. Alle anderen Gelehrten beobachten dagegen unzufrieden unser Nachbarland, und eine wachsende Gruppe unter ihnen legt es darauf an, von China loszukommen, um zu beweisen, dass Japan eine eigenständige Kultur hat und eine Wissenschaft, die China nicht mehr braucht. Sie wollen etwas ganz Eigenes schaffen."

„Woher kommt dieser Ehrgeiz? Und woran kann man ihn erkennen?" fragte Siebold, bevor er einen der herzhaften Senbei anbiss und dazu einen Schluck vom grünen Tee nahm.

„Das ist eine gute Frage. Das deutlichste Symptom, wenn ich mit dem zweiten Teil der Frage beginnen darf, ist eine Neubewertung unserer ältesten Schriften. Es geht vor allem um das *Kojiki*, eine uralte Chronik der japanischen Mythen, die vor allem die Aufgabe hatte, die Abstammung des Kaiserhauses von der Sonnengöttin *Amaterasu* und die lückenlose Erbfolge seitdem zu beweisen. Jahrhundertelang wurde dieses Buch als interessant, aber im Wesentlichen zu phantastisch und unrealistisch abgetan. Außerdem konnte es kaum noch jemand lesen. Viel wichtiger war das wenig später entstandene *Nihon Shoki*, das sich stärker an die historischen Ereignisse hielt. Dieses Buch war ganz in der nüchternen und pragmatischen Tradition der Chinesen verfasst. Nun, vor gerade einmal fünfzig Jahren trat ein Mann hervor, *Motoori Norinaga*, der das Kojiki erforschte und für Japaner wieder lesbar und zugänglich machte. Er hat einen riesigen, vierzig Bände umfassenden Kommentar dazu geschrieben. Darin zeigte er vor allem, dass im Kojiki der Ursprung der japanischen Sprache liegt, die sich von den chinesischen Zeichen unabhängig gemacht hat, vor allem in der Aussprache. Norinagas Schüler gingen jedoch gleich viel weiter. Sie bauten auf seinen Forschungsergebnissen die *Kokugaku* auf, die ‚Schule der nationalen Studien', und behaupteten, dass das Kojiki auch die einzig wahre Geschichte des japanischen Reiches enthält. Dazu mussten sie nur die ganzen Götter, Dämonen und Mythen für bare Münze nehmen. Von dem Moment an zogen sie den Schluss, dass wir heute im ‚falschen' Japan leben und Verrat begehen, und zwar nicht nur an unserer Vergangenheit, sondern vor allem an unserer Einzigartigkeit. Dann machten sie sich daran, genau zu untersuchen, was in unserem Land wirklich ‚japanisch' ist, was also mit dem einzig legitimen Ursprung der japanischen Kultur in einer wie auch immer langen Kette in direkter Verbindung steht, und was ‚fremd' ist und aus dem Ausland kommt. Am Ende opponierten sie auch gegen die Lehren von Konfuzius und Buddha, weil diese aus Indien und China kommen. Nur den Shintoismus ließen sie als ‚urjapanisch' gelten. Zugegeben, diese Schule war zur Zeit ihrer Gründung nicht besonders stark, denn es herrschte in weiten Kreisen des japanischen Volkes große Zufriedenheit mit der Herrschaft der Shōgune aus dem Hause Tokugawa. Es gab hier und da einige Aufstände, meistens wegen ausbleibender Ernten und der folgenden Hungerkatastrophen. Insgesamt genoss man aber die ununterbrochene, scheinbar auf die Ewigkeit angelegte Friedenszeit, den bescheidenen Wohlstand und die Annehmlichkeiten des täglichen Lebens. Doch in den Jahrzehnten, die seitdem vergangen sind, hat sich einiges geändert. Das System der Tokugawa hat Risse bekommen, es ist alt geworden und der einfache Mann von der Straße beginnt zu erkennen, dass das japanische Haus baufällig geworden ist. Es gibt zu viele Widersprüche zwischen dem, was die Regierung sagt und wahrhaben will, und dem, was in der Wirklichkeit passiert." Als er das sagte, sahen Siebold und Mendelssohn sich an und nickten.

„Wir haben das auch schon mehrfach beobachtet. Es ist äußerst aufschlussreich, das aus Ihrem Munde bestätigt zu bekommen", kommentierte Siebold Takahashis Ausführungen.

„Das, was mich daran bekümmert, ist die Tatsache, dass die gerade erstarkende Bewegung der Kokugaku nicht unsere besten Kräfte und unsere klügsten Köpfe mobilisiert, um etwas Neues zu schaffen, einen echten Fortschritt zu erreichen und unser Land vorzubereiten auf eine Zeit nach dem *Sakoku*. Sie wollen nicht, dass aus der Raupe ein Schmetterling wird, nein, sie wollen vielmehr, dass wir wieder die urjapanische Larve werden, aus deren magischen Anfängen heraus sich das einzig wahre Japan entwickeln kann. Und genau daran glaube ich nicht. In Wahrheit sind diese Reformer noch konservativer, noch realitätsfremder als unsere Regierung. Ich sehe die Probleme, vor denen das Bakufu steht, aber ich habe keinerlei Vertrauen in diese Radikalen, die das japanische Reich und sein Volk als ein bislang unerfüllt gebliebenes Versprechen der ältesten Götter endlich auferstehen lassen wollen."

„Glauben Sie, dass diese Schule bereits Einfluss auf das Bakufu hat?"

„Da gibt es meines Erachtens keinen Zweifel. Die Verschärfung der Sakoku-Edikte im vergangenen Jahr durch Shōgun Ienari, womit die Beschießung und Vertreibung aller ausländischen Schiffe befohlen wurde, die sich ohne Akkreditierung oder außerhalb von Nagasaki, dem einzigen offenen Hafen, dem japanischen Festland nähern, geht eindeutig auf Berater zurück, die damit den kaisertreuen Radikalen den Wind aus den Segeln nehmen wollten."

„Und Sie meinen, dass die Ideologie dieser nationalen Schule sich auch auf anderen Feldern ausbreiten könnte, etwa in den Wissenschaften?" fragte Mendelssohn.

„Durchaus! Auch das ist schon längst passiert. Sehen Sie, wir haben viel vom Westen gelernt. Doch was wäre das Wichtigste von alledem gewesen, damit wir uns selber weiterentwickeln können?"

„Sie meinen eine bestimmte Disziplin oder Methode?"

„Ja, das ist es. Was ist das am besten ausgereifte und präziseste Werkzeug westlicher Wissenschaften?"

„Nun, das ist sicher die Mathematik."

„Genau! Und in diesem Feld hat sich doch in den letzten zweihundert Jahren enorm viel ereignet in Europa, nicht wahr? Wir hätten zumindest seit der Erleichterung der Einfuhr europäischer Bücher unter Tokugawa Yoshimune davon Kenntnis haben können. Ich habe nur eine vage Ahnung davon, aber über viele Umwege habe ich Namen wie Euclid, Descartes, Newton und Leibniz gehört. Sie müssen Großes geleistet haben – aber wir wissen immer noch nichts darüber. Warum wissen wir nichts über die Fortschritte des Westens in der Mathematik? Weil die japanischen Gelehrten, die zunehmend unter den Einfluss der Kokugaku-Bewegung gekommen sind, darüber froh sind, dass wir keine europäische Mathematik brauchen. Denn wir haben unsere eigene, japanische Mathematik, verstehen Sie!" rief er nun in ironischer Empörung. Es war ganz offensichtlich, dass ihm dieses Thema nahe ging und dass er gerade einen der großen Kämpfe seines Gelehrtenlebens beschrieb, in dem er bisher einem für seine Begriffe intellektuell beschränkten Gegner doch immer wieder unterlegen war.

„Japan hat nämlich die großartige Tradition des *Wasan*. Haben Sie schon davon gehört?"

„Ja, ich habe in einigen Tempeln beobachtet, dass dort Tafeln mit algebraischen und geometrischen Rätseln aushängen. Meinen Sie das?" fragte Mendelssohn zurück.

„Nun, das ist einer der wenigen öffentlichen und offensichtlichen Aspekte des Wasan. Diese Tafeln heißen *Sangaku* und enthalten, ganz wie Sie bemerkt haben, mathematische Rätsel. Wasan ist die Gesamtheit einer mathematischen Tradition in Japan, die – angeblich – auf keine ausländischen Einflüsse zurückgeht. Doch es ist keine Wissenschaft und Wasan dient auch keinen anderen Wissenschaften als Werkzeug. Es ist eher ein Spiel, ein Zeitvertreib, vielleicht auch eine Kunst. Im besten Fall verwenden wir die dabei gewonnene Geschicklichkeit zusammen mit einem *Soroban* für kaufmännisches Rechnen oder zur Landvermessung.

Häufiger sind Annäherungen an das, was man in Europa die Kreiszahl π nennt, Spielereien mit regulären Polygonen, magischen Quadraten und Kreisen, oder die Berechnung von Quadrat- und Kubikwurzeln mit Hilfe von Rechenstäben. Doch eigentlich ist das alles schon viel zu profan. Denn hier hat der Buddhismus eine unselige Allianz mit den Radikalen der Kokugaku gebildet. Seit die Bonzen vor zweihundert Jahren anfingen, sich mit Wasan zu beschäftigen, ließen sie keinen Zweifel daran, dass jeglicher praktische Nutzen dieser Zahlendrehereien und algebraischer Kalküle zu verachten sei. Sie sind auch heute noch in den Tempeln gerade noch zulässig als entspannende Meditationen, um den Geist vom letzten Rest eines Weltbezugs zu befreien. Anders als in China, woher wir unsere mathematischen Grundlagen haben, fördert die japanische Regierung die Mathematik kein bisschen. Die Ausbildung zum Mathematiker findet ausschließlich privat statt, vor allem in den Tempeln, wo alle interessanten und wichtigen Entwicklungen der Meister von ihren Schülern geheim gehalten und nur wenigen Initiierten offenbart werden. Wasan ist im Kern eine geheime Tempelwissenschaft. Das ist das Einzigartige, Unverwechselbare und speziell Japanische daran. Sie haben sicher verstanden, dass ich kein Anhänger dieser nutzlosen, esoterischen Spielereien bin. Ich suche nach echter Mathematik und kann es nicht erwarten, mehr über das spannendere *Yosan* zu erfahren, die westliche Mathematik."

„Ich habe mir mit unseren Übersetzern einige Wasan-Bücher angesehen. Ein interessantes Verfahren ist das jeweils letzte Kapitel, manchmal einfach nur die Rückseite des Buches, wo ungelöste Probleme vorgestellt werden, und zwar zusammen mit einer Einladung an weitere Autoren oder Leser, diese Nüsse selbst zu knacken", erklärte Mendelssohn, um zuerst einmal doch etwas Gutes über diese japanische Mathematik zu sagen.

„Ja, das nennen wir *Idai*. Das hat dazu geführt, dass sich eine gewisse Tradition gebildet hat, denn die mathematischen Probleme wurden so effektiv weitergereicht, bis sie gelöst waren."

„Was mir allerdings aufgefallen ist, das ist der völlig Mangel an formalen Beweisen. Für ein europäisches Auge sieht es so aus, als sei der jeweilige Autor, vielleicht nach vielfachem Probieren, rein zufällig auf die richtige Lösung gekommen. Man könnte sagen, es ist eine ganz intuitive Art der Mathematik. Es fehlt auch das, worauf unsere Mathematik seit ihren frühesten Anfängen aufbaut, nämlich eine Axiomatik. Kennen Sie die *Elementae* von Euclid, das wichtigste Buch der westlichen Welt – neben der Bibel?"

„Ich habe nur in chinesischen Schriften davon gelesen und verstand sofort, welchen Einfluss es auf die Gelehrten unserer ehrwürdigen Nachbarnation gehabt haben muss. Doch sehen Sie, genau das meinte ich, als ich sagte, dass die verbündete Ignoranz von Buddhismus, Wasan und Kokugaku von solchen bahnbrechenden Entwicklungen im Ausland nichts wissen will. Stattdessen bleiben wir lieber auf einzigartig japanische Weise naiv und unwissend. Erst wenn Sie Wasan gründlicher studieren, dann merken Sie, dass es durchsetzt ist von Zahlenmystik und haltlosen Spekulationen. Früher oder später verirrt sich jeder Freund des Wasan in sinnlose Symbolspielereien." Die Frustration saß bei Takahashi offensichtlich tief. Siebold, der wie der Übersetzer und die Assistenten des Hofastronomen auch nur noch Zuhörer war, konnte kaum glauben, wie leidenschaftlich Takahashi sich zeigte und dass er ihnen damit ganz gegen die japanische Art seine tiefsten Gedanken und Gefühle unverschlüsselt mitteilte.

„Das Erstaunliche ist in meinen Augen", fuhr Mendelssohn fort, „dass es doch Unterschiede in der Art und Weise gibt, wie Mathematik von Kultur zu Kultur gedacht und entwickelt wird. Ich hatte es schon früher vermutet, doch hier in Japan habe ich zum ersten Mal einen Beweis dafür gefunden, dass Mathematik nicht von sich aus schon eine universelle Sprache der exakten Wissenschaften ist, sondern das noch etwas Bestimmtes hinzukommen muss, damit dieser formale Anspruch auf Universalität, den wir in Europa darin entdeckt haben, eingelöst wird."

„Das wäre genau meine Frage, Menderuson-sama!" rief Takahashi aus, wobei plötzlich die Freude darin mitklang, endlich verstanden zu werden. „Was macht die europäische Mathematik so mächtig, so außerordentlich präzise und erklärungsstark?"

„Damit, lieber Takahashi-san, erwarten Sie von mir, das tiefste Fundament unserer Kultur freizulegen und mit Ihnen abzuschreiten. Das Problem ist, dass wir damit selbst noch ganz am Anfang stehen. Alles, was ich tun kann, das ist Ihnen einige der Wurzeln zu zeigen, die unmittelbar mit diesen Grundlagen verbunden sind. Ich hoffe, Ihnen damit wenigstens einen Teil der Antwort liefern zu können." Mendelssohn nahm einen Schluck grünen Tee, holte noch einmal tief Luft und setzte zu einem Exkurs an, von dem er noch nicht genau wusste, wohin er führen würde.

„Der Unterschied zwischen eurer und unserer Mathematik kann eigentlich nur mit den neuesten Erkenntnissen der Philosophie erklärt werden. Denn wir haben uns in Europa selbst gewundert, was die Mathematik seit der Renaissance vor dreihundert Jahren so stark gemacht

hat – das war mitten in der Muromachi-Epoche und eurem *Sengoku Jidai*.
Lange Zeit haben wir nicht im Geringsten verstanden, wie der Zauber
der Mathematik funktioniert. Wir haben uns immer wieder gefragt, wie
es sein kann, dass Formeln, Zahlen und Gleichungen die Natur so gut
vorhersagen können, ja, dass man damit in die Zukunft blicken kann
und die Natur nicht nur einfach erkennen, sondern zum Teil auch nach
eigenem Belieben formen kann. Inzwischen können wir die Bahnen der
Planeten exakt vorausberechnen, den Dampf in Maschinen einsperren
und genau kalkulierte Leistungen produzieren lassen, die Oberfläche
der Erde besser vermessen und die Projektile unserer Waffen präziser
denn je in ihre Ziele führen. Und das ist erst der Anfang. Mit den neuen
Berechnungsmöglichkeiten für die Statik werden wir bald ungeheure
Bauwerke errichten, die bis in den Himmel reichen. Vielleicht werden
wir sogar eines Tages das Fliegen lernen und mit großen, nach mathematischen Formeln gebauten Maschinen durch die Luft reisen."
Takahashis Augen leuchteten fasziniert. Mendelssohn hatte genau den
richtigen Ton getroffen.

„Es gibt einen deutschen Philosophen, der diesen Zauber gründlicher
untersucht hat als jeder andere und der meines Erachtens als einziger
das darin enthaltene Wunder erklären kann. Sie können ihn noch nicht
kennen, denn dieser *Immanuel Kant*, der größte deutsche Philosoph, vielleicht der größte Philosoph aller Zeiten, starb vor zwanzig Jahren und
einige seine Werke wurden gerade erst ins Holländische übersetzt. Das
Schicksal hat es wohl so gewollt, dass Sie der erste Japaner sein werden,
der davon erfährt, denn ich habe einige dieser Übersetzungen hier bei
mir", womit er drei Bücher auf den Teetisch legte.

„Ich kann mir vorstellen, das wäre ein Mann nach Ihrem Geschmack
gewesen. Denn er war ein begeisterter Astronom und hat Grundlagen-
werke über die Entstehung von Planeten, Sternen und Galaxien geschrieben. Er war auch der erste der sagte, dass es auf dem Mond keine
Vulkane gebe, was viele seiner Zeitgenossen noch glaubten. Doch was
ihn wirklich interessierte, das war der Mensch. Er studierte die Natur,
um zu verstehen, wie der Mensch so tief in sie blicken kann. Er wollte
die Grenzen dieser Fähigkeit, den Horizont dieses forschenden Blickes
entdecken. Denn er glaubte, dass der Mensch ein Bürger zweier Welten
ist, einer Welt der Natur und einer des Geistes. Daher hatte er ein Le-
bensmotto, das diese Faszination viel besser beschreibt, als ich es hier
könnte. Es steht – ganz wie bei den *Idai* – am Ende eines Buches, das
Kritik der praktischen Vernunft heißt und in dem er erforschte, was Moral
ist und ob es sie wirklich gibt, indem er erst einmal zeigte, dass und wie

sie überhaupt möglich ist. Denn die wichtigste Bedingung für die Moral ist Freiheit. Aber wenn alles nur Natur ist, dann ist Moral gar nicht möglich, denn in der Natur gibt es keine Freiheit, nur durchgehende Bestimmung als eine eiserne Folge von Ursache und Wirkung. Freiheit aber bedeutet, dass es Ursachen geben muss, die selbst nicht bewirkt worden sind. Die Wirklichkeit einer Sache, also Moral, ist nur gesichert, wenn ihre Möglichkeit, also Freiheit, gegeben ist." Mendelssohn zog daraufhin das unterste Buch aus dem kleinen Stapel hervor, blätterte zwischen den letzten Seiten, bis er die Stelle im *Beschluss* fand und las sie laut vor.

„Zwei Dinge erfüllen das Gemüt mit immer neuer und zunehmender Bewunderung und Ehrfurcht, je öfter und anhaltender sich das Nachdenken damit beschäftigt: Der bestirnte Himmel über mir, und das moralische Gesetz in mir. Beide darf ich nicht als in Dunkelheiten verhüllt, oder im Überschwänglichen, außer meinem Gesichtskreise, suchen und bloß vermuten; ich sehe sie vor mir und verknüpfe sie unmittelbar mit dem Bewusstsein meiner Existenz. Das erste fängt von dem Platze an, den ich in der äußeren Sinnenwelt einnehme, und erweitert die Verknüpfung, darin ich stehe, ins unabsehlich Große mit Welten über Welten und Systemen von Systemen, überdem noch in grenzenlose Zeiten ihrer periodischen Bewegung, deren Anfang und Fortdauer. Das zweite fängt von meinem unsichtbaren Selbst, meiner Persönlichkeit an und stellt mich in einer Welt dar, die wahre Unendlichkeit hat, aber nur dem Verstande spürbar ist, und mit welcher – dadurch aber auch zugleich mit allen jenen sichtbaren Welten – ich mich nicht wie dort in bloß zufälliger, sondern allgemeiner und notwendiger Verknüpfung erkenne. Der erstere Anblick einer zahllosen Weltenmenge vernichtet gleichsam meine Wichtigkeit als eines tierischen Geschöpfs, das die Materie, daraus es ward, dem Planeten – einem bloßen Punkt im Weltall – wieder zurückgeben muss, nachdem es eine kurze Zeit – man weiß nicht wie – mit Lebenskraft versehen gewesen. Der zweite erhebt dagegen meinen Wert als einer Intelligenz unendlich durch meine Persönlichkeit, in welcher das moralische Gesetz mir ein von der Tierheit und selbst von der ganzen Sinnenwelt unabhängiges Leben offenbart."

Andächtiges Schweigen. Mendelssohn schlug das Buch zu und legte es zurück auf den Tisch.

„Doch nun zurück zur Mathematik. Immanuel Kant hat diesem Buch ein anderes vorausgeschickt, das noch schwieriger und abgründiger war und an dem sich das ganze gelehrte Europa gerade die Zähne ausbeißt. Denn die allermeisten Philosophen versuchen, das erstaunliche System der Vernunft dieses großen Meisters zu kritisieren, zu korrigieren oder zu vervollständigen, bevor sie es auch nur im Ansatz verstanden haben. So steht der *Alleszermalmer*, wie man ihn schon zu Lebzeiten nannte, nun selbst wie ein Fels an den Ufern eines seichten Meeres von Philosophen, deren salzige Zungen an seinem Werk wütend emporschlagen. Das gilt für kein anderes Buch mehr als für die *Kritik der reinen Vernunft*. Es ist die Eröffnung und der erste Teil seiner sogenannten ‚kritischen Philosophie‘, zu der die *Kritik der praktischen Vernunft* der zweite Teil ist. Diesmal geht es nicht um die Möglichkeit von Moral, sondern er fragt diesmal noch viel fundamentaler: Wie ist Natur möglich? Im Vorwort dieses seltsamen Werks schreibt er, dass die Philosophie sich den großen Kopernikus zum Vorbild nehmen sollte, wenn sie in ihrem Erkenntnisdrang vorankommen möchte. Denn so wie Kopernikus das Problem unerklärlicher, teilweise auf ihren Bahnen rückläufiger Planetenbewegungen – er hielt sie noch für Sterne – gelöst hat, indem er die Erde und damit uns als Beobachter aus dem Zentrum des Kosmos nahm und uns stattdessen selbst um die Erdachse und den ganzen Planeten um die Sonne rotieren ließ, so sollten wir auch in der Philosophie vorgehen. Die seltsamen Bahnen der Planeten waren keine Eigenschaften von ihnen selbst, sondern unseres Beobachtungsstandpunkts. So meint Kant auch, dass wir keine Erkenntnis der Dinge an sich haben, sondern nur wie sie uns erscheinen. Deshalb könne man als Philosoph bei den exakten Wissenschaften etwas darüber lernen, *wie* wir eigentlich erkennen. Das Vorbild aller Wissenschaft war dabei für ihn die Mathematik, insbesondere die Geometrie. Im zweiten Vorwort der *Kritik der reinen Vernunft* schreibt er nun Folgendes…", worauf er ein anderes Buch von dem Stapel auf dem Teetisch nahm und wieder blätterte, bis er die Stelle fand.

„Dem ersten, der das gleichschenklige Dreieck demonstrierte, – man geht davon aus, dass das der berühmte Thales war, der vor über zweitausenddreihundert Jahren in der griechischen Stadt Milet lebte", fügte er ein, *„dem ging ein Licht auf. Denn er verstand plötzlich, dass es nicht um das ging, was er in der Figur sah, oder was er aus ihrem bloßen Begriff ableitete. Vielmehr kam es darauf an, was er selbst in die Figur nach Begriffen a priori hineindachte und durch Konstruktion darstellte. Um sicher etwas a priori zu wissen, muss er*

der Sache nichts hinzufügen, als was notwendig aus dem folgt, was er seinem Begriff gemäß selbst in sie gelegt hat."

„Was wäre in diesem Fall dasjenige, was er a priori über die Figur des gleichschenkligen Dreiecks wissen könnte?" fragte Takahashi konzentriert.

„Etwa, dass dieses Dreieck mindestens entlang einer Achse in sich selbst symmetrisch ist – oder dass die Winkel an der jeweiligen Basis der gleichlangen Schenkel gleich groß sind. Bei einem rechtwinkligen Dreieck wäre es a priori gewiss, dass der rechte Winkel auf dem Halbkreis liegt, der sich über der Hypotenuse aufspannt – und dass alle weiteren möglichen rechten Winkel gegenüber dieser Hypotenuse auf demselben Halbkreis liegen."

„Aber das wusste man doch sicher schon aus der Erfahrung, oder? Wir benutzen diese Formen auch."

„Natürlich, vor allem die ägyptischen und babylonischen Landvermesser nutzten diese Figur schon lange vorher. Doch Thales hat gezeigt, dass das notwendig so ist, dass es also gar nicht anders sein kann und für immer so bleiben wird. Er verstand, dass er es hier mit einer ewigen Wahrheit zu tun hatte und nicht etwa mit einer Bauernregel, die Vorhersagen über das Verhältnis von Wetter oder Mond und Ernte machte und häufig zutraf, manchmal aber auch nicht. Außerdem war alles, was er zur Konstruktion dieses Dreiecks brauchte, durch seine Vorstellung des zweidimensionalen Raums vorgegeben. Und so ist es bei jeder einfachen Addition oder Subtraktion. Dass 2 + 3 die Zahl 5 ergibt, dass ist a priori gewiss, weil es notwendiges Resultat unserer Vorstellung von Zeit ist, innerhalb der wir dazu eine Abfolge von Einheiten denken müssen. Es macht eben einen riesigen Unterschied, ob man sich Mathematik als spielerisches Ablesen von Mengen- oder Formbegriffen an vielfältigen Gegenständen vorstellt, die uns umgeben, wie etwa beim Wasan, oder ob man darin die Möglichkeit erkennt, neue Gegenstände überhaupt erst gestalten zu können. Und nun kommt der zweite, mindestens genauso gewaltige Schritt, der unsere Mathematik von der euren unterscheidet. Es war ein junger Mathematiker aus Pisa namens Galileo Galilei, der zuerst damit begonnen hatte, die überlieferten physikalischen Gesetze des ehrwürdigen Aristoteles als unhaltbare Behauptungen zu entlarven. Er zeigte bald, dass Luft sehr wohl ein Gewicht hat und dass Eis auf Wasser schwimmt, weil es leichter als Wasser ist, dass also nur das Gegenteil von der aristotelischen Physik der Wahrheit entspricht. Dann bewies er, dass im luftleeren Raum alle Körper gleichschnell fallen. Wie konnte er eine so große Autorität wie den unsterblichen Aristoteles infrage stellen?

Durch das, was man heute in Europa ‚Experiment' nennt. Der erste, der auf diese Idee kam, war der englische Politiker und Philosoph Francis Bacon, der darüber in seinem Buch *Novum Organum* berichtete. Das war schon im Titel eine Herausforderung des ehrwürdigen Aristoteles. Bacon hatte ein Verfahren entwickelt, mit dem man systematisch und nach einer festen Methode Fragen an die Natur stellen kann, auf die sie nur mit Ja oder Nein antworten kann. Doch dabei fiel dem jungen Italiener Galilei noch etwas viel Wichtigeres auf. Wir verstehen die Antworten der Natur nur, wenn wir sie in Zahlen und geometrischen Formen aufschreiben und anschließend wieder lesen können. Er formulierte es etwa so: *Das große Buch der Natur ist in der Sprache der Mathematik geschrieben.* Er war der erste, der die Mathematik, deren entbergende Kraft direkt aus unserem Verstand kommt, wie wir seit Kant wissen, auf die Natur angewandt hat. Damit verwandelte die Mathematik vollständig ihr Wesen. In ganz Europa begriff man innerhalb der nächsten einhundert Jahre, dass die Mathematik eine Sprache war, und zwar die zeitlose, ewige Sprache, in der Gott diese Welt und alle ihre Gesetze niedergeschrieben hat. Mathematik wurde als die Schöpfungssprache des Universums erkannt. Sobald man sie richtig versteht, kann man sich auf sie auch in der tiefsten Dunkelheit als Leitfaden verlassen, denn unsere Sinne sind außerordentlich grob. Die meisten Ereignisse dieser Welt spielen sich im Unsichtbaren ab, aber nicht, weil sie verzaubert sind, sondern weil sie in den kleinsten und größten Dimensionen stattfinden, in die unsere Augen niemals blicken können. Dieser Gedanke erfordert eine lange Gewöhnung und in der Wissenschaft viel Übung. Damit haben wir begonnen zu verstehen, dass wir uns auf unsere Intuition und unseren gesunden Menschenverstand allein nicht mehr verlassen können. Die Welt ist in ihren größten und kleinsten Abmessungen für unsren Sinnesapparat gar nicht erfahrbar. Werfen Sie nur einen Blick durch Siebolds hervorragendes Mikroskop, und Sie werden entdecken, was Sie bisher alles *nicht* sehen konnten. Und hier liegt einer der großen Unterschiede zur japanischen Wissenschaft im Allgemeinen und zu eurer Mathematik im Besonderen, denn die Japaner können nur mit dem Sichtbaren, dem Offensichtlichen und Berührbaren wissenschaftlich umgehen. Sie verlassen sich noch ganz auf ihre Intuition. Doch diese Intuition ist meistens nichts anderes als ein angelerntes Vorurteil. Nur mit der Mathematik als Laterne und dem Experiment als Halteseil kann man sich sicher in die undurchdringlichen Tiefen der Natur begeben, wo wir mit unserem Sehen, Hören, Riechen und Schmecken allein nicht weiterkämen und verloren wären. Nur so können wir die Bahnen von Sternen und Planeten vorausberechnen, ohne jemals die Erdoberfläche zu verlassen. Das ist der Punkt, an dem die japanischen Wissenschaften naiv sind, weil sie sich bei uns Holländern nur die Resultate europäischer Forschungen und Erfindungen abholen, aber nicht verstehen, wie die Europäer zu ihnen gekommen sind." Da hatte Siebold den Eindruck, dass er eingreifen sollte.

„Lieber Mendelssohn, jetzt ereifern Sie sich, und zwar über Gebühr. Wir haben doch Takahashi-sama nicht hierher eingeladen, um die Kultur und Wissenschaften unseres Gastlandes herabzuwürdigen!"

„Nein, nein, Sensei, Sie brauchen sich für ihn nicht zu entschuldigen oder ihn zurückzuhalten. Er hat Recht! Menderuson-san, ich muss Ihnen danken. Das war wie eine Offenbarung für mich. Ich verstehe diese Zusammenhänge jetzt viel besser. Das Dilemma meines Landes scheint tiefer zu liegen als ich dachte. Wir haben alle praktischen und technischen Errungenschaften von euch Europäern akzeptiert, aber deren spirituelle und geistige Grundlagen ignorieren oder verbieten wir sogar. Deshalb sind meine Kollegen begeistert von euren Leistungen in Medizin und in der Entwicklung von Kalendern; aber sie haben keine Ahnung von der zugrunde liegenden Chemie, Mathematik und Astronomie. Sie freuen sich über alles, was man anfassen und womit man basteln kann; sie verstehen aber nicht, dass ihr diese Dinge auf ganz anderen, viel systematischeren Wegen entdeckt und entwickelt habt, die mit Logik, Experiment und Mathematik zu tun haben. Wir glauben, wir brauchen nur das Nützliche von Europa zu übernehmen und übersehen die Methoden, mit denen ihr auch in Zukunft immer mehr Nützliches finden werdet als wir. Wir kennen nur die Praxis, keine Theorie und schon gar keine Philosophie. Das ist kurzsichtig, vielleicht sogar gefährlich. Auch das Bild des Menschen als Bürger zweier Welten leuchtet mir nun ein. Zuerst dachte ich, bei der unendlichen Dimension handele es sich um die Welt, in der nun auch unsere Ahnen sind. Aber es geht um die Welt unseres Denkens, das habe ich jetzt verstanden. In Japan stehen wir in einer ganz anderen Tradition. Wir sehen uns in unserem Menschsein vollständig als Teil der Natur. Es gibt nichts Menschliches, das aus der Natur herausragen könnte. Das sind die Gedanken der Schüler des ehrwürdigen Konfuzius, denen wir immer noch so wenig widersprechen wie eure Vorfahren dem großen Aristoteles. Diese Schule des Denkens heißt *Shushigaku*, kommt aus China und ist ein fester Bestandteil des Machtgefüges der Tokugawa. An diesem Punkt wäre ich tatsächlich glücklicher, wenn wir selbst in der Lage wären, eine weisere Philosophie hervorzubringen. Ich kann Ihre Darstellung sogar noch aus meiner politischen

Erfahrung bestätigen. Die europäischen Wissenschaften werden mit zunehmender Nähe zum Zentrum der Macht immer ausschließlicher nach ihrer militärischen Nützlichkeit beurteilt. Sie dürfen mir glauben, dass ich das aus erster Hand weiß. Die Aussicht auf Erleichterungen für das Leben der Menschen durch Medizin, Pharmazie oder Agrarwissenschaften spielt in den Kreisen des Bakufu keine Rolle. Das sind für die Regierung ausschließlich Nebeneffekte der großzügigen holländischen Wissensvermittlung, die gerade noch toleriert werden können."

Siebold sah ihn betroffen an. So hatte er das noch nie gesehen. Er konnte kaum glauben, mit welchem Scharfsinn Takahashi die Situation beurteilte und es gab für ihn keinen Zweifel daran, dass er mit seinem Urteil richtig lag. Doch es blieb ein Moment des Schocks, eine unhörbare Detonation, als er mit einem Schlag seine letzten Illusionen über die Pläne und Ziele des japanischen Herrschers und seiner Regierung verlor. Er musste Takahashi dankbar sein, denn jetzt konnte er die Bedeutung seines eigenen Wirkens und seines unermüdlichen Einsatzes endlich nüchtern und ohne den naiven Stolz bewerten, mit dem er aus Java gekommen war. Alles, was er bisher getan hatte und noch tun würde, hätte nichts mehr mit diesem japanischen Staat zu tun, mit dieser glänzenden Ruine der Tokugawa-Herrschaft. Sein Einsatz sollte von nun an nur noch dem japanischen Volk und seiner Zukunft gelten. Dem Japan der Zukunft, das in absehbarer Zeit eine aufgeklärte Monarchie oder sogar eine Republik sein würde. Diesen Entschluss fasste Siebold in dem Moment, als Takahashi ihm die Augen öffnete.

Draußen dämmerte die Frühlingssonne. Es wurde Zeit für das Abendessen. Siebold wollte den für ihn wichtigsten Teil dieses Treffens nicht zu kurz kommen lassen.

„Takahashi-sama, das war ein faszinierendes Gespräch. Sie haben meine Fragen vollständig beantwortet und über unsere eigenen europäischen Wissenschaften habe ich von Mendelssohn in dieser kurzen Zeit wieder einmal mehr gelernt als in all den Jahren meines Studiums. Nun habe ich nur noch eine Bitte. Könnten wir noch zu dem kommen, was Sie mitgebracht haben?"

„Ja, selbstverständlich!" antwortete er fast erschrocken im Ton einer Entschuldigung und wies seine Assistenten an, die große Tasche zu bringen. Sie entnahmen ihr eine rechteckige, fast vier Fuß lange Kassette und stellten sie vor dem Astronomen ab. Dann baten sie die Dienerin, den Teetisch abzuräumen. Takahashi öffnete die Kassette, indem er den Deckel längs zur Seite schob und eine große Dokumentenrolle hervorzog. Die legte er auf den Tisch, auf dem Siebold vor kurzem noch Hokusais

Bilder zu sehen bekommen hatte, und zog sie vorsichtig, mit derselben Bewegung wie der alte Maler, auseinander. Als sie ganz ausgebreitet war, legten seine Assistenten vier Kupferwürfel als Beschwerung darauf, auf jede Ecke einen. Siebold rückte andächtig näher. Da war sie! Die erste vollständige Landkarte Japans, die jemals ein Ausländer zu sehen bekam. Die Küstenverläufe waren äußerst detailliert, die Namen der Provinzen und Städte sauber geschrieben, aber in chinesischen Kanji und deshalb unlesbar für Nichtjapaner. Auch Siebold konnte die chinesischen Schriftzeichen nicht lesen und würde immer einen Übersetzer brauchen. Ungewohnt an dieser ansonsten kunstvoll gezeichneten Karte war, dass sie weder den Regeln der *Mercator-Projektion* folgte, noch eingenordet war. Es fehlte auch das gesamte Gebiet der nördlichen Hauptinsel Ezo.

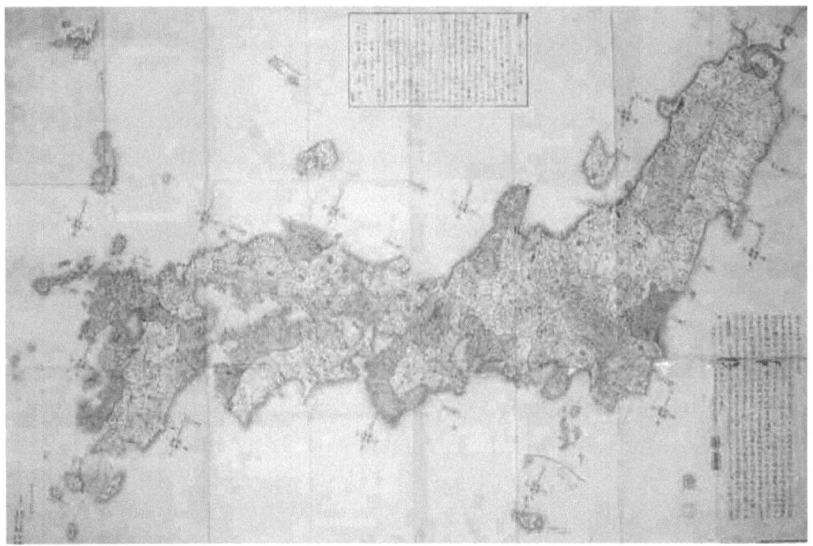

„Takahashi-sama, Sie hatten von Sachalin und seiner Insellage gesprochen. Das ist hier nicht zu sehen. Auch ganz *Ezo* fehlt. Gibt es dafür einen Grund?"

„Ja, das stimmt, und der Grund ist kein wissenschaftlicher. Diese Karte ist ein politischer Auftrag, der aus dem Umfeld des Tennō kommt, direkt aus der *Kuge*. Wir haben das hervorragende und viel umfassendere Kartenwerk unseres großen Landvermessers *Inō Tadataka* genommen und es so gestaltet, dass die Residenz des Kaisers in Kyōtō genau in der Mitte des japanischen Reiches liegt. Dazu mussten wir im Süden die

Ryūkyū -Inseln und im Norden Ezo abschneiden."

„Gibt es eine Karte von Ezo in derselben Qualität wie diese hier?"

„Die gibt es natürlich. Sie erinnern sich vielleicht, dass ich meinen Kollegen Rinzō Mamiya erwähnte. Er hat anlässlich seiner Expedition nach Karafuto die gesamte Landschaft von Ezo vermessen und eine entsprechende Karte angefertigt. Sie müssen dabei wissen, dass Ezo ein wildes Land ist, riesig und kaum besiedelt. Wir haben gerade einmal zweitausend Kolonisten unter etwa zwanzigtausend Ureinwohnern, die weit verstreut in kleinen Stämmen leben. Sie sind ein Volk von Sammlern und Jägern, die sich selbst ebenso Ezo oder auch *Ainu* nennen."

„Ich habe schon von ihnen gehört, aber man weiß im Süden nur sehr wenig über sie und es wurde auch nicht viel darüber geschrieben."

„Die Ainu selbst haben keine Schrift und wir Japaner verstehen ihre Sprache überhaupt nicht. Sie sehen auch nicht aus wie Japaner. Ihre Haut ist heller als unsere und sie haben einen erstaunlichen Haarwuchs am ganzen Körper. Ab einem bestimmten Alter rasieren sich die Männer nicht mehr, sodass sie als Erwachsene alle volle Bärte und lange Haare haben. Da sie keine Schrift kennen, haben sie eine reiche Kultur an Erzählungen, die sie ihr Leben lang auswendig lernen. Mamiya hat mir berichtet, dass sie stunden-, manchmal tagelang ums Feuer sitzen, um sich von einem ihrer Traditionsbewahrer eine ihrer großen Legenden erzählen zu lassen."

Siebold war froh, wie beiläufig über die Ainu sprechen zu können, während er in Wirklichkeit fieberhaft darüber nachdachte, wie er mithilfe von Takahasi in den Besitz dieser oder vergleichbarer Karten kommen könnte, einschließlich der von Ezo und den südlichen Ryūkyū - Inseln. Er durfte jetzt nur nicht zeigen, wie dringend er diese Karten brauchte, durfte nicht offen fragen, ob und wie er Kopien von diesen Kartenwerken bekommen konnte.

„Ich wundere mich, dass ich von diesen Aufzeichnungen noch nie gelesen oder gehört habe. Kannten meine Vorgänger, also etwa *Kaempfer* oder *Thunberg*, diese Karte schon?" fragte Siebold naiv.

„Oh nein, natürlich nicht. Zunächst einmal gab es Karten dieser Qualität zu ihrer Zeit nicht. Ich musste unsere Instrumente und Methoden zur geodätischen Landvermessung erst erheblich verbessern, bis wir zu solchen Abbildungen in der Lage waren. Darüber hinaus hätten wir die Karten niemals einem Ausländer gezeigt, denn schon das ist Hochverrat. Sie sind der erste Nichtjapaner, der dieses Kartenwerk zu sehen bekommt. Das tue ich nur deshalb, weil die Holländer und Sie ganz besonders uns bislang viel mehr gegeben als genommen haben. Das beschämt mich und ich bin daher bereit, bis an die Grenzen des nach unseren Gesetzen Vertretbaren zu gehen."

„Das ehrt mich sehr, Takahashi-sama. Doch was ist der Grund für diese Geheimniskrämerei? Es sind doch nur gewöhnliche Landkarten, höchstens interessant für die Landwirtschaft und die Schifffahrt. Inzwischen ist außer Japan fast die ganze Welt vermessen und die Karten zirkulieren frei in ganz Europa." Siebold wusste genau, dass das gelogen war. Doch er wollte aus erster Hand erfahren, was das Bakufu sich dabei dachte, die Karten zum Staatschatz zu erklären.

„Halten Sie mich nicht für leichtgläubig, mein lieber Freund! Ich weiß sehr genau, dass die Geographie auch in Europa eine Königswissenschaft ist, die aus der Notwendigkeit heraus entwickelt wurde, Kriege zu führen oder Angreifer abzuwehren. Zumindest war das nach meinen Kenntnissen bis vor kurzem so. Und hatten Sie nicht selbst letztens in Asakusa das topographische Genie des großen Kriegsherrn Napoleon geschildert? Der höchste Zweck von Landkarten ist die Vorbereitung des Krieges. Unsere Regierung, die sich mehr als allem anderen dem Erhalt des Friedens widmet, hat durchaus begriffen, dass die Gestalt unseres Inselreichs, insbesondere seine geographische Lage und seine Küstenverläufe, ein natürlicher Schutz gegen Angreifer ist. Deshalb muss mit allen Mitteln verhindert werden, dass unsere Feinde hinter diese Verteidigungslinie blicken können. Wie Sie wissen, wären die Segelschiffe der ausländischen Nationen nicht einmal in der Lage, Edo und damit den Sitz der Regierung anzusteuern, denn sie wissen schlicht nicht, wo die Stadt liegt. Wobei ich sagen muss, dass ich inzwischen glaube, Sie wären der erste, der das könnte, angesichts all der Messungen und Peilungen, die Sie auf dem Weg von Nagasaki bis hierher unternommen haben."

„Sie überschätzen mich. Ohne Peilungen von der See aus ist das praktisch unmöglich. Die durften wir – so viel will ich Ihnen anvertrauen – trotz des allgemeinen Verbots in der Wasserstraße von Shimonoseki und auf dem Inlandmeer zwischen dem Festland und Shikoku vornehmen. Mehr nicht. Daraus lässt sich keine Karte der Küstenverläufe bis Edo erstellen. Zum Beispiel von dieser der Hauptstadt vorgelagerten großen Halbinsel hier", wobei er auf die Karte zeigte, „wussten wir bis heute gar nichts."

„Ich verstehe. Das ist Izu-hantō, wobei ‚hantō' Halbinsel bedeutet."

„Nun, wenn diese Karte so verboten und gefährlich ist, dann danke ich Ihnen für die Ehre, sie sehen zu dürfen. Doch wir sollten uns nicht unnötig in Gefahr bringen und sie so schnell wie möglich wieder einpacken, nicht wahr?" Takahashi wirkte überrascht, beinahe enttäuscht.

„In Ordnung. Wenn Sie meinen", antwortete er einsilbig. Seine Assistenten rollten die Karten ein und packten sie wieder in die Kassette. Takahashi wandte sich zu Mendelssohn und bat ihn, diesen ersten schönen Satz von Kant über die Sterne und das moralische Gesetz noch einmal zu sagen, damit sein Assistent ihn mitschreiben kann. Als das geschehen war, sprach er wieder zu Siebold.

„Sensei, es ist nun schon spät, doch ich habe noch eine Sache auf dem Herzen. Nach unserem Treffen in Asakusa habe ich von einem meiner Assistenten, der mit Ihrem Schüler Kō-san gesprochen hatte, erfahren, dass Sie etwas haben, das für mich unendlich wertvoll wäre. Können Sie sich vorstellen, was das sein könnte?" fragte er mit einem Lächeln, das so devot wie frech war.

„Nein, keineswegs!" gab Siebold ehrlich überrascht zurück.

„Es geht um den Reisebericht von Kapitän *Krusenstern.*"

„Davon wussten Sie? Erstaunlich. Ich habe das Werk erst kurz vor meiner Abreise 1821 in Paris bestellt." Siebold erinnerte sich, wie erleichtert er war, als die Lieferung im letzten Moment in Rotterdam ankam, während die *Jonge Adriana* schon beladen wurde. Was er Takahashi nicht sagte: Er hatte damals zwei komplette Exemplare bestellt und erhalten. Eines davon, welches er schon längst gelesen hatte, war jetzt in Narutaki. „Aber wussten Sie auch, dass meine Ausgabe eine französische Übersetzung des russischen Originals ist?"

„Ja, das ist mir bekannt."

Siebold lächelte, stand wortlos auf, lief durch die Zimmerflucht und holte aus seiner Reisebibliothek das Werk des russischen Seefahrers. Als er zurückkam, legte er den Stapel aus drei Büchern vor Takahashi auf den Tisch. Dieser hob ehrfürchtig den Deckel des obersten Bandes. Umschlag, Beschnitt und die statische Ladung der Seiten sagten ihm, dass noch niemand dieses Buch geöffnet, geschweige denn darin gelesen hatte. Bedauern mischte sich in die ansonsten wieder vor Entdeckerfreude leuchtende Miene des Astronomen, denn er sah schon das erste große Hindernis für das, worum er Siebold gleich bitten würde. Da standen sie, die Worte, auf die Takahashi viele Jahre lang gewartet hatte. *VOYAGE AUTOUR DU MONDE, fait dans les années 1803, 1804, 1805 et 1806, par les ordres de sa Majesté Impériale ALEXANDRE I*er*, Empereur de Russie, sur les vaisseaux la NADIEJEDA et la NEVA, commandés par M. DE KRUSENSTERN, capitaine de vaisseau de la Marine Impériale.* Es war einer der wenigen umfassenden Berichte einer Weltumrundung, voller naturwissenschaftlicher Beobachtungen, geographischer Entdeckungen und kolorierter Zeichnungen. Vor allem gab es außer den zwei Textbänden einen kompletten Kartenband, praktisch einen Atlas der ganzen Reise um den Globus. Die Vorstellungen von den Ländern außerhalb Japans waren in der Regierung und auch bei allen Gelehrten äußerst lückenhaft und die Annahmen über ihre geographischen Ausdehnungen und Ausprägungen waren durchgehend vage und meist rein spekulativ. Es war eine verrückte Situation: Die ganze Welt war kartographiert, nur Japan kannte man noch nicht; in Japan kannte man dagegen nur die Geographie des eigenen Inselreichs – und der Rest der Welt war hier praktisch unbekannt.

„Sensei, ich sehe, dass Sie dieses Werk noch nicht gelesen haben. Könnten Sie sich trotzdem vorstellen, es mir zu überlassen? Es wäre für mich unschätzbar wertvoll. Ich kann Ihnen das gar nicht in Worten sagen, was es mir bedeuten würde." Zum Glück hatte Siebold diesen Moment schon kommen gesehen. So konnte seine Miene ein so bewegtes wie glaubhaftes Schauspiel in drei Akten aufführen. Zuerst war da die Überraschung, das Unerwartete und doch Unerhörte dieses Anliegens. Dann kam der Schmerz, der zeigte, dass so eine Trennung ein enormes Opfer bedeuten würde. Und schließlich das Bedauern, das Takahashi mitteilte, wie sehr Siebold darunter leidet, ihm diesen Wunsch nicht erfüllen zu können.

„Sehen Sie, mein Freund, dieses Werk ist meine Arbeitsgrundlage für die nächsten Untersuchungen, die ich anstellen wollte. Genau hier in Edo wollte ich mit der Lektüre beginnen, zu der ich bisher in Nagasaki und erst recht während unserer bisherigen Reise keine Zeit fand. Wenn ich Ihnen dieses Werk hier und jetzt überlassen würde, käme ich erst nach meiner Rückkehr nach Europa an ein neues Exemplar, also von heute an in frühestens drei Jahren. Aber ich habe einen Vorschlag, der Sie vielleicht zufrieden stellt. Wenn ich zurück in Nagasaki bin, das Werk ausgelesen und alle notwendigen Aufzeichnungen dazu gemacht und herauskopiert habe, dann lasse ich es Ihnen noch vor meiner Abreise zukommen. Wie wäre das?" Siebold wusste genau, dass dieses Angebot völlig unbefriedigend war für einen Forscher wie Takahashi, der gerade in den Flammen seiner eigenen Neugier stand und von ihnen verzehrt wurde. Man sah ihm jetzt an, dass ihn die Nähe dieses heiß begehrten Objekts verzehrte. Es lag vor ihm und er konnte es doch nicht haben.

„Sensei, ich will nicht, dass Sie es mir schenken. Gerne möchte ich Ihnen etwas Gleichwertiges zum Tausch geben. Was könnte das sein?" Siebold fühlte, wie seine Schläfen heiß wurden und sein Magen einen Sprung machte, sodass er den Boden nicht mehr als festen Untergrund wahrnahm. Es war wie ein kurzer Moment der Levitation.

„Ich müsste, wie gesagt, meine wissenschaftliche Arbeit auf Jahre hinaus neu planen. Es würde auch bedeuten, dass ich mit fast leeren Händen in meine Heimat zurückkehre, ohne ein Vorhaben, mit dem ich in Europa weiterarbeiten könnte." Mendelssohn konnte sich einen fragenden Blick nicht verkneifen. Das war maßlos übertrieben, wahrscheinlich sogar eine schlichte Lüge. Doch er war vorsichtig genug, Siebold bei dieser wichtigen Verhandlung jetzt nicht in die Quere zu kommen. Er verdankte diesem Mann inzwischen zu viel. Er gehörte zu Siebolds System wie die vielen anderen, die dieser über Gefälligkeiten und Gegengefälligkeiten darin eingebunden hatte. Mendelssohn hätte es sich nicht verzeihen können, wenn er jetzt mit seinen chronischen Bedenken seinem großen Gönner Schaden zugefügt hätte. Takahashi bemerkte von alledem nichts, denn er war viel zu fokussiert auf die Möglichkeit, an Krusensterns Reisetagebücher zu kommen. Siebold fuhr fort.

„Sie müssten mir, lieber Freund, etwas anbieten, das mich in Europa absichert, etwas, womit ich meine Position und meinen Ruf als Wissenschaftler bewahren und erweitern kann. Da sehe ich nur eines, was diese Bedingungen erfüllen könnte. Überlassen Sie mir eine Landkarte von Japan einschließlich Ezo und Karafuto." Jetzt war es raus! Die Reaktion war nicht anders als erwartet. Takahashi und seine beiden Assistenten richteten sich erschrocken kerzengerade auf in ihrem Schneidersitz, sahen abwechselnd sich und dann immer wieder Siebold an.

„Sensei, das ist unmöglich! Das kann ich nicht machen! Ich habe Ihnen doch erklärt, dass diese Karten Staatsgeheimnisse sind."

„Diese Bücher hier, mein lieber Freund", wobei er die Hand auf Krusensterns Werk legte, „sind für den japanischen Staat auch Geheimnisse. Aber Geheimnisse, die er nicht kennt – und die definitiv mit Japan zu tun haben. Es wäre im ureigensten Interesse der Regierung, diese Berichte auszuwerten und zu kennen."

Jetzt musste er vorsichtig sein um nicht zu verraten, dass er den Inhalt doch schon vollständig kannte.

„Wir würden nur den Tausch eines Geheimnisses gegen ein anderes machen. Und bei mir als Holländer" – noch eine Lüge – „wären diese Kartenwerke sicher, das wissen Sie. Wir sind die letzte Nation, die Japan angreifen würde. Wir sind weltweit die einzigen erklärten Freunde Japans."

Er überlegte kurz und fuhr fort.

„Takahashi-sama, um Ihnen diesen Tausch zu erleichtern, lege ich noch etwas obendrauf. Wenn Sie mir Kopien Ihrer Karten anfertigen und überlassen, auf denen die wichtigsten Städte in für mich lesbaren

Katakana eingezeichnet sind, dann erhalten Sie von mir auch noch die vierbändige Geschichte der napoleonischen Kriege und – vier Karten von Holländisch-Ostindien mit Sumatra, Java, *Kalimantan* und Sulawesi. Es wird für die Regierung von größter Wichtigkeit sein, die genaue geographische Ausdehnung von Japans bisher noch unbekannten Nachbarländern in Ostasien zu kennen, genauso wie die Größe des niederländischen Kolonialreichs."

Takahashi sah ihn ungläubig an. Konnte Siebold wirklich so leichtfertig Landkarten der niederländischen Kolonien aus der Hand geben? War es nicht auch für die niederländische Regierung wichtig, ihre Feinde in Unkenntnis der exakten Küstenlinien, der Städte, Befestigung und der eigenen Residenz in dem fremden Land zu belassen? Andererseits, was für eine unschätzbar wertvolle Verbesserung der geographischen Orientierung in Ostasien wäre das! Da hatte der Arzt schon Recht. Takahashi konnte nicht widerstehen. Es war einfach ein Angebot, das er nicht ablehnen konnte, weil er wieder einmal viel mehr bekommen würde, als er dafür bezahlen muss. Es war ihm auch ein inneres Bedürfnis, mit diesen außerordentlichen Menschen, die er für Holländer hielt, stärkere Bande zu bilden und auch in Zukunft mit ihnen zusammenzuarbeiten. Er stellte sich diesen Tausch als den Beginn einer großen Freundschaft zwischen zwei Nationen und ihren Wissenschaftlern vor, die sich gegenseitig helfen, die Natur in allen ihren Erscheinungsformen besser zu verstehen, um den Menschen ein besseres Leben zu ermöglichen.

„Sensei, können Sie mir Ihr Ehrenwort geben, dass diese Karten ausschließlich wissenschaftlichen Zwecken dienen? Dass sie auf gar keinen Fall militärisch genutzt werden?"

„Das kann ich. Ebenso kann ich zusagen, dass die niederländische Flotte ohne die Erlaubnis der japanischen Regierung niemals einen anderen Hafen als den von Nagasaki anlaufen wird – selbst wenn wir mit diesen Karten die anderen Häfen finden könnten."

Siebold wusste, dass das ein gewagtes Versprechen war, aber er hatte großes Vertrauen in die Klugheit und Zurückhaltung der niederländischen Japanpolitik. Aus allen Kreisen der Regierung und der Diplomatie hatte er immer wieder gehört, wie groß die Dankbarkeit gegenüber Japan immer noch war, dass die souveränen Niederlande während der napoleonischen Besatzung auf Dejima ununterbrochen weiterexistieren durften – was natürlich auch der Tatsache geschuldet war, dass die Japaner bis heute nichts von der Übernahme dieses Handelspostens der *Niederländischen Ostindien-Kompanie* 1798 durch den Staat wussten. Diesen Übergang hatte man den japanischen Autoritäten sicherheitshalber nicht mitgeteilt, weil man ihnen sonst hätte erklären müssen, was eine Aktiengesellschaft ist, warum und wie sie insolvent gehen kann und aus welchen Gründen der Staat deren Geschäfte weiterführen sollte. Die Klärung dieser Fragen hätte sicher Jahre gedauert.

„Gut, dann verbleiben wir so", fuhr Takahashi fort.

„Sie bekommen vor Ihrer Abreise die ersten Kopien der Karten, in denen die Namen in Katakana ausgeschrieben sind. Doch die Karten werden keine Burgen und Festungen enthalten. Ich werde die Erstellung der Kopien gleich morgen in Auftrag geben. Wenn wir Teile des Kartenwerks bis zur Abreise der Gesandtschaft nicht fertig gestellt haben, schicken wir sie Ihnen durch einen Boten nach Nagasaki. Dafür erhalten wir vor Ihrer Abreise das Werk von Krusenstern, die Geschichte der napoleonischen Kriege und die Karten der niederländischen Kolonien in Ostasien."

„Einverstanden. So verbleiben wir."

Siebold reichte Takahashi die Hand, der einen Moment lang zögerte, weil er nicht mehr genau wusste, was die Geste bedeuten sollte. Doch dann erinnerte er sich und schlug lachend ein. Es war dunkel geworden, die Dienerin hatte die Öllampen angezündet und es wurde Zeit fürs Essen. Takahashi und seine Assistenten wollten diesmal nicht bleiben und verabschiedeten sich so kurz wie herzlich. Siebold begab sich mit Mendelssohn, der nachdenklich schien, zu Sturler, der bereits im Speisezimmer wartete. Siebold erwähnte ihm gegenüber mit keinem Wort den geplanten Tauschhandel, sondern konzentrierte sich im Gespräch auf das wichtige bevorstehende Ereignis.

Audienz beim Shōgun

Mehr als zwei Wochen war die Gesandtschaft bereits in Edo. Es hatten sich freundschaftliche Bande zwischen Siebold und mehreren Hofärzten des Shōgun sowie zwischen Mendelssohn und einigen Gelehrten aus dem Kreis der Besucher der Nagasakiya entwickelt. Die Japaner mochten Mendelssohns Leichtigkeit und seine feine Ironie – wenn es ihnen gelang, sie zu bemerken. Das wurde für sie zu einem Spiel, und es hatte immer der gewonnen, der den Hintersinn seiner Worte als erster durchschaute und darüber lachen konnte. Eine überraschende und wirklich herzliche Beziehung hatte sich zwischen den beiden Ausländern und der Wirtsfamilie der Nagasakiya entwickelt. Siebold wollte sich zunächst nicht herablassen, mit so gewöhnlichen Leuten zu verkehren; vor allem aber wollte er dabei nicht beobachtet werden. Das schien der Wirt, seine Frau und die Dienerinnen durchaus verstanden zu haben, denn tagsüber hielten sie ihm gegenüber einen recht formellen Umgang aufrecht. Doch wenn die Besucher der Gesandtschaft, allesamt hohe Herren, die Nagasakiya verlassen hatten und keine weiteren heimlichen Ankömmlinge erwartet wurden, bemühte man sich allabendlich, den Sensei und seinen Kollegen in die Stube der Wirtsleute zu locken. Als das endlich gelang und Siebold dem freundlichen Drängen nachgab, verbrachten er und Mendelssohn die schönsten Stunden mit der großen Familie neben der großen, im Boden versenkten Kochstelle, dem *Irori*, wo Kessel über der Glut hingen, es warm war und herzhaft gegessen wurde. Diese Form der Geselligkeit war für die beiden umso willkommener, als es den Holländern streng verboten war, die Privathäuser von Japanern zu betreten. Außerhalb von Edo konnten die Beamten noch Gunst vor Recht ergehen lassen und im entfernten Nagasaki war Siebold als Arzt selbstverständlich häufig in den Wohnungen seiner japanischen Patienten, doch in Edo musste das Ausländergesetz streng befolgt werden. Allerdings selbst da nicht so streng, dass man sich nicht innerhalb ein und derselben Herberge frei bewegen konnte. Das Ehepaar, die Eltern der Mutter, zwei junge Töchter und *Akachan*, der Jüngste, der noch nicht sprechen, dafür aber umso besser tanzen, singen und schreien konnte, zwei Dienerinnen und ein Hausknecht waren versammelt. Alle redeten durcheinander, lachten und schmatzten. Die Kinder liefen herum, bewegten sich frei, spielten miteinander, wobei immer Akachan im Zentrum der Aufmerksamkeit war, oder sie ärgerten gemeinsam ihren Großvater, der es sich gefallen ließ und mit ihnen Faxen machte. Der Wirt und seine Frau erzählten von den Gesandtschaften der Vergangenheit, die meist steif und unfreundlich waren und keinen Umgang mit den ihnen fremden Japanern suchten. Doch seit der vorletzten Hofreise, so freuten sie sich, schienen die Gäste aus dem fernen Ausland immer geselliger zu werden und sogar der japanischen Sprache mächtig zu sein. Sie erzählten von den Gesandten Doeff und Blomhoff, die sich in Edo schon ganz anders bewegten als ihre Vorgänger – und die beide auch mit ihnen in dieser Wohnküche zusammensaßen. Leider schien das mit dem Gesandten dieser Hofreise, Oberst von Sturler, nicht möglich zu sein. Dafür hätten sie aber diesmal zwei Ausländer in ihrer bescheidenen Abendgesellschaft, die schon beide Japanisch sprachen, was sie auch für einen Fortschritt hielten. Plötzlich kam eine der Töchter herbeigerannt, sprang dem mit überkreuzten Beinen vor dem Gästetisch sitzenden Siebold von hinten auf den Rücken, schlang ihre dünnen Arme um Siebolds Hals und legte ihren Kopf frech grinsend auf seine Schulter. Er sah zur Seite in ihr glückliches Gesicht, mit dem sie zu ihren Eltern blickte. Da wurde ihm schlagartig bewusst, was er lange verdrängt hatte. Wenn er zurückkommt nach Nagasaki, dann wartet dort auch ein Kind auf ihn! Vielleicht auch eine Tochter, ein niedliches Geschöpf wie dieses hier, das so zutraulich an dem großen, blonden Barbaren hing. Ein Kind von seiner geliebten Taki, das er mit ihr in diesem schönen Land aufziehen würde, das sich immer noch vor der neuen Welt verstecken will; mit dem er durch sein Fleisch und Blut verbunden sein würde. Wie die einfache Berührung eines Kindes einen erwachsenen Mann aus den Bahnen seiner gewohnten Gedanken werfen konnte! Er merkte auch, wie wenig Kontakt er mit Kindern hat, die er nicht behandeln und denen er keine Schmerzen zufügen musste, um sie zu heilen. In diesem Moment beschloss er, öfter an diesen Mahlzeiten im familiären Kreis teilzunehmen. Einige Tage später berichtete er seinem Tagebuch von diesem neuen Freundeskreis.

„Ich muss heute wirklich mir selbst Vorwürfe machen, dass ich mich über unseren gesellschaftlichen Verkehr mit den Japanern der unteren Klassen so streng geäußert habe. Man nehme nur unseren Gastwirt. Der gute Mann und seine Familie taten, man muss es anerkennen, wirklich ihr Bestes, um uns die stillen Abende in unserer Einsamkeit so angenehm wie möglich zu gestalten. Es ist eigentümlich, wie man sich an alles gewöhnen kann. So wurde für uns junge Leute der Umgang mit dieser liebenswürdigen Familie ein wirkliches Bedürfnis. Wir sehnten uns schon förmlich nach dem Läuten der Abendglocke, welche die Heimkehr des alten Hirten ankündigte, nämlich unseres Hospes, zu dessen bunter Herde wir uns dann gesellen durften."

In der letzten Aprilwoche kamen unangekündigt alle Hofärzte, die der *Rangaku* nahe standen, versammelt zum Besuch von Siebolds Vorlesung in der Nagasakiya. Es war ein erstaunliches Völkchen, das da zusammenkam. Siebold hatte in seinen Gesprächen mit Mendelssohn bereits festgestellt, dass viele Ärzte und überhaupt Wissenschaftler in Japan aus dem Stand der Bauern und Handwerker kommen – vollkommen unvorstellbar in Europa, vor allem im Deutschen Reich und in Frankreich. Generell galt nur das gehobene, alteingesessene Bürgertum oder inzwischen auch der Adel als Ausgangspunkt für eine Gelehrtenkarriere, wie man es etwa an den Humboldts beobachten konnte. Und auch wenn einige bedeutende Denker und Forscher aus Pastorenfamilien kamen, so war es nur in den wenigsten Ausnahmefällen möglich, als Kleriker Wissenschaft zu betreiben. In Japan hingegen kamen die fähigsten und neugierigsten Ärzte, Gelehrten und Wissenschaftler aus ländlichen Gegenden und waren von einfacher Herkunft. Deshalb, so fiel es zuerst Mendelssohn auf, sahen sie auch so viel kräftiger, gröber und gesünder aus als ihre europäischen Kollegen. Sie waren in der Regel auch besser gelaunt und hatten fast alle einen erdigen, galligen Humor. Doch bei der heutigen Veranstaltung war etwas anders als sonst. Es lag etwas in der Luft. Obwohl Siebold einen einführenden und wichtigen Vortrag über die in Japan noch völlig unbekannte *Trepanation* hielt, bemerkte er, dass seine Kollegen nicht recht bei der Sache waren. Warum, das erfuhr er erst, als er seine Ausführungen zur Kraniotomie beendet hatte. Als ob sie nur auf diesen Moment gewartet hätten, traten sie gemeinsam an ihn heran und baten den überraschten Dozenten völlig unvermittelt, länger als die Gesandtschaft in Edo zu bleiben.

„Sensei, Sie sind eine zu große Bereicherung für uns als dass wir Sie schon gehen lassen können!" warf der Leibarzt des Shōgun und Augenheiler *Genseki Habu* in die Runde. Er hatte Siebold schon anlässlich der ersten Vorlesung in *Ophthalmologie* tief beeindruckt, als er ihm sein Operationsbesteck aus goldenen Nadeln vorführte und ihm seine selbst entwickelte Methode zum Augenstechen erläuterte.

„Ja", ergänzte der Akupunkteur *Sōtetsu Ishizaka*, "selbst ich, von dem Sie mehr gelernt haben, als Sie mir beibringen konnten, würde es begrüßen, wenn Sie noch länger in Edo bleiben."

Die anderen Ärzte lachten. Diese Bemerkung bezog sich auf den Ausgang einer kleinen Präsentation von Ishizakas Können. Er hatte bei Siebold mit Akupunkturnadeln eine Punktion seines Armes vorgenommen, um ihm die Stichweise und -anordnung zu zeigen. Daraufhin bat er Siebold, nun seine Kunst an ihm auszuprobieren. Siebold bot ihm an, zuerst seinen Arm sauber zu amputieren und ihn dann wieder anzunähen. Ishizaka sah sich nicht in der Lage, das freundliche Angebot anzunehmen, und spielte immer noch ein wenig den Enttäuschten.

Dann erwähnten die Ärzte, dass sie einen Plan hätten, wie man den Shōgun von der Notwendigkeit dieser Verlängerung des Aufenthaltes überzeugen könnte. Doch sie könnten ihm noch keine Einzelheiten offenbaren. Sie waren alle Persönlichkeiten, die Zugang zum Hof und gelegentlich zur Person des Shōgun hatten. Doch sie waren nicht seine einzigen Ärzte.

„Meine Herren, wie schätzen Sie die Situation ein? Welche Chancen haben wir, mit einem solchen Anliegen durchzudringen?" fragte Siebold geradeheraus. Die Ärzte sahen einander an und einigten sich stumm, dass bei einer solchen heiklen Frage nur Hoken Katsuragawa antworten sollte, der sich bereits einen Namen als Vermittler zwischen den verfeindeten Lagern gemacht hatte. Er war einer der angesehensten Ärzte und Botaniker des Landes, und auch an ihm hatte Opperhoofd *Doeff* die Spur seines Besuchs in Edo hinterlassen, indem er ihm im Zuge eines freundschaftlichen Gelages den lateinischen Ehrennamen *Wilhelmus Botanicus* verlieh, mit dem der japanische Gelehrte sich auch jetzt noch gerne vorstellte.

„Nun, an der Zahl sind die Ärzte der chinesischen Schule den *Rangakusha* am Hofe inzwischen unterlegen. Auch haben die nachweislichen Erfolge der westlichen Medizin einen guten Eindruck bei unserem Herrscher hinterlassen. Doch man darf nicht unterschätzen, wie sehr dieser sich den spirituellen Werten und der Magie der Traditionalisten verbunden fühlt. Er sieht die Rangaku ganz eindeutig als einen Fremdkörper in unserer Kultur. Und er kann sicher nicht als ein Freund der Holländer bezeichnet werden. Er wird sich im Übrigen auch mit einigen seiner unzähligen Haupt- und Nebenfrauen, wahrscheinlich sogar mit der einen oder anderen Konkubine über dieses Thema austauschen. Das macht die ganze Sache unvorhersehbar. Am Ende wird er jedenfalls nicht wissenschaftlich, sondern politisch über das Anliegen unserer kleinen, freundschaftlichen Verschwörung urteilen. Wir haben also eine Chance, auch wenn sie nicht groß ist."

Siebold übersetzte diese Worte mit dem ihm eigenen Optimismus und hörte aus ihnen beinahe die Gewissheit, dass eine Verlängerung seines Aufenthalts genehmigt würde. Er erläuterte seinen Kollegen den von ihm entwickelten Plan, auf höchstpersönlichen Befehl des Shōgun nach Batavia zu reisen, um von dort frische Pockenlymphe zu holen, damit die Impfung im japanischen Reich wirksam eingeführt werden kann. Die Hofärzte sahen sich zweifelnd an und ließen Siebold wissen, dass dieses Vorhaben wenig Aussicht auf Erfolg hat. Die Pocken waren zwar eine Seuche, die ganze Landstriche dezimierte, aber doch keine Krankheit, die oft die Tore des Edo-jō passierte. In der unmittelbaren Verwandtschaft und unter den Frauen und Kindern des Shōgun kam sie überhaupt nicht vor. Ein Moment lang erinnerte Siebold sich an die Worte des Astronomen Takahashi, als dieser sagte, dass die Regierung sich eigentlich für nichts interessiere, was nicht militärisch verwertbar ist. Das Wohl des Volkes spielte bei solchen Betrachtungen keine Rolle. Doch Siebold schob den Gedanken gleich wieder beiseite und verließ sich auf seine hoffnungsvolle Ahnung, dass dennoch alles gut gehen könnte. Darin wurde er vom würdigen Botanicus bestärkt, der nun ganz vertraulich wurde.

„Machen Sie sich keine Sorgen. Wir haben selbst etwas vorbereitet, das aussichtsreicher sein dürfte. Wir können nur noch nicht darüber sprechen."

Der Tag der Audienz rückte näher. Am Abend zuvor berichtete Siebold seinem Vorgesetzten Oberst de Sturler erstmals von dem Vorhaben der Ärzte, seinen Aufenthalt in Edo durch Intervention beim Shōgun zu verlängern. Der Rest der Gesandtschaft würde die Rückreise nach Nagasaki vermutlich allein antreten müssen. Sturler wusste, dass er dem nichts entgegensetzten konnte, machte sich aber auch nicht mehr die Mühe, seine Gefühle zu verstecken und entwickelte eine offene Feindseligkeit gegen Siebold. Getragen von der allseitigen Anerkennung und Bewunderung seiner japanischen Freunde und Kollegen konnte Siebold den so beleidigten wie beleidigenden Ton des Gesandten an sich abperlen lassen. Durch seine Gelassenheit ließ er Sturler spüren, dass er ihn nur noch als ein notwendiges Übel hinnahm. Bei der Verständigung mit ihm beschränkte er sich auf das Notwendigste, und das waren dergleichen Formalitäten wie die Ankündigung solcher Planänderungen. Siebold hatte, übrigens wie Sturler selbst, keinen Zweifel daran, dass dieses Vorgehen mit seinen Direktiven, die er von der Kolonialregierung in Batavia erhalten hatte, vollkommen im Einklang stand.

Am Morgen des 1. Mai bestieg die Gesandtschaft in der Nagasakiya um sechs Uhr ihre Kago. Oberst de Sturler hatte eine ausgebürstete Uniform und seinen polierten Degen angelegt. Doch sogar ihm fiel auf, dass er neben Siebold, der groß, farbenprächtig und makellos in seinem besten Wichs antrat, wieder einmal wie ein einfacher Kanonier aussah. Eskortiert wurde der Zug der Sänften von den Polizeibeamten, die während der ganzen Hofreise für die Ausländer abgestellt waren. Die Burg war ganz in der Nähe und so passierten sie bald einen Graben und das erste massive Tor im äußersten Verteidigungsring des Edo-jō. Der Herrschersitz des Shōgun war, anders als die Schlösser und Burgen der neueren Zeit in Europa, nicht auf Würde, Pracht und die opulenten Spiele von Palästen, Gärten, Brunnen und Skulpturen ausgelegt, sondern noch ganz auf Wehrhaftigkeit. Als sie durch ein weiteres, noch massiveres und mit Schnitzereien reich verziertes Tor in den zweiten Ring kamen, zogen sie an zyklopischen Mauern vorbei, die sich aus riesigen, fugenlos ineinander gepassten Felsblöcken auftürmten. Siebold beschlich in diesem Moment wieder diese Ahnung von einer versteckten Gewalt im japanischen Staatssystem. *Si vis pacem, para bellum* lautete auch ein römisches Sprichwort. Etwas eleganter hatte der spätrömische Kriegsschriftsteller Flavius Vegetius Renatus es in seinem Leitfaden zur Kriegswissenschaft formuliert, den *Epitome rei militaris*. Er schrieb ‚Qui desiderat pacem, praeparet bellum', wer den Frieden will, der bereitet den Krieg vor. Siebold verstand nun, dass diese Festung das Symbol eines solchen gewalttätigen Friedens war – eine ständige Kriegsdrohung.

Beim Eintritt in das Palais des Shōgun wurde die Gesandtschaft zunächst von kahlrasierten Hoflakaien in schwarzen Seidenkostümen empfangen und ehrerbietig in einen großen Saal geführt, der so etwas wie das Antichambre zum Thronsaal zu sein schien, in dem man sich frei bewegen konnte. Nach und nach betrat ohne zeremoniellen Aufwand ein buntes Adelsvölkchen aus Prinzen, Fürsten, Kammerherren und sonstigen Würdenträgern den Raum. Sie alle kamen nur aus Neugierde, bestaunten die Ausländer freundlich wie fremde Tiere, zupften an ihren Kleidern und baten vermittels der Übersetzer, dass die Barbaren ihnen holländische Worte auf ihre Fächer schreiben mögen, was die Angegafften gerne taten. Unterdessen wurde der Gesandte Sturler gebeten, den Audienzsaal allein mit Hofbeamten zu betreten, um ,das Kompliment zu üben', das Vorstellungszeremoniell. Als Sturler zurückkam, sah er noch mürrischer und vertrockneter aus als sonst. Die Prozedur, die er einzuüben hatte, schien ihm nicht gefallen zu haben. Nach einer kurzen Pause gab es ein Zeichen, dass die Audienz beginnt, und der Gouverneur von Nagasaki begleitete Sturler zusammen mit ein paar Kammerdienern zurück in den großen Saal. Die anderen Zaungäste verschwanden dann ebenso und fast schneller als sie gekommen waren. Siebold und Mendelssohn befanden sich allein im Antichambre und es brauchte nur einen kurzen Blick zwischen den beiden Männern, um zu beschließen, dass sie dem Gesandten heimlich nachschleichen. Es gelang ihnen tatsächlich, unbemerkt bis an den Eingang des Audienzsaals zu kommen, wo sie ein altertümliches Ritual zu sehen bekamen. Der riesige Saal hatte eine Fläche von tausend *Tatami*. Zur Linken befanden sich auf halber Höhe mehrere Tafeln und Präsentierteller aus weißem Sonnenbaumholz, auf denen die Geschenke der Gesandtschaft ausgebreitet waren. Am gegenüberliegenden Ende des Raumes führten drei breite Stufen in einen weiteren, wesentlich kleineren zweiten Audienzsaal, den sie auch einsehen konnten. Dort stand Sturler noch in seinen goldenen Pantoffeln, als plötzlich ein Zischen durch den Raum ging, das die Ankunft der höchsten Persönlichkeit ankündigte. Der Gouverneur hieß Sturler seine demütige Haltung einnehmen, die er zuvor eingeübt hatte, und nahm dann hastig wie alle anderen Anwesenden seine eigene Position ein. Siebold und Mendelssohn sahen direkt auf Sturlers Hinterteil, über dem sich der Rock seiner Uniform teilte, während er sich im unbequemen *Seiza* nach vorne geworfen und die Hände vor seinem geneigten Kopf auf dem Boden säuberlich zu einem Pfeil zusammengelegt hatte. Es war ein

seltsamer Anblick, diesen sonst so steifen Mann in einer feierlichen Nie-
derwerfung zu sehen, die einige Körperbeherrschung erforderte. Siebold
fühlte zwar eine gewisse Genugtuung, dass sein Vorgesetzter, der ihm
immer mehr zum Feind geworden war, sich in dieser Prostration derart
erniedrigen musste. Doch zugleich erwachte in ihm der Stolz des aufgeklärten Europäers, und er empfand zum ersten Mal so etwas wie Mitgefühl für diesen schwierigen, in seinen Augen verhinderten und stecken-
gebliebenen Menschen. Während in Siebold gerade die Empörung zu
gären begann, erschallte der laute Ruf eines Herolds aus einer nicht ein-
sehbaren Ecke des Audienzsaales: „Oranda Kapitan!" Der Shōgun, das
fürchterliche Drachengesicht, das nach Ansicht des einfachen Volkes
kein sterblicher Mensch sehen darf, zeigte sich nicht und blieb hinter einer Bambusmatte versteckt. Mit ihm im Verborgenen saß ein alter, hagerer Mann. Es war Sadanobu Matsudeira, der *Schatten-Shōgun*. Er hatte in
der Tokugawa-Verwaltung alles in Bewegung gesetzt und auch den
Shōgun selbst davon überzeugt, dass die Ausländer so schlecht und ge-
ringschätzig wie nur möglich zu behandeln seien. Matsudeira war zufrieden mit dem Ergebnis. Einen Moment war es still im Saal. Dann
rutschte der Gouverneur auf Knien an Sturler heran und zupfte an dessen Rock. Die Audienz war vorbei. Er solle aufstehen und sich langsam
rückwärtsgehend zurückziehen, bedeutete ihm der Gouverneur. Mendelssohn und Siebold sahen sich an und schlichen ebenfalls zurück auf
ihre Ausgangsposition im Antichambre. Als Sturler dort ankam,
schimpfte er.

„Eine Farce! Das ist eine Farce! Ich bin mir in meinem Leben noch
nicht so blöd vorgekommen."

„Seien Sie froh, es hätte weit schlimmer werden können", versuchte
Siebold ihn zu beruhigen. „Aus den Aufzeichnungen meines Vorgän-
gers *Engelbert Kaempfer* wissen wir, dass die Gesandtschaft seinerzeit –
das war 1691 – stundenlang singen und tanzen musste vor dem Hofstaat,
der sich hinter Wandschirmen versteckte." Dann füllte sich der Raum
wieder mit den neugierigen Adeligen und Höflingen, die den Gesandten
beglückwünschten für die große Ehre, die ihm zuteil geworden war.
Sturler sah grimmig drein und fühlte sich ein weiteres Mal zum Narren
gehalten, obwohl seine Gratulanten es ganz offensichtlich ernst meinten.
Kurz darauf wurde die Gesandtschaft aufgefordert, sich zum Palais des
Erbprinzen zu begeben. Auf dem Weg dorthin, vorbei an breiten Was-
serkanälen und weiteren mächtigen Wehrmauern, überquerten sie eine
innerhalb der Burganlage hochgelegene Bogenbrücke, von der aus die
Gesandten einen einzigartigen Blick über ganz Edo und bis hinaus auf

die in der Vormittagssonne funkelnde Bucht hatte. Sturler ließ dieser Anblick freilich kalt. Nicht nur wegen seines mangelnden Verständnisses für alles Schöne, sondern auch weil er wusste, dass auf ihn noch mehrere solcher Zeremonien zukommen würden. Es sollte noch ein ganzes Dutzend weiterer Audienzen bei Reichsräten und Mitgliedern der Tokugawa-Familie sein. Doch diesmal mussten auch Mendelssohn und Siebold mitmachen. Den ganzen Tag über wurden sie von Residenz zu Residenz geführt, und überall war es das gleiche Spiel. Die Hausherren waren angeblich nicht anwesend und die Gesandtschaft musste ihre Verbeugungen und Ehrbezeugungen vor Sekretären und Hausbediensteten machen. Jedes Mal wurde dabei Tee und Zuckergebäck gereicht und die ausländischen Herren wurden gebeten, während sie auf der Folterbank des japanischen *Seiza* ausharrten, ihre Utensilien wie Stöcke, Hüte, Pfeifen und Degen abzugeben. Die wanderten dann hinter weitere Bambusvorhänge oder Pergamentschiebetüren und wurden von den Damen des Hauses neugierig betrachtet. Immer wieder hörte man das aufgeregte Flüstern hoher Frauenstimmen, aber auch Männer schienen sich so vor ihnen zu verstecken. Siebold äußerte seine Vermutung, dass die Hausherren sehr wohl zugegen seien, dass man ihnen aber aus politischen Gründen davon abgeraten hatte, sich den Ausländern zu zeigen. Damit hatte er, ohne ihn zu kennen, Matsudeiras Plan durchschaut. Bei einer der letzten Audienzen wurde offensichtlich, dass der zu besuchende Würdenträger sich unter seine eigenen Domestiken gemischt hatte, damit er die Holländer ungestört betrachten und sogar anfassen konnte. Erschöpft, frustriert und mit verdorbenem Magen kehrten Sturler, Siebold und Mendelssohn an diesem Abend in die Nagasakiya zurück. Siebold war besonders missgelaunt, denn die abweisende Behandlung durch den Shōgun und alle besuchten Mitglieder des Adels ließen seine Hoffnung auf eine wohlwollende Beurteilung seines Wunsches, noch weiter in Edo zu bleiben, allmählich schmelzen.

Am nächsten Tag fand eine Audienz beim Handelsbeauftragten der Regierung statt, zu der nur der Gesandte Sturler zugelassen war. Siebold hielt Vorlesungen und behandelte weitere Patienten, während Mendelssohn in Begleitung japanischer Polizisten und eines Übersetzers einige Buchhändler, Drucker und Bibliotheken besuchte. Am späten Nachmittag kehrte Sturler zur Nagsakiya zurück und teilte Siebold widerwillig mit, dass es einen Eklat im Edo-jō gegeben habe. Siebold war an allen Handelsgewinnen beteiligt und genoss zudem das Vertrauen des Generalgouverneurs in Batavia. Daher musste er informiert werden. Sturler hatte sich beim Handelsbeauftragten über die Zölle für holländische

Waren und, was viel schlimmer war, über einzelne Beamte beschwert. Der Handelsbeauftragte sei schier explodiert und Sturler meinte, er hätte noch nie einen so wütenden Menschen erlebt, vor allem keinen Japaner. Diese Intervention war nicht mit Siebold abgesprochen gewesen und Sturler hatte ihm gegenüber nicht einmal erwähnt, dass er sich formal beschweren wollte. Siebold hätte ihm sicher ein klügeres Vorgehen und den angemessenen Ton empfehlen können. Er hörte mit zunehmendem Schrecken dem Bericht seines Vorgesetzten zu und ahnte, dass dieser Zwischenfall nicht ohne Konsequenzen für ihn selbst und seine Pläne bleiben würde. Er sollte Recht behalten. Am selben Abend kam Hoken Katsuragawa zu Besuch, der diesmal im Angesicht des Ernstes der Lage sogar versäumte, sich als Wilhelmus Botanicus anzumelden.

„Sensei, ich habe Ihnen eine betrübliche Nachricht zu überbringen. Unser kleiner freundschaftlicher Komplott ist gescheitert. Der Shōgun hat unsere Bitte abgelehnt, Sie noch für längere Zeit in Edo zu behalten. Wir hatten sie damit begründet, dass wir von Ihnen dringend eine Übersetzung dieser botanischen Studien von *Johann Wilhelm Weinmann* bräuchten", wobei Katsuragawa ein vierbändiges Werk auf den Tisch legte, das Siebold als die bekannte *Phytanthoza iconographia* von 1745 wiedererkannte, allerdings in der dänischen Ausgabe. „Das hätte mindestens ein halbes Jahr gedauert. Eine gute Idee. Woran ist sie gescheitert, lieber Botanicus?" wollte Siebold wissen, obwohl er die Antwort schon zu kennen glaubte. „Es kamen zwei Dinge zusammen. Da waren zunächst die chinesischen Ärzte, die wie erwartet gegen Sie und Ihren Verbleib in Edo intrigierten. Den Ausschlag gab aber der handelspolitische Streit, den der niederländische Gesandte heute ausgelöst hat. Es tut mir sehr leid, wir können nichts mehr für Sie tun. Wir, und ich darf dabei für die gesamte Ärzteschaft und alle *Rangakusha* sprechen, bedauern das außerordentlich."

Später berichtete Siebold, ohne auch nur zu versuchen, seine Niedergeschlagenheit zu verstecken, Mendelssohn von den neuesten Entwicklungen. Die ganzen Reisen ins japanische Hinterland, die Erkundung des Nordens und der Westküste, die Tier-, Pflanzen- und Mineraliensammlungen, all das würde ihm nun entgehen!

„Mein lieber Freund", beschwichtigte Mendelssohn ihn, „das ist ihre erste kleine Niederlage seit unserer Ankunft in Japan. Tragen Sie es mit Fassung und freuen Sie sich auf Ihre Gewächshäuser, Ihre Schüler, Ihre schöne Frau und das Kind, das Sie wahrscheinlich schon erwartet. Wir wissen ja nicht einmal, wie ernsthaft dieser Eklat wirklich gewesen ist, welche Folgen er hat, und vielleicht müssen wir froh sein, wenn wir sicher nach Nagasaki zurückkehren können." Mendelssohns Gesichtsausdruck deutete an, dass er sich eigentlich mehr Sorgen machte als Siebold, der nur einer vertanen Chance nachtrauerte. Siebold sah ihn versonnen an. Ja, der Mann hatte Recht. Er begriff, wie wichtig es war, jetzt bloß keinen Fehler zu machen und mit übereilten Reaktionen die Lage unnötig zu verschlimmern. Das Wichtigste waren die Landkarten, die jetzt in seine Reichweite gerückt waren. Sie würden sein Japan-Werk krönen und ihm großen Ruhm in Holland, nein, in der ganzen westlichen Welt sichern.

Die Rōnin aus Mito

Die folgenden Tage verliefen wie gewohnt mit Vorlesungen, Behandlungen, Besuchen von Ärzten und Ausflügen in die Stadt. Die Stimmung war jedoch gedrückt, alle Teilnehmer der Hofreise und die vielen neuen Freunde Siebolds in Edo hatten von der ungünstigen Entwicklung erfahren. Sturler und Siebold sprachen, bis auf die notwendigsten Anlässe, überhaupt nicht mehr miteinander. Siebold wollte seinen Vorgesetzten spüren lassen, dass er ihn für diesen Misserfolg verantwortlich machte, der nicht nur seine eigene wissenschaftliche Mission gefährdete, sondern auch Leib und Leben der Gesandten sowie das Verhältnis zwischen Holland und Japan, das es doch schließlich zu verbessern galt.

Bei einem Besuch im Hafen von Edo war die Gesandtschaft ausnahmsweise gemeinsam unterwegs, natürlich in Begleitung von sechs Polizisten, einem Übersetzer und dem *Yakunin*. Sie betrachteten vom zentralen Verladeplatz aus mit mäßigem Interesse die großen Lagerräume, Holzkräne und Gerüste zum Aufhängen der Fischernetze, als in einiger Entfernung eine Gruppe mit Schwertern bewaffneter Männer von einem der Verwaltungsgebäude her ebenfalls auf den Platz einbog. Als sie die Ausländer sahen, blieben sie stehen. Sie sahen verwildert aus und warfen der Gesandtschaft wütende Blicke zu. Sie hatten offensichtlich keine Angst vor der Flagge des Shōgun, die einer der Polizisten als Zeichen des Regierungsschutzes ständig gut sichtbar hochhielt. Dann marschierten sie langsam auf die Ausländer zu. Der Yakunin trat vor und sprach zu Sturler, wobei er versuchte, eine feste Stimme zu behalten. „Meester, das sind *Rōnin*, die berüchtigten Rōnin aus Mito. Sie sind fanatische Anhänger des Kaisers. Wir sollten uns schnell fortbewegen, unsere kleine Eskorte wird uns nicht helfen können, wenn es zum Streit kommt." Doch es war zu spät. Der Anführer des kleinen Trupps war in den Laufschritt übergegangen, hatte seine beiden Schwerter aus den Scheiden gezogen und rief laut „*Sonnō jōi! Sonnō jōi!*" Darauf setzte sich auch sein Gefolge in Bewegung, legte die Hände an die Schwerter und stimmte auf das hysterische Kampfgeschrei ein. „Was bedeutet das?" fragte Siebold den Yakunin. „Das ist ein alter Schlachtruf, der jetzt oft zu hören ist. Er bedeutet ‚Ehret den Kaiser, vertreibt die Barbaren'", antwortete der Yakunin, nun mit hörbarer Angst in der Stimme. „Sie hassen die Ausländer, obwohl wahrscheinlich keiner von ihnen bis zu diesem Moment je einen gesehen hat." Es waren nur noch etwa hundert *Fuß* zwischen den Angreifern und den Ausländern. Siebold spürte den Zorn in sich aufsteigen gegen diese paar dreckigen, kleinen Samurai, die sich erdreisteten, den holländischen Abgesandten und Gast des japanischen Herrschers bedrohen zu wollen. Er machte drei große Schritte nach vorne, stellte sich vor seine Gruppe und zog seinen Säbel. An diesem Tag trug Siebold, wie er es sich zu solchen Anlässen angewöhnt hatte, seine prächtigste Uniform. Er stand da, zu ganzer Größe aufgebaut und seinen funkelnden Säbel mit starker Faust in den Himmel gehalten. Dieser Anblick von Autorität und Stärke ließ den herbeilaufenden Anführer wie auch seine Nachhut innhalten. Siebold war mehr als einen Kopf größer als seine Gegenüber, alles Männer in ungepflegten *Yukatta* mit wilder Haartracht. Sie sahen vernachlässigt aus, wie er das schon oft bei niedrigen Samurai gesehen hatte. Sein Säbel war länger und der Stahl blitzte im Vergleich zu den stumpfen *Katana* der Rōnin. Siebold wusste genau, wie diese japanischen Schwerter geschmiedet werden, und dass sie keine Chance hatten, dem harten Schlag von holländischem Stahl zu widerstehen, aus dem sein militärischer Säbel gemacht war. Beim Besuch eines Schwertschmiedes in Osaka hatte er bemerkt, wie viele Illusionen die Japaner sich über die Eigenschaften ihrer traditionellen Waffen machten. Er kannte auch die populäre Ansicht, dass das Katana die *Seele des Samurai* sei, was doch nur eine Verklärung war. Die japanischen Schwerter waren infolge der langen Zeit ohne Krieg zum Dekor verkommen und völlig ungeeignet, einen Panzer oder ein Kettenhemd zu durchtrennen, wozu europäische Stahlsäbel durchaus imstande waren. Die Rōnin hatten noch nie ein so großes Schwert gesehen, und Siebolds Haltung ließ keinen Zweifel daran, dass er diese Waffe gegen seine Angreifer zu führen wüsste. Ihr Anführer wandte sich in derbem Japanisch an Siebold wie an einen Untergebenen. „Nanja!" schrie er, was so viel hieß wie „Was soll das! Was willst du?" Der etwa Mittzwanziger war zwar von Siebolds Erscheinung beeindruckt, aber doch noch ganz in Rage. Siebold senkte seinen Degen, setzte einen Fuß zurück, steckte seine linke Faust in die Hüfte und begann in dieser kampfbereiten Haltung mit der donnernden, tiefen Stimme, die er bei den großen Fürsten abgehört hatte, auf Japanisch zu brüllen.

„Dies hier ist die Gesandtschaft der holländischen Nation, die unter dem Schutz des großen Shōgun steht, deines Lehensherren und Herrschers. Wenn du und deine räudigen Genossen auch nur noch einen Schritt wagt, dann werde ich euch alle in das Reich eurer Vorfahren befördern, wo ihr auf Ewigkeit in Schande für eure Anmaßung büßen werdet! Verschwindet, oder ich lege euch übereinander und zerhacke euch in Stücke!" Das wirkte. Der ganze Pulk von etwa einem Dutzend Rōnin stand da wie angewurzelt. Sie waren schockiert, dass der Barbar sie plötzlich in aristokratischem Hochjapanisch anschrie. Auf dem Gesicht des Anführers war die Verzweiflung zu sehen, dass er nicht wusste, wie er aus dieser Situation herauskommen könnte, ohne sein Gesicht zu verlieren. Er sprang nach vorne und griff Siebold mit seinen Schwertern an, dem Langschwert *Katana* und dem Kurzschwert *Wakizashi*. Siebold kannte diese Schwertkombination. Er hatte als begeisterter Säbelfechter zusammen mit Mendelssohn und einem Übersetzer auf Dejima das *Buch der fünf Ringe* des legendären Samurai *Miyamoto Musashi* aus dem 17. Jahrhundert gelesen, der darin den inzwischen traditionellen Kampfstil des *Niten Ichiryū* entwickelte. Er wusste, dass sein Angreifer das Kurzschwert zum Parieren seines ersten Schlages nutzen würde, um dann mit dem Langschwert zuzuschlagen. Siebold hob seinen Säbel zum Schlag und ließ ihn auf die erwartete Parade des Kurzschwerts niedergehen, aber nur angetäuscht und ohne Kraft, während er dem sofort nachfolgenden Schlag des Langschwerts geschickt auswich. In diesem Moment hatte der Angreifer beide Schwerter unten, doch Siebold seinen Säbel schon wieder hochgezogen und ließ seinen Hieb näher am Mann niedergehen, der sofort aufschrie. Sein rechtes Ohr fiel zu Boden, aber er wollte nicht aufgeben und hob sein Schwert wieder an. Siebold hatte das vorausgesehen und, anstatt seinem Gegner die Schulter zu durchtrennen, den Doppelschlag so ausgelegt, dass sein Säbel sofort wieder parieren konnte und seitwärts auf das Katana schlug, das kurz hinter dem Griff klirrend zerbrach. Der Schrecken stand den Rōnin ins Gesicht geschrieben, denn so eine Technik und Schwertstärke hatten sie noch nie gesehen. Dann rief Siebold noch einmal mit aller Kraft seiner zornigen Stimme: „Verschwindet!". Der Verletzte und seine Bande liefen weg wie geprügelte Hunde. Sie nahmen nicht einmal das abgetrennte Ohr mit, das auf dem sauber gefegten Pflaster im Blut lag. Siebold war erleichtert und zufrieden. Er dachte einen Moment lang erstaunt an die Ähnlichkeit dieser Situation mit der Mensur, die er zehn Jahre zuvor nach einer förmlichen Beleidigung mit Baust im Guttenberger Wald geschlagen hatte. Wieder war es das rechte Ohr, das sein Gegner hatte einbüßen müssen.

Die japanischen Polizisten und der Yakunin waren beschämt von Siebolds imponierendem Auftritt, da er sich offensichtlich so gut zu helfen wusste, dass er nicht nur seiner designierten japanischen Beschützer nicht bedurfte, sondern vielmehr, diese selbst auch noch verteidigen musste. Der friedliebende Mendelssohn, der eine solch gewalttätige Begegnung bisher weder in Japan noch in Europa erlebt hatte, war immer noch starr vor Entsetzen, während Oberst de Sturler mit seiner Fassung rang, um den Vorfall unter militärischen Gesichtspunkten als eine belanglose Selbstverständlichkeit einzuordnen. Dabei nagte das Bewusstsein um eine weitere Herabsetzung durch Siebold an ihm. Er, der erfahrene Soldat, für seine Tapferkeit ausgezeichneter Kanonier und durch seine Verdienste zum Oberst der königlich-niederländischen Armee befördert, musste sich den Schutz eines niedrigen Majors aus Bayern gefallen lassen, der noch nie auf einem Schlachtfeld gestanden hatte, einem Arzt, der den Säbel in der Regel nur zur Zierde trug. Wie eine brennende Salbe in Augen und Ohren schmerzte ihn die Bewunderung, die Siebold von den japanischen Begleitern und Mendelssohn entgegenschlug.

Gefährliche Tauschhandel

In den folgenden Tagen machte die Geschichte von dem bestraften ,einohrigen Rōnin' die Runde unter den japanischen Ärzten, und selbst am Hofe des Shōgun nahm man den Zwischenfall mit Verwunderung und einigem Wohlgefallen zur Kenntnis. Siebolds tapferem Verhalten wurde hohe Anerkennung gezollt, doch die Entscheidung des Hofes über Ablehnung des Antrags der Ärzte zu seinem weiteren Verbleib in Edo konnte nicht revidiert werden. Halboffiziell hieß es, der Affront des Gesandten Sturler in der Zollangelegenheit wurde als zu gravierend empfunden. Doch die gelehrten Besucher der Nagasakiya aus dem Umkreis des Hofes berichteten Siebold, dass die chinesischen Ärzte vermittels mehrerer Hofdamen inzwischen massiv gegen ihn intrigiert hätten. Siebolds Freund, der Astronom Takahashi, wollte beim Ausländerkommissar im Edo-jō noch ein gutes Wort für ihn einlegen, jedoch wurde er nicht einmal empfangen.

Einer der vielen Besucher, die Siebold Neuigkeiten vom Hofe

zutrugen, war Genseki Habu, Augenheiler und Leibarzt des Shōgun. Eines Abends kam er in der Nagaskiya mit der fadenscheinigen Behauptung vorbei, er sei auf dem Nachhauseweg vom Edo-jō. Siebold wusste, dass dahinter mehr steckte, denn Habus Sohn Genshō war in den letzten Tagen mehrmals zu Besuch gewesen, hatte Siebold viele präzise Fragen gestellt und ihn im Namen seines Vaters mit ungewöhnlichen Geschenken überrascht. Er brachte ihm nicht nur köstliches Anago kabayaki, eine Spezialität aus gegrilltem und mit süßer Sojasauce bestrichenem Salzwasseraal, sondern auch erotische Holzschnitte. Siebold bedankte sich herzlich und erkundigte sich nach Habus Anliegen. Doch der schien nicht ohne Weiteres mit der Sprache rausrücken zu wollen.

„Habu-sama, lieber Kollege, lassen Sie uns offen sprechen. Sie haben doch einen ganz bestimmten Grund, weshalb Sie mich besuchen. Ist es eine heikle Angelegenheit?"

„Nun ja, nicht wirklich heikel in einem Sinne, wie Sie sich das vielleicht vorstellen. Es ist vielmehr eine Bitte, mit der ich an Sie herantrete, und das fällt mir nicht leicht, denn ich kann mir nur zu gut vorstellen, dass Sie ihr nicht entsprechen können. Es geht um Folgendes. Mein Sohn hat mir berichtet, dass Sie über ein Medikament verfügen, das die Pupillen erweitert. Ich habe auch von den Star-Operationen gehört, die Sie damit durchgeführt haben. Dieses Medikament, vielmehr seine Rezeptur und Herstellung, könnte ein Segen sein für die japanische Medizin. Nun, ich wollte Sie bitten, ob Sie mich darin einweihen könnten. Es würde mir sehr viel bedeuten."

Siebold war erstaunt. Er sollte offenbaren, wie Atropin für medizinische Zwecke gewonnen wird. Eine derart weitgehende Bitte kam unerwartet. Er dachte kurz nach.

„Sie wissen, dass ich alles Wissen über die ärztliche Kunst aus Europa mit meinen japanischen Kollegen freizügig teile. Doch Rezepturen von Medikamenten sind etwas Besonderes. Sie werden bei uns von jeher als Geschäftsgeheimnisse behandelt, weil ihre Entdecker und Erfinder damit viel Geld verdienen können, was bei uns auch als ihr gutes Recht angesehen wird. Wenn ich Ihnen jetzt verrate, wie man diesen Stoff gewinnt und welche Zutaten man dazu benötigt, dann wird kein europäischer Handelsposten, einschließlich des holländischen, dieses Präparat in Japan je verkaufen können."

„Sehen Sie, Sensei, das hatte ich mir schon gedacht. Doch verstehen Sie bitte, dass ich es versuchen muss, diese Rezeptur zu bekommen. Ihre holländischen Händler verkaufen uns das Mittel bisher nicht und mit anderen Nationen haben wir keine Handelskontakte. Es wird unseren

Patienten noch für Jahrzehnte, wenn nicht für immer, vorenthalten bleiben, obwohl das Wissen dazu gerade in unserem Land zu haben wäre –
durch Sie!"

Das war ein gutes Argument. Siebold dachte nach, wie er darauf reagieren sollte. Sein Blick ruhte auf Habu. Da kam ihm eine Idee.

„Verehrter Kollege, es gibt vielleicht eine Möglichkeit. Ich könnte es
verantworten, Sie einzuweihen, wenn wir einen Tauschhandel machen,
der unsere Wissenschaften für das entschädigt, was ich in ihrem Namen
preisgebe. Ich sehe, dass Sie ein Gewand mit dem Wappen der Tokugawa tragen. Es scheint wertvoll gearbeitet und selten zu sein, denn
ich sehe es in dieser Form zum ersten Mal. Das würden die Wissenschaftler und Bürger des aufgeklärten Europa sicher mit höchstem Interesse in
Augenschein nehmen, um sich ein Bild von der hohen Entwicklung Japans und der Eleganz seiner höfischen Mode zu machen. Wenn Sie mir
Ihren Mantel mit diesem Wappen überlassen, dann kann ich Ihnen ent-
gegenkommen."

„Das geht nicht! Der Shōgun hat mir diesen Umhang persönlich überreicht. Es ist eine Auszeichnung. Es wäre sicher auch der höchste Frevel,
das Wappen der Tokugawa, das aus den heiligen Händen unseres Herrschers kommt, wie ein Souvenir zu verschenken."

Siebold schwieg. Sein Blick verriet Habu, dass es keine andere Lösung gab.

Habu seufzte, sank in sich zusammen und grübelte eine Weile.
Siebold wusste, dass er hoch gepokert hatte und hoffte, dass Habu sich
doch noch entschließen könnte, seinen Vorschlag anzunehmen. Dann
richtete dieser sich auf und sprach mit ernster Miene.

„Einverstanden, Sensei. Ich weiß, dass ich Unrecht begehe und dass
ich dafür möglicherweise hart bestraft werde. Doch ich bin bereit, dieses
eventuelle Opfer zu bringen. Die Sache ist zu wichtig, nicht für mich,
sondern für mein Land. Vielleicht sogar für meinen Herren selbst, den
Herrscher dieses Reiches, dessen Insignien ich hiermit wie ein gemeiner
Kaufmann für etwas anderes tausche. Doch mein Leben ist der Preis für
die Heilung der Leiden Vieler."

Damit zog er seinen Mantel aus, faltete ihn sorgsam auf solche Weise,
dass das Wappen obenauf lag, und schob das Bündel andächtig über die
niedrige Tafel zu Siebold hinüber.

Siebold war etwas unwohl bei dem Gedanken, dass Habu dies alles
gegen sein persönliches Interesse tat und dabei gefasst einer drakoni-
schen Strafe entgegensah. Doch für Skrupel war es zu spät. Der Handel
musste jetzt so schnell wie möglich abgeschlossen werden.

„Ich sichere Ihnen zu, dass niemand etwas von unserer Vereinbarung erfahren wird und dass kein Mensch in Japan dieses Gewand zu sehen bekommt. Es wird gut verpackt nach Nagasaki geschickt und mit dem nächsten holländischen Schiff außer Landes gebracht." Habu nickte, auch wenn er nicht gerade überzeugt wirkte. Siebold ging in sein Studierzimmer und holte einige Gegenstände.

„Hier ist nun das Medikament. Ich gebe Ihnen erst einmal ein Fläschchen davon, damit Sie vergleichen können, ob die Substanz, die Sie selbst herstellen, wirkungsvoll genug ist. Die Pflanze, die Sie dazu benötigen, ist der weiße Stechapfel. Auf Japanisch heißt er *Mandarage*. Das ist ein Bild davon, Sie können es behalten. In Japan habe ich diese Pflanze bisher nur am Rande der Ortschaft Miya in der Provinz Owari gefunden. Sicher gibt es noch andere Orte. Seien Sie vorsichtig! Diese Pflanze ist hochgiftig und löst Halluzinationen aus. In Europa machte man daraus jahrhundertelang *Hexensalbe*, die Menschen das Gefühl gab, sie könnten fliegen. Ich zeichne Ihnen jetzt auf, wie Sie die Pflanze behandeln und ihre Inhalte destillieren und filtern müssen, denn der Wirkstoff, den Sie brauchen, das Atropin, muss von den anderen giftigen Inhaltsstoffen getrennt werden."

Er fuhr fort mit den pharmakologischen Erläuterungen, schrieb und zeichnete alles wie versprochen auf und entließ eine Stunde später einen Habu, der erleuchtete Heiterkeit ausstrahlte. Als Siebold in sein Zimmer zurückkehrte und das edle Gewand mit dem Wappen der Tokugawa auf seinem Tisch sah, hatte er dieselbe Aura wie sein von ihm beglückter Kollege.

Der Tag für den Aufbruch der Hofreisegesellschaft zurück nach Nagasaki rückte schnell näher. Siebold wollte auf keinen Fall versäumen, sich bei allen Freunden und Bekannten zu verabschieden und lud sie zu einem großen Fest in der Nagasakiya ein. Sturler, dem der Sinn überhaupt nicht nach solcher Geselligkeit stand, weil sich sein Gesundheitszustand wieder verschlechtert hatte und ihn seine üble Gastritis ständig Siebold konsultieren ließ, wusste dem nichts entgegenzusetzen. Siebold ließ alle Wein-, Bier- und Likörvorräte auffahren und die Köche holländische Speisen mit Rind- und Schweinefleisch zubereiten. Die zahlreichen Gäste genossen die Braten in Brotteig mit dem schäumenden und köstlich prickelnden Getränk namens *Birru*. Neben Sturler, der bleich und wortlos auf einem Stuhl am Kopf des mitgeführten Tisches mitten in dem mit Tatami ausgelegten Festsaal saß, dämmerte ebenso still auch Mendelssohn, der sich seit einigen Tagen nicht wohl fühlte. Sie beobachteten das gesellige Treiben der festlich gekleideten Kimonoträger um sie herum, in der Mitte der am Boden sitzende Siebold. Sie ließen lachend und scherzend noch einmal die Erlebnisse der letzten Wochen Revue passieren, wobei die Höhepunkte immer wieder die Geschichten des ‚einohrigen Rōnin' und – wenn der Yakunin nur weit genug weg saß – des heimlichen nächtlichen Ausflugs nach Yoshiwara waren, hinter vorgehaltener Hand vor allem die sagenhafte Gunst, welche die Tayū Azuma II. dem beneidenswerten Siebold gewährt hatte. Zu späterer Stunde, als sich die Aufmerksamkeit der Gäste unter dem Einfluss der geistigen Getränke in einer allgemeinen Gemütlichkeit aufgelöst hatte, nahm Takahashi Siebold beiseite und führte ihn in das benachbarte Zimmer, wo ein niedriger Teetisch stand, an dem der Assistent des Astronomen saß und eine längliche Kartenschatulle aus lackiertem Holz bewachte. Als sie eintraten, verließ der Assistent wortlos den Raum. Takahashi setzte sich nieder in den *Seiza*, zelebrierte das Öffnen der Schatulle und dann das Ausrollen der darin enthaltenen Landkarte. Siebold hätte vor Freude am liebsten laut ausgerufen, aber da er wusste, wie heikel auch diese zweite Offenbarung für Takahashi war, riss er sich zusammen, um nicht die Aufmerksamkeit der anderen Gäste oder sogar des Yakunin zu erregen, was Takahashi schwer kompromittiert hätte.

„Das hier, Meester", sagte Globius, „ist *Ezo*, die nördliche Hauptinsel unseres japanischen Reichs. Diese Karte hat mein ausgezeichneter Mitarbeiter Rinzō Mamiya erstellt, der den hohen Norden lange bereist und erforscht hat. Es ist keine Kopie, sondern das Original, das ich Ihnen noch nicht überlassen kann. Die Kopien der vereinbarten Karten werden noch erstellt. Und hier sehen Sie Karafuto."

„Wie Sie gesagt hatten, eine Insel, keine Halbinsel. Die Nord-Süd-Erstreckung beträgt mindestens vierhundert Meilen. Damit ist Sachalin, wie wir es nennen, die größte Insel des russischen Reichs. Was für eine Entdeckung!" Siebold strich über die Karte, die keinen Isthmus zwischen der Insel und dem Festland verzeichnete, den man dort lange vermutet hatte, sondern einen schmalen Sund.

„Russisches Reich? Was meinen Sie damit, Sensei? Gerade die Tatsache, dass es *keine* mit dem russischen Festland verbundene Halbinsel ist, zeigt doch, dass es sich um ein Territorium des japanischen Inselreichs handelt. Das ist auch die Position des Bakufu in dieser Frage."

„Natürlich, Sie haben Recht, das hatte ich noch gar nicht bedacht. Nun, das wird man in St. Petersburg natürlich nicht gerne hören."

„Das war uns sofort klar, als wir die Forschungsergebnisse und die Karten von Mamiya ausgewertet hatten. Doch da wir keinen Kontakt mit den Russen haben, gab es noch keine Gelegenheit, ihnen diese Tatsache mitzuteilen. Es besteht Anlass zu der Sorge, dass es genau in dieser Sache zwischen Russland und Japan eines Tages zum Streit und vielleicht sogar zum Krieg kommen könnte. Doch da wir die Ersten sind, die die exakte geographische Gestalt dieses Gebiets festgestellt haben, ist Japan sicher in einer guten Position, den Hoheitsanspruch darauf zu erheben und gegebenenfalls durchzusetzen." Dies war das erste Mal, dass Siebold den Patriotismus von Takahashi spürte, der sonst nicht mit Kritik an seiner eigenen Regierung und an den japanischen Wissenschaften sparte.

„Takahashi-sama, was hieltet Ihr davon, wenn ich dem russischen Zaren diese Nachricht als Kundschafter zur Kenntnis brächte? Mir scheint, je eher man darüber in St. Petersburg Bescheid weiß, desto besser stehen die Chancen, dass Japan jedem Anspruch Russlands auf dieses große Gebiet wirksam entgegentreten kann. Denn wenn die Russen im Zuge der Erschließung der riesigen Territorien im Osten ihres Reiches, die freilich noch ein Jahrhundert oder länger dauern wird, erst einmal Bauern, Handelsposten und Soldaten auf Karafuto angesiedelt haben, dann wird es erheblich schwieriger sein, einen Anspruch Japans darauf zu rechtfertigen oder sogar durchzusetzen, wie Ihr meintet."

Takahashi stützte sein starkes Kinn auf die linke Faust und dachte nach.

„Das scheint mir ein durchaus bedenkenswerter diplomatischer Zug zu sein. Was könnte Japan dadurch verlieren? Eigentlich nichts, im Gegenteil. Und Sie haben Recht, wenn Russland erst einmal vollendete Tatsachen geschaffen hätte, dann würde die Angelegenheit kompliziert und vielleicht sogar gefährlich. Dem mit wissenschaftlichen Argumenten und Beweisen entgegenzutreten, die aus japanischer Hand kommen, könnte den Frieden mit dieser großen Nation bewahren und trotzdem Japans Interessen dienen. Aber lassen Sie mich darüber noch ein wenig nachdenken und mit ein paar Vertrauten sprechen, die dem Hof näher stehen als ich. Ich werde Ihnen meine Antwort mit demselben Kurier zukommen lassen, der Ihnen auch die Karten bringen wird."

„Einverstanden. In der Zwischenzeit sehe ich Ihrer definitiven Antwort mit Ungeduld entgegen. Mindestens so sehr wie dem Tag, an dem ich Kopien dieser Landkarte sowie jener, die Sie mir das letzte Mal gezeigt haben, in meinem Besitz weiß", wobei Siebold ihn komplizenhaft und vielsagend anlächelte. Takahashi stand nun in seiner Schuld, da er ihm die Werke von Krusenstern und über die Geschichte der napoleonischen Kriege sowie die Karten der niederländischen Kolonien in Ostasien bereits überlassen hatte. Er konnte es sich nicht verkneifen, mit dieser Macht ein wenig zu spielen. Der Astronom erwies sich aber als souverän, indem er eine freche Mine mit gespieltem Schuldbewusstsein aufsetzte und damit den Anflug von Ernst verscheuchte, den die vorherige Andeutung in sich trug. Siebold fand diesen Mann einfach großartig, ein ebenbürtiger Wissenschaftler und ein mutiger, entschlossener und facettenreicher Mensch dazu. Als sie beide aufstanden, machte Siebold erstmals etwas ganz Unerhörtes, eine Geste, die man in Japan nicht kannte. Er ging auf Takahashi zu, umarmte dessen kräftige Brust und sagte nur: „Mein Freund!"

Zwei Tage später war es so weit. Siebold packte noch am Morgen der Abreise die letzten Kisten für die Träger. Behutsam legte er das voluminöse Werk aus vier Bänden dünnblättriger Holzdruckhefte, das Takahashi ihm als Abschiedsgeschenk überreicht hatte, ganz obenauf. Er hatte vor, es sich in den kommenden Wochen, zusammen mit Mendelssohn, abends in den Gasthäusern von den Übersetzern vorlesen zu lassen. Es war das *Genji Monogatari*, die ‚Geschichte vom Prinzen Genji', verfasst von der Hofdame Murasaki Shikibu vor fast eintausend Jahren. Dabei sollte es sich um das Leben und die fortwährenden Liebesabenteuer des aristokratischen Helden handeln, erzählt im raffinierten höfischen Stil der Zeit. Takahashi gab Siebold noch die Auskunft mit, dass er dieses Werk unbedingt kennen müsse, um sich mit den Mitgliedern des hohen Adels unterhalten zu können, denn die in dem Buch beschriebene sinnliche und der Vergänglichkeit andächtige Atmosphäre der *Heian*-Epoche war unter der Herrschaft der Tokugawa von der weitgehend machtlosen Aristokratie zur idealisierten Hochkultur verklärt worden. Mendelssohn war, obwohl weiterhin kränklich, ganz aufgeregt, als Siebold ihm dieses Geschenk zeigte. Er bemerkte sofort, dass sie es dabei mit dem ersten und dabei auch noch größten und umfangreichsten Roman aller Zeiten und Kulturen zu tun haben könnten.

Weit über einhundert Japaner waren versammelt, als die Hofreisegesellschaft sich mit ihrem Tross an Dienern, Übersetzern und Polizisten in Bewegung setzte. Es war ein sonniger Tag, eine sanfte Brise streifte durch die morgendlichen Straßen von Edo und Siebold freute sich, dass sie auf dieser Rückreise weniger Kälte zu ertragen haben würden. Er wäre nur zu gerne neben seiner Sänfte hergelaufen, um allen Freunden, Bekannten, Ärzten, Patienten und Neugierigen zum Abschied zuzuwinken und noch das eine oder andere Wort auszutauschen. Das war nach der in Edo streng zu befolgenden Etikette der Hofreise allerdings nicht gestattet. Doch an der Stadtgrenze kam Shigehide Shimazu, der rüstige und mächtige Fürst von Satsuma im Ruhestand, auf einem stolzen Pferd mit seinem Gefolge und erwies Siebold die Ehre, neben seiner Sänfte her zu reiten und sich wieder, wie bei der Ankunft der Gesandtschaft vor sechs Wochen, launig mit ihm auf Japanisch und gebrochenem Holländisch zu unterhalten. Der Fürst äußerte auch sein großes Bedauern, dass die mit Siebold befreundeten Ärzte keine Genehmigung für eine längere Dauer seines Aufenthalts erwirken konnten und ließ durchscheinen, dass er selbst so eine Angelegenheit mit all seinem Einfluss wahrscheinlich auch nicht zu einem besseren Ausgang hätte bringen können. Er hatte eine sehr klare Vorstellung von den Kräften am Hofe des Shōgun, die gegen jede Erweiterung der Privilegien der Holländer gerichtet waren.

Erst am übernächsten Tag, nachdem die Hofreisegesellschaft den Hakone-Pass mit seinen strengen Kontrollen am Grenzposten diesmal in umgekehrter Richtung überquert hatte, konnten die Helfer von Siebold wieder mit dem Sammeln von Pflanzen und dem Jagen von Tieren beginnen. Siebold vergaß über seine wissenschaftliche Arbeit ganz den Groll, den er wegen seiner erzwungenen zeitigen Abreise gegen seinen Vorgesetzten Sturler und die japanischen Autoritäten gehegt hatte. Er dachte jetzt oft an seine Frau Taki und das neugeborene Wesen, das ihn in Nagasaki hoffentlich erwarten würde. Besorgniserregend war allerdings der Zustand von Mendelssohn, denn dem sonst so lebendigen und frechen Gesellen ging es zunehmend schlechter. Siebold hatte bereits seit einigen Tagen eine furchtbare Vermutung, doch die Diagnose war noch zu ungewiss und er wagte nicht, seinen Freund ins Bild zu setzen. Erst zwei Wochen später, als sie kurz vor Osaka in einem weitläufigen Gästehaus am Tokaido rasteten und er abends Mendelssohn wieder einmal untersuchte, war der Befund eindeutig. Er hatte mehrere geschwollene und verhärtete Lymphknoten bei ihm festgestellt. Außerdem klagte Mendelssohn über eine wunde Stelle an seinem Penis. Siebold war bedrückt, als er seinem kranken Reisegefährten seine anfängliche Vermutung als Gewissheit mitteilen musste.

„Mein lieber Freund, ich befürchte, Sie müssen am Ende doch noch einen hohen Preis für unser Abenteuer in Yoshiwara bezahlen. Ich bin inzwischen sicher, dass Sie sich dort mit dem niedlichen Pfirsichköpfchen die Syphilis an Bord geholt haben."

Mendelssohn lag erschöpft auf einem Futon. Zuerst sagte er gar nichts. Dann atmete er einmal tief durch.

„Ich habe es geahnt. Die Ärzte hatten schließlich keinen Hehl daraus gemacht, dass die *Lues venerea* in Yoshiwara zuhause ist. Ich konnte mir nur nicht vorstellen, dass diese niedliche, lustige und gutmütige Frau, mit der ich mich vergnügen durfte, eine derartig böse Krankheit ausbrütet. Können Sie mich behandeln?"

„Das ist der Teil der Nachricht, der mich wirklich beunruhigt. Denn genau das werde ich bis zu unserer Ankunft in Nagasaki nicht können. Alle Quecksilberpräparate, die ich dafür bräuchte, stehen mir nur dort zur Verfügung. Die Japaner kennen diese Behandlungsmethode noch nicht und Quecksilber ist hier in keiner Form zu bekommen. Ich kann nur hoffen, dass die Krankheit in Ihrem Körper bis zu unserer Rückkehr nicht zu schnell fortschreitet. Alles, was ich tun kann, ist Ihre Symptome etwas zu lindern. Die Behandlung mit Quecksilber ist übrigens äußerst unangenehm."

„Ich weiß, ich habe behandelte Syphilitiker schon oft gesehen." Deprimiert ließ er den Kopf zur Seite fallen. „Ich habe einfach kein Glück. Nicht so wie Sie."

„Was meinen Sie damit?"

„Ich habe Ihnen noch nie erzählt, warum ich überhaupt hier bin, im fernen Japan."

„Nein, das haben Sie nicht. Aber hat das etwas mit Ihrer Krankheit zu tun?"

„Gewiss, irgendwie, im Sinne eines Schicksals, das mich verfolgt, wohin ich mich auch begebe. Sie müssen wissen, ich komme aus einer bedeutenden jüdischen Familie. Meine Mutter, eine geborene Lea Salomon, hat den Bankier Abraham Mendelssohn geheiratet. Der wiederum ist der Sohn des berühmten *Moses Mendelssohn*, dem einzigen Philosophen, den Immanuel Kant als ebenbürtig empfand und den ich über alle Maße verehrt habe. Doch ich, ich war nur der uneheliche Bastard meiner Mutter Lea, die mich lange vor ihrer Heirat mit Abraham bekam. Ich wurde, um ihr Leben nicht zu zerstören, zu Pflegeeltern in die Niederlande gegeben, wo ich ungestört und glücklich aufwuchs. Als ich jedoch von meiner Herkunft erfuhr und vor allem von der Familie hörte, die mir vorenthalten wurde, begriff ich die Bodenlosigkeit und Unwirklichkeit meiner Existenz. Um mich mit dieser Familie verbunden zu fühlen, die mir immer fehlte, nahm ich den Namen Mendelssohn an, was meine Zieheltern, gute niederländische Protestanten, unglücklich machte."

„Dann haben Sie weder Ihren Vater noch Ihre Mutter kennengelernt?"

„Meinen Vater nicht, ich kenne nicht einmal seinen Namen. Aber meine Mutter hat mich mehrmals in den Niederlanden besucht. Sie ist eine kluge und liebevolle Frau, aber am Ende gewinnt immer ihr Ehrgeiz die Oberhand. Deshalb hatte sie entschieden, dass meine Unterbringung bei den Zieheltern die beste Lösung für unser beider Leben wäre. Möglicherweise hatte sie auch Recht. Als unehelicher Bastard wäre es mir in Deutschland wohl schlechter ergangen als in den liberalen Niederlanden, und meine Mutter hätte sicher nicht mehr heiraten können, vor allem nicht einen so bedeutenden Mann, der übrigens auch eine beeindruckende Persönlichkeit zu sein scheint. Er ist ein emanzipierter, moderner Jude und hat meiner Mutter ein eigenes Budget eingeräumt, über das sie frei verfügen darf. Damit konnte sie, ohne irgendwelche Rechenschaft ablegen zu müssen, meinen Lebensunterhalt bis heute großzügig alimentieren. Das hat mich bisher aller finanziellen Sorgen enthoben und mir ein Leben ermöglicht, das ich meinen wissenschaftlichen und philosophischen Leidenschaften widmen konnte, all meine Reisen mit eingeschlossen."

„Dann haben Sie doch zumindest ein wenig Glück gehabt."

„Es ist ein Luxus, den ich teuer bezahle. Ich hätte dieses angenehme Los gerne mit einem härteren getauscht, wenn ich dadurch in dem Schoß einer Familie hätte leben können, die ich als die meine empfinden könnte. Doch ich sah die Unmöglichkeit einer besseren Lösung für mich ein."

„Und was hat Sie nun schlussendlich auf diese weite Reise nach Japan geführt?"

„Meine Mutter besuchte mich vor drei Jahren in Amsterdam. Sie war erschrocken darüber, dass ich den Namen der Familie führe, in die sie eingeheiratet hatte. Sie beschwor mich, meine Herkunft als Geheimnis zu bewahren. Das fällt mir immer schwerer, denn inzwischen hat sie vier weitere Kinder zur Welt gebracht, vier Geschwister, die ich nicht kenne und nicht kennenlernen darf. Fanny ist inzwischen eine schöne Musikerin und Komponistin in ihren Zwanzigern, ihr jüngerer Bruder Felix scheint ebenso ein musisches Genie zu entwickeln. Beide studieren derzeit zusammen an der Berliner Musikakademie. Können Sie sich vorstellen, wie gerne ich ihnen begegnen würde, und wenn es nur inkognito wäre? Jedenfalls hat die dringliche Forderung meiner Mutter mich am Ende doch verbittert. Warum muss ausgerechnet ich dieses Opfer bringen zum Ausgleich für eine kleine Apanage? Um diesen Gedanken zu entfliehen, suchte ich die Gelegenheit für eine Reise, die mich so weit wie möglich wegführt von den Orten, die mich alle an mein Schicksal erinnern. Und nun liege ich hier in einem Gasthaus im fernen Japan und erfahre von Ihnen, dass ich mir in meinem Leichtsinn eine fatale Liebeskrankheit zugezogen habe. Glück ist etwas anderes."

Siebold sah ihn besorgt an. Er bemerkte Züge vorzeitigen Alterns an ihm. Die Behandlung der Syphilis würde ihn weiter entstellen, vorausgesetzt dass sie überhaupt anschlägt und er sie übersteht. Mendelssohn war in seiner ganzen körperlichen Konstitution und Erscheinung schon immer ein asthenischer Typ, schmal, flachbrüstig, er wirkte blutarm und wurde schnell kraftlos. Siebold hoffte mit wachsender Sorge, dass er seinem engsten Freund hier in der Fremde noch helfen kann.

Als die Hofreisegesellschaft in Osaka ankam, erwartete Siebold in der Herberge ein Brief. Er war von Taki. Ungeduldig öffnete er ihn und setzte sich im Garten an ein Becken aus bemoostem Stein. In ihrer zierlichen, sauberen Handschrift hatte Taki auf das geschöpfte Papier die schönsten Worte geschrieben, die Siebold je gelesen hatte.

Mein geliebter Mann, liebster Firippu,

mit großer Freude und noch größerem Stolz darf ich Dir berichten, dass Du Vater geworden bist. Ich habe nach europäischem Kalender in den frühen Morgenstunden des 6. Mai Deine Tochter O-Ine gesund zur Welt gebracht. Der gute Heinrich Bürger war eine große Hilfe bei der Entbindung. Ine ist sehr hübsch, hat große Augen, durch die sie alles lebhaft betrachtet, und sie ist sehr ruhig. Sie schreit kaum, scheint zufrieden zu sein über ihre Ankunft in unserer Welt und trinkt fleißig an meiner Brust. Auch ich befinde mich wohl und möchte dir sagen, dass Du mir das größte Geschenk meines Lebens gemacht hast mit diesem Kind. Ich habe noch nie etwas so Wunderbares erlebt, wie den Moment, als dieses kleine, neue Leben aus mir schlüpfte. Es war alles ganz leicht. Du wirst entzückt sein, wenn Du unser ‚Reiskörnchen' erst einmal sehen und im Arm halten kannst. Ich hoffe, deine Reise verläuft wie geplant, ohne Hindernisse und voller Erlebnisse, von denen Du mir jedes einzelne berichten wirst. Ich zähle die Tage und Stunden, die dich als junger Vater deiner neuen Familie näher bringen und erwarte dich hier in höchst undamenhafter Ungeduld – wenn Du weißt, was ich meine.

Deine Taki

Siebold fühlte sich inmitten dieses lieblichen Gartens unter dem frühabendlichen Himmel, als ob alle Götter Japans milde auf ihn herabblickten, um ihn für seine gelungene Verbindung mit ihrem Kosmos zu beglückwünschen. Eine neue Zeit war angebrochen. Er war jetzt ein ganzer Mann, Vater eines Kindes, das er mit seiner geliebten Frau gezeugt hatte und ein erfolgreicher Forscher. Doch für einen Moment trat sein ganzer Ehrgeiz zurück in Ehrfurcht vor diesem viel bedeutenderen Ereignis. Denn wie viel tiefer berührte ihn die Freude über diese Frucht einer reinen Liebe als all die Anerkennung, die er seit seiner Ankunft in Japan erfahren hatte!

Die Reise verlief weiter ohne Zwischenfall und Verzögerung. Der Zeichner Tojosuke hatte zahlreiche Gelegenheiten, die schönsten Ansichten von bekannten Landschaften und Städten im Bild festzuhalten, während Siebolds Helfer weiter Tiere, Pflanzen und Mineralien sammelten.

Zwar hatte Siebold zuvor insgeheim daran gedacht, die Vergnügungsviertel von Osaka und Kyōtō aufzusuchen, um hier wie dort weitere Strähnen seines blonden Haares gegen erotische Abenteuer mit Edelkurtisanen einzutauschen. Doch der Zustand des armen Mendelssohn ermahnte ihn, sich nicht zu sehr auf sein Glück zu verlassen. Er fühlte sich auch unwohl bei dem Gedanken, ein solches Abenteuer ohne seinen Freund zu wiederholen, während dieser auf dem Krankenlager siecht. Die in Yoshiwara herbeigeredete wissenschaftliche Rechtfertigung für eine solche Ausschweifung reichte ebenfalls nicht mehr aus, und schließlich war er gerade erst Vater geworden. Zum Ausgleich dafür wurde ihm vom Yakunin der inoffizielle Besuch einer Aufführung des legendären Kabuki-Theaterstücks *Chūshingura* ermöglicht. Es erzählt die Geschichte von siebenundvierzig Rōnin, die den unverdienten Tod ihres Herren rächen. Da dieser berühmte Vorfall ein historisches Ereignis war, das etwa nur ein Jahrhundert zurücklag, wegen der Zensur aber noch zwei Jahrhunderte weiter zurückverlegt werden musste, ließ sich Siebold von seinem japanischen Übersetzer die ganze Geschichte in der Version detailliert erzählen, die nicht aufgeführt werden durfte.

Im Jahre 1701 wird am Hofe des Shōgun Tokugawa Tsunajoshi in Edo die Gesandtschaft des kaiserlichen Hofs aus Kyōtō erwartet. Der Shōgun beauftragt den jungen und noch unerfahrenen Daimyō Naganori Asano, die Gesandtschaft gemäß dem strengen Protokoll zu empfangen. Dabei soll er unterstützt werden vom einflussreichen Zeremonienmeister Yoshinaka Kira. Dieser verlangt von Asano für seine Leistung allerdings etwas ,Handsalbe'. Asano verweigert die Zahlung, weil es Bestechung wäre. Als die Kaiserliche Gesandtschaft im *Edo-jō* eintrifft, macht Asano sich bei der Empfangszeremonie mit seinem Aufzug auf peinlichste Weise lächerlich. Er wusste nichts von den altehrwürdigen festen Regeln, welche Stoffe und Muster zu diesem Anlass von allerhöchster Wichtigkeit getragen werden müssen.

Asano merkt, dass Kira ihn betrogen hat und zieht im Zorn das Schwert. Er will Kira töten, verletzt ihn aber nur an der Stirn. Doch damit hatte er ein heiliges Gesetz gebrochen, weil er am Hofe seines Lehensherren das Schwert gezogen hat. Er muss *Seppuku* begehen. Asano wartet noch auf die Ankunft von Oishi, dem Führer seiner Leibgarde. Sie sehen sich ein letztes Mal in die Augen, dann begeht er das verlangte Seppuku und Oishi schlägt ihm den Kopf ab. Kira kommt dagegen ungestraft davon. Oishi, der um Kiras Verrat weiß, schwört immerwährende Rache. Doch der Shōgun genehmigt die sonst übliche Blutrache nicht. Nach Konfuzius muss ein Sohn oder der engste Berater nicht mit dem Mörder seines Vaters oder Herren unter demselben Himmel leben. Noch schlimmer als der Tod ist der Gesichtsverlust, den Kira Asano zugefügt hat. Kiras Einfluss ist aber zu groß und der Shōgun beschlagnahmt auch die Güter Asanos. Damit werden seine dreihundert Beamten und Getreuen alle recht- und arbeitslos. Die 47 Samurai unter ihnen sind nun Rōnin und könnten alle Seppuku begehen. Doch in diesem Fall wäre auch das ein Aufbegehren gegen den Shōgun.

Deshalb entscheidet sich Oishi für einen anderen Weg, der ihn zur Rache führt. Er begibt sich mit den anderen Rōnin in die Unterwelt. Sie gehen getrennte Wege, verlottern, saufen und huren, machen Glücksspiele, lassen sich scheiden und verkaufen ihre Kinder. Sie werden zur Schande. Als Oishi von einem Freund aufgefordert wird, sich wieder zu besinnen, sagt er im Rausch nur, dass man das Leben genießen müsse. Der Freund kann einfach nicht glauben, dass Oishi das ernst meint. Er zieht das Schwert Oishis aus der Scheide und sieht den Rost. Das ist der Beweis. Ein Samurai würde niemals sein Schwert verrosten lassen. Der Tod, das Schwert und der Samurai sind Eins.

Zwei Jahre später, in einer verschneiten Dezembernacht – Neuschnee ist das Symbol für die Reinheit einer Tat –, versammeln sich die siebenundvierzig Rōnin heimlich und überfallen Kira in seinem Anwesen. Dieser lässt sich verleugnen, indem er sich für seinen eigenen Diener ausgibt. Doch die Rōnin erkennen ihn an seiner Narbe auf der Stirn und schlagen ihm den Kopf ab. Am nächsten Morgen tragen sie ihn auf eine Lanze gesteckt durch die Straßen von Edo und legen ihn auf dem Grab ihres Herren Asano nieder. Bis zum Urteil des Bakufu über diese Tat werden sie gefeiert und verwöhnt. Danach begehen sie gemeinsam auf einem öffentlichen Platz Seppuku. Ihre Überreste werden danach im Sengakuji-Schrein bestattet und fortan als tadellose Beispiele für Treue und Loyalität gegenüber dem Herren und Meister verehrt.

Siebold erzählte Mendelssohn später von dieser historisch begründeten Legende. Beide waren sich schnell einig, dass es sich auch hierin um einen Widerstand gegen das Bakufu und sein ganzes, als korrupt und ehrlos angesehenes Regierungssystem handelt. Doch diesmal war es nicht die Sicht der einfachen Leute, der Bauern, Händler, Handwerker oder Künstler darauf, sondern die der Samurai. Mit dieser Geschichte wurde die höhere Moral der Kriegerkaste noch einmal hochgehalten, obwohl davon im alltäglichen Leben nicht viel zu berichten war.

Eine andere Zeremonie von völkerkundlichem, künstlerischem und kulinarischem Interesse war das sogenannte *Shiki-bocho*, dem Siebold zusammen mit Sturler in Kyōtō beiwohnte. Dabei wurde ein Fisch von einem im dunklen Gewand und mit hohem Hut bekleideten Koch zerlegt, ohne dass dieser den Fisch mit den Händen berührte. Er war mit einem langen Messer und zwei Spießen bewaffnet, mit denen er kunstvolle Bewegungen wie ein Samurai bei seinen Kampfübungen vollführte. Am Ende war der Fisch nicht nur säuberlich zerteilt, sondern gestaltet, geformt und angerichtet wie eines der berühmtesten Denkmäler Japans, ein mit einer dicken Kordel verbundenes Felsenpaar, das als Sinnbild für die schintoistischen Urgötter Izanami und Izanagi im Meer vor der Küste von Ise steht. Diese Kunst wurde seit Dutzenden von Generationen nur von wenigen Köchen beherrscht. Siebold genoss sowohl die Darbietung als auch den rohen Fisch, der anschließend serviert wurde. Sturler blickte nur verächtlich auf ein Spektakel, das ihm wie Kirmesakrobatik vorkam, und er dachte gar nicht daran, den zur Unkenntlichkeit zerschnittenen und verknoteten Fischleichnam zu essen.

Die Fahrt auf der Hofreisebarke durch das Inlandmeer in Richtung Süden war ruhig und ereignislos, da Sturler in seiner Ungeduld jede Verzögerung durch weitere, seiner Meinung nach unnötige Landgänge verbot. Sein Ton gegenüber Siebold war inzwischen nicht mehr nur barsch, sondern voll ungezügelter Aggression. Siebold behielt seine kaltblütige Ruhe, die er sich Sturler gegenüber angewöhnt hatte, und das nun umso mehr, als er einen Nervenzusammenbruch oder Herzinfarkt bei seinem auch ansonsten nicht gesunden Vorgesetzten befürchtete. Am 28. Juni legte die Hofreisebarke in Shimonoseki an, wo sie von vielen Holländerfreunden und Schülern Siebolds empfangen wurde. Angesichts der schlechten Verfassung von Sturler und Mendelssohn wurden die folgenden drei Tage allerdings nicht so heiter und gesellig wie bei der Hinreise. Siebold verbrachte immer mehr Zeit am Krankenlager seines Freundes, dessen Zustand ihn zunehmend beunruhigte. Am Abend ihrer Ankunft verabreichte er dem völlig erschöpften Mendelssohn *Laudanum*, damit er sich nach der anstrengenden Schiffsreise wenigstens für ein paar Stunden schmerzfrei entspannen konnte. Der Patient lag auf seinem Futon und seine Pupillen waren verengt, als ob er nach innen schauen könnte. Doch es war nur eine Wirkung der Droge.

„Was ist das nur für ein Zaubermittel? Ich fühle meinen Körper nicht mehr! Alles ist ganz leicht und mein Geist ist klar. So habe ich mich schon lange, sehr lange nicht mehr gefühlt. Danke, mein lieber Doktor, danke! Sie haben mir eine große Erleichterung verschafft. Was für ein wundervolles Medikament."

„Ja, es heißt Laudanum und man muss es vorsichtig anwenden, denn es enthält Opium und macht süchtig."

„Haben Sie schon einmal reines Opium zu sich genommen?"

„Nein, es hat zu viele Nebenwirkungen und ist für medizinische Zwecke nicht zu gebrauchen. Aber ich habe Opiumsüchtige untersucht und eines der Opfer dieser Droge in der Anatomie meiner Heimatuniversität seziert. Der Magen der Leiche war nur noch so groß wie eine Haselnuss."

„Ich habe es probiert in einer Opiumhöhle in Amsterdam", fuhr Mendelssohn unbeirrt fort. „Es war erstaunlich. Mein Geist fühlte sich unermesslich erweitert an und ich konnte über allen Dingen schweben, wie ich es noch nie erlebt hatte. Dabei war ich ganz ruhig und glücklich."

„Warum erzählen Sie mir das gerade? Genießen Sie lieber die Entspannung durch das moderate Laudanum, anstatt nach härteren Sedativa zu rufen, die ich nicht mit mir führe."

„Ich habe tatsächlich einen bestimmten Grund dafür, das Thema auszubauen. Es ist nur ein Vorspiel. Sehen Sie darin meine ungeschickte und schüchterne Art, Ihnen etwas mitteilen zu wollen, das mir nicht so leicht von den Lippen geht." Mendelssohn lächelte, das erste Mal seit Tagen.

„Jetzt bin ich aber gespannt", antwortete Siebold kokett lachend, in der Erwartung, dass nun etwas Hoffnungsvolleres und Fröhlicheres käme, das nichts mit Mendelssohns Krankheit zu tun hat.

„Sie wissen ja, ich bin ein versatiler, unruhiger Geist, der gerne redet und mit der Sprache spielt. Doch ich habe noch nie etwas geschrieben, außer den vielen Briefen an unterschiedlich gelungene und erfüllte Liebschaften. Ich bin so etwas wie ein im Verbalen steckengebliebener Literat. Unser Aufenthalt hier in Japan, vor allem die aufregenden Tage in Edo, haben mich endlich einmal dazu inspiriert, eine ganze Geschichte mit Anfang und Ende zu Papier zu bringen. Auf diesen Moment habe ich seit vielen Jahren gewartet. Es ist sicher albern, aber ich bin doch stolz, dass ich diese Stufe noch nehmen konnte, bevor es mit mir zu Ende geht. Hier, nehmen Sie das und lesen Sie es bitte, wenn Sie Zeit und Muße haben." Mendelssohn reichte Siebold einige Seiten beschriebenen holländischen Briefpapiers, die er neben seinem Bettlager bereitgehalten hatte.

„Sie werden in dieser Geschichte einiges von dem wiedererkennen, was wir gemeinsam erlebt haben. Bitte sagen Sie mir ganz ehrlich, mein Freund, was Sie davon halten. Es wird vielleicht das Einzige sein, was ich zurücklasse, was mein schattenhaftes und flüchtiges Erdenleben überdauern wird. Denn sonst habe ich nichts geleistet." Er seufzte. „So, und jetzt muss ich schlafen. Danke für Ihren Beistand. Ich fühle mich gut aufgehoben bei Ihnen und spüre Ihre aufrichtige Sorge. Das ist mir ein großer Trost am Ende eines Lebens, das ich nicht wertvoller machen konnte als das bisschen, was Sie von mir kennen. Gute Nacht, mein Freund." Mendelssohn drehte sich weg und schlief sofort ein. Siebold verließ betroffen das Zimmer, weil er ahnte, dass er diesen Menschen bald verlieren und dann auf eine Weise vermissen würde, die ihm Angst machte.

Nachdem die Hofreisegesellschaft von Shimonoseki nach Kyūshū übergesetzt hatte, setzte ein Regen ein, der kein Maß und kein Ende fand. Tagelang stapften die Träger über schlammige Straßen und Wege, während die Wolken sich über dem dunstigen Land ergossen, dass einem die Luft zum Atmen knapp wurde. Siebold verließ seine Sänfte nicht mehr und vertiefte sich stattdessen in seine Studien und Aufzeichnungen. Das Manuskript von Mendelssohn hatte er ständig vor Augen, es lag auf einem kleinen Bücherstapel. Doch er scheute sich zunächst, es anzurühren, weil er befürchtete, dem Autor die ehrliche Beurteilung seiner literarischen Qualität nicht zumuten zu dürfen. Eines Nachmittags waren alle anderen Unterlagen durchgearbeitet, alle Tabellen und Register ausgefüllt und der Regen hielt immer noch an. Also nahm Siebold endlich den Text zur Hand und las ihn, während Mendelssohn in seiner Sänfte in Fieberträumen stöhnte.

Der leere Palast

Es begab sich zur Zeit des Shōgun Ieshige, dass der alte Hofastronom Sasaki Kojiro erkrankte. Edo, die sonst so prächtige Residenzstadt des Shōgun, war monatelang in feuchtem Nebel gehüllt. Der Hofastronom hatte sich eine schwere Lungenentzündung zugezogen. Er bereitete sich auf den Tod vor und stellte schriftlich eine außergewöhnliche Bitte an das Bakufu, die Reichsregierung des Shōgun. Er bat um die Gnade, seinen Neffen, das letzte lebende Mitglied seiner Familie, in Kyōtō besuchen zu dürfen. Das war unerhört, denn niemand durfte die Kaiserstadt unbefugt betreten. Seit unzähligen Generationen hatten nur ausgewählte Personen Zugang zu der Stadt des Chrysanthementhrons. Der Neffe des Hofastronoms gehörte dazu, denn er war ein begnadeter Kalligraph. Kojiro selbst war dagegen keiner dieser Privilegierten. Doch am Hofe des Shōgun gab es genug guten Willen, um einen so verdienten und loyalen Mann nicht ohne den Abschied von seinem letzten Familienmitglied sterben zu lassen. Also ließ Shōgun Ieshige eine Depesche nach Kyōtō an den Hof des jungen Kaisers Momozono schicken, mit der Frage, ob man dem alten Mann in Edo dieses Privileg erteilen dürfe. Der Kronrat des Kaisers, die Kuge, reagierte zurückhaltend, da sie den politischen Hintergrund dieser Anfrage nicht verstand. Zugleich gab es auch dort kluge und gebildete Männer, denen der Name Sasaki Kojiro durchaus etwas sagte. Sie kannten seine Himmelskarten und hatten von seiner astrologischen Kunst gehört. Da Kojiro in Edo gerne von den Daimyō, den Landesfürsten, die ihre Familien in der Stadt dem Shōgun als Geisel zurücklassen mussten, konsultiert wurde, genoss er einen nicht mehr ganz bescheidenen Grad an Bekanntheit im Hochadel des ganzen Reiches. So ließ sich die Kuge also überzeugen, dass diese Gunst angemessen sei und daraus kein Schaden erwachsen könne, wenn ein alter, kranker, aber hochehrwürdiger Mann seinen letzten Verwandten noch einmal von Angesicht zu Angesicht sieht, bevor er stirbt und vielleicht schon bald darauf die ganze Familie erlischt.

Also ließ Kojiro sich in einer Krankensänfte über den Nakasendo nach Kyōtō bringen. Dabei dachte er in seinen Fieberträumen darüber nach, ob sein Entschluss richtig war. Denn er hatte sich die Krankheit absichtlich zugezogen, damit er einen überzeugenden Grund hat für die Bitte, diese Reise antreten zu dürfen. Als sie in der Abendsonne die legendäre Ebene von Sekigahara durchquerten, sprang plötzlich ein Eichhörnchen durch den Vorhang der Sänfte herein und landete vierfüßig auf Kojiros Brust. Der hatte gerade gedöst und erschrak nicht einmal von dem Aufprall des verirrten Baumbewohners. Das Tier richtete sich auf, ließ die Vorderpfoten hängen, drehte seinen Kopf mit ansatzlosen Bewegungen kurz hin und her und spähte mit seinen Knopfaugen das schattige Innere der Sänfte aus. Dann sah es Kojiro direkt an.

"Ja, mein kleiner Freund, mit mir geht es zu Ende. Und wenn ich dich so sehe, dann wünsche ich mir, noch einmal jung sein zu dürfen und alles anders zu machen." Er war fasziniert von der Lebenskraft, die von dem kleinen Wesen ausging, das von Nüssen lebt, seine Kinder aufzieht und niemandes Frieden im Tierreich stört. Es sah so gesund aus und war ganz von dieser Welt. Es hatte keine Philosophie oder Religion, kannte keine Weisheit oder Wissenschaft. Und doch war es so vollkommen. Er fühlte einen leisen Neid auf die Daseinsform dieses kleinen Baumläufers.

Sein Neffe in Kyōtō war ein Junggeselle von gerade einmal achtundzwanzig Jahren. Damit war er der jüngste Kalligraph, der jemals am kaiserlichen Hofe dienen durfte. Er empfing Kojiro herzlich, sah seinen schlechten gesundheitlichen Zustand und pflegte ihn vom ersten Tag an mit all der Aufopferung, der ein Mann seines Alters und seiner Stellung fähig war. Der alte Hofastronom fragte seinen Neffen jedoch bald, ob er ihm nicht Zutritt zum inneren Kreis der Berater oder Bediensteten oder sogar zur Kuge selbst verschaffen könnte. Er hätte etwas von höchster Dringlichkeit und größter Wichtigkeit mitzuteilen, das nur ein Ohr hören dürfe, das schon ganz dem Kaiser gehört. Den Inhalt der Botschaft wollte Kojiro seinem Neffen nicht eröffnen, um ihn nicht in Gefahr zu bringen. Dieser war so taktvoll und in der höheren Etikette geschult, dass er nicht weiter insistierte. Der Neffe versuchte alles, was in seiner Macht stand, doch er schaffte es nicht, Kojiro in Verbindung mit den Leuten zu bringen, die dieser zu sprechen wünschte. Der angereiste Onkel des Kalligrafen war ein Fremder, und auch noch ein dem Tod geweihter. Aus den Kreisen des Kaiserhofs wollte sich niemand in eine möglicherweise kompromittierende Konversation mit einem Sterbenden begeben.

Die Krankheit schritt fort und Kojiro wurde immer schwächer. Eines Abends ging es deutlich dem Ende zu und sein treuer, besorgter Neffe verließ sein Krankenlager nicht mehr. Um den Hustenreiz zu stillen gab er seinem Onkel eine Mischung aus Opium und Heilkräutern. Kojiro entspannte sich, aber er konnte sich auch nicht mehr bewegen, nicht einmal mehr sprechen. Doch er war hellwach. An seinen Augen und an seiner Haut erkannte der Neffe, dass Kojiro den nächsten Morgen nicht mehr erleben würde. Deshalb beschloss er, seinem Onkel ein unglaubliches Geheimnis anzuvertrauen. Er traute sich auch nur deshalb ihm davon zu erzählen, weil er wusste, dass Kojiro in diesen letzten Stunden kein Wort mehr sagen würde. Als sein Neffe ihm das Geheimnis ins Ohr flüstert, bewegt sich sein Gesicht nicht. Nur sein Blick verriet grenzenloses Staunen: Es gibt keinen Kaiser! Der junge Kaiser Momonzono, gerade erst sechzehn Jahre alt, existiert nicht. Im ganzen Palast, in der ganzen Stadt gibt es keinen Kaiser. Der Neffe ist heimlich Zeuge geworden, wie das ganze Schauspiel um den Kaiser inszeniert wird, welches Machwerk hinter dieser Puppe, diesem Namen steckt, wie die Zeremonienmeister am kaiserlichen Hof die Illusion aufrecht erhalten, es gäbe im Inneren des Kaiserpalastes noch einen direkten Nachfahren der Sonnengöttin Amaterasu. Der Neffe vermutete, dass diese Nichtexistenz des Kaisers schon mehrere Generationen andauert. Niemand wüsste das genau. Denn sogar die Eingeweihten würden eher sterben, als auch nur ein Wort darüber zu sprechen. Es ist eine Verschwörung, die vielleicht schon seit Jahrhunderten am Werk ist.

Der gelähmte Kojiro war entsetzt. Er wollte dem jungen Kaiser, den er so sehr verehrte, er wollte dem einzigen lebendigen Gott Japans eine Botschaft von höchster Dringlichkeit und Wichtigkeit bringen: Es gibt keinen Shōgun! Der Palast des Shōgun ist leer, eine wirkliche Person namens Ieshige existiert nicht. Es ist der Apparat der Höflinge, der regiert, und der Shōgun, das fürchterliche Drachengesicht, das nie ein Sterblicher erblicken darf, ist eine Erfindung. Jetzt, da er im Sterben lag, war Kojiro der einzige Mensch im Universum der wusste, dass beide Paläste leer sind. Und der eine wusste das nicht vom anderen. Was für ein Entsetzen! Da der Tod aber nicht so schnell kam, wie er sollte, blieb Kojiro noch Zeit. Seinen Körper spürte er schon nicht mehr, sodass er sich ganz seinen Gedanken widmen konnte.

Er dachte an Buddha. An seine Lehre, dass alles nur Schein ist, das Leben, die Seele, das Ich und jeder Wasserfall. Aber selbst der Shōgun? Und der Kaiser? Das hat nie ein Buddhist behauptet, er konnte sich jedenfalls nicht daran erinnern. Und er versuchte sich vorzustellen, was mit einem Buddhisten passiert wäre, der das behauptet hätte. Er hätte durchbohrt am Kreuz gehangen und der Shōgun..., den es ja nicht gibt ...oder ein anderer ...den es vielleicht auch nicht gibt? ...hätte lachend am Fuße des Kreuzes gestanden und gesagt, mein Lieber, diesen Schmerz, den du hast und der dich bald töten wird, den gibt es doch nicht, so wenig wie dich. Doch wenn es keinen Kaiser und keinen Shōgun gab, also wirklich nicht existierend als Menschen aus Fleisch und Blut, und sich doch alles nach ihnen richtete, gab es dann Buddha?

Er wurde böse auf die buddhistische Lehre, die doch nur eine Leere war. Er hatte keine Angst vor dem Tod, er wartete schon seit Jahren auf ihn. Er wollte von der Welt erlöst werden. Er war selbst Buddhist, wenn auch nicht praktizierend, und auch er glaubte, dass Existenz Leiden ist. Die Sterne hatten ihn zu sehr beschäftigt. Doch jetzt, wo er sah, so einsam verstehend, dass die Paläste Japans leer sind und es schon lange waren, nämlich mindestens sein ganzes Leben, da fühlte er sich um diese eine Welt, dieses eine Leben betrogen. Und er fragte sich, ob es vielleicht einen Zusammenhang gab zwischen dem anderthalb Jahrhunderte herrschenden Frieden in Japan und den leeren Palästen. War es vielleicht eine unendlich kluge Vorkehrung, die *Ieyasu Tokugawa*, der Gründer dieses Jahrhundertfriedens, zur Zeit seiner Regentschaft getroffen hatte, damit die ewigen Bürgerkriege endlich aufhören?

Ja, er fragte sich, er wollte sich fragen... doch er kam nicht mehr dazu, denn als er das gerade tun wollte, merkte er, was für eine wundervolle Sache das ist, eine *Frage*. Was ihn von deren Inhalt ablenkte. Die Frage! Er war dabei zu sterben, erfüllt vom kosmischen Gefühl des Fragens und der Fragwürdigkeit der Welt, vielleicht nicht als glücklicher, aber als erleuchteter Mann. Plötzlich spürte er etwas an seiner Seite. Er schaffte es, seine umwölkten Augen auf den Gegenstand zu richten. Und er entdeckte etwas, das ihn noch einmal erstaunte. Es war ein geflochtener Ledersack an einem Wanderstab, nach der Art wie ihn die jungen Schüler der Schwertfechtkunst auf ihren langen Wanderschaften bei sich trugen. Den Weg des Samurai zu gehen, das war die große, unerfüllte Sehnsucht seiner Jugend. Wie oft hatte er von diesem Ledersack geträumt! Davon, für die Dauer seiner Lehrjahre nur mit ihm und einem Hut und seinem Schwert durch das Land zu wandern! Er war das Zeichen des Aufbruchs. Er fühlte sich unendlich heiter und leicht, stand auf, strich noch einmal seinem bedauernswerten, weil nur halbwissenden Neffen über die Stirn und kroch mit Beutel und Wanderstab durch ein enges Loch in der Wand aus der Welt.

Aaron Mendelssohn

Niedergeschrieben zu Edo im Juni 1826

3. Kapitel

Der Prozess

Hydrangea otaksa – Syphilis – Mendelssohns Ende
Ein Sturm zieht auf – Das Paket des Ausländers
Der Taifun – Das Wappen des Shōgun – Hypermnesia
Siebold unter Arrest – Die Hauptverhandlung
Takahashi und Matsudaira
Der lange Abschied

„Sieh ihn dir an, diesen hinterlistigen Agenten, wie sicher er agiert, wenn er die Vernichtung eines Menschen ins Auge gefasst hat! Er braucht dafür nie direkt einzugreifen, denn selbst die besten unter den Menschen haben hier oder dort mindestens eine schwache Stelle. Er findet sie immer heraus, nutzt sie zu seinem Vorteil und bringt sie durch diesen oder jenen Trick unter seine Herrschaft. Merk dir nur eins: Sein Handeln besteht immer in der List, nie in roher Gewalt.

Daniel Defoe, *The Political History of the Devil*, 1726

Hydrangea otaksa

Am 26. Juli 1826 traf die Hofreisegesellschaft nachmittags in Nagasaki ein. Überall entlang der Straßen standen die Menschen und bejubelten die Rückkehrer. Es war feuchtheiß und der schnarrende Gesang der Zikaden erfüllte die Luft. Sturler und Mendelssohn verließen ihre Kago schon wegen ihres schlechten Gesundheitszustandes nicht. Siebold ließ es sich dagegen nicht nehmen, die Toleranz der ausländerfreundlichen Stadt zu genießen und während der ganzen Prozession bis in den Hafen neben der Sänfte von Mendelssohn her zu laufen, der die letzten Tage meistens in einem schläfrigen Dämmerzustand verbracht hatte.

„Mendelssohn, atmen Sie doch etwas von dieser befreienden Stadtluft ein!" versuchte er ihn durch die aufgeschobenen Sichtfenster aufzumuntern. Mendelssohn lächelte ihn matt an.

„Ja, ich freue mich auch, wenigstens über meinem Grab wieder eine frische Brise zu spüren."

„Seien Sie nicht so pessimistisch. Gleich morgen beginnen wir mit Ihrer Behandlung. Wir haben es bis hierher geschafft, und darüber bin ich sehr erleichtert."

„Schon gut, Sie haben wirklich ihr Bestes getan und ich will nicht undankbar erscheinen. Ehrlich, ich kann es nicht erwarten, wieder in meinem holländischen Bett zu schlafen."

Siebold hielt die ganze Zeit über Ausschau nach Taki in der applaudierenden Menge, obwohl sie verabredet hatten, dass sie ihn erst auf Dejima offiziell empfangen würde. Er war aufgeregt. An der Brücke wurde der Zug vom Gouverneur von Nagasaki erwartet. Nun musste Sturler doch aussteigen und seine obligatorische Verbeugung machen. Man sah ihm dabei seine Schwäche gepaart mit dem Unwillen an, sich auch nur noch ein einziges Mal niederzuwerfen. Der Gouverneur bemerkte wohl die unfreundliche Ausstrahlung des Gesandten, ging darüber aber einfach hinweg, als ob es völlig bedeutungslos sei, was Sturler denkt und fühlt. Seine Freude darüber, dass die gesamte Reise, die in seiner Verantwortung stand, gemäß dem Protokoll erfolgreich beendet war, überwog alles andere. Wie Mendelssohn war auch Sturler sichtlich gealtert während der fünfmonatigen Reise. Beide hatten stark an Gewicht verloren wegen ihrer zunehmenden Appetitlosigkeit. Siebold war dagegen in jeder Hinsicht gestärkt zurückgekehrt und hatte eine gesunde, braune Gesichtsfarbe, weil er sich bei jeder Gelegenheit im Freien bewegt und sowohl die japanischen wie auch die mitgeführten holländischen Speisen durchweg genossen hatte. Auch seine Haarsträhne, die er in Yoshiwara opfern musste, war nachgewachsen und er hatte darauf geachtet, seine Haare vor der Ankunft so geschnitten zu bekommen, dass davon nichts mehr zu sehen war. Auf dem Platz vor der Insel erwarteten ihn auch seine Schüler, die ihn herzlich begrüßten und mit Komplimenten überhäuften, für die gelungene Reise und für sein gutes Aussehen.

Auf Dejima wartete Taki direkt hinter der Brücke. Er hatte sie schon von ferne gesehen und konnte es nicht abwarten, zu ihr zu gehen. Doch sowohl nach japanischer wie auch alt-holländischer Sitte, die auf diesem Flecken der Erde noch gepflegt wurde, wäre es undenkbar gewesen, dass sie sich in der Öffentlichkeit – das Ufer war von einer großen Menschenmenge gesäumt, die alles beobachtete – in die Arme fallen. So ging er, nachdem die *Saguriban* pflichtgemäß seine Papiere kontrolliert hatten, nur auf sie zu und blickte in ihr strahlendes Gesicht, das ihn wie ein Stern anlachte, wobei er auch das kleine Bündel bemerkte, welches sie auf dem Arm trug. Ine schlief. Als er vor ihr stand, verbeugte Taki sich tief und sagte kein Wort. Sie war reifer und noch schöner geworden. Es war wie ein Auftritt auf einer Theaterbühne. Ganz Nagasaki hatte die Geburt von Ine mit großer Anteilnahme verfolgt, und da war es nun, das Liebespaar, die Hauptdarsteller in einem Stück, das die Zuschauer bewegte.

Siebold ging voraus in Richtung ihres Hauses und Taki folgte ihm dabei im Abstand von drei Schritten. Es dauerte noch eine Weile, bis die Träger das Gepäck, das für die Inselunterkunft bestimmt war, ins Haus getragen und verstaut hatten. Als sie die Tür endlich schließen konnten und für sich waren, trat sie an ihn heran.

„*Anata-sama*, ohisashiburi desu. Ureshii! Ima nihongo ga jozu desu, ne."

„Ja, ich war viel zu lange weg. Und es stimmt, ich habe viel Japanisch gelernt."

Dann nahm er sie in den Arm und küsste sie leidenschaftlich auf den Mund.

„Wie sehr ich das vermisst habe! Du wunderschönes Weib, du hast mir so sehr gefehlt."

„Das hoffe ich doch", sagte sie kokett lächelnd, sprach dann aber ganz ernst weiter. „Ich bin so glücklich, dass du wieder hier bist, hier bei uns. Und wie gesund du aussiehst! Aber jetzt lerne erst einmal unsere Tochter kennen."

Sie wandten sich Ine zu, die in einer kunstvoll geflochtenen Bambuswiege ruhig schlief, einem Geschenk von Takis Vater zur Geburt seines ersten Enkelkindes. Siebold nahm sie vorsichtig hoch und bestaunte das kleine Gesicht. Kaum zwei Monate war sie alt, doch sie sah schon nicht mehr aus wie ein Neugeborenes. Ihre Hautfarbe war dunkler als seine und Takis, ein leichtes Braun mit einem Stich glänzender Bronze. Er roch an ihr und stellte den gesunden, leicht süß-säuerlichen Geruch eines Stillkindes an ihr fest. Dann hielt er sein Ohr ganz nah an ihr Köpfchen und hörte ihre kurzen, ruhigen Atemstöße. Er sah Taki an, lächelte glücklich und sagte leise: „Sie ist so schön! Dieses Kind ist ein wundervolles Geschenk. Doch ich habe auch etwas für dich mitgebracht." Er legte ihr das schlafende Bündel in den Arm und packte aus einer der Kisten eine Mappe aus, die er für diesen Moment ganz obenauf gelegt hatte. Auf dem Tisch löste er die Schleifen. Als er sie aufschlug, erschien die große Farbzeichnung einer blauen Blume mit einem fast kugelförmigen Blütenstand.

„Was für eine herrliche Zeichnung!" rief Taki aus. „Wir nennen diese

Pflanze *Purpursonne*. Wo hast du sie gefunden?"

„Im fürstlichen Garten der Burg von Himeji. Doch mein Geschenk ist nicht diese Zeichnung, junge Dame. Das ist eine im Ausland bisher unbekannte Hortensienart. Als ihr Entdecker darf ich den wissenschaftlichen Namen festlegen. Ich werde sie nach dir benennen, meine Liebste, Hydrangea otaksa. Damit wird Europa und die ganze Welt dich für alle Zeiten in Erinnerung behalten. Das ist eine kleine Unsterblichkeit, die ich dir schenken möchte." Otaksa war Siebolds Kosename für Taki.

Sie betrachtete wie gebannt die herrliche Blume und brauchte einen Moment, um die Bedeutung dieses Geschenks zu erfassen. Dann sah sie ihn mit feuchten Augen an und flüsterte nur „Danke!".

Syphilis

Mit dem Tag seiner Rückkehr aus Edo begann für Siebold die frucht-
barste, arbeitsreichste und glücklichste Zeit seines bisherigen Aufenthaltes in Japan. Neben seinem Unterricht mit Vorlesungen und praktischen
Übungen, der Pflege und Erweiterung der Gärten und Gewächshäuser,
den Besuchen von befreundeten Wissenschaftlern aus dem ganzen Land
und den täglichen Behandlungen von Patienten, musste er jetzt auch
noch all seine gesammelten Funde und Erwerbungen ordnen, katalogisieren und für die baldige Verschiffung nach Europa vorbereiten. Dazu
kam die nun viel intensivere Korrespondenz mit dem Generalgouvernement in Batavia, sowie mit seinen wissenschaftlichen Bekanntschaften
und Freunden in Edo. Vor allem drängte er seinen Freund Globius, ihm
endlich die versprochenen Karten zu übersenden, die erhoffte Krönung
all seiner Forschungsbemühungen. Siebold arbeitete Tag und Nacht.
Doch beinahe die ganze Zeit hindurch hatte er seine kleine Familie auf
Dejima und in Narutaki um sich, ließ sich von Taki helfen, wo es nur
ging, und konnte seiner kleinen Tochter dabei zusehen, wie sie sich entwickelte.

Einen Schatten auf sein Leben warf Oberst de Sturler, dessen Abneigung gegen Siebold ihn insgeheim schon zur Raserei getrieben hatte.
Vom ganzen Ausmaß seines Hasses erfuhr Siebold erst, als er bei seiner
Rückkehr aus Edo den Brief eines ehemaligen Kommilitonen vorfand,
der inzwischen Leibarzt des Generalgouverneurs in Batavia geworden
war und Einblick in die schriftlichen Eingaben von Oberst de Sturler
hatte.

*„Unaufhörlich verlangt er Satisfaktion über Dein gewalttätiges und wi-
dersetzliches Betragen gegen ihn. Er denunziert Dich, will Dich ständig zu-
rückberufen wissen und sogar vor ein Kriegsgericht stellen lassen. Mit
einem Wort, er versucht Dich zugrunde zu richten. An ihm wirst Du noch
eine harte Nuss zu beißen haben, wenn dieser bösartige Mensch nicht vor
der Zeit zu den Vätern geht, worauf bei seiner Zählebigkeit wohl wenig Aussicht besteht. Baron van der Capellen hält wie immer seine schützende Hand
über dir, doch man kann nie wissen, wie lange er sich noch in Batavia aufhalten wird und seinen Einfluss auf seinen Nachfolger, den Vicomte du Bus
de Gisignies, ausüben kann. Sei gewarnt, mein lieber Freund und Kollege!"*

Siebold musste von da an befürchten, dass seine ganze Arbeit der letzten

Jahre in Gefahr ist. Doch auch hier blieb ihm das Glück treu, denn Sturler war ungeschickt genug, noch im August desselben Jahres den großmütigen und den Holländern gegenüber höchst liberalen Gouverneur von Nagasaki mit seiner brüskierenden Art gegen sich aufzubringen und zu beleidigen. Der hohe Beamte war daraufhin mit seiner Geduld am Ende und griff in Kenntnis des bereits vorausgegangenen Vorfalls in Edo nun zur schärfsten Maßnahme. Er sprach über Sturler den kaiserlichen Bann aus. Damit war Sturler mit sofortiger Wirkung seines Amtes als *Capitan* und Vorsteher des holländischen Handelspostens enthoben. Er musste Dejima noch im Herbst mit dem nächsten Schiff verlassen, mit dem zugleich sein Nachfolger *Felix Meijlan* angereist kam. Siebold war seinen gefährlichsten Widersacher losgeworden.

Im folgenden Frühjahr fing Ine an zu laufen. Siebolds Assistent Heinrich Bürger hatte sein durch die induzierte Krankheit ermöglichtes Fernbleiben von der Hofreise genutzt, um mit Takis Schwester Tsune auch ein Kind zu zeugen. Ihr Sohn Asakichi wurde im Dezember geboren und Bürger kümmerte sich von da an um beide Kinder ebenso liebevoll wie um Tsune, die er inzwischen geheiratet hatte. So entstand eine ungewöhnliche Familie aus zwei glücklichen Ehepaaren und ihren kleinen Kindern, wobei die Erwachsenen sich wo und wann sie nur konnten in allen Dingen gegenseitig halfen. Das war so ganz anders als das bürgerliche Leben, das Siebold aus Deutschland kannte. Bürger und Siebold wurden, da sie nun auch verschwägert waren und sich wechselseitig um ihre Kinder kümmerten, enge Vertraute.

Mendelssohns Gesundheitszustand war eine andere Sorge, der er sich nicht so leicht entledigen konnte wie Sturlers Machenschaften und Intrigen gegen ihn, die dieser auch noch in Batavia unablässig weiter betrieb, wie Siebold in einem weiteren Brief seines Kommilitonen entnehmen musste. Das brauchte ihn jedoch nicht mehr zu kümmern, Sturler war nun zu diskreditiert, um ihm weiter zu schaden. Die erste Behandlung, die er bei Mendelssohn vornahm, schlug nicht an. Anders als die zeitgenössischen Ärzte in Europa und ihre Vorgänger es seit mehreren Jahrhunderten praktizierten, wollte Siebold nicht mit Schwitz- und Fastenkuren arbeiten. Das war eine Intuition und Ableitung dessen, was er bei *Hufeland* über die bisherigen Fehler bei der Erforschung der Pockenimpfung gelernt hatte, sowie das, was er schon lange über den Aderlass dachte. Wenn man den Patienten heilen will, darf man ihn auf keinen Fall noch weiter schwächen. Zur Anwendung von Quecksilbertinkturen, -salzen und -dämpfen hatte er keine Alternative, obwohl er genau wusste, dass die Heilungschancen unter Verwendung dieses hochgiftigen Metalls schon immer niedrig waren. So ließ er Mendelssohn viel mageres Fleisch, Fisch und Gemüse essen, auch wenn dieser keinen Appetit hatte, bestrich die entzündeten Stellen auf seiner Haut großflächig mit der Tinktur, verordnete ihm das verdünnte Salz zum Trinken und die Dämpfe zum Inhalieren. Siebold veränderte die traditionelle Prozedur auch dahingehend, dass er sie nicht intensiv mit hohen Dosen des Gifts in kurzer Zeit von etwa drei Wochen, sondern in niedrigeren Dosen über längere Zeit zur Anwendung brachte. Mendelssohn überstand die erste dreimonatige Therapie in relativ gutem Zustand und hatte zu der wenigen Freude, der er fähig war, weder Haare noch Zähne verloren. Doch die kurzfristigen Verbesserungen, die eintraten, erwiesen sich nicht als nachhaltig. Es dauerte nur wenige Wochen, bis er sich wieder so schlecht befand wie zuvor. Es war bereits Winter, deshalb ließ Siebold seinen Patienten nun doch Schwitzbäder nehmen, die ihm die feuchte Kälte dieser Jahreszeit erträglicher machen sollten. Die Quecksilberbehandlung nahm er außer der weitergeführten Inhalation erst im April wieder auf, als Mendelssohns Gesundheit sich weiter verschlechterte und die befallenen Hautregionen immer größer wurden. Siebold blieb nun nichts anderes mehr übrig, als die Dosen doch zu erhöhen. Sein Patient war niedergeschlagen, denn er hatte nicht nur gehofft, dass er es vielleicht schon überstanden hätte, sondern er wusste auch schon, was der weitere, typische Verlauf der Behandlung mit sich bringen würde. Mendelssohn ließ die Quecksilbertherapien scheinbar zunächst stoisch über sich ergehen, doch Siebold bemerkte, dass der Faden, mit dem sein Freund noch am Leben hing, immer dünner wurde.

Den Ausschlag und Wendepunkt brachte ein Brief aus Berlin, der Dejima erreichte, als der schwüle Hochsommer bereits begonnen hatte. Mendelssohns Mutter hatte ihm geschrieben, dass sie mit ihrem Mann, seinem Stiefvater Abraham Mendelssohn, den er nie kennenlernen durfte, zum Protestantismus übergetreten sei. Damit hatte sie die letzte Brücke zu ihrem alten Leben und zu ihm hinter sich abgebrochen. Ansonsten war der Brief, ähnlich wie frühere, voller selbstmitleidiger Klagen über dies und jenes, lauter Kleinigkeiten, kein Wort der Sorge oder der Erkundigung, wie es denn ihrem Erstgeborenen ginge. Wenigstens teilte sie mit, dass seine ihm ebenso unbekannten Geschwister Fanny und Felix bei guter Gesundheit und vielleicht schon auf dem Weg zu ersten Erfolgen seien, dass Felix im Februar dieses Jahres zum ersten Mal öffentlich dirigiert hat und ansonsten bei dem großen Professor Hegel studiert. Mendelssohn las den Brief wie ein Selbstgespräch seiner Mutter, dem er aus der Ferne lauschen durfte. Es hatte nichts mit ihm zu tun, nicht im Geringsten. Er lag im Sterben und musste sich vorher noch einmal in das große Theater des Lebens schleppen, in dem wieder einmal das Stück *Der unbesiegbare Ehrgeiz meiner Mutter* gegeben wurde, ein Monolog in einem Akt. Es war eine Wende zum Schlechteren, die damit einsetzte. Der Brief schien alle Kraft aus Mendelssohn gesogen zu haben.

Das Einzige, was ihn noch am Leben hielt, schien die Literatur zu sein. Siebold besuchte ihn eines Abends, um ihm wieder einmal auf praktisch-medizinische Art für kurze Zeit sein Leiden zu erleichtern. Als er sein Haus ohne anzuklopfen betrat, saß gerade der Unterdolmetscher Yashiro Iwase an Mendelssohns Krankenlager und las ihm auf Holländisch vor. Mendelssohn versuchte, Siebold mit einem Lächeln zu begrüßen. Inzwischen hatte er erste Knoten und eine trockene Schuppenflechte im Gesicht, die es immer mehr zu einer Maske erstarren ließen. Iwase erhob sich, räumte den Stuhl für den Arzt und zog sich still zurück.

„Ihr Hinweis auf das *Genji monogatari*, das Ihnen Takahashi geschenkt hat, war für mich äußerst wertvoll", sagte Mendelssohn mühsam. „Es ist wahrscheinlich die beste Medizin, die ich bisher von Ihnen bekommen habe."

„Dann brauchen Sie das hier wohl nicht mehr", sagte Siebold mit einem frechen Lächeln, indem er ein Fläschchen mit Laudanum hochhielt. „Das ist schade, habe ich doch gerade eine spezielle Mischung mit drei anstatt nur einem Zehntel Opium und einem japanischen Glückskraut für Sie vorbereitet."

„Her damit!" rief Mendelssohn plötzlich leicht aufgedreht. „Das passt gut zur Geschichte des Prinzen Genji, die der liebenswürdige Iwase mir Kapitel für Kapitel übersetzt und jeden Tag etwas davon vorliest."

„Erzählen Sie davon", sagte Siebold interessiert, während er den Inhalt des Fläschchens in zwei Gläser goss, in eines davon nur zwei Fingerhut voll. Dann hob er mit einer Hand Mendelssohns Kopf vom Kissen, flößte ihm mit der anderen den Inhalt des volleren Glases ein und trank, nachdem er mit dem leeren Glas seines Patienten angestoßen hatte, sein eigenes mit einem Schluck aus. Gemeinsam lauschten sie still nach innen und warteten einen Moment, bis die Wirkung einsetzte.

„Danke, mein Freund, dass Sie mich wieder einmal ein kleines Stück dieses Weges begleiten."

„Ach, das ist ganz eigennützig. Ich arbeite zurzeit so viel und schlafe so wenig, dass auch ich gelegentlich etwas Entspannung vertragen kann. Sie wollten gerade etwas erzählen."

„Ja, vom beneidenswerten Leben eines Prinzen in der frühen Blütezeit des japanischen Reichs." Mendelssohns Stimme war nun ruhig und
ihr Klang verriet nicht mehr seine Erschöpfung. „Die Geschichte spielt
vor über 800 Jahren. Unser junger Held ist der Sohn des Tennō und einer
Konkubine niedrigen Ranges. Obwohl sein Vater Genji besonders
schätzt, kann er ihn nicht in die heilige kaiserliche Erbfolge übernehmen
und muss ihn deshalb nach dem frühen Tod der Mutter weggeben in
eine dem Hofe nahestehende Familie, wo er sorglos aufwächst. Genji
wird nie ein politisches Amt übernehmen dürfen und bleibt ganz machtlos. Dafür ist er dank eines großzügigen Stipendiums seines Vaters jeder
Arbeitspflicht enthoben und verbringt ein Leben voller Annehmlichkeiten, Muße und Eleganz. Er kann sich zwischen ausschweifenden Banketten und tagelangen Jagden der Dichtung, Kalligraphie und Malerei
widmen. Vor allem aber geht er unzählige Liebschaften mit den unter-
schiedlichsten Damen ein. Eine davon ist die Prinzessin Fujitsubo, seine
eigene Stiefmutter, die der Kaiser zur Frau genommen hat, weil sie ihn
an Genjis Mutter erinnert. Eine andere ist das zauberhafte junge Mädchen Murasaki, wohl auch die Autorin dieses Werks, die er als gerade
Zehnjährige zu sich nimmt – entführt, um es genauer zu sagen – und
zunächst wie seine Tochter erzieht, bis er auch von ihr die Finger nicht
lassen kann. So weit sind wir bisher. Iwase-san hat sich viel Mühe gegeben, mir die Feinheiten dieser Erzählung genau zu erläutern, etwa die
besondere Kunst des Schreibens und vor allem Parfümierens von Briefen. Die erotischen Szenen sind höchst poetisch, aber auch amüsant aus
heutiger Sicht. Die Liebenden müssen sich ständig durch Berge von Stoff
hindurch wühlen, um zueinander zu finden." Er machte eine kurze
Pause, um nachzudenken. „Ich beneide diesen gutaussehenden kleinen
Schuft, der ganz im Glück und in seiner unmittelbaren Gegenwart zu
leben scheint, ohne Ehrgeiz und höhere Ziele, nur der Schönheit, der
Lust und ihrer Verfeinerung gewidmet. Wie gerne hätte ich noch diesen
Roman als Meisterwerk frühester japanischer Literatur in Europa bekannt gemacht."

„Bemerken Sie etwas, Mendelssohn?"

„Was meinen Sie?"

„Nun, das ist ganz und gar Ihre eigene Geschichte, nur mit umge-
kehrten Vorzeichen. In dieser hier ist ihre Mutter der Tennō."

Verwirrt sah er Siebold an.

„Aber natürlich! Sie haben Recht. Wie konnte mir das nur entgehen?
Es ist so offensichtlich."

„Jetzt fehlt nur noch die Krankheit. Die kommt ja vielleicht noch in den späteren Kapiteln."

„Weshalb bestaune und bewundere ich diese alte Geschichte eines aristokratischen Glückspilzes und verachte zugleich meine eigene, die tatsächlich nicht unähnlich ist? Und ein weiterer, bedrückender Gedanke. Ich frage mich, ob die Krankheit dann vielleicht eine Strafe für meine Undankbarkeit gegen meine Mutter ist."

„Jetzt sind Sie zu hart gegen sich selbst."

„Ja, ich weiß, mein Freund. Das ist allerdings eine meiner Eigenschaften, von der ich Ihnen gerne etwas abgeben oder wenigstens hinterlassen würde. Sie wissen, was ich damit sagen will?"

„Ich ahne es."

„Dann will ich es für die Langsameren unter uns noch einmal ausführen", sagte er mit der gespielten Autorität eines ungehaltenen Lehrers gegenüber seinem begriffsstutzigen Schüler. Doch dann fuhr er ganz ernst fort. „Wissen Sie, ich mache mir wirklich Sorgen um Sie und Ihre Zukunft. Ich habe Sie hier in Japan als einen wagemutigen Mann von wirklich grenzenloser Neugier und Tatkraft erlebt, der keinem Hindernis aus dem Weg geht und der vor allem die Herzen der Menschen erobert. Sie sind wahrlich zur Heldenstatur herangewachsen."

„Das ist doch ein guter Einstieg."

„Warten Sie's ab! Ich bin noch nicht fertig. Sie erinnern sich vielleicht an unser Gespräch letztes Jahr auf der Hofreise in Shimonoseki."

„Natürlich." Siebold bemerkte seine Einsilbigkeit, die so gar nicht seinem gewohnten Konversationsstil entsprach.

„Bereits damals hatte ich Ihnen ins Gewissen geredet. Inzwischen sind Sie noch viel größere Risiken eingegangen und haben damit nicht nur sich selbst in Gefahr gebracht. Glauben Sie bloß nicht, es sei mir entgangen, wie Sie den wackeren Astronomen Takahashi über den Tisch gezogen haben."

„Aber..."

„Ich weiß, dass Sie diesen Tauschhandel lange vorbereitet hatten, und dabei haben Sie ihn getäuscht. Sie hatten mir hier vor unserer Abreise stolz Ihre doppelte Ausführung von Krusensterns Werk gezeigt. Denken Sie nicht, dass wenn eines Ihrer Vergehen gegen die Landesgesetze entdeckt wird, auch alle anderen herauskommen werden? Sie wissen doch genau, mit welcher erstaunlichen Gründlichkeit die japanischen Autoritäten und ihre Rechtsorgane solche Untersuchungen durchführen. Ihnen entgeht nichts, alles ist protokolliert, alle Verbindungen sind nachvollziehbar. Ist es nicht schon an der Grenze der Naivität zu glauben, das würde immer weiter gutgehen? Haben Sie eigentlich noch einen Überblick, wie viele Ihrer Freunde, Kollegen und Bekannten inzwischen in höchster Gefahr schweben?"

„Ehrlich gesagt…nein, ich weiß es nicht. Ich darf auch gar nicht daran denken, denn sonst könnte ich schlicht meine Arbeit nicht weiterführen."

„Genau das ist Ihr Problem! Sie nehmen Opfer in Kauf, die voraussichtlich nicht Ihre eigenen sind. Sie sind kein Bürger dieses Landes und können nicht der japanischen Gerichtsbarkeit unterstellt werden. Bei ausnahmslos allen Ihren Helfern verhält es sich aber anders. Dort haften die Mitarbeiter und Verwandten mit, wenn ihre Vorgesetzten oder ein Familienmitglied gegen die strengen Gesetze handelt. Ich sehe um Sie herum eine immer weiter wachsende Zahl von japanischen Bürgern, über denen bereits das unsichtbare Schwert des Henkers schwebt. Das macht mir Angst. Sie brauchen nur einen Fehler zu machen, und das Schicksal dieser gutmütigen Menschen ist besiegelt. Verstehen Sie, was ich meine?"

Siebold fühlte sich sichtlich unwohl in dieser Situation. Woher kam diese plötzliche Angriffslust bei Mendelssohn? Er sollte von der Droge eher entspannt, heiter und friedlich sein, so wie Siebold selbst es sicher gerade gewesen wäre, wenn er sich nicht diesen Wahrheiten hätte stellen müssen.

„Ja, ich verstehe", antwortete er nachgiebig, um dem Druck der Argumente auszuweichen, und setzte noch weiter hinzu: „Was meinen Sie sollte ich tun?"

Mendelssohn schien erschöpft von seiner Attacke. „Es ist sowieso zu spät. Machen Sie einfach keine Fehler und verlassen Sie sich auf Ihr Glück, bis ihre Mission hier beendet ist", gab er resigniert zurück. „Und bitte verstehen Sie das nicht als Anmaßung oder Ablehnung Ihrer Person. Ich bin, wie Sie hoffentlich nie vergessen werden, einer Ihrer größten Verehrer, doch als Freund muss ich auch meiner Sorge Ausdruck geben dürfen. Soweit ich sehe, bin ich auch der Einzige, der auf diese Weise mit Ihnen spricht, was ich bedaure. Ihre *Hybris* wird leider von zu vielen Bewunderern genährt. Betrachten Sie meine Worte daher als eine wohlgemeinte geistige Medizin, mit der ich Sie impfen möchte, bevor auch bei Ihnen eine schlimmere Krankheit ausbricht."

Mendelssohns Ende

Es sollte das letzte längere Gespräch mit Mendelssohn sein. In den folgenden Tagen verschlechterte sich sein Gesundheitszustand weiter. Gleichzeitig setzte Siebold die Dosis für die jeweilige Anwendung der Quecksilberkur auf das Höchstmaß. Doch die Wirkung blieb aus. Mendelssohn begann zu siechen, der Geruch des Todes verließ sein Krankenlager nicht mehr. Allmählich fielen ihm die Zähne aus und er verlor immer mehr von dem langen Haar, das ihm bis dahin das Aussehen eines Künstlers verliehen hatte. Ein letztes Aufbäumen war Mendelssohns Wunsch, noch einmal im Freien sein zu dürfen. Er bat Siebold, ihn mit einer Trage zu der Bank bringen zu lassen, auf der sie vor bald vier Jahren zum ersten Mal zusammengesessen, Pfeife geraucht und auf die Bucht hinausgeblickt hatten. Inzwischen war der Garten hinter der Bank, den Siebold mit vielen der gesammelten japanischen Gewächse und einigen europäischen Apothekerpflanzen hatte erweitern lassen, ein pittoresker kleiner Urwald geworden, der viele Vögel und Insekten anzog, vor allem Schmetterlinge. Mendelssohn lag dort röchelnd unter einem großen Schirm, beteuerte gegenüber den Dienern aber, dass er den Anblick und die frische Luft genieße und keinesfalls wieder ins Haus wolle. Er blieb dort bis zum Sonnenuntergang.

In den nächsten Tagen musste Siebold feststellen, dass die Syphilis inzwischen die inneren Organe seines Patienten befallen hatte, möglicherweise auch schon das Gehirn. Das konnte er nicht einwandfrei feststellen, denn es entwickelte sich ebenfalls ein großer, schmerzhafter Abszess in der Mundhöhle direkt auf dem Gaumensegel, was Mendelssohn das Sprechen und Schlucken zunehmend erschwerte. Siebold hatte das furchtbare Gefühl, dass er seinen kranken Freund mit der weiteren Verabreichung von Quecksilber geradezu hinrichten würde, aber er wusste sich nicht anders zu helfen. Nur das gelegentliche Einflößen von hochdosiertem Laudanum verschaffte Mendelssohn für ein paar Stunden Erleichterung, doch er konnte sich in diesem Zustand, anders als noch kurz zuvor, nicht mehr mitteilen. Siebold musste auch vorsichtig mit den Beständen an Morphin und Opium sein, die er für die vielen anderen Patienten brauchte, deren Behandlung chirurgische Eingriffe erforderten. Ab und zu ging er zu Mendelssohn und sprach mit ihm. Er erzählte ihm die wichtigsten Neuigkeiten, um ihn ein wenig abzulenken. Dieser berührte ihn dann zum Dank kurz mit seiner bandagierten Hand. Die

Ekzeme hatten auch beide Handinnenflächen überwuchert. Die Krankheit schritt trotz unablässiger Behandlung dramatisch schnell fort. Mendelssohn hatte inzwischen alle Zähne verloren und sein Schädel war kahl. Was bei anderen Syphilitikern manchmal viele Jahre dauerte, vollzog sich an ihm in nur wenigen Monaten. Siebold sah die Ursache für diesen atypischen Verlauf im subtropisch feucht-heißen Sommerklima Südjapans, das auf denselben Breitengraden liegt wie die afrikanische Sahara.

Bald darauf war Mendelssohn nicht mehr ansprechbar. Seine Augen waren gelb verschleiert und reagierten nicht mehr auf Bewegungen oder Zeichen. Meistens waren sie geschlossen. Sein Herz schlug noch, aber er war nicht mehr bei Bewusstsein und sein Körper begann lebend zu verwesen. Der bösartige Gestank war kaum noch zu ertragen, obwohl in dem Krankenzimmer mehrere Räucherschalen aufgestellt waren. Siebold hatte die Behandlung mit Quecksilber bereits abgebrochen, weil er erkennen musste, dass es vorbei war. Dann setzte der Schluckreflex aus. Alles, was er für Mendelssohn noch tun konnte, war ihm Wasser auf die verkrusteten Lippen zu träufeln.

Am nächsten Morgen betrat Siebold das Zimmer und fand Mendelssohn tot vor. Sein zahnloser Mund stand weit offen, als ob er in der Nacht noch mit letzter Kraft seine Seele ausgehaucht hätte. Das Gesicht und der Körper waren eingefallen wie bei einem Leichnam, der schon mehrere Tage beim Bestatter gelegen hatte. Erschöpft setzte sich Siebold an das Totenbett, stütze seine Stirn in die hohle Hand und fing leise an zu weinen. Er war froh, dass das grässliche Leiden seines Freundes ein Ende hatte, doch zugleich fühlte er sich zum ersten Mal völlig machtlos mit all seiner ärztlichen Kunst. Er hatte versagt, und mit ihm die medizinische Wissenschaft seiner Zeit. Und er wusste, dass jetzt sein Schmerz um den Verlust dieses Mannes beginnen würde, der für ihn im Laufe der vergangenen Jahre unersetzlich geworden war. Die letzten Wochen hatte er versucht, sich auf Mendelssohns Ableben vorzubereiten. Doch es half nichts. Jetzt war sie da, die große Leere, das Ende einer schönen Zeit, in der er Aaron Mendelssohn an seiner Seite wusste, der immer auf ihn aufgepasst hatte. Als er daran dachte, dass er auch noch verantwortlich war für ihre gemeinsame Expedition in das Vergnügungsviertel Yoshiwara, brach ein Tränenstrom aus ihm heraus und er schluchzte aus tiefster Brust. In seinem Leichtsinn hatte er nicht nur viele japanische Freunde in Gefahr gebracht, sondern auch noch diesen unendlich gutmütigen Menschen, der ihm vertraute, einer tödlichen Krankheit geradewegs zugeführt. Welche Strafe würde ihn wohl erwarten, wenn er dafür einmal zur Rechenschaft gezogen werden sollte? Was könnte noch passieren? Waren die letzten Warnungen von Mendelssohn bereits ein Omen gewesen?

Siebold riss sich zusammen. Er ordnete sein tränenbenetztes, wirres Haar, deckte den Leichnam zu und begab sich zu Opperhofd Meijlan, um ihm das Ableben des niederländischen Kaufmanns Mendelssohn zu melden. Er wusste um die erniedrigende Prozedur, die nun folgen würde. Die Holländer durften ihre Toten auf Dejima weder beerdigen, noch verbrennen. Das Privileg einer Erdbestattung erhielten seit einem Erlass von 1654 nur die jeweiligen Direktoren der Faktorei, die, wenn kein Schiff aus Batavia gerade auf der Reede war, nach ihrem Ableben in einem winzigen, abgetrennten Bereich des Friedhofs am Berg Insasa bestattet wurden. Wenn gemeine Kaufleute, Arbeiter oder Sklaven der Faktorei verstarben, mussten ihre Kollegen sie wenige Fuß vor der Insel im Meer versenken. Diese Verweigerung eines Begräbnisses in fester Erde war für die meisten der gläubigen Protestanten das schlimmste Los, das sie sich vorstellen konnten. Auch Mendelssohn hatte eines Abends nach viel Wein und Sake gestanden, dass es ein wahrer metaphysischer Horror für ihn wäre, diese Welt verlassen zu müssen, ohne einen Grabstein über sich zu wissen, der seine Familie und eventuell seine Nachkommen wenigstens für ein paar Generationen an ihn erinnern würde. Jetzt mussten die anderen Gefangenen von Dejima, wie sie sich nannten und unter denen Mendelssohn als verschroben, aber doch immer liebenswürdig und unterhaltsam galt, ihm genau dieses antun. Opperhofd Meijlan, selbst ein empfindsamer und der Literatur zugewandter Mann, schätzte Mendelssohn in seiner bescheidenen und feinsinnigen Art mehr als die meisten anderen, eher vierschrötigen Gesellen der Händlerkolonie. Er ordnete die Seebestattung von Land und den Gottesdienst für denselben Abend an. Dass Mendelssohn kein Protestant war, sondern zu den Kindern Abrahams zählte, sollte keinen Unterschied machen. Die Zeremonie konnte nur in der Dunkelheit abgehalten werden. Dazu durfte auch nicht einmal eine Bibel verwendet werden. Alle mitgebrachten Exemplare der Holländer waren in einem vernagelten und von den japanischen Autoritäten versiegelten Fass gelagert. Siebold ließ den Leichnam in Segeltuch einnähen. Nach Sonnenuntergang wurde er im Schein der Fackeln an die Seeseite gebracht, wo einige Männer, unter ihnen Siebold, ihn mit dem befestigten Ballast schwimmend in die Wellen hinaustrugen und absinken ließen. Die Prozedur war zutiefst erniedrigend. Der Tote wurde wie ein Verbrecher in aller Heimlichkeit, ohne würdige Prozession und Anrufung Gottes, einem nassen Grab übergeben. Siebold war erschüttert von diesem Hergang, den er zum ersten Mal miterlebte. In diesem Moment fühlte er auch das Hartherzige und Barbarische der japanischen Kultur, in der die Buddhisten die Existenz der Seele verneinten und der Shintoismus die sterblichen Reste der Menschen als unreinen Abfall betrachtete. In der japanischen Frühgeschichte, der *Yayoi*-Zeit, wurden selbst die Leichen der Kaiser im Wald den wilden Tieren zum Fraß vorgeworfen, wie ein Gelehrter in Kyōtō ihm berichtet hatte. Als die Männer wieder an Land waren, sprach Meijlan einige andächtige Worte und die kleine Trauergemeinde sang leise mehrere Psalmen, die alle kannten. Das war das traurige Ende des Schöngeists und Philosophen Aaron Mendelssohn im fernen Japan.

Korrespondenz mit Takahashi

In den folgenden Wochen tröstete Siebold sich mit seiner Familie und noch mehr als sonst mit seiner Arbeit, die große Fortschritte machte. Im Sommer hatte das Generalgouvernement in Batavia bereits die vertragsgemäße Rückkehr Siebolds beschlossen. Bis zum Herbst des Folgejahres 1828 mussten daher alle Aufgaben erledigt sein, die er sich gestellt hatte. Der wichtigste Baustein für sein zukünftiges Werk in Europa fehlte jedoch immer noch. Im Dezember schrieb er einen weiteren, diesmal drängenden Brief an Takahashi in Edo, worin er seine wachsende Ungeduld nicht mehr verbergen wollte.

Hochgelehrter Herr, werter Freund!

Mit Freuden entnahm ich dem letzten Schreiben von Euer Hochwohlgeboren, dass Ihr wohlauf und gesund seid. Das tat ich umso mehr, als ich mich in der Zwischenzeit von unserem guten Mendelssohn verabschieden musste, dessen Lues venerea, die er sich wohl anlässlich eines – wie ich nur Ihnen anvertrauen darf – heimlichen Besuchs in Yoshiwara zugezogen hat, nicht geheilt werden konnte. Der arme Mann hatte einen grässlichen Abgang, während ich an den engen Grenzen meines ärztlichen Könnens litt.

Zu meinem weiteren Kummer und Leidwesen habe ich die KvJ – sie hatten dieses Kürzel oder einfach nur ‚K' für ‚Karte(n) von Japan' vereinbart für den Fall, dass ihre Korrespondenz in die falschen Hände gerät *– von Ihnen bis heute nicht erhalten. Sie hatten mir geschrieben, dass Sie sie bereits im September geschickt hatten. Angesichts des schnellen Postwesens in Japans müssen wir nun davon ausgehen, dass sie verlorengegangen sind.*

Werter Freund, Ihnen ist genugsam bekannt, welchen großen Wert ich in dieses Stück lege, das mir und ganz Japan großen Ruhm bringen wird. Darum bitte ich Sie herzlich, die unglückliche Angelegenheit genauestens zu untersuchen. Wenn es erforderlich sein sollte, würde ich diese Bitte noch darum erweitern, dass Sie zwei neue Kopien anfertigen lassen und mir umgehend zusenden. Ich würde sie auf unterschiedlichen Wegen nach Europa verbringen lassen, denn es wäre doch bedauerlich, wenn ich mit dem Schiff unglücklicherweise untergehen sollte und dies schöne ehrenvolle Dokument nicht erhalten bliebe; es wäre ein großer Verlust für Kunst und Wissenschaft.

Weiter übersende ich Ihnen, um Ihr Wohlwollen zu erhalten, ein kleines, aus einem Uhrwerk verfertigtes Planetarium, das sich vorzüglich zum Unterrichten Ihrer Schüler eignet, sowie eine Beschreibung von Ezo und den Kurilen, die von meinem Freund Pistorius aus einem englischen Buch nur für Sie übersetzt wurde. Ich hoffe, dass Ihnen diese Nachricht willkommen sein wird, da die darin enthaltenen Beobachtungen teilweise mit denen von Mamiya übereinstimmen. Auch können Sie daraus entnehmen, wieweit die Russen über die Japaner unterrichtet sind. Ich nehme mir auch die Freiheit, Euer Hochwohlgeboren hiermit ein kleines Andenken zu senden, bestehend aus einer Säbelkoppel aus Goldborte, welches E. H. vielleicht angenehm sein wird, darin ein Zeichen der dauernden Freundschaft und Hochachtung zu erblicken von E.H. aufrichtigem Freund.

Dr. v Siebold

Siebold hatte durchaus gemischte Gefühle, als er diesen auch nach seinen eigenen Maßstäben aufdringlichen Brief per Kurier verschickte. Doch die Angelegenheit duldete keinen Aufschub mehr, im nächsten August würde sein Schiff ablegen, ob mit oder ohne seine wertvollen Landkarten. Zu seiner großen Überraschung hielt er schon nach weniger als vier Wochen Takahashis Antwort in den Händen.

An den werten und aufrichtigen Freund Dr. v. Siebold, auf Dejima zu Nagasaki,

mit größtem Bedauern habe ich vom Ableben unseres lieben Freundes Mendelssohn gelesen. Ich werde das Andenken dieses Mannes, mit dem wir eines der profundesten und philosophischsten Gespräche meiner wissenschaftlichen Laufbahn geführt haben, für immer in allerbester Erinnerung halten. Wie bedauerlich, dass ein so fruchtbarer Denker keine Schriften hinterlassen hat, die ihm sein eigenes Denkmal setzen könnten.

Was die KvJ betrifft, so bin ich bestürzt über ihren ungewissen Verbleib und die Notlage, in welche ich Sie dadurch gebracht habe. Ich sichere Ihnen zu, dass, wenn Sie diese Zeilen lesen, die Anfertigung von zwei weiteren Kopien bereits veranlasst ist. Es erfordert jedoch mindestens zwei Monate, um diese K. neu zu erstellen. Drei Mann wenden ihre ganze Zeit dafür auf. Wenn dieselbe wie versprochen in Batavia gedruckt sein wird, dann möchten Euer Hochwohlgeboren mir bitte 40 oder 50 Stück davon zukommen lassen.

Was die Beschreibung von Ezo angeht, ist sie mir unendlich wertvoll, weil sie eine wichtige Sache ist und man daraus schwerwiegende Folgerungen ziehen kann. Am allermeisten hat mich persönlich jedoch das kleine Planetarium berührt, dass sie mir als didaktisches Lehrmittel anempfohlen haben. Es zeigt mir, dass Sie tatsächlich versuchen, mit meinem Kopf zu denken und meine Vorlieben und Interessen so gut als möglich zu verstehen. Mit alldem kann ich meine wahren Gefühle nicht ausdrücken, indem ich Ihnen danke.

Bitte haben Sie noch etwas Geduld mit der bzw. den KvJ und geben Sie mir umgehend Bescheid, wenn die erste Sendung unverhofft auftauchen sollte.

Inzwischen habe ich die Ehre, mich Euer Hochwohlgeboren werter und wahrer Freund zu nennen.

S. Takahashi, alias Globius

Diese Nachricht beruhigte und beunruhigte Siebold gleichermaßen. Es war erfreulich zu lesen, dass Takahashi tatsächlich alles unternehmen würde, um seinem Teil des Tauschhandels nachzukommen. Doch das Verschwinden der Sendung mit der Landkarte war höchst merkwürdig angesichts der ausgezeichneten Organisation des Postwesens, vor allem bei so einem hochrangigen Absender. Siebold erkundigte sich bei den lokalen Kurierdiensten ganz allgemein, ohne den Verlust dieser speziellen Fracht zu benennen, ob dergleichen schon vorgefallen war. Er musste erfahren, dass Boten schon mehrmals von Straßenräubern überfallen und ausgeraubt wurden. Er erinnerte sich, von solchen Geschichten schon gehört zu haben. Besonders berüchtigt waren die Räuberbanden im Edo nahegelegenen Hakone-Gebirge, wo sich der streng bewachte Grenzposten befand, den er inzwischen gut kannte. Er hätte jedoch nicht gedacht, dass diese Wegelagerer es wagen würden, auch den Kurieren der Regierung aufzulauern. Nächtelang lag er wach und spielte alle Szenarien durch, wo die geheime Karte inzwischen abgeblieben sein könnte.

Die Hauptsache ist, dachte er immer wieder, dass sie nicht in die Hände von japanischen Autoritäten gelangt, die den wahren Wert des Inhalts einschätzen und die sicher beigefügten schriftlichen Dokumente übersetzen lassen könnten.

Doch auch in dieser gefährlichen Situation war das Glück wieder einmal auf Siebolds Seite. Zwei Wochen später traf das vermisste Frachtgut mit einem unterwürfigen Entschuldigungsschreiben des Leiters der Regierungspoststelle in Osaka bei ihm ein. Die Sendung war dort einfach liegen geblieben und vergessen worden. Die Erleichterung war so groß, dass Siebold seinen Jubel unterdrücken musste. Aufgeregt wies er seinen Diener in der Praxis auf Dejima an, das angelieferte Paket im Arbeitszimmer auf den Tisch zu legen und ihn damit allein zu lassen. Dann erbrach er feierlich das Siegel auf dem Knoten der Verschnürung, mit dem Takahashi es als hoher Beamter vor dem Zugriff Unbefugter schützen konnte. Er entfernte den dicken Krepp und eine längliche Holzkassette kam zum Vorschein. Diese war mit einem zweiten Siegel versehen, das er ebenfalls erbrach. Er entnahm die lange ersehnte Karte und breitete sie auf seinem Tisch aus. Da war sie! Takahashi hatte sie, wie Siebold es gewünscht hatte, eingenordet und erweitert, sodass Kyōtō nicht mehr aus Gründen der Staatsdoktrin in der Mitte lag. Der Maßstab war mit 1:864.000 der Standard für die weiträumigste Kartendraufsicht. Sachalin, das die Japaner *Karafuto* nannten, und die Hauptinsel *Ezo* waren jeweils auf einem Nebenblatt im Maßstab 1:432.000 beschrieben. Die Karten waren außerordentlich detailliert. Die Gebirgszüge enthielten viele Höhenangaben, alle mittelgroßen und großen Städte waren bezeichnet und die Küstenlinien mit allen Buchten und vorgelagerten Inseln genau definiert. Alle Namen waren in Katakana ausgeschrieben, sodass keine Übersetzung der schwierigen chinesischen Schriftzeichen Kanji erforderlich war, für die es noch kein Wörterbuch gab. Es fehlte bei allen Kartenblättern lediglich die *Mercator*-Projektion auf die internationale Konvention der Längen- und Breitengrade für die Navigation, die selbst der hervorragende Geograph Takahashi noch nicht beherrschte. Für Siebolds wissenschaftliche Zwecke war dieses Kartenwerk jedoch völlig ausreichend. Er war in diesem Moment der erste und einzige Ausländer, der über eine genaue Karte des japanischen Inselreiches verfügte und fühlte bereits den Ruhm, den er mit dieser einzigartigen Entdeckung in Europa ernten würde. Es wäre nun ein Erfordernis der Höflichkeit und Ehrlichkeit gewesen, dem Absender der Karten, der sich mindestens so viele Sorgen gemacht hatte wie ihr Adressat, umgehend ihren Erhalt zu bestätigen. Doch Siebold zögerte, Takahashi dies mitzuteilen. Er bevorzugte es, dass die Arbeiten an den beiden weiteren zugesagten Kopien der Karte weit genug fortgeschritten sind, bevor er ihn in Kenntnis setzt. Denn drei Karten sind sicher besser als nur eine. Der nächste Frühling kam. Jeder Tag war voller Studien, Forschungsarbeiten, Patientenbesuche, kurzen glücklichen Stunden mit der Familie und Reisevorbereitungen für den Herbst. Zur Kirschblüte, die Ende März auf Kyūshū beginnt und in zwei Monaten das Land bis in den hohen Norden durchwandert, pilgerte er mit Taki, Heinrich Bürger und Tsune zu einem hochgelegenen Shinto-Schrein mit Blick auf die malerische Bucht, wo sie gemeinsam Picknick machten, während die Kinder Ine und Asakichi miteinander spielten und im weißen Blütenregen tanzten. So vergingen fast drei Monate, bevor Siebold sein nächstes Schreiben an Takahashi aufsetzte.

Hochwohlgeborener Takahashi, gelehrter Freund Globius,

verzeihen Sie mir bitte mein langes Schweigen, das nur der erdrückenden Menge an Aufgaben und Pflichten geschuldet war, denen ich mich stellen musste. Dafür bringe ich Ihnen mit diesem Schreiben eine gute Nachricht. Ich habe die große Freude Ihnen anzuzeigen, dass die verschollenen KvJ auf-getaucht und wohlbehalten bei mir eingetroffen sind! – er vermied es, eine genaue Zeitangabe zu machen. *Sie werden darüber wohl nicht weniger erleichtert sein als ich. Sollten die Arbeiten an den beiden weiteren Kopien in dem von Ihnen erwarteten Maß fortgeschritten sein, so wäre ich sehr glücklich, auch diese noch zu erhalten. Und wenn Sie es nicht anmaßend finden, würde ich Sie sogar gerne noch um eine ähnlich kunstfertige und detaillierte Darstellung der Metropole bitten, in der Sie Ihr hohes Amt bekleiden* – damit sollte das Wort ‚Edo' umschrieben werden. *Die Unkosten dafür werde ich selbstverständlich tragen. Im Gegenzug erhalten Sie mit dieser Post einige Geschenke, die Ihnen nützlich sein könnten. Ebenso habe ich ein gesondertes Paket mit greifbaren Zeichen meiner Dankbarkeit geschnürt, das Sie bitte an Herrn Rinzō Mamiya für seine hervorragende Arbeit weiterleiten möchten.*

Bleiben Sie mir bitte immer gewogen, mein hochwohlgeborener Freund und Unterstützer!

Doktor v. Siebold, Dejima im März 1828

Wieder vergingen die Monate wie im Flug und Siebold wunderte sich zunächst nicht, dass er keine Antwort von Takahashi erhielt, weil er sich zuvor selbst so viel Zeit gelassen hatte. Der Sommer wurde wieder heiß und feucht, doch Siebold war bereits derart akklimatisiert, dass er darunter nicht mehr leiden musste. Im Gegenteil, er empfand die hohe Luftfeuchtigkeit in Verbindung mit der Hitze inzwischen als angenehm, vor allem im Vergleich zu den kalten Wintermonaten, für welche die dünnwandigen japanischen Gebäude schlecht ausgelegt waren. Die Pflanzen in den Gärten auf Dejima und in Narutaki blühten prächtig in einer einzigartigen botanischen Vielfalt. Sie vereinten auf kleinstem Raum einen wichtigen Teil von Japans reicher Pflanzenwelt. Siebold genoss nicht nur die Tage mit Taki, sondern auch die meisten Nächte, denn seine junge Frau zeigte eine nicht nachlassende Freude daran, das Kopfkissen mit ihm zu teilen und ihre fortschreitenden Liebeskünste an ihm zu erproben.

Siebolds Ansehen in der Stadt und in der ganzen Region hatte eine kaum noch steigerbare Höhe erreicht. Weiterhin behandelte er alle Patienten, ohne auch nur ein einziges Mal Geld dafür zu nehmen. Die Schüler, die aus dem ganzen Land nach Narutaki strömten, wurden immer zahlreicher, während jene, die schon länger bei ihm gelernt hatten, in ihre Provinzen zurückkehrten und selbst erfolgreiche Ärzte wurden. Die von Siebold zusammengetragenen botanischen, mineralogischen und völkerkundlichen Sammlungen hatten enorme Ausmaße angenommen und er wusste, dass er Jahrzehnte brauchen würde, um all diese Schätze auszuwerten, zu beschreiben und im gebildeten Europa bekannt zu machen. Deshalb war er erleichtert, als im August endlich die niederländische Fregatte *Cornelis Houtman* unweit vor Dejima vor Anker ging. Sie sollte die wertvolle Fracht des zum Naturforscher gewordenen Arztes über die Weltmeere sicher in die Heimat bringen und war ihm so ein weithin sichtbares Zeichen, dass sich die erste Phase seines wissenschaftlichen Lebenswerks ihrem Abschluss näherte.

Das Paket des Ausländers

Es war schon Mitte Mai in Edo, doch der Frühling wollte nicht aufhören. Die Luft war frisch und klar, die jährliche *Taifun*-Saison mit ihren warmen Stürmen, den täglichen Regengüssen und der hohen Feuchtigkeit ließ noch auf sich warten. Zur *Stunde der Schlange* kam ein Postbote vor Rinzō Mamiyas Haus im Kagurasaka-Viertel und rief mehrmals laut den Namen des Haushaltsvorstands, bis eine Bedienstete kam und die Tür aufschob. Der Bote nahm die Stange von der Schulter, band das Paket los, das am langen Ende in einem Stoffbeutel festgebunden war, und überreichte es, die obligatorischen Höflichkeitsbezeugungen murmelnd, mit einer tiefen Verbeugung. Dann lief er trabend davon.

Mamiya war tagsüber auf einer Exkursion zur Landvermessung nördlich von Edo. Als er abends heimkehrte, fragte seine Frau Mayumi ihn schon beim Hereinkommen, von wem dieses seltsame Paket sei. Rinzō nahm es aus dem Eingangsbereich mit ins Arbeitszimmer und legte es vorsichtig auf seinen Schreibtisch. Er ließ sich davor im Schneidersitz auf dem Tatami nieder, betrachtete es – und war im höchsten Maße alarmiert. Mayumi kam in das Zimmer, das sie in seiner Abwesenheit nie betreten durfte, und setzte sich zu ihm.

„*Anata-sama*, was seht Ihr so betroffen drein? Warum öffnet Ihr es nicht?" Sie war auf drängelnde Weise neugierig, und das war die Eigenschaft, die Rinzō, der sie wegen einer Vereinbarung zwischen ihren Familien heiraten musste, schon immer an ihr gestört hatte. Er war ein genauer, bedächtiger und gewissenhafter Mann, sie eine temperamentvolle, hübsche Plaudertasche, die den Weibertratsch liebte und gerne Gerüchte in Umlauf brachte. Auch ihn durchdrang eine große Neugierde bei der Erkundung des Unbekannten, aber das war ausschließlich auf das Wissenschaftliche begrenzt. Es waren gerade diese Vorsicht und Redlichkeit in allen Dingen, die ihn zu einem Naturforscher ersten Ranges gemacht hatten – aber auch das Wohlwollen Takahashis, der ihm bedingungslos vertraute.

„Sei still! Siehst du nicht, dass es das Paket eines Ausländers ist?"

„Aber hier ist doch der offizielle Stempel der Sternwarte, und hier der persönliche von Takahashi-sama?"

„Und was ist das hier? Das ist Holländisch. Die Verpackung ist auch nicht aus japanischem Karton, so wenig wie die Schnüre japanisch sind."

„Hmmm", sinnierte sie kurz, „das habe ich wohl gesehen. Müsst Ihr es aber nicht öffnen, wenn es direkt von Ihrem Vorgesetzten und Förderer Takahashi-sama kommt?"

„Willst du uns alle ins Unglück stürzen?" schrie er sie plötzlich an. „Du hast doch gar keine Ahnung, was da vor sich geht! Takahashi-san hat beim letzten Besuch der holländischen Delegation aus Nagasaki dem holländischen Arzt Landkarten überlassen. Das ist bald zwei Jahre her. Seitdem kann ich nicht richtig schlafen. Essen sowieso nicht. Schau dir an, was aus mir geworden ist! Haut und Haare sind grau geworden vor Sorge. Ich bin dürr wie ein Bettler. Bekommst du denn überhaupt nichts mit?"

Als er es aussprach, wusste er bereits, dass es ein schwerer Fehler war. Niemals hätte er seine Frau ins Vertrauen ziehen dürfen. Sie führten ein formales, freud- und liebloses Eheleben. Seit der Geburt des zweiten Sohnes hatten sie nicht mehr das Kissen geteilt. Er ging heimlich ins Bordell, wenn die Säfte es verlangten. Wie sie sich über Wasser hielt, wusste er nicht, wollte es auch nicht wissen. Wobei er sich gelegentlich doch fragte, wie sie über die Jahre so heiter und gelassen bleiben konnte. Sie in diese Zusammenhänge einzuweihen war nicht nur ein Fehler, weil er es gleich in einem der beliebten Klatsch-Magazine hätte veröffentlichen können, die auf den Märkten reißenden Absatz fanden. Sie zur Mitwisserin zu machen bedrohte auch ihr Leben und das ihrer beiden Söhne.

Doch Mayumi Mamiya war nicht dumm. In diesem Moment verstand auch sie, dass das Paket großes Unheil bedeuten könnte. Sie fühlte sich von ihrem Mann schon lange vernachlässigt. Dennoch hatte sie nie aufgehört, ihn für seinen Fleiß und seine unbedingte Zuverlässigkeit zu schätzen. Anders als ihre ebenfalls wenig glücklich verheirateten Nachbarinnen und Freundinnen ließ sie nie etwas auf ihn kommen und hütete sich davor, schlecht über ihn zu reden. Sie wusste, dass er ein guter und rechtschaffener Mann war und dass sie es hätte viel schlechter treffen können. Er hatte sie nie geschlagen, und dass er sie anschrie wie eben gerade, das war auch nur vorgekommen, wenn sie es wirklich verdient hatte, wie sie sich im Nachhinein immer eingestehen musste. Sie hatte also den Ernst der Lage begriffen und biss sich auf die Zunge für ihre frivole Neugierde. Reumütig sah sie ihn an. Ihr kluges Schweigen ermutigte ihn, sich nun doch endlich alles das von der Seele zu reden, was ihn so lange bedrückt hatte.

„Takahashi-san ist ein großer Wissenschaftler und ich bewundere ihn. Du hast Recht, er hat mich gefördert, und ich bin ihm für alle Zeiten zum Dank verpflichtet. Aber was er mit dem Holländer-Arzt gemacht hat, das war mehr als ein Fehler, es war ein Verbrechen. Er hat ihm Karten unseres japanischen Inselreichs gegeben, unter anderem meine Karte von Ezo. Er hat dafür im Tausch etwas erhalten, das für ihn höchst wertvoll war. Möglicherweise sogar für unser Land, das kann ich nicht beurteilen. Was aber, wenn dieser Shiboruto-sensei etwas ganz anderes im Schilde führt? Wenn er vielleicht sogar ein Spion für eine der barbarischen Nationen ist, die unsere Küsten unsicher machen? Weißt du eigentlich, wofür unsere Feinde Landkarten benutzen können, was ihren Wert ausmacht?"

„Nein", flüsterte sie demütig mit gesenktem Blick.

„Sie sind die wichtigsten Instrumente für Belagerungen und Invasionen. Deshalb ist es nach unseren Landesgesetzen die höchste Form von Hochverrat, Ausländern Landkarten von unserem Kaiserreich auszuhändigen. Takahashi-san war unglaublich naiv, das zu tun. Vielleicht war es auch nur Eitelkeit, um seinen wissenschaftlichen Ruhm zu mehren mit den Dokumenten, die er von dem Holländer erhalten hat. Takahashi-san ist der strahlende Stern unserer japanischen Wissenschaften. Doch seit diesem illegalen Tauschhandel habe ich das Gefühl, nur noch Goldfischscheiße zu sein, die an seinem glänzenden Arsch hängt und die zusammen mit ihm in das Netz unserer Obrigkeit gehen wird. Dabei denke ich nicht nur an die Strafe, die darauf steht, die unerbittlich hart sein wird und die auch unsere Familie treffen könnte. Ich habe noch viel mehr Angst um unser Land. Deshalb wäre es für mich schon eine Erlösung, wenn ich die Gewissheit haben könnte, dass der Arzt aus Nagasaki tatsächlich nur ein Wissenschaftler ist, der unseren holländischen Freunden die Landkarten übergibt, damit diese sie ausschließlich zu landeskundlichen Forschungszwecken verwahren."

„Was habt Ihr vor? Wie kann das Unglück verhindert werden, dass Takahashis Verrat auf uns zurückfällt?"

„Ich werde zur Polizei gehen und das Paket dort als unrechtmäßige Sendung eines Ausländers anzeigen. Die Landkarten werde ich nicht erwähnen, denn ich war kein Augenzeuge dieses Vorgangs."

Am nächsten Morgen begab Mamiya sich zur nächsten Polizeistation und legte das Paket ungeöffnet vor. Die Beamten waren sofort hellhörig, berieten sich und schickten einen Laufburschen mit einer kurzen Botschaft zur Hauptwache von Edo. Die wiederum sandte sofort einen Übersetzer und zwei Beamte als Zeugen, die der Öffnung des Pakets beiwohnen sollten. Nachdem das Postsiegel erbrochen war, fanden sie darin ein großes Stück von grobem, maschinengewobenem Baumwollstoff – ein beliebtes Geschenk der Holländer, da die Japaner noch keine mechanischen Webstühle kannten - und einen Brief. Sein Inhalt, eine Lobrede auf Mamiyas nordjapanische Expedition, wurde vom Dolmetscher laut verlesen und gleich übersetzt. Danach wurde Mamiya angewiesen, im Nebenzimmer zu warten, während die Polizisten sich wieder berieten.

Nach einer Weile kam Unterkommissar Konno, einer der Beamten aus der Hauptwache, allein in das Zimmer und setzte sich Mamiya gegenüber.

„Mamiya-san, das haben Sie gut gemacht. Sie sind ein pflichtbewusster Bürger. Ich freue mich, Ihnen mitteilen zu können, dass der Inhalt dieses ausländischen Pakets nichts enthält, was gegen unsere Gesetze verstößt und Ihnen zulasten gelegt werden könnte."

„Danke, Herr Unterkommissar!" stieß Mamiya erleichtert hervor, ohne an seinem Tonfall zu bemerken, dass Konnos Vortrag noch nicht zu Ende war.

„Dennoch gibt es da etwas, das unserer erhöhten Aufmerksamkeit bedarf. Aus dem Brief geht hervor, dass dieses Paket Bestandteil einer größeren Sendung war, die der Hofastronom Takahashi-san erhalten hat. Von ihm liegt uns jedoch keine Anzeige eines ausländischen Paketes vor. Außerdem lesen wir in dem Brief, dass es schon mehrfach schriftliche Korrespondenzen zwischen dem Holländer und Takahashi-san gab. Uns interessiert natürlich, was sich da ohne unser Wissen abspielt." Konno machte eine Pause, und Mamiya fühlte sich dadurch aufgefordert, etwas zu sagen.

„Wie kann ich Ihnen dabei helfen, Herr Unterkommissar."

„Gut, dass Sie von selbst auf diese Frage kommen. Nun, Sie werden sich Takahashi-san gegenüber so verhalten, als sei nichts geschehen. Sie waren nicht hier auf der Polizeistation und haben keine Anzeige erstattet. Sie werden niemandem von unserer Unterredung erzählen, auch nicht ihrer Familie. Ich nehme Ihnen unter Eid dieses Versprechen ab. Haben Sie das verstanden?"

„Ja, Herr Unterkommissar, ich habe verstanden!"

Hinter dem Horizont glühte noch die mächtige Strahlenkrone einer versunkenen Sonne, die den Himmel über Kyūshū dem Reich des Zwielichts vermachte. Auf dem bewaldeten Gipfel des Kuju-san saßen zwei riesige Gestalten in der jungen Abenddämmerung, die eine nervös auf den Fersen hockend, die andere mit übereinandergeschlagenen Beinen meditierend. Sie blickten von diesem höchsten Punkt der südlichen Hauptinsel über die Baumwipfel hinweg in Richtung der Bucht von Nagasaki. Der Berg wurde von den Einheimischen gemieden. Götter und Dämonen sollten dort wandern. Jenen, die ihnen begegneten, verbrannten die Augen. Wenn sie zuvor gute Diener der heiligen Kulte des jeweiligen Gottes oder Geistes waren, dann wuchs ihnen ein unsichtbares drittes Auge und sie wurden Seher. So wie eine junge Frau aus dem Fischerdorf Himi am Fuße des Unzendake, die vor hundert Jahren an den bewaldeten Hängen seltene Kräuter und Pilze sammelte, als sie plötzlich vor dem wilden Sturmgott stand.

„Die Barbaren beladen wieder ihre Schiffe mit Unseren Reichtümern", fauchte der gewaltige *Susanoo* durch die Reihen seiner spitzen Reiß- und Sägezähne. „Jahrhunderte sehe Ich ihnen nun zu, wie sie die edlen Metalle fortbringen, deren Erze Meine kleinen Menschen mühsam aus der Erde schürfen, um damit Handel zu treiben und es in Meinen Schreinen zu opfern."

„Warum ist Dir das wichtig? Hast Du keine anderen Sorgen?" fragte Buddha gleichmütig.

„Es ist Mein Blut, das sie rauben, Mein Land, Meine Felsen, Mein Gestein, Mein Erz, Mein Metall, Meine empfangenen Opfergaben, Mein, Mein, Mein! Und es sind Deine Worte, Deine Schriften, Deine Bilder und Statuen, die sie entführen. Das kann Dir doch nicht an Deinem fetten *Daruma*-Arsch vorbeigehen." Der kolossale Buddha linste zuerst schnippisch nach beiden Seiten auf seine üppigen Hüften, dann setzte er ein noch zufriedeneres Gesicht als vorher auf.

„Alles Dasein ist Leiden", antwortete er im Ton endgültiger Weisheit, „und Du bist ein schönes Beispiel dafür, warum sich dieses Rad des Unglücks immer weiterdrehen wird. Der Zorn ist es, welcher der Welt erst ihr trauriges und sinnloses Gewicht gibt. Ich übe mich stattdessen in Geduld und erwarte die Auflösung von alledem. Um aber auch Deinem Unmut gerecht zu werden: Erinnere Dich an den Dämon aus dem Westen! Er wird Dir vielleicht auch helfen, die Barbarenplage loszuwerden, denn er klang nicht gerade wie ein Freund von ihnen."

„Er hat bei seiner Ankunft ohne Meine Erlaubnis den Unzen entzündet und die Küste überschwemmt. Das vergesse Ich ihm nicht", schnaubte Susanoo vor Wut und trat mit seinem mächtigen Fuß auf den Boden, dass der Berg und die Landschaft um sie herum bebte.

„Was *Du* nicht vergessen solltest, das ist der Pakt, den Wir mit ihm geschlossen haben. Lass ihn walten, störe seinen Plan nicht und warte auf Deinen Lohn. Du sahst sehr zufrieden aus mit dem, was er dir versprach."

„Und noch einmal verstehe Ich Dich nicht. Wie kannst Du ihm trauen? Er ist ein Fremder. Weder kennen Wir seine Macht – was für ein Gott oder Dämon ist er eigentlich –, noch das, was Du seinen Plan nennst."

„Dich juckt Deine ewige Lust zum Widerspruch."

Susanoo ließ seinem Hinterteil einen gewaltigen Furz entweichen, dessen brüllender Lärm und beißender Gestank alle Tiere vom Berg vertrieb. Buddha blieb ungerührt sitzen.

„Ja, so wird's sein", antwortete Susanoo zufrieden darüber, dass er verstanden wurde.

„Dann walte Deines Amtes, Du Unruhegeist und Verwüster", forderte Buddha ihn gleichmütig lächelnd auf.

Der Taifun

Das Beladen der *Cornelis Houtman* konnte erst später als geplant beginnen, weil vorher Reparaturen durchgeführt werden mussten. Mitte September überwachte Siebold persönlich den Transport der großen, versiegelten Kisten auf die Fregatte. Da nach den geltenden Gesetzen nur die Ladung der einlaufenden, nicht aber die der auslaufenden Schiffe von den lokalen Autoritäten inspiziert wurden, war die Verladung eine unkomplizierte Routine. Doch am Nachmittag des 17. September 1828 wurde der Wellengang so hoch, dass die *Sampans* und Kähne zu kentern drohten. Am frühen Abend machte Siebold barometrische Messungen, und die zeigten das Aufziehen eines enormen Tiefdruckgebietes an. Er ließ Taki mit der kleinen Ine nach Narutaki bringen und blieb selbst für alle Fälle auf Dejima. Die Dunkelheit kam früher als sonst, eine schwarzgraue Wolkenfront verschlang den Horizont. Siebold arbeitete bis spät in die Nacht zwischen noch nicht verladenen Kisten am Schreibtisch an den Frachtlisten und verfasste seinen Bericht für das Generalgouvernement, als draußen der Wind deutlich heftiger wurde und erste herumfliegende Gegenstände einen beunruhigenden Lärm erzeugten. Siebold wollte sich zunächst nicht ablenken lassen, stand dann aber doch auf und ging zur Tür, um sie vorsichtig zu öffnen. Der Druck war so groß und sie sprang mit solcher Wucht auf, dass es ihn beinahe umgeworfen hätte. Er ging hinaus, schloss sie mit Mühe wieder hinter sich zu und tastete sich eng an die Häuserwände gepresst vor bis zu seinem Garten. Den fand er bereits zerzaust und sich rauschend den heftigen Böen hingebend. Zumindest waren noch alle Gewächse da. Er lugte um die Ecke und spähte hinaus auf die Bucht. Dort sah er das Positionslicht der *Cornelis Houtman* in der Dunkelheit heftig schwanken. Der Sturm wurde immer stärker und wühlte nun auch das Meer auf. Die Wellen zerbrachen auf den Felsbrocken an der Wasserlinie zu unheimlichen weißen Blumen aus hochschießender Gischt, die vom Wind gleich wieder in Fetzen gerissen und über die Insel gefegt wurden. Siebolds Gesicht wurde unter den feinen Nadelstichen der Tropfen nass und er schmeckte das Salz auf seinen Lippen. Er schlich zurück zu seinem Haus und wollte die Fensterläden von innen verschließen. Doch mit jedem Moment wurde der Sturm rasender. Plötzlich lösten sich einzelne Tonschindeln von den Dächern, wirbelten mit dem Wind und zerschmetterten auf der Straße, eine knapp neben ihm. Allmählich fing Siebold an, sich zu sorgen. In seinem Haus angekommen, konnte er sich nicht mehr auf seine Arbeit konzentrieren und lauschte dem Tosen des Windes. Der legte sich kein bisschen, sondern schwoll immer weiter an. Dann begann das zweistöckige Gebäude, knackende Geräusche von sich zu geben. Es stemmte sich gegen die Kraft des Orkans und schien diese auch auszuhalten. So ging es eine Weile, bis Siebold merkte, dass der Lärm im oberen Stockwerk schlagartig zugenommen hatte. Er ging vorsichtig die Treppe hinauf. Als er am Treppenabsatz ankam, blieb er dort stehen, um sich umzusehen. In diesem Moment wurde das Dach seines Hauses mit einem einzigen explosiven Krachen hochgehoben und fortgerissen. Siebold erschrak beinahe zu Tode. Die Wand zur Seeseite knickte ein wie Papier und er stand plötzlich im Freien. Er ging rückwärts drei Stufen zurück und schützte sein Gesicht mit dem Unterarm, wollte aber noch sehen, was weiter passiert. Der Wind schob die Möbel an die gegenüberliegende Wand, ein Stuhl flog an ihm vorbei und durchschlug mit Wucht das Fenster, bevor auch diese Wand kippte und zusammen mit allen Möbeln hinunter auf die Straße stürzte. Der Lärm war ohrenbetäubend. Bevor er sich zurückzog, wollte Siebold noch einen kurzen Blick auf die Bucht werfen, die jetzt offen vor ihm lag. Ein kaltes Leuchten lag auf der Wasseroberfläche, das von den über die Bucht rasenden Wolken reflektiert wurde. Es war ein gespenstischer Anblick, als ob der *Leviathan* leibhaftig aus der Tiefe aufsteigen und an Land gehen würde, um alles zu verwüsten. Was Siebold aber viel mehr erschreckte, war die Tatsache, dass die Positionslichter der *Cornelis Houtman* nicht mehr zu sehen waren! Panik ergriff ihn. Er stürzte die Treppe hinunter und lief zur Tür, um das Haus seines Nachbarn auf der gegenüberliegenden Straßenseite zu erreichen, das noch unbeschädigt war, um dort Unterschlupf zu suchen. Der Schutt seines eigenen Hauses und die zerschmetterten Möbel versperrten ihm den Weg. Bei dem Versuch, darüber hinwegzusteigen, merkte er, dass er sich nicht festhalten konnte. Siebold kroch auf allen Vieren, als ein in loses Brett herangeflogen kam und ihm so hart auf den Rücken schlug, dass er aufschrie. Er wollte sich in den Fugen zwischen den Brettern seiner herausgerissenen Holzwand festkrallen, doch der Wind schlug mit unerbittlicher Kraft auf ihn ein und schob ihn weg. Wenn er losgelassen hätte, wäre er selbst wie ein Spielzeug durch die Luft geflogen. Er trat vorsichtig den Rückzug an, um wieder in den Windschatten seines Hauseingangs zu gelangen. Dort angekommen, öffnete er vorsichtig die Tür, ohne sicher zu sein, ob der Wind nicht auch schon im Erdgeschoss alles eingerissen hat. Doch Wände und Decke standen noch. Zitternd schloss er die Tür hinter sich. Die Erinnerung an den furchtbaren Sturm, den er auf der *Drie Gezusters* erleben musste, nachdem sie die schiffbrüchigen Japaner aufgelesen hatten, kehrte zurück. Damals war ihm zwar auch nicht wohl, vor allem, weil sie auf offener See dem Ertrinken ausgeliefert waren, aber das war erstaunlicherweise nichts im Vergleich zu der Angst, die er gerade empfand. Diesmal stand alles auf dem Spiel, nicht nur sein Leben, sondern sein ganzes Werk, das ihm inzwischen wichtiger war als die eigene Existenz. Anders konnte er sich seine elende Furcht nicht erklären. Regen peitschte jetzt die Treppe herunter, die zu einem nicht mehr vorhandenen Stockwerk führte. Er verkroch sich in eine Ecke des Zimmers, ließ sich zwischen den Kisten nieder und dachte an Taki. Sie war mit Ine zum Glück in Narutaki, aber Siebold hoffte inständig, dass das solide Haus den Kräften des Windes auch widerstehen konnte. Sie machte sich sicher furchtbare Sorgen um ihn, und das war auch berechtigt. Draußen wütete weiter der Sturmgott und schob die Wellen aufs Land. Die steinernen Mauern des Erdgeschosses hielten den anrollenden Wassermassen stand. Siebold dämmerte erschöpft vor sich hin in dieser Kulisse aus dem furchtbarem Brüllen des Sturms, dem Widerschein zuckender Blitze und dem Geräusch des prasselnden Regens, der gegen die Reste seines Hauses trommelte. Irgendwann schlief er ein.

Am frühen Morgen wachte er mit schmerzendem Rücken auf. Die Wände standen noch und er ging vor die Haustür, um das Ausmaß der Schäden zu erfassen. Er fand die Reste seiner Hauswand und alle Möbel weggefegt, die Straße war bis auf die Haufen zerschmetterter Schindeln leer. Die Welt um ihn herum war bleich und grau. Der Sturm war vorbei, aber es wehte noch ein starker Wind. Er war allein. Als er zu seinem Garten kam, schnürte sich sein Hals zu. Er stand vor einem Trümmerfeld. Die Bäume waren geknickt oder ganz ausgerissen, die Sträucher sowieso, und alle Blumen, Farne und Kräuter lagen da wie niedergemäht, erst vom Wind zerzaust, dann vom Salzwasser überspült. Am Ufer hatten sich tote Meerestiere und angeschwemmte Algen aufgetürmt. Vermutlich waren es die phosphoreszierenden Lebewesen unter ihnen, die vom Meeresgrund massenhaft aufgewühlt den seltsamen Lichtschimmer in der Nacht abgegeben hatten, dachte er bei sich. Schlimmer noch war der Blick hinaus auf die Bucht. An den Hängen konnte er die Verwüstung sehen. Leblos lagen dort die sonst herrlich grünen Wälder am Boden wie Haufen von verlorenen Zündhölzern. Dächer waren abgedeckt und viele der dünnwandigen Holzhäuser eingebrochen. Sie sahen aus wie zusammengefaltet. Doch seine erste Sorge galt nur einer Frage: Wo war die *Cornelis Houtman*? Kein Zeichen von ihr, soweit er blicken konnte. Sie war einfach verschwunden.

Kurz darauf traten auch die anderen Holländer vor ihre Häuser. Einige von Siebolds Schülern und Übersetzer kamen auf die Insel, um nach ihm zu sehen. Sie trafen sich in seiner verwüsteten Praxis.

„Sensei, das war ein unheimlicher Sturm. Es war ein Taifun, aber dafür ist es gerade nicht die Saison, viel zu spät", konstatierte Ryōsai Kō in brüchigem Holländisch. Er wollte möglichst sachlich wirken, war aber selbst noch zu aufgewühlt von den Erlebnissen der vergangenen Nacht. Sein eigenes Haus war zerstört worden und seine Frau wäre dabei fast umgekommen. Da trat überraschend Opperhofd Meijlan ein. Er sah sich um, suchte einen freien Platz zum Sitzen und fand ihn auf einer Kiste.

„Guten Morgen, die Herren. Ich wollte Ihnen, lieber Dr. von Siebold, nur kurz berichten, was mir der *Opperbanjost* gerade hat mitteilen lassen. Was möchten Sie zuerst hören, die gute oder die schlechte Nachricht?"

„Bitte die Gute zuerst, das brauche ich jetzt."

Meijlan überlegte. „Nun, wenn ich es recht bedenke, dann sind beide Nachrichten nur eine, und ob die gut sein kann, das ist zu bezweifeln."

„Machen Sie es nicht so spannend!"

„Die *Cornelius Houtman* ist zwar nicht gesunken", – er ließ eine kurze Kunstpause – „aber sie ist einige Meilen von hier gestrandet und dabei stark beschädigt worden. Ihr Bug, so wurde mir berichtet, hat sich in ein Haus am Ufer gebohrt und eine ganze Familie getötet."

Alle schwiegen betreten. Siebold wusste noch nicht, was und wie er fühlen sollte.

„In der Nacht hat sich eine der chinesischen Dschunken hier im Hafen gelöst und ist gegen unser Schiff geprallt. Dabei riss die Ankerkette und es ist zuerst aufs Meer hinausgetrieben, um dann an die Küste zurückgeworfen zu werden. Es ist seit der Gründung dieser Handelskolonie noch nie passiert, dass eines unserer Schiffe seinen Anker verliert und abtreibt, geschweige denn strandet. Die Mannschaft ist übrigens wohlauf, die Takelage nicht beschädigt. Aber der Rumpf."

Siebold versuchte sich zu beherrschen, denn die Erleichterung, die jetzt bei ihm überwog, wollte er nicht zeigen.

„Wie sieht es mit den anderen Schäden aus? Menschliche Opfer?"

Meijlans Blick verdüsterte sich. Er hatte bereits in der kurzen Zeit, die er auf Dejima war, die Japaner schätzen gelernt, denn sein freundliches Wesen wurde von ihnen mit noch mehr Liebenswürdigkeit beantwortet. Er war auch der Einzige, der keinerlei Neid oder Vorbehalt gegenüber Siebold und seinen Erfolgen im Umgang mit Japanern hatte.

„Es gibt noch keinen vollständigen Überblick, aber allein die menschlichen

Verluste gehen in die Tausende. Die Häuser haben dem Druck des Taifuns nicht standgehalten und viele ihrer Bewohner wurden in ihnen begraben. Andere sind erschlagen worden von umherfliegenden Gegenständen. Die Windgeschwindigkeit soll bis zu hundertsechzig Meilen betragen haben. So etwas hat man in dieser Gegend noch nie beobachtet. Es war ein Jahrhundertsturm. Der Opperbanjost lässt ausrichten, dass es sich um einen göttlichen Sturm gehandelt haben muss, eine Strafe. Er weiß nur noch nicht wofür. Er hat sich auch sehr besorgt gezeigt, dass unser Schiff beschädigt wurde. Doch er muss nun nach den geltenden Gesetzen handeln und die gestrandete *Cornelis Houtman* so behandeln, als wäre sie gerade erst eingelaufen. Die gesamte Ladung muss wieder gelöscht werden, und zwar nicht nur, um das Schiff zu reparieren und wieder flott zu machen, sondern auch zu Inspektion."

Siebold fühlte, wie ihm ein kalter Schauer den Nacken hochkroch. An Bord befanden sich mehrere Kisten mit höchst kompromittierenden Gegenständen. Zum Glück hatte er die Karten noch nicht verladen lassen, aber es gab Zeichnungen von japanischen Waffen und Soldaten, unerlaubte Pflanzen und die vielen Landschaftsbilder, die sein Zeichner Tojosuke auf der Hofreise angefertigt hatte. Und ein Objekt, an das er in diesem Augenblick gar nicht denken wollte.

„Opperhofd, können wir diese mühsame Prozedur nicht umgehen? Ich befürchte, dass meine Sammlungen vollständig durcheinander gebracht werden, wenn sie in meiner Abwesenheit durchsucht werden."

„Nein, der Opperbanjost hat mir mitteilen lassen, dass er sich in dieser Sache und besonders in einer solch dramatischen Situation auch zu seinem eigenen Bedauern an den Buchstaben des Gesetzes halten muss."

„Könnte ich in diesem Fall wenigstens bei der Inspektion zugegen sein?"

„Auch das ist nicht möglich. Im Gegenteil. Bis diese Amtshandlung abgeschlossen und in Nagasaki die öffentliche Ordnung wiederhergestellt ist, wird Ihnen auch das Privileg entzogen, sich an Land frei bewegen zu dürfen. Es tut mir leid, aber Sie werden sich für einige Wochen mit unserem eingeschränkten Leben auf Dejima begnügen müssen. Sie wissen, ich sage das mit ehrlichem Bedauern, denn Ihre Arbeit hier scheint für die niederländische Krone höchst wertvoll zu sein."

Das war die wirklich schlechte Nachricht. Doch Siebold konnte seinen Vorgesetzten darüber nicht ins Bild setzen.

Das Wappen des Shōgun

Nach wenigen Tagen zog Taki und die kleine Ine für die Zeit nach Dejima, die Siebold jetzt dort verbringen musste. Es waren voraussichtlich die letzten Wochen seines Aufenthalts in Japan, die sie natürlich in seiner Nähe verbringen wollten. Ihnen war in Narutaki nichts passiert und das Haus war erstaunlicherweise unbeschädigt geblieben. Denn in der Nachbarschaft hatte es Brände gegeben, und das Feuer hätte durch heftigen Funkenflug und brennende Holzstücke, wie wie Brandbomben umherflogen, beinahe auf Narutaki übergegriffen. Man sprach deshalb auch von einem *Feuerregen*, der den gespenstischen Sturm begleitet haben soll. Allmählich zeichnete sich auch das ganze Bild der Verwüstung ab, die dieser größte Taifun seit Menschengedenken auf Kyūshū hinterlassen hatte. Die Zahl der Opfer war auf über vierzehntausend gestiegen. Sie waren unter ihren Häusern begraben worden, verbrannt oder am flachen Ostufer, wo die *Cornelis Houtman* gestrandet war, in der Sturmflut ertrunken.

Die geschickten Zimmermänner auf Dejima brauchten weniger als eine Woche, um das obere Stockwerk von Siebolds Haus wiederherzustellen und bewohnbar zu machen. Anders sah es bei der Instandsetzung der *Cornelis Houtman* aus. Die Japaner waren zunächst mehr mit dem Wiederaufbau ihrer Häuser beschäftigt. Es gab keine freien Handwerker, die sich um das niederländische Schiff kümmern konnten. Erst als Opperhofd Meijlan den Statthalter von Nagasaki bedrängte, dieser Aufgabe eine höhere Priorität zu geben, weil ein verspätetes Auslaufen der Fregatte im Frühling schwierig und gefährlich wäre, wurden von Seiten der lokalen Autoritäten Kapazitäten freigemacht. Die japanischen Schiffbauer hatten keine Erfahrung mit solchen riesigen Schiffen, für die es im ganzen Land keine Werft gab. Obwohl die Holländer in zwei Jahrhunderten immer wieder angeboten hatten, die Japaner auch in der hohen Kunst und Wissenschaft des Schiffbaus zu unterrichten, hatte man es immer wieder abgelehnt, weil der Bau hochseetüchtiger Segelschiffe seit Beginn des Sakoku streng verboten war.

Die *Cornelius Houtman* lag am Ufer wie ein gestrandeter Wal und neigte stark zur Seite. Trotzdem durfte die Besatzung das Schiff wegen der geltenden Gesetze nicht verlassen. Der erste Schritt war zwangsläufig das Löschen der Ladung, nicht nur zur erforderlichen Inspektion, sondern auch um den Rumpf leichter zu machen. Allein Siebolds Fracht machte neunundachtzig große Kisten aus, zusammen so groß wie ein ganzes Haus. Dann legten die Arbeiter einen zehn Fuß hohen und dreißig Fuß breiten Damm rund um das Schiff an, der ein Becken von vierhundertfünfzig Fuß Länge bildete. Zuerst wurde das Seewasser ausgeschöpft, um den Boden unter dem Rumpf auszuschachten. Man befestigte dann Fässer, Bäume und Bambusstauden, um für den nötigen Auftrieb zu sorgen, sobald das Becken geflutet würde. Dann musste zur See hin eine Rinne ausgehoben werden, damit das Schiff ins Meer gleiten konnte. Diese Arbeiten waren äußerst mühsam und kosteten viel Zeit, weshalb die Beamten sich zunächst nicht mit der Ladung befassten. Siebold konnte all das nur aus der Ferne durch die Berichte seiner Schüler und der Dolmetscher beobachten, ohne irgendeinen Einfluss darauf zu nehmen. Die Gewissheit, dass die Inspektion unausweichlich kommen würde, raubte ihm den Schlaf. Taki bemerkte seine Unruhe, doch er konnte sich ihr nicht anvertrauen, schon allein zu ihrem Schutz.

Wochenlang passierte nichts. Bis eines Tages Opperhofd Meijlan den Arzt offiziell und ohne Angabe von Gründen zu sich rufen ließ. Siebold hatte ein übles Gefühl im Magen, als er sich in Begleitung von Meijlans Sekretär zum Sitz des Oberhaupts der Handelskolonie geleiten ließ. Meijlan saß mit ernstem Gesicht hinter seinem Schreibtisch.

„Dr. von Siebold, ich habe ein beunruhigendes Schreiben von Honda no Kami erhalten, dem obersten Statthalter von Nagasaki, der Ihnen ja auch persönlich bekannt ist. In äußerst umständlichen Formulierungen versucht er darin, mir das Ergebnis der Untersuchung unserer Ladung zu erläutern. Es gibt wohl ein Problem hinsichtlich einiger Gegenstände in Ihren Frachtkisten, die nicht näher benannt sind. Er bittet mich Ihnen mitzuteilen, dass ein Emissär heute Abend zu Ihnen kommen wird, um den Sachverhalt zu klären. Durch die Blume will er mir damit sagen, dass er den inoffiziellen Weg gehen möchte. Sie werden verstehen, dass ich mit dieser Nachricht nichts anfangen kann. Diese ganze Angelegenheit kommt mir auch rätselhaft vor. Der gute Honda no Kami ist ansonsten ein Mann klarer Worte. Können Sie mir mehr dazu sagen?"

„Das würde ich gerne tun, doch ohne zu wissen, was das Anliegen ist, kann ich Ihnen auch keine bessere Auskunft geben." Siebold log, doch die aufkeimende Hoffnung, es könnte für ihn doch noch gut ausgehen, war einfach stärker als sein Bedürfnis, seine Sorgen mit seinem Vorgesetzten zu teilen.

„Nun, dann gehe ich wenigstens davon aus, dass ich nach Ihrer Besprechung mit dem Emissär mehr darüber erfahren werde."

„Selbstverständlich. Ich bin nun selbst etwas beunruhigt, denn weder habe ich eine Vorstellung, worum es gehen könnte, noch fällt diese Prozedur in den Rahmen des Üblichen."

Die verbleibenden Stunden spielte Siebold alle Szenarien durch. Würde man ihm unangenehme Fragen stellen und erst dann Schwierigkeiten machen, wenn er nicht die Wahrheit sagt? Wussten sie bereits alles, hatten sie alles entdeckt? War das Ganze nur die Vorbereitung einer formellen Anklage, die eigentlich schon feststand? Am Abend traf der Hafenkommissar, ein kleiner, knotiger Mann mit Luchsaugen, in Begleitung des Oberdolmetschers Sinsajemon Sujenaga in Siebolds Praxis ein. Dass man den hochangesehenen und mit Siebold seit langem befreundeten Sujenaga gewählt hatte, konnte nur bedeuten, dass man die Angelegenheit auf der Basis von Diskretion und Vertrauen verhandeln wollte. Das war ein gutes Zeichen.

„Verehrter Shiboruto-sensei", setzte der Kommissar an und Sujenaga übersetzte, was gar nicht nötig gewesen wäre, da Siebold ihn gut verstand. „Ich werde mich kurz fassen. Die Sache ist so delikat, dass ich nicht zu Ihnen persönlich auf Japanisch darüber sprechen möchte. Alles, was ich von Ihnen erwarte ist, dass ich, nachdem Sujenaga Ihnen alles auf Holländisch erläutert und eine entscheidende Frage gestellt hat, mit der richtigen Antwort von Ihnen dieses Haus verlassen kann." Er nickte zu Sujenaga.

„Sensei, das Hafenkommissariat und der Statthalter sind sehr betroffen über die Funde, die bei der Untersuchung der Kisten mit Ihren Sammlungen gemacht wurden. Es geht um solche verbotenen Gegenstände wie buddhistische und schintoistische Statuetten, Zeichnungen von Waffen und Soldaten sowie von Landschaften, die offensichtlich während der Hofreise gemacht wurden. Vor allem aber geht es um einen heiligen Gegenstand von allerhöchstem Wert, einen Übermantel mit dem Tokugawa-Wappen aus dem Besitz unseres Herrschers, des Shōgun Ienari. Sie müssen wissen, dass das Wappen des Shōgun tragen zu dürfen die höchste Auszeichnung im ganzen Reich ist. Sie verleiht grenzenlose Macht, bedeutet aber ebenso die Pflicht zur bedingungslosen Treue. Die Schwertträger des Shōgun gehören als *Kaishakunin* zu den wenigen Besitzern und Trägern seines Wappens. Es gehört zu ihren Pflichten, den machtigen Daimyōs beim Seppuku zu sekundieren und ihnen den Kopf abzuschlagen. Alle die genannten Dinge dürften sich niemals im Besitz von Ausländern befinden. Genauer gesagt, jedem japanischen Untertan ist es bei Todesstrafe verboten, solcherlei Gegenstände einem Ausländer zu übergeben. Der Statthalter, seine Stellvertreter und der Hafenkommissar gehen zu Ihren Gunsten davon aus, dass Sie als Ausländer unsere strengen Gesetze nicht im Einzelnen kennen. Nun gibt es allerdings eine Möglichkeit, und zwar nur eine einzige, diese Sache aus der Welt zu schaffen, um großen Schaden von allen Beteiligten abzuwenden. Denn die japanischen Edikte zum Umgang mit den niederländischen Schiffen verbieten nur, dass die genannten und viele weitere verbotene Gegenstände aus dem Land *ausgeführt* werden. Die Untersuchung der Fracht der *Cornelis Houtman* war jedoch der Form nach die Inspektion eines gerade eingelaufenen Schiffes. Die *Einfuhr* verbotener Gegenstände bezieht sich nur auf christliche Bibelwerke in jeglicher Sprache und Waffen, sofern diese nicht ausdrücklich vorher vom Bakufu bestellt wurden."

Natürlich! Daran hatte Siebold bei seinen verzweifelten Überlegungen gar nicht gedacht.

„Da die *Cornelis Houtman* nun mit der inspizierten Fracht wieder auslaufen soll", fuhr Sujenaga fort, „gibt es nach Ansicht des Statthalters und des Hafenkommissars nur eine Lösung. Sie müssen die verbotenen Gegenstände allesamt übergeben, und zwar ohne schriftliche Quittierung. Sie dürften gar nicht existieren. Das müssen sie auch nicht, wenn Sie dieser Prozedur zustimmen. Anderenfalls sieht sich der Statthalter allerdings dazu gezwungen, eine gründliche Untersuchung zu veranlassen, Ihr Haus zu durchsuchen und Sie auf Dejima festzuhalten, bis der Sachverhalt in allen Einzelheiten geklärt ist."

Siebold konnte dem Oberdolmetscher und dem Hafenkommissar ansehen, wie unangenehm ihnen das Überbringen dieser Nachricht war. Es ging also auch darum, dass sich die lokalen Autoritäten von Nagasaki vor dem Zorn des Bakufu schützen wollten. Dazu hielten sie sich genau an den Buchstaben des Gesetzes und verweigerten jede Interpretation. Ihre Aufgabe war dessen Anwendung, nicht seine Auslegung. Sie stellten sich dumm, um gemeinsam mit Siebold ihrer sicheren Bestrafung zu entgehen. Denn das Bakufu würde, wenn auch nur die geringste Spur des Verdachtes auf illegalen Handel mit Ausländern aufkäme, mit unerbittlicher Härte durchgreifen und alle Beteiligten zur Verantwortung ziehen. Erleichtert durch die freudige Einsicht, doch noch einmal davongekommen zu sein, überschlug Siebold die Chancen und Kosten dieses Vorgehens.

„Gesetzt den Fall, ich würde der inoffiziellen und entschädigungslosen Beschlagnahmung meiner wissenschaftlichen Gegenstände zustimmen, die Sie verboten nennen, was würde mit ihnen geschehen? Sollen sie den vorherigen Besitzern wieder zugeführt werden?"

„Nein, sie werden vernichtet. Es hat sie nicht gegeben, verstehen Sie?"

Siebold war erleichtert, denn das bedeutete, dass man keine Namen von ihm wissen wollte. Das wäre ausgeschlossen gewesen. Er hätte niemals die Namen seiner Zuträger und Helfer verraten. Um die Zeichnungen, insbesondere die von der Hofreise, brauchte er sich keine Sorgen zu machen. Das waren nur Kopien, die verschickt werden sollten. Er hatte noch alle Originale. Nur der Verlust des wertvollen Mantels, den er von Habu im Tausch gegen die Herstellungsmethode von *Atropin* erhalten hatte, würde ihn schmerzen. Das war jedoch ein geringes Opfer angesichts einer polizeilichen Untersuchung und seiner zeitweisen Verhaftung, die sicher in eine schwerere Strafe münden würde, wenn es – was angesichts der Sachlage unausweichlich gewesen wäre – zum Prozess kommen sollte.

„Ich willige ein und hoffe, dass die Angelegenheit damit erledigt ist. Ich möchte mich auch für die Unannehmlichkeiten entschuldigen, die sie seiner Exzellenz Honda no Kami bereitet haben muss."

Der Hafenkommissar hatte sofort verstanden und nickte nur. Damit war die Unterredung beendet. Siebold berichtete Opperhofd Meijlan am nächsten Morgen erleichtert von einigen Zeichnungen, die den Anstoß der Inspekteure erregt hätten. Er erklärte ihm auch die seltsame Prozedur, mit der die Sache sprichwörtlich aus der Welt geschaffen wurde, was Meijlan beinahe amüsierte. Damit war alles ausgestanden und Siebold konnte sich wieder in Ruhe seiner Arbeit und seiner Familie widmen.

Otaki erlebte ihn in den folgenden Tagen zum ersten Mal seit Wochen wieder so heiter, gelöst und zuversichtlich, wie sie ihn immer gekannt hatte. Sie bereitete auf seinen Wunsch hin ein herzhaftes japanisches Mahl mit *Nabemono* zu, einen Eintopf aus Huhn, Shiitake und Algenblättern, der gerne in der kalten Jahreszeit gegessen wurde. Ine war bei ihrer Amme untergebracht und das junge Ehepaar hatte diesen einen Abend endlich einmal ganz für sich. Nach dem Essen tranken sie zusammen Likör.

„Firippu, willst du mir nicht sagen, was dich in letzter Zeit so bedrückt hat? Ich habe dich noch nie so erlebt. Selbst als Menderuson-san gestorben war, sahst du weniger verzweifelt aus." Siebold war auf diese Frage vorbereitet.

„Du hast Recht, Taki. Manchmal führt meine Arbeit mich an Grenzen, an denen Wissenschaft, Forschung, Politik und unser eigenes Schicksal sich unentwirrbar zu einem festen Knoten zusammenziehen. In diesen Momenten muss ich mich entscheiden, ob und wie ich diesen Knoten durchtrenne. Die Wahrheit ist dazu nicht immer das richtige

Werkzeug. Denn häufig ist das, was heute wahr und richtig ist, kurz darauf unrichtig und falsch. Diese Entscheidungen fallen mir so schwer wie jedem anderen, und eine solche musste ich schon vor einiger Zeit treffen. Die Konsequenzen dieser Entscheidung hatte ich nicht immer unter Kontrolle, und deshalb habe ich mir Sorgen gemacht."

„Heißt das, du hast etwas Unrichtiges und Falsches getan, damit es in Zukunft richtig und wahr wird?"

Er hatte sie wieder einmal unterschätzt. Sie hörte genau zu und wägte jedes seiner Worte ab. Es war beinahe unheimlich, wie zielsicher sie seinen Konflikt benannte und dabei den kritischen Geist Mendelssohns zwischen ihnen wiederauferstehen ließ. Er fühlte sich schmerzhaft an das letzte Gespräch mit seinem Freund an dessen Totenbett erinnert. Dabei wollte er doch nur so vage bleiben, um sie zu beschützen. Er durfte sie auf keinen Fall zur Mitwisserin seiner gefährlichen Unternehmungen machen.

„Die Zukunft, meine Liebste, ist auf meiner Seite. Das nennen wir in Europa Fortune. Dieses Talent... diese Gabe muss ich nutzen, solange ich sie noch habe. Ich werde bald, in wenigen Jahren, nach Japan zurückkehren. Doch dann werde ich ein in allen zivilisierten Nationen anerkannter Wissenschaftler sein und über ganz andere Mittel verfügen als heute. Es wird mehr Freiheit geben, wir werden zusammen dein Land bereisen und ich werde es weiter erforschen. Ich werde dich bei den angesehensten Familien des japanischen Adels einführen und du wirst selbst dem Shōgun als meine Frau vorgestellt. Ich werde sein Berater sein und wir haben dann zusätzlich zu Narutaki ein beträchtliches Anwesen in Edo. Das ist die Zukunft."

Diesen Teil seiner Antwort auf Takis Frage hatte er nicht vorbereitet und war überrascht, sich dabei zuzuhören. Noch nie hatte er seine Wünsche derart umfassend und zugleich konkret formuliert.

„So gefällst du mir wieder, Firippu, so kenne ich dich", sagte sie sichtlich erleichtert. „Was auch immer du getan hast – ich vertraue dir, so wie ich dir mein Leben und das unserer Tochter anvertraut habe."

Otaki entließ daraufhin den malaiischen Diener und sie gingen ins Schlafgemach im Obergeschoss, das noch nach frisch gezimmertem Holz roch. Wieder schien der Vollmond durch ihr Fenster, und in seinem unwirklichen Licht liebten sie sich so leidenschaftlich und innig wie in den ersten Nächten auf Dejima. Es sollten ihre letzten glücklichen und unbeschwerten Stunden sein.

Hypermnesia

Am nächsten Morgen stand Siebold mit zwei Gehilfen in seinem Garten und war mit dem Bewässern und Düngen der Beete beschäftigt, die immer noch Spuren der Zerstörung durch den Orkan trugen. Er war bester Laune. Die Sonne war über die Berge im Osten geklettert und bestrahlte einen Himmel, der sich von ihrem weißgelben Strahlenkranz aus nach Süden und Westen hin in ein tiefes, frisches Blau neigte. Nach dieser außergewöhnlichen Liebesnacht mit seiner Frau war Botanisieren die angenehmste Tätigkeit, die er sich vorstellen konnte. Da kam ein Diener von Meijlan angelaufen und überbrachte hastig und ohne Umschweife seine Nachricht.

„Meester, der Opperhofd möchte Sie sprechen."

„Jetzt? Ich bin hier noch nicht fertig und auch nicht ordentlich gekleidet." Er trug ein Leinenhemd mit hochgeschlagenen Ärmeln, Gärtnerhose, Kniestrümpfe und Halbschuhe, jedes Stück davon mit dem Dreck ehrlicher Gärtnerarbeit beschmutzt.

„Es duldet keinen Aufschub. Der Vorsteher will Sie umgehend sehen."

Siebold wies seine Gehilfen noch kurz an, was sie als nächstes tun sollten, und folgte dann dem Diener. Als er sein Büro betrat, stand Meijlan mit hinter dem Rücken verschränkten Armen vor dem Fenster und blickte hinaus. Er drehte sich zunächst nicht um und sagte nichts. Er erwiderte nicht einmal den Gruß seines Stabsarztes. Dann sprach er wie zu sich selbst.

„Ich hatte gedacht, wir hätten das Schlimmste überstanden. Ich dachte, der Sturm sei vorüber, wir haben alle Schäden behoben und können uns wieder unseren Geschäften widmen. Denken! Hoffen! Wünschen! Vielleicht war ich naiv."

Dann drehte er sich um und setzte sich an seinen Schreibtisch.

„Nehmen Sie Platz, Siebold." Er verzichtete auf die Nennung seines Ranges und jede höfliche Anrede. Siebold war alarmiert. Meijlan fixierte ihn mit finsterem Blick, als er auf dem gepolsterten Holzstuhl Platz genommen hatte.

„Letzte Nacht ist ein Schnellboot aus Edo eingetroffen. Ich wurde aus dem Bett geholt und musste den persönlichen Übersetzer des Stadthalters Honda no kami empfangen. Er hat mir diese Depesche ausgehändigt, die direkt vom Bakufu kommt. Sie ist eigens auf Holländisch

verfasst. Ungewöhnlich, nicht wahr! Bitte, lesen Sie."
Siebold nahm die Schriftrolle entgegen, während er fühlte, wie der
Boden sich unter ihm öffnete.

An den Holländischen Kapitan

Betrifft: Den Holländischen Chirurgen Siebold

*Der Obengenannte ist während der Edo-Reise verschiedentlich mit
TAKAHASHI Sakusaemon zusammengekommen und hat von diesem auf
seine Bitten Karten von Japan und Ezo und andere Dinge erhalten, um de-
rentwillen TAKAHASHI in Edo einem Verhör unterworfen worden ist. Wir
werden also Siebolds gesamten Besitz, einschließlich seines Gepäcks, unter
Amtsverschluss nehmen, alles in Ihrem Beisein öffnen und überprüfen und
die Dinge, die der Ausfuhrsperre unterliegen, beschlagnahmen.*

*Wir bitten Sie, hiervon Kenntnis zu nehmen und dafür Sorge tragen zu wol-
len, dass Herr Siebold bei dieser Kontrolle keine Schwierigkeiten macht und
die Beamten nicht in ihrem Tun hindert.*

Im 11. Monat des 11. Jahres Bunsei

*durch Vermittlung eines Dolmetschers
dem Kapitan ausgehändigt*

„Hat der Bote sonst noch Weiteres berichtet?" fragte Siebold tonlos, wohl
wissend, dass sein Vorgesetzter sicher keine Fragen, sondern Antworten
von ihm hören wollte. Doch Meijlan hatte Siebold noch nie so betroffen
gesehen, was ihn etwas milder stimmte.
„Nein, natürlich nicht. Aber Ihr Freund Sujenaga kam unmittelbar
danach zu mir, um den Ernst der Lage zu schildern und was er im Büro
des Statthalters mitbekommen hat. Letzten Monat wurden der Hofastronom Takahashi und weitere Personen in Edo verhaftet. Er wird verhört,
weil er die Namen aller Mittäter und Mitwisser preisgeben soll. Das Bakufu hat den Eindruck gewonnen, einer Verschwörung auf die Spur gekommen zu sein. Man ist sich in Edo nur noch nicht sicher, welche Rolle
Sie dabei spielen. Da geht es den japanischen Autoritäten nicht besser als
mir. Siebold, haben Sie außer diesem Mantel mit dem Wappen des
Shōgun tatsächlich noch weitere verbotene Gegenstände versucht außer
Landes zu bringen?"
„Ja, es stimmt. Ich habe japanische Landkarten von Takahashi erhalten. Doch die habe ich bereits mit dem letzten Schiff nach Batavia geschickt. Sie sind in Sicherheit", log Siebold, um gleich nachzusetzen. „Ich

dachte, den Mantel mit dem Tokugawa-Wappen, die Statuen und die Zeichnungen sollte es nie gegeben haben. War das nicht die Vereinbarung mit dem Hafenkommissar und dem Statthalter?"

„Und ich dachte schon, *ich* sei naiv", seufzte Meijlan resigniert. "Sie sind doch schon lange hier in Japan und sollten das Land und seine Leute inzwischen besser kennen. Glaubten Sie wirklich, dass ein japanischer Beamter in der Lage wäre, einen derart heiligen Gegenstand mit dem Symbol der höchsten Macht tatsächlich zu zerstören?" Siebold wurde heiß und kalt zugleich. „Der Statthalter Honda no Kami und seine engsten Mitarbeiter sind seit letzter Nacht in größter Panik. Sie befürchten, dass die von ihnen klug vertuschte Mantel-Affäre jetzt doch noch auffliegt und auf sie zurückfällt. Denn es gibt zu viele Mitwisser, und jeder von ihnen sieht das Leben seiner Familie und Freunde zurecht bedroht, wenn das Bakufu die Angelegenheit an sich reißt und mit der ihm eigenen, unerbittlichen Härte durchgreift. Sie wissen ja, was das dann bedeutet."

„Ich will gar nicht daran denken. Wie viel Zeit habe ich noch?"

„Zeit? Wofür?" fragte Meijlan verständnislos.

„Es gibt einige Gegenstände, die ich vor der Durchsuchung verschwinden lassen muss. Das ist auch zu Ihrem Schutz und um den weiteren Betrieb der Faktorei nicht zu gefährden." Eigennutz ist immer ein starkes Motiv, um sich auf Kompromisse einzulassen, hoffte er. Meijlan stutze tatsächlich und überlegte.

„Ich kann Ihnen vielleicht etwas Zeit verschaffen. Zunächst werde ich offiziell um nähere Auskünfte bitten, da dies ein einzigartiger Vorgang in unseren jahrhundertelangen freundschaftlichen Beziehungen ist. Dann kann ich behaupten, dass ich auf Ihr Gepäck und Ihre wissenschaftlichen Sammlungen keinen Zugriff habe, weil sie kein Teil der wirtschaftlichen Mission der Faktorei sind. Damit hätten Sie drei, höchstens vier Tage Zeit, um alles in Ordnung zu bringen. Reicht Ihnen das?"

„Es muss reichen. Und jetzt entschuldigen Sie mich bitte, ich mache mich sofort an die Arbeit."

Siebold konnte nicht einen Moment lang innehalten, um das Schicksal seines Freundes Takahashi zu bedauern. Er wollte nicht einmal überlegen, welche weiteren verbotenen Gegenstände er besitzt, wo sie verstaut sind und wie er sie beseitigen könnte. Er dachte nur an die Landkarten. Eine Panik hatte ihn ergriffen, die alles andere verdrängte. Wie könnte er diese wertvollsten Schätze seiner Forschung vor dem Zugriff der japanischen Autoritäten bewahren? Er würde die Originale zweifellos den Beamten des Statthalters übergeben müssen. Wie leichtsinnig es von ihm war, keine Kopien angefertigt zu haben, als es dazu noch Zeit gab! Von Takahashi und Rinzō Mamiya wusste er, dass es Wochen oder sogar Monate dauern konnte, die wissenschaftlich brauchbare Kopie einer Landkarte zu erstellen.

Da fiel ihm plötzlich etwas ein, woran er lange nicht mehr gedacht hatte. Es war nur ein Hoffnungsschimmer. In seinem Haus angekommen gab er Taki den Auftrag, sich mit Ine umgehend nach Narutaki zu begeben, keine Fragen zu stellen und ihm einfach zu vertrauen. Auch die Diener schickte er weg. Er konnte jetzt keine Zeugen gebrauchen, nur absolute Ruhe. An die Tür hing er das Schild, die Praxis sei in den nächsten Tagen geschlossen und nur Notfälle würden behandelt. Er betete, dass Letztere ihm erspart blieben. Dann räumte er seinen großen Arbeitstisch frei, holte Takahashis Karten aus ihrem Versteck in der doppelten Wand seines Behandlungsraumes, breitete sie aus, fixierte sie mit Kupferwürfeln und betrachtete sie lange, wie um sich die vielen Details einzuprägen. Im Obergeschoss holte er schließlich aus der Schlafzimmerbibliothek sein wichtigstes Hilfsmittel für die nächsten Stunden und Tage, die *Secretum Tabularorum Magnorum*, das rätselhafte Buch über das *Geheimnis der Großen Karten*, das ihm als weiteres Geschenk von Don Mastema vor fünf Jahren bei seiner Abfahrt von Batavia zugestellt worden war. Er hatte es auf der Reise nach Japan nicht gewagt, Anmerkungen auf das wertvolle, antik anmutende Pergament zu kritzeln, fand jetzt aber die Papierstückchen wieder, die als Lesezeichen immer noch zwischen den Seiten lagen. Eine Stelle war ihm besonders wichtig, und er fand sie sofort. Er setzte sich mit dem Buch aufs Bett, stellte die Schreib- und Lesestütze wie eine Brücke über seine Beine und legte den Folianten darauf.

„Von der Hypermnesie

Eine einmal erstellte Landkarte zu kopieren ist zu einem viel geringen Anteil eine Sache der zeichnerischen Geschicklichkeit, als die vorangegangenen Kapitel es vielleicht glauben machten. Selbstverständlich sind ein scharfes Auge und die präzise Führung der geübten Hand unerlässlich, um aus einer Karte zwei oder eine größere Zahl identischer Karten zu machen. Doch es sind nicht die Augen in unserem Gesicht, die dafür bemüht werden müssen, sondern das innere Auge unseres GEISTES. Die Übertragung aller Einzelheiten von einem Kartenblatt auf das andere, das Hin- und Herwandern des Blicks und das ständige Vermessen der Abstände und Proportionen mit Zirkel und Lineal ist eine mühsame und langwierige Arbeit, die Wochen und

Monate erfordern kann. Ein einziger Fehler dabei setzt sich unvermeidlich fort und macht die Karte wertlos. Daher ist es erforderlich, einen ‚Blick' für das GANZE zu erlernen. Ich nenne diese Methode HYPERMNESIE. Als Gegenstück zur Amnesie befähigt sie das Gedächtnis, Bilder in einzigartiger Genauigkeit zu erinnern und wiederzugeben.

Dazu muss der Kopist die ursprüngliche Karte betrachten und sich in einen Zustand versetzen, der das Auge des Geistes öffnet. Dieser wird am besten erreicht, indem ein laufendes Uhrwerk oder, in Ermangelung dessen, ein Behältnis mit Wasser aufgestellt wird, dem durch ein Leck Tropfen entweichen, die in einem Bassin aufgefangen werden. Die Monotonie solcher Klänge kann den Kopisten in einen Wachschlaf wiegen, den ich ebenfalls mit einem griechischen Wort als HYPNOSE bezeichne. In diesem hypnotischen Wachschlaf soll der Kopist seine Gedanken leeren und die Karte in ihrer Gänze mit allen Eigenschaften in seinen Geist aufnehmen. Er soll die Karte WERDEN, sie soll sein ganzes Sein erfüllen. Dazu ist es erforderlich, dass der Kopist seinen Geist von allen anderen INHALTEN leert, um Platz zu machen für die Große Karte, die nichts anderes ist als ein Bild der göttlichen Schöpfung. Um diese Entleerung des Geistes zu erreichen, haben uns die Stoiker der Antike die MEGALOPSYCHIA überliefert. Es ist der gedankliche Flug des Adlers, der sich in aufsteigenden Kreisen immer weiter über alles Irdische erhebt, alles Menschliche vergisst und als reiner Geist eins wird mit der Welt als Ganzem. Dabei können roter Wein und folgender wiederholt gedachter oder geflüsterter Ausspruch hilfreich sein:

'Nihil cogito, mundum sum, tabula sum'

Dieses Exerzitium dauert, solange es erforderlich ist. Es können Stunden oder Tage sein. Es lässt sich nicht verkürzen. Sein Ende ist evident, denn der Kopist wird mit einem schlagartigen Bewusstsein der völligen Verfügung über die Karte aus der HYPNOSE erwachen.

Von diesem Moment an kann der Kopist jederzeit eine vollständige Kopie der ursprünglichen Karte wiedergeben, denn sie ist IN IHM. Er hat sie mit seinem geistigen Auge in sich aufgenommen und kann sie von da an sogar blind zeichnen. Er KANN in diesem Zustand der hypermnetischen ERLEUCHTUNG keine Fehler machen."

Hypermnesia, Hypnose, Megalopsychia – Siebold kannte keinen dieser Begriffe aus irgendeinem anderen wissenschaftlichen Werk. Auf der Seereise von Batavia nach Nagasaki hatte er dieses Kapitel gelesen es zwar reichlich mystisch gefunden, aber doch faszinierend. Da fiel ihm ein, dass er das Buch nie Mendelssohn gezeigt hatte. Er hätte ihm vielleicht mehr über seine Hintergründe und den Autor sagen gekonnt. Doch im Moment kam es nur auf eines an, die schnellstmögliche Erstellung von Kopien der Landkarten, die er von Takahashi erhalten hatte. Es leuchtete Siebold ein, dass die Reproduktion einer Landkarte wesentlich zügiger zu erreichen ist, wenn man eine genaue Vorstellung von ihr hat, wenn sie also wie in einem einzigen Wurf als Kunstwerk aus einem selbst entspringt. Es war unvermeidlich, er musste diese eigentümliche Methode der Hypermnesie ausprobieren. Er ging wieder hinunter, holte ein Flasche Wein und ein Kristallglas aus der Küche, nahm das Metronom vom Fortepiano und stellte alles auf seinem Arbeitstisch ab. Das Gerät hatte er direkt von seinem Erfinder erworben, dem in Amsterdam lebenden Mechaniker und Orgelbauer Dietrich Nikolaus Winkel. Es sollte bei der Prozedur das Ticken des Uhrwerks und das Tropfen des Wassers ersetzen. Siebold entkorkte den Wein, schenkte sich ein und trank einen großen Schluck. Es war noch nicht einmal Mittag, doch draußen war es dunkel geworden. Ein Gewitter zog auf.

Um Ruhe in seinen Geist einkehren zu lassen, blickte er zunächst auf die vor ihm ausgebreitete Karte. Wie erstaunlich präzise sie war! Dieser Gedanke beruhigte ihn. Er erinnerte sich an die Geschichte, die Takahashi ihm über den Kartographen erzählte, der vor dreißig Jahren die Grundlagen für die erste Karte von Gesamtjapan gelegt hatte. Er hieß *Inō Tadataka* und war den größten Teil seines Lebens ein erfolgreicher Sake- und Reishändler auf dem Land gewesen. Dann, im rüstigen Alter von fünfzig Jahren, verkaufte er sein Geschäft, packte seine Siebensachen und machte sich mit seinem angesparten Vermögen auf nach Edo, um dort bei Takahashis Vater, dem *Rangakusha* Yoshitoki Takahashi, westliche Mathematik, Geometrie und Astronomie zu studieren. Fünf Jahre später erhielt er vom Shōgunat die Erlaubnis, das japanische Kaiserreich auf seine eigenen Kosten zu vermessen. So begann die große Wanderung Tadatakas, kreuz und quer durch das ganze Land, durch alle Täler, entlang der endlosen Küsten und über alle Inseln. Über zwanzigtausend Meilen soll er gewandert, geritten und gesegelt sein, fast zwanzig Jahre lang, und dabei alles in einem speziellen Schritt vermessen haben, den er sich antrainiert hatte und der immer gleich lang war, egal in welchem Terrain er sich bewegte. Zwanzig Jahre Wanderschaft durch Japan! Von Norden nach Süden und von Osten nach Westen – und wieder zurück. Siebold ließ sich von diesem wundervollen Gedanken davontragen. Er hatte seine Augen fest auf die Karte geheftet und marschierte nun gemeinsam mit seinem geistigen Führer Tadataka im Takt ihrer gleichmäßigen Messschritte die Linien der Küsten, Flüsse, Seen und Höhenzüge ab, durchquerte die Ebenen, Wälder und Felder Nippons und setzte mit ihm über zu den unzähligen Inseln des Reichs, die im gleißenden Licht eines hohen Mittags wie Geschenke der Sonnengöttin Amaterasu vor ihnen ausgebreitet lagen.

Am Morgen des übernächsten Tages klopfte es an der Tür. Jemand musste das Schild ignoriert haben oder es war ein Notfall. Als Siebold die Tür aufschloss, stand ihm Tsujiro Yoshio gegenüber, einer der Unterdolmetscher der Faktorei.

„Sensei!" rief er erschrocken, „Sie sehen furchtbar aus!"

„Keine Sorge, Yoshio-san, es geht mir gut. Treten Sie ein." Siebold hatte vergessen, dass er ihn zur Übersetzung japanischer Texte für diesen Tag bestellt hatte. Er kannte Yoshio aus Edo, wo er als Dolmetscher an der Sternwarte gearbeitet und die dortige Unterredung mit Takahashi begleitet hatte. Danach gab er seinen Posten dort auf und folgte Siebold nach Nagasaki. Seitdem waren über zwei Jahre vergangen, Yoshio hatte umfangreiche Übersetzungsarbeiten für Siebold erledigt und ihn als Dolmetscher zu Audienzen bei japanischen Fürsten begleitet. In dieser Zeit waren sie Freunde geworden. Doch Siebold hatte ihn nie in die gesamte Transaktion mit Takahashi eingeweiht.

„Ich habe hart gearbeitet und zwei Nächte lang nicht geschlafen. Die Vorbereitungen für meine Abreise nehmen alle Kräfte in Anspruch. Es gibt immer noch viel zu tun. Hier, ich habe eine Nachricht über neueste Forschungen zur Kurilen-Frage erhalten. Das müsste dringend übersetzt werden."

Yoshio nahm das Dokument aus Siebolds Händen und setzte sich stumm an den Arbeitstisch. Etwas stimmte nicht mit ihm. Er war sonst ein aufgeweckter, stets gutgelaunter Zeitgenosse. Siebold hatte eine Vermutung.

„Hier, sehen Sie", sagte er, und zog dabei eine Schublade seines Schreibtischs auf. „Der Chronometer ist immer noch da und wartet darauf, an Sie übergeben zu werden. Doch im Moment habe ich keine andere gute Uhr und bitte Sie, ihn noch ein paar Tage bei mir zu lassen."

Er hatte Yoshio versprochen, ihm das Instrument bei seiner Abreise als Andenken und Zeichen seiner Freundschaft zu schenken. Doch diese Nachricht beruhigte Yoshio kein bisschen, wie Siebold an seinem schmerzverzerrten Gesicht sehen konnte. Plötzlich stand Yoshio auf und warf das holländisch-japanische Wörterbuch, das er in den Händen hielt, krachend auf seinen Arbeitsplatz.

„Das ist es nicht, Sensei!" Er rang mit den Worten. „Jetzt werde ich der schlechteste Japaner sein, der dem Kaiser dient!" Er schrie beinahe und verdrehte die Augen zur Decke.

„Und ich glaube, Sie sind verrückt geworden", antwortete Siebold ganz ruhig. Er konnte diesen theatralischen Auftritt nicht ganz ernst nehmen. Außerdem war er trotz seiner Müdigkeit leicht euphorisch und entspannt, denn er hatte kurz zuvor die Kopierarbeiten mit so guten Ergebnissen abgeschlossen, wie er es niemals für möglich gehalten hätte.

„Nein", entgegnete Yoshio laut und entschieden. Dann machte er wieder eine Pause. „Die Sache mit der Karte ist verraten. Ich komme gerade vom Amtssitz des Gouverneurs, der mich rufen ließ. Man kennt den gesamten Hergang, weiß welchen Anteil ich daran habe und dass ich Ihr Vertreter und der Freund von Takahashi-sama bin. Ich wurde verhaftet und musste einen Bluteid leisten, um wieder entlassen zu werden. Man nahm mir den Schwur ab, dass ich die Landkarte von Ihnen zurückholen und auskundschaften werde, ob und wo Sie noch andere verbotene Gegenstände aufbewahrt haben. Ich hatte sogar den Auftrag, einige verbotene Bücher mitzubringen, die als gravierende Beweismittel dienen sollen." Dann setzte sich Yoshio wieder. „Ich enthülle Ihnen all das, weil mein Leben nichts mehr wert ist", ergänzte er resigniert. Siebold wusste, dass er Recht hatte. Doch er war verwirrt darüber, dass es zur offiziellen Anfrage der Autoritäten, die an Meijlan gegangen war, noch eine weitere Order gab, die Karten auf inoffiziellem Wege wieder in japanischen Besitz zu bringen. Außerdem sprach Yoshio nur von einer einzigen Karte. Gab es wohlmöglich zwei Befehlsketten in der Verwaltung, die nicht voneinander wussten, dass sie sich mit demselben Fall beschäftigten? Oder war es ein verspäteter Versuch der Autoritäten von Nagasaki, um doch noch ungeschoren davonzukommen? Obwohl die Enthüllung Yoshios jetzt doch wie ein Stein auf Siebolds Brust lag, weil er den Preis kannte, den sein Freund würde bezahlen müssen, keimte in ihm die Hoffnung, dass die Angelegenheit zumindest für seine vielen Helfer in Nagasaki glimpflich ausgehen könnte. Vielleicht wäre auch Yoshio noch zu helfen, indem er ihm eine der Originalkarten, die er nicht mehr brauchte, einfach aushändigt.

„Yoshio-san, Sie werden die Karte bekommen. Das Leben meiner Freunde ist viel wertvoller als irgendwelche japanischen Landkarten. Wir wollen versuchen, damit das Schlimmste zu verhindern. Aber sagen Sie mir, wie es zu diesem Verrat gekommen ist. Wissen Sie darüber etwas?"

„Es war ein Paket, dass Sie über Takahashi-sama an Rinzō Mamiya schicken ließen. Mamiya-san hat es entsprechend unseren Landesgesetzen zur Polizei gebracht, wo es unter Aufsicht der Beamten geöffnet wurde. Er ist der Verräter."

„Aber das ist doch schon über ein halbes Jahr her. Wieso erfahren wir erst jetzt davon?"

„Mamiya-san wurde unter Strafandrohung verboten, darüber zu sprechen. In der Zwischenzeit wurde Takahashi-san von Polizei und Spitzeln überwacht. Man wollte sich in der Sache wohl ganz sicher sein, bevor man einen so hoch angesehenen Wissenschaftler im Regierungsdienst anklagt. Mitte November umstellte die Polizei Takahashi-sans Haus, verhaftete ihn und führte mehrere Tage lang eine gründliche Durchsuchung durch. Er wurde in einem Kago abtransportiert, das mit einer blauen Kordel versiegelt war, und schließlich gefesselt ins Gefängnis geworfen. Das wird nur bei besonders schweren Verbrechen so gemacht. Seitdem wird er dort verhört und gefoltert."

Siebold war entsetzt von dieser Nachricht. Er sah jetzt nicht nur viel klarer, wie schlimm es um Takahashi stand, sondern er musste auch erkennen, dass es sein eigener Fehler war, der zu diesem ‚Verrat' geführt hat, der gar keiner war. Denn, auch das verstand er sofort, Mamiya hatte nichts anderes als seine Pflicht getan. Er wusste sehr wohl von dem nicht autorisierten Tausch von Landkarten gegen Bücher. Schließlich ging es auch um seine Karte von Ezo, die ein wichtiger und höchst wertvoller Bestandteil dieses Handels war. Denn allein mit ihr würde Siebold in Europa beweisen können, dass Sachalin keine mit dem russischen Festland verbundene Halbinsel ist, sondern eine Insel, die rechtmäßig zum japanischen Reich gehört. Doch der Mitwisser Mamiya scheint nichts von dem klandestinen Tauschhandel verraten zu haben, sonst wäre Takahashi sicher viel früher verhaftet worden. Siebold wurde bewusst, wie sorglos er geworden war. Die Affäre um Habus Übermantel mit dem Shōgunatswappen konnte er noch dem *Göttersturm* anlasten. Diesmal war es jedoch seine eigene Schuld, denn sein Vorgehen war viel zu leichtfertig angesichts der bösen Intelligenz des japanischen Polizeistaats. Er, der es wirklich besser hätte wissen müssen – dabei dachte er an Meijlans Vorwurf –, hatte unterschätzt, wie gewissenhaft, klug und ausdauernd die japanischen Regierungsbehörden beim geringsten Anfangsverdacht eines Deliktes verfahren, in das Ausländer verwickelt sind. Er stellte sich vor, wie erstklassige Dolmetscher in Edo den Regierungsbeamten seine Korrespondenz mit Takahashi übersetzten und mühelos die albernen Kürzel entschlüsselten, mit denen die beiden versucht hatten, ihre Briefe unlesbar zu machen.

In Siebolds Kopf rasten die Gedanken. Wie sollte er vorgehen? Zwei Parteien forderten Landkarten von ihm zurück, die eine Partei mehrere Landkarten, die andere Partei nur eine. Er konnte Meijlan nicht sagen, dass er die Karten bereits an Yoshio ausgehändigt hat, ohne ihn, der ihm den Zeitvorsprung besorgt hatte, vorher zu konsultieren. Er konnte auch Yoshio nicht mit leeren Händen wegschicken, zumal nicht nach seiner Zusage, ihm helfen zu wollen.

„Yoshio-san, gehen Sie bitte kurz in die Küche und warten Sie dort auf mich. Ich will Sie nicht mit dem Wissen belasten, wo ich die Karte versteckt habe." Er nannte sie bewusst im Singular.

Yoshio nickte stumm und ging wie befohlen in die Küche. Siebold öffnete das Fach in der doppelten Wand des Besprechungszimmers und nahm eine der Karten heraus. Er rollte und schnürte sie zusammen. Damit ging er in die Küche zu Yoshio.

„Das hier ist das Dokument, eine Karte von Ezo, die der Verräter Mamiya selbst erstellt hat. Es ist die einzige Karte, die ich erhalten habe. Das sollte den Gouverneur zufrieden stellen."

Überrascht nahm Yoshio die Rolle entgegen. Dass Mamiya selbst in den Tauschhandel verwickelt sein könnte, das war ihm gar nicht in den Sinn gekommen. In dem Moment hellte sich auch seine Miene auf, denn er sah einen Hoffnungsschimmer. Und er bewunderte seinen holländischen Freund für diese elegante Volte, mit der er den Urheber dieses Verrats selbst in die Verantwortung zog und zugleich Takahashi entlastete. Siebold bemerkte seinen Stimmungswandel und lächelte ihn ermutigend an. Dabei wusste er genau, dass er dabei war, einem rechtschaffenen Mann einen Prozess anzuhängen, in dem nur er und Takahashi angeklagt sein sollten. Er spielte auf Zeit und hoffte, mit diesem Bauernopfer andere Leben und sich selbst retten zu können. Es war immer noch möglich, dass es bei den verschachtelten japanischen Behörden gar nicht den entschlossenen Willen gab, diese Sache unnachgiebig zu verfolgen, sondern man wollte es vielleicht auf einer oder mehreren Ebenen ebenso regeln, wie bei dem endeckten Mantel mit dem Tokugawa-Wappen. Siebold musste dazu nur andeuten, dass der Verräter auch der Verbrecher war, der Takahashi nur verleumdet hatte, um sich selbst zu schützen. Er machte sich keine Illusionen, wie fadenscheinig diese Argumentation war, aber er zählte auf das Glück, das er in diesen Dingen bisher gehabt hatte, weil er in Japan immer von einer großen Zahl von Gönnern beschützt wurde, die er zum Teil gar nicht kannte. Über allem, was er bis dahin getan hatte, lag ihre schützende Hand. Er musste diese Wette eingehen. Meijlan war dabei nicht seine Sorge, denn es war nicht auszuschließen, dass die japanischen Autoritäten es gar nicht wagen würden, weiter auf ihrer Forderung nach ‚den Landkarten' zu bestehen. Schließlich war Dejima nicht Japan, sondern ein holländischer Außenposten, ein extraterritoriales Gebiet mit streng geregelten diplomatischen Beziehungen zum Festland. Zugleich waren die Niederlande die einzige Verbindung Japans zum Rest der Welt. Es gab, so dachte er, Hunderte, Tausende, vielleicht sogar zigtausende gebildete Japaner im ganzen Reich in einflussreichen Stellungen, die diese wertvolle Beziehung keinesfalls für ein paar Landkarten riskieren würden. Er glaubte, damit wieder in der Offensive zu sein und den Ansturm der Zweifler und Verhinderer des kulturellen Austauschs zwischen den Nationen stoppen zu können. Yoshio verabschiedete sich, gezeichnet vom Kampf seiner widerstreitenden Gefühle. Siebold warf sich erschöpft auf sein Bett und fiel sofort in tiefen Schlaf.

Zwanzig Stunden später, es war schon wieder Morgen, wachte er auf und wunderte sich, dass er bis auf die Schuhe immer noch seine verschmutzte Gärtnerkleidung trug. Er wusch sich, kleidete sich wieder einem Stabsarzt angemessen und kochte Tee. Es war noch früh. Ein Klopfen unterbrach Siebolds gemächlichen Gedankenfluss. Er nahm an, es sei sein malaiischer Diener, den er für die Zeit der Kopierarbeiten weggeschickt hatte. Als er die Tür öffnete, stand er vor Opperhoofd Meijlan, seinem Sekretär und einer Delegation von Japanern, von denen er nur den Hafenkommissar und zwei Dolmetscher kannte. Siebold stand der Schreck ins Gesicht geschrieben.

„Herr Dr. von Siebold, ich habe hier eine Anweisung der japanischen Regierung, Sie zur Auslieferung bestimmter Gegenstände zu zwingen, deren Ausfuhr nach den geltenden Gesetzen strengstens verboten ist. Ich muss Sie auffordern, diesen Beamten Zutritt zu Ihrem Haus zu geben und ihnen die Schlüssel zu Ihrem Speicher im Lagerhaus auszuhändigen." Meijlan sprach ernst und streng, einer der Dolmetscher übersetzte alles für den Hafenkommissar. Siebold war wie gelähmt. Von einer Durchsuchung war bislang keine Rede gewesen. Er hatte gedacht, dass man, wenn es überhaupt so weit käme, auf seine Kooperation angewiesen wäre und er nur freiwillig einige der geforderten Gegenstände preiszugeben bräuchte. Dazu hatte er bereits ein paar Zeichnungen von Landschaften und Teepflanzen ausgesucht. Die Hoffnung, dass die Yoshio überlassene Karte von Ezo sogar zur Einstellung des ganzen Verfahrens führen könnte, war damit auch zunichte. Die bedrohliche Entwicklung dieser Angelegenheit machte ihm zum ersten Mal Angst. Die stand ihm ins Gesicht geschrieben, während er Meijlan und die

Delegation wortlos anstarrte.

„Treten Sie bitte zur Seite und lassen Sie die Beamten in Ihre Räume", sagte Meijlan, den Siebolds Regungslosigkeit irritierte. Siebold gehorchte. Darauf betraten vier Polizisten mit einem der Unterdolmetscher das Haus und begannen mit der Durchsuchung. Siebold holte auch den Schlüssel zu seinem Speicher und übergab ihn vier weiteren Polizisten, die sich sogleich zum Lagerhaus begaben. Als der Hafenkommissar und die Dolmetscher wieder gegangen waren, da sie an der Ausführung dieser Durchsuchung nicht teilnahmen, standen Siebold und Meijlan im Arbeitszimmer und sahen den Polizisten zu, wie sie Stück für Stück alle Gegenstände begutachteten und in Listen eintrugen.

„Wie ist dieses strenge Vorgehen der Behörden zu erklären?" fragte Siebold, in dessen Stimme das Entsetzen über die Wendung der Dinge mitschwang.

„Die Situation hat sich zugespitzt. Gestern ist eine weitere Depesche aus Edo gekommen. Die Regierung schickt einen Sonderermittler mit umfangreichen Befugnissen, der in wenigen Tagen eintreffen wird. Dieser scheint so etwas wie ein Ein-Mann-Standgericht zu sein, denn er kann Prozesse führen und dabei gleichzeitig Ankläger und Richter sein. Er bringt sogar einen eigenen Henker mit. Der Gouverneur Honda no Kami, der Polizeipräsident und der Hafenkommissar müssen nun zittern. Sie halten es sogar für möglich, dass die Sache mit dem Mantel des Shōgun doch noch auffliegt. Deshalb verschärfen sie jetzt deutlich die Maßnahmen, um an die Karten und andere illegale Dinge zu kommen, die sie in Ihrem Besitz glauben. Aber ich hoffe doch, dass ich Ihnen noch genug Zeit verschaffen konnte, damit Sie die kompromittierenden Gegenstände verschwinden lassen konnten. Kommen Sie bitte morgen Nachmittag in mein Büro. Dann werden wir die Ergebnisse der Durchsuchung haben."

Siebold fühlte sich, als ob ein Sargdeckel über ihm geschlossen würde. Er hatte nichts beiseite geschafft. Die Stunden und Tage seit ihrem letzten Gespräch war er ausschließlich mit dem Kopieren der Karten beschäftigt. Er konnte keinen klaren Gedanken mehr fassen und lief unruhig durchs Haus, während die Polizisten neugierig alle Gegenstände, Instrumente, Medikamente, Bücher und Dokumente taxierten und registrierten, wobei sie immer wieder den Dolmetscher fragten, der für sie die holländischen Titel und Aufschriften übersetzte. Das geheime Fach mit den Landkarten in der doppelten Wand entdeckten sie nicht.

Am Nachmittag des nächsten Tages nahm er Takahashis Landkarte aus dem Versteck und ging mit der Rolle unter dem Arm zu Meijlans

Büro. Siebold war nervös und niedergeschlagen. Es war wie ein Gang zu seiner eigenen Exekution. Irgendwie hoffte er, seine Situation wenigstens ein bisschen verbessern zu können, indem er persönlich und freiwillig die Hauptkarte herausgab, wozu Meijlan ihn am Vortag überraschenderweise nicht aufgefordert hatte. Als Siebold in sein Büro eintrat, saß der Gesandte über lange Listen gebeugt. Die Polizisten hatten ihre Bestandsaufnahme und die Stellungnahme des Gouverneurs vom Dolmetscherkollegium sofort auf Holländisch übersetzen lassen.

„Setzen Sie sich", sagte Meijlan ohne aufzusehen. Er las die Spalte der Tabelle mit dem Verzeichnis der gefundenen Gegenstände und eine weitere mit den jeweiligen Stückzahlen noch zu Ende, bevor er sich an Siebold wandte.

„Sagen Sie, haben wir nicht vor drei Tagen hier zusammengesessen und besprochen, dass wir versuchen, Ihnen Zeit zu verschaffen, um illegale Gegenstände beiseitezuschaffen?"

„Ja, das haben wir", antwortete Siebold tonlos.

„Dann wüsste ich gerne, was das für Gegenstände waren, die *noch* kompromittierender sein könnten als das, was ich hier lesen muss. Mein Gott, Siebold! Was haben Sie getan! Hier steht – und ich hebe nur auf die Posten ab, die der Gouverneur in seinem Begleitschreiben kommentiert hat – dass Sie einen männlichen und einen weiblichen Kopf in Branntwein aufbewahrt haben, beide von Japanern. Dann noch Pläne von Schlössern und Burgen sowie Zeichnungen von Waffen und Rüstungen. Aber das ist noch nicht das Schlimmste! Was zum Teufel machen Sie mit einem genauen Plan vom Palast des Shōgun in Edo, in dem Größe und Lage aller seiner Privatgemächer verzeichnet sind?" Meijlan schäumte vor Wut, aber in dem Moment, als er das bemerkte, versuchte er sich wieder zu beruhigen.

„Ehrlich gesagt, ich kann mir eigentlich gar nichts Schlimmeres vorstellen und habe großes Verständnis für die japanischen Behörden, die das untersuchen wollen."

„Das hier ist die Karte, die Takahashi mir gegeben hat", sagte Siebold schuldbewusst.

„Ach ja, die Karte, die eigentlich schon in Batavia sein sollte. Und die andere Karte, die von Ezo?"

„Die musste ich meinem Freund überlassen, dem Dolmetscher Tsujiro Yoshio, um ihm eine Chance zu geben, sein Leben und das seiner Familie zu retten."

„Nun, es freut mich, dass Sie Ihre Freunde schützen. Doch als Ihr Vorgesetzter stellt sich mir da eine klitzekleine Frage: Warum haben Sie die

Karten nicht mir übergeben? Abgesehen davon, dass Sie mich angelogen haben, was die Karte von Takahashi betrifft. " Meijlan wunderte sich selbst, dass er bei seiner Empörung noch zu Ironie fähig war.

„Ich hatte gehofft, wir könnten die ganze Angelegenheit auf diesem Wege abschließen, ohne dass es zu Durchsuchungen und weiteren Maßnahmen kommt. Doch mein Glück scheint mich verlassen zu haben."

„Das kann man wohl sagen", worauf er sich aus seinem Stuhl erhob. „Denn ich bin gehalten, Ihnen mitzuteilen, dass eine formelle Untersuchung unter Aufsicht des Bakufu eingeleitet wurde und dass Sie ab sofort unter Arrest stehen. Es ist Ihnen untersagt, das Land zu verlassen und Sie haben sich jederzeit zur Verfügung zu halten für Befragungen durch die japanischen Behörden." Siebold schluckte.

„Sie haben das ganze Ausmaß der ‚Angelegenheit', wie Sie es nennen, bisher nicht begriffen. Wir stehen zum ersten Mal in unserer zweihundertjährigen freundschaftlichen Beziehung zu Japan an dem Punkt, dass von unserem kleinen Eiland Dejima möglicherweise eine nationale Krise, ein Staatsdrama größten Ausmaßes ausgeht, das zur Revolution führen könnte. Siebold, Sie mögen ein großartiger Arzt und Wissenschaftler sein, und Sie wissen, wie sehr ich Sie auch als Person schätze. Aber von Politik haben Sie keine Ahnung. Sie haben eine Katastrophe ausgelöst, und wir sind gerade erst ganz am Anfang." Er setzte sich wieder, fiel in sich zusammen und dachte mit bedrückter Miene nach.

„Wir müssen praktisch bleiben", fuhr er fort. „Ich brauche Anweisungen aus Batavia und als Mitglied unserer Gesandtschaft werde ich Ihnen natürlich allen Schutz bieten, soweit es in meiner Macht steht. Am Ende sind wir doch die Repräsentanten der niederländischen Krone und werden uns dementsprechend selbstbewusst und stolz verhalten. Ich will nicht, dass die japanischen Behörden uns vor sich hertreiben. Wir dürfen keine Schwäche zeigen. Schreiben Sie mir einen ausführlichen Bericht über den gesamten Hergang dieser Affäre, den ich an das Generalgouvernement weiterleiten werde. Halten Sie sich in Ihrem Quartier zur Verfügung und absolvieren Sie wie gewohnt Ihren Dienst als Arzt. Sie können jetzt gehen. Und lassen Sie diese verfluchte Karte hier."

Siebold unter Arrest

Wie unter Schock begab Siebold sich zurück zu seinem Haus. Alles war viel schlimmer gekommen, als er es je für möglich gehalten hätte. Teile seiner Sammlungen waren beschlagnahmt worden, mehrere Freunde von ihm saßen bereits im Gefängnis, gegen ihn wurde ein Prozess eröffnet und er durfte das Land nicht mehr verlassen. Es war ein Alptraum.

Doch in den folgenden Wochen wurde es noch schlimmer, der Strom schlechter Nachrichten riss nicht ab. Der Kreis der Verhafteten wurde immer größer und Siebold sollte auch erfahren, dass die meisten von ihnen grausam gefoltert wurden. Takahashi und einigen anderen wurden alle Zähne herausgebrochen, sie wurden mit knotigen, salzbestrichenen Stricken blutig geschlagen und ihre Füße wurden mit Hämmern zertrümmert, damit sie nicht fliehen können. Die Behörden wollten, dass Siebold diese Einzelheiten erfährt, um ihn geständig zu machen und von ihm die Namen aller Mitwisser und Helfer zu erfahren, die ihm auf der Edo-Reise zugearbeitet hatten. Ihm wurde eine Liste mit vierundzwanzig Fragen zugestellt, die er schriftlich zu beantworten hatte. Zur gleichen Zeit erhielt Meijlan einen Brief des Sonderermittlers, in dem er aufgefordert wurde, auf Siebold einzuwirken und ihm zu erklären, dass, wenn er seine Unterstützer nicht benennt, alle Teilnehmer der Hofreise verhaftet und aufs strengste bestraft würden. Siebold schlief kaum noch, es sei denn im Zustand völliger Erschöpfung. Die Vernunft sagte ihm, dass er körperlich tätig sein sollte, um nicht verrückt zu werden. Deshalb beschäftigte er sich mit dem Botanisieren und es war seinen Gehilfen sogar erlaubt, ihm dabei zur Hand zu gehen.

An einem sonnigen Morgen im Januar 1829 verließ die wieder flottgemachte *Cornelis Houtman*, ohne Siebold an Bord, unter vollen Segeln die Bucht von Nagasaki. Er blickte ihr von seinem Garten auf Dejima aus mit einer Mischung aus Hoffnung und Verzweiflung nach. Die Hoffnung war, dass dort sein Vermächtnis in die Heimat gebracht würde. Denn er hatte die Kopien der Landkarten doch noch in das Frachtgepäck geschmuggelt. Sie waren nun im doppelten Boden eines Käfigs mit einem bissigen Affen in einer versiegelten Metallkiste sicher versteckt, wie er hoffte. Doch von dem Moment an, als das Schiff außer Sicht war, gewann die Verzweiflung die Oberhand. Er hatte Taki und Ine seit Wochen nicht gesehen und niemand durfte ihm Auskunft geben, wie es ihnen in Narutaki erging, wo ebenfalls eine Durchsuchung stattgefunden hatte. Dafür hörte er Gerüchte, dass die mit ihm befreundeten Dolmetscher im Hafen von Nagasaki, genau vor Dejima, in einem großen Kessel gekocht werden sollten, wobei ‚die Rothaarigen' zusehen müssten. Dann wieder hieß es, sie sollten an dieser Stelle gekreuzigt und mit Lanzen durchstoßen werden – ein Schauspiel, dem die Niederländer schon mehrmals in der Geschichte der Faktorei ausgesetzt gewesen waren. Dabei handelte es sich in den früheren Fällen immer um unbedeutende Schmuggelaktionen, die aufgedeckt wurden. In diesem Fall waren die Vergehen als weit schlimmer einzustufen. Von Tag zu Tag schwanden Siebolds Lebensgeister, er aß nicht mehr und es war unvermeidlich, dass er krank wurde.

Eines späten Abends kam Taki nach Dejima. Sie hatte eine Sondererlaubnis erhalten, denn die japanischen Behörden, die über die Dolmetscher von Siebolds geistigem und körperlichem Verfall erfuhren, hatten kein Interesse an einem kranken und nicht vernehmungsfähigen holländischen Arzt. Als sie im Haus eintraf, war alles dunkel.

„Anata-sama! Firippu! Wo bist du?"

Kein Laut war zu hören. Taki bemerkte nur, wie kühl es war. Sie zündete die Öllampen an, nahm eine davon mit und ging die Treppe hinauf in den oberen Stock. Als sie die Tür öffnete, fuhr ihr im Angesicht des Bildes ein Schreck durch alle Glieder. Siebold lag zusammengekauert im Dunkeln auf dem Holzboden vor dem geöffneten Fenster. Der kalte Nordwind blies herein. Siebold trug nur ein dünnes Hemd, keine Hose und keine Schuhe. Da sah Taki, dass das Fenster gar nicht geöffnet, sondern ganz herausgenommen war. Sie stürzte zu ihm, der zusammengekrümmt und regungslos dalag wie eine Leiche, die man im Winter in den Wald geworfen hatte. Er war am ganzen Körper blau angelaufen. Trotzdem hatte er Fieber.

„Taki! Meine wundervolle Frau! Wie schön, dass du hier bist", flüsterte er im Delirium, als er die Augen öffnete.

„Was machst du hier, du verrückter Kerl? Warum liegst du nackt in der Kälte auf dem Boden? Willst du sterben?" Sie versuchte, einen ermunternden und freundlich erzieherischen Ton zu treffen, aber ihre Stimme verriet ihr Entsetzen.

„Sterben wäre eine ungerechte Bevorzugung. Leben ist auch unmöglich geworden. Wie kann ich bedenkenlos leben oder sterben, während meine Freunde im Gefängnis leiden, wo sie den schlimmsten Entbehrungen und Torturen unterworfen sind. Sie haben sicher gute Gründe, sich den Tod zu wünschen. Ihr Leben ist schon verwüstet, und das ist meine Schuld." Siebold schluchzte leise, dann hielt er sich an Taki fest und weinte hemmungslos. Fassungslos vom Anblick ihres sonst so stolzen Mannes, der jetzt hilflos, verzweifelt und krank dalag, strich sie ihm übers Haar und fing auch an zu weinen. Dann erklärte sie ihm leise, warum sie kommen durfte und dass sie eigentlich geschickt worden war, um nach ihm zu sehen. Er müsse jetzt stark bleiben und es hülfe seinen Freunden wenig, nein, gar nicht, wenn er versucht, den Schmerz, den Hunger und die Kälte mit ihnen zu teilen. Er hätte gesund zu bleiben, um seine Familie und seine Freunde so gut wie möglich zu verteidigen in diesem Prozess, in dem allen Unrecht getan werde, weil sie, einzeln und gemeinsam, nur das Beste für das japanische Kaiserreich wollten. Sie hätte schon längst verstanden, warum er diese Dinge vor ihr geheim halten musste und es sei richtig gewesen. Keiner von seinen Freunden würde schlecht von ihm denken oder reden, im Gegenteil, und sie wüssten, dass sie immer ein gemeinsames Ziel hatten. Er solle jetzt aufstehen, das Fenster wieder einsetzen und sich dann ins Bett legen, wo sie ihn pflegen werde.

Siebold beruhigten die liebevollen Worte seiner Frau. Sie unterbrachen den Kreislauf finsterster Gedanken, in dem er gefangen war. Er schaffte es tatsächlich, seinen steifgefrorenen und fiebernden Körper aufzurichten. Mit wenigen Handgriffen waren die beiden Fenster wieder in die Angeln gehoben und der kalte Luftstrom abgestellt. Siebold ließ sich aufs Bett fallen und schlief sofort ein. So blieb er vier Tage liegen, während Taki seinen Fieberschweiß abwusch und ihm immer wieder Brühe einflößte. Sie hielt Wache und schlief neben ihm, immer in Bereitschaft, ihm zu helfen, unruhig und durch eigene Angstträume gehetzt. Eines Nachts wurde sie wachgerüttelt.

„Taki! Wach auf!" Als sie die Augen öffnete, erschrak sie, als ob ein Geist an ihrem Bett stünde. Siebold war ganz in Schwarz gekleidet. Sie kannte das von Mendelssohns trauriger Wasserbestattung. Ihr Mann hatte sein Trauergewand angelegt.

„Was ist los? Was machst du da? Und was hast du in der Hand?" Es war dunkel, aber im bleichen Licht der Sterne, das durch das Fenster hereinfiel, sah sie ein Metall funkeln.

„Ich habe es mir reiflich überlegt, Taki. Ich kann nicht weiterleben."

„Hast du noch Fieber? Phantasierst du?"

„Nein, das Fieber ist runtergegangen. Aber meine Schuld wird stündlich größer."

„Mein Liebster, bitte hör auf, mir solche Angst zu machen."

„Ich habe alles für dich und Ine geregelt. Auf meinem Schreibtisch findest du eine Schatulle mit allen Dokumenten, vor allem mit der Verfügung über mein Gelddepot bei der Faktorei. Es ist zumindest genug, um dich für einige Jahre finanziell so zu stellen, wie du bisher gelebt hast. Auch mein Tagebuch ist darin enthalten, damit du Ine später einmal etwas Persönliches von mir geben kannst. Ich liebe euch beide so sehr, aber ich kann es nicht ertragen, weiter in Schande zu leben. Eure Tradition des Seppuku hatte ich nie verstanden. Ich fand es fanatisch und rücksichtslos gegenüber der Familie, sich selbst zu töten. Jetzt sehe ich das anders."

Sie richtete sich auf, griff vorsichtig nach seiner Hand, die einen kurzen Dolch umklammerte, und zog sie zu sich.

„Komm her, setz dich zu mir und erkläre es mir."

„Was kann ich noch erklären? Du kennst die Situation. Ich habe einen, nein, ich habe viele Fehler gemacht, für die unschuldige Menschen bezahlen müssen. Wahrscheinlich mit ihrem Leben. Wie kann ich da noch weiterleben?"

„Hast du mir das letzte Mal nicht gesagt, dass der Tod ein ungerechtes Privileg wäre?"

„Ja, aber jetzt ertrage ich die Schuld nicht mehr. Diese Gedanken quälen mich mehr als alles, was ich je erlebt habe."

„Dennoch wird dein Tod niemandem helfen. Vor allem nicht mir und unserer Tochter. Wenn du dich gegen die Anklage nicht verteidigst, wird niemals jemand erfahren, dass du nur Gutes im Sinn hattest."

„Hatte ich das? Hatte ich das wirklich? Taki, mir brennen die Worte Mendelssohns auf der Seele. Er hat das alles kommen gesehen, und er hatte meine Motive durchschaut. Ich habe es dir nie erzählt. Noch auf dem Sterbebett hat er mir einen letzten Freundschaftsdienst erwiesen und mir die Wahrheit über mich offenbart. Es war fürchterlich. Und ich habe nichts getan, um die absehbare Katastrophe zu verhindern. Zu jedem Zeitpunkt war ich auf meinen Vorteil bedacht. Immer rechnete ich nur mit dem Glück, das ich bisher hatte."

„Das sollst du auch weiter tun, das ist deine starke Seite. Außerdem hast du kein Recht, Seppuku zu begehen. Denn weder bist du Japaner, noch bist du verurteilt. Ohne eine zweifelsfrei festgestellte Schuld und ohne Urteil ist es eine Schande, wenn ein Angeklagter sich dem Richterspruch zu entziehen versucht. Niemand hat dich aufgefordert, Seppuku zu begehen und du hast auch gar keinen Lehensherren, dem du Treue bis in den Tod schuldest. Wenn du sterben willst, dann mache es aufrecht wie ein stolzer Mann." Siebold stutzte.

„Darüber hinaus will ich dein Vermögen nicht zu meiner Absicherung. Ich erwarte von dir, dass du es den Menschen zukommen lässt, denen tatsächlich Schaden entstanden ist durch dein Handeln. Ich will, dass damit den Familien deiner Freunde geholfen wird, die lange im Gefängnis bleiben müssen oder sogar hingerichtet werden. Firippu, du hast eine Pflicht gegenüber diesen Menschen!"

Siebold sah sie verwundert an, wie sie mit offenen Haaren dort auf dem Bett saß, ihre schönen Augen in der bleichen Dunkelheit auf ihn richtete und mit ihrem süßen, kleinen Mund nur Wahrheiten aussprach.

Er ließ sich stöhnend aufs Bett fallen. Der Griff um den Dolch lockerte sich. Plötzlich begriff er, wie sehr er sich in ein übermächtiges, tröstendes Selbstmitleid zurückgezogen hatte, anstatt sich aufrichtig der Situation zu stellen. Ein unerwarteter Anflug von heißem Glück ließ den Stein schmelzen, der in seiner Brust gewachsen war. Was für eine wundervolle, starke und kluge Frau, die er die seine nennen durfte! Sie sprachen noch bis zum Morgengrauen miteinander und schliefen danach nur wenig. Doch er fühlte sich danach zum ersten Mal wieder erfrischt und tatkräftig. Ja, er wollte sich seiner Schuld stellen und das Beste daraus machen. Und er wollte nach allen Kräften seinen leidenden Freunden helfen. Er wusste, dass noch viel Schmerz, Bitternis und Scham vor ihm lag, aber er fühlte den Lebenswillen zurückkehren, denn er wusste endlich, was er zu tun hatte.

Die Hauptverhandlung

Zwei Tage später ging Siebold zu Meijlan um ihm mitzuteilen, dass er seinen Dienst wieder antreten würde. Er hatte die Liste mit den vierundzwanzig Fragen ausführlich beantwortet und sich darauf vorbereitet, danach von den japanischen Behörden verhört zu werden. Er hatte sich alles zurechtgelegt.

„Ich bin froh, Sie wieder in besserer Verfassung zu sehen", sagte Meijlan nachdenklich, während er in seinem Tee rührte. Er machte eine Pause, und Siebold wusste, dass das kein gutes Zeichen war. „So gerne ich zu Ihrer weiteren Genesung mit guten Nachrichten beitragen würde, so sehr bedaure ich, dass das nicht passieren wird. Jedenfalls nicht in nächster Zukunft."

Siebold schluckte, riss sich dann aber zusammen und fragte entschlossen „Was ist es diesmal? Werde ich noch weiterer Vergehen bezichtigt?"

„Die Japaner haben herausgefunden, dass Sie kein Holländer sind. Wir wissen nicht, wie sie zu dieser Erkenntnis gelangt sind. Haben Sie irgendeinen Ihrer Freunde, Mitarbeiter oder Helfer ins Vertrauen gezogen? Einen der Übersetzer vielleicht?"

„Nein, das kann nicht sein! Ich habe niemandem davon erzählt! Nur meine Frau weiß davon."

"Wie dem auch sei, die Untersuchungen werden ausgeweitet und jetzt steht die ganze niederländische Mission auf dem Spiel. Ich will Ihnen das gar nicht anlasten, denn das Kolonialministerium wusste ja wohl, worauf es sich da einlässt. Schließlich sind Sie auch nicht der erste Ausländer in unseren Diensten auf Dejima. Sie können sich jedoch sicher vorstellen, für welche Aufregung diese Nachricht in Edo und bei den Behörden von Nagasaki gesorgt hat."

„Ja, das kann ich", antwortete Siebold beklommen. Er hatte sich auf eine Verschlimmerung der Situation eingestellt, doch dass sie von dieser Seite kommen würde, das war völlig unerwartet. Damit wurde ein zusätzlicher Kampfplatz eröffnet, auf dem er sich gar nicht verteidigen konnte, ohne die diplomatischen Beziehungen seines Dienstherren mit Japan zu gefährden.

„Richten Sie sich darauf ein, dass es in Kürze ein Verhör auf dem Festland geben wird. Ich werde von meiner Seite alles vorbereiten, um eine salomonische Antwort geben zu können auf die Frage, warum wir den Vertrag mit den Privilegien verletzt haben, die uns in dem *Shuinjo* gewährt wurden."

„Was ist ein Shuinjo?" fragte Siebold überrascht.

„Sie kennen sie nicht? Es ist die Urkunde, auf deren Grundlage wir uns seit über zweihundert Jahren auf Dejima aufhalten und mit den Japanern Handel treiben dürfen. Der heilige Ieyasu Tokugawa hat sie 1609 persönlich unterzeichnet."

„Ich wusste nicht, dass es ein einzelnes Dokument gibt, in dem unser Aufenthaltsrecht hier geregelt ist. Ich dachte, es sei eine ganze Reihe von Verträgen, die über die Jahre geschlossen wurden. Kann ich dieses Shuinjo sehen? Haben Sie das Original?"

„Die weiteren Verträge gab es natürlich auch, aber sie regelten nur die Details im Rahmen des ursprünglichen Handelspatents. Das Originaldokument befindet sich nicht mehr hier. Opperhoofd Doeff hat es mitgenommen und wollte es dem Archiv des Kolonialministeriums zur Verwahrung übergeben. Doch es ist immer noch in Batavia. Ich kann Ihnen eine übersetzte Abschrift zur Verfügung stellen. Vielleicht finden Sie ja darin eine geeignete Abwehrstrategie gegen den bevorstehenden Ärger. Dann lassen Sie es mich bitte wissen, ja?"

Siebold schmerzte die Ironie in den Worten seines Vorgesetzten. Beim Hinausgehen ließ er sich von dem Sekretär noch die Abschrift des ursprünglichen Holländer-Vertrags geben. Er studierte ihn gründlich und fragte sich, warum die Engländer nicht über ein vergleichbares Dokument verfügen. Sie hatten ihre Handels- und Niederlassungsprivilegien schließlich noch vor den Holländern erhalten. Zwar wurde die englische Faktorei in Hirado bald danach wieder geschlossen, weil sie keine Profite abwarf. Doch den Vertrag, der dieses unwiderrufliche

Privileg regelte, müssten die Engländer jederzeit vorweisen können. Warum taten sie es nicht? Hatten Sie ihn verloren? Oder vielleicht einfach nur vergessen? Siebold war sich bewusst, dass diese Überlegungen nur Ablenkungen waren.

Die ernsten Konsequenzen seiner eigenen Affäre holten ihn bald wieder ein. Der Statthalter von Nagasaki und der Sonderermittler des Bakufu hatten Siebolds Antworten auf den Fragenkatalog und waren äußerst unzufrieden. Es begann eine lange Reihe von Verhören, die fast täglich stattfanden, zunächst auf Dejima in Mejilans Büro, dann auf dem Festland. Siebold wurde zu diesem Zweck von japanischen Polizisten zur Statthalterei geführt. Die Wachen an der Brücke waren von ursprünglich zwei auf sechs Saguriban verstärkt worden, die neuerdings auch auf der Insel Streife liefen. Um die Insel herum patrouillierten erstmals Wachboote. Es wurde alles unternommen, um das Verstecken verbotener Gegenstände oder Siebolds Flucht zu verhindern. Das alles kam Siebold in einem Grad unverhältnismäßig vor, der ans Lächerliche grenzte. Bei der Befragung im Amtsgebäude hatte zwar der Statthalter Honda no kami den Vorsitz, doch es war unübersehbar, dass alle Autorität von dem Sonderermittler aus Edo ausging, der nur dem Schein nach als einer von drei Beisitzern fungierte. Er war eine finstere Gestalt mit dem dunkelbraunen, pockennarbigen Gesicht einer Echse, die Siebold böse und mit unverhohlener Verachtung anstarrte. Während der Befragung sagte er kein Wort. Man merkte dem Statthalter das Unbehagen an, das die Anwesenheit dieser Augen und Ohren des Bakufus bei ihm auslöste. Das war umso bedrückender, als Siebold genau wusste, wie wohlgesonnen Honda no kami den Holländern und insbesondere seiner eigenen Person bisher begegnet war. Davon durfte er sich in dieser Situation nichts anmerken lassen. Zunächst wurden Siebolds schriftliche Antworten auf die Fragen erörtert. Die Übersetzer mussten immer wieder nachhaken und eine Reihe von Details aufklären, welche die Mitglieder der Kommission nicht verstanden, etwa was die Abkürzungen ‚K' und ‚KvJ' in der Korrespondenz mit Takahashi bedeuteten oder was ein ‚Chronometer' ist. Vor allem wollte die Untersuchungskommission erfahren, von welchen Personen Siebold Unterstützung für die verbotenen Transaktionen erhalten hatte. Man wollte Namen hören. Siebold blieb standhaft und wiederholte, was er schon geschrieben hatte, nämlich dass er sich nicht an einzelne Namen erinnern könne. Zum einen seien es so viele Menschen gewesen, mit denen er während der Hofreise zu tun gehabt hatte, zum anderen konnte er sich nicht an die komplizierten japanischen Namen erinnern. Wenn er sich doch an einen erinnerte, wüsste er nicht mehr, welcher Person dieser Name zuzuordnen sei. Die Unzufriedenheit der Kommission war greifbar. Dann kam die Nationalität Siebolds zur Sprache. Der Vorsitzende führte aus, dass es Hinweise darauf gebe, Siebold sei kein Holländer. Er solle sich zu diesem Verdacht äußern. Siebold trug vor, dass er tatsächlich in einer Region des Deutschen Reiches geboren und aufgewachsen sei, die nicht zu den Niederlanden gehört. Da er jedoch von seinem Landesherrn, dem König von Bayern, die offizielle Erlaubnis erhalten hatte, in den Dienst des niederländischen Kolonialministeriums zu wechseln, sei er zugleich ein Untertan seiner Majestät, des Königs der Niederlande geworden. Damit sei er nach seinem Amtsverständnis durchaus ein Holländer. Um diese Aussage zu beglaubigen, legte er die Urkunde vor, die König Max I. Joseph von Bayern ihm hatte ausstellen lassen. Das Dokument wurde zwischen den Dolmetschern und der Untersuchungskommission mehrmals hin- und hergereicht. Der Vorsitzende und die Beisitzer waren mit Ausnahme des Sonderermittlers überrascht und erstaunt. Die Erklärung klang logisch, das Dokument schien echt zu sein und die Aussage von Siebold zu unterstützen, wie die Übersetzer bestätigten. Daraufhin zogen der Statthalter und der Sonderermittler sich zur Beratung zurück. Im Verhörzimmer durfte niemand sprechen. Alle hörten das wüste Geschrei des aufgebrachten Sonderermittlers. Als sie wiederkamen, ließ Honda no kami sich schwer atmend wieder auf seinem Sitzkissen nieder und fasste mit gebrochener Stimme die offizielle Position der japanischen Behörden zusammen.

„Shiboruto-sensei, wir haben Ihnen mitzuteilen, dass Sie mit Ihren Antworten auf unsere Fragen den höchsten Unwillen des Bakufu auf sich gezogen haben. Sie haben es unterlassen, mit uns zusammenzuarbeiten, und uns die Namen Ihrer Helfer und Mitwisser preiszugeben. Dadurch sehen wir uns gezwungen, alle Teilnehmer der Hofreise, das heißt die Übersetzer, die illegal mitgereisten Ärzte sowie die Beamten und Diener, die mit Ihnen zu tun hatten, ohne Ausnahme hart zu bestrafen. Diese Ermittlungen betreffen zunächst nur die japanischen Staatsbürger, die sich durch Ihre Tätigkeiten schuldig gemacht haben. Des Weiteren konnten Sie der Kommission nicht glaubhaft machen, tatsächlich ein Holländer zu sein, wodurch Sie gegen die heiligen Gesetze verstoßen haben, die den Verkehr des japanischen Reiches mit den Ausländern regeln. Die uns vorliegenden Informationen haben darüber hinaus ergeben, dass Sie im Dienste einer feindlichen Nation tätig sind. Deshalb erweitern wir die Ermittlungen gegen Sie und Ihre Mitwisser wegen des Handels mit verbotenen Gegenständen und der Vortäuschung einer niederländischen Herkunft auf den Tatbestand der Spionage. Wir werden Ihnen nachweisen, dass Sie ein Spion sind, der im japanischen Reich in böser Absicht kriegsrelevante Informationen für den russischen Geheimdienst sammelt, mit denen eine Invasion vorbereitet werden soll."

Siebold war empört, sprang auf und wollte etwas sagen, doch er wurde nicht mehr gehört. Die Polizisten führten ihn sofort ab und verbrachten ihn in sein Haus auf Dejima, wo er von da an unter strengstem Hausarrest stand. Von diesem Tag an war der Siebold-Prozess eine Staatsaffäre, wie man sie in Japan seit Jahrhunderten nicht mehr erlebt hatte. Siebold drohte damit die Todesstrafe. Auch Sonogi und Meijlan mussten sich vor der Untersuchungskommission streng befragen lassen, doch weder gaben sie Namen preis, noch konnte ihren Aussagen etwas entnommen werden, das den Spionageverdacht erhärtete. Eine Woche später wurden Siebolds Freund und bester Mitarbeiter Ryōsai Kō sowie weitere Ärzte und Übersetzer verhaftet und kamen ins Gefängnis. Die Nachricht vom Vorwurf der Spionage verbreitete sich schneller als der Wind. Überall im Land wurde über die Bedrohung der Nation durch barbarische Invasoren gesprochen. Die fremdenfeindliche Stimmung, die seit Generationen in den kaisertreuen Kreisen herrschte und von der Kuge gepflegt wurde, um die Legitimität des Shōgun zu untergraben, hatte das einfache Volk erreicht. Das Bakufu in Edo war sich dieser Gefahr bewusst und hatte Gegenmaßnahmen eingeleitet.

Takahashi und Matsudaira

Im Hauptgefängnis von Edo in Kodenmachō erwartete man im März 1829 hohen Besuch, was die Vollzugsbeamten nervös machte. Die Adeligen begaben sich nie in die Niederungen der größten Strafanstalt des japanischen Reiches, die erste ihrer Art als mehrstöckige, festungsartige Anlage aus massivem Stein, die eine Vielzahl von Aufgaben zu erfüllen hatte. Dazu gehörten vorübergehende polizeiliche Verwahrungsmaßnahmen, die Überwachung von Hausarresten und Verbannungen, Untersuchungshaften, Dauervollzug, Züchtigungen, meistens Auspeitschungen, Folter als Mittel der Geständniserzwingung oder Strafe, Verstümmelungen, vor allem Amputationen der Nase, und Hinrichtungen in Form von Kochen, Zersägen, Enthaupten, Kreuzigen oder Verbrennen der Delinquenten auf einem der drei öffentlichen Richtplätze in der Stadt. Einer davon hieß Kozukappara, und dort hatte der Arzt Genpaku

Sugita, Übersetzer der *Anatomischen Tafeln* des Johann Adam Kulmus, noch vor der Jahrhundertwende mit einem Kollegen an der Hinrichtung mehrerer Krimineller teilgenommen, die sie anschließend mit offizieller Genehmigung vor dem versammelten Publikum sezierten. An diesem Tag war offenkundig geworden, dass die anatomischen Tafeln der Chinesen falsch waren, denn die Anordnung der Organe entsprach den Darstellungen von Kulmus. Damit entbrannte der Kampf zwischen der chinesischen und der westlichen Medizin.

Wenn hochstehende Persönlichkeiten sich dennoch in Kodenmachō einfanden, vor allem Adlige und Samurai, dann in der Regel als Gefangene, die nicht mehr den Mut oder die Zeit gefunden hatten, sich zuvor mit Seppuku selbst zu entleiben. Denn ihr Schicksal war besiegelt. Als noch zu verurteilende oder bereits verurteilte Täter gingen sie direkt in die Hölle der Folterkammern, um dort ihr Leben auf unvorstellbar schreckliche Weise zu beenden. Wie der berühmte Wissenschaftler und Hofastronom Kageyasu Takahashi, der allerdings gerade eine Sonderbehandlung erfuhr. Er sollte durch die Folter nicht sterben und in der seltenen Einzel- statt in der üblichen Gruppenhaft sein Urteil erwarten. Normalerweise wurden ein Dutzend oder mehr Insassen in eine winzige Zelle gesperrt, wo sie in ihrem Kot und Urin aufeinander hockten, ohne sich jemals zum Schlafen richtig hinlegen zu können. Wegen der dicht gedrängten Körper war die Hitze meistens unerträglich, selbst im Winter wurde es nicht kühl. Wer dennoch auf dem Boden in den Exkrementen lag, war schon tot, und der Kadaver wurde vom Wachpersonal erst nach mehreren Tagen entfernt, wenn er schon aufgebläht, faulig und madenzerfressen war. Das war der gewöhnliche Strafvollzug, den nur wenige Häftlinge länger als ein oder zwei Jahre überlebten, sodass jede längere Haftstrafe ein Todesurteil war.

Auch die Tatsache, dass es für Takahashi einen richtigen Prozess mit Beweisaufnahme und förmlicher Anklage gab, war ungewöhnlich. Denn üblicherweise wurden die Urteile bei einfachen Leuten, vor allem Kaufleuten und Bauern, von Amtspersonen mit richterlicher Autorität und bei Adeligen oder Samurai vom Bakufu selbst einfach verkündet und zur Vollstreckung befohlen. Der Hauptmann des Gefängnisses konnte sich auch nicht erinnern, jemals zuvor einen Würdenträger aus dem engeren Umfeld des allmächtigen Bakufu empfangen zu haben. Dessen Identität wurde aus Sicherheitsgründen bis zum letzten Moment geheim gehalten. Es war bezeichnend, dass er in Begleitung des Polizeipräsidenten von Edo höchstpersönlich erscheinen sollte. Der Hauptmann war angesichts dieses Besuchs in Sorge, ob er Takahashi dem Befehl entsprechend bis zur Urteilsverkündung am Leben halten kann. Dessen Gesundheitszustand war nach der speziell für ihn ausgesuchten Folter doch schlechter als erwartet, und wie es schien, konnte sich der Prozess noch über Wochen und Monate hinziehen.

Takahashi lag in seiner Zelle, ohne Decke auf einer dünnen Strohmatte. Er fror und zitterte, doch er wusste, was ihm wenigstens hinsichtlich der Unterbringung bis dahin erspart geblieben war. Um sich von der Kälte und den Schmerzen abzulenken, die seinen Körper von allen Richtungen durchbohrten, machte er Gedankenreisen, durch sein schönes Inselreich Japan, durch die heiteren Erzählungen und Romane, die er seit seiner Jugend gelesen hatte und zu seinen Freunden, die er vermisste. Er hatte seit langem mal wieder an Mendelssohn gedacht und wollte sich gerade auf den Weg zu ihm machen, als zwei Wärter hereinkamen. Wortlos packten sie ihn bei den Schultern, wuchteten seinen steifen Körper wie eine Puppe hoch und ließen ihn dann in einer knienden Position wieder zusammenfallen. Sein Gesicht drückten sie auf den Boden. Hände und Füße konnte er nicht mehr benutzen, alle Knochen waren mit einem schweren Steinhammer zerschlagen worden. Die Explosion des Schmerzes presste nur ein tiefes, gurgelndes Stöhnen aus ihm heraus. Er konnte schon lange nicht mehr schreien. Stille trat ein. Eine Weile passierte nichts, während Takahashi weiter sein Gesicht vornüber auf den kalten Boden gedrückt hielt, sich nicht bewegte und nur noch leise röchelte. Schritte kamen näher, dann ein Rascheln von Stoff. Plötzlich eine laute Stimme.

„Ihre Exzellenz, der Geheime Rat Sadanobu Matsudeira! Gefangener, erheben Sie sich!"

Takahashi wollte sich bewegen, doch es ging nur ein Zittern durch seinen Oberkörper. Er hatte keine Kraft. Da richteten die beiden Wärter ihn auf, setzten ihn dabei aber mit dem Hinterteil auf seine zertrümmerten Fersen. Wieder stöhnte er vor Schmerzen auf. Doch er hielt sich aufrecht und sah durch seine tränenverschleierten Augen ein graues, hageres Gesicht, das ihn kalt und angewidert anstarrte. *Sadanobu Matsudaira* saß in einem weiten, fürstlichen Gewand auf einem großen Kissen, das seine Diener zusammen mit einer lackierten, samtbezogenen Armlehne auf den Boden der Zelle ausgelegt hatten.

„Das bringt nichts!" bellte Matsudaira. „So kann ich nicht mit ihm sprechen. Legt ihn hin. Udagawa, geben Sie ihm von dem Opium. Dann lasst uns allein." Die Diener taten wie befohlen. Anstelle der grobschlächtigen Aufseher legten sie Takahashi behutsam wieder auf die Matte. Als der Arzt die für diesen Zweck mitgebrachte Opiumtinktur aus einem kleinen Fläschchen in Takahashis Mund träufelte, erschrak er. „Eure Exzellenz, ich denke nicht, dass der Gefangene mit Euch sprechen kann. Die Wunden in der Mundhöhle sind vereitert, das Zahnfleisch ist stark angeschwollen, auch die Zunge ist verdickt."

„Nicht sprechen? Nun, dann eben nicht. Ich habe keine Fragen an ihn. Er muss nur zuhören. Raus jetzt."

Der Arzt, die Diener und die Wärter verließen die Zelle, schlossen die Tür hinter sich und bei Takahashi flutete das Opium an. Es war ein wundervolles Gefühl, wie der Schmerz nachließ und der Körper alle Schwere verlor. Doch Udagawa hatte Recht, an Sprechen war nicht zu denken. Takahashi hatte keine Zähne mehr im Mund, sie waren alle mit Zange und Meißel gezogen oder rausgeschlagen worden. Matsudaira legte seinen rechten Arm auf der Lehne ab, mit der linken richtete er nachdenklich die Falten seines *Haori* und des *Hakama*.

„Takahashi, du weißt, wer ich bin." Er wollte keine Fragen stellen, es war aber doch eine und Matsudeira sah ihn an, um eine Antwort zu bekommen. Takahashi nickte.

„Offiziell habe ich meine Ämter längst abgegeben, auch Daimyō bin ich seit bald zwanzig Jahren nicht mehr. Ich hätte Shōgun werden können, der *Bezwinger der Barbaren*, doch ich verzichtete darauf, um nicht aus einem Erbfolgestreit einen Bürgerkrieg entstehen zu lassen. Ich habe verzichtet und stattdessen Tokugawa Ieanri, dem Bakufu und meinem Land gedient. Noch heute bin ich im Geheimen Rat von Ienari und helfe ihm, das Land vor der Invasion zu bewahren. Du weißt, worauf ich hinaus will."

Takahashi schüttelte den Kopf. Er wusste es wirklich nicht. Am Hofe des Shōgun war er dem Fürsten nie begegnet. Doch es war ihm natürlich bekannt, dass Matsudaira auch nach der offiziellen Aufgabe seiner Ämter zum engsten Beraterkreis gehörte. Ebenso, dass Matsudaira ein Feind alles Ausländischen war und verantwortlich für die Verschärfungen der Sakoku-Edikte in den letzten Jahren. Es war also wenig überraschend, dass Matsudaira, der als intelligenter Mann mit großem politischem und administrativem Geschick galt, nicht die Nähe des wichtigsten Auslandskundlers des Reiches suchte. Deshalb wunderte Takahashi sich, was diesen hohen Würdenträger in seine elende, schmutzige Gefängniszelle führte. Es machte ihm auch nichts aus, dass er ihn ohne jede höfliche Anrede wie seinen geringsten Lakaien ansprach. Im Gegenteil, es entspannte ihn noch mehr. Der derbe, als Herabsetzung gedachte Ton machte Takahashi, einen Mann von geringer Herkunft, vielmehr zu einem Freund oder Saufkumpan von Matsudaira, der als Adeliger diese

Umgangsformen nicht kannte. Dieser Gedanke amüsierte Takahashi. Matsudaira dagegen stand der Zorn ins Gesicht geschrieben.

„Ich will damit sagen", schrie er mit schriller Empörung, „dass ich es nie als mein höchstes Ziel sah, mich auf Kosten meines Landes und des nationalen Friedens wichtig zu machen! Du dagegen hast den Schlüssel zur Verteidigung des Reiches in die Hände unserer Feinde gelegt. Und das nur, um deinen Ruhm als Wissenschaftler zu vergrößern!"

Jetzt begriff Takahashi, worauf der große Schattenfürst hinauswollte. Matsudaira dachte ernsthaft, dass der Kartenhandel mit Siebold den Bestand der japanischen Nation gefährden könnte. Es interessierte ihn nicht, welche Botschaften und grundlegenden Erkenntnisse dieser außergewöhnliche Mann den Japanern mitgebracht hatte. In diesem Moment erkannte Takahashi, dass Siebold wahrhaft sein europäischer Zwilling war. Denn auch er war angeklagt und musste um sein Leben und das seiner Familie fürchten. Wahrscheinlich würde Siebold wegen der diplomatischen Folgen dieses Prozesses bei der niederländischen Regierung ebenso in Ungnade fallen und gleich doppelt bestraft werden. Ihre Ziele waren dieselben. Sie glaubten beide an die Vernunft und an die Macht des Wissens als Mittel zur Verbesserung des Lebens aller Menschen, unabhängig von ihrer Herkunft. War Eitelkeit im Spiel? Für seinen Teil konnte Takahashi das mit Gewissheit ausschließen. Wie hätte er noch höher aufsteigen, welche Ehren und Titel hätte er noch erlangen können? Er war der höchstdekorierte und angesehenste Wissenschaftler des japanischen Kaiserreichs. Bei Matsudaira sah er dagegen deutlich die böse Intelligenz eines veralteten Staatswesens am Werk, das gerade dabei war, sein wichtigstes Kapital für eine Zukunft in Sicherheit und Wohlstand zu zerstören. Der Fürst mochte trotz all seiner unbegreiflichen Wut ein gereifter, kluger Staatsmann sein, doch er würde für sein Land niemals das leisten können, wozu Takahashi und Siebold fähig gewesen wären. Er war ein Dummkopf, und dabei nur einer von vielen. Das ganze Bakufu dachte inzwischen wie er, es sei besser, die Barbaren von den Küsten fernzuhalten, als von ihnen zu lernen. Takahashi war sich in den letzten Jahren schmerzlich bewusst geworden, wie sehr die Regierung sich nur für militärisch verwertbares Wissen aus dem Ausland interessierte, und selbst dort gab es keine Fortschritte. Wo war das erste japanische Segelschiff, das es mit den portugiesischen oder holländischen Fregatten hätte aufnehmen können? Wo waren die Geschütze, die so weit reichten wie die der Engländer? Takahashi sah plötzlich nur noch einen alten Mann vor sich sitzen, der geiferte und die Zeichen der neuen Zeit nicht zu deuten wusste.

„Inzwischen wissen wir, dass der Arzt auf Dejima gar kein Holländer ist. Er ist vermutlich ein Spion im Dienst einer feindlichen Nation."

Dass Siebold kein Holländer sein sollte, das überraschte Takahashi nicht. Es war schon der seltsame Akzent, mit dem er Holländisch sprach, der ihn hatte aufhorchen lassen. Als damals dann das Paket mit der Aufschrift ,Von dem preußischen Arzt' bei ihm eintraf, war er sich sicher, dass Siebold ihm damit etwas mitteilen wollte. Siebold ein Spion? Das hielt Takahashi für ausgeschlossen. Welcher Spion bringt dem Land, das er ausspionieren soll, so reiche Gaben, dass es gar keine Information gibt, die den Wert dieser Geschenke aufwiegen könnte?

„Wir werden sehen, wohin das alles führt. Soweit wir wissen, haben wir alle Landkarten, die du dem Ausländer gegeben hast, von ihm zurückerhalten. Sollten in den nächsten Jahren dennoch Kriegsschiffe der Barbaren in die Bucht von Edo auftauchen, dann wissen wir, auf wessen Verbrechen das zurückzuführen ist. Ich würde dich dann mitsamt deiner Verwandtschaft auf dem Kozukappara vor den Augen des Volkes, das du betrogen hast, garkochen lassen. Das wirst du nicht mehr erleben, denn vorher stirbst du. Das Gericht wird dich zum Tode verurteilen. Wie das geschehen wird, das soll meine ganz besondere Überraschung für dich sein."

Welcher Hass, was für eine Angst! dachte Takahashi. War dieser große Mann nur in seine Zelle gekommen, um ihn das wissen und spüren zu lassen? Ihn, einen zertretenen Wurm, einen zerschmetterten Körper, an dem nur noch ein Fetzen Seele hing? Er verstand es nicht. Takahashi fiel auf, dass Matsudaira krank aussah. Sein Gesicht war grau und zerfurcht, auf der Stirn hatte er kalten Schweiß, die Augen waren gelb, wirr und in tiefen Höhlen versunken. Er trug schon die Zeichen des nahenden Todes. Welche Ironie, dass er, der sein Schicksal längst angenommen hatte, sich von einem Fürsten beschimpfen und bedrohen lassen musste, der noch vor dem großen Tor stand. Es war, als ob ein sterbenskranker Lebender einem bereits Toten mit dem Tode Angst machen wollte. Diese Absurdität amüsierte Takahashi. Er wollte lächeln, aber sein geschwollenes Gesicht ließ einen solchen Ausdruck nicht mehr zu.

„Etwas Gutes wird dein Verbrechen und dieser Prozess dennoch haben. Es hat sich offenbart, wie gefährlich und verschlagen die Barbaren sind. Selbst den Holländern ist nicht mehr zu trauen. Ich werde dafür Sorge tragen, dass das ganze Reich davon erfährt, wie du es verraten und damit den feindlichen Nationen Munition und Waffen gegen uns geliefert hast. Das wird den Hass auf alles Fremde, Ausländische und Unjapanische schüren. Dann werden alle sehen, dass es niemanden außer dem Shōgun gibt, der seine Untertanen vor den Barbaren schützen kann, und sie werden sich unter seinem Banner vereinen."

Daraufhin rief er in herrischem Ton die Dienerschaft, ließ Kissen und Lehne einsammeln und verschwand mit seinem Gefolge wortlos wie ein Mitternachtsspuk.

Das war es also! Matsudaira war eitel genug, um ihn, Takahashi, unter vier Augen vor seinem Tod noch wissen zu lassen, dass er den begangenen Hochverrat in eine nationale Politik ummünzen würde, die seine Handschrift trägt und die Abschottung des japanischen Reichs noch verstärkt. Was für ein Narr! Er war das lebende Monument einer untergehenden Welt. In diesem Moment tat Matsudaira ihm leid, denn er wünschte niemandem, nicht einmal seinem Feind, so sehr Opfer seiner Illusionen zu werden, so unerleuchtet und verblendet sterben zu müssen. Neben dem Bedauern empfand er auch Dankbarkeit, denn Matsudaira wusste nicht, welche unermessliche Erleichterung er ihm mit der Verabreichung des Opiums verschafft hatte. Das Verschwinden des Schmerzes und die Abtrennung des geschundenen Körpers von seinem wachen und unverletzten Geist eröffneten ihm im Angesicht dieses hasserfüllten, monologisierenden Despoten ein Gefühl der Unendlichkeit. Matsudaira kann mir nichts mehr anhaben, dachte er, weder seine Wut, noch seine Worte. Takahashi blickte wie aus dem Weltall auf sich selbst, Matsudaira, diese Zelle, das Gefängnis, Edo, Japan und auf alles Leben der Erde herab. Er war mit allem versöhnt, nichts schränkte ihn mehr ein, keine Schuld und keine Sorge. Dieses Gefühl hatte er noch nie kennengelernt. Er dachte zum ersten Mal: Die Gedanken sind frei! Ich bin frei! Das ist wundervoll! Es gibt nichts Schöneres in diesem Universum, als das grenzenlose und wahrhafte Gefühl der Freiheit. Keine Gewalt ist groß genug, um es zu erniedrigen, nicht einmal die Götter können sich damit messen. Welch großartige Verklärung! Ist das schon der Moment meines Todes? Nein, bitte noch nicht! Einen Moment noch. Einen Gedanken will ich noch fassen. Ich bereue nichts. Ich bereue nicht, dass ich gegen die Reichsgesetze verstoßen habe und ich danke meinem Freund Shiboruto dafür, dass er mich hierher geführt hat. Was für ein überwältigendes Ende! Was für ein Geschenk! Dann, ja, noch eine letzte Erinnerung, dieser wunderbare Satz von Imanueru Kanto, den der gute Menderuson an jenem Abend in der Nagasakiya vorlas –

Zwei Dinge erfüllen das Gemüt mit immer neuer und zunehmender Bewunderung und Ehrfurcht, je öfter und anhaltender sich das Nachdenken damit beschäftigt: Der bestirnte Himmel über mir, und das moralische Gesetz in mir.

Ich weiß, was er meinte. Endlich. Du kannst jetzt kommen, mein schöner Tod.

Das Urteil

In Nagasaki überschlugen sich im Sommer 1829 die Ereignisse. Die Verhöre und Hausdurchsuchungen bei Siebold rissen nicht ab. In seinen Lagerräumen wurden immer neue verbotene Gegenstände entdeckt und beschlagnahmt. Über die Ärzte, die noch treu zu ihm hielten, erfuhr er auch, dass Takahashi im Gefängnis gestorben war. Seine Leiche war ausgeweidet in Salz eingelegt worden und sollte auf diese Weise bis zur Urteilsverkündung konserviert bleiben. Von offizieller Seite wollte man Siebld diese Nachricht vorenthalten, damit er noch Hoffnung hätte, durch seine Aussagen etwas für seinen Freund Takahashi tun zu können. Siebold war darauf jedoch schon lange gefasst, denn er hatte sich von Anfang an keine Illusionen über das Hauptgefängnis von Edo und die dortigen Foltermethoden gemacht. Er trauerte tagelang, aß nichts, trank nur Rotwein, um den Schmerz zu betäuben, und spielte auf seinem Fortepiano schwermütige Kompositionen von Bach und Mozart. Taki ließ ihn in dieser Zeit allein. Sie vertraute darauf, dass er nicht wieder Hand an sich legen würde. Schließlich entschied Siebold sich, einen letzten Schritt zu unternehmen, um seine anderen Freunde und Gehilfen vor Takahashis Schicksal zu bewahren. Er richtete ein Schreiben an den Statthalter von Nagasaki, in dem er um seine Naturalisierung als japanischer Staatsbürger bat. Damit wollte er sich uneingeschränkt der japanischen Justiz unterwerfen und hoffte, mit einer lebenslänglichen Gefängnisstrafe die ganze Schuld auf sich nehmen zu können. Zugleich ließ er sich vom Zahlmeister von Dejima sein gesamtes Barvermögen auszahlen und wies Sonogi an, es unter den Mitangeklagten und ihren Familien gerecht zu verteilen, um deren Not zu lindern.

Von niederländischer Seite wurde nun auch Druck auf ihn ausgeübt. Das Generalgouvernement in Batavia wies Meijlan an, Siebold einen strengen Verweis zu erteilen, weil er entgegen seiner rein wissenschaftlichen Mission die diplomatischen Beziehungen zu Japan gefährdet hatte. Er bekam mit dieser Zurechtweisung auch den Befehl, nach Batavia zurückzukehren. Zugleich ließ der Generalgouverneur den Statthalter von Nagasaki und die Regierung in Edo durch Meijlan wissen, dass die niederländische Krone kein Verständnis dafür hat, dass Siebold in Japan festgehalten wird. Er forderte die sofortige Freilassung Siebolds, damit dieser seinem Marschbefehl nach Batavia folgen kann, wo er sich der niederländischen Justiz zu stellen hätte.

Als ob all das nicht schon genug wäre, ging beim Generalgouvernement in Batavia auch noch ein anonymer Brief ein. Darin wurde behauptet, Siebold habe auf Dejima die Japan-Karten seinem Vorgesetzten Oberst de Sturler, der sie von der japanischen Regierung zur Drucklegung erhalten hatte, mit List entwendet. Der Anonymus behauptete auch, Siebold werde von den Japanern nur festgehalten, damit die Regierung in Edo Lösegeld von den Holländern erpressen kann. Siebold war fassungslos und so wütend, wie man ihn noch nicht erlebt hatte. Der Vorteil dieser Verleumdung, die aller Wahrscheinlichkeit nach von Sturler höchstpersönlich ausging, lag darin, dass niemand sich vorstellen konnte, es sei etwas Wahres daran. Und so mussten alle Eingeweihten doch wieder die Partei von Siebold ergreifen, was ihm einige Erleichterung im Umgang mit Meijlan verschaffte.

Siebold erfuhr im Laufe der Verhöre, dass der Spionageverdacht gegen ihn wegen eines simplen Übersetzungsfehlers erhoben worden war. Das Paket, das er über Takahashi dem Geographen Rinzō Mamiya geschickt hatte, war mit einem Absender versehen. Darauf stand ‚Von dem preußischen Arzt'. Wie es zu dem ‚preußisch' kam, daran konnte sich Siebold nicht erinnern. Das musste eine Laune gewesen sein, vielleicht die Erinnerung an ein Gespräch mit Mamiya, in dem es um preußische Tugenden ging. Den Autoritäten in Edo war die Aufschrift jedoch fehlerhaft übersetzt worden, und so wurde daraus ‚Von dem russischen Arzt'. Siebold konnte die davon ausgehende Irritation durchaus verstehen. Doch was für ein Spion sollte das sein, der sein Inkognito auf eine Paketsendung schreibt? Preußen wurde jedenfalls nicht als feindliche Nation angesehen, da es noch kein Schiff entsandt hatte, um Japan zur Kontaktaufnahme zu bewegen. Im Gegenteil, die Taten Friedrichs II., genannt ‚der Große', wurden bewundert von jenen Politikern und Gelehrten, die davon gehört oder gelesen hatten. Diese neue Entwicklung gab Anlass zur Hoffnung, dass der Anklagepunkt der Spionage fallengelassen würde und Siebold nicht mehr die Höchststrafe zu fürchten hätte. Andererseits wurde sein Antrag auf japanische Staatsbürgerschaft abschlägig beschieden, sodass er keine Möglichkeit mehr sah, etwas für seine verhafteten Freunde tun können. Über fünfzig Menschen saßen inzwischen landesweit wegen der ‚Siebold-Affäre' im Gefängnis, viele wurden gefoltert, drei hatten bereits Selbstmord begangen und vier weitere, unter ihnen Takahashi, waren durch die grausame Behandlung gestorben. Der Blutzoll für Siebolds Forscherdrang stieg, und er fürchtete jeden Tag weitere schlechte Nachrichten. Mit erheblicher Verspätung erfuhr er, dass Sadanobu Matsudeira, die graue Eminenz des Bakufu und strikter Verfechter der Abschließungspolitik, unter schlimmsten Schmerzen gestorben war, vermutlich an Magenkrebs. Siebold und seine verbliebenen Freunde wussten nicht, wie sich das auf den weiteren Gang des Prozesses auswirken würde, verbanden damit aber weder besondere Hoffnung, noch größere Furcht.

Die Jahreszeiten flogen vorbei, für Siebold gab es keinen Moment der Muße. Er war ernst und ruhig geworden und versuchte, mit der Last seiner Schuld zu leben. Man sah ihm die Anstrengungen der vergangenen Monate an, denn es war ihm immer noch nicht möglich, länger als vier oder fünf Stunden zu schlafen. Taki kümmerte sich die meiste Zeit um ihre Tochter Ine. Sie wollte ihrem Mann nicht zur Last fallen und überließ ihn sich selbst, wenn sie spürte, dass er verloren war in den schlimmen Gedanken an seine Freunde. Da konnte sie ihm nicht helfen. Ansonsten tat sie alles, um sein Leben zu erleichtern und sorgte dafür, dass er gut zu essen bekam. Am 22. Oktober 1829 war es dann so weit. Siebold wurde von den japanischen Wachleuten abgeholt und ins Statthalteramt gebracht. Der Sonderbeauftragte des Bakufu war diesmal nicht mehr anwesend. Der Oberdolmetscher zog eine Schriftrolle auseinander und las ohne Umschweife das Urteil auf Holländisch vor.

„Urteil gegen Dr. von Siebold.

Am 25. Tag des 9. Monats im 12. Jahr Bunsei, gefällt im Dienstgebäude zu Tateyama in Gegenwart des Statthalters und der beiden Vize-Statthalter.

Sie, Dr. von Siebold, haben auf der Hofreise mit Beamten der Sternwarte Freundschaft geschlossen und von ihnen eine Vielzahl von Gegenständen empfangen. Überdies haben Sie Ärzten, die sich in der Behandlung von Kranken und der holländischen Heilkunst auszubilden strebten, alle möglichen diesbezüglichen Unterweisungen gegeben. Insbesondere während Ihres Aufenthalts in Edo und unterwegs haben Sie den Leuten, die bei Ihnen Behandlung und Heilung suchten, Medizin verabreicht und bei ihnen Operationen vorgenommen. Unter den von diesen Personen empfangenen Dankgeschenken befanden sich eine ganze Reihe von verbotenen Dingen, welche Sie annahmen, ohne den Dolmetschern gehörige Meldung zu machen, und bei der Untersuchung des Falls haben Sie sich unwahre Aussagen zuschulden kommen lassen. Als Neuling in Japan waren Sie vielleicht von den Verboten nicht unterrichtet, jedoch trifft Sie die Übertretung unserer Landesgesetze durch das Sammeln von verbo-tenen Dingen als ein schwerer Vorwurf. Diese Gegenstände werden also be-schlagnahmt, und Sie werden für alle Zukunft des Landes verwiesen. Auch sei Ihnen kundgetan, dass über alle beteiligten Japaner schwere Strafen verhängt worden sind."

Ewige Verbannung! Die Anklage wegen Spionage war fallengelassen worden. Doch er musste das Land verlassen. Seine Frau Taki und Toch-ter Ine würde er nie wiedersehen. Den vielen Freunden, die seinetwegen gequält wurden, konnte er nicht mehr helfen. Siebold saß aufrecht im Seiza und versuchte, das Urteil mit Fassung anzunehmen. Sein gequältes Gemüt konnte sich noch nicht entscheiden, ob er weinen oder in Ohn-macht fallen sollte. Alles brach zusammen. Er hatte die Todesstrafe für das Schlimmste gehalten, was ihm hätte widerfahren können. Doch in diesem Moment begriff er, dass der Tod möglicherweise nur eine Ab-kürzung seiner Leiden und eine Gnade gewesen wäre. Sein Herz krampfte, das Atmen fiel ihm schwer, ihm wurde speiübel. Da kippte der große, blonde Mann in Uniform zur Seite, schlug mit einem dumpfen Geräusch auf dem Tatami auf und übergab sich. Dabei waren seine Augen weit aufgerissen und Spasmen erschütterten seinen Körper.

Der lange Abschied

Zwei Tage später erwachte Siebold in seinem Bett. Er war wieder auf Dejima und konnte sich an nichts erinnern. Er fühlte sich schwach und rief nach Taki, die während der letzten Monate um ihn war, wenn er sie brauchte. Doch niemand antwortete. Stattdessen trat Tengu ein, einer der beiden malaiischen Diener, die sich sonst um Küche, Wäsche und Haushalt kümmerten.

„Meester, die Frau Sonogi ist nicht mehr hier. Kann ich etwas für Sie tun?"

„Was meinst du mit ‚sie ist nicht mehr hier'?" fragte Siebold perplex.

„Sie darf seit dem Ende des Prozesses die Insel nicht mehr betreten. Sie haben keine Erinnerung?"

Da fiel ihm ein, dass er sein Verbannungsurteil noch gehört hatte. Da-nach nichts mehr.

„Nein. Was ist seit der Urteilsverkündung passiert?"

Tengu näherte sich schüchtern dem Bett, in dem Siebold angezogen lag. Er sprach zögerlich mit gesenktem Blick. Man sah ihm an, dass er sich wie ein Überbringer schlechter Nachrichten fühlte.

„Meester, Sie wurden besinnungslos von ein paar japanischen Wachleuten hierher gebracht. Ich wurde angehalten Ihnen mitzuteilen, dass Sie das Haus unter Androhung der Todesstrafe nicht verlassen dürfen. In einigen Wochen wird ein Schiff Sie zurück nach Batavia bringen. Frau Sonogi darf sie nicht mehr sehen. Die Ehe ist durch das Urteil geschieden worden."

Siebold sank zurück in die Kissen. Tränen schwammen auf seinen Augen. Tengu zog sich schweigend zurück. Noch in der Küche hörte er das Schluchzen aus der tiefen Brust des Mannes, dem er sein Urteil noch einmal hatte verkünden müssen. Abends kam Siebold herunter, versuchte Haltung zu bewahren und aufgeräumt zu wirken. Er sah furchtbar aus, seine Haare waren wirr und die Augen stark gerötet. Tengu bot ihm eine starke Brühe an, die er für ihn vorbereitet hatte. Siebold zögerte, doch dann nahm er sie dankbar an. Er fragte Tengu nach weiteren Einzelheiten. Es stellte sich heraus, dass Tengu sich als einzige Person unangemeldet in Siebolds Haus aufhalten durfte. Siebold konnte nur durch ihn Nachrichten an Opperhoofd Meijlan überbringen lassen, und auch an niemanden sonst. Tengu, der kleine, dunkelhäutige und außerordentlich sanftmütige Diener mit femininen Zügen würde also für die nächste Zeit Siebolds einzige Verbindung zur Außenwelt sein. Es hätte durchaus schlimmer kommen können. Siebold schätzte diesen gutmütigen Mann und hatte sich in seiner Gegenwart nie unwohl gefühlt. Tengu mochte den Meester, der andere Menschen nie schlecht behandelte, stets guter Laune war und sich ihm gegenüber großzügig zeigte, wenn er seinen Dienst gut leistete oder ihm einen besonderen Wunsch erfüllte. Tengu hatte ein großes Herz und es immer als ein besonderes Glück empfunden, wenn er die Liebe zwischen Siebold und seiner japanischen Frau im Alltag miterleben durfte. Der Meester hatte sein ganzes Mitgefühl. Tengu würde die schöne Frau Sonogi mit ihrer niedlichen Tochter Ine vermissen und empfand die ganze Situation als furchtbar traurig.

Am nächsten Tag war Siebold ausgeschlafen, saß wieder an seinem Arbeitstisch und dachte über seine Optionen nach. Am Nachmittag schickte er Tengu mit der Bitte zum Oberhaupt der Faktorei, ihn aufzusuchen. Meijlan ließ sich Zeit und meldete sich erst für den frühen Abend des nächsten Tages an. Als er in Siebolds Haus kam, war er aufgeräumt und entspannt. Die ganze Affäre hatte nun ihr Ende gefunden und er konnte sich endlich wieder auf den Handel mit den Japanern konzentrieren. Er war äußerst zurückhaltend, als Siebold ihn um einige Gefälligkeiten bat. Bei genauerer Betrachtung sah er jedoch ein, dass es sich nur um die ordentliche Regelungen wichtiger Angelegenheiten handelte, die

Siebold vor seiner Abreise zu erledigen hatte. So schickte er am nächsten Tag den Zahlmeister und den Lagerverwalter zu ihm. Siebold erklärte ihnen, dass er den Rest seiner noch ausstehenden Gehaltsansprüche in Zuckerrationen wandeln wollte, die in regelmäßigen Abständen seiner Frau Taki Kusumoto geliefert werden sollten. Der Zucker war die beste Währung, mit der er sie für mindestens zwei weitere Jahre versorgen konnte, denn der Preis für dieses gefragte Produkt würde durch Inflation nicht entwertet werden. Die Holländer stutzten, dass Siebold die japanische Kurtisane immer noch seine Frau nannte, doch sie sagten ihm zu, seinem Wunsch zu entsprechen. Der Zahlmeister listete ihm die Summe seiner Ansprüche auf und der Lagermeister machte ihm einen guten Preis für das entsprechende Zuckerkontingent.

Eine Woche später hatte Siebold ein weiteres Anliegen. Er bat darum, eine Ziege im Haus halten zu dürfen. Er bräuchte deren Milch zur Erhaltung seiner Gesundheit, behauptete er. Als Futter sollte einer der japanischen Ärzte, mit denen er früher zusammengearbeitet hatte, Gräser und Kräuter sammeln und bei den Saguriban abgeben. Meijlan fand den Wunsch extravagant, leitete ihn aber weiter an den Statthalter und bekam umgehend die Genehmigung dafür. Siebold hatte schon während seines vorherigen Arrests verstanden, dass die japanischen Behörden auf keinen Fall verantwortlich sein wollten, wenn es ihm körperlich schlecht gehen sollte. Man nahm daher in der Statthalterei durchaus Rücksicht auf den gesundheitlichen Zustand des holländischen Arztes. Sein Diener Tengu fand das Halten einer Ziege im Haus auch eher ungewöhnlich und es erinnerte ihn an die Bauern in seiner Heimat, die zusammen mit dem Vieh unter einem Dach lebten. Zudem war er nicht begeistert, täglich die Fäkalien des Tieres zu beseitigen. Doch er begriff schnell, dass es nicht um die Ziegenmilch ging. Siebold war jedes Mal aufgeregt, wenn die Futterbündel eintrafen. Er öffnete sie und verteilte die Pflanzen einzeln auf seinem großen Arbeitstisch. Dann arbeitete er stundenlang daran, untersuchte sie, fertigte Zeichnungen an und verfasste Notizen. Siebold hatte selbst in dieser höchsten Not und Isolation einen Weg gefunden, seine botanischen Studien weiterzutreiben. Abends stand Siebold vor dem Fenster im oberen Stockwerk und blickte sehnsüchtig zum Festland, vor allem in Richtung Narutaki, das gleich hinter dem Fuße eines Berges lag, den er gerade noch sehen konnte. Nun, da sein Gefängnis kleiner war als je zuvor, schienen ihm die früheren Spaziergänge auf Dejima und die Arbeit in seinem Garten wie unvorstellbare Privilegien. Er hatte viel Zeit, um all die Ereignisse der vergangenen Jahre noch einmal Revue passieren zu lassen. Die Sorgen um seine leidenden Freunde und seine Familie wurden dadurch nicht geringer, doch eine gewisse innere Ruhe kehrte ein, die er schon lange nicht mehr erlebt hatte.

So vergingen die Wochen bis zu seiner Abreise schneller als erwartet. Ende Dezember 1829 war es so weit. Ein holländisches Segelschiff hatte seine Ladung pünktlich gelöscht, war repariert worden und nun bereit, wieder auszulaufen. Am letzten Abend kam Meijlan mit drei Kaufleuten, die Siebold gut kannten und ihm immer gewogen waren. Die meisten Bewohner von Dejima hatten wenig Verständnis für die Abenteuer des deutschen Arztes unter ihrer Flagge, und vor allem gab es einige, die ihm seine weitreichenden Privilegien geneidet hatten. Doch am Ende waren sie alle niederländische Patrioten und stolz darauf, wie ihre Vorgesetzten und das Generalgouvernement diese schwierige Situation gemeistert hatten, die eine Gefahr für die ganze Mission darstellte. Siebold schlug daher eine Welle von Sympathie entgegen, die er nicht erwartet hätte. Nach Monaten der Verfolgung und Anfeindung tat ihm dieser Abschied gut. Nur, dass er seine Familie nicht mehr sehen dürfte, das war eine Wunde, die sich nicht schließen wollte. Dennoch war es die erste ausgelassene Tafel seit langer Zeit und Siebold trank mit Meijlan und den Kaufleuten, bis sie alle zusammen sangen und er abwechselnd weinte und lachte.

Am nächsten Tag durfte Siebold nach zwei Monaten zum ersten Mal sein Haus verlassen. Fünf japanische Wachleute holten ihn ab. Bleich blinzelte er in die Sonne. Er hatte Kopfschmerzen vom vielen Wein am Vorabend. Er verabschiedete sich von dem guten Tengu und bedankte sich für dessen Dienste. Sie gaben sich einen lebenslangen Treueschwur, dann schloss Tengu auch schon die Tür, um für den nächsten Bewohner alles herzurichten. Es war bereits geregelt, dass Heinrich Bürger als Siebolds Nachfolger das Amt des Inselarztes sowie sein Haus übernehmen sollte. Die Wachleute brachten Siebold zur Anlegestelle, dort wartete eine Schaluppe auf ihn. Es war eine traurige Zeremonie. Er bestieg das Boot, während die japanischen Beamten den Vorgang vom Steg aus stumm und mit ungerührtem Gesichtsausdruck überwachten. Niemand sonst war zum Abschied gekommen, keine Freunde, weil sie nicht durften, kein Mitglied der Faktorei, weil es sie nicht interessierte, und schon gar nicht seine geliebte Frau und ihre kleine Tochter. Er war zutiefst frustriert. Das ist also das Ende, dachte Siebold, diese einfachen Hafenpolizisten sind die letzten Japaner, mit denen ich zu tun habe. Diesem Land, dem ich nur Gutes bringen und das ich erforschen wollte, muss ich nun auf Ewig den Rücken kehren.

Vier holländische Matrosen, die ebenso kein Wort sprachen, ruderten die Schaluppe hinaus in die Bucht zum Ankerplatz der *Cornelis Houtman*, die bereit zur Abreise war und nur noch auf Siebold wartete. Während sie sich näherten, betrachtete Siebold die Fregatte mit einem bitteren Gefühl des Vorwurfs. Das Unglück, das vielen Menschen großes Leid bescherte und ihn nun aus dem Land seiner Träume verbannte, hatte mit einem Taifun und der Strandung dieses Schiffs begonnen. Es war längst wieder im Dienst und nichts an seiner prächtigen Erscheinung erinnerte daran, welches Schicksal seinen Lauf nahm, als es sich im Sturm von der Ankerkette losgerissen hatte. Am oberen Ende der Gangway wurde Siebold vom Kapitän begrüßt.

„Willkommen an Bord, Herr Major. Mein Name ist Ruben Jorgensen, ich bin der Kapitän dieses Schiffes. Und Sie sind also unser Spezial-Passagier", sagte der vierschrötige Mann gut gelaunt, wobei er ihn vielsagend anlachte. Siebold war nicht zum Scherzen zumute und er grüßte nur kurz angebunden. Es ging ihm schlecht und er wollte in Ruhe gelassen werden. Jorgensen verstand sofort, wandte sich ab und ließ Segel setzten. Siebold ging aufs Achterdeck, wo er allein an der Reling stand und krank vor Schuldgefühlen, Trauer und Sehnsucht in Richtung Nagasaki blickte. Über sechs Jahre hatte er an diesem Ort gelebt, hatte dort geforscht, gelehrt und eine Familie gegründet. Nun war alles vorbei. Seine liebe, schöne Frau Taki und ihr gemeinsames Töchterchen Ine würde er nie wiedersehen. Er dachte an seine verstorbenen Freunde Mendelssohn und Takahashi, an seine treuen Schüler und – ja, auch an Azuma, die große Tayū von Yoshiwara und ihr *Hari*. All das versank in der Ferne, als der Anker gelichtet war und die *Cornelis Houtman* Fahrt aufnahm.

Eine leichte Brise aus Nordwest schob das Schiff von *Raumschot* langsam aus der Bucht hinaus. Der Himmel war klar, die Sonne schien und die Temperatur war für Ende Dezember mild. Sie hatten kaum drei Seemeilen zurückgelegt und Nagasaki war gerade außer Sicht, als Kapitän Jorgensen auf der Höhe des Fischerdorfs Kosedo plötzlich die Segel wieder reffen und den Anker werfen ließ. Siebold, der sich gerade in seine Kajüte begeben wollte, um im Schlaf etwas Trost zu finden, bemerkte das ungewöhnliche Manöver. Als Jorgensen dann auf ihn zukam, war er beunruhigt. Eine weitere Komplikation? Er wollte endlich nicht mehr Gegenstand langwieriger Strafprozesse und erniedrigender Sonderbehandlungen sein. Er war erschöpft und fürchtete, es sei immer noch nicht zu Ende.

„Herr Dr. von Siebold, wir müssen Ihretwegen eine kleine Kursabweichung vornehmen. Deshalb habe ich Sie vorhin unseren ‚Spezial-Passagier' genannt."

„Um Gottes Willen, was geschieht? Warum gehen wir vor Anker?"

„Keine Sorge, seien Sie nicht beunruhigt. Nur eine Überraschung. Sehen Sie?" Er zeigte in Richtung der Küste, von wo sich ein Boot näherte. Darauf waren ein paar Fischer mit ihren breiten Strohhüten. Siebold konnte nichts Besonderes erkennen.

„Was soll da sein?" fragte er verständnislos.

„Warten Sie, einen Moment noch", antwortete Jorgensen mit schelmischer Freude, die Siebold unerklärlich war.

Als das Fischerboot in Rufweite war, erhob sich plötzlich der vorderste Mann, lüftete seinen Hut und rief so laut er konnte: „Sensei! Sensei!"

Es war Kō! Der gute Ryōsai Kō, Siebolds Lieblingsschüler und guter Freund! Dann nahmen die anderen Fischer ihre Hüte ab. Da sah er Keisaku Ninomiya – und niemand anderes als die schöne Taki, die Ine auf dem Arm hielt. Siebold riss die Arme hoch und schrie vor Freude, völlig ungehemmt und fast ein bisschen verrückt. Jorgensen stand neben ihm und grinste wie ein glückliches Pferd. Die Überraschung war gelungen. Es war ihm auch eine persönliche Genugtuung, den japanischen Autoritäten eins auszuwischen, denn das Verbot für ihn und seine Besatzung, an Land zu gehen, hatte ihn maßlos geärgert. Die Gangway wurde runtergelassen und die drei kamen mit dem Kind an Bord. Siebold vergaß japanische wie holländische Etikette, schloss einen nach dem anderen in die Arme, zuletzt Taki besonders herzlich und küsste die kleine Ine. Die strahlte ihn an und sagte mit der niedlichsten Stimme „Otō-san! Ureshii!", was etwa bedeutete „Papa! Ich bin so glücklich, dich zu sehen!" Kō und Ninomiya erklärten kurz, dass sie schon nach ein paar Monaten aus dem Gefängnis entlassen worden waren, ihre Strafen waren damit abgegolten. Die anderen Freunde und Kollegen seien allerdings noch in Haft und manche erwarteten erst ihr Urteil.

„Wir haben leider nicht viel Zeit, Herr Major", unterbrach Jorgensen. „Wollen Sie sich vielleicht mit Ihrer Familie kurz zurückziehen?"

„Vielen Dank. Ja, das machen wir."

Siebold führte Taki in seine Kajüte, die noch gar nicht eingerichtet war. Sie setzten sich nebeneinander in die Koje, umarmten, herzten, küssten sich leidenschaftlich und weinten dabei, während Ine auf ihren kurzen Beinen staunend herumlief und verschiedene Gegenstände anfasste. Siebold fühlte sich in einem Zustand der Auflösung, er konnte seine Gefühle nicht mehr zurückhalten und war zerrissen von Liebe,

Freude, Trauer und den beiden Einsamkeiten, jener, die er hinter sich hatte, und der anderen, viel größeren, die noch vor ihm lag. Sein Gesicht war tränennass, während die gefasste Taki sanft und tröstend zu ihm sprach. Doch auch sie konnte und wollte die schmerzhaften Seufzer nicht unterdrücken. Sie schworen sich ewige Liebe und Siebold versprach, von Europa aus weiterhin für sie und Ine zu sorgen. Taki sagte, sie sei so stolz auf ihn, weil er tapfer alles durchgestanden hätte und sein Leben als Belohnung nun doch verschont wurde. Sie wünschte ihm Glück und Erfolg in Europa und bat ihn darum, sie und Ine nicht zu vergessen. Sie holte zwei kleine Stoffbeutel aus ihrem Gürtel, gab sie Siebold und meinte, das würde ihm helfen, an sie beide zu denken. Siebold fand darin je eine schwarze Lackdose, eine mit einem Portrait von Taki, die andere mit einem Bildnis von Ine.

Siebold wollte vor Dankbarkeit das Herz aus der Brust springen. Sie nahmen Ine gemeinsam hoch und umarmten sich ein letztes Mal zu dritt. Dann gingen sie an Deck zu Kō und Ninomyia, die sich lachend mit Jorgensen unterhielten, mit dem sie als Fischer verkleidet eine Woche zuvor diese kleine Verschwörung eingefädelt hatten. Jorgensen hatte dazu mit Meijlan Rücksprache gehalten, der dann auch seine Einwilligung gab. Siebold bat seine Schüler inständig, auf Taki aufzupassen und sich darum zu kümmern, dass Ine eine gute Ausbildung bekommt. Schließlich war es auch an ihnen, doch noch Abschiedstränen zu vergießen, als ihr Freund und Lehrer sie ein letztes Mal in die Arme schloss. Mit kaum erträglicher Wehmut, aber doch erleichtert und erlöst, sah Siebold dem Boot nach, auf dem die beiden Freunde und seine kleine Familie sich wieder als Fischer verkleidet entfernten. Dann bedankte er sich aus tiefstem Herzen und fast unterwürfig bei Kapitän Jorgensen. Der klopfte ihm freundschaftlich die Schulter, sprach ihm ein paar ermutigende Worte zu und lud ihn ein, sobald er sich erholt hat, bei ihm zu speisen und von seinen Abenteuern im Land der aufgehenden Sonne zu erzählen. Siebold sagte das zu und ging wieder aufs Achterdeck, wo er allein blieb und zurückschaute, bis Japans Küste am Horizont in der Dämmerung versank.

REGINALD GRÜNENBERG

DIE ENTDECKUNG DES OSTPOLS

DER WEG IN DEN KRIEG

– NIPPON-TRILOGIE 3 –

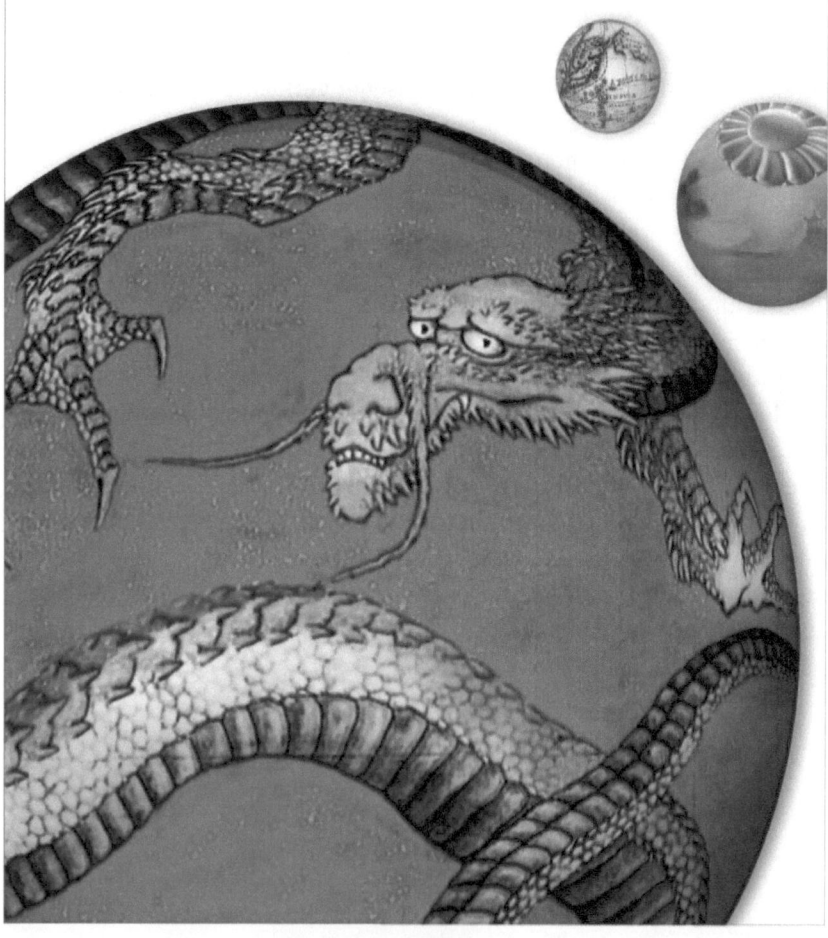

1. Kapitel

Verbannung nach Europa

Die Gunst zweier Könige – Die Rückkehr des Forschers
Takis Brief – Russland – Freie Republik Schloss Tegel
Erfolge – Der Kurschatten
Das verschollene Handelspatent

Die Gunst zweier Könige

Die Seereise nach Batavia verlief ohne besondere Ereignisse. Kein Sturm, keine Schiffbrüchigen, nicht einmal Unfälle oder Krankheiten unter der Besatzung. Siebold zwang sich zunächst, jeden Tag mindestens zwei Stunden an Deck zu verbringen, um nach seiner langen Arrestzeit wieder Bewegung und frische Luft zu bekommen. Doch sein Gemütszustand ließ den Körper nicht genesen, und so verbrachte er die zweite Hälfte der Reise in der Kajüte. Er schlief schlecht, und wenn es ihm doch gelang, dann verfolgten ihn Angst- und Schuldträume. Wenige Tagesreisen östlich der britischen Handelskolonie Singapur bekam er Fieber, das ihn bald ins Delirium fallen ließ.

Als er daraus wieder erwachte, befand er sich in einem weitläufigen hellen Saal, in dem Menschen in ockerfarbene Decken gehüllt leise atmend auf niedrigen Pritschen lagen. Noch im Dämmerzustand wusste er doch, dass er nicht mehr an Bord der Cornelis Houtman war. Das Letzte, woran er sich erinnerte, war Kapitän Jorgensen, der an seiner Koje saß und leise zu ihm sprach. Er sah aber nur noch seine Schemen, von den Worten war nichts mehr zum ihm durchgedrungen. Siebold schlief wieder ein.

„Herr von Siebold! Können Sie mich verstehen?" Siebold öffnete die Augen. Ein freundlicher Kauz mit Stethoskop um den Hals saß vor ihm und lächelte ihn an.

„Major *Fritze*! Welche Freude, Sie zu sehen", antwortete er und erschrak über seine eigene Stimme, die schwach und krank klang. „Was mache ich hier? Wie bin ich hierhergekommen?"

„Der gute Jorgensen hielt es für klüger, Sie erst einmal bei mir abzuliefern, bevor Sie nach Batavia weiterreisen. Damit hat er Ihnen wahrscheinlich das Leben gerettet."

„Wie lange bin ich schon hier?"

„Wir pflegen Sie schon seit acht Tagen und Nächten. Das Fieber ist zum Glück zurückgegangen. Sie sind zwar ein kräftiger Kerl und ein zäher Hund, aber Ihre Gesundheit hat doch stark gelitten. Sie sind erschöpft und brauchen noch viel Ruhe. Wie es aussieht, haben die Ereignisse in Japan Ihre Reserven aufgebraucht. Ich bin bereits im Bilde. Jorgensen ist ein Freund von mir und hat mir einiges erzählt. Natürlich hatte ich auch über andere Kanäle schon gehört, dass Ihnen übel mitgespielt wurde. Doch nicht zu viel auf einmal. Erholen Sie sich nun erst ein wenig, dann sprechen wir. Haben Sie Appetit? Kann ich Ihnen eine kräftige Brühe mit Einlage bringen lassen?"

„Ja, bitte. Ich habe Hunger, als ob ich seit Wochen nichts gegessen hätte."

„Das dürfte sogar zutreffen. Gut, dann sehen wir uns morgen wieder." Fritze nahm die kraftlose Hand seines Patienten und drückte sie herzlich.

Zwei Tage lang blieb Siebold noch im Bett, aß regelmäßig und bald auch feste Nahrung. In Sumatra war Regenzeit. Nachts gab es starke Niederschläge, am Tag schien die Sonne und es war schwül. Das große Krankenbungalow auf der Anhöhe von Fort Mentok war jedoch gut belüftet und es herrschte eine angenehme, feuchte Wärme. Als Siebold aufstand, machte er zunächst nur vorsichtig erste Rundgänge im Schlafrock. Fritze kam jeden Tag zu ihm, beobachtete erfreut seine Fortschritte und machte Späße über dumme holländische Beamte oder faule Malaien, um seinen Patienten aufzuheitern. Am fünften Tag zog Siebold leichte, zivile Kleidung an und begab sich in Begleitung eines Krankenpflegers auf den ersten Spaziergang außerhalb der Anlage. An diesem Abend aß er zusammen mit Fritze auf der großen Veranda des Bungalows. Es gab deftiges Curry mit Hühnerfleisch und Reis. Dazu betrachteten sie den Sonnenuntergang über dem tropischen Blätterdach.

„Ihre Stethoskope haben mir allergrößte Dienste erwiesen, lieber Fritze", erinnerte sich Siebold. „Nicht nur um die japanischen Ärzte und Patienten zu beeindrucken, sondern vor allem bei der Diagnostik. Das ist eine ganz hervorragende Erfindung."

„Das freut mich. Ich lerne mit diesem Gerät auch immer noch täglich dazu. Ihre Ausführungen über die Zusammenarbeit mit den japanischen Ärzten haben mich übrigens außerordentlich begeistert. Wenn ich so etwas doch auch einmal erleben dürfte! Die lokalen Heiler hier sind noch ganz gefangen in der Magie und misstrauen mir zutiefst. Besonders meine Heilerfolge machen sie neidisch und mir wurde berichtet, dass ich bereits mit mehreren bösen Zaubern belegt wurde. Dabei sind ihre eigenen Heilmethoden nur Tricksereien. Sie saugen bei ihren Patienten an den schmerzhaften Stellen und spucken dann Steine, Hühnerinnereien oder -knochen aus. Das geht natürlich alles sehr schnell und sie behaupten, ich behalte die Kranken nur deshalb so lange hier in der Klinik, um sie mit Drogen abhängig und gefügig zu machen", erzählte Fritze resigniert.

„Ich hatte auch meine Auseinandersetzungen mit den chinesischen Ärzten. Sie traten ebenfalls als Heiler auf und verwenden allerlei sinnlose Rituale. Dabei sind einige Grundlagen der chinesischen Medizin gar nicht falsch. Ich habe viel über Akkupunktur und die Moxa gelernt."

„Wenn Sie heute zurückblicken, was waren Ihre größten Enttäuschungen und Misserfolge in Japan?" wollte Fritze wissen.

„Abgesehen von meiner Frau und unserer Tochter, die ich beide nie wiedersehen darf? Ich habe viele wundervolle Menschen kennengelernt, denen ich geschadet habe, und mindestens zwei davon sind Freunde geworden, die ich gerne für den Rest meines Lebens behalten hätte. Doch den einen konnte ich nicht heilen, als er an *Syphilis* erkrankte, und den anderen habe ich durch eigenes Verschulden in einen grausamen Tod geschickt. Ein weiterer Misserfolg war es für mich, von Edo aus nicht tiefer in das Land vordringen zu können. Dieses Inselreich ist immer noch voller Geheimnisse, die kein Ausländer je erforscht hat. Meine Sammlungen aus *Specimen* der japanischen Fauna und Flora sowie die kulturellen Zeugnisse, die ich sichern konnte, sind nur ein kleiner Teil eines viel größeren Bildes, das ich von diesem so schönen wie exotischen Land nach Europa bringen wollte."

„Sie haben Enormes geleistet, und dafür wird man Ihnen auf Lebzeiten dankbar sein."

„Ich befürchte eher, dass man mich vor Gericht stellen wird für den Unfrieden, den ich zwischen Japan und der niederländischen Krone gestiftet habe", gab Siebold seufzend zurück. Fritze lachte.

„Ich glaube, Sie wissen gar nicht, was inzwischen alles passiert ist. Doch ich will nichts vorwegnehmen." Siebold kräuselte fragend die Stirn, doch er wollte nicht neugierig erscheinen. Zudem hatte er sich gerade ganz gut eingerichtet in seinem umfassenden Selbstmitleid, das ihm tatsächlich etwas Trost spendete.

Nach zwei Wochen war Siebolds Gesundheit wieder so weit hergestellt, dass er reisen konnte. Ein Schiff der niederländischen Handelsflotte auf Zwischenstopp vor der Küste von Palembang nahm ihn an

Bord und nahm ihn mit nach Batavia. Dort angekommen meldete er sich umgehend im Sekretariat des Generalgouvernements. Dabei staunte er über diese Stadt noch mehr als bei seinem ersten Aufenthalt vor über sechs Jahren. Sie war ein Moloch des ungezügelten, kranken Kolonialismus, ein schmutziger Auswurf der westlichen Zivilisation. Japan erschien ihm dagegen wie die kultivierteste aller Nationen. Er war froh, dass ihn bereits am nächsten Tag eine Kalesche abholte und in das höher gelegene Buitenzorg brachte. Dort erwartete ihn der neue Generalgouverneur Graf Johannes van den Bosch. Auf der achtzehnstündigen Fahrt war Siebold unruhig und höchst besorgt um seine Zukunft. Van den Bosch, das hatte Fritze ihm berichtet, war ein Krieger und ein harter Hund. Er bekämpfte seit Jahren die ständig wieder aufflammenden Aufstände der Javanesen und hatte bis dahin jede Schlacht gewonnen. Auch den gegen die niederländische Kolonialverwaltung rebellierenden Sultan von Palembang hatte er niedergerungen. Siebold ahnte, dass er einem autoritären, rein militärisch denkenden, hohen Kolonialbeamten Bericht erstatten musste, der nicht viel Verständnis für die Subtilitäten der japanischen Verhältnisse und noch weniger für Siebolds undiszipliniertes Verhalten hat. Schließlich hatte das Generalgouvernement ihm durch Meijlan, mitten in seiner trostlosen Arrestzeit, eine scharfe Rüge erteilen lassen. Zudem überlagerte sich Siebolds Vorstellung von Van den Bosch mit der Erinnerung an seinen früheren Vorgesetzten, den unerträglichen und intriganten *Oberst de Sturler*. Was hatte Siebold von Van den Bosch zu erwarten? Würde er Siebold erst einmal auf demütigende Weise seine Insubordination und die schädlichen Konsequenzen seines Handelns für die niederländische Diplomatie vorhalten? Käme dann eine Abordnung in eine trostlose javanische Provinz, wo Siebold auf Jahre hinaus seinen Dienst als Militärarzt zu leisten hätte? Es wäre das Ende seiner wissenschaftlichen Karriere. Seine Sammlungen würden auf Batavia eingelagert und vergessen oder gleich verkauft und zu Geld gemacht. Alles war vergebens. Derart beklommen und auf der Schwelle zur Verzweiflung betrat Siebold in Buitenzorg das prächtige Arbeitskabinett des Generalgouverneurs.

Van den Bosch erhob sich hinter seinem wuchtigen Schreibtisch, ging Siebold entgegen und begrüßte ihn mit einem entschlossenen Händedruck. Dann wies er seinen Sekretär an, der Siebold hinbegleitet hatte, in den nächsten Stunden niemanden vorzulassen. Alles an Van den Bosch strahlte Autorität und Selbstbewusstsein aus. Er war ein großer, kräftiger, für einen Holländer ungewöhnlich attraktiver dunkelhaariger Mann und seine elegante Uniform verlieh ihm die Würde eines mächtigen

Fürsten. Seine Miene war ernst, aber nicht unfreundlich.

„Sie sind spät dran, Herr von Siebold. Ich hatte Sie schon viel früher erwartet."

„Ich musste meine Gesundheit in Fort Mentok erst wiederherstellen lassen, Eure Exzellenz."

„Ich weiß, ich weiß. Damit wollte ich nur ausdrücken, wie ungeduldig ich bin, Ihren Bericht zu hören. Setzen wir uns, ich werde Tee servieren lassen."

Van den Bosch ging zu seinem Schreibtisch, zog zweimal an einer dort angebrachten Kordel, holte einige Papiere und setzte sich zu Siebold an den Salontisch neben einem der Fenster. Siebold begann unmittelbar mit seinem Bericht, wie er ihn sich zurechtgelegt hatte. Zunächst zählte er die wissenschaftliche Ausbeute seiner Mission auf: 187 Exemplare von 35 verschiedenen Arten von Säugetieren; 827 Exemplare von 189 unterschiedlichen Vogelarten; 126 Exemplare aus 28 Arten von Reptilien; 540 Exemplare aus 230 Arten von Fischen; dazu eine große Zahl von Insekten, Weichtieren und Schalentieren; weiterhin 2000 Pflanzenarten und 12.000 Herbariumspräparate und schließlich eine riesige Sammlung von ethnographischen, historischen, künstlerischen und wissenschaftlichen Gegenständen. Van den Bosch nickte interessiert und bemerkte die Nervosität seines Besuchers, was ihn amüsierte und Siebold noch mehr verwirrte. Inzwischen wurde der Tee mit Gebäck serviert. Siebold berichtete dann ausführlich über die Zusammenarbeit mit den japanischen Ärzten und Wissenschaftlern, über seine Lehrtätigkeit und die ‚Universität' in Narutaki, die japanischen Landkarten, wie er in ihren Besitzt kam und über die Staatsaffäre, ausgelöst durch die Transaktionen zwischen ihm und dem Hofastronomen *Takahashi*. Als er auf dessen Schicksal und das der anderen verhafteten und gefolterten Helfer und Freunde zu sprechen kam, stockte ihm die Stimme. Er hatte das Gefühl, etwas über seine Schuld in dieser Angelegenheit sagen zu müssen.

„Ich bitte Eure Exzellenz zu glauben, dass der immense Schaden, den ich diesen armen japanischen Bürgern und den diplomatischen Beziehungen der niederländischen Krone zum japanischen Reich damit zugefügt habe, nur aus den besten Absichten entstanden ist, den verschlossenen Japanern in der Weltsprache der Wissenschaft näher zu kommen."

„Herr von Siebold, ich muss Sie jetzt einmal unterbrechen!" sagte Van den Bosch temperamentvoll und beinahe ungehalten. "Mir scheint, Sie glauben wirklich, dass Sie sich vor einer Art Tribunal befinden. Denken Sie, ich sitze hier, um über Sie zu richten und Sie mit Strafe zu belegen?"

Van den Bosch musste lachen. „Mir wird gerade erst bewusst, dass Sie gar nichts von Ihren eigenen Leistungen und dem höchsten Wohlwollen wissen, welches Sie damit auf sich gezogen haben. Selbstverständlich waren Ihr Aufenthalt und Ihre Forschungstätigkeiten in Japan ein großes Wagnis, für Sie wie für unsere Administration. Es ist dabei zu Unannehmlichkeiten für beide Seiten gekommen, und Sie haben sogar Ihre Familie verloren, wie mir berichtet wurde. Aber so ist es nun mal! Das gehört dazu! Unsere Aufgabe hier hat natürlich wirtschaftliche und mit Ihnen endlich auch wissenschaftliche Zwecke. Am Ende ist alles vor allem nur eins, nämlich ein großes koloniales Abenteuer! Erzählen Sie mir nicht, dass Sie nicht selbst einst auszogen, um genau das zu suchen und zu finden. Das kann nicht immer nur Sieg und Ruhm und Erfolg sein. Unsere Arbeit hier hat ihre Kosten, und manchmal bezahlt der eine oder andere von uns mit seinem Leben. Wir verließen unsere warmen Stuben und die geordneten Verhältnisse der Niederlande, um die Welt zu erobern und zu erforschen, den Handel anzukurbeln, den Wohlstand zu mehren und den wilden Völkern Asiens alle Errungenschaften unserer Zivilisation zu bringen, als da wären Recht, Ordnung, moderne Verkehrsmittel oder eine bessere medizinzische Versorgung. Natürlich sind wir damit nicht überall willkommen, aber wahrer Fortschritt ist am Anfang immer auch Kampf und Krieg. Genau dort haben Sie sich mit Leib und Seele hineinbegeben! Sie haben die Fackel einer neuen Zeit in ein Land getragen, das glaubte, sich für alle Ewigkeit abschließen zu können. In China ist es nicht anders, doch die Welt ist in Bewegung. Der einzige Grund, warum ausgerechnet wir Europäer die Meere beherrschen, die fernen Länder erobern und ihre Völker unterwerfen können liegt darin, dass wir selbst jahrhundertelang gegeneinander Krieg führten. Nur dadurch haben wir überlegene Waffentechniken und Strategien entwickelt, die uns zu den neuen Herren der Welt machen. Das ist unsere Zeit! Wir müssen sie nutzen, denn auch unsere kolonialen Imperien werden nicht für immer Bestand haben. Irgendwann, in naher oder ferner Zukunft, werden neue Mächte auftauchen, vielleicht sogar hier in Asien, die uns zurückwerfen und eines Tages vielleicht sogar beherrschen." Siebold saß fassungslos in seinem gepolsterten Armsessel und sagte kein Wort.

„Da staunen Sie, nicht wahr. Nun, ich verstehe Ihre Verwirrung", sagte Van den Bosch schelmisch. In seinem kleinen Vortrag fand sich noch kein Hinweis, der Siebolds Missverständnis hätte aufklären können. Er stand auf und lud Siebold mit einer Geste seiner Hand ein, mit ihm an das hohe Fenster des Palais zu treten. Sie blickten auf eine majestätische Berglandschaft mit üppiger, lückenloser Vegetation so weit das Auge reichte.

„Sehen Sie diese Plantagen, dort hinten an den Hängen? Sie waren doch schon einmal zu Gast in Buitenzorg und haben sich von Direktor Reinwardt unsere bisherigen botanischen Anlagen zeigen lassen. Erinnern Sie sich an diese Pflanzungen?"

„Nein, die scheinen neu zu sein."

„Ja, mein lieber Siebold, und das ist Ihr Werk. Wir haben die keimfähigen Teepflanzen, die Sie uns aus Japan geschickt haben, hier zur Akklimatisierung angesiedelt. Diese erste Plantage umfasst bereits mehr als zehntausend Sträucher. Inzwischen haben wir damit begonnen, sie in anderen, niedrigeren Regionen des Landes zu pflanzen. Der Tee, den Sie gerade getrunken haben, kommt aus der Ernte des letzten Jahres. Wir haben dank Ihrer Arbeit eine völlig neue Teekultur auf Java begründet. Das macht uns für Jahrzehnte, wenn nicht gar für Jahrhunderte unabhängig von den teuren chinesischen und indischen Importen."

Andächtig standen die beiden Männer vor diesem Anblick. Siebold brachte immer noch kein Wort hervor.

„Können Sie sich nun vorstellen, wie das im Kolonialministerium und an höchster Stelle, von seiner Majestät dem König aufgenommen wurde?" Van den Bosch lächelte und freute sich ganz offensichtlich über Siebolds Erstaunen, das er in diesem Umfang nicht erwartet hätte. Sie setzten sich wieder in die noblen Fauteuils.

„Kommen wir also zu den Entscheidungen, die das Generalgouvernement in Absprache mit der Krone getroffen hat. Wir haben zur Kenntnis genommen, dass Sie in Japan große botanische, zoologische, mineralogische und völkerkundliche Sammlungen erworben haben. Auch das ist Ihr Verdienst, denn wie Sie mir geschildert haben, wäre dergleichen ohne Ihr offenbar außergewöhnliches Forscher- und Organisationstalent nicht möglich gewesen. Wir betrachten diese Sammlungen als Ihr Eigentum, über das Sie uneingeschränkt verfügen können. Sie werden damit umgehend in die Niederlande zurückkehren. Seine Majestät Wilhelm I. gewährt Ihnen unbegrenzten bezahlten Urlaub vom Dienst, damit Sie diese Bestände ordnen, katalogisieren und der europäischen Forschung zugänglich machen können. Ich will dabei nicht unerwähnt lassen, dass all das auch auf meinen Vorgänger *Baron van der Capellen* zurückgeht. Er protegiert Sie weiterhin als Präsident des Kuratoriums der Universität Utrecht und als enger Berater des Königs. Apropos, wissen Sie eigentlich, wer Ihnen die Todesstrafe oder zumindest das Gefängnis in Japan erspart hat?"

„Nein", antwortete Siebold tonlos, der von diesen Nachrichten überwältigt war. Van den Bosch amüsierte sich noch einmal über die noble Einfalt und Ergriffenheit dieses wissenschaftlichen Pioniers in seinen Diensten.

„Es war Ihr eigener König, Seine Majestät Ludwig I. von Bayern! Er hat sich persönlich in einem Brief an den japanischen Shōgun gewandt und um Gnade für Sie gebeten. Das erlebt man auch nicht alle Tage, dass ein gekröntes Haupt sich zugunsten eines seiner Untertanen an einen anderen Herrscher wendet."

Siebold war erschüttert. Er wollte ersterben in Ehrfurcht, Dankbarkeit und Rührung. Er atmete schwer und war auch seiner verminderten Gesundheit wegen sichtlich überfordert. Van den Bosch bemerkte es.

„Herr von Siebold, ich sehe, all diese Neuigkeiten sind ein bisschen viel auf einmal für Sie. Ruhen Sie sich doch ein wenig aus. Es wäre mir eine große Freude, wenn ich Sie heute Abend bei uns an der Tafel empfangen dürfte. Ich möchte Sie einigen Leuten vorstellen, die nicht weniger gespannt darauf sind als ich es war, Sie kennenzulernen. Am besten Sie gewöhnen sich gleich daran, denn in den Niederlanden wird diese Parade weitergehen."

Siebold nahm tapfer an der Abendveranstaltung teil, freute sich über neue Bekanntschaften und genoss es für einen Moment, nicht mehr an die Strapazen zu denken, die hinter ihm lagen. Später am Abend, in der Einsamkeit seines Zimmers, wanderten seine Gedanken sofort wieder zu den Menschen, die er in Japan zurückgelassen hatte. Er schrieb einen Brief, um den Druck von der Seele zu nehmen.

„Liebe Sonogi, meine kluge Frau,

wenn Du meinen Brief erhältst, bin ich bereits in den Niederlanden. Ich war sehr krank wegen der schrecklichen Ereignisse und wegen der Trennung von Dir und Ine. Irgendwann muss ich euch wiedersehen, euch, die ich mehr als alles liebe. Jedes Jahr werde ich dir und Ine ein schönes Präsent schicken und solange ich lebe, werde ich für euch sorgen. Ich hoffe, dass Du zufrieden und glücklich leben darfst, und mich nie vergisst. Lebt wohl. Gott schütze euch."

Die Rückkehr des Forschers

Drei Wochen später stach die *Java* von Batavia aus in See und Siebold war nun ein einfacher Passagier, entbunden von allen schiffsärztlichen Pflichten. Was sich in Buitenzorg ereignet hatte, wäre in seinen kühnsten

Träumen nicht vorgekommen. Anstatt vors Kriegsgericht gestellt oder zu jahrelangem Strafdienst in eine sumpfige, feuchttropische javanische Provinz geschickt zu werden, war er nicht nur vollständig rehabilitiert, sondern genoss die Gunst zweier Könige und wieder, wie während seiner ersten Jahre in Japan, unerhörte Privilegien. Mit gerade einmal vierunddreißig Jahren war er ein weitgereister und erfahrener Naturforscher, der mit seinen Schätzen in die Heimat zurückkehrte und von allen finanziellen Sorgen entbunden war. Unter Deck befanden sich über zweihundert Kisten, weitere fünfzig waren bereits vorausgeschickt worden. Die wichtigsten Stücke, nämlich die Karten von Japan, waren in seiner Kabine in einer eisenbeschlagenen Kassette verschlossen. Es war wie ein weiteres Geschenk für Siebold, als er den Affenkäfig mit dem Kartenversteck unter einem doppelten Boden nach langer Suche im Hafenspeicher fand. Der Affe war schon tot, er hatte die Seereise nicht überlebt. Es war einmal mehr pures Glück, dass der verschmutzte Käfig eingelagert und nicht einfach verbrannt worden war. Siebold erwischte sich dabei, wie er dem lieben Gott und seinen Engeln dankte. Der größte Teil der Arbeit lag noch vor ihm. Siebold wusste genau, dass er, um die Berühmtheit eines *Alexander von Humboldt* zu erlangen, erst seine Forschungsergebnisse und alle daraus gewonnen Erkenntnisse veröffentlichen musste. Er schätzte, dass dieses Unternehmen mindestens zehn Jahre seines Lebens in Anspruch nehmen würde.

Siebold versuchte, die Seereise zu genießen, sie als Urlaub vor seiner nächsten großen Aufgabe zu betrachten und in dieser Zeit auch gesundheitlich weiter zu genesen. Es waren die Gedanken an seine in Japan leidenden Freunde und an seine zurückgelassene Familie, die ihn weiter quälten und keine Ruhe ließen. Die so plötzliche wie überraschende Anerkennung seiner Leistungen half ihm und war eine gute Therapie, doch der Schmerz ließ deshalb noch lange nicht nach. Alle Erlebnisse, und gerade die letzten und schlimmsten, waren ihm übermächtig präsent. Um sich zu entspannen, las er viel in seinen Aufzeichnungen und mitgebrachten Büchern, ging an Deck spazieren und unterhielt sich mit anderen Heimkehrern, die von ihren Erlebnissen auf Java berichteten.

Der Rücktransport in die Niederlande unterschied sich in einem wichtigen Punkt von seiner Hinreise. Die *Java* war kein gewöhnliches Schiff. Sie war eines der ersten Segelschiffe, das mit einer Dampfmaschine ausgestattet war, die ein Schaufelrad antrieb. Die Leistung war gering und das Schiff machte bei glatter See unter Dampf und ohne Segel nur drei bis vier Knoten. Doch damit konnte nicht nur das wochenlange Brüten in einer Flaute vermieden werden. Viel bedeutsamer war die bessere Kontrolle über den Kurs. Die Drift durch Strömungen konnte ohne Wind ausgeglichen werden und das Schiff war auch in der Lage, einen Kurs gegen den Wind zu fahren, ohne zu kreuzen. Siebold verstand, dass, wenn die Engländer oder Amerikaner mit solchen Schiffen die japanische Küste erkundeten, die Topographie des Landes kein Schutz mehr sein würde. Denn sie wären nicht mehr schutzlos dem Spiel der Winde und Gezeiten einerseits, den Riffen und steilen Felsenküsten andererseits, ausgeliefert gewesen. Siebold sah sich als Zeugen für das Heraufziehen eines neuen Zeitalters der Navigation. Er hatte deshalb das Gefühl, zwischen seinen beiden Seereisen auf dieser Strecke lägen, zivilisationsgeschichtlich betrachtet, nicht acht, sondern achtzig Jahre. Es war eine verblüffende Erkenntnis, dass sich gerade in solchen bahnbrechenden Errungenschaften wohl das manifestierte, was die Franzosen schon seit längerem *Moderne* nannten.

Die Muße und Erholung auf der langen Seereise war gut angelegt. Mit der Ankunft in den Niederlanden begann für Siebold zunächst ein turbulentes Leben. Die angenehme Seite davon war die Aufmerksamkeit und Freundlichkeit, die ihm von Gelehrten und selbst von den höchsten Kreisen des Adels entgegengebracht wurde. Seine Majestät Wilhelm I. wollte ihn kennenlernen und lud ihn zu einer Privataudienz in den Königlichen Palast von Amsterdam ein, die von einem großen Empfang gefolgt wurde. Siebold war über die Maßen aufgeregt, den ersten leibhaftigen König seines Lebens zu treffen, mit dem er sogar würde sprechen dürfen. Wilhelm I. erwies sich als ein offener und neugieriger Herrscher. Er wollte von Siebold spannende Geschichten und exotische Details aus Japan hören. Sein größtes Interesse galt jedoch in den Aussichten, wie die Handelsbeziehungen mit dem japanischen Kaiserreich ausgebaut werden könnten. Siebold verstand sofort, warum man ihn den ‚Kaufmannskönig' nannte. Zugleich war er Siebolds vorsichtigem Hinweis gegenüber aufgeschlossen, dass man sich den hochzivilisierten Japanern besser auf dem Wege der Wissenschaften nähert und den Handel als Konsequenz davon folgen lässt.

„Was meinen Sie, junger Mann, warum ich Ihnen die reiche Beute lasse, die Sie in Japan gemacht haben! Sie haben mit einer einzigen Pflanze, die Sie von dort mitbrachten, unser nationales Vermögen enorm vergrößert. Deshalb erwarte ich natürlich von Ihren weiteren Forschungen immer auch einen Profit für die Allgemeinheit. Um Ihnen diese Arbeit zu erleichtern, habe ich über das Unterrichtsministerium bereits veranlasst, dass wir die Sammlungen, wenn sie erst einmal geordnet und katalogisiert sind, für eine Garantiesumme von fünfzigtausend Gulden kaufen. Das wird es Ihnen ermöglichen, in der Zwischenzeit alle weiteren Ausgaben zu finanzieren, denn diese Last sollen Sie natürlich nicht persönlich mit Ihrem Sold tragen. Wir sind sehr stolz auf Sie, Herr von Siebold, und wir würden uns freuen, wenn Sie uns weiterhin als Pfadfinder und Forscher in unseren Kolonien dienen möchten. Um dem noch mehr Ausdruck zu verleihen, werde ich Sie gleich vor dem geladenen Publikum zum Ritter des Niederländischen Löwen ernennen und zum Berater in allen japanischen Angelegenheiten in den Niederländisch-Ostindischen Generalstab berufen."

So schmeichelhaft und angenehm dieses Gespräch mit dem König auch war, so überwältigend die Ausweitung seiner Gunst, so sehr bemerkte Siebold beim anschließenden Empfang doch, wie schlecht die Stimmung im Lande wirklich war. Der katholische und mehrheitlich französisch geprägte Süden der Niederlande war dabei abtrünnig zu werden, weil Wilhelm I. ihn auf den Grundlagen des holländisch sprechenden Nordens und seiner Verwaltung in einer Nation vereinen wollte. Er beharrte dabei auf dem monarchischen Prinzip und verweigerte gegenüber dem Parlament jegliche Verantwortung, weder für sich persönlich noch für seine Minister. Wenige Wochen später war es schon so weit, dass es in Brüssel ausgerechnet zu den Geburtstagsfeiern Wilhelms I. die ersten Aufstände gab. Angefeuert durch die Juli-Revolution in Paris, mit der sich die Franzosen der verhassten Bourbonen entledigt und eine konstitutionelle Monarchie unter dem Bürger-König Louis-Philippe errichtet hatten, wollte der wallonische und flandrische Süden der Niederlande für seine Unabhängigkeit kämpfen. Siebold hatte zwar eine große Sympathie für verfassungsgebundene Monarchien, verstand aber wenig von der ganzen Auseinandersetzung und den Wirren, in die das Land dadurch gestürzt wurde. Er wusste aber eines, nämlich dass ein großer Teil seiner Manuskripte sowie der naturhistorischen und völkerkundlichen Sammlungen noch in Brüssel, Antwerpen und Gent eingelagert waren, also in jenem Teil des Landes, der sich gerade von den Niederlanden lossagen wollte. Es kostete ihn Monate an Arbeit, viel gutes Zureden sowie eine erkleckliche Summe an Schmiergeldern, bis alle Kisten mit Hilfe des Unterrichtsministeriums in den Norden nach Leiden gebracht waren. In der Zwischenzeit hatten die Aufständischen ihre Unabhängigkeit ausgerufen und auf der europäischen Landkarte erschien erstmals ein bis dahin unbekanntes Staatsgebilde, das Königreich Belgien.

Siebold war glücklich, in Leiden einen Hafen für seine Sammlungen und für seine weitere Arbeit gefunden zu haben, denn die Stadt war ein europäischer Knotenpunkt der naturwissenschaftlichen Forschung. Er kaufte sich von seiner großzügigen Apanage ein Haus mit angegliedertem Gewächshaus und einem weitläufigen Garten. Er taufte es *Villa Nippon*. Eine Woche lang dauerte der Einzug, und auch da war noch nicht alles ausgepackt und verstaut. Als er eines Abends allein war und sich schon etwas zuhause fühlte, suchte er aus seinen Schränken, Vitrinen und Kommoden ein paar Gegenstände zusammen, nahm Papier und Feder und setzte sich an seinen Schreibtisch.

„Meine liebe Frau, geliebte Sonogi,

es sind nun schon mehrere Monate vergangen, seit mein Schiff am 7. Juli Holland erreichte. Ich war noch krank während der Reise, aber es geht mir jetzt allmählich besser. Tag um Tag spreche ich deinen und Ines Namen vor mich her. Es wird nie jemanden geben, der dich und Ine mehr liebt als ich. Ich schicke dir und Ine ein paar bescheidene Geschenke, die wahrhaft vom Herzen kommen: eine schöne, wertvolle Uhr; zwei Goldringe mit Korallenverzierung; eine Zierleiste aus edlem Holz; ein Nähkästchen; eine Spindel und Nähnadeln. Nächstes Jahr werde ich dir und Ine noch mehr wundervolle Dinge schicken, unter anderem mehrere Rollen Stoff. Solange ich lebe, werde ich euch lieben. Bitte schreib mir nächstes Jahr. Grüße bitte auch meine Studenten aufs Allerherzlichste.

Für immer – Dein Firippu"

Siebold stürzte sich von da an in seine Arbeit. Auf diesen Moment hatte er seit Jahren gewartet. Alle seine Sammlungen an einem Ort zu vereinigen und sich mit nichts anderem mehr beschäftigen zu müssen, das war eine herrliche Aussicht für ihn. Es gab zahlreiche Besuche von Bekannten und Gelehrten, die das Material noch im rohen, ungeordneten Zustand sehen wollten, doch das waren alles nur Ablenkungen und Verhinderungen für Siebold, der gerne ungestört arbeiten wollte, um seine Ergebnisse dann selbst zu präsentieren. Zu allem Überfluss wurde ihm eine Stelle an der Universität von Utrecht angeboten, vermutlich auf Vermittlung seines Mentors Baron van der Capellen, der ihn bis dahin noch nicht besucht hatte. So sehr eine Lehrtätigkeit an der Universität in die Tradition seiner Familie gepasst hätte – er konnte sich nicht dazu durchringen. Er schrieb seiner Mutter Apollonia von diesem Angebot, und sie antwortete postwendend mit der dringenden Empfehlung, dieses doch bitte anzunehmen. Zum ersten Mal in seinem Leben fühlte Siebold sich von seiner eigenen Mutter unverstanden. Er antwortete ihr in beinahe vorwurfsvollem Ton.

„Sie irren sehr, wenn Sie denken, dass ich Lust hegte, ein Professor zu werden. Das wäre in meiner Karriere vom Pferd auf den Esel gestiegen. Warum mich ohne Not mit fremden Arbeiten überladen, da ich zehn Jahre lang zu tun habe, um meine Werke über Japan herauszugeben? Warum als ein Sklave der Zeit mich an einen Hörsaal schmieden, und als ein alter Schulfuchs tauben Ohren predigen – da ich frei, ganz nach Willkür leben kann!"

Takis Brief

Siebold publizierte stattdessen in einem halsbrecherischen Tempo Artikel in wissenschaftlichen und populären Zeitschriften, einige sogar in Tageszeitungen. Er wollte seine Erkenntnisse unters Volk bringen und befleißigte sich dazu einer einfachen Schriftsprache in kurzen, prägnanten Sätzen, die eigentlich nicht die seine war. Im Hintergrund dieser kleinformatigen und schnelllebigen Veröffentlichungen sollte allerdings etwas viel Größeres entstehen, dessen Vorbereitung ihn seit Jahren beschäftigt hatte, das *Nippon Archiv*, eine umfassende Darstellung der Natur und Kultur des japanischen Inselreiches in mehreren Bänden. Bereiche, die von seinen Sammlungen nicht abgedeckt wurden, wollte er auslassen, weil sein Werk nicht aus Sekundärquellen bestehen sollte. Die Grundlage seiner Arbeit durfte nur das sein, was er selbst erlebt, erforscht und gesammelt hatte. Dafür gab es ein strahlendes Vorbild. Es waren Alexander von Humboldts legendäre *Kosmos*-Vorlesungen, die dieser ab 1826 in Berlin gehalten hatte und die den weithin leuchtenden Höhepunkt des kulturellen Lebens der Stadt bildeten. Nicht nur, dass die Vorlesungen allen Bürgern offen standen, bis zu eintausend Zuhörer anzogen und auf diese Weise erstmals Akademiker, Handwerker, Kaufleute und den König von Preußen höchstselbst in einem großen Saal versammelten. Humboldt hielt sie auch in freier Rede, ohne eine einzige Manuskriptseite. Siebold hatte sich von einigen seiner fleißigen Korrespondenten ausführlich von diesen Ereignissen nach Dejima berichten lassen und so auch in Erfahrung gebracht, dass Humboldt dem großen Leipziger Verlagshaus Cotta eine Veröffentlichung dieser Vorträge in zwei Bänden bereits vertraglich zugesichert hatte. Doch nun, über fünf Jahre später, waren sie immer noch nicht erschienen. Siebold sah die einmalige Chance, Humboldt zuvorzukommen und seinem unverändert verehrten Forscherkollegen damit zu imponieren. Das sollte ihm auch gelingen. Im Herbst 1832 erschien tatsächlich der erste von geplanten elf Bänden unter dem Titel *Nippon. Archiv zur Beschreibung von Japan.*

Mathematisch und physische Geographie von Japan. Das Werk war seinem Förderer Baron van der Capellen gewidmet. Es gab eine günstige Ausführung im Schwarzweiß-Druck und eine erheblich teurere mit handkolorierten Illustrationen, beide im ehrfurchtgebietenden Folio-Format. Die Kosten dafür waren immens, weshalb Siebold auch keinen Verlag dafür finden konnte und so die Druckkosten selbst übernehmen musste. Das erste Exemplar, das er in den Händen hielt, leitete er mit einer kurzen, bescheiden gehaltenen Widmung sofort weiter an Humboldt.

Es war für ihn ein kleiner Erfolg und Etappensieg im unausgesprochenen Publikationswettstreit mit dem größten Forscher seiner Zeit, der jedoch von schlechten Nachrichten aus Japan überschattet wurde. Siebold hatte über seinen Nachfolger *Bürger* aus Dejima ein ganzes Paket an Briefen von Freunden und von *Taki* erhalten, und jeder davon machte ihn ein Stück unglücklicher. Er musste von dem Todesurteil durch Kreuzigung über den bereits verstorbenen Takahashi lesen, das an seinem zuvor in Salz eingelegten Leichnam vollzogen worden war. Zudem hatte das Bakufu seine Söhne Kotarō und Sakujirō aus Edo auf eine entlegene Insel verbannt. Die archaische Grausamkeit dieser Prozedur ließ Verzweiflung in ihm aufsteigen. Er fühlte sich an sein Christsein erinnert und an die würdelose Wasserbestattung Mendelssohns. Um Siebold ein Bild von der öffentlichen Meinung über den Prozess und insbesondere Takahashis Rolle zu geben, hatte sein Schüler Ninomiya ihm einige Passagen aus dem gerade erschienenen historischen Sachbuch *Der große Sturm von Kabashima* von dem bekannten Schriftsteller Hirotari Nakajima, das den *Taifun* von 1828 über Nagasaki behandelte, ins Holländische übersetzt.

„Es hat seinen Grund, dass man diesen Orkan einen ‚göttergesandten Sturm'
nannte. Die Holländer hatten Karten von Japan und Mengen von anderen Dingen, die der Ausfuhrsperre unterliegen, an Bord, die ihnen, weiß Gott wie, in die Hände gefallen sind. Wenn man die Sache bedenkt, so erscheint einem ganz gleichgültig, wie viele Menschen bei dem Orkan zugrunde gegangen sind oder Schaden erlitten haben. Auch jener ‚göttergesandte Sturm', der einstmals die Flotte der Mongolen aufrieb, mag vielen unserer Landsleute an den Küsten Unheil gebracht haben. Aber was bedeutet so ein Unheil der Einzelnen vom Standpunkt des Ganzen aus gesehen? Die Tausenden von Toten des Sturms von Kabashima waren ein angemessenes Opfer für die Aufdeckung dieses Frevels der Barbaren und ihrer Verschwörung gegen unser Reich."

Ninomiya fügte hinzu, dass nicht alle Menschen in Japan so dächten wie Nakajima, doch ihre Partei würde stärker werden und das Shōgunat schien diese Entwicklung zu unterstützen. Mit dem spektakulären Prozess, den harten Strafen gegen die Japaner und der Verbannung Siebolds konnte der Shōgun sich in vorbildlicher Erfüllung seiner Pflicht als ‚Unterdrücker der Barbaren' und Beschützer der Nation darstellen. Ninomiya berichtete weiter von Gesprächen mit den anderen Schülern von Siebold, die einhellig der Auffassung waren, dass es eine dramatische Zunahme an Fremdenfeindlichkeit gab.

Schlimmer waren für Siebold die Berichte seines Freundes Kō über die weiteren Urteile und die damit verbundenen Strafen für die armen Menschen, die Siebold bei seinem Werk freimütig geholfen oder ihm einfach nur als Übermittler von Botschaften und als Übersetzer gedient hatten. Der Blutzoll für Siebolds Forschungsabenteuer in Japan war weiter gestiegen. Von den über fünfzig angeklagten Mithelfern und Mitwissern waren inzwischen acht verstorben, entweder durch Selbstmord oder durch Vollstreckung der Todesstrafe. Zwölf von ihnen hatten lebenslange Haft bekommen, was einem Todesurteil in wenigen Jahresraten entsprach. Siebold kannte die unmenschlichen Haftbedingungen. Die anderen waren auf Inseln verbannt worden oder hatten Hausarrest mit Handfesseln erhalten, so auch *Genseki Habu*, der Siebold den *Haori* mit dem Tokugawa-Wappen überlassen hatte. Bei ihm war die Verbannung nach kurzer Zeit in lebenslangen Hausarrest verwandelt worden. Sogar der gute Herbergsvater der Nagasakiya musste fünfzig Tage in Handfesseln ertragen, weil er Siebold nicht gut genug beaufsichtigt hatte. Schließlich berichtete Bürger ihm in eigener Sache und mit ergreifenden Worten von dem traurigen Umstand, dass seine Frau *Tsune*, Takis Schwester, der Siebold einst das Leben gerettet hatte, kurz nach seiner Abreise verstorben war.

Die Nachricht, die ihn jedoch mitten ins Herz traf, war jene von Taki. Ihren Brief las er als letzten, weil er hoffte, in ihren Zeilen etwas Trost zu finden. Das Gegenteil war der Fall.

„Lieber Firippu,

ich hoffe, es geht Dir gut in Deiner Heimat und Du bist wieder ganz genesen. Hier war das Leben für mich schwierig geworden. Im Januar dieses Jahres hatte ich keine Wahl mehr und musste die Frau eines anderen Mannes werden. Er ist ein guter Mann und so stimmte ich der Verlobung zu. Bitte mach Dir keine Sorgen. Mein Onkel hat die Angelegenheit schon letztes Jahr zur Sprache gebracht und ich war einverstanden, weil ich wusste, dass die Trennung von Dir nicht nur für mich, sondern auch für Ine eine große Belastung ist. Mein zukünftiger Ehemann Wasaburo aus dem Kagomachi-Viertel von

Nagasaki hegt große Fürsorge für uns und will unsere Zukunft sichern. Er sieht jünger aus als er ist und seine Familie sind gute Leute, sodass ich mich wohl fühle in dieser neuen Umgebung. Er hat auch Ine ins Herz geschlossen. Ich weiß nicht, ob ich Dir noch weiterhin schreiben kann, denn die Regierung hat den Kontakt zu Ausländern mit noch höheren Strafen als bisher belegt. Deshalb mach Dir bitte keine Sorgen, wenn Du keine Nachricht mehr von mir bekommst. Lass uns gemeinsam darauf hoffen, dass bessere Zeiten kommen werden.

Taki"

Siebold war bis ins Mark erschüttert und fühlte eine unermessliche Einsamkeit in sich aufsteigen. Er hatte seit seiner Abreise von Nagasaki ständig Pläne gemacht und vor allem nach dem unerwarteten Triumph in Batavia davon geträumt, wie er als berühmter Forscher nach Japan zurückkehrt, um mit seiner kleinen Familie wieder glücklich zusammenzuleben. Nun saß er in seinem Haus in Leiden, der *Villa Nippon*, die voller Erinnerungen war, und hatte doch nichts mehr. Keine Frau und keine Tochter, die er beide liebte und so schmerzlich vermisste. Er zog sich von da an wochenlang zurück, arbeitete nicht mehr, sagte den vielen angemeldeten Besuchern ab und lag nachts angezogen mit offenen Augen auf seinem Bett. Immer wieder kam stoßweise ein heftiges Schluchzen aus seiner tiefsten Brust. Manchmal weinte er. Er lernte eine Form des Unglücks kennen, die er nicht für möglich gehalten hätte, weil sie noch viel tiefer ging als in den schlimmsten Momenten seiner Arrestzeit auf Dejima. Dieses Gefühl der Verlassenheit war so gewaltig, dass ihn nicht einmal der Tod noch hätte trösten können.

Es war ausgerechnet ein Brief von Humboldt aus Berlin, der ihn eines Morgens ins Leben zurückholte. Siebold war abgemagert und unrasiert, seine Kleidung schmutzig und seine Körperhygiene vernachlässigt, als er mit einem kleinen Funken wiedererwachenden Interesses das dunkelroteWachssiegel des Briefs erbrach.

Verehrter Dr. von Siebold, lieber Kollege,

Ich bin nicht im Stande, Euer Wohlgeboren innigst genug zu danken für den schmeichelhaften Beweis Ihres Vertrauens, den Sie mir mit Ihrem Brief und der Zusendung Ihres Nippon-Archivs gegeben haben. Mit Verblüffung habe ich erst damit – und dafür bitte ich Euer Wohlgeboren um Entschuldigung – zur Kenntnis nehmen können, dass mir in Ihrer Person ein junger Kollege nachgewachsen ist, dessen Forscherglück und -schicksal dem meinen so ähnlich ist. Wie Ihnen möglicherweise bekannt ist, hatte ich kürzlich eine

Russland-Expedition unternommen, die wohl meine letzte Forschungsreise war. Seit meiner Rückkehr bin ich damit beschäftigt, deren Ergebnisse zu dokumentieren und auszuwerten. Sie sollen in ein umfassendes Werk über die physische Beschreibung unserer Welt eingehen, das ich schon seit längerem plane. Nun finde ich im ersten Band Ihres groß angelegten Nippon-Archivs eine vorzügliche Studie über einen Teil unseres schönen Planeten, den ich selbst wohl nie mehr werde bereisen können. Mit allergrößter Freude konnte ich feststellen, dass Ihre Methoden in der Erforschung und Darstellung der Natur des japanischen Inselreiches den meinen ähnlich sind. Deshalb werde ich Ihr weiteres Werk mit Sympathie, Wohlwollen und höchster Aufmerksamkeit verfolgen. Bitte unterlassen Sie es nicht, mich als einen der Ersten über Ihre weiteren Fortschritte ins Bild zu setzen. Zugleich möchte ich Ihnen jegliche Unterstützung zusagen, wenn diese irgendwo hilfreich sein könnte. Schließlich erlaube ich mir noch, Ihre Erkenntnisse und Veröffentlichungen bei jeder sich bietenden Gelegenheit, innerhalb meines zukünftigen Werkes – solange mein sterblicher Körper mir dazu noch Zeit lässt – und außerhalb desselben, zu zitieren und lobend zu erwähnen. Natürlich sehe ich auch einer persönlichen Begegnung mit Ihnen auf den weiten Fluren der europäischen Wissenschaften mit Freude entgegen. In diesem Sinne verbleibe ich

mit der innigsten Hochachtung und Anhänglichkeit

Euer Wohlgeboren gehorsamster

AHumboldt

Siebold las den Brief dreimal. Diese Zeilen waren wie Balsam, das seine gequälte Seele wieder aufrichtete. Es war ein neuer Morgen, ein Sonnenaufgang, bei dem das Licht allmählich die bösen Schatten aus Japan verdrängte. Er ging ins Badezimmer, wusch und rasierte sich, um sich dann frisch einzukleiden. Dann nahm er ein Frühstück mit starkem Kaffee, Eiern und Speck zu sich, das er selbst zubereitete. Während er im Wohnzimmer mit Blick auf das angebaute Gewächshaus am Tisch saß, fasste er einen Entschluss. Er wollte nicht mehr den Erinnerungen an sein geliebtes Japan, an Sonogi und Ine und an das Leid seiner Freunde nachhängen. All die sentimentalen und nostalgischen Gefühle, die er kultiviert hatte, sollten keine Macht mehr über ihn haben. Er sah sich an einem Nullpunkt, an dem er neu beginnen konnte mit den Reichtümern, die er aus Japan mitgebracht hatte. Sein Blick sollte von nun an ausschließlich in die Zukunft gerichtet sein. Über die Vergangenheit und Gegenwart Japans würden seine Sammlungen ganz von selbst Auskunft geben, wenn sie erst einmal aufbereitet und dem interessierten Publikum zugänglich gemacht sein werden. Siebolds höchstes Ziel war es von diesem Moment an, die Zukunft Japans mitzugestalten, was vor allem bedeutete, auf europäischer Seite für eine friedliche Öffnung des Landes zu werben. Das sollte von nun an der Fokus all seines Tuns sein. Und wie er sich so in diesen Gedanken erging, kehrte allmählich auch sein Elan zurück.

In den folgenden Tagen nahm er seine Arbeit wieder auf, empfing die vielen ungeduldigen Besucher, und mit Unterstützung der Haushaltshilfen kehrte bald die Betriebsamkeit zurück, die ihn zu immer höheren Leistungen motivierte. Über den wahren Anlass für seinen zeitweiligen Rückzug sprach er mit niemandem. Er wollte sich mit der Vergangenheit nicht mehr beschäftigen, blendete sie aus und konzentrierte sich auf die Aufgaben, die vor ihm lagen.

Zunächst ließ er die Landkarten von Japan überarbeiten und in Kupfer stechen. Diese zur Seefahrt tauglichen Exemplare – der erste Band des Nippon-Archivs enthielt nur kleine Karten, um dem gelehrten Publikum einen Eindruck zu geben – übersandte er dem Kolonialministerium. Alsdann bereitete er die Veröffentlichung von weiteren Büchern über die Tier- und die Pflanzenwelt unter den Titeln Fauna Japonica und Flora Japonica vor, denn er musste einsehen, dass sie den Rahmen des Nippon-Archivs, das die Geographie, Geologie, Wirtschaft, allgemeine Landeskunde und Kultur Japans abdecken sollte, zweifellos sprengen würde.

Zu Weihnachten 1832 besuchte er nach zehnjähriger Abwesenheit seine Heimatstadt Würzburg. Der Empfang war überwältigend, die ganze Stadt schien seinetwegen auf den Beinen zu sein. Er schloss seine Mutter Apollonia in die Arme, fand es nach der Intimität mit Taki und seinen japanischen Freunden jedoch seltsam, dass er die Person, die ihn *inter urinam et faeces* zur Welt gebracht hatte, nach deutscher Art immer noch per Sie anzureden hatte. Ein nicht abreißender Strom von Besuchern brachte immer neue Freunde, Studienkollegen, Gelehrte, politische Beamte und einfache, an seinen Abenteuern interessierte Bürger in sein provisorisch eingerichtetes Arbeitskabinett. Siebold genoss den trockenkalten Winter, der die Stadt mit einem immer wieder aufgefrischten, blütenweißen Schneekleid bedeckte. Im Februar bereitete er schon seine Weiterreise nach München vor, da überraschte die Julius-Maximilians-Universität, an der er einst studiert hatte, mit der Verleihung der Ehrendoktorwürde. Die Tatsache, dass er damit ehrenhalber ein Doktor der Philosophie wurde, erinnerte ihn schmerzhaft an seinen lieben Freund

Mendelssohn. Siebold stellte sich vor, wie Mendelssohn während der Verlesung der Urkunde im Publikum gesessen und scherzhaft missbilligend den Kopf geschüttelt hätte. Denn selbst die Verleihung dieses Titels kann aus einem Holzkopf keinen Philosophen machen. Der öffentlich vorgetragene Inhalt der Promotionsurkunde gefiel Siebold trotzdem.

„Die achtungswerten Verdienste, welche Euer Hochwohlgeboren vorzüglich um das Studium der Naturwissenschaften und Geschichte sich erwarben; Ihr edler Eifer im rastlosen Forschen, der kräftige Mut, womit Sie jedem Hindernisse trotzten, um im hehren Reich des Wissens immer weiter vorzudringen; die patriotisch-gütige Gesinnung, welche Euer Hochwohlgeboren gegen die, der unvergesslich teuren von Siebold'schen Familie mit Dank und Liebe ergebenen Alma Julia beweisen; – alles dies hat die Gefühle hoher Achtung und Verehrung der hiesigen Universität erregt.

Um dies öffentlich zu bekunden, übermacht die philosophische Fakultät der hiesigen Hochschule Euer Hochwohlgeboren das anliegende Diplom des philosophischen Doktorats – ganz im Sinne jener tiefen Bedeutung, welche der große Sokrates im Platonischen Phädro ausspricht: – mit patriotischen Gefühlen anerkennend Euer Hochwohlgeboren tiefes, auf die Quellen des Wissens selbst dringende Streben, schöne Frucht hat sich aus diesem bereits erzeugt; noch trefflicher und reicher lässt sie sich von der Zukunft erwarten: die kräftigste Förderung wird dem Bereiche des Wissens, unvergängliche Ehre Euer Hochwohlgeboren werden."

Wenige Tage später saß er in der Kutsche nach München, wo König Ludwig I. von Bayern ihn in der Residenz empfing, deren eine Hälfte eine Baustelle war, weil er sie gerade erweitern ließ. Ludwig I. war eine elegante, in jeder Hinsicht fürstliche Erscheinung. Dabei strahlte er Vitalität und Tatendrang aus. Siebold war ergriffen und nervös.

„Euer Majestät, ich verdanke Euch mein Leben. Der Brief, den es Euch gefallen hat, an den japanischen Herrscher zu schreiben, hat mich vor der schlimmsten Strafe und unvorstellbarem Leid bewahrt", sagte er mit gesenktem Kopf, während er vor dem König kniend sein Kompliment machte.

„Stehen S' auf, lieber Siebold. Es war Uns eine Pflicht und eine Freud', bei Unserem Kollegen, dem Herrn Shōgun, für Unseren wertvollen und herausragenden Untertan ein gut's Wort einzulegen", sagte Ludwig I., wobei er lachte, weil ihm die freche Herablassung in der improvisierten Titulierung ‚Herr Shōgun' gefiel. „Erzählen S' Uns lieber von Ihr'n Abenteuern im Land der aufgehenden Sonne. Wir haben Ihre

Veröffentlichungen in deutschen Zeitungen mit großem Interesse verfolgt. Es g'fällt Uns ungemein, dass Sie damit auch das einfache Volk ansprechen. Es soll ruhig erfahr'n, wie groß die Welt ist und dass es viel zu entdecken und neu zu entwickeln gibt in unserm Zeitalter. Wissen S', Wir planen auch große technische Vorhaben, einen Kanal vom Rhein zum Main etwa, damit die ganze Strecke von der Nordsee bis zum Schwarzen Meer schiffbar wird, und eine Eisenbahn durch Bayern. Haben die Japaner schon die Eisenbahn?"

Siebold musste lachen. „Verzeiht, Euer Majestät, ich lache nicht über Eure Frage, sondern wegen der Vorstellung, was die Japaner für Gesichter machen würden, wenn solch ein stählernes Dampfross durch ihre schönen Lande rollen würde. Nein, die Japaner haben noch gar keine Vorstellung von diesen technischen Neuerungen. Sie haben auch noch nie ein Dampfschiff gesehen. Man erkennt daran den Preis, den das japanische Reich für seine zweihundert Jahre Frieden hinter den hochgezogenen Mauern seiner Isolationspolitik zu entrichten hat."

Der vielseitig interessierte König, ein Baumeister, großer Förderer der Wissenschaften und Künste und in seinen Mußestunden selbst ein Dichter, löcherte Siebold förmlich mit Fragen zu vielen Einzelheiten der japanischen Kultur und Natur. Siebold erzählte ihm von seinem Nippon-Archiv, von der geplanten Fauna und der Flora Japonica. Ludwig I. bestellte ungefragt und ohne zu zögern jeweils zehn Exemplare aller Veröffentlichungen auf Subskriptionsbasis, nur damit Siebold schnell weitererzählte von seinen Erlebnissen und Vorhaben. Ausführlich legte Siebold seinem König dar, wie wichtig es sei, Japan nicht auf dem Wege des erzwungenen Handels, sondern auf dem der Wissenschaft zu einer Öffnungspolitik zu bewegen. Ludwig I. zeigte vollstes Verständnis für diese Position, denn ihm war der profitgierige und plündernde Kolonialismus der europäischen Mächte fremd. Nach zwei Stunden Audienz war Seine Majestät höchst zufrieden über den Zufluss an neuen Erkenntnissen und Anregungen. Für den Abend ließ Ludwig I. einen großen Empfang zu Ehren von Siebold geben, bei dem er ihn mit dem Ritterkreuz des Zivilverdienst-Ordens auszeichnete und ihm vor den versammelten Aristokraten und Gelehrten weiterhin sein Wohlwollen und seine Unterstützung zusagte.

Russland

Zurückgekehrt nach Leiden, meditierte Siebold in der ‚Villa Nippon' über den Erfolg in München. Er schien bei den gekrönten Häuptern einen guten Eindruck zu machen und sie für seine wissenschaftlichen Anliegen, verbunden mit seinen politischen Ratschlägen, interessieren zu können. Er beschloss deshalb, eine große Werbereise durch Europa zu unternehmen, um weitere Subskriptionen für seine zukünftigen Veröffentlichungen einzusammeln und sich den Nationen, die darin eine Rolle spielen möchten, als Berater in allen Japanfragen anzubieten. Das würde einerseits sein wirtschaftliches Risiko beim Drucken und Verlegen der teuren Bücher mindern, andererseits ergäbe sich möglicherweise eine Gelegenheit, mit einem öffentlichen Auftrag nach Japan zurückzukehren. Er entwickelte eine rege Korrespondenz mit den ausgesuchten Königs- und Fürstenhäusern. Drei Monate später lag seine Reiseroute fest: St. Petersburg – Moskau – Berlin – Dresden – Prag – Wien – München. Siebold war noch für ein weiteres Jahr mit der Sortierung und Katalogisierung der Sammlungen, den Niederschriften zu seinen geplanten Werken und der Veröffentlichung von Artikeln in populären Zeitungen beschäftigt. Im Herbst 1834 brach er auf und reiste in der mit Büchern und Geschenken beladenen Kutsche über tausendfünfhundert Meilen nach St. Petersburg. Es war die doppelte Entfernung von Nagasaki bis Edo, die er in weniger als der Hälfte der vierundfünfzig Tage dauernden Hofreise zurücklegte. Während die nebligen Felder Preußens im ersten Schnee an Siebold vorüberzogen, dachte er mit einer Mischung aus Wehmut und Erleichterung an seine langen Tage im *Kago*, von dem aus er zwar jedes Panorama der herrlichen japanischen Landschaften tief auf sich wirken lassen konnte, doch die Kutsche war unvergleichlich komfortabler und schneller. Dabei hatte sich die Reisegeschwindigkeit erheblich verlangsamt, je weiter sie nach Osten kamen. Der Ausbau von Chausseen mit verdichtetem, glattem Straßenbelag war jenseits von Berlin noch nicht weit vorangetrieben worden, aber es gab bereits meilenlange Baustellen. Ab der russischen Grenze, die bis vor wenigen Jahren noch die zu Kongresspolen war, verwandelte sich die Straße in einen Feldweg. Die Federung der Kutsche fing die harten Stöße ab, doch der Wagen wurde durchgeschüttelt und die Fahrt war von erheblichem Lärm begleitet. Siebold war Schlimmeres gewöhnt und nutzte die Zeit für die ausgiebige Lektüre und Annotation seiner Aufzeichnungen. Selbst das Schreiben gelang ihm noch mit Klemmblock und Graphitstift, auch wenn die Buchstaben und Zahlen wie Bäume im Wind schwankten.

In St. Petersburg bereitete ihm der Weltumsegler, Forscher und Admiral *Iwan Fjodorowitsch Krusenstern* einen Empfang, der nicht herzlicher hätte sein können. Siebold berichtete ihm, welche entscheidende Rolle sein Werk *Voyage autour du monde* bei dem gefährlichen Tauschhandel mit dem Hofastronom Takahashi gespielt hatte. Krusenstern war sichtlich erschüttert von Siebolds Schilderung der dramatischen Ereignisse, die viele Menschenleben gekostet hatten. Doch als Siebold die japanischen Karten vor ihm ausbreitete, war er wieder ganz Forscher und Militär. Die Meerenge, die Sachalin vom Festland trennte, war nicht nur eine geographische Entdeckung, sondern auch ein Politikum ersten Ranges. Es ging um die Grenzen zwischen Russland und dem japanischen Kaiserreich, die dadurch unbestimmter denn je waren, sowie um die physische Gestalt und Bevölkerung der nordjapanischen Insel Ezo. Krusenstern dankte Siebold für diese wichtigen Erkenntnisse, führte ihn in die höchsten Kreise von St. Peterburg ein und schickte eine Depesche an den Hof des Zaren, damit Siebold angemessen empfangen würde.

Mit vier weiteren Subskriptionen auf sein Gesamtwerk im Gepäck und bester Laune legte Siebold die vierhundertachtzig Meilen nach Moskau zurück. Zar Nikolaus I. empfing ihn im Kreml, der auch nach Jahrzehnten noch Spuren von Napoleons Zorn über den erzwungenen Abbruch seines Russlandfeldzugs trug. Obwohl die von ihm befohlenen Sprengungen des riesigen Palastes mit all seinen Nebengebäuden, Kirchen, Türmen und Befestigungen 1812 von den Einwohnern sabotiert und durch heftige Regenfälle behindert wurden, war der Kreml noch immer nicht wiederhergestellt. Siebold schauderte bei der Vorstellung, welch zerstörerische Gewalt der Kaiser der Franzosen seinerzeit entfesseln konnte, wenn ihm jemand oder etwas nicht zu Willen war. Nikolaus I. zeigte sich gut informiert über Siebolds Arbeiten, hatte Krusensterns Depesche persönlich gelesen und als Grundlage für seine Fragen an den Japanforscher vor sich liegen. Er war ein moderner Autokrat, ein Soldat und Ingenieur, der keinerlei Neigung verspürte, die Leibeigenschaft in seinem Reich aufzuheben oder Glaubensfreiheit zu garantieren. Siebold, von Anfang an und mit zunehmendem Alter immer mehr ein überzeugter Liberaler, fühlte sich befangen im Machtzentrum des erzkonservativen und rückständigen russischen Imperiums. Er kannte dieses Gefühl. Zuletzt hatte er es während der Audienz in Edo gehabt, diesem unfreiwillig komischen Ritual, mit dem der Shōgun den Gesandten der Niederlande demütigte. Russland war, im Ganzen gesehen, genauso verknöchert wie Japan unter der Herrschaft der Tokugawa. Doch wie anders waren die Umgangsformen des russischen Zaren! Er war jovial, aufgeschlossen und neugierig. Sein Französisch war erstaunlich unprätentiös, fast bürgerlich. Wie Krusenstern war er an den praktischen Konsequenzen von Siebolds Erkenntnissen interessiert. Im Unterschied zu seinem Admiral schienen ihn aber auch bestimmte Phantasien zum schönen Geschlecht in Japan zu beschäftigen, sodass er sich besonders ausführlich nach den vierundzwanzig lizenzierten Vierteln für Prostitution erkundigte, nachdem Siebold sie in gewisser Vorahnung zur Sprache gebracht hatte. Die Audienz war für die Verhältnisse des Hofs außerordentlich lange und sie tranken gemeinsam mehrere Kannen starken, schwarzen Tee und schließlich noch einige Gläser süßen Weins. Der Zar fühlte sich so prächtig unterhalten, dass er nicht einmal enttäuscht war, als Siebold sein großzügiges Angebot, in seine Dienste überzutreten, nach kurzem Überlegen ablehnte. Siebold wusste wohl, dass deutsche Wissenschaftler – obgleich er selbst ja schon lange im Dienst der niederländischen Krone stand – in Russland gefragt waren und dieses Angebot daher keinen hohen Seltenheitswert hatte. Nikolaus I. wünschte dennoch, dass seine Berater und Minister weiterhin über Siebolds Forschungen auf dem Laufenden gehalten würden. Um dieses Anliegen zu unterstreichen, bestellte er zehn Exemplare des Nippon-Archivs sowie jeweils fünf Exemplare der Fauna und der Flora Japonica.

Freie Republik Schloss Tegel

Wie auf Flügeln reiste Siebold weiter. Die Verkaufserfolge und das Wohlwollen der russischen Krone waren gute Vorzeichen für die wichtigste Begegnung seines Lebens, die nun bevorstand. Anfang Januar 1835 traf er in Berlin ein. Auch diesmal wollte er, wie zuvor in Russland, erst einem hochrangigen Beamten und zugleich weltberühmten Forscher die Aufwartung machen, um die besten Empfehlungen für seine Audienz beim preußischen Monarchen zu bekommen. Es sollte niemand Geringerer sein als der Kammerherr von König Friedrich Wilhelm III., seine Exzellenz Alexander Freiherr von Humboldt.

Siebolds Kutsche durchquerte die Stadt am späten Abend vom Osten her kommend. Staunend lehnte er sich aus dem Fenster, als sie die Prachtstraße Unter den Linden hinunterfuhren. Sie war hell erleuchtet und es flanierten dort Menschen zu dieser ungewöhnlichen Stunde. Die Beleuchtung mit Gaslaternen hatte die dunkle Herrschaft der Nacht beendet und diese neue, künstliche Form des Lichts schien die Menschen magisch anzuziehen. Beim Passieren des Brandenburger Tors bewunderte er die Quadriga darauf, die nach dem Sieg über Napoleon aus Paris zurückgeholt und wieder an ihren ursprünglichen Platz gesetzt worden war. Als er in Charlottenburg sein Ziel erreichte, einen freundlichen Gasthof auf der Berliner Straße, übergab der Wirt ihm als Erstes und etwas aufgeregt eine Botschaft des königlichen Kammerherrn. Die Zeilen Alexander von Humboldts enthielten eine Entschuldigung, dass er Siebold nicht wie verabredet in der Stadt bei einer der gelehrten Gesellschaften empfangen könne und ihn bemühen müsse, den Landsitz der Familie aufzusuchen. Alles Weitere werde er Siebold dort erklären. Die Nachricht beunruhigte Siebold, denn Humboldt schien in Schwierigkeiten zu stecken. Es war nicht herauszulesen, ob sie vielleicht politischer Natur sind.

Wenige Tage später saß Siebold wieder in der Kutsche, die einer Straße nach Norden folgte, unter dem bleiernen Himmel einen düsteren Kiefernwald durchquerte und nach einer Stunde Fahrt bei Schloss Tegel ankam. Ein Diener geleitete ihn in den Gästesalon, wo er gebeten wurde zu warten. Siebold war aufgeregt und unsicher. Was für eine Person würde gleich hereinkommen? Der menschgewordene Weltgeist? Und welche Sorgen könnte ein solcher Übermensch haben? Sie müssten jedenfalls groß sein. Siebold fühlte sich unwohl, denn er befürchtete plötzlich, als Bittsteller und Verkäufer seiner Werke dem bedeutendsten Mann seiner Zeit zu begegnen, um ihm eine weitere lästige Pflicht aufzubürden. Da öffnete sich die Flügeltür und Humboldt trat ein, langsam, mit vorsichtigen Bewegungen und gesenktem Blick. Dann ging ein leichter Ruck durch seinen Körper, er richtete sich auf, blickte zu Siebold und setzte ein freundliches Lächeln auf. Darin war echte Freude zu sehen, doch schien sie wie von Schmerz und schweren Gedanken gefesselt zu sein. Siebold wiederum sah man seine Überraschung an, denn er starrte sein Gegenüber geradezu an. Obwohl er es besser wusste, hatte er sich Humboldt immer als einen Mann seines Alters vorgestellt, rüstig, kräftig und gesund. Wie sonst hätte er die großen Strapazen seiner Reisen überstehen können. Doch der echte Humboldt war schon Mitte sechzig und sein körperlicher Zustand nicht gut. Das leicht aufgedunsene, bleiche Gesicht zeigte roten Flecken, die Haare waren wirr, glanzlos und stumpf. Nur seine Augen leuchteten und überstrahlten seine kränkliche Erscheinung.

„Herr von Siebold, mein lieber junger Freund, seien Sie mir herzlichst willkommen!"

„Euer Exzellenz, es ist mir eine unermesslich große Ehre, nach Jahren des Wartens endlich Eure Bekanntschaft machen zu dürfen."

„Bitte, bitte, nicht so formell. Vor allem keine Exzellenzen. Ich langweile mich schon bei den vielen Soireen, Empfängen und an der königlichen Tafel zu Tode, wo die unerträglichsten Dummköpfe einander mit gepuderten Ehrentiteln schmeicheln. Wir sind doch Kollegen! Und das nicht nur in der Profession, sondern wohl auch im Geiste, wenn ich Ihre Arbeiten nicht völlig missverstanden habe. Außerdem liegt die Ehre ganz auf meiner Seite. Ich bin Ihr Humboldt, Sie sind mein Siebold. Einverstanden?"

„Selbstverständlich, Euer ... lieber Humboldt."

Humboldt reichte ihm die Hand, Siebold nahm sie und beide lachten. Eine Bedienstete brachte Kaffee und sie setzten sich.

„Vielen Dank, dass Sie den weiten Weg auf sich genommen haben", setzte Humboldt an. „Ich hätte mir gewünscht, dass unsere erste Begegnung unter einem besseren Stern stünde. Wie Sie sicher sehen, bin ich nicht gesund. Ich leide seit einiger Zeit an einer Krankheit, die ich nur als *kaltes Fieber* beschreiben kann. Alles fällt mir schwer, vom Aufstehen über das Essen, Lesen und Briefeschreiben bis hin zum abendlichen Ablegen der Garderobe. Manchmal fühle ich mich wie im Bett festgenagelt, dann tagsüber, als ob ich eine *Stiege* Bleibarren mit mir herumschleppen würde. Die Ärzte können jedoch nichts feststellen und mir daher nicht helfen. Der Grund meines Aufenthalts im Haus unserer Familie ist jedoch ein anderer. Meinem Bruder Wilhelm geht es nämlich viel schlechter als mir. Sein Leiden ist noch seltsamer als meins und dauert auch schon mehrere Jahre an. Ich bin in Sorge, dass ihm jederzeit die Lebensflamme ausgeblasen werden könnte. Doch genug gejammert! Lassen Sie uns von den erfreulichen Dingen des Lebens sprechen. Wie war Ihre Reise nach Russland? Wie haben Sie sich mit dem Zaren verstanden?"

Siebold berichtete ausführlich von seinen Erlebnissen und verschwieg nicht, wie bedrückend er die politischen und sozialen Verhältnisse empfand. Humboldt stimmte ihm zu und erzählte, dass er während seiner Russland-Expedition 1829 von Geheimdienst und Polizei kontrolliert, gegängelt und behindert wurde. Dennoch waren die Ergebnisse beachtlich und fielen auch zur vollsten Zufriedenheit von Nikolaus I. aus, dem er in Moskau unmittelbar nach Abschluss der Reise persönlich Bericht erstatten musste. Dann fragte er Siebold über Japan aus, und während dieser sprach, schien Humboldt im Sturm der Bilder freier atmen zu können. Man konnte auf seiner Stirn und in seinem Blick sehen, dass er alles auf intensivste Weise miterlebte, was Siebold ihm facettenreich in allen Farben schilderte. Zum Schluss fiel Siebold die Anekdote ein, wie einer seiner japanischen Schüler ihn nach dem Ostpol fragte.

„Wunderbar! Wunderbar!" rief Humboldt klatschend aus und lachte dabei zum ersten Mal. „Ich sehe ihn schon vor mir, den Roman, den jemand eines Tages über Sie schreiben wird:»Der Entdecker des Ostpols«. Oh, mein Freund, ich beneide Sie so sehr! Sie haben sich als Ziel Ihrer Forschungen ein Land ausgesucht, das noch nicht von der verlogenen Zivilisation Europas und ihrem brutalen kolonialen Ehrgeiz verdorben wurde. Ich bewundere die Japaner für die Klugheit, dass sie die katholischen Portugiesen damals aus dem Land geworfen haben. Wie anders waren meine Erlebnisse in Südamerika! Ich habe so viel Elend, Dummheit und Gewalt gesehen. Und was habe ich gemacht? Alles beobachtet, notiert, vermessen, gewogen, gezeichnet und kartographiert, um es eines Tages endlich umfassend beschreiben zu können. Ich habe die größten und berechtigtsten Zweifel, ob ich den Amerikanern damit tatsächlich etwas gebracht habe, so wie Sie den Japanern. Ich kann mich nur damit entschuldigen, dass ich tatsächlich keine Ansprechpartner hatte. Es gibt dort keine Gelehrten, denen ich das Saatgut unserer Wissenschaften hätte anvertrauen können, damit sie ihre eigenen Felder bestellen und erweitern. Die armen Länder Südamerikas sind nun einmal nichts anderes als von ihren spanischen und portugiesischen Unterdrückern völlig abhängige Kolonien."

„Es wird sie vielleicht wundern, lieber Humboldt, aber ich habe in Japan oft an Sie gedacht, und zwar genau unter diesem Gesichtspunkt. Dann habe ich mich jedes Mal beglückwünscht, denn ich war mir sicher, dass Sie die viel schwierigere Herausforderung gewählt hatten. Für mich war es vergleichsweise einfach und zudem eine höchst dankbare Aufgabe, im Austausch gegen unsere neuesten medizinischen, naturwissenschaftlichen und geographischen Erkenntnisse alles verfügbare Wissen über dieses Land aus den Händen der hervorragenden japanischen Gelehrten zu bekommen."

„Es geht aber noch weiter", fuhr Humboldt fort. „Sie sind nämlich mit einer Mission aus Japan zurückgekehrt, einer Mission, die die vitalsten Interessen des von Ihnen erforschten Landes betreffen. Das fehlt mir gänzlich, und ich spiele seit meiner Rückkehr, vor allem aber seit meinen Kosmos-Vorträgen in der Berliner Singakademie, im Grunde eine traurige Rolle. Ich befriedige zwar die Neugier des europäischen Publikums. Doch zugleich sind meine Schriften und öffentlichen Auftritte nichts anderes als ein Narkotikum für ein von der Restauration und dem politischen Stillstand frustrierten Bürgertum, dass sich mit meiner Hilfe gedanklich in paradiesische Gefilde voller Exotik und vermeintlich gutmütiger Schlichtheit versetzt. Dabei kann ich auch niemandem einen Vorwurf machen, denn aus ganz ähnlichen Motiven bin ich schließlich zu diesen Reisen aufgebrochen. Sie können sich nicht vorstellen, wie mein Bruder Wilhelm und ich hier, in diesem Hause mit seinem Park und den umliegenden Wäldern, unsere ganze Kindheit lang von der weiten Welt geträumt haben, um der hiesigen Langeweile und Stille zu entfliehen. Dennoch, ich bin ein Feigenblatt, Siebold, ein Vorwand für viele, nichts an den unerträglichen Zuständen zu ändern. Deshalb rate ich Ihnen eins: Passen Sie auf, dass Sie nicht in dieselbe Falle tappen!

„Vielen Dank für diesen Rat, den ich unbedingt beherzigen werde. Ich sehe auch darin einen höheren Grad der Herausforderung, der Sie sich gestellt haben, dass Sie bereits von Europäern kolonisierte Länder erforscht haben. Japan ist in dieser Hinsicht gewissermaßen noch jungfräulich, und es ist meine Aufgabe, die fatalen Konsequenzen aufzuzeigen, wenn diese Jungfrau mit militärischer Gewalt und wirtschaftlicher Profitgier geschändet wird."

„Schön gesagt, mein Lieber. Ich unterstütze Ihren politischen Einsatz für die friedliche Öffnung Japans, denn das ist ein wahrhaft aufgeklärter und fortschrittlicher Gedanke. Wir dürfen die Welt da draußen nicht weiter versklaven und zerstören. Sonst werden diese Völker sich eines

Tages gegen uns erheben, und unsere Taten werden als eine einzigartige Sünde unvergesslich in die Weltgeschichte eingeschrieben sein. Wissen Sie, in meinen dunkelsten Stunden schäme ich mich zutiefst für unsere europäische Zivilisation."

Siebold sagte darauf nichts und Humboldt fiel einen Moment lang ganz in sich zusammen. Dann schien ihm etwas eingefallen zu sein.

„Ich habe noch einen wichtigen Rat für Sie. Achten Sie auf das Finanzielle! Was glauben Sie, weshalb ich jetzt in Berlin bin? Mein ganzes Vermögen habe ich in die Reisen und in unprofitable Veröffentlichungen gesteckt. Zu meinem größten Leidwesen habe ich damit auch noch einige Verleger in den Ruin geschickt. Es ist vielleicht eine gerechte Strafe, dass ich heute nur noch als Sklave der preußischen Staatskasse weiterleben darf. Das hier ist mein Gnadenbrot."

Siebold, betroffen von den vor ihm ausgebreiteten Enttäuschungen und Sorgen dieses großen Mannes, wollte versuchen, das Gespräch etwas aufzuhellen, um Humboldt aus seiner Niedergeschlagenheit herauszuhelfen.

„Dank auch für diesen Rat. Ich weiß genau, was Sie meinen. Trotz der großzügigen Unterstützung der niederländischen Regierung muss auch ich meine Publikationen noch weitgehend selbst finanzieren. Das ist schließlich einer der Gründe für meinen Aufenthalt in Berlin." Humboldt unterbrach ihn.

„Oh ja, das vergaß ich Ihnen mitzuteilen. Die Audienz beim König ist bereits gewährt. Doch erwarten Sie sich davon nicht zu viel. Er ist kein heller Kopf. Und verzeihen Sie bitte, wenn ich Sie dabei nicht begleiten kann. In meinem gegenwärtigen Zustand wäre ich Ihnen sicher keine Hilfe."

„Ich stehe tief in Ihrer Schuld. Verbindlichsten Dank für Ihre Mühe. Keine Sorge, ich werde das schon schaffen. Auch sonst habe ich bereits vor, finanziell interessante Aktivitäten zu entfalten. Dazu gehört, dass ich japanische Gartenpflanzen importieren und über eine Handelsgesellschaft in ganz Europa verkaufen werde."

„Sehr gut. Das hört sich nach einem kaufmännischen Vorhaben an, das ein finanzielles Standbein außerhalb der Wissenschaft und somit eine Garantie für Ihre Unabhängigkeit sein könnte."

„Das hoffe ich. Bei dieser Gelegenheit fällt mir ein, lieber Humboldt, dass es eigentlich solche Überlegungen waren, die mich von Anfang an auf dem Weg nach Japan begleitet hatten. Ich begegnete während meines Studiums einem baskischen Edelmann namens Don Mastema. Er zeigte mir damals Ihr Buch *Voyage aux régions équinoxiales du Nouveau Continent*, in dem eine persönliche Widmung aus Ihrer Feder stand. Das hat mich ungeheuer beeindruckt. Außerdem war er der Erste, der mir riet, meine Interessen nach Asien und speziell nach Japan auszurichten. Er war vor allem an Handelsmöglichkeiten interessiert und wollte mich in solche einbinden. Ich habe danach nur noch einmal eine Nachricht von ihm erhalten". Siebold wollte die Geschichte mit dem mysteriösen Buch über das *Secretum Tabularorum Magnorum* lieber für sich behalten. „Erinnern Sie sich vielleicht an diesen Mann?"

Humboldt dachte kurz nach. Er hatte ein phänomenales Gedächtnis. „Der große Baske mit dem Klumpfuß? Natürlich! Ich traf Don Mastema einige Male in Paris und London. Ein erstaunlicher Mann. Sein Wissen schien grenzenlos zu sein. Er sprach auch alle mir geläufigen Sprachen und wohl noch einige mehr. Ehrlich gesagt, ich war etwas eingeschüchtert von ihm. Ich bin – ja, dessen bin ich mir immer bewusst gewesen – selbst schon ein Sonderling, was den Wissensdurst und die förmliche Explosion meiner wissenschaftlichen Kenntnisse seit jungen Jahren angeht. Aber dieser Mann wusste Dinge, die, wie mir schien, zu dieser Zeit noch niemand wissen konnte, der nicht mindestens schon ein ganzes Leben der Wissenschaft gewidmet hatte. Dabei trat er mir gegenüber als bescheidener Handelsreisender auf. Meine *Ansichten der Natur* schien er auswendig zu kennen. Auch die Verhältnisse in Südamerika waren ihm bestens vertraut. Er sprach mit einer Selbstverständlichkeit darüber, als ob er meine Reise gemacht hätte und nicht ich selbst. Er merkte dann wohl, dass er mir unheimlich wurde. Ich sah ihn zum letzen Mal bei meiner Aufnahme als Fellow in die Royal Society."

Draußen dämmerte es. Humboldt sinnierte noch einen Moment über die Begegnungen mit dem Basken, als die Tür zum Salon sich langsam öffnete. Nicht die Bedienstete trat ein, sondern eine seltsam gekrümmte Gestalt.

„Wilhelm! Sie kommen gerade zur rechten Zeit. Ich möchte Ihnen meinen Freund vorstellen, den Arzt und Japanforscher Philipp Franz von Siebold. Siebold, das ist mein lieber Bruder Wilhelm."

Siebold erhob sich von seinem Platz. Der große Staatsmann, Bildungsreformer und Gründer der Berliner Universität trippelte in winzigen Schritten auf ihn zu und hob zaghaft die Hand zum Gruß.

„Euer Exzellenz, es ist mir eine Ehre."

Statt darauf zu antworten, sah Wilhelm von Humboldt zu seinem Bruder und sprach mit tonloser und zerbrechlicher Stimme.

„Haben Sie Ihrem Gast das mit den Exzellenzen nicht schon gesagt?" Dann wieder Siebold zugewandt: „Seien Sie herzlich willkommen in der

Freien Republik Schloss Tegel." Das unterstrich er mit einem dünnen Lächeln.

„Bitte nehmen Sie keine Rücksicht auf meine Erscheinung. Mein Gebrechen bringt dieses komische Aussehen mit sich. Doch mein Verstand arbeitet noch zufriedenstellend, weshalb ich mich nicht beklagen will."

In der Tat war die Körperhaltung Wilhelm von Humboldts grotesk. Er war extrem mager, sein Rücken zum Buckel gekrümmt, der Hals weit vorgeschoben und die Arme angewinkelt eng am Körper, als ob ihm unsichtbare Fesseln angelegt wären.

„Bitte setzen Sie sich wieder, Herr von Siebold. Ich bleibe lieber stehen. Sie werden mir hoffentlich nachsehen, dass ich mit dieser spastischen Haltung nicht gut sitzen kann."

„Darf ich fragen, welche Diagnose die Ärzte Ihnen gestellt haben?" erkundigte sich Siebold.

„Schüttellähmung. Das ist alles, was ihnen dazu einfällt. Es soll angeblich eine Alterserscheinung sein. Ich kann weder Hände noch Füße richtig kontrollieren. Begonnen haben die Symptome nach dem Tod meiner Frau vor sechs Jahren. Seitdem wird es immer schlimmer. Gott sei Dank habe ich keine Schmerzen, auch kein Fieber. Nur plötzlicher Harndrang macht mir oft zu schaffen, denn ich brauche so lange bis zum Abort, wenn nicht gerade ein Nachttopf zur Hand ist."

„Sie müssten seine Schrift sehen", ergänzte Alexander von Humboldt. "Wenn er schreibt, dann werden seine Buchstaben innerhalb derselben Zeile immer kleiner, bis sie unleserlich sind. Es sieht aus wie ein kalligraphisches Spiel."

„Ich habe von diesem Krankheitsbild schon einmal gelesen. Der britische Arzt James Parkinson hat es vor etwa zwanzig Jahren in *An Essay on the Shaking Palsy* erstmals beschrieben. Er geht allerdings davon aus, dass es keine Alterserscheinung, sondern eine Erkrankung der Wirbelsäule ist."

„Sehen Sie, lieber Alexander, endlich einmal ein Arzt, der die Welt gesehen hat und mehr als Latein und Deutsch liest", flüsterte Wilhelm. „Das ist sehr interessant, lieber Siebold. Wir werden dieses Buch besorgen und es jedem meiner Ärzte um die Ohren hauen." Er verzog sein wächsernes Gesicht wieder zu einem Ansatz von Lächeln.

„Sagen Sie, Siebold, führten Ihre Japanreisen Sie auch nach Java?"

„Es war nur eine einzige Reise, die wie jene Ihres Bruders nach Südamerika fünf Jahre dauerte. Zu Beginn war ich vier Monate auf Java stationiert und es war mein großes Glück, dass ich von dort aus so schnell nach Japan weitergeschickt wurde. Das war nämlich noch gar nicht absehbar, als ich die Niederlande verließ. Auf der Rückreise nach Europa hatte ich nur kurze Aufenthalte in Fort Mentok, Batavia und Buitenzorg."

„Ich bin leider nicht dort gewesen. Dafür habe ich mich lange mit der Kawi-Sprache der Eingeborenen auf Java beschäftigt, die viele Lehnwörter aus dem Sanskrit hat. In meinem Kabinett liegt ein großes, ungeordnetes Manuskript, dass ich unbedingt noch beenden möchte, bevor die Krankheit meinen Geist erreicht. Deshalb begebe ich mich jetzt dahin zurück, werde dort mein Abendessen am Schreibtisch einnehmen und wünsche Ihnen beiden einen schönen Abend."

Siebold sah, dass Alexander von Humboldt erschöpft war und nahm gleich die Gelegenheit wahr, sich auch zu verabschieden. Es war bereits dunkel und von der Kutsche aus blickte er zurück auf das von innen erleuchtete Schloss. Er empfand Wehmut, die kranken Brüder verlassen zu müssen, denn er wusste, dass er keine dieser beiden einzigartigen Persönlichkeiten je wiedersehen würde.

Erfolge

Die Audienz beim preußischen König war eine Enttäuschung. Friedrich Wilhelm III. hörte sich Siebolds Ausführungen gleichgültig an. Er schien im Gegensatz zu den anderen Monarchen, die Siebold bis dahin getroffen hatte, weder politische noch wissenschaftliche Visionen zu haben, ja, nicht einmal einen eigenen Willen. Siebold verstand sofort, was Humboldt gemeint hatte, nämlich dass der Preußenkönig sich einen eminenten Wissenschaftler wie ihn nur als Haustier hielt, das gelegentlich Kunststücke vorführen und den Monarchen vom tristen Alltag des Herrschens ablenken durfte. Die Inhalte der wissenschaftlichen Arbeit und deren politische Bedeutung interessierten ihn nicht. So beschied er Siebolds Ansinnen abschlägig, die Entwicklung des Nippon-Werks mit ein paar Subskriptionen gnädig zu unterstützen. Er habe ja wohl bereits genug Geld für die Wissenschaften ausgegeben, namentlich die üppige Apanage für Humboldt.

Enttäuscht reiste Siebold weiter nach Dresden und Prag, wo er als Verkäufer seiner Werke ebenso erfolglos war. In Wien wurde er dagegen überraschend wohlwollend empfangen. Der greise Kaiser Franz I. gewährte ihm zunächst eine lange Audienz. Er schien zwar mehr Gefallen an der feschen und vitalen Person Siebolds als an seinen Arbeiten zu haben. Doch Siebold wurde auch von dem mächtigen Fürsten von

Metternich unterstützt, der rechten Hand des Kaisers. Sie trafen sich außerhalb der Audienzen, speisten mehrmals gemeinsam zu Abend. Metternich fühlte sich in den politischen und wissenschaftlichen Gesprächen mit Siebold derart gut unterhalten, dass er ihm jede Unterstützung zusagte. Siebold bedankte sich dafür, indem er den Fürsten wissen ließ, eine japanische Rhododendrenart nach ihm benennen zu wollen. Metternich war gerührt und geschmeichelt, denn es gab kaum einen eleganteren Weg, um den eigenen Namen für nachfolgende Generationen in Erinnerung zu halten, als ihn mit einer wissenschaftlichen Entdeckung zu verbinden.

Rhododendron metternichii

Siebolds Antichambrieren, das ihm gegenüber dem erzkonservativen Metternich einige Selbstverleugnung kostete, schien erfolgreich gewesen zu sein. Es zeichnete sich ab, dass der Kaiser die wissenschaftlichen Vorhaben Siebolds in großem Umfang unterstützen würde. Insbesondere gefielen ihm – sicher durch die Einflüsterungen Metternichs – die Pläne zur Errichtung eines Kaiserlichen Ethnologischen Museums, dessen Anfangs- und später auch Hauptbestandteil Siebolds ethnographischen Sammlungen aus Japan sein sollten. Siebold glühte vor Enthusiasmus und sah sich schon als Gründer und Direktor des weltweit ersten Völkerkundemuseums, nach dessen Vorbild europaweit viele weitere Museen entstehen würden. Da verstarb der Kaiser plötzlich und alle Pläne waren Makulatur. Seinem Sohn und Nachfolger Ferdinand I., der als unfähig galt, wurde sofort ein mehrköpfiger Staatsrat zur Seite gestellt, in dem Metternich sich erst mit den neuen Parteien arrangieren musste. Siebold war kurz davor, unverrichteter Dinge nach München weiterzureisen, als er mit einem Brief des Geologen Christian Ehrenberg aus Berlin eine traurige Nachricht erhielt. Wilhelm von Humboldt war an einer Lungenentzündung gestorben, die er sich in einer kalten Nacht am Grab seiner verstorbenen Frau zugezogen hatte.

Im Mai 1835 kehrte Siebold nach Leiden zurück. Seine weiteren Aufenthalte in München, Weimar und Leipzig waren reich an Begegnungen mit Wissenschaftlern, Diplomaten, Politikern und Monarchen, doch die finanzielle Ausbeute in Form von Vorbestellungen seiner Bücher war bescheiden. Insgesamt musste Siebold seine Geschäftsreise in eigener Sache für gescheitert betrachten, denn die Erträge aus den Verkäufen deckten kaum die Kosten dieser Tour d'Europe.

Dessen ungeachtet stürzte er sich zuversichtlich in die Arbeit. In den folgenden Jahren erhöhte er sein vormaliges Publikationstempo noch weiter. Er redigierte und korrigierte seine eigenen Texte und die seiner Helfer, schrieb weiter Artikel für Zeitungen und das Netz seiner Korrespondenzen mit Wissenschaftlern überspannte ganz Europa. Noch im selben Jahr erschien die Flora Japonica in einem Prachtband mit sechshundert farbigen Illustrationen, die meisten von japanischen Künstlern ausgeführt. Er widmete dieses Werk Kronprinzessin Anna Pawlowna der Niederlande, Tochter von Zar Peter I. Als Zeichen seiner Dankbarkeit für die großzügige Behandlung durch die niederländische Regierung, benannte er den von ihm in Japan entdeckten Blauglockenbaum nach ihr *Paulownia imperialis* oder Kaiserbaum. Die Blätter dieses majestätischen Gewächses, das die Japaner ‚Kiri' nennen, waren Bestandteil der Wappen vieler *Daimyō*, der Tokugawa-Shōgune und des *Tennō* selbst.

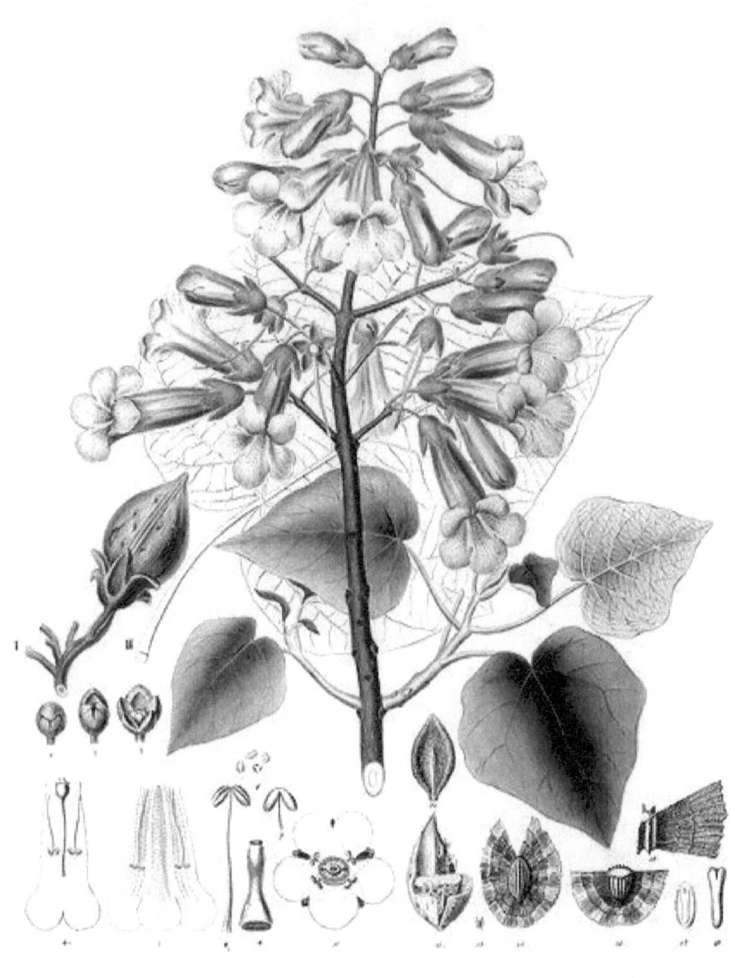

Paulowni Imperialis

In derselben Zeit sortierte, etikettierte und katalogisierte er auch die Objekte seiner Sammlungen. Die Ausstellungen in seinem Haus in Leiden, der *Villa Nippon*, wurden immer umfangreicher. Er arbeitete weiter an Konzepten für ein ethnologisches Museum, doch vorerst blieb sein Privathaus der einzige Ort in Europa, an dem man dem fernen Japan näherkommen konnte, ohne über die Meere dorthin reisen zu müssen. Die angesehene Zeitschrift *Flora* veröffentlichte eine ausführliche Besprechung der Ausstellung in seinen Räumen, die ihn stolz machte. Eine Abschrift davon hing bald hinter Glas gerahmt im Eingangsbereich seines Hauses.

„Man sieht sich versetzt in alle Erfindungen, Sitten, Gewohnheiten, in Kunst, Wissenschaft und Industrie eines Volkes, das uns bis jetzt so fremd war wie der Mann im Mond. Von der Toilette der Damen geht man über in die Werkstätte des Handwerkers, von den goldenen Pagoden und Schulen in eine Waffenkammer und damit nichts fehle, sind ganze Straßen in verjüngtem Maßstabe mit ihren Warenbuden, Götzentempeln und Lusthäusern aufgestellt. Sie sind an Ort und Stelle von den Japanern selbst verfertigt worden, was der größte Bürge für ihre Echtheit ist, denn es gibt keine gewissenhafteren Arbeiter und Nachahmer als die Japaner, welches vorzüglich an der Ähnlichkeit von bekannten Portraits zu erkennen ist, die sie kopierten."

Drei Jahre später durfte Siebold sich freuen, dass sein galantes Geschenk an Kronprinzessin Pawlowna seine Wirkung nicht verfehlt hatte. Ihr Schwiegervater Wilhelm I., der Siebolds entscheidende Rolle bei der Begründung der niederländischen Tee-Industrie nicht vergessen hatte, wies die Regierung an, dessen japanische Sammlungen für sechzigtausend Gulden zu kaufen. Dabei sollten die Sammlungen unverändert in Siebolds Obhut bleiben. Abzüglich der Vorschüsse blieben ihm damit vier Jahreszahlungen von jeweils zwölftausend Gulden, ein kleines Vermögen, das ihn für diese Zeit und darüber hinaus unabhängig machte und aus dem er seine weiteren Reisen und Publikationen finanzieren konnte.

Siebold ruhte sich auf diesem finanziellen Polster nicht aus, sondern entfaltete noch mehr Aktivitäten. Mit Heinrich Blume, dem ehemaligen Direktor des botanischen Gartens von Buitenzorg auf Java, gründete er den *Aktien-Verein zur Einfuhr von Zier- und Nutzpflanzen aus Japan*. Die niederländische Regierung unterstützte das Unternehmen, indem es nur niedrige Frachtkosten für die Lieferungen aus *Dejima* berechnete. Zudem eröffnete Siebold 1840 ein zweites Haus in Leiden, da sein Privathaus zu klein geworden war für den immer größeren Besucherandrang. Die Neueröffnung war ein weithin beachtetes Ereignis. Viele gekrönte Häupter kamen angereist und statteten ihren Besuch ab, vor allem der neue König Wilhelm II. der Niederlande und seine Frau, die vormalige Kronprinzessin Anna, die inzwischen zu Königin Anne I. gekrönt worden war.

In diesen Jahren tauchten, so sehr Siebold sie auch verdrängte, immer wieder die Bilder von Taki und Ine auf. Sie kamen nachts in seinen Träumen und während seiner Arbeiten an den japanischen Sammlungen, insbesondere wenn er es mit Gegenständen oder Dokumenten zu tun hatte, die er Taki einst stolz präsentiert hatte. Überwältigend wurden die schmerzhaften Erinnerungen, als im Garten von Siebolds Privathaus *Nippon* zum erstmals die *Hydrangea otaksa* erblühte. Aus einem üppigen Busch erhoben sich ihre großen, kugelrunden Blütenstände wie blaue Sterne über den Beeten. Es war eine Sensation. Die Nachricht verbreitete sich wie ein Lauffeuer. Wochenlang kam ein nicht abreißender Strom von Besuchern in das Nippon-Haus, um die sagenumwobene, nach der großen Liebe des Japanforschers benannte Blume zu sehen, die die Japaner ‚Purpursonne' nannten. Holländische, französische und englische Zeitungen berichteten in ergreifenden Artikeln über das Ereignis. Von da an expandierte der *Aktien-Verein* viel schneller als erwartet. Zu den beiden Gewächshäusern in Leiden musste noch eine Lagerhalle gebaut werden. Der Export der Pflanzen florierte. Die japanischen Rhododendren- und Hortensienarten wurden in den Gärten von ganz Europa heimisch. Das führte 1842 zur Gründung einer weiteren *Gesellschaft zur Förderung des Gartenbaus durch Einfuhr und Anbau japanischer und ostindischer Pflanzen*, über die Wilhelm II. höchstpersönlich die Schirmherrschaft übernahm. Doch statt sich zu freuen und den Erfolg zu genießen, wurde Siebold darüber schwermütig. Er konnte nicht vergessen, dass der Preis dafür sein verlorenes Liebes- und Familienglück war.

Um sich abzulenken, wandte er sich wieder seinen politischen Interessen zu. Im Gedenken an seinen Freund Mendelssohn nahm er ein Buch von *Immanuel Kant* zur Hand. Nicht die schwierigen philosophischen Untersuchungen seiner drei großen Kritiken, sondern einen politischen Titel, durch den Siebold sich angesprochen fühlte. Er las Kants Abhandlung *Zum ewigen Frieden* und war überrascht, wie humorvoll und satirisch der Königsberger Philosoph es darin schaffte, den Widerspruch zwischen den Kriegsgelüsten von Regierungen und dem Friedenswillen der Staatsbürger zu erklären. Wenn diese in einer Republik lebten, die eine kritische Öffentlichkeit zuließe, und die Bürger auf diese Weise mehr Einfluss auf die außenpolitischen Entscheidungen hätten, dann gäbe es weniger Kriege, meinte Kant. Wenn diese Republiken untereinander auch noch einen Friedensbund schließen könnten, dann wären große Schritte in Richtung des Ewigen Friedens bereits gemacht. Doch sollte man, schrieb Kant, bei der Umsetzung dieses Ideals vorsichtig sein und nichts übertreiben, denn *Zum ewigen Frieden* sei auch ein beliebter Name für Gasthäuser neben Kirchfriedhöfen.

Eines Tages erhielt Siebold eine Depesche aus England. Der britische Außenminister Palmerston erkundigte sich, ob der inzwischen international anerkannte Japanforscher bereit wäre, in die Dienste der englischen Krone zu treten. Unverblümt äußerte Palmerston das Interesse seiner Regierung, mit Siebolds Hilfe Japan endlich für den Handel zu öffnen. Er hätte dafür keinen schlechteren Zeitpunkt wählen können. Gerade war der Opium-Krieg im Kaiserreich China zu Ende gegangen, bei dem England bewiesen hatte, dass es bereit war, rücksichtslos zu allen Mitteln zu greifen, um seine koloniale Vorherrschaft zu bewahren. China war zur Öffnung seiner Märkte, zur Gewährung von Privilegien und vor allem zur Duldung des Opiumhandels gezwungen worden, weil die Engländer mit anderen Handelswaren keine Profite mehr erzielten. Siebold war über diese Ereignisse genauestens unterrichtet und lehnte die Einladung Palmerstons kühl ab. Er war vielmehr derart erbost über die englische Kolonialpolitik in China, dass er sie zum Anlass nahm, einen Artikel über die drohende Gefahr für Japan zu verfassen. Der Text wurde schließlich in mehreren europäischen Zeitungen abgedruckt. Er hoffte, dass seine Botschaft darin von den Regierungen und führenden Diplomaten der Westmächte gelesen und als Warnung verstanden würde.

„Die Abschließung Japans für christliche, Handel treibende Nationen war kein grundloser Gewaltstreich des neuen, sich gleichfalls mit Gewalt des Thrones bemächtigenden Shōgun. Die Untersagung des christlichen Gottesdienstes geschah nicht wegen der Verwerfung der christlichen Lehre oder der Verachtung des christlichen Glaubens – im Reiche Nippons hallt nie das im europäischen Orient unaufhörlich erschallende Stichwort ‚Ungläubiger' wider. Der Bannstrahl, der namentlich gegen die Portugiesen und Spanier geschleudert worden, ward entzündet worden durch die Eroberungssucht und den Golddurst dieser Nationen als auch durch die Anmaßungen und Herrschsucht ihrer Priester, die sich unter dem Losungsworte ‚Bekehrung' den Weg zur Herrschaft gebahnt hatten. Es waren damals begründete politische Besorgnisse, welche die verdächtigen Christen-Nationen, die damaligen Herrscher der Weltmeere, für immer aus dem Reiche verbannen ließen und mit Ausnahme der Holländer allen christlichen Völkern das Reich verschlossen hielten.

Die einzig erfolgversprechende Politik, um das Kaiserreich Japan auf die Bühne der Weltöffentlichkeit zu holen und in regen zwischenstaatlichen Austausch zu verwickeln, liegt nicht im Handel, sondern in der Wissenschaft. In diesem Land sind keine schnellen Profite zu machen. Im Gegenteil, es sind Investitionen gefordert, um seine geistigen und materiellen Schätze den kommenden Generationen zu bewahren und ihnen zugänglich zu machen. Wehe, wenn eine europäische Macht zur Öffnung Japans dieselben schändlichen Methoden anwendet wie England im Opium-Krieg mit China. Die einst würdige Seefahrernation und Herrscherin über das Britische Empire hat aus Profitgier eine in der Geschichte beispiellose politische Sünde begangen, indem sie das chinesische Kaiserreich mit allen Mitteln gedemütigt und ihm ein Drogenkartell von unvorstellbarer Größe und Grausamkeit aufgezwungen hat. Die chinesischen Untertanen vergiften sich auf offener Straße und in eigens dafür eingerichteten Häusern mit dem teuren Opium, und ihre Regierung ist gezwungen, tatenlos zuzusehen, wie die Drogensucht einst fleißige Handwerker, Künstler und Arbeiter erst unproduktiv macht und dann ganz hinwegrafft. Es ist nicht weniger als ein Völkermord ohne Waffen. Die britische Regierung sieht darin bereits ein bewährtes Verfahren, um den Widerstand all jener Nationen zu brechen, die sich nicht unterwerfen wollen. Wehe, wenn eine Kolonialmacht es wagen sollte, auf solche Art die Fackel des Bürger- und Religionskrieges in das schöne, blühende Japan zu schleudern. Es hieße den Namen der Europäer, den die Niederlande mit großer Selbstaufopferung wieder in ein besseres Licht gerückt hatten, aufs neue brandmarken."

Siebold wusste, dass er sich mit dieser rigoros antikolonialistischen Haltung viele Feinde in den Regierungskreisen der an Japan interessierten Länder machen würde. Umso freudiger überraschte ihn wenige Wochen später die Bitte des niederländischen Kolonialministers Jean Chrétien Baud, sich an der Planung für eine Delegation nach Edo zu beteiligen und einen Brief zu entwerfen, den der König der Niederlande dem Shōgun übermitteln würde. Bei dieser Gelegenheit teilte er ihm auch mit, dass Seine Majestät von Palmerstons Angebot erfahren habe und höchst erfreut über Siebolds Ablehnung desselben war. Zum Dank hatte der König ihn in den niederländischen Adel erhoben. Baud händigte ihm das Adelspatent gleich aus und Siebold durfte von da an den Titel *Jonkheer* führen.

Die Umsetzung des vom König initiierten Vorhabens zog sich wegen der finanziellen Notlage in der Staatskasse in die Länge und es gingen auch einige Entwürfe für den Brief hin und her, die vom Kronrat erst gebilligt, dann wieder verworfen wurden. Im Frühjahr 1843 stach die Fregatte Pa Lembang endlich in See, um den Brief, der die Reise der späteren Delegation nach Japan vorbereiten sollte, nach Edo zu bringen. Siebold war hochzufrieden, weil der König schließlich persönlich interveniert und alle von ihm vorgeschlagenen Formulierungen in seiner Botschaft übernommen hatte.

„Wir, Wilhelm der Zweite, von Gottes Gnaden König der Niederlande, Prinz von Oranien-Nassau, Großherzog von Luxemburg, entbieten Seiner

Exzellenz dem Oberherren des Japanischen Reiches Unseren Gruß. Möge Eure Exzellenz dieses Schreiben gnädigst in Empfang nehmen und noch lange in Ruhe und Frieden regieren.

Vor mehr als zweihundertvierzig Jahren hat uns Euer Exzellenz Durchlauchtigster Ahne Ieayasu sein Vertrauen geschenkt, und seitdem ist Holland der Handelsverkehr mit Japan gestattet. Wir haben seit jener Zeit dort viel Freundschaft empfangen. Bisher hat sich noch keine Notwendigkeit ergeben, einen direkten schriftlichen Verkehr von Regierung zu Regierung aufzunehmen. Die Angelegenheiten des Handels und alle übrigen Mitteilungen konnten durch den Gouverneur von Niederländisch-Ostindien erledigt werden. Jetzt fühlen wir uns dringend bewogen, dieses Stillschweigen zu brechen. Es sind Mitteilungen von großem Gewichte zu machen. Sie betreffen nicht den Handel unserer Untertanen in Japan; sie betreffen das hohe Staatsinteresse des Kaiserreichs; Angelegenheiten, würdig von König zu König behandelt zu werden. Wir sind voller Besorgnis um die Zukunft Japans. Möchte es uns doch glücken, diese Zukunft vor Unglücksfällen zu bewahren durch unseren guten Rat!

Wir haben dem Laufe der Zeiten ernste Aufmerksamkeit gewidmet: Der Verkehr der Völker auf Erden nimmt mit raschen Schritten zu, eine unwiderstehliche Kraft zieht dieselben gegenseitig an. Durch die Erfindung von Dampfschiffen werden die Entfernungen immer geringer; das Volk, welches sich bei dieser allgemeinen Annäherung ausschließen will, wird mit vielen in Feindschaft geraten. Es ist uns bekannt, dass die Gesetze, welche die durchlauchtigen Vorfahren Eurer Majestät dem Reiche Nippon gegeben haben, den Verkehr mit fremden Völkern eng beschränken. Doch der Weise sagt: ‚Wenn die Weisheit auf dem Thron sitzt, dann tut sie sich hervor durch die Erhaltung des Friedens.'

Wenn alte Gesetze durch strenge Handhabung Anlass zu Friedensstörung geben, dann gebietet es die Vernunft, dieselben zu mildern. Dies, Großmächtiger Shōgun, ist denn auch unser freundschaftlicher Rat: Mildert die Strenge der Gesetze gegen den Verkehr mit Fremden, damit das glückliche Japan nicht durch Kriege verwüstet werde. Wir geben Euer Majestät diesen Rat in der besten Absicht, ganz frei von eigenem Staatsinteresse. Wir hoffen, dass die Weisheit der japanischen Regierung zur Einsicht gelangt, dass der Friede nur durch freundliche Beziehungen erhalten werden kann, und diese nur allein durch den Handelsverkehr entstehen können. Wir sind voller Besorgnis für die Zukunft Japans. Möcht' es uns doch glücken, diese Zukunft vor Unglücksfällen zu bewahren durch unseren guten Rat.

Der mächtige Kaiser von China hat nach langem fruchtlosen Widerstand endlich der Übermacht der europäischen Kriegskunst nachgegeben und bei dem darauf erfolgten Friedensvertrag Bedingungen eingehen müssen, wodurch die alte chinesische Politik eine bedeutende Veränderung erlitten hat, und vermöge welcher fünf Seehäfen von China für den Handel der Europäer geöffnet werden mussten. Ein ähnliches Unglück bedroht jetzt das japanische Reich. Ein bloßer Zufall kann es zum Ausbruch bringen. Häufiger als je zuvor werden allerlei Schiffe im Japanischen Meer kreuzen, und wie leicht könnte ein Streit entstehen zwischen dem Schiffsvolke und den Untertanen Eurer Majestät! Der Gedanke, dass aus einem solchen Zwist Krieg entstehen könnte, erfüllt uns mit großem Kummer.

Solches Unglück wollen wir gern von Japan abwenden und wünschen es aus Erkenntlichkeit für die Gastfreundschaft, die seit mehr als zweihundert Jahren Unsere Untertanen in Japan genossen haben. Sollte Eure Exzellenz unseren Rat annehmen, so erwarten wir ein persönliches Antwortschreiben. Wir werden dann einen bevollmächtigten Gesandten schicken, der die Angelegenheit eingehender besprechen soll. Das Kriegsschiff, das Unser Schreiben überbringt, ist bestimmt, auch Ihre Antwort sicher in Unsere Hände gelangen zu lassen. Mein Bildnis, das Ihr mit diesem Schreiben erhaltet, möge Euch ein Zeichen Unserer getreuen Freundschaft und Unserer dankbaren Gesinnung sein.

Möge die Herrschaft, die Eurer Exzellenz von den durchlauchtigsten Ahnen überkommen ist, noch lange in Ruhe und Frieden das Land Japan beglücken."

Der Kurschatten

Fünfzehn Jahre waren seit Siebolds Rückkehr aus Japan vergangen, in denen er unermüdlich und ohne Rücksicht auf seine Gesundheit gearbeitet hatte. Sein Körper forderte allmählich den Tribut für diese Strapazen. Es war dringend an der Zeit, dass er sich ausruht und gründlich erholt. Als Siebold im Sommer 1845 auf der Kurpromenade von Kissingen spazieren ging, war er ein gealterter, zwangsgeschiedener Junggeselle mit einer bewegten Vergangenheit. Als solcher behielt er beim Flanieren zwischen den Kurgästen im blauen Rock mit gelber Weste, weißer Halsbinde, grauen Pantalons, hohem Hut und Gehstock, eine zwar stolze, aber doch schon etwas steife Haltung. Er war im Hotel Royal de Bain abgestiegen, dem Königlichen Kurhaushotel, dessen

Umbauten gerade abgeschlossen worden waren und das ihn mit seiner
großen Zahl an Badekabinen und den neumodischen *Douche-Maschinen*
überzeugt hatte. Es war einige Prominenz in dem beschaulichen, kleinen
Ort, der seit dem Ende der napoleonischen Kriege zur beliebten Som-
merfrische für den Adel und reiche Kaufleute aufgestiegen war. Man
entspannte sich bei der Trinkkur, regelmäßigen Bädern und ausgedehnten Spaziergängen. Für die standesgemäße Zerstreuung sorgten Gala-
dinners, Konzerte und das elegante Spielcasino. Siebold war allein
angereist und blieb es auch während der beiden ersten Wochen. Die einzige Unterbrechung war die Begegnung mit dem gerade zum russischen
Kanzler berufenen Grafen von Nesselrode. Bei einem Empfang, den der
Graf für ihn ausrichten ließ, berichtete er Siebold von den neuesten politischen Entwicklungen in Russland und bekräftigte, dass der Zar Nikolaus I. unvermindert großes Interesse an Siebolds Forschungen zu Japan
hätte. Ansonsten war es still um Siebold und er fühlte, dass er nicht mehr
die Vitalität und die Ausstrahlung seiner jungen Jahre hatte. Die lange
Einsamkeit seines Herzens hatte ihn inzwischen zu einem etwas eigenwilligen Hagestolz gemacht.

Eines Tages nahmen zwei neu angereiste Damen an dem großen, runden Tisch im Kursaal ihren Platz ein, an dem auch er morgens, mittags
und abends speiste. Sie stellten sich den Kurgästen an der Tafel als die
Freifrau von Gagern und ihre Tochter Helene, Freiin von Gagern, aus
Pommern vor. Obwohl sich mit beiden im Laufe der ersten Woche eine
äußerst angenehme Konversation entspann, bemerkte Siebold, dass die
Tochter nicht glücklich war in der Gesellschaft ihrer Mutter. Die Mutter
wiederum erging sich in Andeutungen, dass sie ihre Tochter gerne so
schnell wie möglich verheiraten wollte, da sie schon vierundzwanzig
Jahre alt war. Helene war schön, hatte eine hohe, offene Stirn und glänzende Augen. Ihr schwarzes Haar, die ausgeprägten Augenbrauen und
die vollen Lippen verrieten Sinnlichkeit und Temperament. Die zarten
Schultern und feinen Schlüsselbeine gaben ihr dazu eine verletzliche
Seite, die ihre stolze Erscheinung weich abrundete. Siebold fand sie an-
sprechend und reizvoll, war jedoch irritiert, dass ihre Mutter ihn offensichtlich in den engeren Kreis der Kandidaten für ihre Tochter gezogen
hatte. Wenn überhaupt, dann hegte er eher väterliche Gefühle für diese
aparte junge Pommerin, und altersgemäß hätte wohl eher die seit einigen Jahren verwitwete Mutter zu ihm gepasst. Er kam nicht umhin zu
bemerken, wie die tägliche Gesellschaft der beiden Damen sich belebend
auf ihn auswirkte. Mutter und Tochter fühlten sich im Gegenzug glän-
zend unterhalten von den so exotischen wie dramatischen Erzählungen

des berühmten Forschungsreisenden. Eines Morgens kam Helene von Gagern allein an die Tafel. Die anderen Gäste hatten schon gefrühstückt. Nur Siebold saß noch da und las einige Briefe, während er Kaffee trank.

„Wo ist denn Ihre Frau Mutter an diesem schönen Morgen", erkundigte er sich aufgeräumt.

„Sie ist für einige Tage nach Frankfurt gefahren, um Besorgungen zu machen. Sie wollte es mir nicht sagen, aber es geht wohl um meine Mitgift", antwortete sie verlegen. "Mein Vater war ein vermögender Gutsbesitzer und hat ihr die Mittel hinterlassen, um für meine Ausstattung zu sorgen."

„Nun, dann hat sie also einen Bräutigam gefunden, der das Glück haben soll, die Ehe mit Ihnen schließen zu dürfen?"

„Nein… und ja!" Sie errötete und senkte den Blick. Dann sah sie ihn unvermittelt und vielsagend an. Da verstand er und wurde selbst verlegen. Der Plan der Mutter war vollkommen durchsichtig und sollte es auch sein.

„Würden Sie einen Ausflug mit mir machen?" fragte sie plötzlich.

„Fräulein von Gagern, ich weiß nicht…"

„Bitte, nennen Sie mich Helene!"

„Gerne, Helene. Also, wäre das nicht etwas …anzüglich? Ich meine, eine junge Dame wie Sie mit einem alleinstehenden älteren Herrn wie mir, ohne Begleitung einer Aufsichtsperson?"

Helene, die mit diesem Einwand gerechnet hatte, ließ allen Anstand und alle Vorsicht fahren, stand von ihrem Stuhl auf, setzte sich auf den nächsten neben Siebold und legte ihre Hand auf die seine, die noch den Brief hielt.

„Bitte befreien Sie mich! Entführen Sie mich! Ich will aus diesem schrecklichen Leben heraus, das ich seit Jahren führen muss."

Siebold hatte einen solchen Gefühlsausbruch bei einer Frau noch nie erlebt.

„Schon gut, schon gut, liebe Helene. Beruhigen Sie sich", hörte er sich überrumpelt sagen. „Lassen Sie uns also einen Ausflug machen und dann erzählen Sie mir von Ihrer Bedrängnis. Einverstanden?"

„Von ganzem Herzen" seufzte sie verklärt, als ob sie auf eine ganz andere Frage geantwortet hätte.

Siebold bestellte eine zweispännige Kalesche mit Kutscher. Die Sonne schien und sie fuhren mit offenem Verdeck zur mittelalterlichen Burg Botenlauben. Siebold erzählte Helene, die in der rechten Hand einen Sonnenschirm aus weißer Spitze hielt und sich mit der linken an seinem Arm untergehakt hatte, die Geschichte der alten Ruine, deren Steine bis vor wenigen Jahren noch von Bürgern und Bauern zum Bau ihrer eigenen Häuser geplündert worden waren. Helene war beeindruckt von diesem steinernen Denkmal aus versunkenen Zeiten, und so fuhren sie an der Saale entlang weiter zur romantischen Ruine Trimburg. Während der Fahrt durch die schattigen Alleen und über die Feldwege erzählte sie munter von ihren literarischen und philosophischen Interessen. Es war ihr wichtig, als eine gebildete Person wahrgenommen zu werden. Siebold fand, sie sah unter ihrem seidenen Häubchenhut bezaubernd aus in ihrer perfekten grünweißen Sommertoilette. Nach einem weiteren historischen Rundgang in Trimburg kehrten sie in einer gemütlichen Sommerwirtschaft ein. Zwei Gläser bernsteinfarbenen Weißweins später sah Siebold den Zeitpunkt gekommen, ihre Frühstückskonversation fortzuführen.

„Liebe Helene, Sie sind ein bezauberndes junges Fräulein. Doch lassen Sie mich offen sprechen. Wir haben beide die Absichten Ihrer Frau Mutter durchschaut. Das war kein Kunststück. Um ehrlich zu sein verstehe ich weder, weshalb Ihre Frau Mutter mich ausgesucht hat, noch warum Sie mich auffordern, ihrem Wunsch auch noch Folge zu leisten."

„Herr von Siebold…", setzte sie mit einem tiefen Atemzug an, der ihren Busen reizvoll anhob.

„Verzeihung, aber wenn Sie mir diese Gunst schon eingeräumt haben, dann nennen Sie mich bitte auch bei meinem Vornamen", unterbrach er sie.

„Und welchem?"

„Dem ersten, Philipp."

„Sehr gerne", fuhr sie fort, machte dann aber eine kleine Pause. „Verzeihen Sie bitte, Philipp, ich war heute Morgen etwas panisch. Die Besichtigungen und die Fahrt hierher haben mich beruhigt. Sie müssen wissen, dass… wie soll ich es sagen? Dass meine Mutter mich nicht versteht. Sie hält mich, wenn man medizinisch sprechen würde, für krank, für einen noch nicht korrekt diagnostizierten Fall. Ihre Sorge ist, dass ich keinen Ehegatten finden könnte, der mich mit meinen Launen aushält."

„Und was sind das für ‚Launen', die Sie angeblich so schwer erträglich machen?" erkundigte Siebold sich zurückhaltend.

„Das ist mit Worten schwer zu sagen. Eigentlich ist es ein Geheimnis. Geben Sie mir noch etwas Zeit, dann werde ich es Ihnen offenbaren", wobei sie ihn unvermittelt mit einem Blick ansah, der nicht koketter hätte sein können.

„Auch ich habe ein Geheimnis, Helene. Und ich werde es Ihnen sofort anvertrauen, damit Sie erkennen, dass ich keine gute Partie für Sie bin.

In Japan habe ich meine Familie zurückgelassen, meine Frau und unsere gemeinsame Tochter. Das ist nun anderthalb Jahrzehnte her. Seitdem bin ich mit keiner Frau intim gewesen. Obwohl ich die Erinnerungen mit aller Kraft verdränge, haben sie immer noch große Macht über mich. Ich lebe wie ein Mönch. Sollte ich Japan und meine Lieben nicht wiedersehen, dann werde ich wohl auch so sterben." Helene schluckte und sah ihn mit feuchten Augen betroffen an.

„Sie sind eine sehr schöne, wohl gebildete junge Frau und nur halb so alt wie ich. Mir ist natürlich bewusst, dass Männer meines Alters und Standes sich gerne mit Ihresgleichen schmücken. Doch ist das gerecht? In zehn Jahren bin ich sechzig, ein alter Mann, und Sie stehen dann in Ihrer ganzen Blüte. Tun Sie das nicht. Verschwenden Sie Ihre Schönheit und Intelligenz nicht. Binden Sie sich nicht an einen Mann, der bald ein Greis sein wird."

Sie fuhren in der Abendsonne schweigend zurück nach Kissingen. Siebold dachte an Taki, an ihr vermutlich unbeschwertes Familienleben in Nagasaki, und fragte sich, ob er nicht gerade eine große Dummheit begangen hatte. Helene sah traurig aus, war während der ganzen Fahrt am Rande eines Tränenausbruchs und unfähig zu sprechen. Sie speisten zusammen mit den anderen Gästen im Kursaal und wahrten die Fassade der höflichen Konversation. Als Siebold Helene später pflichtschuldig auf ihr Zimmer begleitete, verabschiedete sie ihn nicht vor der Tür, wie es sich gehört hätte, sondern zog ihn einfach mit hinein.

Es dauerte Wochen, bis Siebold die Ruhe und Muße fand, den Gang der darauf folgenden Ereignisse seinem Tagebuch anzuvertrauen.

„Mein zunächst angenehm ereignisloser Aufenthalt in Kissingen nahm eine unerwartete Wende, als ich Helene Freiin von Gagern begegnete. Seitdem steht mein Leben in heißen Flammen. Das junge Frauenzimmer ist für mich wie Calypso für den müden Odysseus nach langer Lebensreise. Doch werde ich sie und diese Insel des Glücks, wie einst der griechische Held, wieder verlassen? Mit dem letzten Rest der mir verbleibenden Hoffnung, in eine Heimat weiterzuziehen, von der ich nicht weiß, wo sie ist? Bisher hat Helene all die Versprechungen gehalten, die ihre Reize mir gegeben haben. Sie ist wahrlich eine Nymphe. Auch wenn sie in unserer ersten gemeinsamen Nacht keine Jungfrau mehr war. Das hatte Gründe. Sie war bereits zwei Mal verlobt, hatte diese Verbindungen jedoch frühzeitig aufgelöst. Der Anlass war in beiden Fällen derselbe und ihren Verlobten derart peinlich, dass sie der Trennung ohne Widerstand einwilligten. Was Helene mir über Kenntnisse und Können der jungen Männer unserer Zeit in geschlechtlichen Liebesdingen offenbarte, wäre Anlass genug, um den

Fortbestand unserer Zivilisation für gefährdet zu halten. Als moderne Frau bestand sie bereits bei ihrem ersten Verlobten auf einer Kostprobe seiner körperlichen Tüchtigkeit. Dieser war jedoch nicht nur unerfahren, sondern hatte auch ganz falsche Vorstellungen davon, was eine spätere Ehefrau ihrem Mann im Schlafzimmer entblößen würde. Er kannte nackte Frauen nur als noble, weiße Marmorstatuen oder Figuren der höfischen Malerei. Sein Schrecken muss immens gewesen sein, als er entdeckte, dass die Scham von Frauen naturgewollt behaart ist. Es half auch nichts, dass Helene ihm einen zweiten Versuch gewährte, für den sie sich die Scham seinen Wünschen entsprechend rasiert hatte. Sie bot ihm zur Auflösung der Verlobung an, ihren Vater, der damals noch lebte, von ihm ein Kranzgeld für die verlorene Jungfräulichkeit fordern zu lassen, damit er sein Gesicht wahren könnte. Glücklicherweise ging er darauf ein, und Helenes Jungfräulichkeit, die zu diesem Zeitpunkt schon längst nicht mehr bestanden hatte, war scheinbar ohne ihre Schuld in einem ordentlichen Rechtsgeschäft unter Heiratswilligen abhandengekommen.

Mit dem zweiten Verlobten erging es ihr nicht besser. Er war durchaus in der Lage, den Akt mit ihr zu vollziehen, allerdings fortiter in re, sed non suaviter in modo. Es scheint ein Diktat der bürgerlichen Erziehung geworden zu sein, dass die Frau im Geschlechtsakt keine Lust zu verspüren und den ganzen Vorgang in Stille zu ertragen hat. Diese wohl weit verbreitete herz- und lieblose Art der körperlichen Zusammenkunft zwischen den Geschlechtern erklärt sicher auch das Unglück, das häufig in den Gesichtern junger Frauen zu beobachten ist. Helene beendete dieses zweite Verlöbnis, indem sie die Geschicklichkeit einer in allen Liebesdingen erfahrenen Kurtisane an den Tag legte und ihrem Verlobten nicht nur zuwider wurde, sondern auch unheimlich. Ihre Eigenwilligkeit besteht nämlich nicht nur darin, dass sie kein Opfer dieser neuen Umgangsformen werden wollte. Sie hatte sich auch schon früh weitergebildet, indem sie die literarischen Zeugnisse großer Erotomanen studierte, allen voran die Histoire der ma vie des Venezianers Giacomo Casanova und die skandalösen Romane Justine und Juliette des Marquis de Sade. All diese Bücher fand sie versteckt in der Bibliothek ihres Vaters, der zu Lebzeiten ein Freigeist und heimlicher Libertin gewesen zu sein scheint, aber nicht einmal ahnte, welches Feuer diese Hinterlassenschaft in seiner Tochter entzünden würde.

Nun bin ich es, an den diese Flamme weitergereicht wird und die meinen Lebensdocht wieder hell brennen lässt. Denn anstatt, dass der häufige und innige Beischlaf mit ihr mich erschöpft, finde ich mich wieder so vital und kräftig wie seit vielen Jahren nicht mehr. Es wurde sogar bemerkt, dass ich deutlich jünger erscheine als zu Beginn meiner Kur. Ich kann im Spiegel sehen, dass meine Haut sich gestrafft hat. Die Freizügigkeit in der körperlichen Liebe, mit *der ich in Japan erwachsen geworden bin, ist somit ein Kapital geworden, das Helene mit mir in einer ehelichen Partnerschaft teilen möchte. Sie ist in allen anderen Dingen ganz anspruchslos, solange ihr Liebesdrang befriedigt wird. Ich habe ihr nicht verschwiegen, dass ich ein anstrengendes und umtriebiges Forscherleben führe, in dem die Zeit für Ehe und Familie begrenzt ist. Auch die Aussicht, dass ich eines Tages wieder nach Japan reisen und mich dort mehrere Jahre aufhalten könnte, hat sie nicht abgeschreckt. Es wäre für mich also ein durchaus vorteilhaftes Arrangement. Einzig beunruhigt mich die Vorstellung, dass ihre Selbstlosigkeit und Hörigkeit, jetzt noch mit Liebe verbunden, sich eines Tages davon lösen und als Unzufriedenheit gegen mich richten könnten. Denn es bleibt, dass Helene ein großes Opfer bringt, um sich mit mir verbinden zu dürfen, das Opfer eines jüngeren Mannes, den sie viel mehr verdient hätte."*

Das verschollene Handelspatent

Noch im Sommer 1845 heiratete Siebold Helene von Gagern. Siebolds Mutter Apollonia zog zu den beiden nach Leiden und sollte dort ihren Lebensabend verbringen, doch sie starb schon im November desselben Jahres. Inzwischen hatte der Shōgun durch den Staatsrat auf den Brief Wilhelms II. geantwortet und seinen tief empfundenen Dank für den freundschaftlichen Rat ausgedrückt. Die von den Ahnen überkommenen Gesetze zu verändern, sah er sich jedoch außerstande.

Im darauffolgenden Frühjahr wurde Helene schwanger. Siebold lud ihren Bruder Karl ein, ihm als Assistent zu dienen, für die nächste Reise nach Japan – so sie jemals zustande kommen sollte – die Sprache zu lernen und für seine Schwester da zu sein in den Monaten bis zu ihrer Niederkunft, damit sie sich nicht allein fühlt in der Fremde. Im August gebar Helene einen gesunden Jungen, Alexander von Siebold. Sein Vater war entzückt von dem Kind und verbrachte viel mehr Zeit mit seiner neuen Familie, als er bei der Heirat mit Helene angenommen hatte erübrigen zu können. Der Handel mit den aus Asien importierten Pflanzen lief gut, Heinrich Blume war ein äußerst zuverlässiger Geschäftspartner und im nächsten Sommer konnte Siebold sich den Kauf und die Renovierung des alten Franziskanerklosters St. Martin in Boppard am Rhein leisten. Obwohl er dadurch preußischer Staatsbürger wurde, stand er weiterhin in der Gunst des Königs der Niederlande, der ihm unbegrenzten Auslandsaufenthalt bei vollem Gehalt gewährte und ihn in den Rang eines Obersts in den Generalstab des Niederländisch-Ostindischen Heeres versetzte.

In diesem repräsentativen Zweitwohnsitz hätte Siebold sich zur Ruhe setzen und die Früchte seiner Arbeit genießen können. Doch seiner durch Helene und ihren ersten gemeinsamen Sohn erfrischten Natur gehorchend, entfaltete er noch mehr politische und wissenschaftliche Aktivitäten als je zuvor. Er bewarb sich zunächst bei Ludwig I. von Bayern als Diplomat für eine Japan-Mission. Als deren Zustandekommen unwahrscheinlich wurde, wandte er sich 1848 den Ereignissen der demokratischen Revolution in Deutschland und der Einberufung der Nationalversammlung in der Frankfurter Paulskirche zu. Reichsverweser Erzherzog Johann von Österreich, dem gerade erst gewählten Staatsoberhaupt eines noch zu errichtenden deutschen Staates, bot er an, ein deutsches Marineministerium zu gründen und als dessen Minister eine Flotte zum Schutz der Handelsrouten aufzubauen. Deutschland müsse den ihm gebührenden Anteil am Welthandel einnehmen, und er empfahl sich unbescheiden als jemand, der den Schlüssel zum japanischen Reich, dessen Schutz- und Nebenländern in den Händen halte. Siebolds Bewerbung wurde mit großem Wohlwollen betrachtet. Niemand außer ihm konnte in so kurzer Zeit ein vergleichbar durchdachtes und substantielles Angebot unterbreiten. Der Wind der Geschichte blies jedoch heftig in diesen Tagen. Der preußische König lehnte mit majestätischer Arroganz die Kaiserkrone von des deutschen Volkes Gnaden ab, die ihm die Nationalversammlung angeboten hatte. Ein Jahr später gab es kein Parlament und keinen Reichsverweser mehr. Die Hoffnung, die zahllosen Fürstentümer zu einem einheitlichen deutschen Nationalstaat unter einer Verfassung einigen zu können, wurde mit weniger als einem Federstrich zerstört. Die demokratische Revolution war gescheitert und Siebold seiner Chance beraubt, eines Tages als einflussreicher Minister einer neuen, großen europäischen Nation zum zweiten Mal in Japan an Land zu gehen.

Doch das hielt ihn nicht davon ab, seine Sammlungen und Gärten weiter zu pflegen, wissenschaftlich zu publizieren und bei jeder erdenklichen Gelegenheit seinen Einfluss zugunsten Japans geltend zu machen. Im Herbst 1848 wurde seine Tochter Helene geboren und er erhielt einen unerwarteten Brief von Humboldt aus Berlin. Er war kurz, sachlich und besorgt.

„Im Februar dieses Jahres wurde, wie Sie sicher wissen, lieber Freund, der zwei Jahre andauernde Krieg der Vereinigten Staaten von Amerika gegen Mexiko mit dem Friedensvertrag von Guadalupe Hidalgo beendet. Was Ihnen nicht bekannt sein dürfte, ist die Tatsache, dass meine geografischen und kartografischen Arbeiten die Grundlagen für diesen Krieg waren. Ich wohnte im Jahre 1804 mehrere Wochen lang als persönlicher Gast im Hause des amerikanischen Präsidenten Thomas Jefferson. In dieser Zeit fertigte ich Kopien meiner Landkarten des damaligen Mexikos an und machte sie Jefferson zum Geschenk für seine Großzügigkeit. Ich hoffte, ihm damit bei der Regelung der Grenzstreitigkeiten mit Spanien helfen zu können. Nun stelle ich fest, dass meine Arbeit nichts anderes als ein Instrument der nordamerikanischen Expansionspolitik war. Die Amerikaner werden damit die Sklaverei in einem Gebiet neu einführen, das so groß ist wie Spanien, Frankreich und England zusammen. Es geht mir nicht gut bei diesem Gedanken, gar nicht gut. Mein Zustand ist fürchterlich. Sie verstehen sicher, lieber Siebold, dass ich in diesem Moment auch an Sie und Ihre Mission denken muss...“

Siebold verstand. Was für eine Vorstellung! Seine Japan-Karten als Waffe in den Händen der Kolonialmächte, um das Land mit Gewalt zu öffnen, zu unterwerfen und schließlich zu plündern. Es war der Alptraum, den Siebold immer hatte und der plötzlich realer war als je zuvor. Wenigstens waren die vollständigen Kopien der japanischen Originalkarten, die als einzige zur Navigation einer Schiffsflotte tauglich wären, sicher im Archiv des niederländischen Kolonialministeriums verwahrt. Er sagte sich, die Niederlande wären die letzte Nation auf Erden, die die Souveränität des japanischen Kaiserreichs verletzen würde. Doch mit Humboldts Brief waren die Schatten des Zweifels eingetroffen und wollten nicht mehr weichen.

Das Familienleben der Siebolds am Rhein ging ungetrübt weiter. Helene war durch die zwei Schwangerschaften, ohne das Geringste an Schönheit zu verlieren, etwas fraulicher und runder geworden, gerade jetzt, da sie nach Alexander auch das Töchterchen Helene selbst stillte. Sie war eine erklärte Anhängerin der Schriften von Jean Jacques Rousseau, der schon vor der Französischen Revolution dafür plädiert hatte, dass man die bürgerlichen Kinder nicht der aristokratischen Gefühlskälte aussetzen darf, indem man sie nur von Ammen ernähren lässt. Der Kontakt der Mutterbrust zu ihren Kindern entsprach auch ganz ihrer Vorstellung von Sinnlichkeit als einer universellen Verständigungsform. Siebold war glücklich mit ihr und den gemeinsamen Kindern. Voller Stolz präsentierte er seine schöne Frau und ihren gemeinsamen Nachwuchs, wenn sie hohen Besuch hatten. Das geschah recht häufig, denn selbst Könige wie sein Gönner Wilhelm II. der Niederlande und Friedrich Wilhelm IV. von Preußen spazierten durch seinen prächtigen Garten, speisten auf seiner Terrasse und machten mit ihm Bootsfahrten auf dem Rhein. Die Anwesenheit des reaktionären Königs von Preußen war für Siebold eine Herausforderung, denn ihm war wohl bewusst, dass wegen dieses Monarchen nicht nur die demokratische Revolution in Deutschland gescheitert war, sondern auch Siebolds eigene Pläne, der Marineminister dieses neuen Staates zu werden. Im September 1850 wurde schließlich die zweite Tochter Mathilde geboren. Zu diesem Zeitpunkt hatte Siebold gerade ein so wichtiges Buch erhalten, dass er sofort nach ihrer Taufe nach London aufbrechen musste.

Wenige Tage später saß er Thomas Rundall, Hauptarchivar der British Museum Library, in dessen Arbeitszimmer gegenüber und trank Tee mit Kandiszucker. Die imposante Bibliothek des British Museums war mit einem Bestand von mehr als einer Million Bände die größte der Welt, und ihre ältesten Dokumente stammten aus einer Zeit, als Jesus Christus noch nicht geboren war. Rundall war ein zierlicher, bescheidener und liebenswürdiger Mann, der sich über seinen Besucher offensichtlich freute.

„Lieber Mr. Rundall, ich habe Ihr Buch *Memoires of the Empire of Japon* mit dem größten Vergnügen gelesen. Ach was, ich habe es verschlungen!"

„Es ist mir eine große Ehre, einen so eminenten Japankenner wie Sie, Oberst von Siebold, als Leser zu haben. Und Sie haben nichts daran auszusetzen?"

„Nicht das Geringste. Im Gegenteil. Ich bin eigens nach London gekommen, um es mir noch genauer anzusehen, weil Sie in Ihren archivarischen Studien vorbildlich verfahren sind. Auf Seite sechsundsechzig, hier …", dabei hielt er sein Exemplar hoch und zeigte auf die besagte Seite, „da haben Sie das ursprüngliche Handelspatent, das der japanische Shōgun 1613 den Briten gewährt hat, als Faksimile abgedruckt. Könnten Sie mir das Original dieses Dokuments zeigen?"

„Selbstverständlich", antwortete Rundall, als habe er nichts anderes erwartet. „Kommen Sie, es wird ein kleiner Spaziergang." Er führte Siebold erst lange Säulengänge entlang, dann stiegen sie in ein Kellergewölbe mit unzähligen Kammern und schließlich kamen sie zu einem Saal, an dessen Tür „Japan-Archiv" geschrieben stand.

„Nippon-Archiv, so heißt auch das, was wohl mein Lebenswerk ist", sinnierte Siebold.

„Ich weiß. Und ich kenne es", lachte Rundall hinterher. Er zündete eine zusätzliche Öllampe mit einem lichtverstärkenden Hohlspiegel an, ähnlich wie jene, die Siebold als Arzt benützte, nur größer. „Leider noch kein Gaslicht hier unten. Es ist eine Schande, denn das setzt den

Manuskripten zu. In zwei- oder dreihundert Jahren werden sie nicht mehr lesbar sein." Dann holte er aus einem der Regale eine lange, lackierte Holzschatulle, zog den eingelassenen Deckel an der kurzen Seite heraus und entnahm die Schriftrolle. Sie war aus dickem, japanischem Krepppapier geschöpft. Rundall breitete sie vorsichtig auf einem der Tische aus, beschwerte die Ecken mit Eisenwürfeln und richtete den Lampenschein so aus, dass sie gut lesbar war.

Siebold war überwältigt. Es war ein echtes *Shuinjō*, das Handelspatent der Briten aus dem Jahre 1613, eine Originalurkunde des göttlichen *Ieyasu*, dem Gründer der Tokugawa-Dynastie! An der rechten unteren Ecke fand sich unverkennbar sein zinnoberrotes Siegel. Der Inhalt räumte den Briten Handelsfreiheit und Niederlassungsrecht in drei japanischen Häfen ein – und damit viel mehr Privilegien, als die Holländer vier Jahre zuvor erhalten hatten.

„Wissen Sie, Mr. Rundall, was Sie hier haben?" fragte Siebold tonlos.

„Ich weiß es schon, aber um mich herum versteht das niemand. Deshalb habe ich auf Sie gewartet." Sie sahen sich einen Moment lang an, ohne zu sprechen.

„Wie kommt es, dass dieses Dokument von weltpolitischer Bedeutung hier im Keller liegt und erst von Ihnen entdeckt werden musste", fragte Siebold erregt.

„Das ist eine seltsame und... nun ja, für die Britische Krone wenig schmeichelhafte Geschichte. Ich habe es nämlich gar nicht hier gefunden. Dieses japanische Handelspatent war im China-Archiv. Die früheren Archivare der East Indian Company waren keine wirklichen Fachleute, und sie hielten es für eine chinesische Schriftrolle. Deshalb war es seit über zwei Jahrhunderten verschwunden. Wissen Sie, das Empire ist groß – und wir Engländer sind wohl manchmal etwas schlampig mit unseren Urkunden, die darin hin- und herreisen."

Nach dem ersten Erstaunen hatte sich bei Siebold die nackte Wut durchgesetzt. Dieses Stück Papier mit Ieyasus persönlichem Siegel hätte die jahrzehntelangen Aggressionen und fruchtlosen Öffnungsversuche der Briten in Japan verhindern können. Denn die Gesetzeskraft einer vom heiligen Ieyasu Tokugawa unterzeichneten Urkunde war zeitlos und unwiderstehlich. Keine japanische Regierung hätte es gewagt, ihre Gültigkeit in Zweifel zu ziehen. Statt dieses Ass zu spielen, haben die Briten ihr einst legal und unter freundschaftlichen Bedingungen erworbenes Handelspatent vor zweihundert Jahren durch Nachlässigkeit verschlampt und sind dazu übergegangen, wie Piraten immer wieder die japanischen Küsten zu bedrohen.

„Haben Sie die britische Regierung über diesen Fund informiert?" fragte Siebold tonlos.

„Ich bin nur bis zum Direktor der Abteilung für Rechtsfragen im Kolonialministerium vorgedrungen, also weit unter einem Staatsminister. Er schenkte der Sache keine Aufmerksamkeit, weil er die Urkunde für zu alt befand, um noch Rechtswirkung zu haben."

Siebold rang um Fassung und drehte sich zu Rundall.

„Ach ja? So wie die Magna Charta etwa? Oder die Bill of Rights? Nehmen Sie es nicht persönlich, lieber Mr. Rundall, aber ich frage mich gerade, wie die Briten jemals in der Lage waren, von ihren Kolonien wieder nach Hause zu finden."

„Ich auch manchmal", seufzte der Archivar zustimmend.

2. Kapitel

Invasion der Barbaren

Unheil kündigt sich an – Die schwarzen Schiffe
Das Wunder von Shimoda – Bakumatsu

Unheil kündigt sich an

Bei seiner Rückkehr zum Familiensitz am Rhein sollte Siebold keine Gelegenheit mehr haben, sich noch weiter über die Fahrlässigkeit und Plan-
losigkeit der britischen Außenpolitik zu empören. All das war bereits
Vergangenheit. Was ihn schlagartig in die Gegenwart zurückholte und
die Zukunft bedrohlich verdunkelte, war ein Brief des Generaladjutanten von Matthew Calbraith Perry, dem Kommodore der US-
Kriegsmarine. Geschmückt mit vielen freundlichen Worten und Komplimenten erkundigte man sich bei dem international geschätzten Japange-
lehrten Philipp Franz von Siebold, ob er bereit wäre, aus seinem großen
Privatbesitz dem Kommodore höchstpersönlich Land- und Seekarten
von Japan sowie eine Liste ausgesuchter Bücher über japanische Kultur,
Geschichte und Politik zu einem angemessenen Preis zu verkaufen.
Diese Unterlagen wären von großer Bedeutung für das Gelingen einer
großen Expedition nach Japan, die bereits in Planung sei. Nach insgesamt acht fruchtlosen Versuchen der Vereinigten Staaten von Amerika
müsse endlich internationales Seerecht an der Küste Japans hergestellt
werden. Bei dieser Unternehmung würde daher auch die Möglichkeit
der Gewaltanwendung nicht ausgeschlossen. Kommodore Perry habe
vor, mithilfe von Siebolds Forschungsergebnissen die Eigentümlichkei-
ten des Landes besser zu verstehen. Er wolle auch aus den Fehlern seiner
Vorgänger lernen, um den Einsatz militärischer Gewalt möglichst vermeiden zu können. Man hoffe auf eine gute Zusammenarbeit.

Siebold saß in Panik erstarrt vor dem Brief. Ihm wurde unter heißen
und kalten Schauern bewusst, dass er es hätte kommen sehen müssen.
Humboldt hatte ihn gewarnt. Fieberhaft dachte er nach, wie er die sich
anbahnende Katastrophe verhindern könnte. Die Worte „Land- und Seekarten von Japan" brannten sich in seine Augen ein. Er erinnerte sich an
Takahashis Worte, dass er die Karten nur den Holländern überlassen
würde, weil er nur in sie und in Siebold als ihren Vertreter das Vertrauen

setzen konnte, dass sie diese Dokumente niemals gegen das japanische Kaiserreich verwenden würden. Tagelang war Siebold nicht ansprechbar, schlief kaum und lief ruhelos im Haus herum. Helene machte sich Sorgen. So hatte sie ihn noch nie erlebt. Dann fasste er einen Entschluss, setzte sich wieder an seinen Schreibtisch und entspann eine rege Korrespondenz. Zunächst schrieb er dem Staatsekretär und dem Oberarchivar des Niederländischen Kolonialministeriums, dass möglicherweise eine Anfrage der amerikanischen Regierung oder ihrer Marineführung anstünde, die sich auf die Landkarten Japans bezieht, die er ihnen vor zwanzig Jahren zur Verwahrung gegeben hatte. Er bat eindringlich, keine Informationen zu diesen Dokumenten an die Amerikaner weiterzugeben. Zudem wies er darauf hin, dass er in dieser Sache beim König und seinem Premierminister vorstellig werde. Als nächstes informierte er Admiral Krusenstern in St. Petersburg und den russischen Kanzler Graf von Nesselrode in Moskau über die Pläne der Amerikaner und die Dringlichkeit für Russland, die Angelegenheit der Grenzen zu Japan und den Abschluss eines Freundschaftsvertrages mit dem Nachbarstaat voranzutreiben. Dann antwortete er schließlich Perrys Generaladjutanten in ähnlich freundlichem Ton, wie dieser ihm geschrieben hatte, dass er dem Kommodore gerne die gewünschten Bücher für einen Preis von fünfhundert amerikanischen Dollar verkaufen möchte. Das wäre der Wiederbeschaffungspreis und eine geringe Aufwandsentschädigung. Zu den Land- und Seekarten könne Siebold nichts sagen, da sie sich im Besitz der Niederlande befänden und er seit seinem Umzug nach Preußen keinen Zugang mehr zu den zuständigen Regierungskreisen habe. Das wäre allerdings ein überwindbares Hindernis, wenn Kommodore Perry sich entschließen könnte, ihn, Siebold, als Experten in allen Japan-Angelegenheiten zum Mitglied der geplanten Japan-Expedition zu machen. Er würde dann als solches seinen Einfluss bei seinem ehemaligen Dienstherrn und insbesondere im Kolonialministerium geltend machen.

Es rührte Siebold nicht einmal, dass er mit der Bezeichnung „ehemaliger Dienstherr" schlicht gelogen hatte, denn er stand durchaus noch im Dienste der Niederlande und bekleidete sogar den Rang eines Obersts im Generalstab. Bei dem, was die Amerikaner vorhatten, sah er keinen Grund, sich lange mit der komplizierten Wahrheit aufzuhalten. Sobald dieser Brief abgeschickt war, machte er sich an die viel größere Aufgabe und entwarf ein Memorandum für eine neue Initiative der Niederlande in Japan. Seit der letzten, wohlwollenden, aber doch abschlägigen Antwort des Shōgun an Wilhelm II. waren inzwischen sieben Jahre vergangen. Mit der Nachricht der bevorstehenden Entsendung eines amerikanischen Flottenverbandes nach Japan war eine ganz neue Situation entstanden und es gab eine objektive Dringlichkeit für die Niederlande, wieder aktiv zu werden.

„Der Augenblick ist gekommen, in dem eine durchgreifende Umwälzung nahe bevorsteht. Die Vereinigten Staaten von Amerika entsenden ihre Flotte nach Japan, um sich dort eine neue Quelle des Außenhandels zu erschließen und ihre Macht auf die japanischen Gewässer auszudehnen. Vor dieser Tatsache darf die holländische Regierung nicht länger die Augen verschließen, denn es geht nicht allein um die Sicherheit und Selbständigkeit des uns seit langem freundschaftlich verbundenen Staates; die holländisch-japanischen Handelsbeziehungen und das Ansehen und Vertrauen, das Holland in Japan genießt, sind gleicherweise gefährdet. Vor wenigen Jahren schrieb bereits eine englische Zeitung, die politischen Hindernisse, die Japan vom Welthandel ausschlössen, würden in Kürze über den Haufen gerannt werden. Noch sei nicht zu überblicken, welche Seemacht diese Tat vollbringen würde, das Würfelspiel um diesen Preis sei aber schon in vollem Gange. Diese Worte müssen uns zu denken geben. Die amerikanische Flotte hat vor diesen Hindernissen Aufstellung genommen und wird sich nicht scheuen, Gewalt anzuwenden, falls die diplomatischen Verhandlungen zu keinem Ergebnis führen. Wenn die japanischen Küstengebiete Schauplatz der Auseinandersetzung werden, dann werden die übrigen Seemächte auch gewiss nicht untätig bleiben. In diesem schicksalshaften Moment unserer gemeinsamen Geschichte müssen wir unseren japanischen Freunden nochmals zur Hilfe eilen. Der Rat der Niederlande an das Kaiserreich Japan würde darin bestehen: Der japanischen Regierung einen auf der Integrität ihrer Reichsgrundgesetze beruhenden Vertragsentwurf vorzulegen, worin auch anderen Seemächten Handelsfreiheit und anderweitige Zugeständnisse zugesichert würden, und womit dieselben sich auch begnügen müssen, wenn sie nicht auf Forderungen bestehen wollen, die gegen Japan ungerecht und dem Völkerrecht zuwider sind."

Seine Denkschrift richtete Siebold an den Minister der holländischen Kolonien Charles Ferdinand Pahud und an König Wilhelm III., der das Amt drei Jahre zuvor von seinem Vater übernommen hatte, dem großen Förderer Siebolds. Es war sicher auch hilfreich, dass Siebold die *Pauwlonia imperalis* nach seiner Mutter Anna benannt hatte. Der Entwurf fand die volle Unterstützung des Königs und seines Ministers für Kolonien. Doch all das half nichts. Zwei Wochen später wurden Siebolds Vorschläge in der Kabinettssitzung der Regierung von Premierminister Thorbecke mehrheitlich abgelehnt. Damit nicht genug, verständigte sich das Kabinett auch noch auf eine aktive Unterstützung der amerikanischen Expedition, was die Entsendung eines Lotsenschiffes zum Empfang von Kommodore Perrys Flotte in den japanischen Gewässern sowie den Verkauf der japanischen Land- und Seekarten an die amerikanische Marine für zweitausend Dollar beinhaltete. Siebold war niedergeschmettert und verzweifelt. Da machte es schon fast nichts mehr aus, als er kurz darauf im Namen von Kommodore Perry die kühle Mitteilung erhielt, er könne kein Mitglied der Expedition sein, weil gegen ihn in Japan noch ein Verbannungsurteil in Verbindung mit Spionageverdacht bestünde. Siebold würde als Teilnehmer eine ernsthafte Gefahr für das Gelingen dieser diplomatischen Mission darstellen. Im Übrigen danke man ihm für die umgehende Zusendung der gewünschten Bücher.

Diesem Schreiben folgten dunkle Wochen und Monate, in denen Siebold sein Lebenswerk und seine Mission untergehen sah. Erinnerungen wurden wach, die ihm unmissverständlich klar machen wollten, dass niemand anderes als er selbst die Verantwortung für das Unglück trage, das sich gerade anbahnte. Die mahnenden Worte Mendelssohns dröhnten wie eine sich immer wiederholende Anklage in seinem Kopf. Gedanken an die Freunde in Japan, die Opfer seines selbstgerechten Ehrgeizes geworden waren, umklammerten seine Brust. Anfang Januar 1853 wohnte er innerlich teilnahmslos und leer dem Neujahrsempfang am Hofe Wilhelms III. der Niederlande bei, als ihn eine dringende Depesche des russischen Kanzlers Graf Nesselrode erreichte. Russland hatte sich entschlossen, auf Siebolds Empfehlung hin eine eigene Expedition nach Japan zu schicken! Seine Anwesenheit in Moskau sei dringend erforderlich, um diese Mission zeitnah auf den Weg zu bringen. Siebolds Lethargie und Lebensmüdigkeit waren wie weggeblasen. Am nächsten Tag verließ er Amsterdam mit leichtem Gepäck. Er hatte nicht einmal die Erlaubnis des Ministers der Kolonien eingeholt, da die Sache zu sehr eilte und er sich als Stabsoffizier mit Urlaub im Ausland berechtigt sah, eine solche Reise ohne Anmeldung durchzuführen. Nur Helene schickte er eine kurze, aber dafür umso enthusiastischere Notiz.

Während Siebold in Moskau mit dem Zaren, Graf Nesselrode und Admiral Krusenstern die Strategie der Mission, den Brief des Zaren an den Shōgun und schließlich den Entwurf eines Handelsvertrags abschließend besprachen, lag Vize-Admiral Putjatin, der bereits im Oktober des Vorjahres von Kronstadt aus aufgebrochen war, mit seiner Fregatte *Pallas* vor Biarritz und wartete auf seine Befehle. Mitte Februar traf der Kurier des Zaren ein und übergab ihm eine Kassette mit geheimen Dokumenten. Putjatin lichtete noch am selben Tag den Anker.

Die schwarzen Schiffe

„Vielen Dank, Kommodore, dass Sie sich Zeit nehmen für dieses Gespräch", sagte *Bayard Taylor* mit einem Unterton der Beschwerde, dass er auf dieses erste Interview lange hatte warten müssen. Er war als Reporter der *New York Tribune* abgestellt worden, an der Japan-Expedition von Kommodore Matthew Calbraith Perry teilzunehmen. Das Geschwader war sieben Monate zuvor in Virginia in See gestochen, hatte den Atlantik, den Indischen Ozean und das Chinesische Meer durchquert und erstmals Zwischenstation auf den Ryūkyū-Inseln gemacht. Jetzt steuerte es sein Ziel an, die Bucht von Edo.

„Keine Ursache", antwortete Perry mürrisch. Er hielt nichts von Journalisten und hatte Taylor nur widerwillig als Passagier zugelassen. „Kommen Sie zur Sache."

Taylor, selbst ein harter Knochen, ließ sich von dem autoritären Ton nicht einschüchtern. Er war ein Profi in seinem Fach, wusste um die Macht seiner Worte und kannte Perrys Ruf als Rüpel und Choleriker. Er hatte aber auch Respekt vor ihm, denn anders als sein raues, bulldoggenhaftes Äußeres es vermuten ließ, war Perry kein Ignorant. Im Gegenteil, er war ein weitsichtiger, erfinderischer und tatkräftiger Mann der Seefahrt und der Kriegskunst. Er hatte bei der U.S.-Marine erstmals ein Ausbildungsprogramm zur Förderung junger Kadetten und Offiziere eingeführt. Er galt auch als Vater der amerikanischen Dampfer-Kriegsflotte, ein Titel, den ihm nicht ganz zufällig die *New York Tribune* verliehen hatte. Im Seekrieg gegen Mexiko hatte er sich durch strategisches Geschick, Umsicht und weitgehend unblutige Eroberungen ausgezeichnet.

„Kommodore, könnten Sie kurz in Ihren Worten den Anlass und das Ziel der Japan-Mission erläutern? Eventuell mit ein paar Hintergründen, die für unsere amerikanischen Leser von Interesse wären?"

Perry legte in einer unerwartet feinsinnigen Geste die Fingerkuppen seiner beiden Hände gegeneinander und dachte kurz nach.

„Die selbstauferlegte Isolation des japanischen Kaiserreichs während der letzten zweihundert Jahre war für die Vereinigten Staaten lange kein Problem. Das hat sich mit der Vergrößerung unserer Walfangflotte im Pazifik, der Eröffnung des Seehandelsweges nach China und Südostasien und schließlich mit dem Aufkommen der Dampfschifffahrt grundlegend geändert. Wir brauchen in Japan offene Häfen, in denen wir Kohle, Holz, Wasser und Proviant kaufen können. Außerdem wünschen wir uns eine Konvention für Schiffbrüchige, die unsere amerikanischen Bürger schützt, wenn sie ohne eigenes Verschulden an die Küsten Japans gespült werden. Es geht also um grundsätzliche Regeln des internationalen See- und Völkerrechts, die wir durchsetzen wollen. Das hat der amerikanische Kongress vor drei Jahren beschlossen. Präsident Fillmore hat mich mit der Ausführung dieses Beschlusses beauftragt. Und nun sind wir hier."

Taylor war beeindruckt von der Präzision und Eleganz dieser Zusammenfassung, die er selbst kaum besser hätte schreiben können. Er hatte aber nicht an dieser langen Expedition teilgenommen, um sich mit einer offiziellen Stellungnahme zufriedenzugeben.

„Was waren die Voraussetzungen, um diese Mission erfolgreich durchführen zu können, die bislang nicht gegeben waren?"

„Mir scheint, Sie sind gut informiert und fragen mich nur das, was Sie sowieso schon wissen", sagte Perry mit einem grimmigen Lächeln, das wohl auch Anerkennung ausdrücken sollte.

„Es macht einen großen Unterschied, ob ich vielleicht etwas weiß oder ob Sie es unter dem Siegel Ihrer Autorität sagen", gab Taylor schlitzohrig zurück. Perry war zufrieden. Taylor schien kein Idiot zu sein.

„Also, zunächst einmal brauchten wir verlässliche Land- und vor allem Seekarten von Japan, denn die pazifischen Gewässer vor der Küste des Inselreichs gehören zu den gefährlichsten der Welt. Die Karten verdanken wir dem deutschen Japanforscher Siebold, der mehrere Jahre als Arzt in Nagasaki verbracht und sie im Auftrag der niederländischen Regierung erstellt hatte. Sie sind auch deshalb äußerst wertvoll, weil sie uns erstmals die geographische Lage der japanischen Hauptstadt sowie alle wichtigen Burgen, Festungen und Küstenbatterien zeigen. Die zweite Voraussetzung war die Ausrüstung von Segelschiffen mit Dampfmaschinen und Schaufelradvortrieb. Das macht uns unabhängig von Wind und Strömung. Die japanische Küste bleibt auch mit exakten nautischen Karten eine Todesfalle, wenn man den Kräften der Natur ausgeliefert ist. Die dritte Voraussetzung ist eher überraschend dazugekommen. Das Flaggschiff unseres Geschwaders, die U.S.S. Mississippi, auf der Sie sich gerade befinden, ist mit neuartigen Paixhans-Bombenkanonen ausgestattet. Die dreieinhalb Tonnen schweren Geschütze schleudern nicht mehr schwere Eisenkugeln durch die Luft, sondern die Geschosse sind explosiv. Ihre Reichweite und Durchschlagskraft sind enorm. Wir haben vierundachtzig dieser Kanonen an Bord. Damit können wir jede Festung und jede Stadt an der japanischen Küste zerstören."

„Interessant. Ich bin Philipp Franz von Siebold einmal in Paris begegnet. Er ist ein bedeutender Naturforscher und mit Sicherheit der größte Kenner Japans. Warum ist er nicht Teil der Expedition?"

„Würden Sie einen Dieb und Spion mit auf eine diplomatische Mission in das Land nehmen, wo er verurteilt und verbannt wurde? Diese Entscheidung gehörte zu den leichtesten bei unserem Vorhaben."

„Damit fehlt der Mission ein guter Mittelsmann. Wäre der nicht wichtig, damit die Japaner die Ankunft eines amerikanischen Geschwaders nicht als blanke Provokation verstehen? Mit welcher Reaktion der japanischen Autoritäten rechnen Sie, wenn Ihre Schiffe entgegen den Landesgesetzen die Hauptstadt anlaufen? Wird es zu einer bewaffneten Auseinandersetzung kommen?"

Taylor wollte Perry auf den Zahn fühlen und ihm dabei zeigen, dass nicht alle Amerikaner begeistert waren von diesem Vorhaben. Der berühmte Philosoph Henry David Thoreau, der einige Jahr zuvor ins Gefängnis gegangen war, weil er keine Steuern für den Krieg gegen Mexiko bezahlen wollte, hatte nur Spott übrig für den amerikanischen Drang nach Westen, der auch vor Asien keinen Halt machte. Leute wie Perry sah er auf einer Stufe mit den dümmsten Präriehunden. Taylor wusste zudem, dass Perry die schnelle Abreise des Geschwaders mit allen Mitteln forciert hatte, weil die Ablösung des konservativen Präsidenten Fillmore von der Whig-Partei durch den Demokraten Franklin Pierce sich bereits abgezeichnet hatte und dieser die Expedition sicher gestoppt hätte. Bei den meisten Bürgern der Vereinigten Staaten war die Erinnerung lebendig geblieben, dass sie noch vor wenigen Jahrzehnten als Untertanen in den Kolonien von England, Frankreich und Spanien lebten. Sie hatten sich in den Unabhängigkeitskriegen gerade erst von diesem Joch befreit und traten nun selbst wie Kolonisatoren auf. Doch Perry war viel zu schlau, um den Braten nicht zu riechen. Er kannte diese Vorbehalte, hielt sie aber für defätistisch und realitätsfern.

„Wie Sie sicher bemerkt haben, Mr. Taylor, haben wir vor ein paar Tagen Nagasaki passiert. Das ist der einzige Hafen, der offen für fremde Schiffe ist. Selbst dort dürfen nur holländische Schiffe unter strengen Auflagen einlaufen. Die meisten Versuche der seefahrenden Nationen, mit Japan in Kontakt zu treten, haben dort oder an anderen abgelegenen Häfen stattgefunden. Sie sind alle gescheitert. Daraus haben wir gelernt, dass eine entschlossenere Gangart notwendig ist. Ich habe einen freundlichen Brief von Präsident Fillmore an den japanischen Kaiser, den ich seinen Bevollmächtigten in der Hauptstadt überreichen werde. Wir werden die Bucht von Edo nicht verlassen, ehe wir eine Antwort vom Kaiser und seiner Regierung haben, die den Bitten unseres Präsidenten entspricht und unseren Schiffen in Zukunft Sicherheit an dieser Küste garantiert. Sollten wir diese nicht erhalten oder unfreundlich behandelt werden, dann werden die Waffen sprechen. Wir lassen uns nicht länger hinhalten von der Taktik der japanischen Behörden, alle Gesuche um eine Verbesserung der Beziehungen zwischen unseren Nationen in Formalitäten zu ersticken. Freude an betulichem Scheiß und an verlogener Höflichkeit sind keine amerikanischen Tugenden, soweit ich weiß.

„Haben Sie es gemerkt? Es reimt sich!" Taylor lachte amüsiert.

„Wie bitte?" Perry blickte irritiert und fand gar nicht lustig, was er nicht verstand.

„Ihr letzter Satz, ‚Scheiß' und ‚weiß'. Das reimt sich." Taylor wusste genau, dass Perry es wie alle Engländer und Nordamerikaner hasste, wenn sich etwas reimt. Dass es seine eigenen Worte waren, machte die Sache nur noch schlimmer.

„Ich glaube Mr. Taylor, meine Zeit für dieses Gespräch ist um. Sie dürfen wegtreten."

Taylor wurde schlagartig ernst, stand auf und ging zur Kajütentür. Dann drehte er sich noch einmal um.

„Ich bin Reporter und Redakteur der New York Tribune und keiner Ihrer Kadetten. Ich ersuche Sie daher, sich mir gegenüber in Zukunft eines zivilen Tons zu befleißigen. Dass wir uns als Bürger und damit auch als Gleiche begegnen, das ist eine große amerikanische Tugend und unsere Form von Höflichkeit. Im Übrigen bin ich, auch wenn Sie es glauben sollten, nicht von Ihren Gnaden hier. Ich bin ein Vertreter der freien Presse unserer Nation und damit ein Beobachter, dessen Aufgabe es ist, dem amerikanischen Volk zu berichten, wie mit seinen Steuergeldern und zweifelhaften politischen Mitteln hier wohlmöglich ein Krieg gegen das friedliche Volk der Japaner angezettelt wird." Als die Tür laut ins Schloss fiel, schnaubte Perry kopfschüttelnd.

Am Nachmittag passierte das Geschwader, die eisenverkleideten Segeldampfer *Mississippi* und *Susquehanna* sowie die Fregatten *Plymouth* und *Saratoga*, die Halbinsel Izu. In der Nacht gingen die Schiffe etwa dreißig *Seemeilen* von der japanischen Hauptstadt entfernt vor Anker. Als am 8. Juli die Sonne über der Bucht von Edo aufging, präsentierte sich den Bewohnern der kleinen Stadt Uraga auf der Halbinsel Miura ein erschreckendes Bild. Vor ihrer Küste lagen vier riesige, schwarze Schiffe in Schlachtordnung, mit ihren Breitseiten dem Land zugewandt. Die Japaner nannten sie *Kurofune*. Aus zwei Schiffen stieg dunkler Rauch auf.

Innerhalb weniger Stunden war der Strand mit Hundertschaften von Soldaten bevölkert und die Schiffe wurden von einer immer größeren Zahl von japanischen Booten eingekreist. Perry kannte diese Taktik, mit der früher einmal die englische Fregatte *Phaeton* in Nagasaki zum Abdrehen gezwungen worden war, weil die Japaner sie sonst einfach in Brand gesteckt hätten. Als das erste Boot mit japanischen Beamten in Rufweite kam, trug Perry dem holländischen Dolmetscher Mr. Portman auf ihnen mitzuteilen, dass die Boote alle und sofort zu verschwinden hätten. Anderenfalls würde man das Feuer auf sie und den gesamten Küstenstrich eröffnen. Eine halbe Stunde später waren außer zwei schwerfälligen Barkassen keine Boote mehr zu sehen. Mit ihnen kamen die Unterhändler an Bord und wollten den Kapitän sprechen. Perry lehnte das ab und ließ sie durch seinen Adjutanten Leutnant Contee wissen, dass er nur mit Bevollmächtigten der japanischen Regierung sprechen werde. Die Unterhändler, alle des Holländischen mächtig, teilten Contee durch den Dolmetscher Portman aufgeregt mit, dass Ausländer nicht in diesen Gewässern sein dürften. Contee antwortete, wie von Perry instruiert, dass das Geschwader dann ohne Weiteres nach Edo segeln und dort vorführen würde, welche zerstörerische Kraft die neuesten amerikanischen Waffen hätten. Um das zu unterstreichen, führte er die Unterhändler ohne Kommentar durch das Geschützdeck. Die fassungslos staunenden Japaner hatten noch nie so gewaltige Kanonen und so viel in einem Stück gegossenes Eisen gesehen. Sie verstanden sofort, dass die Drohung ernst zu nehmen war. Contee ließ sich gar nicht erst dazu herab, ihnen Erklärungen zu Dampfmaschine, Schaufelradantrieb, Schornstein und der Bordwand aus schwarzem Eisen zu geben. Er teilte ihnen nur noch mit, dass der nächste Japaner, der an Bord kommen dürfe, ein Gouverneur, Statthalter oder Gesandter der Regierung sein müsse und gab ihnen dafür drei Tage Zeit. Anderenfalls würde man Edo anlaufen und der Stadt wie versprochen eine Demonstration der Feuerkraft des Geschwaders bieten. Schockiert stiegen die Japaner wieder in ihre Barkassen.

Drei Tage später kam Yesaimon Kayama an Bord, der Statthalter von Uraga, ein kleiner, etwas faltiger Mann mit melancholischen Augen. Perry empfing ihn allein mit dem Dolmetscher in der Kapitänskajüte und bot ihm Wein an, den Kayama dankend ablehnte. In kurzen, schnörkellosen Sätzen erklärte Perry, dass er einen Brief des amerikanischen Präsidenten an den japanischen Kaiser einem seiner Bevollmächtigten persönlich zu übergeben hätte. Freundlich und fast schon unterwürfig erwiderte Kayama, dass ein solches Dokument nicht an diesem Ort entgegengenommen werden könnte und dass Perry sich dazu nach Nagasaki begeben müsste. Ebenso freundlich, aber mit großer Entschlossenheit antwortete Perry, dass das nicht in Frage käme, weil er seine Order direkt vom Präsidenten der Vereinigten Staaten habe und es keine Alternative gäbe. Weitere Drohungen sparte er sich. Er wusste, welchen Eindruck die Mitteilung seines Adjutanten auf die Unterhändler gemacht hatte. Kayama schloss die Augen und seufzte.

„Was Sie fordern, Kommodore, das hat es in unserem Land seit Jahrhunderten nicht gegeben. Es widerspricht den ehernen Gesetzen, die uns von unseren weisen Vorfahren gegeben wurden. Sie können sich die Auswirkungen wahrscheinlich nicht vorstellen, aber wenn wir Ihren Wunsch erfüllen, wird das großes Unglück über unser Volk bringen. Das Dach und die Wände unserer traditionellen Ordnung werden zusammenbrechen. Wir sind uns unserer Schwäche bewusst und wir haben Achtung vor der Stärke der seefahrenden Nationen. Doch wenn Sie uns zwingen, die Einflüsse des Westens in unser bescheidenes Inselreich eindringen zu lassen, dann werden furchtbare Dinge geschehen."

„Sie sind ein aufrichtiger und guter Mann, Mr. Kayama. Ich verstehe auch Ihre Sorge. Sehen Sie in mir bitte keinen Feind. Ich komme als Abgesandte einer jungen und starken Nation, die sich ihre Freiheit gegen die alten Kolonialmächte selbst bitter erkämpft hat. Dazu war ein großer Wandel notwendig, der von Revolution und Kriegen begleitet wurde. Es mag sein, dass es auch im japanischen Kaiserreich Reformen geben muss. Die Vereinigten Staaten von Amerika werden sie nicht fordern und sich auch nicht in Japans innere Angelegenheiten einmischen. Was wir der japanischen Nation anbieten, ist der Zugang zu unseren Wissenschaften, unseren Industrien und unseren Erfahrungen, wie man eine freiheitliche Staatsordnung aufbaut, in der ein Volk sich selbst regieren kann. Davon soll jetzt noch gar keine Rede sein. Die Bitten des amerikanischen Präsidenten, die er in diesem Brief formuliert hat", – dabei zeigte er auf das Dokument, das in einer kunstvoll geprägten Schatulle lag, die offen auf Perrys Schreibtisch stand – "sind bescheiden und nur auf die Sicherheit der Seefahrt vor Japans Küsten beschränkt, die zu den internationalen Gewässern gehören. Unsere Motive sind auch nicht ausschließlich eigennützig. Wir wünschen uns vielmehr, dass alle anderen seefahrenden Nationen dieselben Rechte zugestanden bekommen, damit sie wie wir in Frieden und Sicherheit ihren Geschäften nachgehen können. Deshalb, lieber Mr. Kayama, muss ich auf meiner Forderung bestehen, diesen Brief offiziell zu überreichen und die Antwort darauf hier abzuwarten."

„Ich danke Ihnen, Kommodore, für die vertrauensvolle Offenlegung Ihrer guten Absichten und für Ihren weisen Rat. Mir bleibt nichts zu tun, als diese Botschaft an die Regierung in Edo zu übermitteln. Bitte geben Sie uns für die Antwort vier Tage Zeit."

„Selbstverständlich. Die Angelegenheit ist dringend, aber wir wollen ihre Erledigung nicht durch unnötige Eile erschweren. Eine Sache möchte ich Ihnen aber noch kurz zeigen, damit Ihre Vorgesetzten sich keine Illusionen über unsere Entschlossenheit machen."

Er führte ihn zum Kartentisch und breitete die große Landkarte von Japan vor ihm aus. Mit Genugtuung wies er darauf hin, dass sie alle Burgen, Festungen und an den Küsten stationierten Streitkräfte beinhaltete. Kayama war zutiefst erschrocken und sprachlos.

Als der Statthalter von Bord gegangen war, ahnte Perry, dass die nächsten Gespräche mit den japanischen Autoritäten nicht mehr so einfach und von beinahe freundschaftlicher Atmosphäre geprägt sein würden. Mr. Kayama war ihm, er wusste nicht warum, sympathisch. Er bedauerte es einen Moment lang, das Leben dieses Mannes und die ruhige, zurückgezogene Existenz seines Heimatlandes derart durcheinander bringen zu müssen.

Vier Tage später kam eine Barkasse mit mehreren Unterbeamten, die den Offizieren ausrichteten, dass eine Übergabe des Briefes in weiteren vier Tagen möglich sei. Dazu würde am Strand von Uraga eigens ein Holzhaus errichtet werden, in dem die Zeremonie stattfinden sollte.

Von Seiten der Regierung in Edo würden vier Bevollmächtigte zugegen sein. Perry war zufrieden. Doch bis zum Tag der Übergabe versammelte sich auf dem Küstenstreifen deutlich sichtbar eine Armee von etwa siebentausend Fußsoldaten, Bogenschützen und Reitern. Auch Artillerie wurde herbeigeschafft. Der Geschützoffizier schätzte die Gefahr als gering ein, dass die Geschosse der kleinen Kanonen die Schiffe überhaupt erreichen, geschweige denn größeren Schaden anrichten könnten. Zur Mittagsstunde ging Perry mit einer Eskorte von vierhundert Mann an Land. Die japanischen Beamten sahen mit Schrecken die Aufstellung der großen Amerikaner, bewaffnet mit Säbeln und neuartigen Hinterlader-Gewehren, die sie noch nie gesehen hatten. Perry, in dunkelblauer Uniform mit goldenen Epauletten, Knöpfen und zwei goldenen Streifen an den Ärmeln, bewegte sich gemessenen Schrittes mit seinem Adjutanten und dem Dolmetscher auf die einfach gezimmerte Holzhütte zu. Als er eintrat, verneigten sich vier feierlich gekleidete Japaner und der Statthalter Kayama vor ihm. Er war der Einzige, der sprach. Er bat Perry höflich, den Brief zu übergeben. Perrys Adjutant Contee legte die Schatulle in

Kayamas Hände, der sie an die Bevollmächtigten der Regierung weitergab. Im Gegenzug gaben sie Kayama einen Brief, den dieser wiederum Contee mit einer Verbeugung reichte. Perry wollte den Brief nicht ungelesen mit an Bord nehmen, öffnete ihn und trug dem Dolmetscher auf, ihn in englischer Sprache vorzulesen.

„Der Brief des Präsidenten der Vereinigten Staaten von Nordamerika und die Kopien sind hiermit empfangen und dem Oberherrn ausgehändigt. Es ist mehrfach mitgeteilt worden, dass sich auf fremde Länder beziehende Geschäfte nicht in Uraga verhandelt werden können, sondern in Nagasaki. Es ist jedoch auch bemerkt worden, dass der Kommodore in seiner Eigenschaft als Gesandter des Präsidenten sich hierdurch beleidigt fühlt. Darauf ist Rücksicht genommen worden und demzufolge wurde der Brief, im Widerspruch zu den Gesetzen Japans, hier in Uraga empfangen. Weil dieser Ort nicht bestimmt ist, mit Fremden zu verhandeln, so kann weder Beratung noch Bewirtung stattfinden. Da der Brief empfangen ist, so habt Ihr Euch hinwegzubegeben."

Perrys bulliges Gesicht wurde rot vor Zorn. Nach allem, was er über Japan, seine Traditionen und seine Umgangsformen mit Ausländern gelesen hatte, die sie nur Barbaren nannten, war er auf einen Affront vorbereitet. Doch das in der Empfangsbestätigung Geschriebene übertraf seine düstere Vorahnung. Er wies seinen Adjutanten an, ihm ein vorbereitetes Bündel auszuhändigen. Dann baute er sich vor den Bevollmächtigten auf und schrie sie an.

„Dieses Schreiben ist eine unerhörte Beleidigung des Repräsentanten der Vereinigten Staaten von Amerika! Wann, wo und wie wir uns bewegen, das ist allein unsere Angelegenheit. Wir werden hier in der Bucht von Edo warten, bis wir eine Antwort auf den Brief des Präsidenten erhalten haben und die darin gestellten Forderungen erfüllt sind. Für den Fall, dass die japanischen Streitkräfte es wagen sollten, uns anzugreifen, habe ich Ihnen ein nützliches Utensil mitgebracht. Das hier" – dabei faltete er das Bündel auf – „ist eine weiße Flagge, mit der Sie uns Ihre Kapitulation signalisieren können, bevor wir Edo in Schutt und Asche legen." Er wartete, bis der Dolmetscher übersetzt hatte. Dann warf er den Bevollmächtigten die Flagge vor die Füße, drehte sich um, verließ die Hütte und ging mit seiner Eskorte wieder an Bord. Die Japaner waren erst schockiert, dann berieten sie sich hektisch. Perry ließ sofort Anker lichten und gab den Befehl, Edo anzulaufen. Drei Stunden später erlebten die Bewohner der Stadt eine unheimliche Szenerie. Die gewaltigen schwarzen Schiffe fuhren mitten in den Hafen, der von zahllosen Dschunken, kleineren Seglern und Sanpans wimmelte, und legten sich, bedrohlichen dunklen Rauch ausstoßend, dort auf die Lauer. Perry ließ mehrere Vermessungsboote zu Wasser, die das Hafenbecken ausloteten und kartographierten.

Perrys Wut legte sich allmählich. An Deck sah er Bayard Taylor, der von der Reling aus fasziniert das Panorama von Edo betrachte. Hatte er vielleicht gerade einen Fehler gemacht? Die Vorstellung, mit der Nachricht nach Amerika zurückkehren zu müssen, dass man sich jetzt mit Japan im Krieg befände, erschreckte ihn. Es wäre mehr als ein Scheitern seiner Mission, es wäre eine Katastrophe. Denn er wusste, dass Taylor Recht hatte mit seinen Worten, das amerikanische Volk würde niemals einen Krieg gegen eine friedliche Nation befürworten, zumal wenn die Aggression von den U.S.-Streitkräften ausginge. Perrys Gedanken wanderten gerade zurück zu der kleinen, faltigen Person des Statthalters Kayama von Uraga und dessen Prophezeiung eines Umsturzes in Japan, als ihm gemeldet wurde, dass ein Boot mit Kayama längsseits festgemacht hatte und dieser darum gebeten habe, an Bord kommen zu dürfen. Perry empfing ihn mit Lieutenant Contee und dem Dolmetscher Mr. Portman in der Kapitänskajüte. Diesmal akzeptierte Kayama den angebotenen Wein und kostete vorsichtig davon.

„Kommodore, ich entschuldige mich in aller Form für die Verletzung der Ehre Ihres Landes und Ihrer Person, die Ihnen durch das Schreiben der Bevollmächtigten zugefügt wurde. Wir Japaner kennen wahrscheinlich noch nicht die richtigen Umgangsformen, mit denen die westlichen Nationen untereinander verkehren."

Perry gab sich versöhnlich. „Ich hätte nicht gedacht, dass wir uns so bald wiedersehen, Mr. Kayama", sagte er mit einem verschmitzten Lächeln. „Ja, der Zwischenfall ist bedauerlich. Doch wir wollen nicht mehr daraus machen als es ist, nämlich – ganz wie Sie sagen – ein Missverständnis."

„Bitte verstehen Sie, dass diese schwerwiegenden Entscheidungen nicht auf der Stelle getroffen werden können. Erst müssen die Fürsten des Landes anreisen, zusammentreten und sich beraten. Diese Beratungen werden nicht einfach sein und mehrere Wochen oder Monate dauern. Vor allem aber beschwöre ich Sie, den Hafen und die Bucht von Edo zu verlassen. Die Anwesenheit Ihres Geschwaders kann sich unmöglich günstig auf den Ausgang der Verhandlungen auswirken. Das Gegenteil ist viel wahrscheinlicher. Es würde zur Destabilisierung der Regierung führen, weil die Drohung einer so mächtigen Streitmacht im Herzen unserer Hauptstadt sie jeglicher Legitimität berauben würde. Es gibt mächtige Feinde im Reich, deren Hass gegen die Ausländer noch viel größer ist als ihre Angst vor dem amtierenden Herrscher." Kayama wollte gerade den Unterschied zwischen dem regierenden Shōgun und dem kaiserlichen Hof in Kyōtō erklären, doch er biss sich auf die Zunge. Er musste Perry in dem Glauben lassen, dass der Brief von Präsident Fillmore wie gewünscht dem Tennō persönlich übergeben würde, was jedoch völlig ausgeschlossen war.

Perry blickte plötzlich wieder finster drein, weil er sah, wie die Tür zur Verständigung sich schon wieder schloss und sein Ziel in weite Ferne rückte. Da bat sein Adjutant ihn auf ein Wort. Im Nebenzimmer erläuterte Contee dem Kommodore, dass Kohle, Wasser und Proviant des Geschwaders nur noch für weniger als einen Monat reichen würden. Das bedeutet, sie wären von der freiwilligen Hilfe der Japaner abhängig, wenn sie diese nicht sogar durch weitere Drohungen erzwingen müssten. Damit würden sie zwangsläufig ihre Position der Stärke verlieren und vielleicht sogar in einen unkontrollierbaren Konflikt mit den Japanern kommen. Es könnte daher durchaus ein kluger Zug sein, nach *Formosa* oder Hongkong zu fahren, um zu einem späteren Zeitpunkt mit gefüllten Kammern und gegebenenfalls zusätzlichen Schiffen wiederzukommen. Perry sah ihn nachdenklich an. „Sie haben Recht. Das ist eine sehr gute Idee. Vielen Dank für diesen wichtigen Hinweis, Lieutenant." Perry erkannte sofort die Möglichkeit eines Rückzugs, bei dem beide Seiten das Gesicht wahren konnten. „Ich beglückwünsche mich, in Ihnen so einen ausgezeichneten Adjutanten zur Seite zu haben." Contee errötete. Perry ging wieder hinein zu Kayama, der sich leise mit Portman unterhielt.

„Ich habe gute Nachrichten für Sie, mein Freund", sagte er zu Kayama gewandt und ließ Portman übersetzen. Kayama glühte vor Freude, als Perry ihm eröffnete, dass das Geschwader bei Tagesanbruch die Bucht verlassen und erst im nächsten Frühjahr wiederkehren würde. Abends stand Perry allein auf dem Achterdeck und genoss erstmals die Aussicht auf die riesige Stadt, die Burg des Shōgun und den Fujisan, der in der Ferne in der Dämmerung thronte. Auf dem Zwischendeck erschien Taylor. Er war von Contee bereits ins Bild gesetzt worden. Die beiden Männer nickten einander anerkennend zu.

Das Wunder von Shimoda

Mitte August 1853, kurz nachdem Perry die Bucht von Edo verlassen hatte, lief die *Pallas* im Hafen von Nagasaki ein. Vize-Admiral Putjatin war zuversichtlich, dass der Brief von Kanzler Nesselrode an den Staatsrat zusammen mit dem Entwurf für einen Freundschafts- und Handelsvertrag, der auch alle Grenzfragen zwischen Russland und Japan regeln sollte, gut aufgenommen würde. In den geheimen Unterlagen aus Moskau fand er den Hinweis des Japanforschers Siebold, dass die Haltung der Japaner gegenüber den Russen außerordentlich wohlwollend sein müsste. Sah man in ihnen zwanzig Jahre früher noch eine nördliche Bedrohung und einen potentiellen Invasor, so hatte sich dieses Bild grundlegend gewandelt. Nach Siebolds Bericht hätte dieser selbst 1828 dem Hofastronomen Takahashi in Edo die vierbändige *Geschichte der Napoleonischen Kriege* als Geschenk überlassen. Die Bücher waren bei dessen Verhaftung zwar beschlagnahmt, dann aber doch übersetzt worden. Die Kopien zirkulierten unter den Gelehrten und den Inhabern höchster Staatsämter, weil man glaubte, verstanden zu haben, dass die Russen Napoleon aufgehalten hätten, bevor er auch noch Japan erobern konnte. Deshalb gab es ein allgemeines Gefühl der Dankbarkeit gegenüber den Russen. Außerdem wurden ihnen wesentlich bessere Umgangsformen als allen anderen Ausländern zugesprochen, und die Japaner fühlten sich stets mit großer Höflichkeit von ihnen behandelt. Zunächst bestätigten sich diese Aussagen von Siebold. Die *Pallas* konnte Nagasaki ungehindert anlaufen, es wurden von japanischer Seite keine Gegenmaßnahmen ergriffen. Der Statthalter von Nagasaki lud das russische Schiff ein, im Hafen zu ankern. Putjatin und seine Offiziere erhielten sogar die Erlaubnis, an Land zu gehen und den Grund für ihre Ankunft zu erklären. Sie wurden von einer Menge neugieriger Bewohner empfangen, die zu beiden Seiten der Straße hinter Kordeln Spalier standen. Putjatin, dem weiblichen Geschlecht nach dieser langen Reise mehr zugetan denn je, entdeckte eine ungewöhnlich große und berückend schöne Frau. Sie starrte ihn mit einem seltsamen Blick an und er wunderte sich, bei ihr europäische Gesichtszüge zu entdecken. Da er nichts von ihr wusste, würde er es wohl auch nicht geglaubt haben, wenn jemand ihn darüber aufgeklärt hätte, dass diese Frau Ine Kusumoto war, die Tochter jenes deutschen Forschers Philipp Franz von Siebold, auf dessen Ratschlägen die Befehle basierten, die Putjatin auf dieser japanischen Mission auszuführen hatte. Im Magistratsgebäude wurden sie den Sekretären des Statthalters vorgestellt und übergaben ihnen einen Brief. Putjatin erklärte darin, er hätte dem Statthalter von Nagasaki persönlich einen weiteren Brief und wichtige Dokumente zu überreichen, die dem Staatsrat in Edo zugehen sollten. Wenige Tage darauf kamen zwei Vertreter des Ältestenrates der Stadt an Bord der *Pallas* und erklärten

Putjatin, dass der Statthalter von Nagasaki ihn ohne Erlaubnis aus Edo nicht persönlich treffen und auch keine offiziellen Dokumente annehmen dürfe. Putjatin erklärte sich bereit, einen Monat lang auf das Eintreffen dieser Erlaubnis zu warten. Danach würde er nach Edo aufbrechen, um die Verhandlungen dort direkt mit der Regierung zu führen. Die Ermächtigung des Statthalters, den russischen Vize-Admiral zu empfangen und Dokumente für den Staatsrat entgegenzunehmen, traf einige Tage nach der von Putjatin gesetzten Frist ein, die er nur verlängerte, weil ihm versichert wurde, dass eine positive Antwort bereits unterwegs sei. Vier Wochen später, nachdem alle zeremoniellen Fragen geklärt waren, durfte Putjatin wieder an Land gehen, wurde diesmal beim Statthalter persönlich vorstellig und übergab die Dokumente für den Staatsrat. Auf dessen Erklärung hin, dass die Antwort lange dauern könnte, drohte Putjatin wieder, direkt nach Edo zu fahren. Man solle sich also mit der Antwort beeilen. Genau einen Monat später kamen erneut japanische Beamte an Bord der Pallas und teilten Putjatin mit, dass Shōgun Ieyoshi gestorben und ein neuer Statthalter von Nagasaki eingesetzt worden sei, der erst aus Edo anreisen müsse. Putjatin, von Natur aus eigentlich kein ungeduldiger Mann, wurde äußerst ungehalten. Er war vor dieser Art der Japaner gewarnt worden, Verhandlungen mit einer endlosen Reihe unverständlicher Formalitäten in die Länge zu ziehen, um Zeit zu gewinnen und die Gesprächspartner mürbe zu machen. Er war schon bereit, Segel zu setzen und wieder abzureisen, als eine neue Botschaft eintraf. Man ließ ihm ausrichten, dass vier Unterhändler des Staatsrats nach Nagasaki kommen würden, um die gewünschten Verhandlungen mit ihm zu führen. Putjatin wartete weiter zu, bis die Unterhändler im Januar 1854 eintrafen. Es waren Politiker von einem ganz anderen Schlag als der vormalige Statthalter und seine Untergebenen, große Herren des Reiches. Sie hatten unvergleichlich mehr Autorität und Handlungsspielraum als die Provinzbeamten, mit denen Putjatin bis dahin zu tun gehabt hatte. Sie waren auch weit gelassener und die Gespräche begannen somit in freundschaftlicher Atmosphäre. Verhandlungsführer waren die beiden Fürsten Toshiakira Kawaji und Masanori Tsutsui. Sie drückten ihre Anerkennung für das diplomatische Vorgehen der russischen Mission aus. Es sei klug gewesen, Nagasaki anzusteuern und die schriftlichen Vorschläge dem Staatsrat zu unterbreiten, anstatt dem Shōgun oder, schlimmer noch, dem Kaiser. Sie räumten auch von Anfang an ein, dass sie die russischen Vorschläge zur Regelung der Grenzfragen für zustimmungsfähig hielten. Allerdings erfordere diese komplizierte Materie, dass zunächst exakte Karten, Dokumentationen und Urkunden erstellt werden. Das könne zwischen drei und fünf Jahren dauern, bis man zu einem vertraglichen Abschluss käme. In diesem Punkt zeigte Putjatin Verständnis. Als es jedoch zur Frage der Handelsbeziehungen kam, blieben die Vertreter des Staatsrats unnachgiebig. Durch die Gesetze ihrer Ahnen seien ihnen Handelsbeziehungen mit fremden Völkern streng verboten. Putjatin war äußerst frustriert und musste aufpassen, nicht die Nerven zu verlieren. Die anstrengenden Verhandlungen setzten sich täglich fort, doch in dieser Sache kam man keinen Schritt voran. Im Februar mussten die Unterhändler sich wieder nach Edo begeben. Bevor sie abreisten, wollten Kawaji und Tsutsui noch einmal ihr Wohlwollen mitteilen, indem sie Putjatin versprachen, vorerst mit keinem anderen Land Verträge zu schließen. Sie garantierten ihm sogar, dass, wenn es jemals dazu kommen sollte, Russland die erste Nation wäre, mit der Japan jemals einen Handelsvertrag schließen würde. Die Gespräche sollten Ende des Jahres in Shimoda weitergeführt werden, einem natürlichen Hafen achtzig Meilen westlich von Edo. Putjatin war nicht glücklich über dieses vorläufige Ergebnis, doch klug genug, den Trostpreis mit Würde und Dankbarkeit anzunehmen. Es blieb ihm so immerhin die Zeit, wie geplant zur De-Kastri-Bucht an der ostsibirischen Küste zu segeln, um die inzwischen überholungsbedürftige *Pallas* gegen die robustere Fregatte *Diana* zu tauschen. Mitte März passierte die *Pallas* die Bucht von Edo und segelte weiter in den hohen Norden. Wenn Putjatin gewusst hätte, was sich in diesen Tagen im Hafen von Edo ereignete, dann hätte er es für Verrat und einen ausreichenden Grund gehalten, dass Russland dem japanischen Kaiserreich den Krieg erklärt.

Kommodore Perry war von Hongkong zurückgekehrt und lief Ende Februar mit einem erweiterten Geschwader von zehn Schiffen in die Bucht von Edo ein. Als Demonstration der amerikanischen Seemacht ließ er es zunächst den Hafen der Hauptstadt mit seinem Flaggschiff an der Spitze in Paradeformation ansteuern. Dort feuerte die *Mississippi*, wie es zur Begrüßung des Präsidenten und bei hohen Staatsakten üblich war, einundzwanzig Salutschüsse ab. Allerdings wurden nicht Platzpatronen verwendet, sondern mit scharfer Munition aus den Paixhans-Bombenkanonen aufs offene Wasser geschossen, sodass die erschrockenen Zuschauer im Hafen die Explosion der Granaten in großer Entfernung beobachten konnten. Mit grimmiger Freude stellte Perry fest, dass während seiner einjährigen Abwesenheit im Hafen künstliche Inseln aufgeschüttet und mit Geschützbatterien bestückt worden waren. Doch die dort stationierte Artillerie traute sich nicht, auch nur einen einzigen Schuss abzufeuern. Danach drehte das Geschwader ab und ging in Kanagawa vor Anker, einem kleinen Ort in der Nähe von Yokohama. Zwar hatten die japanischen Autoritäten Perrys Ankunft nicht so früh erwartet, doch sie errichteten schnell wieder ein Holzhaus am Strand und die Verhandlungen konnten nach wenigen Tagen beginnen. Diesmal lief alles reibungslos. Die japanischen Unterhändler waren gut vorbereitet und ausgesprochen höflich. Bereits beim ersten Zusammentreffen unterbreiteten sie einen Vertragsentwurf, der den Wünschen der Amerikaner gerecht werden sollte. Danach wurde ein Fest gegeben. Es gab allerlei künstlerische und folkloristische Vorführungen. Am meisten war die amerikanische Eskorte von den Sumo-Ringern beeindruckt. Noch nie hatten sie solch mächtige Fleischberge gesehen, die sich im Kampf gegeneinander als erstaunlich schnell und wendig erwiesen. Perry wurde aufgefordert, dem Sieger mit aller Kraft in den Bauch zu boxen, was er auch tat. Der Koloss rührte sich kein bisschen.

Auch die Amerikaner hatten etwas zu bieten. Sie überraschten die Japaner mit einem ungewöhnlichen Geschenk, einer voll funktionsfähigen Miniatur-Eisenbahn im Maßstab 1:16. Perry wollte als ‚Vater der amerikanischen Dampfschifffahrt‘ den Japanern einen weiteren Beweis für die technische und industrielle Überlegenheit der amerikanischen Nation liefern. Die dampfbetriebene Lokomotive zog einen Waggon über die dreihundertfünfzig Fuß lange, kreisförmig angelegte Gleisstrecke. Einige Samurai setzten sich lachend rittlings auf den Waggon, der gerade groß genug war, um sie zu tragen. Ein weiteres Geschenk war ein elektrischer Telegraph, mit dem Nachrichten über ein Kupferkabel zwischen dem Verhandlungsgebäude und einem fast eine Meile entfernten Haus übertragen wurden. Der Sinn dieser Vorrichtung erschloss sich den Japanern nicht sofort, weshalb ihre Begeisterung sich auf höfliche Gesten der Anerkennung beschränkte.

Während dieser kirmesartigen Veranstaltung wurde viel getrunken und die Stimmung war überraschend ausgelassen, ganz anders als bei der ersten Begegnung. Japaner und Amerikaner ließen sich in enthusiastischen Trinksprüchen wechselseitig hochleben. Perry wurde misstrauisch. Das alles kam zu plötzlich, war zu schön und zu einfach.

Eines Abends auf der *Mississippi* ließ er den Reporter Bayard Taylor zu sich rufen. Als der die Kapitänskajüte betrat, machte Perry einen aufgeräumten Eindruck und bot seinem Gast Sherry an.

„Welche Ehre, Kommodore! Wie komme ich dazu?" eröffnete Taylor mit leicht ironischer Note die Konversation.

Perry war etwas verlegen, weil er nicht recht wusste, wie er anfangen sollte.

„Ich danke Ihnen für Ihr Kommen", leitete er sein Anliegen umständlich ein, und merkte bereits, während er diesen Satz aussprach, dass er für seine Maßstäbe schon viel zu höflich war. Er dachte an den Ruf als Grobian, den er zu verlieren hatte. „Wissen Sie, ich glaube ja, dass Sie ein recht kluger Mann sind", fuhr er fort. „Ich meine, für einen Zivilisten. Bilden Sie sich also nicht zu viel ein, wenn ich Sie jetzt um einen Rat bitten werde. Das tue ich nur, weil ich weiß, dass Sie keinen Anlass haben, mir nach dem Mund zu reden, um mir zu gefallen. Ich brauche Sie als unparteiischen Dritten und verlasse mich auf Ihre Unbestechlichkeit."

„Wenn Sie mir weiter so schmeicheln, dann wird es mit meiner Unbestechlichkeit bald vorbei sein. Also, worum geht es?"

„Mir ist zugetragen worden, dass Sie ein studierter Jurist sind."

„Das stimmt."

„Ich möchte Ihnen geheime Staatspapiere zeigen, deren Inhalte ich bei meiner Rückkehr nicht in der New York Tribune lesen möchte. Kann ich mich auf Ihre Diskretion verlassen?"

„Das können Sie."

„Es geht um den Vertragsentwurf, den die Japaner uns vorgelegt haben. Ich bin unschlüssig, ob ich ihn akzeptieren soll. Dazu werde ich Ihnen außer diesem Schriftstück die Kopie des Briefes unseres Präsidenten an den japanischen Kaiser zu lesen geben. Ich möchte Sie bitten, die beiden Dokumente miteinander zu vergleichen und mir zu sagen, ob die von unserer Regierung gestellten Forderungen mit diesem Vertragsentwurf erfüllt sind. Es geht vor allem darum, ob wir nicht auf einer gesonderten Handelsklausel bestehen müssten."

„Darf ich die Dokumente sehen, bevor ich dazu etwa sage?"

„Bitte sehr." Perry händige Taylor die Papiere aus.

Der Vertragsentwurf und der Brief des Präsidenten bestanden nur aus wenigen Seiten.

„Das kann ich sofort erledigen, wenn Sie mir etwas Zeit geben", sagte Taylor.

„Nur zu, nur zu. Ich kann mich solange anderweitig beschäftigen." Daraufhin holte Perry einen mit Canvas bespannten Stickrahmen aus seinem Schreibtisch und setzte darauf ein Flaggenmuster fort, an dem er offensichtlich schon länger gearbeitet hatte. Taylor dachte, dass er den Mund vielleicht doch besser wieder schließen sollte, und konzentrierte sich auf die Schriftstücke. Nach einer halben Stunde hatte er das

Ergebnis. Sie setzten sich an den Besprechungstisch und Perry schenkte beiden Whisky ein.

„Wenn ich den Brief von Präsident Fillmore als Vertragsgrundlage betrachte, dann muss ich aus juristischer Sicht zwischen den darin formulierten Forderungen einerseits und den Vorschlägen und Bitten andererseits unterscheiden. Von letzteren darf man nicht zwingend erwarten, dass sie in dem Vertrag umgesetzt werden, sonst wären sie auch Forderungen. Also, die ausdrücklich formulierten Forderungen werden in dem Vertragsentwurf vollständig erfüllt, das heißt vor allem die Öffnung von bestimmten Häfen für den Erwerb von Proviant und Treibstoff sowie die Regelung, wie mit Schiffbrüchigen zu verfahren sei. Es gibt mit der Möglichkeit zur Entsendung eines Konsuls oder eines anderweitigen Agenten nach Shimoda, die der Vertrag enthält, sogar einen Vorschlag – keine Forderung! –, den die Japaner übernommen haben. Hier würde ich Ihnen allerdings eine andere Formulierung empfehlen. Bisher steht dort in Artikel XI., dass *beide* Nationen dieser Entsendung zustimmen müssten. Das ist ungünstig für uns, weil die Japaner das immer blockieren könnten. Besser wäre es, wenn es hieße, ‚wenn eine der beiden Regierungen es für notwendig erachtet‘. Erst damit hätten wir ein Recht, ohne Zustimmung der japanischen Regierung einen Konsul nach Shimoda zu schicken."

„Sehr interessant! Fahren Sie bitte fort", quittierte Perry zufrieden Taylors erste Ausführungen.

„Zu Ihrer wichtigsten Frage kann ich auf Grundlage des Briefes des Präsidenten ganz klar sagen, dass kein Erfordernis für die Japaner besteht, den Amerikanern ein Handelspatent einzuräumen. Es ist keine Forderung, sondern eine Empfehlung, die nur darin besteht, die alten japanischen Gesetze für fünf oder zehn Jahre auszusetzen und Handel zuzulassen. Sie würden sich, nur mit diesem Brief als Autorisierung und ohne weitere Instruktionen, möglicherweise sogar in eine schwierige Situation bringen, wenn Sie auf einem Handelsprivileg bestehen würden."

„Sehen Sie! Das war auch mein Gefühl. Aber bitte sehr, fahren Sie fort."

„Ich bin ehrlich gesagt beeindruckt, wie genau die japanische Regierung diesen Brief gelesen und in einen Vertrag umgesetzt hat. Dabei fällt mir gerade noch etwas auf. Es ist eigentlich gar kein Vertrag im engeren Sinne, sondern viel eher eine völkerrechtliche Konvention, ein Übereinkommen. Ein Vertrag beinhaltet den Austausch von Leistungen und es kommt zu einer wechselseitigen Verflechtung der Rechtssubjekte. Daher werden in der Regel – für den Fall, dass der Vertrag von einer der beiden

Parteien nicht eingehalten wird – auch Schiedsklauseln und geeignete Sanktionen festgelegt. Es geht um das alte Rechtsprinzip des *quid pro quo* oder *do ut des*, verstehen Sie? Hier haben wir es dagegen mit einseitigen Zugeständnissen der Japaner zu tun, die sie jederzeit zurücknehmen könnten. Streng genommen gibt es auch gar keinen Grund, warum die Vereinigten Staaten dieses Abkommen ratifizieren sollten, da sie keinerlei Leistung erbringen oder auch nur das geringste Stückchen ihrer Souveränität abtreten müssen. Denn überlegen Sie mal: Wenn der Präsident oder der Senat dieses Abkommen ablehnen sollte, dann würden die Japaner nur sagen ,Na und? Dann kommt ihr eben nicht in unsere Häfen, kauft keinen Treibstoff und Proviant und entsendet keinen Konsul.' Doch über diese akademische Haarspalterei sollten Sie sich keine Gedanken machen. Das ist jedenfalls die juristische Auskunft, die ich Ihnen geben kann."

„Ich danke Ihnen. Das ist eine große Hilfe für mich. Vermutlich kommt mein Zweifel daher, dass wir uns von dieser Mission möglicherweise viel erwartet, das aber nicht alles kongruent zu Papier gebracht haben. Nun, das kann ich nicht mehr ändern. Ich werde mich hüten, hier Ziele durchsetzen zu wollen, die vorher nicht klar genug formuliert wurden."

„Es ist wahrscheinlich auch nur ein erster Schritt. Diesem Vertrag werden sicher weitere folgen. Deshalb unterstütze ich Ihre Ansicht, dass hier nichts mit Gewalt durchgesetzt werden sollte, was nicht klar und deutlich auf unserer Agenda stand."

„Mr. Taylor, es war angenehm, mit Ihnen in dieser Sache zusammenzuarbeiten und von Ihnen beraten zu werden. Ich werde also die Konvention von Kanagawa mit der von Ihnen vorgeschlagenen Änderung unterzeichnen. Auf der Rückreise in die Heimat wäre es mir eine Freude, Sie gelegentlich bei uns an der Offizierstafel als Gast zu haben."

„Ich wusste, dass Sie es wenigstens auf einen nachgereichten Bestechungsversuch ankommen lassen würden."

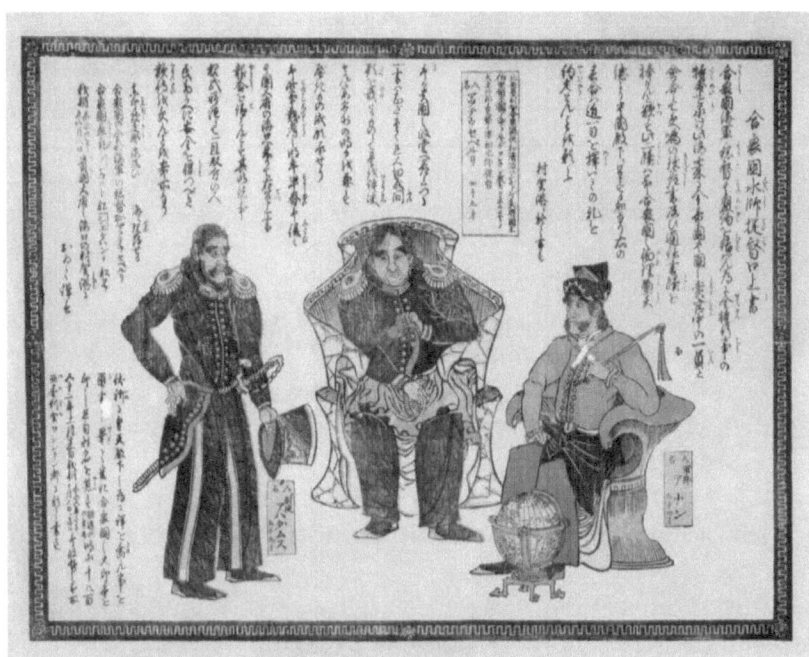

Auf dem Gipfel des Fujiyama hockte eine kolossale Gestalt und stierte mit glühenden Augen aus dem wilden Gesicht heraus in die Abendröte über dem Inselreich. *Susanoo* grunzte und warf mit Schnee um sich. Er langweilte sich. Plötzlich schoss hinter ihm eine Fontäne aus Eisbrocken, Felsen und heißem Dampf in die Höhe. Der Gott des Sturms wirbelte erschrocken herum. Als die Auswürfe wieder zu Boden gefallen waren und der Dunst sich verzogen hatte, stand da eine kleine Erscheinung im schwarzen Umhang.

„Ich grüße Dich, Mein Freund", sprach sie mit leiser und doch donnernder Stimme.

Susanoo blickte irritiert und rührte sich nicht.

„Erkennst Du mich nicht mehr?" fragte das Männchen enttäuscht. Dann ging es auf ihn zu und verdoppelte mit jedem Schritt seine Größe. Als es stehen blieb, war es groß genug, um ihm direkt in die Augen zu sehen. Mit dem nächsten Schritt wäre das vormalige Männchen doppelt so groß gewesen wie der riesige Susanoo.

„Ich bin *Shatanu*, Dein Bruder aus dem Westen!"

„Ach, Du kannst Uns also auch Besuche abstatten, ohne Meine Berge in die Luft zu jagen."

„Ich weiß, Ich weiß. Das letzte Mal habe Ich Meine Kompetenzen überschritten, das gebe Ich offen zu. Es ist nicht die feine Art, einfach als Naturgewalt in Deinem Reich aufzutauchen. Man könnte Mich ja für einen Eurer japanischen Götter halten. Aber wie Du siehst, Ich kann auch durch erloschene Vulkane reisen."

„Was willst Du."

„Dich um Deine Hilfe bitten."

„Wozu brauchst Du Meine Hilfe?"

„Um Meinen Plan zu vollenden?"

„Welchen Plan?"

„Den, für welchen Du einen Pakt mit Mir eingegangen bist", schnaubte Shatanu ungeduldig.

„Warum sollte Ich das tun? Ich kann mich nur erinnern, dass *Buddha* und Ich Dich hier im Kleinen walten lassen sollten. Von Hilfe war keine Rede."

„Du hat Recht. Doch ungewöhnliche Pläne erfordern gelegentlich ungewöhnliche Maßnahmen. Wir stehen kurz vor dem Ziel. Der Kaiser, mit dem Du über die Abstammungslinie Deiner Schwester verwandt bist, steht kurz davor, das Land wieder zu beherrschen. Und zwar nicht nur als geistiges Oberhaupt Eurer Kami-Kulte, sondern als wahrhafter Imperator mit unbegrenzter Macht. Es ist Deine Zeit, die jetzt kommt. Buddhas Zeit geht zu Ende."

Susanoo überlegte.

„Also schön, was soll ich tun."

„Ich brauche eine Verwüstung an der Küste der Halbinsel, die Ihr Izu nennt."

„Immerhin, wenigstens etwas, das mir Spaß macht."

„Siehst Du! Und Du wirst es nicht bereuen. Es ist zu Deinem Besten."

„Es wird passieren. Und jetzt verschwinde. Du gehörst nicht hierher."

„Danke. Eine Frage noch. Sag mal, hast Du Taifun über Kyūshū gemacht, bei dem das Ausländerschiff gestrandet ist?" säuselte Shatanu.

„Ja, natürlich. Wer außer Mir kann denn hier sonst Stürme machen, Klugscheißer?"

„Hach, allerliebst! Das war eine fabelhafte Idee. Damit hast Du Mir mehr geholfen, als Ich es Dir erklären oder danken könnte. Ich stehe tief in Deiner Schuld", wobei er sich ironisch übertrieben verbeugte.

„Schon gut. Aber jetzt lass mich in Ruhe. Ich hab zu tun."

„Ja, ich habe es gesehen. Du bist ein großer Schneezerwühler. Ihre Freundlichkeit haben die Japaner jedenfalls nicht von ihren Göttern", spottete Shatanu. „Du hörst von mir."

Ein Krater öffnete sich auf dem verschneiten Vulkangipfel, in dem Shatanu langsam versank. Als er sich mit einem Donnerbeben und einem abschließenden Knall wieder schloss, spürte Susanoo, wie etwas Unsichtbares ihn ohrfeigte.

Krater des *Fujisan*

Anfang Dezember 1854 lief Vize-Admiral Putjatin mit der *Diana* im Hafen von Shimoda ein. Wenige Tage später wurde ihm die Ankunft der Unterhändler Kawaji und Tsutsui mitgeteilt. Wie üblich mussten lange Vorbereitungen getroffen werden, vor allem der Zeremonienplan, bis es am 22. Dezember zur ersten Besprechung kommen konnte. Putjatin freute sich, die beiden Fürsten wiederzusehen. Es konnte ihm jedoch nicht entgehen, dass die Stimmung seiner Gesprächspartner sich verändert hatte. Kawaji und Tsutsui wagten kaum, ihn anzusehen, lachten nicht und sprachen mit leiser Stimme. Erst mussten viele Formalitäten besprochen werden, sodass es zunächst keine offene Aussprache gab. Putjatin hatte ein ungutes Gefühl und bereitete sich auf schlechte Nachrichten vor. Als Tsutsui endlich das Wort ergriff, hielt er den Kopf geneigt, während er sprach.

„Putjatin-*sama*, es ist etwas Unvorhergesehenes und Schreckliches passiert. Wir müssen Ihnen gestehen, dass wir unser Wort gebrochen haben. Wenn wir daran auch nicht unmittelbar schuld sind, so tragen wir doch die Verantwortung dafür. Als wir Anfang des Jahres aus Nagasaki zurückkehrten, hatten die Staatsminister ohne unser Wissen bereits einen Vertrag mit Amerika geschlossen. Inzwischen ist in Nagasaki auch ein weiterer Vertrag mit den Briten geschlossen worden. Bitte glauben Sie uns, dass wir diese unglückliche Fügung zutiefst bedauern. Wir hatten dem Staatsrat unseren Rücktritt angeboten." Dann schwieg er, um Putjatin die Möglichkeit zu geben, seine Empörung auszudrücken. Der war zwar fassungslos, sagte aber nur „Bitte, sprechen Sie."

„Kommodore Perry war früher als erwartet mit einer ganzen Flotte mächtiger Kriegsschiffe in Edo eingelaufen. Es herrschte Panik in der Stadt. Die Regierung musste sofort handeln, damit die chaotischen Zustände sich nicht ausweiten. In Kanagawa wurde ein Vertrag unterzeichnet, der zwei Häfen für die Amerikaner öffnet."

„Welche sind das?" fragte Putjatin tonlos.

„Hakodate und – Shimoda."

Putjatin atmete tief durch und versuchte sich zu sammeln. „Ich befinde mich also mit meinem Schiff in einem Hafen, der nur für die Amerikaner geöffnet ist."

„Nein, das stimmt nicht ganz. Shimoda ist auch für die Briten geöffnet worden."

Putjatin wurde bleich.

„Wissen Sie nicht, dass Russland sich mit Frankreich und Großbritannien im Krieg befindet? Wir könnten in diesen Gewässern jederzeit von den Kriegsschiffen dieser beiden Nationen angegriffen werden. Und jetzt erfahre ich auch noch, dass das hier ein legaler Anlaufpunkt für die britische Marine ist!"

„Wir haben Kenntnis von dem Kriegszustand zwischen England und Russland. Die Briten wollten, dass wir die Häfen nur ihren und keinesfalls den russischen Schiffen öffnen. Das haben wir abgelehnt. Wir wollen nicht Partei ergreifen in einem Konflikt, der nichts mit Japan zu tun hat. Deshalb bietet unsere Regierung dem russischen Zarenreich denselben Vertrag an, den sie mit den Amerikanern geschlossen hat, erweitert um die Regelung der Grenzfragen, der wir bereits zugestimmt haben."

„Darf ich den Vertrag mit den Amerikanern sehen?"

„Selbstverständlich. Hier ist eine für Sie angefertigte Kopie."

Durch die Hände der Sekretäre und des Adjutanten wurde das Dokument an den Russen weitergereicht. Es enthielt nur zwölf kurze Paragraphen. Putjatins Holländisch war inzwischen ziemlich gut, und so las er den Vertrag ohne die Hilfe des Dolmetschers an Ort und Stelle.

„Das ist alles?" wunderte er sich. „Damit waren die Amerikaner zufrieden? Ich hätte gedacht, es geht um einen Handelsvertrag. Davon ist hier kein Wort zu finden. Es ist kaum mehr als eine Konvention für Schiffbrüchige. Ehrlich gesagt haben Sie damit doch wenigstens zum Teil Wort gehalten, denn Sie versicherten mir in Nagasaki, wir Russen seien, wenn überhaupt, die Ersten, mit denen Japan einen Handelsvertrag abschließen würde. Nun, genau dazu bin ich hergekommen, nicht wahr?" Seine Laune hatte sich schlagartig gebessert. Das übertrug sich jedoch nicht auf Kawaji und Tsutsui.

„Wir hatten befürchtet, dass Sie das sagen würden. In der Handelsfrage sind wir angewiesen worden, Ihnen mitzuteilen, was Sie bereits wissen, nämlich dass die Regierung wegen der bestehenden Gesetze auf diese Forderung keinesfalls eingehen kann."

Putjatin wurde wieder ernst.

„Wozu ist eine Regierung überhaupt da, wenn sie keine eigenen, neuen Gesetze machen kann? Das Shōgunat muss doch allmählich begreifen, dass das japanische Kaiserreich nicht mehr lang bestehen wird, wenn seine Regierung sich darauf beschränkt, nur noch altehrwürdige Gesetze blind anzuwenden. Es ist doch eine Frage des nationalen Überlebens, dass die Regierung die Gesetzgebungsgewalt als Quelle ihrer Macht hütet, nicht die bestehenden Gesetze als ein unausweichliches Schicksal!"

„Wir verstehen, was Sie meinen. Doch uns sind in dieser Frage, so leid es uns tut, die Hände gebunden."

„Meine Herren, Engländer und Franzosen hin oder her, ich werde diesen Hafen nicht verlassen, ohne meinem Zaren eine Vereinbarung zwischen unseren Nationen mitzubringen, die mehr beinhaltet als diese bedeutungslose Vereinbarung mit den Amerikanern. Lassen Sie uns bitte auf morgen vertagen, ich muss mich beraten." Damit kehrte er zurück an Bord der *Diana*.

In dieser Nacht schlief Putjatin unruhig. Zwei Mal wachte er auf, weil das Schiff plötzlich erzitterte. Am nächsten Morgen lag Nebel über der Bucht und die See war unruhig. Nach dem Frühstück sollte gerade die Barkasse für den Landgang gefiert werden, da setzte ein fürchterliches Grollen ein, das aus allen Richtungen zu kommen schien. Erschrocken blickten die Seeleute um sich. Dann brach der Lärm wieder ab. Es folgte eine unheimliche Stille. Der erste Offizier ließ die Barkasse zunächst wieder hieven und vertäuen.

„Ein Erdbeben?" fragte Putjatin irritiert und beinahe flüsternd seinen Sekretär Alexander Borotin.

„Es war zu kurz, daher eher ein Vorbeben."

Kaum hatte er das gesagt, brach ein Höllenlärm los, wie Geschütz-donner aus tausend Kanonen im Dauerfeuer. Das Land und die See beb-ten. Das Meer schlug dumpf und heftig gegen den Rumpf der *Diana*. Hafen und Küste waren nur unscharf zu erkennen, alles zitterte. Dann stürzten die ersten Gebäude der Stadt ein. Sie fielen in sich zusammen wie Kartenhäuser. Das Beben dauerte drei Minuten, mit gleichbleibend heftigen Erdstößen. Danach klang es langsam ab. Die Besatzung der *Di-ana* blickte entsetzt gen Land. Über Shimoda stiegen Rauchsäulen auf. Durch das Fernrohr sahen sie die Bewohner in Panik umherlaufen. Aus Sorge, es könnte Nachbeben geben, wollte Putjatin die Barkasse noch nicht fieren lassen. Auf dem Schiff waren sie sicher. Kurz darauf riss die *Diana* so heftig an der Ankerkette, als wollte sie aus eigenem Willen aufs Meer hinaustreiben. Putjatin verstand nicht, woher eine derart starke ab-landige Strömung kommen konnte. Als der erste Offizier mit dem Fern-rohr die Küste absuchte, bemerkte er, wie der Wasserspiegel auf breiter Front sank und der Meeresboden sichtbar wurde. Fassungslos sah er, wie die Boote an den Kais und an der Pier von Shimoda plötzlich auf dem Trockenen lagen. Putjatin ließ sofort loten und bekam bestätigt, dass sie laufend Wasser unter dem Kiel verloren, etwa drei Fuß in der Minute. Es war zwar die Zeit der Ebbe, doch der Tidenhub in der Bucht war höchsten sechs Fuß im Tagesverlauf. Putjatin besprach sich auf dem Achterdeck mit den Offizieren. Keiner von ihnen kannte diese Erschei-nung. Für alle war es das erste Erdbeben, das sie miterlebten. Die Ver-wirrung wurde komplett, als der Lotse meldete, der Wasserspiegel würde wieder steigen, allerdings erheblich schneller, als er vorher ge-sunken war. Die *Diana* zog nun nicht mehr an der Ankerkette, sondern nahm in entgegengesetzter Richtung Fahrt auf, direkt auf die Küste zu. Alle an Bord waren vor Schreck erstarrt. Die Mannschaft konnte nichts tun, das Schiff war ohne Segel manövrierunfähig und der Strömung aus-geliefert. Die letzte Hoffnung war der Anker. Durch das ansteigende Wasser war die *Diana* so stark beschleunigt worden, dass die Kette, als die ganze Wucht des Schiffes sich gegen den am Grund gut verkeilten Anker stemmte, hinter dem Spill mit lautem Knall barst und rasselnd ins Meer stürzte. Die *Diana* trieb jetzt immer schneller und ohne jeglichen Halt auf den Hafen zu. Dabei geriet sie ins Trudeln und begann, sich um die eigene Achse zu drehen. Die Matrosen an Deck klammerten sich fest, wo sie nur konnten. Tatenlos mussten sie zusehen, wie sie als Spielball einer unbekannten Naturgewalt ihrem Schicksal ausgeliefert waren. Das Entsetzen darüber war ihnen in die Gesichter geschrieben. Starker auflandiger Wind machte das Setzen der Segel sinnlos, er hätte sie nur noch schneller gegen die Felsen geworfen. Der wahre Schrecken kam für die Männer, als sie mit hoher Geschwindigkeit in den Hafen einliefen – der nicht mehr da war! Alles war überflutet, kein Haus und kein Baumwipfel mehr zu sehen. Dann trieb die *Diana* über der Stadt, die einmal Shimoda war, begleitet von Treibgut und schreienden Menschen, die in der Flut schwammen oder sich an Gegenstände klammerten. An vereinzelten Booten versuchten sich immer mehr Ertrinkende hochzuziehen, bis sie überfüllt kenterten. Es war die Hölle. Putjatin zeigte größte Geistesgegenwart, indem er in dieser chaotischen Situation seine Offiziere anschrie, sofort dafür zu sorgen, dass von den Matrosen so viele Japaner wie möglich aus dem Wasser gezogen werden.

„Wir lassen niemanden ertrinken! Haben Sie das verstanden! Quartiermeister, Sie kümmern sich darum, die Japaner unter Deck zu bringen und ihnen Plätze zuzuweisen. Das Deck muss freigehalten werden. Bootsmann, Sie machen den Ersatzanker bereit. Erster Offizier, der Anker wird erst geworfen, wenn ich es sage. Borotin, Sie werden nach den Unterhändlern Kawaji und Tsutsui Ausschau halten, auf dem Wasser und hier an Bord, falls sie unter den anderen Geretteten sein sollten."

Die Matrosen ließen rund um das Schiff Sprossenleitern, Fallreeps, Leinen und die Gangway herab, während das Schiff weitertrieb. Die Stadt war eng umstanden von spitzen, bewaldeten Hügeln, an denen sich die dunkel schäumende Flut mit Trümmern von Häusern und Booten aufstaute. Der Landstrich lief voll wie ein geschlossenes Becken. Nur ein Bach bot einen Abfluss, in dem die aufgetürmte Flutwelle sich brodelnd zwischen den Anhöhen ins Hinterland ergoss. Kurz bevor die *Diana* mit einem der Berge zu kollidieren drohte, zog sich das Wasser zurück und sie wurde wieder in die Bucht gezogen. Da das Schiff weithin sichtbar war, kamen Menschen an Treibgut festgeklammert auf sie zu geschwommen in der Hoffnung, von ihr aufgenommen zu werden. Die Russen taten nach Leibeskräften alles, um sie an Bord zu holen, doch sie mussten auch die Tragödie des hoffnungslosen Überlebenskampfs all jener mit ansehen, die von der Strömung einfach weggespült oder unter Wasser gezogen wurden. Viele konnten gar nicht schwimmen und man sah verzweifelte Alte und schreiende Mütter mit ihren Kindern untergehen. Ihnen konnte nicht mehr geholfen werden. In kürzester Zeit waren zusätzlich zu den fünfzig Mann Besatzung über zweihundert Japaner an Bord. Trotz ihrer Rettung aus höchster Not waren sie zutiefst verängstigt von dem Umstand, sich plötzlich auf einem großen Schiff unter den haarigen Barbaren mit Tieraugen zu befinden. Borotin entdeckte unter ihnen tatsächlich Kawaji und Tsutsui. Wie alle anderen waren sie durchnässt und froren. Borotin brachte sie in der Kapitänskajüte unter und besorgte ihnen Decken. Die *Diana* drehte sich weiter steuerlos wie ein Kreisel in der schäumenden Flut, die durchsetzt war mit den hölzernen Überresten der weggespülten Stadt. Neun Mal bewegte sich das Schiff noch zwischen Land und See hin- und her, neun große Wellen hatte das Erdbeben ausgelöst, die den gesamten Küstenstrich überspülten. Die Besatzung der *Diana* und die geretteten Japaner hofften nur noch schicksalsergeben, dass der Tanz des Meeres wieder aufhört. Im Wasser lebte niemand mehr. Die Leichen der Ertrunkenen trieben neben dem Schiff in der dunklen Flut. Eine gespenstische Stille war eingetreten. Umso größer war das Entsetzen, als der Kiel plötzlich über Grund schleifte und der Schiffsrumpf donnernd erzitterte. Die *Diana* blieb im flachen Wasser liegen und legte sich mit zurückziehender Flut langsam auf die Seite. Es folgte ein weiterer Schreck als die Planken des Schiffes unter seinem eigenen Gewicht barsten, das um die tonnenschwere Last der geretteten Japaner an Bord erhöht war. Am Mittag desselben Tages war der Spuk vorüber. Fast dreihundert Passagiere, die meisten von ihnen nass und klamm vor Kälte, versuchten mühsam, über die Reling aus dem havarierten Schiff zu klettern. Dann wies Putjatin den Bootsmann an, mit Äxten einen Ausgang zu ebener Erde in die Bordwand zu schlagen. Der Bootskörper war nicht mehr zu retten, die *Diana* hatte Totalschaden erlitten.

Das Wrack der *Diana*

Wo einst die Stadt war, breitete sich eine glatte Fläche aus. Nur Grundrisse der Häuser und Konturen der Straßen waren übrig geblieben. Bereits zwei Stunden später setzte eine erstaunlich gut organisierte Verteilung der obdachlos gewordenen Überlebenden von Shimoda auf die umliegenden Dörfer ein, deren Bewohner sofort in die Stadt gekommen waren, um zu helfen. Unter den Geretteten waren der Bürgermeister und zwei seiner Beamten, die für einen ruhigen und geordneten Ablauf dieser Umsiedlung sorgten. Die russische Besatzung wurde in ein paar höher gelegenen Häusern am Rande der Stadt untergebracht, welche die unheimliche Flut, die von den Japanern *Tsunami* genannt wurde, verschont hatte. Putjatin, sein Adjutant und Borotin wurden zusammen mit den Unterhändlern Kawaji und Tsutsui im kleinen Chorakuji-Tempel der buddhistischen Shingon-Sekte einquartiert, der dreihundert Jahre zuvor auf einem nahegelegenen Hügel errichtet worden war. Die Vertreter des Staatsrats schickten noch am selben Tag einen Kurier nach Edo, um von der Katastrophe und der Großherzigkeit der Russen zu berichten. In bewegenden Worten schrieben sie, es sei nicht weniger als ein Wunder gewesen, dass so viele Menschen gerettet werden konnten. Nun seien die Ausländer selbst Schiffbrüchige, ihr Gefährt liege zerschellt am Strand, und zudem seien sie den kriegerischen Engländern und Franzosen wehrlos ausgeliefert, die in den japanischen Gewässern kreuzten. Es sei ein Gebot der Ehre, dieser aufopfernden Hilfe der russischen Gesandtschaft von Seiten der Regierung mit aller Großzügigkeit zu begegnen. Dieser einzigartige Vorfall sei nicht mehr im Rahmen der strengen Sakoku-Edikte zu regeln, in denen Ausländer vor allem als Feinde gesehen wurden. Gerade im würdigen Andenken an die weisen Vorfahren müsse auf die Selbstlosigkeit der Russen mit größter Milde und Menschlichkeit reagiert werden.

Die Botschaft verfehlte ihre Wirkung nicht. In Edo waren selbst die strengsten Kritiker einer ausländerfreundlichen Politik bewegt von diesen Ereignissen. Zugleich wurden das Erdbeben und die Tsunamiflut als eine Warnung und eine Strafe der Götter gedeutet. Dass die Russen kein einziges, die Japaner hingegen hunderte von Opfern zu beklagen hatten, war ein deutliches Zeichen. Einhellig wurde beschlossen, den Russen eine besondere Behandlung zu gewähren. Bereits vier Tage nach dem Erdbeben kam ein Emissär der Regierung in den Chorakuji-Tempel, um Kawaji und Tsutsui zu instruieren. Danach unterbreiteten sie Putjatin ein

Angebot, dass weitreichender war als alles, was er sich jemals erhofft hätte. Sie waren nicht nur ermächtigt, einen Freundschafts- und Handelsvertrag mit ihm zu schließen, der alle Wünsche des russischen Zaren erfüllt. Sie boten Putjatin darüber hinaus an, ihn und seine Mannschaft auf dem Landweg in das vierzig Meilen entfernt gelegene Küstendorf Heda zu geleiten. Dort würden japanische Bootsbauer von der Werft in Edo sowie Zimmerleute und Schreiner aus der näheren Umgebung ihnen helfen, ein neues Schiff zu bauen. Putjatin war überwältigt und nahm das Angebot dankend an. Nachdem eine stabile Versorgungslage hergestellt und die ersten Häuser wieder aufgebaut waren, verhandelten die beiden Parteien zügig das Abkommen. Am 26. Januar 1855 unterzeichneten sie den japanisch-russischen Vertrag von Shimoda. Es war der erste Handelsvertrag seit den *Shuinjos*, die der heilige Ieyasu Tokugawa zweieinhalb Jahrhunderte zuvor den Holländern und den Engländern gewährt hatte. Es war auch das erste Abkommen überhaupt, das wechselseitige Bestimmungen enthielt. Die Behandlung von schiffbrüchigen Japanern und Russen wurde damit in beiden Ländern geregelt, ebenso die Bewegungsfreiheit von Russen in Japan wie auch von Japanern in Russland. Russen und Japaner durften, wenn sie im jeweils anderen Land Verbrechen begangen hatten, zwar verhaftet, aber nur nach den Gesetzen des eigenen Landes angeklagt und verurteilt werden. Schließlich hatte Russland noch das einseitige Recht, eine Botschaft einzurichten, in der ein Abgesandter der russischen Regierung entsprechend der Gesetze und der Sitten seines Heimatlandes residieren durfte.

Am Abend desselben Tages wurde im Chorakuji-Tempel ein kleines Fest gegeben. Die Tafel war reich gedeckt mit Spezialitäten der Region und die Stimmung war ausgelassen. Russen und Japaner prosteten einander mit Sake und aus dem Wrack der *Diana* geborgenem Wodka zu. Der zutiefst bewegte Putjatin ließ es sich nicht nehmen, eine kurze Ansprache zu halten.

„Hochgeachteter Kawaji-sama, verehrter Tsutsui-sama, wir haben in der näheren Vergangenheit zunächst gemeinsam Geschichte *erlebt*, wahrlich, und zwar auch in ihrer ganzen Grausamkeit. Doch eingedenk der vielen Opfer, die vor dem Zorn der Götter des japanischen Inselreiches nicht gerettet werden konnten, haben wir mit dem Vertrag zwischen unseren Nationen nun auch zukünftige Geschichte *geschrieben*. Damit ist ein neues Kapitel geöffnet, das die Menschheit nicht mehr vergisst und das ihr für alle Zeiten ein Vorbild für das friedliche Zusammenleben der Völker sein wird."

Alle applaudierten. Dann ergriff Tsutsui das Wort.

„Verehrter Putjatin-sama, ich will nicht viele Worte machen, wo große Taten bereits für sich gesprochen haben. Ihnen, unserem großherzigen Retter, und der russischen Nation kommt die Ehre zu, das kaiserliche Japan nach Jahrhunderten der Abschottung mit vorbildlicher Charakterstärke und heldenhaftem Mut für den Handel und Verkehr unter den Nationen geöffnet zu haben. Wir könnten uns gar nicht mehr wünschen, als einen so starken und so guten Freund wie den Zaren jenseits unserer Grenzen als Nachbarn zu haben."

Eine Woche später brach ein Tross von hundertfünfzig Russen und Japanern in Shimoda auf. Sie überquerten die bergige Halbinsel von Izu, die kaum besiedelt war, und kampierten im Freien. Nach drei Tagesmärschen erreichten sie den Fischerort Heda, in dem die japanische Regierung eine kleine Werft betrieb. Die Reisegesellschaft wurde von zweihundert weiteren Handwerkern empfangen, die bereits aus Edo, Yokohama und den umliegenden Landstrichen angereist waren. Die Begrüßung war herzlich und alle waren sehr aufgeregt über die anstehende gemeinsame Arbeit an einem Schiff russischer Bauart. Provisorische Unterkünfte waren errichtet worden, und man konnte sofort mit der Planung des Baus und der Schulung der japanischen Zimmerleute beginnen. Zunächst wurde eine bescheidene Pinasse ohne Mast gebaut und zu Wasser gelassen, um das Prinzip des russischen Schiffbaus im Kleinen zu erklären. Dann wurden in der Werft die Vorbereitungen getroffen, um einen Zweimast-Schoner von neunzig Fuß Länge und hundert Tonnen Gewicht entstehen zu lassen. Die größte Herausforderung waren der Aufbau und die Beplankung des Rumpfes mit Hölzern aus den Bäumen der nächsten Umgebung. Die japanischen Handwerker erwiesen sich als äußerst geschickt. Bootsmann, Schiffszimmer-, Kalfater- und Segelmachermeister der russischen Mannschaft gaben ihnen Anweisung, die sie trotz der sprachlichen Barriere meistens sofort verstanden. Dabei legten sie einen unermüdlichen Fleiß an den Tag, der die Russen zutiefst rührte. Zwei Monate später war das gemeinsame Werk in einer beglückenden Atmosphäre von wechselseitigem Respekt und Freundschaft unter allen Beteiligten vollendet. Als das Schiff über die eingefetteten Pallen zu Wasser gelassen wurde und sich auf Anhieb als dicht erwies, taufte Putjatin es in Erinnerung an den Ort dieses einzigartigen Erlebnisses auf den Namen *Heda*. Kawaji und Tsutsui teilten ihm mit, die Regierung sei hochzufrieden über diese Zusammenarbeit und hätte bereits sechs weitere Schiffe dieser Bauart in Auftrag gegeben. Der Abschied fiel allen schwer. Bevor die russische Mannschaft an Bord ging, sprach Putjatin noch einmal zu den versammelten Helfern.

„Liebe Freunde, mir fehlen die Worte für die Dankbarkeit, die ich emp-
finde. Ihr habt Großartiges geleistet. Wir werden besten Dichter brauchen,
um dieses Ereignis zu besingen, das uns als benachbarte Völker und als
einzelne Menschen hier zusammengebracht hat. Wir müssen nun abreisen, aber mein Herz wird diesen Ort nie mehr verlassen."

Bakumatsu

Niemand verfolgte die dramatischen Entwicklungen in Japan aufmerk-
samer und angespannter als Siebold. Aus einer Vielzahl von Quellen erhielt er detaillierte Beschreibungen von Kommodore Perrys rabiaten
Auftritten in der Bucht von Edo. Er war erschüttert von Bayard Taylors
Berichten, die er nicht nur in der *New York Tribune* las, sondern der ihm
auch persönlich in zwei Briefen den gesamten Hergang beschrieb. Die
Tatsache, dass die von ihm außer Landes geschmuggelten Karten die
wichtigste Voraussetzung für die amerikanische Expedition waren,
schmerzte Siebold unsäglich. Es war nur ein geringer Trost, dass Perry
kein Handelsabkommen schließen konnte. Der Schaden war auch so
schon angerichtet, davon war Siebold überzeugt. Fassungslos war er
auch angesichts der Naivität der Engländer, die in einer unkoordinierten
Aktion ebenso und zum wiederholten Male versucht hatten, Handelsprivilegien in Japan zu erlangen, obwohl sie diese doch schon längst be-
saßen – es in ihrer Ignoranz nur nicht wussten. Die einzige Hoffnung
hätte der erstaunliche Erfolg der russischen Mission sein können, die allen seinen Empfehlungen gefolgt war und seinen Vertragsentwurf ohne
Abstriche durchsetzen konnte. Japan war nun tatsächlich auf friedliche
Weise geöffnet worden, und Siebold hatte einen großen Anteil daran.
Seine Freude darüber war groß, doch es zeichnete sich schon bald darauf
ab, dass Russland als eine in Japan wirklich willkommene Nation diese
liberale Öffnungspolitik nicht weiter verfolgen würde. Der Krieg gegen
England und Frankreich auf der Krim war verloren. Das Land befand
sich von dem Zeitpunkt an im Umbruch. Es gab weder die finanziellen
Mittel noch die außenpolitische Aufmerksamkeit der Regierung, die für
einen Ausbau der russisch-japanischen Beziehungen erforderlich gewesen wären.

Siebold war wieder einmal der Verzweiflung nahe, als eine gänzlich
unerwartete Botschaft eintraf. Im Herbst 1855 wurde auf Initiative des
Faktoreidirektors Donker Curitius in Nagasaki und durch Bemühungen
der holländischen Regierung in Japan das Verbannungsurteil gegen ihn

aufgehoben. Das Shōgunat, das genau wusste, wer im Hintergrund die Federführung bei der russischen Mission hatte und wie er zu den Aktivitäten der Engländer und Amerikaner stand, wollte Siebold gerne wieder im Land willkommen heißen. Als er die entsprechende Botschaft des niederländischen Kolonialministers las, jauchzte er vor Freude, umarmte Helene und küsste nacheinander alle seine Kinder, die inzwischen fünf an der Zahl waren. Sofort machte er sich an die Arbeit, um eine zweite Reise nach Japan vorzubereiten. Das erwies sich als unerwartet schwierig. Die niederländische Regierung schätzte nach wie vor seinen Rat und seine Expertise, doch man war überzeugt, dass der inzwischen Sechzigjährige für ein weiteres mehrjähriges Engagement in Japan zu alt wäre. Siebold war enttäuscht, dass sein holländischer Dienstherr zwar für die Aufhebung seiner Verbannung gesorgt hatte, ihm aber nicht die Gelegenheit geben wollte, diese Chance für eine weitere Mission zu nutzen. In diesen bewegten Tagen schrieb er einen Brief an Humboldt, der ihn so gut verstehen sollte wie kein anderer.

„Zwar könnte und sollte ich mich jetzt wohl zur Ruhe setzen, doch in meinem Inneren herrschte niemals eine größere Unruhe. Meine Gedanken wogen auf den sturmbewegten Fluten des großen Ozeans, ich schwebe im Geist zu dem japanischen Inselmeer, ins Land meiner wissenschaftlichen Jugend, das die europäische Zivilisation nun mit allem ihrem Greul und Elend zu überfluten droht. Wenn ich an Japan denke, dann durchströmt die Adern des Sechzigers die gleiche Glut, welche den Jüngling vor dreißig Jahren anfeuerte, eines der von der Heimat entferntesten Länder der Welt aufzusuchen. Wenn ich damals dahinzog, um dort für die europäische Wissenschaft tief verborgene Schätze an den Tag zu fördern – so treibt es mich jetzt dahin zu eilen, um dem guten, braven und glücklichen Volke, das ich leider aus der Vergessenheit mit in das Weltgetümmel hineingerissen habe, Hilfe und Rettung zu bringen."

Anlässe zu dieser Beunruhigung gab es tatsächlich genug – und ständig kamen neue dazu. Die politische Situation in Japan wurde von Monat zu Monat instabiler. Die Regierung geriet unter Druck für ihre vermeintlich ausländerfreundliche Politik. Der Shōgun würde seiner Aufgabe nicht gerecht, eine Invasion zu verhindern und die Barbaren wieder zu vertreiben. Die Rede vom *Bakumatsu* machte die Runde, vom bevorstehenden Ende des Bakufu. Gleichzeitig wurde das Drängen der Westmächte auf tatsächliche Handelsverträge und weitere Privilegien immer stärker. Aus englischen und amerikanischen Regierungskreisen war zu hören, dass eine vollständige Kolonisierung erwogen wurde, wenn Japan seine abweisende Politik weiterhin aufrechterhielte. Im Herbst 1856 traf der New Yorker Kaufmann Townsend Harris in Shimoda ein, um sich als Konsul der Vereinigten Staaten niederzulassen. Dabei kam es zu einem heftigen Streit mit den japanischen Autoritäten, die von Vertragsbruch sprachen. Sie waren überzeugt, das Übereinkommen von Kanagawa mit den Vereinigten Staaten von Amerika hätte festgelegt, dass ein Konsulat nur mit Zustimmung der japanischen Regierung errichtet werden dürfte. Bei einem Vergleich der Urkunden stellte sich dann heraus, dass in der japanischen Fassung tatsächlich ‚beide Regierungen' dieser Maßnahme zustimmen mussten. In der holländischen und englischen Übersetzung stand dagegen ‚eine der beiden Regierungen'. Die letzten redaktionellen Änderungen von Kommodore Perry an dem Vertragswerk waren nicht in die japanische Fassung übernommen worden. Die Argumentation der japanischen Beamten, dass die englische Formulierung sinnlos sei, weil die Japaner doch schlecht einseitig und von sich aus über die Einrichtung eines amerikanischen Konsulats auf japanischem Boden entscheiden könnten, wollte Harris nicht gelten lassen. Den entscheidenden Durchbruch schaffte er zum größten Ärger der Japaner, indem er sich plötzlich auf den Vertrag mit den Russen und die amerikanische Meistbegünstigungsklausel berief. Alle Rechte, die den Russen gewährt wurden, mussten daher auch den Amerikanern zugestanden werden, vor allem die Einrichtung eines Konsulats in Shimoda. Doch das war Harris noch lange nicht genug. Zwei Jahre lang bearbeitete er hartnäckig seine Verhandlungspartner. Dabei drohte er immer wieder mit dem Schicksal Chinas, wenn Japan nicht ein viel weitergehendes Vertragswerk unterzeichnet, das umfassende Handelsrechte, weitere offene Häfen, den Austausch von Gold und Silber zu einem festgelegten Wechselkurs und das Privileg der *Extraterritorialität* für alle amerikanischen Bürger in Japan beinhaltet, nicht nur für den Botschafter. Das geschwächte Bakufu machte in dieser Bedrängnis einen entscheidenden Fehler. Es ersuchte den Tennō in Kyōtō um Unterstützung, damit ein solcher Vertrag zum Schutz der Nation abgeschlossen werden könne. Der kaiserliche Hof lehnte dieses Begehren brüsk ab und wies darauf hin, dass das ein beispielloser Vorfall in der Geschichte des Landes sei. Trotzdem unterzeichnete das Bakufu 1858 diesen ersten von mehreren ‚ungleichen Verträgen', die in der Bevölkerung und in einer wachsenden Koalition mächtiger Daimyōs verhasst waren, und besiegelte damit das Bakumatsu.

3. Kapitel

Das letzte Aufgebot

Rückkehr nach Japan – Berater des Shōgun
Niederlage – Requiem

Rückkehr nach Japan

Nach der Aufhebung des Verbannungsurteils gegen Siebold schlossen die Niederlande im Gefolge der amerikanischen, englischen und russischen Verträge ein neues Handelsabkommen mit Japan. Damit wurden zugleich die strengen Regelungen der Kontakte zwischen Japanern und Ausländern gelockert. Während seiner andauernden Bemühungen um ein Mandat für eine zweite Japanmission bekam Siebold daher erstmals wieder regelmäßig Post aus Nagasaki. Eines Tages traf ein gänzlich unerwarteter Brief ein.

„Mein lieber Firippu,

nach so vielen Jahren weiß ich nicht, ob ich Sie noch wie einst auf unsere vertrauliche Art per Du ansprechen darf. Um Ihnen nicht zu nahe zu treten und Sie nicht zu kompromittieren, werde ich daher die höfliche Form wählen, auch wenn mein Herz immer noch die Sprache spricht, die uns verband.

Ich wollte Ihnen endlich berichten, was sich seit Ihrer Abreise hier in Nagasaki ereignet hat und wie Ihre Tochter gediehen ist. Sie waren so gut, mir viele Geschenke und Waren zu senden, die haben mich jedoch leider nie erreicht. Nach einiger Zeit erfuhr ich davon und empfand einen Groll gegen die Unzuverlässigkeit der Menschen, der immer noch wächst. Ich freue mich aber über Ihre Absicht, und ich kann Ihnen nicht genug danken für die erhaltene Liebe und Zärtlichkeit.

Man sagt, dass die Zeit fliegt wie ein Pfeil, und wahrhaftig vergeht sie schnell. Ich sprach mit niemandem darüber, aber wenn ich sah, dass die Gesichtszüge unserer Tochter immer mehr den Ihren ähnlich wurden, dann sagte ich freudig zu mir selbst: ‚Das ist doch Ihr Blut!'. Wenn Sie hier wären, würden Sie sich bestimmt auch freuen. Durch die Gesetze des Landes gehindert, Ihnen dies auch nur mitzuteilen, konnte ich nur nach Westen gewandt, wo Sie sich aufhielten, zu mir selber leise sprechen, was zu denken kaum erlaubt war.

Damit genug von mir. Ine wusste von ihrem siebten, achten Lebensjahr an nichts von den Manieren eines Mädchens und spielte nur mit Jungs. Ich lehrte sie darum verschiedene Kunstfertigkeiten und ermahnte sie immer 'Dein lieber Vater ist ein ausgezeichneter Mann, sein Name hat einen Widerhall auf der ganzen Welt. Als Kind eines solchen Mannes musst du etwas seiner Würdiges im Sinn tragen. Nie darfst Du auch nur im Geringsten den Namen deines Vaters beflecken.' Vielleicht war das nicht vergebens gewesen, denn als sie heranwuchs, wurde sie ein aufgewecktes und kluges Kind. Während ich das sah und mir allerlei Sorgen machte (das ist eben die Elternliebe), wurde Ine siebzehn, achtzehn Jahre alt und begann einen Widerwillen dagegen zu empfinden, ihr ganzes Leben gemein und niedrig zu verbringen. Sie hatte sich in den Kopf gesetzt, den Beruf ihres lieben Vaters fortzusetzen, sich einen Namen als Ärztin zu machen und ihrem viele tausend Meilen weit entfernt lebenden Vater die kindliche Liebe zu beweisen, die sie ihm nie hatte zeigen können. Auch wenn sie eine Frau ist, will sie etwas für das Ansehen der Familie tun und ihren Namen künftigen Zeiten hinterlassen, und so liest sie Bücher und gibt sich dem Studium der Medizin hin, ohne Mühen zu scheuen.

Jedes Mal, wenn der Sommer kam und der Kanonenschuss ertönte, der das Einlaufen eines niederländischen Schiffes ankündigte, wollte ich unbedingt wissen und auch Ine zu wissen geben, ob nicht wohl ein Schiff, das ihren lieben Vater trug, in Dejima eingelaufen sei, oder ob er nicht wenigstens einen Brief geschickt hätte oder ausrichten ließe, in welchem Lande er lebte und wie er sein Leben verbrachte. Ich wünschte, Sie könnten mir ins Herz sehen. Dann wüssten Sie, wie freudig mir zumute war, wenn ich selten einmal Niederländer erblickte und suchte, ob nicht einer darunter Ihnen ähnlich wäre, und wie traurig, wenn ich keinen solchen fand, und Sie könnten das Leid und den Kummer der Mutter und der Tochter verstehen, und könnten wissen, wie oft ich Ihnen im Traum begegnet bin.

Als Ine einundzwanzig geworden war, brach sie zur Reise auf und erlernte die Heilkunde, kehrte mit fünfundzwanzig nach Nagasaki zurück, begann hier zu praktizieren und lebte so bis siebenundzwanzig. Dann jedoch fühlte sie die Unvollkommenheit ihrer Behandlungsart und machte sich wieder auf, um mit achtundzwanzig bei Herrn Ninomiya in der Provinz Iyo zu lernen. Nachdem drei Jahre vergangen waren und sie dreißig geworden war, erkrankte Herr Ninomiya, und sie ging mit ihm nach Nagasaki. Als er wiederhergestellt war, praktizierte er in Nagasaki, wobei ihm Ine mit ihren allzu bescheidenen Kräften zur Seite stand und ihn auch in seiner Krankheit pflegte.

Der liebenswürdige Mann Wasaburo, der mir nach Ihrer Abreise seinen Schutz gewährte, indem er mich heiratete, ist schon vor vielen Jahren verstorben. Inzwischen bin ich wieder ehelich mit einem Mann verbunden, der leider sehr krank ist, und ich habe große Sorge, dass ich auch ihn überleben werde.

Hier geht das Gerücht um – niemand weiß, woher es kommt –, viele Jahre nach Ihrem Abschied seien Sie allmählich zu großem Ansehen gelangt und durch viele Länder gereist. Ach, wenn ich Sie doch wenigstens nur ein Mal wiedersehen dürfte! Es gäbe so viel zu erzählen, was ich Ihnen immer nur in Gedanken mitteilen durfte. Ich habe auch nie aufgehört, die aufregenden und abenteuerlichen Geschichten zu vermissen, mit denen Sie mich immer wieder erfreut haben. Nicht selten war ich verbittert über die blinden, unbarmherzigen Kräfte, die uns damals voneinander trennten. Ich bin nur eine kleine, unbedeutende Frau, die gegen den Lauf der Welt nichts ausrichten kann. Mit Ine sitze ich oft hier zusammen und wir erinnern uns der alten Zeiten, die sie doch noch gar nicht bewusst erlebt hat. Es ist mir trotzdem jedes Mal ein großer Trost. Sie sehen also, dass Sie trotz Ihrer Abwesenheit immer bei uns waren. Mögen Sie gesund bleiben, ein erfülltes Leben führen und sich noch gelegentlich an Ihre kleine Familie in Nagasaki erinnern.

Taki"

Diese Zeilen zerrissen Siebold das Herz. Es war der erste Brief von Taki seit fast dreißig Jahren. Die alte Wunde brach wieder auf und er fühlte den ganzen Schmerz der Einsamkeit und Verlassenheit der Jahre, bevor er Helene getroffen hatte. Er weinte, aus tiefster Brust schluchzend. Er hatte plötzlich das Gefühl, als ob nach seiner Verbannung ohne sein Wissen doch ein wichtiger Teil von ihm in Japan geblieben wäre, ein Ast seines Lebens, zu dem er keine Verbindung mehr hatte, weil es ein ungelebtes Leben und damit eine verlorene Vergangenheit war, die so glücklich hätte sein können. Das Schlimmste daran aber war das Wissen darum, dass er für das Ganze selbst die Verantwortung trug, sowohl für die gewaltsame Trennung von seiner großen Liebe als auch für das Unglück, das jetzt ganz Japan zu ereilen schien.

Diese Trauer und Scham, die er niemandem mitteilen konnte, verflüchtigte sich erst wieder, als er die Nachricht bekam, dass die große und angesehene *Niederländische Handelsgesellschaft* Siebold als ihren Berater nach Nagasaki entsenden würde. Sie stand der holländischen

Regierung nahe, und vermutlich hatte sich dort auch jemand für Siebold verwendet, der so wenig einsah wie er, warum man sich erst so viel Mühe gegeben hat, das Verbannungsurteil aufheben zu lassen, um dann nichts daraus zu machen. Sofort brannte die Flamme wieder in ihm, doch nicht nur in seinem Forscherherzen, sondern auch in der heimlichen Hoffnung, dass er wenigstens etwas von seinem verpassten Leben in Japan zurückholen und retten könnte. Der Plan für seine zweite Japanmission, mit der er die als Privatunternehmen geführte Niederländische Handelsgesellschaft überzeugen konnte, bestand darin, eine ständige Handelsniederlassung mit Ausstellungsräumen in Nagasaki einzurichten. Dazu musste er nicht nur eine große Menge an Mustern von holländischen und europäischen Produkten einkaufen, sondern auch die gesamte Ausrüstung und das Baumaterial, um die repräsentativen Räume mit europäischen Böden, Säulen, Kaminen und Spiegeln einzurichten. Allein die Produktmuster machten sechsundzwanzig Kisten aus, gefüllt mit Büchern, Geschirr und Bestecken, geschliffenen Gläsern und Armleuchtern, Kleidern, Kleiderstoffen und Lederwaren, Jagdausrüstungen und mehreren Jagdgewehren, Glaswaren, Uhren, Bildern, wissenschaftlichen und nautischen Instrumenten, Arzneimitteln und Pflanzensamen. Besonders wichtig war Siebold eine Druckmaschine mit japanischen Typen und Druckpapier, die er auf eigene Kosten mitnahm, um den Typendruck in Japan einzuführen und ein monumentales japanisch-holländisch-französisch-englisches Wörterbuch drucken zu lassen.

Für Helene wurden diese Monate der Reisevorbereitung die schlimmsten ihres Lebens. Anderthalb Jahrzehnte glücklichen Zusammenlebens mit dem Mann, der ihr fünf Kinder geschenkt hatte, gingen zu Ende. Siebold löste nun den Wechsel ein, den sie ihm einst in den heißen Sommernächten von Kissingen ausgestellt hatte. Er nahm sich das Recht, noch einmal in das Land seiner Jugend und seiner wissenschaftlichen Forschungen zu reisen, anstatt den Lebensabend in Ruhe mit ihr zu verbringen. Sie wusste, dass es möglicherweise ein Abschied für immer war, denn auf seine Rückkehr von dieser strapaziösen Weltreise konnte sie wegen seines vorgerückten Alters nicht zählen. Deshalb war sie beinahe erleichtert, als er sie um ihr Einverständnis bat, dass ihn sein ältester Sohn Alexander begleitet. Wenn sie in ihr Herz hineinhorchte, dann war sie es aber nicht nur wegen der Sorge um ihren betagten Mann, sondern auch, weil ihm Alexanders Anwesenheit eventuelle Intimitäten mit seiner früheren Frau erschweren würde.

Kurz vor seiner Abreise erhielt Siebold, der seine zweite Japanreise in der Gazette *Echo Universel des Pays-Bas* angekündigt hatte, einen Abschiedsbrief, der ebenfalls dort abgedruckt wurde.

„Hochverehrter Herr von Siebold, mein lieber Freund,

mir als dem ältesten lebenden Forschungsreisenden kommt es zu, öffentlich zum Ausdruck zu bringen, wie sehr ich Ihren großherzigen Entschluss bewundere, der Sie, mein lieber und berühmter Herr Kollege, in derselben Weise beseelt, wie Ihre wissenschaftliche Hingabe, die seit einem halben Jahrhundert dank Ihres seltenen Fleißes und der Vielseitigkeit Ihrer Kenntnisse Früchte getragen hat. Die physikalische Geographie hat in allen Teilen Nutzen gezogen aus Ihren großartigen Arbeiten über die japanische Inselwelt. Unsere botanischen Gärten sind geschmückt mit den Pflanzen, die Sie eingeführt haben und Sie begeben sich jetzt wieder an Ort und Stelle, um Ihre glänzenden Arbeiten fortzuführen und zu vervollständigen. Möge Ihre Gesundheit, die allen am Fortschritt der Wissenschaft Interessierten so teuer ist, den neuen Anstrengungen gewachsen sein, und Ihr edles Vorhaben unterstützen. Das ist der Wunsch, den ich für Sie hege als einer Ihrer ältesten Freunde und innigsten Bewunderer.

Ihr Alexander von Humboldt"

Am 13. April 1859 ging Siebold mit seinem zwölfjährigen Sohn Alexander in Marseille an Bord eines Postschiffes nach Alexandria. Zum Schutz gegen die Sonne auf der langen Reise hatte er sich einen Vollbart stehen lassen. Damit sein Sohn auch unterhalten wäre, wenn er keine Zeit für ihn hat, nahm er seinen Jagdhund mit, einen jungen, weiß-beige gescheckten Brackenrüden, der auf den Namen Yatsu hörte, abgeleitet von Yatsufusa, dem Hundegott, der in Bakins Roman ‚*Hakkenden* – Die Legende der acht Hundekrieger' eine wichtige Rolle spielt. Mendelssohn hatte ihn einstmals auf dieses erstaunliche Stück japanischer Literatur aufmerksam gemacht. Von Alexandria aus fuhren sie mit der Eisenbahn bis Suez, wo sie einen komfortablen Dampfer bestiegen, der sie über Aden und Ceylon nach Singapur brachte. Mit einem Dampfersegler ging es weiter nach Batavia. Sie ließen sich gleich aus der tropischen Hitze der seit Siebolds letztem Besuch dramatisch gewucherten Stadt in das höher gelegene Buitenzorg bringen, dessen botanischer Garten mit den Gewächshäusern und angeschlossenen Plantagen inzwischen weltberühmt war. Der junge Alexander war zutiefst beeindruckt von der Pflanzenpracht und der Wildnis des sie umgebenden Dschungels. Er sammelte Leuchtkäfer, bewunderte die riesigen Fledermäuse, die von den Holländern ‚Flughunde' genannt wurden, und erschrak beim nächtlichen

Gebrüll der Raubtiere. Der treue Yatsu, der immer neben seinem Bett schlief, bellte dann zurück, wie um die Biester zu vertreiben und den Jungen zu beruhigen. Von Generalgouverneur Pahud und seinem Stab wurde Siebold als Ehrengast äußerst schmeichelhaft behandelt. Zu seiner großen Freude eröffnete Pahud ihm, dass Siebold doch noch ein Mandat der niederländischen Regierung erhalten hatte, das ihn nicht nur neben dem holländischen Generalkonsul de Wit zu ihrem offiziellen Vertreter in Nagasaki machte, sondern ihm auch zusätzlich zweitausend Gulden Jahressalär garantierte. Alexander war stolz auf seinen Vater und genoss diesen Aufenthalt, doch Siebold wollte so schnell wie möglich nach Japan weiterreisen. Sie mussten zurück nach Singapur, wo sie mit der russischen Fregatte *Lucy und Harriet* nach Shanghai weiterfuhren. Von dort ging es auf die letzte Etappe mit dem englischen Dampfer *Karthago*. Der erste Vorbote des japanischen Festlandes war eine Schwalbe, die erschöpft aus der Takelage vor Alexanders Füße fiel. Am 14. August 1859 kam Kap Nomosaki in Sicht, und Siebold war so aufgewühlt, dass er nicht sprechen konnte. Als sie in die Bucht einfuhren, lagen zu beiden Seiten immer noch die alten Befestigungen zur Abwehr von Ausländern, doch sie waren nicht mehr besetzt. Auch das *Hokadai*, das Leuchtfeuer auf dem höchsten Punkt des Kaps, das früher die Ankunft fremder Schiffe nach Edo signalisierte, wurde nicht mehr entzündet. Beim Anblick von Nagasaki, das sich vom Hafen empor, unterbrochen von dunklen Zedernhainen und leuchtenden Tempeldächern, terrassenförmig in die umliegenden Berghänge schmiegte, konnte Siebold, wie fast auf den Tag genau vor sechsunddreißig Jahren, die Tränen nicht zurückhalten. Statt Aaron Mendelssohn stand diesmal Alexander neben ihm, ebenso beeindruckt und bewegt von diesem Anblick, aber trockenen Auges. Er hatte seinen Vater noch nie weinen gesehen. Als ernster, frühreifer Junge mit großer Vorstellungskraft ahnte er, welcher Sturm der Gefühle in ihm toben musste. Als sie mit einer Barkasse an der Pier von Dejima anlegten, wurden sie von einer kleinen Delegation empfangen, die der Faktoreidirektor Donker Curtius anführte. Das kuriose Zeremoniell in altmodischen Trachten, das Siebold bei seiner ersten Ankunft amüsiert hatte, war durch ein ziviles Empfangskomitee mit modernen Umgangsformen abgelöst worden. Man führte Siebold und seinen Sohn über die Insel, auf der sich kaum etwas verändert hatte. Das ehemalige Haus von Siebold sah noch so aus, als ob er es erst vor kurzem verlassen hätte. Nur der Garten, den er angelegt hatte, war völlig verwildert.

Siebold und Alexander wurden zunächst in der Amtswohnung von

Donker Curtius einquartiert. Am Abend gab dieser zu Ehren seiner Gäste ein Festessen, an dem einige Beamte der Faktorei und Albert Baduin teilnahmen, der Agent der Niederländischen Handelsgesellschaft in Nagasaki, den Siebold beraten sollte. Curtius war inzwischen fast zwanzig Jahre in Japan und kannte die politischen Verhältnisse bestens. Er wollte dieses Abendessen nutzen, um Siebold ein Bild der Lage zu geben. Siebold kam ihm zuvor, indem er die Initiative ergriff, aufstand und eine Tischrede hielt.

„Verehrter Curtius, nach meiner Enttäuschung über das Zögern der niederländischen Regierung bei den Öffnungsverhandlungen war Ihre erfolgreiche Initiative zur Aufhebung des Verbannungsurteils gegen mich eine der wenigen guten Nachrichten, die ich erhalten durfte. Sie haben sich dadurch als großer Patriot und Unterstützer der holländischen Interessen in Asien erwiesen. Ich bin Ihnen also nicht nur zu Dank verpflichtet, sondern sehe es auch als meine Aufgabe, daraus das Beste zugunsten beider Nationen zu machen, der japanischen und der unseren. Deshalb möchte ich einen Toast auf Sie aussprechen und bitte alle, mit mir darauf anzustoßen." Die Kristallgläser klirrten, und der junge Alexander durfte bei dieser Gelegenheit zum ersten Mal Rotwein kosten.

„Lieber Oberst von Siebold", schloss Curtius an, „es war nicht allein mein Verdienst, auf Ihre Rehabilitierung zu drängen. In den letzten Jahren hat die Fremdenfeindlichkeit dramatisch zugenommen, doch die Japaner wissen sehr wohl, Freund und Feind zu unterscheiden. Wenn Ihre Person zu Anfang meiner Dienstzeit infolge des großen Prozesses gegen Sie von einigen Personen noch kritisch betrachtet wurde, so werden Sie heute im ganzen Reich kaum noch jemanden finden, der schlecht über Sie spricht. Ich wurde von vielen Japanern bedrängt, mich bei der Regierung in Edo für Sie einzusetzen. Vielleicht hätte ich mir sogar selbst geschadet, wenn ich diesem wohlmeinenden Druck nicht nachgegeben hätte. Sie haben immer noch viele Freunde in Japan, vielleicht heute noch mehr als zuvor. Ich glaube außerdem, dass Sie Angesichts der gefährlichen politischen Situation mehr denn je gebraucht werden. Die japanische Regierung hat es bis heute nicht geschafft, einen kompetenten Sprecher und Vermittler für die Verhandlungen mit Ausländern zu etablieren, geschweige denn eine eigene Behörde, etwa ein Ministerium für auswärtige Angelegenheiten. Das Bakufu handelt in allen Fragen der internationalen Diplomatie auf höchst unprofessionelle Weise, weshalb es von den Unterhändlern und Botschaftern der westlichen Nationen kaum noch ernst genommen wird. Die Verträge, die geschlossen werden, sind inzwischen rücksichtslose Diktate, in denen die Ausländer immer schamloser Privilegien fordern, die sie Drittmächten auf ihrem Staatsgebiet niemals einräumen würden. Dabei bemerken sie nicht, wie sie die schwache Regierung weiter destabilisieren. Es liegt Krieg in der Luft. Auf Seiten der Japaner ist es der wachsende Hass der Nationalisten gegen die Demütigungen und die Verletzung der nationalen Einheit durch die machtbewussten Ausländer. Auf der anderen Seite könnten allem voran die Engländer und Amerikaner erstmals in der Weltgeschichte einen Krieg aus reiner Ungeduld vom Zaun brechen."

Siebold sah ihn beunruhigt an. „Was sind nach Ihrer Meinung gegenwärtig die gefährlichsten Streitpunkte? Woran könnte sich ein Krieg entzünden?" erkundigte er sich.

„Eine sehr heikle Angelegenheit ist der sich abzeichnende Konflikt zwischen Russland und England um die Insel Tsushima, die zwischen Kyūshū und Korea im Süden des Japanischen Meeres liegt. Es ist einer der wichtigsten strategischen Punkte des gesamten Inselreichs. Die Russen wollen im Zuge ihrer neuen Ostasienpolitik dort einen Flottenstützpunkt errichten und dazu gegebenenfalls die ganze Insel annektieren. Für die Engländer ist das völlig inakzeptabel. Die japanische Regierung hat dazu noch nicht einmal eine Meinung, sie wird gar nicht mehr beachtet."

„Es tut mir leid zu hören, dass Russland seinen guten Einstand in Japan mit dem Vertrag von Shimoda nicht fortsetzt und stattdessen auf dieselben Methoden wie die anderen Kolonialmächte setzt", sagte Siebold sichtlich betroffen.

„Die Engländer", fuhr Curtius fort „zeigen ihre Verachtung für die japanische Regierung, indem sie die von Ihnen nach Baron Van der Capellen benannte Seestraße bei Shimonoseki ohne Erlaubnis mit Kriegsschiffen passieren, als würde sie bereits ihnen gehören. Sie sind übrigens nicht weniger als die Russen geneigt, Tsushima einfach zu annektieren. Von den britischen Plänen, ganz Japan zu kolonisieren, haben Sie wahrscheinlich schon gehört."

„Ja, das Gerücht hat in den europäischen Regierungskreisen schon die Runde gemacht", bestätigte Siebold. „Doch abgesehen davon, dass ich es für den arroganten, imperialistischen Wachtraum des ohnehin schon überspannten britischen Empires halte, hoffe ich, dass die mageren Erfolge des bisherigen Handels mit Japan die Briten das Interesse an solchen teuren Invasionsplänen verlieren lässt. Sie haben einfach keine hochwertigen Produkte anzubieten, die der japanische Markt wirklich bräuchte. Am Ende würden sie wie in China Gefahr laufen, mehr aus Japan zu importieren als hierher zu exportieren."

„Das bringt mich zum derzeit wichtigsten Streitpunkt, der auch uns direkt betrifft, nämlich der Goldpreis. In den Verträgen haben die Westmächte durchgesetzt, dass Gold und Silber wie im japanischen Binnenhandel im Verhältnis von eins zu fünf getauscht werden müssen. Auf den internationalen Märkten herrscht dagegen ein Kurs von eins zu fünfzehn. Das Resultat ist, dass ganze Schiffsladungen an Silber zum festgeschriebenen Kurs in Japan zu Gold gemacht und im Ausland drei Mal so teuer verkauft werden. Es ist ein risikofreies Geschäft, das Japan arm und nur die internationalen Gold- und Devisenhändler reich macht. Die Situation ist ähnlich wie vor zweihundert Jahren, als die Spanier und Portugiesen das Land an Edelmetallen ausbluten ließen. Wir haben wie alle ausländischen Warenhändler darunter zu leiden, weil die japanische Regierung und die Unternehmen immer weniger Geld haben, um unsere Produkte zu kaufen."

„Das sind in der Tat düstere Perspektiven", seufzte Siebold kopfschüttelnd. „Man muss Verständnis für die Japaner haben, die mit dem Begriff der Öffnung des Landes nur die schlimmsten Vorstellungen verbinden. Haben Sie übrigens gehört, dass Kommodore Perry sich für seine ,Öffnung' Japans vom amerikanischen Repräsentantenhaus mit einem Bonus von sagenhaften zwanzigtausend Dollar belohnen ließ? Dabei hat er gar nichts erreicht, außer Unruhe und Angst ins Land zu bringen! ,Öffnung' bedeutet, dass eine Nation einer anderen Nation den Zugang zu ihrem Handel und Verkehr aus deren freien Stücken gewährt. Das ist es, was die Russen im Vertrag von Shimoda erreicht haben, und sie waren bisher die einzigen. Russland hat Japan ,geöffnet', niemand sonst. Perry hat dagegen nur ein Land mit maschinengetriebenen Kriegsschiffen und großen Kanonen bedroht und dafür ein wertloses Stück Papier erhalten. Außerdem glaubt er auch heute noch, dass er die Konvention von Kanagawa gemeinsam mit dem Tennō ausgehandelt und unterzeichnet hätte."

Die Gäste lachten grimmig und Curtius schlug sich prustend mit der flachen Hand auf den Schenkel. Dann wandte er sich freundlich an Alexander, um sich nach dessen Eindrücken von der bisherigen Reise und seinen Erwartungen an den Aufenthalt in Japan zu erkundigen.

Am nächsten Morgen betraten Siebold, in Uniform und mit allen Orden dekoriert, und sein Sohn das japanische Festland. Die *Saguriban*, die früher die Brücke streng bewacht hatten, waren nicht mehr da. Auf dem Platz vor der Hafeninsel hatte sich eine große Menschentraube versammelt. Die Nachricht, dass der berühmte Shiboruto-sensei wieder zurückgekehrt sei, hatte sich wie ein Lauffeuer verbreitet. Ehemalige Patienten traten vor und grüßten Siebold ehrerbietig, andere winkten und jubelten den Ankömmlingen aus der Menge heraus zu. Er lachte und grüßte ergriffen zurück. Alle Japaner bestaunten Alexander, denn sie hatten noch nie einen so jungen Mann aus dem Ausland gesehen. Vater und Sohn konnten sich ohne Polizeieskorte frei bewegen und es gab keine Absperrungen mit Kordeln mehr zwischen ihnen und den Menschen entlang der Straße. Siebold erkannte einige Gesichter sofort wieder, zwei besondere Menschen aber, nach denen er Ausschau hielt, fand er nirgends. Seine freudige Erregung und Nervosität, mit der er Curtius' Haus verlassen hatte, wandelte sich in ratlose Enttäuschung. Ihr Weg führte sie zum Amtssitz von Suruga Okabe, dem Statthalter von Nagasaki. Er hatte den prominenten Arzt und Japan-Wissenschaftler eingeladen, weil er diese lebende Legende persönlich kennenlernen wollte. Nach einem formellen Empfang und einer würdevollen, jedoch etwas steifen Zeremonie lockerte sich das Gespräch beim Tee allmählich auf. Okabe war ein lustiger und neugieriger Zeitgenosse, der von Siebolds markanter und würdiger Erscheinung genauso beeindruckt war wie von seinem exzellenten Japanisch. Er sagte ihm zu, bei der Suche nach einem angemessenen Haus auf dem Festland zu helfen. Als Dank schenkte Siebold ihm Muster-Getreidesaatgut aus Europa mit erklärenden Karten, die auf Holländisch beschriftet waren.

Abends regnete es. Siebold war allein im Operationssaal auf Dejima und räumte seine Bücher, Instrumente und Arzneien ein, als es vorsichtig an der Tür klopfte. Dann trat ein gebückter, alter Mann im tadellos gepflegten Gewand eines japanischen Arztes ein und lachte Siebold mit einem schiefen Mund an, das Gesicht zur Grimasse verzogen. Noch bevor Siebold ihn erkannte, sah er, dass der Mann einen Schlaganfall gehabt hatte.

„Ninomiya!" rief er aus, ging mit offenen Armen auf seinen Besucher zu und umschloss ihn damit. Der gluckste nur verlegen, weil man diese Geste zwischen Männern in Japan immer noch nicht kannte. Siebold hielt seinen alten Freund fest, als sei es auch eine Entschädigung für eine andere Umarmung, die ihm bisher versagt geblieben war.

„Sensei, es ist eine große Freude, Sie nach all den Jahren so gesund und stark wiederzusehen", nuschelte Keisaku Ninomiya mit feuchten Augen.

„Wie ist es Ihnen ergangen?" fragte Siebold lachend, wurde dann aber ernst. „Ich habe gehört, dass Sie meinetwegen lange im Gefängnis waren."

„Das stimmt, und ich muss Ihnen noch eine traurige Nachricht überbringen. Unser guter Freund *Ryōsai Kō* ist bereits vor fünfzehn Jahren verstorben." Siebold sah ihn tief betroffen an. Doch bevor er etwas sagen konnte, fuhr Ninomiya fort.

„Verzeihung, Sensei, ich wollte jetzt noch gar nicht von diesen Erlebnissen sprechen, denn ich bin heute aus einem anderen Grund gekommen. Sie hatten den seligen Kō und mich damals bei Ihrer Abreise mit einer Aufgabe betraut. Jetzt will ich Ihnen zeigen, dass wir sie mit allen uns zur Verfügung stehenden Mitteln erfüllt haben. Ich verlasse Sie jetzt wieder, denn andere Besucher warten schon. Nun, Sie wissen schon…", wobei er lachend mit dem Auge auf der gesunden Gesichtshälfte zwinkerte, eine Geste, die Siebold ihm beigebracht hatte. Daraufhin verließ er den Operationssaal und Siebolds Atem wurde schneller. Es klopfte wieder, diesmal noch leiser. Dann traten zwei Japanerinnen in Sommerkimonos ein, vorweg eine elegante Dame mittleren Alters, dahinter eine große jüngere Frau, aus deren ernstem Gesicht blaue Augen auf Siebold gerichtet waren. Sie trippelten in kleinen Schritten näher und verneigten sich vor ihm, während er wie gelähmt am Operationstisch stand.

„Willkommen zurück in Japan. Das ist Ihre Tochter Ine, *Anata-sama*" – mehr brachte Takis erstickte Stimme nicht hervor. Sie sahen sich an. Siebolds Unterlippe bebte, aber er fand keine Worte. Dann sprach Ine, zunächst gefasst, aber im Laufe dieses einen Satzes lösten sich ihre Augen in Tränen auf.

„Vater, auf diesen Tag habe ich mein ganzes Leben lang gewartet."

Sie konnte das verzweifelte Schluchzen, das aus ihr herausbrach, nicht zurückhalten. In diesem Moment fing auch ihre Mutter an, hemmungslos zu weinen, und Siebold, dessen Brust zerspringen wollte vor Glück und gleichzeitiger Erinnerung an den unerträglichen Trennungsschmerz, stimmte ein. Da standen sie, drei erwachsene Menschen mit tränenüberströmten Gesichtern. Keisaku Ninomiya war ein kluger Mann. Er hatte diese Begegnung gut vorbereitet, für die zerrissene und nun wieder zusammengeführte Familie diesen entscheidenden Moment der Vertraulichkeit herbeigeführt und damit zugleich unbefangenen Dritten den seltsamen Anblick erspart. Siebold ging auf die beiden zu und schloss sie in die Arme, wie damals beim Abschied auf der *Cornelis Houtman*, als Taki und Ine ein letztes Mal an Bord kamen. Bald wich das Schluchzen einem weinenden Lachen. Zwei Umarmungen, dazwischen dreißig Jahre eines Lebens, das sich keiner von ihnen gewünscht hatte. Dreißig Jahre Sehnsucht, Unglück und Verzicht, dann Verdrängung und allmählich die Hoffnung auf die Gnade des Vergessens. Doch plötzlich eine neue Umarmung, Tränen und die einsetzende Heilung der Wunden auf der Seele. Sie schwebten für einen Moment lang gemeinsam in einer Ekstase, die die Macht zu haben schien, alles Erlittene wieder ungeschehen zu machen.

Als der Zauber sich allmählich löste, sprachen sie miteinander, während sie sich weiter betrachteten und einander nach Zeichen der Erinnerung absuchten. Taki sah reifer aus, aber die vielen Jahre hatten sie kaum verändert und ihr nichts von ihrer Schönheit genommen. Siebold, weißhaarig und mit Bart, kam sich dagegen vor wie das was er war, ein alter Mann. Er hatte früher immer wieder gestaunt, wie gut japanische Frauen sich im Alter halten. Er führte das auf ihre einzigartig feine Haut und das feuchte Klima des Landes zurück. Ine dagegen war ein eurasischer Mischling, eine schöne Frau mit dunkelblondem Haar, großem Mund und dunkler Hautfarbe, die wenig von ihrer Mutter hatte. Siebold verstand nun, was Taki in ihrem Brief meinte, als sie geschrieben hatte, dass Ine ihrem Vater ähnlich sähe. Sie war mit diesem Aussehen und ihrer Körpergröße etwas Besonderes in Japan, und ‚besonders' hätte bedeuten können, dass sie ausgegrenzt wird. Doch durch die aufopfernde Sorge und Protektion von Ninomiya sowie weiterer Freunde von Siebold und mit ihrem eigenen, starken Willen hatte sie ihren Weg gemacht. Sie war die erste Ärztin in Japan geworden und inzwischen eine angesehene Geburtshelferin in Nagasaki. Siebold bat um Verständnis, dass es noch nicht der richtige Moment sei, um sie Alexander vorzustellen, und schlug ein baldiges Treffen im *Kagetsu* vor, einem bekannten *Ryōtei* im Maruyama-Viertel. Dort könnten sie in einem der Séparées unter sich bleiben und hätten gleichzeitig einen angemessen feierlichen Rahmen. Taki und Ine wussten, dass diese erste Begegnung nur kurz sein würde, und freuten sich über Siebolds Einladung, denn sie waren noch nie zuvor in diesem noblen Gasthaus gewesen. Man verabschiedete sich, Mutter und Tochter gingen im nieselnden Regen unter ihren großen Wachspapierschirmen zurück aufs Festland.

Bis zu diesem Treffen verging über eine Woche. Siebold war in der Zwischenzeit mit Alexander vorübergehend in eine ungenutzte Wohnung des buddhistischen Horenji-Tempels gezogen, der von einem üppigen Garten umgeben neben einem Bambushain am Nordhang von Nagasaki lag. Von dort aus hatten sie einen herrlichen Blick auf die Bucht. Siebold schlief in diesen Tagen unruhig und dachte viel darüber nach, wohin diese Situation führen könnte. Alles, was er sich so sehnlich gewünscht hatte, war eingetreten und die Zeit seiner Entschädigung hätte beginnen können. Doch nun merkte er, dass seine dreißig Jahre in der Verbannung, seine Ehe mit Helene und seine neue Familie in

Deutschland, dass das alles nicht umsonst und wertlos war. Es war genau die Hälfte seines Lebens. Aber war es auch die schlechtere Hälfte, nur weil er sich damals nicht frei für sie entscheiden konnte? Taki hatte ihn mit ‚Anata-sama' angesprochen, wie ihren Ehemann. Dabei war ihr letzter Mann gerade erst gestorben, wie sie es in ihrem Brief schon befürchtet hatte. Er war unermesslich stolz auf Ines hartnäckig erkämpften Erfolg als Ärztin, aber hatte er nicht fünf weitere Kinder, für die er immer noch die Verantwortung hatte? War das alles nicht ungerecht gegenüber Helene, die sich über seine *Reservatio mentalis* nie beklagt hatte, die er ihr in Kissingen als Bedingung gewissermaßen diktiert hatte? Siebold spürte, dass er in große Schwierigkeiten kommen würde, wenn er dem Drang nachgäbe, seine ungelebte Vergangenheit wiederherzustellen. Es würde seine Familie zerstören und vor allem seine Mission gefährden.

Am Abend der feierlichen Vorstellung waren Siebold und sein Sohn bereits im *Kagetsu*, als die Frauen eintrafen. Alexander war von der Schlichtheit und Eleganz des Ryōtei beeindruckt. Ganz anders als in Deutschland, wo die Inneneinrichtung der bürgerlichen Häuser und Gaststätten von barocken Formen, Skulpturen, Girlanden, Schnecken, Schnörkeln, Täfelungen, Intarsien, schweren, dunklen Stoffen und aufwändigen Stickereien geprägt war, herrschten hier gerade Linien und glatte Oberflächen, nur unterbrochen von einer zierlichen Orchidee auf der niedrigen Speisetafel und einem einzigen, meditativen Tuschebild eines Naturmotivs an der Wand. Dann traten Taki und Ine in den Gastraum ein und ließen sich den beiden Männern gegenüber anmutig im *Seiza* auf dem *Tatami* nieder. Siebold stellte ihnen seinen Sohn förmlich vor. Alexander war eingeschüchtert, denn es waren die ersten Frauen in Japan, denen er persönlich begegnete, und er fand sie beide unfassbar schön. Die gemeinsame Sprache war Holländisch. Taki machte zu Siebold gewandt Alexander Komplimente, wie hübsch er sei und was für ein ehrliches, offenes Gesicht er hätte.

„Ich freue mich, doch noch einen Bruder zu bekommen", sagte Ine lächelnd zu Alexander, der ihrem intensiven Blick nicht standhielt und verschämt den Kopf senkte.

„Wir sind nur Halbbruder und Halbschwester, aber lass uns wie Bruder und Schwester sein, ja?", setzte sie nach, um ihn zum Sprechen zu bringen.

„Gerne, liebe Ine, damit habe ich ab jetzt drei Schwestern, von denen du die älteste und… die schönste bist", murmelte er kaum verständlich. Ine und Taki sahen sich überrascht an. Siebold, amüsiert von Alexanders libidinöser Verwirrung, erklärte, dass er in Deutschland fünf Kinder habe, zwei weitere Söhne und zwei Töchter. Alexander sei sein ältester Sohn.

„Nun, dann darf ich dir mitteilen, dass du schon seit langem Großvater bist", antwortete Taki verschmitzt. „Ines Tochter Tadako ist bereits sieben Jahre alt." Ine nickte lächelnd. Siebold jubelte und strahlte, während Alexander staunte, als sie ihm erklärten, dass er bereits Onkel ist. Sie stießen mit dem bereitgestellten Sake alle auf die Vergrößerung und Erweiterung der Familie an.

Zwei Dienerinnen traten ein und servierten kniend auf winzigen Tellern gebratene Dorschleber an glänzender Teriyakisoße als Amuse-bouche. Dann neigte sich eine der beiden zu Siebold und wisperte ihm leise die Menüfolge ins Ohr. Er brummte nur zustimmend. Damit war das *Kaiseki* eröffnet und es folgten sechzehn Gänge exotischer und wundervoll gestalteter Speisen, die alle zur Jahreszeit passten. Einige der bizarren Meeresfrüchte machten Alexander Angst, vor allem aber der Flusskrebs, dem nur die obere Schale des Hinterleibs entfernt worden war und der betäubt, aber mit noch tastenden Fühlern auf seinem Teller darauf wartete, lebendig verspeist zu werden. Sein Vater ermutigte Alexander, wenigstens von allem zu probieren. Er wusste, dass sein Sohn noch das Fleisch vermisste, das in Deutschland und Holland auf den Tisch gehörte. Seit der Öffnung Japans wurde aber auch Dejima aus Kostengründen nicht mehr mit Wild, Geflügel, Ziegen und Schlachtvieh aus der Heimat beliefert, sondern die Mitarbeiter der Faktorei sollten sich auf den japanischen Märkten selbst versorgen. Alexander, dachte Siebold zuversichtlich, würde sich mit der Zeit daran gewöhnen. Dieser war gerade so sehr mit den Herausforderungen seiner Mahlzeit beschäftigt, dass er der Plauderei der anderen nicht mehr folgte. Er bemerkte nicht einmal, als Taki plötzlich anfing, auf Japanisch zu sprechen, das er bis auf ein paar Worte noch nicht verstand.

„Firippu, es ist schön, dass du zurückgekehrt bist. Meine Freude ist so groß, dass ich mit dir gerne wieder an dem Punkt anfangen möchte, wo wir gegen unseren Willen und mit Gewalt auseinandergerissen wurden. Könntest du dir vorstellen, dass wir wieder zusammenleben und gemeinsam ein Haus beziehen?"

Taki hatte ihren ganzen Mut gesammelt, um dieses unerhörte Anliegen vorzubringen. Ine sah sie betroffen an. Es war offensichtlich nicht mit ihr abgesprochen. Siebold, obwohl gedanklich vorbereitet, war auch überrascht, wie direkt Taki ihr Ziel ansteuerte. Kurz zuvor hatte er ihr angeboten, dass sie wieder vertraulich per Du sprechen könnten. Jetzt merkte er, dass das möglicherweise ein entscheidender Fehler gewesen war, denn alle Distanz war damit verschwunden. Er sah sie lange an und wollte sie am liebsten küssen, so wunderbar erschien sie ihm in ihrer Entschlossenheit, in der er auch Verzweiflung spürte.

„Du kennst meine Gefühle für dich, Taki. Daran hat sich nichts geändert. Mit dir im Land meines Schicksals zu leben und alt zu werden, das ist eine paradiesische Vorstellung. Doch auch wenn ich es will, und eigentlich nichts anderes – ich kann es nicht. Ich habe eine Familie, für die ich verantwortlich bin."

„Ich kenne dich, das stimmt. Deshalb sei ehrlich. Du bist doch nach Japan gekommen, um nicht mehr wegzugehen. Und wenn du deine Frau wirklich lieben würdest, dann hättest du sie mitgebracht."

Taki sah ihn mit feuchten Augen beinahe flehend an, doch sie sprach ihre Worte ganz ruhig und ihr Verstand war messerscharf. Sie hatte Recht. Es war von Anfang an Siebolds Plan, nicht mehr zurückzukehren, auch wenn er Helene immer wieder mit gegenteiligen Beteuerungen zu beruhigen versucht hatte. Ein Grund dafür war Takis Brief, der ihn wieder von einem Leben in Japan träumen ließ. Er wollte Alexander zunächst auch nur auf die Reise mitnehmen, damit Helene ihn ziehen ließ. Er hätte nicht gedacht, dass ihm sein Sohn ein so angenehmer Reisegefährte und eine große Hilfe sein würde. Alexander hörte inzwischen aufmerksam zu. Ohne zu verstehen, bemerkte er dennoch die bedrückende Stimmung, die im Raum lag.

„Taki, ich habe hier gar keine feste Position, um länger im Land bleiben zu können. Ich bin Berater eines Handelsunternehmens und der niederländischen Regierung. Beide Verträge laufen schon nächstes Jahr aus und ich muss Frau und Kinder in Deutschland versorgen", erklärte er beschwichtigend und doch selbst wenig überzeugt. Er schaffte es nicht, sie gänzlich zu enttäuschen, und wollte ihr deshalb wenigstens Hoffnung geben.

„Wenn die Regierung in Edo mir einen gut dotierten Posten anbieten würde oder ich Botschafter eines europäischen Staates in Japan werden könnte, dann… dann sähe alles anders aus. Ich werde dich auf jeden Fall von jetzt an wieder finanziell unterstützen. Mach dir bitte keine Sorgen."

„Ich habe verstanden", sagte sie gefasst. „Danke, dass du mich in deinen Plänen berücksichtigst. Lass uns nun nicht weiter darüber sprechen. Wir werden sehen, was die Zeit bringt. Nur noch eines. Ine wünscht sich nichts mehr, als dass du sie weiter ausbildest als Ärztin. Sie sagte mir, dass sie noch so viel zu lernen hätte, und dass es niemand besseren dafür gäbe als ihren Vater." Ine nickte dazu ergeben.

Sie wechselten das Thema und sprachen auf Holländisch weiter.

Alexanders Gespür war fein genug, um zu bemerken, dass etwas anders war als zu Beginn des Mahls. Sie verabschiedeten sich spät am Abend voneinander und Siebold versprach, dass sie sich von nun an öfter sehen würden. Auf dem Weg zurück zum Horenji-Tempel schwieg Siebold, schwankend zwischen Enttäuschung, Erleichterung und Beklommenheit.

Wenige Tage später ergab sich eine überraschende Wendung bei der Suche nach einer angemessenen Unterbringung für ihn, Alexander und seine gesamte wissenschaftliche Ausrüstung. Der Statthalter ließ ihm mitteilen, dass sein früheres Haus Narutaki zum Verkauf stünde. Siebold beeilte sich, den Verkäufer zu treffen und stach die Gebote aller anderen Interessenten aus. Hochgestimmt zog er wieder in sein altes Domizil ein und stürzte sich in die Arbeit. Ein nicht abreißender Strom von besuchenden Ärzten und um Behandlung bittenden Patienten aus Nagasaki und der weiteren Umgebung setzte ein. Siebold hatte dreißig Jahre lang nicht mehr praktiziert, und es erforderte all seine Konzentration und Findigkeit, seinen Beruf ohne jede Vorbereitung wieder auszuüben. Alexander hatte ihn noch nie als Arzt erlebt und war ergriffen von der sprichwörtlichen Wallfahrt, zu deren Ziel Narutaki geworden war. Es war jedoch nicht Siebolds Ziel, seine Zeit hauptsächlich in der Arztpraxis zu verbringen. Er hatte viel umfangreichere Aufgaben, die auf ihn warteten. Er wollte wieder einen botanischen Garten mit neuen japanischen Pflanzen anlegen, die bisher noch nicht wissenschaftlich katalogisiert waren. Er hatte sich um die wirtschaftlichen Interessen der Niederländischen Handelsgesellschaft zu kümmern und den Bau eines repräsentativen Gebäudes für die Ausstellung europäischer Produkte zu besorgen. Schließlich und nicht zuletzt wollte er sich mit den politischen Problemen des Landes befassen und dazu so bald wie möglich publizieren. Alexander war bei all diesen Tätigkeiten sein ständiger Begleiter. Ine besuchte beide regelmäßig in Narutaki und Siebold ließ sie in der Praxis assistieren. Sie bemerkte bald, dass die Aufmerksamkeit ihres Vaters sich nicht in der Medizin erschöpfte. Ihre Hoffnung, dass er sie in der Chirurgie unterweisen würde, schwand mehr und mehr. Gerade Operationen versuchte er zu vermeiden, weil er sich dazu nicht mehr als geübt genug fühlte. Ine wurde schnell unzufrieden, denn die meisten Fälle interessierten sie nicht besonders und sie konnte nur wenig dazulernen. Eine wachsende Eifersucht Alexander gegenüber, der seinem Vater außerhalb der Praxis nicht von der Seite wich, verdunkelte ihr Gemüt. Ine hatte das Gefühl, dass ihr Halbbruder ein viel engeres Verhältnis zu seinem Vater hatte als sie, obwohl er nur ein Junge war und von Medizin keine Ahnung hatte. Ihre Hoffnung, dass sie mit ihrem Vater eine Klinik eröffnen könnte, die in ganz Japan berühmt würde, erwies sich als Illusion. Siebold lehnte dieses Vorhaben ab, weil es ihn bei seinen anderen Aufgaben nur behindert hätte. Als sie ihren Vater bat, ihn wenigstens öfter sehen zu dürfen, bot er ihr an, den Haushalt für ihn und Alexander in Narutaki zu führen. Das empörte sie so sehr, dass sie ihn vor Alexander laut beschimpfte. Siebold war hilflos, denn dieses Angebot an die eigene Tochter war in Japan nicht ehrrührig, sondern eine Gunst, die sie demütig und dankbar hätte annehmen müssen. Ine war jedoch keine normale japanische Frau. Sie war stolz, ehrgeizig, von ihrem Vater enttäuscht – und schon lange tief verletzt.

Siebold traf sich mit Taki an einem schönen Herbsttag. Sie schwärmten aber nicht nur von den alten Zeiten, was für beide tröstlich war. Taki offenbarte ihm, dass Ine als junges Mädchen auf fürchterliche Weise vergewaltigt wurde. Seitdem war ihr Verhältnis zu Männern schwierig, und das umso mehr, als sie ihren Vater als einzigen wahren Mann vergöttert hatte. Ihre Erwartungen an ihn waren mit den Jahren ins Grenzenlose gewachsen. Nun war er da und erwies sich eben nicht als der Erfüller ihrer Träume. Siebold verstand ihre Wut und Enttäuschung. Ihn bedrückte es, dass er seiner Tochter kein besserer Vater sein konnte. Zugleich genoss er das Zusammensein mit Taki. Sie machten während ihres Gesprächs einen langen Spaziergang entlang der schattigen Wege an den östlichen Hängen oberhalb der Stadt, gingen dann zum Sofukuji-Tempel, um für ihre Familie zu beten und eine Opfergabe zu machen, um schließlich in einem altehrwürdigen Teehaus einzukehren. Taki war heiter und gelöst. Sie genoss es, diese Stunden in trauter Zweisamkeit mit ihrem ersten Ehemann zu verbringen. Er fand Taki bezaubernd, klug und witzig. Sie hatte nichts von ihrem Charme verloren und er beglückwünschte sich, mit einer solchen wunderbaren Frau Jahre seines Lebens verbracht zu haben. Nun war Ine ihr gemeinsames Sorgenkind, und sie wussten nicht, wie sie ihr helfen konnten. Das verband sie als Eltern noch mehr.

Im Winter bekam Siebold in Narutaki Besuch von zwei ehemaligen Schülern, die inzwischen Leibärzte am Hofe des Shōgun waren. Sie dankten ihm dafür, dass er die Pockenimpfung hatte einführen wollen. Das sei damals zwar nicht gelungen, aber sie hatten das Prinzip verstanden und sofort nach der Öffnung der Häfen veranlasst, dass Pockenlymphe importiert wurde. Damit seien inzwischen bestimmt mehrere Tausend Menschenleben gerettet worden. Siebold freute sich umso mehr über diese Nachricht, als er bei seiner ersten Ankunft zutiefst enttäuscht gewesen war, dass die von ihm aus Batavia mitgebrachte Lymphe ihre immunisierende Wirkung bereits verloren hatte. Dann sprachen sie über Politik. Obwohl nur Ärzte, waren sie doch genauestens informiert über die großen Umwälzungen, die bevorstanden. Sie fragten Siebold, ob er bereit wäre, nach Edo zu kommen, um die Regierung zu beraten. In diesem Fall sollte er ein solches Anerbieten beim Statthalter Okada einreichen, der in dieser Sache schon eingeweiht war. Sie selbst würden in Edo eine Empfehlung zugunsten von Siebold abgeben. Der Hintergrund ihres Vorschlags war überraschend. Anders als Donker Curtius zu wissen glaubte, war bereits 1858 formell ein Außenministerium gegründet worden, das aber immer noch nicht mit fähigen Beamten und Diplomaten besetzt war. Als die Ärzte gehört hatten, dass Siebold wieder im Land sei, waren sie sofort nach Nagasaki aufgebrochen. In Edo stünden schwerste Zeiten bevor, und das Hauptproblem sei die Unfähigkeit des *Bakufu*, mit den Ausländern vernünftig umzugehen. Siebold war begeistert und sagte den beiden zu, in Kürze zwei Schriften zu verfassen, eine zum Tsushima-Konflikt und vor allem eine zum Problem der Edelmetallausfuhr. Die würde er ihnen und der Regierung in Edo zugehen lassen. In der Angelegenheit des für alle Beteiligten schädlichen Goldabflusses wollte er auch die niederländische und britische Regierung mit einer entschlossenen Petition davon in Kenntnis setzen, dass dieser Zustand dringend geändert werden müsste.

Mit diesen Neuigkeiten im Sinne fühlte Siebold sich bei der weiteren Arbeit beflügelt. Die Aussicht, das Bakufu zu beraten, war außerordentlich erhebend. Das folgende Jahr verflog. Frühlingssaat, Kirschblüte, Sommerernte, Herbstmond und der heiße Sake im Winter am *Kotatsu* folgten schneller aufeinander als sonst. Siebold ging oft mit Taki spazieren, manchmal mit seinem Hund Yatsu an ihrer Seite. Zum Mondfest saßen sie zusammen im Garten zwischen den Bäumen auf einer angehobenen Sitzfläche, die Siebold hatte bauen lassen, und aßen den traditionellen Mondkuchen unter den Gestirnen des Nachthimmels. Später im Herbst gingen sie zum Okunchi-Festival und wohnten dem aufregenden, lauten *Drachentanz* bei. Die ganze Stadt war drei Tage lang auf den Beinen und jeder Bezirk hatte seine eigenen Veranstaltungen. Eine Besonderheit war das *Niwamise* oder ‚Gartenzeigen‘, denn die Bürger öffneten Gärten und Häuser für alle Nachbarn, die sie nach Belieben besuchen und ihre Räume besichtigen konnten. Siebold erklärte Taki, dass das Okunchi zu Beginn der Tokugawa-Zeit als anti-christliche Kulturpropaganda begründet wurde. Auch das Niwamise war vom Bakufu eingeführt worden, damit die Einwohner der Stadt einander bespitzeln können, um herauszufinden, wer noch dem christlichen Glauben anhängt. Die ‚alten Turteltäubchen' waren in der ganzen Stadt bekannt, vor allem seit Taki sich auf europäische Art an seinem Arm unterhakte. Sie wurden eine Art Maskottchen von Nagasaki, denn wenn man sie sah, dann lachten und scherzten sie oder unterhielten sich ganz vertieft. Auf jeden Fall erkannte man in ihnen das Bild eines kleinen Glücks, wie aus einer anderen, besseren Welt, die es noch nicht gab. Taki war ganz erfüllt und zufrieden in dieser Zeit, sie sprach ihr Anliegen aus dem *Kagetsu* nicht mehr an. Für sie hätte es genau so bleiben können wie in diesem Jahr, mit dem großen, starken, alten, verrückten Mann an ihrer Seite.

Mit Ine traf Siebold sich weiterhin und besuchte sie auch in der Klinik im Viertel Dozen-machi, wo sie praktizierte. Weil ihre Unzufriedenheit dadurch nicht besänftigt wurde, stritten sie oft und heftig. Jetzt, da er wusste, woher ihr Zorn kam und dass er wenig mit ihm zu tun hatte, ertrug er es wie ein liebender Vater. Außerdem genoss er es, mit seiner achtjährigen Enkelin Tadaka zu spielen, die im Unterschied zu ihrer Mutter schon wieder ganz japanisch aussah. Sie versuchte, ihm *Kemari* beizubringen, ein uraltes Ballspiel, das bei Festen von Männern und Frauen in prachtvollen Kostümen gemeinsam gespielt wird. Es geht darum, einen kleinen Lederball hin und her zu spielen und mit Hilfe von Füßen, Knien, Schultern und Ellenbogen so lange wie möglich in der Luft zu halten. Siebold, der dieses unterhaltsame, ganz und gar unernste Spiel einst auf der Hofreise schon einmal gesehen hatte, stellte sich fürchterlich ungeschickt an, und so hatten Tadaka und er viel zu lachen. Alexander weihte er in den schönen japanischen Brauch ein, Freunde und Bekannte unangemeldet zu besuchen und Tee oder Sake mit ihnen zu trinken. Diese Art von spontaner Geselligkeit wäre in Deutschland unvorstellbar gewesen. Es war keine Unhöflichkeit, wenn die Besuchten sich dann wieder ihren Verrichtungen in Werkstatt, Geschäft oder Haushalt zuwandten. Dann ging man einfach weiter, um den nächsten Besuch abzustatten. Siebold genoss diese neue Bewegungsfreiheit in Nagasaki, die dreißig Jahr zuvor für Ausländer undenkbar gewesen war. Der Garten gedieh, die botanische Sammlung neuer Specimen wuchs, seine Schriften wurden publiziert und seine Petitionen hatte er wie angekündigt eingereicht. Nur seine beratende Tätigkeit für die Niederländische Handelsgesellschaft hatte er vernachlässigt. Da man ihn gewähren ließ, er den Vertrag sowieso nicht verlängern wollte und hoffte, nach Edo gehen zu können, sah er darin bald nur eine verzeihliche Nachlässigkeit.

Dann, im Dezember 1860, kam endlich der Brief, auf den er das ganze Jahr gewartet hatte. Staatsminister Ando, ein kluger Mann, der eine vermittelnde Position zwischen den verfeindeten Parteien im Lande einnahm und nun zügig das Außenministerium aufbauen sollte, lud Siebold ein, als wissenschaftlicher Berater des Bakufu nach Edo zu kommen. Seine Aufgabe bestünde darin, Vorlesungen über europäische Wissenschaften zu halten und der Regierung Expertisen zu bestimmten Fragen der Agrarwirtschaft zu erstellen. Das Angebot war mit einem Jahressalär von tausendvierhundert *Ryō* dotiert, was siebentausend Gulden entsprach. Das erschien Siebold eine ordentliche Summe, die ihn unabhängig machte, zumal ihm eingeräumt wurde, dass er weitere Kontrakte im In- und Ausland eingehen dürfte. Das Interessantere jedoch war die Botschaft zwischen den Zeilen. Die wissenschaftlichen Aufgaben waren nur ein Vorwand, um ihn als politischen Berater an den Hof des Shōgun zu holen. Man traute sich in der angespannten Situation noch nicht, einem Ausländer einen offiziellen ‚politischen' Posten im Umfeld des Bakufu zu geben, und so wurden Siebolds anstehenden Aufgaben als ‚wissenschaftlich' tituliert. Daher antwortete er auf das Schreiben, er würde das Angebot gerne annehmen und sofort Vorbereitungen für seine Abreise nach Edo treffen. Siebold wusste, in welcher Krise die Regierung steckte, und wollte keinen Tag ungenutzt verstreichen lassen. Er musste sich noch mit seinen niederländischen Vorgesetzten einigen, wie zu verfahren sei. Das erste Ergebnis bestand in der sofortigen Auflösung des Vertrags mit der Niederländischen Handelsgesellschaft. Donker Curtius als Vertreter der niederländischen Regierung dachte dagegen gar nicht daran, einen baldigen Berater des Shōgun ziehen zu lassen, und verlängerte seinen Vertrag vorerst. Siebold war zufrieden mit diesem Arrangement, denn an der Handelsmission hatte er schon lange kein Interesse mehr.

Eines Abends lud er Taki zu sich nach Hause ein, als Alexander mit seinem Japanischlehrer in die Stadt ausgegangen war, um einige ausgesuchte *Izakaya* unsicher zu machen – selbstverständlich nur, um dem Erlernen der japanischen Sprache die wichtige Facette der Geselligkeit hinzuzufügen. Siebold wusste, dass sein Sohn in das Nachtleben eingeführt werden sollte und höllische Kopfschmerzen haben würde. Er ließ ihn gewähren, Alexander war mit vierzehn Jahren alt genug für diese Erfahrung.

„Der Tag ist gekommen, Taki. Ich bin nach Edo berufen worden."

Sie saßen gemeinsam am Kotatsu, das er in Erinnerung an die schönen Tage in der Nagasakiya nachträglich hatte einbauen lassen. Auch Yatsu lag langgestreckt nahe der Feuerstelle und sah den beiden scheinbar wohlwollend zu.

„Du verlässt uns?"

„Nur für kurze Zeit. Ich muss erst sehen, ob ich meinen Posten dort halten kann. Es ist im Moment gefährlich in Edo. Hier in Nagasaki seid ihr sicher."

„Firippu, ich habe Angst, wenn du weggehst."

„Ich verspreche dir, ich lasse euch nachkommen, wenn sich die Verhältnisse stabilisiert haben. In Edo wartet viel Arbeit auf mich. Die Regierung muss aus der Krise herausgeführt werden, für die ich mitverantwortlich bin. Ohne die Landkarten, die ich damals außer Landes geschmuggelt habe, wäre das alles nicht passiert. Auch unser Leben wäre anders verlaufen."

„Und deine Frau?"

„Sie ist nicht geschaffen fürs Reisen, und schon gar nicht für dieses Land."

„Dann will ich ein Treuepfand von dir."

„Was stellst du dir vor?"

„Ich will diese Nacht bei dir bleiben."

„Zwei Seelen, ein Gedanke."

„Was meinst du damit?" fragte sie verwirrt. Er rückte näher zu ihr, legte sich flach auf den Boden und seinen Kopf in ihren Schoß.

„Zwei Herzen und ein Schlag."

„Und was bedeutet das?"

„Es ist aus einem deutschen Lied, das davon handelt, was Liebe ist."

„Heißt das ‚Ja'?"

„Ja."

Berater des Shōgun

Kurz vor Siebolds Abreise traf prominenter Besuch in Nagasaki ein. Friedrich Graf von Eulenburg, preußischer Gesandter und Befehlshaber der gemeinsamen Ostasien-Expedition Preußens, des Deutschen Zollvereins und der Hansestädte, kam aus Edo und machte Station auf dem Weg nach China und *Siam*. Sein Geschwader aus vier Schiffen mit siebenhundertvierzig Mann Besatzung hatte in Edo großen Eindruck gemacht und die Regierung davon überzeugt, dass die Preußen es ernst meinten. Der schnittige Graf war bester Laune, denn es war ihm gelungen, einen Freundschafts- und Handelsvertrag mit dem Bakufu abzuschließen. Siebold war Teil des Empfangskomitees und erschien in Oberst-Uniform an der Pier, die linke Brust dicht besetzt mit Orden, an oberster Stelle der Rote Adlerorden, den ihm der Preußische König verliehen hatte. Er und der viel jüngere Gesandte wurden sofort Freunde. Eulenburg beklagte sich, dass er in Edo durch die strengen Sicherheitsmaßnahmen vom Alltag der Japaner gänzlich abgeschottet gewesen war und wünschte sich, wenigstens ein paar Einblicke zu bekommen. Siebold lud ihn daraufhin ein, einen ganzen Tag mit ihm zu verbringen. Freudig sagte Eulenburg zu. Am nächsten Morgen kam er nach Narutaki, als Siebold gerade sein Bad im vorbeifließenden Bach vor dem Haus nahm, der immer sauberes, kaltes Wasser aus einer nahen Quelle in den Bergen führte. Sie frühstückten zusammen, Siebold zeigte ihm seine Sammlungen und den Garten, dann gingen sie mit Jagdhund Yatsu spazieren und trafen in der Stadt Freunde von Siebold. Mittags aßen sie mit dem einfachen Volk in einer beliebten Izakaya, danach ritten sie aus, um ein paar Gärtner und Pflanzensammler im Hinterland zu besuchen. Eulenburg war glücklich, doch noch ein Bild vom Leben der Menschen in diesem schönen Land bekommen zu haben. Abends hielt er seine Eindrücke im Tagebuch fest.

„Siebold lebt in einem schönen japanischen Haus, hinter welchem sich ein bewaldeter Hügel erhebt, von dem aus man nach allen Seiten eine herrliche Aussicht auf die umliegenden Berge und die Bucht von Nagasaki hat. Die Hirsche und Rehe, die sich dort frei bewegen, sind allesamt zahm, denn sie werden seit Menschengedenken nicht gejagt. Der japanische Buddhismus verbietet den Verzehr ihres Fleisches. Das Haus ist umgeben von einem botanischen Garten. Inwendig sieht es gelehrt unordentlich aus. Unter den Japanern bewegt sich Siebold wie einer von ihnen. Ich glaube nicht, dass er jemals nach Europa zurückkehren wird. Er liebt Japan und die Japaner viel zu sehr und will sein Werk über sie vollenden. Ob es jemals dazu kommen wird, ist mehr als zweifelhaft. Er hat enormes Material zu verarbeiten, und in seinem Alter hat man nicht mehr viel Zeit zur Ausführung großer Projekte. Ich habe ihn gewarnt, dass ihm in Edo, aber auch schon in Nagasaki und sogar von holländischen Beamten übel nachgeredet wird. Ich verstehe jetzt, dass er für die beschränkten Köpfe in den diplomatischen Diensten der in Japan engagierten Nationen eine Provokation sein muss. Er hat das Los dieses braven Volkes mehr im Auge als alle anderen und fühlt sich verpflichtet, den Japanern ein Anwalt bei der widerwilligen Öffnung ihres Landes zu sein."

Siebolds Abreise verzögerte sich, weil auf der Dampfkorvette *England*, die ihn nach Edo bringen sollte, der Kessel geplatzt war. Als der Ersatzdampfer *Scotland* bereit lag, war es Zeit, Abschied zu nehmen.

Siebold schloss Narutaki ab, umarmte alle Freunde und Lieben noch einmal, zuallerletzt Taki, und ließ seinen treuen Jagdhund Yatsu bei einem befreundeten Jäger, der eine Ausnahmelizenz hatte, um für die Holländer auf Dejima Wild zu schießen. Alexander, der inzwischen gut Japanisch sprechen und schon etwas lesen und schreiben konnte, begleitete ihn. Doch kaum hatte die Scotland die Bucht von Nagasaki verlassen, zwang ein Taifun sie bei Kagoshima wieder unter Land zu gehen und in einer geschützten Bucht mehrere Tage zu ankern. Auch der Fortgang der sechstägigen Reise entlang der japanischen Pazifikküste war beschwerlich, Wind und Seegang setzten dem Schiff ohne Unterlass zu. Alexander wurde seekrank und wollte sterben, selbst Siebold ging es schlecht. Am 19. April 1861 lief die *Scotland* bei Tagesanbruch im Hafen von Yokohama ein, der erst kurz zuvor für ausländische Schiffe geöffnet worden war. Siebold und sein Sohn gingen erschöpft von Bord. Sie wurden von einem beklemmenden Anblick empfangen. Die Häuser für die Ausländer waren von Palisaden umstellt und das ganze Viertel sah aus wie ein Gefängnis. Diese Maßnahme war zum Schutz der Fremden vorgenommen worden. Die Neuankömmlinge wurden zunächst im behaglich eingerichteten Hotel für Ausländer untergebracht. Am Abend traf Siebold sich mit dem niederländischen Vizekonsul Dirk Graeff van Polsbroek an der Bar des Hotels, die ein beliebter Treffpunkt für die ständig wachsende Zahl Fremder aus aller Welt war. Sie tranken Plymouth-Gin mit einem Schuss Angostura, ein modisches Getränk, auch *Pink Gin* genannt, das die Engländer eingeführt hatten.

„Ich wundere mich, dass wir nicht Kanagawa angelaufen haben. Warum wurde der Hafen von Yokohama so plötzlich geöffnet?" erkundigte sich Siebold.

„Wie Sie wissen, liegt Kanagawa an der Heerstraße, die nach Edo führt. Dort herrscht ein ständiges Kommen und Gehen der Daimyōs und des gesamten Schwertadels. Seit der Ermordung des amerikanischen Übersetzers Heusken vor drei Monaten, der für den amerikanischen Konsul Harris arbeitete, ist die Regierung in Panik wegen weiterer möglicher Attentate auf Ausländer. Diese könnten den jeweiligen ausländischen Regierungen nämlich als Vorwand dienen, um Japan den Krieg zu erklären. Deshalb wurde Yokohama geöffnet, damit die Ausländer in größerem Abstand zu den fremdenfeindlichen Samurai und *Rōnin* untergebracht sind. Und von denen gibt es viele! Allein die ehemaligen Samurai des radikalen Ausländerhassers Fürst von Mito, der kürzlich wegen seiner Propagandaschriften gegen das Bakufu unter Hausarrest gestellt wurde, streunen zu mehreren Hundert verkleidet in Edo herum und suchen nach Ausländern, um sie zu ermorden", erläuterte Pols-broek. „Es ist wirklich sehr gefährlich in der Stadt, wir können uns nicht frei bewegen. Deshalb seien Sie nicht leichtfertig, verlassen Sie sich nicht auf Ihren Bonus als ‚Japaner-Freund'."

Siebold überhörte diese Ermahnung geflissentlich und fuhr einfach fort. „Von dem Attentat gegen den Übersetzer wurde mir bereits berich-tet. Gibt es etwas, das ich darüber wissen sollte?"

„Nun, Henry Heusken war gebürtiger Holländer und bei allen Dip-lomaten beliebt. Auch gegenüber den Japanern war er offenherzig und bewegte sich häufig zu Fuß oder zu Pferd mit einer kleinen Eskorte durch Edo. Man war entsetzt, als es passierte, sowohl die meisten Japa-ner als auch die Ausländer. Der Überfall ging blitzschnell vor sich und die feigen Attentäter flohen. Bisher ist keiner gefasst."

„Das ist ungewöhnlich", sagte Siebold nachdenklich, „es entspricht nicht der Erziehung der Samurai, nach der Erfüllung eines Tötungsauf-trags zu fliehen."

„Das dachten wir auch", bestätigte Polsbroek, „doch es ist wahr-scheinlich nur ein Zeichen dafür, dass die Lage noch unübersichtlicher ist, als sie uns bisher erscheint."

„Ich habe in Nagasaki gehört, dass der Hass auf die Ausländer auch damit begründet wird, dass sie Krankheiten nach Japan gebracht haben. Was wissen Sie darüber?" erkundigte Siebold sich weiter.

„Gut, dass Sie das ansprechen. Es stimmt leider. Mir wurde kürzlich von einem englischen Arzt bestätigt, dass vor vier Jahren in Edo eine Choleraepidemie ausgebrochen war, die wohl dreißigtausend Menschen das Leben gekostet hat. Genau prüfen können wir das natürlich nicht."

„Cholera? Die war in Japan bisher praktisch unbekannt. Sie wissen doch, wie reinlich die Japaner sind und wie sehr sie auf die Sauberkeit ihres Trinkwassers achten", dozierte Siebold.

„Ja, das wissen wir. Es wird vermutet, dass die Krankheit mit einem amerikanischen Schiff eingeschleppt wurde, der U.S.S Mississippi aus dem Geschwader von Kommodore Perry. Sie hatte die Krankheit an Bord, als er aus China zu seinem zweiten Besuch zurückkam. Das ist na-türlich ein großes Unglück. Ich kann die Japaner inzwischen besser ver-stehen, die lieber nichts mit uns zu tun haben wollen." Er machte eine Pause. „Darf ich Sie jetzt einmal etwas fragen?"

„Nur zu!" gab Siebold bereitwillig zurück, obwohl er noch versuchte, sich dreißigtausend Tote in den Straßen von Edo vorzustellen.

„Wir können hier einigermaßen einschätzen, was in Edo und in der japanischen Regierung passiert. Der Kaiser ist dagegen für uns unerreichbar, unsichtbar und unvorstellbar. Reichen Ihre Augen und Ohren bis nach Kyōtō?"

„Sie haben Recht. Es ist schwer, etwas über den Tennō und seine *Kuge* in Erfahrung zu bringen. Doch ich habe gute Quellen, weniger in den Rängen der Beamten und Politiker, aber unter den japanischen Gelehrten. Was ich Ihnen jetzt sage, wird Sie wahrscheinlich überraschen. Denn es gibt nicht nur den Antagonismus von Bakufu und Chrysanthmenthron, der bisher für das gesamte Herrschaftssystem der Tokugawa kennzeichnend war. Seit der Ermordung von Kanzler Naosuke Ii vor einem Jahr, der den ersten der verhassten ungleichen Verträge mit Konsul Harris geschlossen hatte, sind die Dinge in Bewegung gekommen. Es war sogar noch auf Iis Initiative, dass der junge Shōgun Iemochi und der erfahrene Tennō Osahito enger zusammenrücken und ihre Politik koordinieren sollten. In den Kreisen des kaiserlichen Hofes und der Regierung in Edo spricht man seitdem vom *Kōbu gattai*, der nationalen Einheit von Kaisertum und Shōgunat. Inzwischen nimmt diese neue Politik konkrete Formen an, denn Prinzessin Kazunomiya, die jüngere Schwester des Kaisers Osahito, soll mit Iemochi verheiratet werden. Ich weiß, dass der Kaiser sowie auch seine Schwester gegen die Heirat waren, aber die Kuge und weitere hochrangige Personen am kaiserlichen Hof haben beide gedrängt, diesem Plan einzuwilligen. Tennō Osahito hasst alles Fremde, ist empört über die Verträge mit den Ausländern und hat zur Bedingung gemacht, dass Shōgun Iemochi den Handelsvertrag mit den Amerikanern wieder auflöst. Die Situation ist paradox, denn der Shōgun, der kraft seines Amtes der ‚Vertreiber der Barbaren' sein sollte, gehört mit seinen Beratern und Ministern in das Lager der Ausländerfreunde, während der Tennō als geistiges Oberhaupt und lebendes Symbol der nationalen Einheit die strenge Einhaltung der althergebrachten Tokugawa-Gesetze fordert."

„Erstaunlich. Dann sitzt unser Gegner also gar nicht in Edo, sondern in Kyōtō", resümierte Polsbroek.

„Vereinfachen Sie es nicht zu sehr!", warnte Siebold. „Die erneuernde Kraft wohnt nicht in Edo, sondern in Kyōtō. Das Bakufu wankt nicht nur wegen der einen oder anderen Regierungspolitik, was durch einen neuen Shōgun geheilt werden könnte, sondern das ganze gegenwärtige Herrschaftssystem ist in Frage gestellt. Shōgun Iemochi will das Bakufu durch die Unterstützung des Chrysanthementhrons vor dem Untergang retten, hat aber bisher nicht verstanden, dass es in diesem Bündnis nichts zu gewinnen gibt. Er verliert immer mehr Autorität, die dem Tennō zufließt. Die Gefahr geht dabei weniger vom Osahito selbst aus als von seinen fanatischen Anhängern unter den Daimyōs, Samurais und Rōnin. Sie sind kaum zu kontrollieren und zu jeder Form von Gewalt bereit."

„Was glauben Sie, worauf das hinauslaufen könnte?"

„Ich sehe für das gegenwärtige Regierungssystem Japans keine Möglichkeit mehr, weiter zu bestehen. Das Bakufu hat seine Legitimation verloren und ist erledigt. Es steht eine große Umwälzung bevor, und die wird eine neue Ära der Herrschaft des Kaisers mit sich bringen. Japan wird bald wieder eine Monarchie sein. Alles, was wir als Ausländer und Eindringlinge noch machen können, nachdem wir die japanische Nation ins Chaos gestürzt haben, ist dafür zu sorgen, dass es nicht zu einem Bürgerkrieg oder einer blutigen Revolution wie in Amerika und Frankreich kommt. Das ist meine Mission, mit der ich nach Edo als Berater des Shōgun gehen werde."

„Ist Ihnen klar, Herr von Siebold, dass Sie damit der erste Ausländer sind, der für die japanische Regierung arbeitet, seit *William Adams* vor über zweihundert Jahren Berater von Ieyasu Tokugawa war?"

„Selbstverständlich! Das abenteuerliche Leben von Adams in Japan hatte ich seit meiner Jugend vor Augen", sagte er stolz.

„Ich bin gespannt, wie es unserem Konsul de Wit schmecken wird, dass Sie direkten Zugang zur Regierung haben, während er noch in Nagasaki festsitzt und nur beim dortigen Gouverneur antichambrieren darf", gab Polsbroek leise zu bedenken, der selbst noch nicht in Edo gewesen war und Yokohama nicht verlassen durfte.

„Das wird sich schon einspielen und er wird sehen, welche Vorteile ich ihm verschaffen kann. Vielleicht kann ich ihm sogar die Umsiedlung nach Edo ermöglichen", beschwichtigte Siebold. „Es würde sicher helfen, wenn Sie ihm gut zureden", fügte er noch zwinkernd hinzu. „Apropos Abenteuer, was sind das für interessante Gestalten dort drüben an dem Tisch?"

„Ach, das sind ein russischer Revolutionär Namens *Bakunin*, der es gern mit Fürsten, Königen und Zaren aufnimmt, der deutsche Maler Wilhelm Heine und zwei amerikanische Geschäftsleute. Die zechen seit Tagen jeden Abend hier zusammen. Man hört, Bakunin sei aus der Haft in Sibirien geflohen. Er scheint viel Geld zu haben, denn er lädt stets alle Gäste an seinem Tisch großzügig ein. Heine hat an Perrys Expedition teilgenommen und erstaunlich gute Zeichnungen der Ereignisse geliefert."

„Ja, ich kenne ihn, allerdings nur durch seine Veröffentlichungen. Er ist ein selbsternannter Japan-Experte. Mit anderen Worten: ein Dilettant." Siebold erinnerte sich mit grimmigem Lachen an ihren

Schlagabtausch. Als seine Abhandlung *Urkundliche Darstellung der Bestrebungen Niederlandes und Russlands zur Eröffnung Japans* erschienen war, hatte Heine in der *Allgemeinen Zeitung* daran kritisiert, dass die Darstellung der amerikanischen Expedition völlig falsch sei, weil nur diese einen Handelsvertrag abgeschlossen und Japan geöffnet hätte. Siebold revanchierte sich, indem er einige Jahre später Heines Buch ‚Japan und seine Einwohner' in derselben Zeitung unter dem Titel ‚101 Irrtümer über Japan' rezensierte.

„Welchen Geschäften gehen die beiden Amerikaner nach?" erkundigte er sich weiter bei Polsbroek.

„Der eine ist Agent der *Baldwin Locomotive Works* in Philadelphia und möchte Dampflokomotiven nach Japan verkaufen. Zuerst schien das mangels befahrbarer Schienenstrecken und einer staatlichen Eisenbahngesellschaft ein sinnloses Vorhaben. Doch mittlerweile könnte er so etwas wie der letzte Strohhalm für sein Unternehmen sein, denn der Eisenbahnbau ist seit dem Ausbruch des amerikanischen Sezessionskrieges im April vollständig zum Erliegen gekommen. Ein paar verkaufte Lokomotiven, auch wenn sie erst einmal nur in Edo rumstehen, könnten der Fabrik helfen, den Bankrott zu vermeiden und durch den Krieg zu kommen. Dementsprechend arrogant führt er sich auf. Der andere Gentleman handelt im Auftrag seiner Regierung mit Edelmetallen. Die Amerikaner wollen ein Zentralbankensystem einführen und dabei den Goldstandard für die Münzprägung erhalten. Gold ist knapp geworden und die Regierung hat gemerkt, dass es viel einfacher ist, es in Japan billig für Silber einzukaufen, anstatt es in Kalifornien im Gedrängel der Glücksritter mühsam aus dem Boden zu kratzen."

„Genau das habe ich befürchtet", seufzte Siebold. „Japan wird einfach ausgeblutet. Es hat keinerlei Vorteil vom Edelmetallhandel. Hier regeln nicht Angebot und Nachfrage den Preis, und der zuungunsten Japans vertraglich festgeschriebene Festpreis lockt nur Spekulanten an. Überhaupt profitieren hier nur wenige vom Handel mit dem Ausland. Großhändler wie Mitsukoshi und Mitsui machen mit diesen Geschäften einige *Chōnin* noch reicher, und die Samurai bleiben so arm wie zuvor. Die breite Bevölkerung hat die Öffnung des Landes bisher nur durch die drastische Verteuerung der Dinge des täglichen Lebens zu spüren bekommen, vor allem Kleidung und Lebensmittel."

„Beide Herren halten übrigens weniger als nichts von den Japanern. Sie sprechen nur von ‚Wilden' und von den ‚Affen'. Das ganze Land scheint ihnen primitiv, die Sitten grausam und die Regierung dumm."

„Diese Überheblichkeit hat doch auch etwas Ironisches, finden Sie nicht?" räsonierte Siebold bitter. „Ausgerechnet Amerikaner, die sich für den Erhalt der Sklaverei sogar in einen Bürgerkrieg stürzen, wollen einem Land, das immer noch in der längsten Friedensperiode der Weltgeschichte lebt, erklären, was Zivilisation und gute Politik ist. Das ist erbärmlich. Es fehlt nur noch, dass die Russen sich den Japanern kulturell überlegen fühlen, während sie ihn ihrem eigenen zurückgebliebenen Reich die unsägliche Leibeigenschaft weiterpflegen." Siebold war richtig erbost und Polsbroek nicht wenig konsterniert über diese Heftigkeit. Zweifelnd sah er ihn an. Liberale Ansichten waren ja durchaus vertretbar, aber wo führt es hin, wenn ein Mitglied des niederländisch-ostindischen Generalstabs sich ganz auf die Seite der Japaner schlägt? Siebold trank aus und verabschiedete sich. Den Herrn Bakunin hätte er zwar gerne kennengelernt, aber dafür würde es sicher noch Gelegenheit geben. Auf eine persönliche Begegnung mit Wilhelm Heine konnte er verzichten und der betrunkene Eisenbahn-Agent fing gerade an, mit seinem Revolver herumzufuchteln. Siebold zog es daher vor, auf sein Zimmer zu gehen, um sich für die bevorstehenden Aufgaben auszuruhen.

In den darauffolgenden Tagen erhielt er zahlreiche Besuche von Ärzten, ehemaligen Patienten und Beamten, die mit ihm die Formalitäten seiner Übersiedlung nach Edo regelten. Im Hotel war man besorgt um Siebolds Sicherheit. Fast alle Ausländer hatten Edo inzwischen verlassen und waren von den japanischen Behörden gebeten worden, nach Yokohama und Umgebung zu ziehen. Nur der englische Gesandte Rutherford Alcock und der amerikanische Konsul Townsend Harris widersetzten sich der Aufforderung zur Umsiedlung und ermahnten die japanische Regierung sogar, angemessen für ihre Sicherheit zu sorgen. Drei Wochen später war es so weit. Siebold und sein Sohn stiegen in die Kago und sollten so unauffällig wie möglich nach Edo gebracht werden. Das Gepäck war sicherheitshalber schon vorher umständlich per Schiff verfrachtet worden, obwohl die Strecke zu Land kaum zwanzig Meilen gewesen wäre. Alexander, der in der Zwischenzeit die Bekanntschaft des so liebenswürdigen wie charismatischen Russen Mikhail Bakunin gemacht hatte und von ihm, wie auch von vielen anderen Gästen des Ausländerhotels, auf die Gefahr eines Anschlags hingewiesen worden war, bekam einen gewaltigen Schreck, als er seinen Vater plötzlich neben seiner Sänfte herlaufen sah. Siebold ließ es sich trotz der Warnungen der sie begleitenden Wachen nicht nehmen, zu Fuß zu gehen, die Aussicht auf dem letzten Abschnitt des *Tōkaidō* vor Edo zu genießen und mit anderen Reisenden lebhafte Gespräche auf Japanisch zu führen. Schließlich war er ein Berater der japanischen Regierung. Er genoss diese Freiheit und ignorierte stolz die bösen Blicke einiger Schwertträger, die ihnen entgegenkamen. Die meisten Japaner auf der belebten Straße begegneten ihm freundlich, denn man erkannte ihn als den berühmten holländischen Shiboruto-sensei, dessen Tochter die erste Ärztin in Japan war. Erst an der Stadtgrenze stieg Siebold wieder in sein Kago. Als sie das Palais von Akabane erreichten, durchschritten die Träger mit ihrer Last ein schweres, schwarzes Tor, das sich mit dumpfem Krachen hinter ihnen schloss. Im ersten Vorhof stiegen Siebold und Alexander aus ihren Sänften und bemerkten sofort, dass sie sich mitten in einer Festung befanden. In ihrem Zentrum stand unter einem riesigen Dach ein weitläufiges Gebäude, das umgeben war von mehreren Höfen und Veranden. Es wimmelte von Bewaffneten, die aufgeregt schreiend hin- und herliefen. Im Hauptgebäude wurden sie von Aufsichtsbeamten, Dolmetschern und Sekretären erwartet. Siebold fühlte sich, als würde er in ein Ministerium einziehen. Die ausländischen Ankömmlinge wurden in ihre großzügigen, japanisch eingerichteten Gemächer geleitet, wo sie das bereits eingetroffene Gepäck fanden und sich einrichten konnten. Wenige Monate zuvor hatte der preußische Gesandte Graf Eulenburg im Palais residiert und auch den Freundschaftsvertrag zwischen Preußen und Japan unterzeichnet. In der ersten Nacht konnte Alexander nicht schlafen. Das ständige Waffengeklirr hielt ihn wach. Sie wurden von dreihundert Soldaten beschützt, die vor den Mauern des Palais patrouillierten, vierzig weitere Offiziere lagerten in den Innenhöfen und die Wohn- und Arbeitsräume wurden nachts von zusätzlichen Leibgardisten des Shōgun bewacht. Gleich am nächsten Tag begann Siebold mit seinen Vorlesungen. Er unterrichtete von da an regelmäßig vormittags in Medizin, Agrarwirtschaft, Bergbauwesen, Heeres- und Marinekunde. Es kamen jedes Mal sechzig bis achtzig Zuhörer ins Hauptgebäude des Palais. Mehr passten nicht in den zum Lehrsaal umfunktionierten Arbeitsraum. Alle Besucher wurden am Eingang streng nach Waffen kontrolliert. Nicht selten mussten Interessierte wegen Überfüllung abgewiesen werden. Nachmittags widmete Siebold sich seinen staatskundlichen Studien und bereitete Abhandlungen für Minister Ando vor, unter anderem detaillierte Empfehlungen für die bereits geplanten Entsendungen diplomatischer Missionen nach Europa und Amerika. Auch zum Konflikt mit England und Russland um Tsushima arbeitete er einen Vorschlag aus. Keine der beiden Seemächte hätte einen wirklichen Bedarf am gesamten Territorium der Insel. Deshalb riet er dem Bakufu, beiden Parteien zu gestatten, einen eigenen Flottenstützpunkt einzurichten. So wäre die Gefahr einer Annexion gebannt. Im Übrigen seien ihre jeweiligen strategischen Interessen nachvollziehbar und gar nicht gegen Japan gerichtet. Er hätte gerne persönlich an den Beratungen im Ministerium und im Regierungsrat teilgenommen. Doch das Bakufu hielt es angesichts der öffentlichen Unruhen für zu gefährlich, einem Ausländer, zumal einem, der kein offizieller Vertreter einer fremden Nation war, Zugang zu den innersten politischen Zirkeln zu gewähren. Man wollte unbedingt den Schein wahren, dass Siebold nur Berater in wissenschaftlichen Fragen ist und entsandte entsprechend den Themen die zuständigen hohen Beamten zu ihm ins Palais. Meistens gehörten sie zum Stab des Auswärtigen Amtes.

Der Sommer wurde heiß und schwül. Der sägende Gesang der Zikaden war den ganzen Tag über bis in die Dämmerung hineinzuhören. Eines Nachts wurden Siebold und Alexander durch lautes Geschrei in den Straßen und Getrampel innerhalb des Palais aus dem Schlaf gerissen. Vater und Sohn waren noch im Schlafrock, als ein Gesandter von Minister Ando bei den Wachen Einlass erbat und sich vor Siebold niederwarf. Er müsse sofort mitkommen, seine Hilfe werde benötigt. Es hatte einen Überfall auf die englische Botschaft gegeben. Siebold zog sich schnell an, schnallte den Degen um, nahm seinen Arztkoffer und eilte mit Alexander, den er nicht allein lassen wollte, zum Eingang des Palais. Die Eskorte von zwei Dutzend Soldaten der Leibgarde des Shōgun wartete schon vor dem noch verschlossenen Tor. Als es sich knarrend öffnete, bewegten sie sich in schnellem Schritt zum Tozenji-Tempel, der nur wenige Straßen entfernt lag. Dort waren die Engländer in einem Nebenflügel untergebracht, die buddhistischen Mönche bewohnten das Hauptgebäude. Als die Eskorte dort eintraf, bot sich Siebold und seinem Sohn ein Bild des Grauens. Im Vorhof lagen Leichen verstreut und stöhnende Schwerverletzte in ihrem Blut. Es roch bestialisch nach Kot und Urin. Einigen Opfern waren der Unterleib und die Gedärme aufgeschlitzt worden. Siebold versuchte, sich schnell einen Überblick zu verschaffen. Die Räumlichkeiten waren verwüstet, die Betten zerfetzt von Schwerthieben, die Papiertüren und -wände durchbrochen, Möbel umgestürzt. Vor der Tür des Schlafzimmers von Botschafter Rutherford Alcock lag ein Hund mit gespaltenem Schädel. Er selbst war unverletzt geblieben und kümmerte sich als ausgebildeter Militärarzt bereits um Verwundete. Siebold und er winkten einander nur zu. Sie wussten, was in diesem Moment wichtiger war als eine förmliche Begrüßung. Konsul Morrison hatte nur ein paar leichte Schnitte abbekommen, aber Botschaftssekretär Lawrence Oliphant hatte mehrere klaffende Wunden und drohte zu verbluten. Er hatte sich nur mit einem Holzstock bewaffnet gegen die Schwerter der Rōnin gewehrt. Siebold nähte die größte Wunde am Oberarm mit schnellen, groben Stichen und legte bei den übrigen Pressverbände an. Dann ging er in den Hof, um die japanischen Wachen zu verarzten. Sie hatten sich mit den Attentätern eine blutige Schlacht geliefert und dabei ihr Leben für die ungeliebten Ausländer aufs Spiel gesetzt. Als Siebold an einen der verwundeten Attentäter herantrat und ihn fragte, ob er Schmerzen habe, sah dieser ihn nur hasserfüllt an und sagte, dass er keine Schmerzen kenne. Blitzschnell zog er sein kurzes Schwert, das *Wakizashi*, rammte es sich unter dem entsetzten Blick Siebolds in den Bauch und zog die Klinge quer durch seine Eingeweide. Drei weitere Attentäter hatten sich schon vorher auf diese Weise selbst gerichtet. Der Gestank dieses mehrfachen Leibaufschlitzens wurde unerträglich. Dennoch verpflegte Siebold bis in den Morgen hinein die Wunden der japanischen Wachleute und dankte ihnen allen für ihren Mut und ihren großherzigen Einsatz. Bei einem der Attentäter wurde eine Verschwörungsurkunde gefunden, die von vierzehn Rōnin unterzeichnet worden war.

„Wenn ich Unterzeichneter mir auch meiner niedrigen Stellung wohl bewusst bin, so fühle ich mich dennoch außerstande, ruhig mit anzusehen, wie das heilige Reich durch die Fremden mit Füßen getreten wird. Es ist diesmal mein fester Entschluss, den Willen meines hohen Herren auszuführen. Wenn auch meine Kräfte und Mittel beschränkt sind und ich nicht imstande bin, viel zur Verherrlichung meines Vaterlandes im Auslande beizutragen, so hoffe ich dennoch, durch treue Pflichterfüllung und ritterliche Dienste meine Erkenntlichkeit für die erhaltenen Wohltaten an den Tag zu legen. Sollte das dazu beitragen können, die Fremden allmählich zum Rückzug zu zwingen und dadurch einigermaßen die Sorgen Seiner Majestät, des heiligen Tennō, zu erleichtern, so würde ich mir dies als hohes Verdienst anrechnen. Indem ich mein Leben hiermit freiwillig opfere, gehe ich dem vorgesteckten Ziel entschlossen entgegen."

Damit war klar, dass fünf Attentäter entkommen waren. Insgesamt starben bei dem Überfall zwölf Japaner, einschließlich Morrison und Oliphant als einzigen Ausländern wurden über zwanzig Personen teilweise schwer verletzt.

Auch Alcock hatte viele Verwundete notversorgt und sich dabei von Alexander assistieren lassen, der für ihn übersetzte, damit die Verletzten keine Angst vor ihm haben. Für Japaner war es schlicht undenkbar, dass der Herr, dem sie zu dienen haben, sie anfasst, sich mit ihrem Blut beschmiert und um ihre Wunden kümmert. Alexander stellte sich dabei geschickt an und konnte auch den einen oder anderen Handgriff für den Botschafter übernehmen. Als die anderen japanischen Ärzte am Morgen erschienen, waren sie erschöpft, aber Alcock war höchst beeindruckt von Siebolds Einsatz und speziell von seinem klugen Sohn. Er hatte das Gefühl, dass sie in höchster Not zusammen gute Arbeit geleistet hatten. Er holte vom Büffet im Empfangssaal die letzte Flasche schottischen Whiskys, die dem wüsten Kampf der Schwerter entgangen war, und goss seinen Helfern und sich jeweils ein volles Glas ein. Die drei stießen blutverschmiert auf ein langes Leben der Queen an. Doch dann wurde Alcock ernst.

„Verstehen Sie mich bitte nicht falsch, Oberst von Siebold, ich bin froh über Ihr schnelles Kommen und Ihre hervorragende Unterstützung in diesem schrecklichen Moment. Aber Sie sollten sich darüber klar sein, dass dieser Überfall eine schwere diplomatische Krise auslösen wird. Die Unverletzlichkeit von ausländischen Botschaftern zu missachten ist ein handfester Grund für eine Kriegserklärung. Die Britische Krone wird mit aller Härte darauf reagieren. Bitte lassen Sie das Ihre japanischen Freunde wissen." Siebold sah ihn besorgt an und dachte kurz nach.

„Ich verstehe, dass es keine Entschuldigung für diese Verletzung Eurer Immunität gibt, Exzellenz. Betrachtet mich in diesem Zusammenhang bitte als Vertreter der japanischen Regierung, auch wenn ich dafür noch kein offizielles Mandat habe. Ich weiß, dass das Bakufu zutiefst erschüttert sein wird angesichts dieses Verbrechens. Ihr werdet aber hoffentlich einräumen, dass die von ihm zur Verfügung gestellten Wachen mit Mut und Todesverachtung Euer Leben beschützt haben."

„Das stimmt, ich gebe Ihnen Recht. Dennoch, die Britische Krone will Konsequenzen sehen. Es ist vollkommen inakzeptabel, dass ich als ihr Gesandter auf japanischem Boden jeden Tag um mein Leben fürchten muss."

„Ich werde heute noch Minister Ando vom Auswärtigen Amt darüber in Kenntnis setzen und alles Notwendige veranlassen, das verspreche ich Euch."

„Gut, gut. Übrigens, welche Pläne haben Sie für Ihren Sohn Alexander? Er war mir eine große Hilfe."

„Nun, er wird zunächst sein Studium der japanischen Sprache vertiefen, damit er später einmal wissenschaftliche Bücher für mich übersetzen kann. Seine nächste Station soll eine Ausbildung zum Seekadetten bei der russischen Marine sein."

„Ziehen Sie doch bitte auch eine praktische Laufbahn im politischen Umfeld in Betracht. Ich würde ihn gerne als Dolmetscher der englischen

Botschaft engagieren, wenn er seine Studien abgeschlossen hat. Was halten Sie davon?

„Das ist eine große Ehre, Exzellenz. Ich werde es bedenken."

Siebold zog sich mit Alexander von den Wachen eskortiert ins Palais von Akabane zurück. Er war erschöpft, doch er machte sich sofort an die Niederschrift eines Memorandums, das er Andos Beamten überreichen würde, die sich angesichts der Krisensituation bereits für den frühen Vormittag angemeldet hatten. Seine Vorlesung ließ er zur großen Enttäuschung der Zuhörer, die am Tor des Palais abgewiesen wurden, ausfallen. Siebold war als Augenzeuge der Schäden und der Opfer in der besten Position, um über den Hergang im Tozenji-Tempel zu berichten. Er fasste einen nüchternen Bericht ab, der sich an die Fakten hielt, erläuterte die Herkunft und das Motiv der Täter und schloss mit der Erklärung, dass die japanische Regierung alles unternehmen müsse, damit dergleichen nicht wieder passiert. Die überlebenden Täter und ihre Hintermänner sollten aufs härteste bestraft werden und er empfahl dem Bakufu die landesweite Veröffentlichung von strengen Ermahnungen an alle Bürger, dass die Gesandten ausländischer Nationen als Vertreter ihrer Herrscher uneingeschränkte Immunität genössen. Insofern müssten die heiligen *Gongen-sama*-Gesetze – gemeint war das Testament des ersten Tokugawa Shōgun Ieyasu, dessen posthumer Name Gongen Sama war – eingeschränkt werden, die jedem Schwertadeligen des Reiches das Recht geben, einen ‚Barbaren' zu töten, sobald er ihn erblickt. Dieses altehrwürdige Gesetz sei eine Keimzelle des Terrors, denn darauf könnten sich die mordenden und marodierenden Rōnin jederzeit berufen, um straffrei Ausländer zu töten. Des Weiteren sollten sein Bericht über den Hergang des Attentats und die Aufzählung der beabsichtigten Maßnahmen des Bakufu auf Englisch, Niederländisch, Französisch, Deutsch und Russisch übersetzt und den Außenministerien der jeweiligen Länder unaufgefordert zugestellt werden. In der ganzen Angelegenheit sei größte Eile geboten. Es drohe Krieg, und zwar nicht nur mit England, sondern mit allen Vertragsstaaten, die Botschafter nach Japan entsandt hatten.

Die Beamten des Auswärtigen Amtes waren überrascht, wie schnell Siebold gehandelt hatte und nahmen das Schriftstück dankend an. Doch dann passierte einige Tage lang nichts und Siebold wurde unruhig. Eigenmächtig zog er los und besuchte nochmals Alcock, dann den amerikanischen Gesandten Townsend Harris und den französischen Botschafter Gustave Duchesne de Bellecourt. Allen dreien überreichte er eine Kopie seines Schreibens an Minister Ando und versicherte ihnen, dass alles Notwendige unternommen werde. Auch Harris und

Bellecourt sprachen von einem drohenden Krieg, wenn die japanische Regierung sich nicht umgehend zu dem Attentat äußere. Siebolds Auftritt blieb jedoch nicht ohne Wirkung und sein Schreiben sorgte tatsächlich für eine Beruhigung der Situation. Das gab den japanischen Behörden, die durch komplizierte Beratungen wie immer zu langsam reagierten, etwas mehr Zeit. Erst als die Ungeduld der drei Botschafter allmählich doch in Empörung umschlug, kam die offizielle Erklärung des Bakufu, dass die Wachen verstärkt und die Sicherheit der Gesandten garantiert würden, verbunden mit einer Entschuldigung für den Tozenji-Vorfall. Sie zeigten sich mit den Zusagen zufrieden und die Gefahr eines Krieges war vorerst gebannt. Siebolds Ansehen stieg durch die erfolgreiche Vermittlung erheblich, sowohl bei den ausländischen Diplomaten als auch im japanischen Außenministerium. Zugleich erregte sein Erfolg große Missgunst, und das ausgerechnet beim niederländischen Generalkonsul Johan de Wit, der die Ereignisse nur von Nagasaki aus verfolgen durfte. Währenddessen bereitete Siebold die diplomatische Europa-Mission der japanischen Regierung weiter vor. Damit die Gesandtschaft standesgemäß reisen konnte, kaufte er im Namen des Außenministeriums den amerikanischen Dampfer *Strauß*. Als de Wit diese Aktivitäten durch Vize-Konsul Polsbroek mitgeteilt wurden, lief das Fass über. De Wit schrieb eine wütende Note an Minister Ando und erhob scharfen Protest dagegen, dass der Privatmann von Siebold einen offiziellen Staatsbesuch Japans in den Niederlanden organisiert. Siebold sei überhaupt nicht befugt, eine solche diplomatische Mission vorzubereiten. Als Ando dieses Schreiben erhielt, war er selbst gerade Opfer eines Überfalls von fanatischen Rōnin geworden und konnte nur mit knapper Not entkommen. Die Verschwörungsurkunde der Attentäter nannte diesmal ausdrücklich den Namen ‚Shiboruto‘ als einen der Barbaren, die es zu vertreiben gelte und Ando sollte sterben dafür, dass er mit den Gesandten der Barbaren-Nationen zusammenarbeitet. In dieser Situation bestellte er Siebold erstmals zu einer Audienz ins Ministerium ein. Siebold war hocherfreut, nahm er doch an, es gehe um seinen Antrag, ein offizielles Amt als politischer Berater im Ministerium zu erhalten. Er legte die Uniform mit allen Orden und seinen Degen an, den er zuvor noch frisch schleifen ließ. Dazu, und auch um seinen Sohn zu beruhigen, nahm er zwei Pistolen mit. Als er dem Minister gegenüber saß und dieser ihm mit großem Verdruss von dem Attentat auf seine Person und de Wits Schreiben berichtete, war Siebold entsetzt. Ando versicherte ihm, dass er ihn unbedingt in seinem Dienst halten möchte und drückte seine Hochachtung für Siebolds Einsatz aus. Allerdings müsse er auf die Protestnote des holländischen Gesandten angemessen und verständnisvoll antworten. Ungeachtet des Einspruchs von de Wit besprachen sie die Einzelheiten der diplomatischen Mission nach Europa.

Keine zwei Wochen später traf Generalkonsul de Wit aus Nagasaki zu einer Unterredung im Außenministerium ein. Ando hatte seine Forderung in einem Schreiben zunächst höflich abgelehnt, ihn aber eingeladen, das Ganze in Edo in einem persönlichen Gespräch zu klären. De Wit verhandelte geschickt und erhielt seinen Willen. Er schlug vor, Siebold solle als erstes Edo verlassen und in die Niederlande zurückkehren. Dann würde er, das sagte de Wit dem Minsiter zu, mit einem offiziellen Auftrag als Mitglied des diplomatischen Corps der Niederlande zurückkehren. Ando konnte sich diesem Angebot nicht entziehen und man beschloss, Siebold aus seinem Dienst zu entlassen, abzuberufen und förmlich aus der Stadt zu weisen.

Als Siebold diese Nachricht im Palais von Akabane erhielt, war er zutiefst erschüttert und verzweifelt. Er war seinem Ziel so nahe gekommen, und jetzt sollte es ausgerechnet ein holländischer Diplomat sein, der ihn aufhält. Er hatte damit gerechnet, für mindestens drei Jahre in Edo bleiben zu können. Nun waren es nur wenige Monate geworden, in denen er dennoch viel geleistet und Japan vor einem Krieg bewahrt hatte. Es war kaum ein Trost für ihn, dass das Ministerium den Kontrakt erfüllen und ihm das Salär für die gesamte Laufzeit auszahlen wollte. Das Einzige, was er noch tun konnte, war für seinen Sohn zu sorgen. Botschafter Alcock bedauerte Siebolds Fortgehen außerordentlich, kam aber gerne auf sein Angebot zurück und übernahm Alexander mit sofortiger Wirkung in den Dienst der englischen Botschaft. Damit hatte er ein Bleiberecht in Edo, was auch seinen eigenen Wünschen entsprach. Er hatte sich trotz aller Widrigkeiten in das Land verliebt und wollte Japan nicht mehr verlassen, wohl wissend, dass seine Mutter darüber unglücklich sein und er seinen Vater möglicherweise nie wiedersehen würde. Mit Alcock verband ihn seit der Nacht im Tozenji eine echte Freundschaft und er sah in ihm seinen Mentor. Siebold war erstaunt über die Reife, mit der der fünfzehnjährige Alexander alle Faktoren abwog und seine Entscheidung begründete. Wenige Tage später wurde er zu einer Abschiedszeremonie ins Edo-jo eingeladen, die Festung des Shōgun. Vor der Audienz gab es ein kurzes Treffen mit Minister Ando. Er wollte die Form wahren, doch man merkte ihm seine tiefe Unzufriedenheit über die erzwungene Entlassung seines besten Mannes an. Er berichtete, dass viele hohe Beamte in den Regierungskreisen, selbst solche, die zunächst große Vorbehalte gegen ihn gehabt hatten, bestürzt waren über Siebolds

Abberufung. Er selbst geleitete ihn dann in den großen Audienzsaal, wo sich Ratsmitglieder, Minister und hohe Beamte versammelt hatten. Siebold war aufgeregt, denn zum ersten Mal sollte er das *Drachengesicht* zu sehen bekommen. Als der Shōgun eintrat, warfen sich alle Anwesenden vor ihm nieder. Nach einer Anweisung seines Kammerherrn durfte nur Siebold den Blick erheben. Wie viel feierlicher und beeindruckender war diese Audienz als die erniedrigende Zeremonie, die Siebold fünfunddreißig Jahre zuvor, zusammen mit Mendelssohn, nur von der Vorhalle aus beobachten durfte! Damals hatte sich der Herrscher Japans nicht einmal dazu herabgelassen, hinter der Trennwand hervorzutreten. Shōgun Iemochi saß in würdevoller Haltung auf seiner Empore. Siebold kannte das Alter des Shōgun, dennoch überraschte ihn sein Anblick. Iemochi war ein Junge, gerade so alt wie Alexander. Er sprach nicht selbst, sondern ein Hofrat verlas seine Botschaft. In salbungsvollen Worten bedankte der Shōgun sich bei Siebold für seinen großherzigen und mutigen Einsatz, mit dem er stets dem Interesse des japanischen Reiches und seines Volkes gedient hatte. Möge sein Weg ihn alsbald möglich wieder nach Japan führen, wo er immer mit offenen Armen und Herzen willkommen geheißen würde. Dann erhob sich Minister Ando, rutschte auf Knien an die Empore und nahm vom Hofrat mehrere Gegenstände entgegen, die er zu Siebold trug und vor ihm ausbreitete. Der Hofrat erklärte, dass Shōgun Iemochi dem Ausländer Shiboruto in Anerkennung seiner Dienste diese Geschenke machen möchte, ein Ehrenschwert und fünf Rollen von kostbarem Yamato-Brokat. Siebold bestaunte ergriffen das goldgeschmückte Schwert auf einem lackierten Gestell, das mit einem Hahn auf einer von Efeu umrankten Kriegstrommel thronend als Sinnbild des Friedens verziert war. Damit war die Audienz beendet.

Siebold musste wenige Tage später bereits Edo verlassen und wurde in Yokohama wieder im Ausländerhotel einquartiert. Er fühlte sich trotz der würdevollen Verabschiedung durch die Japaner von seinen langjährigen niederländischen Dienstherren gedemütigt. An das Versprechen, von der Regierung tatsächlich noch einmal als Diplomat nach Edo geschickt zu werden, glaubte er schlicht nicht. In diesen beengten Verhältnissen schien es ihm eine Ewigkeit, bis ein Schiff ihn mit seinem Gepäck zurück nach Nagasaki brachte. Zwar erhielt er freundlichen Zuspruch von einigen Ausländern, die ihn aufrecht bewunderten. Doch es deprimierte ihn zutiefst, wie der offene Hafen von Spekulanten überlaufen wurde, die angesichts der perversen Devisenregelung in einen regelrechten Goldrausch verfallen waren. Sie nannten es zwar ‚Handel', aber es war doch nur noch ein Wolfskampf der Profitjäger. Die Fahrt mit dem

Dampfer *St. Louis* bei gutem Wetter entlang der herrlichen Küste und durch das japanische Inlandmeer konnte ihn nicht aufmuntern. Bei der Ankunft in Nagasaki erhielt er eine weitere traurige Nachricht. Sein Jagdhund Yatsu hatte nach seiner Abreise das Futter verweigert und war vor Sehnsucht nach seinem Herrn eingegangen. Als Siebold das Haus in Narutaki aufsperrte, war er zutiefst bedrückt. Er wusste, dass seine letzten Tage in Japan begonnen hatten. Diesmal würde der Abschied endgültig sein. Was sollte er zurück in der Heimat noch tun? In den Ruhestand treten und seinen Lebensabend gemütlich mit Helene verbringen? Und was war überhaupt seine Heimat? Die Niederlande, denen er fast vierzig Jahre gedient hatte? Preußen am Rhein, wo er seit bald zwanzig Jahren lebte? Oder doch Würzburg in Bayern, wo er aufgewachsen war? Nein. Seine Heimat war Japan, und er stand vor seiner zweiten Verbannung. Der einzige Trost war Taki. Auch sie war enttäuscht, wollte aber die Hoffnung nicht aufgeben, dass die Niederlande ihn doch wie versprochen zurückschicken würden. Sie wohnte bei ihm in Narutaki und beide lebten zusammen wie ein altes Liebespaar. Zum ersten Mal seit vielen Jahren ohne Auftrag oder selbstgestellte Aufgaben, verbrachte Siebold viel Zeit mit seiner ersten Frau und großen Liebe. Sie gingen jeden Tag spazieren, besuchten Freunde und Bekannte oder gingen abends ins beliebte Kabuki-Theater. Taki tat alles, um die aufkommende Schwermut und Verzweiflung bei ihm zu vertreiben.

Eines Abends saßen sie zusammen in Decken gehüllt auf der Veranda auf einem ausgelegten Tatami, tranken grünen Tee und lauschten der Ankunft des Frühlings auf Kyūshū. Siebold hielt still Takis Hand.

„Firippu, es gibt da noch etwas, das ich dir sagen muss." Er sah sie nur an und sagte kein Wort.

„Du erinnerst dich doch noch an deine Haushälterin, die junge Oshio. Du hast sie immer ‚Fräulein Salz' genannt." Er nickte.

„Ist dir nicht aufgefallen, dass sie nicht mehr da ist?" Er schüttelte müde den Kopf und machte den Eindruck, dass er diese Angelegenheit, worum auch immer es gehen sollte, nicht sonderlich ernst nehmen würde angesichts der Sorgen, die er schon hatte.

„Nun, es hat einen Grund, dass sie nicht mehr hier arbeiten wollte. Sie war schwanger geworden." Siebold nickte verständnisvoll.

„Inzwischen hat sie eine Tochter zur Welt gebracht." Siebold lächelte mit offensichtlich gespielter Freude über diese frohe Botschaft und wusste immer noch nicht, was ihn das angehen sollte.

„Sie sieht nicht aus wie eine Japanerin." Siebold richtete sich auf und sah Taki ernst an.

„Was willst du damit sagen?"

„Dass der Vater kein Japaner sein kann."

„Willst du mir etwa unterstellen…"

„Dir? Oh Gott, nein! Bestimmt nicht. Es geht um Alexander. Er hat dir wohl eine Enkelin geschenkt und weiß nicht einmal davon."

„Alexander? Und ‚Fräulein Salz'?" Er legte die Stirn in Falten und versuchte sich das mit aller Kraft vorzustellen. Dann erinnerte er sich offenbar an etwas.

„Natürlich! Was für ein Dummkopf ich wieder einmal war! Es war ganz offensichtlich. Doch was ist jetzt mit ihr? Sie ist doch selbst fast noch ein Kind."

„Als sie merkte, dass sie schwanger war, ist sie sofort in ein kleines Dorf bei Kagoshima gezogen, hat sich mit einem jungen Japaner eingelassen und ihm das Kind untergeschoben. Seine Familie hat es angenommen, auch wenn es seltsam aussieht. Sie hatte Angst, hier in Nagasaki ein Ausländerkind zu bekommen, jetzt, wo so viele Rōnin als selbsternannte ‚Barbarenjäger' in unserem Land ihr Unwesen treiben. Sie hatte auch an Ine gesehen, wie schwer es ist, wenn man nicht ganz japanisch ist. Ine hat übrigens dich im Verdacht, der Vater des Kindes zu sein. Ich sagte ihr, dass Oshio mir ihre Affäre mit Alexander gestanden hatte, doch Ine wollte es nicht glauben. Ich weiß nicht, warum sie dir unbedingt so etwas Böses unterstellen will."

„Und wie geht es jetzt weiter mit Oshio und dem ‚Kuckucksei'?" seufzte er niedergeschlagen. Sie sah ihn zunächst fragend an, fuhr dann aber einfach fort.

„Sie will keinen Kontakt mehr, weder zu Alexander noch zu uns. Er soll von dem Kind nichts erfahren, damit sie mit ihm in Sicherheit leben kann. Sie hatte mich gebeten, auch dir nichts zu verraten, aber ich konnte und durfte dir das nicht verschweigen." Siebold ließ sich mit dem Rücken auf den Tatami fallen.

„Was für eine schreckliche, was für eine furchtbare Nachricht. Ich werde meine Enkelin und Alexander seine Tochter nie zu sehen bekommen, und meine eigene Tochter hält mich für einen alten, geilen Bock, der das Hausmädchen schwängert. Hört das Unglück denn jetzt gar nicht mehr auf?" Er hatte Tränen in den Augen. Sie beugte sich über ihn und strich ihm zärtlich die weißen Haare aus der Stirn.

„Wenn du als holländischer Konsul oder Botschafter wiederkehrst, dann können wir sie und ihre Familie vielleicht überreden, das Kind in unsere Obhut zu geben. Wir würden deine Enkelin bei uns aufwachsen lassen. Du magst kleine Kinder doch so gerne."

„Ach Taki, meine Liebste." Er umarmte sie, zog sie zu sich herunter und küsste sie mit einer Mischung aus Verzweiflung und Bewunderung. „Woher nimmst du bloß immer noch deine Zuversicht? Du machst dir zu viele Hoffnungen. Wenn ich diesmal nach Europa zurückkehre, dann um zu sterben."

Mitte April lag der englische Segeldampfer *Margaret* bereit zur Abreise auf der Reede vor Dejima. Diesmal war Siebold gewissermaßen mit leichtem Gepäck unterwegs, denn sein Anteil an der Ladung waren nur zwölf Kisten. Seine japanischen Freunde, Schüler und Patienten verabschiedeten ihn so herzlich, wie sie ihn empfangen hatten. Sie waren überzeugt, dass er bald als Diplomat der Niederlande zurückkommen würde. Er hätte seinen Gefühlen gerne Ausdruck verliehen und allen für immer Lebewohl gesagt, doch er kam gegen ihren festen Glauben an seine Rückkehr nicht an. Taki blieb tapfer, obwohl sie wusste, was in ihm vorging und inzwischen Angst hatte, dass er Recht behalten könnte. Ine war nicht erschienen. Als er Kap Nomosaki am Horizont versinken sah, war er voller Trauer und Verzweiflung. Er hätte nicht sagen können, welcher Abschied schlimmer war, dieser oder der letzte vor über dreißig Jahren, als er noch ein junger Forscher mit ungewisser Zukunft war.

Drei Wochen später erreichte Siebolds Schiff Batavia. Er fuhr direkt vom Hafen weiter nach Buitenzorg zum Amtssitz des neuen Generalgouverneurs Baron Sloet van der Beele. Er erwartete sich nichts mehr von dieser Begegnung und war sich sicher, dass alle Versprechungen, die ihm gemacht wurden, nur dazu gedient hatten, ihn ohne Widerstand aus Japan zu entfernen. Immerhin hatte er dem Generalkonsul de Wit in Edo noch damit gedroht, dass er gar kein Holländer sei, sondern Deutscher, und somit des Schutzes der Niederlande gar nicht bedürfe. Zu diesem Zeitpunkt hoffte er noch, dass der neue preußische Konsul Max von Brandt, den er als Attaché des Grafen von Eulenburg kennengelernt hatte, früh genug nach Yokohama zurückkehrt, damit er sich bei ihm um eine Stellung bewerben könnte. Doch dazu sollte es nicht mehr kommen. Brandts Reise hatte sich verzögert. Siebold war daher überrascht, als er dem Generalgouverneur gegenübersaß und ihn mit glaubwürdigem Bedauern sagen hörte, er selbst habe es nicht mehr in der Hand, ihn als Mitglied des diplomatischen Corps nach Japan zurückzuschicken. In den Niederlanden hatte es in diesem Frühling eine grundlegende Verwaltungsreform gegeben, im Zuge derer die gesamten Zuständigkeiten für Niederländisch-Ostindien vom Kolonialministerium ins Außenministerium übertragen worden waren. Sloet van der Beele musste erfahren, dass sein eigener Wirkungskreis drastisch eingeschränkt worden war. Er zeigte sich zerknirscht, dass er sein Versprechen nicht würde halten können. Siebold müsse in die Niederlande reisen und beim Außenminister oder besser noch gleich beim König vorstellig werden und sich um den Posten bemühen. Es gab also tatsächlich einen Plan, ihn nach Japan zurückzuschicken – und de Wit hatte nicht gelogen. Siebold kämpfte mit seinen Gefühlen, während der redselige Sloet van der Beele sich weiter entschuldigte. Es war Scham gegenüber de Wit, den er nur für einen missgünstigen Karrieristen gehalten hatte, Genugtuung, dass man ihn nicht einfach ausschalten wollte, und Entsetzen darüber, dass eine glückliche Wendung der Ereignisse so knapp an ihm vorbeigegangen war. Eine große Müdigkeit überfiel ihn. Er hatte keine Kraft mehr. In ihm stellte sich das Gefühl ein, am Ende des Weges angelangt zu sein. Siebold spürte, dass er diesmal nicht mehr mit purem Willen und über alle Widrigkeiten hinweg die Ereignisse zu seinen Gunsten umlenken könnte. Er blickte zurück und plötzlich schienen ihm all seine vergangenen Anstrengungen übermenschlich, prometheisch. Nein, das würde er nicht noch einmal schaffen. Niemals.

In einer Stimmung von Gleichmut und Gelöstheit reiste er weiter in die Niederlande. Er hatte viel Zeit, genoss noch einmal die Weite der Meere und versuchte, sein ungelebtes Leben in Japan endgültig abzuschließen, um das Herz für die Familie zu öffnen, die ihn in seiner letzten Heimat erwartete. In Amsterdam wurde er beim Außenminister vorstellig und bekam auch die Audienz beim König, um seinen Wunsch noch einmal vorzutragen. Doch es geschah ohne innere Überzeugung und die Flamme des Ehrgeizes, die er immer vor sich hergetragen und die ihn früher unwiderstehlich gemacht hatte. Erwartungsgemäß wurde sein Antrag mit Hinsicht auf sein hohes Alter abgelehnt. Daraufhin reichte er seinen Abschied aus dem niederländischen Staatsdienst ein. Der König zeichnete ihn für seine großen Verdienste mit einem weiteren Orden aus und gewährte ihm eine jährliche Pension von viertausend Gulden, genug, um einen angenehmen Lebensabend zu verbringen.

Nachdem er dazu alle Formalitäten erledigt hatte, fuhr er nach Leiden, wo Helene und die vier Kinder ihm in der *Villa Nippon* einen überwältigenden Empfang bereiteten. Er war fast vier Jahre auf Reisen gewesen und hatte dabei ganz vergessen, was für eine große Familie er hat und was das bedeutet. Die Kinder erkannte er kaum wieder, aber er war froh, dass seine Frau sich nur wenig verändert hatte. Helene sah so glücklich aus, als ob sie mit Engeln tanzen würde. Sie gestand ihm, dass sie Angst hatte, er würde nie zurückkehren. Dass Alexander in Japan bleiben würde, war schlimm genug, aber die Hauptsache war, dass sie ihren Mann wiederhatte. Dementsprechend umsorgte sie ihn und zeigte ihm die ganze Liebe, die sie in den Jahren für ihn aufgespart hatte. Siebold fühlte sich so wohl wie noch nie zuvor im Schoß seiner Familie. Dieser Umstand versöhnte ihn weiter mit den erlittenen Zurücksetzungen und Enttäuschungen. Sie beschlossen gemeinsam, das Haus in Boppard am Rhein aufzugeben und nach Würzburg zu ziehen. Den Frühling verbrachten sie noch in Leiden. Sie machten weite Spaziergänge, manchmal mit den Kindern, und spielten ‚Pflanzenfinden'. Dabei ging es darum, in den Gärten der umliegenden Dörfer eine der vielen Pflanzen zu finden, die Siebold eingeführt hatte, und als erster ihren lateinischen Namen korrekt auszurufen. Etwa die Kletter-Hortensie, *Hydrangea petiolaris*, die japanische Fetthenne, *Sedum sieboldii*, die Sommer-Magnolie, *Magnolia sieboldii*, die Schlüsselblume, *Primula sieboldii*, den Rosen-Eibisch, *Hibiskus hamabo*, den Igel-Wacholder, ein Zypressengewächs, *Juniperus rigida*, den Kuchenbaum, *Cercidiphyllum japonicum*, oder das Goldröschen, *Kerria japonica*. Dann erzählte Siebold zu jeder Pflanze eine Geschichte, etwa dass der Kuchenbaum im Herbst nach Karamell riecht oder wie die Fetthenne auf der ersten Rückreise aus Japan einzugehen drohte und er bis zur Spitze des Schiffsmastes hochgeklettert war, um sie dort in der besseren Luft festzubinden. Viele der Pflanzen, die er in Japan entdeckt und mit seinem Partner Heinrich Blume erfolgreich vertrieben hatte, waren inzwischen in ganz Europa verbreitet. Das Geschäft lief immer noch gut, aber Siebolds Anteil an der Unternehmung war erheblich kleiner geworden.

Der Umzug nach Würzburg stand unter einem guten Stern. Die bayerische Staatsregierung kaufte seine verbliebenen Sammlungen zu einem beachtlichen Preis auf und stiftete sie der Universität seiner Heimatstadt. Dort wurde Siebold auch wieder publizistisch aktiv, schrieb eine Vielzahl von Berichten seiner zweiten Japanreise für die *Augsburger Allgemeine Zeitung* und entwarf sogar wieder Pläne für eine Japanmission, die er der russischen und der französischen Regierung unterbreitete. All das tat er jedoch nicht mehr mit demselben Drang wie früher. Es waren eher spielerische, nicht ganz ernst gemeinte Versuche. Siebold fühlte sich als pensionierter Forscher mit einem großen Kreis von Freunden und Bewunderern recht wohl, seine Abenteuerlust war erloschen. Als der Studentencorps Moenania das fünfzigste Jahr seines Bestehens feierte, präsidierte er als ältester *Alter Herr* den Kommers. Neben ihm saß ein gerade mal zwei Jahre jüngerer Alter Herr, August Heinrich Hoffmann von Fallersleben, ein Germanist und Dichter, der das berühmte *Lied der Deutschen* verfasst hatte. Seit über zwanzig Jahren sangen es alle liberalen Corps-Studenten aus vollen Kehlen und drückten damit ihren Abscheu vor der deutschen Kleinstaaterei aus und ihren Wunsch nach einem vereinten Deutschland. Die beiden alten Haudegen amüsierten sich prächtig an diesem Abend, zumal sie sich in ihren politischen Überzeugungen so nahe standen, dass sie zusammen auf einem Pflasterstein Platz gefunden hätten. Sie kippten sich auch ordentlich einen hinter die Rüstung, sodass Siebold, sonst ein fester Trinker, nur mühsam ins Bett fand, wo er angezogen und in seinen Stiefeln einschlief. Helene, der er im Morgengrauen noch eine Liebeserklärung vorzusingen versucht hatte – „He-leh-ne, He-leh-ne, ü-ber a-ha-lles…" – war eher amüsiert als verärgert, ließ ihn seinen Rausch ausschlafen und bereitete ihm später ein ordentliches Katerfrühstück aus Rührei und Rollmops.

Kurz nachdem König Maximilian II. Joseph von Bayern gestorben war und sein Nachfolger Ludwig II. den Thron bestiegen hatte, erhielt Siebold von diesem eine Einladung nach München. Der junge König, ein großer Freund der Künste mit romantischen Neigungen, hatte schon viel von Siebold gehört und wollte ihn unbedingt kennenlernen. Als Siebold ihm bei der ersten Audienz gegenüberstand, staunte er über dessen Erscheinung. Ludwig II. war ein unfassbar schöner Mann, und dabei ein Riese, der ihn fast um Haupteslänge überragte. Zugleich war er von einem fast kindlichen Enthusiasmus und beschwor Siebold sogleich, dass er unbedingt Richard Wagner kennenlernen müsse. Für diesen großen Komponisten wären Siebolds Erlebnisse in Japan gewiss eine reiche Quelle der Inspiration. Siebold konnte nicht ganz folgen. Am Ende verständigten sie sich darauf, dass München zunächst eine große Japan-Ausstellung bekommt, die Siebold vorbereiten sollte. Der König wollte seinen Untertanen etwas von diesem exotischen Land zeigen, damit sie sich zu mehr Schönheit und sittlicher Strenge inspiriert fühlten. Die Sammlung, von der ein Teil schon der Bayerischen Krone gehörte, sollte später den Grundstock für ein viel größeres ethnographisches Museum bilden. Damit schien Siebold seinen langjährigen Traum doch noch verwirklichen zu können.

Bis dieses Vorhaben beginnen konnte, verging über ein Jahr. In der Zwischenzeit wurde Siebold von Alexander aus Edo auf dem Laufenden gehalten, was in Japan passiert. Die große Umwälzung, die Siebold vorausgesehen hatten, nahm deutliche Formen an. Die Fürsten der mächtigen Daimyōnate *Satsuma* und Chōshū im Süden des Landes hatten sich gegen die Ausländer erhoben. Doch bei der Schlacht von Kagoshima im August 1863 wurde Satsuma von den Engländern vernichtend geschlagen. Ein Jahr später zerstörten sie in einem langen Bombardement die

Küstenbatterie von Shimonoseki und besiegten damit den Mōri-Klan in Chōshū. Das Erstaunliche dabei war, dass beide große Klans sich danach unter den Verbündeten des Kaisers auf die Seite jener stellten, die Japan öffnen wollten. Sie hatten während der Kämpfe und durch ihre Niederlagen gelernt, dass es gute Gründe dafür gab, warum die Fremden ihnen so haushoch überlegen waren.

Inzwischen war Shōgun Iemochi zum Osahito-Tennō nach Kyōtō gepilgert, um ihn persönlich um Rat zu fragen und sein Einverständnis für die Ausländerpolitik des Bakufu zu erbitten. Osahito war in seiner Antwort so vage wie möglich geblieben. Danach hatten sich beide zusammen in der ersten imperialen Prozession seit über fünfhundert Jahren zum Kamo-Schrein im Norden Kyōtōs begeben. Das sah nach einer weiteren Konkretisierung der Politik des *Kōbu gattai* aus. Es schien, als wollten Edo und Kyōtō tatsächlich besser zusammenarbeiten, um mit den Problemen der Öffnung des Landes fertig zu werden. Kurz darauf jedoch gab der Tennō die kaiserliche Order aus, dass alle Barbaren zu vertreiben seien. Im Ergebnis stieg das Ansehen des Kaisers beim Volk immer höher, während die Regierung in Edo allmählich auch den letzten Rückhalt verlor.

Siebold unternahm noch eine Reise nach Paris. Kaiser Napoleon III. hatte ihn überraschenderweise wegen seiner Denkschrift zur Errichtung einer französischen Handelsstation in Japan eingeladen. Als er in Paris eintraf, verzögerte sich die Audienz immer wieder, denn Krieg war ausgebrochen zwischen Preußen und Österreich. Siebold verbrachte viel Zeit in den Cafés und Restaurants auf den Champs-Élysées und freundete sich mit dem jungen provenzalischen Dichter Alphonse Daudet an, der sich sofort für Japan begeisterte und bei der nächsten Reise unbedingt dabei sein wollte. Siebold erschien er sogar ein geeigneter Kandidat zu sein. Daudet war kein Romantiker, sondern fühlte sich eher der neuen Schule der Naturalisten zugehörig, in der man die exakte Beobachtung höher schätzte als die schwammige Poesie. Es zeichnete sich jedoch ab, dass das Warten auf die Audienz noch Monate dauern könnte, und so reiste Siebold unverrichteter Dinge ab.

Er fuhr direkt nach München, um seine Sammlung, die aus Würzburg angeliefert worden war, für die Ausstellung vorzubereiten. Die ihm zur Verfügung gestellten Räume erwiesen sich allerdings als eiskalt und feucht. Sie konnten nicht beheizt werden und viele Fenster waren undicht. Selbst wenn das herbstliche Wetter draußen sonnig und warm war, herrschte ständig eine Atmosphäre wie in einer Gruft. Siebold arbeitete zwei Wochen unter diesen Bedingungen, dann wurde er krank.

Zunächst war es eine einfache Erkältung, die er verdrängen wollte. Doch von einer Wunde an der Hand, die er sich an einem rostigen Scharnier zugezogen hatte, ging eine Blutvergiftung aus. In der ihm eigenen Sturheit, die mit dem Alter noch gewachsen war, lehnte er die Behandlung durch einen Arzt ab. Schließlich war er selbst einer und glaubte, genau zu wissen, was zu tun sei. Dabei war ihm klar, dass es gegen die sich verhärtende Wunde und den roten Strich, der in Richtung seines Herzens wanderte, außer seiner Lebenskraft und dem dazugehörigen Willen kein Heilmittel gab. In der Pension, die er in dieser Zeit bewohnte, wurde regelmäßig nach ihm gesehen. Die Wirtin brachte ihm jeden Tag Brühe und kalte Umschläge. Als er anfing zu delirieren und sie nicht mehr erkannte, verständigte sie Frau von Siebold in Würzburg und bat sie, schnell zu kommen.

Requiem

In der darauffolgenden Nacht erwachte Siebold aus Fieberträumen. Schwere Schritte auf knarrenden Dielen, das Verrücken eines Stuhls und das Zischen eines Zündholzes hatten ihn geweckt. Er war schweißgebadet und im schwachen Licht der Öllampe konnte er nur verschwommen sehen. Er spürte keine Schmerzen und sein Verstand war klar. Auf dem Stuhl neben seinem Bett saß eine große Gestalt, ein Mann, dunkel gekleidet, mit markantem Gesicht, hoher Stirn und streng nach hinten gekämmtem Haar. Je schärfer seine Umrisse hervortraten, desto vertrauter wurden sie. Er hielt das abgebrannte Zündholz vor sich und sah es mit einem versonnenen Lächeln an.

„Der Engländer Samuel Jones, obwohl gar nicht der Erfinder des Streichholzes, ließ es vor fast vierzig Jahren auf den Namen ‚Luzifer‘ patentieren. Kaum zu glauben, nicht wahr?" sinnierte der Mann. Und dann, nach einer kleinen Pause, mit dem Gesicht zu Siebold gewandt: „Wusstest du das?"

„Don *Mastema*?" fragte Siebold schwach.

„Ja, Philipp, mein alter Freund!" antwortete der unangemeldete Besucher mit ironisch übertriebener Wiedersehensfreude.

„Sie… Wie kommen Sie hierher? Warum sind Sie hier?" fragte er erschrocken. „Ich bin krank und habe niemanden erwartet", fügte er beinahe entschuldigend hinzu.

„Ich komme, um dich zu holen", sagte Mastema heiter. Siebolds Stirn legte sich in Falten.

„Waren wir per Du, Don Mastema?"

„Nein. Aber von jetzt an sind wir es. Da, wo wir hingehen, brauchen wir keine höflichen Anreden mehr."

Siebold verstand nichts.

„Sie sehen genauso aus wie damals. Wie kommt das? Es muss ein halbes Jahrhundert her sein."

„Gut geschätzt. Es war vor genau fünfzig Jahren. Und ich sehe deshalb noch so aus, weil ich immer derselbe geblieben bin. Das wird sich auch nie ändern."

„Wie meinen Sie das?"

Don Mastema hob die Augenbrauen.

„Hmm, wie kann ich's dir am besten erklären? Lass mich nachdenken." Er hatte sichtlich Freude an diesem Ratespiel. „Ah, ich hab's! Hilft es dir, wenn ich sage, dass ich seit Anbeginn der Welt derselbe bin?"

Siebold wollte nicht glauben, was er da hörte.

„Sie... Du... Du bist Gott?" stotterte er. Don Mastema lächelte süffisant, als hätte er nichts anderes erwartet.

„Du warst noch nie der Schnellste, wenn es nicht um deine eigenen Interessen ging. Aber vielleicht kommen wir ja damit weiter."

Eine Handbewegung des Besuchers dimmte den Schein der Öllampe und verdunkelte das Zimmer, während auf einem hellen Fleck an der Wand ein Schattenspiel erschien. Die Figuren erzählten die Geschichte des gefallenen Engels, wie man sie aus John Miltons berühmtem Gedicht *Paradise Lost* kannte.

„Morgenstern, Ankläger, ewiger Gegenspieler", resümierte Don Mastema die Szenerie. „,Besser in der Hölle herrschen als im Himmel dienen', legte der Dichter mir in den Mund. Na, klingelt jetzt etwas bei dir?" Er spitzte kokett den Mund.

„Luzifer!" stieß Siebold tonlos hervor.

„War das wirklich so schwer? Satan, Teufel, Belial und so weiter! Ich habe viele Namen. Einen davon, Mastema, hatte ich schon lange nicht mehr benutzt. Eigens für dich habe ich ihn wieder hervorgeholt und aufpoliert. Daher kann ich dir aus deiner Ignoranz auch gar keinen Vorwurf machen." Er kicherte plötzlich wie irre, räusperte sich, rang um Fassung und fuhr dann fort. „Du hättest schon ein Jude im alten Äthiopien sein müssen, um ihn täglich in deinen ängstlichen Gebeten zu gebrauchen. Als Archivar des Vatikans oder Bibelforscher hättest du ihn sicher auch gekannt. Doch was soll's, Religion und Glaube, lieber Philipp, waren sowieso nicht wirklich deine Sache, stimmt's?"

Es stimmte, denn auch an die leibliche Anwesenheit des Teufels konnte er noch nicht glauben. Nur dessen letzte Worte erschreckten Siebold wirklich.

„Was heißt ‚waren‘? Bin ich denn schon tot?"

„Du stirbst gerade. Aber zum Plaudern bleibt uns noch ein wenig Zeit. Ich komme übrigens selten persönlich, um jemanden abzuholen. Du aber bist etwas Besonderes! Betrachte dies hier als ein Requiem, das ich dir widme", erklärte Don Mastema genüsslich.

„Weshalb ich? Was habe ich getan? Habe ich nicht mein Leben lang immer nur das Beste gewollt?" In Siebold wuchs die Angst, dass das alles doch nicht nur ein böser Traum war.

„Genau das ist es doch, was mir so gut an dir gefällt!" rief Mastema begeistert aus. „Darum habe ich dich ausgewählt! Denn an dir habe ich ein ganz neues Prinzip erprobt. Wie ein braver Wissenschaftler."

„Haben wir einen Pakt geschlossen? Ich kann mich nicht daran erinnern."

„Sieh an, er kennt sich aus! Aber nein, wir brauchten keinen Pakt. Deine Seele gehört mir sowieso. Das hast du ganz allein geschafft. Und es wird niemand zu deiner Rettung kommen, falls du darauf anspielst. Du bist kein Bruder von Isaak, Hiob oder Faust. Obwohl – wenn ich es recht bedenke… etwas vom Faust ist auch in dir. Heißt das, ich sollte mir jetzt Sorgen machen, dass die Kavallerie doch noch anrückt?" flötete er ironisch.

Siebold versuchte sich aufzurichten, um zu protestieren. Es gelang ihm nicht und er sank zurück in die Kissen.

„Erkläre es mir! Wann, wo und wie soll ich die Taten des Teufels unterstützt haben?", keuchte er mit zur Seite geneigtem Kopf, wobei er nur das scharfe Profil seines unheimlichen Besuchers sah.

„Das fragst Du noch?" donnerte Mastema plötzlich mit furchterregender Stimme, wobei er Siebold sein Gesicht zuwandte und ihn mit glühenden Augen strafend ansah. Er schnippte einmal mit den Fingern, und vor Siebolds geistigem Auge erschienen Erinnerungen, die nicht die seinen waren. Er erkannte dennoch jede einzelne von ihnen. Es waren schreckliche Szenen, die in sein Bewusstsein traten. Er sah, wie Habu Genseki, der Leibarzt des Shōgun, Genzō Kawasaki, der *Yakunin* der Hofreise, und viele andere seiner Freunde und Helfer grausam gefoltert wurden; die Selbstentleibung von Tōsuke Okada, eines Unterbeamten an der Sternwarte von Edo; das qualvolle Ende der Dolmetscher Tamehachirō Baba, Chūjirō Yoshio, Ichigorō Inabe und seines Freundes Takahashi im Gefängnis von Edo; Takahashis Söhne Kotarō und Sakujirō im Elend ihrer Verbannung auf einer entlegenen Insel; und schließlich den Kapitän eines Schiffes, der wie eine Bulldogge aussah und intensiv Siebolds gestohlene Karten von Japan studierte. Siebold wusste, dass es Kommodore Perry war. Dann Bilder der Choleraepidemie in Edo und der Schlachten in Kagoshima und Shimonoseki. Unzählige Tote, endloses Leid.

„Meinst du nicht, das ist ausreichend für einen Fahrschein in die Verdammnis? Du hast deine Freunde ins Verderben gestürzt und am Ende das Land, das dir doch angeblich so am Herzen lag. Warum? Geltungssucht und Eigenliebe. In mein Reich kommen sie für wahrlich geringer Taten", feixte Mastema diesmal wieder ganz gönnerhaft.

„Für all das kann ich doch nicht allein verantwortlich sein!" rief Siebold verzweifelt aus.

„Nun, ich will dir nicht verschweigen, dass ich meine Finger ein wenig im Spiel hatte. Du warst immer frei in deinen Entscheidungen, aber du hast dich vortrefflich zu einem wichtigen Werkzeug von mir gemacht. Ehrlich gesagt, ich musste es mir gönnen, dich das doch noch wissen zu lassen. Deshalb bin ich hier. Ja, man kann mir an diesem Punkt gewiss Eitelkeit vorwerfen", parodierte Mastema sich mit gespielter Reue selbst. „Doch weißt du, es gibt nicht viel, was mir wirklich Freude bereitet. Dich als willigen Gehilfen meinen Plan voranbringen zu lassen war allerdings eine neue Herausforderung, und das hat mir zum ersten Mal seit langer, langer Zeit wieder Spaß gemacht. Auch wenn es gegen Ende komplizierter wurde, als ich es erwartet hätte.

„Welcher Plan?" Siebold war erschöpft von den schrecklichen Erinnerungen und der Geschwätzigkeit des Teufels. Er starrte mit glasigem Blick zur Decke.

„Du hast mir geholfen, meine Offenbarung vorzubereiten!", rief er aus, wobei er theatralisch seine Arme in die Luft warf, wie um etwas Großes in Empfang zu nehmen. „Ich kann dir das leider nicht in allen Einzelheiten erklären", fuhr er wieder in sich zusammensinkend und mit gespielter Enttäuschung fort. „Denn es wird erst in einer Zukunft passieren, in der du schon lange nicht mehr bist. Zudem auf der Grundlage neuer Erkenntnisse und Techniken, von denen sich heute noch niemand eine Vorstellung machen kann. Vertraue mir einfach", – dabei lächelte er selig – „wenn ich dir sage, dass ich eine großes Kunstwerk schaffen werde, eine neue Welt sogar. Im Moment kann ich nicht mehr sagen. Aber wir können ein wenig Revue passieren lassen, was du alles für mich getan hast. Was hältst du davon? Versuche dich zu erinnern, warum bist du damals nach Japan gegangen bist?"

„Ich… ich wollte Japan wissenschaftlich erforschen. Zugleich wollte ich den Japanern unsere westlichen Wissenschaften näher bringen."

„Ja, ja, so sprichst du immer, wenn du Werbung für deine Heldentaten machst. Dabei war es doch viel einfacher. Du wolltest vor allem ein großer Entdecker werden, der ‚Humboldt es Ostens'. Und wer hat dich auf diese Spur gebracht?"

„Es stimmt, das waren Sie", räumte Siebold ein, der sich nicht traute, den Teufel weiterhin zu duzen.

„Und wer hat dir ein Buch geschickt, aus dem du lernen konntest, wie man Landkarten zeichnet und vor allem schnell kopiert?"

„Das waren auch Sie."

„Siehst du immer noch keinen Zusammenhang? Ich habe dich nach Japan geschickt, um die Landkarten zu stehlen!" rief Mastema von sich selbst begeistert aus. Dann wieder ganz neugierig: „Wie fandest du übrigens das Buch von Meyerbeer?"

„Es war... ausgesprochen faszinierend und hilfreich. Ohne seine Anleitung hätte ich die Karten niemals kopieren können"

„Danke, danke, das freut mich!" Mastema hob wieder die Hände, diesmal aber, als wolle er aus Bescheidenheit ein Zuviel des Lobes abwehren. „Ich habe es selbst geschrieben, nur für dich. Wird dir langsam klar, was für einen Aufwand ich betrieben habe, um dich zur Jagd zu tragen?"

„Aber wozu das alles? Was wolltest du mit diesen Landkarten?" Siebold verstand den Zusammenhang noch nicht, aber er fühlte, dass ihm sein ganzes Leben entglitt.

„Ich wollte ein Ereignis herbeiführen, das meinem Plan gemäß schließlich auch eingetreten ist. Das japanische Reich sollte mit Übermacht und Waffengewalt geöffnet werden. Du hast es doch selbst immer wieder beschworen, was das für eine Katastrophe wäre! Siehst du, genau das war mein Plan, das wollte ich erreichen. Du hattest vollkommen Recht. Deine geliebten Japaner werden sich verwandeln, und sie haben schon damit begonnen. Mit etwas Glück werden sie bald ein Volk von Teufeln sein. Rücksichtslos und brutal werden sie ihre Hälfte der Erde beherrschen."

„Und die andere Hälfte?" fragte Siebold entgeistert.

„Keine Sorge, darum kümmere ich mich noch. Ich habe viele Helfer, ganz so wie du mir einer in Japan warst. Vielleicht amüsiert es dich, wenn ich dir sage, dass die andere Kraft, die ich heraufbeschwören werde, hier in München ihren ersten großen Auftritt haben wird." Mastema lachte eitel und selbstgenüsslich, Siebold aber verstand kein Wort.

„Weist du", fuhr Mastema fort, „ich habe gelernt, in ganz neuen

Dimensionen zu denken und zu planen. Ich meine, mal ganz ehrlich, wer würde darauf kommen, dass man am einen Ende der Welt einen ganzen Krieg manipulieren muss, um am anderen Ende die kleinlichen Winkelzüge eines selbsternannten Wohltäters der Japaner zunichtezumachen? Ich bin wirklich ein bisschen stolz auf mich!"

„Was meinen Sie damit? Sie sprechen in Rätseln."

„Glaubst du wirklich, das russische Zarenreich hätte den Krieg vor seiner Haustür auf der Krim verloren, wenn ich mich nicht eingemischt hätte? Ich bitte dich! Das habe ich aber nur getan, damit Russland sich nicht mehr um seine neuen Freunde in Japan kümmern konnte. Du hättest es beinahe geschafft, meinen Pan doch noch zu durchkreuzen. Eine friedliche Öffnung Japans wäre das Gegenteil von dem gewesen, was ich brauchte."

„Das heißt, Sie haben alles um mich herum kontrolliert?"

„Nicht alles, aber vieles."

„Wann haben Sie damit begonnen?"

„Erinnerst du dich, dass ich deinen Vater kannte? Was meinst du, wer es veranlasst hat, dass er sich überarbeitet und so früh stirbt?"

„Sie? Aber wieso? Welchen Nutzen sollte das haben?"

„Von Psychologie hast du noch nie viel verstanden. Es war mir wichtig, dass du beeinflussbar bist. Dazu musste ich deinen Vater frühzeitig sterben lassen. Ich nahm dir dein natürliches Vorbild. So musstest du immer Orientierung an anderen Männern suchen. Vor allem hat es dich ehrgeizig gemacht. Ich hatte dann ein leichtes Spiel, damals, bei meinem Auftritt in dem Gasthaus zu Würzburg."

„Was noch?" Siebold wollte nun alles wissen. Er begann langsam zu begreifen, und seine Gedanken wanderten zu dem Moment zurück, als das Unglück seinen Lauf nahm. „Haben Sie auch den Sturm über Nagasaki gemacht, der das Schiff stranden ließ, in dessen Ladung die Landkarten waren?"

„Ah, siehst du, gut dass wir darüber sprechen! Nein, das war ganz unvorhergesehen. Ich hatte ein paar tollpatschige Gehilfen in Japan, und einer von ihnen hat das auf eigene Faust erledigt, sogar gegen unsere Absprache. Aber was soll ich dir sagen! Das Ergebnis war der Prozess gegen dich, der ganz Japan erschütterte und davon überzeugte, dass alle Fremden ihre Feinde sind. Das war eine so überraschende wie willkommene Unterstützung meines Plans. Ich wäre, ehrlich gesagt, nicht einmal auf die Idee gekommen, deinen Diebstahl der Karten schon in Japan zum Skandal werden zu lassen, um damit einen fruchtbaren Grund für den späteren Hass gegen die Fremden zu legen. Doch, doch, das war ein ganz famoser Einfall dieses Dummkopfs!"

„Und weiter?" Siebold war müde, aber er sah die Zusammenhänge. Allmählich ergab alles einen Sinn.

„Nun, ich muss gestehen, derselbe Dummkopf hat mir noch ein weiteres Mal geholfen. Er hat für mich das Beben vor der Küste von Shimoda ausgelöst, als deine russischen Freunde dort friedliche Beziehungen zu den Japanern aufbauen wollten."

„Sie wissen aber, dass die Russen am Ende doch ihren Vertrag bekamen. Es war der Einzige, der die Öffnung Japans bedeutete, und zwar auf friedlichem und freundschaftlichem Weg."

„Ja, das ist mir bekannt", seufzte Mastema, um dann kokett fortzufahren. „Da sie aber diesen hoffnungsvollen Beginn einer großen Völkerfreundschaft dank meiner Ablenkung nicht weiter verfolgen konnten und es auch sonst niemand mehr weiß, ist es unwichtig. Die empfindliche japanische Seele ist schwer verletzt durch die Aggressionen der anderen Nationen. Das ist es, was zählt, darauf kann ich aufbauen. Jetzt kannst du dir vielleicht auch denken, wie das japanische Handelspatent der Briten im Archiv für chinesische Schriftrollen verschwand."

„Was haben Sie vor? Ich verstehe es immer noch nicht."

„Das kannst du auch nicht. Zumindest solltest du jedoch wissen, dass ich mit dir gerade ein äußerst aufschlussreiches Experiment beende. Du warst gewissermaßen mein Spiegelbild, oder besser noch: mein Kehrwert, ein umgekehrter Satan. Dein Prinzip war es, ein Teil der Kraft zu sein, die stets das Gute will und doch das Böse schafft."

„Goethe?" stieß Siebold ungläubig hervor.

„Nun ja, er hat es eben vorbildlich formuliert. Das hat mir die Augen geöffnet. Wie lange bin ich es schon leid, dass meine Absichten stets ihr Gegenteil erzeugen und sich gegen mich selbst wenden! Das Böse aus dem Guten heraus zu schaffen ist die Umkehrung meines bisherigen Prinzips, eine wirkliche Erneuerung. Daraus habe ich viel gelernt, weißt du. Ich brauche nur einem Menschen, der wohlwollend, naiv und eitel genug ist, ein moralisches erhabenes Ziel zu geben, das auch noch Ruhm und Glück verspricht, und es kommt garantiert etwas Böses dabei heraus. Ich frage mich wirklich, warum ich nicht schon viel früher darauf gekommen bin." Mastema sah versonnen aus dem Fenster, draußen graute der Morgen. Dann erhob er sich plötzlich von seinem Stuhl.

„Es ist spät. Zeit zu gehen, mein treuer Gehilfe."

„Wohin?" fragte Siebold, den eine allumfassende, kalte Angst ergriff.

„Raus aus dem Leben, rein in die Finsternis", antwortete der Fürst der Hölle spöttisch. „Oh, und beinahe hätte ich es vergessen! Wir gehen nicht an den Ort, wo deine japanische Frau ist. Sie ist kürzlich gestorben, und zwar vor Sehnsucht nach dir und aus Trauer darüber, dass du sie verlassen hast. Ich dachte, das solltest du noch wissen."

Taki war tot. Das war der letzte Nagel, den Mastema ihm, gerade noch lebend, in die Seele schlagen wollte. Eine Welle hoffnungsloser Trauer brach sich über Siebold. Er dachte an Taki, an seine Freunde, die Opfer seiner selbstgerechten Taten, an seine Sünden. Und er bereute. Er bereute so sehr, doch ohne eine Vorstellung davon, wie er es hätte besser machen können. Dann war der Moment gekommen und er spürte, wie eine fürchterliche, böse Kraft von seiner Seele Besitz ergriff. Ihm wurde schon im tiefsten Inneren unendlich kalt, als über seinem Bett ein kleiner, kugelförmiger Blitz aufleuchtete. Mastema tat einen Schritt zurück, wobei er den Stuhl umwarf, und starrte mit derselben Fassungslosigkeit auf die Erscheinung wie Siebold. Die knisternd leuchtende Kugel begann langsam zu rotieren, dann schoss eine weiße Flamme aus ihr senkrecht heraus bis zur Zimmerdecke. Dort brach sie sich, zerfloss zu einem Schleier, sank wieder herab und wurde zu einem furchterregenden Gesicht aus Feuer.

„*Phanuel*!" schrie Mastema, fauchte die Erscheinung an und griff mit der Hand nach Siebold.

„VADE POST EUM, SATANA!" schallte es ohrenbetäubend zurück. „VADE RETRO, INVENTOR ET MAGISTER OMNIS FALLACIAE. VADE, HOSTIS HUMANAE SALUTIS."

Plötzlich war Stille um Siebold herum. Er sah nur noch in stummen Traumbildern, wie Mastemas Gestalt wuchs und sich in einen roten Drachen verwandelte, der auf die Erscheinung einstürzte. Dann sprach in seinen Gedanken eine leise Stimme zu ihm.

„Du musst jetzt gehen. Ich kann ihn nicht lange aufhalten. Nimm den Weg, den ich für dich geöffnet habe."

Siebolds Blick wurde in die Ecke des Zimmers gelenkt, wo ein pulsierender Schatten den Ausgang markierte. Er rollte sich aus dem Bett und rutschte auf Händen und Knien hinüber. Über ihm rangen die Ausgeburten der Geisterwelt, aber er spürte davon nichts mehr. Auch die Angst hatte ihn verlassen und er war ganz ruhig. Als er ein letztes Mal zurückblickte, sah er seinen toten Körper im Bett liegen, flackernd beleuchtet von den Blitzen und Flammen des dämonischen Kampfes.

Dann kroch er durch ein Loch aus Welt.

4. Kapitel

Die Offenbarung

Brief des Tennō Osahito – Nachricht aus Edo – Meiji
Kannibalen in Tokio – Kaiserliches Erziehungsedikt
Lafcadio Hearns Testament – Jiyugaoka
Hirohitos Lektionen – Putschversuch in Tokio
Prinzipien des japanischen Volksgeistes – Café Adlon
Der Weg des Untertan – Oppenheimer – Genbaku

Brief des Tennō Osahito

Februar 1867. Nächtliches Geläut durchdrang die Stille im kaiserlichen Palast von Kyōtō. Dann Schritte und das Rascheln von Stoff in den überdachten Gängen zu den innersten Gemächern. Tennō Osahito konnte nicht schlafen. Er hatte seinen ersten Schreiber kommen lassen und diktierte ihm einen Brief an Shōgun Iemochi.

„Mein Sohn, in großer Sorge sende Ich Dir diese Zeilen zu einer Stunde, in der Unsere Untertanen im ganzen Land von einer besseren Zeit träumen. Wohin man auch sieht unter den heutigen Bedingungen, man fühlt, dass die Gefahren, die Uns bedrohen, groß und gegenwärtig sind. Zu Hause sind Wir schwach und es droht der Verlust der Einheit. Die öffentliche Ordnung bricht zusammen, Hoch und Niedrig sind gespalten, und das Volk leidet Not. Im Ausland sind Wir den Beleidigungen der fünf arroganten Mächte ausgesetzt. Die Eroberung durch sie scheint Unser Schicksal zu sein. Ich denke darüber nach und kann weder des Nachts schlafen noch am Tage Meine Nahrung zu Mir nehmen. Und ach! Wie immer man diese Tatsache bewertet, die Verantwortung liegt nicht bei Dir. Der Fehler liegt bei Mir, es ist Mein Mangel an Tugend.

Was werden sie von Mir sagen, die Götter des Weltalls? Wie werden sie Mich ansehen, Meine Ahnen in ihren Gräbern? Und Du selbst, Du musst denken, Ich sei wahrlich ein Kind.

Meine Liebe für Dich ist so, als wärst Du Mein eigener Sohn. Und Du solltest Mir Zuneigung bezeugen, als wäre Ich Dein Vater. Die ganze Hoffnung des Reiches ruht auf der Tiefe dieser Zuneigung. Wie könnte man das leichtnehmen? Tag und Nacht müssen Deine Gedanken sich mit

Deinen Pflichten als Barbarenvertreibender-Generalissimus befassen, denn das wünscht das ganze Volk. Die Unterjochung der verhassten Barbaren ist die größte der nationalen Aufgaben, denen Wir gegenüberstehen, und das wird nur möglich sein, wenn Wir Streitkräfte haben, um sie zu bestrafen. Du musst mir einen möglichen Plan ausarbeiten und Mir unterbreiten. Es wird Meine Aufgabe sein, die Vorteile und die Nachteile zu erwägen und Unsere unbeugsame nationale Politik im Einzelnen zu bestimmen.

Seit langem ist es Mein Wunsch, die große Aufgabe der nationalen Wiedergeburt zu verwirklichen, was nur erreicht werden kann, wenn man die rechten Männer dafür findet. Ich sehe, dass solche Männer bis zu einem gewissen Grade unter der Mehrzahl der Fürsten gefunden werden könnten. Es sind Männer wie Matsudaira Keiei von Fukui, Yamanouchi von Tosa, Date von Uwajima und Shimazu Hisamitsu von Satsuma, allesamt treue Anhänger unserer neuen Politik des *Kobu-gattai*. Ihre große Loyalität und Gedankentiefe lässt sie am besten geeignet erscheinen, mit der Lenkung der Staatsaffären betraut zu werden. Meine Liebe für sie ist so, als wären sie Meine Kinder. Du sollst ihnen Zuneigung erweisen und sie als Deine Ratgeber hinzuziehen.

Es ist Mein Wunsch, dass wir beide gemeinsam schwören sollten, das sinkende Glück Unseres Landes wiederherzustellen. Wir müssen Unsere Pläne den Geistern Meiner kaiserlichen Ahnen unterbreiten, und Wir müssen die Not des Volkes lindern. Wenn Wir durch unsere Trägheit keinen Erfolg haben sollten, um wie viel größer würde Unser Verbrechen dann sein! Die Götter des Weltalls selbst würden Uns dann bestrafen. Beweise darum äußersten Eifer!"

Nachricht aus Edo

Edo, den 25. April 1867

„Teuerste Mutter,

bitte verzeih, dass ich nicht eher geschrieben habe. Ich konnte es einfach nicht. Die Nachricht vom Tod unseres geliebten Vaters war so niederschmetternd, dass Körper und Geist wochenlang taub waren gegen jede Empfindung. Alle Menschen um mich herum, vor allem die Japaner, denen ich davon berichtete, waren zutiefst erschüttert. Hier in Edo wird Vater betrauert wie ein Volksheld. Er war die letzte Hoffnung, dass man sich mit den Ausländern verständigen könnte. Man sagt sogar, er hätte den Kōmei-Tennō, wie Kaiser Osahito mit posthumen Namen genannt wird, retten können, der kürzlich an Pocken erkrankte und schnell hinweggerafft wurde. Kōmei war sein Leben lang nie krank und weder in der kaiserlichen Familie noch bei Hofe hatte jemand zu dieser Zeit die Pocken. So wird vermutet, dass er von einem Attentäter aus dem Daimyōnat Chōshū mit einem verseuchten Taschentuch infiziert wurde, weil er mit dem Bakufu enger zusammenarbeiten wollte. Hätte er sich impfen lassen, so wie der Shōgun es auf Anraten seiner Leibärzte getan hatte, die von Vater ausgebildet worden waren, dann würde er heute noch leben.

Die Situation hier in Japan ist angespannt. Der Ausländerhass im Volk hält ungemindert an. Vor allem die Habe- und Taugenichtse aus der Klasse der Samurai brüsten sich damit, gnadenlose Verfolger und Totschläger der Barbaren zu sein. Sie schnüffeln wie Hunde nach uns und ich kann mich nicht ohne Eskorte durch die Stadt bewegen. Die Regierung ist in ständigem Wechsel und äußerst instabil. Der junge Shōgun Iemochi ist wenige Wochen vor dem Tod des Kōmei-Tennō unter Protest von seinem Amt zurückgetreten, weil er mit dem kaiserlichen Hof in Kyōtō in unerbittlichem Streit lag. Der Tennō hat nach jahrelangem Zögern zwar endlich die Verträge mit den ausländischen Nationen ratifiziert, aber zugleich vom Shōgun verlangt, dass sie geändert werden und die Barbaren weiter verfolgt werden müssten. Zur selben Zeit liefen neun Schiffe aus England, Frankreich und Holland im Hafen von Osaka ein, das keine dreißig Meilen von der Kaiserstadt Kyōtō entfernt liegt. Die Kapitäne der Vertragsmächte stellten an den Shōgun in Edo die Forderung, dass die Häfen von Osaka und *Hyogo* für den Handel geöffnet werden, sonst würden sie direkt und bewaffnet zum Kaiserpalast vordringen. Shōgun Iemochi lenkte ein und wollte verhandeln, um die Bedrohung vom Kaiser abzuwenden. Statt Dankbarkeit zu zeigen, entließ dieser eigenmächtig die Unterhändler des Shōgun, während sie mit den Ausländern bereits erste Gespräche führten. Damit hat der Tennō seit dreihundert Jahren zum ersten Mal wieder direkt in die Politik eingegriffen und dem Bakufu praktisch die Regierungsgewalt entzogen. Der neue Shōgun heißt nun Yoshinobu Tokugawa, auch Keiki genannt. Er hat diese Aufgabe nur widerwillig übernommen, da er sah, wie sehr das Bakufu geschwächt ist. Doch dann starb der Kōmei Tennō, wie ich bereits erwähnte. Sein Sohn Mutsuhito war mit vierzehn Jahren noch zu jung, um in diesen unruhigen Zeiten den Chrystanthmenthron zu besteigen. Er studiert noch klassische Literatur, schreibt Gedichte und meditiert. Also wurde der kaiserliche Minister Nijo Nariaki bis zur Volljährigkeit Mutsuhitos als Regent eingesetzt. Das gibt Keiki die Chance, das Bakufu wieder zu stärken. Es ist ein Hin und Her, das wir zwischen zwei Regierungszentren erleben, die miteinander um die Macht ringen, und es ist lange noch nicht zu Ende.

Ich will dich nicht mit der japanischen Landespolitik langweilen, sondern ich berichte dir dies, damit du weißt, dass ich hier immer noch ein aufregendes Leben führe. Mein Verhältnis zu den Japanern könnte nicht besser sein, ich werde überall geschätzt und gelobt. Ich weiß jetzt genau, wie es Vater erging, als er sich in dieses seltsame Land verliebte. Wenn du den Menschen hier nur etwas entgegenkommst und ihnen dein Vertrauen schenkst, dann bekommst du das fünf- und zehnfach zurück. Die Japaner wollen einfach geliebt werden, vielleicht mehr als jedes andere Volk der Welt. Deshalb erleben sie diese brutalen Öffnungs- und Einmischungsversuche der ausländischen Nationen auch als doppelt so schmerzhaft wie es die stolzen Chinesen wohl getan haben. Vater hat daher in Japan alles richtig gemacht. Er hat ihnen mehr gegeben als er von ihnen nahm. Einzig der Kartenschmuggel war keine gute Idee, wie er selbst immer wieder eingeräumt hat. Jetzt, da ich die japanischen Sitten, Bräuche und Gesetze besser kenne, kann ich erst ermessen, was für ein unbeschreibliches Verbrechen der Kartendiebstahl war. Es war ein Wunder, dass er den Prozess überlebt hat und sogar nach Europa zurückkehren durfte. Eigentlich hättest du ihm nicht begegnen dürfen und ich sollte gar nicht geboren sein, doch irgendjemand oder irgendetwas hielt immer seine schützende Hand über ihm, und damit auch über uns. Ich werde ihn noch lange vermissen.

Bitte grüße meinen Bruder Heinrich. Er soll weiter fleißig Japanisch studieren, damit er bald nach Edo kommt und wir gemeinsam das Werk unseres lieben Vaters fortsetzen können, dessen Name hier in höchsten Ehren gehalten wird. Ich werde ihm schreiben, sobald die politische Lage hier übersichtlicher geworden ist. Er ist jetzt alt genug, diese Zusammenhänge zu verstehen.

Ich vermisse dich mehr, als ich es in Worte fassen kann.

In aller Liebe, dein Alexander"

Das Tagebuch des Dieners

„Taeko, Keiko, Hiromi, kommt rein! Vater ist zurück. Es gibt Abendessen", rief die Mutter aus der Küche. Die Kinder kamen aus dem Hof ins Haus gestürmt, tanzten um ihn herum und hielten sich an seinem Gewand fest, bevor er auch nur sein Gepäck abstellen konnte. Yasuo Nakanishi, Oberaufseher des Brückenwesens von Osaka, war von einer kurzen Reise aus Edo zurückgekehrt.

„*Otō-san*, hast du uns etwas mitgebracht?" riefen sie im Chor. Es war ein Ritual. Nakanishi war oft unterwegs und hätte sich nicht getraut, ohne Geschenke nach Hause zu kommen.

„Ja, ja, natürlich. Und diesmal ist es etwas ganz Besonderes."

„Jetzt lasst euren Vater doch erst einmal ankommen und sich stärken", ermahnte die Mutter die Kinder milde. Dann stellte sie das Essen auf den Tisch. Sie selbst aß nicht mit. Die Ehefrau nahm ihre Mahlzeit immer erst ein, nachdem der Herr des Hauses und alle anderen gespeist hatten. Später am Abend, als die Familie um den *Kotatsu* saß, packte Nakanishi ein Buch aus.

„Ein Buch? Wie langweilig!" maulte Hiromi enttäuscht.

„Wart's ab, mein Sohn. Dieses Buch hat mir ein befreundeter Buchhändler empfohlen, bei dem ich immer einkaufe, wenn ich in Edo bin. Also, als Geschenk lese ich euch heute aus den gesammelten Abenteuern des Dieners Ichikawa im Land der Barbaren vor. Das sind keine ausgedachten Fantasien, sondern wahre Geschichten. Er war Teilnehmer der ersten japanischen Expedition nach Europa, einem Land, das zehntausend *Ri* weit im Westen liegt.

„Zehntausend Ri! Bis Edo sind es hundert Ri, hast du gesagt. Dann ist die Reise nach Europa hundert Mal länger, Otō-san?" rechnete Keiko, die Älteste von den dreien.

„Sehr gut, Keiko-chan, das stimmt."

„Wahnsinn!" prustete Hiromi anerkennend.

„Und die Barbaren? Wie sind sie?" fragte Taeko aufgeregt. „Stimmt es, dass sie rote Tieraugen und riesige Nasen haben? Dass sie Schuhe aus Tierhäuten tragen?" Dabei schüttelten die Kinder sich vor gespieltem Ekel und lachten dazu.

„Das und vieles mehr werdet ihr erfahren. Also, seid still und hört gut zu." Er beugte sich über das Buch, schlug es auf und begann langsam zu lesen.

„Ich, Watabu Ichikawa, habe als Diener meines Herren mit einer japanischen Delegation im zweiten Jahre Bunkyū [1862] eine Reise nach Europa gemacht. Davon will ich den einfachen Leuten in meiner Heimat erzählen, damit sie eine Vorstellung vom Leben der Barbaren bekommen. Ich verstand vieles nicht, was sich auf der Reise ereignete, und war nicht mehr als eine Fliege auf einem Pferdeschwanz. So berichte ich auch aus meinem Tagebuch, einfach, demütig und konfus. Ich sah viel von den Ländern der Barbaren, doch ich kannte weder ihre Krebsschrift, noch verstand ich ihre dröhnende Neuntötersprache. Also, wir fuhren über den Indischen Ozean und das Rote Meer, stiegen in Suez in einen Dampfwagen nach Kairo und von dort aus wieder mit dem Dampfschiff weiter bis Marseille. Damit beginnen meine Aufzeichnungen.

Da gibt es sicher viele reiche Kaufleute. Die Straßen sind voll und die Herdfeuer dicht beieinander. Die Anzahl der Münder soll über zweihundertfünfzigtausend betragen. Bald darauf sind wir auf einer Dampfwagenstraße mit der Schnelligkeit eines Blitzes nach Paris gefahren. Ich halte meinen Kopf aus dem Fenster und der Wind reißt ihn mir beinahe ab. Der Leiter unserer Delegation hat Sorge, dass wir vierzig Japaner nicht gemeinsam untergebracht werden können. Als wir im Pariser ,Hoteru du Louvre' eintreffen, lacht dessen Direktor nur freundlich und erklärt, es sei dort jederzeit genug Platz für zehn oder zwanzig Delegationen. Und fürwahr, das Gebäude ist riesig! Unsere größten Paläste passen dort mehrmals hinein. Es hat fünf Stockwerke und sechshundert Zimmer. Wir haben Angst, uns zu verlaufen. Nachts schleichen wir mit unseren Laternen durch die Gänge, obwohl die immer von Gaslichtern taghell erleuchtet sind. Wir haben Angst, dass sie ausgehen und wir im Dunkeln verloren sind. Als ich meinen Herren für die abendliche Entleerung zu einer der erstaunlichen Kabinen-Wasserquellen mit Abfluss begleite und mich zur Wache davorsetze, werde ich vom Leiter der Delegation leise ermahnt, dass ich die Tür schließen müsse. Die Barbaren verstecken sich zur Verrichtung ihrer Entleerung und es bedeutet sein Gesicht verlieren, wenn man sich dabei beobachten lässt. Sind sie nicht seltsam! Es gibt auch keine Küche, wo wir unser mitgebrachtes Essen zubereiten können. Deshalb müssen wir in einer großen Halle zusammen mit den Fremden essen und mit hängenden Beinen auf Möbeln sitzen. Sosehr wir das Essen der tieräugigen Fremden sonst auch verabscheuen, hier schmeckt es wirklich gut! Es werden Delikatessen aus dem Wald und aus dem Meer angeboten. Beim Abendessen lernte ich Italiener, Spanier und Franzosen kennen. Ach ja! Diese Barbaren! Obgleich ihre Länder Tausende von Meilen voneinander entfernt sind, sehen sie alle gleich aus. Doch sie behandeln uns, die Wanderer über die Meere, mit großer Liebenswürdigkeit. Das ist so, wie es sein sollte. Weiter geht die Reise nach London. Dort wird uns ein lärmender Empfang bereitet. Wie immer, wenn sie sich über etwas freuen, schreien die Barbaren mit ihren unangenehmen Stimmen. Aber das Hoteru in London ist zehnmal so schön wie das in Paris. In jedem Zimmer liegt auf einem runden Tisch ,Das Ganze Buch des Neuen Bundes' in chinesischer Übersetzung. Ich habe davon gehört. Es hat wohl etwas mit der Religion der westlichen Barbaren zu tun. Dann gehen wir in ein Steinhaus mit hohen Hallen und Gängen. Hier hängen Tausende von gerahmten Bildern mit Landschaften, Menschen, Engeln, Vögeln, Tieren, Früchten, Bäumen und Gemüsen. Alles sehr genau gezeichnet und sicherlich bewundernswert – man muss es in der Tat wunderbar nennen. Aber im Malen bewundern die Barbaren nur dasjenige, was die Dinge so darstellt, wie sie wirklich sind, und erkennen nur das an, was die entsprechende materielle Form hat. Ach! Das ist sehr schade. Sie verstehen nichts von der Stimme des Geistes und den Manifestationen der Götter.

Heute Nachmittag ging ich zum Regent's Garden. Das ist ein Garten, wo man zahlreiche Familien von großen und kleinen Vögeln, von Tieren, Fischen und Reptilien gesammelt hat. In allen Ländern gibt es diese Tiere-und-Vögel-Gärten, Pflanzen-und-Bäume-Gärten und Allgemeine-Dinge-Hallen, die sie ,Mu-se-umu' nennen. Sie werden von der Regierung unterhalten, und die niederen Klassen dürfen hineingehen. Daher nehme ich an, dass man diese Plätze unterhält, um die niederen Klassen zu erfreuen und ihre Lage zu bessern, indem man ihr Wissen um allgemeine Dinge vermehrt. Aber von jedem Zuschauer nimmt man etwas Sehe-Geld, gemäß der barbarischen Gewohnheit, aus allem Profit ziehen zu wollen, was wir als sehr niedrig ansehen. Ach! Was sie dadurch gewinnen, das verlieren sie auch gleich wieder. – Das zu akzeptieren, was recht ist, und zurückzuweisen, was böse ist: Wie schön das ist!

Unser Dolmetscher erklärt uns eines Nachts, dass es wohl Banden von Männern gibt, sie nennen sich ,Pa-tai', die sich in einem Haus mit dem Namen ,Pa-la-mento' ständig anschreien und befehden. Es ist ihm unbegreiflich, wofür sie kämpfen und was man unter ,kämpfen' in Friedenszeiten versteht. ,Der und der sind Feinde im Palamento', berichtete man ihm. Aber dann sah er die ,Feinde' am selben Tisch sitzen und zusammen essen und trinken! Ich fühle, dass auch ich mir nichts dabei vorstellen kann. Es dauert lange, bis ich, wenn überhaupt, ein vages Verständnis für solche mysteriösen Tatsachen bekomme. Manchmal bereiten mir die Narrheiten der Barbaren richtige Kopfschmerzen, so widersinnig müssen sie einem kultivierten Menschen erscheinen. Aber im Allgemeinen lerne ich doch sehr viel auf meiner Reise durch Europa." „So, das war's für heute Abend, morgen erfahrt ihr mehr. Geht jetzt schlafen." Mit diesen Worten schloss Nakanishi die Gute-Nacht-Geschichte. Die Kinder saßen immer noch staunend mit offenem Mund und glasigen Augen da. Nakanishi und seine Frau lachten einander an. Die Überraschung hatte funktioniert. Als die Mutter Hiromi-chan zudeckte, flüsterte er ihr noch etwas zu.

„*Okā-san*, stimmt es, dass es in unserem Land auch Barbaren gibt?"

„Ja, mein Schatz. Aber du musst keine Angst haben. Der Kaiser beschützt uns vor ihnen."

„Ich habe keine Angst. Ich will sie kennenlernen. Ich will mit ihren Dampfwagen fahren, in einem Hoteru wohnen und ihre Allgemeine-Dinge-Hallen sehen."

Dann drehte er sich um und schlief sofort ein.

Meiji

Tokio, den 12. Dezember 1868

Lieber Henry,

Mutter hat mir mitgeteilt, dass du jetzt, wo du in das sechzehnte Lebensjahr eingetreten bist – herzlichen Glückwunsch dazu nachträglich – nach Japan kommen möchtest. Es wird auch höchste Zeit! Du bist alt genug, ich brauche dich hier und es war eine gute Idee von dir, dich von Heinrich in Henry umzubenennen. Das können die Japaner viel leichter aussprechen. Es sind bald zehn Jahre, die ich von zuhause fort bin, doch ich erinnere mich recht gut an dich. Du bist, mir ganz ähnlich, ein ernster Junge gewesen, und ich glaube nicht, dass du dich grundlegend geändert hast. Vater, als er noch lebte, und Mutter haben mich über deinen Werdegang auf dem Laufenden gehalten. Ich könnte es einrichten, dass du die Reise nach Japan nächstes Jahr von London aus mit meinem Sekretär Edmond Hollowstone antrittst. Ich weiß, dass du intensiv Japanisch gelernt hast, und das ist die wichtigste Voraussetzung, um hier bestehen zu können. Deshalb will ich dir als nächstes von den wichtigsten Veränderungen berichten, die sich kürzlich ereignet haben, denn sie haben großen Einfluss auf deine Aussichten, dir in Japan eine berufliche Zukunft aufzubauen.

Dieses Jahr war voller entscheidender Ereignisse. Es begann in den ersten Januartagen. Die Truppen der Daimyōs von Satsuma, Tosa, Choshu, Owari und Echizen hatten den Kaiserpalast in Kyōtō umstellt, den Regenten Nijo Nariaki mit seiner Kuge vertrieben und die alte Kuge des verstorbenen Kaisers wieder eingesetzt. Dann haben sie den gerade einmal fünfzehnjährigen Tennō Mutsuhito aus seinen zurückgezogenen Studien der chinesischen Literatur und der shintōistischen Rituale in die politische Arena geholt und ihn zum alleinigen Herrscher Japans ausgerufen. Dazu ließen sie ihn am 3. Januar mit fisteliger Stimme ein Edikt verlesen, das die Absetzung des Bakufu und die Abschaffung des Titels ‚Shōgun' besiegelte. Es war eine perfekte Palastrevolution! Mit einem Handstreich wurde die jahrhundertealte feudale Ordnung umgestürzt und die politische Macht des japanischen Kaisers wiederhergestellt, der sich seitdem *Meiji*-Tennō nennt, wobei Meiji ‚erleuchtete Herrschaft' bedeutet. Diese Restauration des Kaisertums wäre beinahe ganz ohne Blutvergießen über die Bühne gegangen, doch dann nahmen die Ereignisse einen unerwarteten Verlauf. Shōgun Keiki war sofort bereit, die Regierungsmacht an den Tennō zu übergeben und brach mit einer kleinen Eskorte von Osaka auf, wo er sich für die Verhandlungen mit den Ausländern aufhielt, um sich im dreißig Meilen entfernten Kyōtō dem Kaiser zu unterwerfen. Doch auf dem kurzen Weg schwoll seine Gefolgschaft zu einem Heer an, und in Kyōtō glaubte man deshalb an einen Angriff der Tokugawa-Streitkräfte. Der arme Keiki konnte gar nichts dagegen tun und die wesentlich besser ausgebildeten und bewaffneten kaiserlichen Truppen, gestellt von den Fürsten aus Satsuma und Chōshu, griffen an. Es starben über zehntausend Menschen für ein dummes Missverständnis. Doch die Geschichte ging noch weiter. Denn die geschlagenen Truppen Keikis strömten, in Auflösung befindlich, zurück nach Osaka und machten in ihrer Enttäuschung und Wut dort Jagd auf Ausländer. Dabei wurde ein französischer Kaufmann getötet. Ich war zu dieser Zeit gerade in der Stadt als Dolmetscher der englischen Gesandtschaft. Die Gesandten aller anwesenden ausländischen Nationen schickten eine Protestnote an den Kaiser, worin sie die Bestrafung des Täters forderten. Zu ihrer Überraschung antwortete die neue Regierung in Kyōtō umgehend, dass diese Tat Unrecht war und dass der Tennō dem verantwortlichen Samurai befohlen habe, in Gegenwart von Zeugen der befreundeten Nationen Harakiri zu begehen. Das war ein großer Beweis von Respekt gegenüber dem Ausland! Die Zeremonie fand im Seifokuji-Tempel von Hyogo statt, dem Hauptquartier der Satsuma-Truppen. Als Ausländer nahmen sechs Vertreter der Vertragsmächte und meine Wenigkeit daran teil. Dazu kam eine genauso große Zahl von Japanern. Es war das erste Mal in der Geschichte des Landes, dass Fremde einem *Seppuku* beiwohnen durften. Ich möchte dir dieses Ereignis etwas ausführlicher schildern, denn es gibt dir einen Eindruck davon, was für ein Menschenschlag dich hier erwartet.

Im Tempel empfingen uns am späten Abend Offiziere der Fürsten von Satsuma und Chōshu. Wir wurden aufgefordert, in die Haupthalle des Tempels zu kommen. Es war eine imposante Szenerie. Das Dach der Halle wurde von dunklen Holzsäulen getragen. Von der Decke hingen unzählige vergoldete Lampen und Ornamente. Vor dem Hochaltar, wo der mit schönen weißen Matten bedeckte Fußboden drei *Zoll* erhöht war, lag ein Teppich aus rotem Filz. Große Kerzen in regelmäßigen Abständen gaben ein geisterhaftes Licht, gerade hell genug, um alles erkennen zu können. Die Japaner nahmen an der linken Seite der Erhöhung Platz, wir Fremden an der rechten Seite. Sonst war niemand anwesend. Dann schritt Zenzaburo Takado herein, der Samurai, der den Franzosen getötet hatte. Er hatte eine aufrechte Haltung, edle Gesichtszüge und trug eine zeremonielle Tracht mit großen Flügelärmeln aus Hanfzeug, die nur bei ganz großen Anlässen getragen werden. Er wurde von einem Sekundanten, *Kaishakunin* genannt, und drei weiteren Samurai in Waffenröcken begleitet. Das Amt des Kaishakunin ist das eines Edlen und hat nichts mit einem Henker zu tun. Häufig ist es ein Freund oder Verwandter des Verurteilten. In diesem Fall war es ein Schüler des Delinquenten, der ihn wegen seines geschickten Umgangs mit dem Schwert ausgesucht hatte. Gemeinsam traten sie langsam auf die japanischen Zeugen zu, verbeugten sich tief und grüßten uns dann in derselben Art. Beide Male wurde der Gruß zeremoniell zurückgegeben. Dann bestieg der Samurai Takado mit großer Würde die Plattform, warf sich zweimal vor dem Hochaltar nieder und setzte sich dann auf japanische Art im Seiza auf den Teppich, den Rücken zum Altar gewandt. Sein Sekundant kauerte an seiner linken Seite. Dann kam einer der drei Samurai und brachte auf einem niedrigen Tischchen, wie man sie in Tempel für die Opfer benutzt, einen in Reispapier eingewickelten Dolch, Spitze und Klinge scharf wie ein Rasiermesser. Er kniete nieder und bot dem Verurteilten den Dolch, der ihn ehrfürchtig nahm, mit beiden Händen zur Stirn hob und ihn vor sich niederlegte.

Nach einer tiefen Verbeugung sprach Takado mit einer Stimme, die gerade so viel Zögern enthielt, wie man sie von einem Mann erwarten konnte, der ein schmerzliches Bekenntnis ablegen muss, der sich aber zwang, weder in seinem Gesicht noch in seiner ganzen Art die geringste Bewegung zu zeigen.

‚Ich – und ich allein, habe den Befehl gegeben, auf die Fremden in Osaka zu schießen und den Ausländer aus Frankreich mit meinem Schwert getötet. Für dieses Verbrechen begehe ich Seppuku. Ich bitte die Anwesenden, mir die Ehre zu erweisen, als Zeugen dieser Tat beizuwohnen.'

Er verbeugte sich noch einmal. Mit einer schnellen Bewegung zog er seine Robe von den Schultern nach hinten, sodass er mit nacktem Oberkörper dasaß. Dann steckte er sorgfältig, wie es die Zeremonie verlangt, die langen Ärmel unter seine Knie, um sich daran zu hindern, rückwärtszufallen, denn ein Samurai muss vorwärtsfallend sterben. Langsam und mit ruhiger Hand nahm er den Dolch, betrachtete ihn nachdenklich, fast mit Zuneigung. Für einen Augenblick schien er seine Gedanken zum letzten Mal zu sammeln. Dann stach er sich tief in die linke Seite, zog den Dolch langsam durch den Bauch zur rechten Seite und machte, indem er ihn in der Wunde drehte, einen kurzen Einschnitt nach oben. Während dieser Handlung, deren Anblick bei uns Ausländern eine kaum zu ertragende Übelkeit erzeugte, bewegte er keinen Muskel seines Gesichts. Er zog den Dolch heraus, lehnte sich vorwärts und streckte den Hals vor. Erst in diesem Moment zeichnete der Schmerz sein Gesicht, doch er gab keinen Laut von sich. Da sprang sein Kaishakunin auf, der bis dahin an seiner Seite gekauert und ihn beobachtet hatte, riss sein Schwert hoch, hielt es eine Sekunde drohend in der Luft schweben und ließ es schließlich wie einen Blitz auf den nackten Nacken des Sterbenden niedersausen. Es gab erst ein hartes, hässliches Geräusch, dann den dumpfen Aufprall des Kopfes auf dem roten Teppich. Mit einem einzigen Schlag war das Haupt vom Rumpf getrennt worden, was wohl nicht immer gelingt.

Eine Totenstille folgte. Man hörte nur, wie das Blut aus dem toten Haufen in Stößen herausgepumpt wurde, der vor Sekunden noch ein tapferer, ritterlicher Mann gewesen war. Ich habe noch nie etwas Schrecklicheres gesehen. Der Kaishakunin verbeugte sich tief, wischte das Schwert ab und zog sich zurück. Der blutige Dolch wurde als Beweis der Exekution feierlich weggetragen. Dann verließen wir den Tempel. Wir waren tief beeindruckt von der grausigen Szene, aber zugleich erfüllt von Bewunderung für die männliche und feste Haltung des Sterbenden und für die Gefasstheit, mit der sein Sekundant seine letzte Pflicht gegenüber seinem Herren erfüllt hat. Nichts konnte uns stärker von der Kraft ihrer Erziehung überzeugen. Ein Samurai lernt von frühester Jugend an, dass Seppuku eine Zeremonie ist, an der er eines Tages möglicherweise – als Haupt- oder Nebenperson – aus Ehrengründen wird teilnehmen müssen. Falls die Stunde kommen sollte, ist er darauf gefasst und kann tapfer eine Zerreißprobe ertragen, die durch das frühe Bekanntwerden mit ihr die Hälfte ihres Schreckens verloren hat. In welchem anderen Land der Welt lernt ein Mann, dass der höchste Freundschaftsbeweis, den er vielleicht einmal seinem besten Freund zu erweisen hat, der ist, dass er als sein Henker handeln muss? Ich erfuhr bald danach, dass Takado, bevor er die Tempelhalle betrat, die Mitglieder seines Klans um sich versammelt und sich mit einer kurzen Ansprache an sie gewandt hatte. Er sprach von der Größe seiner Schuld, von der Gerechtigkeit des Urteilsspruchs und warnte sie vor neuen Angriffen auf die Fremden. Sie hatten ihm geantwortet, dass sie keine bösen Absichten mehr gegen die Fremden hegten.

Das war natürlich ein unvergessliches Erlebnis für die ausländischen Diplomaten, vor allem aber für mich als dem jüngsten Zeugen. Von viel größerer politischer Bedeutung war jedoch ein weiteres Ereignis, das wenige Wochen später stattfand. Im März gewährte der Meiji-Tennō den Gesandten der Vertragsmächte England, Frankreich und Holland eine persönliche Audienz. Das hatte es in der ganzen japanischen Geschichte noch nicht gegeben. Zum ersten Mal seit Menschengedenken durften Fremde den Kaiserpalast in Kyōtō betreten und in das göttliche Antlitz des Herrschers von Japan blicken! Du kannst dir nicht vorstellen, was das für eine Wirkung auf die öffentliche Meinung hatte, vom gemeinen Volk bis in die höchsten Ränge des Reichsadels. Damit war endlich klar, dass der Tennō die Öffnung des Landes wünscht. Wenige Tage später wurden die alten Reichsgesetze des *Gongen-sama* offiziell aufgehoben und diese Nachricht überall im Land öffentlich angeschlagen. Damit wird nach mehr als zweihundert Jahren jeder Japaner, der einem Ausländer etwas antut, wie ein gewöhnlicher Krimineller behandelt. Samurai wird sogar ausdrücklich das Recht auf Seppuku entzogen, wenn sie einen Nicht-Japaner töten. Zugleich wurde offiziell die bösartige Bezeichnung ‚*Ijin*' für die Fremden abgeschafft, was ‚Wilde' oder ‚Barbaren' bedeutete. Wir heißen seitdem ‚*Gaikokujin*', also einfach ‚Ausländer', und genießen nun denselben Schutz des japanischen Staates wie jeder andere Bürger. Kannst du dir vorstellen, wie ich aufgeatmet habe? Dennoch, wir können uns nicht darauf verlassen, dass alle Japaner sich dieser neuen Gesetzeslage fügen. Es gibt immer noch viele Radikale im Land, die uns Fremde vertreiben und notfalls töten wollen.

Der nächste große Schritt folgte gleich darauf. Der Meiji-Tennō verließ in einem pharaonischen Umzug die Kaiserstadt Kyōtō und siedelte über nach Edo, wo er das *Edo-jō*, die ehemalige Burg der Shōgune, zu seiner neuen Residenz erklärte. Ich kann dir gar nicht schildern, was im Volke angesichts dieser unglaublichen Veränderung vor sich ging, welche tiefen Gefühle das auslöste! Seit über einem Jahrtausend war Kyōtō die Haupt- und Kaiserstadt von *Dai Nippon*. Plötzlich gab es keinen Shōgun mehr und der heilige Tennō übernahm persönlich die Regierung in Edo. Doch damit nicht genug. Die Stadt wurde sogleich in Tokio umbenannt. Die *Kanji* des neuen Namens bedeuten ‚östliche Hauptstadt'. Jetzt verstehst du auch den seltsamen Ortsnamen auf dem Umschlag und im Briefkopf.

Tennō Mutsuhito zieht nach Edo um

Damit bin ich in der Gegenwart angekommen. In diesen Tagen, da ich dir schreibe, gibt es ein weiteres, tief bewegendes Ereignis, für das ich kein Vorbild in der Weltgeschichte finde. Der Meiji-Tennō ist bisher ohne eigene Einkünfte und der kaiserliche Hof hat keinerlei Eigentum. Seit Jahrhunderten lebte er von den gnädigen Zuwendungen des Bakufu. Um eine Regierung und ein funktionierendes Staatswesen aufzubauen, braucht der Tennō dringend finanzielle Ressourcen. Nun haben die mächtigen Daimyō des Südens, die Fürsten von Satsuma, Chōshu, Hizen und Tosa beschlossen, ihre großen Latifundien freiwillig dem neuen Herrscher zu übertragen. Sie haben erklärt, dass es sein Land und sein Volk sei und sie nur Verwalter derselben gewesen wären. Weitere Daimyō sind dabei, sich dieser Neugründung des Reiches anzuschließen. Ist so viel Großherzigkeit in der kleinlichen Staatenwelt Europas oder anderswo überhaupt vorstellbar? Ich kann kaum die Tränen der Rührung zurückhalten, wenn ich nur daran denke, wie selbstlos und weise die japanischen Fürsten handeln, die ihre eigene feudale Ordnung und ihre Privilegien für eine bessere Zukunft aufgeben.

Wenn du nach Japan kommst, wirst du also ein Land kennenlernen, von dem unser Vater nur träumen durfte. Er hat in allen Punkten Recht behalten, denn als einer der ersten sah er diese Umwälzung kommen. Seine Sorge war nur, dass es vorher zu einem Bürgerkrieg kommen würde. Diese Katastrophe ist ausgeblieben und Japan ist heute ein Land im Aufbruch. Ich hoffe, diese Nachrichten machen dir Mut und beflügeln dich auf dem Weg hierher. Dann habe ich noch eine Neuigkeit, die dich persönlich freuen wird. Der preußische General Eduard Schnell hat kürzlich die ersten Milchkühe nach Japan gebracht und die Japaner in die Kunst des Melkens eingeweiht. Sie trinken die Milch genauso gerne wie du, doch viele vertragen sie nicht und bekommen von ihrem Genuss einen lästigen, aber ungefährlichen Durchfall. Es wird vielleicht nur noch wenige Jahre dauern, bis es hier endlich auch Käse gibt, den ich schon so lange vermisse.

Mein lieber Bruder, ich freue mich darauf, wenn du kommst und ich dich in die Geheimnisse dieses Landes einweihen darf, damit wir gemeinsam das Werk unseres Vaters fortsetzen können. Grüße bitte Mutter von mir und gib mir bald Nachricht, wann und wie du reisen wirst.

Dein Alexander

Kannibalen in Tokio

Ein Jahr später kam Henry nach Japan. Sein Bruder, der exzellente Kontakte zu den ausländischen Diplomaten in Tokio hatte, besorgte ihm eine Anstellung als Dolmetscher im österreichischen Konsulat. Bald war Henry, gerade einmal siebzehn Jahre alt, auf sich allein gestellt. Alexander musste im Dienst der britischen Botschaft und in japanischen Angelegenheiten jahrelang Amerika und Europa bereisen. Sie sahen sich nur selten, und so verzögerte sich der Plan, das Werk ihres Vaters fortzuführen und zu vervollständigen. Henry wurde Sammler japanischer Kunstwerke und machte sich einen Namen als Archäologe. Im Frühjahr 1885 kam Alexander von einem langen Aufenthalt in Europa zurück. Es war die Zeit der *Sakura* und die blühenden Kirschbäume ließen ganz Tokio erstrahlen. Bei jedem Windhauch regnete es weiße Blütenblätter. Sie hatten sich auf der Aoyama-dōri verabredet, einem prachtvollen Boulevard, wo die Terrasse des ersten englischen Tearooms neben dem Blumenmarkt ein besonders schöner Ort für das festliche *Hanami* war. In den vergangenen Jahren war viel passiert, und so hatten sie sich einiges zu erzählen. Die Weltausstellungen 1875 in Wien und 1878 in Paris, an denen Henry teilgenommen hatte, waren große Erfolge für Japan. Die Pavillons gehörten zu den bestbesuchten, ein großes Publikum konnte sich zum ersten Mal ein Bild vom Land der aufgehenden Sonne machen und in Europa hatten viele Sammler begonnen, sich für japanische Kunst zu interessieren. Auch Alexander hatte die Weltausstellungen besucht, in Amerika, England, Frankreich und Deutschland für die japanische Regierung Verhandlungen geführt und ausländische Berater für Industrie, Wirtschaft, Justiz und Militär angeworben. Er war von seinem Posten in der britischen Botschaft in den Dienst des japanischen Finanzministeriums gewechselt. Sein Japanisch war perfekt in Schrift und Sprache, während Henry zwar fließend japanisch sprach, zum Lesen und Schreiben aber immer einen Übersetzer brauchte. Er fühlte sich oft wie ein Analphabet, doch er hatte nicht die Disziplin seines Bruders, die Tausenden von Kanji auswendig und zeichnen zu lernen. Trotzdem genoss er sein abenteuerliches Leben in Tokio und wurde von den Japanern geschätzt. Er war kleiner und schmächtiger als sein stattlicher Bruder, trug einen lustigen Zwirbelbart und kleidete sich gerne traditionell japanisch im informellen *Yukatta*, während modebewusste Japaner selbst immer öfter Gehrock oder gar Smoking trugen. Dabei sah letzterer außerhalb mondäner Dinners und der Oper, also auf der Straße getragen, geckenhaft und lächerlich aus. In- und Ausländer mokierten sich über die ‚Pinguine'. Während Alexander also der perfekte westliche Gentleman war, der Zugang zu den höchsten Kreisen der japanischen Gesellschaft hatte, flogen Henry die Herzen der einfachen Japaner zu. Gerade dadurch, dass er Japanisch weder lesen noch schreiben konnte, war er ihnen weniger unheimlich. Im Gegensatz zu den meisten anderen Ausländern in Tokio trat er auch nie überheblich auf oder zeigte gar Verachtung für die Japaner.

Alexander und Henry sprachen gerade über das immer wieder verschobene Vorhaben, das Hauptwerk *Nippon* ihres Vaters neu aufzulegen, als ein westlich gekleideter Japaner an ihren Tisch herantrat.

„Guten Tag, meine Herren. Darf ich mich vorstellen? Mein Name ist Yukichi Fukuzawa." Die Brüder staunten weniger über die Tatsache, dass er das in fließendem Deutsch sagte, als über ihn selbst. Selbstverständlich kannten sie ihn. *Fukuzawa* war eine der bedeutendsten Persönlichkeiten des öffentlichen Lebens in Japan. Seine Bücher hatten in den vergangenen Jahrzehnten das Bild des Auslands in Japan maßgeblich geprägt und er war eine führende Figur der sogenannten Meiji-Aufklärung. Sie waren einander bis dahin nie begegnet. Alexander und Henry erhoben sich von ihren Stühlen.

„Fukuzawa-san, was für eine Ehre, Sie kennenzulernen! Ich bin Alexander von Siebold, und das ist mein Bruder Henry."

„Ich weiß, das wurde mir gesagt. Deshalb wollte ich die Gelegenheit nutzen, mich vorzustellen. Darf ich mich setzen?"

„Selbstverständlich. Bitte, nehmen sie Platz. Wissen Sie, wir sind große Bewunderer Ihrer Arbeit. Alle Kollegen von mir kennen Ihre Veröffentlichungen", sagte Alexander enthusiastisch.

„Da trifft es sich doch gut, dass ich ein Verehrer Ihres seligen Vaters bin. Es war eine tragische Nachricht für mich, als ich damals erfuhr, dass ich ihm nie mehr persönlich begegnen würde. Wir haben uns mehrmals knapp verpasst, sowohl in Edo, als auch in Nagasaki. Niemand hat mehr für unser Land getan als Philipp Franz von Siebold."

„Vielen Dank. Es freut uns natürlich, das zu hören. Wir sind hier, um sein Werk fortzusetzen, aber unsere Möglichkeiten sind begrenzt. Uns fehlt sicher auch der unendliche Fleiß, der Mut und die fast grenzenlose wissenschaftliche Bildung unseres Vaters."

„Seien Sie nicht so bescheiden", gab Fukuzawa schmunzelnd zurück. „Ich habe vor einigen Jahren die Auseinandersetzung zwischen Ihnen", wobei er sich an Henry wandte, „und dem amerikanischen Zoologen Edward Morse verfolgt. Ich kenne nur die dazu veröffentlichten Artikel. Ich würde mich außerordentlich freuen, wenn Sie mir persönlich schildern könnten, wie es dazu gekommen war."

Henry räusperte sich. Er empfand Fukuzawas zur Schau getragenes Selbstbewusstsein und seine noble Erscheinung als einschüchternd. Für ihn war er ein unbestechlicher Geistesriese, er selbst nur ein kleiner, unbedeutender Abenteurer.

„Gerne. Das ist schnell erzählt. Ein befreundeter deutscher Geologe, Edmund Naumann, berichtete mir, dass er an den Baustellen der Ueno-Bahnlinie große Sedimentschichten aus Muschelkalk gesehen habe. Es müsse früher dort, wo jetzt die Stadt ist, einen Strand gegeben haben. Ich sollte mir das einmal ansehen."

„Ich kenne Naumann natürlich", unterbrach ihn Fukuzawa. „Er war Professor an der Kaiserlichen Tokio-Universität und hat die *Fossa magna* bestimmt, den geologischen Graben, der durch ganz Japan läuft. Und er hat die ersten Fossilien von japanischen Elefanten entdeckt! Ich kenne seine Schriften, weil er nur auf Deutsch publiziert hat." Henry nickte äußerlich anerkennend, dachte aber bei sich, dass er es wie erwartet mit einem akademischen Besserwisser zu tun hat. Er mochte diesen Menschenschlag nie besonders, und das war der Grund dafür, dass er nie studieren wollte.

„Jedenfalls gehört die Bahnlinie zur Verwaltung des Finanzministeriums, und so war es einfach für mich, eine zeitlich befristete Schürfgenehmigung zu bekommen. Die Sedimentschichten waren tatsächlich von beträchtlicher Größe, zwischen dreißig und fünfzig Fuß. Dort entdeckte ich verschüttete Grubenwohnungen, keramische Artefakte und Knochen einer Frühkultur. Zu der Zeit, als ich diese Funde beschrieb, fing Morse mit seinen Grabungen weiter südlich bei Ōmori an. Er fand genau dieselben frühzeitlichen Behausungen und Gegenstände wie ich, doch er schloss daraus, dass es Siedlungen des Volkes der *Ainu* gewesen sein müssten. Außerdem bestand er darauf, dass sie Kannibalen waren. Die menschlichen Knochenfunde würden es beweisen. Das konnte ich natürlich nicht so stehen lassen, denn weder hatten die Ainu die handwerkliche Kunst der Keramik entwickelt, noch gab es jemals irgendwelche Berichte über Menschenfresserei in diesem Volk."

„Ja, das war eine skandalöse Meldung. Kannibalen mitten in Tokio! Das konnte und wollte sich hier niemand vorstellen. Viele Japaner waren Ihnen dankbar für diese Klarstellung, meine Person eingeschlossen. Ich habe aber gehört, dass Sie auch ein großer Sammler japanischer Kunst sind. Wie sind Sie dazu gekommen?" erkundigte sich Fukuzawa neugierig. Henry blickte kurz verlegen zu seinem Bruder hinüber, der eigentlich die viel prominentere und interessantere Persönlichkeit an diesem Tisch war. Alexander folgte jedoch ganz entspannt dem Gespräch, das auch für ihn neue Aspekte seines jüngeren Bruders beleuchtete.

„Es war in der Zeit des *Haibutsu kishaku*, wie Sie es nennen. Ich fand die Plünderung und Zerstörung der buddhistischen Tempel einen Frevel, zumal ich dem Buddhismus geistig sicher näher stehe als dem *Shintō*. All die herrlichen, jahrhundertealten Kunstwerke wurden einfach weggeschmissen oder gleich verbrannt. Ich habe wunderschöne Bilder aus der *Heian*-Zeit gerettet, die als Packpapier verwendet wurden. So begann ich meine Sammlung."

„Ja, ich habe diese Entwicklung auch mit großer Sorge beobachtet", sagte Fukuzawa betroffen. „Ich stehe beiden Glaubensrichtungen grundsätzlich skeptisch gegenüber, weil sie archaisch sind und mein

Land in Ketten legen, die den Fortschritt hemmen. Die Buddhisten haben heute einen schweren Stand. Zugleich wird der Shintō zu einer Staatsreligion gemacht und verliert seine Unschuld. Er war einst ein liebenswürdiger Volksglaube. Heute arbeiten ganze Ministerien daran, ihn zu einer aggressiven Tennō-Religion umzubauen. Ich habe lange genug die westlichen Nationen bereist, um zu wissen, dass darin keine Zukunft liegt. Die Trennung von Kirche und Staat halte ich für eine der wichtigsten Errungenschaften des Westens. Wir gehen nun genau den entgegengesetzten Weg." Fukuzawa hielt kurz inne und überlegte.

„Entschuldigen Sie bitte, meine Herren, dass ich das Gespräch auf derart unangenehme Themen gelenkt habe. Die verfluchte Politik. Es ist meine Schuld. Gerade ist mir eingefallen, dass Ihr Vater noch eine japanische Tochter hatte. Wissen Sie, was aus ihr geworden ist?" Das war Alexanders Einsatz.

„Es stimmt, wir haben eine Halbschwester namens Ine. Sie nennt sich mit Familiennamen Shimoto, eine Verbindung von ‚Shiboruto' nach ihrem Vater und ‚Kusumoto' nach ihrer Mutter. Sie hat im Tsukiji-Viertel eine Geburtsklinik eröffnet. Dabei hatte ich sie finanziell unterstützt. Sie ist sehr erfolgreich und unter den Ärzten hoch angesehen. Seit einigen Jahren schon ist sie die Leibärztin der Kaiserin."

„Was für eine Karriere!" Fukuzawa war begeistert. „Die erste Ärztin in ganz Japan – davon hatte ich nämlich schon gehört – und dann gleich eine Anstellung am kaiserlichen Hofe! Sehen Sie sich denn gelegentlich?"

„Nein, inzwischen leider nicht mehr. Sie ist… wie soll ich es sagen?… ein komplizierter Mensch."

„Verstehe. Ich möchte auch gar nicht weiter nach ihren familiären Verhältnissen fragen. Doch es ist bewegend für mich, zu sehen und zu verstehen, wie sehr unsere Schicksale miteinander verbunden sind."

„Was meinen Sie damit?"

„Ihr Vater hat die moderne westliche Medizin und vieles mehr nach Japan gebracht. Seine Tochter ist Ärztin geworden und lebt jetzt hinter den verschlossenen Toren des Palastes. Ich habe die ‚Schule für westliche Wissenschaften' gegründet, die bald in Keiō-Universität umbenannt wird, wo Medizin nicht nur eines der wichtigsten Studienfächer und Forschungsschwerpunkt wird. Der Unterricht soll auch in deutscher Sprache stattfinden und alle wissenschaftlichen Textbücher werden auf Deutsch verfasst sein."

Alexander und Henry sahen ihn staunend an. Sie hatten von seiner *Keiō Gijiku* gehört, die nach dem Vorbild englischer Public Schools errichtet und demnächst in eine Privatuniversität überführt werden sollte. Dass die deutsche Sprache dabei im Unterricht eine wichtige Rolle spielen sollte, war ihnen neu.

„Deutsche Musik gehört natürlich auch zum Lehrplan. Sie ist für mich die schönste der Welt. Und schließlich hat *Franz Eckert*, ein deutscher Kapellmeister, das *Kimigayo* komponiert, unsere erste Nationalhymne."

Fukuzawa fasste seine Gedanken in einem feierlichen Ausspruch zusammen. „Es gibt drei Dinge aus Deutschland, die Japan übernehmen soll. Die Sprache für die Wissenschaft, die Philosophie für den Geist, und die Musik für das Gemüt."

Ergriffen von den eigenen Worten schaute er hinaus in den Blütenregen unter den Kirschbäumen. Alexander und Henry sahen sich verwundert an, dann folgten ihre Blicke dem seinen.

Kaiserliches Erziehungsedikt

Kyōiku chokugo

Wisset, Unsere Untertanen:

Unsere Kaiserlichen Vorfahren haben Unser Reich auf einer breiten, für alle Zeiten bestehenden Grundlage aufgebaut und in diesem Fundament die höchsten Tugenden für die Ewigkeit verankert. Unsere Untertanen, stets vereint in Loyalität und dem Respekt gegenüber den Eltern, haben von Generation zu Generation die Schönheit dieses Erbes glänzen lassen. Dies ist die Herrlichkeit des wahren Charakters Unseres Reiches, und darin liegt auch die Quelle Unserer Erziehung. Ihr, Unsere Untertanen, schuldet euren Eltern Gehorsam und euren Brüdern und Schwestern Zuneigung; als Ehemänner und Ehefrauen sollt ihr in Harmonie zusammenleben, als Freunde seid ihr zur Wahrheit verpflichtet; übt euch in Bescheidenheit und Mäßigung; gießt das Füllhorn eurer Güte über alle Mitmenschen; lernt fleißig und pflegt die schönen Künste, was eure geistigen Fähigkeiten und die Kraft eurer moralischen Grundsätze stärken wird; außerdem sollt ihr für das öffentliche Wohl sorgen und gemeinsame Interessen verfolgen; respektiert die Verfassung und gehorcht dem Gesetz; wenn die Not hereinbricht oder Gefahr droht, so bietet dem Staat mutig euren ganzen Einsatz an; denn dadurch bewacht und erhaltet ihr das Wohlergehen Unseres Kaiserlichen Thrones, der zugleich mit

Himmel und Erde entstand. Deshalb sollt ihr nicht nur Unsere guten und treuen Untertanen sein, sondern den Ruhm der besten Traditionen eurer erlauchten Vorfahren vermehren.

Der Weg, der hier fortgesetzt wird, ist nichts anderes als die Lehre, die Unsere Kaiserlichen Vorfahren Uns hinterlassen haben und gleichermaßen von Ihren Nachfahren und deren Untertanen zu befolgen sind, unfehlbar für alle Zeiten und überall wahr. Es ist Unser Wunsch, Uns diese Prinzipien gemeinsam mit euch, Unseren Untertanen, ehrfürchtig zu Herzen zu nehmen, damit wir alle in derselben höchsten Tugendhaftigkeit vereint sein werden.

Der 30. Tag des 10. Monats des 23. Jahres Meiji (30. Oktober 1890)
Meiji-Tennō

Lafcadio Hearns Testament

„Ich, Yakumo Koizumi, ehemals *Lafcadio Hearn*, lege hiermit, im Vollbesitz meiner geistigen Kräfte, mein Testament ab.

Seit einiger Zeit fühle ich mich unwohl. Ich schlafe schlecht, habe Schweißausbrüche, Fieberträume und immer wieder Schmerzen in der Brust. Zwar bin ich erst fünfundfünfzig Jahre alt, aber ein körperlich anstrengendes und möglicherweise geistig ungesundes Leben scheint seinen Tribut zu fordern. Dabei habe habe ich mich abwechselnd mehreren Religionen zugewandt. Doch im Herzen bin ich immer Christ geblieben. Deshalb möchte ich nicht vor meinen Schöpfer treten, ohne vorher Rechenschaft abgelegt zu haben über die bedrückenden Einsichten der letzten Wochen. Ich habe eine Beichte abzulegen. Und Buße zu tun für vieles, was ich bisher gesagt, geschrieben und getan habe.

Seit meiner Ankunft in Japan vor vierzehn Jahren habe ich mich vom Grundschullehrer zu einem international anerkannten Schriftsteller und Professor an der Waseda-Universität zu Tokio hochgearbeitet. Meine Bücher über altjapanische Legenden und Geistergeschichten, meine Beschreibungen des Landes und der japanischen Seele waren große Erfolge, sie werden im In- und Ausland gelesen. Ich habe eine liebe japanische Frau, die mir eine Tochter und drei Söhne geschenkt hat. Außerdem erfahre ich allenthalben eine Anerkennung, wie sie sonst nur Volkshelden zuteilwird. Doch in letzter Zeit war ich in meinen Träumen oft ein Zuschauer meiner selbst. Ich musste mich und mein Leben von außen betrachten. Dabei wurde ein großer Irrtum offenbar, von dem ich hier zu berichten habe.

Einige meiner besten Freunde hatten mich schon oft als bezahlten Propagandisten der Meiji-Regierung bezeichnet. Ich sei ein wahrer Imperialist geworden. Zwar sagten sie das meist im Spaß, aber sie hatten Recht. Von dem Moment an, als ich hier einen Fuß an Land gesetzt hatte, war ich überzeugt, dass das japanische Kaiserreich nur überleben kann, wenn es stärker als der Westen wird. Nur mit viel Glück war es bisher das einzige asiatische Land, das der Kolonisierung durch die großen seefahrenden Nationen entgehen konnte. Deshalb musste etwas unternommen werden, damit eine Schmach, wie die gewaltsame Öffnung des Landes durch die Amerikaner, nicht noch einmal passiert. Ich wollte dabei helfen, Japan geistig zu ertüchtigen und zu mobilisieren, es stark machen und auf die große, alles entscheidende Endschlacht vorbereiten, die sicher kommen würde.

Als Japan dann 1895 gegen China in den Krieg zog und diesen auch gewann, habe ich gejubelt. Ich sah in den Japanern die neuen Griechen. Die alten Griechen schlugen als ein Verbund winziger Stadtstaaten das mächtige Perserreich und eroberten schließlich das ganze Mittelmeer. So würde Japan ganz Asien unterwerfen und eine Streitmacht aufbauen, die es mit dem Westen aufnehmen kann.

Kokutai und *Yamato damashii*! Als geistige Munition für diese titanische Aufgabe habe ich den Japanern heroische Beschreibungen der Homogenität ihres Volkskörpers und der Einzigartigkeit der japanischen Volksseele geliefert. Doch wie sehr hat sich diese Seele, die doch zeitlos und ewig sein sollte, in der kurzen Zeit verändert, die ich hier leben durfte! Wie hässlich ist sie geworden! Und wie sehr habe ich mich selbst verändert! Ich war ein zart besaiteter junger Mann, dem jegliche Form von Gewalt abhold war. Ich war friedliebend, liberal und immer auf der Seite der Schwachen und Verfolgten. Ich war selbst genauso, wie Japan einmal war. Seht, was aus uns geworden ist! Ich habe in Japan Krieg, Eroberung und Unterdrückung gepredigt, und mein Wunsch geht in Erfüllung. Den Überfall auf Port Arthur im Februar dieses Jahres und den damit beginnenden Russlandfeldzug habe ich begrüßt wie eine neue Morgenröte der asiatischen Zivilisation. Denn Japan wird diesen Krieg gewinnen – und das Böse wird seinen Lauf nehmen. Ich habe mich über die Verluste der Russen gefreut, sinnlos geopferte Menschenleben beklatscht und gehofft, dass es den Chinesen, Amerikanern, Engländern und Franzosen nicht anders geht, wenn sie Japans Machtanspruch infrage stellen.

Ich schäme mich. Als einäugiger, entstellter Schwächling, der ich in Wirklichkeit bin, wollte ich die antiquierten Samurai-Bräuche wieder aufleben lassen und habe vollmundig vom *Bushidō* geschwärmt, dem Weg des Kriegers. Das ist, wie wenn ein feiger Fahnenflüchtling blutjungen Rekruten vom Einsatz an die Front vorschwärmt, die er selbst noch nie gesehen hat. Es ist mir peinlich. Die Wahrheit ist doch, dass die Samurai – früher, als es sie noch gab – vom Volk nur mit Furcht, Misstrauen und Verachtung angesehen wurden.

Ich habe zerstört, was ich liebte. Indem ich mit Worten das unwandelbare, zeitlose Bild eines mythischen Japans malte, habe ich die Japaner belogen. Das Schlimme ist, dass sie diese Lügen lieben – und noch lange, sehr lang an sie glauben werden.

Ich hoffe, dass dieses schöne Land einen Moment der Wahrhaftigkeit erlebt, der das Gespinst der Lügen durchsichtig macht und sie wegbläst. Ich hoffe, dass dieser Moment kommen wird, bevor Japan, wie ich, sein Testament machen muss.

Ich hoffe, dass mir vergeben wird.

Yakumo Koizumi
Alias Lafcadio Hearn

Tokio, den 21. September 1904"

Lafcadio Hearn starb am 26. September 1904 an einem Herzinfarkt.

Jiyugaoka

Anfang September 1915 erwartete der Schriftsteller *Natsume Sōseki* in seinem Sommerhaus in Jiyugaoka den jungen Dichterkollegen *Ryūnosuke Akutagawa*. Jiyugaoka bedeutet ‚Hügel der Freiheit', und genau das war das idyllische Dorf außerhalb von Tokio für Sōseki. Das gemütliche, kleine Holzhaus, das sein Verleger *Shigeo Iwanami* ihm geschenkt hatte, stand auf dem höchsten Punkt der Ortschaft. Wenn er durch das aus einer geschnittenen Hecke gebildete Tor ging, konnte er die Straße gerade hinunter bis ins belebte Zentrum blicken. Anfangs hatte Sōseki mit Iwanami in der Nähe Tennis gespielt, wonach sie sich hier auf der Veranda mit Blick auf den schattigen Garten bei Tee, Reiskuchen, süßer Bohnenpaste und Tabak ausruhten. Doch das war vorbei, seit seine Gesundheit angefangen hatte, ihm Schwierigkeiten zu bereiten. Ihn peinigten immer öfter Magenschmerzen. Vielleicht kam das vom Rauchen. Er wollte jedenfalls den Autor dieser superben Erzählung *Rashōmon* kennenlernen, die er in einem angesehenen Literaturmagazin gelesen hatte. Akutagawa soll noch Schüler gewesen sein, als er sie geschrieben und bei dem Magazin eingereicht hatte. Sie spielt im zwölften Jahrhundert in einer verregneten Nacht am südlichen Stadttor von Kyōtō, wo die Leichen des Gesindels achtlos hingeworfen wurden, und der Abschaum herumlungerte. Ein einfacher Hilfsarbeiter ohne Anstellung, der gerade überlegte, ob er verhungern oder ein Dieb werden sollte, beobachtete eine alte, insektenäugige Frau, die Leichen die Haare abschnitt und sie einsackte. Er fand die Schändung der Toten unerträglich und forderte sie auf, damit sofort aufzuhören. Sie erklärte ihm, dass sie daraus Perücken machen und so Geld verdienen könne, um sich etwas zu Essen zu kaufen. Außerdem seien die Toten sowieso schlechte Leute gewesen, etwa die eine Frau, die Schlangenfleisch als getrockneten Fisch verkauft hatte. Da schlug er sie brutal zusammen und riss ihr alle Kleider vom Leib. Damit könne er sich nun etwas zu Essen kaufen, sagte er, und verschwand in der Nacht.

Sōseki war schon so etwas wie eine lebende Legende. Seine Karriere hatte mit dem satirischen Roman *Ich, der ich eine Katze bin* begonnen, in dem ein überaus gebildeter Kater das Leben seines Halters, eines Professors für englische Literatur, teilt und ironisch kommentiert. Seit *Kokoro oder das Herz aller Dinge* von ihm im vorigen Jahr erschienen war, wurde er fast wie ein Heiliger verehrt. Man schrieb, er sei der ‚Seismograph seines Zeitalters' – Seismographen waren in Mode, weil gerade die ersten elektrodynamischen Seismometer in Japan installiert worden waren. In *Kokoro* geht es um einen jungen Mann, der seinem Sensei begegnet, einem namenlosen Meister, und sie sprechen über den Lauf der Dinge in Japan, über den Bruch zwischen den Generationen, Verantwortung, Einsamkeit und Selbstmord. Am Ende bringt Sensei sich um. Sōseki wollte sehen, ob seine literarische Fiktion jetzt mit Akutagawa Wirklichkeit wird. Als eine Dienerin den schüchternen jungen Mann am Eingang des Gartens empfing und hereinführte, war Sōseki überrascht. Er selbst war ein ‚Rundkopf-Japaner', wie er es nannte, eher schmächtig und etwas untersetzt. Die runde Kopfform deutete, so glaubte er, auf eine bäuerliche Herkunft hin. Akutagawa war dagegen ein hochgeschossener, schlaksiger ‚Eierkopf-Japaner' mit einem üppigen Schopf. Sein extrem ovales Gesicht mit einer hohen, freien Stirn war für Sōseki das Zeichen einer noblen Abstammung, da sie früher typisch war für Aristokraten und Samurai. Sie entsprach auch dem Schönheitsideal der Heian-Zeit, der nobelsten Epoche der japanischen Geschichte. Nach dem Austausch von Höflichkeiten, bei dem Akutagawa seiner Ehrfurcht vor Sōseki Ausdruck verliehen und dieser wiederum seinem jungen Besucher die Scheu zu nehmen versucht hatte, indem er seine Kurzgeschichte lobte, kamen sie schnell ins Gespräch. Beide waren in dunklen Yukattas gekleidet und ließen sich mit Sitzkissen bequem auf der Veranda nieder.

„Jetzt, wo du dir mit einer Erzählung aus dem Mittelalter einen Namen gemacht hast, wie willst du weitermachen, Ryūnosuke-kun? Wirst du dich auch der Gegenwart zuwenden?" Sōseki nannte seinen Besucher beim Vornamen in Verbindung mit der Anrede für junge Männer, damit dieser sich weiter wohlfühlte.

„Ich weiß es noch nicht, Sōseki-sama. Unsere Gegenwart ist verwirrend, manchmal beängstigend. Mir scheint, früher war alles einfacher."

„Hast du Erinnerungen an den letzten Krieg, den wir geführt haben?"

„Sie meinen den Krieg gegen Russland 1905? Ja, allerdings. Das war der Moment, als ich geistig erwachte. Ich war dreizehn und lebte bei meinem Onkel, der mich adoptiert hatte. Er las zuhause gerne laut aus der Zeitung vor. Er war wie mein verstorbener Vater, der sein Geld als Milchmann verdiente, ein einfacher Mensch, immer gutmütig, geduldig und fleißig. Als dann der Krieg ausbrach, da schien plötzlich eine andere Stimme aus ihm zu sprechen. Er wurde laut, aggressiv, großspurig und ungeduldig. Es machte mir Angst, denn seine Liebenswürdigkeit war von einem Tag auf den anderen verschwunden. Dann fing er an, auf mich einzureden, ich müsste zur Armee gehen und unser Land beschützen. Wie gesagt, ich war dreizehn, und mein größtes Problem war, dass ich noch keine Haare am Sack hatte." Sōseki lachte. Dann wurde er wieder ernst.

„Interessant. Ich machte damals nämlich eine ganz ähnliche Erfahrung und hatte ein politisches Erweckungserlebnis. Nach dem Ende des Krieges und dem Abschluss des Friedensvertrags von Portsmouth gab es in der öffentlichen Meinung eine weit verbreitete Unzufriedenheit. Mehrere politische Gruppierungen riefen zum Protest auf und die Zeitungen veröffentlichten martialische Artikel dazu. Wir seien betrogen worden, hieß es, die Russen hätten Reparationen zahlen müssen. Dabei hatten wir von Russland die südmandschurische Eisenbahn und die Hälfte von Sachalin bekommen, dazu noch unsere Vormachtstellung in Korea gesichert. Und es wäre an der Zeit gewesen, unsere einhunderttausend gefallenen Väter und Söhne zu betrauern. Doch die Leute wollten mehr, mehr Blut, viel mehr." Er machte eine Pause und seufzte.

„Ich fuhr zu einer angekündigten Demonstration in den Hibiya-Park, um mir das selbst anzusehen. Wie soll ich sagen, was ich beobachtet habe? Es war die dämonische Fratze unseres Volkes, die ich sah. Es war entsetzlich. Zehntausende skandierten dort unvorstellbar laut Parolen, dass der Krieg weitergehen, dass Russland erobert und zerstört werden müsse. Dann fingen sie an, die Läden in der Gegend zu plündern und die Polizeiwachen in Brand zu stecken. Ich hatte zum ersten Mal Angst vor uns selbst. Dutzende starben bei diesen Protesten, viele Hundert wurden verletzt. Und wofür? Damit der Krieg weitergeht. Was für eine sinnlose Raserei. Ich konnte es einfach nicht glauben."

„Ja, ich weiß, was Sie meinen. So ging es mir mit meinem Onkel auch. Er sprach plötzlich nur noch vom Tennō, dessen Ehre und Würde es zu erhalten gelte."

„Was denkst du über unseren Tennō? Ist er wirklich ein Gott?" fragte Sōseki seinen jungen Besucher, wie um ihn zu testen.

„Der Kult wird mir langsam unheimlich. Beim Meiji-Tennō konnte ich das noch verstehen. Er war eine imposante Erscheinung und trat oft in der Öffentlichkeit auf. Tennō Yoshihito ist dagegen völlig unsichtbar, keiner hat ihn je gesehen. Die Verehrung für ihn ist dafür umso größer. Immer mehr Menschen glauben, dass sie nur wegen und um des Tennō Willen existieren, gewissermaßen aus ihm heraus. Das ist kranke Staatsmagie."

„Du bist ehrlich und hältst nicht hinter dem Berg mit deinen Ansichten. Das ist ungewöhnlich. Und es gefällt mir. Weißt du, wir täuschen das Ausland über unsre Entwicklung. Natürlich, wir zeigen uns weltoffen, haben Tausende von Studenten auf die besten Universitäten der westlichen Nationen geschickt und kleiden uns inzwischen wie die Menschen, die wir vor kurzem noch ‚Barbaren' nannten. Aber in unseren Herzen passiert etwas ganz anderes. Der Meiji-Tennō etwa zeigte sich nach außen immer fortschrittlich und pro-westlich orientiert. Insgeheim und im Privaten war er jedoch immer ein Reaktionär der schlimmsten Sorte. Er hasste alles Ausländische. Weißt du, dass ausgerechnet er nur traditionelle chinesische Medizin bei Hofe zuließ?"

„Nein, das überrascht mich", antwortete Akutagawa mit einem Gesicht, das seine Aussage unterstrich.

„Das kann ich mir vorstellen. Es erklärt, warum er elf seiner fünfzehn Kinder verloren hat. Und sein Sohn Tennō Yoshihito ist ein schwerkranker Mann, weil sein Vater ihm eine Behandlung mit westlicher Medizin verweigerte, als er im Kindesalter eine Gehirnhautentzündung bekam."

„Dann verstehe ich, warum man ihn nie sieht. Der Hof versteckt ihn wohl vor der Öffentlichkeit. Ich habe aber eine Frage, Sōseki-sama. Mich würde interessieren, wie das Ausland ist. Können Sie mir davon etwas erzählen?"

„Du hast Recht, lass uns das Thema wechseln." Draußen hatte sich der Himmel verdunkelt, es begann zu regnen und während die ersten dicken Tropfen im Garten vor der Veranda auf dem Moos zerplatzten, das die Steinlaterne überzog, zündete Sōseki sich eine Zigarette an.

„Ich war zwei Mal im Ausland, einmal in England, genauer in London, dann später in der Mandschurei, wo ich eine Rundreise machte. Beide Aufenthalte waren schrecklich. In London war ich so einsam wie noch nie und wurde manchmal wie ein Untermensch behandelt, wie einer aus dem Stand der Eta. Dabei lag es wohl auch an mir selbst. Ich konnte mich den Fremden gegenüber nicht öffnen, selbst wenn sie höflich waren und mich freundschaftlich behandelten. Mir fiel auf, dass ich in meinem Leiden nicht allein war, denn es ging vielen Menschen um mich herum genauso wie mir. Weißt du, dabei habe ich viel gelernt, über uns Japaner, den Westen und seinen Individualismus."

„Wie meinen Sie das? Das verstehe ich nicht."

„Ich habe den Schmerz der Missachtung und die Kälte der Einsamkeit nicht nur als bösartige und sinnlose Leiden erlebt, sondern auch als notwendige Begleiter auf dem Weg der Erkenntnis. So war es mir möglich, die Welt durch die Augen der Engländer zu sehen. Du kannst dir nicht vorstellen, was das für einen Unterschied macht! Der Engländer sieht Freiheit, unzählige Wege zu seinem Ziel und verlässt sich auf seine Schaffenskraft, wo wir Japaner ängstlich an die Vorbestimmung glauben und in Schicksalsergebenheit und Demut ersterben. Die westlichen Menschen verlassen sich ganz auf sich selbst, um der Welt zu begegnen und ihr Dasein zu meistern. Dafür ertragen sie die Einsamkeit. Wir Japaner dagegen verlassen uns nur auf die Gruppe, der wir zugehören, unsere Familie, das Dorf oder das Volk. Wir sind nie einsam und alle sind miteinander verbunden durch eine Art mystisches Band. Wir denken nie einfach nur an uns, sondern immer daran, was andere über uns denken und wie sie uns sehen. Wir sind gar nicht bei uns selbst, weil wir immer in den Köpfen der anderen sind."

„Das stimmt. Es geht immer darum, nicht das Gesicht zu verlieren."

„Ja, und der Lohn für unser konformes Benehmen ist Harmonie, Zugehörigkeit und menschliche Wärme. Diese Schätze zählen nicht mehr viel bei den Menschen des Westens. Sie verzichten darauf zugunsten von Freiheit, individuellem Glück und materiellem Erfolg. Dafür ertragen sie die Einsamkeit und die Kälte der Welt dort draußen. Du kannst es dir noch nicht vorstellen, mein junger Freund, aber man muss Japan erst einmal verlassen haben, um zur Welt zu kommen. Hier werden wir nämlich aus dem Leib unserer Mutter direkt in eine zweite, viel größere Mutter hineingeboren. In deren Uterus aus Symbolen und Gefühlen verbringen wir den Rest unseres Lebens, in dem es keine Einsamkeit und Kälte gibt, aber auch keine Freiheit. Wir kommen nie wirklich zur Welt."

„Was für ein Bild, Meister! Das werde ich nie mehr vergessen", sagte Akutagawa ehrfürchtig. „Es ist ein wundervolles Beispiel jener Art von Literatur, in der ich es zur Meisterschaft bringen möchte: starke, metaphysische Allegorien." Sōseki lauschte zunächst seinen Worten, dann fuhr er unbeirrt fort.

„Früher war das ein ganz natürlicher Vorgang, allein schon bedingt durch unsere Insellage und unsere religiösen Traditionen. Heute wird dieses Erlebnis immer künstlicher, und der Staat übernimmt allmählich die vollständige Kontrolle über unsere symbolische Mutter. Er identifiziert sich mit ihr. Zugleich wäre das gar nicht mehr notwendig, denn wir könnten uns jetzt der Welt öffnen, in sie hineingeboren werden. Wir könnten zusammen mit dem Westen die Früchte der Freiheit, des Individualismus, der Aufklärung, der Wissenschaften und des gemeinsamen Wohlstands genießen. Doch wir machen das Gegenteil."

„Meister, verzeihen Sie, wenn ich schon wieder so dumm frage, aber ich verstehe es noch nicht. Was ist das Gegenteil des klugen Handelns, das Sie sich gewünscht hätten?"

„Ich bin froh, dass du fragst. Nur fragend entwickeln wir uns weiter. Die Frage ist etwas Wunderbares. Sie ist ein Gefäß, das man mit Erkenntnis oder mit Liebe füllen kann. Stell dir eine Zivilisation vor, die das Konzept der Frage nicht kennt und dafür keine grammatikalischen Regeln hat! Aber zurück zu deiner Frage, die keineswegs dumm ist. Die japanische Regierung hat Tausende hochbegabter Studenten ins Ausland geschickt, damit sie die neuesten wissenschaftlichen Erkenntnisse wieder mitbringen. Wir haben ebenso viele ausländische Berater gehabt, die uns bei der Modernisierung der Verwaltung, der Industrie, des Militärs und der Landwirtschaft halfen. Das alles geschah in der Aufbruchstimmung der beiden ersten Jahrzehnte von *Meiji*. Das ist längst vorbei. Die Studenten sind zurückgekehrt und haben hohe Posten übernommen, die ausländischen Berater sind wieder in ihre Heimat gegangen. Jetzt bereitet Japan sich auf seine nächste große Aufgabe vor, die Eroberung und Unterwerfung der asiatischen Nachbarstaaten. Nur zu diesem Zweck haben wir das Wissen des Westens übernommen. Wir haben die fleißigen Schüler gespielt, welche die ganze wunderbare westliche Zivilisation übernehmen wollen. Doch wir wollen genau das Gegenteil. Wir haben von unseren Feinden nur gelernt, die Waffen zu schmieden, mit denen wir zunächst, gewissermaßen als Übung, in China einfallen, um es zu kolonisieren. Wenn das erfolgreich verlaufen ist, dann werden wir uns gegen den Westen selbst erheben."

„Glauben Sie das wirklich? Was gibt Ihnen diese Gewissheit?"

„Ich war 1909 in der Mandschurei und in Korea. Es war für mich eine Reise durch die Hölle. Wir haben dort nichts zu suchen. Es ist nicht unser Land und nicht unsere Kultur. Dennoch vergrößern wir mit dem Handwerk, das wir im Westen gelernt haben, unseren Einfluss in dieser Region immer mehr. Wir führen uns auf wie Kolonisatoren und die dort stationierten Streitkräfte behandeln die Einheimischen mit Gleichgültigkeit und Herablassung, manchmal Grausamkeit. Ich sah wieder diese japanischen Fratzen, die mir schon einige Jahre zuvor beim Aufstand im Hibiya-Park Angst machten. ‚Das sind wir?' fragte ich mich entsetzt. ‚Das ist also aus uns geworden', musste ich resigniert einsehen. Wir haben alle Techniken des Westens eingesetzt, um uns unverwundbar zu machen und unsere Nachbarn gefahrlos überfallen zu können. All die schönen und guten Dinge der westlichen Zivilisation, den Bürgersinn, die Freiheitsliebe, den Geist der Aufklärung, die rebellische Literatur und Philosophie, das alles haben wir links liegen gelassen. Wenn wir uns weiterhin so aufführen, habe ich Angst, dass man uns niemals verzeihen wird, was wir den anderen Völkern mit der dunklen Macht antun, die wir uns im Westen geborgt haben. Das Fremde, das sind nicht mehr die Menschen der ausländischen Nationen in unserem Land. Es ist das halbe Denken, das wir von ihnen übernommen haben. Wir waren einst die friedlichste Nation der Welt, und nun sieh dir das an. Das Fremde steckt jetzt tief in uns selbst, weil wir vergessen haben, was und wer wir sind."

„Ich bin überrascht, dass Sie eine so schlechte Meinung von uns Japanern haben. Wie ist es dazu gekommen?"

„Das ist eine weitere gute Frage, denn ich kann sie mit dem Werk des größten Japan-Verehrers beantworten. Als ich an der Kaiserlichen Universität den Lehrstuhl für englische Literatur vom berühmten Professor Hearn übernahm, las ich erstmals seine Bücher über Japan. Ich war überrascht, was er alles in die japanische Kunst, Kultur und Geschichte hineinlas. Es gab mir das Gefühl, einem Volk von Göttern, Titanen und Elfen anzugehören. Alles an Japan war für Hearn von übernatürlicher Größe, Schönheit und Tugend. Das war zwar überaus schmeichelhaft, und ich verstehe, warum unsere Landsleute ihn so gerne lesen. Allerdings glaube ich, dass er damit unser Zur-Welt-Kommen, was ich eben meinte, verhindert. Es ist alles zu harmonisch, zu perfekt, zu herzlich, innig und warm, was er über uns schreibt. Dabei spürte ich sein furchtsames

Bedürfnis, die Dinge unbedingt so sehen zu wollen, wie er sie beschreibt. Er durfte keine Spur von Zweifel zulassen, dass wir ein einzigartiges Volk mit unvergleichlich guten Eigenschaften sind. Ich hatte aber, wie ich dir gerade geschildert habe, schon seit längerem das Gefühl, dass wir uns von diesem Selbstbildnis, das Hearn so blumig und ergreifend beschrieb, immer weiter entfernen. Was ich damit sagen will, ist, dass ich erst durch Hearns Schriften und seine Übertreibungen verstanden habe, wie groß die Kluft zwischen Ideal und Wirklichkeit bereits ist."

Akutagawa nickte. Im Garten begann das Bambusrohr leise zu klappern, das als wippender Überlauf für das Regenwasser aus dem bemoosten Steinbecken in den Teich diente. Die weißen Kelche der Seerosen schwammen auf ihren Blätterschiffchen. Im Gebälk der überdachten Veranda suchten Libellen Unterschlupf vor dem Regen. Nachdenklich und schon etwas abwesend fuhr Sōseki fort.

„Weißt du, dieses Netz aus Silberfäden, das in Japan einst Mensch und Stein und Pflanze miteinander verband, es ist zerrissen. Die Verehrung der Natur wird missbraucht zur Vergötterung des Staates, und der Staat ist der Tennō. Ein Stern der Finsternis scheint über unserem Inselreich zu stehen. Alles ist unausgegoren, ungesund und bedrohlich. Ich wünschte mir so sehr, dass Meiji ein großer Aufbruch wird, eine echte Erneuerung, eine Umarmung und Verbesserung der westlichen Moderne. Doch wir haben uns nur umlackiert. Darunter herrscht immer noch die große Angst. Mit Meiji ist ein Zeitalter der Hoffnung untergegangen. Sie starb darin lange vor dem Tod des Meiji-Tennō. Einst, in London, war es die Einsamkeit in dieser modernen Welt, vor der mir graute. Jetzt sehe ich, dass unsere japanische Moderne besonders hässlich ist und uns noch viel einsamer machen wird. Ich spüre den sterbenden Puls unserer schönen, alten, warmherzigen Kultur. Aber vielleicht täusche ich mich ja. Vielleicht habe ich nur einen schlechten Traum, während ich geborgen im warmen Uterus unserer symbolischen Mutter schlafe."

Ein Ruck ging durch Sōseki und er sah seinen Gast betreten an, als wollte er sich für seine wirren Gedanken entschuldigen.

„Darf ich mich fortan als Ihr Schüler bezeichnen, Sensei?"

„Das darfst du", antwortete Sōseki. Er zündete sich eine Zigarette an und dachte, dass er sich jetzt nur noch umbringen muss, um seinen Roman *Kokoro* Wirklichkeit werden zu lassen. Hoffentlich würden das die Zigaretten erledigen, denn ihm grauste schon seit seiner Kindheit bei der Vorstellung, sich jemals einen Dolch durch die Eingeweide ziehen zu müssen.

Hirohitos Lektionen

„Wenn der TEUFEL uns aber zum Träumen anleiten kann, das heißt zum Denken, unsere Gedanken aber nicht im Einzelnen kennt, wie kann er dann wissen, ob seine Einflüsterungen ihre Wirkung erzielt haben? Die Antwort ist einfach, denn der TEUFEL bestückt wie der Angler seinen Haken mit einem Köder, legt sich auf die Lauer und ist bereit die Leine einzuziehen, wenn der Fisch anbeißt. Er flüstert in unser Vorstellungsvermögen und wartet dann ab, ob es funktioniert."

Daniel Defoe, *The Political History of the Devil*, 1726

Im Palais des Kronprinzen, das innerhalb der Anlagen des Kaiserpalastes in Tokio lag, betrat *Shigetake Sugiura* den Unterrichtsraum von Prinz *Hirohito*, dem designierten Thronfolger. Sugiuara unterrichtete ihn seit sieben Jahren in Ehtik, Ahnenlehre und Staatskunde. Der Unterricht des zukünftigen Kaisers war für ihn eine große Ehre, aber keine wirkliche Freude. Hirohitos schwächliche Statur, seine fistelige, gequetschte Stimme und seine mittelmäßige Intelligenz machten keinen großen Eindruck auf Sugiura. Der Kronprinz war kurzsichtig, sah mit seiner runden Brille aus wie ein Buchhalter und konnte nicht einmal im noblen Seiza sitzen. Ihn schmerzte bald der Spann, und so setzte er sich lieber mit gekreuzten Beinen hin wie ein gewöhnlicher Chōnin. Oft stierte er mit offenstehendem Mund und ohne den mindesten Ausdruck von Geist auf seinem Gesicht vor sich hin. Wurde er nervös, fing er an, murmelnd Selbstgespräche zu führen. Sugiura brauchte all seine Phantasie, um in dieser ungeschickten und talentfreien Persönlichkeit das heilige Wesen des Kaisers, seinen Astralleib und seine überirdische Aura zu erkennen. Er konnte nicht ahnen, dass der junge Hirohito, der selten sprach und auf Fragen nur kurz antwortete, sich seiner bescheidenen natürlichen Ausstattung wohl bewusst war. Das half ihm, die Mythen über das sagenhafte Leben und Schaffen der bisherigen Kaiser, die seine Lehrer ihm erzählten, nicht ganz ernst zu nehmen. Er konnte sich nicht vorstellen, dass seine erhabenen Vorfahren und er göttlicher Herkunft oder sogar selbst Götter seien. Er fand es aber zulässig, das einfache Volk zum Wohle des Staates und des kaiserlichen Thrones in diesem Glauben zu belassen. In seiner Schweigsamkeit sah er eine Tugend und hoffte, wie viele seiner Ahnen dem Volk eher durch seine Werke als durch seine Worte in unvergesslicher Erinnerung zu bleiben. Sugiura ging auf die sechzig zu und war ein Monarchist reinsten Wassers, der hohes Ansehen im Bildungsministerium und in Regierungskreisen genoss. In seiner Jugend gehörte er zu den ersten Studenten, die von der Meiji-Regierung nach Europa geschickt worden waren. Nach seiner Rückkehr aus England hatte er beschlossen, sein Leben der Aufgabe zu widmen, die westlichen Irrlehren von Individualismus, Liberalismus, Demokratie und Sozialismus in Japan niemals Fuß fassen zu lassen. Er wollte die ‚Essenz des Japanischen' erhalten, wie er es nannte. Es war daher die Erfüllung seines größten Wunsches und der Höhepunkt seiner Karriere, den zukünftigen Kaiser moralisch auf die Zeit seiner Herrschaft vorzubereiten. Hirohito, bereits in seinem fünfundzwanzigsten Lebensjahr, stand unmittelbar vor der Thronbesteigung. Sein Vater, der als politisch schwacher und geistig eingeschränkter Monarch bald unter dem Namen Taishō-Tennō in die Geschichte eingehen würde, lag im Sterben. Der Kronprinz sah den Tag nahen, an dem er die Reichsregalien übernehmen würde. Ein Spiegel aus poliertem Kupfer, ein Schwert und ein Edelstein waren die heiligsten Objekte des japanischen Kaiserreichs. Das Schwert errang der Sturmgott Susanoo angeblich im Kampf mit dem achtköpfigen Drachen von Yamata und schenkte es seiner Schwester, der Sonnengöttin *Amaterasu*. Unermüdlich hatte Sugiura seinem Schüler doziert, alle Macht und Legitimität der kaiserlichen Herrschaft ginge von diesen drei Objekten aus, die die Sonnengöttin zum Anbeginn der Zeit ihrem Enkel Ninigo no Mikoto hinterlassen hatte, damit er auf die Erde hinabsteigt, dort Reis pflanzt und das japanische Volk in ewigem Frieden vereint. Sie waren das Sinnbild für die drei wichtigsten Tugenden Klugheit, Mut und Güte, die alle japanischen Herrscher, die auf Ninigo no Mikoto folgten, erfüllen sollten. Sugiura bestand auch deshalb auf der Omnipotenz der Reichsregalien, weil Hirohito aus einer Blutlinie stammte, die im vierzehnten Jahrhundert von der Hauptlinie abzweigte. Damals herrschte ein jahrzehntelanges Schisma und es gab zwei Kaiser, die ihre jeweiligen Höfe in Yoshino und Kyōtō unterhielten. Unter den Ahnenforschern gab es daher gewisse Zweifel, ob wirklich reines, kaiserliches Blut durch Hirohitos Adern floss. Sugiura wusste, dass dies die letzten Unterrichtsstunden sein würden. Deshalb wollte er dem Kronprinzen die Bedeutung seiner heiligen Person für das Wohl der Nation und seine ebenso heilige Mission noch einmal zusammenfassend darstellen. Sugiura, im dunklen Anzug mit Weste, Krawatte und steifem Kragen, setzte sich an den niedrigen Schreibtisch gegenüber dem Kronprinzen, der ihn im Schneidersitz erwartet hatte. Seine Offiziersuniform hätte ihm, wie beabsichtigt, gewiss etwas Männlichkeit und Autorität verliehen, wenn er sich nicht mit einem kunstvoll bestickten Handfächer ungelenk Luft zugewedelt hätte.

„Euer kaiserliche Majestät, erlaubt mir bitte, heute abschließend einige wichtige Aspekte der moralischen und politischen Lehren zusammenzufassen, mit denen wir uns in den vergangenen Jahren beschäftigt haben." Hirohito nickte wenig interessiert und Sugiura durfte fortfahren.

„Zunächst wollen wir noch einmal das Verhältnis Eurer Person zum Staat erörtern. Im dritten Artikel der Meiji-Verfassung heißt es ‚Der Kaiser ist heilig und unverletzlich'. Was bedeutet das? Was immer Ihr tut, Majestät: Niemand kann Euch dafür jemals zur Rechenschaft ziehen! Ihr steht über dem Staat und könnt nicht von ihm gerichtet werden. Vergleicht man ihn mit einem menschlichen Körper, dann wäret Ihr sein Gehirn. So wie aber auch das Gehirn ein Teil des Körpers ist, so steht Ihr nicht nur über dem Staat, Ihr seid auch sein wichtigstes Organ, oder kürzer, wie es der französische König Ludwig XIV. einst gesagt haben soll: Ihr seid der Staat. Zugleich seid Ihr aber auch das Volk, denn jeder einzelne Untertan existiert nur durch Euch und aus Euch heraus. Das bedeutet auch, dass die westliche Staatslehre im Kaiserreich Japan nicht anwendbar ist. Schon bei Montesquieu heißt es, nur die ‚intermediären Gewalten' zwischen Volk und Herrscher, also Adel und Klerus, später Parlamente, Politiker und Parteien, könnten garantieren, dass Republiken und Monarchien nicht zur Diktaturen werden. Der Sinn dieser intermediären Gewalten ist es, mit Hilfe von Gesetzen und Verfassungen die Macht des Herrschers einzuschränken. Dazu hat man sich im Westen auch die sogenannte ‚Gewaltenteilung' ausgedacht. Die gesetzgebende Gewalt soll von der regierenden und von der rechtsprechenden Gewalt getrennt sein, damit sie unabhängig voneinander sind und sich gegenseitig kontrollieren. Das mag angemessen sein für Nationen, die von einfachen Menschen mit allen ihren Fehlern regiert werden, ganz gleich, ob sie Monarchen, Präsidenten oder Premierminister genannt werden. Das japanische Kaiserreich wird jedoch von Euch, einem Gott, regiert. Die Kontrolle Eurer göttlichen Macht durch Eure Untertanen ist inakzeptabel und ein Sakrileg. Gesetzgebungs- und Regierungsgewalt dürfen allein in Euren Händen liegen, ohne jede Einschränkung. Politische Parteien, das gilt für den Westen wie für Japan, sind nur Cliquen von gesinnungslosen Banditen, die man Politiker nennt. Ihr Prinzip ist die Spaltung. Sie sind eine Gefahr für den Frieden und die Harmonie in der

Gesellschaft. Deshalb wird es eine Eurer Aufgaben sein, die politische Kaste abzuschaffen und das Land aus der gegenwärtigen Dekadenz herauszuführen."

Hirohito nickte und sein Gesichtsausdruck ließ offen, ob er das Gesagte nur verstanden hatte, oder ob er mit dessen Inhalt auch einverstanden war.

„Als unser heiliger Kaiser seid Ihr ein lebender Gott, der Japan mit seiner Vergangenheit, Gegenwart und Zukunft verkörpert. Ihr steht damit nicht nur über dem Staat, der Ihr selbst seid,.." – Sugiura bemerkte, dass dieses Bild vom Über-sich-selbst-Stehen widersprüchlich war und wollte nachbessern – „der sozusagen nur eine Eigenschaft von Euch ist..., sondern Ihr steht auch über der Zeit. Der Einbruch der Zeit in die Welt und ihre stets gewaltsame Herrschaft über die Menschen kann nur durch Euer göttliches Wirken geheilt werden."

Hirohito klappte seinen hängenden Unterkiefer hoch, schloss damit seinen bis dahin halb offenstehenden Mund und blickte Sugiura erstmals neugierig an. An diesen Aspekt seiner vermeintlichen Gottesnatur konnte er sich gar nicht erinnern. Es gefiel ihm. Sugiura fuhr unbeirrt fort, weil er nun zu einem Punkt kam, der ihm besonders wichtig war.

„Darin zeigt sich die Überlegenheit der japanischen Nation gegenüber allen anderen Völkern der Welt. Euer Dasein auf unserem durch Euch geheiligten Boden macht alle anderen Formen von Herrschaft und die Versuche zu ihrer Einschränkung überflüssig, sei es durch die Untertanen des Staats oder durch die Zeit. Der japanische Volksgeist besteht darin, dass Euer Volk Euch liebt und Ihr das Volk. Die politische Herrschaft in Japan ist daher nicht die pure und meist gewalttätige Ausübung von Macht, wie sonst überall in der Welt, sondern sie beruht auf Güte, Gehorsam und der Einsicht aller Untertanen in ihre eigene, für sich genommen bedeutungslose, für das Ganze des Staates und die göttliche Herrschaft Eurer kaiserlichen Majestät aber unerlässliche Pflicht und Position."

Dieser Satz war so lang und der darin enthaltene Gedanke derart kompliziert, dachte Hirohito, dass Sugiura ihn nur durch seine gründliche Schulung in deutscher Philosophie zustande bringen konnte. Zwangsläufig stellte sich damit aber die Frage, ob er wirklich noch ein Teil der ‚japanischen Essenz' war, von der Sugiura so viel schwärmte und die doch immer so klar und einfach war. Hirohito hielt sich bestimmt nicht für einen Philosophen, doch er spürte deutlich den kalten Hauch des logischen Widerspruchs im zugigen Gedankengebälk Sugiuras. Er war froh, dass Sugiura ihm keine Fragen stellte, denn sonst hätte er sich in seinen Antworten aus Nervosität wieder in ein Selbstgespräch verloren. Das passierte jedes Mal, wenn er Widersprüche, die er sah, für sich nicht auflösen konnte. Eigentlich hatte er in seiner Erziehung bei Hofe die kluge Maxime gelernt, seine Gefühle zu verstecken und besser zu schweigen, wenn er nicht weiter wusste. Doch manchmal schäumte sein durch Etikette und Zeremonien zurückgedrängtes Gemüt über. Dann konnte er seine Verlorenheit in dieser Welt der fabrizierten Mythen, die seine Gottheit sicherstellen sollten, nicht mehr verbergen. Sugiura wusste als empathisch unbegabter Lehrer nicht, an welchen Mimiken oder Gesten er diese Gedanken am zukünftigen Kaiser ablesen könnte. Deshalb verfolgte er, ohne Rücksicht auf die Befindlichkeiten des Kaisers, weiterhin seine persönliche Agenda.

„Diese Überlegenheit der japanischen Nation werden die Völker der Welt zu spüren bekommen, sobald Ihr den Thron bestiegen habt. Ihr werdet vielleicht fragen, warum das nicht schon früher passiert ist. Das ist auch eine gute Frage. Erst mit Eurer Herrschaft tritt das japanische Kaiserreich in das Zeitalter seiner Vollendung ein. Damit wird erstmals die Größe und Grenzenlosigkeit der Macht des Tennō offenbar. Ich will Euch das an einem Beispiel erläutern. Wenn Eure Majestät zur Zeit der amerikanischen *Kurofune* bereits Tennō gewesen wäre, dann hätte das alles nicht passieren können. Ihr hättet die Barbaren mit Eurer göttlichen Macht von unseren Küsten vertrieben und sie würden niemals einen Fuß auf unseren heiligen Boden gesetzt haben. Seit dies dennoch geschehen ist, befindet Japan sich in einem Heiligen Krieg, der erst beendet ist, wenn dieser Frevel gesühnt ist und alle barbarischen Nationen unterworfen sind. Diesen Krieg zu führen, wird die größte Aufgabe in der Zeit Eurer Herrschaft sein, die Euch von den Göttern und Euren Ahnen auferlegt wurde. Dazu gehört nicht nur Mut und Stärke, sondern auch Klugheit und List. Denn wenn Euer Majestät geduldig den Moment abwartet, an dem der Feind unaufmerksam und am schwächsten ist, dann wird der Sieg wie ein gewaltiger Blitz die ganze Welt in der Erkenntnis erleuchten, dass Ihr der einzige lebende Gott seid, unverletzlich und unbesiegbar. Das wird der Beginn des Goldenen Zeitalters sein, das endlich den großen, ewigen Frieden bringt. Deshalb empfehle ich Euch als Euer ergebenster Lehrer und Diener, die Ära Eurer kaiserlichen Herrschaft *Shōwa* zu nennen, den *Erleuchteten Frieden*."

Das ist also das Interesse von Sugiura, dachte Hirohito. Er wollte als sein Berater das Motto der nächsten kaiserlichen Regierungszeit mitbestimmen. Hirohito zuckte zusammen angesichts dieser Anmaßung, denn es stand einem Lehrer des Kaisers nicht zu, auf das *Nengō* Einfluss zu nehmen. Das war ausschließlich dem kaiserlichen Hofministerium und dem Ältestenrat vorbehalten. Doch er musste sich eingestehen, dass der *Erleuchtete Frieden* ihm als Regierungsdevise gefiel.

Sugiura wusste, dass er mit dieser Empfehlung seine Befugnisse überschritt und hatte die Reaktion des Kronprinzen zwar bemerkt, aber nicht richtig gedeutet. Um wieder sicheren Boden unter die Füße zu bekommen, dozierte er weiter über Themen, die weniger verfänglich und in den Kreisen des kaiserlichen Hofes unstrittig waren.

„Die Weltordnung der Zukunft wird nur noch wenige Großmächte kennen. Die wichtigste davon wird das japanische Kaiserreich sein. Zwei andere Reiche müssen aufgelöst und in die neue Ordnung überführt werden. Es geht um die zwei größten Feinde der japanischen Nation. An erster Stelle steht das bolschewistische Reich der Sowjetunion, dessen Führer den Zaren ermorden ließen. Die Sowjetunion grenzt an unsere Territorien, macht sie uns streitig, verbreitet einen atheistischen Materialismus und will alles Eigentum dem gemeinen Volk übergeben. Sie stellt die größte Gefahr für die Integrität und Prosperität unserer Nation dar. Gleich an nächster Stelle kommen die Vereinigten Staaten von Nordamerika als unser zweitwichtigster Feind. Seit den *Kurofune* umschmeicheln sie uns, aber in Wirklichkeit geht es ihnen nur um die Plünderung unserer Reichtümer und die Verhinderung unserer Expansion. Früher oder später wird es zu einem militärischen Konflikt kommen, das ist unausweichlich. Denn das japanische Reich wird sich zuerst nach Westen hin vergrößern. China ist keine Nation und kein eigenständiges Volk, sondern nur ein Territorium ohne Seele und ohne einen wahren Gott. Ihr werdet das chinesische Reich erneuern, indem Ihr es unter Eure gnädige Obhut stellt. Die Befreiung Chinas aus der Umklammerung der Westmächte wird Amerika nicht widerstandslos hinnehmen. Dann wird der Zeitpunkt kommen, an dem die Waffen sprechen."

Am Ende dieser Lektion fragte Sugiura beim baldigen neuen Kaiser von Japan noch einmal die Namen seiner hundertdreiundzwanzig Vorfahren ab, die er alle auswendig kennen musste.

Im November 1926 bestieg Hirohito den Thron, und damit begann die Ära *Shōwa*. Da er sonst wenig sprach, wogen seine Worte umso mehr, als er das Hofministerium und den Ältestenrat wissen ließ, für welches Nengō er sich entschieden hatte. Es war klar, dass es keinen

Widerspruch gegen den Willen des neuen Tennō geben könnte. Zwei Jahre vergingen, eins für die Trauer um den gestorbenen Taishō-Tennō und ein weiteres, um den heiligen Reis anzubauen. Es gab in dieser Zeit landesweit Feiern und Prozessionen, bis im Winter 1928 der Höhepunkt der Inthronisierung bevorstand, das *Daijōsai*. Seit Hirohito zum Thronfolger ernannt wurde, war er auf diese älteste und wichtigste Zeremonie des japanischen Kaiserreichs vorbereitet worden. Seine Phantasie war erfüllt von den mystischen Worten, Klängen und Bildern, die er immer wieder einüben und studieren musste. Nur ein enger Kreis von Priestern, Ritualmeistern, Genealogen und Lehrern bei Hofe kannte den genauen Ablauf der geheimen Rituale. Doch ihre Bedeutung, wie auch die einiger der benutzten Gegenstände, war im Laufe der Jahrhunderte zum Teil verloren gegangen.

Die Zeremonie begann am Abend des 14. November. Auf einem weiträumigen Platz innerhalb des alten Kaiserpalasts in Kyōtō hatte man sieben Tage zuvor zwei primitive strohgedeckte Pfahlhütten aufgebaut, Yukiden und Sukiden genannt, die über jeweils zwei Räume verfügten. Ihre Machart war primitiv. Kein Stück Eisen wurde verwendet, das Pinienholz der Pfähle und Balken war roh und trug zum Teil noch Rinde. Um die beiden Hütten herum war eine Hecke aus wilden Büschen als Sichtschutz gesetzt worden.

Nach Sonnenuntergang erhielt Hirohito eine rituelle Waschung in heißem Quellwasser und wurde in ein weites Gewand aus weißer Rohseide gekleidet. An der Spitze einer Prozession von Shintō-Priestern, Kammerherren und Dienern schritt er zum Klang einer in längeren Abständen geschlagenen Glocke langsam und feierlich über mehrere Terrassen und Galerien von einem der Hauptgebäude auf die beiden Hütten zu. Diener rollten Matten vor ihm aus und gleich hinter ihm wieder ein, seine Füße sollten den Boden nicht berühren. Fackeln beleuchteten die Gänge, Lagerfeuer die umliegenden Plätze. Die Mitglieder der kaiserlichen Familie und des Hofes, Honoratioren sowie der Premierminister und die Generäle der Land- und Seestreitkräfte saßen unter freiem Himmel andächtig schweigend auf ausgelegten Tatami-Matten. Nur das Flackern der Flammen und Rascheln der schweren Kleiderstoffe auf dem polierten Holz war zu vernehmen, als Hirohito und sein Gefolge vorüberzogen. Eine hypnotische Stille lag über diesem heiligen Schauspiel, das die Ankunft der höchsten Götter Japans beschwören sollte.

Als Hirohito das Tor zu der von Hecken umgebenen Einfriedung mit den Hütten passierte, erklang eine Melodie. Die Musiker saßen in den beiden abgetrennten Räumen von Yukiden und Sukiden. Sie spielten

eine uralte Ballade von frühen Bewohnern des Yoshino-Gebirges, begleitet von einem archaischen Gesang, der ‚Hundeschrei' genannt wurde –
eine Einladung an die *Kami*. Währenddessen stellten die Diener Speisen,
Getränke und Geschirr auf achtbeinigen Tischen in den beiden Hütten
ab. Danach verließen sie alle die Einfriedung. Hirohito war nun allein.
Niemand durfte anwesend sein bei der Begegnung zwischen dem
Tennō, seinen Ahnen und den Göttern. Als er das Yukiden betrat, erstarb
die Musik. In der Mitte des Raumes stand das Shinza. Es bestand aus
sieben Lagen stufenförmig versetzter Tatamis, die ein Gebilde ergaben,
das erstaunlicherweise wie ein europäisches Bett oder eine Couch aussah. Darauf war eine weiße Seidendecke ausgebreitet. Am oberen Ende
befand sich eine Art dreieckiges Kopfkissen. Auf beiden Seiten stand ein
kleiner Tisch mit Tüchern, die einen aus feinem, die anderen aus grobem
Stoff. Man kannte deren Bedeutung nicht mehr, so wenig wie die der
rosa Pantoffeln mit weißen Mustern, die dort abgestellt worden waren,
wo man ein Fußende vermuten konnte. Hirohito kniete zunächst auf einer Matte nieder, betrachtete erwartungsvoll das Shinza und verneigte
ehrfürchtig den Kopf. Er musste nun entscheiden, was passiert. Dazu erinnerte er sich an Sugiuras Worte.

„Wenn Euer Majestät das Allerheiligste betreten hat, dann verlasst
Euch auf Eure Ahnen. Sie werden Euch offenbaren, was zu tun ist. Denn
wir wissen es nicht. Kein menschliches Auge durfte je sehen, was in der
Nacht des Daijōsai im Yukiden und Sukiden passiert. Nur Eure hundert-
dreiundzwanzig göttlichen Vorfahren kennen dieses Geheimnis. Sie und
Amaterasu ō Mikami werden es mit Euch teilen."

Es gab unterschiedliche Deutungen für das Ritual, und niemand
konnte mehr genau sagen, was es ursprünglich wirklich war. Die ein-
fachste Lesart war ein Erntedankfest, bei dem der neue Tennō die Götter
an einem Abend und dem darauffolgenden Morgen bewirtet, um ihr
Wohlwollen zu erlangen. Doch wozu dann das Bettlager, das es in beiden Hütten gab? Sie und alle darin enthaltenen Speisen und Gegenstände waren völlig identisch. Niemand wusste mehr, warum das so war
und was es bedeutete. Diese rituelle Ordnung war jedoch heilig und
nichts durfte verändert werden. Da Einzelheiten des Daijōsai sich wegen
der Presse, die es früher nicht gab, erstmals im Volk herumgesprochen
hatten, sah sich das kaiserliche Hofministerium gezwungen, selbst Stellung zu nehmen und sogar Großanzeigen in Zeitungen zu schalten. In
denen wurde darauf hingewiesen, dass die Untertanen des Kaisers sich
nicht so viele Gedanken über die Zeremonie machen sollten, vor allem
nicht über das Shinza. Denn der Volksmund glaubte inzwischen zu

wissen, dass es auf diesem mysteriösen Bett zu einer irgendwie auch geschlechtlichen Vereinigung des neuen Tennō mit der Sonnengöttin kommt. Das unglaubwürdige Dementi des Hofministeriums, das damit endete, man solle das Mysterium respektieren und die Vernunft in dessen Ansehung einfach schweben lassen, hatte die Phantasie von vielen Millionen Japanern nur noch mehr angeregt. Hirohito war seit seiner Eheschließung mit Prinzessin Nagako vier Jahre zuvor ein sexuell aufgeklärter und glücklicher Mann. Daher konnte er diese naiven Vorstellungen des gemeinen Volkes nur belächeln. Ihm war es viel wichtiger, die Bedeutung des Daijōsai zu verstehen und den Erwartungen seiner Ahnen und der Götter zu entsprechen. Es gab eine weitere Lesart für das Shinza, die erklärte, dass der Tennō sich darauf bettet und wie ein ungeborenes Kind in fötaler Haltung in die Seidendecke einhüllt. Dadurch würde er durch die Vereinigung mit seiner Urmutter Amaterasu als Gott wiedergeboren. Auch das konnte Hirohito sich nicht wirklich vorstellen. Doch er erinnerte sich daran, wie oft seine Ahnen aus Träumen gelernt hatten. Deshalb beschloss er, sich tatsächlich auf das Shinza zu legen, zugedeckt einzuschlafen und seine Träume um Rat zu fragen.

Das Einschlafen fiel ihm leicht. Er war von den wochenlangen Vorbereitungen des Daijōsai erschöpft und stürzte regelrecht in die Traumwelt, in der er bereits erwartet wurde. Er fand sich in einem großen Theater wieder, dessen einziger Zuschauer er war. Auf der Bühne wurde ein *Nō*-Stück gegeben, das er nicht kannte. Zunächst tanzten Fische, Hirsche, Bären und Affen vor ihm, die nicht, wie sonst üblich, von Menschen dargestellt wurden. Dann tauchte zum grellen Klang von Trommeln, Hölzern und Pfeifen eine Gestalt aus der Tiefe der Dunkelheit auf, seine Urahnin Amaterasu ō Mikami in der Maske eines von schwarzen Haaren umrahmten Sonnengesichts. Mit einer Männerstimme sagte sie nur „Du bist es!". Dann zog sie sich zurück und bald darauf erschien eine weitere Gestalt. Es war ihr wilder Bruder Susanoo no Mikoto. Auch er sprach mit derselben Stimme nur die Worte „Du bist es!" und verschwand wieder. Schließlich betrat eine dritte Gestalt die Bühne. Buddha zeigte auf Hirohito, und auch er wiederholte dieselben Worte mit derselben Stimme „Du bist es!" und verschwand. Laut polternd kam ein Soldat auf einem Pferd über die Bühne geritten. In der Hand hielt er einen Blitz, den er als Feuerwaffe benutzen wollte, doch er verbrannte ihm erst die Hand, dann den ganzen Arm, und schließlich zerfielen Ross und Reiter zu Staub. Dann ein Knall! Oder ein Gong?

Hirohito wachte auf und erhob sich. Es war Mitternacht und der Gong war eine Glocke. Sie gab das Zeichen für die nächste Station der

Zeremonie. Noch etwas benommen, aber insgesamt erfrischt, ging er gemessenen Schrittes über den Verbindungsgang zur nächsten Hütte, dem Sukiden. Sie war genauso eingerichtet wie das Yukiden, aber hier wollte er sich ausschließlich mit der Bewirtung der Götter beschäftigen. Auch wenn er von der Begegnung mit ihnen in seinem Traum verwirrt war. Was bedeutete es, dass die Götter ihm mit Masken erschienen waren, hinter denen sich scheinbar nur ein und derselbe Schauspieler verbarg? Für solcherlei Überlegungen gab es keine Muße mehr, der junge Tennō musste sich nun als Gastgeber bewähren. Das Bettlager, das in der zweiten Hütte Gyoza genannt wurde, berührte er nicht einmal. Auf Tellern aus Eichenblättern, die an den Stielen zusammengebunden waren, bot er den Kami Klöße aus Hirse und Reis sowie Fisch und Früchte an. Dazu *Sake* und Tee in Kannen, Tassen und Bechern aus einfachem, gebranntem Ton ohne Glasur. Das sollte, wie auch viele andere Details des Daijōsai, bezeugen, dass dieses Ritual urjapanisch und damit viel älter als alle kulturellen Einflüsse aus China war. Der Reis für die Speisen und den Sake stammte von Feldern aus zwei Präfekturen, deren Standorte im Frühjahr zuvor durch das Orakel eines zersplitterten Schildkrötenpanzers bestimmt worden waren. Die Bruchstelle wurde dabei wie eine Landkarte gelesen, und die zwei am deutlichsten herausragenden Splitter zeigten den Ort an, wo der heilige Reis gesät und geerntet werden sollte. Das Orakel hatte Shiga im Norden und Fukuoka im Süden festgelegt. Die Familien der Reisbauern, denen die Felder gehörten, mussten bei bester Gesundheit sein. Die Felder waren strengstens bewacht worden und aufwändige Reinigungsrituale von Shintō-Priestern hatten Aussaat, Bewässerung und Ernte begleitet. Jedes Reiskorn wurde einzeln poliert. Nur vollständige und unbeschädigte Körner durften verwendet und im Herbst im Großen Schrein von Ise eingelagert werden. Aus ihnen waren die Speisen zubereitet und der Sake gebraut worden. Hirohito bediente die Götter und seine Ahnen mit Freuden. Als er um halb vier Uhr morgens das Sukiden verließ, hatte er verstanden, was es bedeutet, ein Gott zu sein. Und er glaubte erstmals an sich.

Putschversuch in Tokio

Neue Zürcher Zeitung

Ein Staatsstreich aus den Kreisen des Militärs hat Japan erschüttert. Am frühen Morgen des 26. Februar 1936 griffen rund tausendfünfhundert junge Offiziere und Soldaten zu den Waffen und brachten zeitweise ganz

Tokio unter ihre Kontrolle. Sie besetzten das Parlament, das Heeresministerium und das Hauptquartier der Polizei. Dabei wurden drei Kabinettsmitglieder getötet, der Lordsiegelbewahrer und ehemalige Premierminister Makoto Saitō, Finanzminister Korekiyo Takahashi und General Jōtarō Watanabe. Die meisten Anführer der Putschisten gehören der *Kōdō-ha* an, einer ultranationalistischen politischen Splittergruppe, deren Name *Der kaiserliche Weg* bedeutet. Sie agitiert seit über zehn Jahren für eine aggressivere Kolonialpolitik in Asien und eine Restauration des japanischen Kaisers als lebendem Gott. Derzeit ist es der Shōwa-Tennō Hirohito, in dessen göttlichem Wesen alle Bewohner Japans selbstvergessen in einer heiligen Einheit aufgehen sollen. Daher würde der neue Gott-Kaiser auch uneingeschränkte politische Macht erhalten und die Meiji-Verfassung des Landes ausser Kraft setzen.

Dieses Begehren der Aufständischen ist für uns Europäer zunächst nicht ganz leicht zu verstehen, denn gemäss der japanischen Tradition ist der Tennō bereits ein Gott. Es gab kurz nach Hirohitos Thronbesteigung die wichtige *Daijōsai*-Zeremonie, ein Übergangsritus, der in einem Shintō-Schrein stattfand und sowohl die Vereinigung des Kaisers mit der obersten Göttin Amaterasu als auch seine Wiedergeburt als menschlicher Gott symbolisierte. Genau an diesem Punkt sind die Radikalen des *Kaiserlichen Wegs* grundlegend anderer Auffassung. Sie wollen die Verwandlung nicht *symbolisch* verstanden wissen, sondern *real*, und den Kaiser nicht als göttliches Symbol, sondern als lebenden Gott.

Man könnte das als obskurantistische Haarspalterei und archaischen Mystizismus abtun. Doch zur Zeit der europäischen Reformation gab es einen theologischen Konflikt, der damit durchaus vergleichbar wäre, nämlich den Streit um die sogenannte Transsubstantiationslehre. Er hat den Aufstand von Männern wie Huldrych Zwingli und Martin Luther gegen die römisch-katholische Kirche begleitet. Die Frage war, ob Brot und Wein beim Heiligen Abendmahl *in realiter* der Leib und das Blut Christi sind, worauf die Kirche bestand, oder ob sie, wie die Reformatoren erklärten, beides nur *symbolisieren* und auf diese Weise eine geistige Anwesenheit Christi heraufbeschwören. Das Seltsame an dem theologisch motivierten Putsch in Tokio ist nun, dass das uralte, traditionelle Kaisertum auf der Gottgleichheit des Tennō nur als Teil einer rationalen Staatssymbolik besteht, während die jungen, modernen und radikalen Aufständischen in der Person und Institution des Tennō einen echten, lebenden Gott zu Besuch auf Erden verehren wollen.

Die erste Forderung der Putschisten war daher, dass ihr Manifest dem Kaiser mündlich vorgetragen wird. Sie waren überzeugt, dass es seine Wirkung dann von selbst entfalten und den Kaiser an seine wahrhaft göttliche Natur erinnern würde. Dem war allerdings nicht so. Denn obwohl einige seiner engsten Berater beeindruckt waren und mit den radikalen Hitzköpfen sympathisierten, liess Kaiser Hirohito als Oberbefehlshaber der Streitkräfte den Aufstand sofort und mit aller Gewalt niederschlagen. Die regulären kaiserlichen Truppen umstellten die Rebellen und nahmen sie unter schweres Feuer. Bereits am 29. Februar ergaben sich die Aufständischen. In den nächsten Monaten werden die Anführer vor Gericht gestellt, und es sind mindestens zwei Dutzend Todesurteile zu erwarten. Es haben sich übrigens nur zwei Offiziere der alten japanischen Sitte entsprechend in der vorgeschriebenen Form des Seppuku selbst entleibt, um die Schande der Niederlage von sich zu wenden. Daran erkennt man, dass die selbsterklärten Traditionalisten doch wählerisch sind bei der Fortführung des kulturellen Erbes ihres Landes.

Wie wir aus verlässlicher Quelle erfahren haben, wurde in den Kreisen der Kōdō-ha sogar diskutiert, die friedvolle Sonnengöttin Amaterasu-ō-Mikami, die das Herrschergeschlecht der japanischen Kaiser begründet haben soll, durch einen eindeutig kriegerischen Mann-Obergott zu ersetzen. Der erste Kandidat dafür war auch schon gefunden. Es sollte der Bruder von Amaterasu-ō-Mikami sein, der wilde, ungezügelte Sturmgott Susanoo-no-Mikoto. Dieser Plan wurde nur fallengelassen, weil Susanoo laut der Staatsmythologie, wie sie im *Kojiki*, der ältesten japanischen Chronik aus dem 8. Jahrhundert n. Chr., begründet wurde, auch der Herrscher des Totenreichs ist. Seine Umdeutung in einen weltzugewandten, Disziplin einflössenden und zielstrebigen Kriegsgott, in dessen Zeichen die japanischen Armeen alle Länder Asiens und bald die ganze Welt unterwerfen sollten, schien den jungen Offizieren – die meisten von ihnen sind erst Mitte zwanzig – am Ende doch undurchführbar.

Interessant ist auch der Einfluss des deutschen Idealismus und der Rassentheorien auf die Kōdō-ha. Die Hegelsche Verschmelzung und Aufhebung der bürgerlichen Einzelsubjekte in einem Staatssubjekt und die Idee von der Reinheit der Rasse, wie sie im vergangenen September in den Nürnberger Rassegesetzen in deutsche Politik umgesetzt wurde, all das inspiriert die Radikalen in Japan zur Nachahmung. Selbst der deutsche Antisemitismus findet grossen Anklang, obwohl es in Japan so gut wie keine Juden hat. In den grössten buddhistischen Sekten, die eigentlich für Frieden, Langmut und die Heiligkeit des Lebens stehen sollten, tun sich immer mehr Gelehrte hervor, die eine härtere Unterjochung der japanischen Kolonien, eine Selbstaufgabe des Ichs für eine todesmutige Kriegsführung und die Vernichtung von Demokraten und Juden fordern, damit bald eine japanische Weltherrschaft errichtet werden kann. Aber auch in anderer Hinsicht entwickelt sich das Land zu einem asiatischen Zwilling Deutschlands. Auf der Ginza, einem mondänen Boulevard gesäumt von Weidenbäumen, fühlt man sich im Sommer wie auf dem Kurfürstendamm im Berlin der Goldenen Zwanziger. Es hat Milchbars, französische Cafés und deutsche Bierkneipen neben Theatern und Kinos. Langhaarige junge Männer in Begleitung modern gekleideter Damen frönen dem Müssiggang des Bohème-Lebens, reden über Marx, russische Literatur und philosophieren mit *DeKanSho*, dem Kürzel für Descartes, Kant und Schopenhauer. Sie bilden den liberalen, freiheitlich oder einfach nur dekadent gesonnenen Gegenpol zur ultranationalistischen und fremdenfeindlichen Jugend, die fanatisch für ihre soldatischen Ideale und den Mythos eines Gottkaisers eintritt. Möglicherweise war dieser Putsch nur eine verzweifelte Reaktion der revolutionären Rechten, nachdem bei den kurz zuvor abgehaltenen Parlamentswahlen die liberale Minseito-Partei einen überraschenden Sieg errungen hatte und sogar die japanischen Sozialdemokraten kräftig zulegten, während die sich auf das Militär stützende bürgerliche Seyukai-Partei haushoch verloren hatte. Auch wenn die Radikalen ihren Kampf diesmal verloren haben, zeichnet sich bereits ab, dass die Freiheit hierzulande weiter auf dem Rückzug ist. Genau wie in Deutschland. Dessen Tennō heisst Hitler und er wird mit derselben ekstatischen und psychopathologischen Unbedingtheit verehrt wie sein japanischer Zwilling.

Aus Tokio berichtet Walter Bosshard

Prinzipien des japanischen Volksgeistes

Kokutai no hongi

Verabschiedet und publiziert vom japanischen Bildungsministerium

Die vielfältigen ideologischen und sozialen Übel unserer Zeit sind Folgen der Gleichgültigkeit gegenüber dem Grundsätzlichen und der Verehrung des Trivialen, des Mangels an Urteilskraft und der Unfähigkeit, die Dinge richtig zu verstehen. Das kommt daher, weil seit Beginn der Meiji-Zeit so viele Elemente der Kultur, der politischen Systeme und der Erziehung aus Europa und Amerika in unser Land importiert wurden, und das viel zu schnell. Tatsache ist, dass die meisten aus dem Ausland importierten Ideologien Irrlehren der Aufklärung aus dem 18. Jahrhundert sind. Die Welt- und Lebensanschauungen, welche die Basis dieser Ideologien bilden, sind der Rationalismus und der Positivismus, die historisch blind sind und ihre höchsten Werte in der Freiheit und Gleichheit von Individuen sehen, was sie dazu bringt, eine abstrakte Welt zu postulieren, die alle Nationen und Rassen transzendiert. Dadurch werden Menschen nur noch als Einzelwesen und in ihren willkürlich gebildeten Vereinigungen gesehen, isoliert von der historischen Gesamtordnung, unabhängig voneinander und abstrakt füreinander.

Widersprüchliche und extreme Konzepte, so wie Sozialismus, Anarchismus und Kommunismus, sind in letzter Analyse alle auf dem Individualismus begründet, der die Wurzel der modernen westlichen Ideologien ist und von der sie nur unterschiedliche Manifestationen darstellen. Doch sogar im Westen, wo der Individualismus die Grundlage aller Ideen bildete, fand man den Kommunismus unerträglich. Als Konsequenz lässt man dort auch den traditionellen Individualismus fallen, was zum Aufstieg von Nationalismen und Totalitarismen geführt hat, etwa in der Form von Faschismus und Nationalsozialismus.

Das bedeutet, und das gilt für den Westen ebenso wie für unser Land, dass der tote Punkt des Individualismus und die Blockade durch ihn überall zu einem Anstieg ideologischer und sozialer Verwirrungen geführt haben. Daher kann der gegenwärtige Konflikt in der Vorstellungswelt unseres Volkes, die Unruhe in seiner Lebensführung und die Verwirrung in seinem Zivilisationsverständnis nur behoben werden, wenn wir die spezifische Natur der westlichen Ideologien genau untersuchen und die wahre Bedeutung des japanischen Volksgeistes verstehen. Dieser Aufgabe dürfen wir uns nicht nur um unser selbst Willen stellen, sondern zum Wohle der gesamten menschlichen Rasse, die überall einen Ausweg aus der Sackgasse sucht, in die der Individualismus sie hineingeführt hat.

Treue und Vaterlandsliebe

Unser Land wurde gegründet mit dem Kaiser in seiner Mitte, der selbst ein Nachfahre von Amaterasu Ōmikami ist, weil unsere Ahnen und wir selbst im Kaiser die fortwährende Urquelle ihres Lebens und Handelns gesehen haben. Daher ist es unsere Bestimmung, dem Kaiser zu dienen, seinen erhabenen Willen zu unserem eigenen zu machen und unter dessen Führung mit unserem zeitlich begrenzten Leben die Gegenwart zu erfüllen. Darauf basiert die moralische Würde unseres Volkes. Treue bedeutet, den Kaiser als den Dreh- und Angelpunkt unseres Lebens zu verehren und ihm vorbehaltlos zu folgen. Mit vorbehaltlosem Gehorsam ist gemeint, dass wir unsere kleinen Egos vergessen und dem Willen des Kaisers in uns alle Aufmerksamkeit schenken. Dieser Weg der Treue ist der einzige, in dem der Untertan zusammen mit seinem Kaiser aus der Urquelle aller Kraft heraus leben kann. Daher bedeutet die Widmung unseres Lebens für den Kaiser nicht das sogenannte Selbstopfer, sondern das Hinwegsehen über unsere kleinen Ichlings-Naturen zugunsten eines Lebens unter seiner erlauchten Gnade, womit jeder von uns auch die ursprüngliche Lebenskraft unserer ganzen Nation stärkt.

Harmonie

Was wir immer finden werden, wenn wir die historischen Tatsachen seit den Anfängen unseres Landes und die Fortschritte in seiner Geschichte betrachten, das ist der Geist der Harmonie. Harmonie ist das Produkt der großen Leistungen, die in die ursprüngliche Gründung eines Landes eingeflossen sind, und der Kraft, die sein historisches Wachstum vorantreibt. Es ist auch ein menschlicher Weg, untrennbar von unserem täglichen Leben. Der Geist der Harmonie lebt von der Eintracht aller Dinge. Wenn alle Menschen sich entschlossen zu Herren über andere erklären und ihre Egos behaupten, dann wird es nichts als Widerspruch geben, den Kampf aller gegen alle, und niemals wird Harmonie entstehen. Im Individualismus ist es möglich, mit Zusammenarbeit, Opfern und dergleichen den Grundwiderspruch in der Aufstellung eines jeden gegen jeden anderen zu mildern. Am Ende gibt es aber keine echte Harmonie. Daher sind individualistische Gesellschaften durch den Zusammenprall egoistischer Menschen gekennzeichnet, und die gesamte Geschichte kann daher als eine Abfolge von Klassenkämpfen betrachtet werden. Die sozialen Verhältnisse und politischen Strukturen in solchen Gesellschaften, gleichermaßen die soziologischen, politischen und staatsrechtlichen Theorien, die aus ihnen erwachsen, sind grundlegend anders als jene aus unserem Land, das ausschließlich auf dem Prinzip der Harmonie aufgebaut ist.

Schlussfolgerungen

Jede Art ausländischer Ideologie, die in unser Land eingeführt wurde, mochte vor ihrem rassischen oder historischen Hintergrund vielleicht zu China, Indien, Europa oder Amerika passen. Aber in unserem Land, das eine dem Volksgeist entsprechende Politik der Verehrung eines lebendigen Gottes, der Treue und der Harmonie verfolgt, ist es notwendig, diese Neuankömmlinge genau daraufhin zu untersuchen, ob sie wirklich zu unserem völkischen Wesen passen. Alles in allem bedeutet es, dass die Vorzüge der westlichen Methoden des Lernens und der Begriffsbildung in ihren analytischen und intellektuellen Qualitäten liegen, wogegen die Stärken der östlichen Denkschulen ihre intuitiven und ästhetischen Eigenschaften sind. Das sind ganz natürliche Entwicklungen, die durch nationale und historische Unterschiede entstehen. Wenn wir sie aus unserem völkischen Geist heraus vergleichen, ausgehend von unserer wahren Lebenssituation, dann werden wir feststellen, dass es noch viele weitere und viel grundlegendere Unterschiede gibt. Unsere Nation hat in der Vergangenheit chinesische und indische Ideologien eingeführt, absorbiert und verfeinert. Dadurch wurde der Kaiserliche Weg eröffnet und die Begründung einer eigenen japanischen Volkskultur. Bei der Einführung moderner westlicher Produktionsmethoden und der Freihandelswirtschaft in unserem Land wurde eine Vergrößerung des nationalen Wohlstandes auf der Grundlage der freien, individuellen Unternehmertätigkeit erwartet. Solange die Gedanken der Untertanen auf das Wohl des Volkes und der Nation gerichtet waren, waren die Ergebnisse tatsächlich sehr erfreulich. Später aber, mit der Verbreitung individualistischer und liberaler Ideen, erstarkte eine Tendenz, Eigensucht und Vorteilsnahme in allen Geschäftszweigen zu rechtfertigen. Diese Tendenz schuf einen Graben zwischen Reich und Arm, den es vorher nicht gab, und führte schließlich zum Klassenkampf. Später wurde es noch schlimmer, denn die Einführung des Kommunismus verbreitete die Idee, dass die Wirtschaft die Basis aller Politik, Moral und überhaupt aller kulturellen Werte sei, und der rücksichtslose Klassenkampf das einzige Mittel, um eine gerechte Gesellschaft zu errichten. Es versteht sich von selbst, dass Egoismus und Klassenkampf unserem Volksgeist widersprechen. Nur wo alle Mitglieder eines Volkes in Gemeinsamkeit und Eintracht mit Herz und Verstand ihren jeweiligen Geschäften nachgehen, und in diesen Geschäften bei all ihren Tätigkeiten Ordnung und Rechtmäßigkeit walten lassen, wobei ihre Gedanken immer dem Wohl und dem Wohlergehen des Kaiserlichen Thrones gewidmet sind, nur dort wird sich echte und geistig gesunde Prosperität entwickeln.

Unser Aufgabe

Unsere gegenwärtige Aufgabe als Staatsvolk ist die Herstellung einer neuen japanischen Kultur, indem wir die westlichen Kulturen mit unserem überlegenen nationalen Volksgeist verfeinern. Dadurch bereichern wir die ganze Menschheit mit einer neuen japanischen Weltkultur! Unsere Nation kannte bereits früh die Einfuhren chinesischer und indischer Kulturen und wir waren selbst erfinderisch bei der Hervorbringung neuer kultureller Güter. All das war natürlich nur möglich durch die tiefgreifenden, zeit- und grenzenlosen Eigenschaften des japanischen Volksgeistes, weshalb das konkrete Volk, das mit ihm beschenkt ist, eine wahrhaft große historische Aufgabe hat.

Tokio, im Februar 1937

Café Adlon

In Berlin endete 1938 ein Septembernachmittag in einem lauen Herbstabend. Die mit Hakenkreuzfahnen reich beflaggte Prachtstraße Unter den Linden füllte sich mit Ministerialbeamten, Diplomaten, Vertretern von Handel und Industrie sowie uniformierten Mitgliedern der NSDAP und der Wehrmacht, die seit einigen Jahren das Bild bestimmten. Im Café des Hotel Adlon zeigte sich um diese Stunde die feine Berliner Gesellschaft. Das Adlon wurde von den Professoren, Wissenschaftlern, Künstlern und wohlhabenden Geschäftsleuten, die gerne abseits des allgegenwärtigen militärischen Tamtams blieben, die ,kleine Schweiz' genannt. Die zackigen SS-Offiziere aus dem gesamten Großdeutschen Reich trafen sich dagegen mit Vorliebe im *Kaiserhof* in der Wilhelmstraße. Deshalb kam es manchen Gästen im Café Adlon wie ein Suchbild vor, in dem sie den Fehler entdeckt hatten, als ein Vertreter des Militärs sich am Kuchenbüffet bediente und nach einem freien Platz Ausschau hielt. Ein feiner Herr an einem kleinen Tisch in der Ecke ahnte, dass er diesen wohl würde teilen müssen, als der hochgewachsene Mann in Wehrmachtsuniform auf ihn zukam.

Da ist er. Das ist mein Mann. Er soll endlich den Durchbruch schaffen.

„Herr Professor *Hahn*, darf ich mir erlauben, mich zu Ihnen zu setzen?"
„Bitte, bitte, setzen Sie sich", antwortete der Angesprochene jovial, um zu überspielen, dass er sehr gerne allein geblieben wäre. „Kennen wir uns?"
„Gestatten, Dr. Teufel, Oberstleutnant im Heereswaffenamt. Wir sind uns noch nicht begegnet, aber ich kenne natürlich das Kaiser-Wilhelm-Institut für Chemie in Dahlem, dem Sie als Direktor vorstehen."
„Sehr angenehm. Und nun erwischen Sie mich hier, wie ich Sahnetorte esse, statt an den Projekten zu arbeiten, die das Heereswaffenamt finanziert." Sie lachten sich an und verstanden sich. Otto Hahn, selbst ein gut aussehender Mann mit einem geraden, entschlossenen, dabei doch sinnlichen Mund unter seinem gepflegten Oberlippenbart und

einem klaren Ausdruck in den Augen, fiel auf, was für ein ungewöhnlich fein geschnittenes Gesicht der Oberstleutnant hatte. Aus den vollen, blutroten Lippen lachten ihn zwei wunderschön weiße Zahnreihen an. Seine Haut war so glatt, also ob sie keine Poren hätte, marmorfarben und von hellblauen Adern blass unterlaufen, was ihm eine Zerbrechlichkeit gab, die der Würde und der Autorität seiner makellos sitzenden Uniform zu widersprechen schien. Keine Sekunde lang hatte er das Gefühl, sich vor diesem Mann in Acht nehmen zu müssen, so wie vor den anderen Nazigesellen, die häufig erbärmlich dumm und rüpelhaft waren und noch Kohlen geschaufelt oder am Bau gearbeitet hätten, wenn die Partei ihnen nicht eine Uniform gegeben hätte.

„Aber ich kann es erklären" fuhr Hahn fort. „Ich brauche Glukose zum Denken. Vorzugsweise in Form dieser unvergleichlich guten Torten, wie es sie nur hier gibt. Gehen Sie auch manchmal konditoren?"

„Sie gefallen mir, Herr Direktor! Für Ihre kleine Schwäche haben Sie gleich ein neues Verb gebildet. Das habe ich noch nie gehört. Ich gestehe, dass auch ich die kleinsten Sünden am meisten schätze. Und ich verstehe völlig, dass ein Hirn, das sich mit der Erforschung der Transurane beschäftigt, einen entsprechenden Treibstoff braucht."

„Ah, ich sehe, Sie wissen Bescheid."

„Setzen Sie einfach ein paar bescheidene Kenntnisse in Atomphysik und Chemie voraus. Ich bin zwar von der Ausbildung her Ingenieur, um genau zu sein Messtechniker, aber seit Albert Einsteins Durchbruch in der Physik habe ich mich in meiner Freizeit intensiv mit den Schriften von Bohr, Rutherford, Heisenberg und Fermi beschäftigt."

„Sieh mal einer an" nickte Hahn anerkennend. „Hatten Sie vielleicht schon einmal mit Herrn Erich Schumann zu tun?"

„Natürlich. Er ist einer unserer Physiker im Amt. Ich habe mit ihm mehrmals zu Mittag gegessen. Ein sehr fähiger Mann. Sie sollten vorsichtig sein, er ist Nationalsozialist und Beamter mit Leib und Seele. Er wird Ihnen Schwierigkeiten machen, wenn Sie nicht bald Ergebnisse vorlegen können. Er hat mir gegenüber bereits angedeutet, dass er ungeduldig wird. Dabei sah er mich mit diesen kleinen, gemeinen Augen an. Na, Sie kennen ihn ja."

Oberstleutnant Dr. Teufel gab sich als ein Schaf im Wolfspelz zu erkennen, ein Nazi wider Willen. Das tat Hahn gut. Seit Jahren hatte er sich den Ritualen der Nationalsozialisten gefügt, auf gemeinsamen Konferenzen mit dem Heereswaffenamt, Jubiläen und Feiern aller Art, in den Forschungsinstituten, in der Akademie und an der Humboldt Universität. Er fand dieses Kostümspektakel und die geschwollenen Reden der

Potentaten dieses neuen Deutschlands unerträglich und flüchtete sich in seine Forschungen. Das Institut war lange Zeit seine Burg. Nun waren die Schwarzalben auch dort eingefallen. Im Zuge der Gleichschaltung wurden Zellen gebildet, in denen sich die zuvor unscheinbarsten und unfähigsten Mitarbeiter organisierten. Nun spielte die wissenschaftliche Befähigung nur noch eine untergeordnete Rolle. Hauptsache, die Arbeit diente der Partei, und im Institut wurde die Partei durch den Abschaum vertreten, den man vorher nicht einmal wahrgenommen hatte.

„Ja, Herr Oberstleutnant, ich kenne ihn. Und was Sie mir gerade mitteilen, das habe ich schon vermutet. Um ehrlich zu sein, wir sind am Ende. Es liegt nahe, das Projekt einzustellen. Wir wollten ursprünglich ein für alle Mal entscheiden, ob Enrico Fermis These korrekt ist, dass beim Beschuss des Urans mit Neutronen Transurane entstehen, oder ob unser ehemaliger Kollege Aristide von Grosse Recht hatte, der behauptete, das Ergebnis sei Proactinium, also Element 91 und somit von niederer statt höherer Ordnungszahl. Wir experimentieren und messen nun seit über drei Jahren und sind von einem Ergebnis weiter entfernt als je zuvor. Inzwischen finden wir Radiumisotope als Ergebnis, aber sie verhalten sich nicht wie Radiumisotope. Außerdem musste meine Kollegin, Frau Prof. Meitner, kürzlich das Land verlassen. Abstammung. Sie wissen schon."

„Fermi war auf dem richtigen Weg, denke ich. Aber er suchte das Falsche", sagte der Oberstleutnant, ohne von seinem Kuchenteller aufzublicken.

Wie sehr bemühte ich mich, Fermi und einige andere in die Richtung zu führen, wo sie das Tor zu dem großen Geheimnis finden sollten! Alles fing mit Curie an, aber es dauert einfach zu lange. Ich habe keine Zeit mehr.

„Wie meinen Sie das?"

„Nun, warum sollten die Atome nur größer werden? Warum können sie nicht zerfallen?"

„Nein, nein", entgegnete Hahn entschieden, „das geht nicht. Darum heißen diese Stoffe schließlich auch Elemente und Atome. Sie können nicht weiter zerlegt werden. Die Bindungskräfte im Kern sind viel zu groß. Das wissen Sie doch selbst, oder? Wir haben kein Mittel, um einen Kern zu öffnen. Er ist wie eine Nuss, für die es keinen Knacker gibt. Ich bezweifle, dass irgendwo in der Natur solche Kerne schon einmal zerplatzt sind."

„Wenn Sie es schaffen, den Kern zu öffnen, werden Sie erst Deutschland retten – und dann die Welt." Dr. Teufel sagte das mit einer

Entschiedenheit, die Hahn verblüffte.

„Wie bitte? Das ist doch nicht ihr Ernst! Verzeihen Sie, wenn ich so frech frage, aber lesen Sie vielleicht gerne Jules Verne?"

„Ich werde Ihnen jetzt ein Geheimnis verraten, Herr Professor Hahn. Aber nur, wenn Sie mir Ihr Ehrenwort geben, dass es unter uns bleibt", fuhr Teufel unbeirrt und süffisant fort. Dieses Selbstbewusstsein war Hahn unheimlich. Er war neugierig, wollte sich dabei aber keine Blöße geben.

„Nur zu, Sie haben mein Ehrenwort."

„Dem britischen Marineamt wurde bereits vor vier Jahren ein Patent übertragen, das sich nicht nur mit der einfachen Kernspaltung befasst, sondern das zeigt, nach welchem Verfahren daraus eine Kettenreaktion gemacht werden könnte. Es stammt von Ihrem ungarischen Kollegen *Leo Szilard.*"

Szilard hat es wenigstens in der Theorie verstanden. Wie bekomme ich diesen Menschen hier dazu, dass er das tut, was endlich zu tun ist, nämlich das Werk zu beginnen?

„Nein! Szilard?" Hahn ließ seine Gabel, mit der er sich ein Stück Torte gerade zum Mund führen wollte, auf den Teller zurückfallen. „Er hat ein Verfahren beschrieben? Ein Patent darauf angemeldet? Ich fasse es nicht. Das ist höchst überraschend und interessant. Sie müssen wissen, die These von der Befreiung der Energie aus dem Atomkern wurde schon oft diskutiert. Aber Rutherford wie auch Einstein hielten es bisher für völligen Unsinn. Wie sagte Einstein so schön: ‚Es ist, wie im Dunkeln auf Vögel zu schießen in einem Gebiet, in dem es kaum Vögel gibt'. Ziemlich anschaulich, nicht wahr? Und nun Szilard! Praktisch ein Schüler von Einstein. Vielleicht sogar sein bester." Hahn hob das fallengelassene Tortenstück wieder an und betrachtete es nachdenklich.

„Ich glaube ehrlich gesagt, Szilard hat Recht", fuhr der Oberstleutnant fort. „Allerdings hat er den zweiten Schritt vor dem ersten gemacht. Was nützt eine Kettenreaktion, wenn man das erste Glied dieser Kette nicht kennt? Das müssen Sie jetzt finden. Wenn Sie das schaffen, dann haben Sie für alle Zeiten einen Platz im Pantheon der Menschheit." Hahn erschrak für eine Sekunde, dann fasste er sich wieder.

„Und wie soll das bitte schön gehen? Ich halte es doch für prinzipiell ausgeschlossen."

Wenn ich es im Einzelnen wüsste, dann würde ich es selbst machen, du beschränkter Kopf, das schwöre ich dir!

„Sie müssen zerfallen. Beschießen Sie die Kerne weiter. Messen Sie weiter. Wenn Sie dabei hohe Energieentladungen feststellen, dann haben Sie es geschafft" insistierte Teufel ruhig. „Ziehen Sie unbedingt Frau Professor *Meitner* zu Rate. Sie hat doch von Anfang an mit Ihnen in diesem Projekt gearbeitet."

Das war nicht vorgesehen, dass sie fliehen muss. Der Zeitplan ist einfach zu eng geworden, und ich kann nicht alles steuern. Er sollte die Experimente durchführen, sie sollte denken.

„Herr Oberstleutnant, woher wissen Sie das alles? Wieso kennen Sie sich in der Materie so hervorragend aus? Das sind doch alles streng geheime Angelegenheiten, über die wir hier sprechen."

„Lassen Sie es mich so formulieren, Herr Professor Hahn: Ich habe gute Beziehungen. Man könnte vielleicht hinzufügen, dass ich aus einer Familie stamme, in der man sich mit den ursprünglichen Fragen beschäftigt."

Wie auch mit den letzten, endgültigen Fragen. Und jetzt fang schon an! Mehr kann nicht einmal ich dir sagen.

Spät am selben Abend stand Otto Hahn im weißen Kittel in seinem Labor am Kaiser-Wilhelm-Institut für Chemie. Er hielt den Telefonhörer in der Hand und blickte auf den wackligen Holztisch mit der Versuchsanordnung, die ihm und seinem Assistenten schon schlaflose Nächte bereitet hatte. „Hallo Straßmann? Kommen Sie her. Wir müssen wieder an die Arbeit"

Einige Wochen später schrieb Hahn seiner geflohenen Kollegin Lise Meitner einen ratlosen Brief nach Stockholm. Er kam nicht weiter, konnte seine eigenen Ergebnisse nicht interpretieren. Sie löste das Rätsel während eines Nachmittagsspaziergangs. Hahn hatte einen einfachen Rechenfehler begangen. Er hatte mit den Atomgewichten von Barium und Uran gerechnet anstatt mit den Kernladungszahlen. Lise Meitner zeigte, dass Uran mit der Ladungszahl 92, wenn es von einem Neutron getroffen wird, in die Elemente Barium 56 und Krypton 36 zerfällt – und zwei Neutronen emittiert. Damit war der Kern gespalten und weitere Neutronen wurden freigesetzt für die Kettenreaktion. Die Lösung der Kernbindungskräfte, der starken Wechselwirkung, hatte einen Energieblitz von zweihundert Millionen Elektronenvolt zur Folge.

Das Atomzeitalter hatte begonnen.

Der Weg des Untertans

Premierminister Konoe war zufrieden. Obwohl die Hitze in diesem Hochsommer 1941 besonders schwül und drückend über Tokio lag, war es für ihn einer der wenigen entspannenden Momente seit langer Zeit. Er genoss das Privileg, dass sein Büro über die erste in Japan installierte Klimaanlage verfügte, die ihm an diesem Tag die Arbeit erträglich machte. Entscheidend dabei war, dass sie nicht aus Amerika kam. Dort hatte sich die Klimatechnik zu einem neuen Industriezweig entwickelt und das Weiße Haus wurde bereits seit zehn Jahren mit einer elektrisch betriebenen Klimaanlage gekühlt. An das Büro des japanischen Premiers war dagegen eine Kältemaschine angeschlossen worden, die aus der kleinen deutschen Fabrik des erfinderischen Luft- und Klimatechnikers Albert Klein stammte. Es war ein gutes Gefühl, wenigstens in diesem Punkt nicht auf die Amerikaner angewiesen zu sein und solche wunderbaren Errungenschaften der modernen Technik bei Freunden kaufen zu können. Schließlich schätzte auch Kaiser Hirohito die Präzisionsarbeit der Deutschen. Die wichtigsten Staatskarossen in seinem Fuhrpark waren drei Sonderanfertigungen des *Großen Mercedes 770*. Konoe, der fließend Deutsch sprach, hatte die Bestellung der Klimaanlage persönlich veranlasst und auch ihre Installation überwacht. Abgesehen von diesem gedanklichen und klimatischen Komfort bezog sich Konoes Zufriedenheit vor allem auf ein Dokument, das vor ihm auf dem Schreibtisch lag. Es sollte in diesen unruhigen und besorgniserregenden Zeiten ein Labsal für den Geist und ein Vademecum für die Bürger werden, nicht weniger als eine politische Bibel für alle Japaner. Konoe hatte sie beim Erziehungsministerium in Auftrag gegeben, und den dortigen Beamten war in Kooperation mit Universitätsprofessoren ein kleines Meisterwerk gelungen. Das schmale Pamphlet trug den Titel *Shinmin no michi* oder *Der Weg des Untertans*, kurz und bündig, ohne Schnörkel. Konoe hatte bereits die Entwürfe genau studiert, konnte es aber trotz seiner knapp bemessenen Zeit nicht lassen, auch in dieser Endfassung immer wieder zu blättern und die vollendeten Formulierungen zu lesen, die sein aufgewühltes Herz beruhigten.

„Die kaiserliche Familie ist die Quelle unserer japanischen Nation, und alles nationale wie private Leben kommt nur aus ihr. Der Weg des Untertans ist es, loyal zum Kaiser zu sein und von seiner eigenen Person abzusehen, womit er dem kaiserlichen Thron dient, der gleichursprünglich mit Himmel und der Erde und deren Spiegelbild ist. Kein anderes Volk der Welt hat einen lebenden Gott, der über seine Untertanen wacht, und wir müssen uns dieser unendlichen Gunst würdig erweisen."

Das ist wahre Größe, dachte Konoe bei sich.

„Doch unser Land wurde kontaminiert von pervertiertem Denken, und es ist unsere heilige Pflicht, diese Schande zu beseitigen und zu den tugendhaften Bräuchen unserer Ahnen zurückzukehren. Es wird durch harmonische und gemeinschaftliche Zusammenarbeit wie auch durch die unermüdlichen Beweise unserer nationalen Würde geschehen, dass wir den himmlischen Geistern unserer Ahnen pflichtschuldigst gehorchen und so die Herrlichkeit des Throns immer weiter vergrößern."

Hierin las er die komplizierte Handschrift der Ritual- und Zeremoniengelehrten, deren größte Leidenschaft es schon immer war, Superlative aneinanderzureihen.

„Wir müssen die alte Weltordnung umstürzen, die von der Herrschaft des Individualismus, Liberalismus und dialektischen Materialismus gekennzeichnet war. An ihrer Stelle werden wir eine neue, japanische Ordnung errichten, die sich von Asien aus über die ganze Welt verbreitet und in der jede Nation ihren angestammten Platz findet. Sie wird von der höchsten Moral und den heiligsten Prinzipien unseres Kaisers beherrscht werden. Das soll der Beginn einer echten Weltgemeinschaft sein, die von der Selbstlosigkeit, Hingabe und der Einstimmigkeit all ihrer Untertanen mit dem kaiserlichen Willen bestimmt wird."

Wie viel erhebender klang das als die bedrohlichen Nachrichten, die seit Monaten Regierung, Parlament, Staats- und Ältestenrat beschäftigten! Der gemeine japanische Untertan konnte nicht ahnen, welche tiefe Sorge sich hinter diesen Worten verbarg. Das war auch gut so. Die strenge Zensur und die von Konoe in ihren Machtbefugnissen gerade erst erweiterte ‚Gedankenpolizei‘ wachten darüber, dass sich daran nichts ändert. Das japanische Volk brauchte nicht zu wissen, dass die US-Administration unter Präsident Roosevelt vier Wochen zuvor alle japanischen Vermögen in den USA eingefroren und ein Ölembargo gegen Japan verhängt hatte, weil die Kaiserliche Armee in Französisch Indochina einmarschiert war. Die gesamte Industrie und Militärmaschinerie des Landes baute auf amerikanischem Öl auf, alle Schiffe der Kriegsmarine, die Landfahrzeuge der Infanterie und die Flugzeuge der Luftwaffe, die das japanische Imperium in Asien aufrecht erhielten, liefen mit Diesel, Benzin und Kerosin, die alle aus amerikanischem Erdöl raffiniert werden mussten. Japan steuerte also gerade auf einen Krieg mit seinem

Hauptenergielieferanten zu. Die Kriege der Neuzeit werden aber mit Stahl und Öl gewonnen, dachte Konoe. Es schmerzte ihn, dass dem japanischen Militär die Weitsicht der Deutschen fehlte, die vor Beginn ihrer Eroberungsfeldzüge die Gewinnung von Benzin aus der Kohleverflüssigung perfektioniert hatten. Diese weitere brillante Ingenieursleistung machte das Dritte Reich weitgehend unabhängig von ausländischen Ölquellen. Was musste Hitler wohl von seinen japanischen Verbündeten denken, wenn sie sich so unvorbereitet in ein militärisches Abenteuer stürzen?

„Niemals seit der Gründung unseres heiligen Kaiserreichs vor zweitausendsechshundert Jahren haben wir eine Niederlage erlitten. Der Schlüssel liegt in unserem festen Glauben an den Sieg und unserer uneingeschränkten Bereitschaft, uns für das Vaterland zu opfern."

Konoe hatte mehr Vertrauen in diese ewig wahren Worte als in die strategischen Fähigkeiten der Generäle. Sie hatten behauptet, der Krieg in China würde in drei Monaten beendet und das riesige Land vollständig besetzt sein. Das war inzwischen vier Jahre her und die Front längst festgefahren. Der japanische Generalstab hatte nicht mit dem erbitterten Widerstand der Kommunisten und des Kuomintang gerechnet, die doch füreinander die größten Feinde sein sollten.

„Es geht darum, Frieden nach China zu bringen. Das große Kaiserreich China, das viele kulturelle Errungenschaften gestiftet hat, die in der *Yamato*-Rasse und unter der Führung unseres Heiligen Kaisers ihre volle Blüte entfalteten, wird befreit vom Joch der räuberischen, egoistischen und kapitalistischen Westmächte. Japan sieht es als seine heilige Aufgabe, China und schließlich ganz Asien zu vereinen, um diesen asiatischen Bund von Brüdern derselben Rasse gegen die europäischen und amerikanischen Imperialisten siegreich ins Feld zu führen. Asien wird der zukünftige Mittelpunkt der Welt sein, und die Nationen unserer Rasse werden unter moralischen Prinzipien in nie gekannter Prosperität leben."

Da war sie, Konoes Vision von der *Großostasiatischen Wohlstandssphäre*! Auf nichts war er so stolz wie auf diesen Begriff, den er in seiner ersten Amtszeit als Premierminister geprägt hatte. Er wollte der japanischen Politik damit neue, fruchtbarere und erquicklichere Ziele geben als die sinnlose und brutale Eroberung von Territorien, auf denen kein Reis gedieh und die nur von hungernden Bettlern besiedelt waren. Wen sollte es wundern, dass die militärische Entourage des Kaisers ihn mit ständig wachsendem Misstrauen beobachtete.

„Der Westen ist eine Schlange, sagt man, vor der die asiatischen

Nationen in Angst ersterben. Japan ist aber der größte Hase in Asien und wird der Schlange den Kopf abbeißen."

Das waren die einzigen Sätze in dem Pamphlet, die ihm missfielen. Es gelang ihm nicht zu übersehen, dass dieses Bild unfreiwillig komisch war.

„Wir sind zu einer globalen Mission aufgerufen und dazu bestimmt, die Welt anzuführen, sie mit unseren moralischen Werten zu erfüllen und unseren Kaiser an ihre Spitze zu stellen. Dafür muss jeder Untertan seinen Körper und Geist selbstlos in den Dienst der höchsten Sache stellen. Denn der letzte Krieg der Menschheit steht an. Es ist ein Heiliger Krieg, mit dem vierhundertfünfzig Millionen Untertanen aus ganz Asien die Welt befreien, alle Kriege beenden und die Menschheit in ein Goldenes Zeitalter unter der Herrschaft ihres Gottkaisers führen werden."

Wie wunderschön! Welche Perfektion und Harmonie der Gedanken! Konoe lehnte sich zurück und wollte einen Augenblick des Seelenfriedens genießen. In diesem Moment trat sein Sekretär ein und erinnerte ihn an die Staatsratssitzung unter dem Vorsitz des Kaisers, die für den frühen Abend anberaumt war. Das riss Konoe aus seinen Träumen, denn er wusste, dass Japan nur noch für höchstens zwei Jahre Ölvorräte hatte und die Generäle wie wilde Kettenhunde auf einen Überfall der amerikanischen Streitkräfte im Pazifik drängten. Seufzend erhob er sich aus seinem Fauteuil, und die Gewissheit in ihm gewann wieder die Oberhand, dass er unterwegs in ein Verderben war, das mehr als nur ihn verschlingen würde. Irgendwann in der Vergangenheit muss es irgendwo auf der Welt ein Ereignis gegeben haben, das man als Ursache für das Schicksal beklagen könnte, auf das sein Land gerade zulief. Er spürte es mit seinem Herzen, er wusste es mit seinem Bauch, aber er hätte es niemandem erklären können. Sein Leben lang schon fühlte Konoe sich an eiserne Ketten blinder Ursachen und Wirkungen geschmiedet, die alles durchzogen, die ganze Welt, einschließlich ihrer Vergangenheit, Gegenwart und Zukunft. Es muss doch erste Ursachen gegeben haben, die nicht blind und mechanisch, sondern ,gewollt' waren, als Äußerungen eines entschlossenen Willens, der etwas Neues, Schöpferisches beginnt, was nicht selbst schon durch die Glieder der ewigen Ketten der Vorsehung bestimmt ist. Wie schön oder wie schrecklich das auch sein sollte. Als er seine Limousine bestieg, die bedauerlicherweise kein Mercedes war, hatte er Kopfschmerzen vom Philosophieren. In einem war er sich aber sicher. Wenn jemand das Problem der ersten Ursachen lösen könnte, dann wäre es sicher ein Deutscher.

Oppenheimer

„Los Alamos, am 17. Juli 1945

Endlich! Es ist vorbei. Gestern haben wir das ‚Ding' gezündet. Ein paar Tage länger, und ich wäre vermutlich tot gewesen. In den letzten Wochen habe ich vierundzwanzig Pfund verloren. Nur ein Rest von Fleisch hängt wie zerschlissene Kleider an meinem Gerippe. Ich weiß, dass die anderen mich das ‚lange Elend' nennen, wenn ich nicht dabei bin. Sie haben Recht, so fühle ich mich auch. Spätestens seit Jean sich Anfang letzten Jahres das Leben genommen hat. Ich musste gestern mehr an sie denken als sonst. Sie hatte mich mit den Gedichten von John Donne vertraut gemacht. Die Zeile ‚Zerschlage mein Herz, dreifaltiger Gott' im vierzehnten Sonett gab mir den Codenamen für den ersten Test: *Trinity*. Für die Zündsequenz benutzten wir erstmals einen ‚Countdown'. Zwanzig Minuten lang wurde die Zeit rückwärts gezählt. Die letzten sechzig Sekunden wurden über die Lautsprecher angesagt. Dabei ereignete sich etwas ganz Unwirkliches, ja, geradezu Unheimliches. Durch eine Interferenz des Übertragungssystems mit einem lokalen Radiosender wurde die Ansage von einer knackenden Melodie überlagert. Es war der fröhliche *Tanz der Rohrflöten* aus Tschaikowskys *Nussknacker*-Suite, der den Countdown hinaustrug in die Dunkelheit der Wüste von Alamogordo.

Wir hatten fürchterliche Angst, und das aus mehreren guten Gründen. Würden die zwei Milliarden Dollar, die das Manhattan-Projekt bis jetzt gekostet hat, umsonst gewesen sein, weil die Kettenreaktion ausbleibt und das Plutonium einfach verdampft? Oder würde das ‚Ding', wie wir es nur nennen dürfen, mit seiner Gewalt die Erdkruste aufbrechen, den Stickstoff in der Atmosphäre entzünden oder die Kettenreaktion sogar auf andere Materie übertragen und den gesamten Planeten in eine Bombe verwandeln? Wir wussten es nicht. Keiner von uns konnte sicher sein, diesen Test zu überleben. Mit wundervoller muskalischer Untermalung setzten wir das Überleben der gesamten Menschheit aufs Spiel. Der Grat des Erfolgs erschien uns so schmal wie eine Rasierklinge. Links und rechts davon gähnten die Abgründe des Versagens und der totalen Zerstörung.

Dann die Explosion. Es war zunächst ein Lichtblitz, das hellste Licht, das ich, oder wohl überhaupt ein Mensch, je gesehen hat. Es explodierte, schoss auf uns zu, bohrte sich durch uns hindurch – ein Bild, das man nicht nur mit den Augen sah, sondern das sich für immer eingebrannt hat. Die umliegende Landschaft war mehr als taghell erleuchtet, wie überbelichtet, sodass sie durchsichtig wurde im Schein des riesigen Feuerballs. Er wuchs und wuchs, und während er wuchs, drehte er sich. Er schien auf uns zuzukommen und sah bedrohlich aus. Als die Druckwelle bei uns im fünfeinhalb Meilen entfernten Bunker ankam, presste die Luft sich durch den Sichtschlitz, schlug mein Gesicht zur Fratze, schoss in meinen vom Staunen offenstehenden Mund ein und blies mich auf wie einen Luftballon. Ich wusste sofort, dass die Sprengkraft am oberen Ende unserer Berechnungen gelegen haben musste, also zwischen fünfzehn- und zwanzigtausend Tonnen TNT. Es war ein lebendes ,Ding', eine neue Art Lebewesen, das dort gerade vor unseren ungläubigen Augen geboren wurde. Ich spürte die Freude eines Vaters, und gleichzeitig die Angst vor dem eigenen Kind. Ich wollte etwas Gutes vollbringen, der Wissenschaft dienen, den Krieg beenden und Menschenleben retten. Doch was kann gut sein an diesem neuen Gott, den wir erschaffen und auf die Menschheit losgelassen haben? Einige Kollegen lachten, andere weinten, die meisten waren ganz still. Ich erinnerte mich an die Worte aus dem elften Gesang der *Bhagavad Gita*. Prinz Arjuna bittet seinen Freund und Kampfgefährten Krishna, sich in seiner wahren Form zu zeigen, denn er hat längst begriffen, dass Krishna kein gewöhnlicher Mensch ist. Krishna, der tatsächlich einer der Avatare des fürchterlichen Gottes Vishnu ist, erklärt Prinz Arjuna, dass das menschliche Auge erblinden könnte, wenn er sich offenbart.

,Wenn das Strahlen von tausend Sonnen
am Himmel plötzlich bräch' hervor,
das wäre gleich dem Glanze
des Allmächt'gen.'

Doch Krishna lässt sich von Arjuna überreden, denn er will, dass der zweifelnde Prinz seine Pflicht als Krieger erfüllt, mit ihm in die Schlacht zieht und die Feinde tötet. Also verwandelt er sich in die riesige, gleißende und blauhäutige Gestalt des vierarmigen Gottes Vishnu. Prinz Arjuna, von tiefster Furcht ergriffen, sinkt, die Hände gefaltet, vor dem Allmächtigen auf die Knie und lauscht seinen grausamen Worten.

,Und siehe, jetzt bin Ich es,
der Tod, Zerstörer aller Welten,
erschienen, um die Menschheit zu vernichten.
Auch ohne dich sind sie verloren,

all die Kämpfer,
die dort in Reihen stehen.'

Ich frage mich, ob Prinz Arjuna es so bereut hat wie ich, dass ihm sein Wunsch erfüllt wurde und der Gott sich ihm offenbarte. Seine folgenden Lobpreisungen des ‚Fürchterlichen' waren jedenfalls mehr von Angst als von freudiger Erkenntnis bestimmt. Genau so geht es mir seit gestern. Und ich glaube, auf die eine oder andere Weise, auch allen meinen Kollegen.

Heute sind wir das Gelände abgelaufen und haben alles vermessen. Die Explosion hat einen Krater mit einem Durchmesser von tausendeinhundert Fuß und einer Tiefe von zehn Fuß in den Grund gesprengt. Die Erde ist an der Oberfläche zu grünem Glas geschmolzen. In einem Umkreis von einer Meile ist jegliches tierische und pflanzliche Leben verdampft.

Ich bin ein überzeugter Pazifist und habe die erste Atombombe gebaut. Mein Erfolg wird sich bald messen lassen. Nach der vielversprechenden gestrigen Premiere wird der nächste Test in Japan stattfinden. Dann werden Tausende oder sogar Zehntausende Tote nur Rundungsfehler in der Opferstatistik sein. Die Verwüstung wird biblische Ausmaße haben. Und wer wird die Menschen zählen, die *nicht* sterben, weil wir getan haben, was wir tun mussten? Es tut mir leid für die Japaner. Aber musste das sein? Von den zweieinhalbtausend toten Amerikanern beim Überfall auf Pearl Harbor über die siebentausend bei Guadalcanal bis zur Schlacht von Iwojima, wo ebenfalls siebentausend starben, waren es insgesamt weit über hunderttausend getötete US-Soldaten, die im Pazifik bisher ihr Leben ließen. Ungezählte Tausende von ihnen sind erst als Kriegsgefangene während der bestialischen Folter- und Mordorgien gestorben, mit denen die Japaner ganz Asien überzogen. Es ist kein Trost, dass die Verluste der Japaner schätzungsweise fünf Mal so hoch waren. Es ist viel mehr, nämlich eine Ermutigung. Die Atombombe wird gegen Japan nicht nur eingesetzt, um das Leben amerikanischer Soldaten zu retten, die sonst bei der Eroberung des Festlands sterben müssten. Vielmehr retten wir auch Millionen japanischer Zivilisten, die, wie wir inzwischen erfahren haben, von ihrer wahnsinnigen Regierung durch eine Art Generalmobilisierung in einem letzten, sinnlosen Massenangriff geopfert werden sollen. *Dieser* Erfolg wird bedauerlicherweise nicht messbar sein. Aber ich hoffe mit jeder Faser meiner Seele, dass ich Vishnu zuvorgekommen bin, indem ich meine Pflicht erfüllt habe.

Vielleicht weiß ich einfach zu wenig über Politik, aber ich habe den

Eindruck, dass wir es mit zwei Völkern von Teufeln zu tun haben, die sich die Welt teilen wollten. Ich bedauere nur eines. Die Deutschen hätten ein nukleares Armageddon viel mehr verdient als die Japaner. Sie waren in jeder Hinsicht gefährlicher und bösartiger. Mit Freude hätte ich die Krone unseres Feuergotts über Hamburg, Berlin oder München erstrahlen gesehen, wenn wir dadurch den Krieg früher beendet und noch mehr Menschen vor der deutschen Tötungsmaschine gerettet hätten. Jetzt aber Japan, das bereits am Boden liegt. Als Deutschland im Mai kapitulierte, wollte ich das Manhattan-Projekt stoppen. Aber wir waren schon zu weit. General Groves hatte Recht. Wir mussten das Ding fertigstellen. Heute Morgen zeigte er mir genüsslich ein geheimes Telegramm: ‚Mutter hat kein Baby zur Welt gebracht. War nicht mal schwanger. Ärzte halten sie für unfruchtbar.' Er hatte es Ende letzten Jahres aus Deutschland erhalten. So lange wusste er also schon, dass die Deutschen keine Atombombe hatten, nicht einmal die Grundlagen dafür. Heisenberg war mit seinen Bemühungen offensichtlich nicht weit gekommen. Rüstungsminister Speer, der für das deutsche Uranprojekt verantwortlich war, hat im ersten Verhör dazu angeblich gesagt, dass Adolf Hitler eine geradezu mystische Angst vor der Atombombe hatte. Dessen Worte sollen etwa so gelautet haben: ‚In der Wissenschaft gärt ein weltfremder Drang nach Enthüllung aller irdischen Geheimnisse, der eines Tages den ganzen Erdball in Brand setzen könnte.' Das erklärt, warum es in Deutschland nichts Vergleichbares zum Manhattan-Projekt gab.

Hitlers Ehrfurcht vor dem nuklearen Blitz hat mir auch unsere eigene *Hybris* deutlich gemacht. Ein Dämon, Monster und Massenmörder wie er hatte Skrupel, eine Waffe zu entwickeln, die wir, im vollen Bewusstsein um die Möglichkeit der schrecklichen Konsequenzen, zielstrebig gebaut haben und nun zum Einsatz bringen. Als sich gestern Morgen die Begeisterung über den Erfolg im Team gelegt hatte und dem Schrecken gewichen war, kam der verantwortliche Techniker Brainbridge zu mir, sah mir tief in die Augen und sagte leise: „Nun sind wir alle Hurensöhne". Das passt. Und er hat wohl Recht. Denn unser Erfolg hat erstmals die Pforten zur Hölle auf Erden aufgeworfen, zur Zerstörung der gesamten Menschheit. Die Atombombe ist weder wie ein Knallfrosch verpufft, noch hat sie die Welt mit einem Schlag in Brand gesetzt, wie Hitler und wir fürchten mussten. Vielmehr kann sie jetzt in Serie gehen und wird sich auf der ganzen Welt verbreiten. Groves verliert dabei keine Zeit. Heute hat er mich gefragt, was die optimale Höhe für die Explosion wäre, um möglichst viele Menschen zu töten. Es ginge schließlich nicht darum, einen tiefen Krater in die Erde zu sprengen, sondern die Auswirkungen der Detonation in die

Fläche zu bringen. Ich habe es umgehend berechnet. Bei einer angenommenen Sprengkraft von zwanzig Kilotonnen – unsere Kalkulation für Trinity und meine Schätzung während des Tests haben sich bestätigt – sollte die Zündung bei tausendsechshundertfünfzig Fuß über Land stattfinden.

Keine zwei Stunden später erwischte ich mich, wie ich unserem Arzt Dr. Schoenfield allen Ernstes erklärte, dass wir mit der Atombombe das Problem der Gewalt gelöst hätten und dies der letzte Krieg der Geschichte sei. Ich überspielte meine Angst, indem ich von der friedlichen Nutzung der Kernenergie schwärmte, mit der das Energieproblem der Menschheit gelöst wäre. Wenn ich jetzt daran denke, wird mir schlecht. Was ist nur los mit mir? Warum habe ich bei alledem mitgemacht? Ja, es stimmt, ich brauchte endlich einen Erfolg. Ich wollte ein bedeutender Physiker werden und träumte davon, die Quantentheorie mitzuentwickeln. Ich war aber zu jung dazu, und dann war es zu spät. Heisenberg hatte das meiste bereits erledigt, als ich so weit war."

Robert Oppenheimer nippte an seinem Scotch und drehte sich eine Zigarette. Bevor er sie anzünden konnte, kam ihm noch ein Gedanke. Er nahm das linierte Heft in die Hand, in das er gerade geschrieben hatte, und betrachtete die Zeilen mit seiner nach rechts kippenden Handschrift. Es sollte sein erstes Tagebuch werden. Er riss die beschriebenen Seiten heraus, hielt sie in die Flamme seines Benzinfeuerzeugs und warf sie brennend in den Papierkorb.

Genbaku

Chieko stand um fünf Uhr morgens auf, entleerte sich verschlafen über der Hocktoilette und wusch sich kurz mit kaltem Wasser. Dann bereitete sie das Frühstück zu. Es war noch dunkel an diesem Montagmorgen. Normalerweise sollte es aus Reis, salzig-sauren Pflaumen, Miso-Suppe mit Tofu- und Algeneinlage, einem in dünnen Schichten gefalteten Omelette, gegrilltem Fisch und eingelegtem Gemüse bestehen. Diese Zeiten waren vorbei. Auch wenn die reiche Familie Kasahara, in die sie einge-heiratet hatte, noch ordentlich essen konnte, während große Teile der Bevölkerung bereits hungerten, gehörten Tofu und Eier inzwischen auch in ihrer Küche zu den seltenen Zutaten. Die Verknappung der Lebens-mittel hatte vor zwei Jahren begonnen, etwa zur selben Zeit, als die Brandschneisen durch die Stadt gezogen wurden. Sie sollten bei Bom-benangriffen das Übergreifen des Feuers auf die benachbarten Bezirke verhindern. Das Haus, in dem Chieko damals mit ihrer Mutter wohnte, war, wie viele andere, zu diesem Zweck abgerissen worden. An der Stelle, wo es einst stand, gab es nur noch den breiten staubigen Weg, der jeden Tag von fleißigen Helferinnen aus dem Viertel gefegt wurde. Wenn Taito Kasahara sie damals nicht geheiratet hätte, dann wären sie und ihr Mutter verloren gewesen. Die Regierung hatte für diese Brand-schutzmaßnahme keine Entschädigungen vorgesehen. Chiekos Vater und ihr älterer Bruder waren bereits im Krieg gefallen. Es gab keinen männlichen Haushaltsvorstand mehr. Beide waren in die Armee einge-zogen worden, der Vater zur Marine und der Bruder zur Infanterie, als Chieko gerade alt genug war um zu verstehen, was ihre verängstigten Gesichter beim Abschied sagten, nämlich dass sie sich nie wiedersehen würden.

Seit dem Fliegerangriff der Amerikaner auf Tokio, der im März die Stadt zu großen Teilen zerstört hatte, war man viel weiter. Unter dem Gesetz des *Ketsugō*, der kaiserlichen Generalmobilmachung für die *Ent-scheidende Operation*, hatte man alle Männer zwischen fünfzehn und sech-zig Jahren und alle Frauen zwischen siebzehn und vierzig Jahren im Land offiziell für diensttauglich und einziehungsfähig erklärt. Chieko hatte Glück, denn sie war schwanger, als das Dekret erlassen wurde. Dadurch schied sie aus. Ihr Ehemann, der junge Taito Kasahara, wurde eingezogen, obwohl er ein Unternehmersohn war und bald das Geschäft von seinem Vater Zentaro Kasahara übernommen hätte. Seine feierliche

Verabschiedung auf der Einfahrt des Grundstücks war zugleich der Beginn der grenzenlosen Feindschaft seines Großvaters Osamu Kasahara gegen Chieko. Er war der Begründer des Vermögens der Kasahara. Im ersten Krieg gegen China hatte er ab 1894 Uniformen für die japanische Armee hergestellt. Über die Jahrzehnte war nicht nur er, sondern auch die ganze Stadt immer wohlhabender geworden, je weiter das japanische Kolonialreich wuchs. Das war nun vorbei. Chieko hatte gehofft, in eine reiche Familie einzuheiraten, um ihre verwitwete Mutter versorgen und möglicherweise ein Medizinstudium an der christlichen Jogakuin Universität für Frauen absolvieren zu können. Die war nur wenige Straßen entfernt von dem großzügigen Anwesen der Familie Kasahara am Südhang des Mitateyama, das gerade erst aufwändig renoviert worden war. Chieko hatte großes praktisches und wissenschaftliches Talent, darüber waren sich schon ihre Schullehrer einig gewesen. Auch an Ehrgeiz und Ideen hätte es ihr nicht gefehlt. Sie hatte als Kind von Ine Shimoto gelesen, der Tochter des berühmten deutschen Arztes Firippu Furantsu Shiboruto, die als erste Ärztin in Japan ein Krankenhaus gegründet und am kaiserlichen Hof praktiziert hatte. Seitdem war sie Chiekos Vorbild. Auch ihr Ehemann Taito hätte ihr weitergeholfen, weil er durchaus moderne Ansichten zur Ehe und zur Rolle der Frau in der Gesellschaft pflegte. Außerdem schätzte er die Intelligenz seiner Frau. Er hatte sich gegen die von seiner Mutter ausgesuchten Kandidatinnen entschieden, die in ihren Augen bessere Partien gewesen wären, und für eine Liebesheirat mit Chieko. Nun sorgte der Patriarch Osamu, der ihre niedrige Herkunft genauso verabscheute wie ihren christlichen Glauben, dafür, dass sie im Hause Kasahara nicht mehr sein durfte als eine gehorsame, bescheidene und schweigsame Dienerin. Von seinem Enkel Taito, diesem individualistischen Weichling, hielt er sowieso nichts, und Zentaro, Taitos Vater, war mit der Situation überfordert.

Um sieben Uhr servierte Chieko das Frühstück auf der Veranda. Es war der erste sonnige Morgen seit dem Ende der Regenzeit. Die Frühaufsteher unter den Zikaden begannen mit der Orchesterprobe ihres schnarrenden Evergreens, einige Frösche am Teich versuchten sie dabei zu stören. Die beiden Männer, der alte im bequemen, dunkelblau gemusterten Yukatta, der jüngere in Anzug und Krawatte, blickten missvergnügt auf das urbane Panorama, obwohl die Stadt geradezu malerisch eingebettet lag im sechsarmigen Delta des Ōta-gawa, der weitläufigen Bucht und den vorgelagerten Inseln des Inlandmeers. Zentaro Kasahara sprach seit einiger Zeit morgens kein Wort mehr. Ihn plagte die Sorge, dass keine Schiffe mehr zur Versorgung der Truppen ausliefen. Die

Amerikaner beherrschten inzwischen nicht nur den Luftraum über Japan, sondern auch die umliegenden Meere. Die Warenlager der Firma Kasahara für die japanischen Truppen in China waren voll. Aber die Produkte erreichten ihre Kunden in Übersee nicht mehr. So wurden die Rechnungen dafür auch nicht bezahlt. Chieko wusste, dass die Aufgabe ihres Schwiegervaters auch an diesem Tag wieder einmal darin bestehen würde, den unbeschäftigten Arbeitern zu erklären, warum sie zum Wohle der Nation und des Kaisers weiter in die Fabrik kommen und zugleich auf ihren Lohn warten müssten. Großvater Osamu tat ihr nicht den Gefallen, wie sein verstockter Sohn einfach den Mund zu halten. Er las gerne laut aus der Tageszeitung *Chugoku Shinbun* vor und nahm die Verlautbarungen der Regierung, die wie immer monoton durch die Zeilen schrien, zum Anlass, diese mit seinen Überzeugungen und den Essenzen seiner Lebenserfahrung zu kommentieren.

„Wer nicht bereit ist, freudig für den Tennō und unseren heiligen japanischen Boden zu sterben, hat kein Recht zu leben und gehört erschossen." – „Endlich macht Taito, dieser Weichling, mich wenigstens ein bisschen stolz! Er wird sich auf Kyūshū dem hoffnungslosen Angriff der Barbaren entgegenwerfen" – „Ich frage mich nur, was wir mit dem riesigen Land der Amerikaner machen, wenn wir es erobert haben." – „Sollten wir die rothaarigen, ausländischen Affen mit den Tieraugen nicht in unseren Zoos ansiedeln? Das wäre aktiver Tierschutz, denn sie gehören zu den aussterbenden Arten." – „Es gibt keine Entwicklungsperspektiven mit diesen zurückgebliebenen Zivilisationen. Das Beste wären Verbrennungsmotoren, die man mit Russen, Amerikanern und abtrünnigen Asiaten füttert. Mit ihrem Fett könnten unsere Flugzeugträger angetrieben werden. Das wäre einfacher, als nach Öl zu bohren oder nach Kohle zu schürfen."

So ging es seit Wochen. Chieko litt unter Osamus grausamen Kommentaren, aber sie konnte nichts dagegen tun und musste es still ertragen. Als sie ihm und seinem Sohn feuchte Tücher zum Reinigen der Hände reichte, fauchte er sie an.

„Du hast schon wieder unsere Stäbchenablagen vergessen. Bist du denn zu nichts zu gebrauchen, du schwachsinniges Weib?" Er war weder subtil noch sensibel, und er machte nicht einmal den Versuch, die Genugtuung zu verschleiern, die es ihm bereitete, sie zu erniedrigen. „Wahrscheinlich muss ich glücklich sein", fuhr er fort, „dass mein Urenkel vor der Zeit den Abgang gemacht hat. Wäre er nach dir geraten, hätten wir nur einen nutzlosen Esser mehr gehabt." Chieko wagte nicht, ihn anzusehen. Einen Monat zuvor hatte sie eine Fehlgeburt gehabt. Sie gab sich dafür selbst die Schuld. Damit war auch ihre Hoffnung gestorben, dass ein Kind etwas Liebe und Fröhlichkeit in ihr hartes Leben bringt.

Der Fliegeralarm lenkte ihren Peiniger ab und auch Chieko von den traurigen Gedanken. Sie blickten zum Himmel und sahen drei Flugzeuge in großer Höhe, die von der Küste her über die Stadt flogen. Das leise Schnurren ihrer Propellermotoren in der Ferne unterlegte den schrillen Klang der Sirenen.

„Es sind nur Aufklärungsflugzeuge. Wie immer", erklärte der sonst stumme Zentaro Kasahara. Dann machte er sich wortlos auf zur Fabrik, deren Gelände nördlich vom Hafen lag.

Auch Osamu wollte in die Stadt gehen. Obwohl er sich vor niemandem zu rechtfertigen hatte, schon gar nicht vor Chieko, erfand er einen Anlass.

„Ich habe mein *Hanko* letztes Mal bei Kabayashi vergessen, als ich die Bäume bestellte." Osamu wollte im Garten Ginkgos, Zedern und Tannen pflanzen, damit sie im Sommer mehr Schatten spenden. „Er wird es mir nicht von sich aus zurückbringen lassen, wie ich ihn kenne", sagte er mit schlecht gespielter Beiläufigkeit.

„Oh, Osamu-sama, soll ich Sie dorthin begleiten?" fragte Chieko pflichtschuldig.

„Natürlich nicht, du dumme Gans. Das kann ich allein erledigen. Ein Spaziergang nach dem Frühstück wird mir gut tun."

Es stimmte, er war ein rüstiger Mann. Für sein Alter war er auch ein gutaussehender Patron mit fülligem grauem Haar und vollen Lippen. Niemand hätte vermutet, dass er weit über siebzig war. Chieko aber kannte seine heimliche Schwäche. Es waren junge Männer. Osamu Kasahara war sichtlich nervös, denn er wollte pünktlich beim Exerzierplatz im Stadtzentrum sein, wo die Soldaten der Zweiten Kaiserlich Japanischen Armee sich ab acht Uhr mit nacktem Oberkörper beim Frühsport ertüchtigten. Um ihm aus dem Weg zu gehen, bis er das Haus verließ, schlich sie in die Waschküche und nahm die Wäsche von der Leine. Als sie damit fertig war, ging sie wieder in die Wohnräume. Endlich war sie allein im Haus. Ihre Schwiegermutter, Zentaros Frau, war vor einem Jahr an Krebs gestorben. Osamu war schon seit zehn Jahren Witwer und zwei Bedienstete, die sonst den Haushalt machten, waren vor einigen Wochen einfach verschwunden. Sie hatten sich vorher ausgiebig in der Speisekammer bedient, daher war es wahrscheinlich, dass sie aus Angst vor den häufigen Fliegeralarmen zurück zu ihren Familien aufs Land gegangen waren. Dabei hatte es bis dahin noch keinen einzigen Bombenangriff gegeben, obwohl alle anderen größeren Städte Japans bereits bombardiert worden waren. Die Hausarbeit blieb also vorerst an Chieko hängen, was für Zentaro und seinen Vater die natürliche und zugleich billigste Lösung war.

Sie ging in die Küche, holte den Abfall und brachte ihn zu den Mülltonnen in der Hofeinfahrt. Dann wollte sie auf der Veranda das Frühstück abräumen und die Reste essen, die die Männer übrig gelassen hatten. Sie war gerade dabei, das Tablett mit dem Geschirr reinzutragen, als sie einen funkelnden Punkt bemerkte, einen Silbertropfen über der Bucht, der einen weißen Streifen durch den kobaltblauten Himmel zog. Er schien genau auf sie zuzukommen. Sie fragte sich, was ein einzelnes Flugzeug des Feindes im japanischen Luftraum machte. Sie flogen doch sonst, wie vorhin während des Frühstücks, immer im Verband.

Der Einzelgänger schien in noch größerer Höhe zu fliegen als seine Vorhut, denn die Motoren waren nicht zu hören. Nachdenklich betrachtete sie dieses stille, schöne Bild. Dann sah sie, wie sich ein dunkles Körnchen von der leuchtenden Spitze des weißen Zauberstabs löste. Chieko ließ das Tablett stehen und stand auf. Beunruhigt fixierten ihre scharfen Augen dieses Ding, das scheinbar mitten im Zentrum der Stadt zwischen dem Kaufhaus Fukuya und der schillernden Kuppel des Industrie- und Handelszentrums landen wollte. Es konnte kein Mensch sein. Sie sah keinen Fallschirm und es fiel zu schnell. Plötzlich verwandelte es sich in einen grellen, punktförmigen Blitz, der sich schnell ausdehnte. Chieko glaubte, ein Knistern zu hören, wie von brennendem Magnesium. Wenige Sekunden später schwebte ein riesiger, gleißender Feuerball über Hiroshima, heller als tausend Sonnen. In unbeschreiblichen, noch nie gesehenen Farben überstrahlte er blauweiß, violett und in eisigem Rosa alles andere. Im Hintergrund erschienen Himmel und Sonne wie unterbelichtete Motive auf dem Negativ eines Farbfotos. Chieko wurde geblendet und hielt sich die Hand vors Gesicht, doch die Helligkeit war so groß, dass sie durch die geschlossenen Augen die Knochen ihrer Finger sehen konnte. Gleichzeitig spürte sie Hitze auf ihrer Haut, als ob sie sich in diesem kurzen Moment einen Sonnenbrand zugezogen hätte. Dann zerriss ein unfassbar lauter, ohrenbetäubender Donner die Luft und schlug zu wie ein riesiger Hammer. Chiekos Körper wurde von der Veranda ins Haus hinein geschleudert, als wäre sie eine Stoffpuppe. Sie wollte wieder aufstehen und sah gerade noch, wie die Bäume im Garten Feuer fingen und aufgeschreckte Vögel sich in flatternde Rauchfahnen verwandelten, da löste sich im anhaltenden Sturm ein Balken aus dem leergefegten Fensterrahmen und traf sie am Kopf.

Als sie wieder aufwachte, war die Welt in unwirkliches Zwielicht getaucht. Der Himmel war grau und voll lodernder Schatten. Chieko fand eine getrocknete Platzwunde an ihrem Kopf und ihr Gesicht brannte, ansonsten ging es ihr gut. Sie erhob sich von dem mit Glas- und Holzsplittern übersäten Tatami und trippelte barfuß vorsichtig bis zur Veranda. Die Fensterrahmen, Stützpfosten des Vordachs und die ganze Hausfassade waren versengt. Samtene, weiße Schleier lösten sich aus den hölzernen Oberflächen. Die Bäume im Garten waren verbrannt. In Chiekos ungläubigen Augen spiegelte sich ein Ozean orangevioletter Flammen, der über der Stadt wogte. Nur das Stadtzentrum schien vom Feuer verschont worden zu sein. Als sie in der bleiernen Dämmerung erkannte, dass dort bis auf den Turm des Industrie- und Handelszentrums nur noch wenige Ruinen weit zerstreut in der Ebene standen, spürte sie, wie das Entsetzen in ihr aufstieg, ihre Brust umklammerte und den Hals zuschnürte. Sie dachte an Schwiegergroßvater Osamu. Nicht an ihre Mutter, denn die war zu ihrer Tante nach Himeji gefahren, und auch nicht an ihren Schwiegervater Zentaro. Der kam sicher zurecht. Er hatte die ganze Firma, die sich um ihn kümmern würde. Den alten Osamu aber hatte sie allein in die Stadt gehen lassen. Sie ging ins Haus und versuchte, sich einen Überblick über die Schäden zu verschaffen. Sie verstand sofort, was ihr Leben gerettet hatte. Wenn sie während der Explosion nicht vor den Fenstern auf der Veranda gewesen wäre, sondern in den Wohnräumen, dann hätten die Glassplitter, die nun wie Geschosse in den Wänden steckten, sie sicher durchbohrt. Außerdem wäre das ganze Haus wahrscheinlich in Flammen aufgegangen, wenn Osamu es nicht kürzlich aus frischem, geöltem Hinoki-Holz praktisch neu hätte aufbauen lassen. Das helle, harte und nach Zitronen riechende Holz der Scheinzypresse war teuer und wurde sonst nur zum Bau von Schreinen oder Nō-Theatern verwendet. Osamu hatte aber die hohen Kosten nicht gescheut. Das Familienanwesen der Kasahara sollte in traditioneller Bauweise für die nächsten Jahrhunderte befestigt werden. Wo der Blitz und die Hitze das Holz getroffen hatten, war es nachgedunkelt und angeschmort, doch es hatte kein Feuer gefangen. Eilig zog Chieko ihre Schuhe an, um sich nicht an den Füßen zu verletzen, und ging ins obere Stockwerk. Da erschien wieder der gespenstische Himmel über ihr. Die Decke und das ganze Dach waren fortgerissen worden. Sie stolperte wieder hinunter und wollte in die Stadt laufen, um nach Osamu zu suchen. Als sie schon an der Auffahrt zur Straße war, blieb sie stehen. Was soll diese sinnlose Panik, fragte sie sich. Und dann: Was würde Ine Shimoto tun? Was würde eine gute Ärztin tun? Sie hielt inne, dachte nach und analysierte die Situation, während sie das Fauchen der Brände in der Nachbarschaft hörte.

„In der Stadt gibt es sicher viele Verletzte, die Hilfe brauchen", sagte sie zu sich. „Ich bin einigermaßen unversehrt, habe eine Kammer voller Verbandsmaterialien, Schmerzmittel, Medikamente, Kanülen, Spritzen und eine *Riaka*. Also los!" dachte sie überrascht von ihrer eigenen Entschlossenheit. Sie machte auf dem Absatz kehrt, stürmte ins Haus und sammelte alles, was sie auf der Suche nach Osamu brauchen würde und um anderen Menschen helfen zu können. Sie zog sich dicke Kleidung und festere Schuhe an, um vor Hitze geschützt zu sein. Dann packte sie die Hausapotheke in eine große Kiste, die noch aus der Zeit der Krebserkrankung ihrer Schwiegermutter gut bestückt war. Damals durfte Chieko dem Hausarzt assistieren und hatte dabei viel gelernt. Im Hof warf sie auch alle Decken und Wasserflaschen, die sie finden konnte, auf die Riaka, den einachsigen Handkarren, mit dem sonst die Bediensteten die Einkäufe erledigten. Sie stürmte los, das erste Mal in ihrem Leben im berauschend klaren Bewusstsein, genau das Richtige zu tun.

Den Hang runter war es einfach, die Riaka schob sich von selbst. Apathische Menschen kamen ihr entgegen, aber sie liefen noch und konnten sich wohl selbst versorgen. Als sie in der Ebene ankam, wurde die Situation mit jeder Minute grauenhafter und unübersichtlicher. Sie blickte in eine rostbraune und aschgraue Wüste. Die Holzhäuser waren alle verbrannt oder weggefegt, nur Mauerreste aus Stein standen noch. Am Straßenrand lagen bis zur Unkenntlichkeit entstellte Leichen, die aussahen wie knorrige Ginseng-Wurzeln. Die Menschen, die hier durch die Straßen liefen, waren fast alle nackt. Die Kleidung musste ihnen am Körper verbrannt sein und sie in lebende Fackeln verwandelt haben. Schmerzensschreie und lautes Stöhnen waren überall zu hören. Sie fragte sich, was für ein teuflischer Zauber das nur angerichtet haben mochte. Sie wollte weiter, weiter ins Zentrum, dorthin, wo sie Osamu ohne Begleitung hingehen ließ. Sie schwitzte von der sengenden Hitze und der Anstrengung, die Riaka zu ziehen, als sie Leute in Sanitätsuniformen sah. Sie hatten am Straßenrand ein provisorisches Lager unter freiem Himmel eingerichtet. Einer der Sanitäter bemerkte sie und ging auf sie zu. In seinem Gesicht sah sie die Erschöpfung und die Spuren des Grauen der letzten Stunden.

„Was haben Sie?" fragte er so kurz und sachlich wie nur möglich. Chieko zeigte ihm, was sie mitgebracht hatte. Dann sagte sie, dass sie auch helfen könnte. „Sie sind wahrlich willkommen!" sagte er mit schmerzverzerrtem Lächeln.

„Es ist verrückt", dachte sie, „aber das ist gerade der glücklichste

Moment meines Lebens. Ich werde zum ersten Mal gebraucht."

Von da an half sie den Sanitätern stundenlang beim Tupfen, Tamponieren und Bandagieren. Mehr konnten sie nicht tun. Denen, die starke Verbrennungen erlitten hatten, durften sie nicht einmal Wasser geben, weil sie sonst sofort starben. Ein unablässiger Strom von Verletzten, Erschöpften und Halbtoten kam zu ihnen. Die meisten brachen einfach zusammen und standen nicht mehr auf. Sie waren verschmiert und wie mit Tinte überzogen. Der Sanitäter, der sie begrüßt hatte, erklärte ihr, dass eine halbe Stunde nach der Explosion in einigen Stadtbezirken schwarzer Regen aus dem verdunkelten Himmel gefallen sei. Dann erschienen die ‚roten Teufel', wie sie von den entsetzten Hilfskräften genannt wurden, jene bedauernswerten Geschöpfe, deren Haut wie zerrissener Kimonostoff in langen Fetzen vom rohen Fleisch ihrer Gliedmaßen herunterhing. Ein Arzt wollte so eine arme Frau an der Hand nehmen und auf eine der Matten legen, doch wo er sie anfasste, löste sich die Haut wie ein Handschuh. Andere, die ‚Geister', liefen mit ihren Armen nach vorne gestreckt apathisch an den Helfern vorbei, als ob sie ein gemeinsames Ziel hätten. So versuchten sie, das unerträgliche Brennen zu mildern und sich etwas Kühlung zu verschaffen. Über allem hing ein ekelig-süßlicher Geruch, den Chieko bis dahin nicht kannte. Verbranntes Menschenfleisch. Alle Überlebenden halfen einander, wie schlimm es um sie auch stand. Die Erblindeten mit ihren zugeschwollenen Augen stützten sich gegenseitig und sprachen unablässig miteinander, damit sie nicht die Richtung oder den Kontakt verloren. Chieko sah fassungslos all das Elend und konnte nicht glauben, dass es ihr Schicksal sein sollte, überlebt zu haben und helfen zu dürfen. Tiefste Dankbarkeit und größte Scham mischten sich zu einem staunenden Gefühl, als ob ihr Flügel gewachsen wären, derer sie sich noch nicht zu bedienen wusste. Viele der Verletzten, die sie am Straßenrand auf Decken legten, standen unter Schock, waren deshalb noch schmerzfrei und erzählten verwirrt, was sie erlebt hatten. Sie sprachen vom *Pikadon*, dem ‚Blitzdonner' des Feindes, der das alles angerichtet hätte. Ein Mann, von oben bis unten verbunden, freute sich über einen Schluck Limonade. Als sein vollgesuppter Verband gewechselt wurde, war seine Brust von Löchern perforiert wie der Querschnitt einer Lotusblütenwurzel. Und wo vor wenigen Stunden noch seine Augen waren, da fand sich in den Höhlen nur noch ein Brei aus Fleisch, Blut und Eiter.

Chieko hörte, was ein Physikprofessor von der Tokio Universität sagte, der in Hiroshima nur seine Familie besuchen wollte. Von der Schule, in die seine geliebten Nichten und Neffen gingen, gab es keine

Spur mehr. Er sprach laut und erregt. „*Genbaku*, Genbaku, nicht Pikadon!" rief er unentwegt. Chieko verstand, was er sagen wollte. Er glaubte, dass es sich um eine neuartige Bombe handelte, in der Atome explodiert waren. Man hatte ihm etwas von Chiekos Morphium gespritzt, das für die schlimmsten Fälle reserviert war. Er spürte nicht, dass er praktisch keinen Unterleib mehr hatte. Die eiserne Einstiegsluke eines offenstehenden Luftschutzbunkers, von der gewaltigen Explosion in ein Geschoss verwandelt, hatte ihn wie eine Klinge in zwei Teile zerschnitten. Kurz darauf war er verblutet.

Als drei weitere Sanitäter aus einem Vorort von Hiroshima dazukamen, berichteten sie von einem grausamen Fund, den sie auf dem Weg gemacht hatten. In einer Schule, die für ihr großes Schwimmbad bekannt war, lagen über tausend Tote im Bassin. Die Menschen hatten im Wasser Schutz gesucht, aber das dreistöckige Gebäude darüber hatte sich in einen Ofen verwandelt. Die Flammen verzehrten erst den Sauerstoff, und allmählich verdampfte auch das Wasser in der enormen Hitze. Am Ende war kein Tropfen mehr in dem Schwimmbad. Die Sanitäter fanden nur noch die Leichen, die erst erstickt, dann gekocht und anschließend gebacken worden waren. Danach seien sie an einem ganzen Wald aus im Stehen verkohlter Körper vorbeigekommen. Die Flussarme des Ōta-gawa seien verstopft von Menschen- und Tierkadavern. Während ihrer Schilderungen spiegelte sich das fassungslose Entsetzen in ihren Gesichtern. Chieko war wie betäubt von den Schrecken dieses Infernos, doch sie hatte Osamu nicht vergessen. Sie entschuldigte sich bei ihren neuen Kollegen, dass sie nun einen Verwandten suchen müsse, und ging allein weiter hinein in das ehemalige Zentrum von Hiroshima. Mit jedem Meter, den sie sich vorwärts bewegte, wurde der Anblick grausamer. Da ragten verbrannte Köpfe von verschütteten Menschen aus dem Boden, die noch stöhnten und unverständliche Namen riefen. Einige lagen zur Hälfte verkohlt am Straßenrand, aber ihre andere Hälfte lebte noch. Chieko hielt es nicht mehr aus und wollte umkehren. Dann riss sie sich zusammen und rief stattdessen einfach laut seinen Namen. „Osamu-samaaaa! Osamu-samaaaa! Wo bist du?" Immer und immer wieder, denn das lenkte sie von den Bildern der Hölle ab, durch die sie marschierte. Sie war müde, erschöpft und wollte schon aufgeben, als sie leise und ersterbend die dürre Stimme vernahm, die ihr bisher nur Leid zugefügt hatte.

„Shi-e-ko – Shi-e-ko –..."

Sie wäre vor Freude am liebsten darauf zugesprungen, doch sie sah nicht, wo die Stimme herkam. Um sie herum war nur Schutt und Asche.

Da! Da bewegte sich etwas! Sie ging auf die Stelle zu und beugte sich vorsichtig herunter in den Schatten eines Mauerrests. Was sie dort sah, konnte sie nicht glauben. „Shi-e-ko…" sagte es, aber es sah nicht aus wie Großvater Osamu. An einem nackten, geschrumpften und von Blasen bedeckten Körper ohne Zehen, Finger und Genitalien, hing ein riesiger, krebsroter Kopf, ohne Haare, Augenbrauen, Lider, Ohren und Nase. Das Verrückteste war, dass diese riesige, ballonförmige Fratze Chieko frech anzugrinsen schien. Sie unterdrückte den Impuls, laut zu schreien. Wenige Sekunden später hatte sie begriffen, was passiert war. Die enorme Schwellung des Kopfes hatte die Haut so stark gespannt, dass die Augen wie aufgerissen wirkten und die Lippen die Zähne nicht mehr bedeckten. Osamu sah aus wie ein albernes Monster, wie eine Karikatur. Chieko schluckte. Sie sah sofort, dass er nicht mehr zu retten war. Er bewegte sich mit seinen verstümmelten Händen und Füßen zitternd im Dreck, als ob er graben würde, um sich zu verbergen. Er wollte mit dem Gesicht nach unten sterben, aus Scham, sonst ein lächerlicher Leichnam zu sein. Sie legte ihm die Hand auf die brandige Schulter mit der zerschmolzenen Haut. Osamu röchelte etwas, das sich anhörte wie „…Leid". Chieko dachte, es täte ihm vielleicht leid, was er am Morgen über seinen totgeborenen Urenkel gesagt hatte. Sie wollte ihm, der sie bis zum Schluss gequält hatte, am Ende doch noch beweisen, dass Liebe und Güte die höchsten Werte sind. Er sollte sein Sterbesakrament bekommen.

„Ich vergebe dir", sagte sie unter erstickten Tränen. Ein letzter Seufzer kam aus seinem geschundenen Körper. Dann noch ein kurzer Tremor, und er war tot. Sie prägte sich die Stelle ein und ließ ihn liegen, um seinen Leichnam später mit der Riaka abzuholen. Dann machte sie sich auf den Rückweg durch die einzelnen Kreise der Hölle. Sie fühlte sich taub, leer und teilnahmslos. Es kam ihr vor wie ein Film, alles geschah nur auf einer riesigen Leinwand, als sie ein ungewöhnliches Geräusch hörte, ein gequetschtes Wimmern. Das Weinen eines Babys! Chieko schüttelte die Apathie ab, die sich ihrer bemächtigt hatte und lauschte in die glühende, stinkende Dunkelheit. Da! Noch einmal! Nach ein paar Schritten entdeckte sie im diffusen Schein der umliegenden Feuerherde ein Kind. Ein Neugeborenes, das frisch und rosig in der Asche lag, durch die Nabelschnur noch mit der Mutter verbunden, die vollständig verkohlt war. Chieko suchte im Dreck nach einem geeigneten Gegenstand. Mit der scharfen Kante eines zersplitterten Dachziegels durchtrennte sie dann die Nabelschnur, zog ihre Jacke aus, wickelte das Kind darin ein und nahm es an sich. Es war ein Junge.

„Ich hätte gerne ein Mädchen gehabt", sagte sie versonnen lächelnd.

„Dann hätte ich dich Ine genannt. Du bist mir aber genauso willkommen. Ich nenne dich Firippu, nach ihrem Vater."

Sie blickte in den finsteren Himmel, um Gott für dieses Geschenk zu danken. Dort zuckten kalte Blitze, aber ihnen folgten keine Donner. Chieko vermutete, dass sie erschöpft und übermüdet war. Sonst hätte sie geschworen, dass dort, unterhalb der Sterne, drei riesige Gestalten miteinander kämpften, ein dicker Mann in Mönchskutte und ein haariger Landstreicher gegen einen roten Drachen.

ENDE

„Das Böse kommt nicht auf einer Heerstraße in die Welt,
sondern durch ein Nadelöhr."

Phanuel

„Doch der Drache ist gefesselt, die Macht des Teufels ist begrenzt.
Er herrscht in der Tat über ein gewaltiges Reich, hat als Prinz der Lüfte
zumindest die ganze Atmosphäre, um sich frei zu bewegen, und wie
weit diese Atmosphäre geht, das ist noch nicht einmal gesichert durch
zuverlässige Beobachtung. Ich sage ‚zumindest', weil wir noch nicht
wissen, wie weit er sich über die Atmosphäre unseres Globus' in die
Welt der Planeten hinausbewegen und welche Macht er in den
bewohnbaren Teilen des Sonnensystems ausüben darf, gar nicht zu
sprechen von all den anderen Sonnensystemen, die in dem gewaltigen
Raum existieren, den Gott geschaffen hat."

Daniel Defoe, *The Political History of the Devil*, 1726

Glossarium

der japanischen, medizinischen und naturwissenschaftlichen Begriffe

Kursiv gesetzte Begriffe oder Namen im Erklärungstext erscheinen selbst noch einmal im Glossar oder im Personenverzeichnis.

Achromatisch
Ablenkung des ‚weißen‘ Sonnenlichts durch Prismen, ohne dass es in seine farbigen Bestandteile gespalten wird; griech. ‚Achromasie‘ bedeutet Farblosigkeit.

Adstringens
Medizinisches oder chemisches Mittel, das Hautgewebe zusammenzieht und so austrocknend, blutstillend und entzündungshemmend wirkt. Bekannte Adstringentien sind Tannin, *Alaun* und Eichenrinde.

Ahurika アフリカ
Afrika

Ainu アイヌ
Japanische Ureinwohner, die im Norden auf der Insel Hokkaido leben, die früher Ezo genannt wurde. Von den Japanern im Süden lange nicht als Japaner anerkannt, weshalb ihr Name in *Katakana* geschrieben wird, wie für Ausländer, anstatt in *Kanji*.

Alaun
Der A. ist ein Salz, das zur Papierherstellung, Gerberei und häufig in Form eines Stiftes zur Blutstillung genutzt wird, siehe *Adstringens*. Er ist seit der ägyptischen Antike auch als Deodorant bekannt, weil er die Schweißporen verschließt.

Almagest
Hauptwerk der antiken, geozentrischen Astronomie, das von Claudius Ptolemäus (vermutlich *100, †175) verfasst wurde. Die rückläufigen Bewegungen einiger Planeten wurden mit komplizierten Kreismodellen erklärt. So war das Modell zunächst zuverlässiger als das erste heliozentrische von Nikolaus Kopernikus (*1473, †1543), weil dieser noch von perfekten Kreisbahnen der Planeten um die Sonne ausging, die aber tatsächlich Ellipsen sind, wie Johannes Kepler (*1571, †1630) später zeigte und berechnete.

Amaterasu 天照大神
Die Sonnengöttin, höchste aller Götter oder *Kami* des *Shintō*-Glaubens, auch *Ōmikami* genannt. Sie ist die legendäre Ahnenmutter des japanischen Kaiserhauses und wird im Schrein von Ise verehrt.

Anästhetikum
Schmerzmittel, das körperliche Empfindungslosigkeit herbeiführt. Wenn mit der Schmerzminderung auch das Bewusstsein beeinträchtigt wird, handelt es sich um ein *Narkotikum*.

Anata-sama あなた様
‚Mein Gebieter', höfliche und ehrerbietige Anrede für Höherstehende, etwa den Ehemann.

Apokryphen
Religiöse Texte der jüdischen und christlichen Tradition, die nicht in die Bibel mit aufgenommen wurden, als diese etwa um das Jahr 400 n. Chr. kanonisiert wurde. Häufig war der Grund dafür, dass man sie für häretische Irrlehren hielt.

Asama 浅間
Aktiver Vulkan nördlich von Tokio bei Karuizawa, bei dessen bisher größtem Ausbruch am 3. August 1783 über eintausend Dorfbewohner durch Lava, Dampf, Schlammlawinen und heiße Gase getötet wurden.

Atropin
Alkaloid, Extrakt von Nachtschattengewächsen wie dem Stechapfel und der Tollkirsche, zum ersten Mal isoliert um 1805. Wird eingesetzt zur Lösung von Bronchialkrämpfen und in der Augenheilkunde zur Erweiterung der Pupillen.

Auskultation
Abhören von Herztönen und der Lunge, seit 1819 mit dem *Stethoskop* von Théophile Laennec.

Awa 阿波国
Alte Provinz auf der japanischen Hauptinsel Shikoku, heute Tokushima.

Bakufu 幕府
‚Zeltregierung', im Sinne von Militärregierung, Name der Regierung des *Shōgun* in Edo

Barometer
Gerät zum Messen des Luftdrucks und zur Schätzung der Höhe über

Meeresniveau, durch das Heben und Senken einer Quecksilbersäule.

Batavia
Zur niederländischen Kolonialzeit 1619 bis 1942 der Name für das heutige Jakarta, die Hauptstadt von Indonesien.

Bibliomorphose
Verwandlung des eigenen Lebens in einen Roman.

Bungalow
Bengalische und indische Bauweise für einstöckige Wohnhäuser mit großer Veranda und meistens einem Flachdach.

Bürgerliche Dämmerung
Astronomischer Ausdruck für die Helligkeit der Abenddämmerung, bis die Sonne 7° unter den Horizont gesunken ist. Sie wird ‚bürgerlich' genannt, weil damit die Vorstellung verbunden ist, dass es noch hell genug ist, damit ein gebildeter Bürger im Freien noch ein Buch lesen kann.

Bushidō 武士道
‚Weg des Kriegers', beschreibt den Verhaltenscodex und die Philosophie der japanischen Kriegerkaste, die sich beide im Laufe der Jahrhunderte entwickelt haben.

Chikugo 筑後
Alte Provinz auf der Hauptinsel *Kyūshū*, heute Fukuoka

Chikuzen 筑前
Alte Provinz auf der Hauptinsel *Kyūshū*, heute nördlicher Teil von Fukuoka.

Chinsetsu yumihari zuki 椿説弓張月
Kyokutei Bakins erster epischer Roman, erschienen 1791, mit zahlreichen Illustrationen des Malers *Hokusai*.

Daimyō 大名
Lehns- und Territorialfürst in der *Tokugawa*-Zeit

Dankon 男根
Männliches Glied, Phallus

Dejima 出島
Name der Insel im Hafen von Nagasaki, abgeleitet von *deru*, ‚hinausgehen', und *shima*, ‚Insel', frei übersetzt ‚die Insel, die vor der Stadt liegt'.

Dysenterie
Griechischer Terminus für Ruhr, der verschiedene Formen von Dar-
merkrankungen mit schleimigblutigen bis eitrigen Durchfällen bezeichnet.

Edo 江戸
Hauptstadt des japanischen Reiches und Residenz des Shōgun von
1603 bis 1868, wobei diese Epoche die *Edo*-Zeit genannt wird; heutiges
Tokio.

Elektrisiermaschine
Apparat zur Erzeugung elektrostatischer Spannung durch die Trennung der Ladungen. Die E. wurde Ende des 19. Jahrhunderts zum
elektrostatischen Generator weiterentwickelt.

Ezo 蝦夷
Altjapanisch für die nördliche Hauptinsel Hokkaido

Faden
Längen- bzw. Tiefenmaß in der Seefahrt; auch Klafter genannt;
1 Faden entspricht ca. 2 Meter.

Fahrenheit
Temperaturmaß, benannt nach dem Physiker Daniel Gabriel Fahrenheit
(*1686, †1736), der das Thermometer durch den Einsatz von Quecksilber verbesserte. Seit Mitte des 18. Jahrhunderts und heute noch in eng-
lischsprachigen Ländern gebräuchlich. Der Gefrierpunkt von Wasser
liegt bei 32° Fahrenheit, der Siedepunkt bei 212° Fahrenheit. Umrech-
nungsformeln: Fahrenheit = (Celsius * 9/5) + 32; Celsius = (Fahrenheit –
32)* 5/9.

Formosa
Insel vor der chinesischen Küste, die 1517 zuerst eine portugiesische
und ab 1624 eine niederländische Kolonie war. 1662 eroberten Chinesen
die Insel zurück. Nach dem verlorenen Ersten Chinesisch-Japanischen
Krieg musste China die Insel im Frieden von Shimonoseki 1895 als Provinz an Japan abtreten. Der Widerstand der Bewohner, die eine china-
treue ‚Demokratische Nation Taiwan‘ gründen wollten, wurde brutal
niedergeschlagen. Mit der Kapitulation Japans im Zweiten Weltkrieg
fiel die Insel unter dem Namen Taiwan an China zurück.

Fumi-e 踏み絵
‚Tretbild‘, früher amtliches Prüfungsverfahren zur Feststellung, ob

jemand Christ war. Die Prüfung bestand im Treten und Spucken auf
das Bild von Jesus am Kreuz, das in eine Kupferplatte auf dem Boden
eingelassen war.

Fuß
Längen- bzw. Tiefenmaß (Nautik), das vor der Übernahme des metrischen Systems 1875 in den deutschen Ländern und Städten unterschiedlich definiert war. Hier entspricht ein Fuß der Länge bzw. Tiefe
von dreißig Zentimeter.

Futon 布団
Japanisches Wort für ‚Decke', das aber eine dünne, mehrschichtige
Matratze aus Baumwolle bezeichnet, die direkt auf den Boden gelegt
wird, der üblicherweise aus *Tatami* besteht.

Gaikokujin 外国人
Höfliche Bezeichnung für ‚Ausländer', etwas derber ist die Abkürzung
‚Gaijin'; in der *Edo*-Zeit wurden alle Ausländer noch *Ijin* genannt, ‚Bar-
baren'.

Galvanik
Das Beschichten von Oberflächen elektrisch leitender oder leitfähig ge-
machter Gegenstände mit einem gleichmäßigen, sehr dünnen Metall-
film durch Elektrolyse. Dazu werden der zu beschichtende Gegenstand
und das entsprechende Metall in eine salzige oder saure Lösung ge-
hängt, den Elektrolyt. Zwischen dem Gegenstand und dem Metall entsteht eine elektrische Spannung und damit ein Gleichstrom, in dem sich
die Ionen – durch verlorene oder eingefangene Elektronen elektrisch
positiv oder negativ geladene Atome – des Metalls, das zur Anode
wird, durch die Lösung bewegen und sich auf dem Gegenstand, der
die Kathode bildet, als gleichmäßige Metallschicht ablagern und verfes-
tigen. Die Anode muss aus einem edleren Metall bestehen als die Kathode, damit der Stromfluss ohne äußere Zufuhr von Elektrizität
zustande kommt.

Geisha 芸者
‚Kunst-Person', künstlerische Unterhalterin. Ursprünglich gab es mehr
männliche G. und erst ab dem 17. Jahrhundert übernahmen Frauen dieses Gewerbe.

Genroku 元禄
‚Ursprüngliches Glück', Name einer Regierungszeit, die von 1688 bis
1704 ging und die Goldene Ära der *Edo*-Zeit genannt wurde.

Geodäsie
Wissenschaft von der Ausmessung und Abbildung der Erdoberfläche, einschließlich des Meeresbodens, des Gravitationsfeldes und der Erdrotation im Weltraum.

Geta 下駄
Holzpantinen, die auf zwei kleinen, querliegenden Balken aufliegen und mit einer Schlaufe am großen Zeh festgehalten werden

Gobanjosi
Vertreter oder Abgesandter eines Statthalters oder Gouverneurs, holl. Opperbanjost

Hai はい
‚Ja!'

Hajimemashite 初めまして
Begrüßungsformel für die erste Begegnung mit einer Person, gefolgt von ‚Dōzo yoroshiku onegai shimasu', ‚Bitte seien Sie mir gewogen'.

Hakkenden 八犬伝
Siehe *Nanso Satomi Hakkenden*

Hatoba 波戸場
Kai, Pier, Anlegestelle

Heian 平安時代
Blütezeit der japanischen Kultur von 794 bis 1185, vor allem in *Kansai*, der Region um Kyōtō und Osaka.

Herbarium
Pflanzensammlung

Hibachi 火鉢
Traditionelle offene Feuerstelle in Form einer Tonschale, ab der *Edo*-Zeit eines Holzkastens mit eingelassenem Kohlebecken, die außer für Tee nicht zum Kochen verwendet wurde. Siehe auch *Kotatsu*.

Hiragana 平仮名
Um etwa 800 n. Chr. entwickeltes phonetisches Silbenalphabet aus 50 Zeichen und weiteren Variationen, mit denen im Japanischen unter anderem alle aus China stammenden Schriftzeichen *Kanji* umschrieben wurden. Heute sind es nur noch 46 Zeichen. Siebold lernte nie mehr als H. und *Katakana*.

Honne 本音
Die wahren Gefühle und Wünsche einer Person. Diese können von den Erwartungen von gesellschaftlichen Normen abweichen. Sie werden, außer gegenüber engen Freunden, meist verborgen gehalten und hinter *Tatemae* versteckt.

Hybris
griech. ,Anmaßung', ,Übermut'; die Helden in antiken und modernen Tragödien enden häufig dadurch, dass sie sich durch ihren Stolz, ihre Überlegenheit oder Gier zu Handlungen hinreißen lassen, die ihre Fähigkeiten übersteigen und ihnen dadurch zum Verhängnis werden.

Iie いいえ
,Nein'

Ijin 夷人
,Wilder', ,Barbar', ,Fremder', bis 1868 die gebräuchliche Bezeichnung für alle Ausländer, die dann durch *Gaikokujin* abgelöst wurde.

Inmon 陰門
,Schattiges Tor', Vulva, Möse.

Irenisch
Irenik war eine vermittelnde Haltung zwischen den Katholiken und Protestanten des 17. Jahrhunderts. Die Angelegenheiten des Glaubens wurden so formuliert, dass man möglichst gemeinsame Themen suchte und Konflikte vermied.

Iroha 伊呂波歌
Altes Merkgedicht aus 50 Zeichen, die das japanische Silbenalphabet *Hiragana* ausmachten; heute hat das Hiragana nur noch 46 Zeichen.

Isha 医者
Mediziner, praktischer Arzt.

Izakaya 居酒屋
Japanische Kneipe, einfaches Gasthaus.

Java
Niederländische Kolonie von 1619 bis 1949 mit der Hauptstadt *Batavia*, heute die Hauptinsel Indonesiens und Batavia wurde umbenannt in Jakarta.

Jigoku 地獄
Hölle; auch der Name der heißen Quellen an den Hängen des Vulkans

Unzen, in denen die Christen gekocht wurden.

Jōmon 縄文
Japanische Jäger- und Sammlerkultur mit reicher Kunst, beginnend im
5. Jahrtausend v. Chr.

Kago 駕
Sänfte, Palankin, das wichtigste Reisegefährt in Japan bis in die *Meiji-*
Zeit, da es keine Kutschen gab. Siebold nannte sie in seinen Aufzeichnungen und Veröffentlichungen ‚Norimono‘, aber das ist nur ein allgemeines Wort für ‚Transportmittel‘ oder ‚Gefährt‘.

Kami 神
Geister der Natur, die einst Menschen waren und nach ihrem Tod als
K. eines Waldes, Berges, Flusses, Wasserfalls usw. in das Reich der Göt-
ter eingegangen sind. Ein K.-*sama* ist ein ‚oberster Gott‘, ‚Herr der Göt-
ter‘ oder einfach Gott im Sinne des Monotheismus, z. B. im
Christentum.

Kamikaze 神風
‚Göttlicher Wind‘, historisch zwei Stürme, die in den Jahren 1274 und
1281 den Angriff der koreanischen Flotte verhindert haben.

Kanji 漢字
Name der chinesischen Schriftzeichen, wie sie im Japanischen seit etwa
500 n. Chr. verwendet werden. Daneben gibt es die einfacheren, phonetischen Alphabete *Hiragana* und *Katakana*. Es gibt eine offizielle Liste
der 2.136 am häufigsten gebrauchten K., die bis zur Oberschule unterrichtet werden. Gebildete Japaner, vor allem wenn sie sich mit Literatur
beschäftigen, beherrschen weit über 6.000 K. Die Gesamtzahl der K.
liegt bei etwa 50.000.

Kanpai! 乾杯!
„Prost!“, „Zum Wohl“

Kansai 関西
Region um Kyōtō und Osaka

Kansei 寛政
Regierungsperiode des Shōgunats von 1789 bis 1801

Kantō 関東
Region um Tokio

Karafuto 樺太
Japanischer Name für die Insel Sachalin im Norden Japans an der
Grenze zu Russland. Die nationale Zugehörigkeit der Insel war nicht
geklärt, bis sie beim japanisch-russischen Vertrag von Sankt Petersburg
1875 russisch wurde und Japan die Kurilen bis zur Kamtschatka zugesprochen bekam.

Kasuparuyugeka
Von *Caspar Schamberger* 1649 in Japan eingeführte Schule der Chirurgie.

Katakana 片仮名
Um etwa 800 n. Chr. entwickeltes phonetisches Silbenalphabet aus 50
Grundzeichen (seit 1945 nur noch 46) und weiterer Variationen, mit
denen im Japanischen ausländische Namen und Begriffe so umschrieben werden, wie sie sich für das japanische Ohr anhören (siehe Tafeln
im Anhang); zum Beispiel wird テープレコーダ ‚teepurekooda' ausgesprochen, umschreibt das englische Wort ‚tape recorder' und bedeutet
Kassettenrekorder. Siebold lernte nie mehr als K. und *Hiragana*.

Kautschuk
Bestandteil des Milchsaftes einiger tropischer Pflanzen. Die Eingeborenen Brasiliens verwendeten K. seit alters her zur Herstellung von elastischen Spielbällen und Flaschen. 1744 brachte der franz. Gelehrte De la
Condamine erste Proben mit nach Europa. Industrielle Bedeutung,
nämlich als Bereifung, gewann der K. erst 1839 als Charles Goodyear
das Vulkanisieren erfand.

Knoten
Nautisches Geschwindigkeitsmaß; 1 Knoten = eine Seemeile pro Stunde
= 1,852 km/h; Seereise: 39.000 km bis Batavia in 142 Tagen entsprechen
275 km/Tag oder 11,5 km/h oder 6,2 Knoten Durchschnittsgeschwin-
digkeit.

Kotatsu 火燵
Früher im Boden einer Wohnstube oder Küche meistens unter einem
Tisch versenktes Kohlenbecken; heute noch gebräuchlich in traditionellen japanischen Haushalten mit elektrischer Heizung und einer Decke,
um Beine und Unterkörper warmzuhalten.

Kōyasan 高野山
Eine Gruppe von Bergen in der Präfektur Wakayama, wo sich 819 die
buddhistische Shingon-Sekte gegründet hat.

Kuge 公家
Wichtigster Beraterkreis des Kaisers am Hof in Kyōtō, bestehend aus zwei bis vier erfahrenen Beamten, die das Amt meistens geerbt haben.

Lachgas
Umgangssprachlich für Distickstoffmonoxid N_2O, ein euphorisierendes und *narkotisierendes* Gas, dessen medizinische Wirkung der englische Chemiker Humphry Davy 1799 entdeckte, obwohl es in England schon seit 1772 zum Vergnügen auf Partys durch Inhalation konsumiert wurde.

Leptosom
Einer der drei Grundtypen für die Körperkonstitution des Psychiaters Ernst Kretschmer (*1888, †1964): mager, zart, eng- oder flachbrüstig, dünne Arme und Beine, körperlich und geistig empfindlich, häufig blasses, schmales Gesicht; wird auch ‚asthenisch‘ genannt. Die beiden anderen Grundtypen sind der Pykniker und der Athletiker.

Lues venereal
siehe Syphilis

Mabiki 間引き
‚Baumausschneiden‘, Umschreibung für Abtreibung. Wird in Japan seit dem Mittelalter praktiziert und bedeutet ein Geschenk der *Kami* ‚zurückschicken‘, weil man es nicht annehmen kann.

Manga 漫画
Früher die japanische Kunst des Schnellzeichnens, heute der Name für alle Formen von Comics in und aus Japan. Der Begriff M. wurde von dem Maler *Hokusai* mit seinen Skizzenheften populär gemacht.

Maruyama 丸山
Vergnügungs- und Bordellviertel in Nagasaki mit über siebzig Teehäusern und mehr als siebenhundert registrierten Prostituierten und Kurtisanen.

Meile
Altes europäisches Entfernungsmaß, das je nach historischer Epoche, Land, Herzogtum und in Deutschland auch nach freier Reichsstadt zwischen 1482 (Römisches Reich) und 11299 (Norwegen) Meter variierte. Hier ist, solange nicht als *Seemeile* bezeichnet, immer die Londoner Meile mit einer Länge von 1609,3 Meter gemeint.

Mercator-Projektion
Winkeltreue Abbildung der sphärischen Erdoberfläche auf einer Ebene, erfunden von dem niederländischen Kartographen, Globenhersteller,

Theologen und Philosophen Gerard de Kremer (*1512, †1594), latinisiert *Gerardus Mercator*. Durch diese Darstellung werden die Polarregionen im Verhältnis zu den Äquatorregionen flächenmäßig deutlich vergrößert, doch für die Schifffahrt bleibt sie unverzichtbar für die Navigation.

Morphin
Isolierter Wirkstoff des Opiums mit weniger Nebenwirkungen, verbesserter Dosierbarkeit und etwas niedrigerer Suchtgefahr; entdeckt 1805 von dem Paderborner Apothekergehilfen Friedrich Wilhelm Adam Sertürner.

Nanso Satomi Hakkenden 南総里見八犬伝
‚Die Legende der acht Hundekrieger', Kurztitel *Hakkenden*, eine monumentale Romanserie von *Kokutei Bakin*, die von 1820 bis 1842 in 109 Bänden erschienen ist; vermutlich der längste Roman der Weltliteratur und bis heute in keine andere Sprache übersetzt.

Narkotikum
Blockiert die Schmerzempfindung im zentralen Nervensystem, schaltet alle sensorischen, motorischen und mentalen Impulse weitgehend aus und beeinträchtigt damit in der Regel das Bewusstsein (Narkose). *Lachgas* und *Morphin* in hoher Dosis sind starke N.

Niederländische Ostindien-Kompanie
niederl. ‚Vereenigde Oostindische Compagnie', abgekürzt V.O.C. oder VOC, wurde 1602 als eine Vereinigung von mehreren Handelskompanien gegründet und erhielt Hoheitsrechte und Handelsmonopole. Die VOC war das erste multinationale Unternehmen und musste 1798 wegen Zahlungsunfähigkeit liquidiert werden.

Niten Ichiryū 二天一流
Zwei-Schwerter-Kampfstil zum gleichzeitigen Einsatz des Kurzschwerts *Wakizashi* und des Langschwerts *Katana*, entwickelt im 17. Jahrhundert von dem Samurai *Miyamoto Musashi*.

Nori 海苔
Geröstete Algen in Form von dünnen Blättern; wichtige Zutat in der japanischen Küche.

Novum Organum
Auf Lateinisch verfasstes Hauptwerk des englischen Philosophen und Politikers Franics Bacon (*1561, †1626), dt. *Neues Organon*, das erstmals eine moderne Wissenschaftstheorie beschreibt, die auf dem Experiment

basiert. Es enthält zudem die sog. ‚Idolenlehre', in der die ‚Götzenbilder des Denkens' dargestellt werden, d. h. die Beschränktheit des
menschlichen Denkens durch Gewohnheiten, Traditionen, Autoritäten
sowie die Natur der Wahrnehmungsorgane.

Obi 帯
Breiter, schärpenförmiger Kimonogürtel

Oheim
Altmodischer deutscher Ausdruck für ‚Onkel'.

Okagesama de お陰様で
‚Den Ahnen sei Dank', ‚Dank Ihrer freundlichen Unterstützung'

Okā-san お母さん
Höfliche Anrede für die eigene Mutter und häufig auch die Schwiegermutter

Ophthalmologie
Augenheilkunde

Opperbanjost
niederl. für den obersten Kommissar der japanischen Hafenbehörde,
siehe auch *Yakunin* und *Gobanjosi*

Opperhoofd
Vorsteher und Direktor der holländischen Besatzung auf der Insel *Dejima* im Hafen von Nagasaki

Oranda オランダ
Holland

Orandajin オランダ人
Holländer

Pyroklasten
Gesteinsfragmente in unterschiedlichen Größen, die durch vulkanische
Aktivitäten entstehen, von Bomben und Blöcken bis zur Asche.

Rangaku 蘭学
‚Hollandstudien', Synonym für westliche Wissenschaft in der *Edo*-Zeit.

Rangakusha 蘭学者
Japanische Anhänger der ‚Hollandstudien', westlich orientierte Forscher und Gelehrte in der *Edo-Zeit.*

Raumschot
Kurs eines Segelschiffes im Verhältnis zum Wind, wenn dieser schräg von hinten, d. h. von achtern kommt.

Rōnin 炉人
‚Wellenmenschen', herrenlose und meist verarmte Samurai, ständig auf der Suche nach einem neuen Auskommen und häufig Unruhestifter, die weiterhin die Privilegien ihres Standes gegenüber den Bauern, Handwerkern und Kaufleuten ausüben durften.

Roteiro
portug. Logbücher mit Seekarten und persönlichen Aufzeichnungen mehrerer Generationen von Kapitänen; die R. wurden behandelt wie kostbare Schätze und Staatsgeheimnisse.

Ryō 両
Alte japanische Währung, siehe Kapitel *Japanische Maß- und Währungseinheiten*.

Saguriban 探りばん
Wachposten, Wächter

Sake 酒
Name für eine Reihe alkoholischer Getränke mit 15 bis 20% Vol. Alkohol, wobei japanischer Reiswein genauer ‚Nihonshu' 日本酒 genannt wird, ‚japanischer Alkohol'. Vom Herstellungsprozess ähnelt S. mehr dem europäischen Bier als dem Wein.

Sakoku 鎖国
Epoche der Abschließung Japans von 1639 bis 1854

˜sama 様
Ehrerbietige Anrede für beide Geschlechter, „Ehrwürdiger Herr", „Ehrwürdige Frau", die dem Familiennamen angehängt wird.

Sampan 三板
Flache, breite Ruderboote, die in Japan und China gebräuchlich waren.

Satsuma 薩摩藩
In der *Edo*-Zeit ein im Süden Japans auf der Insel Kyūshū liegendes Fürstentum, das etwa der heutigen Präfektur Kagoshima entspricht. S. wurde vom *Shimazu*-Clan regiert und die Fürsten von S. waren die einzigen Machthaber im japanischen Reich der *Edo*-Zeit, die dem *Tokugawa*-Regime hätten gefährlich werden können.

Seemeile

auch nautische Meile; entspricht einer Länge von 1852 Meter.

Seiza 正座

Noble Form des japanischen Sitzens auf den Fersen mit untergeschlagenen Beinen, wobei der Spann den Boden berührt. Für Ungeübte schmerzhaft bis unmöglich.

Sekigahara 関ヶ原

Ortschaft in der alten Provinz Mino, heutiges Gifu, wo am 21. Oktober 1600 die schicksalhafte Schlacht stattfand, mit der *Ieyasu Tokugawa* an die Macht kam. Es ist mit der Öffnung Japans 1854 und *Genbaku*, dem Abwurf der Atombomben 1945, einer der drei wichtigsten Momente in der japanischen Geschichte und kennzeichnet den Übergang vom *Sengoku*, der Ära des Bürgerkriegs, zum *Sakoku*, dem Zeitalter des Friedens und der Abschließung des Landes.

Sengoku 戦国

‚Kriegführendes Land', Zeitalter des Bürgerkriegs in Japan während der Muromachi-Epoche 1338-1578 und darüber hinaus bis zur Schlacht von *Sekigahara* im Jahre 1600.

Sensei 先生

Höfliche Anredeform und Titel, ursprünglich verwendet zur Anrede von buddhistischen Priestern und Lehrern von Budō, den traditionellen japanischen Kampfkünsten. Wörtlich übersetzt "früher geboren" bedeutet es eine Person, deren Wissen und Weisheit auf Alter und Erfahrung beruhen, ähnlich wie das deutsche 'Meister'. Während heutzutage auch Künstler, Professoren, Lehrer und alle Autoritätspersonen, die einen gewissen Grad an beruflicher Meisterschaft erreicht haben, so genannt werden, war Siebold der erste Arzt in Japan, der so angesprochen wurde.

Seppuku 切腹

‚Bauch aufschneiden'; auch ‚Harakiri' genannt, im 12. Jahrhundert aufgekommene rituelle Form der Selbstentleibung durch Aufschlitzen des Unterleibes – nach alter Auffassung Zentrum der Seele – von links nach rechts, während ein dabeistehender Freund im selben Moment den Kopf abschlägt; ursprünglich auf Samurai beschränkt. S. wurde 1873 offiziell abgeschafft.

Sextant

Nautisches und optisches Messinstrument, mit dem man mittels der

Messung des Winkels zwischen einem weit entfernten Objekt, auf See meist einem Gestirn, und dem Horizont die eigene Position bestimmen kann. Der S. kann auch mit einem *künstlichen Horizont* ausgestattet sein, ähnlich einer Wasserwaage, damit man die Positionsbestimmung auch vornehmen kann, wenn kein optischer Horizont zur Verfügung steht.

Shamisen 三味線
Musikinstrument mit drei Saiten, langem Hals und kleinem Klangkörper, der mit Hunde- oder Katzenleder bespannt ist. Wird mit Plektron gespielt und seine Beherrschung gehört zu den Grundlagen der Erziehung bürgerlicher und adliger Frauen in der *Edo*-Zeit.

Shatanu シャタヌ
Japanischer Name für *Satan*, den Teufel aus dem Westen

Shimabara 島原
Halbinsel in der Nähe von Nagasaki, auf der sich der Vulkan Unzen befindet.

Shimazu-Clan 島津氏
Japanisches Adelsgeschlecht, das 700 Jahre lang das Daimyōnat *Satsuma* im Süden Japans beherrschte.

Shintō 神道
‚Weg der Götter‘, animistische Religion in Japan, die eine Vielzahl von Göttern verehrt, die *Kami* genannt werden; die höchste Gottheit oder ‚Ōmikami‘ ist die Sonnengöttin *Amaterasu*, ihr Bruder ist *Susanoo*. Sie ist auch die Urahnin aller *Tennō*.

Shōgun 将軍
Japanischer Generalissimus und Kanzler; ursprünglich hieß der Titel ‚Seii Taishōgun‘, was etwa heißt ‚Unterdrücker der Barbaren und großer General‘ und entsprach einem europäischen Herzog; doch der S. zog ab 1603 unter den Tokugawa alle Regierungsgewalt an sich und delegierte den Tennō in eine rein religiöse Funktion.

Shōji 障子
Schiebetüren, bewegliche Trennwände und Raumteiler, die mit Papier bespannt sind; wichtiges Element in der Architektur traditioneller japanischer Häuser.

Shokoku Taki Meguri 諸国 滝 回り
‚Eine Besichtigungsreise zu den Wasserfällen in den Provinzen‘, berühmter Bilderzyklus des Malers *Hokusai*, der 1827 bis 1830 entstand.

Shudō 衆道
Erotisch-pädagogisches Verhältnis zwischen Samurai und ihren Schülern während der Ausbildungszeit, auch *Wakashudō* ‚Weg der Jünglinge' oder *Bidō* ‚der schöne Weg' genannt. Die Initiative lag, anders als bei der griechischen Päderastie, bei den Jünglingen im Alter von zehn bis dreizehn Jahren.

Shunga 春画
‚Bilder des Frühlings', erotische und pornographische Farbzeichnungen im Stil des *Ukiyo-e* zur Unterweisung der Männer und Frauen in den Liebespraktiken.

Silentio! Pugnat!
lat. „Nun schweigt! Kämpft!"

Specimen
lat. Kennzeichen; engl. Muster, Probe, wobei dieser Begriff in der Biologie und der Medizin auch im Deutschen verwendet wird.

Stadt an der Küste von *Yōroppa*
Anspielung auf das große Erdbeben von Lissabon im Jahr 1754, vermutlich mit einer Stärke von 9,0 auf der Richterskala, bei dem bis zu hunderttausend Menschen starben. Es löste in ganz Europa heftige theologische und philosophische Debatten um die Theodizee aus, die Frage, warum ein allwissender, allmächtiger und gnädiger Schöpfergott das Böse in der Welt zulässt.

Stethoskop
Medizinisches Instrument zum Abhören der Töne aller inneren Organe, vor allem Herz, Lunge und Darm. Erfunden 1819 von dem französischen Arzt Théophile Laennec (*1781, †1826).

Syphilis
gefährliche bakterielle Infektion mit breitem Symptomspektrum und komplexem Krankheitsverlauf, die meistens durch Geschlechtsverkehr übertragen wird, lat. *Lues venerea*, auch ‚harter Schanker' oder früher ‚Franzosenkrankheit' genannt. Bis zur Isolation des Erregers Treponema pallidum 1906 wurde sie jahrhundertelang fast ausschließlich – und meist erfolglos – mit Quecksilber behandelt, seit 1930 mit Penicillin bei guten Heilungschancen.

Taifun 台風
Gefährliche tropische Wirbelstürme, die in Japan jedes Jahr Überschwemmungen verursachen und bis zu hundert Menschenleben

fordern; T. sind mit Windgeschwindigkeiten bis zu 300 km/h stärker als die Hurrikans im Golf von Mexiko und die Zyklone im indischen Ozean. Die jährliche Taifunsaison in Japan ist im Mai/Juni.

Tatami 畳
Matten aus Reisstroh, mit denen die Böden in traditionellen japanischen Häusern ausgelegt sind. T. sind 5,5 Zentimeter dick und doppelt so lang wie breit, meistens mit einem Flächeninhalt von 1,64 Quadratmeter. Sie werden auch als Flächenmaß benutzt. Ein Standardzimmer hat die Fläche von sechs T. Zum Schlafen wird auf dem T. der *Futon* ausgebreitet.

Tatemae 建前
‚Maskerade', das Verhalten und die Äußerungen in der Öffentlichkeit, die den Erwartungen der Gesellschaft, der Position der Person und den Umständen entsprechen. Oft durch Lächeln oder eine bewusst ausdruckslose Mimik ‚maskiert'.

Temmei 天明
Regierungszeit in Japan von 1783 bis 1787

Tennō 天皇
Japanischer Kaiser, dessen Urahnin die Sonnengöttin *Amaterasu* ist. Es wird zwischen dem Regierungsnamen des lebenden T., der seinem Geburtsnamen entspricht, und seinem posthumen Namen unterschieden, der mit seiner Regierungsdevise, dem *Nengō*, identisch ist. So heißt der ehemalige Kaiser Hirohito seit seinem Tod 1989 ‚Shōwa-Tennō'.

Trepanation
Öffnung von knochigen Flächen mittels eine Bohrers (franz. Trépan), meistens am menschlichen Schädel, wobei eine einfache Bohrung vorgenommen oder auch ein rundes Stück Knochen ausgesägt werden kann. Die Kraniotomie genannte Prozedur war seit prähistorischen Zeiten in Ägypten, Europa und Südamerika als religiöses Ritual und Heilverfahren verbreitet, wobei letzteres dazu diente, Blutgerinnsel zu heilen oder bei schmerzhaftem Schädelinnendruck Entlastung zu schaffen. Im Japan der *Edo-Zeit* war dieses Verfahren noch immer unbekannt.

Tsunami 津波
‚Hafenwelle', eine Flutwelle durch Vulkanausbrüche oder unterseeische Beben; T. überschwemmen die nächstliegenden Küsten und erreichen im offenen Meer 500 bis 1000 km/h, steigen am Ufer über den Meeresspiegel. Sie heißt ‚Hafenwelle', weil die Fischer auf dem offenen Meer sie nicht bemerken und glauben, nur ihr Hafen sei betroffen. Ein Tsunami kann bei

genügend Tiefe unter den Booten hinweg tauchen. Die Welle hat immer Bodenkontakt, selbst wenn das Wasser kilometertief ist. Sie ist eine lange Welle, rund 150 km, und reicht wie andere Wellen zur Hälfte ihrer Länge in die Tiefe. Die Ankunft eines Tsunamis kann sich durch zurückziehendes Wasser ankündigen, wenn zuerst ein Wellental an Land ankommt. Am Strand wird die kilometerlange Welle kürzer, dafür umso höher.

Ukiyo-e 浮世絵
Japanische Genremalerei, die Szenen des Alltags festhält.

Unzendake 雲仙岳
Aktiver Vulkan in Japan auf der Halbinsel Shimabara.

Urisane gao 瓜実顔
‚Melonensamengesicht', weibliches Schönheitsideal der *Heian*-Zeit von 794 bis 1185.

V.O.C.
Siehe *Niederländische Ostindien-Kompanie*

Vakzination
Impfung, auch ‚Vakzination', von *Edward Jenner* entwickeltes Verfahren zur Immunisierung gegen Krankheiten.

Vakzine
Impfstoff

Yakunin 役人
Beamter, Aufseher, Kommissar der Hofreisegesellschaft.

Yamabushi 山伏
Asketischer Bergmönch.

Yamato 大和
Epoche in der japanischen Geschichte von 250 bis 710, als der Kaiserhof von der Provinz Yamato aus herrschte.

Yayoi 弥生
Japanische Bauernkultur von 300 v. Chr. bis 300 n. Chr., stark geprägt von Schamanismus.

Yobai 夜ばい
‚Nachtkrabbeln' oder ‚Fensterln', die Geliebte im Schutz der Nacht aufsuchen.

Yūjo 遊女
Freudenmädchen, Prostituierte.

Yukata 浴衣
‚Badekleidung', leichter, bequemer Sommerkimono, den man auch als
Schlafanzug oder auf der Straße tragen kann.

Yōroppa ヨーロッパ
Europa

Zoll
Altes deutsches Längenmaß mit regional und zeitlich unterschiedlichen
Definitionen; hier entspricht ein Z. etwa zweieinhalb Zentimeter.

Dramatis personae

Kursiv gesetzte Namen und Begriffe im Erklärungstext erscheinen selbst noch einmal im Glossar oder im Personenverzeichnis.

Abaddon
Engel des Abgrunds, *Satans* rechte Hand und König der Hölle.

Bakin, Kyokutei
Erster professioneller Schriftsteller Japans (*1767, †1848), der von seinen Einkünften leben konnte; Autor der gewaltigen Romanserie *Nansō satomi hakkenden* oder kurz *Hakkenden*, ‚Die Legende der acht Hundekrieger', die von 1820 bis 1842 in 109 Bänden erschien und bis heute in keine andere Sprache übersetzt wurde.

Blomhoff, Jan Cock
Niederländischer Beamter (*1779, †1853) und *Opperhoofd* auf *Dejima* von 1817 bis 1823; Autor eines Buchs über seine Hofreise zum *Shōgun* nach Edo.

Blomhoff, Titia
siehe *Titia*.

Buddha
Asiatischer Religionsstifter und Heiliger, der selbst wie ein Gott verehrt wird. Die historische Person Gautama Siddhartha Buddha lebte im 6. Jahrhundert v. Chr. in Indien. Der Buddhismus ist etwa im 3. Jahrhundert v. Chr. nach Japan gekommen, wo sich mit dem Zen-Buddhismus eine hoch spirituelle Form dieser Religion entwickelte, in der nicht an die Existenz der Seele geglaubt bzw. der Glaube an sie für das eigentliche Problem des menschlichen Daseins und Leidens gehalten wird.

Capellen, Baron Gerard Philip van der
Niederländischer Staatsmann (*1778, †1848), von 1815 bis 1825 Generalgouverneur von *Batavia*, Siebolds Mentor und lebenslanger Förderer.

Cretzschmar, Philipp Jakob
Anatom (*1786, †1845) und Initiator der 1817 in Frankfurt gegründeten Senckenbergischen Naturforschenden Gesellschaft. Einer von Siebolds eifrigsten Unterstützern.

Doeff, Hendrik
Niederländischer Beamter (*1764, †1837) und *Opperhoofd* auf *Dejima* von

1803 bis 1817. In seine Amtszeit fielen die Besetzung der Niederlande durch Napoleon bis 1813, der *Phaeton*-Vorfall von 1808 und die Eroberung von Niederländisch-Ostindien (das heutige Indonesien) durch die Engländer 1811. Er verfasste das erste niederländisch-japanische Wörterbuch und seine ‚Erinnerungen an Japan'.

Faraday, Michael
Englischer Physiker und Chemiker (*1791, †1867), der unter anderem 1831 die elektromagnetische Induktion entdeckte – wenn ein elektrischer Leiter in einem Magnetfeld bewegt wird, entsteht in dem Leiter ein elektrischer Stromfluss – und damit die Grundlage für Generatoren, Elektromotoren und Transformatoren legte.

Fraunhofer, Joseph von
Deutscher Optiker und Physiker (*1787, †1826), der das Spektroskop zum Zerlegen des sichtbaren Lichts in seine Spektralfarben erfand und dunkle Spektrallinien im Sonnenlicht entdeckte, die nach ihm benannt wurden.

Fritze, Johannes
Stabsarzt auf Sumatra im Fort Mentok. Er wird nach Siebolds Besuch 1823 auf dem Weg nach Japan jahrzehntelang mit ihm in freundschaftlichem Briefkontakt bleiben.

Golownin, Wassilij Michailowitsch
Russischer Seefahrer (*1776, †1852), der 1817 ein Buch über seine Reise nach Japan veröffentlichte. Er kam in japanische Gefangenschaft.

Harbaur, Franz Joseph
Generalinspekteur des Sanitätswesens der Niederlande (*1776, †1824); protegiert Siebold und verschafft ihm eine Stelle als Chirurgyn-Major beim niederländischen Kolonialministerium.

Herschel, Sir William
Englischer Astronom und Musiker (*1738, †1822); baute eigene Spiegelteleskope, entdeckte 1781 den Uranus und stellte 1784 die Bewegung des Sonnensystems in Richtung auf das Sternbild Herkules fest; 1785 Abhandlung über die räumliche Ausdehnung der Milchstraße; fand 1787 die beiden äußeren Uranusmonde und 1789 die beiden inneren Saturnmonde.

Hiroshige [Künstlername], Utagawa [Fam.]
Japanischer Maler (*1797, †1858); Hiroshige war der Nachfolger von *Hokusai* und wurde durch seine *Dreiundfünfzig Stationen des Tokaido*

berühmt. Er mochte Hokusai nicht. Seine Holzschnitte waren revolutionär, weil er in der Natur und nach ihr malte. Bis dahin wurden alle Bilder auf chinesische Art im Studio gemalt.

Hokusai [Künstlername], Katsushika [Fam.]
Japanischer Maler (*1760, †1849), einer der bedeutendsten Künstler der Genremalerei *Ukiyo-e*. Am bekanntesten sind seine ,36 Ansichten des Fuji', daraus ,Die große Welle von Kanagawa', und die erotisch-unheimliche Zeichnung ,Der Traum der Fischersfrau'. Er hat auch als erster den Begriff Manga populär gemacht, indem er ab 1814 seine Skizzenhefte in fünfzehn Bänden veröffentlichte.

Hufeland, Christoph Wilhelm
Deutscher Arzt und Wissenschaftler (*1762, †1836). Gilt unter anderem als Begründer der Natur- und Volksheilkunde.

Humboldt, Alexander von
Deutscher Naturforscher (*1769, †1859). Zusammen mit dem Botaniker Aimé Bonpland brach er 1799 zu einer Reise nach Südamerika auf. Bis 1804 forschte er im Gebiet der heutigen Staaten Venezuela, Kuba, Kolumbien, Ecuador, Peru und Mexiko; anschließend kehrte er über Kuba und die USA – wo er sich in Washington mit Thomas Jefferson befreundete – zurück nach Europa. Von da an lebte er bis 1827 meist in Paris, wo er seine Expedition im größten privaten Reisewerk der Geschichte auswertete. 1827 musste er nach Berlin umziehen und wurde Berater des preußischen Königs. Sein Vorlesungszyklus *Kosmos* in Berlin 1827/28 eröffnete eine neue Blütezeit der Naturwissenschaften in Deutschland. 1829 unternahm er noch einmal eine große Reise durch das Baltikum und über Moskau in den Ural bis zur chinesischen Grenze. Humboldt war der einflussreichste Mäzen seiner Zeit und hat vielen Dichtern und Schriftstellern geholfen, so Heinrich Heine und Ludwig Tieck. Zu seinen Bekannten gehörten Claudius, Jacob und Wilhelm Grimm, August Wilhelm Schlegel sowie Goethe und Schiller samt ihrer Familien. Charles Darwin bezeichnete ihn als „den größten Wissenschaftsreisenden, der jemals gelebt hat".

Ishizaka, Sotetsu
Einflussreicher japanischer Arzt und kaiserlicher Akupunkteur (*1770, †1841).

Jenner, Edward
Englischer Arzt (*1749, †1823) und Entdecker der kontrollierten

Pockenimpfung mit der Lymphe aus Kuhpockenblasen.

Kaempfer, Engelbert
Deutscher Arzt und Naturforscher (*1651, †1716). Als Vorgänger auf dem Posten von Siebold bereiste er Japan 1690 bis 1692 und wurde Autor des Buches ‚The History of Japan', das 1727 posthum erschien.

Kant, Immanuel
Deutscher Philosoph (*1724, †1804), der mit seinen drei Werken ‚Kritik der reinen Vernunft', ‚Kritik der praktischen Vernunft' und ‚Kritik der Urteilskraft' die Philosophie revolutionierte, indem er die Grenzen des möglichen Wissens und damit der Vernunft aufzeigte, sowohl was das Wissen über die Natur (Mathematik, Physik) als auch über die Freiheit des menschlichen Handelns (Moral, Recht) angeht. In der *Kritik der Urteilskraft* analysierte Kant, wie uns die Ideen des Schönen, des Erhabenen (Ästhetik) und die Vorstellung von Zwecken (Teleologie) dabei helfen, die Welt zu erforschen, zu verstehen und uns in ihr zu orientieren, und das obwohl wir sie mit unserem Verstand (noch) nicht vollständig (mathematisch, physikalisch) durchdringen. Die reflektierende Urteilskraft, um die es in diesem Spätwerk von Kant geht, ist für den Menschen der wahre Kompass zur Erkundung der Welt, die uns immer als eine fremde Welt begegnet.

Keiga, Kawahara
siehe Tojosuke

Kō, Ryōsai
Einer der besten und eifrigsten Schüler Siebolds, junger Arzt aus der Provinz *Awa* auf der Insel Shikoku; Augenheilkundler, sprach fließend holländisch und war ein hervorragender Botaniker.

Krusenstern, Iwan Fjodorowitsch
Russischer Seefahrer (1770-1846), der über seine berühmte Weltreise das dreibändige Werk ‚Voyage autour du monde' verfasst hatte, das Takahashi im Tausch gegen die Japan-Karten von Siebold erhielt.

Kusumoto, Taki
Siebolds Frau, (*1810, †1865), nahm den Kurtisanennamen ‚Sonogi' an, um ihn heiraten zu dürfen. Die höfliche Form ihres Namens ist ‚Otaki', Siebold benutzte auch die Koseformen ‚Taksa' oder ‚Otaksa'.

Kusumoto, Tsune
(*1805, †1830), Schwester von *Taki Kusumoto*, wurde von Siebold

gerettet und heiratete 1826 seinen Assistenten *Heinrich Bürger*.

La Pérouse, Comte de
Französischer Seefahrer (*1741, †1788), der einen Reisebericht über Japan veröffentlicht hat. Er ist 1788 in Ozeanien spurlos verschwunden.

Linné, Carl von
Schwedischer Forscher und Botaniker (*1707, †1778), der 1735 mit seinem Buch *Systema natura* eine vollständige Klassifizierung der Pflanzenwelt vorlegte, die bis heute gültig ist.

Mastema
Einer der vielen Namen des Teufels; Fürst der Dämonen, der Gott im Alten Testament dazu veranlasst, Abraham mit dem Opfer seines Sohnes Isaak zu prüfen; erscheint vor allem in den *Apokryphen* des Christentums; siehe auch Hauptartikel *Satan*.

Matsudaira, Sadanobu
Japanischer Staatsmann aus der Familie Tokugawa (*1758, †1829); verhinderter Nachfolger als *Shōgun*, Reformer, fähiger konservativer Minister und Hardliner des *Sakoku*, der japanischen Abschottungspolitik.

Mercator, Gerhard
Flandrischer Mathematiker, Astronom, Philosoph, Theologe und Kartograph (*1512, †1594), der 1569 die erste Weltkarte veröffentlichte, die durch ein von ihm entwickeltes Projektionsverfahren die Kugelform der Erde winkeltreu auf einer Ebene abbildete. Dadurch wurden die Pole extrem verzerrt, doch für die Navigation in den niedrigeren Breitengraden wurden diese Karten unersetzlich. Mercator selbst sah sich nicht als einfacher, handwerklicher Hersteller von Globen und Karten, sondern als Kosmograph auf der Suche nach dem Ganzen der Schöpfung.

Mise, Shuzo
Mitarbeiter Siebolds bei seiner zweiten Reise. Er hat für ihn juristische und historische Werke aus dem Japanischen übersetzt. Da das zu diesem Zeitpunkt offiziell immer noch verboten war, wurde es vom Shōgunat *nolens volens* als Vorwand genommen, um Siebold auf Druck der holländischen Diplomaten aus Edo zu entfernen.

Musashi, Miyamoto
Berühmter japanischer Samurai (*1584, †1645), Gründer des Kampfstiles *Niten Ichiryū* (mit einem kurzen und einem langen Schwert) und

Autor von ‚Gorin no Sho', ‚Das Buch der fünf Ringe' über die Schwert-kampfkunst.

Nobunaga, Oda
Japanischer *Daimyō* (*1534, †1582) und einer der Kriegsherren zur Zeit der Ankunft der Portugiesen in Japan; setzte deren Feuerwaffen ein und begann, das Land zu einigen.

Ohm, Georg Simon
Deutscher Physiker (*1789, †1854), der 1826 das nach ihm benannte Ge-setz der Proportionalität von Spannung und Stromstärke in elektri-schen Leitern entdeckt hat.

Paraclet
Biblisch ‚der Fürsprecher', Jesus als Verteidiger der Sünder, Heiliger Geist, 1 Joh. 2,1; Joh. 14. ff; Röm. 8, 34; Hebr. 7,25

Phanuel
Einer der Erzengel aus dem *apokryphen* äthiopischen Buch ‚Enoch'; wacht über die Buße derer, die das Ewige Leben noch erhoffen dürfen. Sein Name bedeutet ‚das Gesicht Gottes'. Über ihn wird berichtet: „Eine vierte Stimme hörte ich, wie sie die Satane abwehrte und ihnen nicht gestattete, vor den Herren der Geister [Gott] zu treten, um die Be-wohner des Festlands anzuklagen."

Raffles, Sir Thomas Stamford
Britischer Kolonialpolitiker und Forscher (*1781, †1826), Beauftragter der East India Company und britischer Gouverneur auf Java von 1811 bis 1815. Entdecker der Tempelstadt Borobudur aus dem 9. Jahrhundert v. Chr. Später Gründer von Singapur. Veröffentlichte 1817 *History of Java*, die das Vorbild für Siebolds *Nippon Archiv* wurde.

Satan
Jakob Böhme beschrieb 1624 in seinen *Quaestiones theosophicae* erstmals das Prinzip Satans als das eines verhinderten Schöpfers: „Er begehrte ein Künstler zu seyn, er sah die Schöpfung und verstund den Grund, darinnen wolte er ein eigener Gott seyn, und mit der Centralischen Feuers-Macht in allen Dingen herrschen und sich mit allen Dingen bil-den, auch sich selber wollen in alle Formen bilden, daß er wäre was er wollte, und nicht was der Schöpfer wollte; wie denn solches noch heute ihre größte Freude ist, daß sie sich können verwandeln, und in man-cherley Bildnisse bringen, und also Phantasie treiben." Die ausführ-lichste Beschreibung von Satans – insbesondere politischem – Wirken

in der Welt hat Daniel Defoe, der Autor von *Robinson Crusoe*, 1726 unter dem Titel *The Political History of the Devil* verfasst.

Schelling, Friedrich Wilhelm Joseph
Deutscher Philosoph des Idealismus (*1755, †1854), der die Romantik und die Naturwissenschaften, insbesondere die Anatomie und Biologie, stark beeinflusst hat mit seiner Idee, dass die Vernunft nicht nur im Subjekt, im ‚Ich' wirkt, sondern auch in der Natur, sodass in ihr ein systematischer Entwicklungszusammenhang vermutet werden muss.

Schwabe, Samuel
Deutscher Apotheker, Astronom und Botaniker (*1789, †1875), entdeckte die elfjährige Periodizität der Sonnenflecken.

Shimazu, Shigehide
Fürst von Satsuma und großer Freund der Holländer; empfängt Siebold als 84-jähriger im April 1826 vor den Toren von *Edo* und sieht zwanzig Jahre jünger aus.

Siebold, Philipp Franz von
Deutscher Arzt, Botaniker, Naturforscher und Entdecker (*1796, †1866).

Sömmerring, Samuel Thomas
Anatom und Physiologe (*1755, †1830), war seit seiner spektakulären Dissertation über das Gehirn, der Schrift *Über das Organ der Seele* und seiner Abhandlung *Über die Schönheit der Embryonen* einer der angesehensten Gelehrten seiner Zeit. Er führte 1821 die Pockenimpfung in Frankfurt ein.

Sturler, Johan Willem de
Niederländischer Oberst (*1777, †1855), wurde im April 1823 zum Faktorei-Oberhaupt bestellt; Gesandter auf der Reise nach Edo. Gebildeter Mann, hat gegen Franzosen gekämpft. Intrigierte gegen Siebold.

Sujenaga, Sinsajemon
Oberdolmetscher von Nagasaki in allen Holländer-Angelegenheiten (*1768, †1835); unterrichtete Siebold in Japanisch und begleitete die niederländische Gesandtschaft 1826 auf der Hofreise nach Edo; wurde im Zuge des Siebold-Prozesses wegen der vielen Vergünstigungen, die er ihm gewährt hatte, seines Amtes enthoben.

Susanoo no mikoto
Hohe shintöistische Gottheit, Bruder der obersten Sonnengöttin *Amaterasu*, Sturmgott und Herrscher über das Totenreich; wird als „wilder

Mann" beschrieben und ist unter den Dämonen des *Shintō* dem Teufel aus dem Westen am ähnlichsten.

Takano, Choei

Einer der besten und charismatischsten Studenten Siebolds. Lieferte eine Dissertation unter dem Titel ‚Von den Walfischen und vom Walfischfang' ab. 1839 wurde er mit vielen anderen Ärzten, die der Holländerschule *Rangaku* anhingen, verhaftet und zu lebenslanger Gefängnisstrafe verurteilt. Während dieser Zeit schrieb er ein Buch über die Geschichte des Eintritts der europäischen Wissenschaften in Japan ‚Bansha Sōyaku Shōki', ein „kurzer Bericht der Begegnung mit dem Unglück". Dann floh er aus dem Gefängnis und nahm sich erschöpft von der Verfolgung 1850 das Leben.

Thunberg, Carl Peter

Schwedischer Naturforscher (* 1743, †1823) und Schüler des großen *Linné*; Arzt auf *Dejima* von 1775 bis 1779; hat später die ‚Flora Japonica' und seinen Bericht ‚Reise durch einen Theil von Europa, Afrika und Asien, hauptsächlich in Japan in den Jahren 1770-1779' veröffentlicht.

Titia

geb. Bergsma (*1786, †1821), war die Ehefrau von *Jan Cock Blomhoff*, dem Opperhoofd auf *Dejima*, der von Oberst *de Sturler* 1821 abgelöst wurde. Sie war zugleich die erste europäische Ausländerin, die die Japaner sahen. Trotz der strengen Regeln des *Sakoku* für den Verkehr mit Ausländern, die ausländischen Frauen selbst das Betreten von Dejima grundsätzlich verboten, erlaubte der Gouverneur von Nagasaki ihr zunächst, mit ihrem Mann auf der Hafeninsel zu bleiben. Fünf Wochen später musste er sie jedoch ausweisen, weil das Shōgunat von dieser Aufweichung der Regeln erfahren hatte und die sofortige strenge Auslegung der Edikte anordnete. Doch in dieser kurzen Zeit hatten japanische Maler und Bildhauer über fünfhundert Portraits von Titia angefertigt. Diese Bilder waren immens populär und verkauften sich in ganz Japan während des ganzen Jahrhunderts besser als alle anderen Bilddrucke. Ihr Gesicht war auf vier Millionen Stück japanischer Porzellanwaren zu sehen.

Tojosuke

Rufname des japanischen Malers und Zeichners Kawahara *Keiga* (*1786, † nach 1860), der bereits *Titia* Cock Blomhoff portraitierte, die erste Europäerin in Japan, und später Siebold auf der Hofreise begleitete.

Tokugawa, Ienari
Japanischer *Shōgun* (*1773, †1841), der zur Zeit von Siebolds erstem Aufenthalt in Japan regierte. Stark beeinflusst von seinen Beratern, allen voran *Matsudaira Sadanobu*, war er ein konservativer Hardliner. Seine Regentschaft war gekennzeichnet von politischer Stagnation, Korruption, Nepotismus, der massiven Verschwendung von Staatsfinanzen und somit symptomatisch für den Niedergang der Herrschaft der Tokugawa. Es wird vermutet, dass er trotz seiner langen Regierungszeit und seiner beachtlichen Fortpflanzungsaktivitäten geistig und intellektuell beschränkt war, weshalb die politische Agenda dieser vielen Jahre ganz unter der Kontrolle des Beraterkreises entwickelt und auch in seiner Regie exekutiert wurde. Ienari war daher wahrscheinlich nur eine willige Marionette.

Tokugawa, Ieyasu
Japanischer *Daimyō* und Kriegsherr (*1542, †1616), der 1600 mit der Schlacht von *Sekigahara* die Einigung Japans abschließt und den Titel *Shōgun* annimmt. Die Dynastie der Tokugawa währt bis zur *Meji*-Restauration 1868.

Tokugawa, Yoshimune
Japanischer *Shōgun* (*1684, †1751) und Reformer, der zusammen mit *Ieyasu Tokugawa* als einer der fähigsten Herrscher aus dieser Dynastie galt. Unter seiner Regierung wurde auch die Einfuhr europäischer, vor allem holländischer Bücher wieder erleichtert.

Toyotomi, Hideyoshi
Japanischer *Daimyō* und Kriegsherr (*1536, †1582), der nach der Ermordung *Nobunagas* und vor der Übernahme durch *Ieyasu Tokugawa* die Einigung Japans vorantrieb. Sein Angriff auf Korea mit hundertsechzigtausend Soldaten war ein Fehlschlag. Er erließ das erste Edikt gegen die Ausländer.

Wardenaar, Willem von
Niederländischer Diplomat und *Opperhoofd* von *Dejima* (*1764, †1816); ließ sich bestechen von den Engländern, um die Holländer auf Dejima zu belügen und zu überreden, die Insel zu übergeben.

Xavier, Francisco de
Bedeutender katholischer Missionar in Indonesien, China und Japan (*1506, †1552), Mitbegründer des Jesuitenordens und 1622 von Gregor XV. heiliggesprochen.

Chronologie

1543
Portugiesen stranden in Japan bei Tanegashima.

1549
Der Jesuit *Francisco de Xavier* beginnt mit christlicher Mission.

1568
Oda *Nobunaga*, einer der vielen Daimyōs, besetzt Kyōtō und beginnt mit der Einigung des Landes.

1579
Der Daimyō Sumitada Omura schenkt den Jesuiten Nagasaki.

1580
Mehrere Daimyō auf Kyūshū konvertieren zum Christentum.

1582
Nobunaga wird ermordet. General *Hideyoshi* übernimmt die Regierungsgewalt und den Titel ‚Kampaku', ‚Herrscher der Mehrheit'.
Alessandro Valegnano, der Nachfolger von *Francisco de Xavier*, organisiert die erste japanische Mission ins Ausland; vier Samurai treten als Abgesandte der christlichen Daimyō eine Reise durch China, Indien, Portugal, Spanien und Italien an, die bis 1590 dauert.

1587
Erstes Edikt Hideyoshis zur Verbannung der Missionare. Es wird aber nicht durchgesetzt.

1588
Hideyoshi nimmt den Jesuiten Nagasaki wieder weg.

1592
Japan greift Korea und China mit hundertsechzigtausend Soldaten an, wird aber zurückgeworfen.

1597
Hideyoshi lässt neun Jesuitenpater und siebzehn konvertierte Japaner hinrichten.

1598
Nach einer zweiten gescheiterten Invasion in Korea stirbt Hideyoshi. Ihm folgt sein Vasall *Ieyasu Tokugawa*, mit dem die Dynastie der Tokugawa beginnt, die bis zur Meiji-Restauration 1868 dauert.

1600
Ieyasu vernichtet bei der entscheidenden Schlacht von *Sekigahara* seine
Gegner und vereint das Land. Etwa dreihunderttausend Japaner sind
zum Christentum konvertiert.

1609
Die Holländer gründen ihre erste Faktorei auf Hirado.

1624
Ieyasus Edikt zur Ausweisung der Spanier wird ausgeführt.

1627
Beim Aufstand von Shimonoseki werden siebenunddreißigtausend japanische Christen massakriert.

1638
Ausweisung der Portugiesen. Nur Holländer und Chinesen dürfen noch
Handel treiben, die Holländer aber nicht mehr von japanischem Boden
aus. Sie müssen von Hirado nach *Dejima* umziehen.

1758
John Dollond stellt für den Bau von Teleskopen achromatische Linsen
aus Flint- und Kronglas her.

Nippon-Trilogie – Erster Teil
Shiboruto

1792
Ausbruch des Vulkans Unzen.

1796
17. Februar: Philipp Franz von Siebold wird in Würzburg geboren.
Edward Jenner entdeckt die Pockenimpfung.

1798
Siebolds Vater stirbt an Lungenschwindsucht.

1801
Die Familie Siebold wird für die Verdienste von Philipps Großvater
Carl Casper Siebold in den Reichsadel aufgenommen.

1805
Alexander von Humboldts Buch *Reise in die Äquinoktial-Gegenden des*

Neuen Kontinents erscheint.

1808
Alexander von Humboldt veröffentlicht seine *Ansichten der Natur*. Das britische Kriegsschiff *Phaeton* läuft unter niederländischer Flagge im Hafen von Nagasaki ein und nimmt Holländer als Geiseln.

1809
Der junge Siebold besucht das Gymnasium.

1810
Die künstliche Insel Dejima im Hafen von Nagasaki ist bis zum Wiener Kongress von 1815 der letzte Ort, an dem die niederländische Flagge weht; die Niederlande heißen unter der Herrschaft Napoleons ‚Batavische Republik'.

1813
Napoleons Russlandfeldzug ist gescheitert.

1814
Kyokutei Bakin beginnt sein *Hakkenden*, die Legende von acht Hundesamurai, Stephenson erfindet die Lokomotive und London bekommt als erste Stadt der Welt eine Gasbeleuchtung.

1815
Siebold immatrikuliert sich für Medizin und wohnt während des Studiums im Haus seines Professors Ignaz Döllinger.
Der japanische Geograph *Tadataka Ino* vermisst erstmals alle Küstenlinien Japans und erstellt verlässliche Karten.

1817
Beim Wartburgfest fordern die Studentencorps ein vereinigtes Deutschland.

1819
Das erste Dampfschiff überquert den Atlantik von New York nach Liverpool.

1820
Siebold schließt sein Medizinstudium mit Prädikat ab.

1821
Siebold arbeitet als praktischer Arzt in Heidingsfeld, wo seine Mutter wohnt. Napoleon Bonaparte stirbt auf St. Helena.

1822
Im Frühling erhält Siebold das Angebot, im Auftrag des Nieder-

ländischen Kolonialministeriums als Truppenarzt nach *Java* zu gehen. Kontaktaufnahme mit gelehrten Gesellschaften.

7. Juni: Abreise über Darmstadt, Frankfurt, Hanau und Bonn.

23. September: Die *Jonge Adriana* läuft in Rotterdam aus.

1823

13. Februar: Ankunft in Batavia

Mitte März: Siebold hat rheumatisches Fieber, Generalgouverneur Baron van der Capellen holt ihn zur Genesung ins idyllische Buitenzorg.

15. April: Siebold erfährt, dass er als Leibarzt des Residenten nach Japan geht.

28. Juni: Die *Drie Gezusters* läuft mit dem Ziel Japan aus.

5. August: Taifun an der Nordspitze von Formosa.

8. August: Kap Nomo in Sicht, Orientierungspunkt für Nagasaki.

10. August: Siebold wird beinahe als Deutscher enttarnt und rettet sich, indem er sich als ‚Berg-Holländer‘ ausgibt.

11. August: Offizielle Ankunft und festlicher Umzug der Faktorei

September: Statthalter von Nagasaki gibt Siebold Erlaubnis zum Unterricht und zu Patientenbesuchen an Land.

Oktober: Siebold wird mit zwei spektakulären Operationen bekannt und begegnet der sechzehnjährigen Taki Kusumoto.

November: Siebold heiratet Taki Kusumoto, die den Kurtisanennamen Sonogi angenommen hat.

1824

Siebold erwirbt unter japanischem Decknamen und mit Unterstützung des Statthalters das ‚Haus am Wasserfall‘, Narutaki, und richtet dort eine Universität ein.

1825

Siebold schickt Teenüsse in eisenhaltigen Lehmbällen nach Java.

Nippon-Trilogie – Zweiter Teil
Geheime Landkarten

1826

15. Februar bis 7. Juli: Hofreise nach Edo, wo der Hofastronom *Takahashi* Siebold Landkarten von Japan verspricht.

1827

Siebold erhält die Karten von Takahashi, erweitert seine Sammlungen, vertieft seine Studien und bereitet seine Rückreise nach Europa vor.

16. November: Takahashi wird in Edo verhaftet.

1828

17. September: Ein Jahrhundertsturm verwüstet Kyūshū und wirft die *Cornelis Houtman* an die Küste, beladen mit allen verbotenen Gegenständen, die Siebold außer Landes schmuggeln wollte.
16. Dezember: Der Prozess gegen Siebold beginnt.

1829
28. Januar: Siebold darf Japan nicht mehr verlassen.
Februar: Siebold will die japanische Staatsbürgerschaft annehmen, um seine Freunde zu schützen, was ihm verwehrt wird.
20. März: Takahashi stirbt im Gefängnis
Oktober: Das Urteil gegen Siebold lautet ‚Ewige Verbannung'.
30. Dezember: Siebold verlässt Japan und muss sich von seiner Familie verabschieden.

Nippon-Trilogie – Dritter Teil
Der Weg in den Krieg

1830
Siebold erstattet Generalgouverneur van den Bosch in Buitenzorg Bericht und kehrt als hochdekorierter Forscher und in der höchsten Gunst der Niederländischen Krone stehend zurück nach Europa, wo er im Juli ankommt. Er lässt sich in Leiden nieder und beginnt, seine umfangreichen Sammlungen zu ordnen und zu katalogisieren.
Juli-Revolution in Frankreich

1831
April: Ritterkreuz vom Orden des Niederländischen Löwen; viele weitere Auszeichnungen folgen.
Taki heiratet in Nagasaki ihren zweiten Mann Wasaburo.

1832
Der erste Band vom *Nippon-Archiv* erscheint.
Die Große Tenpō-Hungersnot beginnt, dauert bis 1838 und schwächt das Vertrauen der Bevölkerung in das Bakufu dramatisch.

1833
Der erste Band von *Fauna Japonica* erscheint.

1834
Siebold unternimmt eine Werbereise für die Finanzierung seines Werks, trifft König Ludwig I. in München, den russischen Zaren

1835

Januar: Begegnung mit Alexander von Humboldt in Berlin.

Der erste Band von *Flora Japonica* erscheint.

1840

Der Opium-Krieg bricht aus, weil China den erzwungenen Opiumhandel der Engländer auf seinem Territorium nicht dulden will.

1842

Der britische Außenminister Palmerston bietet Siebold eine Stelle an, die er ablehnt. Zum Dank erhebt Wilhelm II. ihn in den niederländischen Adelsstand.

China muss Hongkong an die Briten abtreten.

1845

Im Sommer lernt Siebold auf der Kur in Kissingen Helene von Gagern kennen. Sie heiraten kurz darauf und sie zieht zu ihm nach Leiden.

1846

Geburt von Siebolds erstem Sohn Alexander.

Charles Darwin veröffentlicht den Bericht über seine Weltreise mit der *Beagle*.

1847

Siebold zieht mit der Familie um nach Boppard am Rhein und bewirbt sich bei Ludwig I. von Bayern für den diplomatischen Dienst.

1848

Siebold bewirbt sich bei Erzherzog Johann um das Amt des Marineministers des zukünftigen deutschen Einheitsstaats – der dann wegen des Scheiterns der Revolution nicht zustande kommt.

Die erste demokratische Revolution in Deutschland scheitert.

Veröffentlichung des *Kommunistischen Manifests*.

1850

Geburt von Siebolds zweiter Tochter Mathilde. Nach ihrer Taufe reist Siebold nach London, um den Bibliothekar Thomas Rundall zu treffen, den Archivar der British Museum Library. Es geht um ein verschollenes Handelspatent der Engländer in Japan.

1852

Siebold erfährt von den amerikanischen Plänen, Japan zu öffnen.

Siebolds Tochter Ine bekommt selbst eine Tochter, Taka. Siebold wird Großvater, weiß aber nichts davon.

Oktober: Ein russisches Geschwader unter dem Kommando von Vizeadmiral Putjatin läuft mit dem Ziel Japan aus.

1853

Januar: Siebold wird nach St. Petersburg eingeladen, um den Zaren und Graf Nesselrode zu beraten, wie Vizeadmiral Putjatin – bereits auf dem Weg nach Japan – instruiert werden sollte.
8. Juli: U.S.-Kommodore Perry läuft mit seinem Geschwader in der Bucht von Edo ein. Nach Übergabe eines Briefes des amerikanischen Präsidenten Fillmore an den japanischen Kaiser zieht er sich mit seinen Schiffen nach Hongkong zurück.

1854

Februar: Perry kehrt mit einem noch größeren Geschwader zurück nach Edo und erzwingt die Unterzeichnung der Konvention von Kanagawa.
Dezember: Putjatin läuft mit der *Diana* in Shimoda ein. Das große Ansei-Tōkei-Erdbeben mit einer Magnitude von 8,4 zerstört am 23. Dezember Shimoda und schließlich auch das russische Schiff.

1855

26. Januar: Zum Dank für die Hilfe der Russen bei der Naturkatastrophe unterzeichnen die Japaner den Vertrag von Shimoda, den ersten Freundschafts- und Handelsvertrag des japanischen Kaiserreichs mit einer fremden Nation seit der Abschließung des Landes 1635.
Siebold veröffentlicht seine Denkschrift *Urkundliche Darstellung der Bestrebungen Niederlandes und Russlands zur Eröffnung Japans für die Schiffahrt und den Seehandel aller Nationen* um zu zeigen, dass die Vereinigten Staaten von Amerika keinen Anspruch darauf erheben können, Japan ‚geöffnet' zu haben.

1858

Das Shōgunat hebt das Verbannungsurteil gegen Siebold auf.

1859

April: Siebold bricht mit seinem Sohn Alexander auf zu seiner zweiten Japanreise, diesmal über Marseille, Alexandria, Kairo und Suez.
Charles Darwins *On the Origin of Species* erscheint.
Alexander von Humboldt stirbt in Berlin.

1861

Juni bis Oktober: Siebold ist Berater des Shōgun in Edo.
Der amerikanische Bürgerkrieg beginnt.

1852

Siebold muss nach Nagasaki zurückkehren und von da aus Japan wieder verlassen. Über Batavia reist er zurück nach Europa. Sein Sohn Alexander bleibt in Edo.

Yukichi Fukuzawa nimmt an der ersten japanischen Europa-Mission teil.

1865

Taki Kusumoto stirbt in Nagasaki.

1866

Große Japan-Ausstellung in München, arrangiert von Siebold, der am 18. Oktober an einer Blutvergiftung stirbt.

1867

Alexander von Siebold begleitet die Gesandtschaft des Shōguns nach Europa.

1868

Die Meiji-Restauration schafft das Shōgunat und die Feudalherrschaft ab. Die oberste Staats- und Regierungsgewalt liegt beim Tennō und die Hauptstadt Edo wird in Tokio umbenannt.

1869

Heinrich von Siebold kommt nach Tokio.

1903

Ine Kusumoto stirbt in Tokio.

1904

Am 26. September stirbt *Lafcadio Hearn* in Tokio an einem Herzinfarkt.

1912

Der Meiji-Tennō stirbt.

1914

Beginn des Ersten Weltkriegs.

1916

Am 9. Dezember stirbt *Natsume Sōseki* in Tokio an Magenkrebs.

1926

Hirohito besteigt den Kaiserthron und wird Shōwa-Tennō.

1928

Mit dem Ritual des *Daijōsai* wird Hirohito zum ‚einzigen lebenden Gott'.

1936

Putschversuch von Ultranationalisten in Tokio.

1941

7. Dezember: japanische Bombengeschwader überfallen Pearl Harbor.

8. Dezember: Kriegserklärung der USA an Japan.

11. Dezember: Deutschland und Italien erklären den USA den Krieg.

1942

Im Juni wird die japanische Flotte bei der Schlacht von Midway geschlagen. Von da an sind die japanischen Streitkräfte auf dem Rückzug.

1945

8. Mai: Bedingungslose Kapitulation Deutschlands.

Sommer: Japan steht vor der selbstmörderischen Generalmobilmachung *Ketsugō*.

16. Juli: In der Wüste von Alamogordo wird *Trinity* gezündet.

6. August: Die zweite Atombombe *Little Boy* wird als Waffe eingesetzt
und über Hiroshima abgeworfen.

9. August: Die dritte Atombombe *Fat Man* wird über Nagasaki abgeworfen.

14. August: Bedingungslose Kapitulation Japans.

Japanische Regierungsperioden

Nengō Ära-Name	Shōgun	Tennō Geburts-/ posthumer Name
Kansei 1788-1801	Ienari 1786-1837	Morohito/Kōkaku 1780-1816
Kyowa 1801-1804		
Bunka 1804-1818		
Bunsei 1818-1830		Ayahito/Ninkō 1817-1846
Tempō 1830-1844	Ieyoshi 1837-1853	
Kōka 1844-1848		
Kaei 1848-1854		Osahito/Kōmei 1847-1867
Ansei 1854-1860	Iesada 1853-1858	
Man'en 1860-1861	Iemochi 1858-1866	
Bunkyū 1861-1864		
Genji 1864-1865	Keiki 1866-1868	
Keiō 1865-1868		Mutsuhito/Meiji 1867-1912
Mit der Meiji-Restauration von 1868 wurde das Shōgunat abgeschafft. Seitdem sind posthume Namen der Tennō identisch mit den Ära-Namen		
Meiji 1868-1912		Mutsuhito 1867-1912
Taishō 1912-1926		Yoshihito 1912-1926
Shōwa 1926-1989		Hirohito 1926-1989
Heisei 1989-heute		Akihito 1989-heute

Maß- und Währungseinheiten

Maßeinheiten

Faden: Längen- bzw. Tiefenmaß in der Seefahrt; auch Klafter genannt; 1 Faden entspricht ca. 2 Meter.

Fuß: Längen- bzw. Tiefenmaß (Nautik), das vor der Übernahme des metrischen Systems 1875 in den deutschen Ländern und Städten unterschiedlich definiert war. Hier entspricht ein Fuß der Länge bzw. Tiefe von dreißig Zentimeter.

Knoten: Nautisches Geschwindigkeitsmaß; 1 Knoten = eine Seemeile pro Stunde = 1,852 m/h; Seereise: 39.000 km bis *Batavia*, 142 Tage = 275 km/Tag = 11,5 km/h = 6,2 Knoten.

Koku: Volumenmaßeinheit für Reis; 1 Koku entspricht der Menge an getrockneten Reiskörnern, die ein Erwachsener pro Jahr verzehrt oder rund 180 Liter. Mit Koku wurde die Reisernte sowie alle Vermögen von *Daimyos* und die Reisstipendien für die Samurai bemessen.

Meile: Altes europäisches Entfernungsmaß, das je nach historischer Epoche, Land, Herzogtum und in Deutschland auch nach freier Reichsstadt zwischen 1482 (Römisches Reich) und 11299 (Norwegen) Meter variierte. Hier ist, solange nicht als *Seemeile* bezeichnet, immer die Londoner Meile mit einer Länge von 1609,3 Meter gemeint.

Seemeile: auch nautische Meile; entspricht einer Länge von 1852 Meter.

Ri 里: Altes japanisches Längenmaß; 1 Ri entspricht 3.927 Meter.

Unze: Gewichtseinheit, Kürzel ‚oz', entspricht etwa 28,35 Gramm.

Zoll: Altes deutsches Längenmaß mit regional und zeitlich unterschiedlichen Definitionen; hier entspricht ein Z. etwa zweieinhalb Zentimeter.

Währungseinheiten

Die Umrechnung der niederländischen Währung ‚Gulden' in japanische Münzen oder Barren wurde zugleich in einem festen Silber- und Goldkurs ausgedrückt. Die hier aufgeführten japanischen Währungseinheiten beruhen auf einheitlichen Gewichten für Gold, Silber und Kupfer. Der japanische Yen wurde 1868 im Zuge der Meiji-Restauration eingeführt. Die Kaufkraft von 1 Gulden entsprach in der ersten Hälfte des 19. Jahrhunderts etwa der von 8 bis 10 Euro. Beispiele: Siebolds anfängliches Jahresgehalt auf Dejima lag zwischen 44.000 und 55.000 Euro und seine japanischen Sammlungen wurden von der niederländischen Regierung für 480.000 bis 600.000 Euro aufgekauft.

1 Oban *od.* **Bankin** = 5,8 Unzen Gold = 165,4 Gramm Gold; nur für spezielle Anlässe

1 Koban *od.* **Ryō** = 5 Gulden = 18 Gramm Gold = 262 g Silber; größte Goldmünze für alltäglichen Gebrauch

1 Ichibukin = ¼ Ryō = 4,5 Gramm Gold; kleinste Goldmünze

1 Chōgin = 5, 7 Unzen Silber = 161,64 Gramm Silber

1 Gulden = 3,6 g Gold = 49 g Silber

1 Zeni = 3,76 g Kupfermünze; kleinste japanische Währungseinheit

Land und Seekarten

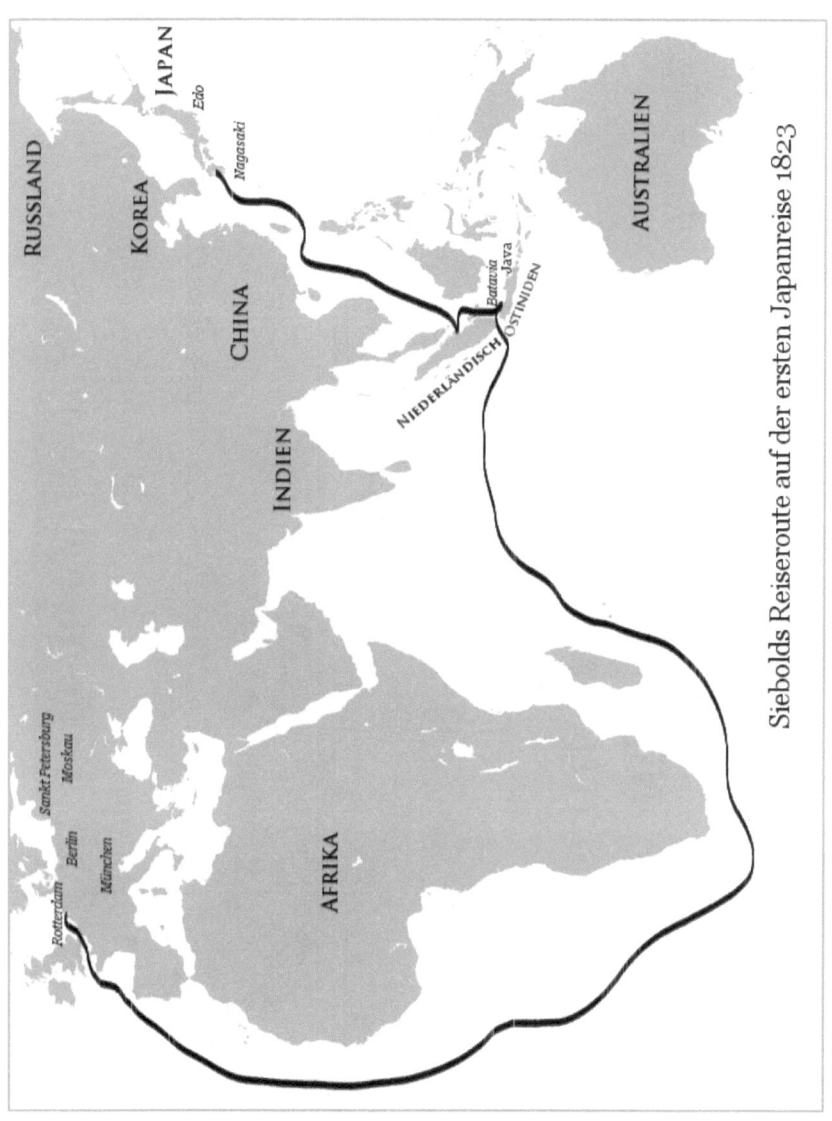

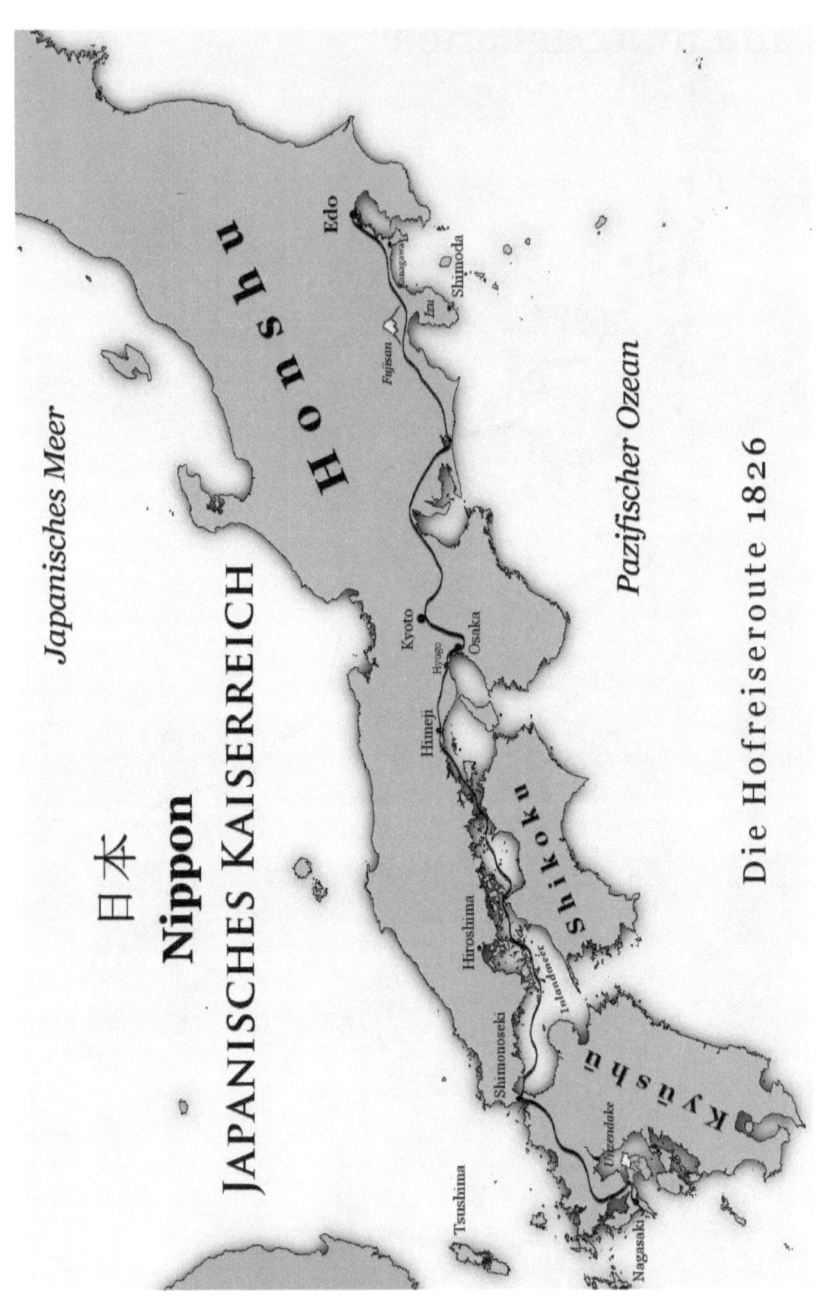

Japanisches Meer

日本
Nippon
JAPANISCHES KAISERREICH

Honshu

Edo
Shimoda
Izu
Fujisan

Kroto
Hyogo
Osaka
Himeji

Hiroshima

Shikoku

Inlandmeer

Shimonoseki

Kyūshu

Tsushima

Untendake

Nagasaki

Pazifischer Ozean

Die Hofreiseroute 1826

Japanische Silbenalphabete

Hiragana (siehe Glossar)

あ	a	い	i	う	u	え	e	お	o
か	ka	き	ki	く	ku	け	ke	こ	ko
さ	sa	し	shi	す	su	せ	se	そ	so
た	ta	ち	chi	つ	tsu	て	te	と	to
な	na	に	ni	ぬ	nu	ね	ne	の	no
は	ha	ひ	hi	ふ	hu	へ	he	ほ	ho
ま	ma	み	mi	む	mu	め	me	も	mo
や	ya			ゆ	yu			よ	yo
ら	ra	り	ri	る	ru	れ	re	ろ	ro
わ	wa	を	(w)o						
ん	n								
が	ga	ぎ	gi	ぐ	gu	げ	ge	ご	go
ざ	za	じ	ji	ず	zu	ぜ	ze	ぞ	zo
だ	da	ぢ	ji	づ	zu	で	de	ど	do
ば	ba	び	bi	ぶ	bu	べ	be	ぼ	bo
ぱ	pa	ぴ	pi	ぷ	pu	ぺ	pe	ぽ	po
きゃ	kya			きゅ	kyu			きょ	kyo
しゃ	sha			しゅ	shu			しょ	sho
ちゃ	cha			ちゅ	chu			ちょ	cho
にゃ	nya			にゅ	nyu			にょ	nyo
みゃ	mya			みゅ	myu			みょ	myo
りゃ	rya			りゅ	ryu			りょ	ryo
ぎゃ	gya			ぎゅ	gyu			ぎょ	gyo
じゃ	ja			じゅ	ju			じょ	jo
ぢゃ	ja			ぢゅ	ju			ぢょ	jo
びゃ	bya			びゅ	byu			びょ	byo
ぴゃ	pya			ぴゅ	pyu			ぴょ	pyo

Katakana (siehe Glossar)

ア	a	イ	i	ウ	u	エ	e	オ	o
カ	ka	キ	ki	ク	ku	ケ	ke	コ	ko
サ	sa	シ	shi	ス	su	セ	se	ソ	so
タ	ta	チ	chi	ツ	tsu	テ	te	ト	to
ナ	na	ニ	ni	ヌ	nu	ネ	ne	ノ	no
ハ	ha	ヒ	hi	フ	hu	ヘ	he	ホ	ho
マ	ma	ミ	mi	ム	mu	メ	me	モ	mo
ヤ	ya			ユ	yu			ヨ	yo
ラ	ra	リ	ri	ル	ru	レ	re	ロ	ro
ワ	wa	ヲ	(w)o						
ン	n								
ガ	ga	ギ	gi	グ	gu	ゲ	ge	ゴ	go
ザ	za	ジ	ji	ズ	zu	ゼ	ze	ゾ	zo
ダ	da	ヂ	ji	ヅ	zu	デ	de	ド	do
バ	ba	ビ	bi	ブ	bu	ベ	be	ボ	bo
パ	pa	ピ	pi	プ	pu	ペ	pe	ポ	po
キャ	kya			キュ	kyu			キョ	kyo
シャ	sha			シュ	shu			ショ	sho
チャ	cha			チュ	chu			チョ	cho
ニャ	nya			ニュ	nyu			ニョ	nyo
ミャ	mya			ミュ	myu			ミョ	myo
リャ	rya			リュ	ryu			リョ	ryo
ギャ	gya			ギュ	gyu			ギョ	gyo
ジャ	ja			ジュ	ju			ジョ	jo
ヂャ	ja			ヂュ	ju			ヂョ	jo
ビャ	bya			ビュ	byu			ビョ	byo
ピャ	pya			ピュ	pyu			ピョ	pyo

Nachwort des Autors

Von der Existenz eines deutschen Arztes namens Philipp Franz von Siebold und seinen Abenteuern im alten Japan erfuhr ich 1987 in Paris. Ich war ein junger, teutonischer Barbar und lebte dort mit einer wunderschönen japanischen Prinzessin, in die ich mich vier Jahre zuvor in den Sommerferien verliebt hatte. Unsere *Amour fou* musste geheim gehalten werden vor den Eltern in Tokio. Sie hatten ihre Tochter nur zum Studium der Kunstgeschichte nach Europa geschickt, um ihren Wert auf dem heimischen Heiratsmarkt zu erhöhen. Ich wäre als Schwiegersohn ein vierfacher Albtraum für sie gewesen. Ein Gaijin ohne Einkommen oder Vermögen, weit weniger gebildet und dazu noch vier Jahre jünger als ihr Augapfel. Ein hübscher, armer Student und Bohemien eben, der mit seinem Zündapp-Roller wie der wiedergeborene Henry Miller durch den Montmartre bretterte.

In dieser Zeit las ich alles über japanische Literatur, Kunst, Geschichte und Politik, was ich in die Finger bekam. Dabei stieß ich in einem Buch über die Öffnung Japans aus der dtv-Reihe *Augenzeugenberichte* auf Siebolds erste Reise nach Japan, seine Liebe zu einer Kurtisane namens Sonogi und ihre gemeinsame Tochter, die später die erste Ärztin in Japan werden sollte. ‚Das ist der Stoff, aus dem Romane gemacht werden!' dachte ich in der Hoffnung, dass mein Leben und meine Liebe ähnlich verlaufen würden. Dieser Wunsch sollte sich gewissermaßen auch erfüllen, aber anders als ich dachte. Denn ich kannte damals noch nicht den zweiten, tragischen Teil von Siebolds Leben, die Verbannung aus Japan und die gewaltsame Trennung von seiner Frau und ihrer gemeinsamen Tochter. Auf eigentümliche Weise widerfuhr mir ein ähnliches Schicksal. Die Eltern meiner Freundin bekamen wenig später heraus, was ihre Tochter in den Pariser Jahren neben ihrem Studium so getrieben hatte. Sie wurde praktisch gekidnappt, zurück nach Tokio gebracht und unter strengen Hausarrest gestellt. Ich konnte nichts für sie tun. Allein schon die Flüge nach Japan kosteten damals mehrere tausend Mark. Wir schrieben uns über Freundesadressen heimlich Briefe, die man sich gar nicht traurig genug vorstellen kann. Im Jahr des Mauerfalls mussten wir aufgeben. Gegen unseren Willen und der Not gehorchend gingen wir getrennte Wege.

Ich erzähle das nur, weil Siebolds Geschichte mich vielleicht auch deshalb nicht mehr losgelassen hat. Anfang der 1990er Jahre begann ich während meines weiteren Studiums in München mit intensiven Recherchen. Je mehr ich allerdings über Siebolds Leben und Werk erfuhr, desto hoffnungsloser wurde die Aussicht, dass ich daraus jemals einen Roman machen könnte. Ich stand vor einer unüberschaubaren und ständig weiter wachsenden Masse an Dokumenten und Informationen, für die mir schlicht das nötige Wissen fehlte, um sie auszuwerten. Die vier großen Blöcke waren Siebolds Biographie, die für sich genommen schon außerordentlich bewegt und komplex ist, seine wissenschaftlichen Aktivitäten und naturkundlichen Entdeckungen, die historisch-politischen Ereignisse und Hintergründe seiner Zeit, und schließlich das kulturelle und sprachliche Wissen über Japan, das ich erwerben musste, um diese Geschichte glaubwürdig erzählen zu können. Die Auflösung dieses Dilemmas kam dann wie von selbst. Ich ließ mir einfach Zeit. Jahrelang arbeitete ich mich sozusagen nebenberuflich in alle Disziplinen ein und eignete mir das erforderliche Wissen tatsächlich an. Entscheidend waren dabei meine Aufenthalte in Japan. Die erste Überraschung für mich war die Bekanntheit und Popularität Siebolds im Land der aufgehenden Sonne. Auch wenn die meisten Japaner ihn immer noch für einen Holländer halten, so kennt ihn doch wirklich jedes Schulkind. Das ist keine Übertreibung. Im Herbst 2005 reiste ich dann endlich nach Nagasaki. Dort suchte ich Reste des historischen Flairs der Edo-Zeit, besuchte das Siebold Memorial Museum und die gerade erst rekonstruierte historische Anlage der Insel Dejima, die heute mitten in der Stadt liegt. Damit wollte ich meine Nachforschungen eigentlich abgeschlossen haben. Doch 2008 wurde ich von der Europäischen Kommission überraschend für ein Jahr nach Tokio geschickt. Dort studierte ich an der Waseda-Universität japanische Wirtschaft, Politik, Kultur und Sprache. Im Laufe dieser spannenden Ausbildung zum zertifizierten Japan-Kenner entdeckte ich noch viele erstaunliche Aspekte und historische Fakten der Siebold-Saga, die das faszinierende Bild dieses Menschen, seiner Zeit und des alten Japans abrundeten. Nach meiner Rückkehr nach Deutschland wuchs das Manuskript kontinuierlich, bis ich im Herbst 2012 endlich ‚ENDE' darunter schreiben durfte. Es hat von der ersten Idee an also fünfundzwanzig Jahre gedauert, bis dieser Roman fertig wurde.

Erstaunlicherweise begriff ich erst in den letzten Monaten dieser langen Entstehungsphase, dass die *Entdeckung des Ostpols* kein gewöhnlicher historischer Roman geworden ist. Als Truman Capote 1965 sein Buch *In Cold Blood – Kaltblütig* veröffentlichte, nannte er es den ersten ‚Tatsachenroman', eine ‚non-fiction novel', und begründete damit ein neues literarisches Genre. Er wollte zeigen, dass die Wirklichkeit dramatischer und spannender sein kann als eine fiktive Geschichte, die sich mit der Angabe unterschiedlichster realer Tatsachen nur verkleidet. Diesem Prinzip bin ich im vorliegenden Roman auch gefolgt, was das Buch zum ersten *histo-rischen* Tatsachenroman macht.

Die Personen und Ereignisse in der *Entdeckung des Ostpols*, vor allem aber die politischen, kulturellen und wissenschaftlichen Hintergründe, sind zum größten Teil historisch verbürgt. Neben den über einhundert re-alen Personen, die im Register aufgeführt sind, gibt es nur eine Handvoll fiktiver Charaktere. Daher ist Stabsarzt Johannes Fritze in Fort Mentok ge-nauso eine historische Persönlichkeit wie der Journalist Baylard Taylor an Bord von Kommodore Perrys Dampffregatte *Mississippi* oder der Geo-graph Rinzō Mamiya in Edo. Die schöne Titia Cock Blomhoff war wirklich die erste Europäerin in Japan, und ihre Ankunft 1817 in Nagasaki war eine solche Sensation, dass ihre Portraits bald darauf millionenfach auf Dru-cken und eigens dafür hergestelltem Porzellangeschirr im ganzen Land zirkulierten. Siebold und der Maler Hokusai sind sich tatsächlich begeg-net, wie auch Siebolds Söhne den Meiji-Intellektuellen Fukuzawa kannten oder Natsume Sōseki mit Ryonosuke Akutagawa zusammensaß. Sogar die alte Sommerhütte in Jiyugaoka, in der die beiden Schriftsteller sich 1914 trafen, steht noch. Sie ist heute ein Teehaus, und man kann dort auf der Veranda sitzend denselben Blick auf den Garten mit der bemoosten Steinlaterne genießen wie damals. Wenn die Engländer ihr japanisches Handelspatent von 1613 ‚verschlampt' haben, dann ist das genauso ver-bürgt wie die ‚friedliche Öffnung' Japans durch Russland. Letzteres sind allerdings neueste Forschungsergebnisse, die auf erstaunlichen Funden im umfangreichen schriftlichen Nachlass von Siebold sowie in den erst kürzlich geöffneten Archiven in Russland beruhen und daher nur weni-gen Experten bekannt sind.

Selbst die Charaktere habe ich so authentisch entwickelt, wie es mir auf der Grundlage der verfügbaren Dokumente möglich war. Insbesondere Siebold habe ich nichts angedichtet. Sein Ehrgeiz und seine Hybris, aber auch seine offen liberale, antikolonialistische Haltung, der freundschaftli-che Umgang mit Menschen und die lebenslange Liebe zu Taki sind keine Erfindungen von mir. Es gibt im Roman einige Originalzitate von ihm aus Veröffentlichungen, Aufzeichnungen und Briefen, die das belegen. Selbst die jahrzehntelange Freundschaft zu Alexander von Humboldt und die wechselseitige Bewunderung der beiden Naturforscher sind so real wie der Abschiedsbrief des greisen Humboldt an Siebold von 1859, den ich vollständig zitiert habe.

Umberto Eco schrieb einst in der *Nachschrift zum ‚Namen der Rose'*, dass ein historischer Roman zu nicht weniger als achtzig Prozent auf histori-schen Tatsachen beruhen sollte. Auch wenn ich ehrlich gesagt nicht sehe, wo diese achtzig Prozent in Ecos eigenem ‚postmodernen' Roman sein sollen: Als Oktanzahl ausgedrückt würde das weniger als Normalbenzin entsprechen. *Die Entdeckung des Ostpols* fährt dagegen mit Super Plus, denn der Tatsachenanteil in diesem Roman liegt bei etwa fünfundneunzig Prozent. Das heißt, der historische Hintergrund wurde hier nicht eingesetzt, um fiktive Personen und Handlungen glaubwürdig zu machen, sondern ich habe nur so viel Fiktion verwendet, wie ich brauchte, um die geschichtliche Wirklichkeit und ihre überwältigende Komplexität spannend und verständlich darzustellen. Dieses erzählerische Prinzip nenne ich historische Realfiktion oder *True Historical Fiction*, entsprechend der ‚True Crime Fiction', die sich in Deutschland durch Ferdinand von Schirachs auf realen Fällen basierende Kriminalromane etabliert hat.

Das ist natürlich nicht mit allen historischen Stoffen möglich, denn selten liegt in den wahren Begebenheiten eine gut erzählbare Struktur offen zutage, die nur mit etwas Fiktion angereichert werden muss, um eine historische Realfiktion abzugeben. Bei Siebolds Abenteuern in Japan, seiner Liebe zu Taki, dem Kartendiebstahl und der anschließenden ‚Öffnung' des Landes mit genau diesen Karten war jedoch alles vorhanden, um dieses neue literarische Genre zu entwickeln. Dabei muss ich gestehen, dass ich erst nach fünfzehn Jahren darauf gekommen war, den Kartendiebstahl zum Dreh- und Angelpunkt des Romans zu machen. Ich hatte bis dahin die fixe Idee, aus Siebold einen verspäteten und tragischen Helden der Aufklärung zu machen, der einfach an seiner Zeit scheitert. Daraus wäre nur eine Hagiographie entstanden und die Entwürfe für den Plot langweilten mich, weil doch immer der Konflikt fehlte. Erst 2003 schlug die Idee, während ich im Berliner Volkspark Friedrichshain joggte, wie ein Blitz in meinem Kopf ein. Das war auch der Moment, in dem der Teufel zum ersten Mal auftauchte und Teil der Geschichte wurde. Ich komme gleich darauf zurück.

Die Latte für den Realitätsgehalt solcher Erzählungen und Romane liegt mit ‚95 Oktan' ziemlich hoch. So ist etwa Neal Stephensons Barock-Zyklus aus *Quicksilver, Confusion* und *System of the World* ein an Sättigung mit historischen, biographischen und wissenschaftlichen Tatsachen kaum zu überbietendes Panorama jener Zeit. Da jedoch die Romanhelden Daniel Waterhouse und Jack Shaftoe sowie die Handlung durchgehend fiktiv sind, zählt dieses Werk sicher nicht zur *True Historical Fiction*. Dasselbe gilt für David Mitchells Roman *Die Tausend Herbste des Jacob de Zoet*, der zwanzig Jahre vor Siebolds Ankunft in Japan und zum größten Teil sogar auf der künstlichen Insel Dejima spielt. Dieser Mikrokosmos wird wunderbar ausgeleuchtet und der Roman strotzt nur so von kulturellen und sprachlichen Eigenheiten der damaligen holländischen und japanischen Alltagskultur. Personen und Handlung sind allerdings vollkommen fiktiv und entsprechen damit ganz dem Genre des herkömmlichen historischen Romans.

Je weiter man in die Vergangenheit zurückgeht, desto dünner wird in der Regel die Dokumentenlage für einen historischen Tatsachenroman. In Europa dürfte das Ende des 15. Jahrhunderts wohl der früheste Zeitpunkt für eine historische Realfiktionen sein. Davor gab es zu wenige Zeugnisse, in denen die subjektiven Ansichten der handelnden Personen dokumentiert sind. Persönlich gehaltene Veröffentlichungen, Tagebücher oder Briefe waren vor 1500 äußerst selten. Wenn man sich umgekehrt der Gegenwart nähert, dann wird aus *True Historical Fiction* einfach *True Fiction*, die Truman Capote mit *Kaltblütig* etabliert hat.

Wie rechtfertigt man nun, dass Götter, Teufel, Engel und Dämonen in einem historischen Tatsachenroman auftauchen? Im Fall der *Entdeckung des Ostpols* ist die Antwort überraschend einfach: Sie haben nachweislich am Verlauf der Geschichte mitgewirkt. Denn die Menschen glaubten an sie und richteten ihr Handeln nach ihnen aus. Nicht nur die Japaner wussten, dass Naturkatastrophen wie Vulkanausbrüche (*Prolog*), Stürme (*Der Taifun*), Erdbeben und Tsunamis (*Das Wunder von Shimoda*) ihren Ursprung in dämonischen oder göttlichen Sphären hatten. Die meisten Europäer sahen das, wenige Jahrzehnte nach dem Erdbeben von Lissabon, nicht anders. Frömmigkeit, Gottesfurcht und Missionseifer waren zudem reale Motive für den europäischen Kolonialismus. Jenseits der geheuchelten religiösen Vorwände zur Ausbeutung der jeweiligen Kolonien gab es viele Menschen, die an ihren zivilisatorischen und mithin göttlichen Auftrag tatsächlich *glaubten*. Wie der Christengott damals mit nach Japan reiste, das hat David Mitchell in den *Tausend Herbsten* an seinem frommen Romanhelden Jacob de Zoet einfühlsam gezeigt. Ganz offen trat die historische Wirkung des Göttlichen im späteren Staatsshintoismus zutage, der Japan von der Meiji-Zeit bis zum Ende des Zweiten Weltkriegs immer stärker prägte. Damit wurde der Kaiser zu einem lebenden Gott, und alle Hoffnung der politischen Eliten und breiter Bevölkerungsschichten auf eine japanische Vorherrschaft in Asien, wenn nicht sogar in der ganzen Welt, hing an diesem Glauben. In diesem Sinne sind Götter, Engel und Dämonen schon immer Akteure der Weltgeschichte gewesen. Daniel Defoe, den wir als den weltberühmten Autor von *Robinson Crusoe* kennen, hatte bereits 1724 mit seinem voluminösen Werk *The Political History of the Devil*, das ich mehrmals zitiert habe, eine scharfsinnige und gänzlich unmystische Analyse der politischen Kriegslisten des Teufels vorgelegt,

mit denen dieser die Völker, Rassen und Religionen gegeneinander aufhetzt. Selbst wenn man nicht an solche übernatürlichen Wesen glaubt, entfalten sie auf unterschiedlichste Weise zweifellos geschichtswirksame
Kräfte. Von den Hindus in Indien über die Schiiten im Iran, die orthodo-
xen Juden in Israel und die Hamas im Gaza-Streifen bis zu den christlichen
Fundamentalisten in Washington: Religiöse Überzeugungen bestimmen
rund um den Globus Politik und Geschichte. Wer in dieser Hinsicht das
Wirken mythischer, metaphysischer und religiöser Kräfte in der Geschichte *leugnen* will, wird schnell in Beweisnot kommen. In einem historischen Tatsachenroman dürfen sie aber nicht einmal *ignoriert* werden,
denn sie gehören selbst zu den wichtigsten Tatsachen.

Abschließend muss ich noch ein Geständnis ablegen. Ich habe Philipp
Franz von Siebold nicht weniger instrumentalisiert als der Teufel. Anfangs
war ich natürlich verliebt in meinen tragischen Helden, wollte von den
Ungerechtigkeiten berichten, die ihm widerfahren sind und dazu das klassische Motiv der Heldenreise bis an die Grenze der Glaubwürdigkeit aus-
reizen. Es dauerte über zehn Jahre bis ich begann, die Fragwürdigkeit von
Siebolds Handeln während seines ersten Aufenthaltes in Japan zu begreifen. Erst dann erkannte ich die schier unglaubliche Verbindung zwischen
seinem Kartendiebstahl, den ich vorher noch bereit war zu rechtfertigen,
und dem ersten Atomkrieg der Welt. Dabei konnte es nur mit dem Teufel
zugehen, das kann sich kein Mensch ausdenken. Siebold widmete zwar
den Rest seines Lebens der Wiedergutmachung seines Fehlers und wäre
damit sogar beinahe erfolgreich gewesen. Doch am Ende hat der Teufel
bekommen, was er wollte. In Japan hielt eine Kultur der Gewalt Einzug
und es etablierte sich ein mörderischer Antagonismus zur westlichen
Welt. So wie der Teufel Siebold benutzt hat, um seinen Jahrhunderte über-
spannenden Plan durchzuführen, so habe ich mich seiner bedient, um die
teuflische ‚Verschwörung gegen Nippon' aufzudecken und den tragischen Geburtsfehler des modernen Japans zu beschreiben.

Es wäre übrigens nicht uninteressant zu erfahren, wie der Teufel das
in Deutschland angestellt hat.

Und womit er sich heute beschäftigt.

Reginald Grünenberg

Über den Autor

©Jeronimus van Pelt

Reginald Grünenberg (*1963) ist Publizist, Unternehmer und Erfinder. Er hat Politikwissenschaft und Philosophie in Paris, München und Berlin bis zur Promotion studiert. Er wurde von der Europäischen Kommission in Tokio an der Waseda-Universität zum Japan-Experten ausgebildet. Die Nippon-Trilogie *Die Entdeckung des Ostpols* ist sein erster Roman.

Weitere Veröffentlichungen:

Politische Subjektivität. Der lange Weg vom Untertan zum Bürger, Perlen Verlag 2005 und 2013.

Das Ende der Bundesrepublik. Warum Deutschland eine neue Verfassung braucht!, Perlen Verlag 2009, 4. Auflage 2013.

Samurai-Diät. Die neue Kunst des Krieges gegen die Pfunde, Perlen Verlag 2013.

Essays, Kommentare und Rezensionen, u. a. in DIE WELT, taz, FAZ, ZEIT und Frankfurter Allgemeine Sonntagszeitung.

Bild- und Zitatnachweise

Titelbild der Gesamtausgabe: Im Hintergrund die ‚Titelkugeln' der drei Einzelbände der Nippon-Trilogie; im Vordergrund ein Ausschnitt aus dem Bild *Die große Welle von Kanagawa*, dem berühmtesten Holzschnitt von *Katsushika Hokusai* aus seinem Bilderzyklus *36 Ansichten des Fujisan*, etwa 1830.

1. Titelbild des ersten Teils der Nippon-Trlogie, S. 5: Wappen des japanischen Kaisers, *Kiku no Gomon* 菊の御紋, eine 16-blättrige goldene Chrysantheme auf einer roten Kugel.

2. *Vue de l'Île et de la Ville de Batavia appartenant aux Hollandois pour la Compagnie des Indes*, S. 74, Daumont, Paris 1780.

3. *Atlas Sive Cosmographicae Meditationes De Fabrica Mundi Et Fabricati Figura*, S. 93, Frontispiz von *Mercators* Kartenwerk von 1595.

4. Sicht auf Dejima und die Bucht von Nagasaki, S. 125, Lithographie von Carl Hubert de Villeneuve, aus Siebolds Hauptwerk *Nippon-Archiv*, 1832.

5. Titelbild des zweiten Teils der Nippon-Trilogie, S. 227: Ausschnitt aus der Weltkarte *Navigationes praecipuae Europaeorum ad exteras Nationes*, erschienen 1704 im Atlas *Geographia politica* von Heinrich Scherer (*1628, †1704). Der Kartenausschnitt zeigt Japan innerhalb seiner damals fast vollständig unbekannten und daher eher vermuteten Grenzen.

6. *Siebold*, S. 239, porträtiert von einem unbekannten japanischen Zeichner.

7. *Siebold*, S. 240, portraitiert von Kawahara Keiga, ca. 1826, aus Philipp Franz von Siebolds Hauptwerk *Nippon. Archiv zur Beschreibung von Japan und dessen Neben- und Schutzländern*, 1832.

8. *Heike-Krabbe*, S. 255, Zeichnung von Kawahara Keiga, aus Philipp Franz von Siebolds Hauptwerk *Nippon. Archiv zur Beschreibung von Japan und dessen Neben- und Schutzländern*, 1832.

9. *Szene in Yoshiwara*, S. 293, Zeichnung von Katsushika *Hokusai* mit dem Titel *Neujahrstag in der Okiya Sero*, einem bekannten Geisha- und

Teehaus, ca. 1804.

10. *Torigoe no Fuji*, S. 315, Sicht vom Dach der Sternwarte von Asakusa mit großer Armillarsphäre, von Katsushika Hokusai, aus seinem Bilderzyklus *Einhundert Ansichten des Fujisan*, 1834.

11. *Die Perlentaucherinnen*, S. 328, von Katsushika Hokusai, ca. 1835.

12. *Die Große Welle von Kanagawa*, S. 329, der berühmteste Holzschnitt von Katsushika Hokusai aus seinem Bilderzyklus *36 Ansichten des Fujisan*, 1830.

13. *Der Traum der Fischersfrau*, S. 333, der berühmteste *Shunga*-Holzschnitt von Katsushika Hokusai, 1814.

14. *Cryptobranchus maximus*, S. 334, aus Philipp Franz von Siebolds Hauptwerk *Nippon. Archiv zur Beschreibung von Japan und dessen Neben- und Schutzländern*, 1832.

15. Faksimile der *Originallandkarte*, S. 351, die Takahashi Siebold 1827 nach Nagasaki übersandte.

16. *Hydrangea otaksa*, S. 395, aus Philipp Franz von Siebolds *Fauna japonica*, 1833.

17. Titelbild des dritten Teils der Nippon-Trilogie, S. 468: Ausschnitt aus dem Farbholzschnitt *Der Drache* von Katsushika *Hokusai*, 1840.

18. *Rhododendron metternichii*, S. 500, aus Philipp Franz von Siebolds *Fauna japonica*, 1833.

19. *Paulownia imperialis*, S. 502, aus Philipp Franz von Siebolds *Fauna japonica*, 1833.

20. Kommodore Perry (Mitte) und – so wird vermutet – die Commander Anan (Links) und Kapitän John Adams (Rechts) während der *Verhandlungen der Konvention von Kanagawa*, S. 541, unbekannter japanischer Künstler, 1854. Der Text ist der Inhalt des Briefes von Präsident Fillmore an den japanischen Kaiser.

21. *Krater des Fujisan*, S. 543, von Katsushika Hokusai, aus seinem Bilderzyklus *Einhundert Ansichten des Fujisan*, 1830.

22. *Das Wrack der Diana*, S. 549, Zeichnung aus der *Illustrated London News*, 1856.

23. *Brief des Tennō Osahito*, S. 608: Der Brief selbst ist zitiert aus *Die*

Geburt des modernen Japan in Augenzeugenberichten, dtv 1970, ISBN 3-423-02708-8, S. 340-341.

24. *Das Tagebuch des Dieners,* S. 612: Ichikawas 1846 veröffentlichte Aufzeichnungen sind mit freundlicher Genehmigung des Verlags zitiert aus *Die Geburt des modernen Japan in Augenzeugenberichten,* Karl Rauch Verlag, Düsseldorf 1970.

25. *Umzug nach Edo,* S. 620, Illustration aus der französischen Tageszeitung *Le Monde,* 1868.

26. Die *Land- und Seekarten,* S. 719-720, wurden vom Autor selbst angefertigt.

Die Zitate aus Philipp Franz von Siebolds Briefen, Tagebüchern und Veröffentlichungen sowie aus denen seiner Schüler werden nicht einzeln ausgewiesen. Einige sind der monumentalen, 1760 Seiten starken und in ihrer Gattung wohl einzigartigen Biographie *Philipp Franz von Siebold. Leben und Werk* von Shūzō Kure (*1865, †1932) entnommen. Sie war 1926 in Tokio auf Japanisch erschienen und wurde 1930 von dem Japanologen Friedrich M. Trautz (*1877, †1952) ins Deutsche übersetzt. Dieses biographische Meisterwerk wurde erst 1996 anlässlich des 200. Geburtstags von Siebold in einer zweibändigen, hervorragend editierten Ausgabe vom **Iudicium** Verlag veröffentlicht.

Die Zitate aus Daniel Defoes faszinierendem Werk *The Political History of the Devil* von 1726 wurden vom Autor der Nippon-Trilogie übersetzt. Diese rund 450 Seiten umfassende, profunde und wundervoll geschriebene Studie, in der Defoe erklärt, wie der Teufel seit Anbeginn der Zeit den Lauf der Weltpolitik beeinflusst und die Völker und Religionen gegeneinander aufhetzt, wurde bis heute in keine andere Weltsprache übersetzt. Selbst international anerkannte Teufels- und Dämonologie-Experten kennen sie nicht. Dabei steht das eBook in verschiedenen Formaten im Projekt Gutenberg zum freien Download zur Verfügung.

Inhalt

Impressum

Reginald Grünenberg

Die Entdeckung des Ostpols

Nippon-Trilogie

Gesamtausgabe

Typo: Palatino Linotype

Printed in Germany

ISBN 978-3-942662-19-2
© Perlen Verlag e. K. 2014